LA VIEILLE RUSSIE

CONCEPTION CARTOGRAPHIQUE : ANTOINE CAPELLE

RUSSKA

GÉNÉALOGIE

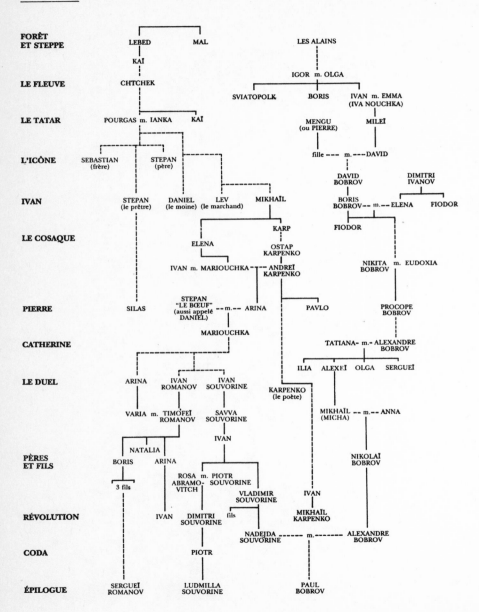

CHAPITRES

FORÊT ET STEPPE — LEBED — MAL — LES ALAINS

KAÏ

LE FLEUVE — CHTCHEK — IGOR m. OLGA — SVIATOPOLK — BORIS — IVAN m. EMMA (IVA NOUCHKA)

LE TATAR — POURGAS m. IANKA — KAÏ — MENGU (ou PIERRE) — MILEÏ

L'ICÔNE — SEBASTIAN (frère) — STEPAN (père) — fille --- m.---DAVID

DAVID BOBROV — DIMITRI IVANOV

IVAN — STEPAN (le prêtre) — DANIEL (le moine) — LEV (le marchand) — MIKHAÏL — BORIS BOBROV--m.---ELENA — FIODOR

LE COSAQUE — KARP — FIODOR

ELENA — OSTAP KARPENKO

IVAN m. MARIOUCHKA --- ANDREÏ KARPENKO — NIKITA BOBROV m. EUDOXIA

PIERRE — SILAS — STEPAN "LE BŒUF" (aussi appelé DANIEL) — m.--- ARINA — PAVLO — PROCOPE BOBROV

CATHERINE — MARIOUCHKA — TATIANA- m.- ALEXANDRE BOBROV

ILIA — ALEXEÏ — OLGA — SERGUEÏ

LE DUEL — ARINA — IVAN ROMANOV — IVAN SOUVORINE — KARPENKO (le poète)

VARIA m. TIMOFEÏ ROMANOV — SAVVA SOUVORINE — MIKHAÏL (MICHA) -- m.--- ANNA

IVAN

PÈRES ET FILS — NATALIA — BORIS — ARINA — NIKOLAÏ BOBROV

3 fils — ROSA m. PIOTR ABRAMO- VITCH — SOUVORINE — VLADIMIR SOUVORINE — IVAN

RÉVOLUTION — IVAN — DIMITRI SOUVORINE — fils — MIKHAÏL KARPENKO — NADEJDA SOUVORINE ------ m.------ ALEXANDRE BOBROV

CODA — PIOTR

ÉPILOGUE — SERGUEÏ ROMANOV — LUDMILLA SOUVORINE — PAUL BOBROV

Edward Rutherfurd

RUSSKA

Roman

PRESSES DE LA CITÉ

Laurédit.inc.

Titre original : *Russka*

Traduit par Guy Casaril

© Edward Rutherfurd, 1991.
© Presses de la Cité, 1992, pour la traduction française.
ISBN 2-258-03566-X

*Ce livre est dédié respectueuse-
ment à ceux qui reconstruisent en ce
moment la communauté monastique
d'Optina Poustyne.*

Note de l'auteur

Ce livre a été écrit entre 1987 et 1991, période au cours de laquelle je me suis rendu en Russie à de multiples reprises. Voyageant seul, j'ai été en mesure, entre mes haltes à Moscou et à Leningrad, d'aller jusqu'à Kiji, la Baltique, de découvrir l'anneau de cités médiévales autour de Moscou, Kiev, Tchernigov et l'Ukraine. Mes incursions dans le sud m'ont aussi conduit à Odessa, en Crimée, dans le pays cosaque du Don, les monts du Caucase et les villes du désert de Khiva et de Samarkand. Grâce à des amis, j'ai parcouru la région où est située le nordique *Russka* du présent récit. L'Union des Écrivains a eu également la gentillesse de me faire connaître la vieille ville de Riazan et le site plus antique encore de la première cité, détruite par les Mongols — une expérience qui ne s'oublie pas.

Mais plus important que tout a été le jour où, grâce à l'Union des Écrivains, j'ai visité le monastère d'Optina Poustyne, récemment rénové. Le hasard a voulu que nous arrivions juste après la découverte par les moines des restes du père Ambroise, un moine célèbre du XIXe siècle, événement fêté précisément le matin de notre arrivée. Ce fut une cérémonie d'une extrême simplicité mais qui, j'aime à le croire, a accordé à un profane un précieux aperçu de la véritable Russie — et qui m'a convaincu définitivement que, si nous espérons comprendre quelque chose du présent et, éventuellement, du futur de ce pays extraordinaire, se plonger dans son passé est essentiel.

Dans ce roman, deux villages portent le nom de Russka qui sont chacun un amalgame de traits propres à leur région respective. Le Russka du nord, où se passe l'essentiel de l'action, ressemble à une échelle réduite à la vieille ville de Souzdal, où une partie du livre a été écrite. J'ai vu les mêmes sources magiques près de la forteresse d'Izborsk, dans le nord-ouest. La demeure des Bobrov n'est guère différente de la maison de campagne de la famille Pouchkine.

Russka est un roman. Les familles Bobrov, Souvorine, Romanov, Ivanov, Karpenko, Popov et le personnage de Pinéguine sont imaginaires. Ils s'insèrent au travers des siècles parmi des personnages et des événements historiques.

Forêt et steppe

180 ap. J.-C.

Le silence régnait cette nuit-là sur la steppe. Et dans la forêt, doucement le vent glissait sur les terres.

Dans la cabane — une des cinq qui se nichaient au bord de la rivière — la mère dormait avec son enfant.

Sans la moindre conscience d'un danger.

Très haut dans le ciel étoilé de l'été, des nuages pâles dérivaient en une procession paisible.

Comme les cavaliers, ils venaient de l'est, des steppes infinies. Ils défilaient au-dessus du petit groupe de cabanes blotties près de l'eau, puis poursuivaient leur chemin au-dessus de la forêt sombre, qui s'étendait probablement sans fin elle aussi.

Le hameau se trouvait sur la berge sud-est de la rivière. Les bois de chênes et de tilleuls, de pins et de bouleaux, s'éclaircissaient progressivement pour faire place à la prairie qui s'ouvrait sur la steppe. Sur l'autre rive, au nord-ouest, la forêt était épaisse, sombre, massive.

Les trois familles étaient arrivées là cinq étés auparavant ; elles avaient trouvé l'emplacement d'un ancien enclos, désert et envahi par les buissons. Elles l'avaient nettoyé, puis avaient dressé une palissade de bois sur la levée de terre et construit à l'intérieur une demi-douzaine de cabanes. Non loin, deux vastes champs creusaient des saignées entre les arbres. Dans les bois au-delà, on apercevait un damier irrégulier de petites clairières.

A quelques centaines de mètres en aval, le terrain devenait marécageux sur les deux rives, et ainsi sur plusieurs kilomètres.

Doucement le vent glissait sur les terres. Il caressait la cime des arbres, et le dessous des feuilles semblait plus pâle à la lumière des étoiles. Les eaux de la rivière et du marais brillaient au milieu des bois.

En dehors du frémissement des feuilles, presque aucun bruit. Ici et là, le grattement de petits animaux, ou le pas d'une biche. A un endroit précis, près du marécage, à travers le coassement régulier des grenouilles, une oreille attentive aurait pu distinguer les craquements des branches mortes sous les pattes d'un ours. Mais près du hameau, hormis le bruit des feuilles, on ne percevait que le murmure intermittent de la brise caressant le long champ d'orge.

Pendant un moment, le champ demeura immobile, comme si le vent d'est, fatigué, reprenait son souffle avant de faire frémir de nouveau l'orge mûre.

On était en l'an 180 ap. J.-C. mais c'est l'avenir qui appellerait ainsi cette année-là, car le calendrier chrétien n'était pas encore en usage. Loin dans le sud, dans la province romaine de Judée où Jésus de Nazareth avait vécu, des sages juifs avaient calculé qu'il s'agissait de l'an 3940 de la création du monde ; et c'était aussi la cent dixième année depuis la destruction de Jérusalem. Ailleurs, dans l'Empire romain, on célébrait la vingtième et dernière année du règne de Marc Aurèle, ainsi que la première du règne de Commode en tant que seul empereur.

En quelle année était-on, dans ce petit hameau à l'orée de la forêt ? Ici, l'histoire ne comptait pas, le dernier ancien du village était mort quelques hivers auparavant. Les systèmes numériques complexes adoptés par le monde civilisé et conservés grâce à l'écriture demeuraient inconnus.

Et on était dans le pays qui porterait plus tard le nom de Russie.

Doucement le vent glissait sur les terres.

Elle était couchée avec son petit garçon. Le sommeil avait chassé de son esprit les inquiétudes de la veille. Elle dormait en paix.

Douze personnes reposaient dans la cabane. Cinq d'entre elles, y compris Lebed et son enfant, étaient allongées sur le bat-flanc qui courait d'un côté à l'autre de la pièce, au-dessus du grand poêle. Par cette tiède nuit d'été, le poêle n'était pas allumé. L'air était imprégné par l'odeur douce, une odeur de terre nullement désagréable, de gens qui ont travaillé toute la journée à moissonner leurs champs. Et il s'y ajoutait le parfum frais de l'herbe, que la brise apportait par l'encadrement carré de la fenêtre ouverte.

Elle était couchée au bout du bat-flanc, position d'infériorité, parce qu'elle était la dernière des épouses de son mari. A vingt-sept ans, elle n'était plus jeune. Son visage semblait plus large et ses hanches s'empâtaient. Ses épais cheveux blonds avaient glissé de la planche.

L'enfant pelotonné au creux de son bras avait cinq ans. Elle en avait eu d'autres avant lui, mais ils étaient morts et ce fils représentait tout ce qu'elle possédait.

Elle s'était mariée à quinze ans, et elle savait depuis toujours que son mari l'avait choisie parce qu'elle était forte : elle existait pour travailler. Mais elle aurait eu mauvaise grâce de se plaindre. Il n'était pas sans gentillesse. A quarante ans passés, il conservait sa belle allure, son visage hâlé exprimait une certaine douceur et même de la sagesse. En général, quand il l'apercevait, ses yeux bleus s'éclairaient d'une lueur tendre et moqueuse, puis il lançait :

— Voici ma femme mordve.

Dans sa bouche, le mot exprimait de l'affection. Mais pas pour les autres.

Car Lebed n'était pas un membre à part entière de la tribu. Pour le clan de son mari, elle n'était pas tout à fait des leurs. Tout compte fait, qui était sa mère ? Une femme des peuples de la forêt ? Une Mordve ?

Depuis l'origine des temps, les forêts et les marais qui s'étendaient vers le nord sur des centaines et des centaines de kilomètres abritaient les tribus éparses auxquelles appartenait le clan de sa mère. Ces gens au visage large et aux traits mongols chassaient et pêchaient dans d'immenses régions désertes, où ils menaient une existence primitive dans des petites cabanes et des cases de tourbe. Au solstice, ils formaient un cercle et chantaient d'une voix aiguë, gutturale et nasale à la fois, des mélopées dédiées au soleil pâle qui, vers le nord, montrait de moins en moins son visage en hiver, alors qu'en été, il refusait à la Terre son repos nocturne et faisait trembler l'horizon d'éclairs silencieux au cours du long crépuscule blanc.

Depuis quelque temps, le peuple de son mari, des gens à la peau claire qui parlaient une langue slave, envoyait de petites colonies vers l'est et le nord dans cette forêt. Certains, comme le clan de son mari, cultivaient des champs et élevaient du bétail. Quand ces Slaves et les Finnois, plus primitifs, se rencontraient dans ces vastes régions, ils entraient rarement en conflit. Il y avait assez de terres et de gibier pour dix mille fois plus d'habitants. Des unions, comme celle de sa mère, avaient rapproché les deux peuples. Mais cela n'empêchait pas les colons du hameau de traiter les gens de la forêt avec mépris.

C'était par plaisanterie que son mari ne lui donnait pas le nom de la petite tribu de sa mère, mais celui de la grande tribu des Mordves, installés plus au nord. Cela la faisait paraître plus étrangère, bien qu'elle fût à moitié slave. Une aimable moquerie. Mais, se disait-elle tristement, cela rappelait au reste de la tribu qu'on pouvait la traiter en inférieure.

Surtout sa belle-mère. Pendant près de treize ans, la silhouette imposante de cette femme avait dominé la vie de Lebed comme un front d'orage dans le ciel. Parfois, le visage léonin, aux grosses joues lourdes, de l'autre femme semblait serein et même amical. Puis une erreur innocente de Lebed — il suffisait qu'elle laisse tomber un fuseau ou renverse un peu de crème aigre — suscitait une rage folle. Les autres femmes du foyer gardaient le silence, baissaient les yeux vers le sol ou lui lançaient des regards furtifs. Et Lebed savait qu'elles étaient ravies, à la fois d'avoir évité l'orage et de le voir se déchaîner sur l'étrangère. Après l'éclat de fureur, sa belle-mère lui ordonnait d'un ton brusque de se remettre au travail, puis se retournait vers les autres avec un haussement d'épaules.

— Que peut-on espérer d'une Mordve ?

C'était supportable.

Ses deux parents étaient morts l'année précédente, et il ne lui restait qu'un frère cadet. Or la veille, il l'avait fait pleurer.

Pas de façon délibérée. Mais il s'attirait toujours des ennuis avec l'ancien du village. Il avait l'air innocent et son visage large souriait sans cesse, même quand il était ivre. Il ne désirait que deux choses dans la vie : aller à la chasse et s'amuser avec son jeune neveu.

— Kaï n'a pas besoin de toi, ne cessait-elle de lui répéter. Ni moi non plus si tu n'obéis pas à l'ancien.

En vain. Il détestait les travaux des champs, disparaissait pendant des jours dans la forêt sans autorisation — ce qui montait les gens du hameau contre lui — puis réapparaissait aussi brusquement avec une douzaine de peaux de bêtes fixées à sa ceinture et son habituel sourire innocent figé sur ses traits. L'ancien lui lançait des insultes et la belle-mère de Lebed la toisait avec un dégoût renouvelé, comme si c'était de sa faute.

Et pas plus tard que la veille, avec une parfaite inconscience, il avait promis au gamin :

— La prochaine fois que j'irai à la chasse, Petit Kaï, je te rapporterai un ourson. Tu pourras le garder : on l'attachera devant la porte.

— Mais enfin, Mal, lui rappela Lebed, l'ancien a dit que tu serais banni du village si tu lui désobéissais une fois de plus.

Pour le punir de ses escapades, l'ancien lui avait déjà interdit d'aller à la chasse avant la fin de l'année. Il se contenta d'incliner sa grosse tête blonde, sans que se voile son sourire innocent.

— Pourquoi ne prends-tu pas une femme ? Pourquoi ne cesses-tu pas ces bêtises ? lui cria-t-elle, désespérée.

— A tes ordres, sœur Lebed.

Il inclina de nouveau la tête en souriant. Il l'appelait ainsi pour la faire enrager, car au hameau, on ne désignait personne par son vrai nom. Au petit garçon, Kaï, on donnait le diminutif Petit Kaï. Quant à la mère, elle portait depuis ses jeunes années le sobriquet affectueux de Petit Cygne. Mal avait un surnom lui aussi, que les gens employaient quand ils étaient furieux : La Flemme.

— La Flemme, répliqua-t-elle, il est temps de te caser et de te mettre au travail.

Mais Mal ne le ferait jamais. Il préférait vivre seul dans une petite hutte avec deux vieux qui n'étaient plus bons à rien, sauf à chasser de temps en temps. Tous les trois buvaient de l'hydromel ensemble, chassaient et pêchaient, traités avec une tolérance moqueuse par les femmes.

Elle était allée le voir deux autres fois dans les champs, ce jour-là, la deuxième fois en larmes, pour essayer de lui faire oublier son stupide projet. Il ne lui valait que des ennuis, mais elle l'aimait. Elle serait tellement seule s'il était banni !

Et chaque fois, malgré les larmes de Lebed, il n'avait répondu que par un de ses sourires — la sueur ruisselait sur son gros visage large tandis qu'il portait les bottes de foin à la meule.

Voilà pourquoi, à la fin de la journée, elle avait eu tant de mal à s'endormir ; et quand elle avait enfin glissé dans le sommeil, son esprit était resté lourd de pressentiments.

Mais à présent, la nuit avait fait le vide dans sa tête. Sous sa chemise toute simple de toile grossière, sa poitrine se soulevait et retombait régulièrement. La brise de la fenêtre caressait doucement ses cheveux et ceux de l'enfant.

Personne ne s'éveilla non plus quand le chien près de la porte se redressa, aux aguets. Deux ombres glissèrent. Personne ne s'éveilla sauf l'enfant, dont les yeux s'entrouvrirent un instant. Un sourire ensommeillé éclaira ses traits, et si sa mère avait été réveillée elle aurait senti un frisson d'excitation, aussitôt réprimé, animer tout son corps. Il referma les yeux sans cesser de sourire.

Bientôt, se dit-il.

Doucement le vent glissait sur les terres.

Mais où se trouvaient le hameau, la rivière, la forêt ?

Pour expliquer l'importance de cet endroit magique, quelques précisions sont indispensables.

De façon purement conventionnelle, la géographie divise depuis longtemps l'immense masse terrestre de l'Eurasie en deux continents : l'Europe à l'ouest, l'Asie à l'est. Ce postulat nous induit en erreur : une distinction entre le nord et le sud serait plus naturelle.

Car d'un bout à l'autre de ces vastes terres, du nord de l'Europe et de la Russie jusqu'aux déserts glacés de Sibérie et aux plateaux dominant la Chine qui touchent presque l'Alaska vers le nord, s'étend la plus grande plaine du monde : plus de onze mille kilomètres d'ouest en est, le sixième de la surface du globe.

Bordée par l'océan Arctique au nord, elle descend sur plus de trois mille kilomètres en plusieurs énormes bandes : toundra, forêt, steppe et désert jusqu'à sa frontière méridionale. Et l'on peut vraiment dire que cette frontière divise l'Eurasie en deux.

L'Eurasie du sud, à l'inverse, est constituée par plusieurs immenses régions — l'Europe méridionale, le Proche-Orient, l'ancienne Perse, l'Afghanistan, l'Inde, la Mongolie et la Chine — séparées des plaines nordiques par un impressionnant croissant de chaînes montagneuses contenant les plus hauts sommets du monde, des Alpes à l'Himalaya et au-delà.

On comprend donc mal pourquoi les géographes ont toujours divisé l'Eurasie en Ouest et Est.

A peu près au tiers de cette vaste masse continentale, à la hauteur de l'Afghanistan contemporain, s'élève du sud au nord une longue ligne de massifs anciens qui s'étendent du désert à la toundra. Ce

sont les monts Ourals. La convention moderne les qualifie de
« montagnes » et en fait la limite entre l'Europe et l'Asie.

A la vérité, hormis quelques pics assez modestes, les pentes sont
douces, et les sommets arrondis ne s'élèvent pas à plus de mille six
cents mètres au-dessus de la plaine. L'Oural ne saurait être considéré
comme une division entre deux continents que par une imagination
en délire : c'est une simple vaguelette sur cet océan de terres. Il
n'existe aucune frontière entre l'Europe et l'Asie — la plaine se
poursuit de bout en bout.

En Europe occidentale, la plaine demeure étroite — à peine sept
cents kilomètres de large. Mais vers l'est elle s'élargit et sa frontière
septentrionale devient le large golfe froid de la Baltique, au-dessous
du croissant des pays scandinaves. Vers le sud, le mur de montagnes
est constitué par les splendides montagnes des Balkans et des
Carpates, qui montent la garde au nord de la Grèce. Aussitôt après
s'ouvre une brèche.

La Russie, où la plaine est sans fin.

La Russie, où l'est et l'ouest se rencontrent.

Au nord, près de l'océan Arctique commence la plus grande forêt
du monde — l'empire froid et sombre des sapins, la taïga — qui
s'étend sur des milliers de kilomètres jusqu'à la côte du Pacifique.
Le milieu de la plaine est occupé par une immense forêt d'essences
diverses ; et plus au sud commence la steppe, qui ne se heurte à cet
endroit-là ni à un désert, ni à des montagnes, mais à d'agréables
côtes ensoleillées qui rappellent la Méditerranée.

Car la frontière méridionale de la Russie proprement dite n'est
autre qu'une mer chaude : la mer Noire, réservoir naturel de la
Méditerranée, retenue par la digue d'un grand croissant de montagnes : au sud-ouest, les Balkans de Grèce ; au sud, les montagnes de
la Turquie contemporaine ; au sud-est, les hauteurs vertigineuses du
Caucase. Entre les Balkans et la Turquie, un étroit bras de mer
permet à la mer Noire de se déverser dans la Méditerranée, depuis
le Bosphore jusqu'aux Dardanelles.

Au centre des côtes russes de la mer Noire s'étend une vaste
péninsule en forme de poisson plat, la Crimée ; et de chaque côté, à
sept cents kilomètres de distance, deux énormes fleuves descendent
des forêts lointaines jusqu'à la steppe. A l'ouest le Dniepr, à l'est le
Don.

Entre ces deux fleuves, de la steppe proche de la mer Noire
jusqu'aux lointaines forêts du nord, se trouve le cœur de la Russie
ancienne.

La Russie, pays frontière.

Car la plaine continue vers l'est, et sa limite méridionale à l'est de
la mer Noire est constituée sur mille kilomètres par une énorme
chaîne, le Caucase, célèbre pour ses vins et ses peuples guerriers —
Géorgiens, Arméniens et bien d'autres. Ses cimes enneigées atteignent
plus de cinq mille mètres, bien plus que les sommets des Alpes ou
des montagnes Rocheuses, avant de redescendre vers une autre mer,
la Caspienne.

Il s'agit en fait du plus vaste lac du monde, car c'est une mer fermée, cernée par la steppe, la montagne et le désert. Elle perd son eau par évaporation dans l'air sec du désert et elle est alimentée, au nord, par le fleuve le plus connu de la Russie : la mère Volga.

Le grand voyage de ses eaux débute très loin, au cœur de la Russie, dans les forêts centrales. Elle traverse la plaine d'Eurasie vers l'est et vers le sud, puis elle sort lentement de la forêt et chemine au cœur de la steppe balayée par le vent jusqu'aux côtes désertes de la Caspienne.

Et au-delà de la Volga, l'immense plaine se prolonge, de moins en moins hospitalière. Au sud, des déserts redoutables. Au nord, la taïga sombre et le permafrost finissent par conquérir l'ensemble des terres. Jusqu'à ce jour, ces vastes espaces sont à peine habités. Or au-delà de la Volga, de l'autre côté de l'Oural, à travers les immensités glacées de Sibérie jusqu'aux côtes du Pacifique s'étendent encore presque six mille kilomètres.

Où se trouvait le hameau, avec sa rivière et sa forêt ?

Au bord de la steppe russe du sud, à une vingtaine de kilomètres du Dniepr, environ cinq cents kilomètres au nord du vaste estuaire de ce fleuve, sur la mer Noire.

Mais, pour étrange que cela puisse paraître, si un voyageur venu d'un autre pays avait demandé, à cette date, comment se rendre à cet endroit, il est bien improbable qu'on ait pu lui répondre.

L'État de Russie n'existait pas encore. Les civilisations anciennes de l'Orient — la Chine, l'Inde, la Perse — se situaient toutes très loin, au-dessous de l'immense croissant de montagnes. Pour elles, la plaine vide constituait un désert. A l'ouest, le puissant Empire romain s'étendait sur le pourtour de la Méditerranée et jusqu'en Grande-Bretagne au nord, mais jamais Rome n'avait pénétré au-delà de l'orée des grandes forêts de la plaine eurasiatique.

Que savait Rome de la forêt ? Qu'à l'est du Rhin vivaient les tribus guerrières des Germains. Et que le nord, près de la Baltique, était occupé par des peuplades primitives : des Baltes, des Lettons, des Estoniens, des Lituaniens dont on n'entendait presque jamais parler. C'était tout. Des terres slaves au-delà des Germains, ils connaissaient peu de choses ; des Finno-Ougriens qui vivaient dans les forêts au-delà de la Volga, rien du tout. Des tribus turques et mongoles de l'arrière-pays sibérien, aucun écho ne traversait encore la steppe.

De la steppe elle-même, que connaissaient les Romains ? Vers l'est, leur pouvoir s'était étendu jusqu'à l'Arménie, dans l'ombre du Caucase ; les petits ports de la mer Noire figuraient sur les cartes depuis des siècles, car les marins allaient y acheter des fourrures et des esclaves en provenance de l'intérieur des terres, ou bien les produits de l'Orient mystérieux que des caravanes transportaient à travers les déserts. Mais l'immense plaine demeurait *terra incognita*, un pays de tribus barbares, de steppes dangereuses et de fleuves infranchissables.

Les habitants du hameau eux-mêmes n'auraient pas su expliquer où ils se trouvaient.

Même aujourd'hui, les Russes ont du mal à indiquer les directions. Demandez à un Russe si une route va vers l'est, l'ouest, le nord ou le sud, et pendant combien de kilomètres, il ne saura pas vous répondre. Et pourquoi le saurait-il dans ce paysage sans fin où tout horizon succède à un horizon parfaitement identique ?

Il pourra vous dire, en revanche, vers où coulent les rivières.

Les gens du hameau savaient que leur rivière se déversait dans une autre et que, peu après, cette rivière se joignait à un fleuve puissant, le Dniepr. Ils savaient aussi que très loin vers le sud, au-delà de la steppe, le Dniepr se jetait dans la mer.

Mais rien d'autre. Seulement cinq d'entre eux avaient vu le Dniepr.

En fait, nous ne pouvons même pas parler de Russie, car elle n'existait pas encore. Et nous ne pouvons trouver aucun système de coordonnées capable de définir une position. Nous devons nous contenter de dire que le hameau se trouvait dans les terres, au nord de la mer Noire, quelque part à l'ouest du Dniepr et à l'est du Don ; un peu à l'est de la forêt, un peu à l'ouest des steppes ; près d'une rivière entre mille semblables, n'existant sur aucune carte. Se montrer plus précis sur ces étendues imprécises n'aurait aucun sens.

Doucement le vent glissait sur les terres et trois mille kilomètres au nord-ouest du hameau, un orage électrique se déchaînait sur la forêt, mais ici tout était calme et silencieux. Qui pouvait savoir quels orages ravageaient les forêts, quelles tentes se dressaient sur la steppe, quels incendies brûlaient sur cette plaine sans fin, au cœur de la nuit d'été ?

En s'éveillant, le petit garçon sourit.

La lumière qui tombait de la fenêtre carrée formait un rectangle pâle sur le sol de terre battue.

— Réveillé, ma petite baie ?

Le visage large de sa mère, tout près du sien. Derrière elle, des gens allaient et venaient dans la pièce. Dans un coin, un berceau était suspendu à la charpente par une longue branche courbe.

La pièce semblait vaste. Les murs d'argile plaquée sur un châssis de bois avaient une couleur de suie — comme les autres cabanes du hameau, la petite maison au long toit couvert d'herbe n'avait pas de cheminée, et on laissait la fumée du gros poêle emplir la pièce avant d'ouvrir le petit volet carré du plafond pour lui permettre de s'échapper. C'était une manière efficace de réchauffer la pièce rapidement, et les murs noircis semblaient donc accueillants, agréables. Mais ce jour-là, le poêle n'était pas allumé et la pièce gardait la fraîcheur.

Derrière le poêle se trouvait une sorte de couloir par lequel on entrait dans la cabane, et de l'autre côté de ce passage, une autre pièce, un peu plus grande que celle où l'on vivait, servait d'atelier et de réserve. Elle contenait un métier à tisser, plusieurs sortes de barils, des houes, des faucilles et, accrochée au mur à la place d'honneur, une hache appartenant au maître du logis. L'ensemble du bâtiment, soutenu par des poteaux de chêne, s'enfonçait d'environ cinquante centimètres dans la terre, de sorte qu'il fallait monter une haute marche pour sortir du couloir à l'air libre.

Sa mère était penchée pour lui débarbouiller la figure avec l'eau d'un pot de terre cuite. Il regardait par-dessus son épaule la tache de soleil sur le sol.

Mais il avait la tête ailleurs.

En voyant les yeux de l'enfant posés sur le sol éclairé, Lebed sourit.

— Que dit-on de la lumière du soleil ? demanda-t-elle à mi-voix.

— *Lait doux renversé*
   Sur le sol,
   Aucun couteau, aucune dent
   Ne l'en arrachera jamais, ânonna-t-il d'un air soumis en regardant par la fenêtre.

La brise agita ses cheveux blonds.

— Et sur le vent ?

— *Père a un bel étalon,*
   Rien au monde ne peut lui mettre le frein.

Il connaissait déjà une douzaine de ces dictons. Les femmes en savaient des centaines — des devinettes, des métaphores, des proverbes qui comparaient la lumière à du lait renversé et le vent à un étalon, car ces gens simples prenaient un plaisir raffiné à jouer avec les mots de leur langue slave.

Dans un instant, elle le laisserait s'échapper. Il avait une telle envie de courir vers la porte ! Est-ce que l'ourson serait là ?

Elle inspecta ses dents pendant un bref instant. Il avait perdu deux dents de lait, mais deux nouvelles dents poussaient. Une autre bougeait beaucoup, mais jusqu'à maintenant, il ne lui en manquait aucune.

— *Deux petits perchoirs, pleins de poules blanches*, murmura-t-elle, ravie.

Puis elle le laissa partir. Il courut jusqu'à la porte.

Il y avait en face de la cabane un carré de légumes où, la veille, il avait aidé sa mère à arracher un gros navet. Vers la droite, un homme chargeait des outils aratoires sur un vieux chariot de bois aux roues pleines, chacune taillée dans une seule grume. Un peu plus loin, à gauche près de la rivière, s'élevait une petite cabane de bains. Construite trois ans plus tôt, elle n'était pas pour les membres actuels du village qui en avaient une plus grande, mais pour les ancêtres. Après tout, se disait Kaï, les morts aiment bien prendre leur bain de vapeur comme les vivants, même si on ne les voit pas. Et tout le monde, depuis sa naissance, lui avait appris que les ancêtres se mettaient fort en colère si on ne leur donnait pas ce dont ils avaient besoin.

— Tu n'aimerais pas que les gens t'oublient quand tu seras parti, pas vrai ? lui avait lancé une des autres femmes de son père.

Non, il n'aimerait pas être coupé de la compagnie et de la chaleur du village. Et il savait que les morts étaient ici, en train de l'observer, exactement comme il savait que dans la terre, sous un coin de la grange devant la maison de l'ancien, vivait la minuscule forme toute ridée du *domovoï* du village — le grand-père de son père — dont l'esprit veillait sur tout ce qui se passait dans la communauté.

Il sortit. Rien. Aucun signe de l'ourson promis. Le visage de l'enfant se rembrunit. Il avait du mal à le croire : n'avait-il pas entrevu Mal et le vieux chasseur passer devant la fenêtre au milieu de la nuit ?

L'homme près du chariot, qui était le frère d'une de ses « belles-mères », lui lança un coup d'œil.

— Que cherches-tu, petit ?

— Rien, oncle.

Il savait qu'il ne devait rien dire.

Il sentit une boule froide au creux de l'estomac, et le ciel clair du matin lui parut soudain tout gris. Il aurait aimé soulager sa peine par de chaudes larmes, mais comme Mal lui avait fait jurer le secret, il se mordit la lèvre à la place, et retourna tristement dans la cabane.

A l'intérieur, sa grand-mère réprimandait les femmes pour une raison ou une autre — il y était habitué. Il leva les yeux vers le tambourin de sa mère, accroché dans un coin : il était rouge. Kaï aimait le rouge, couleur chaude et amicale. N'était-ce pas naturel puisque dans la langue slave, il n'existe qu'un mot pour dire « rouge » et pour dire « beau » ? Il regarda le visage alourdi de sa grand-mère : comme ses joues étaient grosses ! On aurait dit deux bouts de lard. Elle remarqua le regard de l'enfant, le toisa d'un œil furieux, puis se tut pour indiquer à Lebed que son fils la gênait.

— Va dehors, Petit Kaï, dit aussitôt sa mère.

A l'instant où il franchit la porte, il vit Mal.

La nuit ne s'était pas montrée favorable pour Mal. Il avait tendu un piège à l'ourson dans les bois, avec un des vieux chasseurs, et ils avaient failli réussir. Il aurait attrapé l'ourson s'il n'avait pas perdu la tête au dernier moment et fait un faux mouvement. Une mère ourse, furieuse, s'était lancée à sa poursuite. Il rougissait à ce souvenir.

Il avait l'intention d'aider les hommes à la fenaison ce jour-là, pour attirer l'attention de l'ancien sur son dur labeur, et éviter une conversation gênante avec Kaï.

Il ne vint pas à l'esprit de l'enfant que son oncle se hâtait de passer devant la cabane pour ne pas le voir. Il courut vers lui, les yeux pleins d'espoir.

Mal lança des regards coupables à droite et à gauche. Par bonheur, il n'y avait plus personne à côté du chariot.

— Tu l'as ramené ? Où est-il ? s'écria Kaï.

Mal hésita, puis décida d'esquiver.

— Dans la forêt.

— Quand vas-tu l'amener ici ? Aujourd'hui ?

— Bientôt. Quand l'hiver viendra.

L'enthousiasme de l'enfant se mua en une surprise déçue. L'hiver ?
L'hiver lui semblait à l'autre bout de sa vie.

— Pourquoi ?

Mal réfléchit un instant.

— Je l'avais. Il marchait à côté de moi, la corde au cou, Petit Kaï.
Et puis le vent l'a emporté. Je n'ai rien pu faire.

— Le vent ? s'écria l'enfant, au désespoir.

Il savait que le vent était le plus ancien de tous les dieux. « Le
dieu soleil est grand, Kaï, lui disait souvent son oncle, mais le vent
est plus ancien et plus fort. Il souffle le jour, mais aussi la nuit
quand le soleil n'est plus là. Il souffle quand il veut sur l'immense
plaine. »

— Où est l'ourson, à présent ?

— Très loin dans la forêt.

L'enfant en eut le cœur brisé.

— Mais les demoiselles de la neige la ramèneront, continua son
oncle. Tu verras...

Pourquoi s'était-il senti obligé de mentir ? Il baissa les yeux vers
son neveu au regard confiant et connut la réponse. C'était pour la
même raison qu'il vivait avec les deux vieillards et qu'il défiait
l'ancien du hameau : parce que tout le monde le méprisait, parce
qu'il avait honte de lui-même. « Je suis stupide et inutile, pensait-il.
Et je suis aussi très paresseux. » Il avait projeté d'aller travailler
dur aux champs, mais n'avait plus maintenant qu'une seule envie :
s'enfuir de nouveau dans la forêt pour échapper à lui-même. Il sentit
ses résolutions glisser de ses épaules.

Peut-être restait-il cependant un espoir.

— Mais je sais où le vent cache l'ourson, dit-il.

— Ah bon ? Ah bon ? Dis-moi.

Le visage de Kaï s'éclaira.

— Au fond de la forêt, dans le pays de Trois-Fois-Neuf.

— On peut y aller ?

— Seulement si on connaît la route.

— Et tu la connais ?

Un bon chasseur comme son oncle Mal connaissait certainement
le chemin des pays magiques.

— C'est de quel côté ? insista-t-il.

Mal sourit.

— Vers l'est. Loin vers l'est. Mais je peux m'y rendre en un jour,
se vanta-t-il.

Pendant un instant il faillit croire en ses paroles.

— Tu iras le chercher ? supplia l'enfant.

— Peut-être. Un jour, répondit Mal sans sourire. Mais c'est un
secret. Pas un mot, hein ? A personne.

L'enfant acquiesça. Mal s'en fut, satisfait d'avoir échappé à la
honte. Peut-être imaginerait-il une autre façon de tendre un piège à
l'ourson dans quelques jours. Il ne voulait pas décevoir le gamin,
qui lui faisait confiance. Il trouverait bien un moyen.

Il se sentit mieux. Il irait travailler aux champs.

Kaï le regarda s'éloigner, soudain songeur. Il avait entendu les femmes rire de son oncle Mal, et les hommes l'insulter. Il savait qu'on l'appelait La Flemme. En fin de compte, serait-il vrai qu'on ne pouvait pas lui faire confiance ? Il leva les yeux vers le ciel vide et se demanda que faire.

La ligne des femmes formait un large V inversé dans le champ aux reflets d'or, à la manière d'un vol de grues. A la pointe s'avançait la silhouette imposante de la belle-mère de Lebed. L'épouse de l'ancien était morte l'hiver précédent, et elle était devenue la femme la plus âgée du village.

Il faisait très chaud ; elles travaillaient déjà depuis plusieurs heures et l'on se rapprochait du moment où le soleil est à son zénith. Elles ne portaient que de simples tuniques d'une toile ressemblant à du lin, et des sandales sans forme en écorce de bouleau tissée. Chacune avait sa faucille.

Tout en avançant lentement dans le long champ d'orge, elles chantaient — sur un mode aigu et nasal qui paraissait tantôt violent tantôt lugubre.

Lebed, quoique couverte de sueur, se sentait à l'aise et travaillait à un rythme soutenu. Les autres femmes la traitaient parfois avec mépris, mais elles faisaient cependant partie de sa famille d'une manière ou d'une autre : elles étaient soit une autre épouse, soit la sœur d'une autre épouse, soit les sœurs de son mari et leurs filles, ou bien les tantes et les cousines de ces filles. A chacune d'elles, elle s'adressait d'une manière différente, qui exprimait leur parenté complexe, ainsi que le juste degré de respect mutuel. A ces formules s'ajoutaient en général les diminutifs appréciés par tous les Slaves, et dont ils se servent pour témoigner leur affection : petite mère, petite cousine.

Ces hommes et ces femmes perdus sur l'immensité de la plaine constituaient son peuple. Peut-être l'appelaient-ils « la Mordve », mais elle faisait partie de leur communauté — du *rod* comme disaient les gens du sud, du *mir* quand on montait plus au nord. Le groupe possédait la terre et le village en commun. Seuls les biens du foyer appartenaient à chaque homme séparément. La voix de l'ancien faisait loi.

En ce moment, sa belle-mère interpellait les femmes et les encourageait avec des noms doux, caressants.

— Venez, mes filles, mes cygnes, lançait-elle, faisons la moisson.

Et même à Lebed, elle dit gentiment :

— Viens, Petit Cygne.

En un sens, Lebed l'aimait. « Mange ce qui est préparé, écoute ce qui se dit », lui disait sèchement sa belle-mère. Mais à part ses accès de colère, elle se montrait parfois aimable.

Lebed leva les yeux vers l'autre bout du champ. A quelques centaines de mètres au-delà, son mari et les hommes chargeaient le foin de la prairie sur les charrettes. Son frère se trouvait parmi eux.

Au bord du champ d'orge trois vieilles se reposaient. Elle chercha Kaï : quelques minutes plus tôt, il était assis avec les vieilles, mais il avait dû aller voir les hommes.

Le soleil d'or est dans le ciel
Mère Terre Humide ne séchera jamais.

Les femmes chantaient en faisant glisser la faucille, inclinées vers le sol comme pour prier la grande déesse qui les nourrissait tous : Mère Terre Humide.

La grande déesse des Slaves prenait sa plus belle apparence dans cette région car le hameau se trouvait au bord du meilleur de tous les sols existant sur la grande plaine d'Eurasie : la terre noire, le *tchernoziom*. Brillant, doux, épais, aussi riche que du miel, il s'étendait sur des centaines de kilomètres, des côtes occidentales de la mer Noire jusqu'au-delà de la Volga et en Sibérie. Les Slaves qui vivaient à l'orée de la forêt n'avaient qu'à nettoyer un champ et le cultiver sans discontinuer. Le sol ne s'épuisait pas avant de nombreuses années ; ensuite, ils le laissaient en pré et en nettoyaient un autre. C'était une forme primitive d'agriculture, peu économique, mais sur le tchernoziom un village pouvait survivre ainsi longtemps sans se déplacer. D'ailleurs, pourquoi s'en inquiéter ? La forêt et la plaine n'étaient-elles pas toutes les deux infinies ?

Quand les femmes s'arrêtèrent entre deux mélopées, Lebed aperçut Mal qui se dirigeait vers elles, le visage rouge et couvert de sueur.

— Voici La Flemme qui cherche du travail, s'écria une des femmes d'un ton espiègle.

Même sa belle-mère rit, et Lebed ne put s'empêcher de sourire. A l'expression vaguement coupable de Mal, on devinait qu'il s'était esquivé sous quelque prétexte pour pouvoir se reposer.

— Où est Petit Kaï ? demanda-t-elle.

— Sais pas. L'ai pas vu de toute la matinée.

Lebed se rembrunit. Où donc pouvait être l'enfant ? Elle se tourna vers sa belle-mère.

— Je peux aller chercher Petit Kaï ? Il a disparu.

La grosse femme lança à Lebed et à son bon à rien de frère un regard impassible, puis secoua la tête. Il y avait encore du travail.

— Va demander aux vieilles où il est allé, murmura Lebed à Mal.

— D'accord.

Il partit d'un pas tranquille vers le bout du champ.

Mal s'amusait souvent à comparer la vie des habitants du hameau. Celle des hommes était peut-être plus animée, mais plus courte. Un homme devenait fort, qu'il soit gros ou maigre ; et la plupart du temps, quand sa force l'abandonnait, il mourait subitement. Mais il n'en était pas de même pour les femmes. D'abord, elles s'épanouissaient : fines de corps et la peau pâle, aussi gracieuses que des biches. Ensuite, toutes sans exception grossissaient, d'abord les hanches, comme sa sœur, puis la taille, le buste et les jambes. Et elles continuaient infailliblement de s'arrondir et de s'épaissir, la peau brûlée par le soleil pareille à celle des pommes, jusqu'à ce que les plus solides atteignent la stature imposante de la belle-mère de Lebed. Ensuite, lentement, sans perdre leurs confortables rondeurs, elles commençaient à rapetisser et à se dessécher. Dans la vieillesse, elles se ratatinaient comme les cerneaux sombres des noix dans leur coquille. La vieille, la *babouchka*, avec son visage bruni et ridé, ses yeux bleus brillants, continuait de vivre de longues années, avant de disparaître dans la terre, aussi naturellement que tombe une noix. Chaque fois que Mal regardait une *babouchka*, il ressentait un élan d'affection.

Un sourire aimable sur les lèvres, il parla tour à tour aux trois *babouchki* assises au bout du champ.

Lebed ne le quittait pas des yeux, tout en se demandant pourquoi il parlait si longtemps. Il revint enfin, toujours souriant.

— Elles sont vieilles, expliqua-t-il. Elles n'ont plus leur tête. Une d'elles croit qu'il est reparti au village avec les autres enfants ; la deuxième pense qu'il s'est dirigé vers la rivière ; et la troisième prétend qu'il a gagné la forêt.

Lebed soupira. Pourquoi Kaï serait-il allé dans la forêt ? Et il y avait peu de chances qu'il coure à la rivière. Les autres enfants étaient revenus aux cabanes sous la surveillance d'une des jeunes filles.

— Va voir s'il est au village, demanda-t-elle.

Et comme c'était plus agréable que la fenaison, Mal s'en alla content.

La longue ligne des femmes continua d'avancer, à croupetons, pour faucher l'orge aux épis lourds. Lebed, comme souvent, éprouvait une étrange joie à laquelle se mêlait de la mélancolie, comme si une partie d'elle-même était perdue, incapable de s'évader de cette vie lente et dure dans le grand silence de la plaine infinie. Une certaine tristesse, car elle était prise au piège pour toujours ; une certaine joie, parce qu'elle se trouvait au milieu de son peuple. Cette vie n'était-elle pas, après tout, dans l'ordre des choses ?

Mal revint au bout d'un moment, avec le même sourire innocent, mais Lebed remarqua sur ses traits un soupçon de gêne.

— Il n'était pas au village ?

— Non. Personne ne l'a vu.

C'était étrange. Il aurait dû être avec les autres. Elle éprouva un pincement d'anxiété et héla sa belle-mère.

— Petit Kaï n'est pas à la maison. Laissez-moi aller à sa recherche.

La vieille femme se contenta de la toiser avec un léger mépris.

— Les enfants disparaissent souvent. Il reviendra bien assez tôt.

Puis, non sans malice :

— Envoie ton frère le chercher. Il n'a rien de mieux à faire.

Lebed inclina la tête.

— Va à la rivière, Mal, dit-elle tristement.

Elle remarqua qu'il s'éloignait d'un pas plus vif.

Le travail se poursuivit sans relâche. Lebed savait qu'il allait être temps de s'interrompre pour se reposer, et elle soupçonna sa belle-mère de tenir tout le monde au travail plus longtemps, uniquement pour l'empêcher de partir.

Mal revint presque aussitôt. Il avait l'air inquiet.

— Il n'est pas allé à la rivière.

— Comment le sais-tu ?

Il avait rencontré un des vieux avec lesquels il chassait. L'homme avait passé toute la matinée sur la berge et aurait forcément aperçu le gamin s'il s'était trouvé là-bas.

Lebed sentit la peur nouer sa gorge.

— Je crois qu'il est parti dans la forêt, lui dit Mal.

La forêt. Jamais il ne s'y était rendu, sauf avec elle. Elle dévisagea son frère.

— Pourquoi ?

Il parut gêné.

— Je ne sais pas.

De toute évidence il mentait, mais elle préférait ne pas l'interroger sur ses raisons de mentir.

— Quelle direction aurait-il prise ?

Mal réfléchit. Il se rappela ses paroles inconsidérées : « Vers l'est. Loin vers l'est. Je peux y aller en un jour. »

— Vers l'est, dit-il en rougissant. Je ne sais pas où.

Elle le regarda avec mépris et lui tendit brusquement sa faucille.

— Prends ça. Et coupe, ordonna-t-elle.

Elle se dirigea vers sa belle-mère tandis que les autres femmes éclataient de rire.

— Laissez-moi partir à la recherche de Petit Kaï, supplia-t-elle de nouveau. Mon frère l'a envoyé dans les bois.

Sa belle-mère ne se tourna pas vers elle, mais leva les yeux en direction de la prairie. Les hommes avaient interrompu leur travail et plusieurs, dont le mari de Lebed et l'ancien du village, se dirigeaient vers elles.

— Repos ! lança-t-elle aux autres femmes, puis à Lebed, d'un ton sec : Tu peux partir.

Quand son mari et l'ancien arrivèrent, Lebed leur expliqua rapidement ce qui s'était passé. L'ancien était un homme de grande taille à la barbe grise qui avait de petits yeux impatients. L'affaire ne l'intéressait pas. Mais le visage plus doux du mari exprima de l'inquiétude. Il se tourna vers l'ancien.

— Faut-il que je l'accompagne ?

— Le gamin reviendra. Il ne sera pas allé très loin. Laisse-la le retrouver.

Elle vit le visage de son mari s'éclairer, soulagé. Elle comprenait : ne devait-il pas se soucier aussi de ses autres femmes et de ses autres enfants ?

— Je pars tout de suite, dit-elle à mi-voix.

— Si tu n'es pas revenue quand le travail reprendra, j'irai à ta recherche, promit-il en souriant.

Comme les bois semblaient agréables, accueillants ! Dans le ciel bleu, de petits nuages passaient de temps en temps au-dessus de la forêt verte, venant des steppes brûlées de l'Orient. A l'orée des bois où l'enfant marchait, le vent faisait chanter doucement l'herbe haute. Une demi-douzaine de vaches paissaient dans les taches d'ombre et de soleil.

Kaï avait quitté les vieilles depuis déjà un bon moment. Il suivait d'un pas joyeux le sentier familier conduisant aux bois, sans avoir le moindre sens du danger.

Toute la matinée, il avait songé à l'ourson. Son oncle Mal savait où il se trouvait : dans le royaume magique de l'est. Et n'avait-il pas précisé qu'il pouvait s'y rendre en une journée ? Mais, si jeune qu'il fût, Kaï savait que son oncle n'irait pas. Et plus l'enfant réfléchissait, plus il sentait que c'était à lui de le faire. Au milieu de la matinée, guidé par une main invisible, il se dirigea vers les bois.

Il savait où se trouvait l'est : à l'opposé de la rivière, dans la direction du sentier où sa mère et les femmes allaient chercher des champignons. A la fin de l'été, elles prendraient la même direction pour cueillir des airelles. L'est était l'endroit d'où venaient les nuages blancs. Et si son oncle disait qu'on pouvait s'y rendre en un jour, pourquoi pas ?

Ou en deux jours, songea-t-il avec courage.

Vêtu de sa tunique blanche retenue par une ceinture de toile, chaussé de ses petites sandales d'écorce et tenant à la main quelques épis d'orge ramassés dans le champ, le gamin joufflu s'avança le long du sentier sous les pins, avec une détermination de somnambule.

A quatre cents mètres s'ouvraient les petites clairières où les femmes venaient cueillir les champignons. Plus d'une douzaine d'espèces différentes poussaient dans l'ombre, et en arrivant à cet endroit, Kaï sourit de plaisir. Il n'était jamais allé plus loin, mais il continua en toute confiance.

La sente étroite descendit une pente, parfois sur des aiguilles de pin, parfois sur des racines tordues, puis remonta dans un bosquet. Kaï remarqua qu'il y avait moins de pins au milieu des chênes et des bouleaux, mais davantage de hêtres. Les écureuils, curieux, l'épiaient du haut des branches. L'un d'eux, près du sentier, parut sur le point de s'écarter d'un bond, mais se ravisa et s'assit pour regarder passer l'enfant, tout en faisant craquer une noisette entre ses dents. Au bout d'un moment, le bosquet s'éclaircit. La sente se couvrit d'herbe. Tout parut très silencieux. Quelques centaines de mètres plus loin, le chemin tourna vers la droite, puis vers la gauche, et un bosquet de pins apparut.

Petit Kaï était heureux. Quelle aventure en pays inconnu !

Au bout d'un kilomètre environ, le sentier pénétra dans une épaisse masse d'arbres et s'étrécit. Kaï continua : les arbres se refermèrent sur lui. Il régnait dans la forêt une faible odeur de tombe. Il aperçut l'étang sur sa droite, entre les branches.

Il n'était pas grand : dix mètres de large sur une trentaine de mètres de long. Sa surface, protégée par les arbres qui le cachaient, demeurait immobile. Sous les yeux de l'enfant le vent dessina cependant quelques rides. L'onde se dirigea vers lui et lécha presque sans bruit la terre noire et les touffes de fougère au bord de l'eau.

Il savait ce que cela voulait dire. Il lança autour de lui des regards méfiants.

« Dans l'étang immobile demeurent les démons », disaient les vieux du hameau. Il y avait à coup sûr des divinités des eaux — des *roussalki* — là-dedans, et si l'on n'y prêtait pas garde, elles sortaient de l'eau et vous chatouillaient à mort.

— Ne laisse jamais les *roussalki* t'attraper, Petit Kaï, l'avait prévenu sa mère en riant. Tu es si chatouilleux qu'elles t'achèveraient en un rien de temps.

Sans quitter des yeux la surface de l'eau, l'enfant fit le tour de l'étang dangereux et se félicita dès que le sentier s'en écarta, pour pénétrer dans une futaie de chênes, puis dans une vaste clairière envahie par de hautes herbes. Sur la droite, un bosquet de bouleaux argentés. Kaï s'arrêta.

Comme tout était calme ! Au-dessus d'eux, le ciel vide, silencieux. Dans quelle direction devait-il continuer ?

L'est se trouvait droit devant. Il repartit.

Pour la première fois, il regretta d'être seul. Il se retourna plusieurs fois. Peut-être sa mère allait-elle apparaître. Il aurait trouvé naturel qu'elle surgisse soudain derrière lui.

Il entra dans les bois et marcha encore dix minutes. Il n'y avait plus de sentier. Ni bête ni homme ne semblait avoir foulé l'herbe courte sous les hêtres. Ne fallait-il pas qu'il rebrousse chemin ? Le champ et la rivière qu'il connaissait si bien lui manquèrent soudain, mais il se rappela l'étang muet et ses *roussalki* qui l'attendaient...

Les arbres s'étaient resserrés, immenses et effrayants. A travers l'écran de leur feuillage on n'apercevait plus que de petits fragments du ciel, comme si le bol bleu du firmament avait été brisé en mille morceaux. Il leva les yeux et hésita de nouveau. Et l'ourson ? Il ne renoncerait pas. Il se mordit la lèvre et repartit.

Puis il crut entendre la voix.

— Petit Kaï...

L'écho semblait porter la voix de sa mère entre les arbres.

— Kaï, ma petite baie.

Elle l'appelait. Son visage s'éclaira d'un sourire. Il se retourna.

Mais elle n'était pas là. Il écouta, appela à son tour, écouta de nouveau.

Seulement le silence. Comme si la voix de sa mère n'avait jamais existé. Une bouffée de vent fit frémir les feuilles, et les hautes branches s'agitèrent. La voix n'était-elle qu'un gémissement du vent ? Ou bien les *roussalki* de l'étang qui essayaient de l'attirer ?

Il repartit, accablé.

Cinq minutes plus tard, son expédition faillit s'achever.

A l'instant où il s'arrêtait de nouveau, à l'affût de mouvements, un cri perçant retentit au-dessus de lui. Comme il se retournait, saisi de frayeur, une forme sombre jaillit des hauteurs du feuillage.

— Baba Iaga ! hurla-t-il, terrifié.

Tous les enfants redoutaient Baba Iaga la sorcière. Elle volait dans les airs, avec ses longues pattes et ses mains pareilles à des serres toujours prêtes à s'emparer des petits garçons et des petites filles pour les emporter dans son antre et les faire cuire...

Ce n'était qu'un oiseau : il battit bruyamment des ailes à travers les feuilles puis s'éleva parmi les branches.

Mais quel choc ! Kaï tremblait de tous ses membres. Il se mit à pleurer, s'assit par terre et appela sa mère à grands cris, sans discontinuer. En vain. De longues minutes s'écoulèrent et rien ne bougea. Il sécha ses larmes et se calma peu à peu. Il se leva lentement et continua d'avancer d'un pas hésitant dans les bois sombres.

Un peu plus tard, il remarqua qu'une région différente commençait à apparaître sur sa gauche : les bois étaient plus clairs et la lumière les traversait plus aisément. Bientôt ce nouveau bois sembla resplendir d'une lumière dorée qui attira Petit Kaï et il se dirigea vers elle.

Il faisait plus chaud, les arbres étaient moins hauts et il poussait au-dessous de l'herbe verte et riche, ainsi que des buissons. Ici et là, sur le sol, des plaques de mousse. Il sentit le soleil sur ses joues et entendit des mouches bourdonner autour de lui. Il reprit courage. A ses pieds, un petit lézard vert fila entre les herbes.

Il était si content d'entrer dans cet endroit que pendant plusieurs minutes il fit à peine attention à la direction qu'il prenait.

Kaï l'ignorait, mais il marchait depuis presque une heure, et le soleil était au plus haut. Il ne sentait encore ni la faim ni la soif, et dans son soulagement d'avoir échappé aux bois sombres, il ne se rendait pas compte non plus de sa fatigue. Il lança un coup d'œil vers l'arrière et n'aperçut que la grande forêt. Il se retourna et l'endroit baigné de soleil lui parut vraiment très différent de tout ce qu'il connaissait. Des bouleaux argentés brillaient. Un petit oiseau perché sur une branche le regarda, comme s'il faisait trop chaud pour bouger. Soudain, l'enfant sentit lui aussi le poids du soleil, et il eut l'impression que la journée entière avait basculé dans l'espace des rêves. Devant lui, les buissons semblaient plus touffus et des roseaux formaient une sorte d'écran.

Puis il vit briller la lumière.

Elle venait du sol, d'une masse de racines emmêlées. Elle éclata soudain dans ses yeux, qui clignèrent. Il fit un pas de plus. La lumière continua de l'aveugler. Une lumière dans le sol. Il se rapprocha et une pensée se forma dans sa tête : Cette lumière, n'était-ce pas la voie d'accès à l'autre monde ?

Sans aucun doute. Car le mot slave par lequel les gens du hameau désignaient « l'autre monde » ressemblait beaucoup au mot « lumière ». Et Kaï savait que l'endroit où vivaient le *domovoï* et les autres ancêtres se trouvait sous la terre...

Quand il fut plus près, il s'aperçut que la lumière provenait de la réflexion du soleil de midi sur la surface lisse d'un ru caché dans les buissons. Mais cela ne la rendait pas moins magique pour l'enfant, et une idée encore plus excitante lui vint à l'esprit : « Je suis arrivé, se dit-il. C'est ici. » Il avait atteint l'entrée du royaume secret — le royaume de Trois-Fois-Neuf — car quel endroit pouvait paraître plus extraordinaire que celui-ci ?

Émerveillé, il suivit le petit ruisseau pendant une cinquantaine de mètres, et parvint à deux rochers bas séparés par une crevasse où poussait un buisson de noisetier. Il s'arrêta, toucha les rochers : ils étaient tièdes, presque chauds. Soudain, il eut soif, il hésita un instant à boire de l'eau du ruisseau magique, mais sa soif était trop forte : il s'agenouilla et prit les reflets de cristal entre ses doigts. Comme c'était bon et frais !

Pour obtenir une meilleure vue de l'endroit, il entreprit de monter sur un des rochers. Il y avait une plate-forme juste au-dessus de lui. Il leva la main et chercha une prise.

Il sentit sa main se refermer sur un serpent.

Une seconde plus tard, tremblant de la tête aux pieds, il se trouvait à trois mètres du rocher. Un brin d'herbe effleura son pied et il sauta en l'air.

Le serpent, cependant, n'avait pas bougé. Kaï pouvait voir le bout de sa queue sur la corniche. Toujours tremblant, il attendit deux longues minutes. Rien ne bougeait sur le sol, mais très haut dans le ciel, un busard, les ailes tendues, tournoyait sans bruit au-dessus de la scène.

La curiosité l'emporta sur la terreur, et l'enfant s'avança.

Le serpent était mort : une masse tordue sur la corniche. Allongé de toute sa longueur il aurait sans doute paru trois fois plus long. Il avait la tête fendue, le crâne vidé. Kaï se demanda comment. Peut-être par un aigle ? Il reconnut une vipère (il y en avait plusieurs espèces dans la région), et bien qu'elle fût morte, il ne put réprimer un frisson.

Mais il comprit aussitôt une chose qui, malgré ses tremblements, raviva son sourire. Oui, il se trouvait vraiment dans le royaume magique. Le serpent gisait dans l'ombre d'un buisson qui poussait dans la crevasse entre les deux rochers. Et ce buisson était un noisetier.

— Je vais donc pouvoir trouver mon ours, dit-il à haute voix.

Car le serpent mort pouvait lui livrer l'un des plus grands secrets du monde : le secret de la langue magique, le langage muet que parlaient tous les arbres, toutes les plantes et parfois aussi les animaux. On pouvait obtenir ce secret de plusieurs manières, comme le lui avait appris une personne de compétence : sa grand-mère.

— Il existe quatre façons de découvrir le langage secret, Petit Kaï. Si l'on sauve un serpent du feu ou si l'on empêche un poisson d'être pris, il peut te le révéler. Ou bien si l'on trouve de la graine de fougère dans la forêt à minuit, la nuit du solstice d'été. Ou encore si l'on met dans sa bouche une grenouille trouvée en labourant. Enfin, si l'on ramasse un serpent mort sous un noisetier : il suffira de le faire cuire et de manger son cœur.

« Si je pouvais parler aux arbres et aux animaux, se dit Kaï, ils m'apprendraient vite où se trouve mon ourson. » Restait un seul gros problème : comment faire cuire le serpent ? Il n'y avait pas de feu. Il envisagea de le ramener au village.

La vipère se trouvait à un mètre de lui et elle n'était pas morte depuis longtemps. A part sa tête déchiquetée, elle semblait prête à revenir à la vie. Quand l'enfant sentit la chaleur du rocher traverser ses sandales d'écorce, il songea que cette chaleur pouvait ranimer le serpent et ne put s'empêcher de trembler un peu.

Non, il ne pouvait pas l'emporter à la cabane tout seul.

Puis une idée toute simple lui traversa l'esprit : il suffisait d'aller chercher oncle Mal : « Il viendra me faire cuire le serpent. »

Comme cela paraissait facile ! Pendant une seconde il eut l'impression que son expédition s'achevait, qu'il était rentré sain et sauf. Soulagé, il descendit du rocher vers le petit ruisseau et entreprit de rebrousser chemin. Toute la scène lui parut moins magique, plus familière.

Cinq minutes plus tard, il se rendit compte qu'il était perdu.

A son retour dans les bois, il avait pris la même direction que les nuages. Comment se faisait-il qu'il ne reconnaisse rien ? Les arbres poussaient de plus en plus haut, étaient de plus en plus serrés. Il y avait çà et là des rochers et des buissons — rien de commun avec la forêt qu'il avait traversée à l'aller. Il aurait été ravi, à présent, de revoir le petit étang des *roussalki* ! De nouveau, il leva les yeux vers les nuages. Il ne s'était pas aperçu que depuis midi, le vent changeait progressivement de direction.

Et l'enfant céda à la panique. A chaque minute qui passait, sa certitude d'être perdu augmentait et il se sentit enveloppé par une bouffée de vent froid. Il s'arrêta : de tous les côtés, des rangées infinies de troncs d'arbres. C'était sans espoir, sans issue.

Il cria quatre ou cinq fois le nom de sa mère, mais ses cris se perdirent dans la forêt. Il se trouvait prisonnier sous le ciel bleu qui semblait se moquer de lui. Peut-être ne retournerait-il jamais au village. Il s'assit sur un tronc foudroyé. Trop découragé pour se remettre en marche, il laissa couler ses larmes.

Il appela sa mère deux fois encore. Sans réponse. Un gros champignon poussait à côté de lui. Il tendit la main et caressa sa tête lisse, en quête de réconfort, puis il pleura un peu. Plusieurs minutes s'écoulèrent et les larmes lui apportèrent un peu de chaleur. Ses paupières s'alourdirent, puis sa tête bascula vers l'avant et son menton s'appuya à sa poitrine...

Au début, quand il vit l'ourson, il se demanda s'il n'était pas en train de rêver.

L'ourson s'était manifestement écarté de sa mère et trottinait à petits bonds, non sans trébucher sur ses grosses pattes, pour la rejoindre au plus vite. Il passa à une quinzaine de mètres de l'endroit où Kaï somnolait.

Kaï se frotta les yeux, se leva, se pinça pour s'assurer qu'il ne dormait pas et se mit à poursuivre le petit animal. Avait-il réellement retrouvé son ourson ? Il n'en croyait pas sa chance. Il l'apercevait encore qui se hâtait vers une forme brune à une centaine de mètres, sans doute sa mère. La forme brune disparut derrière un arbre.

Oubliant tout, l'enfant s'élança : il fallait qu'il voie où ils iraient. De toute la vitesse de ses petites jambes, il les suivit.

Ils l'entraînèrent à travers le bois, puis le long d'un vallon et dans un autre bois. Peu importait à l'enfant, maintenant. De temps en temps il les apercevait et se figeait aussitôt, de peur qu'ils ne le voient. Le plus souvent, il avançait dans la direction du bruit qu'ils faisaient. Jamais il ne retrouverait le chemin du retour, mais il était trop près du but de son expédition pour y songer.

Plusieurs fois, il faillit les perdre. Au milieu d'un bosquet apparemment sans fin de chênes ou de hêtres il n'entendit soudain plus rien. Autour de lui des arbres, sans le moindre point de repère. Il s'arrêta, fit quelques pas, s'arrêta de nouveau... puis entendit enfin le bruit de végétation froissée, venant d'une autre direction.

Il n'avait aucun sens du danger. Après tant de signes magiques — l'étang caché, la lumière dans le ruisseau de l'autre monde, le serpent sous le noisetier — il avait conclu que la journée même était magique : les esprits de la forêt le conduisaient vers son but.

Il vit alors, sur sa droite, une tache de lumière derrière un écran de bouleaux, sans doute une clairière. L'ourson avait dû s'y rendre. Il se dirigea de ce côté.

Puis, devant lui, à l'orée de la clairière, il aperçut un éclair de lumière dans les branches basses. Cela scintillait, les rayons du soleil dansaient entre les arbres avec des reflets de couleurs vives : rouge, argent et or. Qu'était-ce ?

Aussitôt il comprit, avec un tressaillement de joie. Qui d'autre vivait dans un arbre et brillait ainsi ? Qui d'autre gardait les choses précieuses que les peuples recherchaient, et devait en ce moment même garder son petit ourson ? Qui d'autre sinon la plus rare et la plus belle de toutes les merveilles de la forêt ?

L'oiseau de feu.

Il avait un plumage de mille couleurs. Il lançait des feux même dans le noir. Si l'on se glissait jusqu'à lui pour s'emparer d'une des plumes de sa longue queue, on pouvait satisfaire tous ses désirs. L'oiseau de feu signifiait chaleur et bonheur. Sans aucun doute, l'ourson l'attendait maintenant près de l'oiseau de feu. La lumière scintillante semblait lui faire signe, l'inviter.

Il avança jusqu'à une dizaine de mètres. Il ne pouvait pas encore voir l'oiseau de feu clairement, mais l'animal n'avait pas bougé et continuait de lancer des reflets : il l'attendait. L'enfant poussa un petit cri de joie et franchit l'écran de bouleaux pour pénétrer dans la clairière...

Le visage du cavalier qui baissait les yeux vers lui sous son casque de métal semblait figé. Les pierres de couleur montées autour du casque brillaient sous le soleil. Un visage sombre avec un grand nez aquilin. Une crinière de cheveux noirs tombait en cascade sur les épaules de l'homme. Ses yeux noirs, en amande, étaient froids. Derrière son dos était accroché un long arc recourbé.

L'enfant s'arrêta, pétrifié. Le cheval noir que montait l'effrayant personnage portait des harnais de cuir richement décorés. Il broutait l'herbe de la clairière, dans l'ombre des arbres. Il leva paresseusement la tête pour regarder Kaï.

Le visage de l'homme ne bougeait pas.

Puis il s'avança brusquement.

— Kaï, ma petite baie... Petit Kaï, ma tourterelle.

Les bois lui renvoyèrent l'écho de sa voix.

Parvenue à la grande clairière, elle appela plusieurs fois, presque sûre que Kaï allait lui répondre. Il ne pouvait pas s'être aventuré si loin.

Elle se dirigea vers le bosquet de bouleaux argentés et resta immobile un moment, la tête inclinée devant l'écran brillant qu'ils formaient. Le bouleau était sacré, et bénéfique : il pouvait vous aider si vous lui adressiez une prière. Lebed s'enfonça, toujours vers l'est, sans se douter que son fils, ignorant le changement du vent, avait suivi les nuages dans une autre direction. Elle aperçut un couple de loups gris au pied d'un arbre. Ils la suivirent des yeux et pendant un instant son cœur cessa de battre. Kaï ne les aurait-il pas rencontrés un peu plus tôt ? Elle se souvint que les loups attaquaient rarement les hommes pendant la saison chaude, où régnait l'abondance.

Elle poursuivit son chemin. Des images envahirent lentement son esprit et refusèrent de se laisser chasser : les images du folklore de son peuple : oiseaux de joie et de chagrin, oiseaux de proie, puis le feu réconfortant du foyer et le feu redoutable de la forêt.

Parfois les arbres semblaient des amis, prêts à lui rendre son fils après l'avoir protégé ; parfois ils devenaient sombres et menaçants. A un moment, dans une futaie de chênes, elle crut entendre, en un écho plaintif, la voix de Kaï, quelque part sur sa gauche. Elle écouta, puis appela et écouta de nouveau avant de reprendre sa marche.

Elle songea à la vie sans lui. Elle imagina l'espace vide à côté d'elle, au-dessus du poêle. Comment pourrait-elle emplir ce vide et ce désespoir ? Son doux mari viendrait-il ? Non. Un autre enfant ! Elle avait vu d'autres femmes du village perdre des enfants. Elles avaient pleuré et gémi pendant quelque temps puis avaient repris la vie normale. Elles avaient eu d'autres enfants et en avaient perdu certains. La vie du *rod* ne s'arrêtait pas. Mais était-ce une consolation ? Lebed avait connu plus d'une fois les angoisses d'une mère, mais jamais une frayeur comme ce jour-là.

Si seulement elle pouvait voler comme Baba Iaga la sorcière jusqu'à la cime du ciel pour regarder tout ce qui bougeait dans la forêt et sur la steppe... Si seulement elle pouvait lancer un charme pour que l'enfant revienne...

Deux idées lui traversèrent l'esprit : il était impossible que l'enfant soit allé plus loin, et il devait donc se trouver dans la forêt quelque part à gauche ou à droite — s'il était encore en vie.

La deuxième éventualité était plus effrayante.

Car très vite, vers l'est, la forêt s'arrêtait et laissait place à un nouveau danger : la steppe.

Elle imagina Kaï en train de franchir la ligne des arbres pour entrer dans les herbes hautes. Plus rien ne le protégerait du soleil ardent. Les herbes se refermeraient derrière lui, jamais il ne retrouverait son chemin et elle ne pourrait pas l'apercevoir. Et les animaux ? Dans la forêt, il y avait peu de chance qu'un ours ou un loup attaquent l'enfant en plein été, mais s'il rencontrait une vipère, des chiens sauvages ou même un simple putois sur la steppe ?

Elle décida de traverser la forêt puis de longer la steppe sur la lisière des bois en appelant de temps en temps. S'il était parvenu jusque-là, il devait être fatigué. Il se reposait peut-être dans un coin d'ombre.

Cinq minutes plus tard, elle quitta l'abri des arbres.

Devant elle, sur la steppe immense, le silence de midi s'étendait jusqu'à l'horizon et au-delà. La terre semblait vibrer sous le soleil. Sur une centaine de mètres, des plaques d'herbe courte et de sauge, roussies mais encore verdâtres par endroits, formaient le préambule de la steppe de hautes herbes-plumeaux, appelées ainsi à cause des longs plumets de feuilles dont elles se couvraient au printemps. Les brins desséchés, blanchis, se fondaient à mi-distance, de sorte que les reflets jaunes de l'herbe grillée étaient comme recouverts d'un duvet blanc. Plus loin, la plaine prenait une teinte brunâtre, et juste au-dessous de l'horizon on apercevait comme des scintillements couleur lilas. Au premier regard, on pouvait croire que le soleil avait condamné toutes les créatures vivantes au sommeil.

Mais il n'en était rien. Une sauterelle stridula près des pieds de Lebed. Sur sa droite, une alouette s'envola en chantant hardiment dans la chaleur étouffante.

Lebed appela plusieurs fois, mais n'entendit rien ni ne vit aucun signe du passage de l'enfant. Elle obliqua à gauche et prit la direction du nord-est, le long de la forêt. Devant elle et sur la droite, à des centaines de pas sur la steppe se trouvait un monticule de faible hauteur mais nettement visible : un *kourgane*, mais elle ne savait pas qui l'avait édifié là, ni quand. Son peuple construisait rarement ce genre de tombe.

Elle avançait, elle avançait, mais curieusement le *kourgane* ne semblait pas se rapprocher à travers la brume de chaleur. Lebed savait que la steppe jouait ce genre de tour. Enfin le tumulus parut plus proche, et au même moment, elle arriva près d'une langue de forêt qui s'enfonçait de sa gauche, dans la steppe.

Le campement des cavaliers se trouvait juste derrière la ligne des arbres. Elle l'aperçut dès qu'elle parvint à l'orée, à moins de cent pas.

Et elle vit qu'ils avaient son enfant.

Les cinq chariots étaient couverts de bâches d'écorce. Ils formaient un cercle d'ombres chaudes et poussiéreuses sur la lumière violente de la steppe. Plusieurs cavaliers avaient mis pied à terre pour s'allonger sous les chariots.

A l'extérieur du petit cercle, deux hommes étaient restés à cheval. Un blond et un brun. Le brun s'adressa à l'autre, qui commandait l'expédition.

— Mon frère, allons chercher le village.

Le cavalier blond regarda l'enfant que son frère de sang tenait devant lui sur l'encolure du cheval noir. Un beau petit garçon à la peau claire qui regardait autour de lui avec de grands yeux effarés.

Les cheveux aile-de-corbeau de son frère de sang luisaient sous le soleil, presque aussi brillants que la robe de sa monture.

Le village ne devait pas se trouver très loin de l'endroit où l'enfant s'était égaré. Ils s'empareraient de quelques jeunes gens et de quelques enfants mâles, puis de leurs captifs ils feraient des guerriers, pas des esclaves mais des membres adoptifs du clan. Deux des cavaliers qui se reposaient sous les chariots avaient été pris de cette manière dans des villages slaves quand ils étaient jeunes. Un peuple étrange, ces Slaves, songea le chef : ils n'avaient aucun dieu de la guerre, mais une fois entraînés, ils faisaient d'excellents combattants, braves et forts. Sans aucun doute cet enfant affolé ferait-il honneur au clan un jour.

Mais par cet après-midi brûlant, il n'avait pas envie d'attaquer le village.

— Je suis venu ici dans un autre but, dit-il à mi-voix.

Le cavalier noir inclina la tête.

— Ton grand-père n'a pas fait de vieux os, répondit-il gravement. Ce n'est pas pour rien qu'on l'appelait Le Daim.

Les cavaliers de la steppe ne pouvaient pas faire de plus grands compliments. Parmi eux, un homme âgé était sans honneur, les hommes de courage mouraient au combat avant de vieillir.

Peu de temps auparavant, quand le soleil avait atteint son zénith ce jour-là, le guerrier blond était monté au sommet du *kourgane* solitaire pour y planter une longue épée. Car c'était la tombe de son grand-père, tué dans une escarmouche en ce lieu oublié de tous, sauf de sa famille qui revenait tous les quatre ou cinq ans honorer ses restes en cet endroit reculé de la steppe. L'épée restait plantée là-haut, la croix de son pommeau à peine visible depuis les chariots, hommage de fer d'un noble clan guerrier.

Kaï dévisagea le cavalier. Jamais il n'avait vu un homme tel que lui, mais il en avait entendu parler : ce devait être un Scythe.

— Si un Scythe t'attrape, lui avait dit son père, il t'arrachera la peau afin d'en faire un harnais pour son cheval.

L'enfant jeta aux rênes un coup d'œil angoissé. Dès qu'il avait croisé le regard froid du cavalier noir, il avait redouté le pire, et il supposa qu'ils étaient en train de discuter maintenant de la façon dont ils le dépèceraient. Puis il regarda le cavalier blond et se prit à espérer. Malgré sa terreur, il songea que c'était l'homme le plus magnifique qu'il avait rencontré de sa vie.

A l'inverse de son frère de sang, le grand blond avait les cheveux courts. Ses beaux traits fins, réguliers, presque délicats, lui donnaient un air ouvert, agréable. Mais lorsque ses yeux pâles luisaient de colère, il paraissait encore plus effrayant que le Scythe noir en face de lui.

C'était en réalité un Alain appartenant à l'une des plus grandes tribus des Sarmates, et au clan le plus fier de tous : ils s'appelaient eux-mêmes les « Pâles » ou les « Farouches ».

Depuis des temps immémoriaux, des cavaliers étaient venus de l'est, des terres asiatiques s'étendant au-delà de l'énorme croissant de montagnes qui limitait vers le sud l'immense plaine d'Eurasie. Ils franchissaient les cols dominant l'Inde et la Perse, puis se déversaient sur la vaste plaine. Originaires du désert, ils contournaient la mer Caspienne, traversaient la Volga puis se dispersaient sur la steppe riche au nord de la mer Noire, jusqu'aux bassins du Don et du Dniepr. Ils avaient même pénétré jusqu'à la Méditerranée orientale et aux monts Balkans, au nord de la Grèce.

Les premiers arrivés, dans l'Antiquité lointaine, étaient des cavaliers de l'Age du fer : les Cimmériens. Puis, vers le VIe siècle av. J.-C., les Scythes — peuplade indo-européenne comportant des éléments mongols et parlant une langue iranienne. Quatre siècles plus tard, un autre peuple de langue iranienne, encore plus puissant, les Sarmates, avait repoussé les Scythes dans une petite région, et les tenait sous sa domination.

Ces clans guerriers et leurs nobles princes avaient donné des noms iraniens aux fleuves : au Don (« don » signifie « eau »), au Dniepr, et même au lointain Danube, vers l'ouest. C'étaient les seigneurs nomades de la steppe.

De la mer Noire à la forêt, les Slaves craignaient et admiraient les farouches Alains. Certaines tribus slaves travaillaient pour eux ; d'autres leur payaient tribut. Ils occupaient un territoire très vaste ; leurs épopées populaires proclamaient qu'ils chevauchaient depuis les terres du chaud soleil jusqu'à celles du couchant.

Le cavalier alain leva les yeux vers le ciel. L'après-midi était encore ardent, mais les hommes sous les chariots se réveilleraient dans peu de temps pour repartir.

— Nous rentrons aujourd'hui, dit-il. L'enfant est pour toi.

Kaï ne parvenait pas à détacher son regard du grand guerrier. A la différence de son frère de sang scythe, l'Alain se servait d'étriers. Il portait des chaussures de cuir souple et un pantalon bouffant en soie. A son côté, une longue épée et un lasso — arme favorite de son peuple. Une dague avec un anneau en guise de pommeau était fixée à sa jambe. Son armure et son casque pointu se trouvaient sur un ballot, par terre à côté des chariots, avec deux des longs épieux qu'utilisaient les Alains dans leurs charges redoutables. Son pourpoint de toile s'ornait de petits triangles d'or et il portait autour du cou une torsade de fils d'or formant à chaque bout une gueule de dragon. Sur son épaule, une longue cape de laine retenue par une grosse fibule richement incrustée de pierres de l'Orient.

Le Scythe portait un costume différent. Kaï sentait dans son dos les ornements d'or et d'argent cousus sur la tunique de cuir. Le bras noir qui le retenait s'ornait d'un bracelet gravé représentant des divinités et des animaux fantastiques. Kaï ignorait que ce merveilleux travail du métal était d'origine grecque : il savait seulement que le reflet du soleil lui faisait mal aux yeux. Le pommeau du cimeterre du Scythe était également décoré de motifs grecs.

Pour l'enfant tremblant, les chevaux étaient encore plus splendides et effrayants que les hommes. Il ne pouvait voir qu'une partie du cheval noir au-dessous de lui, mais il sentait la puissance fantastique de l'animal. Quant à la monture de l'Alain, peut-être était-ce un dieu.

Gris argent avec une crinière noire, une bande noire sur le dos et la queue noire. Les Alains appelaient cette noble robe le « givre ». Kaï eut l'impression que l'animal gracieux effleurait à peine le sol comme s'il daignait tout juste le toucher. Un animal pareil ne devait pas galoper, se dit-il, mais voler.

Il n'existait pas de monture plus vive et légère dans toute la tribu de l'Alain. Il avait appelé le noble animal Trajan, en hommage à l'empereur romain dont la réputation héroïque s'était répandue autour des côtes de la mer Noire et dont les lointains Sarmates avaient fait une divinité mineure. A trois reprises, Trajan avait sauvé la vie de l'Alain en pleine bataille, par la sûreté de son pas. Un jour où il était blessé, le cheval avait échappé à ses ravisseurs pour se mettre à sa recherche. Les hommes, en compliment, disaient de l'Alain et de son cheval : « Il aime Trajan plus que sa femme. »

Trajan se figea, mais la faible brise de la steppe glissa sur les petits disques d'or qui pendaient de sa bride et les fit scintiller. Sur chaque disque était incisé le *tamga*, l'emblème du clan auquel le cheval, comme son maître, appartenait : un trident, symbole sacré accroché au-dessus du foyer dans la tour ancestrale du clan, à des centaines de kilomètres de là, vers l'est.

Le Scythe regarda Trajan lui aussi, et réprima un soupir. Dans sa tribu d'origine, un étalon tel que celui-ci, beau comme un dieu, serait enterré dans le *kourgane* avec son maître lorsque celui-ci tomberait enfin au combat. Les Alains, si excellents cavaliers qu'ils fussent, se contentaient en général de rejoindre leur dernière demeure avec seulement la bride et les harnais de leur cheval.

Son père et celui de l'Alain avaient été frères d'armes dans la même légion romaine de mercenaires. Il était devenu le frère de sang de l'Alain pendant son enfance. Aucun lien n'était plus sacré : on ne pouvait jamais le rompre. Pendant des années, ils avaient chevauché ensemble et combattu au coude à coude. Jamais, en quoi que ce fût, le Scythe n'avait fait faux bond à l'Alain. S'il le fallait, il mourrait pour lui.

Mais quand ses yeux durs se posèrent pour la millième fois sur Trajan, ils brillèrent de façon étrange. « Si ce n'était pas mon frère, se dit-il, je le tuerais pour un cheval pareil. » Le cheval lui rendit fièrement son regard.

— Frère de sang, dit le Scythe, ne me permettras-tu pas de prendre deux hommes, de piller le village et de te rejoindre ? Je te rattraperai demain avant le coucher du soleil.

L'Alain caressa doucement l'encolure de son cheval.

— Ne me demande pas cela maintenant, mon frère.

Le Scythe, songeur, ne répondit pas. Les deux hommes savaient que l'Alain ne pouvait rien refuser à son frère de sang — ni présent, ni faveur, ni sacrifice ne pouvait être trop grand. Telle était leur coutume, et leur honneur. Si le Scythe lui avait demandé Trajan de façon formelle, son frère lui aurait donné son cheval. Mais un frère de sang n'abusait pas de ses droits : il devait savoir quand il ne faut pas demander. Le cavalier noir inclina donc la tête et ce fut comme si le pillage du village n'avait jamais été suggéré.

Puis Petit Kaï tourna la tête vers la forêt et poussa un cri.

Elle s'avançait vers eux et les longues herbes jaunes caressaient ses jambes nues.

Lebed se demanda s'ils allaient la tuer, mais elle n'avait plus rien à perdre. En s'avançant, elle eut l'impression que le bel Alain était leur chef, mais comment savoir ? Les deux cavaliers ne la quittaient pas des yeux, impassibles. Même les chevaux ne bougeaient pas.

Instinctivement, Kaï se débattit, mais le bras sombre du Scythe, qui semblait le retenir distraitement, était aussi dur que du fer. De toute manière, puisque sa mère était arrivée, ces étranges et redoutables cavaliers allaient le libérer.

— Petit Kaï, appela-t-elle.

Il répondit. Pourquoi les cavaliers ne réagissaient-ils pas ?

Lebed les dévisagea : les yeux sombres de l'un semblaient aussi durs que les yeux bleus de l'autre. Le Scythe baissa lentement la main vers son cimeterre. La main resta un instant en suspens devant l'enfant puis se posa sur la crinière de son cheval.

Elle n'était plus qu'à dix pas. Elle pouvait distinguer l'expression de Kaï : la joie et l'espoir éclairaient son petit visage. Puis il fit une moue de dépit, contrarié de ne pouvoir s'élancer vers elle. Elle remarqua que les hommes et les chevaux, près des chariots, la regardaient d'un air curieux mais sans bouger. Elle s'arrêta en face des deux cavaliers, se campa sur ses jambes et croisa les bras.

Une bouffée de vent fit vibrer les herbes-plumeaux à l'odeur douceâtre. Le casque du Scythe scintilla. Personne ne parla.

L'Alain connaissait quelques mots de slave. Du haut de Trajan, il lança d'un ton sec :

— Que veux-tu ?

Lebed ne le regarda pas : elle regarda son fils sur le cheval noir du Scythe et ne répondit pas.

— Retourne à ton village. Cet enfant est à nous.

Elle regarda les joues rondes de Kaï, pas ses yeux. Puis ses petites mains potelées qui s'accrochaient à la crinière noire du cheval. Elle ne dit toujours rien.

Le silence est plus puissant que les mots.

L'Alain l'observait. Que pouvait-elle savoir du destin qui attendait l'enfant au-delà de l'horizon ? Que pouvait-elle savoir des ports animés, grecs et romains, de la mer Noire ? Des hautes falaises grises, luisantes comme de la cendre chaude, qui dominaient les côtes de cette mer du sud ? Des promontoires bossus et tout lisses, pareils à de grands ours venus s'abreuver à ces eaux ? Que pouvait-elle savoir, cette pauvre Slave de l'orée des grands bois, du riche commerce de céréales qui se faisait en Crimée, des caravanes partant vers l'Orient, des monts Caucase couronnés de neige avec leurs forges où des hommes trempaient le fer, leurs grands cols et leurs piémonts verdoyants, couverts de vignes ? Jamais elle n'avait vu, non plus, les grands troupeaux de chevaux magnifiques, pareils à des dieux, qui demeuraient près des montagnes, ni les audacieuses tours de pierre construites par le peuple alain.

Dans quelques années, cet enfant serait un guerrier et monterait peut-être un cheval comme Trajan. Il deviendrait l'un d'eux : un Alain ardent dont les Romains eux-mêmes avaient imité les charges et les retraites simulées. L'empereur Marc Aurèle n'avait-il pas renoncé récemment à les conquérir ? Les Romains n'avaient-ils pas été ravis d'obtenir leur aide contre les Parthes farouches ?

Il existait tant de choses à voir et à apprendre : il visiterait les territoires des Cimmériens ou des Scythes de Crimée ; dans les ports, il pourrait parler aux colons grecs, romains, perses et juifs, rencontrer des peuples venus de tous les lointains pays d'Orient. Il pourrait accéder à la gloire et à la fortune en combattant les Perses de l'est ou les Goths turbulents du nord. Surtout, il connaîtrait l'immense liberté de la steppe — le frisson des galops, la camaraderie fraternelle des cavaliers.

S'il restait slave, que pourrait-il faire ? Vivre dans la forêt et payer tribut, ou bien partir vers le sud et cultiver la terre pour les maîtres de la steppe... En tant que membre du clan, il deviendrait un seigneur.

Avec ces pensées en tête, il baissa les yeux vers la femme qui réclamait son enfant.

— Cet enfant est à nous.

En entendant ces mots, Petit Kaï regarda d'abord l'Alain, puis sa mère. Il essaya de deviner si l'Alain avait l'intention de le tuer. Mais si c'était le cas, ils l'auraient déjà fait. Mais qu'allait-il advenir de lui ? Ne reverrait-il jamais sa mère ? L'odeur forte du grand cheval et les larmes brûlantes qui perlaient dans ses yeux parurent emplir tout l'horizon.

Les hommes près des chariots s'étaient levés et commençaient à harnacher les bêtes. L'Alain releva la tête vers la steppe. Lebed ne bougea pas.

Le Scythe noir ne la quittait pas des yeux, aussi impassible qu'un serpent. Son cheval agita la tête. Le village devait être très près, songeait-il. Il avait tellement envie de le piller ! Mais il l'avait suggéré deux fois et son frère de sang s'était montré réticent. Son bras, autour de l'enfant, se détendit.

— Partons, mon frère, dit-il à mi-voix.

L'Alain ne bougea pas. Pourquoi ? Il n'avait aucune raison de s'attarder. Mais le voyage serait long, l'enfant capturé par son frère de sang allait commencer une nouvelle vie, et il voulait accomplir un petit acte de gentillesse à l'égard de l'enfant pour rassurer la mère : il se rapprocha, prit sur sa poitrine une petite amulette et la passa autour du cou de l'enfant, un talisman de l'oiseau magique Simrug, dont les yeux regardent dans des directions différentes (un vers le présent, un vers l'avenir). Satisfait de son geste, il adressa un signe de tête au Scythe et les deux chevaux caracolèrent.

Aussitôt, le petit visage de Kaï se contracta. Il tordit son corps et regarda vers l'arrière, par-dessus le bras ferme du Scythe.

— Maman !

Le corps de Lebed frissonna. Chacun de ses muscles avait envie de bouger, de s'élancer vers le cavalier. Mais elle savait que si elle le faisait, il l'abattrait. Elle n'aurait su dire pourquoi, mais elle sentait que son seul espoir résidait dans l'immobilité et le silence.

— Maman !

Ils se trouvaient maintenant à trente pas.

Elle ne bougea toujours pas. Les deux cavaliers s'éloignaient vers l'est au pas, dans les herbes hautes. Soixante pas. Cent. Elle ne quittait pas des yeux le petit visage rond aux yeux agrandis, qui semblait étrangement pâle au-dessus du cheval qui l'emportait.

— Maman !

Les hautes herbes commencèrent à le cacher.

Puis les chariots partirent à leur tour, escortés par les autres cavaliers. Aucun ne se donna la peine de se retourner pour la regarder.

Depuis l'instant où elle les avait aperçus, elle priait sans bouger les lèvres ; sa prière était demeurée vaine, mais elle continuait malgré tout. Elle pria le dieu du vent, qu'elle sentait sur son visage. Elle pria le dieu du tonnerre et de l'éclair, et le dieu soleil qui les baignait en ce moment de la même lumière. Elle pria les dieux du bétail. Elle pria la Mère Terre Humide, qui s'étendait partout sous leurs pieds. Elle pria tous les dieux qu'elle connaissait. Le ciel bleu, vide, la regarda — et ne lui accorda rien. Il semblait de métal : aussi dur que les yeux des cavaliers.

Les chariots s'éloignèrent dans les herbes que le vent berçait. Bientôt, elle ne vit plus qu'un faible nuage de poussière. Elle eut l'impression que le ciel, lui aussi, s'éloignait. Elle continua de prier, mais à la manière de son peuple : la tête inclinée, silencieuse et soumise. C'était le destin.

En haut d'une colline basse, l'Alain tourna la tête et l'aperçut : minuscule silhouette dans le lointain, toujours immobile et tendue vers eux.

Et il la prit en pitié — le hasard voulait que, cette année-là, il avait perdu lui aussi son fils unique.

Quand le Scythe entendit ce que lui demandait son frère de sang, ses yeux brillèrent.

— Mon frère, répondit-il, quand j'ai eu envie de piller le village, tu m'as demandé de ne rien réclamer. Mais pour que tu saches quel amour j'éprouve pour toi, demande-moi ce que tu veux et ce sera à toi. N'avons-nous pas trempé la pointe de notre épée dans la même coupe de sang ? N'avons-nous pas juré par le sang et par le cimeterre d'appartenir l'un à l'autre dans la vie et dans la mort ?

D'un geste souple, il tendit l'enfant à l'Alain.

— Il est à toi.

Puis il attendit.

Si cela n'avait pas été contraire à son honneur, l'Alain aurait soupiré. A la place, il ébaucha un sourire et répondit :

— Frère fidèle, tu as fait ce long voyage avec moi pour honorer mon grand-père, et tu as accompli tout ce que je t'ai ordonné, non seulement aujourd'hui mais bien souvent. Et tu ne m'as jamais rien demandé en retour. Alors maintenant, je t'en supplie, demande-moi une faveur pour que je puisse montrer mon amour pour toi.

Il savait qu'un présent était dû, et il savait quel présent ce serait.

— Mon frère, répondit le Scythe gravement, je te demande Trajan.

— Il est à toi.

Prononcer ces paroles lui fit mal — physiquement. Mais dans sa douleur même, il éprouva une bouffée d'orgueil. Donner un si beau cheval, quelle preuve de noblesse !

— Un dernier galop avec lui, lança l'Alain d'un ton joyeux.

Sans attendre de réponse, il fit tourner bride à Trajan et, l'enfant dans ses bras, s'élança sur la steppe.

Petit Kaï jeta autour de lui des regards apeurés et s'accrocha machinalement à la crinière du cheval.

— Tu vois, enfant, lui dit l'Alain dans la langue slave, tu retournes à ton village, mais toute ta vie tu pourras dire avec fierté : « J'ai monté Trajan, le plus noble de tous les chevaux des ardents Alains. »

L'enfant ne se rendit pas compte que l'Alain avait des larmes dans les yeux. Il n'éprouva qu'un frémissement de joie, une excitation plus vive que tout ce qu'il avait jamais éprouvé dans sa vie.

Et ce que vit Lebed soudain, de ses yeux fixés sans espoir sur la steppe vide, ce fut le dieu du vent lui-même : Trajan qui volait vers elle au-dessus des herbes. Presque brutalement, sans un mot, l'Alain laissa tomber l'enfant aux pieds de la femme, puis tourna bride et repartit au galop vers la steppe.

Sans en croire ses yeux, elle serra dans ses bras l'enfant qui s'accrochait à elle.

Elle n'était pas encore tout à fait certaine de ce qui venait de se produire, quand l'enfant, brusquement, se retourna vers la steppe vibrante sous le soleil et cria :

— Laisse-moi partir avec eux !

Elle souleva l'enfant de peur qu'on ne le lui reprenne et s'élança vers les bois.

Au lieu de retourner sur-le-champ au hameau, Lebed se rendit près de la rivière à l'endroit où s'élevait un chêne sacré. Elle le remercia puis, désirant rester seule avec son fils, s'assit dans l'ombre et regarda l'enfant jouer près de l'eau, puis dormir un moment.

Ils ressortirent de la forêt vers le soir et traversèrent l'espace vide du champ récolté. Dans un coin, selon la coutume, on avait laissé une gerbe d'orge, offrande à Volos, le dieu de la richesse. Au bout du champ plusieurs petites filles jouaient à la ronde et riaient en battant des mains. A leur arrivée dans le hameau, les oies près des cabanes les saluèrent de leurs jacassements habituels.

La première personne que vit Lebed fut son époux. Il souleva le petit garçon au-dessus de sa tête, le visage radieux, sous le regard de la belle-mère de Lebed qui, du seuil de la cabane, hocha simplement la tête.

— Je suis allé à votre recherche, dit-il.

Oui, Lebed savait que son cœur généreux l'aurait poussé à les rechercher pendant des jours — s'il n'avait pas eu tant d'autres choses à faire.

— Je l'ai trouvé, répondit-elle.

Puis elle parla des cavaliers, et ils se rendirent auprès de l'ancien du village qui lui fit répéter son récit.

— S'ils reviennent, dit l'ancien lentement, nous partirons de nouveau vers le nord.

Car la petite communauté venue du sud s'était installée là seulement cinq ans plus tôt pour éviter de payer tribut aux cavaliers de la steppe.

Mais pour le moment, il n'y avait rien à faire, hormis célébrer la fin de la moisson.

Déjà, jeunes gens et jeunes filles se rendaient près du champ pour se livrer à des sauts et des cabrioles dans l'herbe. Devant la case de l'ancien, les femmes mettaient la dernière main à la petite effigie d'un vieillard, fabriquée avec de l'orge : le dieu du champ, dont elles enduisaient de miel la longue barbe bouclée. Elles le placeraient à la limite entre le champ et les bois.

Les gens du hameau commençaient à se rassembler, et Mal apparut sur le seuil de sa cabane. En apercevant Lebed et l'enfant, il hésita, mais l'enfant s'élança vers lui.

— J'ai vu l'ours, cria-t-il. Je l'ai vu.

Le visage de Mal devint tout rouge, et Lebed entraîna Kaï.

Au moment où les gens du hameau partirent vers le champ, Lebed
sentit son mari à ses côtés. Elle ne leva pas les yeux vers son visage
(elle savait qu'il l'espérait) mais devina l'expression douce de ses
traits : ses yeux brillaient d'excitation comme ceux d'un enfant. Ses
longs bras pendaient près d'elle, puis l'un d'eux bougea et la main
de l'homme se posa sur la sienne et serra doucement. C'était le
signal, elle s'y attendait.

Elle continua du même pas. D'autres femmes, se dit-elle, avaient
dû remarquer le signal.

Les ombres semblaient très longues sur le champ moissonné. Les
femmes qui avaient ramassé la récolte, en cercle autour de la belle-
mère de Lebed, se mirent à chanter :

> *Chaume du grain de l'été,*
> *Redonne-moi ma force.*
> *Je t'ai récolté et me suis affaiblie,*
> *Mais l'hiver est long, l'hiver est triste :*
> *Champ moissonné et grain de l'été*
> *Redonnez-moi ma force.*

Les chauds rayons du soleil couchant faisaient luire le miel qui
glissait de la barbe de l'homme d'orge.

Sur le côté du champ, trois vieilles, trois *babouchki* trop âgées
pour danser ou chanter, les observaient d'un visage serein. Lebed
sourit : elle deviendrait ainsi à son tour. Nul ne saurait dominer la
nature ; l'homme et la femme ne peuvent que suivre le temps des
semailles et le temps des moissons. Et Lebed savait aussi que son
destin individuel n'avait aucune importance. Aucune. Même la perte
de son enfant serait presque passée inaperçue, quel que fût son
chagrin. Tant d'enfants se perdaient ! Personne ne les comptait. Mais
certains survivaient ; et la vie du hameau, du *rod*, continuait sans
trêve en suivant le cycle implacable des saisons.

A la fin du chant, elle chercha Petit Kaï. Assis par terre, il tenait
entre ses doigts le talisman que lui avait donné le cavalier. Son
esprit n'était plus avec elle, mais en train de chevaucher sur la
steppe.

Puis son mari s'avança en souriant, impatient.

Il était, lui aussi, nécessaire : à certains moments, certaines saisons,
elle avait besoin de lui. Elle se tenait à ses ordres car les hommes
gouvernaient le village, mais la force et l'endurance appartenaient
aux femmes, et Lebed le savait. De même que Mère Terre Humide
elle-même, les femmes protégeaient les semences dans le sol et
préparaient la récolte pour le dieu soleil et l'homme à la charrue.

Quand la nuit tomba, on alluma les brandons résineux qui servaient
de chandelles, et le festin commença dans la cabane de l'ancien. Le
bol et la louche, emplie à ras bord d'hydromel pétillant, passèrent
de main en main. A chaque plat de poisson, de pain de mil, de
viande, on offrait une part au *domovoï* — ne sortait-il pas de sa
demeure sous la grange pour se joindre à la compagnie ?

Quand toute la nourriture fut mangée, le village entier continua de boire et de danser. Kaï vit sa mère prendre son tambourin rouge et danser devant son père. Il regarda, fasciné, puis sa tête tomba contre sa poitrine et il s'endormit.

A deux reprises, son mari lui toucha le bras et lui murmura : « Viens. » Elle secoua la tête et continua de danser. Elle avait bu, elle aussi — à peine moins que les autres — et son corps s'était échauffé. Excitée par sa propre danse, elle eut bientôt envie de lui ; mais elle continua de danser et de boire, pour attendre l'instant où elle le désirerait vraiment.

Hommes et femmes s'éloignèrent tour à tour d'un pas chancelant dans la nuit. Lebed, à son tour, laissa son époux la prendre par la taille et l'entraîner dehors. Autour d'eux, près des cabanes, vers le champ, se déroulaient des accouplements de hasard. Nul ne savait trop qui était avec qui, et qui s'en souviendrait ? Qui saurait de qui serait son enfant ? Peu importait. La vie du *rod* se perpétuait.

Ils descendirent vers la rivière à travers des herbes hautes que des lucioles éclairaient. Ensemble, ils contemplèrent l'eau qui brillait sous la lune. Les gens du hameau lui avaient donné un nom, emprunté aux cavaliers de la steppe qu'ils redoutaient. Les Slaves savaient que dans leur langue les chefs des Alains s'appelaient *Rus*, c'est-à-dire « lumière », « brillant ». Et comme ce mot possédait pour une oreille slave une douceur féminine, convenant bien à une rivière, ils avaient appelé *Rus* leur petit cours d'eau scintillant.

Sans doute auraient-ils été encore plus enchantés de ce nom, s'ils avaient su qu'à la même époque, le même nom de *Rus*, ou *Rhos*, était porté par le fleuve puissant de l'est que d'autres temps baptiseraient Volga.

Ils appelaient donc leur rivière *Rus* et le hameau voisin *Russka*.

Rien ne bougeait dans la nuit calme près de la rivière brillante. Ils s'allongèrent.

Lebed n'entendit que le murmure du vent glissant doucement sur les terres.

Le fleuve

1066

En l'an de grâce 1066, au mois de janvier, un signe terrible apparut dans le ciel. Toute l'Europe en fut témoin.

Au royaume anglo-saxon d'Angleterre, menacé d'invasion par Guillaume de Normandie, les chroniqueurs le notèrent comme un présage de catastrophe. En France, en Allemagne, autour des côtes méditerranéennes, on en discuta longtemps. Dans l'Europe orientale, où venaient de se former les royaumes de Pologne et de Hongrie, le phénomène menaçant hantait les nuits. Et plus loin, dans les marches de l'est où la forêt rejoint la steppe, où le large Dniepr coule vers les eaux tempérées de la mer Noire, la grande comète rouge domina, nuit après nuit, le paysage blanc silencieux. Chacun se demandait quel malheur allait accabler le monde.

Ce monde avait beaucoup changé. Au cours des neuf siècles turbulents qui s'étaient écoulés depuis le temps de Trajan et de Marc Aurèle, la civilisation occidentale avait connu une suite d'événements fantastiques. Rome était devenue chrétienne ; mais peu après, son immense empire, désormais divisé entre ses capitales de Rome en Occident et de Constantinople en Orient, s'était effondré sous la charge des puissantes invasions barbares.

Depuis les territoires mongols situés au nord de la Grande Muraille de Chine, les vagues successives d'envahisseurs de l'est avaient traversé le grand croissant méridional de montagnes et déferlé dans le désert et la steppe de la vaste plaine d'Eurasie. Certains étaient blancs, d'autres mongols, la plupart parlaient des dialectes turcs, tous faisaient le vide sur leur passage. Ainsi s'étaient déversés les Huns d'Attila, puis les Avars, puis les Turcs. Mais l'Empire romain n'avait été brisé ni par leurs invasions brutales, ni par les immenses empires éphémères créés sur la steppe. Il s'était disloqué sous l'effet d'une remarquable réaction en chaîne de migrations, déclenchées par le déferlement des peuples de la steppe sur les tribus d'Europe orientale. Et ces migrations devaient conduire les Francs en France, ies Bulgares (descendants des Huns) en Bulgarie, les Saxons et les Angles en Grande-Bretagne. Et laisser le nom de certaines tribus à des régions entières, comme la Lombardie ou la Bourgogne.

A la fin de cette lente évolution, le monde antique se trouva démantelé. Rome avait été prise. L'Europe occidentale, où les Barbares se convertissaient lentement au christianisme, semblait un patchwork désordonné de territoires tribaux déchirés par des querelles dynastiques. Un semblant d'ordre ne subsistait que dans l'est de la Méditerranée : juste au nord de la Grèce, près de l'étroit bras de mer qui relie la mer Noire aux eaux méditerranéennes, se dressait encore la ville impériale de Constantinople, l'ancienne Byzance. Invaincue, gardienne de la culture classique et du christianisme oriental, davantage grecque que latine, elle demeurait inviolée. Tout au long du Moyen Age, un empereur romain continuerait d'y régner, au moins de nom.

Mais les malheurs de l'Occident n'en étaient pas à leur fin. En 622, le prophète Mahomet avait quitté La Mecque : c'était le début de l'ère musulmane, l'hégire (d'un mot arabe signifiant « émigration »), et de l'expansion explosive de l'islam. « Au paradis, musulmans, non aux flammes », criaient les chefs en lançant le combat : car tous ceux qui tomberaient sur le champ de bataille auraient une place assurée au Jardin éternel. Depuis l'Arabie, les armées musulmanes balayèrent le Proche-Orient, puis la Perse et l'Inde vers l'est, l'Afrique du Nord et l'Espagne vers l'ouest. Elles campèrent bientôt sous les murs de Constantinople. Pendant les siècles suivants, le nom du Prophète ferait trembler l'Occident chrétien.

Enfin, pour couronner cette période de troubles, survinrent les Vikings.

Pirates, marchands, colons, aventuriers, ces voyageurs scandinaves entrèrent brusquement en scène vers l'an 800. Ils s'emparèrent d'une bonne partie de l'Angleterre centrale, installèrent des colonies en Islande et au Groenland, puis visitèrent même les côtes de l'Amérique du Nord. Ils s'établirent dans la vallée de la Seine et contournèrent la péninsule ibérique pour gagner la Méditerranée.

Vers la même époque, un groupe de Vikings suédois, après avoir fondé des colonies marchandes autour de la mer Baltique, descendit par les voies fluviales de l'arrière-pays jusqu'au pays des Slaves.

On appelait parfois Varègues ces homme venus du nord qui créèrent de toutes pièces un vaste réseau commercial sur un axe nord-sud. Ils rassemblaient les produits du nord dans la ville slave de Novgorod, puis descendaient les fleuves Dniepr, Don et Volga. Sur la côte de la mer Noire, près de l'embouchure du Don, ils fondèrent un comptoir commercial connu sous le nom de Tmoutarakan. Soit parce qu'ils étaient blonds, soit parce qu'ils commerçaient et se battaient au coude à coude avec les peuplades blondes des Alains installées sur ces terres méridionales, soit pour quelque autre raison ignorée, ces marchands pirates du nord furent bientôt connus dans les terres civilisées du sud sous un ancien nom iranien que

portaient encore certains Alains, le mot qui signifie « lumière »,
« brillant » : *Rus*.

Ainsi devait naître le nouvel État de Russie.

Du haut des remparts, l'esprit en feu, l'enfant regardait l'énorme
étoile rouge. Au-dessous de lui, dans le noir, coulait le Dniepr, et la
glace qui s'accrochait à ses berges réfléchissait doucement la lumière
rouge sang de l'étoile. Derrière l'enfant, la ville de Kiev ne faisait
aucun bruit.

Presque deux siècles s'étaient écoulés depuis que cette ancienne
ville slave des rives du Dniepr était devenue la capitale du Pays de
Rus. Située au milieu de collines boisées à un jour de marche de la
steppe méridionale, elle constituait le centre d'attraction de tout le
commerce des forêts du nord qui désirait descendre le fleuve jusqu'à
la mer Noire et au-delà.

« Quelle destinée l'étoile annonce-t-elle à la ville ? » se demanda
l'enfant. Ce devait être un signe de Dieu.

Car le Pays de Rus était devenu chrétien. En l'année bénie de
Notre-Seigneur 988, Vladimir, prince de Kiev, avait reçu le baptême
avec, pour parrain, l'empereur romain de Constantinople lui-même.
Par suite de cette conversion, certains considéraient déjà Vladimir
comme un saint. Et ne disait-on pas que deux de ses fils, Boris et
Gleb, faisaient également partie des Bienheureux ?

L'histoire de leur mort, un demi-siècle plus tôt, était immédiatement entrée dans le folklore : au printemps de leur vie, ces deux
princes royaux, en face d'assassins envoyés par leur frère aîné impie,
s'étaient soumis humblement, en ne parlant que d'amour fraternel,
et avaient recommandé leur âme à Dieu. Leur piété, leur résignation
devant la mort avaient touché les Slaves, si bien que Boris et Gleb
étaient devenus les héros les mieux aimés du Pays de Rus. On les
appelait les Souffrants de la Passion...

Dans les rues de Kiev, la ville aux cent églises, les psalmodies des
moines et des prêtres rivalisaient avec le tintamarre des bateaux
des marchands, sur le fleuve. Les coupoles byzantines de la plus
grande des cathédrales, couvertes d'or, brillaient sous le soleil : « Un
jour, prétendaient les nobles, nous serons comme Tsaragrad elle-
même » (c'était le nom qu'ils donnaient à la ville impériale romaine,
sur la Corne d'Or). Les chroniqueurs des monastères reconnaissaient
que, dans les campagnes, bien des gens préféraient encore les
anciennes pratiques païennes, mais ce n'était plus qu'une question
de temps : ils se joindraient eux aussi à la grande communauté du
monde chrétien.

Pour l'enfant lui-même, qu'annonçait l'étoile ? Un danger ? Serait-
il mis à l'épreuve ?

Cette année devait être la plus importante de sa vie. Il avait douze
ans, et son père cherchait à l'introduire dans l'entourage d'un des
princes. On avait également parlé de le fiancer. Plus exaltant encore,
au début de l'été son père enverrait une caravane vers l'est, à travers

la steppe. Pendant des semaines, il l'avait supplié de l'autoriser à s'y joindre. Il rêvait de chevaucher jusqu'au grand Don. Sa mère s'opposait à ce projet dangereux, mais la semaine précédente son père lui avait répondu qu'il allait y réfléchir, et l'enfant n'avait plus pensé à autre chose. « A mon retour, se promettait-il, je suivrai l'entraînement des hommes de guerre. » Comme son noble père.

Perdu dans ses pensées, il ne remarqua les deux silhouettes qu'au moment où elles s'arrêtèrent à ses côtés.

— Réveille-toi, Ivanouchka, tu vas te changer en arbre.

Il s'appelait Ivan, mais on l'appelait toujours par son diminutif. Il sourit, sans quitter l'étoile des yeux. Il savait que ses frères étaient venus pour le taquiner. Boris, le plus jeune, âgé de seize ans, commençait à avoir de la barbe — elle serait blonde comme ses cheveux. Quant à l'aîné, Sviatopolk, il avait un long visage grave et des cheveux bruns. A dix-huit ans, il était déjà marié. Boris, pendant une bonne minute, essaya gentiment d'entraîner Ivan vers la maison, puis Sviatopolk lui lança un coup de pied.

— Cesse de te geler. Tu te prends pour la Fille de Glace ?

Boris frappait ses bottes de feutre l'une contre l'autre pour se réchauffer. Sviatopolk lança un juron à mi-voix. Ils s'éloignèrent.

L'étoile rouge gardait le silence. Cela faisait la quatrième nuit qu'Ivanouchka la regardait, tout seul, et refusait de rentrer. Un enfant rêveur. Si l'un de ses proches le surprenait en train de regarder quelque chose, puis s'en allait, il le retrouvait immanquablement plus tard au même endroit, avec un sourire vague sur son visage large. C'était un de ces êtres qui, pour le meilleur ou pour le pire, ont l'impression que la nature entière s'adresse directement à eux. Les minutes passèrent et il continua de regarder sans bouger.

— Ivanouchka !

La voix de sa mère, à présent.

— Tu n'es qu'un jeune sot. Ta main est comme de la glace.

Il devina qu'elle lui posait sur les épaules une cape de fourrure. Il ne détourna pas les yeux de l'étoile, mais sentit qu'elle lui serrait doucement la main. Enfin, Ivanouchka se retourna et sourit.

Il existait entre eux un lien très fort. Il pouvait passer des heures assis près d'elle, près du feu, dans leur grande maison de bois, à l'écouter réciter les aventures des guerriers héroïques — *les bogatyri* — ou les contes merveilleux de Baba Iaga la sorcière et de l'oiseau de feu de la forêt.

Olga, grande et mince, avait un front large et des traits délicats sous ses cheveux brun foncé. Elle appartenait à une famille d'anciens grands chefs de la tribu slave des Severiani. Quand elle psalmodiait des récits d'une voix douce et lointaine, Ivanouchka, fasciné, ne la quittait pas des yeux. L'image du beau visage tendre d'Olga occupait souvent son esprit, présence qu'il conserverait sa vie entière, ainsi qu'une icône.

Lorsqu'elle chantait pour le père d'Ivan, elle donnait une impression très différente. Sa voix prenait des accents durs de contralto, son attitude devenait rieuse, mutine et hautaine à la fois. L'enfant devinait-il que le long corps pâle de sa mère possédait des forces secrètes, et qu'elle savait le mouvoir d'une manière qui rendait son père fou de désir ? Peut-être possédait-il déjà, comme tous les enfants, l'intuition de ce genre de choses.

Parfois ils lisaient ensemble les Saintes Écritures — non sans difficulté, mais ils parvenaient toujours à déchiffrer les mots slaves, écrits en onciale, du Nouveau Testament et des apocryphes. Ivan étudiait aussi les sermons des Pères de l'Église d'Orient : Jean Chrysostome et Basile, et ceux de prédicateurs slaves comme Hilarion, le métropolite de Kiev. Il avait également appris plusieurs lais du chantre Bayan, que son grand-père avait connu — il pouvait les réciter sans erreur pour faire plaisir à son père.

Il partageait une chose de plus avec sa mère : un petit geste qu'elle faisait souvent. On le remarquait quand elle parlait à quelqu'un : elle tendait lentement le bras vers la personne comme pour l'inviter à franchir une porte, mais d'un mouvement doux, presque triste, quoique tendre et caressant. Des trois frères, seul Ivanouchka avait hérité ce geste — à moins que ce ne fût une imitation inconsciente.

En revanche, il était pleinement conscient d'une caractéristique importante de sa mère : à la différence de son père, elle était slave. « Je suis donc slave moi aussi », se disait-il.

Qu'est-ce que cela signifiait ? Les peuples slaves formaient une communauté immense. Au cours des siècles, ils s'étaient dispersés dans de nombreux pays. Les Polonais, à l'ouest, étaient des Slaves ; les Hongrois et les Bulgares, en grande partie. Au sud, dans les Balkans de Grèce, les gens étaient également des Slaves. Leurs langues s'étaient différenciées de celles que parlaient les Slaves de l'est, qui vivaient au Pays de Rus, mais on remarquait encore de nombreuses similitudes.

Était-ce vraiment une race ? Difficile à dire. Même au Pays de Rus, il y avait de nombreuses tribus. Ceux du sud s'étaient mêlés depuis longtemps aux peuplades d'envahisseurs venus de la steppe ; ceux du nord étaient en partie baltes ou lituaniens ; ceux de l'est s'étaient progressivement amalgamés aux tribus finno-ougriennes de la forêt.

Mais quand Ivanouchka regardait sa mère et la comparait à son père et aux autres courtisans étrangers de la dynastie scandinave régnante, il pouvait reconnaître au premier regard qu'elle était slave. A quoi ? A son don pour la musique ? Au fait qu'elle passait sans transition de la tristesse à la gaieté ? Non... Il s'agissait d'un autre trait particulier, propre à tous les Slaves, même aux paysans. Il leur arrivait de se mettre en colère et de se livrer à la violence, mais l'instant suivant, leur nature profonde reprenait le dessus, et c'étaient des doux.

Sa mère s'éloigna. Ivanouchka regarda de nouveau l'étoile. Que lui disait-elle ? Certains prêtres prétendaient qu'elle annonçait la fin du monde. Oui, la fin du monde surviendrait — mais sûrement pas tout de suite.

« Dieu a préparé un grand destin pour Son peuple les Slaves, qui chantent Ses louanges », avait prêché le prêtre le mois précédent, et ces paroles avaient exalté Ivan. Le destin. Peut-être parce qu'il se trouvait à la veille de la puberté, la question du destin venait souvent le hanter. Oui, un destin l'attendait, et le Jour du Jugement ne se présenterait pas avant qu'il ait eu l'occasion d'accomplir les exploits auxquels il se sentait promis.

Il ignorait qu'en cet instant même, son destin était en train de se jouer.

Igor avait eu une mauvaise journée. Une promesse de fiançailles qu'il croyait avoir obtenue pour Ivanouchka avait été rompue dans l'après-midi, sans qu'il sache pourquoi. La famille — une famille noble — était revenue brusquement sur sa décision. Agaçant, mais normalement il n'aurait pas dû y attacher trop d'importance. Et maintenant ceci.

Igor était grand, bel homme. Un long nez droit, des yeux enfoncés, une bouche sensuelle. Des cheveux d'un noir de jais, alors que sa barbe taillée en pointe était toute grise, accentuaient son air dominateur. A son cou pendait un petit disque de métal sur lequel était gravé l'ancien *tamga* de son clan : un trident.

Comme pour beaucoup d'hommes nobles de Kiev, deviner son origine avec certitude aurait été difficile : les nombreux princes de Rus d'origine scandinave avaient maintenant autant de chances de naître bruns et basanés que blonds et pâles de peau. Mais Igor descendait des ardents Alains.

Avec d'autres membres des anciens clans alains et circassiens, le père d'Igor s'était placé sous les ordres d'un grand prince de Rus qui guerroyait au-delà du Don. Comme il avait bien combattu — il n'existait pas meilleur cavalier au monde — le prince l'avait admis à son conseil, la *droujina*. Au retour du prince, il l'avait accompagné à travers la steppe, les fleuves et les forêts du Pays de Rus. Il avait épousé une noble scandinave et leur fils Igor était entré à son tour dans la *droujina* du prince de Kiev.

En dehors de son rôle d'homme de guerre, Igor possédait de nombreux intérêts commerciaux. Et dans la ville de Kiev, n'importe qui pouvait faire commerce de n'importe quoi : céréales de la riche terre noire du sud que l'on envoyait aux villes de la grande forêt du nord ; ou bien fourrures et esclaves qui descendaient le fleuve vers Constantinople. De l'ouest venaient l'argent de Bohême et les épées franques ; de Pologne et des confins baltes de Rus arrivait le sel ; de l'est, par le fleuve ou les caravanes de la steppe, convergeaient les merveilles de l'Orient fabuleux : soieries, damas, pierres précieuses et épices.

L'empire commercial de Rus était vraiment impressionnant. Au long du réseau nord-sud de cours d'eau reliant les forêts froides voisines de la Baltique à la steppe que baignent les eaux tièdes de la mer Noire, s'échelonnaient comptoirs commerciaux et grandes villes. Au nord, Novgorod ; à mi-chemin, près des sources du Dniepr,

Smolensk; plus à l'ouest, Polotsk; au-dessus de Kiev, Tchernigov; et au-dessous, dernier avant-poste avant la steppe, Pereiaslav. Chacune de ces villes réunissait plusieurs milliers d'habitants et les activités commerciales ou artisanales y étaient pratiquées par une plus grande proportion de la population qu'en Europe occidentale féodale. Dans ce vaste paysage où régnait encore une économie de type ancien dominée par la chasse et une agriculture primitive, des centres de commerce étaient nés, dominés par les associations de négociants. Leurs seigneurs étaient des princes-marchands.

Déçu au sujet des fiançailles, Igor avait espéré que le rendez-vous de la soirée chez son associé calmerait son humeur. Il projetait depuis longtemps de mander une caravane au-delà du Don sur la steppe du sud-est, à l'endroit où les monts Caucase descendent du ciel vers la mer Noire et où se trouve Tmoutarakan, l'ancien établissement péninsulaire de Rus. En face, sur le vaste territoire de Crimée, se trouvaient des salines, mais depuis quelques années une puissante tribu nomade de la steppe, les Coumans, avait interrompu tout commerce avec Tmoutarakan.

— Si nous pouvons ramener un convoi de sel, dit Igor, notre fortune est faite.

Tout se présentait bien. Au début de l'été, plusieurs cargaisons seraient livrées au petit comptoir de Russka, au bord de la steppe, où son associé possédait un entrepôt. La caravane partirait de là-bas avec une escorte armée.

— Je regrette de ne pas pouvoir m'y joindre, soupira-t-il.

Puis il présenta la requête qui le gênait tant.

L'homme assis de l'autre côté de la table avait quelques années de moins que lui. De plus petite taille qu'Igor, il semblait plus massif. Il avait le menton prononcé, la lèvre inférieure molle, un long nez recourbé à la turque, et des paupières tombantes sur ses yeux noirs. Sur ses cheveux, aussi épais et noirs que sa longue barbe vierge, en équilibre apparemment précaire, se trouvait une calotte. Il se nommait Jydovine et c'était un Khazar.

Quel peuple étrange, ces Khazars, guerriers d'origine turque qui contrôlaient depuis des siècles un empire des steppes s'étendant jusqu'à Kiev depuis les déserts proches de la mer Caspienne. Quand l'islam s'était répandu dans le Proche-Orient et avait tenté de franchir le Caucase pour se déverser sur la grande plaine d'Eurasie, c'étaient les Khazars de la steppe qui lui avaient barré la route dans les cols de montagne, avec l'aide des Géorgiens, des Arméniens et des Alains.

— C'est grâce à nous que Kiev n'est pas musulmane en ce moment, rappelait souvent Jydovine à son ami Igor.

L'empire khazar n'existait plus, mais des marchands et des guerriers khazars traversaient encore souvent la steppe, venus de leur base lointaine du désert, et il existait à Kiev, près de l'entrée de la ville appelée Porte des Khazars, une importante communauté commerciale khazare. De tous les hommes capables d'organiser cette caravane et de la conduire à travers la steppe, Igor ne connaissait personne plus digne de confiance que Jydovine le Khazar. En fait, il ne pouvait reprocher qu'une seule chose à son associé : Jydovine le Khazar était juif.

Tous les Khazars étaient juifs. Ils l'étaient devenus à l'apogée de leur empire, quand leur souverain avait décidé que le paganisme primitif de son peuple n'était pas digne de sa puissance. Et comme le calife de Bagdad était musulman et l'empereur de Constantinople chrétien, ce potentat de la steppe, pour paraître totalement indépendant des deux autres, avait choisi en toute logique la seule autre religion monothéiste... Si bien que Jydovine, qui parlait le slave et le turc, écrivait ces deux langues en caractères hébraïques.

— Accepterez-vous d'emmener Ivanouchka, mon plus jeune fils, avec la caravane ?

Igor ne lui avait demandé rien d'autre. Pourquoi donc le Khazar hésitait-il ?

La réponse était simple : Jydovine avait peur. « Si nous sommes pris par les Coumans, il mourra, et personne ne m'en voudra. Mais qui sait ce qui peut se passer avec ce gamin ? se disait-il. Je le connais bien. Il tombera à l'eau et se noiera, ou fera quelque autre sottise. Et c'est moi que l'on rendra responsable. » Il louvoya :

— Ivanouchka est encore bien jeune. Pourquoi pas un de ses frères ?

Igor plissa les yeux.

— Vous refusez ma requête ?

— Absolument pas, répondit le Khazar, visiblement mal à l'aise. Si vous y tenez vraiment...

Et ce fut soudain Igor qui se sentit mal à l'aise. En des circonstances normales, il aurait simplement répondu à Jyvodine qu'il y tenait vraiment et la chose en serait restée là. Mais après l'humiliation des fiançailles rompues, l'évidence s'imposait. Le Khazar était un excellent juge d'hommes et il ne voulait pas d'Ivanouchka lui non plus. Pendant un instant, Igor éprouva à l'encontre de son benjamin une bouffée de colère : il détestait l'échec.

— Peu importe, dit-il en se levant. Vous avez raison, il est trop jeune.

L'incident était clos.

Ou presque. Car, sur le pas de la porte, Igor ne put s'empêcher de demander à son ami khazar :

— Franchement, que pensez-vous d'Ivanouchka ? De son caractère ?

Jydovine réfléchit un instant. L'enfant lui plaisait. Un de ses fils était un peu comme ça.

— C'est un rêveur, dit-il en souriant.

Sur le chemin du retour, Igor leva à peine les yeux vers l'étoile rouge. Profondément religieux, il sentait bien que Dieu envoyait un message, mais son devoir n'était-il pas d'accepter les épreuves à venir ? « Un rêveur », avait dit le Khazar. Et Igor savait que Sviatopolk, l'aîné de ses fils, tenait son frère pour un idiot.

Que peut-on faire d'un idiot ?

Trois jours plus tard, la comète rouge disparut, et il n'y eut pas d'autre signes dans les cieux cet hiver-là.

Chaque année au début du printemps, en ce pays fertile, l'eau recouvrait la terre. L'eau était le Dniepr. Et Kiev, la ville près de l'eau. Ils la verraient bientôt, car la longue pirogue descendait le cours paisible du fleuve. Quatre hommes tiraient sur les rames, sans forcer. Ivanouchka et son père se tenaient à l'avant : le père avait posé le bras autour des épaules du fils.

L'embarcation, quoique longue de sept mètres, n'était qu'un tronc d'arbre creusé à la hache.

— Il n'existe pas d'arbres plus gros que les grands chênes du Pays de Rus, dit Igor à son fils.

L'enfant savourait la présence de son père près de lui, et ce qui lui apparaissait comme une complicité : il avait l'impression de vivre la matinée la plus parfaite de sa vie.

Il portait un pantalon et une chemise de toile sur laquelle il avait enfilé un caftan de laine de couleur brune, car il faisait encore frais. A ses pieds, les bottes de cuir vert dont il était très fier. Avec ses cheveux châtains coupés court, il avait l'air d'un page.

Ils avaient remonté le courant à l'aurore pour inspecter les nasses et ils rentraient en ville. Ensuite... Ivanouchka en était tout excité : c'était le grand jour.

Il leva les yeux vers son père et sentit monter en lui une force étrange, venue du passé : « Tu as dans tes veines le sang de guerriers valeureux, lui avait souvent dit Igor. Des titans au combat et des cavaliers sans pareils, comme mon père, et son père avant lui. Nos ancêtres étaient déjà puissants avant l'arrivée des Khazars, à l'époque où les montagnes étaient encore jeunes. N'oublie pas : tu ne fais qu'un avec eux, ils sont toujours avec toi... Et un jour tu transmettras à ton tour cette force à tes fils. »

Aujourd'hui commencerait sa carrière de guerrier, de *bogatyr* : il suivrait les traces de ses frères et de son père. Le moine allait régler la question.

Quand la ville apparut, Ivanouchka soupira. Comme Kiev était belle !

Bâtie sur la rive droite du fleuve, à une trentaine de mètres au-dessus de l'eau et entourée de hauts remparts de bois, la ville s'étendait sur près de trois kilomètres et se composait de trois principaux quartiers. Vers le nord, sur une modeste hauteur, la vieille citadelle contenait le palais du prince et la grande église de la Dîme, fondée par Vladimir en personne. Au sud-ouest, séparée de l'ancienne par un petit ravin, s'élevait la nouvelle citadelle, beaucoup plus vaste, construite par le fils de saint Vladimir, Iaroslav le Sage, le compilateur du droit russe. Enfin, jusqu'au fleuve, s'étendait une autre enceinte, plus vaste et protégée elle aussi par des remparts de bois : le *podol*, les faubourgs où résidaient les petits marchands et artisans. Le long du fleuve se succédaient les jetées où s'amarraient les lourds bateaux pontés et mâtés.

Dans les deux citadelles, la plupart des grands bâtiments étaient de brique. Dans le *podol*, à part quelques églises, tout était construit en bois. Partout au-dessus de la ville, les croix d'or, avec la barre en diagonale qui représente le repose-pied du Christ, brillaient sous le soleil du matin au-dessus des coupoles. La grande ville semblait un vaste bateau scintillant qui flottait sur les eaux.

Car en face de la ville, la rive gauche très basse était inondée par le Dniepr, qui déposerait sur les champs son limon fertile.

Ivanouchka avait du mal à contenir son impatience depuis que son père lui avait annoncé : « Il est temps de prendre une décision pour ton avenir. Je te conduirai auprès du père Louka. »

C'était un honneur. Jamais Igor ne prenait une décision importante sans consulter le père Louka, son conseiller spirituel, et quand il parlait du vieux moine, il baissait la voix avec respect. « Le vieux sage sait tout », disait-il volontiers. Et il allait le voir seul. Les deux frères d'Ivanouchka n'avaient jamais été amenés au père Louka.

Cent fois l'enfant s'était représenté la scène : l'aimable moine à la barbe blanche et au visage séraphique baisserait vers lui ses yeux pareils à des soleils, verrait sur-le-champ qu'il avait devant lui un futur héros, poserait les mains sur la tête de l'enfant en guise de bénédiction et déclarerait : « Ivan, par la volonté de Dieu, tu seras un homme de guerre. » Il lança à son père un regard confiant puis se tourna vers les remparts.

Igor baissa les yeux vers son fils. Avait-il raison d'agir ainsi ? Il en était convaincu, pourtant il avait l'impression de trahir l'enfant.

La boue s'étendait partout. Les maisons des nobles, grandes bâtisses de bois à un ou deux étages surmontées de hauts toits de bois en forme de tente, s'élevaient au milieu de petits enclos, si détrempés par la fonte des neiges et les pluies de printemps qu'on devait mettre des planches sur l'allée menant de l'entrée aux écuries. La rue elle-même était revêtue de planches par endroits ; quand elle ne l'était pas, les sabots des chevaux disparaissaient dans la boue.

Ivanouchka, sur son petit cheval gris, suivait respectueusement son père, très droit sur son plus beau cheval noir qui portait un nom impérial, légèrement modifié à son passage dans la langue slave : Troyan.

Les gens du commun que croisaient le père et le fils portaient la main à leur cœur et s'inclinaient ; même les prêtres en longue robe inclinaient la tête avec respect. Car Igor était un *mouj* — un noble. S'il était tué, la compensation à payer serait de quarante *grivna* d'argent ; alors que tuer un simple paysan, un *smerd*, n'en coûtait que cinq.

Les noms même de la classe au pouvoir étaient souvent différents de ceux du commun. Les princes et les plus hauts courtisans portaient en général des noms « royaux » se terminant par *slav* (louange) ou *mir* (monde). Ainsi le grand Vladimir et son fils Iaroslav. Dans la noblesse, les noms scandinaves, comme Rourik ou Oleg, demeuraient fréquents. L'épouse d'Igor, quoique d'origine slave, portait le nom d'Olga, version russe du nordique Helga. En revanche, les paysans conservaient presque toujours de vieux noms slaves simples, comme Ilia, Chtchek ou Mal.

Mais le noble se distinguait surtout par la façon dont on s'adressait à lui : à son prénom, on ajoutait toujours celui de son père — son patronyme. Le jeune Ivan, fils d'Igor, se nommait Ivan Igorovitch ; et pour désigner les trois frères on disait normalement : « les Igorovitchi ».

Igor n'était pas seulement noble, mais un membre estimé de la *droujina* du prince de Kiev. Chacune des grandes villes marchandes établies sur les grandes routes fluviales du Pays de Rus avait son prince, et tous descendaient d'un Norse scandinave du nom d'Oleg, qui avait pris Kiev aux Khazars deux siècles plus tôt. Les villes du vaste empire commercial étaient à présent entre les mains des fils du dernier prince de Kiev, Iaroslav le Sage. Le premier-né gouvernait la plus grande cité, Kiev, et les autres s'étaient partagé le reste par rang d'âge. Ils devaient obéissance à l'aîné et si l'un d'eux mourait, ce n'était pas son fils qui lui succédait, mais le frère suivant : à chaque décès tous les frères plus jeunes montaient d'un échelon et gouvernaient une ville plus importante.

Igor était proche du prince de Kiev : il faisait presque partie de son conseil privé. Les frères d'Ivanouchka appartenaient déjà à la *droujina*, quoique Boris fût simple page. Ivanouchka se faisait une joie de suivre bientôt leurs traces.

— Pied à terre !

La voix cassante de son père interrompit la rêverie de l'enfant et il sursauta. Ils avaient parcouru à peine quelques centaines de mètres, mais se trouvaient déjà devant la cathédrale. Ivanouchka soupira : la cathédrale l'effrayait un peu.

La citadelle de Iaroslav le Sage comprenait de beaux bâtiments. Outre les maisons de bois des nobles s'élevaient, à l'intérieur de remparts, des monastères, des églises, des écoles et une porte magnifique, la Porte d'Or, construite en pierre et couronnée par la coupole dorée de la petite église de l'Annonciation. Mais dans tout le Pays de Rus, aucun édifice n'était comparable à la cathédrale de Kiev : Sainte-Sophie, la Sainte Sagesse des Grecs — le même nom sacré que la plus grande église de l'Empire romain d'Orient, siège du patriarche de Constantinople.

Car la nouvelle nation du nord — si fière de déclarer : « Nous sommes les Rus » — continuait de copier la civilisation des Grecs. Les prêtres les plus éminents étaient presque tous des Grecs, et le seul Slave qui se soit trouvé à la tête de l'Église russe, dix ans plus tôt, avait pris le nom grec d'Hilarion. Quand on baptisait les enfants de naissance noble, on ajoutait à leur nom slave ou scandinave un second nom chrétien, d'origine grecque. Les Iaroslav et les Boris se nommaient aussi Andreï, Dimitri, Alexandre ou Constantin.

L'immense cathédrale, pareille à une forteresse massive avec ses bandes alternées de granit rouge et de ciment rose, exprimait bien la puissance du Dieu chrétien adopté depuis peu. Au centre s'élevait une grande coupole en forme de casque aplati — semblable à celle de la basilique de Constantinople — entourée de douze dômes plus petits. « Notre Seigneur et les douze apôtres », avait expliqué Igor à son fils. La cathédrale était presque terminée : il ne restait plus qu'un échafaudage pour la construction de l'escalier extérieur. En entrant, Ivanouchka frissonna.

Si l'extérieur ressemblait à une forteresse, les hautes voûtes sombres évoquaient l'immensité de l'univers. De même que les grandes églises de l'Empire romain, la cathédrale se composait d'une nef centrale avec deux nefs latérales. A l'ouest, cinq absides en demi-cercle. A l'est, les galeries élevées où princes et courtisans venaient prier, très haut au-dessus de la foule. Sous la vaste coupole se trouvait l'espace éclairé où les prêtres en vêtements somptueux faisaient face à l'assemblée des fidèles : le Ciel à la rencontre de la Terre.

L'élément le plus étonnant de cet intérieur caverneux n'était cependant ni la coupole, ni les cinq nefs, ni les colonnes massives, mais les mosaïques.

Ivanouchka en tremblait. Du sol au lointain plafond, elles recouvraient les murs : la Vierge bénie, les mains tendues en une attitude de prière très orientale ; les Pères de l'Église ; l'Annonciation ; l'Eucharistie... Des bleus, des bruns, des rouges, des verts sur des fonds d'or étincelants. Et au-dessus de tous ces personnages au visage ovale, aux cheveux sombres et aux yeux noirs, le Pantocrator de la coupole centrale, aux grands yeux grecs qui voyaient tout et ne regardaient rien — omniscient et inconnaissable, au-delà de toute sagesse terrestre.

La rencontre de la Terre et du Ciel... Des centaines de cierges, dans l'ombre, lançaient des reflets sur l'or des mosaïques : lumière redoutable dans les ténèbres du monde.

Des prêtres psalmodiaient.

Gospodi pomilouï, Seigneur, aie pitié, chantaient-ils en slavon, la langue d'Église, à la fois compréhensible et mystérieuse, hiératique.

Igor alluma un cierge et pria en silence devant une icône près d'une colonne, tandis qu'Ivanouchka regardait autour de lui. Igor, en partie oriental, trouvait une certaine paix intérieure dans la contemplation de son Dieu absolu et inconnaissable. Ivanouchka, à moitié slave, craignait instinctivement une divinité si rigoureuse : il aspirait à plus de chaleur et de douceur.

Il fut ravi de sortir de la cathédrale quelques minutes plus tard et de chevaucher vers la porte de la ville et le chemin à travers bois conduisant au monastère, et à sa destinée.

La promenade à cheval jusqu'à l'entrée du monastère avait empli l'enfant de joie. Après être passés entre les cabanes du faubourg, ils avaient suivi le chemin du sud et monté le promontoire de Berestovo, où saint Vladimir avait jadis résidé. Par-dessus les arbres, sur la gauche, on apercevait le fleuve puis les bois qui s'étendaient à perte de vue sur la plaine. Les chênes et les bouleaux, en train de revêtir leurs premières feuilles, formaient comme une brume verte sous le ciel bleu pâle. Rien ne troublait les chants des oiseaux dans le silence de ce matin de printemps.

Ivanouchka n'avait encore aucune idée de la raison de sa visite. Perdu dans ses pensées, Igor gardait le silence. Faisait-il ce qu'il convenait ? Même pour un boyard aussi dévot et austère que lui, cette chevauchée matinale représentait une démarche extraordinaire. Car Igor pensait qu'Ivanouchka devrait entrer dans les ordres.

Cela lui avait beaucoup coûté : aucun boyard ne désirait normalement que son fils devienne moine ou même prêtre. Une vie de pauvreté leur semblait infamante, et les jeunes nobles qui optaient pour la vie religieuse le faisaient en général contre la volonté de leur famille. Un boyard comme Igor passait chaque jour plusieurs heures en prière, et les princes prenaient souvent la tonsure des moines sur leur lit de mort, mais qu'un jeune homme s'enterre vivant et fasse vœu de pauvreté... C'était une tout autre histoire.

L'idée avait pris forme dans son esprit peu après l'apparition de l'étoile rouge.

— Je ne dis pas qu'Ivanouchka est idiot, avait-il confié à son épouse, mais c'est un rêveur. Ce soir, je l'ai surpris en train de contempler l'étoile : si je ne l'avais pas entraîné de force, il se serait gelé les os. Il faut faire de cet enfant un moine.

Igor s'était donné beaucoup de mal pour assurer sa place de marchand-guerrier, membre de la *droujina*, et il connaissait les qualités requises.

— Je n'imagine pas qu'Ivanouchka puisse réussir, avait-il ajouté.

Était-ce impatience de sa part ? Peut-être. Mais quel père pourrait tolérer de la faiblesse de la part de son fils préféré — oui, préféré, bien qu'Igor ne l'eût jamais admis. Et il avait fini par se demander si Dieu ne désirait pas s'approprier son fils pour Son service. Malgré ses réticences, il commença à se préparer à cette éventualité peu désirable.

Au cours d'une longue conversation avec le père Louka, il avait confié toutes ces pensées au moine. Peut-être avait-il même exagéré un peu l'intérêt d'Ivanouchka pour la vie religieuse. Il avait supplié le vieux moine de recevoir l'enfant et de l'encourager dans cette voie s'il faisait preuve du moindre signe de vocation. « Si c'est le père Louka qui le suggère, se disait Igor, cela influencera beaucoup Ivan. »

Il n'en avait parlé à sa femme que la veille. Le visage d'Olga était devenu livide :

— Non. Je vous en supplie, ne poussez pas votre fils à prononcer des vœux.

— Bien entendu, avait-il répondu. Il n'entrera au monastère que s'il le désire.

— Mais vous avez l'intention de l'y encourager.

— Je vais lui montrer le monastère, c'est tout.

Le visage d'Olga était resté sombre. Elle connaissait son jeune fils, elle aussi. Dieu seul savait ce qui pouvait captiver l'imagination de l'enfant. Il pouvait très facilement se mettre en tête de devenir moine — et elle le perdrait pour toujours.

— Il pourra rester ici, à Kiev, avait ajouté Igor.

En secret, comme il était ambitieux, il espérait qu'Ivan serait envoyé quelque temps dans l'un des grands monastères grecs, par exemple au mont Athos, car c'était le seul moyen d'accéder à un poste élevé au sein de l'Église. Ivan deviendrait peut-être un autre Hilarion !

— Je ne le reverrai jamais.

— Tous les fils doivent quitter leur mère. Et si telle est la volonté de Dieu, nous devons nous soumettre. Qui sait ? Il trouvera peut-être le bonheur dans la vie religieuse. Il sera peut-être plus heureux que moi.

Il ne s'en rendait pas compte, mais c'était aussi proche de la vérité que cela manquait de tact.

— Je lui ferai simplement visiter la cathédrale et le monastère, promit-il à Olga. Le père Louka lui parlera. C'est tout.

« Espérons que la vie monastique enflammera l'intérêt de l'enfant, se disait-il. Ensuite je lui expliquerai qu'il n'a aucune chance de devenir boyard. Cela lui brisera sans doute le cœur, mais il saura qu'un autre avenir peut s'ouvrir à lui. »

Jamais Ivanouchka n'était entré dans un monastère.

Ils dépassèrent la crête du promontoire puis parvinrent à une grosse poterne de bois, dans une clairière entre les arbres. Quand ils la franchirent, un moine en habit noir s'inclina. Ivanouchka, pâle d'excitation, regardait tout avec de grands yeux.

Rien de bien remarquable : une petite chapelle de bois et un groupe d'habitations avec deux bâtiments bas ressemblant à des granges — le réfectoire des moines et un hospice pour les malades. Rien de comparable à l'imposante cathédrale, et l'enfant fut un peu déçu. Il émanait de l'endroit une indéfinissable tristesse. En plein printemps, on recevait une impression d'automne, comme si les feuilles étaient encore en train de tomber.

A peine vingt ans s'étaient écoulés depuis qu'Antoine l'Ermite, venu du saint mont Athos dans la lointaine Grèce, était parvenu dans cet endroit désolé et y avait découvert les grottes. Bientôt, d'autres moines avaient rejoint le saint homme dans sa grotte au-dessus du Dniepr, et la petite communauté d'une douzaine d'ermites avait creusé un réseau de minuscules cellules reliées par des couloirs souterrains.

Ivanouchka savait qu'Antoine lui-même vivait à part de la communauté, dans une grotte dont il ne sortait que pour une raison majeure, par exemple pour demander au prince de Kiev de donner la colline aux moines. Mais on disait que son esprit de sainteté planait sur les lieux à la manière d'un voile de brume. Les moines fidèles, avec à leur tête l'aimable Théodose, avaient construit le monastère au-dessus du sol et en dessous. Le père Louka était l'un de ces saints hommes.

Igor et son fils mirent pied à terre. Un moine prit la bride de leurs chevaux. Un autre moine échangea quelques mots avec le père, puis se dirigea vers une petite cabane, dans laquelle il disparut.

— C'est le chemin des grottes, expliqua Igor.

Ils attendirent plusieurs minutes. Deux moines âgés accompagnés par un jeune frère de vingt ans passèrent à pas lents et entrèrent dans la chapelle de bois. L'un des moines âgés portait autour du cou une lourde chaîne de fer et semblait marcher avec difficulté.

— Pourquoi porte-t-il cette chaîne ? murmura Ivanouchka.

Son père le regarda comme si sa question était stupide.

— Pour mortifier la chair, répondit-il sèchement. Il est près de Dieu, ajouta-t-il avec un respect manifeste.

Ivanouchka sentit une bouffée de vent froid sur sa joue.

La porte de la cabane en face d'eux s'ouvrit lentement, le moine en sortit, puis tint la porte ouverte pour une personne encore invisible. Ivanouchka entendit son père murmurer :

— Le voici.

Il retint son souffle. Il entrevit l'ourlet d'une robe noire dans l'embrasure. Le personnage fabuleux qui allait lui annoncer son destin s'avançait.

Un petit vieux tout ratatiné sortit de la cabane.

Ses cheveux gris, quoique peignés, n'étaient pas très propres. Ni sa robe noire, attachée par une ceinture de cuir tachée de moisi. Il avait la barbe peu fournie et hirsute. Il s'avança lentement vers eux en traînant les pieds, et le jeune moine le suivit de près pour le rattraper s'il trébuchait.

Le visage ridé du père Louka était d'une pâleur de fantôme. Il ouvrit la bouche une fois, comme pour fléchir des muscles raidis en vue du sourire qu'il se devait de faire. Ivanouchka remarqua que plusieurs de ses dents jaunies manquaient. Ses yeux n'étaient pas — comme il l'avait imaginé — pareils à des soleils. Ils étaient vieux, légèrement humides, et ils louchaient un peu. Le vieil homme semblait uniquement absorbé par la contemplation de ses pieds, enfermés dans des chaussures de cuir aux trous si nombreux qu'on voyait la peau sale à travers. Mais l'apparence du vieux moine n'était pas le pire : il y avait une autre chose, à laquelle Ivanouchka ne s'attendait nullement.

L'odeur.

Car ceux qui vivent longtemps sous terre acquièrent non seulement une peau livide de cadavre mais une odeur horrible. Et c'était cette odeur qui, précédant le père Louka, s'avançait vers l'enfant, suscitant dans sa tête de vagues images d'argile mouillée, de chair morte et de feuilles en train de pourrir.

Le moine s'arrêta devant lui, et l'enfant entendit son père dire :

— Voici Ivanouchka.

Il inclina la tête. Il ne songeait plus qu'à une chose : fuir. Ça, le père Louka ? Comment son père avait-il pu le tromper ainsi ? « Pourvu qu'il ne me touche pas », pria-t-il.

Quand il releva les yeux, son père et le vieux moine parlaient à mi-voix. Les yeux du moine, bleus, plus vifs et plus inquisiteurs qu'il ne l'avait supposé, se levaient de temps en temps sur lui puis se posaient de nouveau sur le sol.

Ils discutaient de sujets temporels sur le ton le plus naturel : du commerce et de la politique de Tmoutarakan, du prix du sel, de la construction d'un nouveau monastère de Saint-Dimitri à l'intérieur de la citadelle. L'enfant trouva cela surprenant et plutôt ennuyeux. Il fut donc pris au dépourvu quand le père Louka fit soudain un signe de tête dans sa direction et lança :

— Voici donc le jeune homme dont vous m'avez parlé ?

— Oui, père.

— Ivan, reprit le père Louka, comme pour lui-même mais en souriant vaguement à l'enfant. Un nom très chrétien pour un jeune homme.

A cette date, peu de Russes donnaient encore à leurs fils le prénom d'Ivan, forme slave de Jean. Ivanouchka vit que son père lui adressait un sourire d'encouragement, et comprit qu'Igor craignait qu'il fasse mauvaise impression. Comme toujours dans ces circonstances, quelque chose se raidit aussitôt en lui et son esprit sombra dans la confusion. La question suivante du moine mit un comble à son embarras.

— Ça te plaît, ici ?

Que dire ? Il était tellement troublé, tellement déçu, et la question directe semblait soudain ramener tout son désespoir en surface. Les larmes aux yeux, furieux contre son père et paralysé par la déception, incapable de regarder le vieux moine en face, il balbutia :

— Non.

Il sentit son père se raidir de rage.

— Ivan !

Il leva les yeux et rencontra le regard foudroyant d'Igor. Mais le moine ne semblait nullement affecté.

— Que vois-tu ici ? demanda-t-il doucement.

De nouveau, la question le prit au dépourvu. Elle était si simple qu'il répondit sans réfléchir, trop agité pour rassembler ses idées.

— Des feuilles en train de pourrir.

Il entendit une exclamation exaspérée de son père, puis, figé par la surprise, il vit le moine tendre sa pâle main osseuse vers le bras d'Igor.

— Ne vous mettez pas en colère, murmura le moine. L'enfant n'a dit que la vérité.

Il soupira.

— Il est bien jeune pour un endroit comme celui-ci, ajouta le père Louka.

— Certains garçons sont venus ici à un plus jeune âge, entendit-il dire son père d'un ton rageur.

Le moine hocha la tête, mais sans grand intérêt.

— Certains.

Il se retourna vers Ivanouchka. Qu'allait-il se passer ensuite ?

— Eh bien, Ivan, aimerais-tu devenir prêtre ?

Prêtre ? Qu'est-ce que ce vieillard avait donc dans la tête ? Il serait un héros, un boyard. Il regarda bouche bée, horrifié, le vieux moine.

Le père Louka se retourna vers Igor avec un sourire ambigu.

— Êtes-vous sûr de ce que vous faites, mon ami ?

— Je pensais que ce serait le mieux.

Le front d'Igor s'était plissé, à la fois de colère et de gêne. Ivanouchka leva les yeux vers lui. Il comprenait mal ce qui venait de se dire, puis le brouillard de confusion se dissipa et il prit conscience du sens de sa présence au monastère : si son père pensait qu'il devait devenir prêtre, c'est qu'il le jugeait indigne de devenir boyard. A sa déception de ne découvrir qu'un vieillard sale dans le vénéré père Louka s'en ajoutèrent deux autres : non seulement son père l'avait trahi en ne lui parlant pas de ses projets, mais il l'avait rejeté.

Le père Louka sortit quelques feuillets des plis de sa robe et l'ouvrit.

— C'est la liturgie de saint Jean Chrysostome, dit-il. Peux-tu lire ceci ?

Il montra à Ivan une prière.

L'enfant la lut tant bien que mal et le père Louka hocha la tête, prit ensuite un autre petit livre, qu'il montra à Ivanouchka. L'écriture semblait différente et l'enfant secoua la tête.

— Celui-ci est dans l'ancien alphabet que saint Cyrille a inventé pour les Slaves, expliqua le moine. En fait, certains moines préfèrent encore cette ancienne écriture, qui utilise plusieurs caractères hébraïques ; mais nous utilisons aujourd'hui l'alphabet conçu par les successeurs de Cyrille, dont la base est l'alphabet grec, et que les gens appellent à tort cyrillique. Si tu étais prêtre, il serait utile que tu connaisses les deux.

Ivanouchka inclina la tête sans un mot.

— Dans ce monastère, continua le père Louka doucement, nous vivons selon la règle instituée par notre abbé Théodose. C'est une règle sage. Nos moines passent beaucoup de temps à chanter et à prier dans la chapelle, mais ils s'occupent aussi de tâches utiles, comme les soins aux malades. Certains suivent une discipline plus dure, il est vrai, et restent reclus dans leur cellule ou leur grotte pendant de longues périodes. Mais seulement de leur propre choix.

— Un choix saint, dit Igor avec respect.

— Pas pour tous, se contenta de répondre le père Louka.

Il soupira. Ivanouchka eut l'impression que le moine utilisait moins d'air que les autres hommes.

— La vie d'un moine consiste à se rapprocher de Dieu de plus en plus, continua le père Louka, et l'on n'aurait su dire s'il s'adressait à Igor ou à son fils. Avec le temps la chair se dessèche, mais l'esprit se nourrit et se développe, par la communion avec Dieu.

La voix douce du moine continua, pareille au murmure d'une feuille qui tombe.

— Et le corps meurt pour que l'âme puisse vivre.

L'enfant s'aperçut que le père Louka l'observait sans passion, pour sentir de quelle manière il recevait ces paroles. Mais il ne pouvait dissimuler ni sa déception, ni son désir d'échapper à cette image de mort.

— Mais ce n'est pas la mort, continua le père Louka comme s'il suivait le cours des pensées de l'enfant. Car le Christ a triomphé de la mort. L'herbe se dessèche, mais pas la parole de Dieu. De sorte que, même dans notre condition mortelle, nos âmes vivent dans le monde de l'esprit, humbles devant Dieu.

Si l'intention du moine était de réconforter Ivanouchka, ses efforts furent vains.

— Les mortifications extrêmes de la chair ne sont que pour un petit nombre. La plupart des moines, ici, mènent une vie plus simple, consacrée au service de Dieu et de leurs semblables.

Ivanouchka était trop découragé pour que cela le console.

— Désires-tu servir Dieu ? demanda brusquement le vieillard.

— Oh oui !

Mais il était presque en larmes. L'idée de servir Dieu lui avait toujours paru tellement exaltante auparavant... Servir Dieu à cheval sur la steppe, en combattant contre les cavaliers païens.

Le vieux moine se racla la gorge.

— Cet enfant est jeune. Il aime son corps.

D'une voix calme, sans colère — mais c'était, de toute évidence, le jugement définitif du moine. Il tourna le dos à Ivanouchka.

— Vous ne croyez pas qu'il pourrait devenir prêtre ? demanda Igor, la gorge nouée.

— Dieu touche chacun au moment propice. Nous ne savons pas ce qu'il adviendra de nous.

Igor désirait une réponse plus claire.

— Il vaut mieux ne pas le préparer à la prêtrise ?

Au lieu de répondre, le père Louka se tourna de nouveau vers Ivanouchka et posa la main sur sa tête en un geste qui constituait peut-être, mais pas forcément, une bénédiction.

— Je vois que tu pars en voyage, dit-il. Un voyage dont tu reviendras.

Puis il s'écarta.

Un voyage ? S'agissait-il de son rêve d'aller jusqu'au Don ? Sans aucun doute. Et le moine n'avait rien dit de plus concernant la vie religieuse. Il restait de l'espoir.

Le père Louka, cependant, adressait à Igor un regard sévère.

— Vous jeûnez trop, dit-il d'un ton brusque.

— Mais le jeûne n'est pas défendu... protesta Igor, surpris.

— Le jeûne est une dîme que nous payons à Dieu. Et une dîme est un dixième, pas plus. Vous devez limiter vos jeûnes. Vous vous mortifiez trop.

— Et mes prières ?

Ivanouchka savait que son père priait longtemps le matin, puis trois ou quatre fois au cours de la journée.

— Priez autant que vous voudrez, du moment que vous ne négligez pas pour cela vos affaires, répliqua le moine sèchement. Le jeûne nous vient de l'Occident latin, vous savez, par l'intermédiaire de la Moravie. Je ne suis pas de ceux qui condamnent la chrétienté d'Occident, mais dans la vie courante, jeûner à l'excès me paraît stupide. Si vous y tenez, passez à l'Église romaine et dites leur credo, ajouta-t-il en esquissant un sourire.

Les Églises chrétiennes d'Orient et d'Occident, Constantinople et Rome, étaient séparées depuis une dizaine d'années. Le désaccord portait essentiellement sur la façon dont le fidèle s'adressait à Dieu et la Trinité dans le credo. Le pape de Rome revendiquait sur l'ensemble de la chrétienté une autorité que l'Église d'Orient ne lui reconnaissait pas, mais il ne s'agissait pas encore d'un schisme profond.

Le moine rappelait simplement à Igor qu'étant son fils spirituel il lui devait obéissance.

— Je suivrai votre avis, répondit le boyard. Mais l'enfant ? S'il ne doit pas être prêtre, que va-t-il advenir de lui ?

Le père Louka ne se donna pas la peine de regarder Ivanouchka.

— Dieu seul le sait, murmura-t-il.

1067

Kiev, la Ville d'Or. Il n'y avait qu'un problème au Pays de Rus : le système politique qui y prévalait, en vertu des règles de succession, ne pouvait fonctionner. Quand l'entourage du prince avait décidé que les villes ne seraient pas héritées de père en fils mais de frère en frère, il n'avait pas envisagé les conséquences, et elles s'avérèrent désastreuses.

Lorsqu'un prince gouvernait une ville, il confiait à ses fils l'autorité sur des villes moins importantes de son territoire. Mais, à sa mort, ses fils devaient tout abandonner au profit d'un frère de leur père, souvent sans compensation. En outre, si l'un des frères mourait avant d'avoir reçu une ville, ses enfants se trouvaient complètement exclus de la chaîne des successions. Il y avait donc de nombreux princes sans terres ni espérances — orphelins politiques connus sous le nom appliqué dans la société russe à toutes les personnes dépossédées ou dépendantes : *izgoï*.

Et même quand la succession de frère en frère n'engendrait pas d'*izgoï* apparaissaient des situations ridicules. Les princes de Rus vivaient souvent très vieux et avaient de nombreux enfants. Que se passait-il quand le fils aîné engendrait des fils qui devenaient des guerriers et des hommes d'État accomplis alors que le plus jeune de leurs oncles était encore en bas âge ? Il fallait qu'ils renoncent à leurs pouvoirs au profit de l'enfant — on comprend leur colère.

Enfin, avec le passage des générations, il devint de plus en plus difficile de déterminer les droits de chacun, et encore plus difficile d obtenir que les parties concernées acceptent ces décisions. Jamais le problème ne fut résolu.

Kiev, la Ville d'Or. Depuis peu, Ivanouchka avait l'impression qu'une lumière vengeresse la menaçait. Il y avait de la trahison dans l'air. Un an après l'apparition de cette lumière rouge, au cœur de l'hiver, le sens du présage céleste devenait de plus en plus clair au Pays de Rus.

Au début, il avait même eu peur pour son père.

De tous les princes du Pays de Rus, aucun n'était plus bizarre que le prince de Polotsk. On disait même qu'il était loup-garou. Son apparence faisait peur.

— Il est né coiffé, avait dit la mère d'Ivanouchka. Et la coiffe est restée. Il est aussi méchant que Baba Iaga la sorcière.

La révolte du prince de Polotsk était le fruit typique d'une querelle dynastique. Petit-fils de Vladimir le Béni, ce n'était pas un *izgoï* sans terres, mais il avait été écarté de la ligne principale de la succession. Il conservait la ville de Polotsk, du côté de la Pologne, mais ne pourrait jamais hériter de Kiev, Novgorod, Tchernigov, ni d'aucune autre grande ville du Pays de Rus.

Pendant quelque temps, alors que d'autres princes *izgoï* moins importants que lui fomentaient des troubles dans des territoires lointains, le prince de Polotsk n'avait pas bougé. Puis soudain, en plein hiver, il avait attaqué la grande ville de Novgorod. Igor et ses deux fils aînés étaient alors partis dans le nord sous la neige, avec le prince de Kiev et ses frères.

Si seulement Ivanouchka avait pu se joindre à eux ! Depuis l'entrevue au monastère, il avait passé une année détestable. La caravane avec Jydovine le Khazar avait été annulée à cause des incursions des Coumans sur la steppe. Igor avait essayé à plusieurs reprises de le faire accepter dans une des maisons princières, mais sans succès. Plus d'une fois, son père lui avait demandé s'il n'aimerait pas se rendre de nouveau au monastère : chaque fois il avait secoué la tête, et Igor s'était détourné en haussant les épaules. A présent, son père et ses frères chassaient le loup-garou.

— Père le tuera, s'était écrié Ivanouchka à leur départ.

Mais au fond de son cœur, il n'en était pas si sûr. Trois semaines s'étaient écoulées. On avait appris qu'à l'ouest la ville rebelle de Minsk était tombée et que les armées continuaient vers le nord. Depuis, plus rien.

Et un après-midi de mars, alors qu'une couche de neige épaisse couvrait encore le sol, Ivanouchka entendit les sabots et les grelots d'un cheval qui entrait dans la cour. Il courut vers la porte.

Son frère Sviatopolk. Beau et brave, l'image de son père.

— Nous avons gagné, annonça-t-il sèchement. Père est sur le chemin du retour avec Boris. Il m'a envoyé prévenir notre mère.

— Et le loup-garou ?

— Il a perdu, il est en fuite. C'est terminé.

— Que s'est-il passé à Minsk ?

Sviatopolk sourit. Pourquoi sa bouche semblait-elle amère quand il souriait, et pourquoi était-ce toujours quand il évoquait des souffrances ?

— Nous avons massacré tous les hommes, puis vendu les femmes et les enfants comme esclaves. Il y avait tellement d'esclaves que leur prix est tombé à une demi-*grivna* par tête.

Ivanouchka le suivit dans la maison. A l'entrée, Sviatopolk s'arrêta et se tourna légèrement vers lui.

— A propos, il y a une bonne nouvelle pour toi.

— Pour moi ?

— Dieu seul sait pourquoi, car tu n'as rien fait pour le mériter, lança son frère comme pour plaisanter.

Mais Ivanouchka savait que Sviatopolk le pensait vraiment.

— Qu'est-ce que c'est ? Dis-moi.

— Père te mettra au courant.

Sviatopolk n'avait pas l'air enchanté par la « bonne nouvelle ». Quelle qu'elle fût. Il se détourna en souriant.

— Il te faudra souffrir jusqu'à son arrivée, dit-il en s'éloignant.

Ivanouchka entendit sa mère pousser un cri de joie. Il savait qu'elle aimait Sviatopolk parce qu'il ressemblait tellement à son père.

La nouvelle que son père apporta le lendemain était si merveilleuse qu'il eut peine à la croire.

Le prince Vsevolod, benjamin du prince de Kiev, gouvernait la ville frontière de Pereiaslav, splendide cité à une centaine de kilomètres en aval de la capitale vers le sud. Vsevolod avait réussi un mariage que tous les nobles de Rus admiraient : il avait épousé une princesse de la famille impériale de Constantinople, la famille du Monomaque. Et leur fils Vladimir avait seulement un an de plus qu'Ivanouchka.

— Il ne reste qu'à organiser une rencontre entre les deux enfants, expliqua fièrement Igor à son épouse, mais je me suis lié d'amitié avec Vsevolod pendant la campagne, et il a accepté qu'en principe... en principe, répéta-t-il avec un regard sévère à Ivanouchka, qu'Ivan devienne un des pages du jeune Vladimir.

— C'est une grande chance, avait expliqué Olga. On dit que ce Vladimir est très doué et a un bel avenir devant lui. Devenir son compagnon alors que tu es encore si jeune...

— Je te conduirai à Pereiaslav pour Noël, ajouta Igor. D'ici là, tu as intérêt à te préparer.

Peu après, il se produisit aux écuries un incident qui aurait choqué Igor et son épouse s'ils l'avaient appris. Les trois frères étaient ensemble. Boris, en souriant, avait flanqué dans le dos de son frère une claque amicale qui l'avait envoyé les quatre fers en l'air dans la paille. Puis il lui avait donné une *grivna* d'argent et était parti à cheval au *podol*. Ivanouchka était resté seul avec Sviatopolk.

— Eh bien, je t'avais dit que c'était une bonne nouvelle, fit observer l'aîné doucement sans quitter son cheval des yeux.

— Oui.

Ivanouchka se sentit aussi mal à l'aise que si son frère lui avait lancé une remarque désobligeante.

— En fait, je dirais que tu t'en sors probablement mieux que Boris ou moi, ajouta Sviatopolk d'un ton songeur.

— Oh ! tu crois vraiment ?

Ivanouchka savait que c'était une vraie chance pour lui, mais il n'avait pas vu les choses sous cet angle.

— « Oh ! tu crois vraiment ? » singea Sviatopolk.

Puis il se retourna soudain. Ses yeux sombres semblaient pleins de haine, mais aussi de mépris.

— Tu n'as rien fait pour le mériter. Tu étais censé entrer en religion.

— Mais c'était père qui...

— Oui, c'était père. Mais je ne crois pas que tu puisses m'induire en erreur. Parce que je sais maintenant ce que tu es vraiment, gamin. Tu es un ambitieux. Tu veux faire mieux que nous. Derrière ton masque de rêveur, tu ne penses qu'à toi-même.

Ivanouchka, décontenancé par cette attaque inattendue, ne sut que répondre. Était-il ambitieux ? Cette pensée ne lui avait jamais traversé l'esprit.

— Oui, continua son frère d'un ton de fiel. La vérité te fait mal, pas vrai ? Alors pourquoi n'avoues-tu pas ton ambition comme nous tous ? Parce que tu es plus mauvais que nous. Tu es un combinard, Petit Ivan, une petite vipère... Et tu attends sans doute aussi la mort de père, ajouta-t-il.

Qu'est-ce que cela signifiait ? Ivanouchka n'en avait aucune idée.

— Que crois-tu que cela coûterait à père si tu devenais moine ? expliqua Sviatopolk. Quelques donations au monastère. Mais ta nouvelle position signifie qu'un jour tu recevras le même héritage que nous. Et tu me dépouilles donc, moi aussi.

Ivanouchka devint écarlate et les larmes lui montèrent aux yeux.

— Je ne veux pas que père meure. Tu peux garder ma part. Prendre tout si tu veux.

— Oh ! parfait ! ricana son frère. Facile à dire, maintenant que tu as échappé au monastère. Mais nous verrons.

L'enfant éclata en sanglots. Sviatopolk le regarda.

Et ce n'était pour Ivanouchka que le commencement des ennuis.

1068

Ivanouchka était en train de désobéir à son père. Mais il se passait en ville, ce jour-là, des événements étonnants.

Depuis deux ans l'influence de la mauvaise étoile n'avait cessé de se faire sentir. Mais, même en tenant compte de cette influence, certaines choses étaient difficiles à comprendre.

On ne l'avait pas conduit auprès du jeune prince Vladimir parce que la mère de l'enfant, la princesse grecque, était morte.

— Vladimir et son père sont en deuil, lui avait expliqué Igor. Le moment n'est pas propice. Tout ira mieux l'an prochain.

Mais dans ce cas, pourquoi le père de Vladimir avait-il pris une autre femme, une princesse coumane, avant même la fin de l'année ?

— La politique. Le père de la princesse est un chef couman puissant et le prince veut protéger Pereiaslav de toute attaque venant de la steppe.

Mais quelques mois plus tard, les cavaliers coumans avaient attaqué et ils pillaient le Pays de Rus avec plus de violence que jamais.

Et toujours aucun signe de la part du père de Vladimir. Le prince avait donné sa promesse, mais il semblait l'avoir oubliée et Ivanouchka demeurait à Kiev.

— Jamais tu ne seras le page de Vladimir, lui avait murmuré à l'oreille son frère Sviatopolk. Ils ont appris que tu es un bon à rien.

— Et qui le leur a dit ?

— Peut-être moi, répondit l'aîné en souriant.

Il y avait aussi la question du prince de Polotsk. Après l'avoir vaincu, le prince de Kiev et son frère avaient offert au loup-garou un sauf-conduit pour une réunion de famille. Puis ils lui avaient tendu un piège ignoble et l'avaient jeté en prison à Kiev, où il croupissait encore. Mais quand Ivanouchka avait demandé à son père si une conduite aussi traîtresse n'était pas un péché, Igor lui avait répondu qu'il est parfois nécessaire de mentir. Ivanouchka en était encore déconcerté.

Enfin, menaçant de tout détruire, étaient survenus les Coumans. Moins d'une semaine plus tôt, au cœur de la nuit, les hommes de Rus avaient décidé de porter un coup décisif aux pillards de la steppe, du côté de Pereiaslav. Et ils avaient perdu. Le père d'Ivanouchka et les princes avaient dû se replier honteusement vers Kiev et s'enfermer dans le palais fortifié de la citadelle. Plus grave encore, une étrange léthargie s'était emparée, semblait-il, de la *droujina*. Chaque jour, Ivanouchka s'attendait à ce que son père et les boyards lancent une contre-attaque. Mais rien ne se produisait. Auraient-ils peur ? Allaient-ils laisser le peuple à la merci des envahisseurs tout en s'abritant derrière leurs hautes murailles ? C'était impossible. Ils avaient dû tomber sous le charme de la mauvaise étoile.

Et par cette matinée ensoleillée de septembre, la ville entière était en émoi. Des messagers terrifiés arrivaient au galop en criant que les Coumans avançaient. Dans le *podol*, à l'extérieur de la citadelle, l'assemblée de la ville — le célèbre *vétché* — s'était réunie et tout le monde s'y rendait.

Partout on parlait de révolte.

Voilà pourquoi ce matin-là, au lieu de rester avec sa famille dans la grande salle de brique au palais du prince, Ivanouchka s'était glissé dehors, avait traversé le pont sur le ravin séparant l'ancienne citadelle de la nouvelle, puis s'était dirigé vers les portes du *podol*, au-delà de Sainte-Sophie.

Il régnait dans la nouvelle citadelle un silence irréel. Les maisons des nobles étaient désertes : dans celle de son père, il ne restait même pas les chevaux et les garçons d'écurie. Dans les rues, quelques femmes avec des enfants, de temps en temps un prêtre, mais toute la population mâle était descendue au *vétché*, dans le faubourg.

En temps normal, le *vétché*, dirigé par les principaux marchands de la ville, semblait assez inoffensif, et pourtant même le prince de Kiev le redoutait. En temps de crise, chaque homme libre avait le droit d'y participer et de voter.

— Quand le *vétché* se révolte, c'est terrible, avait dit Igor à Ivanouchka. Même le prince et la *droujina* ne peuvent plus contrôler le peuple.

— Et le peuple est en colère ? avait-il demandé.

— Les gens sont hors d'eux-mêmes. Tu ne dois pas sortir...

La place du marché était pleine. Jamais de sa vie Ivanouchka n'avait vu autant de monde. Plusieurs milliers d'hommes étaient arrivés des villes environnantes — des marchands, des artisans, des travailleurs libres des cités-États russes. Tous les regards étaient fixés sur une estrade de bois élevée au centre de la place, où se tenait un énorme marchand en caftan rouge qui dénonçait les autorités en brandissant un bâton, pareil à un prophète de l'Ancien Testament avec sa longue barbe brune.

— Pourquoi ce prince est-il ici, à Kiev ? Pourquoi sa famille règne-t-elle dans les autres villes ? Parce que nous avons invité ses ancêtres parmi nous, lança-t-il en faisant claquer son bâton sur l'estrade. Les Varègues sont arrivés du nord parmi les Slaves, parce que nous les avons fait venir. Et pour quelle raison ? Pour combattre pour nous. Pour défendre nos villes. Voilà pourquoi ils sont ici.

Son discours contenait une part de vérité. La relation entre les princes et les villes qu'ils gouvernaient demeurait ambiguë. Le prince protégeait la ville, mais elle ne lui appartenait pas ; il ne possédait pas non plus les terres, qui appartenaient aux paysans libres et aux communes. Dans la grande ville de Novgorod, au nord, le *vétché* du peuple avait récusé les princes, et jamais le protecteur choisi et sa *droujina* n'avaient eu le droit de posséder des terres sur le territoire. Ivanouchka ne trouva donc pas le discours du marchand insensé.

— Mais ils ne nous ont pas défendus ! Ils ont failli à leur devoir. Les Coumans ravagent nos campagnes, mais le prince et ses hommes d'armes ne bougent pas.

— Que faut-il faire ? crièrent plusieurs voix.

— Trouver un autre chef pour les hommes d'armes, lança quelqu'un.

— Trouver un autre prince.

Ivanouchka en eut le souffle coupé. Ils parlaient du prince de Kiev ! Mais l'idée parut plaire à la foule.

— Alors, qui choisir ? demanda une voix.

Le gros marchand de l'estrade se mit à taper de plus belle avec son bâton.

— Ces troubles ont commencé à cause d'une trahison, rugit-il. Quand les fils de Iaroslav ont renié leur parole pour jeter le prince de Polotsk en prison... Un prince innocent est emprisonné là-haut, lança-t-il en tendant le bras vers la citadelle.

Il n'eut besoin de rien ajouter. Même Ivanouchka comprit que la plupart des gens, sur la place, n'attendaient que cet instant.

— Polotsk ! rugit la foule. Donnez-nous le prince de Polotsk !

Une minute plus tard, comme animée par une volonté propre, la foule pénétrait dans la citadelle, et Ivanouchka se trouva emporté par elle. Devant Sainte-Sophie, le torrent humain se divisa : une moitié obliqua à gauche vers le bâtiment de brique voisin de la cathédrale où était détenu l'étrange prince né coiffé. Le reste s'engouffra sur le pont étroit conduisant au palais.

Il fallait qu'il retourne auprès de sa famille ! Qu'il la prévienne du danger. Il essaya de gagner du terrain, mais il était bien trop tard. Il ne lui était pas venu à l'esprit qu'il ne pourrait plus rentrer dans la citadelle, mais quand il arriva sur la place, devant les hauts murs du palais princier, il comprit. Les deux portes étaient barricadées, les premières fenêtres s'ouvraient à sept mètres de haut. Le palais de brique consistait en une série de tours pourvues de meurtrières.

La foule lançait des insultes.

— Traîtres ! Lâches ! Nous vous donnerons en pâture aux Coumans !

Mais la haute muraille rouge toisait la populace avec une indifférence surprenante.

Plusieurs minutes s'écoulèrent. Non loin une cloche sonna pour appeler les moines à la prière. Sur la gauche d'Ivanouchka, les coupoles dorées de la vieille église de la Dîme scintillaient. Au même instant, à une petite fenêtre du palais, très haut au-dessus de lui, il aperçut un gros visage rougeaud qui observait la foule. Il le reconnut aussitôt : Iziaslav, le prince de Kiev en personne. La foule le reconnut aussi et les insultes redoublèrent de violence. Le visage disparut.

Soudain, une idée lui traversa l'esprit : si quelqu'un découvrait qu'il était le fils d'un des boyards de Iziaslav, il serait lui-même en danger. « Il faut que j'entre », se dit-il. Il existait un autre accès au palais, par une cour de l'arrière. Il suffisait de contourner l'édifice en suivant une rue latérale pour arriver à la grille. Il essaya de se dégager de la masse, mais ce n'était pas facile et il lui fallut plusieurs minutes pour gagner quelques pas.

Il n'avait pas encore quitté la place quand un murmure monta de quelque part dans la foule, et s'amplifia en tumulte puis en rugissement.

— Ils sont partis ! Ils se sont enfuis !

Un homme monta sur le dos d'autres hommes, puis parvint à se hisser jusqu'à une fenêtre et disparut à l'intérieur du palais. Trois minutes plus tard, l'une des grandes portes s'ouvrit et la foule s'élança sans rencontrer de résistance.

Le prince et la *droujina* avaient quitté le palais. Ils avaient dû fuir par la cour même où Ivanouchka espérait entrer. Sa famille avait dû s'en aller. Il restait tout seul...

Des visages apparurent aux fenêtres au-dessus de sa tête. Puis il vit un scintillement d'or : quelqu'un avait lancé un gobelet à un ami dans la foule. Un instant plus tard, une cape de zibeline suivit. Le pillage du palais du prince commençait.

Ivanouchka se retourna. Que faire ? D'abord sortir de cette place. Peut-être pourrait-il retrouver ses parents quelque part dans les bois. Tandis que la foule continuait de s'engouffrer dans le palais, il parvint à un passage latéral et se dégagea. Quelques instants plus tard, il se trouvait dans une rue presque déserte.

— Ivan ! Ivan Igorovitch !

Il se retourna. Un des garçons d'écurie de son père courait vers lui.

— Votre père m'a envoyé à votre recherche. Venez !

Jamais Ivanouchka n'avait été aussi heureux de reconnaître un visage.

— Allons le rejoindre, s'écria-t-il plein d'espoir.

— Impossible. Ils sont tous partis, à présent. Et les routes sont déjà bloquées.

Au même instant un groupe d'hommes surgit dans la rue.

— Le prince de Polotsk est libre ! Il arrive.

Et Ivanouchka vit une douzaine de cavaliers s'avancer au trot dans sa direction. Au milieu d'eux, une silhouette effrayante, impossible à confondre : le loup-garou.

D'une taille au-dessus de la moyenne, monté sur un cheval noir, il était enveloppé dans une grande cape brune qui ne semblait pas très propre. De son visage aux pommettes larges émanait une incontestable puissance.

L'un de ses yeux était effectivement recouvert d'un repli de la peau ; mais l'effet n'était nullement monstrueux, comme Ivanouchka l'avait craint. Le visage ne semblait ni tordu ni brûlé ; il exprimait plutôt une fixité étrange, une sorte de détachement des choses de ce monde, comme on en voit parfois sur le visage d'un aveugle. Mais l'autre côté du visage était vivant, intelligent et ambitieux, avec un œil bleu perçant qui enregistrait tout. Un visage fascinant, à moitié beau, à moitié tragique. Et Ivanouchka s'aperçut soudain que le bon œil était posé sur lui.

— Par ici, vite, s'écria le valet d'écurie en tirant Ivanouchka par le bras. Ils sauront qui vous êtes.

Ivanouchka se laissa entraîner. Le prince borgne et son escorte passèrent, et Ivanouchka eut l'étrange impression que le prince, comme s'il possédait des pouvoirs magiques, l'avait remarqué et reconnu.

— Où allons-nous ? demanda-t-il au valet qui l'entraînait vers le *podol*.

La maison de Jydovine le Khazar, quoique moins grande que celle d'Igor, était un solide bâtiment de bois de deux étages, avec un toit de bois en pente raide, deux vastes pièces à l'avant et une cour sur l'arrière. Elle se trouvait juste au-delà de la Porte des Khazars, près du mur de la citadelle de Iaroslav.

— Ils veilleront sur vous pendant quelques jours, lui expliqua le valet d'écurie. Jusqu'à ce qu'on puisse vous faire sortir de ville sans risque.

Déjà des bandes d'hommes recherchaient les familles des membres de la *droujina* qui s'étaient enfuis.

— Que me feront-ils s'ils me trouvent ? demanda Ivanouchka.

— Ils vous enfermeront.

— Rien d'autre ?

Le valet d'écurie lui lança un regard étrange.

— Ne vous laissez jamais mettre en prison, dit-il lentement. Une fois que vous y êtes...

Il fit le geste de lancer la clé au loin.

— Mais ne vous en faites pas, ajouta-t-il en souriant. Jydovine prendra soin de vous.

Et il s'en fut.

Le séjour avec le Khazar et sa famille plut à Ivanouchka. La femme de Jydovine, toute noiraude, semblait presque aussi massive que son époux. Ils avaient quatre enfants plus jeunes que lui, et il passa le plus clair de son temps à jouer avec eux dans la maison.

— Il vaut mieux qu'on ne vous voie pas dehors, l'avait averti le Khazar.

Parfois, Ivanouchka leur racontait des histoires. Un jour, pour la plus grande joie du Khazar, les enfants aidèrent Ivanouchka à lire un chapitre de l'Ancien Testament en hébreu, puis Ivanouchka fit semblant de le traduire, car il connaissait le texte slave par cœur.

La crise éclata le troisième jour, en début de matinée. Jydovine rentra à la maison en coup de vent et lança :

— Le prince de Kiev est parti en Pologne. Pour demander de l'aide au roi.

Ivanouchka leva les yeux, surpris.

— Cela signifie-t-il que mon père est parti là-bas lui aussi ?

— Je suppose.

Ivanouchka fit silence. La Pologne se trouvait loin vers l'ouest. Sa famille s'était-elle vraiment enfuie dans ces terres lointaines ? Il se sentit soudain abandonné.

— Crois-tu que les Polonais nous envahiront ? demanda la femme de Jydovine, inquiète.

— C'est probable, répondit le Khazar en faisant la grimace. Le roi de Pologne et Iziaslav sont cousins.

Ses yeux se posèrent de nouveau sur Ivanouchka.

— Et il y a un autre problème, reprit-il. Le bruit court que quelqu'un du quartier des Khazars cache le fils d'un membre de la *droujina*. Au cas où les choses tourneraient mal avec Iziaslav et les Polonais, « ils » cherchent des... otages. « Ils » sont en train de fouiller la citadelle en ce moment.

La pièce devint soudain très silencieuse. Ivanouchka sentit tous les yeux posés sur lui. De toute évidence, sa présence devenait de plus en plus dangereuse pour eux. Tout pâle, extrêmement gêné, il leva les yeux vers le visage expressif de l'épouse de Jydovine. Il comprit aussitôt que s'il menaçait l'existence confortable de la famille, elle n'hésiterait pas à se débarrasser de lui.

Ce fut pourtant elle qui fit observer doucement :

— Il n'a pas l'air d'un Khazar, mais nous pouvons peut-être faire quelque chose.

Un peu plus tard dans la journée, un nouveau personnage fit son apparition dans la maison de Jydovine. Ses cheveux teints étaient noirs et l'on avait assombri sa peau avec des onguents. Il portait un caftan noir et une petite calotte turque sur le crâne. Il pouvait même bredouiller quelques mots turcs.

— C'est votre cousin David de Tmoutarakan, avait dit la mère aux autres enfants.

Le lendemain, ce fut ce garçon paisible et studieux que les gardes du prince loup-garou virent, assis au milieu des autres enfants, lorsqu'ils se présentèrent, en l'absence du Khazar.

— Nous savons qu'un des Igorovitchi est resté à Kiev, annoncèrent-ils, et votre mari faisait des affaires avec Igor.

— Mon mari fait des affaires avec tout le monde.

— Nous allons fouiller la maison, répondit sèchement le décurion à la tête du détachement.

— Je vous en prie.

Pendant que les soldats fouillaient, le décurion resta dans la pièce avec elle.

— Qui est-ce ? demanda-t-il soudain en montrant Ivanouchka du doigt.

— Un jeune cousin de Tmoutarakan, répondit-elle.

Il dévisagea l'enfant.

— David, viens ici, ordonna-t-elle en turc.

Ivanouchka se leva.

— Peu importe, lança le décurion, impatient.

Un instant plus tard, ils étaient partis.

1071

C'était le printemps et le calme régnait au petit village de Russka.

La Rus avait quitté son lit, et près du village les champs ne se distinguaient plus des marécages. Sur la rive orientale, deux rues boueuses coupaient à angle droit une troisième, un peu plus longue. Les cabanes, bâties de diverses combinaisons de bois, de briques de terre et de torchis, avaient des toits d'herbe ou de chaume. Une palissade de bois les entourait, conçue davantage, semblait-il, pour garder les animaux domestiques à l'intérieur que pour repousser un éventuel envahisseur. Du côté nord s'étendait un petit verger de cerisiers et de pommiers.

Juste à la sortie du village, dans un champ inondé, des piquets s'élevaient au-dessus de l'eau peu profonde : c'était l'endroit où l'on cultivait les légumes : choux, pois, oignons et navets. On y faisait aussi pousser de l'ail et, plus tard dans l'année, des citrouilles.

A l'ouest, du côté de la forêt où la berge était plus haute, s'élevait un solide mur de chêne qui formait rempart à une dizaine de mètres au-dessus de l'eau. Cette fortification qui limitait plus d'un demi-hectare datait d'une cinquantaine d'années et contenait, outre plusieurs bâtiments bas pour loger les soldats, des écuries, deux vastes entrepôts qu'utilisaient les marchands et une église de bois. C'était « le fort » et comme la plupart des terres, il appartenait au prince de Pereiaslav.

A une cinquantaine de mètres de l'entrée du village, dominant lui aussi la rivière, se trouvait le cimetière où l'on enterrait les restes des défunts. Non loin s'élevaient deux colonnes de pierre d'un peu plus de deux mètres de haut, sculptées de telle sorte que chacune semblait porter un gros chapeau rond garni de fourrure. C'étaient les principaux dieux du village : Volos, le dieu de la fortune, et Peroun, le dieu de la foudre. Car, en dépit des efforts des prêtres, partout dans les campagnes, les villages comme Russka restaient fidèles aux pratiques païennes. Même l'ancien du village avait deux épouses.

Personne, s'il ne l'avait pas vu depuis trois ans, n'aurait pu reconnaître Ivanouchka. Il était devenu aussi grand que son frère Sviatopolk, mais plus mince et très pâle. On remarquait autour de ses yeux des cernes sombres qui lui donnaient un air hagard. Outre ces changements physiques, toute sa personne semblait entourée d'une aura. Sa tête penchée, son regard baissé, sa démarche, tout en lui semblait dire : « Peu importe ce que vous pensez. Je vous mets tous au défi. » Et pourtant la voix silencieuse ajoutait : « Mais même mon défi échouera. »

Car depuis trois ans, tout avait mal tourné.

Au début, un événement important lui avait donné un peu d'espoir. Après avoir attendu presque un mois à Kiev que Jydovine puisse le faire sortir pour rejoindre sa famille en Pologne, il avait découvert que son père, indigné par la lâcheté et la traîtrise du prince de Kiev, avait exercé son droit de changer de maître et s'était intégré à la *droujina* du frère cadet, Vsevolod, qui gouvernait la ville frontière de Pereiaslav, dans le sud.

Cela semblait un coup de chance, car non seulement Vsevolod passait pour le meilleur et le plus sage de tous les frères, mais par son épouse grecque, il était le père du jeune Vladimir, à qui Ivanouchka avait été promis comme page. Maintenant qu'Igor servait son père, Vladimir le ferait venir auprès de lui.

Mais rien ne se produisit. Même Igor s'en étonna.

— Je me suis mis au service de Vsevolod depuis trop peu de temps pour réclamer quoi que ce soit, avoua-t-il à Ivanouchka.

Sviatopolk servait le prince aux côtés de son père et Boris était allé à la cour de Smolensk — mais malgré les efforts d'Igor pour le faire admettre à Tchernigov, à Smolensk et même dans la lointaine Novgorod, personne ne semblait vouloir d'Ivanouchka.

Il croyait en connaître la raison : Sviatopolk.

Partout les gens le traitaient avec une amabilité distante, révélant qu'ils le prenaient pour un simple d'esprit. Il pouvait presque les entendre dire : « Ivanouchka est un idiot. » Un jour, il avait affronté son aîné :

— Pourquoi as-tu détruit ma réputation ?

Mais Sviatopolk l'avait regardé d'un air narquois :

— Quelle réputation, Ivanouchka ? Rien de ce que pourrait dire ma pauvre langue, pour ou contre toi, ne changerait l'impression que tu donnes toi-même.

Bientôt, comme hypnotisé par l'opinion des gens qui l'enfermait ainsi que derrière des murs, il se mit à dire et à faire des choses stupides. Il était pris au piège. La ville de Pereiaslav, entourée de ses remparts de terre, devint sa prison. Il ne connaissait de bonheur que dans la campagne.

Au bout d'un an, Igor fut chargé des défenses sur la frontière du sud-ouest, où se trouvait le petit fort de Russka, insignifiant et sans intérêt pour quiconque, pareil à des dizaines d'autres. Igor n'y aurait sans doute fait qu'une visite de pure forme si son ami Jydovine le Khazar ne lui avait pas rappelé que les entrepôts du fort pourraient être utiles aux caravanes qu'ils espéraient toujours envoyer vers l'est.

Ivanouchka aimait l'endroit. Il aidait les hommes à réparer le mur du fortin ou allait se promener dans les bois. Et comme Igor ne savait que faire d'autre de son plus jeune fils, il l'envoyait là-bas de temps en temps aider Jydovine à recevoir les marchandises aux entrepôts.

Et c'était la raison de ses contrariétés ce jour-là. Jydovine l'avait chargé de prendre livraison de fourrures en son absence. Il avait entendu rire dans son dos les gens du village et les bateliers qui avaient apporté les peaux. Puis, sans qu'il sache comment, deux ballots de fourrures de castor avaient disparu. Le Khazar allait revenir d'un moment à l'autre et Ivanouchka ne savait que lui dire.

Il leva les yeux et vit le paysan.

Chtchek, de taille moyenne, avait un visage rond aux joues larges sur un corps trapu, de doux yeux marron et une auréole de cheveux noirs raides comme une brosse. Il portait une chemise et un pantalon de toile, une ceinture de cuir par-dessus la chemise, et des sandales d'écorce. Son allure suggérait un caractère aimable, quoique peut-être obstiné. Debout à l'angle du cimetière, il observait le jeune Ivanouchka attentivement.

Il n'avait dans la tête qu'une idée très simple : « Tout le monde prétend que ce jeune homme est idiot, mais je me demande s'il a de l'argent. » Car Chtchek était à deux doigts de la ruine.

Comme la plupart des paysans, c'était un homme libre. De statut humble, certes, puisqu'il appartenait à une classe qui portait le nom de *smerdy* — les « sales ». Mais il était libre, en théorie, de vivre où il lui plaisait et de vendre son travail à qui lui semblait bon. Il était également libre de faire des dettes.

Il les passa en revue dans sa tête. D'abord le cheval. Pas de sa faute : il s'était mis à boiter puis était mort. Mais Chtchek devait fournir un cheval au prince en temps de guerre, et il lui avait fallu en acheter un autre. Ensuite... Ensuite il était allé à Pereiaslav. Il avait bu. Joué aux dés. Et comme il s'était senti coupable, il avait acheté un bracelet d'argent à sa femme. Ensuite, il avait continué d'emprunter, et de jouer, pour récupérer son argent.

Maintenant, en tant que membre de la commune de Russka, il devait au représentant du prince un impôt sur sa charrue — et il ne pouvait pas le payer.

Il s'avança vers le jeune homme.

Quand Jydovine revint ce soir-là et découvrit la perte des fourrures, il secoua simplement la tête. Il aimait bien Ivanouchka, mais jugeait ses perspectives d'avenir peu brillantes. Le Khazar ne dit rien. Il comprenait le vol des fourrures, mais comment se faisait-il qu'il manque deux *grivna* d'argent à la somme qu'il avait confiée au jeune homme ? Ivanouchka prétendait qu'il les avait perdues, mais comment était-ce possible ? Un mystère.

Peu importait à Ivanouchka. Après le vol des fourrures, il savait que sa cause était perdue de toute manière. Il avait eu pitié du paysan. En tout cas, le bonhomme pourrait payer l'impôt.

Et il n'avait plus jamais songé à l'incident.

1072

Aujourd'hui, disait-on, aurait lieu un miracle. Les gens l'attendaient en toute confiance. Et non sans raison. Car ils honoraient ce jour-là les restes des deux martyrs, les fils du puissant saint Vladimir, le prince de Kiev, Boris et Gleb, que les Slaves considéraient déjà comme des saints.

Ils étaient morts depuis un demi-siècle et l'on transférait leurs restes à leur dernier lieu de repos : une église de bois construite depuis peu dans la petite ville de Vychgorod, juste au nord de Kiev.

Y aurait-il un miracle ? Sans aucun doute. Mais quelle forme prendrait-il ?

Dans les cercles bien informés de la noblesse et de l'Église, on savait que Georges, le métropolite grec, faisait de sérieuses réserves sur la sainteté des martyrs. Mais que pouvait-on espérer d'autre, de la part d'un Grec ? Et qu'il y croie ou non, il fallait qu'il célèbre la cérémonie.

Tous y assistaient : les trois fils de Iaroslav, petit-fils de Vladimir — le prince Iziaslav de Kiev et ses frères, les princes de Tchernigov et de Pereiaslav, le métropolite Georges, les évêques Pierre et Michel ; Théodose, du monastère des Grottes, et bien d'autres. Tous les dignitaires du Pays de Rus.

La procession s'étirait sur la colline. Une pluie fine tombait sur le sentier glissant, mais il faisait chaud : on était le 20 mai.

En tête, les moines, qui protégeaient leurs cierges de la main. Aussitôt après, les trois fils de Iaroslav, vêtus de capes brunes unies comme des gens du peuple, le cercueil de bois contenant les restes de leur oncle Boris sur leurs épaules. Après eux, les diacres avec leurs encensoirs précédaient les prêtres puis le métropolite Georges. Les familles nobles suivaient à distance respectueuse.

— Ils sont morts plutôt que de résister à leur frère. Aujourd'hui, ils brillent comme un feu inextinguible dans le ciel du Pays de Rus.

— Boris, pose les yeux sur moi, pauvre pécheur.

— Seigneur, aie pitié de nous.

Ces remarques de la foule parvenaient au jeune homme à l'humeur sombre qui montait la pente avec sa famille en compagnie des nobles, derrière les cercueils.

— Nous verrons peut-être un miracle, murmura une voix.

« Peut-être Dieu enverra-t-il un miracle, se dit Ivanouchka, mais sûrement pas en ma présence. Rien ne se produit quand je suis là... »

Depuis un an, sa situation avait empiré. Quelques semaines après l'incident gênant de Russka, il avait surpris une brève conversation entre ses parents.

— Il y a tant de bonnes choses en lui, plaidait sa mère. Un jour, il fera quelque chose dont vous serez fier.

— Non, avait répliqué la voix d'Igor. A présent, j'en suis certain. J'ai renoncé. Personne ne veut de lui et je sais pourquoi, avait soupiré son père. Je ne peux pas lui faire confiance moi-même.

Il entendit sa mère murmurer quelque chose, puis son père répondre :

— Si, j'aime tous mes enfants. Mais il est difficile d'aimer un enfant qui ne cesse de vous décevoir.

« Oui, avait songé Ivanouchka, plus malheureux que jamais, pourquoi quelqu'un m'aimerait-il ? »

Il s'était mis à demander des choses — de l'argent à sa mère, un cheval à son père — pour les mettre à l'épreuve et s'assurer qu'ils l'aimaient. Bientôt, cela aussi devint une habitude. Et il tomba dans la paresse : il faisait le moins de choses possible de crainte d'échouer dans ce qu'il entreprenait.

Il traînait souvent sur le marché de Pereiaslav, fort animé car il arrivait chaque jour une cargaison d'huile ou de vin en provenance de Constantinople, ou bien du fer trouvé dans les marais non loin du fleuve. Dans les ateliers, les artisans fabriquaient du verre plus fin que nulle part ailleurs dans le Pays de Rus, et dans les échoppes, des marchands vendaient des fibules de bronze et des bijoux. Partout, on servait à manger.

Ivanouchka, toujours attentif, remarqua vite une activité secondaire : un marchand dupait ses clients en leur rendant la monnaie, un autre trichait sur la quantité. Une bande de gamins traînait autour des étals pour voler du poisson aux marchandes ou des pièces de monnaie aux clientes. Il observa tous ces arts divers et admira l'habileté avec laquelle ils étaient pratiqués. Une pensée lui traversa l'esprit : « Ces gens ne dépendent de personne pour vivre ; en volant, ils sont libres — libres comme les cavaliers de la steppe. »

Un jour, il vola lui-même quelques pommes, pour se prouver que c'était facile. Personne ne s'en aperçut.

Mais le vide de sa vie ne le faisait pas moins souffrir. Il continuait de ressentir au fond de lui le même désir vague que dans sa tendre enfance : le désir de trouver son destin.

Et c'est ainsi que, trois semaines avant la cérémonie de Boris et Gleb, après avoir vu s'évaporer toutes les autres occasions, il avait enfin déclaré à ses parents :

— Je veux être moine.

Après tout, personne n'avait jamais songé qu'il puisse faire autre chose.

Et l'effet avait été surprenant :

— Tu en es sûr ? lui avait demandé son père.

Mais le ton de sa voix montrait qu'il craignait seulement de le voir changer d'avis. Même sa mère, quelles que fussent ses réticences secrètes, n'avait soulevé aucune objection.

Il eut l'impression de renaître. Le soir même son père avait déjà bâti des projets.

— Il peut aller au mont Athos, en Grèce. Les amis que j'ai là-bas et à Constantinople l'aideront. Ensuite, il pourra aspirer à une grande carrière.

Le lendemain, Igor le prit à part :

— Tu n'auras rien à craindre pour le voyage, Ivan. Je veillerai à ce que tu sois bien traité. Et il y aura un don pour le monastère.

Même Sviatopolk, sans doute ravi de ne plus le voir, lui lança d'une voix qui semblait amicale :

— Ma foi, frère, tu as probablement choisi la bonne voie après tout. Un jour, nous serons tous fiers de toi.

Ils étaient fiers de lui... Et dans deux jours, il partirait. Pourquoi, en ce cas, paraissait-il aussi malheureux que jamais tandis qu'il gravissait la colline derrière les deux saints ?

Une seule fois, en passant près d'un buisson de boules-de-neige, il eut envie de sourire.

Se produirait-il un miracle ?

Ivanouchka n'en avait jamais vu. Si Dieu envoyait un miracle, peut-être retrouverait-il la foi ?

« Je vais m'enterrer dans un monastère, songeait-il tristement.

Dans quelques années, peut-être me fera-t-on vivre dans une grotte sous terre. Et je mourrai jeune, comme tous les moines. »

Cela en valait-il la peine ? Si seulement Dieu lui parlait, le rassurait, lui éclairait l'esprit... Si seulement il lui envoyait un signe...

La procession s'arrêta. On transportait le cercueil de Boris dans la petite église de bois. Ensuite, après les prières d'usage, on apporterait le deuxième cercueil, contenant Gleb. La pluie fine continuait. De l'intérieur montait l'écho assourdi des litanies.

Puis il se passa quelque chose.

La foule entière, au dehors, crut entendre la réaction de stupéfaction dans l'église : les chants s'interrompirent brusquement puis reprirent avec plus de force. Un murmure traversa la foule. Ivanouchka leva les yeux : la pluie avait cessé soudain et le soleil brillait.

Que s'était-il passé ? La foule, crispée, attendait.

La haute silhouette du métropolite apparut dans l'embrasure. Il leva les yeux vers le ciel clair et tomba à genoux. Ivanouchka s'aperçut qu'il pleurait.

— Un miracle a été accordé, lança la voix du Grec. Loué soit le Seigneur !

Au milieu du brouhaha des gens qui se signaient, Ivanouchka entendit le métropolite ajouter :

— Mon Dieu, pardonne-moi d'avoir douté.

Car au moment où l'on avait ouvert le cercueil, il s'en était dégagé l'odeur suave que Dieu accorde seulement à Ses saints.

Quelques minutes plus tard, on apporta les restes de la tête. Ils se trouvaient dans un sarcophage de pierre, trop lourd pour être porté sur les épaules. Selon l'ancienne coutume de Rus, il reposait sur un traîneau.

Et de nouveau sous les yeux d'Ivanouchka, Dieu envoya un signe : au moment où les hommes qui halaient le traîneau arrivèrent devant l'église, le traîneau refusa de bouger. Ils tirèrent de plus belle, des hommes de la foule se mirent à pousser, mais le sarcophage refusa de bouger.

Le métropolite lança des ordres :

— Que le peuple dise le *Kyrie eleison*.

Avec toute la foule, Ivanouchka entonna :

— Seigneur aie pitié... Seigneur, aie pitié...

Et le traîneau se laissa facilement tirer.

Ivanouchka sentit ses cheveux se hérisser sur sa nuque. Au moment où le traineau bougea, il s'aperçut qu'il tremblait. Il regarda autour de lui : même Sviatopolk tremblait.

Ce fut à ces signes, dûment notés dans les chroniques russes, que le peuple du Pays de Rus reconnut que Boris et Gleb étaient vraiment des saints.

Au même instant, Ivanouchka vit le père Louka.

Le vieux moine, qui se trouvait dans l'église, venait de sortir sur le pas de la porte. Ivanouchka le reconnut aussitôt, bien que ce ne fût pas le même homme que lors de sa visite au monastère des

Grottes. Le guide spirituel de son père s'était complètement étiolé. Il traînait une jambe devenue inutile en s'aidant d'une canne. Ses yeux, jadis rouges et humides, fixaient le vide sans rien voir. On eût dit un petit insecte marron en train de ramper en aveugle dans la lumière où quelqu'un, sans nul doute, allait l'écraser.

Il se tourna vers la famille, et Igor s'inclina avec respect. Le père Louka ne s'en aperçut pas. Ivanouchka le regarda fixement et l'euphorie du miracle s'évapora soudain.

Voilà, se rappela-t-il avec terreur, ce que signifie « être moine ».

Ivanouchka, sans en être certain, eut l'impression de se trouver dans les bois des environs de Russka.

En tout cas, ce fut ce qu'il lui sembla par la suite, quand il se rappela le rêve.

Une fin d'après-midi : les ombres s'allongeaient mais le ciel demeurait assez clair et l'on se trouvait donc en été. Il suivait un chemin à cheval, vers l'est, mais il n'en était pas vraiment certain. Les arbres, surtout des chênes et des bouleaux, semblaient se parler tandis qu'il chevauchait entre eux dans la lumière tachetée. Son cheval était noir.

Il cherchait quelque chose. Mais sans savoir quoi.

Bientôt il passa près d'un étang, sur sa droite. Il remarqua le reflet pâle sur sa surface lisse ; en même temps, il entendit un faible cri provenant de l'eau — un gémissement ou un rire ? Comprenant qu'il s'agissait de la *roussalka* de l'endroit, il éperonna son cheval. Les bois devinrent plus sombres.

Puis ce fut le lendemain matin et il se trouvait encore dans le bois. Son cheval avait changé de couleur : il était gris. La piste conduisait à une clairière où se trouvaient des bouleaux argentés, et à l'extrémité de la clairière des chemins se croisaient. Debout au carrefour se tenait une petite silhouette brune, qui lui parut familière. Il s'avança lentement.

C'était le père Louka. Il avait les yeux brillants et il y voyait. Ivanouchka s'inclina.

— Quel chemin dois-je prendre, père ? demanda-t-il.

— Tu as le choix entre trois voies, répondit doucement le vieillard. A gauche, tu sauveras ton corps mais perdras ton âme.

— A droite ?

— Tu sauveras ton âme mais perdras ton corps.

Ivanouchka réfléchit : ces voies ne lui plaisaient pas plus l'une que l'autre.

— Et en face ?

— Seuls les idiots prennent ce chemin, répondit le moine.

Ce n'était guère encourageant mais, à la réflexion, cela lui parut le seul choix possible.

— On m'appelle Ivanouchka l'idiot, dit-il. Alors autant que je passe par là.

— A ta guise, répondit le père Louka, puis il disparut.

Et Ivanouchka continua sa route droit devant, sans savoir vers où. Il crut entendre un grondement rauque dans le ciel et son cheval gris devint soudain rouan.

Tel fut le rêve d'Ivanouchka, la nuit précédant son départ en voyage.

Les deux bateaux, l'un chargé de marchandises et l'autre d'une poignée de voyageurs, glissaient sur l'immense surface mouvante du fleuve. Au-dessus d'eux, un ciel bleu délavé. Sur la droite, de hautes berges sablonneuses où paissait du bétail. Plus loin, sur la rive gauche, une plaine vert clair parsemée d'arbres.

Ivanouchka était lesté d'un sac de *grivna* d'argent que son père lui avait donné et qu'il avait attaché à sa ceinture.

— En te faisant moine, tu touches ton héritage longtemps avant moi, avait lancé Sviatopolk d'un ton sec au moment du départ.

Ils avaient descendu le Dniepr toute la matinée et Ivanouchka somnolait sur le pont quand un cri venu du bateau de devant le tira brusquement de sa torpeur.

— Les Coumans !

Aucun doute n'était possible : les visages sombres, dans l'embarcation qui venait de quitter la rive droite, ne pouvaient appartenir qu'à cette horde turque. La surprise des voyageurs était entière : à cette époque de l'année, les Coumans se trouvaient généralement dans leurs campements de la steppe ; et surtout, ils n'avaient presque jamais attaqué les convois sur l'eau. Ils préféraient les attendre plus au sud, où se trouvaient des rapides, et fondre sur eux au moment du portage.

— Ils ont contraint des Slaves à ramer pour eux, murmura une voix.

Et Ivanouchka remarqua à son tour que les rameurs étaient des paysans slaves. Un des Coumans banda son arc recourbé et une flèche vola au-dessus de l'eau. Sur le bateau de marchandises, un homme s'écroula.

— Attention derrière ! cria une voix.

Il se retourna : une autre embarcation leur coupait toute retraite.

— Rien à faire, cria le patron de leur petit bateau. Il faut tenter de gagner la rive gauche.

Elle semblait très loin, presque à l'horizon. Les rameurs s'arc-boutèrent et le bateau fendit le courant.

La barque de marchandises était déjà perdue. Les Coumans allaient-ils s'en contenter ? Le second bateau couman s'était déjà mis à leur poursuite.

— Il y a une petite rivière qui se jette dans le fleuve de ce côté-là, lança le patron. Avec un fort à quelques kilomètres. Nous y parviendrons.

Ivanouchka murmura une prière. Car il connaissait très bien le fort en question.

C'était étrange de se retrouver à Russka. Jydovine était absent, mais une demi-douzaine de soldats les accueillirent. Les Coumans avaient renoncé à leur proie dès qu'ils avaient quitté le Dniepr, mais les voyageurs avaient décidé d'attendre deux jours avant de tenter de nouveau leur chance. Ivanouchka avait traîné dans le fort, dans le village et erré sur les sentiers qui plongeaient dans les bois, empli d'un étrange contentement. Il avait même poussé jusqu'au bord de la steppe et avait entrevu, au-delà des herbes-plumeaux, un ancien *kourgane*.

Le troisième jour, les voyageurs s'en allèrent.

Mais Ivanouchka ne partit pas avec eux.

Il n'aurait su dire pourquoi. Sans doute la providence lui accordait-elle un répit, l'occasion de s'arrêter, de réfléchir à la vie et de se préparer à son voyage, se dit-il, oubliant que toutes ses décisions étaient déjà prises et son voyage commencé.

Pendant toute cette troisième journée, il se promena près de la rivière. Le quatrième jour, accablé par une impression de lassitude, il dormit. Le jour suivant, il rencontra Chtchek, le paysan.

Le bonhomme, plus maigre que jamais, salua Ivanouchka chaleureusement. Quand Ivanouchka lui demanda s'il avait payé ses dettes, il lui lança un sourire honteux.

— Oui et non, répondit-il. Je suis un *zakoup*.

Tout homme incapable de payer ses créditeurs était contraint de travailler pour eux, pour ainsi dire comme un esclave, jusqu'à ce que la dette soit acquittée. Entre-temps, les intérêts continuaient de s'accumuler et il était donc rare qu'un de ces malheureux puisse recouvrer sa liberté.

— L'intendant du prince a payé toutes mes dettes, expliqua Chtchek, et je travaille maintenant pour le prince.

— Quand seras-tu de nouveau libre ? demanda Ivanouchka.

Chtchek lui lança un sourire amer.

— Dans trente ans. Et vous, que faites-vous, jeune seigneur ?

Ivanouchka lui apprit qu'il entreprenait un long voyage à Constantinople et en Grèce, pour devenir moine. Chtchek écouta attentivement et hocha la tête.

— Vous ne serez donc jamais libre, remarqua-t-il. Comme moi.

Ivanouchka posa les yeux sur le paysan. La similitude entre leurs situations ne lui était pas venue à l'esprit. « Il a sans doute raison, se dit-il, je suis moi aussi prisonnier du destin. » Il glissa la main dans sa bourse, donna à Chtchek une *grivna* d'argent, puis s'en fut en se demandant s'il n'aurait pas dû lui donner davantage. « Mais j'ai besoin d'argent pour mon voyage. »

Le lendemain il quitta Russka à pied, en direction du Dniepr.

Après avoir quitté Ivanouchka, Chtchek le paysan s'était dirigé vers la steppe.

Le petit fort avait conféré un peu plus d'importance à l'ancien hameau de Russka, mais ce n'était qu'un minuscule village dans un endroit désert. A trois kilomètres vers le sud se trouvait un des domaines du prince ; à l'est la steppe ; au nord, absolument rien pendant vingt kilomètres, puis un hameau et un fort semblables.

Chtchek marchait d'un pas joyeux. Depuis qu'il était devenu *zakoup*, il n'avait pas la vie facile. L'intendant du prince le faisait travailler dur. Sa femme, qui avait honte pour lui, était devenue acariâtre. Mais le don inattendu du jeune noble constituait une aubaine. Une *grivna* d'argent représentait environ trois mois de salaire pour un paysan comme Chtchek.

Il prit le sentier des bois et le suivit jusqu'aux clairières où les femmes cueillaient des champignons à la saison. Il dépassa l'étang où demeuraient les *roussalki*, puis tomba sur un croisement. Le chemin de droite conduisait, il le savait, au domaine du prince. Celui de gauche allait vers le nord, mais comme il passait par un endroit où un des hommes du village avait été tué par un sanglier, presque personne ne le prenait, parce qu'il portait malheur.

Chtchek le prit. « Cet Ivanouchka m'a porté bonheur, se dit-il. Je n'ai rien à craindre aujourd'hui. »

Un peu au nord de Russka, la rivière formait un large méandre autour d'une colline boisée. C'était là que l'homme avait été tué. D'épais fourrés entouraient la base de la colline — des ronces et des épines. L'endroit n'était guère accueillant, et Chtchek ne se serait pas arrêté s'il n'avait vu soudain, à cent mètres devant lui, un grand renard se glisser sans bruit dans les buissons.

Son terrier se trouvait-il par là ? Une fourrure de renard valait cher. Sans bruit, au prix de mille égratignures, le paysan se fraya un chemin à travers le fourré et se mit à gravir la colline. Quelques minutes plus tard, il avait presque oublié le renard et un sourire ravi se peignait sur ses traits.

Car la colline, couverte de chênes et de pins si denses que personne ne s'y rendait jamais, contenait un trésor : elle était pleine d'essaims. Il pouvait sentir, partout dans les arbres, le parfum riche du miel. Il compta plus de vingt essaims dans les branches et éclata de rire tout fort.

— Cet Ivanouchka m'a porté bonheur plus qu'il ne s'en doute, s'écria-t-il.

Il n'en parlerait à personne. Il avait déjà son plan : il serait de nouveau libre un jour.

1075

En l'an 1075, peu d'hommes du Pays de Rus pouvaient se prétendre aussi heureux qu'Igor le boyard.

Son maître, le prince Vsevolod de Pereiaslav, l'inondait de présents. Personne n'était traité avec plus d'honneur dans la *droujina*.

Les nobles bénéficiaient désormais d'un nouveau statut : le prix de leur sang, jadis estimé à quarante *grivna*, avait été porté à quatre-vingts. Les insulter était sanctionné par une amende quatre fois plus élevée que le prix du sang d'un *smerd*.

Igor bénéficiait de ce nouveau statut. Le prince de Pereiaslav était si satisfait de son loyal serviteur qu'il avait accordé à Igor de vastes domaines dans le sud-est de la principauté — dont le petit hameau de Russka.

Ces dons de terre étaient une nouvelle manière de récompenser les courtisans fidèles. Moins coûteuses que des présents en espèces dans un État où la terre ne manquait pas, ces attributions de fiefs modifiaient le sens du mot « boyard » : il désignait à l'origine les courtisans et les nobles de la *droujina* mais était maintenant synonyme de « propriétaire terrien ».

Mais en dépit de toutes les raisons qu'il avait d'être heureux, Igor dissimulait derrière ses airs distants et affairés une certaine tristesse. A le voir auprès de son épouse aux cheveux gris, on aurait pu croire qu'ils partageaient le même amour du silence. En fait, ils se taisaient, de crainte que la moindre parole ne ravive le chagrin que chacun essayait de cacher.

Boris était mort. Tué au cours d'une escarmouche aux confins de la steppe par un soir d'hiver. Selon la coutume, on avait ramené son cadavre sur un traîneau.

Jamais Igor n'oublierait ce jour-là. Il neigeait, et quand on avait tiré le traîneau jusqu'aux portes de la ville, les flocons avaient fouetté son visage et lui avaient brouillé la vue. Il avait prié de longues heures devant l'icône, et recherché le réconfort du père Louka.

Mais la perte de Boris était de ces blessures dont on peut guérir.

Pas la perte d'Ivanouchka.

Où était-il ? Un mois après son départ pour Constantinople, Jydovine le Khazar leur avait appris qu'on l'avait vu à Russka. Où était-il allé ensuite ? Les marchands russes de Constantinople avaient fait savoir qu'il n'était jamais arrivé là-bas. Au bout d'une année de silence, le bruit avait couru qu'on l'avait aperçu à Kiev. D'autres bruits vagues étaient venus de Smolensk, de Tchernigov et même de la lointaine Novgorod. On l'avait vu en train de mendier. Mais ce n'étaient que des échos, aucun ne semblait digne de foi.

D'Ivanouchka lui-même, pendant trois ans, pas un seul mot n'était parvenu à ses parents pour leur faire savoir s'il était vivant ou mort.

— Il cherche quelque chose, murmura sa mère quand elle apprit qu'on l'avait aperçu à Kiev.

— Il a honte, conclut Igor tristement.

— De toute manière, lança Sviatopolk, s'il nous aimait il ne se conduirait pas ainsi.

La troisième année s'acheva, aucune nouvelle ne leur parvint, et même sa mère commença à croire qu'Ivanouchka ne l'aimait pas.

On se bousculait sur le quai. Au-dessus, un long sentier de terre battue formait une plaie en diagonale sur la colline jusqu'aux remparts de Pereiaslav. Un bateau était sur le point de larguer les amarres, ce qui n'aurait attiré l'attention de personne sans un petit incident provoqué par un jeune homme.

Toute sa personne semblait repoussante. La cape brune qui l'enveloppait et ses sandales de paysan étaient sur le point de se désintégrer.

Il était assis, visiblement accablé, sur un petit tonneau près du bout de la jetée, et le patron du bateau en partance l'invectivait.

— Alors, tu viens ou tu restes ?

Le jeune homme parut acquiescer.

— Que le diable l'emporte ! Monte à bord.

De nouveau, le jeune homme hocha la tête. Mais il ne bougea pas.

— Je m'en vais, espèce d'idiot, cria le patron dans un accès de rage. Tu veux voir Tsaragrad ou pourrir à Pereiaslav ?

Pas un geste.

— Tu m'as promis le prix de la traversée. J'aurais pu prendre un autre passager. Donne-moi mon argent.

Pendant une seconde, on eut l'impression que le jeune homme allait se lever. Il n'en fit rien. Le marinier lança un juron, puis cria un ordre et le bateau s'éloigna vers le sud.

Ivanouchka ne bougea toujours pas.

Il avait erré longtemps. Au cours de la première année, il avait essayé plusieurs fois de partir vers le sud. Il avait trouvé des marchands prêts à l'emmener et avait même inspecté leurs bateaux. Mais chaque fois une force invisible l'avait retenu. Une force obscure qui l'empêchait de se libérer de sa terre natale pour s'aventurer sur le grand fleuve, vers la vie religieuse. Une force presque physique.

Quand son argent avait sérieusement diminué, il s'était mis à jouer : « Si je gagne, cela signifie que Dieu veut me voir aller au monastère ; mais si je perds, c'est manifestement qu'Il n'en a pas le désir. » Le raisonnement semblait bon, et il n'eut pas à jouer longtemps pour tout perdre.

En fait, Ivanouchka ne s'était pas détourné de Dieu consciemment : il espérait simplement, par ces moyens détournés, glisser vers Lui d'une manière plus confortable. Le temps passant, il avait sombré dans une sorte de léthargie ponctuée par des crises d'ivrognerie de plus en plus fréquentes. Il allait ainsi de ville en ville, incapable de partir vers le sud, incapable de rentrer chez lui. Au cours de la deuxième année, il s'était mis à voler.

Seulement de petites sommes. Et curieusement, il se persuada même qu'il ne volait pas vraiment. « Après tout, si je prends seulement au riche, qu'importe ? Notre-Seigneur n'a-t-il pas permis à Ses disciples de prendre des épis dans les champs ? » Souvent, avant de voler, il se bardait de colère et de mépris : il se jugeait proche de Dieu, tandis que ceux qu'il dépouillait étaient de méprisables adorateurs de l'argent — méritant une punition. Après avoir volé et acheté de quoi manger et boire, il errait dans la campagne pendant des jours, dans l'état d'exaltation que donne un estomac à moitié vide, et qu'il prenait pour un état de grâce.

Les hivers étaient très durs. Même voler ne suffisait pas : on ne pouvait vivre en plein air. Il s'était rendu d'église en monastère comme un *izgoï*, en implorant la charité. Plusieurs fois, il avait failli mourir de froid.

Un jour, il avait vu son père. Un matin de printemps dans les bois, non loin de Tchernigov. Des bruits de sabots, puis la cavalcade était apparue. Il s'était caché derrière un chêne. Des nobles avec leur suite. Il avait reconnu le jeune prince Vladimir et, non loin, son père et son frère Sviatopolk. Igor avait un faucon sur le poing. Il portait un bonnet de zibeline et écoutait, un pli ironique aux lèvres, ce que lui racontait le jeune prince en riant aux éclats.

Et Ivanouchka avait eu peur. Il s'était aperçu, stupéfait, qu'il éprouvait la même terreur que le premier paysan venu. Et pas seulement peur : honte. « Mon Dieu, faites qu'ils ne me voient pas. » N'était-il pas banni à jamais de ce monde étincelant ? Sa faim et ses haillons repoussants n'en constituaient-ils pas la preuve ? S'ils le reconnaissaient, ils n'éprouveraient que de la gêne et du dégoût. Comme ils paraissaient grands, durs, magnifiques, terrifiants... « Ce monde m'est désormais interdit », se dit-il.

Mais il ne pouvait détacher les yeux du cortège.

Puis il remarqua autre chose et reste bouche bée : derrière les chasseurs chevauchaient deux femmes : une jeune dame et une jeune fille, presque une fillette. Toutes deux somptueusement vêtues et excellentes cavalières. Toutes deux blondes aux yeux bleus — jamais il n'avait vu de femmes aux cheveux si blonds. Accroupi derrière son arbre, il crut avoir une vision, non de la cour princière mais du paradis. « Deux anges », murmura-t-il.

Quelques instants plus tard, la vision s'éloigna et les bruits s'estompèrent. Mais le souvenir des deux jeunes femmes continua de le hanter et de lui rappeler, mois après mois : « Tu n'es plus qu'une bête de la forêt. »

Ce printemps-là, de passage par hasard non loin de Russka, il fit une dernière tentative pour se reprendre. « Je ne peux pas continuer ainsi, décida-t-il. Ou bien j'en finis une fois pour toutes, ou bien je pars au monastère. » Mais la pensée de la mort lui faisait peur. Et aucune règle monastique, se disait-il, ne pouvait être pire que son existence présente.

Un seul problème restait à résoudre : il n'avait plus d'argent.

Jydovine aperçut la silhouette du vagabond par la fenêtre de l'entrepôt. Le petit fort, sans garnison, était presque vide. Le Khazar le reconnut presque aussitôt mais, homme circonspect, il ne fit aucun signe. Le vagabond attendit midi pour se diriger vers lui d'un pas raide.

— Vous savez qui je suis ?

Une voix douce, mais qui contenait des traces d'agressivité et même de mépris.

— Oui, Ivan Igorovitch.

Le Khazar ne fit pas un geste et Ivanouchka inclina la tête, comme s'il cherchait dans sa mémoire.

— Vous avez été bon pour moi autrefois.

Jydovine ne répondit pas.

— Pourrais-je avoir à manger ?

— Bien entendu. Entrez.

Jydovine sourit et se demanda comment il pourrait retenir le jeune homme. S'il essayait la force, il n'était pas certain de réussir. Mais au milieu de l'après-midi deux de ses hommes reviendraient. Avec leur aide, il pourrait s'emparer d'Ivanouchka et le renvoyer à ses parents à Pereiaslav. Il laissa Ivanouchka seul dans l'entrepôt, passa dans la cour où se trouvait son logement et revint quelques minutes plus tard avec un bol de *kvas* et une écuelle de galettes de mil.

Ivanouchka avait disparu.

Quelle sottise ! Ivanouchka savait où le Khazar cachait son argent. La somme n'était pas importante, mais suffisante pour la descente du fleuve et même la traversée à Constantinople. « Au moins, je verrai la ville », se dit Ivanouchka.

Il regrettait d'avoir volé le Khazar, même pour une bonne cause. « Mais ce n'est pas vraiment voler, se dit-il, puisque Jydovine pourra réclamer la somme à mon père. Et mon père sera sans doute ravi de savoir que je suis enfin parti. » Car il n'y avait aucun doute dans son esprit tandis qu'il s'éloignait dans les bois : il était enfin en route vers les monastères grecs.

Quant à Jydovine, après avoir maudit sa stupidité, il se demanda ce qu'il dirait aux parents d'Ivanouchka. A la réflexion il décida de se taire : qu'aurait-il pu leur dire sans leur faire de peine ?

Et maintenant, assis sur la jetée, Ivanouchka regardait d'un œil vide le bateau qui constituait sa dernière chance de parvenir à la ville impériale avant l'hiver.

Il avait désiré partir. En tout cas, il l'avait cru. Mais au cours de l'été quelque chose de nouveau et d'affreux s'était produit en lui : il avait perdu sa volonté. Il s'était aperçu qu'il ne pouvait plus rien faire sauf regarder dans le vide, droit devant lui, pendant des heures. Et quand il se déplaçait, c'était comme dans un rêve.

Il avait dépensé plus de la moitié de l'argent volé. Le matin même il s'était aperçu qu'il lui restait seulement huit *grivna* d'argent, juste assez pour le voyage. Il s'était traîné jusqu'au quai avec l'intention ferme de prendre le bateau, mais, à son désespoir, il n'avait pas pu se décider.

Maintenant, c'était fini. Son échec ne lui laissait plus qu'une solution : longer le fleuve, puis en finir.

Du bruit dans son dos lui fit lever la tête : un groupe d'esclaves, assis par terre, attendaient qu'on les conduise au marché pour les vendre.

— Ivan. Ivan Igorovitch !

Chtchek avait reconnu le fils du boyard. Sa situation n'était guère brillante. Il était sur le point d'être vendu car les marchands cherchaient des esclaves pour ramer sur les bateaux du fleuve et porter les cargaisons à la hauteur des rapides. Et, en outre, après une dangereuse traversée en mer, il avait toutes chances d'être revendu sur les marchés des Grecs. Et Chtchek ne reverrait jamais Russka.

En principe, selon la loi russe, un *zakoup* comme Chtchek ne pouvait pas être vendu comme un esclave ordinaire. Mais l'on outrepassait souvent les règles et les autorités fermaient les yeux depuis longtemps.

— Je suis Chtchek, cria-t-il. Vous vous souvenez de moi ?

Et il lui raconta ses malheurs.

— C'est étrange, murmura Ivanouchka les yeux fixés au sol, moi non plus je n'ai rien.

— Bonne chance quand même, lui répondit le paysan en souriant, pris d'affection pour ce noble en haillons. Et n'oubliez pas Chtchek dans vos prières.

— Ah, mes prières...

Le jeune homme parut se perdre dans ses pensées, puis :

— Quel est le montant de ta dette ? demanda-t-il.

— Aujourd'hui ? Sept *grivna* d'argent.

— Et cela te rendrait ta liberté ?

— Bien sûr.

Ivanouchka prit la bourse de cuir qui pendait à sa ceinture et la glissa dans la ceinture de Chtchek.

— Tiens, murmura-t-il. Il y a huit *grivna*. Et je n'en ai pas besoin.

« Après tout, se disait-il, autant que ce paysan en profite puisque je vais quitter ce monde. »

Le soldat responsable des esclaves n'était pas un mauvais bougre et il fut enchanté de la bonne fortune inouïe de Chtchek.

— La Mère de Dieu doit veiller sur toi, s'écria-t-il en tranchant les liens du paysan pour le prendre dans ses bras. Tu as une chance du diable, mon garçon. Je n'ai jamais rien vu de pareil.

La réaction de l'intendant du prince fut différente.

— Il a volé cet argent, lança-t-il.

— Les autres esclaves ont tout vu, fit observer le soldat.

Le noble lança aux esclaves un regard de dégoût.

— Leur parole ne compte pas.

— Comment aurais-je pu voler, seigneur ? demanda Chtchek. J'avais les poings liés.

L'intendant lui lança un regard noir.

— Où est l'homme qui t'a donné l'argent ? Où ?

Ivanouchka avait disparu.

— Prenez-lui cette bourse, ordonna l'intendant au soldat.

Mais avant qu'il puisse exécuter cet ordre, on entendit un cri.

— Regardez !

Un des esclaves montrait du doigt la berge du fleuve en aval. A quelques centaines de mètres, une silhouette venait de sortir d'un bouquet d'arbres.

— C'est lui.

— Allez le chercher, ordonna l'intendant.

Ainsi, quelques minutes plus tard, à sa stupéfaction, l'intendant Sviatopolk se trouva en face de son frère. Ivanouchka le regarda comme à travers un voile de brume et ne dit pas un mot.

— Libérez le paysan, il a payé sa dette, lança Sviatopolk, très calme. Quant à ce vagabond, ajouta-t-il, jetez-le en prison.

Les cierges étaient allumés. Dans un coin, sur l'icône aux reflets d'or rougeoyant, la Mère de Dieu contemplait les espaces sombres de la vaste pièce. Les esclaves débarrassaient la table des reliefs du repas.

Igor était assis dans son fauteuil de chêne, sa tête grise penchée en avant, le menton contre la poitrine. Il avait les yeux ouverts, attentifs. Son visage semblait calme, mais sombre. Sa femme se tenait à ses côtés. On pouvait voir sur ses traits tirés qu'elle avait pleuré, mais, obéissante aux ordres de son époux, elle demeurait impassible.

Sviatopolk avait du mal à contenir sa rage.

Par quelle malchance insensée, son père s'était-il trouvé près des murs de la ville au moment où les gardes conduisaient Ivanouchka vers la petite prison ? Sans cela, il serait noyé à cette heure, car sans savoir qu'Ivanouchka avait de toute façon décidé de se supprimer, Sviatopolk comptait le conduire au fleuve pendant la nuit et lui tenir la tête sous l'eau. « Ce sera mieux pour lui. Et mieux pour mes parents, s'était-il dit. On retrouvera le corps, on supposera qu'il s'est donné la mort et plus personne n'aura de chagrin à cause de ce fils inutile. Et en plus, cet idiot ne ferait que demander de l'argent. »

Dès l'instant de la rencontre, le visage de son père s'était fermé, et il avait ramené Ivanouchka à la maison comme un prisonnier. Pendant le repas du soir, le jeune homme avait été contraint de s'expliquer.

Sviatopolk n'avait pas eu besoin de l'accuser. Il s'était accusé lui-même. En fait, Sviatopolk avait jugé plus sage de ne rien dire.

— Mon frère a perdu son chemin, avait-il murmuré. Je crois qu'il a presque perdu son âme. Peut-être la regagnera-t-il en se faisant moine.

En général les moines mouraient jeunes.

Igor avait posé les questions, tandis que son épouse observait en silence. Puis il avait conclu sévèrement :

— Tu m'as menti. Tu nous as menti à tous. Tu as dilapidé ton héritage. Tu as même volé. Tu ne nous as pas une seule fois donné signe de vie, ce qui a brisé le cœur de ta mère. Et après avoir volé de nouveau, tu as laissé l'argent à un inconnu et essayé de quitter la ville où se trouvaient tes parents.

Sviatopolk jugea qu'aucune accusation ne pouvait être plus complète, et il attendit le verdict d'un cœur léger.

Mais Igor pardonna tout de même à son jeune fils.

Le grand hiver russe, redoutable par ses froids extrêmes, est aussi un moment de joie. Pour Ivanouchka ce fut une convalescence.

Pendant les mois d'automne qui suivirent son retour, son corps et son esprit parurent s'effondrer. « Je suis comme une enclume sur laquelle deux démons sont en train de frapper », disait-il. Ce fut sa mère qui le sauva. Peut-être parce qu'elle était la seule à le comprendre. Quand son père avait voulu consulter un des médecins arméniens ou syriens de la cour princière, elle s'y était opposée :

— Nous avons des remèdes d'autrefois bien meilleurs que ceux des Grecs et des Romains. Mais si tu veux, envoie quelqu'un au monastère demander aux moines des prières.

Elle n'avait permis à personne de voir son fils. Elle s'enfermait avec lui pendant des heures, présence silencieuse, et lui posait de temps en temps des compresses sur le front. Assise près de la fenêtre, elle regardait le ciel pendant des heures, lisait son livre de psaumes ou somnolait. Elle lui parlait s'il en avait envie, mais ne s'adressait jamais à lui, ni ne le regardait. Elle restait présente sans s'imposer, calme et ferme.

Dehors, les pluies d'automne changeaient la campagne en un marécage de riche boue noire. Les cieux étaient gris et lourds, l'horizon vide. Quelque part du côté de l'est, un immense froid blanc préparait son entrée.

Puis la neige vint. Le premier jour, elle arriva de la steppe et emplit les rues de la ville de douces rafales grises. Ivanouchka s'aperçut qu'au dehors la nature fermait une porte et bannissait la lumière du ciel, mais seul dans sa chambre avec sa mère, peu lui importait. Le deuxième jour, ce fut la tempête, comme si la steppe sans fin avait lancé une nuée de minuscules démons gris à l'attaque de la citadelle. Mais le troisième jour, la neige redevint douce et quelques rayons de soleil traversèrent les nuages au milieu des gros flocons lents, aussi doux que des plumes. Ce fut le début de sa guérison.

A vrai dire, l'hiver russe n'est pas si redoutable. Même dans la plus petite cabane, avec son énorme poêle, il fait une chaleur étouffante.

Une semaine après la première neige, par une belle journée

ensoleillée, on apporta Ivanouchka, emmitouflé dans des fourrures, sur les remparts de Pereiaslav. La campagne n'était plus qu'un immense tapis blanc, s'étendant à l'infini du côté de la steppe : l'épaisse couverture protégerait la terre pendant tout l'hiver.

De même, pendant tout l'hiver, Ivanouchka fut protégé par sa mère. Par moments, il avait l'impression d'être redevenu enfant. Ils s'asseyaient devant le feu ou près de la fenêtre pour lire des contes de fées ou réciter les *byliny* qu'il connaissait depuis ses jeunes années. L'oiseau de feu, les vierges des neiges, les ours de la forêt, les princes en quête de fortune ou d'amour... Pourquoi ces contes pour enfants lui semblaient-ils, maintenant qu'il était plus âgé, empreints d'une grande sagesse ? Leur style même, avec son sens subtil du mouvement, son humour caustique et son ironie sans amertume, lui semblait maintenant palpitant de vie et de couleur, comme la forêt elle-même.

La mort frappa la famille une fois au cours de cet hiver : l'épouse de Sviatopolk tomba soudain malade et mourut. Ivanouchka la connaissait à peine, mais il aurait volontiers consolé son frère. Celui-ci ne s'y prêta pas, et Ivanouchka ne dit rien.

Au début du printemps, avant que la neige ne fonde, il se sentit prêt à quitter son cocon pour retourner dans le monde. Il demeurait faible et souvent songeur, mais se sentait de nouveau entier, gai et ardent.

— Grâce à toi, je renais, dit-il à sa mère.

Le monde de Pereiaslav dans lequel il entra était fort animé.

Pendant que les autres princes se disputaient Kiev, le prudent Vsevolod avait consolidé son autorité sur Pereiaslav, capitale des forts de la frontière méridionale, si bien que la ville avait pris de l'importance. Comparée à Kiev, elle n'avait que quelques belles églises et la plupart de ses bâtiments demeuraient en bois, mais la forteresse carrée représentait une force avec laquelle il fallait compter. Surtout, son église était si puissante et si loyale au patriarche de Constantinople que, dans la ville impériale, le métropolite de Pereiaslav exerçait souvent une plus grande influence que celui de Kiev.

Ce furent pour Ivanouchka des journées de bonheur : il parcourait la ville, s'arrêtait pour admirer le travail des souffleurs de verre ou des fondeurs de bronze... Et pourtant, à peine fut-il rétabli qu'un vague sentiment de malaise s'empara de lui — l'intuition obscure qu'il faisait l'objet d'un complot.

La nouvelle merveilleuse que lui annonça son père chassa bientôt ses soupçons.

— J'ai réussi, lança fièrement le boyard à son épouse. Le prince Vsevolod m'apprécie au point que j'ai pu le supplier d'accorder une position à Ivanouchka.

A son fils il déclara :

— Tu feras partie de la *droujina* du prince Vladimir malgré tout. Sviatopolk t'y a précédé et s'est bien conduit. Tu vas enfin avoir la chance de faire tes preuves.

Ivanouchka avait rougi de plaisir.

Deux jours plus tard, son père lui apprit :

— A propos, pendant ta maladie, ton frère et moi avons remboursé tous tes créanciers, tu sais. Ta réputation est sauve.

Supposant qu'Igor faisait allusion à Jydovine et à un ou deux autres, Ivanouchka avait remercié son père sans y songer davantage. Ce fut seulement le lendemain, quand sa mère fit, comme à regret, une autre allusion à ses dettes, qu'il eut l'idée d'en réclamer la liste.

Il comprit aussitôt ce qui s'était passé. La liste était affolante.

En tête, bien entendu, la somme volée à Jydovine. Mais ce qui suivait !... Des gens qu'Ivanouchka n'avait jamais vus, dans des lieux où il n'avait même pas mis les pieds, prétendaient soit qu'il les avait volés soit qu'ils lui avaient prêté de l'argent. Il savait que dans un cas comme dans l'autre, leurs plaintes n'étaient pas fondées.

— Qui a trouvé ces créanciers ? demanda-t-il.

— Sviatopolk, répondit son père.

Tel était donc le complot qu'avait ourdi Sviatopolk pendant l'hiver. Il avait apparemment fait le tour de toutes les villes du Pays de Rus. Les sommes n'étaient pas importantes. Sviatopolk s'était montré habile. Mais leur nombre était étonnant.

— Tu dois à ton frère une montagne de remerciements, lui dit Igor sévèrement. Il a insisté pour payer la moitié de ces sommes lui-même.

— Il se sent responsable pour toi, ajouta sa mère.

Ivanouchka comprit parfaitement, ses expériences l'avaient rendu plus sage.

— Un grand nombre de ces gens ont trompé mon frère, fit-il observer tristement.

Mais voyant que ses parents n'en croyaient pas un mot, il n'insista pas. L'incident était clos.

Le lendemain, enfin, son père le conduisit auprès du jeune prince, né d'une mère grecque de sang royal et appelé pour cette raison Vladimir Monomaque.

Quand Ivanouchka entra avec son père dans la grande salle du palais, une demi-douzaine de nobles entouraient le jeune homme, qui portait une longue cape bordée de zibeline et rehaussée de pierreries. Il était coiffé d'une toque d'hermine.

De sa mère grecque, il tenait un beau visage au nez droit et de grands yeux sombres et calmes. Il attendit le père et le fils comme un prêtre devant un autel, sans un geste : sa dignité ne semblait pas émaner de lui-même mais d'un pouvoir issu d'un autre monde.

Ivanouchka et Igor s'inclinèrent devant lui, avancèrent de quelques pas puis s'inclinèrent de nouveau. « On dirait une peinture dans une église », se dit Ivanouchka en lançant un regard aux yeux noirs immobiles. Devant le prince, il se mit à genoux et baisa les sandales ornées de pierreries.

— Bienvenue, Ivan Igorovitch, dit Vladimir d'un ton solennel.

Les cours du Pays de Rus ne ressemblaient pas à celles d'Europe occidentale. Les princes russes ne cherchaient pas, comme les souverains de Bohême et de Pologne, à s'intégrer au réseau féodal complexe de l'Europe ; les manières et les idées nouvelles de la chevalerie occidentale ne les intéressaient pas. Leurs modèles venaient plutôt de l'Orient. Tous les souverains de ces vastes étendues n'étaient-ils pas arrivés de l'est ? Et dans ce même coin du monde, existait-il un pouvoir plus ancien et plus civilisé que l'empire chrétien des Grecs de Constantinople ?

Les prince russes copiaient donc le luxe oriental et l'étiquette hiératique de la cour impériale d'Orient. Le Monomaque savait de naissance comme se comporter.

Puis, à la surprise d'Ivanouchka, il se mit à sourire.

— J'ai appris que tu as beaucoup voyagé.

A ces mots, les courtisans éclatèrent de rire, et Igor sourit. Tout le monde était au courant des pérégrinations stupides d'Ivanouchka.

— Ne riez pas, les réprimanda Vladimir. S'il a bien observé autour de lui au cours de ses voyages, notre ami en sait plus long que moi sur le Pays de Rus.

Par cette simple phrase, le prince s'assura la loyauté éternelle de son homme lige.

D'un geste, le Monomaque fit signe à Igor et aux autres nobles de se retirer et il prit Ivanouchka à l'écart. Devinant la nervosité du jeune homme, il lui parla doucement jusqu'à ce qu'Ivanouchka soit en état de lui répondre ; puis il l'interrogea sur ses voyages et Ivanouchka s'exprima avec une telle sincérité que Vladimir, malgré un ou deux regards fort surpris, parut enchanté.

Curieusement, le jeune prince rappela à Ivanouchka son propre père. Il lui semblait découvrir en lui la même rigueur personnelle, la même piété — ne lui avait-on pas dit que le prince consacrait plusieurs heures par jour à la prière ?

— Aimes-tu la chasse ? demanda-t-il soudain, et son visage s'éclaira d'un sourire presque enfantin.

— Oui, répondit Ivanouchka.

— Parfait, dit le prince. J'ai l'intention de chasser dans toutes les forêts du Pays de Rus avant de mourir. Viens demain, ajouta-t-il, je te montrerai mes faucons.

Avant de mettre fin à leur entretien, le prince redevint cependant sérieux.

— Tu es nouveau à la cour, dit-il aimablement. D'autres y sont depuis plus longtemps. Y compris ton frère, ajouta-t-il après avoir marqué un temps.

C'était une mise en garde. Ivanouchka regarda le Monomaque dans les yeux, mais n'y décela rien.

— Montre-toi discret. Je ne te jugerai que sur tes actes.

Ivanouchka s'inclina avec gratitude et Vladimir se dirigea vers ses courtisans.

Ce fut à cet instant qu'Ivanouchka la vit.

Elle s'avançait derrière sa maîtresse. Ce n'était plus une fillette, mais une jeune femme. Elles étaient toutes les deux si blondes, qu'elles ne semblaient pas appartenir à la terre. Aussitôt il se rappela qu'il l'avait déjà vue, deux ans auparavant, à cheval dans la forêt avec son père et la cour.

— Qui sont-elles ? demanda-t-il à un jeune noble près de lui.

— Vous ne savez pas ? La plus âgée est l'épouse du Monomaque. L'autre sa dame de compagnie.

— D'où viennent-elles ?

— Mais... d'Angleterre. Gytha est la fille du roi saxon Harold, que les Normands ont tué à Hastings, il y a une dizaine d'années. La jeune fille s'appelle Emma. Ses parents sont morts et la princesse l'a emmenée avec elle.

Après la conquête de l'Angleterre par Guillaume de Normandie, l'année funeste de l'étoile rouge, de nombreux exilés avaient gagné le Pays de Rus. Certains guerriers saxons s'étaient même rendus à Constantinople et servaient dans la garde d'élite varègue des empereurs. D'autres erraient dans l'Europe orientale.

— Sa main n'est pas encore promise, ajouta le courtisan.

Cinq jours plus tard, après ses prières, Igor fit venir ses fils auprès de lui. Il était seul, apparemment gai.

— J'ai décidé qu'il était temps, pour chacun de vous, de recevoir le revenu qui sied à un homme de noble naissance, annonça-t-il.

L'honneur de la famille exigeait que les fils d'Igor vivent sur un certain pied.

— Vous le savez, poursuivit Igor, le prince de Pereiaslav a fort bien récompensé mes services. Je ne suis pas pauvre.

Il marqua un temps.

— Mais quand j'ai quitté le service du jeune prince de Kiev, ma fortune a subi plusieurs revers. En conséquence, nous ne sommes pas aussi riches que je l'escomptais et, chaque année, maintenir son rang coûte de plus en plus cher... Sviatopolk a déjà sa maison. Ivanouchka se mariera sans doute bientôt et devra s'installer à son tour. C'est dans cette perspective que j'ai pris mes décisions.

Les deux frères se penchèrent vers lui.

— Des revenus des domaines que le prince m'a donnés, je garderai la moitié pour moi-même. L'autre moitié sera pour mes fils.

Il soupira.

— Normalement, bien entendu, une plus grande part devrait revenir à Sviatopolk. Mais comme le prince Vladimir lui a déjà accordé de bons revenus alors qu'Ivanouchka ne dispose de presque rien, je vous accorde à chacun une part égale.

Il s'arrêta, comme si cette décision l'avait épuisé.

Ivanouchka garda le silence, tant il avait du mal à croire sa chance. Enfin, Sviatopolk parla. D'une voix glaciale.

— Mon père, je vous remercie et je m'incline devant votre volonté. J'ai servi mon prince et j'ai servi cette famille. Je vous le demande : est-il juste qu'Ivanouchka reçoive la même somme alors qu'il ne vous a valu que déshonneur, sans parler des dettes que nous venons de payer ?

Igor ne répondit pas, mais Ivanouchka sentit que la même pensée le troublait.

Il pencha la tête. Sviatopolk avait raison : il ne le méritait pas. Et il pouvait comprendre la colère de son aîné.

— J'en ai décidé ainsi, répondit Igor d'un ton brusque, et l'entretien s'acheva.

Au moment où ils sortirent, Sviatopolk lança à Ivanouchka un seul regard. Impossible de se méprendre sur sa signification : la mort.

Ivanouchka ne prit sa décision que le lendemain, assis dans un coin du marché.

La réunion de la veille et l'expression du visage de Sviatopolk l'avaient bouleversé. « Peut-il vraiment me haïr à ce point, simplement pour de l'argent ? » se demanda-t-il. Et cela lui rappela une conclusion à laquelle il était parvenu au cours de sa lente convalescence. « Quand j'errais dans le monde en mendiant et en volant, je n'avais rien. A la fin, j'étais sur le point de me donner la mort. Je n'ai retrouvé le désir de vivre qu'à mon retour, grâce à l'amour de ma famille. Ce que disent les prédicateurs est donc vrai : le monde n'est rien sans amour. » Une nouvelle foi s'était donc épanouie en lui : la vie même est amour ; la mort est absence d'amour.

Et ce jour-là, réfléchissant à ses rapports avec Sviatopolk, il avait conclu : « A quoi me servira ma fortune si elle ne fait qu'engendrer de la haine dans ma famille ? Mieux vaut que je m'en passe. Mieux vaut que je renonce à mon héritage. Que Sviatopolk le prenne. Dieu pourvoira à mes besoins. »

Satisfait de sa décision, il allait quitter le marché, quand une main le tira par la manche. Il se retourna : un paysan le regardait en souriant.

— Hé, lança-t-il, c'est à toi que j'ai donné l'argent.

— Mais oui, répondit Chtchek. Et si je puis me permettre, qu'est-ce qui vous rend si sombre ce matin, jeune seigneur ?

Chtchek avait de bonnes raisons d'être heureux. Non seulement il avait recouvré sa liberté, mais son trésor secret gonflerait bientôt son escarcelle. Et il était content de retrouver le jeune noble, ne serait-ce que pour le remercier. Ivanouchka, lui, n'avait d'autre personne à qui se confier et il lui raconta toute son histoire.

« Quel brave garçon que ce jeune noble, se disait Chtchek tout en l'écoutant. Il a le cœur généreux. Et après tout, c'est à lui que je dois ma liberté. »

— Ne renoncez pas à tout, seigneur, conseilla-t-il à Ivanouchka quand celui-ci eut terminé. Votre père possède le domaine de Russka, qui est pauvre. Mais je crois connaître un bon moyen d'en faire un domaine riche. Si vous le désirez, renoncez à la part qu'on vous a proposée, mais demandez à votre père le village de Russka. Avec les bois qui se trouvent au nord, ajouta-t-il.

Ivanouchka acquiesça. Russka lui plaisait. L'idée lui parut excellente.

Ce soir-là, quand Sviatopolk apprit la décision d'Ivanouchka, il en fut confondu.

— Russka ? répondit Igor. Tu veux seulement le revenu de ce petit village misérable ? Et comment vivras-tu ?

— Je me débrouillerai, répondit Ivanouchka d'un ton joyeux.

— A ta guise, soupira Igor. Dieu seul sait ce qu'on peut faire de toi.

« Loué soit le Seigneur, mon frère est vraiment un idiot », songea Sviatopolk. Et avec un sourire de tendresse, il s'avança vers Ivanouchka et l'embrassa sur la joue.

Deux jours plus tard, Ivanouchka étonna son père avec une requête audacieuse :

— Le prince Vladimir est le tuteur de la jeune Saxonne, la dame de la compagnie de son épouse. Demandez-lui pour moi la main de la jeune fille.

Igor le regarda fixement. Que pouvait-il lui répondre ? Ivanouchka avait renoncé à ses revenus et jamais le jeune Monomaque ne donnerait la jeune Saxonne à un homme pauvre. D'ailleurs, indépendamment de la question d'argent...

— Mon pauvre enfant, répondit-il tristement, ne sais-tu pas que Sviatopolk m'a demandé la même chose hier matin ?

Le sourire d'Ivanouchka s'effaça.

— Demandez-lui sa main tout de même, dit-il à la réflexion.

— Très bien, répondit Igor.

Mais dès le départ d'Ivanouchka, il soupira : son fils était indéniablement un idiot.

La réponse du Monomaque arriva deux jours plus tard. Comme toujours, elle était affable et rationnelle.

— La jeune fille sera fiancée à Noël. C'est elle qui choisira entre les prétendants que j'aurai approuvés. J'accorde d'ores et déjà mon approbation aux deux fils du boyard loyal de mon père, Igor. Toutefois, avait ajouté le prince, tout prétendant sera écarté s'il ne peut apporter la preuve que ses revenus sont supérieurs à trente *grivna* d'argent par an.

En entendant ces mots, Sviatopolk sourit. Il disposait d'un revenu de plus de cinquante *grivna*. Celui d'Ivanouchka devait être inférieur à vingt.

Ivanouchka ne dit rien.

Aussitôt après, Ivanouchka, nouveau seigneur de Russka, se rendit à cheval dans son village.

Il y avait du printemps dans l'air. Les fleurs des cerisiers faisaient déjà une apparition timide. Près du gué, il entendit bourdonner les premières abeilles.

Chtchek était parti sur le fleuve pour la journée, et Ivanouchka ordonna à l'ancien de lui faire visiter le domaine. Le principal revenu qu'il pouvait espérer provenait des impôts payés par chaque foyer. Un tiers était dû au prince et il gardait le reste ; mais il devait prendre en charge les dépenses du fort. Bien entendu, s'il engageait des paysans ou achetait des esclaves, il pouvait exploiter les terres inutilisées de la région, mais cela prendrait du temps et de l'argent, or il n'avait ni l'un ni l'autre. Même avec beaucoup de chance, il ne voyait pas comment ses revenus pourraient atteindre vingt *grivna* par an.

« Ce maudit paysan s'est sans doute moqué de moi », se dit-il dans l'après-midi quand il rentra au fort. Au retour de Chtchek, quelques heures plus tard, il était prêt à se mettre en fureur contre lui.

— Nous partirons demain à l'aube, lui promit le paysan.

Et Ivan attendit une nuit de plus.

Le lendemain au lever du soleil, il découvrait le trésor secret de Russka.

Tout le printemps et tout l'été, Ivanouchka fut très occupé au service de Vladimir, comme l'exigeait sa position. Mais comme il y avait des tensions dans l'air chaque fois qu'Ivanouchka et Sviatopolk se trouvaient à la cour en même temps, le prince permettait souvent au jeune homme de se rendre dans ses domaines de Russka où, disait-on à la cour, on avait vu ce personnage excentrique travailler dans les champs avec les paysans.

Au début de l'été, le prince Vladimir se rendit dans l'ouest pour participer à une campagne des Polonais contre les Tchèques. Il resta quatre mois en Bohême, Sviatopolk à ses côtés. A Pereiaslav, Ivanouchka apprit que son frère s'était bien comporté, et, quoique fier de Sviatopolk, il s'en attrista un peu.

— Je crains de faire bien piètre figure aux yeux de la jeune fille, comparé à lui... avoua-t-il à sa mère.

Il vit très peu la jeune fille au cours de ces mois : elle passait tout son temps auprès de sa maîtresse, qui attendait un enfant.

A Russka, pendant tout l'été, le seigneur et le paysan s'occupèrent de la précieuse forêt à miel. Elle comprenait à présent mille arbres : cent chênes et neuf cents pins. Il y avait plus de cent essaims et Chtchek maintenait une ruche sur sept toujours occupée.

Il avait également construit à Russka un entrepôt pour la cire d'abeille et engagé deux hommes pour garder le trésor car la nouvelle s'était répandue jusqu'à Pereiaslav, et il avait signalé à Ivanouchka :

— Si nous ne nous protégeons pas, les gens viendront nous voler.

Ivanouchka était déjà certain que la forêt lui fournirait le revenu requis. Mais que déciderait la jeune fille ?

A vrai dire, il n'en avait pas la moindre idée.

Il avait échangé quelques mots avec elle à la cour, et il croyait lui plaire, il en était presque sûr. Mais elle avait de nombreux prétendants, dont Sviatopolk, tous partis plus avantageux.

— Êtes-vous seulement certain de la vouloir pour femme ? lui demanda Chtchek.

Le comportement de ces nobles lui paraissait souvent étrange.

— Oh oui !

Pourquoi ? Il l'ignorait. Était-ce son apparence magique ? Non, pas seulement. Il y avait tant de douceur dans son regard bleu ! Et, dans sa démarche, quelque chose d'indéfinissable trahissait qu'elle avait dû souffrir. Au cours de leurs brèves conversations, il avait deviné en elle une compréhension de la vie et de ses difficultés qu'il avait rarement rencontrée chez les filles fières et protégées des boyards.

La récolte fut excellente cette année-là, et la production de miel un succès. A l'automne, il réussit à parler plusieurs fois à la Saxonne. Mais à la veille de l'hiver, il ne savait pas encore à quoi s'en tenir.

Quand vint le grand jour, quatre prétendants se présentèrent devant Vladimir Monomaque pour solliciter la main de la jeune Saxonne. Deux d'entre eux étaient les fils d'Igor.

La chance d'Ivanouchka avait surpris toute la cour.

— Pendant que son frère se bat, le jeune rusé récolte le miel, avait fait observer une langue de vipère.

Mais Ivanouchka n'en avait pas moins rempli les conditions du prince. Plus surprenant encore, après avoir remercié poliment les quatre hommes de l'honneur qu'ils lui faisaient, la jeune Emma avait murmuré au prince qu'elle choisissait Ivanouchka.

— A votre guise, répondit-il, mais par loyauté envers Sviatopolk, il se sentit obligé d'ajouter : Son frère aîné est un de mes meilleurs hommes, vous savez, alors que tout le monde tient Ivanouchka pour un idiot.

— Je sais, répondit-elle. Mais je crois qu'il a le cœur généreux.

Et le lendemain Ivanouchka, fils d'Igor, épousa Emma, la fille d'un noble Saxon.

Vladimir donna un festin splendide où l'on servit du chapon rôti ; et si Sviatopolk avait encore des mauvais desseins contre son frère, il les dissimula sous un masque de dignité.

Tandis que se déroulaient ces événements, l'attention de la cour se tournait vers l'arène politique.

Le 27 décembre, en effet, le prince de Kiev mourut, et Vsevolod de Pereiaslav prit le pouvoir à Kiev.

— C'est une grande promotion pour votre père, déclara tout le

monde à Ivanouchka. Igor est maintenant un boyard du grand-prince
de Kiev.

Vladimir Monomaque devint seigneur de Pereiaslav à la place de
son père, de sorte que Sviatopolk et Ivanouchka eurent eux aussi un
protecteur plus puissant. La naissance d'un fils de la princesse
saxonne mit un comble à la joie de la cour.

Mais pour Ivanouchka, tout cela semblait sans conséquence : il
était marié et avait découvert, au cœur de l'hiver, un bonheur sans
précédent dans sa vie, si intense que parfois, en regardant la
silhouette merveilleuse à ses côtés, il avait du mal à croire que cette
source de joie continuelle ne lui serait pas dérobée. Les semaines
passèrent, le bonheur ne fit que croître, et Ivanouchka découvrit
enfin le sentiment de plénitude qu'il avait si longtemps cherché.

— Quand j'étais enfant, dit-il à Emma, j'avais envie de partir à
cheval jusqu'au Don. A présent, je préfère être ici avec toi. Tu es
tout ce que je désire.

Elle sourit, mais lui demanda :

— En es-tu certain, Ivanouchka ? Moi et rien d'autre ?

Il la dévisagea, surpris. Pour lui c'était évident.

Elle lui avait annoncé en mars qu'elle était enceinte.

— Que pourrais-je désirer de plus ? lança-t-il en riant.

Quelques jours plus tard, il se rendit à Russka.

Trois jours après son arrivée, il se rendit au fort à l'heure où le
soleil dépasse la cime des arbres et s'assit sur une pierre pour
admirer le paysage du côté du sud.

La rivière prise par les glaces commençait à fondre le long de ses
berges. Tout dégelait. Peu à peu, doucement, si doucement qu'on
pouvait à peine l'entendre. Mais inexorablement. Plus on écoutait et
plus on prenait conscience des craquements et des murmures de la
campagne entière. Et tandis que le soleil agissait ainsi sur la neige
et la glace, Ivanouchka pouvait presque sentir des forces souterraines
également en action. Il eut soudain l'impression que tout était
nécessaire : la terre noire si riche que les paysans avaient à peine
besoin de la labourer ; la forteresse avec ses robustes murs de bois,
le monde souterrain où les moines comme le père Louka avaient
décidé de vivre et certainement de mourir... Il ne pouvait comprendre
pourquoi les choses étaient ainsi, mais tout était nécessaire. « Comme
était nécessaire le chemin tortueux de ma propre vie », se dit-il.
Peut-être le père Louka avait-il vu tout cela, des années auparavant,
quand il lui avait dit : « Chaque mortel trouve sa propre voie vers
Dieu. »

1111

Des nuages noirs glissaient en silence sur la terre nue. Lentement
la puissante armée s'avança le long de la forêt, dépassa la ligne des
petits forts et regarda au-delà l'immensité de la steppe. Le soleil de

printemps, à travers les nuages, lançait violemment, ici et là, des taches de lumière sur la horde.

L'armée se dispersa sur la steppe en un éventail de près de cinq kilomètres. Vue d'en haut, dans la lumière lugubre du crépuscule, elle évoquait l'ombre d'un immense oiseau aux ailes déployées, glissant sans bruit sur les herbes hautes.

Au sol, les cottes de mailles et les armes emplissaient l'air de cliquetis — comme si la steppe entière résonnait des échos de myriades de cigales métalliques.

Sviatopolk avançait, le visage sombre. Quand la lumière tombait sur lui, on remarquait que ses yeux, durs et clairs, restaient fixés sur l'horizon. Mais son esprit hantait encore les ombres.

Bien qu'il fît partie de la *droujina* du prince de Kiev, il chevauchait tout seul. De temps à autre, à l'insu de tous, ses yeux se posaient sur son frère, non loin, et chaque fois ils s'en détournaient aussitôt, comme déviés par la crainte ou la culpabilité. Un homme fier qui se sent coupable devient dangereux...

En cette année 1111, une des plus grandes expéditions de l'histoire venait de quitter le Pays de Rus en direction de l'est, avec à sa tête le prince de Kiev, son cousin le prince de Tchernigov et le grand Vladimir Monomaque, prince de Pereiaslav. Son objectif était l'anéantissement des Coumans.

L'énorme armée avait attendu les premiers beaux jours, où le sol est ferme. Munis de longues épées et de cimeterres, d'arcs courbes et de lances, vêtus de toques de fourrure et de cottes de mailles, les hommes avançaient à cheval et à pied. Précédée par des gongs et des trompettes, des pipeaux et des tambourins, des chanteurs, des danseurs et des prêtres portant des icônes, la horde eurasiatique venait de quitter Kiev la Ville d'Or.

C'était une armée typiquement russe, constituée par toute sorte de gens. Sur la droite de Sviatopolk des jeunes Scandinaves appartenant à la *droujina* (l'un d'eux marié à une Coumane). A sa gauche, un mercenaire allemand, et un chevalier polonais. Sviatopolk respectait les Polonais malgré leur soumission au pape de Rome, car ils étaient indépendants et fiers. Et de quel superbe brocart ce Polonais était vêtu !

Juste derrière lui s'avançait un contingent important de fantassins slaves. Il leur lança un regard méprisant. Des garçons courageux, à l'esprit vif et merveilleusement obstinés. Il ne savait même pas pourquoi il les méprisait, sans doute par simple habitude.

Devant lui chevauchaient sept cavaliers alains. A côté d'eux, une compagnie de Bulgares de la Volga — très étranges, ces descendants lointains des redoutables Huns, au visage oriental, aux cheveux noirs et raides. Devenus musulmans, ils avaient quitté sans se faire prier leur citadelle commerciale de la Volga pour contribuer à la défaite des pillards païens de la steppe.

— Si j'étais un Couman, fit-il observer à son page, je craindrais encore plus les Toques Noires.

Depuis longtemps, les princes de Rus avaient encouragé la sédentarisation de guerriers de la steppe le long de leur frontière méridionale, pour servir de tampon entre eux et les Coumans. Ces Turcs avaient formé leur propre encadrement militaire et avaient même installé une garnison à Kiev. Ils détestaient les Coumans et observaient une discipline de fer. Armés d'arcs et de lances, ils montaient des chevaux noirs et portaient des toques noires. Sviatopolk trouvait leurs visages durs et cruels, mais admirait leur hargne et leur détermination. Ils étaient forts.

De nouveau, il lança un coup d'œil à son frère Ivan, qui se trouvait non loin du Monomaque.

Avec la cinquantaine il avait pris un peu d'embonpoint, mais paraissait en forme malgré son teint rougeaud. « Pourquoi, se demanda Sviatopolk, pourquoi les yeux d'Ivanouchka conservent-ils la clarté et la pureté de l'enfance, alors que ceux des autres hommes révèlent la vie qu'ils ont menée, et semblent fourbes, cauteleux, fiers ou simplement las ? » Ce n'était pas la stupidité. — Car l'homme qu'on appelait jadis Ivanouchka l'Idiot était devenu pour tous Ivan le Sage. « Et en plus il est riche ! Il a toutes les chances. »

Ils se voyaient rarement. Vingt ans auparavant, à la mort du prince de Kiev, Sviatopolk avait quitté le Monomaque pour servir le nouveau prince. Il avait cru faire un bon choix, alors que son frère restait à Pereiaslav.

A présent, ils chevauchaient dans la même armée.

« Et seul l'un d'entre nous reviendra vivant », jura-t-il en secret.

— Je vais enfin partir vers le Don, avait dit Ivanouchka à ses fils.

N'était-il pas étrange que Dieu lui accorde le rêve de son enfance en sa cinquante-septième année ? Dieu lui avait tellement donné...

Le domaine de Russka l'avait enrichi. Les raids des Coumans avaient détruit le village à plusieurs reprises, mais sans déranger les abeilles de la forêt. Et il possédait d'autres domaines.

Car le Pays de Rus était en pleine expansion. Tout en développant le commerce dans le sud, les princes avaient continué de coloniser les immenses régions mal connues du nord-est, jusque dans l'arrière-pays habité depuis toujours par des tribus primitives finnoises, jusque dans les forêts profondes qui abritent les sources de la Volga. Les Russes y avaient établi de nombreuses colonies : des villes importantes — Tver, Souzdal, Riazan, Mourom — et de petits hameaux fortifiés comme le village de Moscou.

Le prince de Pereiaslav gouvernait une partie de la région, du côté de Rostov et de Souzdal. C'est dans ce pays qu'il avait donné à Ivan son second domaine.

Le sol était pauvre comparé à la terre noire du sud, mais la forêt du nord-est recelait d'autres richesses : fourrures, cire et miel. Surtout, elle se trouvait loin des pillards.

— N'oubliez pas, disait souvent Ivanouchka à ses trois fils. Nos ancêtres étaient les ardents Alains de la steppe, mais notre richesse se trouve à présent dans la forêt qui nous protège.

Dieu s'était montré bon pour lui. Et en lui donnant Vladimir pour maître, il lui avait accordé un prince parfait.

Qui aurait pu ne pas aimer le Monomaque ? A tous égards, il était remarquable : brave au combat et excellent chrétien. Pendant des années, il avait consacré toute son énergie à sauvegarder l'unité de la maison régnante. Il avait à maintes reprises convoqué les princes rivaux pour les supplier de se pardonner mutuellement et de s'unir contre les Coumans, toujours prêts à profiter de leurs divisions.

Pereiaslav était devenue une belle cité. Vingt ans plus tôt, son évêque l'avait fait entourer d'un rempart de pierre. On avait édifié plusieurs autres églises de brique et même des bains en pierre. Ivan pouvait dire fièrement :

— Il n'y a rien de comparable à nos bains entre ici et Tsaragrad.

Deux des trois fils d'Ivanouchka étaient au service du Monomaque. Le troisième au service du fils du prince à moitié anglais qui gouvernait maintenant Novgorod, dans le nord.

Ivanouchka avait enrôlé dans l'armée un contingent nombreux. De Russka venait un groupe de Slaves placés sous les ordres du vieux Chtchek, qui avait insisté pour suivre son seigneur malgré son âge. Des domaines du nord, il avait mobilisé des archers, à pied et à cheval, de la tribu finnoise des Mordves, hommes robustes et taciturnes aux pommettes hautes de Mongol et à la peau jaunâtre, qui se tenaient à l'écart des autres et se réunissaient le soir autour de leur chaman, sans lequel ils refusaient de se déplacer.

Outre ses deux fils, le contingent d'Ivanouchka comprenait un jeune Khazar de Kiev. Ivanouchka n'avait guère envie de l'emmener mais le père du jeune homme, associé à la famille depuis de longues années, l'en avait supplié.

— Il n'a pas été entraîné au métier des armes, avait-il répondu fermement. Et je crains surtout qu'il lui arrive malheur.

Ivanouchka n'avait cédé qu'à la prière instante du grand-père du jeune homme, Jydovine.

— Ne quittez pas le jeune Khazar des yeux, avait-il ordonné à ses deux fils.

Le conflit avec les Coumans n'avait jamais cessé. Le long de la steppe du sud, les petits forts s'étaient multipliés, ainsi que les fortifications de terre et de bois. Un mur presque continu tentait maintenant de barrer la route aux pillards. Mais ils le battaient souvent en brèche, ou bien contournaient les défenses pour attaquer à l'improviste par le nord.

Dix ans plus tôt, les Russes avaient lancé sur la steppe une attaque massive qui avait abattu vingt princes coumans. Quatre ans après, avec Boniak le Mangy à leur tête, les guerriers coumans avaient riposté et incendié les églises jusque dans Kiev. Les Russes allaient enfin les écraser une fois pour toutes. Telle était la volonté de Dieu : Ivanouchka n'en doutait nullement.

— Nous connaissons leurs pâturages habituels et leur campement d'hiver, dit-il à ses fils. Nous les décimerons.

Il faisait confiance à la puissante armée des trois princes.

En traversant la steppe jusqu'au Don, il réalisait enfin l'ambition de sa vie, mais il ne pouvait effacer une certaine mélancolie. La principale raison en était son père, cela, il le comprenait. L'autre raison demeurait vague, un malaise indéfinissable. Et cela empira le jour de leur arrivée sur la steppe, quand le Monomaque lui fit observer à mi-voix :

— On raconte, mon cher Ivanouchka, que quelque chose trouble ton frère Sviatopolk.

Pendant des jours, vers le sud et vers l'est, les hommes et les chevaux se glissèrent à travers les herbes ainsi que des serpents. Les oiseaux fuyaient devant l'armée en marche.

Ivanouchka montait son plus beau cheval gris, Troyan. Le Monomaque, joyeux, s'élançait parfois au galop avec son faucon préféré pour chasser sur la steppe. Le soir, il s'asseyait devant sa tente avec ses boyards, tandis qu'un ménestrel chantait en s'accompagnant d'une lyre :

> *Que je meure, nobles de Rus,*
> *Si je ne trempe pas ma manche*
> *Fourrée de castor,*
> *Ou si je ne bois pas à mon casque rempli*
> *Dans le Don aux eaux bleues.*
>
> *Avançons, nobles de Rus,*
> *Plus rapides que le loup gris*
> *Plus véloces que le faucon*
> *Et que les aigles se repaissent des os des Coumans*
> *Près du Don aux eaux bleues.*

C'était toujours après ces veillées, quand les feux s'éteignaient et que tous dormaient, sauf les hommes de garde, qu'Ivanouchka se sentait le plus mélancolique. Car il était certain de ne jamais revoir son père.

Il s'était rendu à Kiev pour lui faire ses adieux et l'avait trouvé presque incapable de bouger. Une crise brutale, l'année précédente, l'avait laissé à moitié paralysé : il pouvait encore sourire faiblement, d'un côté de la bouche, mais on comprenait mal ce qu'il disait.

— N'aie pas de chagrin, lui avait dit sa mère. Il partira bientôt et moi aussi. Considère au contraire les belles années que Dieu nous a accordées, et sois reconnaissant.

Le vieillard demeurait beau. Ses cheveux gris étaient encore fournis et, comme la plupart des riches en cette période de bonne nutrition en Russie, il avait conservé presque toutes ses dents. Ivanouchka, devant ce long visage noble, s'était demandé s'il devait vraiment partir en campagne ou rester ; mais Igor, devinant ses pensées, lui avait adressé son meilleur sourire.

— Pars, mon fils.

Il avait serré son père dans ses bras, longuement, puis s'en était allé.

Ce soir-là, près du feu de camp, il se rappelait souvent le pardon de son père et la présence de sa mère, qui l'avait guéri.

Mais Sviatopolk ? Il chevauchait à quelque distance avec le prince de Kiev, précédé comme toujours par l'étendard portant l'emblème au trident. Son visage demeurait dur et amer — il l'avait toujours été — mais Ivanouchka avait reconnu aussitôt le nouveau désespoir que trahissaient ses yeux. Il avait vécu dans sa jeunesse le même désarroi. Et l'attitude de Sviatopolk à son égard, toujours aussi froide, semblait plus tendue, signe de danger.

Ivanouchka était allé le voir deux fois.

— Est-ce que je t'ai offensé ? lui avait-il demandé.

Et la deuxième fois, non sans hésitation :

— Es-tu souffrant ?

Chaque fois, Sviatopolk s'était incliné vers lui froidement et avait pris des nouvelles de sa santé avec une politesse ironique.

Sviatopolk menait une vie agréable à Kiev. Ses fils lui faisaient honneur. Pour quelle raison était-il ainsi ?

C'était pendant son sommeil que les monstres tourmentaient Sviatopolk.

Pendant ses heures de veille, il avait beau faire des calculs, il aboutissait toujours au même résultat. Mais pendant son sommeil, les monstres survenaient.

Comment avait-il pu s'endetter ainsi ?

« Si j'avais accédé à l'entourage du prince, je serais riche », se disait-il vingt fois par jour.

Tout Kiev spéculait : la plupart des marchands et des boyards, mais aussi les boutiquiers et les artisans s'ils le pouvaient. Et le plus grand spéculateur était le prince lui-même.

Le sel ! Au bon vieux temps de la jeunesse d'Igor, les caravanes apportaient le sel de la mer Noire à travers la steppe. Depuis que les Coumans barraient les voies commerciales du sud, les seuls endroits où l'on pouvait obtenir du sel en toute sécurité se trouvaient dans l'ouest : en Galicie ou dans les royaumes de Pologne et de Hongrie. Le prince de Kiev avait formé une sorte de cartel pour contrôler tout le sel vendu dans le Pays de Rus.

Le prince tenait à cette entreprise encore plus qu'à la croisade contre les Coumans. Il avait préparé le terrain pendant des années en mariant une de ses filles au roi de Hongrie et une autre au roi de Pologne.

— Rien ne l'arrêtera, déclarait souvent Sviatopolk. Ensuite il fera monter les prix et gagnera une fortune.

La beauté du projet le remplissait de joie.

Mais il ne faisait pas partie de l'entreprise. Il avait bien servi le prince de Kiev — personne ne l'avait jamais accusé de manquer à ses devoirs — mais il n'avait jamais pu s'introduire dans l'entourage immédiat du souverain. Et il sentait bien que son influence diminuait. Les gens disaient : « Ce n'est pas le même homme que son père. » Et ils ajoutaient parfois : « Ni que son frère. » Cette dernière remarque rongeait son âme et renforçait sa résolution de faire impression sur le monde.

Si le prince ne l'enrichissait pas, il trouverait d'autres moyens.

Et il s'était lancé dans une série de placements déplorables qui l'avaient appauvri, alors qu'il lui fallait mener grand train dans la capitale pour soutenir sa réputation.

Il avait réussi à dissimuler ses pertes. Le bon renom de son père lui avait valu du crédit auprès des marchands. Mais, à présent, ses dettes formaient une montagne dont personne ne connaissait l'altitude, ni son père, ni son frère, ni ses propres enfants.

Et les monstres venaient le hanter dans son sommeil.

Parfois sa dette venait sous la forme d'un aigle — énorme oiseau brun venu du Caucase, qui volait au-dessus de la steppe, planait au-dessus de la forêt à sa recherche, puis fondait sur lui les serres braquées. Les ailes puissantes emplissaient le ciel, et il s'éveillait en poussant un cri.

Ou bien, alors qu'il se trouvait dans la forêt, il découvrait une jeune fille nue, allongée par terre. Il s'avançait : c'était la plus belle créature du monde, encore plus belle que la jeune Saxonne dont son frère l'avait dépouillé. Il tendait la main pour la toucher et elle se changeait en or massif. Comblé, il la prenait dans ses bras et l'emportait sur son cheval jusqu'à une cabane de la forêt, où il comptait se reposer. Il posait la jeune fille sur la table près du poêle.

— Je t'emporterai à Kiev et je te fondrai, disait-il.

Puis il allait chercher de l'eau. A son retour, la jeune fille avait disparu.

A sa place, assise sur la table, avec un sourire obscène sur son visage ridé, Baba Iaga la sorcière.

Il pâlissait, glacé. Elle tendait les mains vers lui.

— Lâchez-moi ! criait-il.

Mais Baba Iaga ricanait de plus belle, de son rire plus sec qu'un craquement de noix. La pièce s'emplissait d'une odeur délétère de champignons pourris et elle lançait :

— Paie-moi ta dette.

Elle ouvrait la porte du poêle et sa longue main osseuse poussait lentement Sviatopolk dans les flammes. Il gémissait comme un enfant dans son sommeil.

Le troisième cauchemar était le pire. Il commençait toujours dans un bâtiment, une église, une grange, le palais du prince... Il faisait nuit et il cherchait une issue, une fenêtre ou une porte ; mais à perte de vue les espaces vides s'étendaient sans fin.

Puis il l'entendait s'avancer.

Des pas lourds sur le sol de métal, et leur écho renvoyé par le haut plafond. S'il se retournait pour fuir, il découvrait que les pas venaient soudain de la direction vers laquelle il courait.

Et il savait que la créature était sa dette. Elle se rapprochait. Il n'y avait aucune issue.

Enfin il la voyait, haute comme une maison, et aussi large. Vêtue d'un long habit sombre de moine qui cachait ses pattes de métal. Et elle n'avait pas de visage, seulement une longue barbe grise, sans yeux ni bouche. Muette et aveugle, elle savait cependant toujours infailliblement où il se trouvait et, lentement, aveuglément, elle s'avançait. Il tombait sur le sol de métal, incapable d'un geste, et il s'éveillait avec des sueurs froides en poussant un cri de terreur.

« Il n'y a qu'une seule issue », se disait-il.

Le testament de son père était fort simple. Selon la tradition instaurée par les princes, le boyard ne s'était pas soucié de ses petits-enfants, seulement de ses fils.

La fortune d'Igor, qui était considérable, serait divisée par moitié entre ses fils survivants, qui devraient prendre soin de leur mère jusqu'à son décès. Si un des fils mourait avant l'exécution du testament, l'autre fils hériterait des deux parts.

Sviatopolk connaissait la valeur des domaines de son père. La moitié ne suffirait pas à payer ses dettes. La totalité le laisserait avec un revenu modeste...

Chtchek était troublé. Sans savoir exactement pourquoi.

Dans l'après-midi, les éclaireurs étaient revenus avec de bonnes nouvelles. Ils avaient trouvé les quartiers d'hiver des Coumans. La principale horde était déjà partie vers ses pâturages d'été, où elle planterait ses tentes. Les quartiers d'hiver permanents — une ville entourée de murs — se trouvaient non loin de l'armée, défendus seulement par une petite garnison.

— Nous attaquerons demain, annoncèrent les princes.

Tout le monde s'en félicita : ils allaient enfin prendre une ville coumane, et avec un peu de chance le butin serait excellent. On fredonnait des chansons près des feux de camps...

Mais Chtchek n'en était pas moins inquiet. Peut-être à cause de la bataille imminente, mais il avait eu de mauvais rêves. A la tombée de la nuit, il prit à part le jeune Khazar.

— Ne quitte pas le seigneur Ivan un seul instant, lui dit-il. Veille sur lui.

— Même cette nuit ?

Il se renfrogna. A quoi pensait-il ? Il y avait un bosquet non loin et des touffes de hautes herbes. Chtchek les regarda s'agiter sous la brise. Des Coumans s'étaient-ils postés à l'affût ?

— Oui. Cette nuit, demain, toutes les nuits.

Cette ville presque vide n'était-elle pas un piège ? Un appât ? Il ne faisait pas confiance aux Coumans, qu'il détestait. Quatre ans auparavant, ils avaient tué sa petite femme et un de ses quatre enfants. Pour rien, pour le plaisir, et c'était une des raisons pour lesquelles il avait supplié son seigneur Ivan de l'emmener.

« De quoi as-tu peur ? » se demanda-t-il de nouveau. Il l'ignorait. Mais il sentait, planant dans l'air, une odeur de danger.

La bataille ne dura pas longtemps. La ville se présentait comme une vaste citadelle rectangulaire aux murailles basses de terre battue. L'armée réunie devant elle devait paraître effrayante. Les Coumans montèrent sur les murailles et combattirent vaillamment. Les volées de flèches déversées par les hommes de Rus les décimèrent et au milieu de l'après-midi les Russes virent les portes de la ville s'ouvrir devant un groupe de négociateurs apportant en présents du vin et du poisson.

La ville avait été vidée en partie, mais l'armée trouva cependant dans les rangées de maisons basses, en torchis et en bois, des quantités de soieries fines de l'Orient, d'or et de pierreries, ainsi que du vin de la mer Noire et du Caucase. Ce soir-là, ils festoyèrent, dans la ville et dans leur camp dressé devant les murailles.

Au soleil couchant, Ivanouchka s'éloigna du camp à cheval avec Chtchek et le jeune Khazar. Ils longèrent un petit cours d'eau et contournèrent lentement la ville. Le boyard montait Troyan, le Khazar avait lui aussi un beau cheval noir, Chtchek une monture plus modeste.

Ivanouchka s'arrêta près du cimetière des Coumans, de l'autre côté de la ville.

Les tombes des guerriers étaient marquées par d'étranges pierres hautes de plus de un mètre et parfois même par deux pierres sculptées en forme humaine — visages ronds, pommettes hautes, cous courts, bouches larges, moustaches tombantes et casque en forme de plat à barbe sur la tête. Presque tous semblaient fermer les yeux. Les corps étaient déformés, avec des hanches larges et des jambes raccourcies ; les bras, d'une longueur anormale, étaient pliés au coude de sorte que leurs mains se joignaient, soit à la taille, soit entre les jambes.

Quoique de forme peu naturelle, ces silhouettes grossières de pierre exprimaient une vie extraordinaire, comme si elles avaient été figées en plein mouvement ou en plein rêve, au cours d'une longue chevauchée sur la steppe.

Ivanouchka se tourna vers le jeune Khazar.

— Ils sont morts. Tu crains la mort ?

Le jeune homme serra les dents.

— Non, seigneur.

Ivanouchka sourit.

— Et toi, Chtchek ?

— Pas beaucoup. Plus maintenant, répondit le veuf d'un ton lugubre.

Ivanouchka soupira, mais n'ajouta rien. A lui-même, en silence, il avoua : « Oui, je crains la mort. »

Et ils poursuivirent leur chemin.

De longs nuages déchiquetés masquaient par moments le croissant de lune qui luisait doucement dans la nuit profonde. Une brise légère agitait les roseaux le long du ruisseau. Le calme régnait sur la steppe. Le camp entier semblait endormi.

Les trois silhouettes coumanes avançaient dans l'eau peu profonde du ruisseau. Le bruit des éclaboussures à la surface était assourdi par celui des roseaux. Ces hommes portaient des épées et des poignards ; leurs visages étaient noircis.

Là où ils se préparaient à se hisser sur la berge, ils s'arrêtèrent un instant. Puis très lentement, en écartant les roseaux sans faire plus de bruit que la brise, ils avancèrent. Rien n'aurait trahi leur arrivée si l'un d'eux n'avait stupidement répondu à l'appel d'une grenouille.

Chtchek se raidit. Il ne dormait que d'un œil.

Son cœur se mit à battre plus vite. Il connaissait tous les animaux de la forêt et de la steppe. Même le cri le plus parfaitement imité par une voix humaine ne pouvait le tromper. Il se redressa et se tourna vers les roseaux.

Ils l'observèrent. L'un des trois, le chef, se trouvait déjà à plat ventre à six ou sept mètres, dans l'herbe... Chtchek se leva, effleura l'épaule du jeune Khazar pour le réveiller, prit une lance et un long couteau et se mit à ramper vers les roseaux. Le jeune Khazar voulut le suivre, mais Chtchek le renvoya d'un geste impatient.

— Reste avec le seigneur Ivan, chuchota-t-il.

Ce murmure éveilla le boyard. Il vit le paysan se diriger vers les roseaux et tressaillit.

— Chtchek, reviens, lança-t-il entre ses dents en saisissant son épée.

Mais Chtchek se trouvait déjà à une dizaine de pas, prêt à agir.

Il ne vit pas le Couman à ses pieds. Il n'eut conscience que d'une douleur aveuglante, déchirante, au creux du ventre, comme si un énorme serpent avait enfoncé soudain ses crocs juste au-dessous de son cœur.

Il poussa un hurlement. Stupéfait, il s'aperçut que ses bras ne lui servaient plus à rien, alors qu'un nombre incalculable d'étoiles tombaient soudain du ciel. Puis tout devint rouge aussitôt. Et enfin d'une blancheur glacée, scintillante comme un brouillard d'hiver.

Les deux autres Coumans s'élancèrent au moment où le premier, après avoir frappé Chtchek, bondissait tel un loup gris vers Ivan et le jeune Khazar.

Le jeune homme frappa mais le Couman esquiva sans mal et fonça sur Ivan en levant son épée recourbée. Ivanouchka para. Le Couman se mit à tourner autour de lui en essayant de le blesser aux jambes. Le jeune Khazar poussa un cri d'alarme qui retentit dans le camp entier. Un des Coumans se jeta sur lui, l'épée haute, mais le jeune homme para le coup et lança un autre appel au secours.

A sa vive surprise, le Couman hésita.

Aussitôt il contre-attaqua. Il sentit la lame effleurer l'épaule du Couman et frappa de nouveau, mais l'homme s'était enfui. Autour d'eux, les voix se rapprochaient. Le troisième Couman courait déjà au milieu des roseaux.

Le jeune Khazar se retourna. A la lueur de la lune, il vit Ivanouchka et le chef des Coumans au corps à corps.

« Enfin, la chance de prouver ma valeur », se dit-il. Et il se jeta sur l'assaillant.

Puis, à sa stupéfaction, celui-ci tourna le dos et se mit à courir.

Il s'élança, le saisit par la manche, puis voulut lui bloquer les jambes. Mais une étreinte de fer le tira en arrière, et le Couman s'enfuit.

Comme c'était étrange ! Les bras qui retenaient le jeune Khazar étaient ceux du seigneur Ivan.

— Je le tenais, seigneur, protesta-t-il. Je le tenais. Il faut les poursuivre.

— Dans le noir ? répondit Ivan sans lâcher le jeune homme. Tu te ferais trancher la gorge. Laisse-les s'enfuir. Tu pourras tuer des Coumans demain.

Le jeune homme se tut. Le seigneur Ivan avait peut-être raison. Les bras, lentement, le lâchèrent.

— Comme ces Coumans étaient lâches ! murmura-t-il.

— Peut-être, lança Ivanouchka sèchement. Mais ils ont tué mon pauvre Chtchek.

Le sang du vieux paysan formait une tache sombre dans l'herbe.

Jamais le jeune Khazar ne comprendrait pourquoi Ivan avait laissé partir le Couman. Et jamais Ivan ne lui révélerait l'identité de son agresseur.

Ils rencontrèrent la principale horde coumane quelques jours plus tard, le long d'une rivière. Ivanouchka et Vladimir parcoururent des yeux l'immense ligne sombre, menaçante. Ils occupaient une excellente position, en haut d'une pente légère qui leur assurait un certain avantage. Sur la droite, les équipages et les chariots formaient deux vastes cercles vers lesquels ils pourraient battre en retraite si nécessaire.

C'était l'armée la plus puissante qu'Ivanouchka avait jamais vue — des lignes sans nombre de cavaliers bardés de cuir ou d'armures légères, armés de lances et d'arcs, capables de charger, de manœuvrer ou de fuir sur la steppe comme autant de faucons.

— J'ai compté plus de vingt princes, fit observer Vladimir.

— Et Boniak ?

Boniak le Mangy, le plus redoutable, le plus impitoyable de tous.

— Oh oui, il est là ! répondit le Monomaque d'un ton joyeux.

Les deux armées s'observèrent en silence.

Et Ivanouchka remarqua quelque chose. Cela se produisit progressivement, doucement, de sorte que même l'œil exercé du Monomaque ne l'avait pas perçu.

Le vent tournait.

Ivanouchka posa la main sur le bras du grand-prince et lui montra le mouvement des herbes.

Le Monomaque regarda.

— Dieu soit loué.

Le vent porterait leurs flèches vers l'ennemi. Dieu avait décidé de châtier les païens.

La bataille qui eut lieu ce jour-là vécut longtemps dans le souvenir des hommes de Rus.

— Nos flèches volaient dans le vent, raconta Ivanouchka à Emma par la suite. Elles filaient comme des hirondelles.

Le massacre fut effrayant, car le Monomaque, si généreux dans la paix, était sans merci dans la guerre. Il éprouvait pour les Coumans, qu'il accusait de rompre leurs serments, un mépris sans réserve. Aucun Couman à portée de ses armes ne pouvait espérer de sa part un geste de pitié.

— Ils ont essayé toutes leurs ruses, et ils ont même fait semblant de fuir, expliqua Ivanouchka. Mais nous n'avons pas bougé pour pouvoir les prendre au piège contre la rivière.

Ce fut une victoire totale.

Mais il s'était produit vers la fin de la bataille un événement dont Ivanouchka ne parlait jamais. Personne d'autre n'en avait été témoin.

Au cours du combat, il n'avait guère songé à son frère — il n'en avait pas eu le temps. Mais soudain, il avait aperçu sur sa droite un boyard russe isolé, encerclé par trois Coumans qui le frappaient de leurs épées courbes. Et il avait aussitôt reconnu Sviatopolk.

Il éperonna et s'éloigna de ses fils pour se porter au secours de son frère, que les Coumans avaient acculé à la rivière — les jambes de derrière de son cheval s'enfonçaient déjà dans la terre meuble de la berge. Vaillamment, Sviatopolk poussa son cheval en avant et désarçonna un des ennemis. Mais l'un des deux autres frappa la bête aux naseaux et elle se cabra. Sviatopolk tomba et bascula par-dessus la berge, dans les tourbillons du courant.

Ivanouchka attaqua l'un des Coumans à revers et le tua sur le coup ; l'autre s'enfuit. Le temps qu'il s'avance vers la rivière, Sviatopolk était déjà emporté par le courant. Étourdi par sa chute, il tenta un instant de gagner la rive, mais sa cotte de mailles était trop lourde. Il lança un regard désespéré vers la berge au-dessus de lui, reconnut son frère et détourna la tête. Puis il coula.

Ivanouchka hésita un instant. L'eau était profonde. Sviatopolk avait disparu. S'il plongeait, sa cotte de mailles l'entraînerait au fond lui aussi. Les paroles de l'Ancien Testament lui revinrent en mémoire :

— Suis-je, murmura-t-il, le gardien de mon frère ?

Pour la première fois depuis de nombreuses années, les yeux fixés sur l'eau profonde, il connut la peur.

« Dois-je donner ma vie pour le frère qui a tenté de me tuer ? » se demanda-t-il. Il regarda autour de lui. La bataille s'était déplacée du côté des chariots. Tout semblait étrangement calme. Il enleva son casque et plongea.

Personne d'autre ne sut à quel point il avait frôlé la mort ce jour-là.

Au moment où les eaux froides se refermèrent au-dessus de sa tête, il se sentit entraîné vers le bas par deux forces : le courant violent de la rivière et le poids de sa cotte de mailles. Il lui fallut toutes ses forces pour remonter à la surface, prendre une gorgée d'air et replonger.

Mais il trouva Sviatopolk. Le visage déjà gris, il était retenu par des roseaux qui semblaient l'enlacer avec l'insistance des importunes *roussalki*. Non sans mal, Ivanouchka le libéra, puis il se laissa dériver avec lui jusqu'à un endroit où il pourrait le haler sur la berge. Il le mit sur le ventre et chassa l'eau de ses poumons.

Les deux frères, épuisés, haletants, demeurèrent côte à côte pendant plusieurs minutes sans parler. Le soleil était haut dans le ciel. Des oiseaux voletaient autour d'eux dans l'herbe. Les échos de la bataille semblaient venir de très loin.

— Pourquoi m'as-tu sauvé ?

— Tu es mon frère.

Un silence. Ivanouchka sentit que Sviatopolk se préparait pour la question suivante.

— Mais... la nuit dernière ? Tu sais que...

— Je sais.

Sviatopolk gémit.

— Et maintenant, je dois porter en plus le poids de ton pardon.

Il n'y avait aucune rancœur dans sa voix, seulement une lassitude infinie.

— Tu oublies que moi aussi j'ai péché, lui rappela Ivanouchka à mi-voix. Peut-être plus que toi, quand j'ai vécu en vagabond et en voleur. Je suis revenu sans rien, mais notre père m'a cependant pardonné et accepté comme son fils... Et maintenant, mon frère, explique-moi ce qui t'a poussé à un tel geste.

Pour Sviatopolk, ce fut comme si toute sa haine s'était noyée. Lentement, les yeux fixés sur le ciel bleu, il raconta son histoire à son frère.

— Il suffisait que tu me demandes de l'aide, lui rappela Ivanouchka gentiment.

— Un homme ne peut pas demander une chose pareille.

— Tu es trop fier, murmura Ivanouchka en souriant.

— Cela m'a conduit au désespoir et à la mort.

— C'est ce que nous disent les prédicateurs.

Cet été-là, après avoir enfin vu les rives du grand fleuve Don, Ivanouchka paya les dettes de son frère.

Ils étaient revenus en triomphe. Mais au cours des longues journées tièdes de l'automne cette année-là, le sage conseiller du Monomaque, pour la première fois depuis de nombreuses années, donna à tout le Pays de Rus l'occasion de déclarer de nouveau : « Ivan est un idiot. »

Il décida de bâtir une église.

Sa décision aurait paru normale de la part d'un riche boyard, s'il n'avait pas tenu à la construire en pierre. Et même en pierre, cela aurait passé pour simplement extravagant s'il l'avait bâtie à Pereiaslav, ou même au fort de Russka.

Mais non. Il avait décidé de la construire en dehors de la forteresse, sur une petite hauteur dominant la rivière, vers l'est du village.

— Et comme je sais maintenant que tous les hommes sont perdus sans aide extérieure, déclara-t-il, je la dédierai à la Mère de Dieu, quand elle Le supplie de pardonner les péchés du monde.

Ainsi débuta la construction de la petite église qui porte le nom d'Intercession-de-la-Vierge.

L'édifice était modeste.

Quatre murs de briques, de pierre et de galets formant un cube. Au-dessus du centre du cube un petit tambour octogonal peu élevé surmonté par une coupole basse, à peine plus creuse qu'une soucoupe renversée. Rien de plus. Un cube avec un trou au-dessus.

Si l'on avait regardé du ciel ce petit édifice avant que le toit ne fût posé, on aurait remarqué que quatre piliers délimitant un carré au centre divisaient l'intérieur en neuf carrés égaux. Le tambour et la coupole reposaient sur les quatre piliers.

Mais de l'intérieur de l'église, cette combinaison simple de neuf carrés pouvait être perçue dans une autre perspective : trois sections complémentaires. D'abord une sorte de vestibule, quand on entrait du côté ouest ; puis la partie centrale, sous la coupole : le cœur de l'église où se tenaient les fidèles pendant l'office ; enfin, à l'est, le sanctuaire avec l'autel au milieu. Sur l'autel, la croix et un chandelier à sept branches semblable à une *menorah* juive. A gauche, la table des offrandes sur laquelle on préparait le pain et le vin.

Pour pallier la rigidité de ce plan et conférer au bâtiment une certaine orientation, il y avait du côté est trois petites absides semi-circulaires.

Le toit était constitué par de petites voûtes posées sur les murs et les piliers, jusqu'au centre où s'élevait la coupole. Dans les murs, de hautes fenêtres étroites, et sous la coupole, dans le tambour octogonal, de petites fenêtres.

Une église byzantine classique : toutes les grandes églises et cathédrales de la chrétienté orthodoxe, comme Sainte-Sophie de Kiev avec ses nombreuses colonnades et ses coupoles multiples, n'étaient que des variantes élaborées de ce plan de base.

Le seul problème technique à résoudre était le soutien du tambour octogonal au-dessus du carré formé par les piliers centraux.

Les charpentiers habiles du Pays de Rus savaient construire de nombreux bâtiments de brique, mais ce problème était d'une nature différente. Il existait deux solutions principales, venues toutes deux de l'Orient : la « trompe » des Perses, forme de voûte en éventail ; et la solution préférée généralement par les Russes, le pendentif, né en Syrie huit siècles plus tôt.

Sur ces pendentifs, la coupole semblait flotter, sans pesanteur, au-dessus de l'assemblée des fidèles.

Pour l'extérieur, Ivanouchka copia les grandes églises de Kiev : il fit alterner la brique et la pierre, avec des joints épais d'un mortier auquel on mélangeait de la poussière de brique, ce qui donnait à l'ensemble du bâtiment de doux reflets roses.

Telle fut l'église byzantino-russe que construisit le boyard excentrique. Elle était minuscule. Il n'y avait de place que pour peu de monde. A vrai dire, si tous les habitants du village avaient été chrétiens, l'endroit aurait été plein à craquer. Les travaux commencés à l'automne de 1111 se poursuivirent pendant toute l'année suivante.

1113

La première révolution russe, la première insurrection organisée par le peuple contre une classe mercantile qui l'exploitait, eut lieu en l'an 1113. Et elle fut couronnée de succès.

Les doléances du peuple, entièrement justifiées, étaient provoquées par le mélange fétide de corruption généralisée, de privilèges commerciaux exclusifs et de ce qui revenait à une forme sauvage de capitalisme. L'exemple était donné par le prince de Kiev lui-même : loin de devenir plus sage avec l'âge, il se montrait de plus en plus paresseux et rapace.

La corruption régnait partout. L'endettement, souvent à des intérêts usuraires, était encouragé. Un nombre considérable de petits artisans et de *smerdy* avaient été contraints à devenir *zakoupy*, ce qui représentait pour le créancier une main-d'œuvre à prix réduit. En outre, le prince fermait les yeux quand ses bons amis détournaient les lois pour vendre ces *zakoupy* comme s'il s'agissait d'esclaves. Ces abus alimentaient la fureur du peuple.

Les grands marchands exerçaient leur monopole sur certains produits de base dont ils faisaient grimper les prix comme ils l'entendaient. Ainsi le sel, en provenance de Pologne, dont le commerce était contrôlé par le prince de Kiev lui-même.

« Allons-nous accueillir les visiteurs seulement avec du pain ? » demandait ironiquement le peuple.

Car de tout temps, les Slaves avaient accueilli les visiteurs sur le pas de leur porte avec du pain et du sel.

Mais le prince de Kiev était corrompu et cynique, et les abus continuèrent.

Puis, le 16 avril 1113, il mourut.

Le lendemain, il se produisit un événement presque inouï.

Des années auparavant, après les troubles de 1068, le prince de Kiev avait décidé que le *vétché* ne se réunirait plus dans le *podol* mais sur la place proche du palais, où il pourrait le tenir à l'œil. Et le *vétché* n'avait plus le droit de siéger sans convocation du métropolite de l'Église ou des boyards. Ces précautions allaient s'avérer sans effet. Sans consulter personne, le *vétché* du peuple se réunit spontanément, et ce fut une assemblée tumultueuse et déterminée.

— Ils ont réduit des hommes libres à l'esclavage ! protesta la foule.

Et, au sujet des grands marchands :

— Ils conspirent pour ruiner le peuple.

— Revenons aux lois de Iaroslav, réclamaient la plupart.

En fait, la *Rouskaïa Pravda* — « la Justice russe » —, œuvre de Iaroslav le Sage et de ses fils, concernait principalement les compensations dues pour dommages personnels aux boyards et aux serviteurs du prince, mais elle contenait une clause protégeant les *zakoupy* de l'esclavage.

— Donnons-nous un autre prince, un prince juste qui appliquera la loi.

Il n'en existait qu'un seul au Pays de Rus. Et ce fut ainsi qu'en l'an 1113 le *vétché* offrit le trône de Kiev à Vladimir Monomaque, de Pereiaslav.

— Loué soit le Seigneur !

Enfin, se dit Ivanouchka, l'ordre allait régner dans le Pays de Rus. Il se trouvait à Pereiaslav quand on avait annoncé la mort du prince de Kiev. Sans attendre ses fils, qui étaient dans ses domaines, il partit pour la capitale.

Il réprouvait le gouvernement du vieux prince depuis longtemps. A Russka et sur ses terres du nord-est, il faisait respecter la loi, mais il savait qu'il faisait figure d'exception. Il avait peu de considération pour les autres frères du prince et estimait que seul le Monomaque pourrait remettre de l'ordre dans la principauté.

En arrivant à Kiev, il découvrit qu'avec un bon sens remarquable le *vétché* était parvenu à la même conclusion que lui.

Avant même de se rendre chez son frère, il envoya un de ses écuyers apporter un message urgent au Monomaque : « Ivan Igorovitch vous attend à Kiev. Venez prendre ce que vous offre le *vétché*. »

Il fut donc fort triste quand son frère l'accueillit dans la maison de leur enfance en lui assurant, d'un ton lugubre :

— Ça ne marchera jamais.

Depuis la campagne contre les Coumans, il s'était établi entre eux une relation paisible qui les satisfaisait pleinement. Ils n'étaient pas amis, mais la haine de Sviatopolk, qui couvait depuis leur enfance, avait fini par se consumer. Il se sentait vieux et las. Sans problème d'argent grâce à Ivanouchka, il vivait entièrement seul. Ses fils servaient dans d'autres villes mais il préférait demeurer à Kiev, où il jouissait du respect réservé aux boyards. En règle générale, il se montrait pessimiste.

— Le Monomaque ne peut pas devenir grand-prince, répéta-t-il.

Deux jours plus tard, on put croire qu'il avait raison : le bruit courut à Kiev que le Monomaque avait refusé.

En un sens, il n'avait pas le choix. Selon les règles de succession, il n'était pas le premier en ligne. Et n'avait-il pas lutté toute sa vie pour le maintien des principes de succession et la sauvegarde de la paix ? Il ne pouvait maintenant répudier ces principes, surtout sur l'injonction d'un peuple qu'un prince se devait de garder docile. Il refusa donc de se rendre à Kiev.

Et ce fut le signal de la révolution.

Ce matin-là, Ivanouchka était allé à travers bois jusqu'au monastère des Grottes, sans la moindre idée de ce qui se tramait. Puis, en vue du *podol*, il remarqua soudain une dizaine de colonnes de fumée au-dessus de la ville. Il éperonna son cheval. Quelques instants plus tard, il croisa un marchand sur un chariot. Il transpirait de tous ses pores et fouettait ses chevaux à bras raccourcis.

— Qu'est-ce qu'ils font ? cria Ivanouchka.

— Ils nous assassinent, seigneur ! Ils tuent les marchands et les nobles. Tournez bride, seigneur. Il faudrait être fou pour retourner là-bas.

Ivanouchka sourit et poursuivit sa route vers le *podol*. Les rues étaient pleines de monde courant en tous sens. L'insurrection semblait spontanée — et générale. Certains boutiquiers se barricadaient chez eux, d'autres s'organisaient en groupes armés dans les rues. Ivan avait le plus grand mal à se frayer un passage.

Un groupe d'une vingtaine d'hommes, dans une ruelle, lui barra le chemin.

— Regardez ! cria l'un d'eux. Un *mouj* !

Ils se jetèrent sur lui avec une telle rage qu'il eut toutes les peines du monde à se dégager.

Les foules se ruaient vers le centre. Déjà des flammes s'élevaient de la citadelle de Iaroslav. « Sviatopolk ! » songea-t-il.

Près de la Porte des Khazars, son sang se glaça : une foule de deux cents personnes encerclaient entièrement une maison. Jusqu'ici, les émeutiers qu'il avait croisés semblaient seulement furieux ou excités ; ici, il y avait de la cruauté dans les regards. Plus d'un riait à la pensée des châtiments qu'il allait infliger.

La demeure appartenait à Jydovine le Khazar.

— Faites-les rôtir, cria une voix.

Et la foule approuva.

— A la broche ! les porcs ! lança un grand bonhomme d'un ton jovial.

Certains portaient des torches et se préparaient à mettre le feu d'un côté de la maison. Le propos semblait moins d'incendier le bâtiment que d'enfumer les habitants.

— Vermine ! hurla un homme.

— Juifs ! cria une vieille femme.

Aussitôt, plusieurs voix se joignirent à elle :

— Sortez, bande de juifs ! Sortez, qu'on vous égorge !

Ivanouchka ne comprenait que trop bien. La plupart des marchands khazars juifs étaient pauvres, et presque tous les grands marchands étaient des Slaves et des Scandinaves chrétiens, mais la foule en colère semblait l'avoir oublié : elle cherchait des boucs émissaires et savait que certains des riches étaient étrangers. Et juifs. Bon prétexte pour se livrer à des actes de cruauté.

A cet instant, Ivanouchka entrevit un visage à l'une des fenêtres : Jydovine.

Un des émeutiers s'avança au premier rang, armé d'une longue pique.

— Montre-nous tes hommes ! cria-t-il.

— Il n'y a pas d'hommes juifs, répliqua une voix.

Tout le monde éclata de rire.

— Dans ce cas, montre-nous tes femmes ! brailla l'homme au milieu de l'hilarité générale.

Ivanouchka se redressa sur ses étriers et poussa son cheval à travers la foule. Plusieurs personnes se retournèrent. Des cris de colère s'élevèrent.

— Qu'est-ce que c'est ?

— Un de ces maudits boyards.

— Un exploiteur.

— Pied à terre, l'exploiteur !

Il sentit des mains lui saisir les jambes. On lui lança un bâton, qui le manqua de peu. Il songea à les frapper à coups de fouet mais se dit que le moindre geste hostile provoquerait sa perte. Lentement, imperturbablement, il fit avancer son cheval jusqu'au premier rang, puis se retourna.

Il regarda la foule et la foule le regarda.

A sa surprise, il ressentit une forme nouvelle de peur.

Jamais il ne s'était trouvé en face d'une foule en colère. Il avait affronté les Coumans et vu la mort de près plus d'une fois, mais ne s'était jamais trouvé en face d'un mur de haine. C'était terrifiant et il se sentit soudain paralysé. La haine de la foule montait vers lui comme une force sans frein : il se vit nu, affolé et vaguement honteux. Pourquoi cette honte ? Rien ne le justifiait. Sans doute était-il noble, mais jamais il n'avait fait le moindre mal à ces gens. Pourquoi leur rage le rendait-il coupable ? Or la violence de leurs haines conjointes le frappait au creux de l'estomac.

Puis la foule fit silence.

Les mains d'Ivanouchka se crispèrent sur les rênes et il caressa doucement l'encolure de son cheval, de peur qu'il ne s'effraie.

Un homme armé d'une pique, vêtu comme les autres d'une tunique de toile sale retenue par une ceinture de cuir, le visage presque entièrement envahi par une barbe noire, rompit le silence.

— Alors, boyard, tu nous dis ce que tu veux avant de mourir, oui ou non ?

Ivanouchka essaya de répondre à la colère par le calme.

— Je suis Ivan Igorovitch, lança-t-il d'une voix forte et ferme, conseiller de Vladimir Monomaque que vous désirez pour grand-

prince ; je lui ai envoyé un message, en mon nom et au vôtre, pour
le supplier de venir tout de suite au *vétché* de Kiev.

La foule hésita à le croire. L'homme à la pique plissa les yeux.
Puis une voix confirma :

— C'est vrai. Je l'ai déjà vu. C'est le conseiller du Monomaque.

L'homme à la pique se retourna vers la personne qui avait parlé,
puis toisa de nouveau le boyard. Ivanouchka crut lire sur ses traits
un soupçon de regret.

Mais déjà la vague de haine s'éloignait.

— Bienvenue, conseiller du Monomaque, dit l'homme à la pique.
Que sont ces juifs pour toi ?

— Ils sont sous ma protection. Et sous celle du Monomaque,
ajouta Ivanouchka. Ils n'ont fait aucun mal.

L'homme haussa les épaules.

— Peut-être.

Puis soudain, jugeant le moment venu de renforcer son autorité
temporaire sur la foule, l'homme à la pique se retourna et cria :

— Vive le Monomaque ! Allons chercher d'autres juifs à tuer.

La meute se laissa entraîner.

Ivanouchka entra. Le vieux Khazar était effectivement seul avec
deux servantes. Il resta avec lui jusqu'à la fin de jour dans l'attente
du retour au calme. Alors seulement il se dirigea vers la maison de
son frère.

Il s'était produit ce qu'il avait craint. La foule avait attaqué la
maison au milieu de l'après-midi. Autant qu'Ivan pût en juger,
Sviatopolk n'avait même pas tenté de fuir. Supposant le boyard
beaucoup plus riche qu'il ne l'était en réalité, la populace furieuse
l'avait tué, avait pillé la maison et l'avait incendiée.

Ivanouchka trouva les restes carbonisés de son frère, prononça
une prière puis, dans la nuit, revint chercher refuge dans la maison
du Khazar, comme jadis...

Étrange de se retrouver en ce même lieu après tant d'années, seul
avec le vieux Jydovine, à la lueur d'un chandelier. Ivanouchka,
quoique attristé par la mort de Sviatopolk, n'était pas d'humeur
trop lugubre.

Ils mangèrent presque en silence, mais Ivanouchka s'aperçut que
le vieillard, réfléchissant aux événements de la journée, avait envie
de lui dire quelque chose.

— Bien entendu, rien de ceci ne serait arrivé si le pays était
gouverné convenablement, fit observer le vieux Khazar d'un ton
brusque à la fin du repas.

— Que voulez-vous dire ? demanda Ivanouchka avec respect.

— Vos princes de Rus sont des fous, répondit le Khazar avec
mépris. Aucun d'eux ne sait organiser un empire. Ils n'ont ni loi, ni
système.

— Nous avons des lois...

Jydovine haussa les épaules.

— Rudimentaires. Des lois de Slaves et de Vikings. Vos lois de l'Église valent un peu mieux, je l'avoue, mais elles sont grecques et romaines, elles viennent de Constantinople. En fait, qui gère votre administration, le peu qu'il y en a ? La moitié du temps, des Khazars et des Grecs. Pourquoi votre peuple se révolte-t-il ? Parce que vos princes violent la loi ou ne la font pas appliquer. En fait, vous n'avez aucune loi qui empêche les princes d'opprimer le peuple.

— C'est vrai que nous avons été mal gouvernés.

— Parce que vous n'avez pas de système organisé. Vos princes se battent entre eux tout le temps et sont incapables de s'entendre sur un système pratique de succession. L'État s'en trouve affaibli.

— Mais, Jydovine, protesta Ivan, la succession de frère en frère n'est pas une tradition des Varègues du Nord. Nous l'avons empruntée aux Turcs et aux Khazars comme vous.

— Peut-être. Mais vous semblez incapables de respecter un ordre. Ne le niez pas : la maison princière offre l'image du chaos.

Ivanouchka dut en convenir. A regret, car malgré son dégoût pour les clameurs et les réactions hostiles aux juifs de la foule, il ne pouvait s'empêcher de tenir les juifs pour rétrogrades, avec leur éternel recours aux lois et aux systèmes.

— La loi n'est pas tout, vous savez, dit-il en soupirant.

Jydovine le dévisagea.

— L'homme n'a rien d'autre, dit-il sèchement.

Ivanouchka secoua la tête. Comment expliquer que ce n'était pas une bonne façon de penser ?

Non. Il en existait une meilleure. Une façon de penser chrétienne.

Il ne saurait pas trouver les mots lui-même, mais peu importait. N'avaient-ils pas déjà été prononcés, mieux qu'il ne pouvait espérer les exprimer, dans le plus célèbre sermon jamais prêché dans l'Église russe, par le Slave Hilarion sur la tombe de saint Vladimir ? Son message était fort simple : les juifs avaient donné à l'humanité la loi de Dieu, mais le Fils de Dieu était venu apporter ensuite une vérité plus haute. Il avait annoncé le règne de la grâce, de l'amour direct de Dieu, supérieur à toutes les règles de la terre.

Mais comment faire comprendre cela à Jydovine ? Jamais les juifs n'accepteraient ce message.

Son propre voyage à travers la vie n'avait-il pas été un pèlerinage à la recherche de la grâce ? Ivanouchka l'Idiot n'avait-il pas découvert l'amour de Dieu sans faire appel à un texte de loi ?

Il n'aspirait nullement à un monde de systèmes. Ce n'était pas dans sa nature.

— Tout ce dont nous avons besoin, dit-il au Khazar, c'est d'un homme sage et pieux, un prince honnête, un souverain fort.

Cette idée médiévale allait hanter presque toute l'histoire de la Russie — pour son malheur.

Avant de quitter le vieillard, Ivanouchka lui fit un petit présent en témoignage d'affection : le petit disque de métal qu'il portait autour du cou au bout d'une chaîne, et qui représentait le trident, *tamga* de son clan.

— Parce que nous nous sommes mutuellement sauvé la vie, dit-il.

Quelques jours plus tard, par la grâce de Dieu, les princes s'inclinèrent devant le *vétché* et, grâce à l'émeute, débuta le règne d'un des plus grands monarques de Russie : Vladimir Monomaque.

La joie d'Ivanouchka fut à son comble quand, à l'automne, la petite église de Russka fut achevée. Il se rendait souvent au village et il y restait de longs jours sous prétexte d'inspecter ses domaines — en fait, il se plaisait dans la paix de ces lieux.

A la fin de la journée il aimait contempler sa petite église dans la lumière chaude du soir. Les derniers rayons du soleil sur la coupole byzantine n'annonçaient que du bonheur. Ivan le Sage était certain que rien ne troublerait la tranquillité de la petite maison de Dieu à l'orée des grands bois, près de la rivière.

Toute la nature semblait en paix dans le vaste silence russe.

Et quand, debout sur la hauteur à côté de l'église, il levait les yeux au-dessus de la steppe sans limites, le ciel lui-même, quel que fût le sens des nuages, semblait un grand fleuve.

Souvent, même en plein été, un léger vent d'est glissait doucement sur les terres.

Le Tatar

Décembre 1237

Le visage large, aux traits mongols, du cavalier, avait pris une teinte d'ocre.

Il avait une barbe et une moustache très fines, toutes noires.

Les fourrures épaisses dans lesquelles il s'emmitouflait dissimulaient des vêtements de la plus fine soie de Chine. Il portait des chaussettes de feutre dans de lourdes bottes de cuir. Sur sa tête, une toque de fourrure.

Il n'avait que vingt-cinq ans, mais le vent et la tempête, la guerre et la vie rude sur la steppe avaient buriné ses traits sans âge.

A sa ceinture, une gourde de cuir contenait le lait de jument fermenté que son peuple aimait, le *koumis*. A sa selle, une poche abritait de la poussière de la viande séchée. C'était un guerrier mongol : il ne s'encombrait que du minimum nécessaire.

Ce minimum incluait son épouse : avec un bébé, elle se trouvait dans l'énorme caravane de chameaux transportant les bagages.

Une seule marque particulière distinguait ce guerrier des autres hommes : quatre ans plus tôt un coup de lance, manquant son œil gauche de justesse, avait tracé une estafilade sur sa pommette haute et arraché une de ses oreilles, dont il ne restait qu'un lambeau déchiqueté.

— J'ai de la chance ! s'était-il écrié.

Et il n'y avait plus pensé.

Il se nommait Mengu.

Lentement, la vaste armée avançait sur la steppe glacée. Comme d'habitude, elle était constituée par cinq grandes unités de taille à peu près égale : une avant-garde, une arrière-garde, deux ailes et, au centre, une seule division.

Mengu chevauchait à l'aile droite. Derrière lui, les cent hommes placés sous ses ordres, des cavaliers armés à la légère : deux arcs et deux carquois. Ils savaient tirer en plein galop. Il s'agissait d'arcs très grands, puissants. Comme tous ses hommes, Mengu avait appris à tirer dès l'âge de trois ans.

Sur sa gauche, l'unité de cavalerie lourde était armée d'épées et de lances, de haches ou de masses de combat, selon la préférence de chacun, ainsi que de lassos.

Le cheval de Mengu, d'un noir de charbon, indiquait que son maître appartenait à la brigade noire de la garde d'élite impériale. Dans le grand troupeau de chevaux de remonte qui suivit l'armée, Mengu possédait quatre autres bêtes, noires elles aussi.

Il était heureux que son épouse et leur fils aîné l'accompagnent. Il voulait qu'ils soient témoins de son succès. Car c'était la première fois qu'on lui confiait un poste de commandement.

L'armée mongole, et l'empire qu'elle s'était taillé, se modelait sur le système décimal. L'unité de base était de dix hommes. Ensuite, cent. Les officiers supérieurs commandaient mille hommes et les généraux, dix mille. Mengu avait cent hommes sous ses ordres.

— A la fin de la campagne, j'en aurai mille, avait-il promis à son épouse.

Et quand le reste des terres d'Occident serait conquis — ces terres dont les marchands disaient qu'elles s'étendaient jusqu'à la fin de la plaine —, il pourrait même en commander dix mille — une myriade.

Comme il désirait cet avancement ! Mais il fallait se montrer prudent.

Tous les hommes étaient égaux au service du grand khan et l'avancement se faisait au mérite, mais ce qui comptait le plus demeurait le jugement et l'entregent. Un vieux proverbe de la steppe révélait le grand principe : « Si tu en sais trop, on te pend ; si tu te montres trop modeste, on t'écrase. »

Il importait également d'appartenir à un clan renommé.

— Je suis « des mêmes os » que deux généraux, se plaisait à dire Mengu, employant l'expression mongole.

Cela l'avait aidé à entrer dans la garde impériale, mais il comptait davantage sur un autre facteur : dans les concours de beauté qu'organisait régulièrement le grand khan et auxquels tous les notables mongols envoyaient leurs filles, la sœur de Mengu avait été remarquée.

— Une fille pareille à la lune, avait déclaré le grand khan lui-même.

Il n'existait pas de louange plus haute, et la jeune fille avait été attribuée comme première concubine à Batu Khan en personne. Mengu l'avait revue plusieurs fois près de la tente du khan.

« Elle trouvera un moyen d'attirer l'attention de Batu sur moi », songeait-il, confiant. Et son visage dur, impassible, sondait l'horizon sans appréhension.

Il savait qu'ils parviendraient bientôt à l'orée des grands bois.

Dans le calendrier mongol de douze années, symbolisées chacune par un animal, on était encore deux ans avant l'année du rat. A la fin de cette année-là, le Pays de Rus serait conquis. Il le savait avec une certitude absolue, comme il savait que le soleil se lèverait et que les étoiles brilleraient.

Car les Mongols étaient en train de conquérir le monde.

C'était Gengis Khan qui leur en avait donné l'ordre. Descendant d'un clan qui, à la fin du XIe siècle, avait momentanément regroupé un grand nombre de tribus, il était parvenu à régner sur toute la Mongolie et avait été désigné grand khan en 1206 (à peine trente ans plus tôt) sous le nom de Gengis Khan. On ne l'appelait pas seulement Genghis ou Gengis, mais Dalaï : l'Universel. D'autres avaient porté ce titre avant lui, mais personne n'avait jamais forgé un empire comparable à celui des Mongols.

De leur pays d'origine dans les pâturages dominant le désert de Gobi, ces guerriers de la selle et de l'arc s'étaient élancés vers le sud jusqu'en Chine, par-delà la Grande Muraille, et vers l'ouest dans les États turcs musulmans d'Asie centrale et de Perse, États puissants, nullement sans défense. Gengis ne les avait soumis qu'au prix de combats héroïques. En quelques années, la ville de Pékin était tombée ; en 1220, la majeure partie de la Perse lui appartenait, puis, comme tous les conquérants venus de l'est, les Mongols franchirent le croissant de montagnes pour se déverser sur la grande plaine du nord de l'Eurasie.

Tout empire asiatique se donnait pour objectif le contrôle des riches routes caravanières de l'Occident, source importante de profits. Mais Gengis Khan s'était donné un autre but : il voulait gouverner le monde entier. Ce n'était pas seulement sa mission mais son devoir.

— Tengri, le dieu du Grand Ciel Bleu, m'a accordé la souveraineté sur tout ce qui vit dans les tentes de feutre, déclarait-il.

A ses yeux cela ne se limitait pas aux habitants nomades des plaines. Comme les empereurs chinois qu'il avait soumis, il prétendait tenir son mandat du ciel.

Son désir profond était d'établir la paix universelle. Les règles du nouvel ordre mondial étaient précisées dans son Code, le grand *Yasa* dont on gardait une copie sacrée et cachée aux yeux du peuple dans chaque capitale mongole.

« Tous les hommes sont égaux, déclarait le *Yasa*, et chacun servira le grand khan selon son mérite. » D'autres empires, comme celui de Chine, avaient utilisé la même formule. « Les vieux et les pauvres seront protégés », ordonnait le *Yasa*, et l'empire de Gengis Khan avait instauré une sorte de « sécurité sociale ».

Plus sage que de nombreux despotes, il avait posé pour principe la tolérance religieuse et la liberté du culte. « Vénérez qui vous désirez, disait-on aux peuples conquis, du moment que vous associez le grand khan à vos prières. » Une formule simple résumait les obligations à cet égard : « Il y a un seul Dieu dans le ciel et un seul seigneur sur la terre : le grand khan. »

En 1227, Gengis mourut. Pareil au faucon qui était le *tamga* de son clan, il s'était envolé dans le ciel. Mais son empire n'avait pas tremblé. Depuis des siècles, les khans étaient élus parmi le grand nombre des descendants directs du défunt : le clan d'État.

L'empire que Gengis laissait à ses fils et à ses petits-fils était divisé en quatre parties. Dans le monde oriental, chacun des points cardinaux est associé à une couleur : le nord est noir, le sud rouge, l'est bleu et l'ouest blanc. Le centre, le siège royal, est d'or. Les descendants de Gengis Khan s'appelaient donc le Clan d'Or.

A ses fils, Gengis avait donné l'ordre d'étendre son empire. Il ne leur avait légué ni or ni argent, mais des armées pour en acquérir.

La grande armée qui s'attaquait au monde occidental en 1237 avait à sa tête Batu Khan, petit-fils de Gengis et seigneur de deuxième plan. A sa droite avançait le grand général mongol Subudey. Le conseil de clan du grand khan avait décidé que son armée, appartenant à la « division » occidentale de l'empire, serait renforcée par d'importantes unités détachées des autres « divisions ». Elle se composait d'environ cent cinquante mille hommes : pour l'essentiel des Mongols (le reste étant des Turcs venus des pays conquis en Asie centrale).

L'histoire a souvent donné à cette armée, et au vaste empire occidental qu'elle allait gouverner, le nom de Horde d'Or. En fait, ce nom vient d'une erreur de lecture dans un texte écrit des siècles plus tard. Les immenses terres conquises par les Mongols situées en Occident étaient qualifiées de « blanches » et, au sein de cette vaste « division blanche », la horde qui devait soumettre la Russie se nommait simplement la Grande Horde.

Les Mongols disposaient de renseignements excellents. Du temps de Gengis, ils avaient envoyé une expédition à travers la steppe méridionale au-delà du Don, mais les Russes n'avaient pas compris l'origine de ces soldats. Depuis lors, les espions s'étaient succédé et les caravanes des marchands leur avaient tout appris : on discutait toujours beaucoup sur les pistes de la steppe. Alors que les Russes étaient à peine au courant de l'existence d'un empire des steppes, les Mongols préparaient activement leur plan d'invasion.

— La campagne ne sera pas longue, avait dit Mengu à son épouse.

Le conseil des Mongols, qui avait consacré soixante années à la conquête de l'empire de Chine, avait estimé à seulement trois ans la conquête du Pays de Rus.

Pour comprendre la forme et la nature de l'État russe, il suffit de regarder ses grands fleuves : ils dessinent une sorte de R majuscule.

Un grand réseau de voies fluviales nord-sud descend des terres septentrionales glacées voisines de la Baltique jusqu'au vaste Dniepr, qui traverse la forêt riante et la steppe dangereuse avant de se jeter dans la mer Noire aux eaux tièdes : c'est la branche verticale du R, sur laquelle se trouvent Novgorod au nord, Smolensk au centre et Kiev juste au-dessus de la steppe.

La barre du R, qui s'étend du centre vers le sud-est à travers la steppe vers l'angle oriental de la mer Noire et la ville de Tmoutarakan, est constituée par le Don.

Quant à la boucle du R, deux fleuves la composent : la partie supérieure n'est autre que la puissante Volga au moment où elle amorce son voyage par une immense courbe à travers les forêts sombres du nord-est avant d'obliquer vers le sud. La partie inférieure est l'Oka aux eaux lentes, qui sort du centre et se dirige vers le nord à la rencontre de la Volga. A partir de leur confluent, vers le milieu de la boucle du R, la Volga repart vers l'est.

A l'intérieur de la grande boucle — pays de forêts et de marécages où des peuplades finnoises primitives s'étaient établies de temps immémorial — des villes étaient nées : Souzdal vers le centre, Rostov plus au nord ; et le long de la boucle, sur l'Oka, Riazan et Mourom.

Quatre grands cours d'eau : Dniepr, Volga, Oka et Don. Du nord glacé à la mer chaude, environ mille cinq cents kilomètres. D'ouest en est à la hauteur de la boucle : presque huit cents. Tel était l'État de Rus : le R des fleuves russes.

Au cours du siècle qui avait suivi le règne de Vladimir Monomaque à Kiev, il s'était produit un grand changement. Les dirigeants s'étaient de plus en plus intéressés aux terres de l'intérieur de la boucle. De nouvelles villes, comme Iaroslavl et Tver, avaient prospéré. Le Monomaque lui-même avait fondé une cité importante en Souzdalie et lui avait donné son propre nom : Vladimir. Cependant, dans le sud, non seulement les Coumans de la steppe continuaient leurs pillages, mais le commerce de la mer Noire s'était presque tari par suite de l'affaiblissement de Constantinople au cours des croisades de l'Occident chrétien.

La grande capitale de Kiev se trouvait donc en déclin, et le centre de gravité du Pays de Rus avait basculé vers le nord-est, à l'intérieur de la boucle. Les fiers descendants du Monomaque préféraient les forêts où les Coumans ne pénétraient point. Le membre le plus élevé du clan royal s'appelait désormais grand-duc de Vladimir.

En général, le grand-duc contrôlait également Novgorod et son commerce important avec les Allemands de la Hanse. Et c'est vers lui que convergeaient les grandes caravanes venues du Pays des Bulgares de la Volga et du lointain Orient.

Pour donner à leur nouvelle capitale du nord le rayonnement d'une métropole religieuse, les gens de Vladimir avaient fait venir de Grèce une icône de la Mère de Dieu, qu'ils avaient installée dans leur cathédrale. Et dans toute la Russie, aucun objet n'était vénéré davantage que l'icône de Notre-Dame de Vladimir.

L'État de Rus souffrait cependant d'une faiblesse majeure : il était désuni. Les règles de succession par les frères pour devenir grand-duc s'appliquaient toujours, mais chaque cité constituait en fait l'assise du pouvoir de chacune des branches de la nombreuse maison princière. Les disputes ne cessaient jamais. Le morcellement des apanages ne permit jamais au souverain de Vladimir d'imposer son autorité.

Et cela, les Mongols le savaient fort bien.

1239

Ianka s'éveilla à l'aube et descendit sans bruit de la planche chaude, au-dessus du poêle. A la porte, elle écouta un instant la respiration de ses parents et de son frère. Personne ne bougea.

Elle enfila sa fourrure et ses grosses bottes de feutre, tira le verrou et sortit sur la neige fraîche.

Dans la pénombre, le village semblait gris. A quelques mètres sur la droite, un petit point sombre par terre. Elle le regarda : la saleté d'un chien pétrifiée par le froid de la nuit claire. Pas de vent. Une seule odeur, celle de la fumée de bois qui émanait des cabanes sans cheminée. Elle se mit à marcher. Toute seule.

Ianka n'avait aucune raison particulière d'aller dans les bois ce matin-là. Elle était contente de s'éloigner un peu du village et de se promener simplement seule.

Âgée de sept ans, c'était une fillette calme et sérieuse, aux yeux d'un bleu tacheté de noisette et aux cheveux couleur de paille. De tous les enfants du village de Russka, c'était une des plus favorisées par le sort, car la famille de sa mère descendait du paysan Chtchek, le gardien du miel de la forêt, à l'époque du boyard Ivan et du grand-prince Monomaque. A sa mort, Chtchek possédait de nombreuses ruches en son nom, et Ianka disposerait d'une belle dot.

Le soleil allait se lever. Ses rayons faisaient déjà briller un petit nuage blanc au-dessus de sa tête. Ianka poursuivit sa marche et huma l'odeur à peine perceptible d'un renard, qui avait dû traverser la piste. Elle se tourna vers la droite et le vit qui la regardait, à trente pas derrière les arbres.

— Bonjour, renard, dit-elle à mi-voix.

Le renard fila comme une ombre, en laissant ses traces sur la neige.

Il était temps de rebrousser chemin. Elle n'en fit rien. Quelque chose semblait lui faire signe au bord de la steppe. « Je vais regarder le soleil se lever avant de rentrer au village », décida-t-elle.

Depuis quelque temps, Russka était plus isolé. Le fort existait toujours mais manquait d'hommes. Il n'y avait même plus de prince à Pereiaslav. La famille du boyard ne fréquentait plus le village depuis longtemps. Le petit-fils d'Ivanouchka, qui s'appelait Ivan lui aussi, avait épousé une Coumane. Leur fils, un étrange blond dont les yeux bleus tranchaient sur un visage turc aux pommettes très hautes, ne s'était jamais intéressé à Russka. Les gens du village l'appelaient « le Turc ». Il avait établi sa résidence dans la ville de Mourom, près de ses domaines du nord-est, au-delà de l'Oka. Son intendant venait inspecter Russka de temps en temps et percevoir les bénéfices du miel. La famille entretenait également une petite église qui n'était souvent desservie que par un vieux prêtre à moitié aveugle.

Au cours de la courte vie de Ianka le village de Russka somnolait donc sans histoire. On récoltait le seigle et le miel, on rognait sur la part du boyard absent, et les soirs d'été on chantait souvent à l'orée de la steppe.

Pourtant, l'année précédente, un raid important s'était produit dans le nord. Les Coumans — étaient-ce vraiment des Coumans ? — avaient fait beaucoup de dégâts et à l'automne l'intendant du boyard n'était pas venu. Qui savait ce que cela signifiait ?

— T'en fais pas, lui avait dit son père, avec moi, tu n'as rien à craindre.

Quand elle arriva aux derniers arbres, le soleil se dégageait au loin, comme s'il montait d'un creux dissimulé dans l'immensité de la neige blanche.

L'air était d'une pureté parfaite. A des centaines de pas, un peu sur la gauche, une petite bosse marquait l'endroit d'un ancien *kourgane*. Au sud, de longues nappes de nuages grisâtres bordées d'or s'étendaient le long de l'horizon de la steppe à la forêt.

Ianka sortit des arbres et s'avança sur la prairie. Presque aussitôt, un silence étrange l'enveloppa. Elle prit une grande bouffée d'air glacé et sourit. Elle était prête à rentrer au village.

A l'instant où elle se retournait, cependant, ses yeux vifs remarquèrent un minuscule point, sur l'horizon. Elle porta la main à son front pour se protéger de l'éclat du soleil, et se demanda de quoi il s'agissait. Cela semblait bien immobile. Est-ce que cela grossissait ? Elle décida que non. Étrange, se dit-elle. Sans doute un arbre qui projetait une ombre longue sous les rayons du soleil levant.

Et elle reprit le chemin du village tandis que le soleil, seigneur du ciel bleu, prenait possession du matin.

Mengu l'observait.

Il avait quitté le campement à cheval dès les premières lueurs du jour, à la recherche d'une hauteur qui lui offrirait une meilleure vue. A travers la steppe nue il pouvait voir clairement, à une quinzaine de kilomètres, la ligne sombre des arbres. Il avait remarqué la petite silhouette à l'instant où elle était sortie de la forêt.

Car si Ianka avait de bons yeux, l'homme de la steppe en possédait de meilleurs.

Dans la clarté du matin, les hommes du désert et de la prairie peuvent distinguer une silhouette humaine à plus de vingt kilomètres. A six kilomètres, ces guerriers parviennent à repérer le bras d'un homme caché derrière un rocher.

Mengu, pareil à un faucon, regarda la fillette s'aventurer sur la steppe puis regagner les bois.

Il sourit. Tout avait été si facile ! Les villes du nord — Riazan, Mourom, Vladimir — étaient tombées presque sans résistance. Le grand-duc et son armée avaient été anéantis. Dommage que le temps humide du printemps les ait contraints à tourner bride avant d'avoir atteint Novgorod ! Mais on s'occuperait plus tard de la grande ville-marché. Malgré leurs hautes murailles, ces pauvres villes russes n'avaient aucune chance. Pour les Mongols, habitués à assiéger les redoutables fortifications des cités chinoises, ces places fortes occidentales semblaient ridicules.

Et voici qu'ils revenaient en hiver écraser le sud — preuve de leur grande sagesse.

On croit communément que la Russie est protégée par son hiver, mais il n'en est rien. L'hiver constitue le meilleur moment pour attaquer la Russie. Au printemps et à l'automne, la boue rend le pays impossible à traverser. En été, il faut franchir de grands fleuves. Mais en hiver tout est glacé et il est facile d'avancer si l'on est équipé pour le froid et si l'on sait se déplacer sur la neige. Les Mongols connaissaient bien le froid de l'hiver. Et ils l'aimaient.

Mengu, songeur, continua d'observer la ligne des arbres à l'endroit où la fillette avait disparu. Jusqu'ici, la campagne s'était déroulée de façon favorable. Ses hommes s'étaient bien conduits et il n'avait pas à se plaindre... Il n'avait pourtant pas réussi à attirer l'attention du général.

Sa sœur avait fait de son mieux auprès de Batu Khan, mais quand le grand homme avait appris les espérances de Mengu, il avait simplement répondu : « Très bien. Qu'il se distingue lui-même. »

Il lui suffisait d'un peu de chance : une simple escarmouche, si elle se produisait sous les yeux du général. L'occasion se présenterait... Pourvu qu'elle se présente vite !

Si la fillette s'était promenée à l'orée des bois, il y avait forcément un village non loin.

Ils y arriveraient vers midi.

Ianka était blême de terreur. Elle venait de se réveiller. Ils étaient partout. Et elle avait été abandonnée.

Figée, à la fenêtre, elle voyait les flancs en sueur des chevaux — elle aurait presque pu les toucher tandis que les cavaliers en fourrures, avec de grands arcs dans le dos, galopaient en rasant les cabanes. Certains brandissaient des torches.

Elle se rappela qu'au milieu de la matinée son père avait harnaché la jument au traîneau pour se rendre au village voisin, sur la rivière glacée. Le ciel clair du matin avait disparu. La nappe de nuages du sud était remontée lentement et au moment du départ de son père le village lui avait paru enveloppé d'ombres oppressantes. Sa mère avait décidé d'aller au fort. Ianka, restée seule, s'était endormie.

Elle n'avait pas entendu les cris.

Et elle s'était éveillée au milieu de ce cauchemar. Les échos des sabots des chevaux sur la neige glacée retentissaient dans la cabane de façon irréelle.

Ianka l'ignorait, mais les habitants du village n'avaient pris la fuite qu'une minute plus tôt. Tout s'était passé si vite ! Un cavalier était apparu au bout d'un champ. Puis trois. Puis cent et tout le monde s'était mis à hurler. Tous les arbres s'étaient soudain changés en cavaliers armés d'arcs et de lances.

L'armée mongole, sans bruit, s'était glissée dans la forêt : cinq groupes importants, sur un front de plus de cinq kilomètres. Le village de Russka se trouvait près du centre. Les cavaliers se déversaient maintenant entre les cabanes comme un torrent sombre sur la neige.

Les gens du village, surpris, n'avaient eu que le temps de s'enfuir. Trois hommes avaient cogné à la porte de Ianka avant de filer, supposant la cabane vide. Ils avaient décampé sur la rivière gelée à la recherche d'un abri, pourchassés comme du gibier. Certains s'étaient précipités dans le fort, d'autres s'étaient réfugiés dans l'église ; la plupart avaient préféré la forêt.

Au premier cri venant du village, la mère de Ianka regarda par la porte du fort. Un groupe de paysans se ruait vers elle en hurlant, petites boules sombres, pathétiques, sur la neige grise. Mais où était Ianka ?

Un instant plus tard, elle aperçut ce que les fuyards ne pouvaient voir : l'ensemble de la ligne des Mongols en aval et en amont du village.

Aucun signe de Ianka.

Elle courut vers le bas de la pente, vers la rivière et les cavaliers mongols, qui avaient déjà atteint l'autre rive. Elle ne s'aperçut pas que trois secondes plus tard les gens du fort repoussaient stupidement les portes derrière elle.

Mengu n'en crut pas sa chance : au moment où les portes se fermaient, le général s'élança vers lui.

— Prenez ce fort, ordonna-t-il en tendant son fouet vers l'autre rive.

Enfin une occasion de prouver sa valeur. Pendant une seconde, l'image de sa sœur flotta devant ses yeux. Il savait très bien que dans l'univers du grand khan, rien ne survenait par hasard, et son esprit se mit aussitôt à calculer.

Marquant à peine un temps d'arrêt pour confirmer l'ordre, il fit pivoter son cheval, lança deux ou trois grognements à ses hommes, et les deux escadrons voisins se formèrent aussitôt en ligne sur sa gauche et sa droite. Il traversa la glace pour encercler le fort et l'église.

A un décurion, il commanda :

— Une machine de siège. Une catapulte.

Et l'homme remonta sur la rivière gelée.

Ils avaient conduit les engins de guerre à un endroit où la forêt était moins épaisse, à quelques centaines de mètres au nord du village.

Chez les Mongols, un siège ressemblait aux chasses du grand khan. On encerclait entièrement la forteresse pour exclure toute possibilité de fuite. Parfois, si une ville importante s'obstinait à résister, les Mongols construisaient un mur de bois autour, comme pour dire :

« Vous croyez que vos murs vous protègent ? Regardez : vous voici prisonniers des nôtres. » Puis, sans se presser, ils abattaient les défenses de la forteresse, ou remplissaient les douves et construisaient des ponts au-dessus des murs. Jamais ils ne renonçaient. Le fort encerclé était condamné.

Mengu regarda le pitoyable petit fort de bois. Et les idiots avaient fermé les portes. Jamais l'armée ne se serait donné la peine d'incendier l'endroit s'ils les avaient laissées ouvertes.

Quelle manière facile de démontrer son courage !

Il fallait faire vite : c'était la clé. Le général désirait que ses forces ne soient pas retardées.

— Vite ! cria-t-il au décurion, déjà trop loin pour l'entendre.

Ianka hésita.

Les cavaliers avaient dépassé le village. Ils avaient mis le feu à deux cabanes, mais n'avaient pas pris le temps de faire plus. Un ordre lancé de l'avant les avait obligés à poursuivre rapidement vers la rivière. Tout fut silencieux soudain.

Sa famille se trouvait peut-être quelque part dehors. Morts. Ou bien en train de fuir sans elle. Et elle resterait toute seule. Que ferait-elle ? Les cavaliers la terrifiaient, mais sa peur de rester seule semblait encore plus forte.

Elle sortit.

Au bout du hameau, elle vit les dos des deux lignes de cavalerie qui trottaient sur la glace pour encercler le fort. Sur sa gauche, au-delà de l'ancien cimetière, se trouvait une unité d'environ trois cents fantassins, vêtus d'armures de cuir et armés de longues lances noires. Sur sa droite, une demi-douzaine de cavaliers attendaient sur la berge, impassibles. Et droit devant, au bord de la glace, un cavalier tout seul semblait donner des instructions. Personne ne remarqua l'existence de la fillette.

Puis elle vit deux choses qui lui donnèrent envie de crier de joie.

Tout d'abord, son frère Kaï.

L'enfant de neuf ans et son père étaient presque arrivés au dernier méandre de la rivière avant le village. Soudain, l'enfant entendit son père s'écrier :

— Le diable m'emporte ! Les Coumans !

Il regarda à droite. Trois cavaliers chevauchaient paisiblement entre les arbres près de la berge. Puis il en vit dix. Puis cinquante. Son père tira sur les rênes. Le traîneau obliqua.

— Derrière nous ?

Kaï tourna la tête.

— Davantage. Ils traversent.

Son père poussa un juron.

— Maman et Ianka ? cria l'enfant.

Son père ne dit rien, mais fit claquer les rênes violemment sur la croupe de la vieille jument. Elle tressaillit, agita la tête d'un air furieux, mais accéléra vers le méandre.

— Dieu veuille qu'il n'y en ait pas aussi devant nous, murmura le paysan.

Le petit traîneau glissait en sifflant. Le père et le fils retenaient leur souffle. Ce devait être une attaque d'importance. Kaï se mit à prier en silence. Dieu merci, les berges semblaient entièrement vides. A la sortie du méandre, ils tombèrent sur le gros de l'armée mongole.

La ligne de cavaliers trottait sur la glace pour encercler le fort, juste devant eux. Kaï ne vit pas sa mère, mais juste au moment où son père faisait tourner le traîneau vers les bois, à droite, il cria :

— Regarde ! C'est Ianka. Sur la berge. Elle nous a vus.

Il entendit, stupéfait, son père murmurer :

— Par le diable, tu vas nous faire tous tuer.

Puis il vit Ianka se mettre à courir, vers les Mongols.

Car Ianka, non seulement les avait vus, mais avait vu sa mère, en train de courir sur la glace entre les deux colonnes de cavaliers. Elle ouvrit la bouche pour crier, mais (comme dans un rêve) aucun son n'en sortit : un simple souffle que nul n'entendit. Elle voulut faire un pas, rien ne se produisit. Puis sa mère la vit.

Soudain, la fillette éprouva une bouffée de soulagement. Elle était sauvée. Sans un instant de réflexion, elle descendit la berge vers la rivière gelée, droit vers sa mère, sans même voir le Mongol à cheval sur le passage entre elles.

Mengu regarda. Que faisait donc cette paysanne ?

Il attendait impatiemment la machine de siège. Elle serait en position dans quelques instants. Il regarda ses soldats. L'anneau autour du fort était presque terminé. Ce serait sa grande journée. Il s'appliqua à ne pas regarder du côté du général.

— J'aurai la place en mon pouvoir en moins d'une heure, murmura-t-il.

Son visage n'exprimait rien, mais au fond de lui, quelle excitation !

Comme dans le grand cercle pendant la chasse royale. Et aujourd'hui, il était le maître du cercle. Le temps d'une heure, il était général, il était prince. Et il allait leur montrer...

Mais qui était cette paysanne qui se dirigeait vers lui ?

Il se rappela soudain une histoire qu'il avait entendue plusieurs mois auparavant : une paysanne, sans doute comme celle-ci, s'était jetée sur un jeune capitaine pendant qu'ils incendiaient la ville de Riazan. Elle avait brandi un couteau et l'avait tué. « Méfiez-vous aussi de leurs femmes », avait conclu celui qui avait raconté l'histoire. De quel droit cette femme troublait-elle la chasse impériale ? Il ne laisserait pas une paysanne russe compromettre sa carrière.

Et la femme se mit à courir droit sur lui.

Il serra légèrement les genoux et son cheval avança. Il dégaina son sabre et, d'un seul coup de tranchant, lui fendit la poitrine. Elle s'écroula et glissa sur la glace. Il se retourna pour voir si l'engin de siège arrivait.

— Maman !

Un cri. Il se retourna de nouveau, l'arme à la main pour affronter cette nouvelle menace. Machinalement, il leva le sabre courbe, le visage tendu, la bouche crispée.

Une fillette, le visage livide, s'agenouillait de terreur sur la glace auprès de la femme. Du sang jaillissait de la blessure béante. Les yeux de la femme étaient encore ouverts : elle regardait l'enfant, essayait de dire quelque chose...

Pendant une seconde, Mengu oublia tout lui aussi. Il ne vit plus que les visages de la mère et de son enfant.

— Ianka !

Un cri, qui venait cette fois d'un petit garçon et d'un paysan sur un traîneau, à deux cents mètres. Il ne les avait pas remarqués plus tôt parce que ses cavaliers les cachaient.

— Ianka !

Le paysan et son fils, près du traîneau, ne savaient que faire, en face de plusieurs centaines d'archers qui pouvaient les tuer à la seconde suivante.

Les yeux de la femme devinrent vitreux. C'était la fin.

Les sabots des chevaux claquèrent sur la rivière gelée. Le Mongol tendit le bras et souleva la fillette. Il éperonna son cheval, galopa, puis laissa tomber l'enfant à côté du traîneau. D'un air de mépris, il fit signe au père et au gamin de filer.

Une seconde plus tard, le traîneau disparaissait sous les arbres.

Les Mongols ne tuaient pas les paysans sur les terres conquises. Les paysans cultivaient le sol, payaient des impôts et fournissaient des recrues. Les Mongols tuaient seulement ceux qui étaient assez stupides pour leur résister.

Mengu tourna bride. L'incident n'avait pas duré plus d'une minute, et il supposa que tous étaient trop occupés pour avoir remarqué quoi que ce soit.

Les soldats avaient pris position, la catapulte arrivait et on attendait ses ordres. Il chassa l'incident stupide de son esprit. Le meurtre de la femme lui faisait honte. Quant à la fillette... Son visage demeura impassible.

D'un signe de tête, il ordonna à la catapulte de commencer.

Les habitants de Russka n'avaient jamais vu une catapulte comme celle-là. Une technique simple — un énorme contrepoids d'un côté du levier permettait de lancer la pierre placée de l'autre côté — mais une puissance remarquable. Les ingénieurs de Chine avaient construit une machine capable de lancer avec précision jusqu'à quatre cents mètres une pierre que quatre hommes forts avaient du mal à soulever.

La première pierre brisa le parapet au-dessus de la porte du fort. La deuxième fracassa la porte elle-même.

Sur l'ordre de Mengu, les Mongols s'élancèrent à l'intérieur. Ils agirent rapidement, mais de façon méthodique. Chaque porte était ouverte d'un coup de pied, chaque pièce, chaque recoin fouillés. Ils se servaient de lances et d'épées. Tout être vivant, homme, femme, enfant était rapidement et efficacement abattu. Ils se montraient si rapides et précis qu'à part quelques instants de terreur pure, presque personne ne souffrait.

Ils trouvèrent de petites quantités de vivres frais et dix tonnes de céréales entreposées, qu'ils emportèrent dans des charrettes du village. Ils laissèrent les cadavres sur place et mirent le feu à tous les bâtiments et aux murs de bois.

Ensuite, Mengu se tourna vers un décurion :

— Vingt archers avec cinq flèches, ordonna-t-il. Encerclez l'église.

Quelques instants plus tard, ce fut fait. Sur un signe de Mengu, les archers prirent de longues flèches trempées dans la poix et les allumèrent.

— Feu !

Les flèches volèrent à travers les étroites fenêtres de l'église. Bientôt de la fumée apparut, puis des flammes. Mengu se demanda si les gens à l'intérieur sortiraient par la porte, et posta des archers en face. La violence de l'incendie fit trembler la porte, mais elle resta fermée.

Au bout d'un moment, la petite coupole s'effondra. « Plus personne ne doit être en vie, se dit-il. C'est une fournaise. » Un mur s'écroula, puis un autre. Parfait. Au cas où le général l'aurait trouvé trop tendre pour l'enfant, il voulait montrer qu'il pouvait être dur.

Le soir venu, quand une poignée de paysans revint des bois, ils ne virent que des ruines calcinées à la place du fort et de la jolie petite église. Des oiseaux tournoyaient au-dessus.

Le même soir, le général fit à Batu Khan un rapport clair et circonstancié.

— Il s'est laissé troubler parce qu'une femme s'est mise à courir vers lui. Il aurait dû la voir plus tôt et ordonner à ses hommes de l'abattre ou de l'écarter. Au lieu de cela, il a attendu qu'elle arrive jusqu'à lui et il l'a tuée. Il a cessé d'observer la manœuvre.

— Ensuite ?

— Une fillette. Il l'a soulevée et l'a déposée plus loin.

— Perte de temps. Ensuite ?

— Il a pris le fort et l'a incendié.

— Très bien. Autre chose ?

— Il a incendié une église.

— A l'intérieur du fort ?

— Non. En dehors.

— Les gens la défendaient ?

— Non.

— Mauvais. Le grand khan respecte toutes les religions.

— Je crois qu'il n'a pas la tête froide, conclut le général.

Cette nuit-là, le puissant Batu Khan changea d'avis et ne dormit pas avec la sœur de Mengu.

La même nuit, en se berçant pour s'endormir dans un abri que son père et son frère avaient improvisé au milieu de la forêt des abeilles, Ianka se rappela une chose sur le Mongol qui avait tué sa mère : il avait une balafre sur un côté du visage et il lui manquait une oreille.

Jamais elle ne l'oublierait, jamais.

1246

Le radeau dérivait sans bruit dans les brumes du petit matin. Jusqu'au mois précédent, pour éviter d'être pris, ils ne s'étaient déplacés que de nuit, en vérifiant à chaque village en amont qu'il n'y avait pas de patrouille. Une fois, par un beau clair de lune, ils avaient failli tomber sur un détachement de soldats campés sur la berge.

On était en août. En suivant les méandres des rivières, ils avaient déjà parcouru huit cents kilomètres vers le nord. En trois mois.

Le mois précédent, ils avaient quitté un système fluvial et gagné un autre bassin à travers les terres. Le bateau qu'ils avaient utilisé jusque-là — un énorme tronc d'arbre creusé — était trop lourd pour qu'ils le transportent, et en arrivant à l'autre rivière, ils s'étaient construit un radeau. Désormais, au lieu de remonter le courant, ils se laisseraient glisser. Ils étaient beaucoup plus confiants : on pouvait maintenant se risquer à voyager de jour. En restant prudent.

Car Ianka, son père et leurs compagnons s'étaient lancés dans une entreprise très dangereuse : ils essayaient d'échapper aux Tatars.

Les Tatars. La plupart des Russes ne comprenaient pas vraiment la nature de l'empire dont ils faisaient maintenant partie. Faute de percevoir l'importance absolue de l'élite mongole, dans son lointain foyer oriental, les Russes les confondirent avec les Turcs qui se battaient pour leur compte, et donnèrent à la Horde le nom turc qui allait lui rester dans l'histoire : les Tatars.

Les prévisions du conseil de guerre mongol se confirmèrent : la Russie succomba en trois ans. La grande armée qui avait traversé le village de Russka continua d'avancer pour détruire Pereiaslav. Douze mois plus tard, Tchernigov tombait entre leurs mains et Kiev devenait une ville fantôme.

L'ancien État de Rus cessa d'exister.

Pour des raisons pratiques, les Mongols le divisèrent en deux. La moitié méridionale — les territoires autour de Kiev et la steppe du sud — fut placée sous le pouvoir direct des Mongols. Le nord — les terres de la grande boucle du R russe et les forêts denses au-delà —

resta sous l'autorité nominale des princes russes, étant entendu que ceux-ci régnaient seulement en tant que représentants du grand khan. Ils étaient là pour maintenir l'ordre dans le peuple et lever l'impôt du khan. Rien de plus.

Certaines chroniques de l'époque — et de nombreux Russes encore aujourd'hui — prétendent que les Tatars étaient un simple groupe de pillards de la steppe dont le grand-duc fut contraint d'acheter provisoirement l'alliance. En réalité, le grand-duc devait se rendre en Orient, jusqu'en Mongolie, pour recevoir l'insigne de son office : le *yarlyk*, et il ne gouvernait que selon le bon plaisir du khan. Aucune insoumission n'était tolérée. Quand un prince audacieux du sud-ouest refusa de s'incliner devant une idole du grand khan, il fut exécuté sur-le-champ. La domination fut immédiate et totale. Si les princes russes continuèrent d'exister, ce fut seulement parce que les Mongols jugèrent les forêts du nord sans valeur comparées aux richesses des caravanes et des cités de l'Orient. Ils les estimèrent indignes de leur administration directe.

Si les Mongols ne s'étaient pas arrêtés pour le choix d'un nouveau grand khan en Orient, il est probable que l'Europe entière aurait été conquise. Mais le nouveau khan décida à la place de consolider son empire occidental : on construisit une nouvelle capitale dans le sud du bassin de la Volga et on ordonna aux commandants de l'armée d'attendre.

A cet égard également, les Mongols firent preuve d'une excellente compréhension de la situation : la Russie était orthodoxe, l'Occident catholique.

Au temps du Monomaque, le schisme entre Rome et l'Église orientale se réduisait à des subtilités liturgiques. Mais le fossé s'était élargi. Des questions d'autorité se posaient. Le patriarche de Constantinople — et les autres patriarches de l'Orient — étaient-ils prêts à se soumettre au pape ? L'Église orthodoxe s'était-elle intéressée aux croisades du pape ? Les rancœurs s'étaient multipliées. Quand les Russes avaient appelé à leur secours leurs frères chrétiens d'Occident contre les païens mongols, on leur avait répondu par le silence. En fait, l'Occident s'était félicité de voir l'Orient puni de ses erreurs. Bien pis, non seulement les Suédois catholiques se mirent à attaquer les Russes au nord, mais deux ordres de croisés — les chevaliers livoniens et les chevaliers teutoniques —, près de la mer Baltique, lancèrent des incursions sur les territoires de Novgorod avec l'approbation du pape. Et l'élite des Mongols eut raison de décider : « Prenons la Russie d'abord, l'Occident peut attendre. La Russie fait partie de l'Asie. »

Le père de Ianka ne manquait pas d'allure.

De taille légèrement supérieure à la moyenne, il était blond, mais sa barbe semblait clairsemée et il n'avait plus que quelques mèches de cheveux sur le crâne. Il avait des traits fins et réguliers bien que la moitié supérieure de son visage parût un peu osseuse. Ses yeux bleu clair n'exprimaient en général que de la douceur, ils donnaient l'impression qu'il était en train de compter quelque chose. Il lui arrivait de boire un peu trop.

Parfois, si Ianka se tenait mal, il la battait, toujours le soir, et il se montrait alors sévère et même effrayant. Mais il était moins dur que les autres pères du village.

Autrefois, il s'occupait beaucoup moins d'elle que de Kaï, son fils, mais tout avait changé depuis l'invasion des Tatars. En fait c'était pour Ianka qu'il avait entrepris ce long voyage : il s'était dit que, s'ils ne partaient pas, elle mourrait.

Au début, après la terrible destruction, un silence étrange était tombé sur le village. On avait appris la chute des villes de Pereiaslav et de Kiev, puis plus rien. Du boyard du nord, aucune nouvelle. Peut-être était-il mort. Le temps des semailles était venu dans le village décimé, puis celui des moissons. Le père de Ianka prit pour compagne une robuste femme brune, mais ne l'épousa pas. Elle apprit à broder à Ianka. Kaï devint un habile sculpteur sur bois. Puis, l'année précédente...

Un jour d'automne, une petite troupe de Tatars sous les ordres d'un représentant du gouverneur de la région — le *baskak* — était apparue dans le village. On avait fait mettre tout le monde en rang pour compter les têtes, ce qui n'avait jamais été fait.

— C'est le recensement, dit le fonctionnaire. Le *baskak* compte les sujets.

Ensuite, on avait divisé les hommes en groupes de dix.

— Chaque dizaine est une unité fiscale, responsable du maintien de son nombre. Personne ne doit partir.

Tout paysan qui essayait de discuter était aussitôt fouetté. On découvrit alors que le village allait avoir une nouvelle importance.

Le service de la poste impériale, le *yam*, reliait toutes les parties de l'empire du grand khan. Les messagers officiels et certains marchands désignés pouvaient l'utiliser. Il y avait un relais tous les trente-cinq kilomètres, et l'on y nourrissait des juments et des brebis pour fournir du *koumis* et de la viande. Ainsi que des chevaux de poste en quantité. Quand le khan dépêchait un messager, celui-ci portait des grelots pour prévenir le relais de son arrivée; on lui préparait aussitôt un cheval frais sur lequel il sautait sans interrompre son voyage. Le *baskak* avait décidé que le fort en ruine ferait un excellent relais de *yam*. Le fonctionnaire du *yam* surveillerait le village.

— Autrement dit, murmura un des habitants, nous serons tous esclaves.

Mais c'était la dernière requête du fonctionnaire qui avait désespéré Ianka. Se tournant soudain vers l'ancien du village, il avait demandé :

— Quels sont les meilleurs sculpteurs sur bois ici ?

On lui avait donné cinq noms. Le plus jeune des cinq était Kaï, âgé de quinze ans.

— Nous emmenons celui-ci, lança le Mongol.

Car le grand khan avait demandé qu'on lui envoie de bons artisans.

Et ce soir-là, quand le détachement s'éloigna sur la steppe, Ianka suivit longtemps des yeux les minuscules silhouettes qui semblaient se noyer dans une mer de sang.

La vie n'était plus que malheur pour Ianka et son père. La femme avec qui il vivait le quitta. Souvent, pour noyer son amertume, il s'enivrait et terrorisait la fillette, dont la santé se dégradait. Pendant l'hiver, elle s'était amaigrie : elle parlait peu et mangeait encore moins. Au printemps, ne voyant survenir aucune amélioration, son père avoua :

— Je ne sais que faire.

Une famille du village voisin avait décidé de partir.

— Dans le nord, lui dit l'homme. Il y a autant de terres qu'on en veut dans la *taïga* du nord. De l'autre côté de la Volga, chacun est libre et sans maître. C'est là que nous irons.

C'était ce qu'on appelait les Terres Noires. En fait, la terre appartenait au prince, et le colon lui versait une petite redevance ; mais plus on allait vers le nord et l'est, moins l'autorité du prince était sensible. Cette liberté était exaltante, bien que la vie fût très dure.

— Venez avec nous, proposa l'homme, qui était déjà allé dans le nord pendant son adolescence. Je connais le chemin.

— Et si nous sommes pris ?

L'autre haussa les épaules.

Le grand périple fluvial qu'ils avaient entrepris semblait très simple. Ils remonteraient lentement le grand R russe. D'abord le Dniepr, puis ils couperaient à travers les terres vers l'est jusqu'à une petite rivière qui les conduirait au-dessous de l'immense boucle du nord — vers la lente Oka. Dans le bassin de l'Oka, ils seraient sur le territoire du grand-duc où les patrouilles des Tatars ne s'aventuraient pas.

Quel plaisir d'avoir enfin atteint l'Oka ! Le poisson était abondant. Prise par la grande aventure, Ianka avait fini par oublier son chagrin et s'était remise à manger. Un jour, ils attrapèrent même un bel esturgeon. La végétation changeait peu à peu : moins de feuillus et plus de sapins et de mélèzes. Leur guide leur fit remarquer un détail important :

— Nous entrons dans le pays des anciennes tribus finnoises, comme les Mordves. Les noms de lieu sont tous finnois.

Ainsi le nom même de l'Oka, et celui des villes de Riazan et de Mourom. Un jour, en passant au confluent d'une modeste rivière, sur leur gauche, il fit observer :

— Cet affluent aussi a un nom finnois : c'est la Moskova.

— Il n'y a rien, là-bas ? demanda le père de Ianka.

— Un village appelé Moscou. Pas grand-chose.

Le père de Ianka restait toujours sur ses gardes : les terres lointaines et la liberté l'attiraient, mais il demeurait prudent. Il avait de l'argent, qu'il cachait soigneusement, et il pouvait s'établir n'importe où. Il se disait souvent qu'on obtient d'excellentes conditions d'un propriétaire qui a besoin d'un fermier, et il avait formé un plan simple :

— A notre arrivée à Mourom, je chercherai le boyard Mileï. Il pourra peut-être nous aider. S'il refuse, ou s'il est mort, nous essayerons le nord.

Ainsi en ce mois d'août, Ianka et son père descendaient l'Oka.

Le boyard Mileï était un homme imposant, père de cinq enfants. Il se montrait très fier de sa force physique. Et il ne manquait pas de ruse.

Huit ans plus tôt, à la nouvelle de l'attaque des Mongols à Riazan, il n'avait pas attendu l'appel aux armes.

— Le grand-duc Vladimir nous ordonnera de se joindre à lui s'il livre bataille, mais il ne fera rien pour nous si ces pillards se jettent sur Mourom.

Il ne se trompait pas. La petite principauté de Mourom se trouvait en bordure de la boucle du grand R russe, vers l'est. Le reste de la boucle constituait la Souzdalie, gouvernée par le grand-duc Vladimir.

Mourom avait été une ville importante dans le passé, plus grande que Riazan ; mais depuis un siècle, Riazan s'était enrichie et la Souzdalie avait renforcé sa puissance. Les princes de Mourom se pliaient aux désirs du grand-duc sans discussion. Le boyard Mileï comme les autres. Sauf quand ça le dérangeait. Et en face de la nouvelle menace, Mileï s'était retiré discrètement, avec toute sa famille, dans le plus obscur et le plus lointain de ses domaines.

La propriété en question était vraiment isolée.

Sur la petite rivière Kliasma, un peu à l'est du centre de la boucle du grand R, le Monomaque avait installé la capitale, Vladimir. Les autres villes importantes, comme Souzdal, Rostov et Tver, se trouvaient dans la moitié nord de la boucle. En revanche, hormis les villes de l'Oka — Riazan et Mourom —, la moitié sud de la boucle ne contenait que hameaux, forêts et marécages. En plein milieu, entre la Kliasma et l'Oka, se trouvait le domaine du boyard Mileï.

Son grand-père, à qui le prince avait offert ces terres, n'avait pas aimé leur nom finnois barbare. Il leur avait donné celui de son domaine préféré du sud : Russka.

L'endroit n'était pas désagréable et pendant l'hiver qu'il y passa, Mileï se convainquit que le domaine contenait plus de promesses qu'il ne l'escomptait.

— Il ne manque que des hommes, dit-il à sa femme.

Trouver assez de paysans pour cultiver les terres était le problème permanent des propriétaires russes.

Le printemps suivant, à son retour à Mourom, il trouva sa maison incendiée, mais le trésor caché sous le plancher intact. Il avait fort à faire, car l'invasion mongole avait tout saccagé, mais le petit village de Russka restait souvent présent dans ses pensées.

Et il fut donc surpris et ravi, à la fin de l'été 1246, de trouver à sa porte deux des paysans de son domaine du sud. Ses yeux bleus brillèrent.

— J'ai la place qu'il vous faut, s'écria-t-il. Au Russka du nord.

— Je n'ai pas d'argent, mentit le père de Ianka.

Le boyard le dévisagea, nullement dupe.

— J'ai plus intérêt à vous donner ma terre à travailler qu'à n'en tirer aucun profit, répondit-il. Vous pourrez vous construire une maison, les gens du village vous aideront. Mon régisseur vous conduira là-bas et vous fournira tout ce dont vous aurez besoin. Vous me rembourserez plus tard.

Il les interrogea sur leur voyage, et en apprenant qu'ils étaient arrivés avec une autre famille, qui avait deux fils robustes, il offrit des terres à tous.

Les autres refusèrent.

— C'est une proposition tentante, dit l'homme au père de Ianka, mais je veux être mon propre maître. Plus de propriétaire. Venez avec nous.

— Non. Nous préférons rester. Mais nous vous souhaitons bonne chance.

« Dieu sait ce qu'il leur arrivera sur la Volga, pensait-il. Nous serons plus en sécurité au village. »

Russka.

Ce Russka du nord était très différent du village natal de Ianka.

Unique point commun : comme la plupart des villages russes, il se trouvait au bord d'une rivière. A l'endroit choisi, le cours d'eau formait une vaste courbe, et comme la berge occidentale était plus haute que la berge orientale d'une quinzaine de mètres, elle formait une sorte de promontoire. La partie basse, du côté de l'est, était une prairie.

Les premières habitations avaient été construites sur cette prairie, mais le village s'était vite déplacé sur le promontoire pour des raisons évidentes de sécurité. Il se composait d'une douzaine de cabanes de bois, entourées d'une clôture renforcée près de laquelle végétaient des potagers. On apercevait deux pauvres champs à travers un rideau d'arbres.

Pas d'église.

Le Russka du nord...

Le hameau le plus proche se trouvait à cinq kilomètres au sud-est, sur la même petite rivière, rebaptisée Rus. Juste derrière ce hameau se trouvait une colline basse couverte de forêts, mais près de la rivière le terrain était si marécageux que les premiers colons slaves avaient appelé l'endroit le Bourbier. Au-delà du Bourbier, le village suivant était à onze kilomètres.

Au premier regard, Ianka eut l'impression que la forêt se composait uniquement de sapins. Une promenade dans les environs la détrompa : il y avait une grande diversité d'espèces : mélèzes et bouleaux, tilleuls, chênes, pins et bien d'autres. Sur les bords de l'Oka, près de Riazan, elle avait vu des vergers de pommiers et même de cerisiers. Elle n'en trouva pas, et les jardins ne donnaient, semblait-il, que des pois et des concombres. Elle remarqua également que tous les chevaux étaient petits.

Il n'y avait ni murs de torchis ni toits de chaume, comme dans le sud : les maisons étaient entièrement en gros rondins, de la base au toit.

Surtout, les gens étaient différents :

— Tellement calmes qu'on les croirait de glace, murmura-t-elle à son père le premier matin où ils traversèrent le village.

Avant que la famille du boyard Mileï n'acquière Russka, la plupart des habitants étaient des Slaves de la tribu Viatitchi. « Des animaux païens », disait-on d'eux, car c'était un des groupes slaves les plus primitifs. Il y en avait six familles. Trois autres familles de Slaves étaient venues du sud deux générations auparavant, et le boyard avait installé trois familles de Mordves aux pommettes hautes et aux yeux en amande, comme tous les Finnois.

Si divers qu'ils fussent, ils possédaient un trait commun aux yeux de Ianka : ils semblaient taciturnes, impassibles et même lents d'esprit. Dans le sud, on s'asseyait au soleil et on discutait, on s'agitait, on avait de l'humour ; ici, les gens s'enfermaient dans le silence tiède de leurs cabanes.

Mais ils ne manquaient pas de gentillesse. Sur l'ordre de l'intendant, une demi-douzaine d'hommes se présentèrent avec des haches à midi et annoncèrent :

— Nous allons vous construire une cabane.

Ils désignèrent un emplacement du côté sud du village et se mirent à l'ouvrage.

L'opinion de Ianka changea.

Elle n'avait jamais rien vu de pareil. D'énormes rondins apparurent, venus de nulle part, semblait-il. Les petits chevaux traînaient des troncs si gros qu'on aurait presque pu en faire des pirogues. On utilisa du chêne pour les fondations, puis du pin, plus léger et facile à travailler.

Le plan de la cabane était à peu près le même que dans le sud : un couloir central servant d'entrée, avec d'un côté un vaste espace où ranger l'outillage et les réserves, et de l'autre côté, une pièce. Une grande partie du mur entre le couloir et la pièce était occupée par le poêle, construit en argile.

Ils travaillaient uniquement à la hache — de larges lames recourbées montées sur des manches droits assez courts — et, Finnois ou Slaves, ils semblaient tous aussi habiles. Chaque rondin était joint à son voisin sans bavure, de sorte qu'on avait à peine besoin de boucher les interstices avec de la mousse.

Et il n'y avait pas un seul clou dans toute la cabane.

La vitesse à laquelle ils travaillaient ébahit Ianka autant que la qualité du résultat. Les gens du sud s'affairaient, mais ces gens du nord s'acharnaient sans tapage à un train d'enfer. Et la nuit ne les arrêta pas : les femmes apportèrent des torches et allumèrent des feux. Quand ils posèrent enfin leurs haches, il ne manquait plus à la maison que le poêle et le toit.

Ianka et son père passèrent la nuit chez l'intendant et sa femme. Le lendemain à midi, la cabane était terminée.

— Voilà, dirent les hommes. C'est chez vous. Vous y serez au chaud et elle vous durera au moins trente-trois ans.

Telle était la cabane du nord, l'isba russe. Son énorme poêle et ses murs étanches maintenaient ses habitants dans une chaleur étouffante au plus froid de l'hiver, comme son nom même l'impliquait, car *isba* signifie chambre chaude.

L'intendant les conduisit ensuite au lopin de terre qu'il leur avait choisi. Chemin faisant, Ianka exprima son admiration pour le travail des hommes :

— Avec des gens comme ça, rien n'est impossible en Russie.

L'intendant, petit bonhomme au visage matois, éclata de rire.

— C'est le nord, lui dit-il. Ici, nous pouvons faire n'importe quoi, mais pendant peu de temps.

Remarquant l'étonnement de la fillette, il sourit.

— Tu es dans le nord, à présent, expliqua-t-il en montrant la forêt autour d'eux. Et ici, c'est comme ça : nous faisons de notre mieux, bien entendu, mais quoi que nous fassions, la forêt nous rappelle que le pays, l'hiver et Dieu Lui-même seront toujours plus forts que nous. Trop d'effort est vain. Nous ne travaillons très dur que s'il y a quelque chose de précis à faire vite.

Ianka rit, croyant qu'il plaisantait. Il répondit simplement :

— Tu verras.

Le domaine était de taille moyenne, environ quatre cents déciatines, quatre cents hectares. La seule partie exploitée pour l'instant se trouvait près de la rivière, sur les deux rives.

De nombreux propriétaires préféraient abandonner ces terres lointaines aux paysans et réclamer un loyer modeste, payé généralement en nature. Pas du tout comme au bon vieux temps du sud, expliqua l'intendant, où les propriétaires géraient leurs domaines et envoyaient les excédents de production sur les marchés.

— Tout est plus simple, ici, vous verrez.

Mais le boyard Mileï avait les moyens d'acheter des esclaves et d'engager des laboureurs.

— Il compte envoyer davantage de monde et développer le village. Il exploitera une partie du domaine lui-même. Ça va changer.

Une chose troublait Ianka :

— Nous sommes chrétiens, dit-elle à l'intendant. Tous les gens d'ici sont-ils païens ?

Elle avait remarqué non loin de la palissade des tombes étranges, en forme de bosses, qui lui avaient paru très peu chrétiennes.

— Les Slaves du sud sont chrétiens, lui répondit l'homme. Les Mordves... sont mordves, poursuivit-il en riant. Quant aux Viatitchi, ce sont des Slaves, mais ils sont cependant païens. Les tombes près de la palissade, ce sont les leurs.

— Aurons-nous une église ?

— Le boyard compte en construire une.

— Bientôt ?

— Peut-être.

La terre attribuée au père de Ianka était un lopin de taille habituelle : environ quinze hectares. De la terre de forêt assez pauvre, qu'il faudrait défricher. Le loyer serait minime et il ne payerait rien la première année. L'intendant lui avancerait une petite somme et il ferait en échange quelques travaux légers pour le boyard.

Pour Ianka, ce fut une période de découvertes. L'été se prolongea cette année-là jusqu'à la Saint-Martin, en un « été de bonne femme », comme disent les Russes.

La femme de l'intendant, petite et assez sévère, voulant s'assurer que la nouvelle jeune fille serait utile pour le domaine, lui montra les environs. Les bois contenaient plus de richesses que Ianka ne l'imaginait. La femme lui enseigna où trouver des simples — l'herbe de la Saint-Jean, la bétoine, le plantin — et des fougères médicinales, et les buissons d'airelles et de myrtilles, dans un petit bois de pins. Chemin faisant, la femme de l'intendant lui indiquait tel ou tel arbre :

— Il y a un nid d'écureuil là-haut, regarde.

Et elle lui fit remarquer les coups de griffe de l'écureuil sur le tronc.

— Nous avons des griffes spéciales, en bois, que nous mettons à nos pieds, expliqua-t-elle. Elles permettent de grimper à n'importe quel arbre pour voler les noix des écureuils. Et le miel des abeilles. Comme Micha l'Ours, ajouta-t-elle avec un rire sec.

Ianka s'enchanta d'un endroit à sept ou huit cents mètres du village, vers le sud, où la haute berge se trouvait à une dizaine de pas en retrait de l'eau ; un sentier permettait d'accéder à un bouquet d'arbres et sur le flanc de la berge, à quelques mètres de hauteur, jaillissait une petite source d'eau claire, d'une fraîcheur merveilleuse même au milieu de l'été. Elle se divisait en trois cascatelles et dansait dans la mousse puis sur des rochers gris avant de disparaître en petites flaques parmi les fougères.

— Une cascade pour l'amour, une pour la santé, une pour la richesse, dit à Ianka la femme de l'intendant.

— Laquelle ?

— Personne ne le sait.

Sur cette réponse vraiment russe, elles retournèrent au village.

Lorsqu'elles se séparèrent, la femme plus âgée lui donna un conseil, qui lui rappela la construction de la maison à laquelle elle avait assisté.

— Cette année est exceptionnelle : nous avons eu un été long. Mais n'y compte pas l'an prochain. Ici, les étés sont courts et il faut travailler d'arrache-pied le temps qu'ils durent.

— Et ensuite ?

— Ensuite rien.

Autre changement dans la vie de Ianka, elle devenait une femme.

Son corps le lui disait depuis un certain temps mais au long du voyage sur le fleuve elle avait pris conscience de nouveaux émois et de vagues désirs qui, certains jours, l'emplissaient d'une belle assurance et, plus souvent, la faisaient rougir sans raison et douter d'elle-même. Elle avait un merveilleux teint pâle et des joues d'un rose délicat. De ses longs cheveux d'un blond chaud, elle était assez fière.

Parfois, pourtant, sa peau ternissait et se piquait de boutons disgracieux ; ou bien des taches rouges lui montaient aux joues ; ou encore ses cheveux devenaient ternes et poisseux. Sa bouche se pinçait alors vers le bas et se contractait en une ligne mince ; elle se renfrognait et s'enfermait à la maison le plus longtemps qu'elle pouvait.

Son corps lui plaisait davantage. Pendant l'été, il s'était rempli ; elle était mince, mais une douce courbe arrondissait ses hanches, et elle supposait qu'un jour un homme en serait charmé.

Pour le moment, elle ne songeait qu'à installer la maison de son père.

Pendant qu'il travaillait avec les hommes du village, ou construisait une charrette, elle s'affairait à la couture des vêtements et à la constitution de réserves : légumes et poisson séché.

— Quel beau nid tu es en train de nous aménager, mon petit oiseau ! lui disait-il le soir à son retour.

Il semblait de meilleure humeur. Le travail dur et la nouvelle vie lui donnaient une nouvelle vigueur et Ianka s'en réjouissait. Quand il rentrait, le visage luisant dans la lumière chaude du couchant, elle se disait : « C'est mon père, et je peux être fière de lui. »

Aucun autre homme du village ne l'intéressait.

Il y avait de bonnes raisons à cela ; elles dataient du premier jour, quand l'intendant leur avait fait faire le tour du domaine.

— Tu as vu leurs champs ? avait lancé son père dès qu'ils s'étaient trouvés seuls. Ils coupent les arbres et ils les font brûler. Tout n'est que culture sur brûlis. Des Mordves ! Des païens ! Ils n'ont même pas une charrue convenable !

— Pas de charrue ?

Il ricana d'un air de dégoût.

— Pour ce genre de terre, on n'en a guère besoin.

Il avait découvert ce qui demeurerait l'un des plus grands problèmes de l'État russe pendant le reste de son histoire : les terres du nord étaient très pauvres.

Sur la grande plaine de Russie, il existe deux sortes de sols : des sols « lessivés » et des sols qui ne le sont pas. Dans un sol lessivé, l'eau qu'il a absorbée ne s'évapore pas assez vite, et entraîne vers le bas les sels riches : il ne reste en surface que de la terre acide et pauvre, sans grande valeur pour les cultures. On donne à ces sols lessivés le nom russe *podzol*, littéralement « terre-cendre ».

Quand l'évaporation est suffisante, les sels riches restent dans le sol, qui est en général neutre ou alcalin. Le meilleur des sols non lessivés est la terre noire profonde du sud, le *tchernoziom*.

Entre les deux, la terre grise, une sorte de compromis, passable pour l'agriculture.

Le bon sol noir se trouve au sud, dans la steppe, et la terre grise au centre de la Russie, de Kiev jusqu'à l'Oka ; mais dans la grande boucle du R russe et vers le nord jusqu'aux sols tourbeux et imbibés d'eau de la toundra, tout n'est que pauvre podzol et les rendements sont faibles.

Et sur ces terres, on n'a pas besoin de la lourde charrue de fer utilisée depuis des siècles dans le sol épais du sud. Les paysans du nord se servaient de la *soka*, légère charrue de bois renforcée par un bout en acier qui ne pouvait que gratter la surface de cette terre infertile.

Le père de Ianka n'avait que mépris pour cette faible petite charrue et la pauvreté du sol, mais il trouvait la méthode de culture utilisée par ces gens encore plus indigente.

Au lieu d'alterner les cultures sur deux ou trois grands champs, ils appliquaient l'ancienne technique du brûlis : ils abattaient un carré de forêt, brûlaient les broussailles puis cultivaient le champ carbonisé pendant quelques années. Ensuite, ils passaient à un autre et abandonnaient l'ancien champ à lui-même.

— Des païens, répéta le père.

Un nouveau venu, à lui seul, ne pourrait rien changer.

Mais ce caractère primitif de l'endroit avait confirmé l'opinion de Ianka sur les gens du village, et son absence d'intérêt pour eux.

L'intendant au service du boyard était dans les faits un esclave. Les familles viatitchi, frustes et barbares, appartenaient à la catégorie la plus pauvre des paysans — les « métayers » — qui donnaient au boyard un tiers de leur récolte au lieu de lui payer un loyer fixe. Les Mordves, travailleurs salariés, cultivaient une partie éloignée du domaine que le boyard avait décidé d'exploiter lui-même. Les autres familles de Slaves du sud avaient déjà adopté les méthodes primitives du nord-est.

De toute manière, il n'y avait aucun jeune homme célibataire parmi ces Slaves. Le plus âgé des garçons n'avait que onze ans. Quant aux trois jeunes Mordves et aux deux jeunes Viatitchi, malgré leur gentillesse, ils ne comptaient pas pour Ianka.

« Cet endroit est sauvage, décida-t-elle. Si je me marie un jour, ce ne sera sûrement pas avec quelqu'un d'ici. »

Trois jours plus tard, son père fit une découverte qui le fit enrager davantage.

— Il y a tout de même de la bonne terre ici, lui dit-il, non sans dépit. Oui, du tchernoziom. Mais ils ne veulent pas me laisser le travailler.

— Où est-ce ?

— Vers ce village qu'ils appellent le Bourbier. Crois-tu vraiment ? J'y suis allé aujourd'hui avec ces maudits Mordves.

Dans cette région de podzols sablonneux la nature — en fait les glaciers du dernier âge glaciaire au moment de leur retrait — avait en effet déposé ici et là de petites étendues de bonne terre grise. Un vaste dépôt de ce faux tchernoziom se trouvait au nord de Vladimir, vers Souzdal. Et un autre, beaucoup moins étendu, non loin de Russka.

— Le boyard garde cette terre pour lui. Il ne nous laisse que du sol pauvre.

Le dépôt de tchernoziom était divisé en trois parties. La première, vers le nord, appartenait au grand-duc lui-même. Le village avait été détruit quelques années plus tôt, mais le grand-duc le ferait rebâtir un jour. La partie située à l'est, nommée Tchornovo, dépendait nominalement du prince de Mourom mais était louée à des paysans libres. Le reste tombait dans le domaine de Mileï le boyard.

Quand le boyard avait reçu le père de Ianka, il n'avait pas prononcé un mot à ce sujet. Un homme seul avec une fillette ne semblait pas le locataire idéal pour les meilleures terres. Il les avait gardées en réserve pour les exploiter lui-même avec des esclaves.

— On nous donnera peut-être un peu de tchernoziom à cultiver, suggéra Ianka.

— Non. J'ai déjà demandé à l'intendant. Il ne veut engager que des laboureurs à gages comme les Mordves. Jamais je ne m'abaisserai à une chose pareille.

Elle se jeta au cou de son père et l'embrassa. Elle remarqua la faible odeur de transpiration de sa chemise et les rides profondes sur son cou. Elle détestait le voir de cette humeur.

— Nous pouvons partir, proposa-t-elle. Nous avons de l'argent.

La somme qu'ils avaient apportée était cachée sous le parquet, en sécurité.

— Peut-être. Mais pas cette année.

— Non, pas cette année.

L'hiver était trop proche.

Et malgré son insatisfaction, elle éprouvait une certaine paix dans ce nouveau milieu.

— On s'ennuie peut-être, avoua-t-elle à son père un jour de pluie en s'étirant paresseusement, mais en tout cas, on est loin des Tatars.

Le temps chaud continua jusqu'à mi-octobre. Ianka s'habitua au rythme calme du village. Elle sortit dans la forêt avec les femmes pour ramasser des noix et des noisettes, et le jour où les hommes tuèrent un élan, elle participa aux préparatifs du festin.

Il avançait sur la piste, des gouttes d'eau tombaient des arbres sur son col de fourrure. Au-dessous de lui, en bas de la petite falaise, la source porte-bonheur jaillissait du sol et se perdait dans la rivière à travers les fougères. Il ne s'arrêta que pour regarder un instant vers l'autre rive. Deux fois, il jura tout fort.

Maudite fille !

Son jeune corps frais... Quel était son parfum ? Celui des roses ?

Des œillets sauvages des bois ? Un parfum de noisettes. De noisettes grillées. Son corps pouvait-il vraiment avoir un parfum de noisettes grillées ?

— Maudite fille, ne me voit-elle pas ? dit-il presque à haute voix.

« Peut-être n'est-elle pas au courant, songea-t-il, mais il écarta aussitôt cette pensée. Oh si ! elle sait ! Elles savent toujours, les femmes. »

Qu'est-ce que cela signifiait ? Quelle était donc son intention ? Que supposait-elle qu'il avait ressenti dans cette pièce, seul avec elle, avec la pluie qui tombait du toit tout autour comme une cascade ? Dans quel but cambrait-elle ses jeunes seins alors qu'elle savait qu'il regardait ? Pourquoi se tournait-elle vers lui de tout son corps, son jeune corps ? Pourquoi, de sa voix douce, lui disait-elle qu'elle s'ennuyait ?

« Est-ce qu'elle me provoque ? Est-ce qu'elle me méprise ?

Elle fait semblant de ne pas comprendre. C'est sa défense. Et son arme. » Elle était bonne. Oh ! oui, elle avait été bonne pour lui ! Et elle l'aimait. En tout cas, elle l'avait aimé. C'était comme si elle était à lui, mais sans lui appartenir ; comme si elle comprenait tout, comme si elle était prête à s'ouvrir à lui mais se détournait chaque fois qu'elle le sentait sur le point de se rapprocher.

Bien entendu, c'était sa fille.

Était-ce la raison ? En théorie... Interdit. Ils le savaient tous les deux.

Mais après les épreuves qu'ils avaient traversées... Il existait entre eux un lien spécial, non ? Dans les yeux calmes de Ianka qui semblaient regarder le monde avec une sorte de compréhension attristée, ne lisait-il pas qu'elle comprenait parfaitement ce lien ?

La ligne de sa bouche, songea-t-il. Un peu triste, un peu cynique et aussi... Oui : sensuelle, très sensuelle. Ces lèvres, ces lèvres tristes et obstinées; avec un soupçon de moue, une moue qui ne se développait jamais parce que sa bouche forte la contrôlait sans cesse — allaient-elles refuser de s'entrouvrir pour lui ? Allaient-elles sourire et s'ouvrir pour un autre ? Cette pensée était devenue une torture.

Il était son père. Il avança à grands pas rageurs sur le sentier. Il avait entendu dire que d'autres pères...

En outre, il n'y avait personne, ni pour lui ni pour elle. Personne dans ce maudit endroit.

— Je reste son père, murmura-t-il. Je la mettrai au pas si elle veut jouer ce genre de petit jeu avec moi.

Perdu dans ses pensées, il n'avait pas remarqué à quel point il s'était éloigné du village. Il leva soudain les yeux et vit une chose étrange.

Un ours. Il se figea. Un ours assez gras. Et très vieux. Il avançait non sans difficultés sur le sentier à dix pas devant lui. L'ours le vit, mais ne parut pas intéressé. Il marchait avec raideur.

Puis le père de Ianka comprit : l'ours était sur le point de mourir. Il cherchait l'endroit de son dernier repos.

— Eh bien, mon petit Micha, à quoi pourrais-tu me servir ?

L'ours lança à l'homme un regard noir, mais il était trop faible pour le menacer. Comme il paraissait vieux, triste et crotté ! La pluie l'avait trempé ; sa fourrure couverte de boue sentait fort. Le père de Ianka dégaina son long couteau de chasse et s'avança. Il venait d'avoir une bonne idée.

Il donnerait à Ianka un manteau de fourrure pour l'hiver. Elle serait contente. Rares sont les hommes qui peuvent dire : « J'ai tué un ours pour toi. »

Il faut beaucoup de qualités pour tuer un ours. Même s'il semblait près de s'effondrer, un seul coup de ses bras puissants et l'homme serait perdu. Mais le père de Ianka continua d'avancer lentement. Il se figea un instant puis bondit sur le dos énorme de l'animal.

L'ours sursauta, voulut se redresser... et l'homme lui planta la longue lame d'acier dans la gorge.

L'ours se cabra, avec l'homme sur son dos, et essayant de le secouer. De nouveau le père de Ianka lui plongea le couteau dans la gorge, trancha la trachée artère et chercha les grosses veines. Quand il fut certain d'avoir réussi, il sauta dans la boue et courut derrière un arbre.

Il entendit des gargouillis. Puis l'ours retomba lourdement sur ses pattes de devant. Du sang jaillissait de sa gorge. L'ours parut voir l'homme, mais ne bougea pas. Il resta planté sur ses pattes d'un air malheureux, sachant sa fin venue. Sans raison, il se mit à cligner sans cesse des yeux. Puis il s'écroula dans les broussailles et le père de Ianka l'entendit qui toussait.

Une heure plus tard, il l'avait dépecé.

Ianka trouvait la saison de la boue déprimante. Sa décision de se rendre au Bourbier un jour où la pluie cessa ne fit que renforcer son impression.

Quel endroit sinistre ! Une demi-douzaine de cabanes blotties près de la berge de la rivière. Le hameau faisait partie du domaine de Tchornovo et les gens étaient donc libres en principe. Surtout, le Bourbier se trouvait sur la couche de tchernoziom.

Mais il n'en était pas moins lugubre. Du sol détrempé émanait une odeur de marécage, et quand Ianka parla à des femmes du village, elle découvrit que sur six, quatre avaient souffert d'une étrange maladie qui rendait la peau du crâne spongieuse au toucher et les cheveux toujours huileux et collants par plaques.

Instinctivement, elle s'écarta d'elles.

Elle fut ravie de rentrer chez elle. Elle mit du bois dans le poêle et glissa les mains dans ses cheveux, doux et légers, pour se rassurer.

Ce fut ce soir-là que son père apporta un merveilleux manteau, confectionné par une des Mordves avec la peau d'un ours qu'il avait tué pour elle. Il lui avait caché l'incident. Il lui tendit le manteau en souriant.

— Tu as tué un ours ? Pour moi ? lança-t-elle, partagée entre le ravissement et la peur. Tu aurais pu te faire tuer.

Il rit.

— Il te tiendra chaud, ici dans le nord.

Elle l'embrassa. Il sourit mais n'ajouta pas un mot.

Trois jours plus tard, la neige tomba. Le froid était venu. Il faisait très chaud à l'intérieur, mais l'hiver scellait le village pour de longs mois et Ianka ne pouvait éviter l'ennui.

Elle n'avait pas d'amies. Le village lui semblait aussi calme qu'une tombe. Ianka et son père ne fréquentaient guère leurs voisins, et des jours passaient sans qu'elle parle à âme qui vive. Il n'y avait même pas d'église où ils auraient pu se rassembler.

Novembre passa, elle se mit à broder, seule avec son père. Le changement dans sa vie survint pendant la première quinzaine de décembre, de façon assez soudaine.

Depuis quelque temps, son père s'était montré très gentil. Il savait qu'elle avait parfois peur de lui quand il buvait trop, et il n'avait donc pas touché à l'alcool depuis l'automne. Les deux jours précédents il lui avait témoigné une tendresse particulière, l'avait souvent prise gentiment dans ses bras pour l'embrasser sur la joue.

Mais un soir, il but de l'hydromel. Elle remarqua qu'il avait le cou plus rouge. Elle s'en inquiéta un peu mais se dit qu'il n'avait pas assez bu pour être déprimé. Elle se réjouit de voir sur son visage un sourire ravi. Puis elle regarda les mains de son père, posées sur la table. Elle remarqua les poils blonds sur le dos de ces mains, et elle éprouva une bouffée de tendresse.

Puis elle fit une chose stupide.

Elle avait fait chauffer de la teinture rouge pour du fil ; elle était sur le point de bouillir, et Ianka traversa la pièce pour aller la chercher.

Son père était assis à la table, très calme et silencieux, depuis plusieurs minutes. Elle ne le regarda pas, mais quand elle passa à sa hauteur avec le pot de teinture, elle aperçut son dos et le haut de son crâne chauve.

Est-ce de voir le haut de sa tête qui détourna l'attention de Ianka ? Son pied se prit dans le pied du petit banc sur lequel il était assis. Elle perdit l'équilibre, se redressa tant bien que mal et parvint par miracle à ne renverser sur la table que le quart de la teinture bouillante.

— Le diable m'emporte !

Il avait bondi en arrière, renversant le banc.

Elle se tourna vers lui, horrifiée, puis regarda la teinture sur la table.

— Tes mains ?

— Tu veux m'ébouillanter vivant ?

Il serra une main dans l'autre avec une grimace de douleur. Elle reposa le pot sur le poêle.

— Laisse-moi voir. Je vais faire un pansement.

— Tu es trop maladroite ! lança-t-il, sans la laisser s'approcher.

Elle était terrifiée, mais également inquiète.

— Laisse-moi te soigner. Je regrette.

Il respira à fond, serra les dents. Puis cela se produisit.

— Tu vas le regretter, dit-il soudain, très calme.

Elle sentit une boule froide au creux de son ventre.

Elle connaissait ce ton de voix. Depuis son enfance. Et il signifiait : « Tu vas voir. »

Elle se mit à trembler. En un instant, leur relation des derniers mois s'effaça et elle redevint petite fille. Et ce fut comme une petite fille qu'elle vécut ce qui suivit. Ses genoux se mirent à trembler.

— Quand on porte de l'eau bouillante, on fait attention, dit-il d'un ton glacé.

Elle était si bouleversée de lui avoir fait mal qu'elle aurait préféré qu'il la punisse. Il ne l'avait pas punie depuis deux ans, depuis qu'on leur avait pris Kaï. Mais c'était étrangement humiliant de s'entendre traiter de nouveau comme une fillette.

— Va sur le bat-flanc.

Elle s'allongea à plat ventre sur la planche. Elle l'entendit dégrafer sa ceinture. Puis elle sentit qu'il faisait remonter la tunique de toile. Elle serra les dents en attendant les coups.

Mais ils ne vinrent pas.

Elle ferma les yeux et continua d'attendre. Puis, stupéfaite, elle sentit les mains sur elle. Puis le souffle près de son oreille.

— Je ne te punirai pas cette fois, ma petite femme, dit-il à mi-voix. Mais tu peux faire quelque chose pour moi.

Elle sentit les mains glisser sur l'arrière de ses cuisses. Que faisait-il ?

— Calme-toi, à présent, murmura-t-il. Je ne te ferai pas mal.

Elle sentit sa peau devenir toute rouge. Elle ne comprenait pas encore ce qui se passait.

Les mains avancèrent. Soudain, elle se sentit plus nue qu'elle ne l'avait jamais été. Elle eut envie de crier, de fuir ; mais un sentiment brûlant de honte la rendait étrangement impuissante. Où pourrait-elle fuir ? Que pourrait-elle dire aux voisins ?

Dans cette pièce surchauffée, cet homme, son père, essayait de lui faire une chose qu'elle ne comprenait pas... Puis elle se rendit compte soudain de ce que c'était.

Le contact la terrifia. Elle cambra son corps brusquement et se raidit. Elle l'entendit haleter.

— Ah, c'est bien ça... Ma petite femme.

Quelques instants plus tard, après un spasme soudain de douleur, elle l'entendit gémir :

— Ah, mon petit oiseau, tu savais. Tu l'as toujours su.

Le savait-elle ? Une petite voix dans sa tête lui disait-elle vraiment qu'elle l'avait toujours su, qu'elle partageait une certaine complicité avec lui ?

Elle eut envie de crier mais, curieusement, en fut incapable.

Elle était même incapable de le détester. Il fallait qu'elle l'aime.

Il était tout ce qu'elle avait.

Le lendemain matin, elle sortit très tôt dans la neige.

La journée serait belle. Elle se dirigea vers la berge haute de la rivière. Le soleil levant baignait la forêt d'une lumière d'or.

Une silhouette en haillons avançait dans sa direction : un des hommes du village, un Viatitchi. Penché en avant, il traînait une pile de bûches sur une luge. Il la regarda de ses petits yeux noirs perçants, sous ses gros sourcils grisonnants. « Il sait », se dit-elle. Il lui semblait impossible que tout le village ne soit pas au courant de ce qui s'était passé la veille.

L'homme la croisa sans lui adresser un mot, pareil à un vieux moine taciturne.

Il faisait très froid bien que le vent se réduisît à un souffle. Son gros manteau lui tenait chaud, mais elle avait une conscience toute nouvelle de son corps, à l'intérieur — un corps qui se sentait nu et blessé.

Elle se retourna.

A quelques mètres devant elle se dressait un bouleau argenté aux branches dénudées, dont le soleil du matin faisait briller l'écorce. Le bouleau est un arbre dur, qui pousse dans n'importe quelle circonstance. « Je serai comme le bouleau, se dit-elle. Je survivrai. »

Elle rebroussa chemin lentement vers l'isba. Une vieille femme sur le pas de sa porte la regarda passer.

— Peut-être le sait-elle, peut-être ne le sait-elle pas.

Sans s'en rendre compte, Ianka avait dit ces mots à haute voix.

Peu lui importait, décida-t-elle, que l'on perce son secret.

Elle entra.

Son père était dans la pièce. Assis sur le banc en train de manger de la *kacha*. Il leva les yeux vers elle, mais ils ne se dirent rien.

Cela se reproduisit quelques jours plus tard ; puis de nouveau le lendemain.

Elle fut surprise par sa propre réaction.

La première de ces deux fois, elle avait essayé de lui résister. Elle s'aperçut alors — elle ressentit physiquement — à quel point il était plus fort qu'elle. Il ne lui avait pas fait mal, c'était inutile. Il lui avait simplement pris les bras pour l'immobiliser. A moins de lui donner des coups de pied ou de dents, elle se trouvait en son pouvoir. Mais même si elle l'avait mordu, que se serait-il passé ensuite ? Une bagarre qu'elle perdrait ? Et le seul foyer qu'elle possédait serait brisé... En silence, elle s'était raidie contre lui, pour tenter de le repousser, puis elle avait abandonné sa résistance futile.

Et pendant qu'il la possédait, elle avait songé au bouleau sous la neige...

Les semaines qui suivirent la troublèrent. Car il ne se montrait jamais brutal. Et elle ne pouvait nier le fait que son corps de femme répondait quand il lui faisait l'amour.

Il ne l'appelait plus ma petite femme. Cela aurait paru maintenant une allusion trop insolente à leur secret. Et il ne lui posait plus le bras sur l'épaule en public comme dans le passé.

Elle commença à le voir avec les yeux d'une femme pour son mari.

Elle l'aimait toujours. Elle était consciente du rythme de son corps d'homme d'une manière différente. Quand il se mettait à table, si sa nuque était raide et ses mains crispées, elle en souffrait pour lui autant que dans son enfance ; mais à présent, au lieu de penser qu'il avait besoin de réconfort, elle savait qu'il s'agissait de simples symptômes physiques, pour lesquels existaient des remèdes aussi simples.

Parfois — tout en soupirant intérieurement, car elle savait ce qui suivrait — elle se dirigeait vers lui quand il était ainsi et, au lieu de se jeter à son cou comme elle l'aurait fait jadis, elle lui massait la nuque et les épaules.

Leur relation étrange. Ianka avait perdu son insouciance : jamais elle ne lui ébouriffait les cheveux, ni ne le taquinait comme elle aurait fait avec un ami ou un mari. Elle ne pouvait chasser une certaine contrainte, mais elle se montrait avec lui à la fois timide et pratique.

Les mois d'hiver passèrent et il se forma entre eux un nouveau lien bizarre : quand la porte de l'isba s'ouvrait, ils formaient un père et une fille parfaits. Si d'autres habitants du village étaient au courant ou avaient des soupçons, personne n'en dit rien. Et le fait même qu'ils partageaient ce secret signifiait qu'il existait entre eux une complicité.

Une complicité dont ils étaient tous les deux conscients.

De là à la situation qu'elle avait redoutée en secret, il n'y avait qu'un pas.

Au mois de janvier, plusieurs fois, elle se donna à lui avec plaisir.

Pourquoi était-il si grave pour elle que, pendant de brèves minutes, son jeune corps prenne du plaisir et trouve un soulagement dans une fonction pour laquelle il avait été créé ? Pourquoi ces moments d'intimité étaient-ils pires que les autres ?

Elle le savait fort bien. Elle n'avait pas vu de prêtre depuis longtemps, mais elle savait ce que cela signifiait. Le diable la possédait. Non seulement elle avait péché, mais elle y avait pris du plaisir.

Ce fut après ces nuits qu'elle sombra dans un abîme de dégoût pour elle-même. « Je suis comme les femmes du Bourbier », gémissait-elle. Elle avait l'impression que ses cheveux devenaient ternes comme les leurs, que tout son corps avait été profané.

Et dans son malheur, quand elle était seule, elle se tournait vers la lointaine petite icône au regard triste, dans l'angle de la pièce, et elle priait : « Mère de Dieu, sauvez-moi de mes péchés. Montrez-moi comment sortir de ces ténèbres. »

Le boyard Mileï était prudent et rusé. Il avait trois filles et deux fils qu'il comptait bien laisser riches à sa mort. Il ne faisait confiance à personne. Il s'était mis au service de la famille princière du petit territoire de Mourom, mais ne le faisait que dans la mesure où cela servait ses propres intérêts.

Les grands boyards avaient cessé de paraître chaque jour à la cour du prince ; ils laissaient cette corvée à leurs fils ou à des cousins pauvres. Ils demeuraient théoriquement au service du prince en cas d'urgence, mais conservaient une grande indépendance. Dans le territoire plus vaste de Riazan, au sud, les boyards avaient acquis une telle liberté que les princes avaient du mal à imposer leur autorité. Ailleurs, dans la lointaine Galicie, au sud-ouest, et sur les marches de Pologne, la noblesse était devenue si puissante que les princes devaient solliciter son accord pour toute décision importante.

Un autre facteur intervenait.

Toutes les familles princières descendaient de saint Vladimir, mais elles étaient devenues immenses. Aux jours de gloire de Kiev, chaque prince régnait sur un vaste territoire ; à présent, certains ne gouvernaient que des villes minuscules et leurs enfants possédaient souvent moins de terres que les grands boyards. Un riche boyard comme Mileï savait qu'il était un personnage que son prince devait traiter avec considération.

Celui-ci, qui régnait sur la ville ancienne de Mourom, n'était qu'une marionnette du grand-duc, et donc indigne de confiance aux yeux de Mileï.

— De toute manière, faisait-il observer justement, le grand-duc lui-même n'est plus que le larbin des khans tatars.

Pour Mileï, cependant, le fait le plus révélateur n'était pourtant ni la soumission humiliante du grand-duc au khan ni la destruction de villes par l'armée des Tatars — on pouvait les reconstruire. C'était l'exécution du prince de Tchernigov quand il s'était rebellé.

Mileï avait aussi remarqué qu'à la différence de tous les princes russes depuis le Monomaque, le khan tatar frappait sa propre monnaie.

— Ce sont les Tatars qui détiennent maintenant les cordons de la bourse, dit-il à ses deux fils. Ils ne risquent pas de saboter le commerce, ce n'est pas leur intérêt ; mais ils chercheront à en récolter les bénéfices.

La province connaissait de grandes difficultés depuis l'invasion. Mileï possédait des esclaves artisans qui fabriquaient des objets négociables, et ses villages lui rapportaient de beaux tissus aux couleurs vives et des quantités de fourrures, mais il ne semblait pas possible d'en développer le commerce pour l'instant.

— Il faut améliorer nos terres, décida-t-il.

Il connaissait certains boyards qui, depuis quelque temps, passaient sur leurs domaines plusieurs mois de suite, alors qu'auparavant ils habitaient la ville et récupéraient les redevances en espèces.

— Cela ne vaut peut-être pas les pièces d'argent, lui avait dit l'un d'eux, mais quand je vois arriver un de mes paysans avec deux sacs de grain, un fromage qu'il a du mal à porter, cinquante œufs et un chariot de bois de chauffage, je suis tout de même content. A la campagne, j'ai peut-être l'air d'un paysan moi aussi, mais je vis bien, avait-il ajouté en riant.

Et Mileï avait songé de plus en plus sérieusement à Russka.

Son intendant lui avait dit :

— Envoyez-moi davantage d'esclaves, je ferai exploiter la terre noire, et vous en tirerez d'excellents revenus.

Ce fut avec ces idées en tête que cette année-là, à la fin du mois d'août, le boyard Mileï se rendit à Russka.

Le foin venait d'être coupé et quand il arriva près du village, les meules projetaient des ombres longues sur la prairie, de l'autre côté de la rivière.

Il avait prévenu l'intendant longtemps à l'avance, et une solide isba neuve l'attendait au milieu d'un vaste enclos. Il était venu seul avec un valet, et il demanda immédiatement que l'on donne à manger à ses deux magnifiques chevaux.

Comme l'intendant apportait du foin, il se mit à l'insulter.

— De l'avoine, idiot ! Ce ne sont pas de minables chevaux de village.

Mileï lui-même mangea vite, avec quelques commentaires irrités sur les navets qu'on lui offrit, puis se retira aussitôt pour la nuit. Ce soir-là, quand la femme de l'intendant se plaignit à son mari de la mauvaise humeur du seigneur, l'intendant sourit.

— C'est bon signe. Je le connais : il ne prendrait pas la peine de se mettre en rogne s'il ne s'intéressait pas à Russka.

Il ne se trompait pas : le lendemain à l'aube, Mileï partit à cheval inspecter ses terres.

Le seigle de printemps, qui formait l'essentiel de la récolte, avait été moissonné en juillet. Ce jour-là, on moissonnait de l'orge. Mileï parcourut le domaine en tous sens, avec l'intendant qui trottinait à côté de son cheval, et s'intéressa particulièrement au tchernoziom.

— Nous ne cultivons pas de blé ?

— Pas pour le moment, seigneur.

— Nous devrions essayer. Cela permettrait de faire du pain de communion.

Du pain de communion ? Le boyard avait donc l'intention de bâtir une église. L'intendant sourit dans sa barbe.

Il fit d'autres suggestions. Dans son enfance, on avait commencé à cultiver du sarrasin dans le sud. Il voulait essayer à Russka. Et les navets qu'on lui avait donnés la veille l'avaient manifestement froissé.

— De la nourriture de paysans. Vous ne cultivez donc pas de pois ?

— Très peu, seigneur.

— Je veux davantage de pois, et aussi des lentilles. Ainsi que du chanvre. Les graines de chanvre sont pleines d'huile. Cela vous tiendra chaud en hiver.

— Oui, seigneur.

Pourquoi diable le seigneur désirait-il tout ça ? Voulait-il non seulement développer le domaine, mais venir y vivre ?

— Est-ce que ce sera pour vous, seigneur ? demanda-t-il effrontément.

— Occupe-toi de tes affaires et fais ce qu'on te dit, répondit le boyard, et l'intendant fit une courbette.

« Voilà donc ce qu'il a en tête », se dit-il, enchanté.

Mileï fut satisfait de la récolte de chanvre.

— Mais il m'en faudra plus, annonça-t-il.

C'était le principal produit textile du nord de la Russie, et une matière première qui se vendait avec profit sur les marchés. La ville de Pskov, dans le nord-ouest, exportait même du chanvre à l'étranger.

Le boyard ne se plaignit pas quand il inspecta le cheptel. Les moutons se portaient bien — c'étaient des bêtes sans cornes, de petite taille et au corps allongé, qu'il avait lui-même introduites dans la région. Les porcs ne posaient pas de problème, mais en voyant les bovins, il hocha tristement la tête. Les vaches avaient à peine un archine et demi au garrot, et à la fin de l'hiver elles seraient si maigres qu'un seul homme pourrait les porter de l'étable au pré.

Mais Mileï passa sans rien dire.

Il rentra à midi passé, mangea et fit la sieste. En début de soirée, il alla de cabane en cabane pour inspecter les paysans.

Il fut mécontent.

— Un ramassis de gens crasseux et minables, fit-il observer à l'intendant d'un ton irrité. Et ne me faites pas remarquer que c'est moi qui vous les ai envoyés.

Son humeur s'améliora visiblement quand il arriva enfin à la maison du père et de la fille qu'il avait envoyés l'année précédente.

— Enfin une isba propre ! s'écria-t-il, satisfait.

La maison n'était pas seulement propre. Des herbes médicinales et des épices pendaient à une corde tressée au-dessus du poêle. L'endroit avait une odeur agréable. Tout semblait bien tenu et la coupe au centre de la table, en forme de canard, était une véritable œuvre d'art. Dans un angle, une bougie brûlait devant l'icône ; en face, de beaux tissus brodés pendaient au mur.

C'était ce que Ianka avait fait en huit mois de tourments intérieurs.

Et Mileï vit apparaître devant lui un père et une fille modèles. Le paysan avait travaillé aux champs toute la journée, mais sa barbe était propre et bien taillée ; il avait enfilé une tunique neuve en l'honneur du boyard et il souriait avec respect mais sans servilité, comme un homme qui a la conscience claire.

La fille était une perle. Propre et nette. Et assez mignonne, ma foi. Pour une fois, même le cynique Mileï fut touché.

— Un homme bon mérite une fille comme celle-ci pour tenir sa maison, dit-il en leur souriant.

Comme la fille avait embelli depuis l'année précédente ! Elle était encore mince, mais son corps et son visage s'étaient garnis au cours de cette première saison de sa féminité. Et elle avait une peau merveilleuse, quoique un peu pâle.

Il la regarda attentivement. N'y avait-il pas une trace d'inquiétude dans ses yeux ?

Puis, songeant à ses propres filles, il se rappela qu'à cet âge les jeunes filles s'inquiètent de tout et de rien.

— Une jolie vierge à cueillir, murmura-t-il en sortant de l'isba.

Le lendemain, il se rendit au Bourbier, puis annonça qu'il s'en allait mais reviendrait vite.

— Attends-toi à me voir d'un jour à l'autre, lança-t-il à l'intendant en partant.

Un mois s'écoula.

A son retour, fin septembre, quatre bateaux le suivaient. Le premier transportait une famille d'esclaves.

— Des Mordves, hélas, dit-il à l'intendant. Tu les feras travailler.

Les autres étaient pleins de bétail : de jeunes veaux achetés dans la région de Riazan.

— Ils élèvent des bêtes plus grosses dans les prairies de l'Oka, dit-il. Donnes-en deux à l'homme seul avec sa fille, il s'en chargera cet hiver. Il les fera profiter.

Il s'installa dans sa maison et annonça qu'il y resterait une semaine et leverait lui-même les redevances.

— Ensuite, confia-t-il à l'intendant, je pars à Novgorod pour affaires. J'en reviendrai au printemps.

Il ne fit pas d'inspection, mais passa des heures à regarder les paysans travailler.

Le battage du grain avait lieu sur une aire, non loin des fours. Les gerbes étaient dépiquées de deux manières : par les hommes avec des fléaux et des bâtons, par les femmes en tapant la gerbe contre une grosse branche montée sur deux supports. Cette seconde méthode n'écrasait pas la paille, que l'on mettait de côté pour tresser et tisser — notamment la paille de seigle, longue et molle mais suffisamment résistante pour faire des cordes.

Quand Mileï s'arrêtait pour les observer, les femmes avaient un peu peur de ce grand bonhomme qui ressemblait à un Turc avec ses yeux durs et ses cheveux filasse ; puis elles s'habituèrent à lui. Il ne semblait pas s'attarder sur l'une d'elles en particulier.

Mais Ianka sentit vite son regard sur elle. Comme s'il la touchait.

Elle était toujours bien habillée ; mais le deuxième jour où il passa, il remarqua qu'elle portait une tunique ornée d'un oiseau brodé et qu'elle avait attaché sa ceinture un peu plus serré que de coutume : quand elle se penchait avant de lever le bras, il pouvait deviner les formes de son corps.

A vrai dire, si rompu à la société des villes que fût Mileï, il découvrait une certaine magie dans cette scène de village, à des lieues de tout, avec cette jolie fille propre au milieu des paysannes.

Il avait quitté sa maison depuis longtemps. Il se savait fort, mais se sentait déjà vieillir. Et cette fille n'était pas comme les autres.

Il se vit soudain ragaillardi : en cette fin de saison magique, dans cet endroit à part, il eut l'impression que pour quelques jours il lui serait accordé le pouvoir d'arrêter le passage du temps.

Il ne lui parla pas et elle ne dit rien. Mais ils étaient tous les deux conscients de cette pensée, qui semblait les réunir dans le silence de l'après-midi de façon aussi inexorable que la venue des ombres.

Le quatrième jour au début de la soirée, comme il regardait, tout seul, les reflets du couchant sur la rivière, elle s'avança vers lui, sourit, et passa son chemin.

La veille de son départ, Mileï le boyard toucha les redevances.

On lui apporta des sacs de grain et de jeunes porcs. En général, on abattait la moitié des porcs avant l'hiver. On lui apporta aussi des agneaux et des chevreaux. Une famille, qui avait opté pour le paiement en espèces et non en nature, lui remit une balle de peaux de lapins portant une estampille officielle — c'était à l'époque la monnaie de l'endroit.

Et on lui remit des peaux de castor qu'il pouvait revendre.

Mileï, quoique ravi d'empocher tous ces biens, ressentait une certaine tristesse à l'idée de partir. A la fin de la procession des paysans, dans la nuit tombante, il se leva soudain, fit signe à l'intendant qu'il désirait être seul et sortit du hameau pour une dernière promenade le long de la rivière...

La jeune fille apparut soudain devant lui sur le sentier. Il en fut surpris, mais non contrarié. Au-dessous d'eux s'étendait la surface immobile de la rivière, pareille à un miroir. Voyant qu'elle désirait parler, il s'arrêta.

Cette fois, elle le regarda fixement de ses yeux étranges, à moitié tristes.

— Emmenez-moi avec vous, seigneur.

Il la dévisagea.

— Où ?

— A Novgorod. N'est-ce pas là que vous allez ?

Il hocha la tête et demanda à mi-voix :

— Tu ne te plais pas ici ?

— Il faut que je parte.

Cette réponse l'intrigua. Qu'est-ce qui pouvait bien l'inquiéter ainsi ?

— Ton père ne te traite pas bien ?

— Peut-être. Peut-être pas. Que vous importe ?... Emmenez-moi.

— Tu veux voir Novgorod, c'est ça ?

Elle respira à fond.

— Je veux partir avec vous.

Il y avait une sorte de désespoir dans son attitude. Il ne l'avait pas remarqué plus tôt, et s'il avait été jeune, cela lui aurait sans doute fait peur. N'était-elle pas comme une *roussalka* sortie de la rivière pour le hanter ? Et pourtant elle avait l'air parfaitement maîtresse d'elle-même.

Il pensa à son corps d'adolescente.

— Que dirait ton père ?

Elle haussa les épaules.

C'était donc ça. Il crut comprendre. Il la regarda calmement, avec une sincérité nouvelle.

— Et que feras-tu pour moi si je t'emmène ?

Elle le regarda dans les yeux, aussi calme que lui.

— Tout ce que vous voudrez.

Elle jouait sa dernière chance. Il ne savait pas qu'elle avait décidé de se tuer s'il refusait.

— Très bien, répondit-il.

Il se retourna. La rivière n'était plus qu'un ruban pâle au milieu des bois sombres.

Ce fut un long voyage — plus de sept cents kilomètres vers le nord-ouest en direction des pays baltes. Ianka quitta Russka, avec le boyard et sa suite de six hommes, enfiévrée d'excitation.

Le voyage lui sembla d'abord bien inconfortable, car le boyard avait déjà renvoyé les bateaux : ils se rendraient à Novgorod à cheval.

— Tu sais monter, non ?

Elle savait monter les chevaux de la ferme, bien sûr, mais il ne serait jamais venu à l'idée d'un paysan de faire un aussi long trajet autrement qu'en bateau. A la fin de la première journée en selle, elle avait très mal. Le troisième jour, ce fut un supplice. Mileï trouvait cela amusant.

— Tout le monde pourrait croire que je t'ai battue et violée, lança-t-il en plaisantant.

Il était grand et puissant, et sur ses chevaux magnifiques il faisait encore plus d'effet. Il portait un manteau doublé de fourrure et une toque qui s'ornait d'un diamant. Son large visage aux pommettes hautes, ses yeux durs très écartés, sa barbe blonde fournie, tout en lui semblait proclamer : « Je suis le pouvoir incarné, intouchable par de simples paysans, qui ne comptent pas pour moi. »

Et Ianka éprouvait de l'orgueil en le regardant chevaucher. Ses lèvres murmuraient : « C'est mon boyard. »

Il n'avait pas perdu de temps. Il lui avait fait l'amour la première nuit après leur départ du village.

Pendant un instant, la taille de ce colosse dont elle partageait la tente l'avait alarmée, mais il s'était montré d'une surprenante douceur envers elle.

Il faisait l'amour avec compétence, et elle espéra qu'elle lui plaisait.

Il était très gentil avec elle. Quelques questions lui avaient suffi pour obtenir de la jeune fille le récit de ses relations avec son père au cours des mois précédents, et le boyard l'avait réconfortée.

— C'est bien normal que tu aies voulu t'en aller, lui dit-il avec douceur. Mais ne le juge pas mal, et ne t'accuse pas non plus. Je peux te garantir que dans ces petits villages éloignés de tout, ce genre de chose n'est pas rare.

A la surprise de Ianka, son père n'avait guère soulevé d'objections à son départ. En toute rigueur, comme ils étaient des paysans libres, Mileï ne pouvait pas ordonner à son père de renoncer à elle. Mais quand le puissant boyard avait convoqué le paysan pour le mettre au courant de sa décision, il avait lancé un tel regard au paysan que celui-ci était devenu écarlate.

Il n'en avait pas perdu sa présence d'esprit pour autant.

— Ma fille m'aidait beaucoup, seigneur, dit-il d'un ton soumis. Sans elle, je serai plus pauvre.

Mileï avait compris.

— Plus pauvre de combien ?

— Ma terre est très mauvaise. Et vous avez vu que je sais travailler. Donnez-moi une partie du tchernoziom.

— Très bien. Deux hectares et demi. Et la redevance en proportion. Tu verras ça avec l'intendant.

Il l'avait congédié d'un geste.

Quand Ianka l'avait quitté, il avait eu les larmes aux yeux. Elle l'avait compris et n'avait ressenti que de la pitié.

Ianka aurait aimé passer dans la capitale, Vladimir, pour voir la célèbre icône de Notre-Dame, que l'on disait peinte par saint Luc l'Évangéliste en personne. Mais Mileï secoua la tête et le petit groupe obliqua vers l'ouest. Ils suivirent la Kliasma pendant dix jours jusqu'à la hauteur de la petite cité de Moscou, puis s'engagèrent vers le nord-ouest.

Les pluies les surprirent à Tver, petite ville au pied des modestes monts Valdaï, sur les rives du cours supérieur de la Volga. Ils trouvèrent une auberge, où ils attendirent dix jours. Ensuite, ce fut la neige.

Une semaine plus tard, assise dans un grand traîneau confortable, Ianka commença la partie magique de son voyage.

Il soufflait parfois un vent de tempête, mais la plupart du temps le soleil brillait sur des paysages de neige. A l'ouest de Moscou, elle remarqua que les forêts se composaient essentiellement de feuillus comme dans le sud ; mais quand ils s'enfoncèrent vers le nord-ouest, les hauts sapins de la taïga firent leur apparition au milieu des autres arbres.

A la fin novembre, le paysage se mit à changer. Il s'ouvrit en de vastes espaces plats où la forêt se divisait en bosquets isolés, et Ianka s'aperçut qu'ils glissaient souvent sur la glace de marécages et non sur de la terre ferme. Les collines semblaient de plus en plus basses. On avait l'impression d'arriver près de la mer.

Mileï, de bonne humeur, se mit à chanter la chanson de Sadko, le marchand de Novgorod. Un après-midi, il tendit le bras vers l'horizon en souriant :

— Novgorod la Grande.

De loin, la ville ne faisait guère d'effet, car la citadelle ne s'élevait qu'à six ou sept mètres au-dessus du fleuve. Mais quand ils se rapprochèrent, Ianka comprit vite la taille étonnante de la ville.

— C'est immense, dit-elle.

Il éclata de rire.

— Attends d'y entrer.

La puissante cité se trouvait sur les berges d'un fleuve paresseux, le Volkhov, juste au nord du grand lac Ilmen. Elle se composait de deux parties, séparées par le fleuve mais entourées par de formidables palissades de bois et réunies par un énorme pont, de bois lui aussi. Au milieu de la moitié occidentale s'élevait une citadelle aux murs de pierre nue.

Ils arrivaient de l'est : ils traversèrent la moitié orientale et s'engagèrent sur le pont.

Ianka poussa un cri d'émerveillement. Le pont était si énorme que des bateaux à voiles pouvaient naviguer dessous.

— Il n'y a rien de pareil dans tout le Pays de Rus, lui assura Mileï.

Le pont les conduisit à une vaste poterne et ils se trouvèrent devant une cathédrale d'aspect austère. Ils tournèrent à droite et traversèrent les nouveaux quartiers de la ville jusqu'à un grand bâtiment de bois, qui était une auberge.

Ianka n'en croyait pas ses yeux.

Toutes les rues étaient pavées de bois.

La première partie de son séjour à Novgorod fut agréable.

Mileï était très occupé. Aux yeux de tous, elle n'était que sa servante, mais il lui permettait souvent de marcher dans la rue derrière lui, et il lui indiquait de temps en temps, d'un geste sec, les choses à voir.

La moitié occidentale, appelée Sainte-Sophie à cause de la cathédrale, se composait de trois quartiers : celui des Corroyers, au nord, puis Zagorod, où résidaient les riches boyards, et le quartier des Potiers.

Il y avait de belles maisons de bois partout, des centaines d'églises de bois, semblait-il, et même des dizaines d'églises de pierre. Les rues, pas très larges — environ trois mètres —, étaient revêtues de gros rondins fendus en deux et posés avec la surface plate vers le haut, dans le sens de la rue, un peu comme des rails. A un endroit où l'on réparait la rue, Ianka vit que sous ces troncs se trouvaient d'innombrables pavés de bois.

— Mais alors, les rues de Novgorod sont de plus en plus hautes, dit-elle à Mileï.

— Exact. Tu remarqueras que tu dois descendre une marche pour entrer dans certains vieux bâtiments de pierre.

Toutes les rues étaient fermées par des clôtures — pas des clôtures modestes comme celles de Russka, mais de solides murs de bois équivalant à des palissades, qui semblaient dire : « Vous pouvez me cogner si ça vous chante, c'est vous qui en souffrirez. »

Dans son enfance dans le sud, elle avait toujours entendu les gens de Kiev ou de Pereiaslav parler avec mépris des habitants de la lointaine Novgorod.

— Des maçons, disaient-ils.

Mais leurs constructions ne lui donnaient pas envie de rire, à présent. Elle les trouvait même un peu effrayantes.

Comme son homonyme de Kiev, la cathédrale Sainte-Sophie avait cinq nefs. Mais de grosses pierres irrégulières remplaçaient les petites briques roses bien alignées, ce qui en augmentait l'austérité. Au lieu des treize coupoles étincelantes de Kiev, elle avait cinq vastes dômes recouverts de plomb gris et terne. A l'intérieur, à la place des mosaïques brillantes d'une mystérieuse luminosité byzantine, de vastes fresques froides tapissaient les immenses murs plats. L'édifice n'exprimait pas la transcendance et le mystère, mais la puissance dure, irréductible du nord. A tout instant, le saint lieu vous rappelait que vous vous trouviez à Novgorod la Grande.

— Les peintures sont l'œuvre d'artistes de Novgorod, et non de Grecs, expliqua Mileï à Ianka.

Comme elle admirait les énormes portes de bronze, ornées de scènes bibliques, il lui apprit :

— Nous les avons prises à des Suédois, mais elles ont été faites en Allemagne, à Magdebourg.

Quand ils sortirent, elle montra du doigt un énorme palais de bois qui s'élevait non loin.

— Est-ce ici que vit le prince ?

— Non, lui répondit Mileï. Le peuple de Novgorod ne laisse pas le prince vivre dans la ville. Il doit rester dans un petit fort qu'il possède, juste au nord. Tu as devant toi le palais de l'archevêque. A Novgorod, ce sont l'archevêque et le *vétché* du peuple qui gouvernent. Le prince est le défenseur de la ville, et la ville n'accepte pas un prince qui lui déplaît.

— Alors, ils sont vraiment libres ? fit observer Ianka avec admiration.

— Ils sont vraiment obstinés, répondit sèchement le boyard. Tu verras... ajouta-t-il en lisant de l'étonnement sur ses traits.

Le lendemain, ils passèrent de la citadelle vers l'autre rive : d'abord sous l'immense Porte de la Vierge, avec son église de pierre bâtie au-dessus de l'arche, puis sur le grand pont de bois. Au-dessous d'eux se trouvait le Volkhov pris par les glaces, qui constituait l'ancienne route commerciale du sud, vers le Dniepr et le Don, et coulait l'été vers l'immense lac Ladoga, où ses eaux se joignaient à celles de la Néva avant de se déverser dans le golfe de Finlande et la mer Baltique.

C'était la rive du marché.

— Il y a deux quartiers, annonça Mileï pendant que le traîneau traversait le pont. Celui de Slovensk et celui des Charpentiers. Le marché se trouve au milieu.

Elle n'avait rien vu de pareil : à côté d'une autre église imposante, une vaste étendue découverte qui commençait aux appontements de la berge du fleuve. Partout sur la neige glacée de longues rangées d'étals colorés, plus que Ianka ne pouvait en compter.

Mileï étant occupé à traiter ses affaires, elle se promena seule toute la matinée. Même en hiver, il y avait toutes sortes de gens dans cette capitale commerciale du nord : non seulement des Slaves, mais des Allemands, des Suédois et des marchands venus des États baltes de Lituanie et de Lettonie.

Un gros marchand de poisson salé lui apprit même que dans sa jeunesse il avait navigué avec les flottilles de pêche au hareng jusqu'à une île de l'Ouest appelée Angleterre.

On pouvait acheter de tout.

D'énormes pots de miel, des tonneaux de sel et de l'huile de baleine. Du poisson en abondance, même en hiver. Des caques d'anguilles, de harengs et de morues. Elle apprit vite que la brème et le turbot étaient prisés. Partout également, de grosses piles de fourrures : d'ours, de castor, de renard et même de zibeline. Des poteries splendides et, sur des hectares, des objets de cuir merveilleusement travaillés.

— A la fin de l'été, ils apportent le houblon à pleines charrettes, lui dit une femme en souriant. Quel parfum !

On vendait des bijoux gravés en os et en bois de renne, venus des forêts du nord. Ainsi que des défenses de morse, appelées à Novgorod « dents de poisson ».

Mais les produits les plus désirables étaient ceux qui avaient traversé les steppes avec les caravanes, depuis les vastes pays de l'Orient sur lesquels régnaient les Tatars. Des épices, qui continueraient leur route vers l'ouest. Des peignes en buis et des perles de toute sorte. D'éblouissantes soieries qu'elle caressa d'une main sensuelle.

— N'imaginez-vous pas cette soie sur votre peau ? lui demanda le marchand, et elle sourit.

Tout en observant un grand gaillard qui comptait une liasse de ces peaux d'écureuil estampillées que les gens de Novgorod utilisaient comme monnaie, elle remarqua autre chose : il prenait des notes avec un stylet sur une petite tablette de cire. Elle avait vu Mileï le boyard écrire ainsi — mais un simple marchand ? Elle se promena au milieu des étals : d'autres marchands et même des artisans avaient des tablettes de cire ou des morceaux d'écorce de bouleau sur lesquels ils prenaient des notes ou faisaient des dessins.

— Vous savez lire et écrire ? demanda-t-elle à une femme qui tenait un banc de poisson.

— Oui, ma colombe. Comme presque tout le monde.

Ianka n'en croyait pas ses oreilles. A Russka, personne ne savait. Et elle entrevit de nouvelles possibilités.

« Ces gens sont des Slaves, se dit-elle, et pourtant ils ne sont pas comme nous. » Elle parcourut des yeux l'immense place, qui servait également de lieu de réunion au *vétché*, et commença à prendre conscience de l'esprit industrieux et aventureux de cette région voisine de la Baltique.

A l'auberge, ce soir-là, Mileï voulut dîner seul avec elle. Il était d'excellente humeur. Il avait dû régler favorablement ses affaires.

Jamais elle n'avait mangé ainsi. Des poissons qu'elle n'avait jamais vus, de la venaison, des quantités de fruits et de friandises. On lui servit même un bol d'œufs de poisson luisants, comme elle n'en avait jamais vu.

— Qu'est-ce que c'est ?

— Du caviar, dit Mileï en souriant. Des œufs de perche. Goûte.

Elle avait entendu parler de caviar et elle savait qu'il provenait de perches, d'esturgeons et d'autres poissons, mais elle n'en avait jamais mangé. C'était un plat de boyard.

Il lui servit de l'hydromel et il regarda, amusé, son visage prendre des couleurs. Vers la fin du repas, la porte de la pièce s'ouvrit et un vieil homme passa la tête et lança un coup d'œil inquisiteur. Le boyard lui fit signe d'entrer.

C'était un *skazitel*, un conteur, et il tenait à la main une petite harpe appelée *gousli*.

— Que vas-tu nous chanter, *skazitel* ? demanda le boyard.

— Deux chansons, seigneur. Une du sud, une du nord.

Il parlait avec un accent qui rappela à Ianka les hommes du sud.

— La première est une de mes compositions, que j'ai appelée « Prince Igor ».

Ianka sourit. Plusieurs contes populaires de son enfance évoquaient le noble Igor, prince du sud qui avait commandé une attaque contre les Coumans de la steppe. Une expédition courageuse mais qui avait échoué, et le prince Igor avait trouvé la mort. Tous les Russes connaissaient l'histoire.

Le vieil homme avait composé une chanson lancinante. Sa voix frêle emplit la pièce d'une mélancolie très orientale, et Ianka crut voir aussitôt, et presque sentir, les herbes hautes de la vaste steppe, les grands espaces vides de son enfance.

Le message était simple : si les princes russes s'étaient unis, jamais les hommes de la steppe ne les auraient vaincus ; et la présence des Tatars rendait la chanson encore plus bouleversante.

Quand elle releva la tête, elle s'aperçut que Mileï avait les larmes aux yeux, lui aussi. Ses ancêtres n'étaient-ils pas ces hommes mêmes, Russes et Coumans, qui s'étaient battus sur la steppe ?

Il tendit le bras derrière lui et prit dans un sac de cuir un petit paquet qu'il posa devant elle.

C'était un rouleau de la plus fine soierie d'Orient.

— Un cadeau pour toi, dit-il.

La stupéfaction de la jeune paysanne fit éclater le grand boyard d'un rire énorme.

— Mileï est généreux avec qui lui plaît, s'écria-t-il. Chante ta deuxième chanson ! ordonna-t-il au *skazitel*.

C'était l'histoire de Sadko, le riche marchand de Novgorod, version russe du mythe d'Orphée : le marchand-ménestrel charme le dieu finnois de la mer dans son palais du fond des océans et obtient ainsi son retour à la vie.

Ianka s'assit aux pieds de Mileï et déroula lentement entre ses doigts la soie brillante, tandis que la chanson évoquait le dieu de la mer en train d'agiter les vagues de l'océan au rythme de la harpe de Sadko. Elle leva les yeux vers le boyard. Il avait ouvert le haut de son caftan. Elle regarda les poils blonds frisés sur sa poitrine et le petit disque de métal autour de son cou : un trident, *tamga* de son ancien clan. Elle sourit. Il lui adressa un sourire tendre et renvoya le ménestrel d'un geste.

Elle s'abandonna à Mileï le boyard cette nuit-là, et il lui sembla aussitôt après que quelque chose de nouveau s'était ouvert en elle, comme si elle avait accompagné Sadko dans les palais du fond des mers nordiques.

Ianka apprenait chaque jour davantage de choses sur le monde, mais elle ne fit sa plus grande découverte que deux semaines après son arrivée, et ce fut un terrible choc.

Elle se faisait une joie de voir le célèbre prince de la ville, Alexandre.

C'était un homme extraordinaire. Au moment même où la Russie s'inclinait devant les Mongols à l'est, le jeune prince, descendant du Monomaque, remportait d'éclatantes victoires sur les ennemis de la Russie à l'ouest. Il avait écrasé les chevaliers teutoniques au cours d'une bataille sur la glace, et arrêté les Suédois sur les rives de la Néva — ce qui lui avait valu le surnom d'Alexandre Nevski. Même dans le lointain Russka, Ianka avait entendu parler du héros, alors qu'ici, quand on prononçait son nom, on n'obtenait qu'un haussement d'épaules. Elle ne comprenait pas.

Un soir, le boyard offrit un festin à des hommes avec qui il traitait des affaires, et Ianka obtint la permission de rester dans la pièce pour servir. Ils étaient une douzaine, presque tous grands, barbus et vêtus de riches caftans de soie. Plusieurs portaient d'énormes pierres précieuses ; l'un d'eux était si gros que Ianka se demanda comment il pouvait encore marcher. Certains étaient des boyards, d'autres de riches marchands, et il y avait même deux marchands de la classe moyenne, dont un jeune homme au fin visage sombre.

Ce fut seulement en les entendant discuter qu'elle comprit la richesse et l'importance de Novgorod.

Car ils parlaient de domaines situés loin, très loin dans les forêts et les marécages du nord-est. Ils parlaient de fer venant des marais, de grands gisements de sel et d'immenses troupeaux de rennes errant en bordure de la toundra. Elle apprit que dans ces régions septentrionales, chaque été pendant un mois, il n'y avait pas de nuit mais un pâle crépuscule, tandis qu'au milieu de l'hiver, les trappeurs arpentaient ces immensités dans la pénombre. Un boyard de Novgorod possédait souvent des étendues de terre qu'il n'avait jamais vues, et recevait la redevance de trappeurs qui n'avaient jamais de la vie posé les yeux sur une ville.

C'était le pays de l'immense taïga.

Puis elle les écouta parler politique, et son étonnement augmenta.

— La question, commença Mileï, c'est : qu'allez-vous faire contre les Tatars ? Vous soumettre ou les combattre ?

— La situation me paraît délicate, répondit un vieux boyard au milieu des murmures. Le grand-duc actuel ne durera pas.

Ianka savait que le dernier grand-duc de Vladimir, père du prince Alexandre de Novgorod, venait de mourir pendant le retour d'une visite forcée en Mongolie. Certains disaient que les Tatars l'avaient empoisonné. Son frère lui avait succédé et avait confirmé son neveu Alexandre comme souverain de Novgorod. Mais ce nouveau grand-duc passait pour un faible.

— Le pouvoir se disputera entre Alexandre et son frère cadet Andreï.

Ianka connaissait l'existence de ce frère mais ne savait rien de lui.

— Nous serons obligés de prendre parti pour l'un ou pour l'autre, poursuivit le vieux boyard.

Et la jeune fille entendit les premières paroles stupéfiantes :

— Pour certains d'entre nous, dit le jeune homme aux traits fins, ce sont tous deux des traîtres.

Des traîtres ? Le prince Alexandre, glorieux vainqueur des Allemands et des Suédois, un traître ? Et, à la surprise de Ianka, personne ne protesta.

— Oui, convint le gros boyard, cet Alexandre n'est pas du tout aimé. Le peuple l'accuse de composer beaucoup trop avec les Tatars.

— Est-il exact, demanda Mileï, que pendant cette bataille contre les chevaliers allemands, il a employé des archers tatars ?

— On l'a dit, mais je n'en crois rien, répondit le gros boyard. Cependant n'oubliez pas que dans notre ville et surtout parmi nos voisins de Pskov, certains seraient ravis de voir les Allemands prendre le pouvoir dans la région.

Ces mots furent suivis d'un silence gêné.

Depuis son arrivée à Novgorod, Ianka avait entendu dire à plusieurs reprises qu'au moment où Alexandre avait battu les Allemands et les Suédois, les dirigeants de la ville de Pskov s'étaient rangés du côté des Allemands.

— A son retour à Novgorod, Alexandre a fait pendre tous ceux qui sympathisaient avec les Allemands, expliqua le gros boyard à Mileï. Si quelqu'un est tenté de prendre leur parti aujourd'hui, il se tait.

— Le bruit court que le jeune Andreï préfère en secret les catholiques, allemands et suédois, reprit le jeune marchand après un silence pesant. Et les petits marchands comme moi estiment que nous n'avons pas un seul prince sincèrement russe.

Était-ce possible ? Dans sa naïveté, Ianka comprenait que certains princes pouvaient être plus ou moins braves que d'autres, mais il ne lui était jamais venu à l'esprit qu'ils puissent jouer un jeu aussi cynique avec les terres de Rus.

La discussion se poursuivit et chacun donna son avis sur les solutions les plus probables et les plus avantageuses, puis le gros boyard se tourna vers Mileï.

— Vous savez maintenant que nous ne sommes pas du même avis ; mais qu'en dit le boyard de Mourom ?

Il prit tout son temps avant de parler, et Ianka, comme les autres, se demanda ce que son protecteur allait répondre.

— D'abord, lança-t-il enfin, je crois que je comprends le camp des catholiques. Vous êtes près de la Suède, de la Pologne et des villes hanséatiques allemandes. Ce sont des États catholiques, et de grandes puissances. De même, dans le sud-ouest, le prince de Galicie se figure qu'il pourra contenir les Tatars avec l'aide du pape. Mais le parti catholique se trompe. Pourquoi ?

Ses yeux firent le tour de la table.

— Parce que les Tatars sont trop forts, et parce qu'on ne peut pas faire confiance au pape et aux puissances catholiques. Chaque fois que le prince de Galicie a essayé de relever la tête, les Tatars l'ont écrasé.

C'était la pure vérité.

— Novgorod est puissante, reprit-il. Mais comparée aux Tatars, Novgorod n'est rien. S'ils le voulaient, ils écraseraient vos fortifications en quelques jours, comme ils ont fait à Vladimir, à Riazan et même à Kiev. Vous avez de la chance qu'ils aient tourné bride avant d'arriver jusqu'ici.

— Les Tatars disparaîtront, objecta une voix. Comme jadis les Avars, les Huns, les Petchenègues et les Coumans.

— Non, répondit Mileï. C'est justement l'erreur de jugement que commettent la moitié des princes russes. Comme la vérité leur déplaît, ils refusent de la regarder en face. Ces Tatars n'ont rien à voir avec les Coumans. Ils possèdent un empire comme le monde n'en a jamais vu. Et si vous vous opposez à leur volonté, ils vous écraseront comme une mouche sur une enclume.

— Vous pensez donc que le prince Alexandre a raison ? dit le jeune marchand déçu. Il faut nous soumettre à ces païens ?

Mileï regarda le jeune homme d'un air vaguement méprisant, puis ses yeux trahirent une espèce de ruse cynique, expression que Ianka avait déjà vue mais sans vraiment la comprendre.

— Je crois, dit-il très calmement, que les Tatars sont les meilleurs amis que nous ayons.

— Exactement, intervint le gros boyard. J'ai vu tout de suite que vous étiez un homme intelligent.

Ianka, déconcertée, se demanda ce que cela voulait dire.

— Alexandre a forcément raison, continua Mileï. Nous n'avons pas le choix. Je vous le dis : dans quelques années ils nous gouverneront tous. Mais là n'est pas la question. Qui assure le passage vers l'Orient des caravanes avec qui vous faites commerce ? Les Tatars. Qui bat monnaie et chasse les Coumans de la steppe ? Les Tatars. Où nos fils trouveront-ils des places avantageuses et du butin ? Avec les Tatars — exactement comme mes ancêtres alains se sont mis au service des Khazars avant la fondation de l'État de Rus. Quelle autre solution ? Les princes de Rus ? Les grands-ducs qui n'ont pas levé le petit doigt pour aider Riazan ou Mourom à l'arrivée des Tatars ?... Les Tatars sont puissants et adorent les bénéfices du commerce. Je collaborerai donc avec eux.

Ianka devint livide : elle revit soudain sa mère en train de s'écrouler... Puis le Tatar à l'oreille coupée. Puis son frère qui disparaissait sur la steppe au crépuscule.

Il était donc partisan des Tatars.

Elle ne s'en était pas rendu compte. Comment l'aurait-elle deviné, pauvre paysanne slave d'un village isolé ? Elle ignorait que depuis plus de mille ans, qu'ils fussent Sarmates, Khazars, Vikings ou Turcs, les hommes des steppes, des fleuves et des mers, ces puissants vagabonds de la Terre, avaient toujours considéré le sol et le peuple de Russie comme des objets à exploiter pour leur usage et leur profit.

Plusieurs hommes âgés partageaient visiblement l'avis de Mileï.

Heureusement, Ianka, assise dans son coin, était trop ulcérée pour parler.

Mais elle se sentit alors encore plus souillée par ses nuits avec Mileï que par celles passées avec son père.

Une semaine plus tard, elle sut qu'elle était enceinte.

Elle n'en parla pas à Mileï. Elle ne dit rien à personne. De toute manière, elle n'avait personne à qui se confier. Mais que devait-elle faire ? Au début, elle n'en avait aucune idée. Elle se promenait à pied dans Novgorod chaque jour, en essayant de prendre une décision.

Elle recherchait les endroits tranquilles, loin de l'animation des rues étroites, et se rendait dans les monastères des faubourgs et sur les terrains de chasse du prince, au nord.

Mais plus elle connaissait Novgorod la Grande, et moins elle l'aimait. Même dans le monastère Saint-Georges tout proche de la ville, où elle espérait trouver un havre de paix, la collégiale était si massive, si carrée et si haute qu'elle lui parut presque cruelle.

L'église dédiée aux deux saints les plus doux, Boris et Gleb, était elle aussi un immense édifice riche qui abritait d'un côté les cercueils prétentieux de la noblesse. « Elle a été construite par Sadko, le marchand de la chanson », lui dit une vieille femme. Et comme Ianka parcourait des yeux le bâtiment somptueux, la vieille ajouta : « Oui, il était riche. »

Jour après jour, Ianka découvrait qu'à Novgorod, seul comptait l'argent.

Non seulement sur le marché mais à l'auberge et dans les rues, les gens qu'elle rencontrait ne parlaient aux autres et ne les jugeaient qu'en fonction de leur argent. « Pour eux, comprit-elle, je ne suis pas une personne, seulement une somme d'argent. » Et ce monde dur, implacable, commença à l'écœurer. « Ici, je ne suis pas chez moi, se dit-elle. Je n'ai aucune envie de rester. »

La nuit, il lui fallait faire l'amour au boyard, et la journée affronter ce monde dur des marchands. L'image d'elle-même qu'elle avait conçue — le bouleau argenté qui supporte le vent et la neige — ne lui était plus d'aucun secours. Si elle fermait les yeux pour penser à l'arbre au cours de la nuit, il lui semblait faible comme un fétu de paille, et très loin. Le jour, elle se sentait déprimée et agitée ; la nuit, pleine de mépris pour elle-même. Elle n'avait aucun refuge.

Et elle était enceinte d'un enfant du boyard.

Elle était certaine qu'il pourvoirait aux besoins de l'enfant. Mais qu'adviendrait-il d'elle ? Où vivrait-elle ? Trouverait-elle jamais un mari ? Dans les villages slaves, les femmes mariées participaient aux échanges sexuels libres qui accompagnaient parfois les soirées d'ivresse, mais pour un homme, ne pas trouver sa jeune épouse vierge était une honte. Si les voisins l'apprenaient, ils peignaient le chambranle de sa porte en signe de mépris. Une femme célibataire avec un enfant était partout rejetée.

De toute manière, elle détestait Mileï à présent, et l'enfant était de lui.

A sa propre surprise, elle découvrit qu'elle n'avait pas envie de l'avoir. La petite vie en elle appartenait au boyard et à cette grande ville, elle portait ce fardeau contre sa volonté. Elle avait envie de s'en débarrasser, de tourner le dos à Novgorod et de fuir dans un autre monde.

— Je n'en veux pas, murmurait-elle souvent. Je ne suis pas prête pour ça. Et l'enfant me lierait à cet homme.

Cependant, en dépit de ses réticences, une partie d'elle-même désirait donner la vie, tandis que son instinct lui disait que plus elle avancerait dans la grossesse, plus ce serait terrible de perdre l'enfant.

Parfois, elle ne savait plus ce dont elle avait vraiment envie. Ou bien elle marchait nerveusement, ou bien elle restait accablée, les yeux dans le vide.

En janvier, elle se décida enfin : « Il faut que je me débarrasse de lui. »

Comment ? Elle savait que parfois des jeunes filles mettaient fin à des grossesses non désirées en sautant d'une poterne. Elle n'avait aucune envie d'essayer. Mais quoi ? Pendant deux jours, elle erra dans la ville en espérant une intervention divine : elle glisserait dans une rue glacée et ferait une fausse couche. Elle alla prier devant l'icône la plus sacrée de Novgorod — Notre-Seigneur du Signe. L'icône avait jadis protégé la ville contre les hommes de Souzdal, mais elle ne fit rien pour elle. Enfin, au désespoir, elle se rendit au marché : il devait bien y avoir quelqu'un au courant de ce qu'il fallait faire.

Elle trouva la femme mi-janvier : une vieille au visage dur qui vendait des simples à un petit étal près du fleuve. Elle avait une verrue sur une main.

Quand Ianka lui expliqua ce qu'elle désirait, la vieille ne parut ni surprise ni choquée, mais ses petits yeux marron se plissèrent en un regard froid et prudent.

— Combien de mois ?

Ianka le lui dit.

— Très bien. Mais ça te coûtera gros.

— Combien ?

La vieille garda le silence une minute avant de répondre :

— Deux *grivna*.

Ianka resta sans voix. Une petite fortune.

La vieille femme la regarda, visiblement peu disposée à céder sur le prix.

— Eh bien ?... dit-elle.

— Vous êtes sûre que... ? demanda Ianka.

— Tu n'auras pas l'enfant.

— Et je...

— Tu n'auras aucun mal.

L'après-midi même, Ianka prit le coupon de soie que Mileï lui avait offert et le vendit pour deux *grivna*.

— Reviens ce soir à la tombée de la nuit, lui dit la vieille.

Elle suivit la vieille sur le chemin conduisant aux faubourgs du sud de la ville. Le soleil se couchait sur les marais glacés. A gauche, des cabanes ; à droite, le fleuve pris par les glaces. Elles s'arrêtèrent devant une petite isba au fond d'une impasse. A côté se trouvait un petit appentis. La vieille ouvrit la porte de l'appentis et fit signe à Ianka d'entrer. Il y avait des sacs, une table couverte de petits pots garnis d'étranges herbes médicinales et un banc. Il faisait froid.

— Assieds-toi là et attends, dit la vieille, et elle disparut.

A son retour, elle portait un cuvier qu'elle posa devant Ianka. Puis elle ressortit.

Du temps passa. Elle revint, chargée d'un grand seau d'eau bouillante, qu'elle versa dans le cuvier. Un nuage de vapeur s'éleva. Elle apporta deux seaux de plus, et le cuvier fut à moitié plein.

Elle prit ensuite plusieurs pots sur la table et en versa le contenu dans l'eau en remuant avec une longue cuillère de bois. Une odeur prenante, presque âcre, se répandit dans la pièce. Ianka n'avait jamais respiré une chose pareille : ses yeux se mirent à pleurer.

— Qu'est-ce que c'est ?

— T'en fais pas. Enlève tes bottes, relève ta tunique et trempe les pieds dans le cuvier, ordonna la vieille.

Ianka obéit, et poussa aussitôt un cri de douleur. L'eau était brûlante.

— Tu t'y habitueras, dit la vieille en la forçant à poser les pieds. Maintenant, lève-toi.

Elle faillit tomber. La douleur dans ses pieds était horrible.

La vieille femme la rattrapa par le bras, puis releva sa tunique jusque sous les bras.

Ianka se sentit soudain impuissante comme une fillette, comme si son père la forçait à s'allonger sur le banc. Les vapeurs âcres du bain la suffoquaient. Elle baissa les yeux : non seulement ses pieds, mais ses jambes étaient devenus rouge vif.

— Vous m'ébouillantez, gémit-elle.

— Plus ou moins, répondit la vieille, et elle versa d'autre eau brûlante.

Les minutes passèrent. Ses jambes devinrent plus douloureuses, puis elle cessa de les sentir. Elle s'habitua vite à l'odeur, mais ses yeux continuèrent de pleurer. Quand elle se crut sur le point de tomber ou de s'évanouir, la femme lui tendit un bâton auquel s'accrocher. Et de temps en temps elle versait d'autre eau bouillante et rajoutait des herbes.

Une heure s'écoula, puis Ianka s'évanouit.

Quand elle revint à elle, la vieille était en train de lui frotter les pieds et les jambes, toujours écarlates, avec un onguent.

— Tu vas avoir mal pendant quelque temps. Comme si la peau était brûlée, mais elle ne l'est pas, dit-elle à mi-voix.

— Et le bébé ?

— Viens me voir au marché, après-demain à la tombée du jour.

Le lendemain, Ianka s'éveilla tard.

Le surlendemain, elle retrouva la vieille, près de son étal comme prévu. La vieille la fixa de son regard dur, impénétrable.

— Eh bien ?

Ianka inclina la tête.

— Ça a marché. Tout va bien.

— Je te l'avais dit.

La vieille se détourna, Ianka n'avait plus aucun intérêt pour elle.

Il ne lui restait plus rien. Plus rien à voir à Novgorod, et elle essayait d'éviter Mileï de peur d'être de nouveau enceinte. Qu'allait-elle devenir, à présent ?

Le sol demeurait enneigé, mais elle savait que le boyard ne tarderait pas à repartir dans l'est. L'accompagnerait-elle ? Elle avait résolu de ne pas rester à Novgorod.

Curieusement, malgré ce qu'il s'était passé, le visage familier de son père lui manquait. Sans lui, elle se sentait extrêmement seule.

Mais quelles seraient les conditions de son retour ? Le boyard avait-il conçu des projets pour elle ? Ou bien avait-il l'intention de l'abandonner dans quelque ville ou auberge de grand chemin pendant le voyage, avant de disparaître au loin ? Elle n'en avait aucune idée, et ne sachant pas elle-même ce qu'elle voulait, elle ne lui posa pas la question.

Ce fut à ce moment-là, trois jours après l'avortement, qu'elle découvrit un refuge.

Une église, construite entièrement en bois dans le quartier des Potiers, sur la même rive que Sainte-Sophie. Elle était consacrée à saint Blaise.

Saint Blaise, protecteur des animaux, constituait un exemple typique de la façon dont l'Église chrétienne s'était sagement approprié les us et coutumes des Slaves et des Finnois : en calquant les bienfaits du saint sur ceux de l'ancien dieu slave Véles, lui-même, protecteur du bétail, dieu de la prospérité et de la fortune.

Dans l'atmosphère sombre du bâtiment de bois, elle se sentit chez elle pour la première fois depuis son arrivée à Novgorod. De l'extérieur, ce n'était guère qu'une grange, mais l'intérieur, avec son plafond bas, ses petites icônes sombres et ses bougies vacillantes, possédait la chaleur et l'intimité d'une isba. Les rondins de ses murs étaient énormes et elle semblait aussi solide qu'une forteresse, mais les prêtres, les vieux fidèles qui faisaient semblant de s'affairer, les grosses dames qui balayaient patiemment ou astiquaient les omniprésents chandeliers, parfois pendant une heure, devant l'icône de saint Blaise, avaient tous l'air aimable. Debout devant le saint, elle commença à croire qu'il lui restait tout de même un peu d'espoir.

— Seigneur, aie pitié... Seigneur, aie pitié, répétait-elle parfois à voix basse.

Un jour, quand elle se détourna de l'icône, un grand prêtre à la barbe noire lui dit d'une voix douce :

— Notre Père aime tous ses enfants. Par-dessus tout, Il aime ceux qui sont tombés et se repentent.

Ianka, comprenant que le prêtre avait lu dans son cœur, sentit des larmes lui monter aux yeux. Elle baissa la tête et sortit aussitôt de l'église.

Quelques jours plus tard, elle rencontra un jeune homme.

Au premier abord, il ne semblait exceptionnel en rien. Il devait avoir vingt-deux ou vingt-trois ans, supposa-t-elle ; de taille supérieure à la moyenne, il portait une barbe châtaine. Il avait les pommettes hautes et des yeux marron en amande. Elle remarqua ses mains. Des mains de travailleur, calleuses, mais qui ne manquaient cependant pas de finesse. Chose rare, ses ongles étaient soignés. Et il avait l'air sérieux, studieux.

Quand elle le vit, il se trouvait devant une icône, mais dès qu'elle se dirigea vers la sortie, il cessa de prier. Elle ne put s'empêcher de sourire.

Il la laissa passer, puis la rattrapa et se mit à marcher près d'elle.

— On dirait que vous allez dans la même direction que moi, lança-t-elle avec un sourire espiègle.

— Seulement pour vous protéger. De quel côté allez-vous ?

— Le quartier des Corroyers.

— Moi aussi. Mon maître y habite.

Il ne lui voulait manifestement aucun mal.

Il était esclave. D'origine mordve, il avait été capturé à l'âge de douze ans. Il s'appelait Pourgas. Son maître depuis l'âge de quinze ans était un riche marchand de Novgorod, qui lui avait fait apprendre le métier de charpentier.

Ils se séparèrent près de l'auberge, mais pas avant que Ianka n'ait avoué qu'elle avait coutume de se rendre à l'église de bois chaque après-midi.

Elle s'attendait donc un peu à le voir le lendemain, mais elle fut surprise quand il lui tendit une petite sculpture qu'il avait faite. Une minuscule barque du fleuve, pas plus longue que sa main, sculptée dans du hêtre, avec des rameurs et une petite voile.

L'objet était si parfait que, pendant un instant, Ianka en eut le souffle coupé — la barque lui rappelait les sculptures de son frère.

— Pour vous, dit-il.

Il insista pour qu'elle l'accepte et la raccompagna de nouveau à l'auberge.

Ils se rencontrèrent de plus en plus souvent. Il était toujours gentil, peu loquace, et Ianka se rendit compte que cette timidité naturelle, cette réserve lui plaisaient beaucoup. Dans les rues, il s'arrêtait de temps en temps pour lui montrer un détail de construction qu'elle n'aurait pas remarqué : une petite sculpture ou simplement l'ajustage des rondins dans un angle.

Elle découvrit qu'il y avait des dizaines de façon de joindre les rondins. Ce qui lui avait paru jusque-là un ramassis de maisons de bois identiques était aux yeux du jeune homme une série de problèmes complexes dont il appréciait les solutions au passage.

— Il y a plus de façons de construire une isba que vous ne sauriez en rêver, lui dit-il. Et les maîtres charpentiers de Novgorod les connaissent toutes.

Il aimait bien cette ville, dont il connaissait chaque bâtiment, mais Ianka découvrit vite que les forêts sauvages de son enfance lui manquaient.

— Nous vivions dans les bois, près de la Volga, lui dit-il.

Et il lui énuméra tous les arbres, toutes les plantes de la région. Quand il parlait de bâtiments, c'était avec la compétence d'un homme de métier ; mais quand il parlait des forêts, ses yeux s'emplissaient de rêve.

Le quatrième jour, Ianka s'arrêta devant une icône représentant le Christ avec un livre ouvert, sur lequel étaient écrits quelques mots.

— « Ne jugez pas selon les apparences », lut Pourgas.

— Vous savez lire ? s'étonna Ianka.

— Oui. J'ai appris ici, à Novgorod.

Un Mordve, un simple Finnois des forêts, et il savait lire !

Ianka prit sa décision sur-le-champ. Et le soir même elle demanda à Mileï le boyard ce qu'elle désirait.

— Vous avez obtenu de moi ce que vous vouliez, lui dit-elle. Acceptez-vous de m'aider ?

Elle n'y croyait guère, mais il lui sourit gentiment et lui donna même de bons conseils.

— Quel est le nom de ce marchand, et où habite-t-il ? demanda Mileï, non sans ajouter : Tu ne sais même pas si ce jeune homme a envie de...

Elle secoua la tête.

— J'en suis certaine.

Le lendemain matin, Mileï arrangea les choses.

— Ça va me coûter une somme coquette, fit-il observer avec un sourire amer. Mais les prêtres m'approuveront.

L'Église encourageait l'affranchissement des esclaves.

Il savait se montrer bon, constata Ianka ; car l'exercice de la générosité est le privilège le plus agréable des riches et des puissants.

Et dans l'après-midi, elle attendit Pourgas devant l'église et lui demanda :

— Veux-tu m'épouser ? Si tu acceptes, mon maître achètera ta liberté.

Il parut pétrifié.

— J'avais envie de te demander, avoua-t-il. Mais comme j'étais esclave, j'avais peur que...

— Il y a des conditions, poursuivit-elle, suivant les conseils de Mileï. Nous quitterons la ville et nous nous installerons près de mon village — mais pas comme des paysans appartenant à un boyard, se hâta-t-elle d'ajouter. Nous serons libres. Nous vivrons à Tchornovo et ne payerons de redevance qu'au prince.

En dépit du passé, elle désirait vivre près de son père. S'il se produisait quoi que ce soit elle serait là-bas. Mais elle ne voulait pas se trouver dans le même village, ni ne voulait de Mileï comme propriétaire.

— Installe-toi à Tchornovo, lui avait conseillé Mileï. Il y a de la bonne terre et c'est tout près de Russka. Tu obtiendras de bonnes conditions et vous vous en sortirez très bien.

Pourgas se mit à rire : c'était ce qu'il désirait le plus au monde.

— C'est donc réglé, dit-il.

Presque réglé.

— Il y a autre chose, murmura Ianka d'un ton hésitant, en regardant ses pieds.

Il attendit.

— Un jour, il y a longtemps... Quand j'étais petite fille... C'était un Tatar... Ils étaient venus dans le village...

Il la regarda sans comprendre pendant un moment, puis il se pencha vers elle et l'embrassa sur le front.

Ils partirent deux jours plus tard avec Mileï qui leur avait permis de le suivre dans un second traîneau.

Quand ils se séparèrent au confluent de la Kliasma et de la petite rivière qui arrosait Russka, le boyard, qui s'était montré distant comme il se doit avec un couple de presque esclaves, appela Ianka et lui glissa deux *grivna* dans la main.

— Je regrette, pour l'enfant, dit-il.

Puis il disparut.

Le lendemain de leur arrivée au Bourbier, le dégel commença.

1262

Mileï le boyard attendait le Tatar.

La situation avait été tendue toute l'année. Il craignait une explosion à tout instant. Elle avait failli se produire le matin même, ici, à Russka. Sans son intervention personnelle, les deux percepteurs musulmans auraient été tués. Les paysans ne s'étaient calmés que sur sa menace de leur reprendre leurs terres.

— Pas par amour pour moi, murmura-t-il avec un sourire amer.

Ils étaient tous dans la grande grange, à présent, en train de charger les sacs de grain sur les chariots des percepteurs de l'impôt.

« Dommage que ces maudits percepteurs soient musulmans », songea-t-il.

Il ne s'était pas trompé au sujet des Tatars : tout s'était passé comme il l'avait dit à ces marchands de Novgorod, douze ans auparavant. Les Tatars s'étaient emparés du nord-est et avaient institué le recensement et la conscription. Les pays du nord étaient maintenant divisés en myriades, milliers, centaines et dizaines, exactement comme la région de Kiev. Et personne n'y pouvait rien.

Même Novgorod avait dû se soumettre à l'impôt : Novgorod la Grande avait été humiliée. Le prince Alexandre était entré dans la ville à cheval avec les percepteurs tatars et avait participé en personne à la collecte de l'impôt tatar. Chaque fois que la population locale avait tenté de résister, il l'avait écrasée.

Mileï sourit. Un vrai renard, cet Alexandre. Il avait su mettre les Tatars de son côté, et il les avait utilisés pour écarter de son chemin son oncle et son frère. Il était à présent le plus grand prince de toutes les terres russes. Il portait même un casque oriental, offert par le khan des Tatars.

Le peuple russe ne l'aimait peut-être pas beaucoup, mais sa politique était non seulement habile, mais fort sage. A eux seuls, les Russes ne pouvaient pas vaincre les Tatars.

— Regardez ce qui est arrivé à son frère Andreï, rappelait Mileï à ceux qui traitaient Alexandre de traître. Il a essayé de résister aux Tatars : ils l'ont écrasé et ont pillé la moitié des villes de Souzdalie.

Cela s'était passé dix ans plus tôt, personne ne l'avait oublié.

Mais si les Russes faisaient appel à une alliance extérieure ?

— Rappelez-vous le stupide prince de Galicie, répondait le boyard.

Ce prince du sud-ouest, qui entretenait de bons rapports avec la papauté, s'était conduit de façon encore plus naïve que Mileï ne l'avait prédit. Après avoir reçu sa couronne du primat de l'Église, il avait cherché des alliés. A qui pouvait-il s'associer sinon aux tribus lituaniennes du nord, constituées par des païens qui s'établissaient sur les terres occidentales de la Russie pour éviter la domination des chevaliers teutoniques ? Le chef lituanien s'était fait catholique romain et avait affronté les Tatars aux côtés du prince de Galicie.

Le résultat ?

Les Tatars avaient écrasé la Galicie et forcé les Galiciens à se retourner contre les Lituaniens. Puis ils avaient contraint le prince de Galicie à raser toutes ses fortifications. Comme d'habitude, les puissances catholiques d'Occident n'étaient pas intervenues. Quant au roi de Lituanie, il était retombé dans le paganisme et avait attaqué la Galicie devenue sans défense.

— La pauvre Galicie est finie, disait souvent Mileï. Si Alexandre avait adopté la même attitude, les Tatars se seraient emparés de la moitié de ses terres et les Allemands de l'autre moitié.

Les Tatars avaient pour politique de ne jamais se heurter à l'Église. Et Alexandre, soumis aux Tatars, s'était fait un ami du métropolite Cyrille.

— Dieu en soit loué, car il a maintenant tous les prêtres et moines du pays de son côté. Le peuple déteste Alexandre, mais chaque fois qu'il va à l'église, il entend les prêtres le traiter comme un héros national. Ils l'appellent même Alexandre Nevski à présent, comme si cette escarmouche avec les Suédois près de la Néva avait sauvé toute la Russie.

L'astuce du prince amusait beaucoup le boyard, qui s'était rangé dans le camp des Tatars et d'Alexandre Nevski depuis plus de dix ans.

Quand le frère d'Alexandre était monté sur le trône de Vladimir, un boyard stupide avait adressé à Mileï une lettre qui semblait prouver que le prince menait une intrigue contre les Tatars. Mileï avait aussitôt communiqué la lettre à Alexandre. Un an plus tard, Alexandre se trouvait sur le trône à la place de son frère, et Mileï n'avait cessé de bénéficier de petites faveurs du nouveau souverain et des Tatars.

Mais depuis quelque temps la situation s'était compliquée.

Tant que Batu Khan avait régné à Saraï, Mileï n'avait eu aucun mal à collaborer. Mais il y avait maintenant à Saraï un nouveau khan, qui s'était converti à l'islam.

Ce khan n'opprimait nullement l'Église russe, mais il avait nommé des marchands musulmans « fermiers » des impôts pour la Souzdalie, et ces hommes exploitaient leur privilège de façon implacable. Les malheureux qui ne pouvaient pas payer toutes les taxes étaient vendus comme esclaves, et les paysans s'insurgeaient dans toute la région, de Vladimir à Mourom.

Pour une fois, Mileï sympathisait avec le peuple. Toute l'affaire avait été mal menée. Mais les affaires sont les affaires.

— Vous veillerez à ce que les domaines des environs de Mourom paient tout ce qui sera exigé, avait-il ordonné à ses fils. Je m'occuperai de Russka moi-même.

C'était exactement ce qu'il faisait ce matin-là.

Il avait cependant une autre raison de se trouver à Russka en cette fin de juillet : avec un peu de chance, il allait réussir le plus beau coup de toute sa carrière. Et Russka en serait changé à jamais. Quand cette affaire remarquable serait réglée, il abandonnerait ses affaires à ses fils. Il prenait de l'âge.

Il attendait le Tatar avec impatience.

L'homme, d'âge moyen, avançait vers le soleil couchant. Son costume et le splendide cheval qu'il montait révélaient qu'il était riche et puissant. Il chevauchait cependant sans escorte, armé seulement d'un arc mongol et d'un lasso lové sur la croupe de son cheval. Il portait un caftan de soie rouge foncé et un chapeau chinois à larges bords. Un seul détail de son costume était inattendu : la petite croix d'argent autour de son cou.

Car Pierre le Tatar était chrétien.

En fait, ce n'était pas si surprenant. L'État mongol n'avait pas de religion officielle. Au cours de leur fantastique expansion sur la grande plaine eurasiatique, les Tatars avaient rencontré plusieurs religions puissantes : le bouddhisme dans l'est, l'islam et le christianisme dans l'ouest.

Une de ces religions était celle de l'ancienne Église chrétienne nestorienne, qui s'était tenue à l'écart des disputes théologiques de l'Occident, avait établi sa base en Perse six siècles plus tôt, et avait poursuivi son expansion jusqu'en Chine. Cette Église nestorienne à moitié oubliée avait donné naissance à l'une des plus belles légendes de l'Europe médiévale : la légende du Prêtre Jean, puissant souverain chrétien régnant sur un pays fabuleux de l'Orient.

Dans son enfance, Mileï avait cru à cette légende. Mais en réalité, l'empire légendaire n'était qu'une simple communauté religieuse ancienne, bien connue des peuples de l'Orient. Le fils du grand Batu Khan lui-même était devenu chrétien nestorien.

En Russie, quelques Tatars avaient adopté la foi chrétienne orthodoxe, de même que plus à l'est certains étaient devenus musulmans. Il y avait un évêque russe à Saraï et nul n'ignorait que toute la famille du principal haut fonctionnaire tatar de la ville nordique de Rostov était chrétienne. Mileï avait cependant été surpris d'apprendre que le nouveau *baskak*, représentant du khan à Mourom, s'était converti à l'orthodoxie quelques années auparavant.

Le boyard avait eu affaire à ce *baskak* à plusieurs reprises : c'était un homme rusé, mais pacifique.

— La question, avait-il avoué à ses fils, c'est comment utiliser ce Tatar chrétien à notre avantage.

Pendant plusieurs mois il avait fait à Pierre le Tatar une cour assidue — et découvert beaucoup de choses à son sujet. Pierre s'était converti au christianisme à la suggestion du haut fonctionnaire de Rostov.

— Apparemment, un petit groupe de ces fonctionnaires s'est converti. Ils appartiennent à la bureaucratie subalterne de l'empire du khan, mais ne sont pas sans influence. Et les autorités tatares voient d'un œil favorable que certains de leurs hommes adoptent la religion de la région dans laquelle ils exercent leurs fonctions. Je crois donc que cet homme se révélera utile, précisa-t-il à ses enfants.

La première idée s'était cristallisée dans son esprit quand il avait appris que le Tatar avait une fille non mariée.

Son fils aîné était déjà marié et avait deux filles. Mais David, le cadet, beau jeune homme de dix-huit ans, ne l'était pas.

— Qu'en penses-tu ? lui demanda-t-il. J'ai vu la jeune fille. Elle n'est pas mal. Et ce *baskak* Pierre semble posséder une fortune considérable. On dit aussi qu'il a des relations.

Il y avait déjà eu quelques mariages entre des princes russes et des princesses tatares.

— Dans notre famille, on a épousé de tout : des Saxonnes aux Coumanes, ajouta Mileï en souriant. Pourquoi pas une Tatare cette fois ?

Il y avait un autre avantage : Mileï avait entendu parler d'une prochaine campagne des Tatars dans les monts Caucase, au sud-est.

— Ils ont l'intention d'attaquer le territoire d'Azerbaïdjan, dit-il à son fils. Je sais que tu aimerais participer à une expédition de ce genre. Et le butin sera sans doute énorme. Appartenir à la famille d'un Tatar te conférera de multiples avantages.

Le jeune homme ne fit aucune objection et, à la surprise de Mileï, Pierre le Tatar avait accepté d'emblée. Le mariage avait eu lieu. Le Tatar s'était montré généreux. Tout s'annonçait pour le mieux.

Mais rien, rien au monde, n'avait préparé Mileï à ce qui se produisit ensuite. Deux mois plus tôt, au début de l'été, Pierre était venu le voir.

— J'ai l'intention de doter un petit établissement religieux, une église et quelques moines. Pouvez-vous me conseiller un bon endroit ?

Un monastère ! Jamais il n'aurait cru que le Tatar était si riche, ni qu'il prenait la religion tellement au sérieux.

— Accordez-moi deux semaines, avait-il répondu. Je connais peut-être l'endroit qu'il vous faut.

N'était-ce pas un don du ciel ? N'était-ce pas exactement ce dont il avait besoin pour Russka ?

Au cours de ces années, il avait fait tout ce qu'il avait pu pour développer le domaine, mais la tâche était difficile. Il y avait à présent une simple église de bois, et la population avait doublé. Avec les troubles politiques, il avait de plus en plus de mal à trouver des colons sérieux. En fait, il n'avait pas réussi. La présence d'un monastère à Russka attirerait des gens et développerait tôt ou tard le commerce.

Il avait acheté presque toutes les terres de la région — des forêts incultes — et il recevait un certain revenu de la vente des fourrures et du miel. Sa première intention avait été de vendre à Pierre une partie du domaine.

— Mais ça ne marchera pas, avait-il expliqué à David. Il m'a dit qu'il voulait de la bonne terre, et à Russka il n'y a du tchernoziom que sur la rive est.

Et Mileï avait eu son idée de génie. Aussitôt, il avait dépêché un messager à Alexandre Nevski en personne. La missive exposait les besoins du monastère ainsi que ceux de Mileï, non sans rappeler au prince les services rendus à sa cause dans le passé.

La réponse arriva. La requête de Mileï était satisfaite quoique assortie d'une condition. « Le grand prince a d'autres préoccupations, ne lui demandez plus rien », disait la lettre. Mais cela suffisait.

— Pour un prix très raisonnable, dit Mileï à David en se frottant les mains, il me vend une de ses parcelles de tchernoziom juste au nord du Bourbier, presque le double de toute la bonne terre que nous avons à Russka. Si je peux vendre ma terre un bon prix au Tatar pour son monastère, j'aurai de quoi acheter ce que m'offre le grand prince sans bourse délier.

Ce fut donc le cœur léger qu'il accueillit le Tatar chrétien et lui fit les honneurs de sa maison.

— Je vous ferai visiter l'endroit demain. Je crois que vous en serez enchanté.

Et il lui raconta le problème des paysans et des percepteurs de l'impôt.

— Ils ne sont évidemment pas au courant de notre affaire, plaisanta-t-il, et votre présence va sans doute les terrifier.

Pierre inclina lentement la tête, mais sans sourire.

— Il y a eu des émeutes graves à Souzdal et dans d'autres villes, signala le Tatar. Mourom reste encore calme et j'ai laissé aux gardes des instructions très strictes, mais je dois rentrer demain en cas de troubles. Le khan serait furieux.

— Nevski réglera ça. Le khan lui fait confiance, dit Mileï d'un ton léger.

— Le khan ne fait confiance à personne, et personne n'est en sécurité, lui répondit Pierre.

Ces paroles jetèrent un froid sur toute la soirée, et Mileï se félicita plus que jamais d'avoir allié sa famille au clan des vainqueurs.

Ils dînèrent de poisson frais de la rivière, arrosé d'hydromel.

Le lendemain, ils partirent de bon matin inspecter le domaine. Mileï montra fièrement au Tatar le riche tchernoziom de la rive est. Pierre fit le tour du village et constata qu'effectivement, le boyard lui offrait la meilleure terre.

— C'est un bon emplacement pour un monastère, reconnut-il. Pour commencer, j'installerai une petite église avec une demi-douzaine de moines. Mais l'endroit prendra de l'expansion.

Mileï acquiesça.

— Cela signifie-t-il que vous vous portez acquéreur ? demanda-t-il en souriant.

— Votre prix ?

Mileï le lui apprit. Le Tatar le jugea un peu élevé mais non déraisonnable. Mileï était assez sage pour ne pas se montrer trop gourmand.

— Très bien, murmura Pierre.

Et à la plus grande joie de Mileï, le Tatar prit un sac de pièces d'or et le paya sur-le-champ.

— A présent, c'est à moi, dit Pierre.

— C'est à vous.

Le Tatar se mit en selle.

— Vous ne restez pas ?

Il secoua la tête.

— Avec ces troubles... Je veux être rentré à Mourom demain.

Mileï inclina la tête.

— Tout de même, dit-il, je devrais rédiger un titre de propriété pour ces terres.

Cela lui semblait si évident que la réaction du Tatar le stupéfia.

— Un titre de propriété ? Qu'est-ce que c'est ?

Mileï ouvrit la bouche pour répondre, puis se ravisa.

Était-il possible que ce haut fonctionnaire ignore que dans le Pays de Rus toute propriété terrienne était représentée par un titre ? Mais pour quelle raison le saurait-il ? se demanda soudain Mileï.

Car tout l'appareil d'État mongol, si puissant qu'il fût, demeurait complètement séparé. Ils comptaient les hommes — ce que les Russes n'avaient jamais fait — et les répartissaient en dizaines et centaines pour les frapper d'impôts, mais rien de plus. Leur système de gouvernement s'avérait très efficace, mais s'exerçait parallèlement aux normes de la vie quotidienne russe et sans lien direct avec elle. Ce Tatar intelligent dont la fille avait épousé un Russe ne connaissait encore rien du pays. S'intégrer à la vie russe ne l'intéressait probablement pas. Il ignorait les pratiques et la loi.

Il venait de payer ces terres — mais, sans titre, elles ne lui appartenaient pas.

« Il faut que je lui donne ces terres, se dit Mileï. Si jamais il découvre que j'aurais dû lui remettre un titre de propriété... » Il hésita cependant. Ne pouvait-il obtenir rien d'autre de la transaction ? Il fallait y réfléchir. Dans le doute, abstiens-toi.

— Retournez à Mourom, dit-il avec un sourire chaleureux. Nous reparlerons affaires là-bas.

Pierre éperonna son cheval.

— Montrez-vous ferme avec ces maudits mécontents, lui cria Mileï.

Puis il rentra chez lui avec son sac d'or.

Sans l'intervention de Ianka, il se serait produit un meurtre au Bourbier ce jour-là.

Les deux marchands musulmans étaient arrivés avec une douzaine d'hommes et trois grands chariots. Ils n'étaient pas de bonne humeur.

L'administration mongole leur avait permis de percevoir ce qu'ils pourraient en échange d'une somme fixe à remettre au khan. Ils s'attendaient à des bénéfices, et n'avaient encore enregistré que des pertes.

Leur visite à Russka la veille ne les avait pas satisfaits. Mileï s'imaginait que sa présence avait empêché les gens du village d'attaquer les percepteurs, mais en réalité, connaissant les relations du boyard avec les Tatars, les marchands n'avaient présenté à Russka que des exigences raisonnables. Il fallait qu'ils se rattrapent, et pourquoi ne pas commencer par la petite communauté de paysans libres habitant au Bourbier ?

— Nous allons tondre le village, décidèrent-ils à leur arrivée.

Et ils l'avaient fait.

Le hameau, composé à présent de quinze feux, possédait le statut de *volost*, de commune. Depuis quelques années, le *volost* connaissait une certaine prospérité, en particulier grâce à l'homme que les familles avaient désigné comme ancien : Pourgas, le mari de Ianka.

Depuis leur mariage, le modeste charpentier qu'elle avait fait affranchir n'avait cessé de l'étonner. Première surprise, après la construction de leur isba, quand elle avait placé une petite icône dans l'angle de la pièce, il s'était avancé vers l'icône et avait accroché juste au-dessus un petit chapelet de feuilles de bouleau.

— Pourquoi fais-tu ça ? avait-elle demandé, intriguée. C'est un geste de païen.

Il parut un peu gêné pendant un instant, puis il avoua :

— Je ne suis pas chrétien.

— Mais nous avons été mariés par un prêtre.

La cérémonie avait été célébrée à Novgorod juste avant leur départ. Il lui sourit tendrement.

— Cela ne me semblait pas très important.

Jamais elle n'avait songé à lui demander s'il était chrétien. Ne s'étaient-ils pas rencontrés dans une église ?

— Je t'avais suivie à l'intérieur, avoua-t-il.

— Tu aurais dû me le dire, lança-t-elle, furieuse.

— J'ai eu peur. Je ne voulais pas te perdre, balbutia-t-il.

Elle songea alors qu'elle aussi ne lui avait pas dit toute la vérité. Ils avaient menti tous les deux plutôt que de compromettre leur amour. C'était un lien.

— Il faut que tu deviennes chrétien, maintenant, lui dit-elle.

Mais il refusa.

— Nos enfants pourront être chrétiens, mais laisse-moi mes croyances, dit-il. A Novgorod, j'ai vécu assez longtemps au milieu de chrétiens, ajouta-t-il sur un ton ambigu.

Elle comprit. Cette fuite à la campagne avec elle représentait pour lui un retour à ses origines, et son intégration à la petite communauté produisit en lui une étrange transformation.

Parfois, il faisait songer à une créature de la forêt. Il restait immobile avec sa lance sur la berge de la rivière, puis d'un geste apparemment distrait trempait l'arme dans l'eau et la retirait avec un poisson, alors qu'assise à ses côtés, elle n'avait rien vu. Il prenait des champignons séchés cueillis sur un bouleau, les frottait un instant entre ses mains, et une petite flamme jaillissait, comme si elle sortait de sa peau. Il trouvait des racines de pin sèches qui brûlaient sans bruit, et toutes sortes de plantes médicinales.

Il s'enivrait assez facilement, mais s'endormait toujours aussitôt après. Ils ne se heurtaient que sur un point : quand il demandait à Ianka de lui laisser manger du lièvre — ce qui était interdit par l'Église.

— Je vénère le dieu Tchampas, disait-il. Ce n'est pas un aussi grand dieu que le tien, mais il réside dans le ciel et tous les dieux de la terre lui obéissent.

Il aimait la forêt et il aimait la rivière d'un amour que Ianka ne connaîtrait jamais. Il touchait un arbre, et c'était pour lui un être spécial. Elle se rappelait la manière dont un jour elle s'était identifiée elle-même à un bouleau argenté : Pourgas éprouvait le même sentiment pour toute la nature. Telle était la religion ancienne, le culte fétichiste des forêts du nord. Sagement, elle n'essaya plus de l'en détourner.

Elle conduisait régulièrement leurs enfants à la petite église de bois de Russka, et il ne s'y opposa jamais. Cela suffisait à la rendre heureuse.

Son père avait pris une autre femme. Peu de temps après leur arrivée au Bourbier, il était venu les voir et, attirant Ianka à l'écart, il lui avait remis le sac de pièces d'argent qu'il avait apporté du sud.

— Je crois que Kaï ne reviendra jamais, avait-il dit. Tout est donc pour toi.

Elle comprit que c'était sa manière de se racheter.

Elle montra les pièces à Pourgas. Certaines, très anciennes, venaient de Constantinople, lui dit-il. D'autres, d'origine russe, dataient du Monomaque. Mais certaines autres l'intriguèrent.

— Ici l'écriture a l'air slave, mais là, les lettres n'appartiennent pas au même alphabet. Je crois que j'ai vu les mêmes sur une icône.

C'était de l'hébreu. Car les pièces venaient de Pologne et portaient une inscription bilingue, slave et hébreu, à cause de l'ancienne communauté khazar.

Ils les cachèrent sous le plancher. Qui savait quand ils en auraient besoin ?

Pourgas ne se contentait pas de chasser ; il travaillait dur sur leurs terres, et ils avaient vécu très bien. Elle n'avait rien à lui reprocher.

La seule chose qui l'irritait chez son mari, c'était la tournure d'esprit dont l'ancien intendant lui avait parlé à son arrivée à Russka : il refusait de faire des projets d'avenir.

— Seul le corbeau vole droit, lui rappelait-il quand elle le poussait à prendre une décision.

Il vivait chaque jour avec la même intensité et la même précaution que s'il ne devait pas y avoir de lendemain. Elle ne l'en aimait pas moins. Il lui avait donné trois enfants et beaucoup de bonheur. Les gens du village le respectaient.

Une fois par an, l'intendant de Mileï leur faisait des propositions de plus en plus alléchantes pour qu'ils s'installent à bail sur les terres de Russka. Ils refusaient toujours :

— Ici, nous sommes nos propres maîtres.

Avec les années, elle avait pris de l'embonpoint. Son visage s'était arrondi. Et elle était contente.

Mais son mari continuait de la surprendre. La veille au soir, par exemple, apprenant ce qui s'était passé à Russka, les écervelés du village avaient eu envie de tendre une embuscade aux percepteurs d'impôts et de les tuer. Et Pourgas les avait approuvés.

Les paysans, ayant appris qu'il y avait eu des troubles dans les villes du nord, semblaient tout excités.

— Vous êtes fous, leur dit Ianka. Russka ne s'est pas révolté.

— Parce que le boyard est de mèche avec les Tatars, dit un homme.

— Les Tatars viendront et nous tueront tous.

Ils ne la crurent pas. Elle essaya de leur faire comprendre l'immense puissance de l'empire des Tatars.

— Jamais ils ne pardonneront un geste pareil.

— Tu te ranges donc du côté du boyard ? lui lança Pourgas.

Elle ouvrit la bouche, puis la referma. Qu'aurait-elle pu répondre ? Les paroles de Mileï, à l'auberge de Novgorod, l'avaient écœurée, mais elle devait reconnaître qu'il ne se trompait pas.

— Cachez tout ce que vous pourrez, leur conseilla-t-elle. Payez, mais faites-leur croire qu'ils vous ont ruinés. Sinon, ils nous détruiront.

Elle finit par les convaincre.

Le jour même, tout s'était passé comme elle l'avait prédit. Les percepteurs étaient arrivés au petit jour, espérant prendre le hameau au dépourvu. Ils avaient aussitôt vidé les greniers à moitié et pris tout le bétail qu'ils avaient pu trouver. Mais Pourgas et les hommes avaient caché le reste dans les marais avant l'aube.

Pendant qu'ils prenaient le grain, Ianka était allée faire un tour. Sans but précis, elle avait pris la direction de Russka. Il était encore tôt, mais le soleil réchauffait déjà la campagne. Le sentier la conduisit près d'une petite clairière où se trouvaient plusieurs buttes de terre — d'anciennes tombes viatitchi — et d'où l'on avait une belle vue sur Russka. Elle s'arrêta, pétrifiée.

Ce devait être une vision.

Pierre le Tatar était satisfait. Il avait trouvé pour son monastère l'endroit qui lui convenait. Il était temps qu'il fasse la paix avec Dieu.

— Un homme sans religion ne connaît pas de paix, lui avait assuré le haut fonctionnaire de Rostov.

C'était vrai.

Après tout, le khan, à Saraï, était devenu musulman. Le grand khan lui-même avait abandonné l'ancien culte du ciel et les rites des chamans chers à Gengis. Quant au chef suprême, Kubilay Khan, il avait adopté la religion bouddhiste des Chinois sur lesquels il régnait.

Que tous les hommes dussent s'incliner devant le grand khan, Pierre le Tatar n'en doutait nullement. Il y avait un seul Dieu dans le ciel et un seul seigneur sur la terre.

« Si j'avais mieux réussi ma carrière, si Batu Khan n'était pas mort et si j'étais devenu général, je serais peut-être encore avide des biens terrestres », se disait-il parfois.

Mais sa carrière était terminée. Il conserverait sa place, mais n'aurait jamais un poste plus important. Il l'acceptait. Grâce à sa sœur, du vivant de Batu Khan et de leur fils, il avait amassé une fortune splendide...

La steppe lui manquait. Souvent, avant de s'endormir, il revoyait ses immenses espaces et les herbes agitées par le vent. Mais un instinct lui disait qu'il finirait ses jours en Russie.

Il s'était arrêté à l'orée des bois pour jeter un dernier coup d'œil à sa nouvelle acquisition. Il mit pied à terre et se dirigea vers un des petits tumulus pour obtenir une meilleure vue.

Son visage s'adoucit.

D'un geste distrait, il chassa une mouche qui avait décidé de se poser à l'endroit où se trouvait jadis son oreille. Puis il fronça les sourcils.

Son cheval avait tressailli.

Par la suite, elle ne put jamais s'expliquer comment la folie s'était emparée d'elle, car c'était de la folie, le simple fait d'y penser était de la folie.

Et pourtant, elle n'aurait pu faire rien d'autre. Elle l'avait juré. Elle avait eu bien d'autres tracas au cours de toutes ces années, mais au fond d'elle-même la promesse était restée vivante, puis s'était muée en certitude. Elle n'en doutait jamais : « Un jour je le verrai et j'aurai ma chance. »

Et soudain il lui était apparu, debout sur un tumulus à moins de quinze pas. Même de dos, elle le reconnut — le Tatar à l'oreille coupée.

Il était seul. Personne sur le chemin. La providence le lui offrait. C'était de la folie, mais elle savait que jamais elle n'aurait une seconde chance.

Le visage de sa mère lui apparut.

Elle avança d'un pas. Son cheval se trouvait près d'un arbre. Il avait sur la croupe un arc et un carquois. Elle prit l'arc et une seule flèche. Non sans mal, elle mit la flèche en place et se dirigea vers le Tatar.

Le cheval s'agita et souffla des naseaux.

Le Tatar se retourna.

C'était bien lui. La cicatrice... Elle se rappelait ses traits comme si elle l'avait vu la veille. Il parut surpris et leva la main.

Elle respira à fond et tira sur la corde. De toutes ses forces, le visage contracté en une moue de douleur.

Il s'avança vers elle. Elle lâcha la corde.

— Ah...

C'était le bruit de son propre souffle. Aussitôt après, elle entendit le cri du Tatar.

Il continuait d'avancer vers elle. Sa main s'agitait d'un geste convulsif. Ianka se mit à reculer vers le cheval. Il tomba à genoux. La flèche était plantée dans son ventre.

Quel était ce bruit ? Il essayait de lui dire quelque chose. Elle se mit à trembler de tous ses membres.

Il cessa de bouger, les mains crispées sur la flèche pour tenter de l'arracher. Elle vit son visage devenir livide, puis il bascula sur le côté. Et soudain elle pensa, avec une violence aussi soudaine qu'un coup de tonnerre dans un cauchemar : « Que vais-je faire après une chose pareille ? »

Elle se tourna vers le sentier. Quelqu'un s'avançait. Terrifiée, elle pensa : « Qu'ils me tuent, mais qu'ils épargnent ma famille. » Et elle attendit en tremblant.

C'est Pourgas. Il comprit tout au premier regard et la dévisagea, stupéfait.

Elle tendit le bras vers le Tatar, et Pourgas l'examina.

— Il n'est pas encore mort, dit-il à mi-voix.

Puis, calmement, sans un mot, il défit sa ceinture et étrangla le Tatar.

Pendant quelques secondes, pour la dernière fois, Mengu, appelé maintenant Pierre, vit devant lui et crut sentir les herbes de la steppe.

— Je croyais que tu nous avais conseillé de ne pas tuer des Tatars, dit Pourgas en lançant un regard ironique à Ianka. Tu le connaissais ?

Elle hocha la tête.

— C'est celui qui...

Il savait qu'un Tatar avait tué sa mère, mais elle avait presque oublié qu'elle avait aussi prétendu qu'un Tatar l'avait violée. De nouveau, elle hocha la tête.

Il regarda autour de lui.

— Nous ne pouvons pas le laisser ici, remarqua-t-il.

— Ils nous tueront, murmura-t-elle.

— Je ne crois pas. Les percepteurs sont partis. C'est pour ça que j'allais à Russka. Personne ne saura rien.

Il se rembrunit.

— Mais d'abord, il faut tuer ce cheval, dit-il tristement. Et c'est vraiment dommage.

Il lança au cadavre un regard de dégoût.

Ianka n'admira jamais les compétences de son mari davantage que ce jour-là. Il semblait savoir exactement quoi faire et ne perdit pas une minute.

Il plaça le Tatar sur le beau cheval, qu'il calma avec des paroles douces, puis le conduisit dans les marais. Il creusa une tranchée dans un endroit désert et caché, entrava le cheval de sorte que sa tête soit au-dessus de la tranchée, puis lui trancha la gorge. Complètement surpris, le cheval tressaillit, essaya de se dégager et s'écroula à genoux. Quand Pourgas eut recueilli tout le sang dans la tranchée, il trancha également la gorge du Tatar pour qu'il se vide de son sang.

Il lui fallut une heure pour découper le cheval et l'homme en morceaux de taille raisonnable qu'il fit brûler sur un feu de branchages. Il fit également brûler toutes les affaires du Tatar, sauf sa cape et son lasso.

A midi, il ne restait qu'un tas d'os calcinés, le crâne du Tatar (qui n'avait pas voulu brûler), et un tas de cendres, qu'il poussa dans la tranchée à mesure qu'il la comblait. Quand il eut terminé de disperser les débris, même si quelqu'un avait découvert l'endroit, il n'aurait jamais pu savoir que Pourgas y avait creusé un trou.

— Maintenant, dit-il à Ianka, il nous faut un arbre. Et j'en connais un pas loin.

A deux cents mètres de là se trouvait un chêne magnifique. Pourgas montra un endroit, assez haut sur son tronc, où il y avait un trou.

— Il y avait une ruche, dit-il. Je l'ai trouvée l'an dernier. Elle est vide à présent, mais il y a un trou profond au-dessous. Aide-moi à apporter les ossements.

Ils les apportèrent au pied de l'arbre dans la cape, en faisant plusieurs voyages.

— Maintenant, donne-moi le lasso.

Un instant plus tard, il était monté dans l'arbre à la hauteur du trou. Il laissa tomber la corde et demanda à Ianka d'attacher la cape au bout. Il fit ensuite tomber les ossements dans le trou de l'arbre. Une demi-heure plus tard, tout avait disparu.

Il fit alors brûler la cape et le lasso, puis il dispersa les cendres.

— Les Tatars chercheront dans la rivière et dans la terre, dit-il. Jamais ils n'auront l'idée de chercher dans les arbres.

— Mais... Sa tête ? demanda-t-elle en montrant le visage à l'oreille coupée, posé sur le sol, les yeux fixés sur elle.

Il sourit.

— J'ai aussi un plan pour ça.

Deux semaines s'écoulèrent avant que le boyard Mileï ne retourne de Russka à Mourom. A son arrivée, il trouva la ville en émoi. De nombreux villages avaient refusé de payer l'impôt ; plusieurs percepteurs musulmans avaient été agressés. Les autorités tatares étaient furieuses et l'on s'attendait à des représailles. Le grand-duc Alexandre Nevski comptait se rendre auprès du khan, disait-on, pour implorer sa clémence.

Et le *baskak* Pierre avait disparu.

Le jour même de l'arrivée de Mileï, un centurion vint lui demander quand il avait vu le Tatar pour la dernière fois.

— Il repartait directement à Mourom, affirma-t-il au soldat.

L'enquête dura. On se rendit dans tous les villages entre Russka et Mourom, et l'on interrogea tout le monde. On fouilla les maisons et on dragua la rivière en aval. En vain. A la fin de l'automne, les soupçons se portèrent sur un village des rives de l'Oka où des insurrections s'étaient produites. Mais il n'existait aucune preuve que Pierre y soit allé. Il avait simplement disparu de la surface de la terre.

Ce fut le quatrième jour après son retour que Mileï fit son gros mensonge.

Il y pensait depuis son arrivée à Mourom. Il craignait que tôt ou tard les soupçons ne se portent sur lui pour la mort du Tatar, mais comme il avait la preuve de son innocence confirmée par les gens de Russka, il se sentit en assez bonne position pour tenter sa chance.

Comment résister ?

Quand le fils de Pierre vint le voir et lui demanda poliment si son père lui avait acheté la terre pour le monastère, Mileï secoua la tête.

— Hélas, non. L'endroit ne lui a pas plu. C'est dommage, ajouta-t-il en regardant le jeune homme dans les yeux, j'aurais aimé faire l'affaire.

— Il ne vous a donc pas donné d'argent ?

Mileï secoua la tête.

— Rien.

On ne pouvait rien prouver. Si jamais on découvrait le cadavre du Tatar, personne ne s'attendrait à trouver de l'argent sur lui. Et aucun acte de vente n'avait été rédigé.

Le fils de Pierre était parti. Hormis traiter Mileï de menteur, le jeune Tatar ne pouvait pas faire grand-chose.

La semaine suivante, en utilisant le produit de la vente d'un autre terrain près de Mourom, Mileï avait acheté au grand-prince le tchernoziom voisin de Russka.

Vraiment, la chance lui avait souri.

1263

Comme les voies de Dieu sont étranges et mystérieuses !

Au printemps de l'année suivante, avant la fonte des neiges, Mileï le boyard se rendit sur son domaine de Russka.

Du pas de sa porte, la première chose qu'il voyait était la terre riche de l'autre côté de la rivière. Et elle lui appartenait toute, sur plusieurs kilomètres jusqu'au nord du Bourbier.

Il était venu au village en début de saison parce qu'il avait de grands projets d'aménagement.

Il avait acheté des esclaves aux percepteurs musulmans. Certains d'entre eux avaient illégalement réduit en esclavage des paysans qui ne pouvaient payer leur impôt, mais personne ne s'en formaliserait dans ces régions reculées. Or c'étaient de bons Slaves et de bons cultivateurs, exactement ce dont Mileï avait besoin depuis toujours.

Ils devaient arriver à Russka en début d'été.

Il y avait aussi des colons libres. Il leur attribuerait une partie des nouvelles terres ; il avait réussi à trouver trois familles ruinées par les nouveaux impôts, qui étaient ravies d'obtenir de la terre en fermage à de bonnes conditions.

— Dans l'ensemble, les Tatars m'ont fait du bien, disait-il souvent.

Le premier dimanche d'avril, la fonte des neiges commença. Chaque jour le ciel était plus bleu et le soleil plus chaud. Le mercredi, du pas de sa porte, il vit de petites mottes noires de terre riche percer la dernière neige sur la berge est de la rivière.

Puis, au premier pas qu'il fit, Mileï le boyard eut une sensation extraordinaire : l'impression que quelqu'un lui poignardait le cœur.

Il s'arrêta, porta la main à sa poitrine. Son cœur n'allait pas le lâcher. Il n'était pas si vieux. Il respira à fond, mais ne sentit aucune douleur, aucune difficulté à respirer. Il regarda ses mains, à la recherche de taches bleues révélatrices au bout de ses doigts. Rien.

Il repartit d'un pas prudent, en s'emmitouflant dans sa fourrure bien que le soleil fût chaud. Rien d'autre ne se produisit. Il fit le tour du village et passa voir son intendant. Celui-ci était sur le point de traverser la rivière et Mileï décida de l'accompagner. Ils s'embarquèrent dans une pirogue et accostèrent à la petite jetée, en face.

Puis il se passa une chose étrange. Au moment où il débarqua sur la rive est, il eut l'impression que ses pieds étaient en feu. Il fit deux pas de plus et cria de douleur.

— Qu'y a-t-il, seigneur ?

Le vieil intendant le regarda avec de grands yeux.

— Mes pieds... lança Mileï horrifié. Quand j'ai marché ici... Tes pieds ne te font pas mal ?

— Non, seigneur.

Il essaya de faire un pas de plus, mais la douleur était trop forte.

— Rentrons, dit-il.

Et l'intendant surpris dut le raccompagner à la rame vers l'autre rive.

Décontenancé, le boyard retourna chez lui. Il examina ses pieds : ils étaient normaux.

Plus tard dans la journée, quand il ressortit et posa les yeux sur l'autre rive, la douleur terrible lui poignarda de nouveau la poitrine, ses genoux flageolèrent et il dut se rattraper au chambranle de la porte pour ne pas tomber.

Il se produisit la même chose le lendemain. Et le jour suivant. Il ne pouvait pas franchir le seuil de sa porte. Il ne pouvait pas poser le pied sur l'autre berge de la rivière.

Puis il crut comprendre.

— C'est ce maudit Tatar, murmura-t-il. Il est revenu me hanter.

C'était encore plus vrai qu'il ne pouvait l'imaginer.

Jamais il le lui vint à l'esprit qu'à l'automne précédent, par une nuit sans lune, juste après son départ à Mourom, Pourgas le Mordve s'était glissé jusqu'à sa maison vide et avait enterré à deux pieds sous terre, juste sous le seuil, la tête de Pierre le Tatar.

Même Ianka ne sut jamais ce qu'avait fait son mari.

Mais quand ce fut fait, un témoin capable de voir dans le noir aurait lu sur les traits du Mordve une satisfaction presque diabolique.

— Si jamais on la trouve, c'est toi, boyard, qu'on accusera de meurtre, murmura-t-il, amant de ma femme.

Il l'avait toujours soupçonné. A présent, ils étaient quittes.

Bien que Mileï le boyard ne fût pas au courant de la présence de

Pierre, les douleurs déchirantes augmentèrent. Incapable de quitter sa maison, il envisagea de s'installer dans celle de l'intendant. Mais comment justifier sa requête ? Et quel plaisir lui restait-il ici-bas s'il ne pouvait poser le pied sur ses meilleures terres ? Il décida de quitter Russka.

Le lendemain, il réclama son cheval, sauta en selle et lança à l'intendant :

— Je reviendrai cet été.

Mais à peine avait-il franchi huit cents mètres que son cheval fit soudain un écart et le jeta au sol. Il tomba sur des racines et crut qu'il s'était cassé la jambe. A sa stupéfaction, le cheval regarda vers sa gauche, hennit de frayeur et s'élança dans la direction opposée.

Il se tourna vers ce qui avait effrayé sa monture. Entre les arbres, il le vit. Un animal magnifique. Un étalon d'une taille hors du commun, gris avec une crinière noire et une bande noire sur le dos. Il s'avança entre les arbres vers lui et galopa vers l'endroit où s'était enfui son propre cheval. Il passa tout près. Ses sabots ne faisaient aucun bruit.

Mileï se leva lentement et se signa. Puis il retourna en boitant au village. Il avait compris.

Il convoqua aussitôt l'intendant surpris, ainsi que le vieux prêtre de la petite église.

— J'ai décidé de faire une grande offrande pour la gloire de Dieu, leur dit-il. Je vais fonder un monastère sur mes terres de l'autre rive.

— Qu'est-ce qui vous a poussé à cette décision ? demanda le prêtre qui avait cru Mileï incapable d'un geste aussi désintéressé.

— J'ai eu une vision, répliqua le boyard sèchement.

En un sens c'était vrai.

— Le Seigneur soit loué ! s'écria le vieillard.

Oui, les voies du Seigneur sont étranges et mystérieuses.

Mileï acquiesça puis, apparemment perdu dans ses pensées, sortit sur le pas de sa porte pour regarder les terres qu'il venait de donner.

Il rentra un instant plus tard en souriant — soulagé, semblait-il — et il accompagna tout de suite le prêtre sur l'autre rive.

Ce fut ainsi qu'en l'an 1263 fut fondé le petit monastère de Russka, dédié à saint Pierre et à saint Paul.

Il se produisit cette année-là un autre événement important.

Le grand-prince Alexandre Nevski était parti sur la steppe pour supplier le khan tatar de se montrer indulgent pour les contribuables rebelles de Russie.

— Il est en mauvaise santé, confia à Mileï un boyard venu de Vladimir. Si les Tatars ne le tuent pas, le voyage risque de le faire.

— J'espère que non, répondit Mileï. Sa politique ne plaît peut-être pas au peuple, mais elle est sage.

— Sa politique sera poursuivie, lui assura l'homme de Vladimir.

Mais il était désespéré de partir : Daniel, son plus jeune fils, n'a que trois ans. A sa majorité, on dit qu'il recevra la ville de Moscou.

— Moscou ? Cette bourgade ?

— C'est vrai que ce n'est pas grand-chose, avoua l'autre. Mais l'emplacement est bon.

Moscou... Mileï secoua la tête. Quels que soient les talents du futur prince, il n'avait guère de chance de réussir dans une petite ville aussi misérable que Moscou.

L'icône

1454

On venait d'appeler les moines de Saint-Pierre-et-Saint-Paul à vêpres, et il y avait de l'animation dans l'air bien que la soirée de printemps fût froide et humide. Le lendemain serait un grand jour : le boyard arrivait, accompagné par un évêque de Vladimir. Tout le monde sourit quand Sebastian, l'assistant du vieux père Stepan — l'homme autour duquel tout tournait — conduisit celui-ci dans l'église. On ne regrettait qu'une chose : l'absence du père Iossif.

Pendant de nombreuses années, il y avait eu au monastère trois moines très âgés, mais il ne restait plus que ces deux-là. Le père Stepan était petit ; le père Iossif, grand. Stepan était révéré comme faiseur d'icônes ; Iossif n'avait aucune compétence spéciale et certains le croyaient même simple d'esprit. Mais tous deux étaient très doux, portaient une longue barbe blanche, et s'adoraient.

Depuis trente-trois ans, le père Iossif vivait à l'écart de la communauté. Sur l'autre berge de la rivière, dans une petite clairière au-delà des sources, se trouvaient trois petites cabanes formant une sorte d'ermitage, ou *skit*. De nombreux moines russes des générations récentes, inspirés par la tradition hésichaste des célèbres monastères du mont Athos, s'isolaient pour mener une vie de contemplation intense. Certains, comme le bienheureux Serge du monastère de la Trinité, au nord de Moscou, s'enfonçaient dans les forêts. Ils disaient : « Aller au désert. » Le *skit* de Russka était coupé de tout : pour se rendre au monastère, les ermites devaient parcourir plus de mille pas jusqu'à la rivière, puis héler le bac sur la rive opposée. Ils venaient cependant chaque jour pour les vêpres.

Sauf le père Iossif. Pendant un an, ils avaient porté le vieillard, mais il était devenu trop faible. La mort ne tarderait pas. Il continuait cependant de murmurer mille fois par jour la prière à Jésus : « Seigneur Christ, fils de Dieu, aie pitié de moi. »

Les vêpres constituaient le début de la journée. L'Église orthodoxe commençait ses journées au coucher du soleil. On chantait le psaume du soir. Pendant le service orthodoxe, si long qu'il fût, tout le monde restait debout. Aucun instrument de musique n'était permis, seulement la voix humaine. « Les louanges », comme les Slaves appelaient leur culte. Les chants étaient admirables : l'année ecclésiastique était divisée en séquences de huit tons, selon les huit modes musicaux des anciens Grecs, si bien que de semaine en semaine, le calendrier offrait une subtile variation de sons.

La Grande Litanie commença, et après chaque supplication les moines entonnèrent le répons *Gospodi pomilouï* — Seigneur, aie pitié — petite phrase qui ne cessait de refluer à la manière de vaguelettes se brisant sur une grève.

Sebastian regarda autour de lui, heureux. Le monastère possédait de nombreux trésors. Depuis le mariage de son ancêtre David à une jeune Tatare, la famille du boyard avait acquis non seulement des traits assez asiatiques, mais de vastes étendues de terre, notamment la zone de terre noire du Bourbier. Les paysans, jadis libres et maintenant sous la dépendance de l'intendant, n'aimaient guère le boyard, mais le monastère avait prospéré. Le boyard avait donné aux moines leur belle église de calcaire blanc éblouissant, avec son toit élégant de faux arcs brisés et son dôme bulbeux. Sans parler du clocher et de sa cloche splendide — encore une rareté dans la région. Sans parler d'une superbe icône de saint Paul, par le grand maître Roublev. Et rien ne pouvait passer pour plus beau que l'iconostase — que le père Stepan avait mis trente années à peindre et qui serait inauguré le lendemain.

Il séparait le sanctuaire de la partie principale de l'église, et ses cinq rangées d'icônes s'élevaient presque jusqu'au plafond : la Sainte-Famille, la Sainte-Cène, le Sauveur, la Mère de Dieu et les Saints, les Jours Sacrés, les Prophètes et les Patriarches — tout était peint de couleurs vives sur fond d'or. Au centre se trouvait la grande porte double, appelée Sainte Porte ou Porte royale, sur laquelle étaient représentés l'Annonciation et les quatre Évangélistes. Le père Stepan avait peint tout.

Une partie de l'iconostase était encore couverte d'un drap. Pendant la nuit, le vieux moine allait terminer la dernière petite icône de la rangée supérieure. Le matin, il la fixerait lui-même à sa place, à temps pour la cérémonie. L'œuvre serait alors achevée, pour la plus grande gloire de Dieu.

Et pour la gloire de la Russie. Car pour Sebastian, il était manifeste qu'en ces temps — qu'il considérait comme les derniers jours avant la fin du monde — Dieu souhaitait que la Russie soit glorifiée.

Elle avait tant souffert ! Depuis deux siècles elle gisait, démembrée, sous le joug des Tatars. Elle était menacée de toutes parts : au sud, les Tatars hantaient la steppe ; à l'est, le khan tatar — le tsar, comme les Russes l'appelaient — et ses vassaux les Bulgares de la Volga contrôlaient les vastes territoires d'Asie. A l'ouest, une grande puissance venait de s'élever : dans le vide laissé par l'effondrement de la vieille Russie, la tribu balte des Lituaniens — d'abord païenne, maintenant catholique — s'était déversée sur la Russie occidentale et avait étendu ses conquêtes jusqu'à l'ancienne Kiev. Pauvre Russie : on comprend qu'il émane des icônes de l'époque une tristesse infinie.

Elle était pourtant en train de renaître, grâce à Moscou.

L'essor de Moscou avait été stupéfiant. Il avait débuté par le mariage d'un prince perspicace du petit territoire avec la sœur du khan tatar. Devenus grands-ducs et agents du khan, les princes de Moscou avaient lentement pris le pas sur tous leurs rivaux — Riazan, Nijni-Novgorod dans l'est, et même la puissante Tver — qui reconnaissaient maintenant leur suprématie. Puis, en 1380, avec la bénédiction du célèbre moine Serge, Moscou avait vaincu l'armée des Tatars à la grande bataille de Koulikovo, près du Don. Le métropolite de l'Église russe résidait maintenant à Moscou. Les Tatars continuaient leurs incursions sur le pays et exigeaient toujours des tributs, mais un jour peut-être, Moscou aiderait sans doute la Russie à se libérer d'eux.

A la fin du dernier hymne, le tropaire, Sebastian escorta le père Stepan à sa cellule. Le long jeûne de Pâques avait affaibli le vieillard, qui paraissait très frêle. Sebastian lui adressa un regard ému. Ils étaient vaguement cousins, car ils avaient une aïeule commune : la paysanne Ianka. Sebastian éprouvait pour le vieux moine, son maître de toujours, une immense gratitude. Quand il était enfant, c'était de sa bouche qu'il avait appris le sens de la croix orthodoxe, et des deux barres — le repose-tête et le repose-pied en diagonale — qui la distinguent de la croix catholique.

Ensuite, Stepan lui avait enseigné l'art de l'icône : il lui avait appris à choisir le bois sec, d'aulne ou de bouleau ; à en raboter la surface, mais en laissant un cadre brut tout le tour ; à fixer la toile ; à enduire la surface avec un mélange de colle de poisson et de poudre d'albâtre ; à marquer les contours au stylet ; à appliquer la feuille d'or ; puis à peindre par couches successives en liant les pigments avec du jaune d'œuf pour donner à l'icône sa miraculeuse profondeur. Enfin, bien plus tard, on appliquait sur l'icône une couche d'huile de lin et d'ambre pulvérisée, qui conférait aux couleurs une chaleur céleste. Car l'icône n'était pas un tableau mais un objet de vénération.

Dans sa cellule, le père Stepan renvoya Sebastian et s'assit à sa table de travail. La dernière couche qu'il allait peindre transformerait l'ensemble de l'icône — représentant le patriarche Abraham — et elle pourrait orner l'iconostase pour le service du lendemain. Le vernis à l'huile de lin serait pour plus tard. Il était très modeste. « Comparées à la simple beauté du grand Roublev, disait-il souvent, mes icônes ne sont rien. » Mais l'iconostase n'en était pas moins son œuvre. Il posa les yeux sur l'icône inachevée et prononça une prière.

N'était-il pas étrange, se demandait-il souvent, que son iconostase ne doive durer que trente-huit ans ? Car l'Église avait établi, après de longs calculs, que l'année russe 7000 — 1492 selon le calendrier occidental — serait la fin du monde. Sebastian en serait le témoin, supposait-il. « Mais pourquoi s'attarder à ces pensées ? » songea-t-il.

Sa mission était de peindre des icônes, pour la gloire de Dieu, jusqu'à la fin.

Il inclina la tête. Puis il se produisit quelque chose.

Sebastian avait du mal à rester serein. Quelle que fût l'humilité du père Stepan, le monastère entier était ébloui par son œuvre, et la journée du lendemain serait son triomphe. Sebastian, incapable de chasser cette pensée de son esprit, se mit à faire les cent pas dans l'air humide de la nuit. Des heures passèrent, mais il n'osa pas déranger le vieux maître. Et personne ne se préoccupa de l'absence de Stepan au service de minuit. En regagnant sa cellule Sebastian l'entrevit devant sa table et remarqua qu'il remuait de temps en temps la tête. La nuit se prolongea.

Le père Stepan, cloué à son siège, luttait contre son corps. L'attaque qu'il avait eue juste après les vêpres ne lui avait fait perdre conscience que pendant un instant. Mais il ne pouvait ni parler ni bouger son bras droit, et il regardait, impuissant, l'icône inachevée devant lui. Des heures passèrent. Il se mit en prière. Il pria la Vierge de l'Intercession.

Aux petites heures du matin, Sebastian s'éveilla et sortit. Dans la cellule du père Stepan, la chandelle brûlait encore. Peut-être se serait-il avancé si, en regardant par-dessus le mur du monastère, il n'avait été le témoin du plus étrange des spectacles.

Un petit bateau à la voile blanche semblait venir des bois de la berge opposée vers la rivière. Le jeune moine se frotta les yeux. Impossible. Puis il s'aperçut qu'il ne s'agissait pas du tout d'un bateau, mais d'un homme se déplaçant à grande vitesse. Ensuite, merveille des merveilles, la silhouette étincelante traversa l'eau. « Je suis ensorcelé ! » Il vit l'homme traverser sans difficulté la grille du monastère et se diriger rapidement vers la cellule du père Stepan. Et Sebastian s'aperçut alors qu'il s'agissait du père Iossif. Il courut s'enfermer dans sa cellule en tremblant.

Le lendemain, il se serait sans doute persuadé que toute l'histoire n'était qu'un rêve, s'il n'avait constaté un détail fort curieux. Le père Stepan et le père Iossif avaient quitté ce monde, chacun dans sa cellule, un peu avant l'aurore, et l'on avait trouvé l'icône, dûment terminée, à la place prévue sur l'iconostase.

Ivan

1552

Très lent. Très lent.

Le refrain cadencé des avirons sur l'eau.

Mère Volga, puissante Volga : les bateaux venus de l'est remontaient le fleuve.

Très haut dans l'immense ciel d'automne, de pâles nuages passaient, tandis que les bateaux, pareils à leurs ombres, glissaient sur l'eau noire. Le soleil s'enfonçait doucement derrière la berge lointaine. Mère Volga, puissante Volga, les bateaux rentraient de la steppe au Pays.

Parfois, ils hissaient les voiles, plus souvent ils ramaient. On n'entendait pas les coups de rame depuis la berge du vaste fleuve — seulement le chant rythmé des bateliers, dont les eaux renvoyaient un écho plaintif.

Mère Volga. Puissante Volga.

Boris ne savait pas combien il y avait de bateaux. On n'avait laissé en garnison dans l'est qu'une partie de l'armée. Le gros des troupes revenait à la ville frontière de Nijni-Novgorod, et c'était un retour triomphal, car les Russes venaient de conquérir la puissante ville tatare de Kazan.

Les bateaux avançaient chaque jour depuis l'aube jusqu'à ce que l'ombre de l'un rejoigne l'autre, si bien qu'au lieu d'un cortège de cygnes noirs, on croyait voir de loin un grand serpent sinuant vers les feux du couchant.

Boris se trouvait sur l'un des bateaux. A seize ans, il était de taille moyenne. Son visage large conservait quelque chose de turc, avec ses yeux bleu foncé, ses cheveux bruns et sa barbe clairsemée. Comme tout jeune cavalier, il portait une cape de laine molletonnée, assez épaisse pour arrêter la plupart des flèches. Il avait jeté une cape de fourrure sur ses épaules pour se protéger de la brise froide du fleuve. Dans son dos, un arc turc de petite taille, et à ses pieds une hache dans son fourreau de peau d'ours.

Il était de naissance noble : son nom complet était Boris, fils de David, de la famille Bobrov ; et si on lui demandait d'où il venait, il répondait que son domaine se trouvait du côté de Russka.

Personne ne faisait attention à lui, mais si l'on s'en était donné la peine, on aurait remarqué une sorte de passion nerveuse sur ses traits, notamment quand il regardait le premier bateau, qui les conduisait vers l'ouest.

Sur ce premier bateau se trouvait un homme de vingt-deux ans : le tsar Ivan.

Ivan, saint Tsar, autocrate de toutes les Russies. Aucun souverain n'avait pris ce titre dans le passé. Et sa capitale était Moscou.

Il gouvernait l'État connu sous le nom de Moscovie, qui représentait déjà une puissance redoutable. L'une après l'autre, les grandes villes du nord de la Russie étaient tombées sous le joug de Moscou et de ses armées. Tver, Riazan, Smolensk et même la puissante Novgorod avaient renoncé à leur ancienne indépendance. Et ce nouvel État ne constituait pas une fédération : le prince de Moscou régnait de façon aussi despotique que le khan des Tatars. La doctrine des princes de Moscou était simple : obéissance inconditionnelle au pouvoir central.

— Il n'y a pas d'autre moyen de redonner à l'État de Rus sa gloire passée, assurait les partisans du tsar.

On en était encore loin. La plus grande part de la Russie occidentale et l'ancien État de Kiev, dans le sud, demeuraient aux mains de la puissante Lituanie. Plus au sud, de l'autre côté de la mer Noire, une nouvelle puissance musulmane, l'Empire turc ottoman, s'était emparé de la vieille Constantinople, rebaptisée Istanbul, et agrandissait ses frontières à chaque génération. Et, à l'est, les Tatars déferlaient toujours de la steppe, traversaient l'Oka, passaient devant le petit Russka et ne s'arrêtaient parfois que sous les murs blancs de Moscou.

Boris détestait les Tatars : en raison des pillages et des incendies, mais surtout parce qu'ils volaient des enfants. Dans ses jeunes années, enfermé dans le monastère, frémissant de peur et de rage, il les avait vus passer à cheval, avec sur leurs chevaux d'immenses corbeilles dans lesquelles ils jetaient les malheureux enfants, garçons et filles, dont ils s'emparaient. On avait élevé contre eux plusieurs lignes de défense : des colonies vassales constituées par d'anciens Tatars hostiles au-delà de l'Oka, puis des petits forts, des palissades et des villes fortifiées avec des garnisons. Mais rien n'avait pu les arrêter.

Jusqu'à cette année-là, où ils avaient trouvé un maître.

Boris sourit. A ses pieds, les poings liés, se trouvaient les deux Tatars qu'il avait capturés. Il allait les envoyer dans son pauvre domaine de Russka. Cela montrerait à ces Tatars qui était leur seigneur.

Et il ferait bientôt d'autres prisonniers, car cette campagne n'était qu'un début. Kazan constituait le plus proche des khanats tatars. Au-delà vers le sud, près du delta de la Volga, à l'endroit où vivaient jadis les Khazars, se trouvait une autre capitale, Astrakhan, trop faible pour résister longtemps.

Ensuite, ce serait le tour du chef de tous les Tatars de l'ouest, près de la mer Noire aux eaux tièdes : le khan de Crimée dans sa place forte de Bakhtchisaraï.

C'était un personnage redoutable. Le palais de Bakhtchisaraï ressemblait au fameux palais Topkapi du sultan turc d'Istanbul, et les Ottomans eux-mêmes se félicitaient d'avoir le khan de Crimée comme allié. Mais il tomberait à son tour. Et après lui, au-delà de la Volga vers l'est, les Kazakhs, les Ouzbeks, les Nogaï — tribus farouches mais sans unité qui hantaient les déserts de l'Asie. Tous se soumettraient, la puissance de la Moscovie les écraserait.

Un souverain russe chrétien régnerait un jour sur le vaste empire eurasiatique de Gengis Khan. A côté de cette vision du tsar Ivan, même les ambitions les plus démesurées des croisés d'Occident semblaient mesquines. Pour la première fois de l'histoire, les hommes de la forêt allaient conquérir la steppe. Au moment où il quittait Kazan, Boris avait entendu des Tatars appeler Ivan « le khan blanc » — c'est-à-dire le khan de l'Ouest.

Or, le matin même, le jeune tsar lui avait parlé. Même à présent, Boris avait du mal à le croire. Et non seulement le tsar Ivan lui avait parlé, mais il l'avait pris pour confident. Et tandis que les autres autour de lui bavardaient ou regardaient le paysage, Boris avait encore l'esprit occupé par le souvenir de sa rencontre avec son héros.

Boris n'ignorait pas qu'Ivan n'avait pas eu la vie facile ; héritier de la couronne à l'âge de trois ans, il avait assisté, humilié, aux luttes des grands-princes et des boyards pour gouverner la Russie à sa place.

Les princes descendaient soit de l'ancienne maison princière russe, soit de la famille régnante de Lituanie ; et les grands boyards constituaient trente et quelques clans turbulents. Ivan avait dû triompher de leurs intrigues. Ils détestaient sa mère parce qu'elle était polonaise. Et ils méprisaient sa femme parce qu'il l'avait choisie dans une famille de boyards, certes, mais pas parmi eux. Il les avait toutefois contraints à se soumettre à sa volonté. Il gouvernait par l'entremise de son Conseil Choisi, composé d'hommes de confiance n'appartenant pas à la grande noblesse, et il avait épousé sa femme par amour.

Anastasia. Boris n'avait jamais vu la tsarine, mais il pensait souvent à elle. Il songeait à elle parce qu'il devait se marier à son retour à Moscou, et dans ses rêves il avait déjà créé pour son épouse le même rôle que jouait auprès du tsar l'adorable Anastasia.

— Elle le réconforte dans les moments difficiles, disait-on. Elle est son rocher. La seule personne au monde en qui il puisse avoir une confiance absolue.

Anastasia appartenait à une famille de boyards populaire et respectée, du nom de Zakharine. Un peu plus tard, ils changeraient de nom et adopteraient celui de Romanov.

Boris ne portait pas les princes dignitaires dans son cœur. Pourquoi les aurait-il soutenus ? Ils ne songeaient qu'à s'emparer des plus hauts postes, en ne laissant aux petits nobles comme lui que les miettes tombées de leur table. Mais sous les despotes de Moscou, des hommes de familles obscures comme les Bobrov avaient un avenir.

Pour briser le pouvoir des clans puissants, les souverains de Moscou assuraient en effet la fortune de familles d'origine modeste, par exemple les Morozov et les Plechtcheev. En Russie, au lieu de s'opposer aux monarques comme presque toujours en Europe occidentale, la plus petite noblesse les soutenait dans la mesure où ils les favorisaient face aux princes et aux dignitaires.

Deux ans plus tôt, Ivan avait choisi mille hommes — des « fils de boyards », comme on appelait la petite noblesse, ou même des manants — et ordonné qu'on leur accorde des terres non loin de Moscou pour qu'ils demeurent à ses côtés. Boris était malheureusement trop jeune pour que le tsar le désigne — il n'avait pas encore les quinze ans requis — mais il s'était aperçu que tous n'avaient pu trouver de domaines proches de la capitale. Et Russka, si modeste qu'il soit, n'était pas très loin du centre.

« Mon domaine est plus près de Moscou que ceux de plus d'un parmi les mille, se disait-il souvent. Je ne resterai pas longtemps à la traîne. »

Telles étaient les pensées qui occupaient l'esprit de Boris Bobrov tandis que les bateaux remontaient le fleuve et qu'il revivait sa rencontre du petit matin avec le tsar.

Le camp dormait encore autour des bateaux halés en longues rangées sur la berge. Dans le silence qui précède l'aube, les ombres se mêlaient. Sur l'eau, rien ne bougeait et le ciel était vide. Même les rares oiseaux nocturnes n'osaient plus, semblait-il, troubler la paix. L'une après l'autre, les étoiles s'éteignaient.

Boris se tenait près de la berge du fleuve. A ses pieds, l'eau paraissait noire, mais au loin la surface de l'immense fleuve lançait des reflets gris argenté.

Il s'était réveillé tôt et levé tout de suite. Il faisait froid et il y avait de l'humidité dans l'air. Il s'était enveloppé de sa pelisse de fourrure et s'était dirigé vers la Volga.

A cette heure matinale, il éprouvait toujours la même sensation. D'abord, au creux de l'estomac, une sorte de mélancolie. Dans le silence, sous l'infini du ciel sombre, il ressentait une extraordinaire impression de désolation. Comme s'il venait de sortir de la matrice du sommeil pour entrer dans une autre matrice, celle de l'univers même, qui était peut-être sans fin — il se trouvait donc en même temps pris au piège à jamais et irrémédiablement seul.

Il descendit vers l'eau, vers les bateaux qui formaient une longue ligne d'ombres. Sa mélancolie, à la fois douce et amère, semblait une conversation sans un seul mot prononcé. Comme s'il avait dit : « Très bien. J'accepte d'être éternellement seul : j'errerai sans fin sur les chemins déserts de la nuit. »

Et pourtant, même à l'instant où il se soumettait tristement à l'univers et pénétrait dans ce royaume au-delà des larmes qui apporte le soulagement après les sanglots, frémissaient en lui une sorte de chaleur et un picotement qui ne cessait de se répandre — une sécrétion interne de joie folle et même d'amour, qui ne se produisait jamais en dehors de ces minutes précédant l'aurore.

Debout dans les ombres, il songea à ses parents.

Il se souvenait à peine de sa mère, douce présence qui s'était vite estompée de sa vie. Elle était morte quand il avait cinq ans. Pour lui, sa famille était donc son père.

Il était mort l'année précédente, mais d'aussi loin que Boris se souvînt, c'était un personnage tragique, souffrant des suites des blessures terribles reçues en combattant les Tatars, peu après la naissance de Boris. Il était resté veuf dix ans. On voyait qu'il avait possédé jadis une carrure puissante, mais dans son visage large, un peu turc, ses yeux bleus s'étaient enfoncés et des cernes sombres se creusaient. On aurait pu compter les côtes de sa large poitrine, et il lui avait fallu un suprême effort de volonté pour maintenir son corps ravagé en vie, et entretenir un semblant de dignité jusqu'à ce que son fils parvienne à l'âge de raison et soit capable de se défendre seul dans le monde.

C'était cette endurance, cet appel à des réserves profondes, qui avaient laissé les marques les plus profondes sur Boris. Mieux que n'importe quel guerrier en pleine vigueur, le corps déchu de son père représentait pour lui l'essence de l'héroïsme. Presque comme si l'homme émacié qui veillait sur lui était à la fois un père vivant et un ancêtre d'outre-tombe. Et bien qu'il fût de taille moyenne et plutôt maladroit, Boris avait grandi avec une seule passion dévorante : celle de remplir le rôle héroïque refusé à son père par le destin.

— La famille est entre tes mains, à présent, lui avait dit son père. Notre honneur repose sur toi seul.

En fermant les yeux, il pouvait les voir, ses ancêtres — nobles personnages dans leurs tombeaux, silhouettes s'estompant dans les brumes du temps, guerriers de la forêt, de la steppe et de la montagne. Peut-être étaient-ils en train de le regarder, et il fit vœu de ne pas les décevoir. La famille Bobrov, avec son emblème ancien le trident, connaîtrait de nouveau la gloire.

La gloire ou la mort, s'était-il promis.

Les yeux tournés vers l'immense ciel vide au-delà du fleuve, il se demanda si son père pouvait le voir dans le noir. Savait-il qu'ils avaient vaincu Kazan ?

— Tu es avec moi, murmura-t-il, porté par une bouffée d'émotion.

Un pas derrière lui... Il se retourna, entendit le froissement d'un tissu et vit une ombre se détacher de la ligne des bateaux et s'avancer lentement. Il ne put distinguer le visage de l'homme qu'à trois pas de lui. Sa gorge se noua et il s'inclina très bas : c'était le tsar Ivan.

Tout seul. Sans un mot, il s'avança vers la berge du fleuve et resta près de Boris pendant une bonne minute avant de lui demander son nom.

Comme il avait la voix douce ! Et pourtant Boris trembla de l'entendre. Il demanda au jeune homme d'où il venait et à quelle famille il appartenait. Il ne fit aucun commentaire, mais parut satisfait, peut-être même enchanté, des réponses de Boris. Il se tut mais resta à côté du jeune cavalier, le regard perdu sur l'immensité de l'eau, et son reflet pâle dans le noir.

« Que dois-je lui dire ? » se demanda Boris. Peut-être rien, mais quel dommage de perdre cette occasion extraordinaire de se faire connaître du tsar ! Au bout d'un moment, le jeune homme se risqua donc à murmurer :

— Grâce à vous, mon souverain, la Russie se libère.

Cela avait-il plu au tsar ? Boris osait à peine lever les yeux vers la haute silhouette d'Ivan, mais quand il le fit, il ne remarqua du long visage aquilin que les sourcils froncés. N'osant reprendre la parole, il attendit en silence. Le fleuve glissait sans un bruit.

Il se passa longtemps avant qu'Ivan ne se décide à parler, et quand il le fit, ce fut en un murmure juste assez distinct pour que Boris l'entende.

— La Russie est prisonnière, mon ami, et je suis la Russie. Sais-tu pourquoi ?

Boris attendit respectueusement la suite.

— La Russie est comme un ours mis en cage pour que les hommes se moquent de lui. La Russie est prise au piège par ses ennemis — elle ne peut même pas atteindre ses frontières naturelles.

Il marqua un temps.

— Mais il n'en a pas toujours été ainsi. Par exemple au temps du Monomaque. Quand Kiev était à son apogée, ajouta-t-il en s'adressant directement à Boris, jusqu'où les Russes faisaient-ils commerce ?

— De la Baltique à la mer Noire, répondit Boris. De Novgorod à Constantinople.

— A présent, les Turcs occupent la seconde Rome et un khan tatar contrôle les ports de la mer Noire. Dans le nord, mon grand-père Ivan le Grand a brisé les marchands de la Hanse à Novgorod, mais ces chiens allemands détiennent encore nos côtes de la Baltique.

Les seuls ports appartenant à la Russie, situés trop au nord, étaient pris par les glaces la moitié de l'année.

— Privée de ses mers, la Russie n'est pas libre, lança Ivan d'une voix amère.

Ces paroles touchèrent Boris : le puissant souverain souffrait de la même rage impuissante que lui-même quand il songeait à son pitoyable petit héritage de Russka — sauf que dans le cas d'Ivan, il s'agissait de la Moscovie. Oubliant sa condition pendant un instant, il s'écria avec passion :

— Mais c'est notre destinée d'être libres, d'être grands ! Dieu a choisi Moscou pour en faire Sa Troisième Rome. Vous nous montrerez la voie.

Ivan se retourna, et Boris sentit le regard perçant du tsar se poser sur lui.

— Tu crois vraiment ce que tu viens de dire ?

— Oui, sire.

Ivan inclina la tête d'un air songeur.

— Dieu nous a conduits à Kazan et l'a remise entre nos mains. Il a répondu aux prières de Son serviteur.

A certains égards, la campagne contre la ville des Tatars avait ressemblé à un pèlerinage. Non seulement on portait des icônes en tête des troupes, mais on avait fait venir de Moscou le crucifix d'Ivan, qui contenait un fragment de la Vraie Croix. Des prêtres avaient aspergé tout le camp d'eau bénite pour chasser le mauvais temps qui ralentissait le siège. Et les prières d'Ivan avaient été effectivement exaucées. Il avait prié pendant si longtemps dans sa tente que certains l'avaient accusé d'avoir peur de prendre la tête de ses troupes. Mais Boris n'en croyait rien. N'était-ce pas au moment même où le prêtre avait prononcé dans sa liturgie les mots « Vos ennemis s'inclineront devant vous », que les mines russes avaient explosé, battant en brèche les murs de bois de Kazan la Tatare ? Et cela ne s'était-il pas produit pendant la fête de la Protection de la Mère de Dieu ?

Pas un instant il n'avait douté du tsar. Ni que Moscou était destinée à prendre la tête du monde chrétien : elle serait la Troisième Rome jusqu'à la fin des temps. Dieu en avait donné un grand nombre de signes.

Soixante ans plus tôt — en 1492 selon le calendrier d'Occident — les Russes avaient cru à la fin du monde. A tel point que l'Église orthodoxe n'avait même pas pris la peine de calculer la date de Pâques pour l'année suivante. Quand la vie avait continué comme par le passé, l'étonnement avait été total et sincère. Qu'est-ce que cela pouvait signifier ?

Certains dignitaires importants de l'Église avaient décidé que cela indiquait le début d'une nouvelle ère, une ère que Moscou était sûrement destinée à dominer. Ainsi était née, sous le règne d'Ivan le Grand, l'idée que Moscou était la Troisième Rome.

Après tout, la ville impériale de Constantinople, la Deuxième Rome, venait de tomber aux mains des Turcs et Sainte-Sophie était devenue une mosquée. L'Église russe avait attendu patiemment que le patriarche grec assume son ancienne autorité, mais il continuait de n'être qu'une marionnette entre les mains du sultan turc ; le temps passant, il devint manifeste qu'à tous égards le métropolite de Moscou devait être le vrai chef de l'orthodoxie orientale.

Une destinée impériale. Ivan le Grand, le grand-père du jeune tsar, avait épousé une princesse de l'ancienne famille impériale de Constantinople, et la famille princière russe avait depuis lors fièrement adopté l'aigle à deux têtes, blason des souverains de la cité romaine conquise.

Boris regarda avec déférence la haute silhouette à côté de lui. Le tsar, perdu dans ses pensées, gardait le silence. Puis il soupira.

— La Russie a un grand destin, remarqua-t-il tristement, mais je suis assailli de davantage de problèmes à l'intérieur de mes frontières qu'au-dehors.

Boris en fut touché. Il savait que les princes Chouïski — plus proches descendants d'Alexandre Nevski qu'Ivan — l'avaient humilié dans son enfance ; il savait qu'avec leurs complices, ils avaient tenté de ruiner l'œuvre de la maison de Moscou et de remplacer le gouvernement du tsar par celui des magnats. A peine cinq ans plus tôt, un terrible incendie avait ravagé Moscou, et le peuple en avait accusé la famille polonaise de la mère d'Ivan : on avait pourchassé son oncle jusque dans la cathédrale de l'Assomption, et on l'avait massacré. La foule en furie avait même menacé Ivan de mort.

Ses ennemis s'opposaient à tout ce qu'il faisait — n'avait-on pas prétendu que cette expédition à Kazan serait un gaspillage d'argent ?

Puis le jeune tsar se tourna vers lui, Boris Bobrov du misérable petit domaine de Russka, et lui déclara :

— J'ai besoin d'hommes comme toi.

Un instant plus tard, il avait disparu et Boris ne put que chuchoter vers son ombre :

— Je vous appartiens.

Et il ajouta à ces mots le plus redoutable de tous les titres : *gosoudar* — souverain, maître de tout.

Boris, vibrant d'émotion, regarde les premiers feux de l'aube apparaître à l'est.

Les bateaux continuaient de remonter la puissante Volga et Boris était aussi bouleversé en cette fin d'après-midi que le matin à l'aube. Que présageait sa rencontre avec le jeune tsar ? Une promotion pour sa famille ?

Boris, fils de David, de la famille Bobrov. Depuis quelques générations, on donnait les noms de façon différente. A part les princes et les plus grands boyards, plus personne n'utilisait la forme patronymique complète, avec sa terminaison en *vitch*. Le tsar Ivan, par exemple, se nommait Ivan Vassilievitch, mais un petit noble comme Boris était simplement Boris Davidov, pas Davidovitch. Pour définir son identité de façon plus précise, un Russe pouvait ajouter à ces deux noms un troisième, en général celui par lequel on désignait son grand-père. Parfois, il s'agissait d'un prénom, comme Ivan, et le troisième nom devenait Ivanova, abrégé en Ivanov. Ce pouvait être aussi un surnom.

Ce fut ainsi que les noms de famille apparurent en Russie au cours du XVIe siècle, relativement tard : le troisième nom se conserva d'une génération à l'autre. Au début, comme il s'agissait d'un choix individuel, une famille pouvait facilement en changer à plusieurs reprises.

La famille de Boris était fière de son nom. L'arrière-grand-père de Boris avait reçu le surnom de *bobr* — castor — de la bouche d'Ivan le Grand en personne. Aimait-il porter un manteau de castor ? Se montrait-il dur au labeur ? Le redoutable souverain avait-il décidé que son insignifiant vassal avait un museau de castor ? Personne ne le savait, mais la famille avait décidé de s'appeler Bobrov, point final. Et ils donnaient à cet ancêtre le nom respectueux de Puissant Castor. C'était son père qui avait donné au monastère de Russka sa belle icône de Roublev, et la famille veillait, par des donations de plus en plus modestes, à ce que les moines continuent d'évoquer la mémoire de ces deux hommes dans leurs prières.

Car la famille Bobrov n'avait cessé de décliner de sa grandeur passée comme de nombreuses lignées nobles.

Tout d'abord, les domaines avaient été divisés à chaque génération, et depuis trois générations la famille n'avait pas acquis de nouvelles terres. Le grand-père de Boris, endetté jusqu'au cou comme beaucoup de gens de sa classe, avait dû céder à son créancier, le monastère local, le village entier de Russka. Il n'avait conservé que les terres du Bourbier. La famille conservait une maison dans les murs de Russka uniquement parce que le monastère lui permettait de l'occuper en échange d'un loyer modeste ; mais comme Boris jugeait que le nom du Bourbier manquait vraiment de classe, il préférait dire qu'il venait de Russka.

Un jour, espérait-il, il ferait du Bourbier quelque chose de grand, et il changerait le nom de l'endroit. Pourquoi ne pas l'appeler Bobrov ?

En attendant, ce n'était qu'un hameau misérable, et il ne possédait rien d'autre.

A certains égards, il avait de la chance. Le domaine du Bourbier, quoique réduit par les subdivisions, avait de bonnes terres et il en était le seul héritier. Surtout, c'était une *votchina*, une propriété à part entière. Depuis un demi-siècle de moins en moins de terres bénéficiaient du statut de *votchina*. Les nouveaux propriétaires ou les anciens propriétaires appauvris ne détenaient leurs terres qu'au titre de *pomestié*, c'est-à-dire sous condition de service au prince. Dans la pratique, les terres sous le statut de *pomestié* passaient souvent à la génération suivante de la même famille, mais cela dépendait seulement du bon plaisir du prince. Même ainsi, le revenu de Boris suffisait à peine chaque année à payer ses chevaux, son armure et sa nourriture. Pour que la famille retrouve sa gloire passée, il fallait qu'il gagne la faveur du prince.

La rencontre avec le tsar était l'événement le plus important de sa vie à cette date. Le tsar connaissait maintenant son nom, mais Boris devait faire quelque chose de plus pour attirer l'attention de son héros. La question était : « Quoi ? »

En fin d'après-midi, ils passèrent à un endroit où, sur la rive gauche, les bois laissaient la place à une longue étendue de steppe. Boris crut voir, à presque deux kilomètres, un ramassis de cabanes disparates. Il s'aperçut aussitôt qu'elles se déplaçaient et il ne put retenir une exclamation de dégoût :

— Des Tatars !

Les Tatars des frontières de la Moscovie vivaient souvent dans ces espèces de chariots à petites roues surmontés d'une petite cabane de bois. Pour les Tatars, les maisons fixes des Russes, qui attiraient les rats et toute sorte de vermine, n'étaient que des porcheries. Pour Boris, les maisons mobiles des Tatars prouvaient qu'ils étaient changeants et indignes de confiance.

La vue de ces vagabonds le fit songer aux deux Tatars qu'il avait capturés. Il baissa les yeux vers eux : deux costauds au visage plat et à la tête rasée, qui parlaient d'une voix grave et forte.

Ils brayaient comme des ânes, disait-il.

Et ils étaient musulmans.

Bien que la campagne eût été une croisade, le tsar avait décidé que les Tatars devraient être convertis au christianisme par la persuasion et non par la force. Pour affaiblir leur résistance, les émissaires d'Ivan n'avaient cessé de répéter aux Tatars que la Moscovie contenait déjà des communautés musulmanes à qui le tsar accordait la pleine liberté de culte. Bien entendu, si un Tatar désirait entrer au service personnel du tsar, il devait être chrétien, car Ivan lui-même était strict et dévot.

« Pour faire bon effet auprès du tsar, se dit Boris, je dois montrer que je suis dévot moi aussi.

» Les deux prisonniers tatars se convertiront cette nuit », décida-t-il. Et lui-même trouverait bientôt sa place dans l'entourage du tsar.

Le lendemain à l'aube, un des prêtres qui accompagnaient l'armée baptisa les deux Tatars. Selon la coutume russe, on les plongea trois fois, complètement, dans l'eau de la Volga.

La cérémonie ne pouvait passer inaperçue du jeune tsar.

Deux jours plus tard, ils arrivèrent à la ville frontière de Nijni-Novgorod.

Située sur une colline dominant le confluent de la Volga et de l'Oka, c'était le dernier bastion oriental de la vieille Russie. A l'est de Nijni-Novgorod s'étendaient les vastes forêts habitées par les Mordves. A l'ouest se trouvait le cœur de la Moscovie. Les hautes murailles de la ville et ses églises blanches se tournaient vers la plaine eurasiatique d'un air de dire : « Ici commence le pays sacré du tsar, et il est imprenable. »

A Nijni-Novgorod se trouvait le monastère Saint-Macaire avec son énorme foire. En arpentant les rues de la ville, Boris sourit. Quel plaisir d'être enfin chez soi !

L'armée triomphante fut bien reçue : les affaires de Nijni-Novgorod avaient souvent souffert à cause des Tatars, et Kazan demeurait sa principale rivale pour le commerce avec l'Orient. Le peuple montra sa gratitude de toutes les manières possibles.

Ce fut au milieu de l'après-midi, à la fin de la journée de travail, que Boris rencontra la fille. Elle se tenait devant un long bâtiment de bois qui abritait des bains publics. Une fille du peuple : les femmes de l'aristocratie restaient pour ainsi dire au secret et ne montraient pas leur visage en public.

Elle avait le visage peint en blanc et les lèvres rouge vif. Des yeux en amande très écartés. Il la supposa au moins à moitié mordve. Elle avait les sourcils peints en noir et portait une robe longue qui avait dû coûter cher. Sous l'ourlet apparaissait une paire de chaussures rouge clair qui tapaient un petit refrain sur le sol pour passer le temps. Sur sa tête, un bonnet de velours rouge. Elle avait l'air de s'ennuyer parce qu'il ne se passait rien, mais voyant que le jeune Boris la dévisageait, elle prit un air méfiant, puis vaguement amusé. Quand il s'avança vers elle, elle lui sourit, et il découvrit qu'elle avait les dents noires.

On se noircissait les dents ainsi avec du mercure, et Boris avait entendu dire que cette coutume était empruntée aux Tatars. La première fois qu'il était allé avec une de ces femmes, ses dents noires l'avaient dégoûté, mais il s'y était habitué.

Ils s'arrêtèrent — peu de temps — à un petit comptoir où l'on servait de la vodka. Il aimait bien cet alcool qui descendait si facilement, même si à cette époque-là il n'était en faveur que chez les petites gens. Ce n'était pas une boisson russe : elle était venue de l'ouest, par la Pologne, au siècle précédent. Le mot vodka lui-même n'était que la déformation par les marchands russes du nom latin *aqua vitae*.

Ils vidèrent leur verre. Il sentit une bouffée de chaleur tandis qu'elle le conduisait chez elle.

Elle s'avéra chaleureuse, et d'une souplesse qui le surprit.

Quand il l'eut payée, elle lui demanda s'il était marié. Apprenant qu'il allait prendre femme, elle éclata de rire.

— Enferme-la sous clé et ne lui fais jamais confiance, s'écria-t-elle.

Puis elle s'éloigna d'un pas léger, sur ses souliers rouges, en fredonnant entre ses dents.

Au même instant, Boris vit un groupe sortir d'une église, de l'autre côté de la rue. Ils étaient tous vêtus de fourrures et ne cherchaient nullement à attirer l'attention, mais Boris reconnut immédiatement la haute silhouette au milieu d'eux.

Il savait très bien que le tsar Ivan ne pouvait passer devant une église sans y entrer : il venait manifestement de prier. Mais le pieux souverain avait-il vu Boris avec la fille ? Il lui lança un regard inquiet.

Il l'avait vu. Ses yeux perçants se posèrent sur la fille, puis retournèrent vers Boris. Le jeune homme retint son souffle.

Puis Ivan se mit à rire, d'un rire aigu, nasal, et le groupe s'éloigna rapidement.

Le tsar l'avait reconnu, Boris en était certain : Ivan n'oubliait rien. Mais cela avait-il modifié l'opinion du souverain à son égard ? Cela avait-il compromis ses espoirs ?

Ils entrèrent dans Moscou deux jours avant la fin du mois

d'octobre. La ville occupait un noble site au confluent de la Moskova et de la Yaousa, avec en toile de fond les monts des Moineaux. Boris la trouva gigantesque.

Il l'ignorait, mais c'était à l'époque une des plus grandes villes de toute l'Europe — aussi vaste que Londres ou Milan. Ses faubourgs s'étendaient si loin, en absorbant les anciens villages des environs, qu'on ne savait plus où commençait la ville proprement dite. On rencontrait d'abord de grands monastères fortifiés comme des châteaux, puis les faubourgs avec des moulins, des vergers et des jardins. On parvenait ensuite au grand rempart de terre entourant la Ville de Terre, où vivait le petit peuple ; puis on entrait dans la Ville Blanche, et enfin dans le Kitaï Gorod, le quartier riche, au pied des murailles imposantes du Kremlin.

Quand ils atteignirent la citadelle, la neige légère cessa de tomber — comme pour leur souhaiter la bienvenue. Boris resta sans voix. Les cavaliers, coiffés de leur casque à pointe ou de leur haute toque de fourrure, avancèrent vers les portes, flanqués à gauche et à droite par le nouveau corps d'élite de l'infanterie du tsar : les mousquetaires, les *streltsy*. Les hallebardiers avaient du mal à contenir la foule enthousiaste.

De hautes tours aux toits pointus comme des tentes s'élevaient au-dessus des murailles à intervalles réguliers. Derrière elles se trouvait un océan de maisons de bois ponctué de clochers et de coupoles de pierre.

Quand on avait couronné Ivan, on avait posé sur sa tête une coiffure de fourrure et d'or qui avait appartenu (disait-on) au Monomaque lui-même, le plus grand prince de l'ancien Pays de Rus. Mais les autocrates de Moscou s'étaient arrogés des pouvoirs bien plus considérables que le Monomaque n'en avait jamais rêvé dans sa capitale de Kiev. Les princes des villes tombées entre les mains de Moscou devaient se soumettre, s'attacher au service du tsar et les boyards de quelque importance étaient envoyés dans d'autres provinces. Quand le grand-père d'Ivan s'était emparé de Novgorod, il avait même emporté la cloche servant à convoquer le *vétché*, pour signifier à tous que les anciennes franchises de la ville étaient supprimées sans retour. Les souverains de Moscou s'étaient inventé une généalogie qui les faisait descendre du grand empereur Auguste, contemporain du Christ. Dans le Kremlin, de splendides cathédrales construites par des architectes italiens s'élevaient à présent à côté des coupoles et des clochers bulbeux des anciennes églises et monastères, si bien qu'en ce cœur de l'empire des forêts, on pouvait parfois se croire devant un *palazzo* florentin.

Moscou, capitale du tsar, de l'Église et de l'État. De l'avis des hommes d'Église, les autorités civiles et religieuses devaient gouverner ensemble en parfaite harmonie. Tel était l'idéal byzantin de l'ancien Empire romain d'Orient, et telle était la règle à Moscou. Le jeune Ivan n'avait-il pas déjà conçu deux programmes de réforme, un pour son administration, un pour l'Église ? Le tsar ne tolérerait ni les dignitaires qui opprimeraient le peuple, ni les membres du clergé qui mèneraient une vie immorale ou dissolue. Chacun des deux codes se composait de cent chapitres : ce genre de symétrie plaisait à Ivan.

Et Moscou constituait le cœur et l'esprit de la Russie. Entre les murs de la ville résidaient des marchands venus de partout et d'autres étrangers, mais jamais on ne leur permettait de profaner la vie spirituelle de ce peuple du nord. Catholiques et protestants pouvaient venir en visite, mais le prosélytisme leur était interdit. Les Russes orthodoxes avaient de bonnes raisons de se méfier des peuples trompeurs de l'ouest. Il y avait de nombreux juifs et étrangers dans les régions du sud, vers Kiev, mais ils n'avaient pas le droit de venir dans le nord.

L'État de Moscovie rêvait peut-être de posséder les ports de la Baltique qui lui donneraient libre accès à l'Occident, mais ici, à Moscou, son cœur et son esprit resteraient à l'abri, impénétrables, protégés par de puissantes murailles que rien n'abattrait jamais. Nul n'entrerait ici, nul ne vaincrait : ni les Tatars par le feu et l'épée, ni les catholique fourbes, ni les juifs rusés. La Russie se protégeait ainsi contre sa propre peur.

La grande procession du clergé sortit des portes de la ville avec le métropolite à sa tête. En vêtements sacerdotaux splendides, portant bannières et icônes, ils s'avancèrent pour accueillir le tsar et l'air retentit des échos de mille cloches sonnant à toute volée.

Slava — louange — au conquérant, sauveur des chrétiens.

Et Boris entendit alors les soldats donner un nouveau nom au tsar Ivan vainqueur. Ils l'appelaient *Groznyï* qui signifie « redoutable ». Une erreur de traduction allait faire de lui Ivan le Terrible.

Les neiges étaient déjà tombées quand vint le jour de son mariage.

Les garçons d'honneur étaient venus chez lui, dans la Ville Blanche, mais malgré leurs efforts pour le dérider, il se sentait infiniment seul.

Le retour triomphant à Moscou, qui ne datait que d'un mois, lui semblait déjà très loin.

Quelle journée ! Après le discours de bienvenue du métropolite Macarios, Ivan avait dans sa réponse comparé le joug des Tatars à la captivité des anciens Hébreux. Même Boris s'était senti héros quand il avait franchi les portes de la ville pour entrer sur la place Rouge.

Il s'était senti héros dans les tavernes où il avait bu avec les autres jeunes, puis, la nuit venue, devant les murailles imprenables du Kremlin, la forteresse du tsar, dont la plus haute tour s'élevait à plus de trente mètres vers le ciel étoilé.

Cette exaltation s'était prolongée jusqu'à son entrée dans le quartier situé à l'est du Kremlin, le Kitaï Gorod où habitaient la grande noblesse et les riches marchands. Il y avait de grandes demeures de bois, mais aussi de pierre. La rue était pleine de traîneaux tirés par des chevaux magnifiques. Les cochers buvaient et discutaient ensemble. A la lueur des torches, Boris put voir sur les traîneaux vides les fourrures splendides et les tapis d'Orient qui assuraient le confort des riches.

Son futur beau-père se trouvait sans doute dans une de ces demeures. Il n'habitait pas le quartier — il possédait une vaste maison de bois dans la Ville Blanche — mais un des puissants de Kitaï Gorod avait dû l'inviter. Et cela avait rappelé à Boris le fait crucial de sa vie : il était pauvre.

Dimitri Ivanov, son futur beau-père, ne lui avait pas caché qu'il lui accordait la main de sa troisième fille uniquement parce que le père de Boris avait été son ami pendant des années. Et Boris n'avait nullement l'impression de faire un brillant mariage — Elena était seulement le meilleur parti que son pauvre père avait pu trouver.

Mais pour Dimitri Ivanov, c'était incontestablement un sacrifice. Avoir trois jolies filles constituait un grand avantage pour un noble comme lui. Il les gardait à l'abri des regards dans l'appartement des femmes, le *terem*, à l'étage, et elles seraient données en mariage en fonction des intérêts de la famille. Le jeune Boris était acceptable par sa naissance, sans plus ; et Dimitri Ivanov avait donc donné à Elena, sa plus jeune fille, une dot très modeste — ce qui avait ouvert les yeux de Boris sur une triste vérité : « Plus on est riche, plus les gens se croient obligés de vous donner. »

Quant à ses sentiments envers Elena, Boris était à la fois emballé et plein de doutes. Son père avait conclu le mariage de longue date, et Boris n'avait rencontré la jeune fille qu'à son arrivée à Moscou, avant la campagne contre les Tatars.

Jamais il n'oublierait ce jour-là. Il était arrivé à la grande maison de bois en fin de matinée. On lui avait offert le pain et le sel puis, selon la tradition, il s'était avancé vers les icônes dans le coin rouge — le coin d'honneur — et s'était incliné trois fois en murmurant : « Seigneur, aie pitié. » Il s'était signé de droite à gauche, et quand il s'était retourné la jeune fille et son père se trouvaient déjà dans la pièce.

Dimitri, de petite taille et le crâne chauve, portait un caftan éblouissant, bleu et or. Son visage large et ses yeux étroits révélaient l'existence d'une princesse tatare dans sa famille quelques générations plus tôt, ce dont il se montrait fier. Il avait une épaisse barbe rousse qui tombait en éventail sur sa bedaine.

Elena, à ses côtés, portait une robe longue d'un rouge qui tirait sur le rose. Ses cheveux blonds étaient tressés en une seule natte dans son dos. Elle portait un diadème discret et un voile sur le visage.

Avec un petit grognement de satisfaction, Dimitri arracha le voile et Boris regarda sa future femme.

Elle ne ressemblait pas du tout à son père. Boris remarqua aussitôt ses yeux bleus très doux, assez écartés et légèrement en amande — c'était le seul trait qui rappelât sa parenté avec le petit homme à l'air cruel. Son nez fin semblait palpiter d'émotion au-dessus de sa bouche charnue. Elle paraissait pâle et tendue ; quand elle leva les yeux vers lui, les muscles de son cou étaient crispés.

« Elle a peur de ne pas me plaire », se dit Boris aussitôt, et il en éprouva de la tendresse, le désir de la protéger. « Elle ne sait pas à quel point elle est belle », remarqua-t-il judicieusement. Et cela aussi lui plut beaucoup.

Il s'aperçut sur-le-champ qu'il avait envie d'elle. Il la désirait de cette passion simple et définitive qui dit : « Elle sera à moi, elle obéira à mes ordres et je la rendrai belle. »

— On m'a fait l'autre jour une excellente proposition pour elle, lui dit Dimitri en toute franchise, mais j'avais baisé la croix avec votre père à ce sujet, point final.

Boris la regarda. Oui, elle était adorable. Il lui sourit.

Et il s'était alors produit le petit incident qui semait en lui le doute, le jour même de son mariage. En fait ce n'était rien. Cela ne signifiait rien du tout. Elena avait baissé les yeux vers le sol. Qu'avait exprimé au juste son visage anxieux ? Était-ce de la déception ? N'était-il pas possible que ce fût du dégoût ? Il l'avait observée attentivement, mais sans pouvoir décider. Si elle l'avait vraiment détesté, sans doute l'aurait-elle dit à son père. Boris n'aurait pas contraint Dimitri à tenir sa promesse dans ces circonstances. Ou bien avait-elle gardé le silence par sens du devoir ?

Les rares fois où ils s'étaient revus depuis, il avait essayé de lui suggérer que, si elle était malheureuse en quelque manière, il fallait qu'elle le lui dise, mais elle lui avait modestement assuré qu'il n'en était rien.

« Tout est pour le mieux », se dit-il en franchissant le seuil de la maison de Dimitri Ivanov. Oui, tout serait pour le mieux.

Il le répéta en lui-même quand ils se trouvèrent côte à côte devant le prêtre.

Le service de mariage russe était long : cierges, encens, prêtres barbus revêtus de lourdes chasubles rehaussées de perles et de pierreries, on restait debout pendant des heures. Comme pour toutes les cérémonies orthodoxes, « quand on sortait de l'église, on n'oubliait pas qu'on y était allé ».

L'instant le plus émouvant pour Boris fut celui, vers la fin du service, où sa femme s'agenouilla devant lui, se prosterna et posa le front sur son pied en signe de soumission.

Car il s'agissait d'une soumission très réelle. Comme toutes les femmes des classes supérieures, elle serait maintenue en réclusion ou presque. Leur honneur à tous les deux en dépendait. Jamais elle ne s'avilirait en paraissant en public comme une servante ou une femme du commun, se promit-il.

De même, il allait de son honneur à elle qu'elle obéisse à son époux. Lui désobéir serait aussi déloyal que la désertion d'un soldat. Le contredire en présence d'autrui serait se conduire en fille du peuple.

Boris avait entendu dire que certains hommes se faisaient un point d'honneur de battre leurs femmes, et que les femmes tenaient cela pour une preuve d'amour. Le célèbre recueil des règles régissant la vie familiale, le *Domostroï*, écrit par un des conseillers intimes du tsar, donnait des instructions précises sur la façon dont il fallait fouetter sa femme, et non la battre avec un bâton ; et l'ouvrage conseillait au mari de lui parler ensuite avec douceur pour ne pas compromettre leurs relations conjugales.

Il regarda, à ses pieds, cette jeune femme qu'il connaissait à peine mais désirait ardemment — et n'eut aucune envie de la punir, seulement de ne faire qu'un avec elle, de la prendre dans ses bras et de recevoir d'elle une affection qu'il n'avait jamais connue.

Il éprouva donc une vive émotion soudaine à l'instant où, selon la coutume, il posa le bas de sa longue robe au-dessus d'elle en signe de protection.

« Je l'aimerai et la protégerai », jura-t-il en une prière silencieuse, et, au milieu des cierges éblouissants, il crut qu'il venait de devenir un homme.

A la fin de la cérémonie, le prêtre leur tendit une tasse, et ils burent tour à tour ; puis, à la manière russe, Boris écrasa la tasse sous son talon.

Quand ils sortirent, les invités, qui étaient presque tous du côté d'Elena, leur lancèrent du houblon. Ils étaient mariés. Boris poussa un soupir de soulagement.

Un seul petit épisode parvint à ternir le souvenir de ce jour de bonheur.

Il y avait de nombreux invités au festin des noces, et comme d'habitude en ces circonstances, ils traitèrent aimablement le jeune homme. Pour cette importante réunion de famille, les femmes étaient présentes — et visiblement soumises à l'autorité de la vieille mère de Dimitri qui, disait-on, régentait toute la tribu de ses petits-enfants sans jamais sortir de la splendide réclusion de sa chambre du premier étage. Il remarqua qu'elle inclina la tête dans sa direction, mais sans lui sourire.

La nourriture s'entassait déjà sur les tables. De l'oie et du cygne, épicés au safran. Des *bliny* arrosés de crème, du caviar, et des *pirojki*, sorte de petits pâtés à la viande. Du saumon et une multitude de friandises — régime riche qui gonflait les panses de la plupart des hommes et des femmes présents dans la salle.

Sur une table à part, il remarqua, ce qui l'impressionna vivement, des vins de France, de Grèce, d'Espagne, rouges et blancs.

Les hommes de Moscou n'avaient pas le droit de se rendre dans d'autres pays et risquaient à le faire sans autorisation une condamnation à mort, mais les nobles et les riches marchands connaissaient les produits de luxe de l'étranger — autant qu'ils ignoraient le mode de vie de ces pays. Servir ce genre de vin à sa table, songea Boris, était vraiment réservé à la classe supérieure. Chez lui, on ne buvait en général que de l'hydromel.

Si pauvre qu'il fût, si fier qu'il fût et si modeste que fût la dot, Boris ne put s'empêcher d'éprouver un intense sentiment de satisfaction de s'être allié à des gens aussi riches.

Tout le monde s'assit, les deux époux à la place d'honneur, sous les icônes. Boris, après quelques gorgées de vin, se sentit envahi d'une bouffée de chaleur. Il but davantage, regarda sa femme avec un petit frisson d'excitation et sourit aux invités autour de lui.

Tout allait pour le mieux. Presque. Il n'avait aucune sympathie particulière pour Dimitri Ivanov, mais il y avait dans la salle une personne qu'il détestait, et le hasard voulait qu'elle fût assise en face de lui. C'était le frère d'Elena, Fiodor.

Étrange personnage. L'aîné des deux frères était roux et trapu comme son père, mais Fiodor, âgé de dix-neuf ans, semblait aussi mince et blond qu'Elena. Sa barbe frisée était taillée très court. Le bruit courait qu'il s'était fait épiler tout le corps. Il se poudrait parfois le visage, mais n'en avait rien fait ce jour-là, en raison du mariage. On voyait cependant que son visage avait été massé et pommadé — l'odeur prenante de l'onguent parvenait aux narines depuis l'autre côté de la table.

Les jeunes gens de son espèce étaient alors nombreux à Moscou : c'était la mode, en dépit de l'orthodoxie sévère du tsar. La plupart, pas tous, étaient homosexuels. Le jour de leur première rencontre, Fiodor lui avait déclaré :

— J'aime tout ce qui est beau, Boris, garçon ou fille. Et je prends ce que je désire.

— Les moutons et les chevaux aussi, sans doute, avait répondu Boris sèchement.

On disait que les pratiques de certains amis de Fiodor étaient variées.

La réplique n'avait nullement désarçonné Fiodor. Il avait fixé Boris de ses yeux durs et brillants.

— Les as-tu pratiqués ? avait-il demandé d'un air faussement sérieux, avant d'ajouter avec un gros rire : Tu devrais peut-être essayer.

Venant du frère de sa fiancée, Boris ne s'en était pas formalisé. Mais il y avait en Fiodor quelque chose de cruel, en dépit de son esprit et de son humour, et Boris l'avait évité.

Elena l'aimait. Sans doute jugeait-elle qu'il n'était pas vraiment corrompu... Ou bien le lui pardonnait-elle ? Boris avait essayé de chasser de son esprit cette dernière possibilité.

Mais c'était le jour de ses noces, il devait aimer tout le monde. Il leva donc son verre et sourit quand Fiodor but un verre à sa santé.

Quand le coup tomba, il ne s'y attendait nullement.

Au milieu du repas, Fiodor le dévisagea calmement et lança :

— Vous avez vraiment l'air charmants, tous les deux.

Et avant que Boris ne trouve une réplique, il ajouta :

— Profite bien de cette place, Boris. A l'avenir, je crains que tu ne sois assis beaucoup plus loin que nous tous vers le bas bout de la table.

Cela semblait dit avec humour, mais la voix portait assez pour que de nombreuses personnes l'entendent.

Boris réagit violemment.

— Je ne crois pas. Les Bobrov sont d'un rang au moins aussi élevé que les Ivanov.

Mais Fiodor se contenta de rire.

— Mon cher Boris, tu te rends sans doute compte que personne ici ne pourrait même servir sous tes ordres.

C'était une insulte : la plus grave et la mieux calculée. Et ce n'était pas une simple parole en l'air, comme s'il lui avait lancé : « Qu'un chien vomisse sur ta mère ! » Boris ne pouvait pas se lever et le souffleter : Fiodor avait énoncé sur la famille Bobrov une déclaration technique précise, vérifiable dans un livre. Et Boris craignit que l'accusation ne fût fondée.

En effet la noblesse russe tout entière, jusqu'aux petits gentilshommes appauvris comme Boris, était soumise au *mestnitchestvo*, ou ordre de préséance, qui suscitait de nombreuses contestations. Dans le système russe, la position personnelle de chacun dépendait étroitement de la position de ses ancêtres par rapport aux ancêtres de l'autre personne. Un homme pouvait refuser de s'asseoir plus bas qu'un autre lors d'un banquet et même de recevoir des ordres de lui dans l'armée, s'il pouvait prouver que par exemple son grand-oncle avait occupé une position plus élevée que le grand-père de l'autre. Le *mestnitchestvo* était énorme ; chaque famille noble apportait aux fonctionnaires chargés du registre l'arbre généalogique le plus impressionnant possible. Au bout d'un siècle de pratique, le système était devenu si absurde que le tsar Ivan l'avait décrété sans effet dès que l'armée entrait en campagne. C'était le seul moyen d'obtenir l'obéissance à un ordre.

Lors de cérémonies publiques, on avait vu des nobles refuser de s'asseoir à la place qui leur avait été réservée en dépit d'un ordre du tsar, au risque d'encourir son déplaisir et peut-être la ruine. Car dès qu'une famille cédait la préséance à une autre, un précédent était créé et la position de la famille se trouvait rabaissée pour les générations suivantes.

Boris avait toujours appris de son père que les Bobrov ne le cédaient en rien aux Ivanov, en dépit de leur pauvreté. Était-il possible que son père se soit trompé, ou l'ait induit en erreur ? Jamais il n'avait vérifié.

Était-il possible que le clan au *tamga* à trois pointes, dont les ancêtres brillaient déjà à l'époque kiévienne, compte pour si peu dans l'État de Moscovie ?

Il regarda Fiodor, si sûr de lui, si calmement moqueur, et se sentit empli de doutes. Il rougit.

— Le moment est mal choisi pour en discuter.

C'était la voix de Dimitri Ivanov, brisant le silence qui s'était produit dans la conversation générale ; pour une fois, Boris éprouva de la reconnaissance pour son beau-père. Mais pendant le reste de la fête, il conserva l'impression que le sol s'était dérobé sous ses pas.

Le festin achevé, les garçons d'honneur escortèrent le couple chez Boris. La petite maison, qui avait appartenu à un prêtre, était encore peinte en blanc, pour montrer que le propriétaire était exempt d'impôt. Boris avait été content de la trouver.

Tout était prêt. Selon la coutume, il avait jonché le lit nuptial d'épis de blé. Et il se trouva enfin seul avec Elena.

Il la regarda. Était-elle songeuse ? Était-elle triste ? Elle lui sourit, visiblement nerveuse. Il s'aperçut qu'il n'avait pas la moindre idée de ce qu'elle pensait.

Oui, à quoi songeait-elle, cette enfant silencieuse et timide de quatorze ans aux cheveux blonds ?

Elle se disait qu'il fallait qu'elle aime ce jeune homme : il lui semblait meilleur que son frère, quoique un peu lent d'esprit. Jeune et sans expérience, elle avait peur de ne pas savoir lui plaire.

Elle voyait bien qu'il était solitaire, c'était évident. Elle sentait également en lui quelque chose de fragile. Elle avait envie de le réconforter, de l'aider à surmonter l'état morbide qu'elle devinait, et son instinct lui disait que s'il se heurtait à un monde implacable, il risquait de s'enfermer dans sa solitude et d'exiger qu'elle la partage. Ce fut ce sens du danger, ce nuage sombre à l'horizon, qui la fit hésiter à se soumettre à lui trop vite.

Mais les découvertes simples de la passion, chez deux jeunes gens de leur âge, suffirent à fonder les bases de leur mariage, cette nuit-là et les nuits qui suivirent.

Deux semaines plus tard, ils partirent pour Russka.

Par un matin d'hiver ensoleillé, emmitouflés dans des fourrures, Boris et Elena arrivèrent à Russka dans le premier de leurs deux traîneaux à trois chevaux.

Sur la place du marché, quatre hommes s'étaient réunis. A les voir, personne n'aurait deviné qu'ils étaient cousins : un prêtre, un paysan, un marchand et un moine. Des quatre, seul le prêtre savait qu'il descendait de Ianka, la paysanne qui avait tué Pierre le Tatar.

Le plus inquiet était Mikhaïl, le paysan du Bourbier. Carré, fort de poitrine, il avait de doux yeux bleus et une auréole de cheveux bruns frisés autour de son visage d'habitude placide.

— Vous êtes sûr que la dot est modeste ?

— Oui, répondit le prêtre, un homme de grande taille.

— Mauvais. Très mauvais, murmura le pauvre homme en baissant les yeux vers ses pieds.

Stepan lui adressa un regard de sympathie. Depuis quatre générations, en fait depuis que son arrière-grand-père avait reçu le nom de Stepan en l'honneur du vieux moine de sa famille qui peignait des icônes, tous les fils aînés s'appelaient Stepan et devenaient prêtres. Son épouse était également la fille d'un prêtre. A vingt-deux ans, avec sa carrure imposante, sa barbe noire soigneusement taillée et ses yeux bleus sérieux, il possédait une dignité calme qui le faisait paraître plus âgé. Il était certain de ses renseignements concernant Elena. Il avait des relations à Moscou et, sachant lire et écrire, il pouvait correspondre avec la capitale.

— Une femme sans argent ! Songez à ce que cela signifie pour moi ! se lamenta Mikhaïl. Il va me pressurer à m'en briser les os. Que peut-il faire d'autre ?

Il posait la question sans rancœur. Tout le monde comprenait le problème. Boris ne possédait rien d'autre que le Bourbier. Avec une femme et bientôt des enfants à nourrir, son seul moyen de survivre serait d'obtenir davantage de ses terres et de ses paysans. Du temps de son père infirme, ils avaient eu la vie facile. Mais qui savait ce qui allait se produire à présent ?

— Vous avez de la chance d'être des hommes d'Église, fit-il observer à Stepan et au moine. Quant à vous, lança-t-il au marchand avec un sourire amer qui contenait des traces de malice, vous vous en moquez, non ? Vous vivez à Russka.

Lev le marchand, gros bonhomme de trente-cinq ans à la barbe épaisse mais aux cheveux clairsemés sur sa tête de Tatar, avait des yeux noirs mongols rusés, qui prenaient un air amusé quand des gens simples comme son cousin Mikhaïl laissaient entendre que ses pratiques commerciales élémentaires constituaient une sorte de fourberie satanique.

Il s'occupait essentiellement de fourrures, mais il avait élargi ses activités à plusieurs autres domaines, notamment comme prêteur d'argent.

La plupart du temps, en Russie, le principal prêteur d'argent de la région était le monastère, qui possédait de loin le capital le plus important. Mais l'expansion économique du siècle précédent avait fourni à de nombreux marchands l'occasion de proposer du crédit — et en Russie, toutes les classes sociales empruntaient. Un marchand prospère de petite ville, comme Lev, pouvait très bien devenir le créancier d'un dignitaire ou d'un prince puissant. Les taux d'intérêt étaient élevés. Certains requins de l'usure exigeaient cent cinquante pour cent et plus. Mikhaïl était certain que son riche cousin irait en enfer à sa mort, mais en attendant, il l'enviait. Ils étaient tous pareils, ces gens qui vivaient à Russka : riches et sans cœur.

Depuis que Russka appartenait au monastère, le village avait pris de l'importance. Il y avait à présent plusieurs rangées de maisons de bois, dont certaines assez vastes, avec les chambres au premier étage pour pouvoir être au sec toute l'année. Plus de cinq cents personnes vivaient entre les murs, qui avaient été fortifiés en même temps que ceux du monastère sur la rive opposée. Au-dessus de la porte de la bourgade s'élevait une haute tour de guet en bois, pour signaler l'arrivée éventuelle de Tatars ou de bandits de grand chemin — il en venait parfois dans la région depuis quelque temps.

La bourgade avait l'air affairée et prospère. Sur la place du marché, où une église de pierre s'élevait à côté de l'ancienne église de bois, s'alignaient de beaux étals. Des gens convergeaient de tous les villages et hameaux du voisinage. Le percepteur des impôts touchait l'octroi que devaient les marchands, mais le succès du marché était à l'origine lié au fait que les produits du monastère étaient exempts de taxe. On pouvait acheter à Russka le sel qu'apportaient les chalands plats du nord, ainsi que du caviar. Le porc, le miel et le poisson de la région étaient excellents. Le blé provenait du pays de Riazan, au sud.

Mais Russka était connu surtout pour ses icônes. Le monastère avait un petit atelier permanent, où pas moins de dix moines et leurs assistants assuraient la production des icônes vendues à Russka. Des artisans attirés par le monastère étaient logés à Russka, où ils fabriquaient des objets, religieux ou non. On venait de Vladimir et même de Moscou pour les acheter.

Lev se tourna vers Mikhaïl et le prit par l'épaule.

— Ne t'en fais donc pas, lui conseilla-t-il.

Et il exprima à voix haute la pensée que Mikhaïl était le seul des quatre à ne pas avoir envisagée.

— Si notre ami sait y faire, dit-il avec un geste du menton en direction du moine qui gardait le silence, le jeune Boris ne restera pas bien longtemps propriétaire de ses terres.

Les traîneaux glissaient avec un sifflement joyeux sur la piste luisante de la rivière glacée, entre les rangées d'arbres couverts de neige ; puis, au débouché d'un méandre, les berges s'ouvrirent sur de vastes prairies blanches.

Dans le second traîneau, derrière celui de Boris et d'Elena, se trouvaient les deux esclaves tatars, la servante d'Elena et une énorme quantité de bagages.

Russka apparut enfin devant eux, ainsi que le monastère. Comme tout était paisible ! Sous le ciel bleu transparent, le toit de bois de la tour, scintillant sous le soleil, rappela à Boris un épi de blé ou de seigle oublié par les moissonneurs sur le chaume. Il prit la main d'Elena et soupira de plaisir en retrouvant les sensations de son enfance dans la paix de la campagne russe.

Elena sourit à son tour. Dieu merci, l'endroit n'était pas aussi petit qu'elle l'avait craint. Peut-être trouverait-elle plusieurs femmes avec qui parler.

Quand ils arrivèrent sur la place principale, elle remarqua les quatre hommes en conciliabule. En voyant le traîneau, ils se tournèrent de face et s'inclinèrent. Elle eut l'impression qu'ils l'observaient attentivement. Ils avaient l'air assez gentils. Elle remonta la fourrure pour recouvrir son visage quand le traîneau passa à leur hauteur ; elle remarqua qu'il y avait parmi eux un prêtre et un moine.

Il était impossible de deviner l'expression de Daniel, le moine, car de son visage envahi par la barbe noire, on n'apercevait que deux petits yeux brillants qui regardaient le monde sans laisser rien passer. Ses pommettes larges étaient tavelées de petite vérole.

Il était robuste, quoique de petite taille, avec les épaules légèrement voûtées qui suggéraient une soumission conforme à sa vocation religieuse. Il parlait d'une voix mesurée, mais il y avait parfois dans la vivacité de son regard ou de ses gestes une impatience qui trahissait une nature passionnée — réprimée ou dissimulée.

Il ne quitta pas le jeune couple des yeux.

Stepan, le prêtre, qui les regardait également, éprouva pour Boris et Elena un sentiment de pitié. Il avait aimé le père de Boris et admiré son long combat contre la souffrance. Quand il l'avait enterré, il avait eu l'impression de perdre un ami. Il ne souhaitait au jeune Boris que du bien.

Quant au moine Daniel, il ne plaisait pas à Stepan.

— Les gens disent que j'aime l'argent, lui avait confié Lev le marchand, mais je n'arrive même pas à la cheville de ce petit moine.

C'était la vérité. La rapacité du marchand avait des limites ; ses transactions étaient imprégnées par l'esprit d'échange et de marchandage. Mais le moine Daniel, qui ne possédait rien en propre, semblait obsédé par les richesses qu'il désirait pour son monastère.

— Il est cupide au nom de Dieu, avait soupiré Stepan. Ce n'est pas bien.

La grande bataille entre ceux qui pensaient que l'Église devait abandonner ses richesses, et ceux qui estimaient qu'elle devait les conserver durait depuis plusieurs générations. De nombreux prêtres croyaient que l'Église devait retourner à une vie de pauvreté et de simplicité — en particulier les partisans d'un saint moine du nom de Nil Sorski, qui vivaient dans des communautés simples de l'arrière-pays forestier, outre la boucle septentrionale de la Volga. L'histoire a donné à cette faction austère le nom de non-acquéreurs, mais la plupart des gens, à Russka comme dans la capitale, les appelaient les non-rapaces.

Ils furent battus. Vers 1500, l'Église, sous la conduite du redoutable abbé Joseph de Volok, déclara que les terres et les richesses de l'Église lui conféraient en ce monde un pouvoir légitime et souhaitable. Ceux qui pensaient autrement risquèrent d'être condamnés comme hérétiques.

Le prêtre Stepan défendait la pauvreté en privé. Mais son cousin Daniel avait fait preuve d'une telle diligence en affaires, que l'abbé du monastère de Pierre-et-Paul l'avait nommé responsable des activités du monastère dans la petite ville-marché. A entendre Daniel parler de la prise de Kazan, on aurait pu le prendre pour un marchand ou un percepteur d'impôt.

— Nous pourrons nous emparer d'une partie du commerce du sud, qui va transiter par Nijni-Novgorod, expliquait-il de sa voix onctueuse. La soie, les étoffes, l'encens, le savon... Peut-être même un peu de rhubarbe.

On ne sait pourquoi, la rhubarbe était encore importée de l'Orient.

Mais avant tout, Daniel avait pour mission secrète dans la vie d'aider l'abbé à agrandir les terres du monastère.

Selon toute probabilité, il réussirait. Depuis des générations, seule l'Église continuait d'élargir ses domaines. Deux ans plus tôt, le tsar Ivan avait tenté de limiter cette croissance en obligeant les monastères et les paroisses à solliciter son autorisation avant d'accepter ou d'acquérir d'autres terres, mais ce genre d'ordonnance était toujours difficile à appliquer. Dans les régions centrales de la Moscovie, l'Église possédait à l'époque environ le tiers de la terre.

Il y avait deux domaines désirables non loin du monastère. Le premier, juste au nord-est, était retombé dans le patrimoine des princes de Moscou. Peut-être Ivan le céderait-il, car en dépit de ses récentes tentatives pour limiter la croissance des biens du clergé, il faisait à titre personnel de grandes donations de terres à l'Église. Le second était le Bourbier.

Le père de Boris s'était accroché à son domaine, mais le jeune homme et son épouse mal dotée en seraient-ils capables ? Daniel sourit. Probablement pas. Ou bien ils donneraient les terres au monastère en échange d'une rente viagère, ce qui se faisait souvent, ou bien ils les vendraient carrément, ou bien ils s'enfonceraient de plus en plus dans les dettes jusqu'à ce que le monastère récupère tout. Boris serait bien traité. La longue relation de sa famille avec le monastère l'imposait. Il finirait sa vie dans l'honneur. Et avant sa mort, les moines prieraient pour le noble bienfaiteur dépouillé de ses terres pour la gloire de Dieu.

Le moine ne prévoyait qu'un seul problème. Connaissant les intentions des moines, le jeune homme essayerait de conserver son indépendance par tous les moyens, comme son père. En particulier, il éviterait d'emprunter au monastère.

— C'est ici que vous intervenez, avait expliqué Daniel à Lev le jour précédent. Quand le jeune homme voudra emprunter, proposez-lui l'argent, et je garantirai le prêt. Vous n'aurez pas à vous en plaindre. J'y veillerai.

Lev avait ri, et ses yeux de Tatar s'étaient plissés d'ironie.

— Ah, vous, les moines... avait-il répondu.

Et le jeune homme venait d'arriver.

Elena s'étonna, au milieu de la place, d'entendre son mari jurer entre ses dents. « Quel garçon étrange et changeant ! » se dit-elle. Mais quand elle le regarda, il lui adressa un sourire amer.

— Mes ennemis, lança-t-il à mi-voix. Ils sont tous cousins.

Les quatre hommes lui avaient paru inoffensifs.

— Méfie-toi surtout du prêtre, ajouta Boris.

La suspicion du jeune homme à l'égard du prêtre se fondait sur un seul fait : Stepan savait lire. Lui-même pouvait déchiffrer quelques mots. A la cour, aussi, de nombreux nobles savaient lire ; dans les grands monastères et les cathédrales, les moines et les prêtres lisaient et écrivaient la langue particulière, stylisée de l'Église. Mais que faisait donc ce prêtre de paroisse, dans un village, avec des livres ? Boris trouvait la chose troublante et suspecte. Les catholiques et ces étranges protestants allemands qui venaient faire commerce à Moscou lisaient probablement des livres. Bien pis : les juifs aussi.

Car pour Boris, le péril juif était permanent. Mais il n'entendait pas par là la foi juive en elle-même, ni le peuple juif. Il faisait allusion aux chrétiens hérétiques connus sous le nom de judaïsants.

Ce mouvement était apparu brièvement dans l'Église orthodoxe au siècle précédent et s'était enraciné sous le règne d'Ivan le Grand. Certains d'entre eux tenaient, comme les juifs et les musulmans, Jésus pour un prophète et non pour le Messie, mais même à l'époque, la nature exacte de l'hérésie demeurait confuse. Ce qui était clair, en revanche, pour les générations suivantes d'orthodoxes fidèles comme Boris, c'était que ces gens s'appuyaient sur la logique, les arguments subtils et les livres — on ne pouvait donc leur faire confiance.

Boris savait que le moine Daniel convoitait ses terres, et il le comprenait. Mais Stepan ? Qui savait ce qu'il avait en tête ?

Le petit groupe accueillit les nouveaux venus poliment. Elena sourit également, pour essayer de contenter son époux, mais elle ne sentait pas à l'aise.

Boris fit le tour du domaine du Bourbier le lendemain matin.

Le vieil intendant l'accompagna. Il occupait ce poste depuis l'enfance de Boris, et n'était pas mauvais homme. Il grisonnait maintenant ; les rides de son front étaient si profondes qu'elles semblaient tracées à coups de serpe. Autant que Boris puisse en juger, il était honnête.

— Tout est en ordre, exactement comme à la mort de votre père, fit-il observer.

A certains égards, Boris avait de la chance. Quand les répartiteurs d'impôt foncier du tsar s'étaient rendus à Russka après la récente réforme fiscale d'Ivan, ils avaient évalué le domaine des Bobrov à plus de trois cents *tchetvert*, soit environ cent soixante-cinq hectares. Non seulement ils avaient décidé qu'une partie de ces terres était de qualité inférieure (ce qui diminuait le montant de l'impôt), mais il se trouvait que la propriété était plus grande que son évaluation avec le système standard de mesure.

Car les répartiteurs d'impôt de Russie ne savaient pas calculer avec des fractions. Ils en connaissaient certaines : la moitié, le huitième, et même le trente-deuxième ; ainsi que le tiers, le douzième, le vingt-quatrième. Mais ils ne savaient pas exprimer, par exemple, le dixième. Et ils ne savaient ni additionner, ni soustraire des fractions ayant des dénominateurs différents. La bonne terre du Bourbier mesurait deux cent cinquante-quatre *tchetvert*, ce qui correspondait en termes fiscaux à un quart de charruage, plus un quinzième, mais ils ne purent enregistrer qu'un quart plus un seizième — la fraction la plus proche qu'ils connaissaient — ce qui laissait plus d'un hectare et demi hors du compte.

La plupart des hommes qui bénéficiaient de terres en échange de service au tsar selon le statut de *pomestié,* comme Boris, n'en possédaient pas la moitié. Mais le revenu du domaine n'était que de dix roubles par an. Participer à la campagne avait coûté sept roubles pour lui et ses chevaux (il avait déjà son armure et son équipement). Il devait payer en plus quatre roubles d'impôt par an, et il avait de petites dettes à Russka, dont une à Lev le marchand. En ces circonstances, il ne pouvait que s'endetter de plus en plus si le tsar ne faisait rien pour lui.

Il ne perdait cependant pas courage. Il était bien déterminé à gagner les faveurs d'Ivan, et qui savait la fortune que cela lui vaudrait ? Mais pour le moment...

— Je pense que nous pouvons doubler le revenu du domaine, annonça-t-il à l'intendant. Tu ne le crois pas ?

Et comme le vieil homme hésitait, il lança :

— Tu sais très bien que c'est possible.

Exactement ce que Mikhaïl le paysan avait craint.

Un paysan pouvait payer son seigneur de deux manières. Ou bien il versait un loyer en argent ou en nature, l'*obrok* ; ou bien il cultivait les terres du boyard : c'était le principe de la corvée, la *barchtchina.* En général les deux systèmes étaient associés.

Les paysans du Bourbier ne travaillaient qu'un ou deux jours par semaine les terres que Boris se réservait — les terres domaniales. Ils lui payaient en plus l'*obrok* pour les terres qu'ils détenaient. Au cours des vingt années précédentes, la propriété avait perdu trois fermiers : l'un était parti chez un autre boyard ; le deuxième était mort sans descendance ; l'autre avait été chassé. On ne les avait pas remplacés, et le père de Boris avait récupéré ainsi quarante hectares de bonne terre. Les loyers avaient été relevés plusieurs fois, mais sans rattraper la hausse constante des prix au cours des décennies récentes.

Mikhaïl payait vingt-quatre boisseaux de seigle, autant d'avoine, un fromage, cinquante œufs, huit *dengui* d'argent et une charretée de bois de feu. Il devait cultiver également un peu plus d'un hectare des terres de Boris, ce qui lui prenait à peine une journée par semaine. Son accord avec Boris ne stipulait pas comment ses obligations seraient réparties. Si Boris désirait les modifier, il en avait le droit. Et le prix des céréales augmentait.

— Nous pouvons donc réduire l'*obrok* des paysans et augmenter leur *barchtchina,* suggéra Boris d'un ton joyeux.

Les céréales qu'il produirait sur ses terres si les paysans travaillaient pour lui deux ou trois jours par semaine vaudraient beaucoup plus que leurs loyers actuels. Il y gagnerait. Bien entendu, les paysans y perdraient.

— Nous commencerons par deux journées tout de suite, dit-il.

Avec le travail supplémentaire des paysans et celui des deux esclaves tatars, la situation allait vite s'améliorer.

Deux mois plus tard, à la requête de Boris, Lev le marchand vint lui rendre une visite respectueuse. Il en connaissait la raison.

Lev était surpris que le jeune homme et son épouse ne soient pas déjà retournés à Moscou. Ils devaient trouver la vie morne à Russka, bien que Boris eût été occupé à passer en revue tout ce que possédait le domaine.

Mikhaïl, le cousin pauvre du marchand, n'avait cessé de se lamenter.

— Son père n'était pas comme ça. Rien ne lui échappe. C'est un vrai Tatar, comme toi.

Le marchand compatissait avec son cousin, mais ne pouvait s'empêcher d'admirer Boris. Peut-être allait-il les surprendre tous et conserver son domaine.

Peu lui importait. Il savait très bien quelle devait être sa place dans toutes ces intrigues. Il n'était lié à aucun parti et avait l'intention de conserver son indépendance. C'était un survivant. Les temps étaient favorables pour les marchands comme lui. Et avec ce jeune tsar énergique, de nouvelles occasions allaient se présenter. Il suffisait de regarder par exemple les Stroganov, famille du nord qui descendait de paysans mais qui s'était taillé un vaste empire commercial et avait obtenu même, disait-on, l'oreille du tsar. Des gens à observer et à imiter.

Le moyen de survivre ? Rester en bons termes avec tout le monde. A Russka, cela signifiait en premier lieu le monastère, qui possédait tout. Mais, même en ce cas, il fallait se montrer prudent. Car ces petits établissements prospères étaient la partie des biens du clergé que les tsars de Moscou convoitaient le plus, n'attendant souvent qu'un prétexte pour s'en emparer. Si cela se produisait, le jeune seigneur du Bourbier, qui était au service du tsar, deviendrait un important personnage. On ne pouvait jamais savoir.

C'est dans cette disposition d'esprit qu'il entra dans la robuste maison de bois d'un étage à laquelle on accédait par un large escalier extérieur. On le conduisit dans la vaste pièce principale, où Boris l'attendait.

Le jeune homme semblait un peu pâle et tendu ; il alla droit au fait.

— Tu le sais, le revenu du Bourbier va augmenter de beaucoup cette année. Mais en attendant, j'ai besoin d'un prêt.

— Je vous remercie d'avoir pensé à moi, répondit Lev poliment.

Il ignorait que Boris avait déjà discuté avec deux autres petits marchands, et que leurs conditions lui avaient semblé exorbitantes.

— Je pense qu'il me faudra cinq roubles.

Lev hocha la tête. La somme était modeste.

— Je peux vous les prêter. Bien entendu, votre domaine est un nantissement amplement suffisant. Pour un prêt de cet ordre l'intérêt serait d'un rouble pour cinq.

Vingt pour cent seulement. Boris en resta bouche bée. La moitié de ce que les autres lui avaient réclamé. Et il avait entendu dire qu'à Moscou, pendant l'hiver, un homme avait dû payer un pour cent d'intérêt par jour !

Lev sourit.

— Mon calcul, seigneur, dit-il d'un ton désarmant, c'est que j'aime mieux avoir des amis que des ennemis. J'espère qu'Elena Dimitrievna se porte bien ? ajouta-t-il poliment.

— Oui, absolument.

Lev le marchand vit-il réellement une trace de contrariété apparaître sur le jeune visage qui semblait tellement soulagé un instant plus tôt ? Difficile à dire. On disait dans la ville que la jeune épouse de Boris était aimable et douce. Mais presque personne à Russka ne l'avait vue, en dehors des deux domestiques et de la femme du prêtre, qui lui rendait visite. Elle ne se montrait pas en public et, selon la tradition, Boris avait demandé au prêtre de célébrer l'office dans sa maison pour éviter à Elena les regards inquisiteurs du bas peuple dans l'église.

Après quelques politesses, Lev prit congé.

Au milieu de la place du marché, il s'arrêta soudain. Deux grands traîneaux tirés par de beaux chevaux se dirigeaient au son des grelots vers la maison qu'il venait de quitter. Aux cris des cochers et aux riches fourrures qu'il entrevit, il devina qu'ils arrivaient de Moscou.

Quel dépaysement pour Elena que la vie à Russka ! Tellement calme ! Mais savait-elle seulement ce à quoi elle s'attendait ?

L'épouse du prêtre, qui venait la voir, était une charmante jeune femme de vingt ans appelée Anna, mère de deux enfants. Un peu grassouillette, elle avait le nez pointu et le visage légèrement rougeaud. Quand elle parlait de son mari, c'était avec un petit sourire laissant entendre qu'elle était parfaitement comblée par ses attentions.

Ses visites ne déplaisaient pas à Boris, et elle restait souvent au premier avec Elena jusqu'à la tombée du jour. Grâce à elle, Elena se fit très vite une opinion précise sur la petite communauté, et elle put rassurer Boris. Il n'avait aucune raison de se méfier du prêtre, celui-ci ne lui voulait que du bien.

Mais tout était si calme ! Elle avait supposé qu'être mariée et partager une maison avec un époux remplirait ses journées. Effectivement, diriger sa maison l'occupait un peu. Mais Boris parcourait souvent son domaine, et le temps lui pesait. Elle s'était rendue trois fois au monastère fondé par la famille de son mari. Les moines l'avaient reçue avec chaleur et respect. Elle était également allée au Bourbier avec Boris. On l'avait saluée bien bas, on lui avait offert de petits présents. Mais de toute évidence, les habitants du hameau voyaient en elle la cause de leurs nouvelles obligations vis-à-vis du seigneur. Elle n'avait pas eu envie d'y revenir.

Rien d'autre. Comme le tourbillon de Moscou semblait loin ! Et la vie animée de sa famille lui manquait. Pourquoi ne la ramenait-il pas là-bas ? Il devait avoir terminé ses affaires à Russka, à présent. Que pouvait-il y faire de toute manière en plein hiver ?

Boris était une énigme pour Elena. Elle était habituée au tempérament sombre de son père, qui devenait soudain morne et distant. Elle savait que la plupart des hommes sont sujets à des sautes d'humeur, qu'il faut accepter et même admirer. Sa propre mère disait souvent de son mari, non sans fierté : « Il se met dans une de ces rages noires ! » — comme s'il s'agissait d'un exploit. Elle ne se serait pas froissée si Boris avait eu ce trait de caractère, ni même s'il l'avait battue de temps en temps. Il fallait s'y attendre. Lev le marchand, avait-elle appris, battait sa femme par principe une fois par semaine.

— Et regardez combien ils ont d'enfants ! lui avait fait remarquer Anna avec un rire ambigu.

Mais Boris était différent. Il se montrait toujours aimable. S'il se sentait d'humeur sombre, il se retirait près du poêle ou de la fenêtre, seul. Si elle lui demandait ce qu'il avait, il lui adressait un sourire contraint. Quand elle essayait de définir ce comportement, elle se disait : « On dirait qu'il attend quelque chose. »

Oui, il attendait. Il attendait toujours. Mais quoi ? Quelque chose de merveilleux ou quelque chose de terrible ? Il savait qu'il attendait d'elle qu'elle devienne une épouse modèle, comme Anastasia pour Ivan. Mais qu'est-ce que cela impliquait ? Elle faisait tout pour lui plaire. Elle le prenait dans ses bras quand elle le sentait inquiet. En secret, sans lui en parler, elle avait projeté d'aller demander de l'argent à son père pour l'aider, dès qu'ils seraient de retour à Moscou.

Apparemment, quelque chose en elle le décevait, et il ne se confiait pas assez pour qu'elle découvre ce que c'était. Le savait-il lui-même ?

Il attendait sans doute aussi un désastre : une mauvaise récolte au Bourbier, un mauvais tour du monastère, ou d'autres ennuis. Quand tout allait bien, il rentrait à la maison tout joyeux, plein de grands projets d'avenir, certain d'obtenir la faveur du tsar. Mais quelques heures plus tard, il envisageait de nouveau la ruine et la trahison. Comme si le spectre de son père ne cessait de surgir devant lui, tantôt pour l'encourager, tantôt pour le menacer de déchéance.

Vers le milieu de l'hiver, on reçut de l'est une nouvelle inquiétante. Le tsar avait laissé à Kazan une garnison trop faible et tout le territoire autour de la ville tatare conquise s'était insurgé.

— Le tsar a réuni la *douma* des boyards, mais ils refusent d'agir, expliqua à Boris un marchand de la capitale. La moitié d'entre eux ne voulaient même pas que l'on s'empare de Kazan au départ.

Ce fut cet événement qui provoqua la première friction entre Boris et sa femme.

— Maudits boyards ! s'était-il écrié. Tous ces grands ! J'espère que le tsar les écrasera un jour.

— Tous les boyards ne sont pas mauvais ! avait-elle protesté.

Son père avait des amis et des protecteurs dans ces cercles. En fait, Dimitri Ivanov n'approuvait pas du tout l'énergique jeune tsar et avait recommandé à ses filles de se méfier de lui.

— Si, ils le sont, avait répliqué Boris d'un ton plein de défi. Et nous les remettrons à leur place un jour.

Il savait que ces mots étaient indirectement insultants pour le père d'Elena, mais il ne put s'empêcher de les prononcer. Quand Elena baissa les yeux d'un air affligé, cela ne fit que l'irriter.

Plusieurs semaines s'écoulèrent sans nouvelles, et la jeune femme supposa que l'incident était sorti de l'esprit de Boris. Une seule question l'obsédait : dans combien de temps rentreraient-ils à Moscou ?

Curieusement, bien qu'elle comprît les problèmes financiers de son mari, il ne lui vint pas à l'esprit que la vraie raison de leur séjour prolongé à Russka était le manque d'argent. Il ne le lui avait pas dit, car il ne voulait pas en discuter avec elle ; et dans la maison confortable de son père, elle ne s'était jamais rendu compte des charges qu'impliquerait la vie sociale de la capitale pour un homme aux moyens modestes comme Boris. Début février, elle était encore à Russka.

Et elle envoya le message à ses parents.

Sans difficulté : Anna avait pris la lettre et l'avait remise à un marchand qui se rendait à Vladimir. Celui-ci l'avait confiée à un ami qui partait à Moscou. Les deux femmes n'avaient même pas eu besoin d'en parler à Stepan. Le message lui-même était fort simple : sans se plaindre d'être malheureuse, Elena leur disait qu'elle se sentait seule. Pouvaient-ils lui envoyer quelqu'un pour lui tenir compagnie ? — elle avait suggéré une cousine pauvre.

Ce fut donc avec un cri de joie, puis d'étonnement, que le jour de la visite de Lev, elle vit s'arrêter devant chez elle deux traîneaux au lieu d'un, et découvrit qu'au lieu de sa parente pauvre venaient d'arriver sa mère et une de ses sœurs.

Elles restèrent une semaine.

Elles ne se montrèrent pas déplaisantes. La mère d'Elena était une grande femme imposante, mais elle traita Boris avec une aimable courtoisie ; sa sœur, mariée et mère de famille, ne cessait de rire et se réjouissait de tout ce qu'elle voyait. Elle se rendit deux fois au monastère et fit chaque fois des remarques flatteuses sur l'église, l'icône de Roublev et les autres donations des ancêtres de Boris.

Bien entendu, leur séjour occasionna des dépenses supplémentaires : il fallut leur acheter du vin et nourrir leurs six chevaux. A la fin de la semaine, Boris comprit que son emprunt à Lev le marchand ne lui suffirait pas. Mais ce n'était pas grave.

Ce qui le gênait vraiment, c'était de se sentir exclu.

Ainsi par exemple, Elena avait insisté pour dormir avec sa sœur, et sa mère avait occupé l'autre chambre. Boris s'était trouvé relégué au rez-de-chaussée et au bat-flanc au-dessus du grand poêle. Les deux sœurs semblaient trouver la chose très drôle, et il les entendait

papoter toute la nuit. Il aurait pu le leur interdire, mais à quoi bon ?
« Si elle préfère la compagnie de sa sœur à la mienne, se dit-il
tristement, laissons-les bavarder toute la nuit. »

Pendant la journée, c'était pis. Les trois femmes, toujours ensemble,
ne cessaient de chuchoter au premier étage. Il supposait qu'elles
parlaient de lui.

Boris avait sur les femmes à peu près les mêmes idées que la
plupart des hommes de son temps. De nombreux traités d'auteurs
byzantins et russes, en circulation parmi les gens qui savaient lire,
démontraient l'infériorité naturelle des femmes. Tout ce que Boris
savait d'elles venait de personnes influencées par ces ouvrages ou
des conversations de son père au cours de son long veuvage.

Il savait donc que les femmes étaient impures. L'Église ne permettait qu'à des veuves âgées de pétrir le pain de la communion, de
peur que des mains plus jeunes, et donc souillées, ne profanent la
pâte. Boris se lavait toujours soigneusement après avoir fait l'amour
à sa femme, et évitait autant que possible tout contact avec elle
pendant ses menstrues.

Surtout, les femmes étaient pour lui des inconnues. Il avait eu
quelques petites aventures de temps en temps, comme avec la fille
de Nijni-Novgorod, mais face à des femmes en groupe, il se sentait
toujours maladroit.

Et que faisaient donc ces femmes à Russka ? Pourquoi étaient-
elles venues ? Quand il le leur avait demandé poliment, la sœur
d'Elena avait répondu gaiement qu'elles voulaient voir la jeune
épouse et le domaine de son mari, puis qu'elles disparaîtraient « en
un clin d'œil ».

— Tu leur as demandé de venir ? demanda-t-il à Elena une des
rares fois où il se trouva seul avec elle un instant.

Elle répondit « Non ». Après tout, n'était-ce pas la vérité ? Mais il
remarqua une certaine gêne de sa part. « Elle n'est pas à moi, se dit-
il. Elle est à *elles* ! »

Enfin, elles s'en allèrent. Au moment du départ, la mère d'Elena
le remercia de son hospitalité et lui précisa :

— Nous espérons bien vous revoir bientôt à Moscou, Boris Davidov.
Mon mari et sa mère vous attendent avec impatience.

Le message était assez clair — une promesse d'aide éventuelle de
la part de Dimitri, et une mise en garde voilée : s'il ne se présentait
pas rapidement à la vieille dame, ce serait considéré comme un
manque de respect. Il répondit par un sourire contraint. Leur visite
lui avait coûté presque un rouble entier, et l'argent filait encore plus
vite à Moscou. Il n'était pas près de faire le voyage.

Mais qu'avaient manigancé ces deux fourbes pendant qu'elles
vivaient à ses crochets et le chassaient de son foyer ? Qu'avaient-
elles fait à son épouse ?

Au début, tout parut aller pour le mieux. Il retrouvait Elena toutes
les nuits et leur amour était passionné. Il reprit espoir.

Deux semaines plus tard, son humeur changea. Non sans raison :
il avait découvert dans l'équipement de la ferme et dans les greniers
des défauts que n'avait pas relevés l'intendant. Le même jour, un
des esclaves tatars était tombé malade et mort subitement. Toute la
main-d'œuvre disponible de la région était déjà engagée par le
monastère, et il faudrait donc qu'il achète un autre esclave ou qu'il
cultive moins de terres cette année-là. Un deuxième emprunt à Lev
semblait inévitable. De tous les côtés, il avait l'impression de voir se
dresser des obstacles insurmontables.

— Tu trouveras un moyen, lui dit Elena.

— Peut-être, avait-il répliqué d'un ton sombre.

Et il alla près de la fenêtre pour rester seul avec ses pensées.

Quelques heures plus tard, elle vint lui parler.

— Tu t'inquiètes trop, Boris, commença-t-elle. Ce n'est pas si
grave.

— C'est à moi d'en juger, lui dit-il doucement.

— Ton visage en dit long, insista-t-elle.

Il y avait dans sa voix un soupçon d'ironie, comme si elle essayait
de chasser sa mauvaise humeur par le rire. D'où tenait-elle cette
effronterie nouvelle ? Des deux femmes, sans doute. Il se mit en
rage.

Il ne se trompait pas. Elena avait demandé plusieurs fois à sa
mère et à sa sœur ce qu'elles pensaient de Boris, et sa sœur lui
avait assuré :

— Quand mon mari a de l'humeur, je lui montre que cela ne
m'affecte pas. Je continue sur le même ton joyeux, et je chasse ses
idées sombres par le rire. Il finit toujours par s'égayer.

C'était une jeune femme très active, ravie de son nouveau rôle de
conseillère. Il ne lui vint pas à l'esprit que Boris et son mari étaient
fort différents.

Et quand Elena voulut faire comprendre à Boris qu'elle ne prenait
pas sa mauvaise humeur au sérieux, il pensa seulement : « Ces deux
femmes lui ont enseigné à me mépriser. »

Elle commit ensuite son erreur la plus grave, alors qu'il ressassait
déjà sa rage depuis plusieurs heures. Ce n'était qu'une remarque
banale, mais elle ne pouvait pas tomber à un plus mauvais moment.

— Voyons, Boris, dit-elle, c'est folie de se laisser abattre ainsi.

Folie ! Fou ! Sa propre femme le traitait maintenant de fou ! Il se
leva brusquement, les poings serrés.

— Je vais t'apprendre à sourire et à rire de moi quand je me fais
du souci, rugit-il.

Il fit un pas vers elle, ne sachant trop ce qu'il ferait ensuite, mais
des coups frappés à la porte l'interrompirent. Stepan, le prêtre,
entra soudain.

Visiblement bouleversé, il remarqua à peine Elena et, avant même
de se signer devant l'icône, il lança une nouvelle qui chassa tout le
reste de l'esprit de Boris :

— Le tsar est à l'agonie.

De quelque côté qu'il se tournât, Mikhaïl le paysan ne voyait qu'ennuis à l'horizon.

Le jeune seigneur Boris était à Moscou avec sa femme et ne faisait plus que de brèves visites de temps en temps, mais il ne tarderait pas à revenir pour un long séjour, et qui pouvait savoir ce qu'il lui viendrait encore à l'esprit ?

La nouvelle *barchtchina* constituait une lourde charge. En plus de ces corvées et du petit loyer qu'il versait à Boris, Mikhaïl avait à payer les impôts de l'État, qui lui prenaient environ le quart de sa récolte. Il avait du mal à joindre les deux bouts. Sa femme tissait de beaux vêtements colorés, ornés d'oiseaux rouges, qu'elle vendait au marché de Russka. L'argent aidait. Et il connaissait plus d'une ficelle : comme il avait le droit de ramasser le bois mort dans les forêts du propriétaire, il entaillait le tronc d'un arbre ici et là pour le faire crever (il n'était pas le seul). Mais à la fin de l'année, il ne lui restait pas une piécette, et après une mauvaise récolte, il avait à peine assez de grain pour passer l'hiver.

Ensuite, il y avait le problème du moine Daniel. A plusieurs reprises, Daniel lui avait laissé entendre que si son travail sur les terres du domaine était mal fait, autrement dit s'il sabotait discrètement les efforts de Boris, il n'y perdrait rien.

Mais Mikhaïl n'en avait pas envie, et d'ailleurs si l'intendant s'en apercevait, les conséquences seraient très graves.

— Nous pourrions partir, lui rappela sa femme. Nous pourrions partir à l'automne.

Il y songeait. Mais il ne pouvait encore rien décider.

Depuis l'époque d'Ivan le Grand, un paysant ne pouvait plus quitter son seigneur qu'à certaines dates stipulées par ce dernier, en général vers la Saint-Georges d'automne, le 25 novembre. Ce choix était logique, car toutes les récoltes étaient alors terminées, mais c'était aussi la période de l'année où il était le plus difficile de se déplacer. Il y avait évidemment d'autres conditions, notamment payer un lourd dédit. Mais après avoir donné congé et versé la somme, le paysan et sa famille étaient libres de s'en aller, de mettre leurs habits du dimanche et de se présenter à un nouveau maître. De là l'expression ironique russe pour désigner une entreprise futile : « Endimanché pour la Saint-Georges sans aucun endroit où aller. »

Tel était le dilemme de Mikhaïl. Même s'il avait les moyens de partir, où fallait-il qu'il aille ?

La plupart des terres étaient détenues à présent sous le régime du *pomestié*, en échange du service au tsar. Les domaines étaient petits et ceux qui en jouissaient ne songeaient qu'à saigner à blanc leurs paysans, tout en négligeant des propriétés qui leur appartenaient seulement sous condition. Au moins, un propriétaire sous le régime de la *votchina*, comme Boris, prenait soin du domaine. Il y avait aussi les terres libres du nord et de l'est — mais qui savait ce que serait la vie dans ces hameaux lointains, au-delà de la Volga ?

Et il y avait également l'Église.

— Si le monastère ne met pas la main sur le domaine, nous pouvons toujours nous louer sur d'autres terres des moines, proposa sa femme.

Mais seraient-ils vraiment mieux lotis ? Il avait entendu parler d'autres monastères qui avaient augmenté les loyers et la *barchtchina*.

— Attendons un peu, dit-il.

Sa femme, il le savait, attendrait patiemment. Robuste, bien campée sur ses fortes jambes, elle regardait toujours les inconnus droit dans les yeux. Mais sous cette apparence dure se cachait une âme tendre ; elle éprouvait de la compassion même pour Boris et sa jeune épouse, qui les pressuraient.

— Il sera mort ou ruiné dans cinq ans, lançait-elle d'un ton de prophète. Mais nous serons encore ici, je parierais.

Mikhaïl n'était pas aussi sûr de la réaction de ses deux fils. Ivanko, qui venait d'avoir dix ans, chantait d'une belle voix et semblait aussi flegmatique que son père. Quant au jeune Karp, c'était pour son père une énigme : à sept ans le petit bonhomme nerveux n'en faisait déjà qu'à sa tête.

— Je ne peux rien tirer de lui, avouait Mikhaïl, partagé entre la surprise et l'émerveillement. D'où tient-il donc ce caractère, ce petit Mordve ? J'ai beau le battre, il fait ce qu'il veut.

Or il n'y avait pas de place pour un esprit libre comme celui de Karp au domaine du Bourbier. L'horizon y était trop étroit. Ne sachant quelle décision prendre, Mikhaïl le paysan se promit de consulter son cousin Stepan le prêtre.

Du haut des monts des Moineaux, Boris contemplait Moscou, le cœur de la Russie. Par cette journée chaude de septembre, même les oiseaux qui pépiaient dans les arbres semblaient engourdis.

Au-dessus des épaisses murailles et de l'énorme Kremlin dont les longs remparts dominaient le fleuve, tout était silencieux. Qui aurait pu deviner que ces murs, à peine quelques mois plus tôt, avaient abrité la trahison et la mort ?

Car le tsar avait été trahi. Personne n'en parlait mais nul ne l'ignorait. Dans chaque rue, à chaque attroupement, on sentait de la méfiance, de la peur. C'était manifeste même à la façon dont Dimitri Ivanov se caressait la barbe, passait la main sur son crâne chauve, ou clignait parfois ses petits yeux injectés de sang.

Et c'était bien normal : ils avaient tous souhaité la mort du tsar, et il était encore en vie.

En mars, frappé par ce qui était probablement une pneumonie, Ivan s'était trouvé à deux doigts de la mort, presque incapable de parler. Se jugeant à l'agonie, il avait demandé aux princes et aux boyards de reconnaître pour tsar son fils, qui n'avait pas un an. La plupart avaient refusé.

— Nous aurions encore une régence, dominée par la famille de la mère, ces maudits Zakharine, avaient-ils objecté.

Quelle était l'autre solution ? Le frère cadet du tsar n'était qu'un personnage falot, presque faible d'esprit, qu'on voyait rarement. Même quand les boyards se souvenaient de son existence, ils l'écartaient d'emblée pour incompétence. Parmi les nombreux princes, le plus proche parent du monarque était Vladimir, cousin du tsar et homme d'expérience. N'était-ce pas un meilleur candidat que l'enfant ?

Ils avaient discuté devant le lit du mourant. Même les amis les plus fidèles d'Ivan, même les conseillers qu'il avait choisis, s'étaient livrés à des conciliabules. Tous l'avaient trahi, sous ses yeux, alors qu'il était à peine capable de parler. Qu'allait-il arriver à la Moscovie après sa mort ? L'anarchie, car ces maudits se battraient pour les dépouilles du pouvoir.

Mais il s'était rétabli. Ses courtisans s'inclinèrent de nouveau devant lui et lui sourirent. On cessa de parler de son cousin Vladimir comme d'un éventuel successeur. Et le tsar Ivan ne dit rien.

Il régnait cependant à la cour une atmosphère pesante et lugubre. En mai, Ivan avait emmené sa famille dans le grand nord, pour rendre grâces de sa guérison dans le monastère où sa propre mère était allée enceinte de lui. C'était très loin dans les forêts vers les étendues vides de l'Arctique. Pendant le voyage, une nourrice avait accidentellement laissé tomber le jeune fils d'Ivan et d'Anastasia dans une rivière. L'enfant était mort aussitôt.

Oui, cet été-là, les murailles de la citadelle n'avaient abrité que de la tristesse. A Pskov, au nord-ouest, la peste était apparue. A Kazan, dans l'est, les troubles fomentés par les tribus conquises s'étaient aggravés.

Pour Boris, pendant ces longs mois, la vie s'était également chargée de plus en plus d'amertume.

Ils étaient rentrés précipitamment à Moscou en mars, dans leur modeste maison de la Ville Blanche.

Elena rendait visite chaque jour à sa mère ou à ses sœurs. Les potins de la cour leur parvenaient, soit par le père d'Elena, soit par la mère de celui-ci, qui comptait des amies parmi les vieilles dames de l'entourage des princesses au palais. Boris se retrouvait souvent seul et oisif. Pour tuer le temps, il avait pris l'habitude de se promener à pied dans la capitale : il entrait dans les églises, restait un moment devant telle ou telle icône et murmurait une prière.

Ils menaient une vie calme, mais ne pouvaient limiter les dépenses. Il y avait les chevaux à loger et nourrir, et surtout les mètres de brocart, de soie et les garnitures de fourrure pour les caftans et les tuniques, indispensables quand il rendait visite aux personnes d'influence.

Il ne pouvait s'en empêcher : ces dépenses au-dessus de ses moyens le contrariaient. Parfois, quand sa femme rentrait joyeuse d'une visite à sa mère, débordante des dernières nouvelles, il éprouvait une sorte de colère froide, non point parce qu'elle se conduisait mal à son égard, mais parce qu'elle semblait croire que tout allait bien. Ensuite, dans le lit, il s'allongeait presque contre elle, plein de désir, mais se retenait — espérant par cette petite démonstration d'indifférence battre en brèche le rempart de sécurité familiale dont elle semblait s'entourer.

Cette affectation d'indifférence faisait seulement craindre à la jeune Elena que son maussade mari était en train de se lasser d'elle. Elle avait envie de pleurer mais dans son orgueil, elle s'écartait de lui ou s'entourait d'une barrière invisible, si bien qu'il pensait à son tour : « Elle ne m'aime pas. »

Un malheureux hasard voulut que sur ces entrefaites il rencontre dans la rue un ancien camarade, jeune célibataire fortuné se flattant de connaître le monde, qui s'enquit de sa santé et de celle de sa femme, puis lui assura :

— Tous les mariages tournent à l'indifférence, et la plupart à la haine, me dit-on.

Était-ce vrai ? Pendant des semaines la petite phrase stupide lui rongea l'esprit. Parfois, il faisait l'amour avec Elena plusieurs nuits de suite, et tout semblait parfait ; mais qu'une petite contrariété imaginaire interrompe le cours incertain de leurs relations, et il restait allongé près d'elle en état de fureur sourde, en se répétant les paroles funestes.

Devant les icônes, il priait pour que la situation s'améliore. Il demandait la faveur d'aimer toujours sa femme et qu'elle l'aime aussi. Il implorait qu'on leur accorde le don de se pardonner mutuellement leurs fautes. Mais il n'y croyait pas du fond du cœur.

Un jour, devant une des icônes qu'il aimait le plus, dans une petite église, il entra en conversation avec un prêtre du nom de Philippe, à peu près du même âge que lui. Très maigre, avec des cheveux roux et un visage intense qui se tendait de temps en temps vers l'avant comme la tête d'un poulet qui picore, il s'était montré enthousiaste en apprenant que Boris s'intéressait aux icônes et que sa famille avait donné au monastère de Russka une œuvre du grand Roublev.

— Mon cher seigneur, j'ai étudié l'art de l'icône. Vous me dites qu'il y en a une de Roublev à Russka. Je l'ignorais. Il faudra absolument que j'aille là-bas. Peut-être me permettrez-vous de m'y rendre avec vous un jour ? Oui ? Vous êtes très aimable. Vraiment très aimable.

Et Boris avait acquis ainsi, semblait-il, un ami pour la vie. Jamais Philippe n'oubliait de passer le voir, au moins deux fois par mois. Boris le jugeait sans malice.

Elena lui apprit qu'elle était enceinte seulement en juillet. Elle attendait l'enfant pour la fin de l'année.

Il en fut tout ravi, bien entendu. Comment ne l'aurait-il pas été ? Toute la famille d'Elena le félicita. Et la nouvelle parut rendre les femmes plus affairées que jamais.

Il songea aussitôt à son père et se dit que ce serait peut-être un fils qui continuerait leur noble lignée. Plus que toujours, il avait le devoir de transmettre le domaine en bonne condition.

Quand il regardait Elena près de lui, elle lui souriait d'un air de dire : « Tu dois être content, maintenant, non ? » et il pensait : « Elle me sourit, mais c'est également son trésor qu'elle garde dans son ventre. Cet enfant complète sa famille : il sera à eux plus qu'à moi. Et si c'est une fille ? Elle ne me sera d'aucune utilité, mais il faudra que je paie pour elle. » De cette manière, la joie qu'il était censé éprouver se muait parfois en ressentiment secret.

Il cessa de faire l'amour avec Elena dès qu'il la sut enceinte. Il en aurait été incapable. son ventre lui semblait soudain mystérieux, sacré, vulnérable, et pour cette raison même assez effrayant. Un pois dans sa gousse — il se le représentait parfois ainsi. Seul un monstre pouvait songer à ouvrir violemment cette gousse, au risque de troubler la petite vie qu'elle contenait, et même de la détruire. D'autres fois, il imaginait quelque chose de plus sombre, de souterrain, comme une semence dans la terre, qu'il faut laisser dans les chaudes ténèbres sacrées jusqu'à ce qu'elle émerge d'elle-même à la lumière, à sa saison.

De toute manière, Elena était souvent absente, à présent. Son père possédait un domaine juste à la sortie de la ville. Elle s'y rendit souvent, cet été-là, avec le reste de sa famille.

Le prêtre Stepan se montra poli, et même respectueux envers Boris.

Il était venu à Moscou rendre visite à un parent éloigné — un moine érudit — et il avait sollicité un bref entretien avec le jeune seigneur avant de quitter la ville.

Le sujet était très confidentiel. Il s'agissait du paysan Mikhaïl.

Boris, vaguement surpris, lui fit signe de poursuivre.

— Puis-je vous demander, Boris Davidov, de ne parler de cette conversation à personne du monastère ? demanda le prêtre.

— Bien entendu.

Où le prêtre voulait-il en venir ?

En quelques mots, Stepan exposa le dilemme du pauvre Mikhaïl. Il ne confia pas à Boris que le paysan avait été réellement encouragé à saboter son travail sur le domaine, mais il expliqua :

— Le monastère peut très bien être tenté de vous prendre ce brave homme. Les moines gagneraient un bon travailleur et vous perdriez votre meilleur fermier, et vous auriez d'autant plus de mal à conserver le domaine.

— Il ne peut pas partir, lança Boris. Je sais très bien qu'il n'a pas l'argent du dédit.

Si Mikhaïl décidait de partir à la Saint-Georges, la somme à verser serait supérieure à la valeur de toute sa récolte, et Boris le savait.

— Il ne l'a pas, mais le monastère peut le lui donner, lui rappela Stepan.

C'était donc ça. Pour voler un fermier à son voisin sans en avoir l'air, il suffisait de payer son dédit. Le moine Daniel était-il capable de manigancer un coup pareil ? En plus à lui, Boris, un Bobrov ? Probablement.

— Que proposez-vous ? dit-il. Que je diminue les charges de mes paysans ?

— Un peu, Boris Davidov. Juste assez pour aider Mikhaïl à joindre les deux bouts. C'est un bon fermier, et je peux vous assurer qu'il n'a aucun désir de vous quitter.

— Et pourquoi me dites-vous ceci ? demanda Boris soudain.

Stepan marqua un temps. Que pouvait-il répondre ? Pouvait-il dire au jeune homme qu'à l'instar de nombreux membres du clergé séculier il désapprouvait l'enrichissement excessif des monastères ? Pouvait-il dire à Boris qu'il avait pitié de lui et de sa jeune épouse innocente ? Pouvait-il lui dire que dans l'état actuel des choses, il craignait que les fils de Mikhaïl, faute d'avoir assez à manger, soient attirés par une vie de brigandage quand ils seraient plus âgés, ou par quelque geste stupide ? Non.

— Je ne suis qu'un prêtre, un spectateur du monde, dit-il avec un sourire contraint. Disons que c'est ma bonne action de la journée.

— Je ne perdrai pas de vue ce que vous m'avez dit, répondit Boris sans s'engager. Et merci pour votre intérêt et pour le mal que vous vous êtes donné.

Le prêtre prit congé, persuadé d'avoir rendu à la fois au paysan et à son seigneur un service chrétien.

Après son départ, Boris se mit à arpenter la pièce en reprenant les termes de la conversation pour s'assurer qu'il en avait bien compris le sens.

Le prenaient-ils donc pour un âne ? Ce prêtre se figurait-il qu'il n'avait pas remarqué le petit sourire matois sur ses lèvres ? A première vue, il était venu lui rendre service, mais Boris avait appris à ne pas s'en laisser compter. Il songea au tsar Ivan, trahi par tous. Il songea aux quatre cousins réunis sur la place du marché le jour de son arrivée à Russka avec Elena. Il songea à sa femme, qui s'écartait parfois de lui dans le lit. Non, il ne pouvait faire confiance à personne.

— Je suis seul en face de tous, murmura-t-il. Et je dois me montrer plus malin, plus rusé, plus implacable que les autres.

Qu'est-ce que le prêtre avait derrière la tête ? Il était en train de lui tendre un piège, c'était clair comme le jour. S'il réduisait les charges de Mikhaïl, qui en profiterait ? Le paysan, bien sûr, le cousin de Stepan. Et quelles en seraient les conséquences ? Il se retrouverait, lui Boris, avec moins d'argent, et il devrait emprunter davantage : un pas de plus vers la perte de son domaine.

— Ils veulent seulement me ruiner, grogna-t-il.

Quel fourbe, ce prêtre ! Mais il avait dit une chose vraie : il était fort possible que le monastère cherche, en attendant de mettre la main sur les terres, à lui voler son fermier.

Comment l'empêcher ? se demanda-t-il.

Il réfléchit à la question pendant un mois entier ; mais, curieusement, ce fut le prêtre Philippe, avec son cou tendu et sa passion pour les icônes, qui lui fournit la solution. Elle était liée à une intrigue de palais.

L'affaire commença au Kremlin, dans l'entourage immédiat du tsar. Le mal couvait depuis longtemps, concernait l'Église, et se trouvait aggravé du fait qu'un des conseillers du tsar en détestait un autre.

Avec la nécessité de trouver de plus en plus de domaines *pomestié* pour les partisans fidèles d'Ivan, certains de ses conseillers intimes le poussaient à soutenir les non-acquéreurs et à s'emparer des terres de l'Église. Le métropolite cherchait un moyen de s'opposer à leurs manœuvres. Et il le trouva cette année-là.

L'homme qui menait cette campagne, un prêtre du nom de Sylvestre, commit la sottise de se lier à un individu qu'on pouvait accuser d'hérésie. Le métropolite décida de monter une vaste intrigue à partir de ce petit fait. On trouva d'autres hérétiques et les accusateurs fabriquèrent une sorte de chaîne : ils montrèrent que si un homme en connaissait un deuxième, le deuxième un troisième, et celui-ci un quatrième, le premier et le quatrième devaient certainement comploter ensemble. Encore mieux, on put découvrir un lien entre certains conspirateurs et la famille du prince Vladimir, cousin d'Ivan et son successeur éventuel.

Le métropolite était ravi. Il pouvait démontrer que le dangereux Sylvestre était l'ami d'hérétiques et d'ennemis d'Ivan. Il pourrait organiser un procès public en guise d'avertissement, une pierre dans le jardin de Sylvestre.

Bien entendu, certaines preuves étaient plutôt faibles. Deux accusés étaient manifestement hérétiques, mais on ne put accuser un troisième que d'avoir assisté à une réunion pour défendre l'orthodoxie contre le catholicisme romain. Cela s'avéra suffisant.

Le procès eut lieu fin octobre. Tout Moscou se trouva en émoi. Le métropolite, le tsar, les hauts dignitaires de l'Église et de la cour étaient présents. Déjà le parti de Sylvestre et de ses amis s'affolait. Les discussions sur une éventuelle réforme du statut des terres de l'Église s'étaient noyées en un silence nerveux.

Ce grand procès-spectacle aurait suffi au métropolite, mais le rival de Sylvestre au conseil ne s'en contenta pas. On lança soudain une deuxième affaire, cette fois contre Sylvestre en personne, avec pour objet de l'accusation les icônes.

Elles se trouvaient dans la grande cathédrale de l'Annonciation, au cœur même du Kremlin, elles avaient été exécutées récemment sur les ordres de Sylvestre, et elles étaient hérétiques.

En tout cas, c'est ce que prétendait l'accusation. Comme la plupart des gens de Moscou, Boris ne comprenait pas très bien les détails de l'affaire, mais sa gravité ne faisait aucun doute. Parler d'hérésie était déjà dangereux, mais une œuvre d'art hérétique... Un objet permanent et manifeste... N'était-ce pas un peu comme si Sylvestre avait planté un totem, ou érigé une statue aux dieux païens de jadis devant le Saint des Saints ?

Quelques jours avant le début du procès, le prêtre Philippe proposa à Boris de l'emmener au Kremlin voir les icônes en question. Il accepta avec joie.

— Je vais vous montrer d'abord le trône, lui dit Philippe quand ils arrivèrent à la place centrale entourée de cathédrales et de palais aux murs d'un blanc gris.

Il se dirigea vers le plus simple et le plus imposant des édifices, la cathédrale de la Dormition. Curieusement, il semblait avoir ses entrées partout : il échangea quelques mots avec le prêtre à la porte, et l'instant suivant ils étaient à l'intérieur.

La cathédrale, construite pour le grand-père du tsar par un architecte italien, restait cependant fidèle au style byzantin à cinq travées de la magnifique cathédrale ancienne de Vladimir. Elle contenait les dépouilles mortelles des métropolites et l'icône la plus sacrée de Russie : la Vierge de Vladimir, la Vierge de Tendresse, qui avait accordé aux hommes de Moscou leur grande victoire sur les Tatars à Koulikovo, du temps du grand saint Serge.

Mais pour Boris, même cette icône parut moins importante que le petit trône, recouvert d'un dais, qui se trouvait sur le côté.

— C'est donc ici que mon tsar a été couronné, murmura-t-il avec révérence.

Il resta figé plusieurs minutes, jusqu'à ce que Philippe le tire par la manche.

Ils traversèrent la place vers la cathédrale de l'Annonciation.

Boris ne trouva rien de bien exceptionnel à ces icônes qui avaient provoqué tant de crainte et de tremblement. Tant que Philippe garda le silence, il ne vit rien à leur reprocher. Le jeune prêtre le détrompa vite.

— Avez-vous jamais vu chose pareille ?

Boris regarda : le Christ ailé, les mains fermées.

— C'est peut-être un peu inhabituel, risqua-t-il d'une voix hésitante.

— Inhabituel ? Mais c'est scandaleux ! De l'idolâtrie. Ne voyez-vous pas que l'artiste a inventé ça ? L'a inventé *de lui-même* ? Aucune autorité ne permet de représenter le Christ ainsi. Sauf chez les catholiques d'Occident, ajouta-t-il d'un ton sombre.

Boris regarda plus attentivement. C'était la vérité. Quand on y prêtait attention, on remarquait dans l'œuvre quelque chose de personnel.

— Et celle-ci ! lança Philippe, scandalisé par l'icône voisine. Notre-Seigneur peint sous les traits de David et vêtu comme un tsar. Et celle-là : le Saint-Esprit représenté par une colombe. Jamais ! Jamais dans l'orthodoxie.

Il se tourna vers Boris et baissa la voix.

— On dit qu'il y a dans le palais des fresques encore pires. Hérétiques ! Fourbes diaboliques ! Je vous le dis, seigneur Boris, ajouta-t-il en secouant la tête de plus belle comme s'il craignait la contamination. Je vous le dis, ces maudits catholiques d'Occident sont peut-être des impies, mais ils ont eu une bonne idée : l'Inquisition. C'est ce dont nous avons besoin en Russie. Pour extirper les racines du Mal.

Ils s'en furent, et chemin faisant le prêtre murmura à plusieurs reprises :

— Les extirper. Les racines et les branches...

Et juste au moment où ils sortirent sur la place Rouge, Boris eut son idée.

— Je crois, dit-il à mi-voix, qu'on fait des icônes de ce genre à Russka.

Les deux visiteurs apparurent à Russka par une journée grise de novembre. Un vent froid leur mordait le visage ; il risquait de pleuvoir à tout instant, ou même de neiger. Si Boris n'avait pas été si impatient de faire le voyage, le prêtre Philippe aurait attendu une saison plus propice.

Ils se rendirent directement à la maison de Boris, qui fit porter au prêtre Stepan un message amical lui demandant de venir. En attendant, le jeune seigneur du Bourbier envoya sa servante chez l'intendant avec mission de rapporter une paire de poulets, une bouteille de vin et tout ce qui pouvait assurer leur confort.

Ils étaient tous les deux frigorifiés, mais l'impatience semblait réchauffer Boris.

Deux heures plus tard, ils étaient en train de dîner. Stepan arriva, ravi de revoir Boris et espérant que cette visite n'augurait que du bien pour le malheureux Mikhaïl. La gaieté légèrement nerveuse de Boris lui donna à penser que le jeune homme venait de traverser une crise mineure, et comme un prêtre l'accompagnait, Stepan imagina qu'il s'agissait d'une crise religieuse.

Sous l'influence du vin, apparemment, les deux hommes se montrèrent très affables. Boris apprit à Stepan que son ami avait aimablement accepté de passer quelques jours avec lui pendant qu'il réglait ses affaires à la campagne. Puis il suggéra que Stepan fasse visiter à Philippe le village et le monastère.

— Je crains qu'il ne s'ennuie terriblement s'il reste toujours avec moi au Bourbier, expliqua Boris avec un sourire innocent. C'est un homme éduqué, comme vous, ajouta-t-il aimablement.

Au cours de cette conversation, Philippe, concentré sur son assiette, parla peu. Puis sa langue se délia. Il posa à Stepan quelques questions banales sur la bourgade, dit deux ou trois mots sur sa vie monotone et exprima sa vénération pour les icônes de son église, mais sans trahir une compétence particulière.

« Un homme aimable quoiqu'un peu simple, se dit Stepan, sans grande éducation. » Il promit de lui faire visiter l'endroit le lendemain.

Deux jours plus tard, le piège était tendu. Boris fit venir le moine Daniel. Et à la fin de leur conversation le jeune seigneur put se dire qu'il venait de passer les minutes les plus exaltantes et les plus agréables de sa vie, y compris les meilleurs moments de son bref bonheur conjugal.

— Vous me voyez dans une position très difficile, commença-t-il avec une sincérité parfaite.

Sûr et certain, le moine ne s'attendait nullement à ce qui allait suivre. Il vit les yeux de Daniel briller de leur flamme ardente au-dessus de sa barbe épaisse.

— Ce serait peut-être sans importance, continua Boris, n'étaient les événements de Moscou.

Il marqua un temps. Il crut voir de l'étonnement sur le visage du moine.

— Je fais bien entendu allusion aux procès d'hérésie, ajouta-t-il d'une voix suave.

Les premiers procès, le 25 octobre, avaient été un triomphe pour le métropolite. Les « preuves » avaient suffi à condamner tous les accusés à la torture et à la détention perpétuelle. Tout Moscou était terrifié.

Daniel, farouche partisan du métropolite, était enchanté. Mais quelle relation pouvait-il y avoir entre ces procès, le jeune seigneur et lui-même, à Russka ?

— Il semble que l'hérésie est parmi nous, ici même, dit Boris.

Il prit un air préoccupé et posa sur la table un index accusateur. Daniel le regarda fixement.

Cela s'était révélé tellement facile, mais la façon précise et intelligente avec laquelle le prêtre Philippe avait joué son rôle ne laissait pas de l'étonner. Picorant du bec et posant des questions naïves, le rusé compère s'était promené à Russka toute la journée avec l'obligeant Stepan. Il n'avait parlé que de banalités. On lui avait montré les icônes, il avait visité le monastère et arpenté les vastes champs autour de ses murailles. De temps en temps, semblait-il, quelque chose qu'il voyait lui déplaisait, mais on avait l'impression qu'il essayait de dissimuler sa désapprobation. Vers le coucher du soleil, près de la porte de la ville, quand ils s'étaient retournés pour regarder le monastère sur l'autre rive, le prêtre de Moscou, oubliant apparemment sa réserve, avait murmuré d'un ton amer :

— Un riche petit monastère.

— Vous le trouvez trop riche ? avait demandé Stepan, par simple curiosité.

Aussitôt Philippe, sur ses gardes, lui avait lancé un regard inquiet. Stepan l'avait pris aimablement par le bras en souriant.

— Je comprends.

Philippe avait paru soulagé.

— Il faut se montrer prudent par les temps qui courent, mon ami.

— Bien entendu, répondit Stepan. Vous êtes donc un non-acqué-reur ?

Le prêtre de Moscou avait tendu son cou de poulet en avant à son habitude.

— Et vous ? demanda-t-il.

— Moi aussi, avoua le prêtre de Russka à l'âme simple.

Ils étaient retournés en silence à la maison de Boris, et s'étaient embrassés sur le seuil avant de se séparer.

Le lendemain, Philippe avait inspecté attentivement les icônes vues à Russka et au monastère. Puis il avait donné son opinion à Boris.

— Le prêtre est un non-acquéreur. Pour l'instant, il n'est pas encore évident qu'il soit hérétique, mais il lit trop et c'est un imbécile. Impossible de dire dans quelle hérésie il risque de tomber. Quant aux icônes, je trouve que quatre des motifs sont une vraie honte.

— Hérétiques ?

— Absolument. Je n'ai rien vu de pire venant de Novgorod.

Dans l'esprit des puristes, les productions de cette ville étaient toujours suspectes, en raison de sa proximité des ports de la Baltique et de la Lituanie, où régnaient les dangereuses influences des catholiques et des protestants d'Occident.

— Je pourrais donc intenter un procès ?

— Je crois que vous le devez.

Boris avait souri.

— Je vous promets d'accorder toute mon attention à l'affaire, répondit-il.

Il exposa donc ses conclusions au moine Daniel stupéfait.

— Il semble que certaines icônes produites par le monastère Pierre-et-Paul sont hérétiques. Elles sont vendues sous votre autorité. Oui... J'en ai peur. J'ai consulté à ce sujet une personne compétente, et comme vous le savez, dans le climat qui règne en ce moment... Le monastère, et surtout certains de ses membres, se trouve en danger.

Daniel commença à paraître visiblement nerveux. La question des hérétiques semblait réglée, mais celle des icônes était encore en suspens à Moscou. Qui savait ce qui se produirait ?

— Si c'est le cas, commença Daniel, nous prendrons naturellement conseil.

— Sans doute, acquiesça Boris. Mais en soumettant le problème à des autorités supérieures, vous courez manifestement un risque.

— Personne ne peut penser que nous ayons intentionnellement...

— Frère Daniel, coupa Boris, j'arrive de Moscou. Et je peux vous dire qu'il y règne une atmosphère où tout est possible.

C'était la vérité. Les condamnés, sous la torture habituelle, commençaient à dénoncer toutes les personnes dont ils se rappelaient le nom. Des groupes d'enquête allaient arrêter des hérétiques jusque chez les anciens de la Volga dans les forêts lointaines du nord.

— En outre, expliqua Boris sur le même ton, je crains que votre propre famille ne soit liée à l'affaire.

— Ma famille ?

— Oui. Votre cousin Stepan, notre prêtre. Je suppose que vous le savez : c'est un non-acquéreur.

Malgré la barbe épaisse, Boris crut voir Daniel blêmir. Il avait également deviné, naturellement, les sympathies de son cousin.

— Mais je suis totalement opposé à ces vues, à supposer qu'il les ait, ajouta-t-il prudemment.

— Je le sais aussi bien que vous. Mais nous savons aussi tous les deux que par les temps qui courent, dès que les autorités mettent leur nez quelque part... Ce n'est pas la vérité qui compte, mais ce que les gens perçoivent, ce qu'ils peuvent prétendre. Ils vous regarderont, ils verront les icônes et votre cousin, que vous fréquentez trop, et ils discerneront un lien, qu'ils appelleront « hérésie ».

Le silence se prolongea.

— Je n'ai pas besoin de vous dire quels égard j'ai pour vous deux, ni en quelle estime ma famille tient le monastère, auquel nous avons fait don de son icône la plus prisée.

Daniel inclina la tête. L'icône de Roublev était certainement la plus belle chose qu'ils possédaient. Il ne pouvait pas nier la fidélité de la famille du fondateur. Et il voyait bien que Boris lui offrait un marché.

— Comment devrions-nous procéder ? demanda le moine.

Boris soupira et prit un air songeur.

— Le problème, commença-t-il en regardant le bout de ses doigts, c'est de savoir si je pourrai convaincre mon ami, un prêtre de Moscou, que l'affaire n'exige pas d'être signalée.

— Je vois.

— C'est lui qui m'a fait remarquer tout cela, et il est plein de zèle.

— Peut-être que si je lui parlais...

— Peu efficace. Il prendrait vos dénégations pour un aveu de culpabilité... Et il faut également que je songe à ma position.

Il laissa ses paroles résonner dans le silence.

— Je serais fort triste, reprit-il enfin, de voir le malheur tomber sur une famille — une grande famille, comptant de nombreux membres — à qui je ne veux que du bien.

De nombreux membres ? Il regarda Daniel calculer mentalement : lui-même, le moine ; Stepan, le prêtre ; Lev, le marchand ; et, oui, bien sûr, Mikhaïl le paysan. Boris attendit jusqu'à ce que le moine ait compris.

— Je peux vous assurer que le monastère ne vous veut également que du bien, murmura le moine. Ainsi qu'à votre domaine du Bourbier.

L'affaire était entendue.

— Eh bien, je verrai ce que je peux faire, lança Boris sèchement. N'en parlons plus pour le moment.

Mais au moment où le moine arrivait à la porte, il avait ajouté, le plus banalement du monde :

— A propos, frère Daniel, si vous rencontrez Lev le marchand, voulez-vous lui demander de passer ?

Et en fin d'après-midi, dans une atmosphère de sympathie partagée, Boris put emprunter huit roubles au marchand Lev au taux d'intérêt dérisoire de sept pour cent.

Avant de repartir à Moscou le lendemain, il assura au prêtre Philippe que les icônes seraient aussitôt modifiées et que le prêtre Stepan avait été sévèrement tancé. Il lui accorda également un prêt sans intérêt de un rouble, que le farouche ennemi de l'hérésie accepta bien entendu sans sourciller, comme Boris s'y attendait.

Comme le parfum de la victoire était doux ! Il partit d'excellente humeur.

Il ne fit rien pour Mikhaïl le paysan : celui-ci n'avait plus nulle part où aller.

Pendant l'hiver de cette année-là, dès que la neige recouvrit le sol, une énorme expédition quitta Moscou sous les ordres des meilleurs hommes d'Ivan, notamment le brillant prince Kourbski. Son objectif était Kazan.

Parmi les jeunes ambitieux qui partaient en campagne se trouvait Boris Davidov.

Il était parti depuis un mois quand Elena sentit les premières douleurs. L'accouchement fut long, mais au milieu des souffrances, elle ne cessait de prier : « Si j'endure ce martyre, Dieu le fera m'aimer. »

Ce fut une fille.

En l'an de grâce 1553, trois bateaux quittèrent le royaume d'Angleterre avec un message de fraternité universelle signé par le jeune roi pour tout peuple que les voyageurs rencontreraient. Le commandement était assuré par sir Hugh Willoughby, qui appartenait à une des plus illustres familles de la noblesse anglaise, et le pilote se nommait Richard Chancellor. Ils cherchaient une route commerciale qui permettrait d'atteindre Cathay en contournant les côtes de l'Eurasie par le nord-est.

Malheureusement, deux des trois bateaux s'égarèrent dans ces eaux difficiles. Willoughby et ses hommes sillonnèrent ces mers nordiques pendant des mois, puis, bloqués sur une île au large de la Laponie, moururent de froid dans les ténèbres du long hiver arctique.

Mais tandis que Willoughby errait et se perdait, le troisième bateau, l'*Edward Bonaventure*, piloté par Chancellor, connaissait un sort très différent.

Il continua vers le nord pendant les mois d'été, et pénétra dans une région étrange où, à cette saison-là, le soleil ne se couche jamais. Au mois d'août, Chancellor débarqua dans un pays curieux, où les pêcheurs de l'endroit se prosternèrent à ses pieds.

Ce fut le premier Anglais qui débarquait sur le littoral du pays qu'on appelait alors Moscovie.

George Wilson aimait Moscou. Auparavant, personne ne faisait jamais attention à lui. Ici, comme ses compagnons de bateau, il faisait figure de célébrité.

C'était une sorte de rat au museau pointu et aux yeux rusés placés trop près l'un de l'autre, avec une houppe de cheveux jaunes que ces étranges Russes caressaient parfois, par curiosité. En Moscovie, où la plupart des hommes et des femmes étaient grands et gros, il faisait l'effet d'un chacal au milieu d'ours. Il avait trente ans. Il n'avait participé à ce voyage que pour une raison : il venait de faire faillite comme drapier.

Un cousin, capitaine de bateau, l'avait mis en garde contre ces eaux du nord, où il y avait, disait-il, des glaces flottantes de la taille d'une montagne. Pas un endroit pour un maigrichon comme lui. Mais il se trouvait cependant là, à mi-chemin de Cathay, dans un pays où les hommes ressemblaient à des ours. Autant qu'il puisse en juger, tout s'annonçait pour le mieux. Il y avait des paquets d'argent à gagner, et ses petits yeux brillaient.

Quelle immense contrée ! Des centaines de lieues d'une ville à l'autre. Et la vie humaine n'y valait pas grand-chose. A leur arrivée, en été, il avait vu de grands chalands remonter le fleuve à partir de son estuaire, au nord, tirés par des groupes d'hommes encordés. Il avait entendu leurs chants lugubres ; il avait vu les gardes fouetter à sang ceux qui tombaient. Combien de ces malheureux avaient-ils survécu au voyage ?

Mais les richesses étaient fabuleuses. Comme personne ne savait qui étaient ces visiteurs ni d'où ils venaient, le groupe d'Anglais avait été maintenu presque en quarantaine dans le nord jusqu'à ce que des instructions arrivent de la capitale.

— L'hospitalité de ces gens est si grande, que je ne saurais dire si nous sommes invités ou prisonniers, avait remarqué Chancellor.

On ne les avait pas conduits à la capitale avant l'hiver, et George Wilson avait vu les hommes décharger ces chalands sur des milliers de traîneaux qui emporteraient les produits vers les villes de l'intérieur. Jamais il n'avait imaginé qu'on puisse rassembler un si grand nombre de véhicules. Chaque jour, à chaque lieue, des centaines de traîneaux se rendant à des endroits différents les dépassaient, chargés de toutes sortes de produits : céréales, poissons, et surtout fourrures. Il en avait vu des fourrures, des fourrures et encore des fourrures ! Pouvait-il exister autant de zibelines, d'hermines, de castors et d'ours dans le monde entier ? Cet arrière-pays de forêts, se dit-il, devait être plus grand que toutes les contrées dont il avait entendu parler.

Et ils s'éloignaient de plus en plus de la mer : le plus immense pays du monde n'avait pas de côtes. Quelle différence avec son Angleterre, où l'on est jamais loin de la mer ! Quelle différence avec les Français, les Allemands et les autres peuples qui sillonnaient la mer du Nord et accostaient aux ports de la Baltique ! Dans leur immense monde isolé de forêts et de neige, ces gens formaient une race à part.

— Un peuple grossier et barbare, avait fait remarquer Chancellor à ses compagnons.

Mais ils avaient été accueillis à Moscou de façon stupéfiante. George Wilson en conservait un souvenir inoubliable. A peine étaient-ils arrivés qu'on les avait conduits auprès du tsar.

Même un petit bonhomme fourbe et cynique comme George Wilson s'était aperçu que ses genoux tremblaient quand il s'était trouvé en présence du souverain. Il avait déjà appris que, dans ce vaste pays, tous les hommes étaient les esclaves du tsar ; il comprenait maintenant ce que cela signifiait.

Ivan se tenait au fond d'une grande salle du palais du Kremlin. De chaque côté de lui, les silhouettes énormes de ses boyards dans leurs riches caftans. Il était de grande taille et son chapeau pointu bordé de fourrure le grandissait davantage. Un visage de faucon, très pâle, avec de redoutables yeux perçants. Et il dominait tout dans ce décor d'une magnificence asiatique. Les Anglais furent vraiment frappés de crainte et de respect, comme le prévoyait Ivan, dans son désir de faire impression sur ces marchands d'un lointain pays inconnu. Ils pourraient lui être utiles.

Il se montra courtois. On lui expliqua les lettres d'introduction de ces gens, écrites en latin, grec, allemand et autres langues. Il les convia à un festin.

Cela surpassa tout ce que les Anglais pouvaient imaginer. Cent convives, qui furent servis dans des couverts en or massif. Poisson farci, énormes rôtis et d'étranges mets raffinés, comme la cervelle d'élan, le caviar et les *bliny* ; le vin était versé dans des coupes incrustées de pierreries. Tout était somptueux, splendide, lourd. Le tsar Ivan, assis à l'écart des invités à qui il faisait honneur, envoyait de temps en temps un morceau de son plat à un de ses hôtes, en témoignage de sa faveur. Chaque fois, tous se levaient et l'on annonçait le nom du bénéficiaire, ainsi que le long titre du tsar. George Wilson remarqua aussi que, dans sa piété, le tsar se signait, de droite à gauche, chaque fois qu'il portait de la nourriture à ses lèvres. Il remarqua aussi que ces barbus énormes avaient l'habitude de vider leurs coupes d'un seul trait.

Le banquet dura cinq heures.

— On se croirait à la cour du roi Salomon, chuchota-t-il à un de ses compagnons.

— Ou à la cour de Babylone, répondit l'autre.

Mais ce fut plus tard, quand on les escorta dans le palais, que George Wilson réalisa à quel point cet empire étrange et puissant n'était comparable à aucun autre.

Splendeur et barbarie. Les salles caverneuses se succédaient, pareilles aux vestibules austères conduisant à une église russe. Des cierges tentaient en vain de chasser les ténèbres. Et dans leur lumière vacillante se devinaient des murs peints de plantes luxuriantes enroulées les unes autour des autres comme des serpents, auxquelles se mêlaient des animaux fantastiques, dans les tons rouge, ocre et vert. Aucun miroir ne reflétait la lumière, mais partout l'or des icônes lançait de mélancoliques reflets. Il n'y avait presque aucun des meubles que l'on aurait trouvés dans un palais d'Occident : seulement des chaises et des bancs tout simples, de grands coffres et d'énormes poêles. Mais les riches tapis d'Orient et les tentures de soie et de brocart compensaient largement.

Mais d'où venait cette impression de crainte ? Cette atmosphère pesante ? Dans cette pénombre d'église, les corridors peints semblaient des tunnels et les salles du palais, les cavernes d'un labyrinthe souterrain. Combien y avait-il d'autres passages secrets, d'autres salles capables d'étouffer tous les hurlements ? George Wilson fut soulagé quand ils sortirent.

Les marchands anglais avaient la vie belle à Moscou. Ils bénéficiaient de la faveur du tsar et il ne leur fallut pas longtemps pour découvrir qu'ils étaient tombés par hasard sur un immense marché.

Moscou, avec ses grandes foires sur la glace, constituait un vaste entrepôt de marchandises. De l'est, par la Volga et le Don, venaient le coton, les moutons, les épices. Chaque année, les tribus Nogaï de la steppe asiatique arrivaient avec d'immenses troupeaux de chevaux. De Novgorod le fer, l'argent, le sel. D'autres villes, les cuirs, l'huile, les céréales, le miel et la cire.

— Les possibilités sont illimitées, décida Chancellor, emballé.

Quoique riche en matières premières, la Russie ne possédait que peu de produits manufacturés à part les armes. George Wilson songea à tous les articles de luxe qu'il pourrait vendre. Ne serait-ce que du bon drap anglais. Quant au fret de retour... « Leur cire n'est pas meilleur marché qu'en Angleterre, mais leurs fourrures... » Il pourrait gagner des fortunes avec ces fourrures.

Son esprit malin comprit vite qu'en dépit de leur taille et de leur force physique, les gros marchands russes étaient essentiellement passifs.

— Ils ne connaissent que leur propre pays, fit-il remarquer à Chancellor. En un sens ce sont de vrais enfants.

— J'en conviens, répondit le chef, mais n'oubliez pas : notre premier client n'est autre que le tsar.

Il avait découvert que le tsar possédait le monople de nombreux produits importants du marché, notamment l'alcool. Chaque goutte de vodka vendue dans les petits estaminets à la foule assoiffée appartenait à Ivan. Toutes les zibelines, toute la soie brute, toutes les céréales réservées à l'exportation, se trouvaient entre les mains de ses agents. Et les marchands étrangers comme les Anglais étaient tenus de lui offrir leur marchandise en premier.

Dans l'État moscovite centralisé, tout était envahi par le pouvoir.

— Le tsar veut acheter aussi des produits pour fabriquer des explosifs, lui dit Chancellor. Et il désire que nous lui amenions des hommes de science. Je lui ai promis de revenir avec des médecins et des gens qui connaissent le travail des mines.

Au début, certaines de ces requêtes avaient étonné George Wilson. Il s'était déjà lié à plusieurs marchands allemands autorisés à résider dans la ville. Il avait également rencontré un médecin allemand. Pourquoi le tsar voulait-il faire venir des gens de la lointaine Angleterre, alors qu'il en avait d'aussi compétents à sa porte ?

Un des Allemands, qui baragouinait un peu d'anglais, le lui expliqua.

— Il y a six ans, cher ami, un Allemand proposa au tsar de lui amener toutes sortes d'experts. Il en réunit plus d'une centaine et les conduisit aux ports de la Baltique. S'il avait pu les faire entrer en Moscovie, je peux vous dire que le tsar aurait fait de lui un homme riche.

— Et pourquoi ne l'a-t-il pas fait ?

L'Allemand sourit, puis son visage s'assombrit.

— Ils ont été arrêtés dans les pays baltes par les autorités. Les autorités les plus hautes.

— Pour quelle raison ?

— Croyez-vous, cher ami, que l'ordre de Livonie, qui fait la loi dans de nombreux ports, voit d'un bon œil la puissance d'Ivan se renforcer ? Il ne songe qu'à s'emparer de ces régions de Lettonie et d'Estonie. Pensez-vous que la Lituanie, la Pologne ou l'empereur d'Allemagne aient envie d'une Russie encore plus forte qu'elle n'est ?

Il parcourut des yeux la place du marché.

— Regardez ces gens, reprit-il. Ils sont en retard. Peu d'industries et encore moins d'éducation. Ils mangent, ils boivent, ils font l'amour et ils prient leurs icônes. Point final. Leur armée est énorme, mais mal entraînée. Quand ils ont essayé d'attaquer les ports baltes, les Suédois et les Allemands n'en ont fait qu'une bouchée. Et cela nous convient parfaitement. Qui a besoin d'une Russie civilisée ? Voilà pourquoi le tsar Ivan était si content de vous voir. Vous êtes arrivés par le Grand Nord. C'est une voie d'accès longue et dangereuse, prise par les glaces la moitié de l'année, mais elle lui convient tout de même. Il pourra obtenir les hommes compétents dont il a besoin sans passer par les ports de la Baltique. Pour lui, vous valez votre pesant d'or.

Les Anglais pouvaient être utiles au tsar, mais la Russie serait également utile aux Anglais.

— Nous cherchions une voie d'accès vers Cathay par la mer, expliqua Chancellor à George Wilson, mais j'ai l'impression que d'ici, nous pourrons aller en Extrême-Orient par les terres. L'Orient commence au-delà de la Volga, après le pays des Tatars. La Perse nous attend de l'autre côté des déserts. Avec la protection du tsar, nos marchands pourront se rendre dans toutes ces contrées.

George Wilson décida alors qu'il ne trouverait jamais une meilleure occasion de faire fortune. Il n'en demeurait pas moins déconcerté par le pays, et inquiet.

Pas tellement à cause de la violence ou du caractère fruste, voire cruel, des gens. Peu lui importait. Mais leur religion...

Elle envahissait tout. Les prêtres et les moines pullulaient. Les gens se signaient pour un oui et pour un non. Dans chaque maison, il y avait des icônes devant lesquelles tout le monde se prosternait.

— Comme les papistes, remarqua-t-il. Sauf que l'idolâtrie des Russes est encore plus grande.

A l'instar de la plupart de ses compatriotes, George Wilson était protestant. Henri VIII d'Angleterre avait rompu avec le pape de Rome pendant son enfance. A présent, le fils d'Henri se trouvait sur le trône et tous les bons Anglais se disaient protestants. Cette religion convenait bien à George Wilson, non point en raison de fortes convictions religieuses (il n'en avait guère), mais à cause de sa haine profonde et secrète de toute forme d'autorité. Il appréciait aussi la lecture des pamphlets qui attaquaient les abus et la théologie de l'ancienne religion avec une implacable logique.

— Ces Russes sont des ânes, conclut-il.

Mais la plupart des gens étaient des idiots à ses yeux, et cela ne signifiait donc pas grand-chose.

Chancellor lui apprit en janvier qu'à leur retour en Angleterre au printemps, il comptait commander une autre expédition en Moscovie en été. Wilson accepterait-il d'y participer ?

— Absolument, répondit-il sans hésiter.

C'était en Moscovie qu'il ferait sa fortune. Et il avait une autre raison en tête. Le marchand allemand, protestant lui aussi, avait une fille à marier et pas de fils. La fille était un peu replète, mais charmante. « Une belle fille bien en chair », se dit-il.

Il reviendrait.

Elena avait l'impression que Boris s'était revêtu d'une nouvelle peau. Parfois, elle sentait qu'il continuait de s'agiter, mal à l'aise, à l'intérieur de cette carapace. Si elle trouvait un moyen de la percer, elle pourrait encore le retrouver. D'autres jours, c'était comme si cette couche plus épaisse collait à sa vraie peau et ne faisait plus qu'un avec lui. A ces moments-là, même au cours de leurs rapports intimes, elle sentait entre ses bras un animal inconnu à la peau rugueuse, dont l'esprit lui échappait.

D'ailleurs, elle ne le voyait plus très souvent.

Depuis trois ans, les armées de Russie avec Kourbski et ses généraux à leur tête, écrasaient les révoltes des Tatars dans la région de Kazan. Ils avaient avancé vers l'est, au-delà de la Volga, dans le pays des Nogaï. Même le khan tatar de Sibérie occidentale, de l'autre côté de l'Oural, avait reconnu la suzeraineté du tsar Ivan. A deux reprises, des flottes impressionnantes avaient descendu la Volga au milieu de la steppe jusqu'aux terres désertiques d'Astrakhan, et elles s'étaient emparées de cette ville.

Tsar de Kazan, tsar d'Astrakhan : les nouveaux titres d'Ivan ne manquaient pas d'exotisme. On rédigea de nouvelles chroniques pour glorifier le tsar et sa famille, et chaque fois que ce fut nécessaire, on récrivit l'histoire pour mettre en valeur la mission sacrée de la maison royale russe. On supprima notamment toute référence à l'ancienne « collaboration » des princes russes avec leurs suzerains tatars.

Ce fut à cette époque que le métropolite ordonna la construction, d'un côté de la place Rouge de Moscou, du fantastique ensemble de tours exotiques qui devint la célèbre cathédrale Basile-le-Bienheureux.

Ivan aurait aimé soumettre ensuite le khan tatar de Crimée, mais c'était encore une noix trop dure à briser.

Il se tourna donc vers le nord pour tenter de désenclaver le pays, et il fit peser sa menace sur ses voisins immédiats, les riches ports livoniens des rivages de la Baltique.

Il faillit réussir.

Dans ces circonstances, il était normal qu'Elena voie rarement son mari. Les hommes du tsar ne menaient pas une vie facile. On ne mangeait pas toujours à sa faim. Au froid glacial succédaient des chaleurs étouffantes. Avant de partir dans le nord, Boris était revenu d'Astrakhan avec un modeste butin — l'équivalent de quelques roubles — qui lui avait permis de rembourser une partie de ses dettes. Il s'était manifestement endurci.

Ses relations avec le père d'Elena, qui n'avaient jamais été chaleureuses, se firent distantes. Ce n'était nullement une affaire de personnes, car Dimitri était enchanté de la carrière de son gendre, mais une question de politique.

Les problèmes avaient commencé à son retour d'Astrakhan. Sous son extérieur plus coriace, Elena avait deviné en lui une sorte d'allégresse. Car pendant que les armées soumettaient la steppe et les déserts de la Volga, Ivan et ses conseillers remportaient à l'intérieur un autre genre de victoire : la réforme du royaume.

Comme tous les souverains centralisateurs de l'époque, le tsar avait résolu d'écraser les grands et leur entourage. Il diminua les anciennes prébendes, et au lieu de donner des villes à des boyards ou des princes qui se repaissaient de leurs revenus, il en confia l'administration à des notables locaux choisis parmi la petite noblesse et les marchands. Plus important, il décréta que tout propriétaire terrien devait effectuer le service militaire du tsar sur son ordre, même s'il détenait ses domaines par héritage (*votchina*) et non sous condition de service (*pomestié*).

— Ça montrera à ces diables paresseux qui est le maître, fit observer Boris en présence de son beau-père. Savez-vous que la moitié des propriétaires de Tver ne faisaient pas de service ?

— Mais dites-moi, demanda Dimitri Ivanov d'un ton acide, quelle est maintenant la différence entre votre domaine, dont vous avez hérité, et un simple *pomestié* ? Le tsar permet en général au fils de succéder à son père sur le même domaine de service.

Boris réfléchit un instant.

— Il y a une différence dans l'esprit de la loi ; mais dans la pratique, vous avez raison.

— Et vous vous en réjouissez ?

— Oui. Pourquoi n'aurais-je pas envie de servir le tsar ? N'en avez-vous pas envie ?

C'était une question perfide : il savait bien que la famille de sa femme détenait plusieurs domaines et que jusque-là, personne n'avait fait de service militaire.

Dimitri ne répondit rien, mais passa la main sur son crâne chauve, visiblement irrité.

— Si un homme n'a pas envie de servir le tsar, continua Boris froidement, j'en conclus qu'il fait partie des ennemis du tsar.

— Vous n'avez pas le droit de déclarer une chose pareille, jeune homme, tonna Dimitri.

— Je suis heureux de l'entendre, répliqua Boris sèchement.

Après ces paroles, la mère d'Elena sépara les deux hommes, mais le mal était fait. Et il ne s'agissait pas d'une question de personnes : Elena savait que la rancœur entre son père et son mari était le signe d'une division de plus en plus profonde entre ceux qui soutenaient les réformes du tsar et les membres des anciennes classes dirigeantes qui les redoutaient et y étaient hostiles. La maison du père d'Elena bruissait de conciliabules dont elle ne parlait jamais à Boris, et elle commença à se demander si le jeune tsar survivrait longtemps.

Boris... Si seulement il se montrait moins distant lors de ses brèves visites... Si seulement elle avait pu briser son armure de protection... Elle n'avait qu'un seul moyen d'y parvenir : lui donner un fils. Pourquoi cette joie lui était-elle refusée ?

Ils avaient eu un fils, mais il était mort au bout d'une semaine, pendant la première campagne de Boris dans le nord. Depuis lors, malgré ses efforts, plus rien.

S'ils pouvaient remporter une victoire décisive dans le nord, si la Russie signait un traité de paix, Boris reviendrait pour une plus longue période, et elle aurait un fils. Elle était encore jeune. Elle priait pour des jours plus heureux.

Mais, après des premiers succès, la campagne parut s'enliser : les villes baltes sollicitèrent la protection de la Suède, de la Lituanie et du Danemark. Et en août 1560 Anastasia, l'épouse bien-aimée du tsar et la lumière de sa vie, fut emportée soudain.

A cette nouvelle, Elena s'effondra. Elle pressentit dans son cœur de femme que s'annonçait une ère sombre.

1566

Octobre. Une journée froide humide, balayée par le vent, dans la bourgade de Russka. Les nuages vaporeux passent si bas que leurs ventres semblent effleurer le toit en forme de tente de la tour de guet.

Le cavalier qui s'avance lentement vers la poterne est seul. Sur un cheval noir, avec sur le devant de sa selle deux petits emblèmes : une tête de chien parce qu'un cavalier reste sur le qui-vive, et un balai parce qu'il chasse les ennemis de son maître.

Il est vêtu de noir. Il pose un regard indifférent à gauche et à droite, parce qu'il est le maître de tout dans cette région. En le voyant, un moine qui se trouvait près de la porte du monastère s'esquive craintivement. Même l'abbé devient nerveux en sa présence. Dans la ville et au Bourbier, non loin, tous sont terrifiés par lui.

Il a prononcé son serment depuis plus d'un an : il a juré d'aimer son maître plus que père et mère, fils ou fille. Il a juré aussi de dénoncer instantanément toute personne qu'il soupçonne de déloyauté envers son maître, le tsar.

Le cavalier noir est puissant et redouté. Il est vrai, comme le sait son épouse, qu'il n'est pas heureux. Mais il ne l'a jamais été.

C'est cette épouse que le cavalier est venu voir, car sa demeure est ici, et il s'appelle Boris Bobrov.

Ivan était enfin venu à bout de tous ses ennemis.

Le coup les avait pris complètement au dépourvu : en décembre 1564, sans un mot d'explication, il avait quitté la ville de Moscou avec un énorme train de bagages ; le jour de la Saint-Nicolas, il était arrivé à un pavillon de chasse fortifié connu sous le nom d'Alexandrovskaïa Sloboda, au nord-est de la capitale. Personne ne savait ce que signifiait cet exode.

En janvier, la nouvelle se répandit qu'il avait abdiqué.

N'était-ce pas une ruse ?

— Pour moi, confia le père d'Elena à sa fille, le tsar n'a plus vraiment sa tête depuis la mort d'Anastasia. Il s'est convaincu qu'elle a été empoisonnée par les boyards et il veut se venger. De toute manière, cette affaire me paraît louche.

Sous la menace du peuple, les boyards durent demander à Ivan de reprendre le pouvoir. Et quand il revint, ce fut à ses propres conditions.

Stupéfiant. Sans doute aucun souverain au monde n'a jamais fait une chose pareille. Après avoir reçu des boyards et de l'Église le serment solennel qui le rendait libre de gouverner selon son bon plaisir et de punir qui il désirait, le tsar Ivan partagea son royaume en deux. Il laissa des boyards de confiance gouverner la plus grande partie, mais transforma la plus petite en une sorte de vaste domaine privé placé sous son autorité personnelle et peuplé par de fidèles serviteurs triés sur le volet, l'*oprichnina*. Ses serviteurs, appelés *oprichniki*, formèrent un ordre fermé, semblable aux chevaliers allemands des anciens ordres teutonique et livonien. Ils s'habillaient de noir.

C'était un État dans l'État. Et un État policier. Les *oprichniki* ne pouvaient être jugés que par leurs propres tribunaux — ce qui les plaçait en fait au-dessus de la loi. Une partie de Moscou faisait partie de l'*oprichnina*, ainsi que Souzdal et plusieurs enclaves au nord de l'Oka et au sud-ouest de Moscou ; mais les plus vastes étendues se trouvaient au nord, dans les immenses forêts au-dessus de la boucle de la Volga, jusqu'au port lointain où avaient débarqué les marins anglais. A l'écart des vieilles villes princières, c'était un pays de monastères pris par les glaces, de fourrures, de gisements de sel, et de riches marchands. La puissante famille Stroganov, anciens paysans devenus princes-marchands, demanda aussitôt au tsar à être réunie à cet État dans l'État.

Et seuls des gens loyaux à Ivan avaient le droit d'y vivre. Sur chaque domaine, les inquisiteurs du tsar rendaient la justice : si le seigneur était loyal, il pouvait rester ; s'il avait la moindre relation avec un grand ou un membre d'une des nombreuses familles princières, il se trouvait expulsé, et il s'estimait encore heureux quand on lui offrait en compensation une propriété plus pauvre en dehors de l'*opritchnina*.

C'était un bon moyen de trouver des domaines vacants pour les *opritchniki*, qui les recevaient naturellement sous le régime du *pomestié*.

La ville de Russka faisait partie de l'*opritchnina*, et les inquisiteurs avaient donc rendu visite au jeune seigneur du Bourbier.

C'était tout ce que Boris souhaitait.

— J'ai servi le tsar dans toutes ses guerres, leur dit-il. Laissez-moi devenir *opritchnik*, je vous en prie. Que pourrais-je désirer de plus ?

En les voyant prendre note, il ajouta :

— Le tsar se souviendra peut-être de moi. Rappelez-lui qu'il m'a parlé, un matin à l'aube, à notre retour de Kazan.

L'inquisiteur lui adressa un sourire pincé :

— Si c'est la vérité, Boris Davidov, le tsar se souviendra de vous. Le tsar n'oublie jamais.

Ils poursuivirent leur enquête. Ils ne trouvèrent rien à redire à sa famille ; malgré son ancienneté, elle n'avait jamais eu avec la grande noblesse des alliances qui l'auraient rendue suspecte.

— La famille de votre épouse ? lui demandèrent-ils ensuite. Votre beau-père entretient des relations dans des cercles dont nous ne sommes pas sûrs de la loyauté. Que pouvez-vous nous dire sur lui ?

Boris réfléchit, mais cela ne lui prit pas longtemps.

— Que désirez-vous savoir ? demanda-t-il d'une voix égale.

Une semaine plus tard, Boris fut convoqué à Moscou, où il fut avisé qu'il pourrait conserver son domaine et serait admis parmi les *opritchniki*.

— Le tsar se souvenait de vous, lui dit-on.

Peu après, sans en connaître la raison, Elena apprit que son père avait des ennuis.

Dès que Boris s'assit pour prendre son dîner, le vieux serviteur posa devant lui une assiette de pain de seigle et un petit cruchon de vodka. Les yeux fixés droit devant lui, Boris se versa trois petites tasses et les vida d'un trait en lançant la tête en arrière. Elena se taisait.

Il mangea sans prononcer un mot, ou presque. A l'autre bout de la table Elena grignotait quelques légumes. Ni l'un ni l'autre, semblait-il, n'avait le courage de lancer la conversation.

Ce n'était guère surprenant : de quoi auraient-ils discuté sinon des rumeurs provenant de Moscou ? Et elles étaient trop horribles pour qu'on en parle.

De temps en temps, Boris levait vers sa femme un regard vague. Il s'enquit de la santé de Lev, le marchand, et, sur la réponse rassurante d'Elena, il hocha la tête, mais n'ajouta rien. Lev, chargé de la collecte des impôts locaux, appartenait maintenant à l'*opritchnina* comme Boris. Ils se concertaient pour toutes les questions officielles.

— Et notre fille ? demanda enfin Elena.

Ils avaient donné leur fille en mariage au début de l'année à un jeune noble qui ne vivait pas dans l'*opritchnina*, mais appartenait néanmoins à une famille loyale. Elena soupçonnait son mari d'être enchanté de s'être débarrassé de la fillette — elle n'avait que douze ans. Il s'était toujours montré gentil avec elle, mais Elena savait qu'il n'avait jamais accepté la présence de l'enfant à la place du fils qu'il aurait dû avoir.

— Elle va bien, répondit-il brièvement. J'ai parlé à son beau-père.

Elle n'insista pas.

Elle se rendait rarement à Moscou, maintenant. Malgré la présence, là-bas, de sa famille, elle n'en avait pas envie, et Boris ne l'y encourageait pas.

Depuis l'instauration de l'*opritchnina*, l'atmosphère dans la capitale était tendue, souvent même effrayante. On parlait d'exécutions, de disparitions. Des anciennes villes princières arrivaient des nouvelles de confiscations massives. Des princes et des boyards perdaient toutes leurs terres et étaient exilés sur de petits domaines misérables de la frontière, du côté de Kazan.

— Écœurant, avait confié Dimitri Ivanov à sa fille lors d'une de ses rares visites. La moitié des gens exécutés n'avaient rien à se reprocher.

Elle avait appris qu'un jour, un jeune homme brave du nom de Gorbatchev, qui passait au billot juste après son père, avait montré à la foule la tête décapitée de ce dernier en lançant : « Loué soit Dieu, je meurs innocent comme lui. »

— Sais-tu le plus terrifiant ? avait poursuivi son père. Les gens pensent que le tsar chasse ces gens pour faire de la place à ses hommes de main, les maudits *opritchniki*. Pardonne-moi, je sais que Boris en fait partie. Mais regarde bien, tu t'apercevras que ce n'est pas le cas. La plupart des expropriations ne se sont pas produites dans l'*opritchnina*. L'*opritchnina* est pleine de ses partisans. En réalité, il détruit l'opposition à l'extérieur. Ensuite il déchaînera ses « hommes noirs » sur le reste d'entre nous. C'est un complot pour nous détruire tous.

Ces *opritchniki* appartenaient à l'aristocratie et à la petite noblesse, et bon nombre étaient à peine plus que des paysans.

— Certains sont même des étrangers, de vulgaires mercenaires, s'était exclamée sa mère avec dégoût. Des hommes de nulle part, des gens de rien.

Vêtus de noir, ils apparaissaient à Elena comme des moines maléfiques.

— Connais-tu les derniers ordres du tsar ? avait ajouté le père d'Elena. Si un étranger demande ce qui se passe, nous devons nier que l'*opritchnina* existe. Tu te rends compte ? Avant-hier dans une maison noble, un envoyé de Lituanie demande à notre hôte : « Qu'est-ce que c'est que cette *opritchnina* ? » Et l'autre répond : « Jamais entendu parler. » Le Lituanien proteste : « Mais le tsar s'est enfermé dans une forteresse en dehors de la ville, et qui sont tous ces gens en noir ? » « Oh ! répond notre hôte, il est dans sa résidence d'été, et ce sont les membres d'un nouveau régiment à son service. » Nous étions trente dans la pièce, personne ne savait où poser les yeux. Et nous n'avons pas pipé mot.

Au printemps, il y avait eu une amnistie pour quelques exilés. Mais deux métropolites avaient dû se démettre, parce qu'ils refusaient d'admettre le nouveau régime de terreur.

Enfin la dernière nouvelle, encore plus épouvantable...

Boris leva de nouveau les yeux vers Elena et essaya d'analyser ce qu'il voyait. C'était toujours la même personne qu'à leur mariage : douce, un peu nerveuse, désireuse de plaire, mais cependant capable de se protéger de lui dans le réseau d'une famille et de relations féminines desquelles il se sentait exclu. Mais il y avait autre chose, à présent : la souffrance lui avait conféré une sorte de dignité calme, une indépendance qui tantôt forçait son admiration, tantôt le mettait en rage. Cette dignité n'était-elle pas une forme de reproche ? Ou un signe de mépris ?

Quand Boris eut terminé son repas, quand repousser la question à plus tard aurait été absurde, Elena demanda enfin, à mi-voix :

— Que s'est-il réellement passé à Moscou ?

C'était Ivan lui-même qui avait eu l'idée de rassembler le Grand Conseil de la Terre russe — le *Zemski Sobor*. A Boris comme à tout le monde, l'idée avait paru bonne. Bien entendu, cette assemblée n'était pas représentative à proprement parler. On avait simplement réuni environ quatre cents nobles, membres de l'Église et grands marchands. Mais même sous cette forme, cela constituait une remarquable concession au peuple.

Car la guerre dans le nord n'avait pas abouti. La Russie convoitait les ports de la Baltique, les Polonais s'y opposaient et le tsar avait besoin d'argent. L'objectif d'Ivan était d'obtenir du *Zemski Sobor* un vote d'approbation de la guerre et des nouvelles taxes nécessaires, tout en montrant à l'ennemi que l'ensemble du pays suivait et soutenait son souverain. La grande assemblée s'était donc réunie en juillet. Elle avait accepté toutes les propositions du tsar.

Il n'y avait eu qu'un seul problème. L'impertinente assemblée, soutenue par le nouveau métropolite, avait demandé à Ivan de renoncer à l'*opritchnina*. Le tsar était furieux. Et pourtant...

Elena observa son mari. Elle eut l'impression qu'il hésitait. Se jugeait-il coupable ? Se sentait-il mal à l'aise à l'intérieur de sa carapace protectrice ?

— C'étaient des traîtres. Le tsar les a traités comme des traîtres, dit-il d'un ton bourru. Il y a encore beaucoup de traîtres, plus d'un Kourbski à extirper.

En 1564, ce chef militaire sous lequel Boris s'était battu à Kazan s'était enfui soudain en Lituanie. Cette désertion n'avait guère de conséquences sur le plan militaire, mais Kourbski était un ami d'enfance d'Ivan, et sa trahison avait contribué — peut-être autant que la mort d'Anastasia — à assombrir davantage son humeur : le régime de terreur d'Ivan avait débuté quelques mois après le départ du prince.

— Est-il vrai que le tsar a enfermé toute l'assemblée ? demanda Elena doucement.

— Seulement pendant six jours.

— Combien de membres ont-ils été exécutés ?

— Seulement trois.

— En public ?

— Bien sûr.

— Et il a fait arracher la langue de tous les autres devant le peuple ?

— Non, cinquante d'entre eux ont été bâtonnés, c'est tout. Et non sans raison.

— Ils ont eu la langue coupée ?

— Non. Seulement certains.

Il s'interrompit, mais son visage ne trahit rien de ce qu'il pensait.

— C'était un complot, tu comprends. Ils complotaient de trahir.

— On l'a prouvé ?

— Il y avait un complot, c'est tout.

Il se leva de table.

— Il n'y aura plus d'assemblée, je te le garantis, ajouta-t-il avec un rire contraint.

Elena ne posa pas d'autre question. Elle préférait ne pas savoir. Que pourrait-elle dire ou faire ? Lentement, non sans hésitation, elle se dirigea vers lui et le prit par la taille, dans l'espoir de guérir par son amour le mal qu'elle sentait en lui. Mais il savait que l'amour d'Elena impliquait le pardon ; incapable de s'y résoudre, il se détourna en silence. Ses épaules se voûtèrent presque imperceptiblement, et elle comprit qu'il se protégeait d'elle. Si seulement elle pouvait l'aider, et s'aider elle-même dans cette nuit de plus en plus profonde ! Elle décida en secret de se sacrifier s'il le fallait pour sauver ce qu'elle considérait comme son âme perdue. Mais pour sauver une âme, ne fallait-il pas plus d'habileté qu'elle n'en possédait ?

Boris dormit d'un sommeil agité, allongé près d'Elena qui n'arrivait pas à trouver le repos.

A l'aube, elle le vit regarder la lumière grise du petit jour à travers le parchemin qui recouvrait la fenêtre.

Il se retourna. La voyant éveillée, la sentant éveillée depuis lontemps, il murmura :

— Je repars à Moscou demain.

Devait-elle le supplier de rester ? Comment savoir ? Un sentiment d'échec, de lassitude commençait à s'emparer d'elle.

— La femme du prêtre Stepan est malade, dit-elle d'une voix sans timbre. J'ai oublié de te le dire.

Chaque fois que Mikhaïl, le paysan, passait sa famille en revue, il se disait que son plan était bon. Son fils aîné, marié depuis quelque temps, vivait à l'autre bout du village. Aucune inquiétude à se faire pour lui.

Il avait un autre fils et une fille, de moins de dix ans.

Et il avait Karp son problème.

— Bientôt vingt ans et pas encore marié, se plaignait-il. Que vais-je faire de lui ?

— Pense plutôt à ce que la moitié des maris de la région vont faire de lui, lui fit observer le vieil intendant.

Karp plaisait incontestablement aux femmes. Svelte, brun, bien bâti, il avait des gestes pleins de grâce, et s'il montait un cheval de labour, il en faisait un pelefroi. Ses yeux effrontés, d'un brun cendré, savaient parcourir une foule à la recherche d'un joli minois. Mais surtout il y avait en lui quelque chose de sauvage et de libre inhabituel au village. En le voyant, plus d'une femme éprouvait un petit frisson. Plus d'une jeune fille de Russka s'était laissé séduire. Plus d'une épouse s'était offerte à lui en secret. Il aimait conquérir puis donner du plaisir, ce qu'il faisait fort bien.

En un sens, si inquiet qu'il fût, Mikhaïl n'était pas fâché d'avoir encore Karp à la maison, à cause de l'aide qu'il apportait. A eux deux, ils tiraient de bons bénéfices de leurs céréales, malgré les charges supplémentaires imposées par Boris.

Sans parler de l'autre source de revenus, tout à fait inattendue.

Trois ans plus tôt, Mikhaïl avait trouvé dans la forêt voisine un jeune ourson de quelques semaines, dont des chasseurs avaient tué la mère. N'ayant pas le cœur d'abandonner ou de tuer le pauvre animal, il l'avait ramené chez lui, s'exposant à la risée du village. Sa femme avait piqué une colère :

— Et c'est moi qui vais le nourrir ?

Mais Karp avait été ravi. Il avait la manière avec les animaux ; quand l'ourson eut dix-huit mois, Karp lui apprit à danser et à faire quelques tours. Il n'hésitait pas à enlever la chaîne de l'animal pour qu'il danse mieux.

Il gagnait ainsi quelque argent sur le marché de Russka, et il avait remonté deux fois la rivière jusqu'à Vladimir, d'où il était revenu avec plusieurs *dengui* en poche.

— Il ne fera jamais notre fortune, disait-il souvent, mais il paie ce qu'il mange et nous laisse un joli supplément.

En grand secret, pour n'attirer ni jalousie ni soupçons, Mikhaïl avait donc mis de côté de petites sommes.

— Je vais réunir de quoi acheter mon départ du domaine du seigneur Boris. Et un peu plus pour qu'Ivanko puisse nous suivre dans un an ou deux s'il le désire, expliqua-t-il à sa famille.

Car la situation à Russka allait manifestement empirer. Même son cousin Lev, qui percevait les impôts, l'avait reconnu :

— Le tsar aimerait lever des impôts sur le reste de la Moscovie et en exempter les terres de l'*opritchnina*, lui avait confié le marchand. Mais il a besoin de tellement d'argent ! Ce sera dur.

Boris allait le pressurer davantage, il était temps de partir.

— Et où irons-nous ? demanda Karp.

Rien de plus facile.

— Dans l'est, répondit son père, dans les nouvelles terres où les gens sont libres.

C'était rationnel. Dans les nouvelles colonies isolées des forêts nordiques, le pouvoir demeurait lointain et les gens connaissaient moins de contraintes.

— Comme tu voudras, avait répondu Karp.

Au printemps 1567, l'épouse du prêtre Stepan mourut.

Selon la règle de l'Église orthodoxe, Stepan n'avait pas le droit de se remarier ; il devait devenir moine.

Il abandonna donc la petite maison qu'il occupait à Russka et s'en fut au monastère Pierre-et-Paul, sur l'autre rive. Il continua cependant de célébrer les offices dans la petite église de pierre de Russka, où il était très respecté. Quant à ses opinions sur les possessions matérielles de l'Église, il n'était ni assez sot, ni assez impoli pour y faire la moindre allusion après son entrée au monastère.

Elena se retrouva sans l'amie qui lui avait si souvent tenu compagnie.

En septembre, chacun sentit qu'une nouvelle campagne dans les régions baltes était inévitable.

Boris se faisait une joie d'y prendre part. Pendant l'été, il s'était souvent rendu à Russka et avait même connu des moments plus calmes et plus heureux avec Elena. Peut-être pourraient-ils encore avoir un fils.

Il avait également rendu visite au tsar, à Alexandrovskaïa Sloboda, non loin du monastère de la Trinité-Saint-Serge. D'ailleurs, la vie au quartier général du tsar était tout aussi monastique que dans la grande abbaye.

Le soir de son arrivée, on indiqua à Boris une maisonnette où deux autres *opritchniki* dormaient, et on lui offrit un simple banc dur.

— Ici, on se lève tôt, lui assura-t-on avec un sourire.

Il ne s'attendait pourtant pas à être réveillé au son des cloches longtemps avec l'aube.

— La prière, le prévinrent les autres. Et tu as intérêt à te dépêcher.

Dans les ténèbres de la vaste cour, il ne put distinguer que ses deux compagnons, à sa gauche et à sa droite, ainsi qu'un carré de lumière, au loin, qu'il prit pour la porte ouverte d'une église. Mais au moment où ils se signèrent, une voix sonore tomba d'en haut, mêlée aux échos des cloches.

— A la prière, chiens ! criait-elle. A la prière, mes enfants chargés de péchés.

— Qui est ce vieux moine stupide ? murmura Boris.

Une main se plaqua sur sa bouche et des lèvres lui murmurèrent à l'oreille :

— Tais-toi, idiot. Ne comprends-tu pas ? C'est le tsar lui-même.

— Priez pour vos âmes, cria la voix.

Boris avait participé à des exécutions et abattu des traîtres sans le moindre remords, mais il y avait dans les cris de cet étrange personnage invisible dans la nuit quelque chose de surnaturel qui lui fit froid dans le dos.

Il était trois heures du matin ; le service des matines dura jusqu'à l'aube. Le tsar était donc là, parmi eux, peut-être en train de l'observer, mais Boris n'osa pas se retourner. Il entendit un bruit de tissu, puis la haute silhouette sombre passa devant lui en silence. Sans un regard à droite ni à gauche, le tsar se mit à la tête des hommes en prière et ne bougea plus. De temps en temps, il caressait sa longue barbe rousse parsemée de poils noirs.

Une fois, il se prosterna lentement et frappa le sol avec son front.

Jamais Boris n'avait vu le souverain de si près depuis leur rencontre à l'aube sur la berge de la Volga. Il fut saisi de crainte.

Mais ce n'était rien comparé à ce qu'il éprouva plus tard le même jour, après la messe et le repas de la matinée, quand on le conduisit en présence du tsar, tout seul.

Ivan portait un caftan simple, de couleur noire, avec une discrète broderie d'or et une doublure de fourrure. Il avait la même silhouette maigre et le même visage d'aigle qu'à Kazan, mais comme il avait vieilli ! Ses cheveux s'étaient tellement éclaircis que la partie supérieure de son visage ressemblait à une tête de mort. Sous les longues moustaches tombantes, la bouche formait un mince croissant aux pointes tournées vers le bas. A moitié prince russe, à moitié khan tatar et... quelque chose en plus. Boris n'aurait su dire quoi.

L'instant suivant, ce fut comme s'il était de nouveau avec le jeune tsar de Kazan : il fut sensible au même charme mélancolique, à la passion intérieure qui appartenait à un autre monde, un monde mystique. Quand le tsar lui sourit, d'un sourire plutôt triste, Boris crut même lire de la gentillesse dans les yeux noirs.

— Eh bien, Boris Davidov, bien des années se sont écoulées depuis notre rencontre près de la Volga.

— Oui, *gosoudar*.

— Et tu te souviens de ce que nous nous sommes dit ?

— Chaque mot, *gosoudar*.

Il crut entendre la voix passionnée et le faible clapotis de l'eau.

— Moi aussi, avoua le tsar.

Puis il se tut. Boris sentit qu'il tremblait, une bouffée d'émotion lui noua la gorge. Le tsar Ivan n'avait pas oublié leur conversation. Une fois encore, il partageait avec son souverain le destin sacré de la Russie.

— Et dis-moi, Boris Davidov, reprit le tsar à mi-voix, crois-tu encore aujourd'hui ce que tu m'as dit ce jour-là sur notre destinée ?

— Oh oui, *gosoudar* !

Oui, malgré les années de terreur, malgré les trahisons, malgré la violence, il désirait passionnément le croire. Sans ce destin sacré, qu'était-il lui-même ? Une écorce vide, vêtue de noir.

Ivan le regarda d'un air songeur, presque triste. Comme si voir Boris lui rappelait quelque chose de lui-même.

— Le chemin du destin de la Russie est dur, murmura-t-il. Un chemin droit et étroit, bordé d'épines. D'épines acérées. Nous suivons ce noble chemin, Boris, et nous devons donc souffrir. Du sang doit être versé. Cela ne nous arrête pas, n'est-ce pas ?

Boris inclina la tête.

— Les devoirs d'un *opritchnik* sont souvent ingrats, dit-il en observant Boris attentivement. Ton épouse n'aime pas mes *opritchniki*.

C'était une affirmation, mais en gardant le silence, le tsar donnait à Boris l'occasion de nier. Il eut spontanément envie de le faire, mais une petite voix le mit aussitôt en garde, et il ne dit rien.

Ivan attendit. Était-il possible qu'il ne s'agisse pas d'une audience amicale ? N'avait-on pas combiné cette entrevue pour que le tsar puisse porter cette accusation en personne ? A quelle fin ? Boris ne bougea pas.

— Bien, dit enfin le tsar en inclinant la tête. Ne me mens jamais, Boris Davidov.

Il se pencha vers l'icône, dans l'angle de la pièce, et continua sur un ton mélancolique, le dos tourné vers Boris :

— Elle a raison. Crois-tu, Boris Davidov, que le tsar ne connaît pas ses serviteurs ? Certains de ces hommes ne sont que des chiens.

Il se retourna.

— Mais des chiens peuvent attraper et tuer un loup. Et il y a de nombreux loups à détruire.

Boris acquiesça de nouveau. Il comprenait.

— Les serviteurs du tsar n'ont pas à penser, Boris Davidov, lui rappela Ivan. Ils n'ont pas à dire « Je veux ceci » ou « Je ne veux pas cela ». Il leur appartient seulement d'obéir. N'oublie pas, conclut-il, que le tsar règne sur la Russie par la grâce de Dieu, et non par la volonté changeante des hommes.

Ivan se tut, et Boris crut l'audience terminée. Les yeux du tsar se tournèrent de nouveau vers l'icône. Mais avant de partir, Boris avait une requête à présenter.

— Puis-je rester ici, *gosoudar*, jusqu'à la prochaine campagne ?

Son seul désir était de ne pas quitter le tsar. Ivan le regarda : ses yeux avaient pris un éclat vitreux, comme s'il venait d'entrer dans un autre monde, à l'écart des autres humains.

— Non, dit-il doucement. Tout est calme aujourd'hui, mais... Ce n'est pas un endroit pour toi.

Boris se retira, attristé.

L'après-midi, le tsar fit une promenade à cheval. Dans la soirée, il y eut d'autres prières. Le lendemain, même réveil avant l'aube pour les matines. Au milieu de la matinée, des prisonniers arrivèrent au fort et on les conduisit aussitôt dans un bâtiment massif au fond de l'enceinte. Peu après, Boris s'en alla.

Sur le chemin du retour, il se sentit un autre homme, et son engagement envers la cause s'en trouva renouvelé.

Ce fut à Moscou, par une belle journée de septembre, qu'il rencontra par hasard l'Anglais. Près des murs du Kremlin. Un petit bonhomme fluet avec les yeux rapprochés, en train de regarder l'autre rive de la Neglinaïa.

Ce qui avait attiré les regards de George Wilson était un édifice récent construit pour assurer la sécurité du tsar : le palais de l'*opritchnina*. Les murailles de brique rouge et de pierre de cette redoutable forteresse bâtie en face du Kremlin mesuraient plus de six mètres, et au-dessus de la grande porte bardée de fer, la statue d'un lion brandissait furieusement ses griffes vers le monde extérieur. Sur les remparts, des archers montaient la garde.

Boris observa Wilson avec curiosité. On parlait beaucoup de ces marchands d'Angleterre qu'on voyait maintenant dans plusieurs villes du nord. Le tsar les jugeait utiles, mais quels personnages étranges ! Celui-ci était aussi maigre qu'un pauvre moine.

En ce même instant, Wilson envisageait de faire une entorse à la loi.

La vie l'avait bien traité. Il avait épousé l'Allemande, et son corps généreux l'avait ravi. Il avait découvert que son visage rond si placide pouvait se muer en un masque de concupiscence avide qui le faisait rire de plaisir. Ils avaient deux enfants et il s'estimait plutôt satisfait.

Il demeurait protestant militant. Il avait toujours des pamphlets dévots dans son manteau en guise de talisman contre la présence envahissante du clergé orthodoxe avec son encens et ses icônes. De temps à autre, quelqu'un l'arrêtait, en général un homme en noir, pour lui demander ce qu'étaient ces papiers. Ce qui leur déplaisait le plus, c'était qu'ils soient imprimés. Quelques années plus tôt, quand Ivan avait introduit en Russie une modeste presse d'imprimerie pour promulguer ses lois, la foule en colère, avec à sa tête les scribes professionnels, avait brisé la machine. La barbarie de ces gens simples amusait Wilson. Mais quand on l'interrogeait sur les pamphlets, il répondait gravement que c'étaient ses prières, une pénitence pour ses péchés. En général, cela les contentait.

Il avait traité plus d'une excellente affaire, mais aucune aussi bonne que celle qu'il envisageait maintenant. Dommage qu'en toute rigueur, elle fût illégale.

Le problème ne venait pas des Russes mais des Anglais. Car depuis le retour de Chancellor à Moscou en 1555, le commerce anglais était organisé sous forme de monopole et réglementé par la charte de la Compagnie de Moscovie. Les affaires marchaient. Wilson avait des intérêts dans des comptoirs commerciaux situés de Moscou aux lointains ports du nord, et il ne pouvait se plaindre que de deux choses : Ivan avait enfin réussi à s'emparer d'une partie de la côte balte, et notamment du port de Narva ; et quelques années auparavant, un Italien fourbe agissant pour le compte d'un groupe de marchands d'Anvers avait fait courir des bruits scandaleux sur les marchands anglais à Moscou. Pour ces deux raisons, le commerce anglais par l'intermédiaire des ports du grand nord n'était plus aussi profitable que dans le passé.

— Si, en dépit des règlements de la Compagnie, je me fais envoyer des marchandises à Narva, les bénéfices seront bien meilleurs, avait-il expliqué à son beau-père.

Il ne serait pas le premier marchand anglais à le faire.

Wilson n'avait guère de sympathie pour ses compatriotes. Récemment, l'Angleterre n'envoyait que de jeunes aventuriers qui donnaient l'impression — aux Russes et à Wilson — de s'intéresser davantage aux femmes et à l'alcool qu'au commerce. La seule question était : comment introduire ces marchandises à l'insu de ses concurrents ?

L'affaire était d'autant plus urgente que Wilson se faisait du souci pour l'avenir. La guerre allait reprendre dans le nord. La dernière fois que le représentant principal de la Compagnie de Moscovie était retourné en Angleterre, le tsar lui avait demandé instamment de ramener des hommes qualifiés et de l'équipement militaire pour la guerre du nord, contre la Pologne. Les bateaux venaient d'arriver. Si Wilson devait faire un envoi par la Baltique, le plus tôt serait le mieux, avant le début des hostilités.

Or depuis quelques jours, des bruits s'étaient répandus comme une traînée de poudre dans la communauté anglaise : le tsar Ivan, murmurait-on, aurait demandé à la reine Élisabeth d'Angleterre de lui accorder le droit d'asile s'il devait s'enfuir de Russie.

— Court-il vraiment un danger ? se demandaient mutuellement les marchands. Se passerait-il des choses que nous ignorons ?

Quelles que fussent les raisons de cette étrange requête d'Ivan, elle jetait un nuage dans le ciel. Wilson ne savait quelle décision prendre.

Et un de ces hommes noirs apparut près de lui. Wilson parlait un russe passable : il le fallait bien dans un pays où personne ne connaissait de langue étrangère. En tant que marchand anglais, il n'avait pas grand-chose à craindre des *opritchniki*. Il décida de s'adresser au redoutable personnage en noir, pour voir ce qu'il pourrait découvrir.

Boris fut surpris que le marchand lui adresse la parole, mais il lui répondit assez poliment. Ravi de voir que l'étranger parlait russe, il conversa même avec lui un moment. Wilson était prudent : il posa ses questions sans révéler ce qu'il savait lui-même. Il apprit vite que Boris n'avait aucun pressentiment d'un désastre imminent, bien qu'il se fût rendu récemment à la résidence du tsar en dehors de Moscou. Et pour sa part, Boris fit une grande découverte : cet Anglais désirait une cargaison de fourrures et souhaitait l'obtenir discrètement. Boris n'en avait pas assez lui-même, mais pouvait s'en procurer davantage. Un coup de chance.

— Venez à Russka, dit-il. Aucun marchand anglais n'est jamais allé là-bas.

Cet automne et le printemps suivant furent une période de grande activité pour Daniel le moine. Des mois difficiles.

Car il était en train de perdre l'estime de l'abbé.

C'était entièrement de sa faute. Dans son zèle à accumuler de l'argent pour le monastère, il traitait trop durement les marchands de Russka. Rien de ce qu'ils faisaient ne lui échappait ; et bien entendu cela les incitait encore plus à le rouler. Résultat : le moine et les marchands étaient continuellement en opposition et les bénéfices du monastère en pâtissaient.

Aux plaintes discrètes qu'on lui adressait parfois à ce sujet, l'abbé, qui était déjà âgé, réagissait en réprimandant Daniel, mais sans grande conviction ; et quand celui-ci lui assurait que tous les gens de la ville étaient des bandits, le vieillard jugeait plus facile de le croire.

La situation n'aurait sans doute pas changé si la femme du prêtre Stepan n'était pas morte, ce qui avait contraint ce dernier à entrer au couvent. Car les marchands se hâtèrent de suggérer que tout irait bien mieux si Stepan, qu'ils appréciaient, était chargé des relations du monastère avec Russka.

L'abbé n'avait guère envie d'agir dans ce sens. A vrai dire, la détermination du moine Daniel le rendait un peu nerveux.

— Il est très efficace, vous savez, se lamentait-il à un vieux moine qui lui servait de confident. Si je lui enlève Russka, qui sait comment il va réagir ? J'ai bien peur qu'il fasse un scandale.

Il commença cependant à lancer de discrets coups de sonde.

— Vous avez fait du bon travail à Russka, frère Daniel. Il va falloir que nous vous trouvions de nouvelles responsabilités.

Ou encore :

— N'êtes-vous pas fatigué, parfois, frère Daniel ?

Ce qui avait suffi à plonger Daniel dans l'angoisse, tout en redoublant chez l'abbé la crainte de l'offenser. Stepan, au courant de la situation, ne fit rien dans un sens ni dans l'autre. Il n'avait pas peur de Daniel et il le désapprouvait en secret, mais il estimait qu'il avait déjà assez d'âmes à sauver, y compris la sienne. Sans parler d'autres problèmes, plus personnels. En fait, il ne mesurait nullement la violence et le désespoir de la passion de Daniel, et ce fut fort dommage pour lui.

Il était naturel que Stepan ait continué de célébrer l'office pour Elena, chez elle, et il lui rendit sans doute visite un peu plus souvent que dans le passé, simplement parce que sa femme, l'ancienne compagne d'Elena, n'était plus là pour le faire. L'épouse du seigneur menait une vie tellement isolée !

Elle s'était rendue deux fois à Moscou, voir sa mère, qu'elle savait inquiète.

— Ton Boris est-il encore notre ami ? lui avait demandé la vieille dame.

Comme Elena hésitait, ne sachant que penser, sa mère ajouta aussitôt :

— Peu importe. C'est sans conséquence. Ne lui dis pas que je t'en ai parlé.

— Aimeriez-vous que je reste ici quelque temps ? avait demandé Elena.

Moscou lui plaisait de moins en moins, mais elle sentait que sa mère avait besoin de compagnie.

— Au printemps, peut-être, avait répondu sa mère d'un air absent.

Solitaire et inquiète, Elena accueillait donc avec plaisir les visites du prêtre, et il s'établit vite entre eux une de ces intimités amicales qui peuvent se prolonger sans risque à la condition que ni l'un ni l'autre ne laisse soupçonner, par un mot ou un geste, qu'il s'agit à moitié d'amour — et peut-être un peu plus qu'à moitié.

Le prêtre approchait de la quarantaine, et les premiers reflets gris dans sa barbe ne faisaient qu'augmenter son charme aux yeux d'Elena. Elle l'admirait, car c'était un homme de valeur. Et ils connurent le genre de passion qu'on éprouve seulement après avoir traversé des souffrances, une passion plus refrénée, et donc plus violente en puissance que l'amour instantané des jeunes.

Il célébrait l'office. Elle priait. Parfois ils parlaient, mais jamais de problèmes personnels.

Daniel se félicitait souvent que Dieu lui ait accordé le don d'observer deux choses à la fois. Sans cela, il n'aurait pas remarqué l'un des deux petits événements extrêmement significatifs qui se produisirent sur la place du marché cette année-là, dans l'après-midi d'un des premiers jours d'octobre.

Le premier concernait Wilson, le marchand anglais qui était arrivé la veille avec Boris. Les deux hommes avaient discuté avec Lev le marchand, puis s'étaient rendus au Bourbier et le moine n'avait revu ni l'un ni l'autre. Or ce jour-là, par pur hasard, alors qu'il prenait le bac pour retourner au monastère, il avait aperçu l'Anglais sur le chemin, en grande conversation avec Stepan. Il avait attendu, puis repris le bac pour pouvoir les suivre. Que manigançaient-ils ?

En fait, ils s'étaient rencontrés par hasard : Wilson revenait à Russka avant Boris et Stepan se promenait. Le prêtre, curieux de parler à un Anglais, l'avait bombardé de questions, et Wilson, bon juge en caractères, comprit vite que ce prêtre cultivé n'était pas dangereux et lui raconta ce qu'il voulait savoir.

La conversation tomba bientôt sur le sujet de la religion, et Wilson se mit sur ses gardes. Le prêtre le rassura :

— Vous êtes protestant... Nous avons en Russie des gens qui sont un peu comme vous : les anciens d'outre-Volga. Notre propre Église aurait besoin elle aussi de réformes, bien que ce ne soit guère prudent de le dire pour l'instant.

Après une longue conversation, Wilson avait montré un de ses pamphlets imprimés au prêtre.

— Qu'est-ce qu'il dit ? voulut savoir Stepan, émerveillé.

Et Wilson traduisit de son mieux.

Le texte, particulièrement agressif, traitait les moines catholiques de vipères, de sangsues, de voleurs. Il disait que leurs monastères étaient riches et vains, leurs cérémonies idolâtres, et bien d'autres choses.

— C'est dirigé contre les catholiques, bien entendu, lui assura Wilson.

Le prêtre ne put s'empêcher de rire.

— Cela s'applique aussi à nous, dit-il.

Il fit répéter le texte du pamphlet à Wilson pour le mémoriser.

Wilson dissimula la feuille dans son manteau avant d'arriver à la ville, mais en arrivant place du marché, au moment où le prêtre prit congé de lui, Wilson, par simple gentillesse, lui glissa le pamphlet dans la main.

Peu importe, pensait-il. Même si ces gens savaient lire, ils ne comprenaient pas un mot d'anglais.

C'était ce geste que Daniel avait vu.

Et au même instant, il remarqua un autre geste de l'autre côté de la place : un geste de Karp, le fils de ce benêt de Mikhaïl, le paysan.

Il venait de faire faire quelques tours à son ours pour amuser des marchands venus de Vladimir acheter des icônes, et ils lui avaient lancé quelques pièces. Karp, qui les avait ramassées, les remit aussitôt à son père.

Rien d'autre. Les pièces de monnaie avaient changé de main au même instant que la feuille de papier. Était-ce important ?

L'important, c'était l'expression que le moine observateur avait remarquée sur le visage de Mikhaïl et de son fils. Impossible de s'y méprendre : une sorte de complicité entre eux, une sorte de défi. Pas seulement. Pendant un instant Mikhaïl avait eu le même regard que son fils, un regard d'homme libre...

Aussitôt, il devina : ils étaient en train d'accumuler de l'argent.

Il enregistra les deux gestes et résolut d'en apprendre davantage.

En novembre 1567, peu après son départ vers le nord sur les neiges, le tsar Ivan annula soudain sa nouvelle campagne contre les Baltes et retourna précipitamment à Moscou. Boris rentra avec le reste de l'armée.

On avait découvert un autre complot. Les conspirateurs, de connivence avec le roi de Pologne, espéraient assassiner Ivan dans les neiges du nord. On possédait une liste de noms. Qui pouvait savoir combien d'autres seraient impliqués dans l'affaire ?

En décembre, les *opritchniki* se mirent à l'œuvre. Une hache sous le manteau et une liste à la main, ils parcoururent les rues de Moscou à cheval et frappèrent aux portes désignées. Certains furent exilés. Certains furent empalés.

A la fin de la deuxième semaine de décembre, un groupe d'*opritchniki* se présenta chez le noble Dimitri Ivanov au crâne chauve. Son gendre Boris n'en faisait pas partie. Ils le conduisirent dans une salle de l'armurerie du Kremlin. Ils avaient préparé une grande poêle de fer, sous laquelle ils avaient allumé du feu. Ils l'utilisèrent pour le faire frire.

Sa mort fut notée en termes brefs sur une liste secrète préparée à l'intention du tsar. Comme les trois mille autres victimes qui moururent dans les mois suivants, les noms de cette liste, dite Synodale, furent condamnés à l'oubli : il était interdit de les prononcer.

A la même époque, tous les monastères du pays reçurent l'ordre d'envoyer leurs chroniques au tsar pour inspection. Cela permit à Ivan de s'assurer qu'aucun récit ne subsisterait des événements de ces années terribles.

Le moine Daniel avait confiance. Depuis un siècle et demi, les moines de Russka avaient fait du bon travail et presque rien ne risquait de gêner le tsar. Partout où les Tatars étaient cités, c'était avec mépris et les princes de Moscou faisaient en toute circonstance figure de héros.

Cinq ans plus tôt, pour célébrer les victoires d'Ivan sur les khanats musulmans de Kazan et d'Astrakhan, le monastère avait ajouté un croissant sous la croix des coupoles, au monastère et à Russka — symbole du triomphe des armées chrétiennes sur l'islam.

Il estimait que leur loyauté ne pouvait pas être mise en question.

La nouvelle purge de Moscou n'avait eu pour lui que des conséquences positives. L'affaire avait tellement désespéré le vieil abbé, qu'il avait apparemment perdu de vue le problème de l'administration de Russka. Plus certain que jamais de conserver son poste, Daniel ne songea plus qu'à son ancienne préoccupation : agrandir le domaine du monastère.

Depuis que Boris était *opritchnik*, il n'était plus question de s'emparer de ses terres, et il ne restait donc qu'une propriété, située au nord de Russka, appartenant au tsar lui-même. Serait-il possible de l'obtenir ?

L'idée n'était pas aberrante. Ivan limitait les acquisitions de nouvelles terres par l'Église, mais demeurait lui-même un généreux donateur.

— Il frappe ses ennemis, puis il donne d'autres terres à l'Église pour sauver son âme, avait fait remarquer un vieux moine cynique.

Cette dernière purge n'était-elle pas une bonne occasion de le solliciter ? Le moine Daniel se rendit auprès du frère qui rédigeait la chronique.

Le document qu'ils rédigèrent, et que l'abbé craintif signa en février, rappelait au tsar les nombreux privilèges accordés à l'Église dans le passé, même au temps des Tatars, et insistait sur la loyauté du monastère et la pureté de ses chroniques. Il réclamait des terres dont on avait le plus urgent besoin. Le texte, rédigé en style ecclésiastique, était long, ampoulé et parsemé de fautes de grammaire.

Si Daniel réussissait ce coup-là, sa position dans le monastère serait assurée.

Avant d'envoyer la supplique, le vieil abbé, saisi de doutes, la montra à Stepan, qui la lut, sourit, et ne dit rien.

Le matin du 22 mars 1568 se produisit dans la cathédrale de l'Assomption, à Moscou, un événement terrible.

Le métropolite Philippe, au moment de célébrer l'eucharistie, se retourna brusquement et, en présence d'une assemblée nombreuse de boyards et d'*opritchniki*, reprocha publiquement au tsar le meurtre d'innocents au cours de la purge précédente.

Saisi de fureur, Ivan frappa la tribune de son bourdon, mais le métropolite Philippe ne céda pas.

— Ce sont des martyrs, annonça-t-il.

Il fallait un certain courage. Tous les boyards tremblaient.

— Vous apprendrez bientôt à me connaître, répondit le tsar.

Quelques jours plus tard, le métropolite Philippe dut se réfugier dans un monastère et Ivan fit exécuter les conseillers du prélat audacieux.

Un hasard malheureux voulut que la requête du monastère de Russka parvienne au tsar le lendemain même de l'incident.

La réponse d'Ivan fut immédiate et effrayante. Quand Daniel la lut, ni lui ni l'abbé terrifié ne surent que faire.

La Saint-Georges vint.

Mikhaïl, sa femme, son fils Karp, l'ours Micha et les deux autres enfants du paysan étaient prêts.

Le travail de l'année était terminé, la récolte rentrée, une mauvaise récolte cette année-là. Un vent glacé balayait les flocons de neige sur le paysage gris. Les maisonnettes de bois du Bourbier sentaient le moisi.

Mikhaïl avait en poche l'argent du dédit. Contrairement à la plupart des paysans de la région, il était sans dettes ; il avait discrètement payé les dernières le mois précédent. Il possédait un bon cheval et un peu d'argent pour le voyage. Il était libre. Il partirait le jour même.

Son plan était ambitieux mais simple. Ils traverseraient les forêts jusqu'à Mourom, où ils resteraient jusqu'au printemps. Ils prendraient alors un bateau pour remonter l'Oka vers Nijni-Novgorod. De là, ils descendraient la Volga jusqu'aux nouvelles terres où les colons étaient libres.

Ce serait dur. il ne savait pas s'ils pourraient trouver assez d'argent en chemin pour survivre. Il comptait beaucoup sur les kopecks que gagnerait l'ours Micha.

La famille avait fait ses bagages et était prête à partir. Depuis huit jours, ils attendaient dans la maisonnette. Chaque matin, Mikhaïl ou Karp se rendait à Russka et chaque soir rentrait, plus désespéré que la veille.

Ce jour-là, c'était le tour de Karp. Ils le virent revenir sur le sentier, la tête basse.

— Eh bien ?

Karp secoua la tête.

— Rien. Pas la moindre trace.

Il referma la porte d'un coup de pied. Mikhaïl sursauta, mais ne lui fit aucun reproche.

— Les démons ! lança le jeune homme.

— Peut-être un autre jour, avança la mère sans conviction.

— Peut-être, dit Mikhaïl.

Mais il savait que c'était sans espoir. Ils l'avaient dupé.

Les règles à observer pour pouvoir quitter le domaine de Boris étaient simples. Le paysan devait être libre de dettes et, au moment de la Saint-Georges, signifier à son maître qu'il désirait partir et payer son dédit. Rien d'autre.

Mais il y avait un cheveu : la requête de départ et l'argent devaient être présentés au seigneur lui-même ou à son intendant.

Quelques jours avant la date prescrite, Boris et sa femme étaient partis à Moscou et la maison de Russka était fermée. Mikhaïl s'était mis aussitôt à la recherche de l'intendant. Le vieux bonhomme et son épouse avaient mystérieusement disparu eux aussi.

Jamais ils n'avaient quitté la bourgade dans le passé. Personne ne savait qu'ils allaient partir, ni où ils se trouvaient. Leur maison était vide.

Mikhaïl avait peine à le croire. Il avait entendu parler de fourberies de ce genre, mais ici, à Russka, près d'un monastère, était-ce possible ?

Oui : les jours passèrent et l'intendant ne revint pas.

— L'intendant n'a pas quitté le secteur, lança Karp, de plus en plus furieux. Il se cache quelque part. Et si nous essayons de partir sans payer le dédit, il surgira de nulle part avec une demi-douzaine de sbires. Je le parierais. Il attend pour nous suivre et nous faire arrêter comme fugitifs. Et ensuite son maudit seigneur pourra nous exploiter plus que jamais. Je suis sûr qu'ils nous font surveiller en ce moment.

Il ne se trompait pas. La seule chose qu'il ne pouvait savoir c'était que son cousin le moine Daniel était à l'origine de toute l'histoire.

A la suite du message affolant du tsar, le monastère avait besoin de toutes les amitiés qu'il pouvait trouver. Quel meilleur ami se donner que le serviteur du tsar lui-même, Boris Davidov ?

Le rusé moine avait vite découvert que Mikhaïl finissait de payer ses dettes. Il s'était donc rendu auprès de Boris et l'avait prévenu discrètement que son meilleur fermier se préparait à partir. Et il lui avait suggéré un bon moyen de l'en empêcher.

Boris s'était montré reconnaissant.

— J'ai toujours été votre ami, lui dit Daniel.

Boris ne s'était nullement laissé abuser, mais le moine barbu pouvait lui être utile.

— Très bien. Tenez-moi informé de ce que j'ai intérêt à savoir...

Saint-Georges passa. Et le lendemain. Et le jour suivant.

Le septième jour après la Saint-Georges, quand il s'éveilla juste avant l'aurore, Mikhaïl découvrit que Karp et le cheval n'étaient plus là. Ce fut un choc, pas une surprise. Il y avait un petit tas d'argent sur la table.

Trois jours plus tard, un homme du village voisin se présenta avec un message.

— Karp est passé chez nous, l'autre matin. Il est parti. Il a dit qu'il avait laissé de l'argent pour le cheval. Il regrettait de ne pas en avoir plus.

Mikhaïl hocha la tête.

— A-t-il dit où il allait ?

— Oui. Dans le « champ sauvage ».

Mikhaïl soupira. C'était ce qu'il avait supposé. Après tout peut-être son fils y serait-il heureux.

Le « champ sauvage », c'était la steppe : les régions où, depuis plusieurs décennies, fuyaient de jeunes désespérés comme Karp. Ils se joignaient à des bandes de leurs pareils, mi-brigands, mi-guerriers, que l'on avait pris l'habitude d'appeler « cosaques ».

Oui, Karp serait chez lui dans le champ sauvage. On ne le reverrait plus.

— Il vous recommande de veiller sur l'ours.

Un peu plus tard le même jour, le bruit courut à Russka que le tsar avait fait enlever le métropolite Philippe.

Elena avait encore confiance : elle pourrait avoir un fils.

Stepan l'encourageait dans ce sens. Jamais elle ne lui avait parlé de Boris, mais le prêtre devinait sans peine ce qu'était leur vie. Plus il connaissait Elena, plus il la prenait en pitié ; et il lui donnait de bons conseils de prêtre.

— Ce n'est pas en recherchant le bonheur personnel que nous obtenons la récompense de Dieu, mais dans le renoncement. Les humbles hériteront de la Terre, a dit Notre-Seigneur. Nous devons donc pardonner. Nous devons souffrir. Et surtout, nous devons avoir foi.

Elena avait foi que Dieu lui donnerait un fils. Elle avait foi que son mari se détournerait un jour de la voie qu'il suivait en ce moment. Pendant longtemps après la disparition de son père, elle avait eu foi qu'il serait sauvé. Boris avait fait une enquête discrète : Dimitri Ivanov avait été exécuté. Il ne lui révéla pas comment. Elena eut l'impression que l'événement avait choqué son mari.

Peut-être cela lui montrerait-il enfin le chemin de la vertu, se disait-elle. Elle priait sans cesse pour cela. Jusqu'ici en vain.

Comment avoir un fils ? Les femmes du village utilisaient un remède, dont l'épouse de Stepan lui avait parlé : elles se frottaient le corps, et notamment les parties intimes, avec de l'huile et du miel.

— On dit que cela ne rate jamais, lui avait assuré son amie.

Ainsi, tandis que l'homme qu'elle aimait vraiment lui apportait son réconfort spirituel, Elena se préparait du mieux qu'elle pouvait à son sacrifice au mari dont elle avait le devoir de sauver l'âme sombre.

Le printemps de 1569 apporta du temps froid et la perspective d'une autre mauvaise récolte. L'ennemi s'était emparé d'une ville fortifiée de la Baltique. Tout le monde semblait morose.

Le moine Daniel eut une autre conversation avec Boris au début de juin. Il était très inquiet. La situation à Russka s'aggravait. Ce n'était pas entièrement sa faute. Les événements des dernières années — les impôts plus élevés pour la guerre dans le nord, les interventions des *opritchniki* et les confiscations de terres — avaient maltraité l'économie russe, entrée soudain dans une récession grave, qu'aggravait la mauvaise récolte. Les revenus de Russka avaient beaucoup baissé et le vieil abbé semblait perdu. Un jour, il se plaignait de la disette, le lendemain il suggérait :

— Peut-être sommes-nous trop durs avec les paysans en ces temps difficiles.

Daniel avait vu plusieurs fois l'abbé consulter Stepan après ces conversations. Il fallait faire quelque chose. Surtout que la réponse du tsar à sa demande de terre n'avait guère amélioré sa réputation.

Le tsar avait envoyé au monastère un message étrange mais insultant : une peau de bœuf, ni plus ni moins. Le messager en noir avait lancé l'objet avec mépris aux pieds du vieux moine, en présence de toute la communauté, et avait déclaré :

— Le tsar vous fait dire d'étaler cette peau par terre, il vous donne la terre qu'elle contiendra.

— Est-ce tout ? demanda l'abbé terrifié.

— Non. Le tsar promet de vous rendre visite pour vous donner la terre que vous aurez choisie et tout ce que vous mériterez d'autre.

— C'est vous, Daniel, qui nous avez valu cette avanie, fit observer tristement l'abbé après le départ du messager. Quant à cette peau de bœuf, soupira-t-il, je suppose qu'il faut la garder.

Depuis lors, la peau était restée dans la cellule de l'abbé et lui rappelait constamment la visite éventuelle d'Ivan.

Le premier objectif de Daniel fut donc de remettre Stepan à sa place. Ce ne fut pas difficile.

— J'estime que vous devez savoir, dit-il à Boris, que le prêtre passe davantage de temps chez vous depuis la mort de sa femme.

Pour faire bonne mesure, il ajouta :

— Vous m'avez dit un jour qu'il était hérétique. Je l'ai vu accepter quelque chose de cet Anglais qui vous a accompagné ici. Les Anglais sont tous protestants, m'a-t-on dit, et il s'agissait d'une feuille de papier.

Cela suffirait. Il en était certain. Boris n'avait pas répondu un mot, mais Daniel était sûr que cela suffirait.

L'année s'annonçait déjà mal pour Boris. Dans le nord, on doutait de la loyauté des villes de Novgorod et de Pskov. Dans le sud, en Crimée, on signalait que les Turcs ottomans, alliés aux Tatars de Crimée, préparaient une offensive contre la basse vallée de la Volga. Enfin le bruit courait que les deux puissances de Pologne et de Lituanie, qui n'agissaient jamais l'une sans l'autre depuis plusieurs générations, s'étaient officiellement réunies en un seul royaume, gouverné par un roi polonais, catholique.

— Ce que cela signifie ? avait-il déclaré à Elena. Cela signifie que dorénavant, nous aurons des catholiques de Kiev à Smolensk, juste à notre porte.

Et maintenant, le moine le prévenait que sa femme le trompait peut-être avec le prêtre. Il rumina la nouvelle pendant des heures.

Il ne savait que penser. D'un côté, il était plein de rage et de mépris pour sa femme et pour ce prêtre hérétique qui lui avait toujours déplu. Mais si Daniel espérait que ce serait un bon moyen d'éliminer Stepan ou de le faire bannir de Russka, il allait être déçu.

Car Boris décida de ne rien faire pour le moment, hormis d'exercer une vigilance discrète. Sa première vague de jalousie maîtrisée, son intelligence l'incitait à douter des paroles du moine. Le fait que le prêtre rende visite à sa femme ne prouvait absolument rien. Mais il avait une troisième raison, plus tortueuse : s'il parvenait à prouver l'infidélité d'Elena, il pourrait divorcer d'elle en bonne conscience.

« Regarde le tsar Ivan, se disait-il. Il s'est remarié et il a eu des fils de ses deux mariages. » Le tsar avait un héritier. Et lui aussi, sans doute, avec une autre femme, qui se livrerait à lui sans réserve...

Son mariage entra ainsi, à l'insu d'Elena, dans une nouvelle phase. Comment aurait-elle pu deviner ? Il avait toujours été un inconnu pour elle.

L'idée qu'Elena lui était peut-être infidèle faisait souffrir Boris et l'emplissait de rage, mais la lui rendait d'autant plus désirable, si bien qu'il se trouvait déchiré entre deux désirs : celui de tenir à distance cette femme impure et celui de la posséder.

Et la pauvre Elena pensait : « Il souffre de ses sautes d'humeur, mais après tout, il me trouve parfois séduisante. »

Souvent, allongé à côté d'elle, enfermé dans l'armure de sa répudiation inavouée, il désirait même qu'elle lui soit vraiment infidèle, sans oser se l'avouer. Était-ce pour se libérer d'elle ou pour satisfaire une tendance destructrice de sa propre nature ? Il n'aurait su l'analyser.

Le mois de juin s'écoula ainsi.

Après des gelées tardives, le temps restait variable. La récolte serait encore mauvaise. Par un après-midi étouffant de juillet, alors qu'il rentrait du Bourbier à cheval, Boris aperçut le prêtre Stepan qui descendait lentement l'escalier du premier étage. Il était allé voir Elena.

La petite place poussiéreuse était vide. Les maisons de bois et l'église de pierre semblaient en suspens, attendant sans doute un souffle de brise. Stepan s'éloigna, perdu dans ses méditations, tourna au coin d'une rue et disparut.

Boris monta l'escalier et ouvrit la porte sans bruit.

Elle était debout près de la fenêtre ouverte, le regard tourné vers la rue où Stepan avait disparu quelques instants plus tôt. Il remarqua ses doigts posés sur l'encadrement de bois de la fenêtre, immobiles dans un rayon de soleil. Elle portait une robe toute simple de soie bleu clair. Comme il revenait des champs, il n'était pas en noir, pour une fois, mais en tunique blanche, avec une grosse ceinture, comme un de ses paysans.

Son cœur battait fort, mais il respirait normalement. Combien de temps resterait-elle ainsi à regarder le vide où cet homme avait disparu ? Sans bouger, il tenta de lire l'expression de son visage. Une minute s'écoula. Puis une autre.

Enfin, elle se retourna. Son visage semblait très calme, mais elle sursauta en le voyant. Comme il la dévisageait sans parler, elle rougit légèrement.

— Je ne t'ai pas entendu entrer.

— Je sais.

Avait-elle fait l'amour avec le prêtre ? Il chercha un signe révélateur : une certaine animation de ses traits, un peu de désordre dans sa toilette ou dans la pièce. Il ne vit rien.

Il la regarda dans les yeux.

— Tu l'aimes.

Il avait parlé très doucement, et ce n'était pas une question. Le constat d'une évidence dont ils seraient déjà convenus.

Elle rougit davantage, avala sa salive et parut extrêmement troublée.

— Non. Pas en tant qu'homme. En tant que prêtre.

— N'est-ce pas un homme ?

— Bien entendu. Un homme bon. Un homme pieux, protesta-t-elle.

— Qui te fait l'amour.

— Non. Jamais.

Il la dévisagea. Pouvait-il la croire ?

— Tu mens !

— Jamais !

Elle avait dit « jamais ». Elle aurait pu choisir d'autre mot. Elle aurait pu nier qu'elle en avait eu envie. Mais elle avait dit « jamais ». Cela signifiait qu'elle l'avait désiré. Et comment savoir si elle ne l'avait pas fait ? Sa raison lui disait qu'elle ne l'avait probablement pas trompé, mais il avait trop d'orgueil pour lui faire confiance, au cas où elle lui aurait été infidèle.

N'avait-il pas souhaité qu'elle le trompe pour pouvoir divorcer ?

Et soudain, oubliant tout, il ne vit plus que la femme assez ordinaire qu'il avait épousée et qui avait commis ces crimes contre son orgueil.

Elle devint très pâle et se mit à trembler de peur.

— Jamais ! tu m'insultes.

Très bien. Soit... Puis il vit dans les yeux d'Elena une expression entièrement nouvelle : un éclair de mépris, de colère.

Il allait lui montrer. Il s'avança soudain, leva la main et la gifla en pleine figure. Elle poussa un cri, le souffle coupé. Elle se retourna vers lui, saisie de rage et de terreur. Il la frappa de l'autre main.

— Sauvage ! lança-t-elle. Assassin !

Il n'en fallait pas plus.

Il se mit à la frapper. Longtemps. Puis il la viola.

Il partit à Moscou le lendemain matin.

En septembre 1569, la deuxième épouse du tsar Ivan mourut. Le mois suivant, son cousin le prince Vladimir, qui passait encore pour un successeur éventuel, fut accusé de trahison et contraint à boire du poison. La famille du malheureux prince fut ensuite supprimée, y compris sa mère âgée, qui vivait dans un couvent.

Mais le plus terrible était encore à venir. Vers la fin de l'année, Ivan découvrit une autre conspiration : les villes de Novgorod et de Pskov projetaient une sécession.

Ces deux villes, toujours plus proches des côtes animées de la Baltique que du cœur de la Moscovie, cherchaient sans doute à éviter les impôts et la tyrannie de plus en plus étouffante de Moscou en s'associant à la puissante Entente Pologne-Lituanie. Accompagné par une force importante d'*opritchniki*, Ivan le Terrible partit en grand secret vers Novgorod. Il voulait que l'effet de surprise fût total. Le commandant de son avant-garde ignorait leur destination. Chaque voyageur sur leur chemin était abattu sur-le-champ pour que personne n'apprenne qu'ils étaient en marche.

Novgorod fut châtiée en janvier.

On ignore combien d'hommes et de femmes moururent sous les tortures, dans les incendies et au cours des exécutions qui suivirent. Certainement des milliers. La ville de Novgorod, si précieuse pour la Russie au cours des siècles précédents, fut si cruellement dévastée qu'elle ne s'en releva jamais. A Pskov, Ivan n'exécuta qu'une quarantaine de personnes et condamna quelques prêtres au bûcher. Il est vrai qu'il avait déjà abattu la plupart des notables venus à sa rencontre. Il repartit ensuite à Alexandrovskaïa Sloboda.

Peu de temps après, deux événements intéressants se produisirent à Russka.

Elena mit au monde un fils. Comme Boris n'était pas encore rentré de la campagne de Novgorod, elle dut lui choisir un nom avec le prêtre Stepan. Ils se décidèrent pour Fiodor, et Stepan le baptisa. Le même jour le prêtre écrivit à Boris pour le mettre au courant.

Le second événement concernait le moine Daniel. Car en avril 1570, toujours hanté par le désir d'accroître les biens du monastère, il conçut un plan. Il s'agissait de la peau de bœuf envoyée par le tsar, et l'idée était si astucieuse et si hardie qu'elle traverserait les siècles sous le nom de « ruse de Daniel ».

Quand l'abbé fut mis au courant, il devint blême de terreur.

1571

Boris broyait du noir.

En voyant la famille de Mikhaïl debout près des restes de l'unique feu allumé au centre de la place du marché de Russka, sur la neige tassée, il s'assombrit davantage. Mikhaïl leva vers lui un regard sans espoir. Quelle raison y avait-il d'espérer ?

Pas de fête pour la Mi-Carême cette année : la récolte avait été désastreuse la saison précédente pour la troisième fois de suite. Le matin même au Bourbier, il avait vu une famille manger de l'écorce de bouleau pilée. De l'écorce d'arbre ! Le dernier recours des paysans quand il ne restait plus rien dans les greniers. Personne n'avait assez de réserves pour subir trois mauvaises récoltes de suite.

Le monastère avait aidé les cas les plus désolants, mais ses réserves s'épuisaient à leur tour. La peste s'était déclarée dans le nord. L'année précédente deux familles de fermiers du Bourbier s'étaient enfuies. Les autres villages avaient connu davantage de désertions.

— Les gens s'en vont de nos terres et nous n'y pouvons rien, avait déclaré à Boris un autre seigneur de la région.

Où allaient-ils ? Dans l'est, supposait-on. Vers les nouvelles terres de la Volga. Mais combien d'entre eux n'y parvenaient jamais, terrassés en chemin par le redoutable hiver russe ? songeait Boris.

Mikhaïl et sa maudite famille... Comme ils devaient le détester !

La famille ne s'était pas remise du départ de Karp avec le cheval. Ils avaient remplacé le cheval et passé sans trop de mal la deuxième mauvaise récolte, mais il avait fallu entamer la réserve d'argent. Plus question de racheter leur liberté. Quant à fuir comme les autres, Boris pensait que Mikhaïl avait jugé plus sûr pour ses jeunes enfants de rester non loin d'un monastère. Entreprendre un long voyage dans les étendues désertes de l'est aurait été trop risqué.

— Un petit kopeck, Boris Davidov. Au moins pour l'ours, lança le paysan à son seigneur.

Boris remarqua l'ironie amère de la requête. « Laissez crever mes enfants de faim, mais prenez cet animal en pitié », tel était le sens du message.

— Au diable ton ours ! dit-il en passant son chemin.

L'ours était devenu aussi décharné que les paysans. Jamais il n'avait fait ses tours avec Mikhaïl aussi bien qu'avec Karp. La faim le mettait en rage, et un de ces jours il se montrerait méchant. Il avait l'air hagard et tirait sur ses chaînes. Pourquoi ne le tuaient-ils pas ?

Boris se tourna vers la tour de guet, au-dessus de la poterne grise.

En plus de tous les ennuis, on s'attendait à une attaque des Tatars de Crimée.

Il songea soudain à sa propre famille, au petit Fiodor, et son humeur s'assombrit davantage.

L'enfant était-il de lui ? La question lui torturait l'esprit depuis presque un an et demi. C'était possible, bien entendu. C'était sans doute arrivé l'après-midi où il l'avait battue, puis prise de force. Mais si ce n'était pas ce jour-là ? Si le prêtre avait déjà couché avec elle, ou s'il était venu la voir le lendemain, le jour suivant ?

Quand l'enfant était venu au monde, le message qu'il avait reçu ne venait pas de sa femme, mais du prêtre. Et c'était le prêtre qui avait choisi le prénom. En plus, le même nom que le frère d'Elena, qu'il détestait. N'y avait-il pas de la raillerie dans ce choix ? A son retour, il avait examiné l'enfant sous tous les angles. A qui ressemblait-il ? Difficile à dire. A son avis, il ne ressemblait à personne. Mais avec le temps, il saurait : des traits révélateurs apparaîtraient.

Il ne cessait de les observer tous les deux. Le prêtre l'avait félicité en souriant — un sourire de moquerie ? Sa femme avait souri au prêtre, qui se tenait près d'elle d'une manière que Boris trouva protectrice — un sourire de connivence ?

Plus il permettait à ces pensées de le hanter, plus elles devenaient envahissantes, à la façon d'une de ces plantes morbides mais fantastiques dont on dit qu'elles fleurissent seulement dans la nuit.

En décembre, quand le bébé eut neuf mois, il fut certain que ce n'était pas le sien. Sous certains angles, l'enfant avait le visage allongé comme celui du prêtre. Et les mêmes yeux graves. Les oreilles, surtout, n'étaient ni les siennes ni celles de sa femme. Elles n'étaient pas non plus exactement comme celles de Stepan, mais elles leur ressemblaient plus qu'à celles de Boris. En tout cas, c'est ce qu'il crut voir lors de l'une de ses inspections secrètes du petit garçon.

Qu'allait-il faire ?

Quand il arriva à la hauteur de l'église, il entendit un cri dans la direction des portes de la ville, et il se retourna pour voir de quoi il s'agissait.

Le moine Daniel fut le premier à les voir : deux grands traîneaux venant du nord sur la rivière gelée, tirés chacun par trois magnifiques chevaux noirs.

Ils montèrent sur la berge et se dirigèrent tout droit vers le monastère. Le moine se rendit compte alors que tous les hommes des traîneaux étaient vêtus de noir. Ils étaient presque devant la porte quand il reconnut, dans le premier traîneau, la haute silhouette enveloppée de fourrures.

Il se signa, frappé de terreur et tomba à genoux sur la neige dure.

Ivan.

Venu d'Alexandrovskaïa Sloboda, en secret comme à son habitude, sans prévenir. Ses chevaux rapides dévoraient les espaces de monastère en monastère, de jour ou de nuit, dans le silence glacé de la forêt.

Le tsar ne perdit pas une seconde. Il descendait déjà de son traîneau au milieu de la cour du monastère et se dirigeait vers le réfectoire alors que les moines demeuraient encore frappés de stupeur. Il portait un grand bonnet de fourrure conique et tenait à la main un bourdon au pommeau d'or et d'argent, avec au bout une pointe de fer qui perçait des trous profonds dans la neige.

— Appelez l'abbé. Dites-lui que son tsar est ici.

Sa voix grave résonna dans la cour et les moines tremblèrent.

Cinq minutes plus tard, ils étaient tous réunis dans le réfectoire : le vieil abbé à leur tête et quatre-vingts moines derrière lui, dont Daniel. Les douze *opritchniki* qui escortaient le tsar se tenaient près de la porte. Ivan s'était assis dans un grand fauteuil de chêne, en face d'eux. Il n'avait pas enlevé son bonnet. Son menton tombait sur sa poitrine et son long nez cachait en partie sa bouche. Ses yeux, qui luisaient sous les sourcils épais, parcouraient l'assemblée des moines d'un air de soupçon. Il avait posé sa longue canne contre le dossier du fauteuil.

Pendant un moment, il ne dit rien.

— Mon loyal serviteur Boris Davidov Bobrov, où est-il ? demanda-t-il à mi-voix.

— A Russka, répondit quelqu'un, qui ferma aussitôt la bouche comme s'il n'avait pas parlé.

Ivan ne regarda ni à droite, ni à gauche.

— Allez le chercher.

L'un des *opritchniki* sortit. Le silence se prolongea longtemps, puis les yeux perçants se posèrent sur l'abbé.

— Vous avez reçu une peau de bœuf. Où est-elle ?

Le vieil abbé parut terrifié, mais la frayeur qui saisit le moine Daniel était pire. Soudain, en face du tsar, le plan qui lui avait semblé si astucieux lui parut lamentable. Et surtout impertinent. Il eut envie de se terrer au fond de la salle. Il entendit l'abbé répondre :

— Frère Daniel s'en est chargé. Il va vous expliquer ce qu'il a fait.

Les yeux du tsar se posèrent sur lui.

— Où est ma peau de bœuf, frère Daniel ?

Il ne pouvait plus l'éviter.

— Selon vos instructions, *gosoudar*, nous l'avons utilisée pour marquer l'étendue de terre que Votre Majesté a bien voulu octroyer à son loyal monastère.

Ivan le regarda fixement.

— Vous n'en demandez pas plus ?

— Non, sire, cela nous suffit.

Le tsar se leva. Il les dépassait tous d'une tête.

— Montrez-moi.

Après tout, le message du tsar était clair : il leur donnait la terre que pourrait contenir la peau. Pourquoi ne pas la découper en

lanières de plus en plus fines ? Daniel avait mis les moines au travail
à la fin de l'été précédent. Leurs tranchets avaient réduit la peau de
bœuf à un fil de cuir capable d'encercler pas moins de cent arpents.
Quarante hectares ! Daniel avait fait jalonner le terrain le jour de la
Saint-Nicolas.

La grosse pelote de fil de cuir à la main, il avançait maintenant
dans la neige, suivi par Ivan, l'abbé et les *opritchniki*, vers l'endroit
où se trouvaient les premiers jalons. Il commença à dérouler la
pelote, mais la voix d'Ivan l'interrompit.

— Assez. Venez ici.

Il se crut mort. Il s'avança vers le tsar.

Ivan tendit le bras et saisit le moine par la barbe.

— Un malin. Oui, un moine malin, dit-il, puis il se tourna vers
l'abbé : Le tsar tient toujours sa parole. Vous aurez votre terre.

Les deux moines s'inclinèrent en priant avec ferveur.

— Je resterai ici ce soir, reprit Ivan en hochant la tête d'un air
songeur. Et avant mon départ, vous apprendrez à mieux me connaître.

Quand il se retourna, il souriait : un homme en noir s'avançait en
toute hâte sur la neige.

— Ah ! s'écria-t-il, voici donc mon loyal serviteur ! Boris Davidov,
tu vas aider ces moines à mieux me connaître. Venez, lança-t-il à
l'abbé, c'est presque l'heure des vêpres.

Il faisait déjà sombre à l'extérieur quand les moines tremblants se
mirent à chanter les vêpres. Tous les cierges qu'ils avaient pu trouver
brûlaient. Ivan, dans sa robe couleur d'or des jours de grande fête,
dirigeait le chant avec sa canne ferrée. Quand un jeune moine terrifié
lança une fausse note, le tsar fit claquer sa canne sur les dalles du
sol en braquant son regard vers le coupable, et il fallut reprendre le
cantique au début.

A deux reprises, comme saisi soudain de spasmes, Ivan se détourna,
lâcha sa canne et se prosterna en frappant le sol de son front.

— *Gospodi pomilouï !*

Mais l'instant suivant, il se relevait, ramassait sa canne et se
remettait à diriger les chants comme si rien ne s'était passé, avec le
même sourire sinistre.

A la fin du service, les moines se dispersèrent dans leurs cellules
et Ivan retourna au réfectoire, où il fit servir à manger et à boire
pour lui, pour Boris et pour les autres *opritchniki*.

Il fit ensuite appeler l'abbé et Daniel, à qui il ordonna de rester
debout près de la porte. Le service semblait l'avoir excité en quelque
manière ; il avait les yeux injectés de sang et curieusement vides,
comme s'il était entré dans un autre royaume. Seul son corps
semblait encore présent.

Ils lui avaient servi leur meilleur vin et la nourriture qu'ils avaient
trouvée. Il mangea et but d'un air absent pendant plusieurs minutes,
après que l'*opritchnik* à ses côtés eut goûté tous les plats. Il avait
fait asseoir Boris en face de lui.

Il leva soudain les yeux.

— Ainsi, l'abbé, vous m'avez pris par traîtrise cent arpents de bonne terre, dit-il d'une voix parfaitement calme.

— Pas par traîtrise, *gosoudar*, protesta l'abbé en chevrotant.

— Vous et ce chien au visage velu à vos côtés, continua le tsar avec un regard de mépris. Vous allez apprendre que le tsar élève et peut rabaisser. Il donne et il peut reprendre. En venant ici, j'ai eu faim, mais je n'ai trouvé aucun cerf dans les forêts, pourquoi ?

L'abbé parut déconcerté.

— Les cerfs sont devenus rares cet hiver. Les gens sont affamés...

— Vous payerez une amende de cent roubles, dit le tsar sans hausser le ton.

Il se tourna vers Boris.

— Il n'y a aucune distraction ici, Boris Davidov ?

— J'avais un homme qui jonglait et chantait bien, sire, mais il est mort au printemps dernier. J'en connais un autre qui fait faire des tours à un ours, ajouta-t-il sans enthousiasme, mais il n'est pas très bon.

Le visage du tsar s'éclaira.

— Un ours ? C'est mieux. Prends un traîneau et ramène-le, mon bon Boris Davidov. Tout de suite.

Boris se dirigea vers la porte et Ivan, qui était en train de boire, lui lança :

— Arrête ! Prends deux traîneaux, Boris Davidov. Le mien et l'autre. Tu mettras l'ours dans le premier, tu le revêtiras de mes fourrures et tu le coifferas du bonnet du tsar.

Il ôta son bonnet et le lança à Boris.

— Le tsar de tous les ours va venir rendre visite au tsar de toutes les Russies.

Il éclata d'un rire sonore et les *opritchniki* firent claquer leurs assiettes sur la table.

Puis il se tourna vers l'abbé, et Daniel s'aperçut, consterné, que toute trace de gaieté, en une fraction de seconde, avait disparu de ses traits.

— Et maintenant, demande à cet insolent velu près de toi de m'apporter un bocal de puces.

— Des puces, sire ? balbutia l'abbé. Nous n'avons pas de puces.

— Un pot de puces, j'ai dit !

Ivan se leva soudain et se dirigea vers eux, la canne levée.

— Des puces, rugit-il. Quand votre tsar vous donne un ordre, désobéir est de la trahison. Des puces !

Il frappa le sol de sa canne ferrée, devant les pieds de l'abbé.

— Des puces. Sept mille. Pas une de moins.

C'était un de ses tours favoris : exiger l'impossible. L'abbé l'ignorait, mais ce n'était pas la première fois qu'il réclamait ainsi des puces. Le vieillard se mit à trembler et Daniel crut qu'il allait avoir une crise cardiaque et mourir.

— Nous ne les avons pas, sire, dit Daniel.

Malgré ses efforts pour parler d'un ton ferme, il ne sortit de ses lèvres qu'un murmure rauque.

Ivan se tourna vers lui.

— Vous payerez une amende de cent roubles, frère Daniel, dit-il d'une voix tranquille.

Pendant une fraction de seconde, Daniel ouvrit la bouche pour protester. Puis il se rappela que le tsar avait récemment attaché un moine à califourchon sur un tonneau de poudre, puis avait allumé la mèche. Il pria pour que sa réaction n'ait pas été remarquée.

Tournant le dos aux moines, le tsar se remit à table et bavarda avec les *opritchniki* en riant. Une demi-heure s'écoula. Le tsar ne cessait de boire, mais gardait manifestement l'esprit clair. Chaque fois qu'il levait sa coupe, Daniel remarquait l'éclat des bagues ornées de grosses pierres précieuses qu'Ivan portait aux doigts.

— Apportez davantage de cierges, ordonna-t-il brusquement. Faites de la lumière.

Les ombres l'incitaient à la méfiance.

On apporta donc des cierges de l'église, puis un des *opritchniki* annonça que l'ours arrivait. Le tsar en tête, ils se dirigèrent vers l'entrée pour assister au spectacle.

C'était grotesque. Précédé par quatre porteurs de flambeaux, le traîneau entra dans la cour. L'ours amaigri avait été revêtu d'un magnifique manteau de zibeline et portait le bonnet conique du tsar. Boris lui avait mis autour du cou un crucifix d'or pris dans la chapelle. Conduit par Mikhaïl qui n'en croyait pas ses yeux, l'ours marcha sur ses pattes arrière du traîneau à la porte du réfectoire.

— Inclinez-vous ! cria Ivan aux moines terrifiés qui regardaient par l'embrasure des portes. Inclinez-vous devant le tsar de tous les ours.

Il conduisit lui-même l'ours sur son propre fauteuil, où il le fit asseoir. Puis le tsar força tout le monde, y compris l'abbé, à s'incliner très bas devant l'ours avant qu'on lui enlève le bonnet et le manteau.

— Viens ici, paysan, lança le tsar à Mikhaïl. Montre-nous tes tours.

Ce ne fut pas brillant : Mikhaïl fit lever l'animal, le fit danser sur place lourdement et applaudir de ses pattes. La pauvre bête faisait peine à voir : sa peau pendait lamentablement sur son squelette. Ivan se lassa très vite et bannit Mikhaïl et son ours dans un coin.

Le tsar, d'humeur de plus en plus sombre, continua de boire en silence. De temps en temps, il demandait à Boris de remplir son verre.

— On raconte que je vais me retirer dans un monastère, murmura-t-il. L'as-tu entendu dire ?

— Oui, sire. Vos ennemis le prétendent.

Ivan inclina la tête. Dans les premiers temps de l'*opritchnina* de nombreux boyards avaient effectivement suggéré cette solution.

— Mais c'est pourtant la vérité, reprit le tsar à voix basse. Ceux que Dieu choisit pour régner sur les hommes ne reçoivent aucune liberté, mais un fardeau pesant. Pas un palais, une prison... Aucun souverain n'est en sécurité, Boris Davidov. Même moi, choisi par

Dieu pour gouverner les hommes selon mon bon plaisir... Même moi je dois me méfier des ombres sur les murs, car l'une d'elles peut dissimuler un poignard.

Il se remit à boire.

— Mieux vaut, peut-être, une vie de moine.

Assis auprès du tsar, Boris ressentit lui aussi le silence oppressant des ombres. Il avait beaucoup bu, mais gardait la tête claire. Il sentit monter en lui la même mélancolie que s'il était entré dans le monde crépusculaire d'Ivan. Et il savait lui aussi à quel point on peut être troublé par les traîtrises et les fantasmagories de la nuit. Il savait qu'un fantôme terrifiant peut très bien devenir réel dans la lumière froide de l'aube.

« Ils le tueront, se dit-il, s'il ne les tue pas avant. »

— Dis-moi, Boris Davidov, qu'allons-nous faire de ce gredin de moine qui a volé la terre du tsar ?

C'était un honneur d'être consulté ainsi. Boris n'avait aucune sympathie pour Daniel, mais il devait donner une réponse sage.

— Il est utile, dit-il. Il aime l'argent.

Ivan le dévisagea d'un air songeur, puis il tendit sa longue main pour la poser sur le bras de Boris.

— Bien répondu. Il faut tirer de lui encore un peu d'argent.

Il fit signe à deux autres *opritchniki* et leur chuchota des instructions. Ils emmenèrent Daniel dehors.

Boris savait ce qu'ils feraient. Ils le ligoteraient, le pendraient la tête en bas et le battraient jusqu'à ce qu'il révèle l'endroit où était caché tout l'argent du monastère. Les prêtres et les moines avaient toujours de l'argent, et en général, ils le dégorgeaient vite. Boris n'éprouva aucune pitié pour lui : c'était le châtiment le plus doux d'Ivan. Le moine méritait sans doute bien pis.

La longue nuit du tsar venait seulement de commencer.

Ce fut à un signe presque imperceptible, un clignement involontaire de l'œil gauche d'Ivan, que Boris comprit ce qui allait suivre. D'autres *opritchniki* l'avaient mis au courant : le tsar était en humeur de punir.

— Dis-moi, Boris Davidov, dit-il, à qui ne peut-on faire confiance, ici ?

Boris ne répondit pas.

— N'oublie pas ton serment, lui murmura Ivan. Tu as juré de dire à ton tsar tout ce que tu sais.

C'était la vérité. Il n'avait aucune raison d'hésiter.

— On m'a dit que l'un d'eux était coupable d'hérésie.

L'arrivée des quatre hommes dans sa cellule prit Stepan complètement au dépourvu.

Ils se mirent à fouiller. Avec la compétence que donne une longue pratique, ils saccagèrent le coffre qui contenait les quelques possessions ramenées par Stepan de son ancien logis. Ils fouillèrent le bat-flanc sur lequel il dormait, et ils auraient arraché les lames du parquet si l'un d'eux n'avait pas découvert ce qu'ils cherchaient entre les rondins du mur. Le petit pamphlet de l'Anglais Wilson.

Comme c'était étrange ! Stepan avait presque oublié son existence. Il ne l'avait pas regardé depuis des mois ; il ne le conservait que pour se rappeler de temps en temps ce que pouvaient dire des moines riches ceux qui avaient la liberté de le faire. Le jour où Wilson le lui avait donné, il avait écrit la traduction dans la marge.

Ils le conduisirent au réfectoire et montrèrent le texte au tsar. Il se mit à le lire. Lentement. A haute voix. Plusieurs fois, il s'arrêta pour remontrer à Stepan le caractère honteux des hérésies rédigées de sa propre main.

Les protestants comme les marchands anglais étaient tolérés parce qu'étrangers, et généralement mieux vus que les catholiques, mais le ton de leurs écrits offensait profondément Ivan. Comment le tsar de l'orthodoxie aurait-il pu pardonner les arguments insolents, anti-despotiques, qu'ils avançaient ? Comment ce moine à l'allure digne osait-il cacher un tel ramassis d'ordures dans un monastère ?

— Qu'as-tu à répondre ? demanda-t-il quand il eut terminé la lecture du pamphlet. Tu crois en ces choses-là ?

Que pouvait-il dire ?

— Ce sont les opinions d'étrangers, murmura-t-il.

— Mais tu les gardes dans ta cellule.

— A titre de curiosité.

C'était la vérité, ou presque.

— De curiosité, répéta le tsar sur un ton de mépris. Nous allons voir, moine, si nous pouvons trouver quelque autre curiosité pour toi.

Il se tourna vers l'abbé.

— Vous gardez d'étranges moines dans votre monastère, fit-il remarquer.

— Je n'étais pas au courant, répondit le vieillard.

— Mais mon fidèle Boris Davidov le savait. Que dois-je penser d'une telle négligence ?... Inutile de réunir un tribunal ecclésiastique pour régler ceci, n'est-ce pas, l'abbé ? ajouta-t-il après un silence.

Le vieillard le regarda, désemparé.

— Vous avez bien fait de dénoncer ce monstre, Boris Davidov, soupira Ivan.

En toute honnêteté, Boris lui-même avait été profondément choqué par le pamphlet que venait de lire le tsar.

— Comment devons-nous le punir ? se demanda Ivan à haute voix, tout en parcourant la salle des yeux.

Il vit alors ce qu'il voulait et se leva.

— Viens m'aider à rendre la justice, Boris, dit-il.

Cela prit du temps, mais Boris n'éprouva cependant aucune pitié. Alourdi par le vin et enivré par le pouvoir hypnotique du tsar, il estima que leurs actes au cours de cette nuit de terreur étaient un juste retour des choses après les torts qu'il avait lui-même subis.

Que ce prêtre meure. Que cette vipère, cet hérétique, crève de mille morts. Il avait vu des morts plus horribles, mais cette méthode particulière semblait avoir la faveur du tsar cette nuit-là.

Ivan s'était dirigé vers l'endroit où se tenait Mikhaïl et lui avait pris des mains la chaîne de l'ours.

— Viens, Micha. Viens, tsar de tous les ours. Le tsar de toutes les Russies a un service à te demander.

Il avait conduit l'ours vers Stepan et fait signe à Boris d'attacher le bout de la chaîne à la ceinture du prêtre. L'homme et l'ours étaient maintenant liés, à deux pas l'un de l'autre. Le tsar prit Boris par l'épaule et l'entraîna vers la table, en lançant aux autres *opritchniki* :

— Laissez le bon tsar des ours s'occuper de cet hérétique.

Au début, ce ne fut pas facile. Stepan, sans un mot, s'agenouilla et posa le front sur le sol. Puis il se releva, se signa et resta devant l'ours, la tête inclinée, en prières. Le pauvre animal, si affamé et malheureux qu'il fût, se contenta de regarder de tous les côtés, déconcerté.

— Prenez ma canne, ordonna Ivan.

Les hommes noirs, en cercle autour de la bête et de l'homme, se mirent à aiguillonner l'un et l'autre, et poussèrent le prêtre vers l'ours dont ils piquaient les flancs avec le bout ferré de la canne.

— *Oïda ! Oïda !* cria Ivan.

C'était le cri des Tatars pour exciter leurs chevaux.

L'ours, troublé, enragé par la douleur, se mit enfin à frapper l'homme auquel il était enchaîné : il n'y avait rien d'autre à sa portée. Stepan, ensanglanté par les coups de griffe, ne put s'empêcher d'essayer de les détourner.

— *Oïda ! Oïda !* cria le tsar.

Mais l'ours ne put terminer la tâche, et Ivan fit signe à ses hommes de traîner Stepan dehors et d'achever l'exécution dans la cour.

La nuit n'était pas encore terminée. Le tsar Ivan n'en avait pas fini.

— D'autre vin, ordonna-t-il à Boris. Et assieds-toi à côté de moi, mon ami.

Il regarda les bagues à ses doigts, comme s'il avait oublié la présence des autres dans la pièce et même le prêtre qu'il venait de tuer.

— Tu vois ? Un saphir. Le saphir me protège. Et voici un rubis, pour nettoyer le sang.

— Vous ne portez pas de diamant, *gosoudar*, fit remarquer Boris.

Ivan lui prit la main et lui adressa un sourire d'une intimité et d'une franchise surprenantes.

— On dit que les diamants protègent l'homme de la rage et de la volupté, mais je les ai jamais aimés. Peut-être devrais-je en porter.

Boris crut rêver : le tsar, assis à côté de lui, lui parlait comme à un frère. Presque sur le même ton qu'à une maîtresse.

— Tiens, dit-il en ôtant la bague d'un de ses doigts. Prends-la dans ta main, mon cher Boris. Voyons... Ah, oui !

Il reprit la bague au bout d'un instant.

— Tout va bien, dit-il. C'est une turquoise. si elle perd sa couleur dans ta main, cela signifie que tu vas mourir. Regarde, dit-il en souriant. Sa couleur est restée la même.

Il garda le silence pendant plusieurs minutes, et Boris n'interrompit pas ses pensées.

— Maintenant, murmura le tsar en se tournant soudain vers lui, tu dois me dire pourquoi tu détestais tellement ce prêtre.

Boris sentit sa gorge se nouer. Mais le ton n'était pas hostile, plutôt l'inverse.

— Comment l'avez-vous su, sire ?

— Je l'ai lu sur ton visage quand on l'a conduit dans la pièce. C'était vraiment un hérétique, ajouta-t-il en souriant. Il méritait la mort. Mais je l'aurais tué de toute façon pour te faire plaisir.

Boris baissa les yeux, pris d'émotion. Le tsar, si terrible qu'il fût, était son ami. Il avait peine à le croire. Des larmes lui montèrent aux yeux. Pendant toutes ces années, jamais il n'avait eu une conscience si vive de sa solitude.

Il eut soudain envie de partager ses secrets les plus douloureux avec le tsar qui se souciait tellement de lui. Et à qui d'autre se confier, sinon au représentant de Dieu sur terre, au protecteur de la vraie Foi ?

— Vous avez un fils, *gosoudar*, pour continuer votre lignée, commença-t-il. Je n'ai pas de fils.

Ivan fronça les sourcils.

— Tu as le temps d'engendrer des fils, mon ami, si telle est la volonté de Dieu, murmura-t-il. N'as-tu donc pas un fils ? demanda-t-il, surpris.

Boris secoua lentement la tête.

— Je ne sais pas. J'ai un fils. Et je crois pourtant que je n'en ai pas.

Ivan le dévisagea d'un air intrigué.

— Tu veux dire... Le prêtre ?

Il hocha la tête.

— Je crois.

Ivan ne dit rien pendant un moment, puis porta la coupe à ses lèvres.

— Tu pourras engendrer d'autres fils, dit-il en regardant Boris avec assurance. J'ai eu deux femmes. Elles m'ont donné toutes les deux des fils. Ne l'oublie jamais.

Boris, visiblement ému, serra les lèvres et inclina la tête.

Le tsar parcourut lentement la salle des yeux. Ils avaient un reflet vitreux. Son esprit semblait très loin.

Au bout d'un instant, il se leva. Boris se hâta de se lever lui aussi, mais Ivan, d'un seul geste royal, lui fit signe de se prosterner à terre devant lui. Ensuite, il souleva doucement l'ourlet de sa longue robe et le posa sur la tête de Boris, exactement comme le fait l'époux à l'épouse pendant la cérémonie du mariage.

— Le tsar est ton seul père, s'exclama-t-il à mi-voix.

Il se tourna vers les autres *opritchniki* et cria :

— Apportez-nous des manteaux. Et vous nous attendrez ici.

Le tsar, suivi de Boris, descendit le chemin vers la rivière Rus prise par les glaces et remonta vers la petite ville endormie. Son bourdon ferré claquait sur la neige glacée. La haute tour de guet au toit pointu se détachait sur le ciel étoilé. Une porte de service, surveillée par un seul garde, était encore ouverte. Ivan déboucha sur la place du marché déserte.

— Où est ta maison ?

Boris la lui indiqua. Le tsar s'arrêta devant la porte.

— Fais descendre ta femme. Qu'elle vienne sans délai ! ordonna-t-il d'une voix caverneuse.

Sans savoir ce qui allait suivre, Boris monta l'escalier quatre à quatre et ouvrit la porte.

Une veilleuse était allumée dans un angle. Elena dormait avec le petit garçon dans ses bras. Elle sursauta quand Boris apparut soudain à la porte, le visage livide et visiblement très nerveux. Avant que l'un ou l'autre ouvre la bouche, ils entendirent la voix grave du tsar Ivan :

— Qu'elle descende tout de suite. Le tsar attend.

— Viens, murmura Boris.

A moitié endormie, complètement décontenancée, Elena se leva. Elle ne portait qu'une longue chemise de laine et des pantoufles de feutre. Tenant dans ses bras l'enfant qui dormait, elle sortit sur le palier, sans savoir au juste ce qui se passait.

Elle se tourna vers Boris, vit ses mains et ses yeux s'agrandirent soudain d'horreur. Il baissa les yeux lui aussi.

Il ne l'avait pas remarqué, cela avait dû se produire pendant qu'ils excitaient l'ours.

— Tes mains sont couvertes de sang, cria-t-elle.

— J'ai poignardé tes chiens ; ils aboyaient trop fort à un visiteur du soir, lança d'en bas la voix rauque.

C'était une sinistre plaisanterie russe.

— Descends, lança encore la voix.

Elle regarda Boris.

— Fais ce qu'il te dit, chuchota-t-il. Vite.

Elle descendit l'escalier d'un pas mal assuré.

— Approche-toi de moi, ordonna doucement la voix du tsar.

Sentant sur son visage l'air glacé de la nuit, Elena essaya de couvrir l'enfant. Elle se dirigea vers la haute silhouette, sans savoir dans la confusion comment le saluer.

— Montre-moi l'enfant, dit Ivan. Pose-le dans mes bras.

Il posa sa canne contre son épaule et tendit ses longues mains.

D'un geste contraint, elle lui remit le bébé. Il le prit doucement. L'enfant remua mais ne s'éveilla pas. Sur un regard noir du tsar, Elena recula de deux pas.

— Dites-moi, Elena Dimitrievna, saviez-vous que le prêtre Stepan était un hérétique ?

Il la vit tressaillir.

— Le prêtre hérétique est mort. Même les ours ne pouvaient le supporter.

Il regardait fixement son visage. Impossible de se méprendre : ce n'était pas seulement l'horreur qu'éprouvent certaines femmes à l'annonce d'un décès. Elle semblait avoir reçu un coup au corps. Pas de doute : elle l'avait aimé.

— N'êtes-vous pas contente d'apprendre qu'un ennemi du tsar est mort ?

Elle fut incapable de répondre.

Les yeux du tsar se posèrent sur l'enfant, le fragile bébé blond. Par miracle, il dormait encore. Il l'examina à la lueur du croissant de lune. Ses traits ne permettaient pas de conclure.

— Comment s'appelle-t-il ? murmura-t-il.

— Fiodor, dit-elle dans un souffle.

— Fiodor... répéta-t-il en hochant la tête. Et qui est le père de cet enfant ?

Elena se contracta. Que voulait-il dire ?

— Était-ce mon fidèle serviteur ou un prêtre hérétique ? demanda-t-il doucement.

— Un prêtre ? Qui peut être le père de mon enfant sinon mon mari ?

— Vraiment ?

Elle avait l'air innocent, mais elle devait mentir. Les femmes sont tellement fourbes ! Il se rappela que le père de celle-ci n'était qu'un traître.

— Le tsar ne se laisse pas abuser, lança-t-il. Je te le demande une seconde fois : n'aimais-tu pas Stepan, le prêtre hérétique que j'ai exécuté en toute justice ?

Elle ouvrit la bouche pour protester, mais comme elle avait aimé Stepan et que le tsar la terrorisait, elle fut incapable de parler.

— Que mon fidèle ami décide, dit-il en se tournant vers Boris. Eh bien, quel est ton jugement ?

Boris garda le silence, l'esprit envahi soudain par un extraordinaire mélange d'idées et d'émotions. Ivan lui offrait-il un moyen de se libérer, un divorce ? L'abbé ferait ce que le tsar ordonnerait. Il regarda l'enfant dans la nuit glacée, presque un étranger pour lui.

Que croyait-il ? Il ne le savait pas lui-même. Elle aimait le prêtre, elle s'éloignait de son mari. Elle l'avait humilié, elle avait tenté de détruire sa fierté légitime. Tout le ressentiment accumulé au cours des années déborda soudain. Il fallait qu'elle expie.

Mais s'il reconnaissait maintenant que l'enfant n'était pas le sien, ne serait-ce pas assurer le triomphe définitif de cette femme ? Elle rirait de lui pendant toute l'éternité, et il resterait humilié à ses pieds, dans la poussière, lui, le détenteur de l'ancien noble *tamga* du trident ! Oui, et tous ses ancêtres en seraient humiliés.

Le tsar ne lui avait-il pas dit qu'il aurait d'autres fils ? Oui, d'autres fils avec une autre femme, pour assurer sa succession. Quant à cet enfant-là, quel que fût son père, qu'il souffre, elle en souffrirait à son tour. Elle serait punie. Oui, c'était bien cela qu'il souhaitait.

— Cet enfant n'est pas de moi, dit-il.

Ivan ne prononça pas un mot. Il reprit sa canne d'une main. L'enfant, serré contre sa barbe brune, se mit à pleurer. Avec le même bruit sec du bout ferré sur la neige glacée, le tsar se dirigea vers la poterne.

Boris, dans l'incertitude, le suivit de loin.

Que se passait-il ? Dans son trouble et sa frayeur, Elena mit un certain temps à comprendre le sens des paroles de son mari. Elle frissonna.

— Fiodor !... Fedia !

Son cri résonna dans le silence de la place déserte. Elle s'élança derrière eux, ses pantoufles glissèrent, elle faillit tomber, se redressa.

— Que faites-vous ?

Ni le tsar ni Boris ne se retourna.

Devant la poterne, le garde saisi d'une peur mortelle s'inclina très bas, la main sur le cœur. Ivan lui montra la porte de la tour de guet.

— Ouvre-la.

L'enfant toujours serré contre lui, il entra et se mit à monter l'escalier.

Elena voulut le suivre, mais ils lui barrèrent le chemin. Son mari, et le garde stupide. Au pied de la tour.

Soudain, elle comprit. Instinctivement, elle comprit son mari et le tsar, ainsi que les terreurs tapies dans le labyrinthe sombre de leur esprit.

Oubliant tout, elle se jeta sur les deux hommes, les griffa, se débattit comme un animal, parvint à leur échapper, s'élança, fit claquer la porte derrière elle et tira le verrou.

Elle se mit à courir dans l'escalier de bois.

Elle pouvait l'entendre quelque part au-dessus d'elle, dans le noir : le craquement des marches sous ses pas, le claquement de sa canne toutes les deux marches. Il était beaucoup plus haut.

Elle entendit le bébé pleurer.

— *Gospody pomilouï !*

Les mots lui étaient venus spontanément sur les lèvres. Seigneur, aie pitié !

En arrivant à mi-hauteur, à l'endroit où l'escalier de la tour débouchait sur les remparts, elle n'entendit plus rien.

Ivan était déjà tout en haut, dans la salle de guet dont les fenêtres s'ouvraient sur la plaine sans fin. Elena leva les yeux vers la tour silencieuse dont le toit de bois formait un triangle sombre sur le ciel. Pendant un instant, elle ne sut que faire.

Puis elle l'entendit : le cri de son enfant, sous le grand toit noir. Et elle vit soudain deux mains brandir une petite forme blanche. Le cri qu'elle poussa dut monter jusqu'aux étoiles, puis les mains lancèrent la tache blanche vers la nuit comme une poignée de déchets.

— Fedia !

Elle s'élança vers le rempart, les bras tendus, en un geste inutile. Puis elle entendit un choc sourd sur la glace.

Le tsar repartit à l'aube. Avant son départ, il tint absolument à recevoir la traditionnelle bénédiction de l'abbé terrorisé.

Il ajouta deux traîneaux à son cortège : le premier contenait les richesses du monastère, pièces d'or et vaisselle d'argent ; l'autre la cloche dont la famille de Boris avait fait don aux moines dans le passé — il comptait la faire fondre pour couler un canon.

Peu de temps après, on annonça que les Tatars de Crimée étaient entrés sur les terres de Moscovie. Confirmant de nouveau sa réputation de lâcheté physique, le tsar Ivan se retira dans le nord. Les environs de Moscou furent ravagés.

Deux semaines après la mort de son enfant, Elena découvrit, à sa vive surprise, qu'elle était de nouveau enceinte. Le père, comme précédemment, était Boris.

Il existe dans les livres liturgiques de l'Église orthodoxe un très beau texte lu chaque année pendant la vigile de Pâques : un sermon du grand saint « à la bouche d'or », saint Jean Chrysostome.

Ce ne fut pas sans surprise qu'en l'an 1571, pendant la vigile de Pâques au monastère Pierre-et-Paul de Russka — où se trouvait la plupart de la population, très diminuée, de Russka et du Bourbier — la congrégation remarqua l'entrée silencieuse d'une silhouette sombre au fond de l'église peu après le début du service.

On n'avait pas vu Boris dehors depuis le commencement du Carême. on disait qu'il jeûnait seul. Certains racontaient aussi que sa femme ne voulait pas le voir ; d'autres prétendaient qu'ils l'avaient entendue lui parler.

De même, certains disaient qu'il avait tenté d'empêcher le tsar de tuer son fils, d'autres assuraient qu'il l'avait regardé faire.

Il n'était donc pas étonnant que les gens se retournent de temps à autre pour voir ce qu'il allait faire.

Il demeura la tête inclinée au fond de l'église, à la place réservée aux pénitents, sans lever les yeux ni même se signer aux moments où le service le requiert.

La vigile de Pâques, qui commémore la résurrection du Christ d'entre les morts, se déroule dans une atmosphère d'allégresse et d'enthousiasme. Après le long jeûne, devenu presque total pendant les derniers jours de la Semaine Sainte qui suit le dimanche des Rameaux, la communauté se trouve affaiblie mais purifiée, prête à recevoir une nourriture spirituelle.

A minuit, on ouvre les portes royales de l'iconostase, qui symbolisent la tombe vide, et toute l'assemblée des fidèles, chandelle à la main, part en procession autour de l'église. Puis vient le service des matines, suivi par les Heures de Pâques, dont le point culminant est le moment où le prêtre se tourne vers l'assemblée pour proclamer :

— *Khristos voskressié !* (Christ est ressuscité !)

Et la foule répond :

— *Voïstino voskressié !* (En vérité, il est ressuscité !)

Depuis la mort de Stepan, un jeune prêtre avait pris sa place. C'était la première fois qu'il se trouvait, la croix à la main, devant les Portes Sacrées.

Le jeûne faisait trembler ses genoux, mais en face de l'assemblée levant les chandelles allumées dont l'odeur se mêlait au parfum lourd de l'encens, il éprouva une étrange exaltation.

— *Khristos voskressié !*

— *Voïstino voskressié !*

En dépit de la faim, en dépit des malheurs, en dépit de tout, le prêtre eut l'impression qu'un grand sentiment d'allégresse emplissait l'église. Il trembla légèrement. Oui, tel était le miracle de Pâques.

— *Khristos voskressié !* répéta-t-il.

— *Voïstino voskressié !*

Il vit que la silhouette solitaire, au fond de l'église, articulait elle aussi la proclamation de joie ; il ne s'aperçut pas qu'aucun son ne sortait de la gorge de Boris.

Puis ce fut le moment du baiser de Pâques : l'un après l'autre, les fidèles s'avancent pour baiser la croix, les Évangiles et les icônes ; ils saluent ensuite le prêtre et l'embrassent en lui disant : « *Khristos voskressié* », à quoi il répond, en les embrassant à son tour : « *Voïstino voskressié.* » Ensuite les gens s'embrassent, car c'est le jour de Pâques, et que telle est la tradition simple et chaleureuse de l'Église orthodoxe russe.

Mais Boris ne s'avança pas.

Ce fut aussitôt après le baiser de Pâques que le prêtre lut le sermon de Jean Chrysostome. Il traite du pardon. Il rappelle aux fidèles que Dieu leur a préparé une fête, une récompense. Il parle aussi du jeûne du Carême, c'est-à-dire du repentir.

— Si un homme a longtemps peiné dans le jeûne, qu'il reçoive à présent sa récompense, lut le prêtre de sa voix douce.

Quel sermon apaisant ! Si un autre a négligé de jeûner, continuait le texte, qu'il ne se désespère pas, car le repas du Seigneur n'est pas interdit aux pécheurs du moment qu'ils se tournent vers Lui. Car Il fait preuve de miséricorde envers le dernier comme envers le premier.

— Si un homme a lutté dès la première heure, lut le prêtre, qu'il soit récompensé. Si un autre est arrivé à la troisième heure, qu'il soit récompensé aussi. Si un autre se présente à la sixième heure, qu'il n'ait aucune crainte. Si certains attendent la neuvième heure, laissez-les avancer. Si un autre a tardé jusqu'à...

Oui, même jusqu'à la dernière heure.

— Jusqu'à la onzième heure, lut le prêtre en levant les yeux vers le fond de l'église, laissez-le se présenter.

Que se passa-t-il dans l'esprit de Boris ? Était-ce la certitude de l'innocence de sa femme ? Sa culpabilité de la mort de Stepan et de Fiodor ? Ou bien n'était-il plus capable de porter le fardeau de mal

dont l'avait accablé sa fierté — et la crainte de perdre sa fierté ?
Une chose est certaine : en entendant ces paroles de douceur, le
pénitent de la onzième heure, au fond de l'église, tomba à genoux et
s'effondra entièrement.

En 1572, l'*opritchnina* tant redoutée fut officiellement supprimée
et toute allusion à son existence interdite.

1581 fut la première des « années d'interdiction », pendant lesquelles les paysans perdirent le droit de quitter les terres de leur
propriétaire, même à la Saint-Georges.

La même année, dans une crise de colère, le tsar Ivan tua son
propre fils.

Le cosaque

1647

Liberté : la liberté était tout.

La steppe s'étendait alentour. Comme tout était silencieux — couleur d'or, tirant vers le violet à l'horizon. Un faucon planait dans le ciel ; une minuscule marmotte se réfugia sous les hautes herbes. Pas un souffle de brise. Ici et là, un épi de blé, dont le vent avait dû déposer la semence des années plus tôt. Au loin, à trois verstes au moins dans la plaine, s'élevait un petit *kourgane*.

Andreï Karpenko menait son cheval d'un pas paisible et paresseux vers l'affluent du Dniepr dans l'ancien pays de Kiev.

Le jeune homme soupira d'aise. La ferme de son père se trouvait juste au-delà de la ligne des arbres, à presque deux verstes du petit village encore connu, après tous ces siècles, sous le nom de Russka.

Andreï sourit. Le nom de l'endroit, Russka, avait amusé son père, Ostap, à son arrivée.

— Russka ? Mon père s'est enfui d'un village appelé Russka, dans le nord, disait-il souvent à son fils.

C'était de ce fugitif que la famille tenait son nom typiquement ukrainien : Karpenko. Mais le vieux Karp n'avait jamais su qu'il avait retrouvé le pays de ses lointains ancêtres.

La liberté : un droit que chaque Cosaque acquiert à la naissance. La liberté et l'aventure.

Et le tour d'Andreï était venu, perspective enivrante. Pas plus tard que la veille, deux hommes s'étaient présentés à la ferme, déguisés en moines mendiants, et il s'y était laissé prendre. Mais dès l'instant où le vieil Ostap les avait aperçus, son visage s'était éclairé d'un large sourire et il les avait fait entrer.

— Vodka ! cria-t-il à sa femme. Vodka pour nos invités. Andreï, ouvre tes oreilles et tes yeux. Et maintenant, continua-t-il d'un ton d'homme d'affaires quand ils furent assis, quelles sont les nouvelles du sud, du campement ?

C'étaient des Cosaques, et quand ils eurent transmis leur passionnante nouvelle, le vieil Ostap se tapa sur la cuisse en s'écriant :

— Il est grand temps que tu partes, Andreï. Quelle aventure ! Par le diable, j'ai dans l'idée d'y aller moi aussi.

A cheval sur la steppe avec les Cosaques, Andreï en rêvait depuis son enfance. Son cheval, son équipement, tout était prêt.

Il n'y avait qu'un problème.

Il venait de rentrer, âgé de dix-neuf ans, de l'Académie de Kiev où les prêtres orthodoxes lui avaient enseigné à lire et à écrire, un peu d'arithmétique et même un vernis de latin.

Il avait les cheveux noirs, la peau sombre lisse et la barbe rare des Mongols, mais il laissait pousser une longue moustache fine, tombante. Son visage était rond, avec des pommettes hautes et de beaux yeux marron en amande. Il tenait certains de ces traits de la belle épouse tatare de son grand-père Karp, mais il avait hérité de ce dernier sa haute taille et l'élégance de ses gestes. Le charme slave et les yeux impitoyables des Tatars — les femmes étaient folles de lui.

Comme il avait encore l'âge où l'on croit que la nature humaine est logique, Andreï s'étonnait pafois de sentir en lui deux âmes en guerre permanente : la première était dévouée à sa famille et à la ferme ; la seconde, esprit libre sans foyer ni conscience, aspirait à sillonner la steppe jusqu'à l'horizon et au-delà. C'était un vrai Cosaque.

Et comme il désirait partir avec ces hommes dans le sud ! Il pouvait le faire le lendemain même. La seule chose qui le retenait était la question inquiète posée par sa mère :

— Si tu pars, Andreï, que deviendra la ferme ?

Lentement, il repartit vers le petit *kourgane*, où il s'arrêta un instant pour regarder d'un côté la steppe, de l'autre les champs.

Quel pays magnifique, avec ses longs étés et sa riche terre noire ! Depuis quelque temps, l'ancien pays de Kiev portait un autre nom : c'était l'Ukraine.

Une terre d'or. Ce qui n'empêchait pas le vieil Ostap de se plaindre :

— Dieu nous a donné les meilleurs champs, puis nous a envoyé une plaie de sauterelles pour les dévorer.

Parce que l'Ukraine se trouvait au pouvoir du roi catholique de Pologne.

Quatre siècles s'étaient écoulés depuis que Ianka et son père, les ancêtres d'Ostap, avaient fui les Tatars vers le nord. Les Tatars avaient cessé d'exercer leur autorité sur les territoires kiéviens, et la puissante Lituanie était descendue du nord prendre leur place. Les terres voisines du Dniepr, si riches qu'elles fussent, restaient cependant à moitié désertes.

C'était un pays dangereux, un pays de frontière. Tous les trois ou quatre ans, d'impressionnantes bandes de Tatars de Crimée surgissaient de la steppe pour capturer des esclaves ; et il y avait constamment de petites attaques de pillards. Comme les paysans de la région, jamais Ostap ne partait labourer ses champs sans emporter son fusil.

Mais c'étaient des terres libres. Le pouvoir de la Lituanie ne pesait pas trop lourd. Dans les campagnes, il y avait de la terre pour tous. Quant aux villes, les plus grandes comme Kiev et Pereiaslav avaient le droit de se gouverner selon un système traditionnel comportant un conseil de bourgeois, adapté de l'Ouest et connu sous le nom de Loi de Magdebourg.

Cette partie de l'Ukraine aurait pu demeurer longtemps ainsi : une marche fertile habitée par des Cosaques, des paysans slaves, des bourgeois libres dans les villes et une petite noblesse lituanienne, qui pratiquaient presque tous la religion orthodoxe de l'ancien Pays de Rus.

Mais quatre-vingts ans auparavant, en 1569, par l'Union de Lublin, les deux États de Pologne et de Lituanie, associés depuis longtemps, avaient officiellement fusionné. La noblesse commença à se convertir au catholicisme ; de grands seigneurs polonais s'emparèrent de vastes étendues de terre près du Dniepr ; et bien que les villes conservassent la Loi de Magdebourg, le reste de l'Ukraine découvrit ce qu'était l'existence sous le joug de maîtres polonais méprisants.

Comment un noble polonais osait-il mépriser un Cosaque ? Les Cosaques n'étaient-ils pas libres ?

Leur grande fraternité se composait de trois groupes. A six cents kilomètres au sud-est, à l'endroit où le Don se jette dans la mer Noire, résidaient les Cosaques du Don, dans leurs nombreux villages. Ici, dans le sud des terres kiéviennes, vivaient les Cosaques du Dniepr, fièrement indépendants comme Ostap sur sa petite ferme de Russka. Enfin, loin dans le sud, sur la steppe sauvage au-delà des rapides du Dniepr, se trouvait la horde cosaque — les Zaporogues — sauvage, imprévisible, dans un immense campement où aucune femme n'avait accès : plusieurs milliers d'hommes ne rendant compte à personne.

C'était de là-bas que venaient les deux hommes déguisés en moines.

Quel honneur d'être cosaque ! Andreï avait appris leurs exploits sur les genoux de sa mère. Qui avait été engagé par les puissants Stroganov, vers la fin du règne d'Ivan le Terrible, pour explorer et conquérir les immenses étendues sauvages de Sibérie ? Ermak le guerrier et ses frères cosaques. En fait, Andreï l'ignorait, mais d'autres aventuriers cosaques venaient d'atteindre, loin à l'est de Russka, les côtes lointaines qui font face à l'Alaska.

Les Cosaques du Don avaient pris aux Turcs Ottomans la grande forteresse d'Azov, près de la mer Noire. Et les Cosaques Zaporogues, dans leurs longs bateaux, étaient descendus jusqu'à Constantinople, pas une fois mais deux, pour incendier la flotte ottomane sous le nez même des Turcs.

Tout le monde les craignait. Les Tatars de Crimée les craignaient, ainsi que leurs suzerains, les Turcs. La Pologne avait sans cesse besoin de leurs services. Même le pape avait envoyé un nonce au campement des Zaporogues.

— Et sans nous, les Cosaques, jamais le tsar et sa famille n'auraient obtenu le trône de Moscovie, disait toujours le vieil Ostap.

C'était plus qu'à moitié vrai.

Pauvre Moscovie. Les pays du nord avaient vraiment souffert. Peu après la mort d'Ivan le Terrible, l'ancienne famille régnante de Moscovie s'était éteinte. Pendant quelque temps, un grand boyard lié à la maison royale, Boris Godounov, avait essayé de sauver le pays, mais le fardeau était trop lourd. Puis était survenu le « temps des Troubles » : la peste et la famine avaient envahi le pays tandis que des prétendants illégitimes à la couronne se disputaient le pouvoir. Parfois, on ne savait même plus si un tsar régnait en Russie. Les puissances voisines en avaient profité. La Suède avait lancé une invasion et surtout, prêt à toutes les ruses et les trahisons, le roi de Pologne avait tenté de s'emparer du trône de Moscovie pour convertir le pays au catholicisme.

Enfin, cependant, la grande russie s'était réveillée. Elle avait subi la terreur d'Ivan, la peste, la famine et l'invasion étrangère sans broncher, mais quand on attaqua la religion, elle se souleva. Ce ne furent pas les grands princes qui lancèrent la marée irrésistible contre les Polonais, ni les dignitaires, ni la noblesse influente, mais les simples paysans, les petits propriétaires terriens et les austères anciens orthodoxes barbus de la Volga qui se levèrent en masse avec des épieux et des haches pour chasser les catholiques.

— Et les Cosaques ont aidé leurs frères orthodoxes, disait Ostap, à juste titre, ajoutant, cette fois à tort : Sans nous, ils auraient perdu.

Les Polonais avaient été repoussés. Une grande assemblée, un *Zemski Sobor*, avait choisi un boyard populaire pour fonder une nouvelle dynastie : les Romanov, la famille de la première épouse d'Ivan le Terrible, que les grands méprisaient tant à peine cinquante ans plus tôt.

Andreï avait pour les Moscovites des sentiments partagés. Comme la plupart des Ukrainiens, il les trouvait grossiers. Comme tous les Cosaques, il se méfiait du pouvoir autoritaire que détenait le tsar. Mais tous les Russes étaient ses frères, pour une raison très simple : ils étaient orthodoxes.

— Ils ont chassé les Polonais catholiques de leur pays. Peut-être pourrons-nous les chasser nous aussi de nos terres.

Les Cosaques du Dniepr étaient au service du roi de Pologne depuis plusieurs générations mais, n'étant pas catholiques, ils avaient moins de droits. Ils s'étaient révoltés pour améliorer leur condition ; les révoltes avaient été écrasées et on ne leur avait plus permis d'élire leurs officiers. Leur chef, l'*hetman*, était un Polonais désigné d'office et la plupart des capitaines provenaient de la *szlachta*, la petite noblesse polonaise. On comprend leur mécontentement.

Et maintenant une campagne se préparait : tel était le message des deux Cosaques venus du campement zaporogue. Ils allaient donner une leçon aux Polonais. La question était : Andreï pouvait-il partir ?

Il se dirigea vers la ferme, le sourire aux lèvres.

Une large clairière au milieu des arbres. Des dépendances, en bois et en torchis, entouraient la maison massive aux murs blanchis à la chaux et aux volets rouge et vert. Tous les bâtiments avaient des toits de chaume qui leur donnaient l'air de meules de foin. Sur le pré poussiéreux devant la ferme, quelques poulets, une demi-douzaine d'oies, une vache et une chèvre.

Et puis son père, dans l'ombre de la galerie. Andreï sourit, débordant d'affection.

Il était plus grand que son père, mais si fort qu'il fût, il n'était pas sûr de l'emporter s'il lui avait fallu se battre contre Ostap.

La ressemblance entre père et fils sautait aux yeux, bien que le vieil Ostap eût le visage un peu plus large. Il se rasait le menton mais portait une splendide moustache tombante, toute grise, dont les pointes touchaient presque sa poitrine. Il s'habillait d'un pantalon bouffant et d'une chemise de lin retenue par une ceinture de soie, et non de cuir. A ses pieds des chaussures brodées de soie, au bout pointu recourbé ; sur son crâne chauve, un bonnet de soie. Un visage joyeux, mais rougeaud, un nez boursouflé. Il fumait la pipe courte des Cosaques.

Sa force et ses rages soudaines semblaient d'autant plus redoutables à Andreï, qu'il savait qu'à tout instant une attaque pouvait emporter le vieil homme. La couleur de la peau, le souffle court, étaient révélateurs : le vieux guerrier n'en avait plus pour longtemps. Il le savait, tous le savaient, mais avec l'orgueil bravache d'un vrai Cosaque, il regardait son fils droit dans les yeux puis, délibérément, pour défier le destin, se mettait en colère pour une vétille. Andreï ne l'en aimait que plus.

« Mais qu'adviendra-t-il de la ferme quand il ne sera plus là ? » se demandait le jeune homme. Il resterait seul. Ses deux sœurs étaient mariées depuis longtemps. Son frère avait connu une mort de bon Cosaque, les armes à la main, six ans auparavant.

— Il est mort comme un homme, disait le vieil Ostap en levant son verre en hommage, comme s'il ne le regrettait pas. J'espère que tu feras de même, si c'est ton devoir, ajoutait-il d'un ton sévère, pour qu'Andreï ne croie pas qu'il craigne de perdre son deuxième fils.

En fait, ce qui tracassait le plus le jeune homme n'était pas la perspective de la mort d'Ostap, c'était les dettes.

Ostap aimait la belle vie, comme il sied à un gentilhomme cosaque, car il se jugeait gentilhomme. Il aimait boire. Tous les Cosaques buvaient. Quand il se rendait à Pereiaslav, les jours de marché, il se donnait du bon temps. Comme tout bon Cosaque, il méprisait la plupart des gens de la ville, mais il rencontrait toujours un frère d'armes avec qui il passait la nuit à boire. Et il ne pouvait pas résister à un beau cheval : il lui suffisait de le voir pour l'acheter.

— Où trouve-t-il l'argent ? demandait parfois Andreï à sa pauvre mère.

— Dieu seul le sait, mais il a le cœur généreux.

Il y avait à Pereiaslav et à Kiev des marchands qui se joignaient aux caravanes de l'ancienne route du sel, à travers la steppe jusqu'en Crimée. Ils prêtaient de l'argent. Ainsi qu'un marchand de Russka.

Et les juifs prêtaient de l'argent eux aussi. Tous prêtaient à Ostap, en prenant sa ferme comme garantie.

C'était une belle ferme, qui donnait d'excellentes récoltes de blé et de millet. Elle comprenait une partie du grand bois, vers l'amont, où Ostap possédait cent ruches.

— Mais nous avons besoin de toi, avait dit en toute honnêteté la mère d'Andreï, dont les cheveux commençaient à grisonner. Parce que si personne ne s'occupe de la ferme, et de ton père, nous perdrons tout. Et moi, je ne suis capable ni de l'un ni de l'autre.

Il avait envie de partir. Une folle envie. Mais à son retour à la ferme, il n'avait encore rien décidé. Aussi fut-il un peu déconcerté quand son père lança, au moment où il mettait pied à terre :

— Tu pars demain. J'ai préparé tout ce qu'il te faudra.

Sa mère sortit de la maison, visiblement préoccupée. Son père continua de tirer sur sa pipe d'un air satisfait.

— Andreï !

Elle ne dit rien d'autre.

La perspective de partir l'exaltait, mais il adressa à son père un regard inquiet.

— Mais la ferme, père ?

— Eh bien, quoi ?

— Comment t'en sortiras-tu ?

— Très bien, qu'est-ce que tu crois ? N'es-tu pas prêt à partir ?

Sentant une résistance, Ostap devint tout rouge. Andreï hésita. Il croisa le regard de sa mère, vit son expression suppliante.

— Je n'en suis pas sûr. Peut-être devrais-je repousser à plus tard !

— Quoi ! rugit son père. Tu me désobéis ?

— Pas du tout...

— Tais-toi, espèce de corniaud mal léché ! Tu obéiras à ton père.

Ses gros sourcils se froncèrent et ses yeux se mirent à briller de fureur. Tout son corps parut se raidir.

— Aurais-je élevé un lâche ? C'est ça, hein ? J'ai élevé un lâche ?

Ce dernier mot fut prononcé avec un tel mépris, et constituait une telle insulte, qu'Andreï sentit son corps se raidir à son tour, et son visage devint livide de rage. Le père et le fils parurent sur le point de se jeter l'un à la gorge de l'autre.

« Le vieux renard, se dit soudain le plus jeune. Il me provoque délibérément pour que je ne fasse pas ce que mère désire. Je sais bien où il veut en venir, pourquoi ne puis-je contenir ma colère ? »

— Eh bien, réponds ! tonna Ostap. Ai-je engendré un lâche ? As-tu vraiment peur de te battre ? Vais-je mourir de honte ?

— Meurs comme tu voudras, cria Andreï, plein de dépit.

— C'est ainsi que tu parles à ton père ?

Il était vraiment hors de lui, à présent. Il chercha des yeux quelque chose pour frapper Andreï.

Qui sait ce qui se serait passé si à cet instant trois cavaliers n'étaient sortis du bois. Leur arrivée réduisit le père et le fils au silence.

L'un d'eux, splendidement vêtu, montait un cheval bai magnifique.

Les deux autres, qui portaient de longues capes noires, avaient des chevaux plus petits. Le premier était un noble polonais, les deux autres des juifs.

Il n'était pas surprenant de voir un noble de Pologne chevaucher en ce genre de compagnie. Depuis plusieurs générations l'État polonais était le seul pays d'Europe orientale où les juifs pouvaient vivre en paix. Les autorités leur permettaient même de porter l'épée comme des gentilshommes.

Ils s'arrêtèrent devant la galerie sans mettre pied à terre. Le Polonais examina la famille d'un œil froid, puis jaugea la valeur de la ferme. Andreï remarqua que le brocart du beau manteau du noble miroitait au soleil ; il avait de longues mains fines posées négligemment sur le pommeau de la selle. Un visage ovale à la peau pâle, entièrement rasé à l'exception d'une fine moustache brune. Des yeux d'un bleu lumineux. Parent du puissant noble lituano-polonais Vychnevetski qui possédait de vastes étendues de terre en Ukraine orientale, Stanislas était l'intendant général de la région, responsable de nombreux petits forts en bordure de la steppe, qui appartenaient à Vychnevetski comme Russka.

Il resta un moment sans rien dire, mais quand il parla, Andreï eut le souffle coupé.

— Ostap, annonça-t-il simplement, nous reprenons la ferme.

Il y eut un long silence.

— Que voulez-vous dire ? éclata soudain Andreï. Cette ferme est à nous.

Stanislas lui adressa un regard las, dénué d'intérêt.

— Non. Elle ne l'a jamais été. Vous n'êtes que des fermiers.

Andreï fut tellement surpris qu'il en oublia d'attendre que son père réponde.

— Nous ne payons rien à personne pour notre terre, cria-t-il.

— Exact. Elle a été concédée à ton père pour trente ans, libre de toute obligation, et les trente ans sont passés.

Andreï se tourna vers son père. Pendant un instant le vieil Ostap parut troublé.

— C'était il y a trente ans, balbutia-t-il.

— Précisément. Et maintenant les Vychnevetski m'ont vendu la propriété. Vous me devez le travail des champs.

La situation n'était pas exceptionnelle. Pour attirer des fermiers sur leurs terres de la frontière, les riches seigneurs polonais les avaient offertes avec des exemptions de fermage de dix, vingt ou même trente ans. Des hommes comme Ostap acceptaient ces conditions, puis, avec le passage du temps, finissaient par croire que la terre leur appartenait. A tel point que jamais Ostap n'avait parlé des conditions du bail à son fils. A peine s'en souvenait-il lui-même.

— Je suis resté ici trente ans, lança le vieil homme d'un ton rageur, et cela signifie que je suis le propriétaire.

— As-tu un titre pour le prouver ?

— Non. Mon titre, le voici.

Il leva le poing fermé comme s'il brandissait une épée.

Stanislas le regarda sans se départir de son calme.

— Vous nous devez le travail de cette ferme, répéta-t-il.

— Le travail de la ferme ? explosa Ostap.

— Naturellement, répondit le Polonais.

Andreï resta sans voix. Le travail... La corvée... Le Polonais suggérait que son père, un homme d'honneur, devrait travailler pour lui dans les champs comme un paysan, comme un serf.

— J'ai porté la cape blanche, espèce de chien polonais, lança le vieux Cosaque. Je suis officier. Officier cosaque. Aucun homme ne peut me faire travailler dans les champs.

Stanislas secoua la tête.

— Tu as été sur le Registre des cadres. Tu n'y es plus.

Rien n'était plus important que ce Registre pour les Cosaques du Dniepr. Il contenait normalement les cinq mille noms des Cosaques reconnus au service militaire du roi de Pologne. C'étaient des hommes libres, traités à peu près comme une caste d'officiers. Parfois, après un soulèvement des Cosaques, on ajoutait des noms au Registre ; on en enlevait d'autres ensuite. Ostap avait porté brièvement la cape blanche des officiers, mais il avait perdu sa place depuis longtemps.

Et aux yeux du roi de Pologne, tout Cosaque n'apparaissant pas sur le registre était un simple paysan et donc redevable du travail de ses bras comme un serf.

La raison même pour laquelle Karp avait fui vers le sud ! Ce n'était pas seulement dégradant, c'était scandaleux.

« Sous le règne de Stefan Batory, disait souvent Ostap à Andreï, tous les Cosaques ont été anoblis. » C'était manifestement faux, mais les Cosaques croyaient fermement qu'ils étaient sinon tout à fait nobles, du moins aussi nobles que n'importe quel noble polonais. Ce fut donc du fond du cœur qu'Ostap cria, en crachant par terre :

— Un Cosaque est un gentilhomme, espèce de porc polonais ! Mais qu'est-ce qu'un Polonais peut savoir de la noblesse ?

Stanislas le regarda. Le vieil homme l'amusait en secret. Il comprenait sa réaction, mais il le méprisait.

Que pouvait savoir le vieil Ostap de la vie d'un noble polonais, surtout de celle des plus riches ? se demandait-il. Que pouvait savoir ce cul-terreux des splendides palais de Pologne, pleins de meubles français et italiens, décorés de tableaux de la Renaissance et de tapisseries des Flandres ? Que pouvait-il savoir de ce monde brillant de salles de bal, de bibliothèques, d'immenses salons où les seigneurs polonais vêtus de riche brocart ou d'uniformes de hussard cultivaient leur esprit ainsi que leurs manières et conversaient en français et en latin aussi bien qu'en polonais ? Même les Français jugeaient que les nobles polonais semblaient vivre au paradis.

Fierté légitime, les nobles polonais n'étaient pas les esclaves de leur souverain, comme les Russes de leur tsar. Ils élisaient leur roi, dont le pouvoir était limité par la Diète, la grande *Sejm*. Ce n'était pas sans raison que le puissant État polonais, dont l'Ukraine faisait partie, portait le nom de Communauté.

Mais il s'agissait de la Communauté de la noblesse. Comme la plupart des seigneurs polonais, Stanislas traitait les Cosaques de haut. Il reconnaissait leur bravoure, mais ne voyait en eux que des brigands et des paysans fugitifs, se donnant de grands airs.

En outre, il méprisait leur religion orthodoxe et leurs patenôtres ignares devant les icônes. « Une religion de serfs », disait-il d'un ton sans réplique.

Ce fossé creusé par la religion entre les seigneurs et les paysans d'Ukraine s'était élargi une cinquantaine d'années auparavant, quand l'Église catholique, dans sa subtilité, avait obtenu des évêques orthodoxes de Kiev un grand compromis historique, l'Union de Brest : les évêques avaient accepté de reconnaître le pape comme chef spirituel, à la condition que celui-ci les autorise à célébrer le culte selon le rite orthodoxe traditionnel. Cela avait marqué le début de l'Église uniate.

L'ennui, c'était que de nombreux orthodoxes avaient refusé le compromis, si bien qu'il y avait maintenant en Ukraine trois Églises au lieu de deux : la catholique, l'uniate et l'orthodoxe. Les Cosaques avaient décidé de rester fidèles à l'ancienne foi orthodoxe et dans toutes les villes, surtout en Ukraine orientale autour de Kiev, des confréries se formaient pour défendre la religion orthodoxe contre les catholiques et repousser tout compromis avec eux.

Voilà qui devait plaire à un Cosaque comme Ostap, se disait Stanislas. Et il éprouvait encore moins de sympathie pour lui.

D'un geste de la main, il montra le plus maigre des deux juifs qui l'accompagnaient.

— Je vous présente Mordecaï, dit-il. Je lui ai donné la ferme à bail, et vous travaillerez donc pour lui. Il vous dira ce qu'il faut faire, n'est-ce pas, Mordecaï ?

L'insulte suprême. Le regard d'Ostap passa du Polonais au juif, et il n'aurait su dire lequel il détestait le plus. Sur le plan de la religion, il se méfiait davantage du catholique que du juif. Son grand-père venait de Moscovie où la crainte des juifs était toujours vive, mais Ostap lui-même avait toujours vécu en Ukraine où les communautés orthodoxes et juives vivaient côte à côte en bonne tolérance depuis le temps des Khazars. La haine qu'il ressentait pour les juifs n'était pas fondée sur la religion, mais sur le rôle particulier que les nobles polonais leur faisaient jouer : ils percevaient les impôts, obtenaient les concessions des débits de boissons, servaient d'agents immobiliers et de régisseurs. En conséquence, chaque fois qu'un homme comme Ostap se trouvait endetté envers un Polonais, le visage du créancier qu'il voyait était presque toujours celui d'un juif. L'arrangement convenait parfaitement aux Polonais, car dès que leurs extorsions dépassaient la mesure, ils en faisaient porter la responsabilité aux juifs.

Et aucun élément du système n'était pis que la pratique du fermage telle que Stanislas l'envisageait. Mordecaï prendrait la ferme à bail pour une courte durée, seulement deux ou trois ans, et payerait à Stanislas un loyer fixe. En échange, Stanislas fermerait les yeux sur toutes les exactions qu'il commettrait envers les paysans pour augmenter son bénéfice. Comme la justice était exercée par des tribunaux polonais, un homme comme Ostap n'avait aucune chance.

Le vieux Cosaque ne dit rien. Il semblait parfaitement calme soudain, mais Andreï comprit que ce n'était qu'un masque : il bouillonnait de rage.

— Bien, dit Stanislas d'un ton satisfait. Tout est donc réglé... Un simple détail, ajouta-t-il en se tournant vers l'autre juif. Il semble que tu dois de l'argent à Yankel. Il dit que tu n'as pas payé ce que tu bois chez lui depuis deux ans. Donne-moi la note, Yankel. Ah oui...

Il la tendit à Ostap, qui la prit d'un air renfrogné, la parcourut des yeux et parut désolé.

— Le juif ment, dit-il d'une voix ferme.

Mais au ton de sa voix, Andreï comprit que son père n'était pas sûr de son fait.

Mordecaï venait d'ailleurs, mais Andreï connaissait bien Yankel. Un gros bonhomme rieur qui tenait le débit de boissons de Russka. Presque tout le monde lui devait de l'argent dans la région ; il réclamait des intérêts, mais ce n'était pas un mauvais bougre. Il avait deux enfants, une fille et un petit garçon, et songeant à la quantité de vodka ingurgitée par son père, Andreï se dit que la requête de Yankel devait être justifiée.

— Tu paies ? demanda le Polonais.

— Non, répondit Ostap.

— Comme tu veux. Yankel, continua-t-il, va à l'écurie et choisis le meilleur cheval que tu y trouveras. Cela compensera.

Yankel hésita un instant. Il avait été tenté de faire appel au Polonais faute d'obtenir d'Ostap le paiement de son dû, mais il commençait à le regretter. Il ne voulait pas se faire un ennemi mortel du Cosaque.

— Finissons-en, ordonna Stanislas d'un ton péremptoire.

Yankel, l'air gêné, se dirigea vers l'écurie et en ressortit quelques instants plus tard avec un cheval qui n'était nullement le meilleur du Cosaque.

— Ça ira ?

— Parfaitement, Votre Seigneurie.

Le Polonais haussa les épaules.

— Au revoir, lança-t-il d'un ton désinvolte.

Et il partit, suivi des deux juifs.

Pendant un moment personne ne parla. Puis Andreï se tourna vers son père.

— Je partirai dans le sud demain.

Ostap inclina la tête. La mère d'Andreï ne songea même pas à le retenir. Il n'y avait plus rien à perdre.

— Quand je reviendrai avec nos frères, murmura Andreï avec une rage froide, nous tuerons tous les Polonais et tous les juifs d'Ukraine. Et la ferme sera à nous.

— Bonne idée, répondit Ostap.

Il lui restait une chose à faire cette nuit-là, mais Andreï ne se glissa pas hors de la maison avant d'entendre les ronflements sonores de son père, dans la cour.

Le vieil Ostap aimait dormir dehors en été ; il s'enveloppait sous sa touloupe, s'allongeait sous le porche, regardait les étoiles et fredonnait à mi-voix jusqu'à ce que vienne le sommeil. Cela lui rappelait ses années en campagne, quand il dormait à la dure.

Andreï traversa la cour sans bruit et s'engagea sur le sentier. Il passa devant l'étang dont les enfants racontaient qu'il abritait des *roussalki*. Quelques minutes plus tard, il déboucha sur le grand champ du village. Il était à Russka.

Rien n'avait changé. La petite église construite au temps du Monomaque avait été incendiée par les Mongols et le village était resté désert pendant deux siècles, mais rien pourtant n'avait changé : un groupe de cabanes sur une berge de la rivière et un petit fort entouré d'une palissade sur l'autre rive ; une église de bois avec un petit clocher.

Andreï ne traversa pas la rivière. Il se glissa furtivement vers une grande maison en bordure du hameau.

Un chien de garde se leva en l'apercevant, pencha la tête sur le côté, et reconnut aussitôt son odeur. Il s'avança vers lui en remuant la queue, avec de petits gémissements qu'Andreï apaisa d'une caresse.

Dans le mur du fond de la maison, il n'y avait qu'une fenêtre sous le toit, avec des volets sculptés et un petit balcon. Les volets étaient ouverts pour laisser entrer l'air frais de la nuit.

Avec précaution mais sans difficulté, Andreï grimpa et enjamba le balcon, puis tapa doucement sur l'encadrement de la fenêtre.

— Anna ?

Silence.

— Anna, j'entre.

Cette fois, un faible bruit lui parvint de l'intérieur. Une silhouette pâle apparut dans les ombres de la chambre. Avec un rire doux.

— Que cherches-tu dans ma chambre en pleine nuit, Cosaque ?

La voix était rieuse.

— File tout de suite ou je lâche les chiens.

— Ils ne me feront rien, plaisanta Andreï.

— Je pourrais appeler mon père.

— Tu pourrais. Mais tu ne le feras pas.

Il voulut enjamber l'appui de la fenêtre, mais elle s'avança aussitôt, lui saisit la cheville et refit passer sa jambe dehors.

— Va-t'en !

Il la vit à la lumière de la lune, et cela lui coupa le souffle. Anna était la fille d'un Cosaque comme son père, mais sa mère venait du lointain Caucase — les gens du village l'appelaient la Circassienne — et le résultat de leur union était une fille différente de toutes les autres de la région. Presque aussi grande qu'Andreï et très svelte, elle avait les cheveux bruns et la peau d'un blanc crémeux. Elle tenait la tête haute et semblait toiser le monde aussi fièrement qu'un jeune guerrier. Ses lèvres fières semblaient prêtes à s'ouvrir pour un baiser.

Elle avait seize ans et n'était pas encore mariée.

— Il faudra d'abord que je rencontre un homme qui me plaise, avait-elle annoncé à ses parents et au village d'un ton de défi.

Comme toutes les jeunes fille cosaques, elle plaisantait librement avec les jeunes gens du village. Certains pouvaient même lui voler un baiser — mais s'ils essayaient d'aller plus loin, ils trouvaient à qui parler, et ne s'y frottaient plus de sitôt.

Mais depuis qu'Andreï était revenu de l'Académie, quelques mois plus tôt, il s'était produit un changement subtil dans l'attitude d'Anna à son égard.

En fait, le jeune Andreï se rapprochait plus que quiconque de l'image qu'elle se faisait du jeune seigneur accompli. Il savait lire et écrire. Il parlait un peu de latin et de polonais. La ferme de son père était assez importante. Et il était incontestablement beau garçon.

Bientôt, les gens chuchotèrent : « Ce sera lui », ou bien « Quel joli couple ! » et elle s'aperçut qu'elle n'y voyait pas d'objection.

Car elle sentait chez Andreï, outre le charme et l'exubérance joyeuse, une qualité qu'elle admirait entre toutes, et qui l'attirait vraiment :

— Il a de l'ambition, avait-elle fait remarquer à son père.

Cela n'avait guère de sens pour le Cosaque ; mais elle avait pris soin de signaler au jeune Andreï le fond de ses pensées avant le début de la moison.

— La plupart des Cosaques sont des idiots, Andreï. Ils rêvent de se battre et boivent jusqu'à s'en abrutir. Mais quelques-uns plus avisés arrivent même à entrer dans la noblesse. N'es-tu pas d'accord ?

Il avait acquiescé. Il la comprenait.

Et il aurait déjà demandé à Ostap de parler mariage au père d'Anna, si une chose précise ne l'avait pas retenu : « Laisse-moi d'abord partir en campagne, pensait-il. Je veux voir un peu le monde avant de me marier. »

Et ce soir, il était sur le point de partir et porta les yeux sur elle.

Elle ne portait qu'une chemise de toile, qui s'était dégrafée dans sa hâte. Non seulement il pouvait voir sa forme pâle, mais il distinguait, presque entièrement, un de ses seins. Petit, mais haut et ferme. Il aperçut l'aréole sombre à travers la toile fine. Son cœur battit plus vite.

Elle savait où glissait son regard, mais ne daigna pas arranger son col. Sa protection était son orgueil. Son corps semblait dire : « Regarde si tu l'oses. »

En quelques paroles chuchotées, il lui apprit qu'il s'en allait. Ils allaient se battre contre les Polonais. Il faillit lui parler de la perte de la ferme, mais la gêne et la honte le retinrent.

« Elle le découvrira bien assez tôt », se dit-il, désolé.

Il fut incapable de deviner ce qu'elle pensait de son départ.

— A mon retour, je t'épouserai, lui dit-il hardiment.

— Ah bon ? Vraiment ?

— Tu m'aimes, n'est-ce pas ?

Elle fit un petit rire.

— Peut-être. Mais il y a d'autres beaux garçons.

— Par exemple ? Qui vaut plus que moi ?

Elle chercha le meilleur moyen de le faire enrager.

— Il y a Stanislas le Polonais, dit-elle d'un ton rieur. Il est bel homme. Et riche.

Pendant une seconde, il resta sans voix, puis il se souvint qu'elle ignorait tout de l'incident de l'après-midi.

— Un Polonais ! lança-t-il, lugubre.

Elle se demanda pourquoi il paraissait soudain aussi abattu.

— Peut-être oui, peut-être non, dit-elle. Peut-être ne reviendras-tu pas. Qu'est-ce que je ferai dans ce cas ?

— Je reviendrai. Si je reviens, tu m'épouseras ? s'écria-t-il, s'apercevant qu'elle venait de lui tendre la perche.

— Peut-être.

— Laisse-moi entrer.

— Pas avant le mariage.

— Fais un essai. Pour t'assurer que je te plais.

— Je te fais confiance sur parole.

— Et si je meurs, jamais je n'aurai fait l'amour avec toi. Laissemoi au moins — juste une fois — emporter ce souvenir dans la tombe.

Elle éclata de rire.

— Tu peux mourir en en rêvant.

— C'est peut-être ce qui va se passer, dit-il, malheureux.

— Peut-être.

— Au moins un baiser.

— Un baiser, si tu veux.

Ils s'embrassèrent, et le temps où ils restèrent enlacés, Andreï eut l'impression que la lune traversait la moitié du ciel étoilé.

Puis Anna ferma ses volets.

1648

L'immense campement débordait d'activité en cette journée chaude d'avril : de nouveaux contingents arrivaient sans cesse. On comptait maintenant plus de huit mille hommes.

Il n'y avait que des Cosaques. Personne ne s'aventurait sur cette île bien défendue, en aval des rapides du Dniepr. Douze ans plus tôt, les Polonais avaient construit une solide forteresse un peu en amont, dans l'espoir d'intimider les farouches Zaporogues. Ils avaient donné à leur forteresse le nom de Kodak. Les Cosaques l'avaient mise à sac quelques mois plus tard.

L'île était pleine. Aux habituelles cabanes de branchages et de rondins, on avait ajouté toutes sortes d'abris temporaires. Les derniers venus dressaient des tentes de feutre sur la rive opposée. Partout des parcs à chevaux et des chariots de bagages.

L'armée cosaque comprenait des hommes de tout acabit. Des guerriers de sang tatar, des Turcs des tribus de l'est, des Mordves venus d'au-delà de l'Oka, des Polonais renégats, et des paysans fugitifs de Moscovie ; on trouvait des fermiers, des petits propriétaires et même des nobles de l'Ukraine. Riches et pauvres mêlés, ce ramassis pittoresque engendrait la fraternité des armes. Il n'y avait pas une seule femme.

Les Ukrainiens qui faisaient partie de l'armée portaient presque tous le pantalon bouffant et la large ceinture de toile empruntés par les Zaporogues aux Tatars de la steppe. Leurs frères, les Cosaques du Don, étaient venus se joindre à eux en grand nombre et avaient rameuté d'autres Cosaques qui vivaient encore plus loin, au pied du Caucase. Avec leurs manteaux ouverts, leurs poches fendues et leurs grosses soutaches, ils ressemblaient davantage à des Géorgiens ou des Circassiens. Ils s'habillaient de peaux de mouton à la toison noire et montaient à cheval enveloppés de leurs immenses capes appelées *bourki*, qui leur servaient également de couverture pour dormir. On voyait même des Cosaques de Sibérie et de l'Oural, qui aimaient les chemises rouges et les bonnets moscovites bordés de fourrure.

Il y avait de la tension dans l'air. Tout le monde savait que le départ pouvait être donné d'un jour à l'autre. Mais dans un campement de Cosaques, il fallait attendre le résultat de l'assemblée où se prenaient les décisions importantes, soumises au vote.

En attendant, les Cosaques passaient le temps et désamorçaient la tension de la manière habituelle. La plupart buvaient. Mais une fois l'ordre de départ lancé, ce serait interdit sous peine de mort. Ici, un Cosaque fredonnait une interminable ballade sur les exploits du passé, en s'accompagnant sur un luth à huit cordes. Là, un groupe de jeunes avait persuadé un vieux cavalier de leur jouer un air de balalaïka, et un autre se joignit à lui avec un instrument ressemblant à une cornemuse. Les jeunes dansaient comme des fous, s'accroupissaient, lançaient les jambes sur le côté, puis bondissaient en l'air.

Au milieu de ce brouhaha, un splendide jeune Cosaque Zaporogue traversait le campement avec un camarade.

Si le vieil Ostap avait pu voir Andreï en cet instant, il aurait été fier de lui.

Sur son pantalon bouffant, il portait un beau caftan de satin. Sa large ceinture était en soie, ses bottes en maroquin rouge. La tête couverte en général d'un gros bonnet de fourrure, il avançait ce jour-là tête nue, et son crâne était entièrement rasé hormis une houppe, vers le milieu, nouée en chignon. A son côté, une magnifique épée courbe.

Son compagnon était un garçon étrange. Énorme, il portait lui aussi la petite houppe des Zaporogues, mais son manteau et sa peau de mouton noir laissaient entendre qu'il venait du Caucase. Il portait également une immense barbe brune, à la manière des Moscovites.

— Mon père s'est enfui de Moscovie jusqu'au-delà du Don et il a gardé sa barbe. Pourquoi pas moi ? avait-il expliqué à Andreï qui en admirait la longueur. C'est une marque de respect, ajouta-t-il gravement.

Stepan avait trente ans. D'une force colossale, personne dans le camp ne pouvait le battre à la lutte, mais comme la plupart des gros, c'était un tendre. Au combat, cependant, il s'animait d'une sorte de rage transcendante, et même les hommes les plus courageux s'écartaient alors de son chemin. En dépit de sa force, il avait l'esprit d'un enfant ; et il était extrêmement superstitieux. Les Cosaques l'appelaient le Bœuf.

Il semblait curieux que le jeune homme élégant du Dniepr et le géant naïf du Don se soient liés ainsi d'amitié, mais chacun admirait les qualités de l'autre, et ils partageaient leurs secrets sans réserve.

Quand les Cosaques partaient en campagne, les femmes n'étaient plus que des distractions superflues, mais Stepan avait confié à Andreï qu'à la fin de cette aventure il avait l'intention de se fixer et de se marier.

— Mais je ne suis pas comme toi, dit-il en regardant les beaux habits d'Andreï. Je ne possède rien en dehors des loques que j'ai sur le dos.

Sa grande capote était élimée sur les bords, et les soutaches d'or se décousaient ici et là.

— Si les Polonais prennent notre ferme, je ne posséderai rien moi non plus, avoua Andreï. Mais ne t'en fais pas, mon vieux Bœuf. Je reprendrai la ferme et tu repartiras avec un chariot plein de butin. Cependant, dis-moi, demanda-t-il, curieux, qui est la fille que tu vas épouser ?

Stepan sourit.

— L'unique.

— Pardon ?

— L'unique, voyons. Celle que le ciel m'a réservée.

— Et... tu ne l'as pas rencontrée ?

— Pas encore.

— Tu sais quelque chose d'elle ?

— Rien.

— Ce sera donc peut-être une Tatare, une Géorgienne, une Mordve, ou... une grande dame polonaise ? conclut-il en riant.

Stepan hocha la tête et sourit.

— Une d'elles.

— Ça t'est complètement égal ?

— Pourquoi pas ? Ce n'est pas à moi de choisir. Je garde l'esprit vide. Je ne forme aucune image. J'attends, c'est tout.

Andreï sourit à son tour.

— Tu me rappelles un des prêtres de l'Académie. C'était ainsi qu'il essayait de prier.

— Ah, mais oui, c'est ça, c'est bien ça, répondit Stepan gravement. C'est la meilleure façon de prendre la vie.

— Tu as sans doute raison, lança Andreï. Mais dis-moi, cette jeune fille magique, comment la reconnaîtras-tu quand tu la verras ?

— Je le saurai.

— Dieu te le dira ?

— Oui.

— Mon vieux Bœuf, tu me plais vraiment, s'écria Andreï en le serrant dans ses bras.

Mais ce jour-là, tandis qu'ils traversaient le campement, ils avaient autre chose en tête. Pendant les mois d'hiver, Andreï avait découvert qu'il ne s'agissait pas cette fois d'une petite rébellion. Depuis que les Polonais avaient écrasé le précédent soulèvement des Cosaques, quinze ans plus tôt, la paix apparente en Ukraine dissimulait des rancœurs profondes. En rencontrant au camp des centaines d'autres jeunes dans sa situation, Andreï avait compris que son père avait souffert le lot commun. Dans les régions occidentales, plus proches de la Pologne, les conditions étaient encore plus mauvaises et la majeure partie de la population se trouvait réduite à la servitude. Environ la moitié des petites propriétés d'Ukraine étaient tombées entre les mains d'intermédiaires juifs.

L'insurrection avait été lancée par un homme ressemblant beaucoup au père d'Andreï, mais plus riche et plus cultivé : Bogdan Khmelnitski, que les Cosaques appelaient Khmel. Sa propriété avait été saisie illégalement par un intendant polonais, et son fils de dix ans, qui avait protesté, avait été fouetté à mort.

Khmel s'était donc rendu chez les Zaporogues pour réclamer de l'aide. C'était lui qui, pendant des mois, avait mandé des agents secrets de village en village dans toute l'Ukraine. Conscient de la puissance des forces polonaises et témoin lucide des faiblesses de la cavalerie cosaque, sans peur mais mal organisée, il avait monté le plus beau des coups. En février, il avait traversé la steppe jusqu'à Bakhtchisaraï, le quartier général des Tatars de Crimée, et avait convaincu leur khan que les Polonais se préparaient à l'attaquer. On avait appris le jour même que plus de quatre mille hommes de la redoutable cavalerie tatare arriveraient au campement des Zaporogues le lendemain.

Les troupes pénétreraient ensemble au cœur de l'Ukraine et le pays entier se soulèverait.

Même avec une armée aussi imposante, le plan ne manquait pas d'audace. La Pologne pouvait lui opposer des forces plus nombreuses et mieux organisées. Et une question restait sans réponse : même si les Cosaques réussissaient, que feraient-ils ensuite ? Que revendiqueraient-ils ? Dans quel but se battaient-ils ?

Presque personne ne semblait le savoir. On mettrait évidemment un terme à l'oppression polonaise. Les hommes comme le père d'Andreï recouvreraient leurs biens et leur honneur. Il y aurait naturellement des quantités de butin pour tout le monde : c'était toujours le cas après une grande expédition cosaque. Mais au-delà de ces objectifs immédiats ? Andreï devait convenir qu'il n'avait aucune idée claire.

Curieusement, Stepan le lourdaud avait réfléchi au problème et pouvait même fournir une réponse détaillée.

— Vous devez avoir un État libre cosaque, avec l'égalité pour tous et le droit de vote pour chacun. Comme les Cosaques du Don. Ni riches ni pauvres ; ni seigneur ni serfs ; ni supérieurs ni inférieurs. Sur le Don, nous sommes tous des frères égaux.

Andreï se doutait bien que cette très flatteuse image de l'État cosaque du Don ne correspondait que de loin à la réalité ; mais il savait aussi que la plupart des Cosaques de toutes les régions étaient partisans de cette forme de vie communautaire.

Cela semblait tellement noble ! Une fraternité des hommes.

— Bien entendu, ajouta Stepan, nous chasserons d'abord les catholiques et les juifs. Pas de fraternité des hommes possible avec eux. Mais après, tout ira bien.

Andreï le supposait. Mais sans en être certain. N'avait-il pas envie de devenir plus riche ? N'avait-il pas envie de devenir un seigneur et de posséder des domaines, avec l'ambitieuse Anna à ses côtés ?

Un coup de canon interrompit ses pensées. En général, on battait le tambour pour convoquer l'assemblée, mais il y avait tant de monde dans le camp qu'on avait tiré le canon.

En quelques minutes, les milliers d'hommes se rassemblèrent sur la place, et la petite église de bois des Cosaques parut soudain comme un char de carnaval transporté par la foule.

Au milieu d'un tonnerre de cris approbateurs, le chef du campement — l'*ataman* — invita Bogdan à prendre la parole.

C'était un colosse barbu aux traits plutôt grossiers, ressemblant bien au gros hobereau cosaque qu'il était. Mais quand il s'animait, il faisait preuve d'un incontestable talent oratoire. En quelques phrases brèves, il raconta de nouveau ses malheurs et le traitement honteux que lui avaient infligé les Polonais. Chacun connaissait l'histoire, mais avait envie de l'entendre une fois de plus, et Bogdan se garda de les décevoir.

— Est-ce ainsi, mes frères, que de braves Cosaques doivent être traités ? cria-t-il.

— Jamais ! répondit la foule.

— Est-ce la juste récompense de nos services ? En temps de guerre on réclame notre vie, et la paix venue, on nous traite plus mal que nous traitons nos chiens. Allons-nous continuer de supporter une chose pareille, pendant que nos frères, nos femmes, nos enfants sont massacrés ? Ou bien allons-nous combattre ?

— Combattre, rugit la foule.

L'*ataman* s'avança.

— Frères cosaques, cria-t-il, j'ai une proposition à vous faire.

— Parle ! lancèrent mille voix.

La cause était entendue depuis longtemps, mais le vote devait tout de même avoir lieu.

— Je propose que Bogdan Khmelnitski soit élu notre grand chef, représentant tous les Cosaques de l'Ukraine. Je le propose comme *hetman*. Qui est d'accord ?

— Nous sommes d'accord, cria le campement entier.

— Eh bien, qu'on apporte l'étendard.

Andreï sentit sa gorge se nouer : on allait apporter le célèbre étendard en crin de cheval des Cosaques ; et quand il serait déployé, même les seigneurs polonais et les Turcs Ottomans se mettraient à trembler, car les Cosaques de la steppe se battraient à mort.

— Nous nous mettrons en route à l'aube, annonça le *hetman*.

Il y a eu, dans plus d'un pays, des moment plus sombres que 1648 pour la Pologne, mais cette année mérite cependant une mention spéciale dans les annales de la bêtise et de la cruauté humaine — qui, hélas, ne semblent guère s'améliorer.

L'histoire de la Russie en fut changée.

A la mi-avril, l'armée cosaque forte de huit mille hommes et de quatre canons, suivie par quatre mille Tatars de Crimée, s'avança sur la steppe en suivant la rive occidentale du Dniepr. A leur tête, une immense bannière rouge décorée d'un archange.

Les Polonais prirent leurs dispositions.

Potocki, le commandant des armées, établit son quartier général à une centaine de kilomètres de Pereiaslav et envoya deux régiments en avant-garde. Le premier, sous les ordres de son fils, se composait de mille cinq cents Polonais et de deux mille cinq cents Cosaques de l'armée régulière polonaise ; le second comprenait également deux mille cinq cents Cosaques, avec un contingent de mercenaires allemands. Cette avant-garde avait pour mission de s'installer à Kodak et de relever les fortifications.

Il fallait être particulièrement stupide ou inconscient pour supposer que ces troupes resteraient loyales, et Bogdan ne s'était pas privé de les infiltrer.

Les Cosaques qui se trouvaient avec les Allemands votèrent de se joindre aux rebelles dès qu'ils les aperçurent. Ils tuèrent deux officiers et les Allemands. Le lendemain, 6 mai, le fils de Potocki découvrit que ses Cosaques avaient déserté à leur tour. Il offrit une résistance dérisoire près d'un ruisseau portant le nom de Jaunes-Eaux, et fut massacré avec ses Polonais.

L'armée cosaque rencontra le gros des troupes polonaises dix jours plus tard près du bourg de Khorsoun, à une cinquantaine de kilomètres au sud-ouest de Pereiaslav. La victoire des Cosaques et des Tatars fut totale. Potocki et pas moins de quatre-vingts nobles polonais furent faits prisonniers. Parmi le splendide butin, quarante et une pièces d'artillerie et des milliers de chevaux.

La nouvelle de la victoire se répandit comme un feu de broussailles, et l'Ukraine se révolta.

Andreï et Stepan étaient riches.

Ils ne s'étaient pas quittés un instant et avaient creusé une brèche dans les rangs polonais. Stepan fonçait, emporté par sa rage aveugle,

Andreï à son côté, qui protégeait ses arrières. Bogdan lui-même les avait remarqués : « Le gros est brave, avait-il observé, mais en plus de sa bravoure, le jeune possède de la ruse. »

A la fin de la bataille, quand toute l'armée s'était déchaînée en une orgie d'ivresses et de danses, l'*hetman* était venu en personne offrir à chacun des deux hommes, en plus de leur part normale de butin, six magnifiques chevaux polonais.

La cavalerie tatare reçut en récompense de son aide tous les nobles polonais à rançonner. Plusieurs groupes repartirent vers la Crimée avec ces prisonniers.

— Les Tatars s'enrichissent toujours, dit Stepan à Andreï.

— Mais ils se battent comme des diables, répondit le jeune homme, enthousiaste.

— Peut-être, mais je les connais mieux que toi. Tu verras...

La révolte de Bogdan ne pouvait pas tomber à un meilleur moment pour les Ukrainiens. Juste après Khorsoun, les Cosaques apprirent que le roi de Pologne venait de mourir. Jusqu'à l'élection d'un nouveau roi, le pouvoir à Varsovie était entre les mains du primat de l'Église catholique et du chancelier. Bogdan avait attaqué le royaume au moment où il était le plus faible.

Dans toute l'Ukraine, les paysans révoltés contre les seigneurs polonais quittèrent leurs champs pour se joindre à l'armée cosaque, certains bien montés et armés, d'autres avec une haridelle et un bâton, mais tous impatients de se battre.

Toute l'Europe orientale entra en éruption. De Varsovie, des messagers partirent demander au sultan turc de rappeler ses vassaux tatars, et au tsar de Moscou d'attaquer le khan de Crimée. Et du campement des Cosaques, d'autres messagers s'en allèrent à Moscou, car Bogdan comptait jouer la carte du tsar de Russie contre les Polonais.

— Nous allons enfin voir du changement, lança Andreï à son ami.

— Peut-être.

Vers le début de juin, Andreï obtint la permission de se rendre pour quelques jours à Russka, et il emmena Stepan.

Il voulait prendre des nouvelles de ses parents et mettre son butin en sécurité à la ferme. L'*hetman* Bogdan l'encouragea à partir, car il désirait lui confier une mission importante.

— Ton village appartient au magnat Vychnevetski, non ? J'ai appris qu'il recrute des soldats pour nous attaquer. Prends dix hommes avec toi, regarde bien autour de toi et viens me rendre compte. On m'a dit que tu as étudié ?

— Oui, *hetman*.

— Bien. Je ne te perdrai pas de vue lors du prochain combat.

Andreï savait ce que cela signifiait. Dans un an, il serait peut-être nommé *essaoul* — capitaine cosaque. Si la rébellion triomphait, sa fortune était assurée.

Le petit groupe partit d'un cœur léger, arriva au Dniepr le deuxième jour et le traversa en radeau. Demain, ils seraient à Russka.

Ils tombèrent sur le premier signe inquiétant au milieu de la matinée, près d'un fort de bois plus petit que Russka, qui servait d'avant-poste à l'administration polonaise. L'endroit était désert et les Cosaques seraient passés sans s'arrêter si Andreï n'avait pas remarqué une chose étrange sous la poterne.

C'était un fonctionnaire polonais — ses beaux habits en témoignaient. Il avait été pendu. Mais les paysans ukrainiens avaient d'abord tué sa femme et ses enfants sous ses yeux, puis ils avaient accroché les têtes autour du cou de l'homme avec une corde. Nombreux furent les Polonais qui connurent semblable fin cet été-là.

Une heure plus tard, ils arrivèrent à une ferme cosaque isolée, semblable à celle du père d'Andreï. Elle avait été pillée, puis incendiée. Andreï se mit à maudire les Polonais, mais Stepan l'arrêta.

— Regarde, dit-il en lui montrant une flèche qu'il venait de trouver par terre. Ce n'étaient pas des Polonais, mais des Tatars sur le chemin du retour.

Andreï dut en convenir.

— Mais nous leur avons donné tous les nobles polonais. N'était-ce pas assez ?

— Pour les Tatars, rien n'est jamais assez, répondit Stepan.

Qu'allaient-ils trouver à Russka ? Devinant l'angoisse d'Andreï, le groupe éperonna sans un mot.

Un petit incident provoqua une conversation : un chat sauvage traversa rapidement le chemin devant eux et disparut dans les herbes hautes. Andreï l'aurait à peine remarqué si Stepan n'avait pas poussé un juron entre ses dents.

— Qu'est-ce qui te prend ?

— Rien, bougonna le gros barbu, visiblement préoccupé.

— Allons, vide ton sac.

— Ce chat sauvage... Est-ce qu'il nous a regardés ?

Andreï réfléchit.

— Je ne crois pas. Pourquoi ?

— Pour rien. Il ne nous a peut-être pas regardés.

Si inquiet qu'il fût, Andreï ne put s'empêcher de sourire. Il vivait une époque de superstition dans un pays particulièrement superstitieux, mais jamais il n'avait rencontré quelqu'un comme Stepan. Depuis le début de la campagne, son ami ne cessait de regarder les arbres, les rochers, le vol des oiseaux et des quantités d'autres choses banales qui prenaient pour lui une signification magique.

— Au pays d'où tu viens, que signifie un chat sauvage qui te regarde ? demanda-t-il d'un ton railleur.

Stepan refusa de le lui dire.

Ils arrivèrent près de Russka en fin d'après-midi, sans avoir remarqué une seule trace du passage de guerriers tatars. Puis, juste avant les marais qui s'étendaient au sud du village, ils rencontrèrent un paysan dans la forêt. Il leur expliqua ce qu'il savait et Andreï prit sa décision sur-le-champ.

— Préparez-vous au combat, dit-il à ses hommes.

Le petit fort de Russka était barricadé. A l'intérieur, une garnison de vingt hommes envoyés de Pereiaslav dans la confusion générale attendait de nouveaux ordres.

S'y étaient également réfugiés Yankel le marchand de boissons, trois artisans et deux autres marchands juifs, chacun avec sa famille. Les paysans ukrainiens et cosaques, en qui les Polonais n'avaient pas confiance, avaient été laissés dehors : ils se défendraient comme ils pourraient si les Tatars venaient.

A leur départ de Pereiaslav, on avait dit aux soldats que le magnat Vychnevetski rassemblait une force importante, mais ils étaient sans nouvelles depuis.

Le soleil était déjà bas quand ils virent le détachement s'avancer à l'orée des bois, sur le chemin de Pereiaslav. Avec un soulagement extrême, ils reconnurent aux uniformes colorés et aux magnifiques chevaux qu'il s'agissait d'un détachement polonais.

Dissimulé derrière des broussailles, à une centaine d'archines à peine de la porte de la forteresse, Stepan vit également les Polonais s'avancer.

Quand le détachement arriva à portée de voix, les défenseurs du fort le hélèrent du haut des remparts.

— D'où venez-vous ? Quelles sont les nouvelles ?

— Nous sommes des hommes de Vychnevetski, répondit l'un des Polonais. Le gros de son régiment nous suit. Descendez nous ouvrir les portes.

Toujours à l'abri du fourré l'intrépide Stepan murmura :

— C'est bon. C'est le moment. Nous allons tous les tuer.

Les défenseurs descendirent et ouvrirent les portes à leurs frères polonais.

Alors, hors de la vue des défenseurs, qui ouvraient les portes, le colosse Stepan et une vingtaine de paysans du village jaillirent de leurs cachettes pour s'élancer dans le fort à la suite des cavaliers. Quand la garnison les aperçut, ils atteignaient déjà l'entrée. On donna l'alarme, mais les cavaliers polonais, au lieu de se retourner contre eux, bloquèrent les portes en position ouverte.

Trop tard, la garnison polonaise comprit qu'elle avait été dupée.

Les magnifiques chevaux offerts à Andreï et à Stepan, ainsi que les uniformes polonais, partie du butin de leurs compagnons, s'étaient révélés très efficaces. Et Andreï put se féliciter, en tranchant la gorge d'un Polonais, qu'on lui ait appris la langue de l'ennemi à l'Académie.

Prise complètement au dépourvu, la garnison perdit le quart de son effectif avant même de comprendre ce qui se passait. Ceux qui restaient combattirent bravement. Il n'était pas question de se rendre : ils savaient qu'il n'y aurait pas de prisonniers.

Et Andreï faillit perdre la vie.

Tandis qu'il essayait d'acculer un Polonais contre la boutique de bois où le juif Yankel vendait son alcool, il ne vit pas qu'un autre soldat s'était glissé sur le petit balcon, au-dessus. Un cri de Stepan lui fit lever la tête, et il put esquiver le coup de l'homme qui se jetait sur lui. Il tomba sur le dos, et n'aurait pas survécu si son ami, surgissant soudain, n'avait envoyé les deux Polonais dans un monde présumé meilleur.

Quand Andreï se releva, la bataille était terminée. Les deux derniers Polonais étaient encerclés par quatre de ses hommes.

— Ne les tuez pas, cria-t-il. Il faut d'abord découvrir ce qu'ils savent.

Puis il s'aperçut que le reste de ses hommes et les paysans que Stepan avait rassemblés étaient en train de massacrer les juifs.

Il fit la grimace. Il n'aimait pas les juifs plus que les Polonais, et s'ils avaient été armés, il n'aurait rien trouvé à redire. Mais ils n'avaient pas d'armes. L'un d'eux essaya de se défendre avec un bâton, mais en vain. Ensuite, il vit ses hommes traîner hors des maisons les femmes et les enfants.

— Arrêtez, ordonna-t-il.

Personne n'y prit garde. Une femme tomba.

— Lâchez-les ! hurla-t-il. C'est un ordre.

Cette fois, les Cosaques hésitèrent. Mais Andreï avait oublié les paysans du village.

— Les enfants juifs, dans le puits, cria l'un d'eux.

— Non, nous avons besoin de l'eau.

— Alors à la rivière, cria une autre voix.

Ils allaient les noyer et Andreï comprit, écœuré, qu'il ne pourrait jamais les en dissuader.

Il se détourna.

— Seigneur Andreï... Seigneur Andreï...

La voix, à peine un murmure, venait d'une fenêtre de la maison voisine. Il leva les yeux. C'était Yankel.

— Seigneur Andreï, je vous ai reconnu. Sauvez-nous, noble seigneur. Vous voyez ce qui se passe... Je ne vous ai jamais fait de mal. Vous êtes mon seul espoir.

Parce qu'il n'était pas certain d'être en mesure de le sauver, Andreï répondit :

— Vous avez pris le cheval de mon père.

— Mais pas le meilleur. Celui que j'ai pris valait à peine la moitié de ce qu'il me devait, et vous pouvez le reprendre si vous le voulez.

Il marqua un temps.

— Envoyez-moi à la mort. Tuez-moi vous-même. Mais ayez au moins pitié de mes enfants.

— Ouvrez la porte.

Il entra. La salle principale de la maison n'était pas très claire et il y régnait un relent de vodka. A côté du vieux juif se trouvaient une jeune fille d'une quinzaine d'années et un gamin de huit ou neuf ans. Il n'avait pas vu la jeune fille depuis plusieurs années, depuis son départ à l'Académie. Elle était brune, d'une beauté stupéfiante, avec des yeux en amande et un nez légèrement recourbé qui lui donnait un air turc. Son frère était également un beau petit garçon.

— D'accord, dit Andreï. Je vais essayer. Mais j'aurai besoin d'aide.

Il se tourna vers son ami.

— Viens m'aider, Bœuf, à protéger ces juifs !

Son compagnon n'avait pas entendu : il regardait la jeune fille bouche bée, comme s'il avait sous les yeux un fantôme.

Ce fut par sa propre faute que Yankel perdit la vie quelques minutes plus tard.

Il était tellement soulagé et content d'avoir obtenu la protection d'Andreï et du colosse qu'il sortit dans la rue le premier. Deux paysans qui passaient, l'un armé d'une hache et l'autre d'une faux, se jetèrent sur lui avant même qu'il ait le temps d'appeler son protecteur. Quand Andreï sortit un instant plus tard, Yankel était mort.

Il y avait plusieurs choses à régler. Découvrir ce que savaient les deux prisonniers polonais ; creuser deux fosses, une pour les Polonais, une pour les juifs... Il donna des instructions à ses hommes et aux gens du village, puis partit voir son père, en emmenant le fils de Yankel.

Il arriva à la ferme juste après le coucher du soleil. Il trouva le vieil Ostap d'excellente humeur. Depuis le début des événements, Mordecaï n'avait pas pu venir réclamer ses corvées et Ostap avait vécu comme auparavant. Il buvait moins et dormait toujours à la belle étoile.

— J'ai tout appris, cria-t-il dès qu'il aperçut Andreï. Par un gamin du village. Dommage que tu ne sois pas venu me chercher. J'aurais aimé me battre.

Les chevaux lui plurent, mais quand Andreï lui fit son autre requête, le vieil homme se rembrunit.

— Tu veux que je garde le petit juif ?

Andreï lui expliqua ce qui s'était passé.

— Je ne peux pas l'emmener au campement. Les gens du village le tueront. Veux-tu que je le leur abandonne ?

Ostap se détourna, pour ne pas montrer qu'il avait bon cœur.

— Il faudra qu'il se convertisse, dit-il. Et il m'aidera à la ferme.

Andreï alla chercher l'enfant.

— C'est le seul endroit où tu seras en sécurité. Personne ne se frottera à mon père. Mais il faudra que tu deviennes chrétien.

— Jamais, répondit l'enfant.

Andreï le regarda dans les yeux.

— Écoute-moi bien. J'ai promis à ton père de te sauver la vie, et il faut que je tienne ma promesse. Tu dois m'aider. Comprends-tu ? Tant que tu resteras ici, tu seras orthodoxe.

L'enfant le regarda dans les yeux à son tour, toujours plein de défi, mais il avait compris.

— Il est converti, annonça Andreï à Ostap.

Les prisonniers n'avaient pas grand-chose à dire. Les Cosaques leur prirent tout ce qu'ils avaient et les laissèrent s'enfuir dans les bois.

Pendant que ses hommes s'installaient dans le fort pour la nuit, Andreï traversa la rivière pour aller voir Anna.

Sa maison était fermée, les fenêtres barricadées.

— Où sont-ils ? demanda-t-il.

— Le vieil homme est parti avec ses fils au campement des Cosaques, lui apprit un voisin. Sa femme est allée chez sa sœur, du côté de Pereiaslav.

— Et Anna ?

L'homme parut surpris.

— Anna ? Vous ne savez pas ? Elle est partie. Le Polonais l'a emmenée. Stanislas. Il est venu juste après le départ des hommes, il est resté quelques jours et il l'a emmenée. Il l'a enlevée à l'aube.

Andreï avait peine à le croire. L'arrogant Polonais avait essayé de prendre sa ferme et d'humilier son père, puis il avait séduit sa fiancée.

— Où sont-ils allés ?

— Qui sait ? A présent, ils sont sans doute en Pologne, répondit l'homme.

Andreï retourna au fort. « Je la retrouverai », se dit-il. Quant à Stanislas, il n'y avait qu'une seule solution.

Mais si Andreï avait perdu sa fiancée, son ami Stepan en avait trouvé une. Qui aurait pu imaginer que son choix tomberait sur une jeune fille juive ?

— Elle se convertira, répliqua-t-il à l'objection d'Andreï.

— Elle te l'a dit ?

— Je sais qu'elle le fera.

— Mais pourquoi elle ?

— Je sais pas pourquoi, avoua le colosse. Je sais seulement que c'est elle.

— Tu l'as vue et à la seconde même... C'était le destin ?

— Oui.

Stepan semblait dans les nuages. Il avait le regard lointain et Andreï se demanda si son ami était vraiment avec lui.

— Que vas-tu faire d'elle ? Tu ne peux pas l'emmener en campagne, s'écria-t-il.

— Je sais. J'y ai réfléchi. Je vais trouver un prêtre pour nous marier. Puis je rentrerai chez moi avec elle, près du Don.

— Tu m'abandonnes ?

— Le moment est venu, répondit Stepan d'un ton grave.

— Tu as intérêt à lui parler.

— Oui. Il faut que nous en parlions.

Il se leva lentement et se dirigea vers l'endroit où la jeune fille était assise, dans la pénombre. Il la conduisit près du feu et la fit asseoir à ses côtés. Malgré sa curiosité, Andreï les laissa seuls. Très doucement, Stepan se mit à lui parler.

Andreï les observa de loin pendant un moment. Les autres Cosaques les observaient aussi. Quel homme étrange, ce colosse barbu !

La jeune fille parlait peu. Elle regardait Stepan avec de grands yeux songeurs, en murmurant un mot de temps en temps comme pour le relancer. Elle n'avait que quinze ans, son père venait de mourir de coups de hache sous ses yeux, et elle se trouvait au pouvoir d'un Cosaque qui s'était mis en tête de l'épouser. Mais Andreï eut l'impression qu'elle était le maître et Stepan l'enfant, car son jeune visage tragique la faisait paraître plus âgée que lui.

Andreï s'allongea pour dormir, mais à plusieurs reprises au cours de cette brève nuit d'été, il s'éveilla et vit qu'ils étaient toujours en train de converser à voix basse près des tisons rougeoyants.

Que disait Stepan ? Essayait-il de la convertir ? Lui parlait-il du pays du Don ? Lui racontait-il l'histoire de sa vie ? Lui faisait-il partager la beauté des steppes parfumées, ou bien son idée que tous les hommes devraient être égaux ? Une chose semblait certaine : persuadé que cette jeune juive était son destin incarné, le Cosaque du Don avait choisi cette nuit pour vider son âme.

Dans un demi-sommeil, aux premiers feux de l'aurore, Andreï aperçut entre ses paupières lourdes Stepan qui fourrageait dans les bagages, à côté de lui. Il remarqua deux choses : la jeune fille était debout près du feu, et les traits de Stepan trahissaient une exaltation extraordinaire, comme s'il était illuminé par un secret mystique. Il semblait plus que jamais dans les nuages. Plus endormi qu'éveillé lui-même, Andreï les vit sortir du fort. Stepan marchait comme un somnambule. Puis Andreï se rendormit.

Le cri qui éveilla le fort entier retentit seulement quelques minutes plus tard.

Réveillé en sursaut, Andreï se précipita vers les portes. Les sentinelles regardaient, médusées. Il s'élança sur le chemin.

Stepan se trouvait sur la berge de la rivière, un pistolet à la main. La jeune fille gisait dans l'herbe à deux pas de lui, morte.

Il ne bougeait pas. Quand Andreï arriva près de lui, il continuait de fixer la jeune fille d'un regard incrédule. Quand Andreï voulut le prendre par le bras, il s'aperçut que le colosse était complètement rigide.

Il lui prit le pistolet des mains, puis il vit ses épaules s'affaisser et il put l'entraîner vers le fort. Il le fit asseoir, lui donna un peu de vodka et lui demanda de raconter ce qui s'était passé.

Au cours de leur conversation nocturne, la jeune fille n'avait compris que trop bien l'esprit naïf et superstitieux du gros Cosaque. Elle lui avait promis de l'épouser et il était tombé en extase. Elle avait obtenu sa confiance sans réserve. Puis, vers la fin de la nuit, voyant Stepan dans un état de transe, elle lui avait avoué son merveilleux secret.

— C'est vrai que le destin nous a réunis, Stepan. Je t'attendais. Vois-tu, je suis magique.

Elle lui avait proposé de le lui prouver. S'il venait à un endroit où ils seraient vraiment seuls, elle le lui montrerait.

— Tu pourras me tirer une balle de pistolet dans le cœur, et cela ne me fera aucun mal, lui assura-t-elle. Viens, tu verras.

Et c'était ce que le naïf avait fait.

Même à présent, il ne comprenait pas pleinement que sa foi en son destin avait été bafouée.

— C'est sûrement une erreur. Elle n'est qu'évanouie.

Aucun des Cosaques sauf Andreï ne put comprendre que la jeune juive avait préféré la mort à la souillure de mains chrétiennes, même si ces mains étaient tendres.

Un peu plus tard, il s'occupa de son enterrement.

Il songea à aller chercher son frère, mais se ravisa. Cherchant un souvenir de sa sœur à apporter à l'enfant, il prit autour du cou de la morte une chaîne à laquelle était fixé un petit disque de métal, visiblement ancien, sur lequel était gravé une sorte de trident. Il n'avait aucune idée de ce que c'était, mais il le prit cependant pour le jeune orphelin.

Et elle reposa en paix dans une tombe sans nom, à l'orée de la steppe. Elle ne s'était pas doutée qu'en l'emmenant au-delà du Don, Stepan l'aurait conduite au pays de ses lointains ancêtres khazars.

A midi, quand le détachement partit à la recherche de renseignements sur Vychnevetski et son armée, Stepan exprima le fond de sa pensée sur l'incident :

— C'est ce chat sauvage qui nous a croisés. Il a dû me regarder. C'est lui qui a fait ça.

On ignore combien de juifs furent massacrés dans toute l'Ukraine comme à Russka au cours de l'année 1648, mais on a conservé des récits d'événement aussi étranges que les fiançailles de Stepan, et l'année marqua le début des pogroms systématiques qui devaient malheureusement se répéter fréquemment dans la région.

Quant au magnat Vychnevetski, il rassembla sur ses vastes domaines une force de six mille hommes, avec lesquels il traversa le Dniepr. Cette armée, sur son ordre, incendia, pilla et massacra pour ainsi dire chaque village ukrainien qu'elle trouva sur son passage, comme pour s'assurer que les Ukrainiens détesteraient les Polonais à tout jamais.

Les combats reprirent en juillet et Andreï fut nommé *essaoul* le mois suivant.

Il n'en oublia pas pour autant Stanislas et Anna.

1649

Il se souviendrait toute sa vie de ce jour-là, car il marqua la fin de son insouciante jeunesse.

Au début, tout semblait aller pour le mieux. Le soulèvement était général. A la fin de 1648, la moitié de la population de l'Ukraine se disait cosaque. Bogdan et ses hommes avaient remporté d'autres victoires éclatantes contre les Polonais, capturé cent canons de plus et des bagages contenant cent millions de *zloty*. Les Cosaques triomphants étaient entrés à Kiev, où les bourgeois libres et le métropolite les avaient accueillis comme les sauveurs de l'ancien Pays de Rus.

Le nouveau roi de Pologne avait réclamé une trêve. Bogdan avait signé des traités d'amitié avec le sultan de Turquie et ses vassaux d'Europe orientale. Le rêve d'un État cosaque libre semblait sur le point de devenir une réalité.

En dépit de ces coups d'éclat, Andreï voyait bien que son ami n'était pas satisfait. Après la nuit terrible de Russka, Stepan n'avait jamais reparlé de la jeune fille, mais Andreï avait senti en lui un changement important : il n'avait plus foi en son destin. Il continuait de se battre avec ses frères cosaques, mais sa foi en cette cause semblait s'être brisée elle aussi. Ce fut la déception de Stepan qui sépara peu à peu les deux amis.

Car la cause d'un État cosaque libre en Ukraine était perdue d'avance. Au cours de ce premier été, alors que la Pologne était au plus bas, Bogdan n'avait pu tirer parti de ses victoires. Andreï avait compris pourquoi en voyant les paysans rentrer chez eux les uns après les autres pour cultiver leurs champs.

— Nous ne sommes pas assez forts pour mener une longue campagne sans alliés, fit-il observer.

Bien entendu, ils avaient les Tatars. Mais comme la plupart des mercenaires, ils ne s'intéressaient qu'au butin. Le printemps suivant, ils refusèrent de se battre puisque la victoire n'était pas assurée ; au début de l'été, ils entrèrent en pourparlers avec les Polonais.

Le rôle des Cosaques dans l'histoire serait toujours le même : ils consolideraient ou briseraient un autre État, mais ne seraient jamais assez nombreux pour constituer eux-mêmes un État stable.

Il leur fallait un protecteur — la Pologne, le khan de Crimée, le sultan de Turquie ou le tsar de Russie. Ils ne pouvaient que se battre pour de meilleures conditions. Quelles seraient-elles ?

Pendant l'été 1649, les Cosaques parvinrent à un accord avec la Communauté de Pologne. En fait, à ce moment-là, les Polonais promirent aux Cosaques ce qui revenait à la création d'un État dans l'État. Pas moins de quarante mille d'entre eux devaient être inscrits au Registre. Kiev et deux autres villes serviraient de quartiers généraux à des régiments cosaques. Ni les jésuites, ni les juifs n'auraient le droit d'y habiter.

— Cela valait la peine de se battre, non ? lança Andreï à son ami.

Celui-ci secoua la tête.

— Non. Nous avons tout sacrifié... pour rien.

Andreï s'étonna.

— Pas d'État libre. Pas d'égalité. Des privilèges pour les Cosaques riches, mais rien pour les pauvres et les paysans.

C'était la vérité. Andreï ne pouvait le nier. Pour des hommes comme Bogdan — comme Andreï et comme son père — les conditions étaient excellentes. Mais pour les paysans pauvres qui s'étaient soulevés parce que Bogdan leur promettait la liberté, rien.

Qu'avaient répondu Bodan et ses conseillers quand on le leur avait fait observer ?

— Les Cosaques sont des Cosaques et les paysans des paysans.

Cette simple remarque ne serait pas oubliée de sitôt. Elle servit d'épitaphe à l'espoir d'une Ukraine indépendante. De nombreux insurgés en furent écœurés.

— Ce n'est pas pour ça que je suis venu me battre, lança Stepan d'un ton sombre.

— Nous n'avons pas pu obtenir davantage, lui fit remarquer Andreï.

A vrai dire, il avait obtenu, lui, ce qu'il désirait. Pourquoi souhaiterait-il que les paysans soient libres, maintenant qu'il était en mesure d'acheter un domaine ? De toute manière, l'idée de Stepan était utopique.

— Il ne peut pas y avoir d'indépendance totale. C'est une illusion, avança-t-il.

Le colosse secoua la tête.

— Ce n'est pas une illusion, mais l'idée te fait peur.

— Ça ne pourrait pas marcher, je le sais. Et qui nous protégerait des attaques ? L'indépendance nous laisserait sans défense. Nous avons besoin d'un pouvoir fort. Ne comprends-tu pas ?

— Je vois que la trahison n'engendre jamais que le mal, répliqua Stepan.

Les jours qui suivirent lui donnèrent raison.

Furieux d'avoir été trahis, les paysans se révoltèrent de nouveau, et ce fut le conseil des Cosaques, non les Polonais, qui décida d'écraser l'insurrection. Andreï reçut ses ordres et se prépara à partir.

Il comprit que c'était la fin de leur amitié dès que Stepan ouvrit la bouche.

Le cheval du colosse était déjà sellé et ses maigres possessions sur une mule de bât. Un second cheval attendait à la longe.

— Je vois que tu es au courant des ordres, dit Andreï.

— Oui, bougonna Stepan.

— Et tu t'en vas ?

— Bien sûr. Je ne veux pas participer à ça.

Andreï soupira, mais ne tenta pas de le dissuader.

— Tu pars sur le Don ?

— Peut-être.

Andreï regarda les chevaux et la mule, visiblement surpris.

— Où sont tes chevaux polonais ? Où est ta part de butin ?

— Je les ai donnés.

— Donnés ? A qui ?

— A des paysans. Ils avaient plus besoin d'argent que moi.

C'était une gifle, mais Andreï n'essaya pas de se justifier et ne se sentit pas insulté. Stepan avait son opinion, il avait la sienne.

— Tu n'as rien gardé pour toi ? Et ta ferme dans la vallée du Don ?

— Je ne retournerai peut-être pas dans la vallée du Don.

— Les hommes sont libres, là-bas, même s'ils ne le sont pas en Ukraine. Ta place est là-bas.

Pendant un instant, Stepan garda le silence. Il semblait ruminer ces pensées depuis un certain temps.

— Les hommes ne sont jamais libres, murmura-t-il, tant qu'ils se laissent gouverner par leurs envies et leurs désirs.

Andreï regarda son ami. Sa déclaration avait un caractère définitif : quel qu'ait été le cheminement des pensées de Stepan, il en avait fait le tour et repartait sur de nouvelles bases.

— N'as-tu plus foi en l'homme, ami Bœuf ? demanda Andreï d'un ton affectueux.

Le fait que Stepan ne répondit pas aussitôt confirma ses craintes.

— Nous sommes tous des pécheurs, grogna-t-il.

— Où vas-tu aller ?

— Je ne sais pas.

— Que vas-tu faire ?

— Je ne sais pas.

— Tu as donc encore foi en quelque chose ?

— Peut-être... Un jour, je me ferai sans doute prêtre, dit-il d'un ton lugubre, en regardant ses bottes.

— Prêtre ?

— Ou moine. Mais pas encore. Je n'en suis pas digne.

Andreï ne sut que penser.

— Te reverrai-je un jour, Bœuf ? demanda-t-il.

— Peut-être.

Il chassa une mouche de sa longue barbe et ajouta :

— Peut-être pas.

Il se tourna vers son cheval.

— Il faut que je parte.

Andreï le serra dans ses bras.

— Dieu soit avec toi, ami Bœuf.

Il n'espérait pas le revoir.

1653

Par une fraîche matinée de printemps, le jeune Andreï chevauchait vers le nord avec les ambassadeurs des Cosaques.

Ils allaient voir le tsar.

Depuis le départ de Stepan, sa carrière n'avait cessé de progresser. Le vieil Ostap était mort, non d'une crise cardiaque comme Andreï et sa mère le redoutaient depuis longtemps, mais d'une épidémie qui s'était répandue en Ukraine peu après la révolte des paysans.

— Il est temps de prendre femme, lui avait sugéré Bogdan.

Mais Andreï n'en avait rien fait en dépit de ses nombreuses conquêtes. Se souvenait-il encore d'Anna ? Pouvait-il conserver un espoir à son sujet ? De toute manière, il était trop occupé pour y penser.

Cette mission était de loin la plus importante de sa vie. Les lettres de l'*hetman* dont ils étaient chargés devaient sauver l'Ukraine en proie à une nouvelle crise.

Car les Polonais étaient mécontents des concessions accordées aux Cosaques. Ni les catholiques ni les uniates ne pouvaient tolérer les succès de l'orthodoxie dans la région de Kiev, les grands voulaient récupérer leurs terres ; la *szlachta* et tous les contribuables de Pologne s'indignaient du nombre des Cosaques inscrits au Registre, à qui le gouvernement devait verser une solde. Les combats reprirent. Les Polonais engagèrent davantage de mercenaires allemands, et Bogdan n'eut pas toujours le dessus. Son pouvoir s'affaiblit peu à peu. Des juifs commencèrent à revenir sur les terres ukrainiennes. Par deux fois, des groupes importants de Cosaques et de paysans avaient traversé la frontière russe et réclamé asile.

Que devait faire l'*hetman* des Cosaques ?

C'était un vieux renard. A une époque, il négociait en même temps avec le sultan turc, les Tatars et les Polonais. Il avait même essayé d'obtenir pour son fils le trône du petit État de Moldavie, dans le sud, près du Danube. Mais il était de plus en plus évident que le seul espoir des Cosaques se trouvait au nord et à l'est : en Russie. Seul le tsar respecterait la religion orthodoxe. Personne d'autre ne pourrait protéger l'Ukraine de la puissante Pologne.

Seulement la Russie faisait la sourde oreille. Elle avait trop d'ennuis à l'intérieur de ses frontières pour prendre le risque d'une guerre onéreuse avec la Pologne, inévitable si elle acceptait l'Ukraine. Comment convaincre le tsar ?

— Jusqu'ici, nous n'avions à offrir que le pain et le sel, avait dit Bogdan à Andreï en lui remettant les lettres. Mais il existe peut-être un moyen de faire pencher la balance en notre faveur.

— La religion ? suggéra Andreï.

— Précisément. La Sainte Russie... C'est ainsi qu'ils appellent la Moscovie, à présent. Moscou serait la Troisième Rome. L'ancien métropolite de Moscou est devenu patriarche après le règne d'Ivan le Terrible. Comme le patriarche de Constantinople et celui de Jérusalem. Pour eux, c'est très important. Il y a dans l'Église et parmi les boyards des hommes puissants persuadés qu'ils ont le devoir de protéger leurs frères orthodoxes de l'Ukraine.

Bogdan avait envoyé trois lettres : une pour le tsar, une pour son conseiller, le boyard Morozov, et une pour le patriarche de Moscou.

— Signale-moi aussitôt par messager la façon dont vous serez reçus, et si cela s'annonce bien, restez à Moscou et ouvrez les oreilles.

L'ambassade avait à sa tête deux Cosaques, Kondrat Burlaï et
Silvian Moujilovski. Andreï leur servait d'aide de camp. Jamais il ne
s'était rendu dans ces régions du nord-est.

La Moscovie venait d'achever la construction, à travers la steppe,
d'une extraordinaire ligne de forteresses s'étendant de la nouvelle
ville de Belgorod jusqu'à la Volga et les déserts de la mer Caspienne :
d'énormes murailles de terre précédées de tranchées et surmontées
de remparts de bois et de tours hérissées d'épieux pointus braqués
vers l'extérieur. Telle était la barrière dressée par Moscou contre le
khan de Crimée, qui continuait de réclamer tribut à l'empire forestier
des Russes cent ans après la conquête de Kazan par Ivan le Terrible.

En face de ces forts, Andreï comprit le caractère de l'État russe
du nord. Jamais les Polonais n'en auraient fait autant, ne se se
seraient lancés dans une entreprise pareille : elle ne pouvait être
conçue par un ramassis de grands seigneurs ne songeant qu'à
exploiter des terres riches en restant au chaud dans leurs palais de
l'ouest. Ce ne pouvait être que l'œuvre d'un grand souverain — d'un
pouvoir central efficace et sombre, à moitié slave, à moitié tatar.

Burlaï, qui chevauchait à côté d'Andreï, lui fit observer :

— Si vous voulez comprendre les Russes, souvenez-vous qu'au
moment où ils se sentent menacés, ils comptent sur leurs vastes
espaces.

Au début, les villages n'étaient pas très différents de ceux des
environs de Kiev ; puis les toits de chaume firent place aux gros
rondins. Il faisait plus froid. Les forêts et les champs paraissaient
plus gris.

Andreï connaissait les Russes : il y en avait beaucoup parmi
les Cosaques. Ils parlaient le grand-russien mais les Ukrainiens les
comprenaient sans mal. Bien entendu, les Ukrainiens méprisaient
les Russes, qu'ils trouvaient vulgaires, exactement comme les Polonais méprisaient les Ukrainiens eux-mêmes. Mais le jeune Cosaque
fut surpris de l'impression de malaise qu'il ressentit de plus en plus
vivement à mesure qu'il remontait vers le nord.

La forêt était plus épaisse et plus sombre. Parfois, ils tombaient
sur des hameaux où l'on exploitait de la potasse. Les gens y
semblaient en bonne santé, mais il n'en allait pas de même dans les
villages de paysans.

— C'est la troisième année que l'hiver dure trop longtemps, leur
apprirent les gens. Même les bonnes années, nous avons juste de
quoi survivre. Une mauvaise récolte de plus et nous mourrons tous
de faim.

— Mais vous avez des champs immenses, s'étonna Andreï. Cela
devrait vous suffire même pendant les années maigres.

— Pour chaque boisseau de semence, nous n'en récoltons que
trois, lui expliqua le paysan.

Un rendement aussi faible était inimaginable dans la riche Ukraine.

— Notre terre est pauvre.

Et mal cultivée, aurait-il dû ajouter.

A une cinquantaine de verstes au sud de la grande boucle de l'Oka, les voyageurs arrivèrent à la grande ville industrielle de Toula. Andreï n'avait jamais rien vu de tel, c'était une ville sans l'être. La moitié des maisons, de pierre et de bois, étaient en réalité des forges.

— On dirait une armurerie géante, remarqua-t-il.

Mais ce qui lui fit le plus d'effet, ce furent les grandes bâtisses sinistres abritant les hauts-fourneaux, dont les cheminées crachaient sans cesse de la fumée. Dirigés par une famille hollandaise, c'étaient les premiers hauts-fourneaux de Russie, installés à Toula à cause des gisements de fer.

— Ils fabriquent plus d'armes ici que nulle part ailleurs, excepté Moscou, lui confia Burlaï. On dirait que les tsars Romanov font venir sans cesse de nouveaux étrangers parce qu'ils sont les seuls à savoir faire marcher ces machines.

Des canons, des mousquets, des piques, des épées : Andreï en vit des chariots pleins, et cela réjouit son cœur de soldat. Mais il trouva l'endroit enfumé assez effrayant, et fut ravi de reprendre la route de Moscou.

Ils entrèrent dans la capitale une semaine plus tard.

Moscou était encore sous la neige bien que le carême fût déjà avancé. Du ciel gris et lourd tombait un mélange de poussière de glace et de suie. La scène n'était cependant pas sans couleurs : les toits des maisons étaient blancs, et les coupoles des églises lançaient des reflets d'or ou étaient peints de couleurs vives. On rencontrait souvent dans la rue un noble vêtu d'un manteau fourré rouge ou bleu ; des patrouilles de mousquetaires, les *streltsy*, sillonnaient la ville en capote rouge ; même les simples citoyens portaient souvent autour de la tête des écharpes de couleur criarde.

Andreï vécut le début de son séjour moscovite dans un état d'excitation bien compréhensible. Ce n'était pas mince affaire, pour un jeune Cosaque, d'arriver dans une vaste capitale, et d'y être bien reçu.

Quand ils avaient remis leurs lettres au Kremlin, un fonctionnaire de haut rang leur avait fait savoir que le tsar et les boyards étaient bien disposés à leur égard ; et au palais du patriarche, rue Ilinka, on leur avait assuré que le prélat leur accorderait une audience personnelle sous peu.

Andreï avait bon espoir. Après de longs mois de guerre et d'incertitude, il se sentait soudain comme un écolier en vacances.

Et chaque fois qu'il se promenait dans la ville glacée, il entendait sonner des cloches. Combien y avait-il d'églises pour produire ainsi un bruit continu ?

— Quarante fois quarante, lui dit un prêtre. Et l'été, quand les nuits sont courtes, les cloches des monastères ne cessent de chanter comme autant de rossignols.

Moscou était bien la forteresse de l'Église orthodoxe.

Et quelle ville de contrastes ! Andreï avait toujours entendu dire que les Moscovites s'adonnaient aux femmes et à la boisson. Et il vit effectivement beaucoup d'hommes ivres dans les rues — certains si hébétés qu'ils tombaient sans connaissance dans les rues glaciales à la tombée de la nuit. Mais à la même heure, des foules d'hommes et de femmes se rendaient dans les églises pour prier.

« Tout ce qu'ils font, dans ce pays, ils le font à l'extrême », conclut-il.

Il remarqua aussi, dans les rues, des étrangers en costume de leur pays. Des marchands souvent, mais plus encore des soldats. « Le tsar attire à son service des hommes de tous les pays », se dit-il, enchanté.

Sur le chemin du Kremlin où il allait prier dans l'une des cathédrales, il faillit bousculer une jeune fille. Elle ne devait pas avoir plus de quinze ans. Elle portait un long manteau rose bordé de fourrure et un bonnet de fourrure, ses mains s'enfonçaient dans un manchon fourré. Très blonde, son visage éclatait de santé dans l'air frais. Sa longue natte blonde était attachée dans son dos avec une jolie faveur rouge.

Le temps qu'il se ressaisisse, elle avait disparu, mais il sourit en lui-même et se dit : « Quand cette affaire sera réglée, je me marierai. Et peut-être emmènerai-je une de ces jolies poupées russes. »

Sur la place du Kremlin, il s'arrêta un instant devant le guichet du palais du Térem où l'un des *streltsy* recevait les doléances du peuple. Car n'importe qui, en Russie, même le plus humble des paysans, pouvait déposer une requête dans la boîte prévue à cet effet : elle serait délivrée au secrétariat personnel du tsar, et probablement lue par le souverain en personne. Monarque absolu, le tsar était également le père de son peuple. Et un père bienveillant. Andreï savait qu'il visitait les détenus dans les prisons, qu'il donnait des peaux de mouton aux pauvres, et qu'il les affranchissait parfois de leurs dettes. « Le tsar est un soleil étincelant », se plaisaient à dire les Russes.

Andreï venait de se retourner vers les cathédrales quand une voix amicale le héla :

— Tiens, mon ami le Cosaque !

Il ne reconnut pas sur-le-champ le jeune homme en manteau de castor qui l'interpellait ainsi, le sourire aux lèvres. Il l'avait à peine remarqué dans les salles, basses et enfumées, des bureaux du palais où ils avaient remis leurs lettres : c'était celui-là même qui les avait accueillis et conduits auprès du fonctionnaire chargé des affaires cosaques.

Ils devaient avoir le même âge, et Andreï remarqua la peau d'ivoire du Moscovite et son front large couronné par d'épais cheveux noirs frisés, séparés par une raie au milieu du crâne. La partie supérieure du visage du jeune homme rappela au Cosaque les traits des nobles polonais, mais le reste semblait d'une autre origine. Les pommettes hautes et les yeux en amande, malgré leur couleur bleue, suggéraient une ascendance turque ou tatare.

Il se présenta : Nikita, fils d'Ivan, Bobrov. Ce nom ne signifiait rien pour Andreï.

Les deux jeunes gens se mirent à converser sans contrainte. Le fonctionnaire semblait ravi de parler avec ce visiteur du sud, et il proposa bientôt, d'un ton chaleureux :

— Venez donc chez moi. Nous serons mieux pour bavarder.

Andreï accepta sans se faire prier : c'était une excellente occasion d'en apprendre plus long sur ce grand État auquel les Ukrainiens espéraient s'associer. Ils convinrent d'une heure dans l'après-midi.

Le logement de Nikita Bobrov, modeste mais situé dans le quartier élégant de Kitaï Gorod, se composait de trois pièces à l'étage supérieur d'une maison de bois appartenant à un marchand.

A l'arrivée d'Andreï, le jeune Moscovite n'était pas seul. Un homme d'âge moyen, en peau de mouton, se tenait d'un côté de la salle, et il y avait au fond de la pièce une femme un peu boulotte, avec une autre femme, plus jeune, dont Andreï ne put distinguer le visage dans la pénombre.

L'homme en peau de mouton, de taille moyenne, sans doute un petit marchand, semblait aussi furieux qu'il osait le paraître.

Nikita se hâta de s'excuser et retourna auprès de l'homme à qui il s'adressa d'un ton sans réplique.

— Je ne discuterai plus avec toi, Ivan. Ma décision est prise. Tu vois bien que ta belle-mère s'est fait mal à la jambe et a besoin de Maria pour l'aider. Elle ne peut même pas aller au marché. A-t-on jamais vu empêcher une femme d'aider sa mère ! L'affaire est entendue. Pars, maintenant. Tu reviendras après Pâques avec les loyers qui manquent.

— Jamais je n'aurais dû l'emmener, bougonna l'homme, furieux.

— Là n'est pas la question. Et n'oublie surtout pas ces loyers à ton retour, ajouta le jeune homme d'une voix sévère. Sinon je te fais rosser.

L'homme lança un regard noir dans la direction des deux femmes, mais plaça à regret une main sur son cœur et s'inclina devant Nikita avant de sortir. On entendit ses pas lourds dans l'escalier. Andreï crut deviner un rire réprimé de la part de la plus jeune des deux femmes, mais elles s'inclinèrent à leur tour un instant plus tard et passèrent dans la pièce voisine.

— Mon régisseur, expliqua Nikita en souriant. Il n'est pas facile.

Il indiqua à Andreï deux bancs près de la fenêtre.

— Le fait est que pour m'éviter la dépense d'une servante à Moscou, j'ai fait venir de mon village une veuve. Et maintenant, me voici avec des querelles de famille sur les bras. C'est la rançon de la pauvreté, dit-il en souriant. Mais parlons d'autre chose.

Andreï découvrit qu'il avait avec son hôte plus d'un point commun. La mère du jeune Bobrov venait de Pologne, et il avait appris à lire et à écrire grâce à elle. Il s'était frotté au latin et avait reçu à peu près la même éducation qu'Andreï à Kiev. Mais alors que cela devenait chose courante en Ukraine, cela demeurait une rareté en Russie, et le jeune Moscovite était enchanté de se frotter à des connaissances comparables aux siennes.

— Vous êtes arrivés au bon moment et vous avez remis vos lettres à qui il convenait, assura Nikita. Le tsar et le boyard Morozov vous sont acquis, ce qui est important. Les gens détestent Morozov parce qu'il a un carrosse entièrement plaqué d'argent et qu'il impose de lourdes taxes sur le pain et le sel, mais il est puissant. Son épouse est la sœur de la tsarine, et la famille de ces deux femmes, les Miloslavski, fait le jour et la nuit à la cour. Morozov possède même une partie des grandes aciéries que vous avez sans doute vues en passant à Toula.

— Mais ce n'est pas la première fois que nous sollicitons la protection du tsar, et nous n'avons jamais rien obtenu, lui rappela Andreï.

— La situation a changé. La première fois, le tsar était plus jeune, et vos lettres sont arrivées au milieu d'une révolte populaire. La moitié des faubourgs étaient en flammes et Morozov a failli perdre la vie. Moscou n'était pas prête à prendre un engagement qui risquait de provoquer une guerre avec la Pologne. Mais à présent nous sommes forts et le tsar est le maître.

— Mais l'Église ? demanda Andreï, se rappelant les paroles de Bogdan.

— L'Église désire l'union de l'Ukraine à la Russie. Savez-vous que le patriarche de Jérusalem est venu en personne plaider votre cause ? Et nous avons la plus haute estime pour vos moines savants d'Ukraine. Votre plus grand ami, en fait, n'est pas le tsar mais le nouveau patriarche de Moscou, Nikon.

L'ambition de Nikon était d'élever Moscou à la même dignité que les quatre autres patriarcats de l'Église orthodoxe. Il lui fallait davantage de saints, et l'on avait ramené en grande pompe dans une église du Kremlin les cendres du métropolite Philippe, assassiné par Ivan le Terrible. Nikon savait aussi que l'Église russe était rétrograde, ses textes altérés ou erronés et ses théologiens de piètre qualité. Il voulait y remédier, et l'Ukraine lui en donnerait l'occasion. Enfin, il comptait faire de l'ancien Pays de Rus une puissante citadelle contre le catholicisme et les autres religions de l'Occident.

— Moscou sera la Troisième Rome, assura Nikita avec un enthousiasme qu'Andreï ne demandait qu'à partager : c'était ce que désiraient les Cosaques.

Un bruit léger les interrompit : la plus âgée des deux femmes entra pour mettre le couvert. Le repas était modeste : du poisson, quelques légumes et une sorte de pain d'épices qu'elle avait fait sans œufs ni lait de façon à ne pas rompre le jeûne du Carême. Mais Nikita avait fait servir de la vodka, devenue la boisson de toutes les classes sociales dans le nord de la Russie.

Andreï observa les préparatifs d'un œil distrait, se demandant si la plus jeune des deux femmes apparaîtrait. Il attendit en vain. Ils s'attablèrent et Nikita lui servit aussitôt une généreuse rasade de vodka.

— Je suis un propriétaire terrien, lui expliqua le jeune homme. Ma famille appartient à la petite noblesse au service du tsar depuis longtemps. Notre domaine est une propriété modeste du côté de Vladimir, mais j'espère m'élever. Vous savez, des gens comme moi peuvent monter jusqu'au rang de boyard.

Si limitée qu'elle fût, son éducation représentait un grand avantage, car elle lui permettait de se rendre utile dans son *prikaz*.

— C'est parce que ma mère m'a enseigné le polonais que j'ai obtenu ce poste dans le service responsable des affaires cosaques.

Il décrivit non sans fierté le fonctionnement de ce *prikaz* du gouvernement, qui s'occupait non seulement des relations avec les Cosaques mais de la production de miel, des faucons du tsar et de cent autres questions sans relation apparente avec sa principale responsabilité. Comme Andreï s'en étonnait, Nikita lui expliqua en souriant :

— Il en est ainsi de tous les *prikazy*. Chaque service a été créé pour résoudre un problème, et quand une nouvelle difficulté se présente, on la confie au service qui se trouve le moins surchargé de travail. En fait, en plus de mon service, trois autres s'occupent de la question cosaque.

— On doit vraiment s'y perdre.

— Il faut connaître les filières, mais ce n'est pas sans avantages. Ce qui compte, c'est de tremper le doigt dans le plus grand nombre possible de sauces.

Nikita entreprit de décrire la complexité effarante de l'énorme bureaucratie russe, et la tête d'Andreï se mit à tourner. Avec tant de paperasses et de formalités, tant de chevauchements et de double emploi entre les services, comme était-il possible de gouverner efficacement ? Mais n'importe quel Moscovite aurait pu répondre à cette question : le problème de la lourdeur administrative était définitivement insoluble.

Ils portèrent de nombreux toasts : à l'Ukraine, à la Sainte Russie, aux Cosaques. Nikita désirait en savoir davantage sur la puissance militaire cosaque.

— Parce que, si nous acceptons l'Ukraine, la guerre contre la Pologne est inéluctable.

Andreï le rassura. Pour sa part, il voulait s'informer sur la présence à Moscou d'un si grand nombre de gens venus d'autres pays. Qui étaient-ils ?

— De maudits étrangers, lança Nikita, véhément. L'ennui, c'est que nous ne pouvons pas nous en passer. Savez-vous pourquoi, mon cher Cosaque ?

Andreï ne sut que répondre.

— Parce que vous et moi ne sommes pas assez compétents, voilà pourquoi. Ivan le Terrible a eu le même problème. Pendant la plus grande partie de notre histoire, notre ennemi est venu de l'est. Les hommes comme mes ancêtres — et comme vous, les Cosaques, en ce moment — ont su se battre contre les Tatars. Mais nous devons affronter maintenant des peuples beaucoup plus puissants : les Allemands, les Suédois, les Baltes. Nous voudrions conquérir la Baltique et dominer son commerce, seulement ces peuples possèdent des sciences et des compétences militaires qui nous font défaut.

Andreï se garda de l'interrompre.

— Pourquoi croyez-vous que je suis employé dans un *prikaz* alors que mes ancêtres étaient des guerriers ? Parce que le tsar n'a pas besoin d'un amateur comme un Bobrov à la tête de ses troupes. Il a besoin d'ingénieurs hollandais et allemands, de mercenaires écossais, et même d'aventuriers anglais. Ce sont ces gens que l'on recrute maintenant comme officiers de nos armées. Ils savent se battre contre de l'infanterie entraînée. Ils comprennent la guerre de siège et l'artillerie moderne.

— Mais les *streltsy* ?

Andreï avait toujours entendu dire que les célèbres mousquetaires étaient redoutables.

— Excellents en leur temps, l'époque d'Ivan le Terrible. Dépassés de nos jours, pour la tactique et pour l'armement. Et ils sont devenus paresseux, ajouta-t-il en secouant la tête. Non, nous devons faire preuve d'humilité, mon ami, et prendre les leçons de l'ouest. Ils ont tellement de connaissances !

Visiblement, ces vérités le déprimaient, et elles déprimèrent également Andreï, car le monde nouveau n'augurait rien de bon pour des Cosaques à demi disciplinés. Nikita servit d'autre vodka, qu'ils burent en silence, puis remplit de nouveau les verres.

— Bien entendu, quand nous aurons appris leur maudite science occidentale — les « ruses hollandaises », comme on dit ici — nous les flanquerons tous à la porte.

Andreï leva son verre.

— Je bois à cette perspective !

Comme presque tout le monde à Moscou, même parmi l'élite, ils ne voyaient que la puissance militaire de l'Occident et supposaient qu'il suffirait de la copier. Ils ne comprenaient pas que cette puissance reposait en fait sur des siècles de culture. Ils ne savaient rien des grands débats philosophiques du Moyen Age, ignoraient presque tout de la Renaissance et ne s'étaient pas aperçus de l'émergence en Europe occidentale d'une nouvelle forme de société, plus complexe, sur le plan économique comme sur le plan politique.

— Et les marchands étrangers ? demanda Andreï. J'en ai vu beaucoup.

Nikita haussa les épaules.

— Tous des hérétiques. Le patriarche Nikon a su les traiter comme ils le méritent, je dois dire. Si vous les avez remarqués, c'est que le patriarche les a contraints à porter le costume de leur pays, même s'ils sont ici depuis plusieurs générations. Ils ne peuvent donc plus se cacher. Vous savez qu'ils n'ont plus le droit d'habiter en ville ?

Andreï avait entendu parler du Faubourg Allemand en dehors de la ville, mais il ignorait qu'il s'agissait d'une sorte de ghetto.

— Une décision de Nikon, remarqua Nikita, enchanté.

— Je n'ai pas vu de juifs.

— Non, le tsar n'en veut pas.

— C'est bien, dit le Cosaque.

— Et il y a une autre espèce d'étrangers complètement bannie de la capitale.

— Laquelle ?

— Les Anglais, bien sûr.

Le jeune Cosaque ne savait pas grand-chose de ce pays lointain.

— Les Anglais ? Ce sont de si redoutables hérétiques ?

— Vous ne savez pas ? Bien pire.

Nikita baissa involontairement la voix pour évoquer une horreur pareille.

— Ils ont coupé la tête de leur roi, Charles Ier, il n'y a pas plus de quatre ans.

Andreï le regarda. Cosaque et fils de Cosaque, il supposait que tuer un roi était sans doute une chose grave, mais non point si terrible, surtout s'il s'agissait d'un roi hérétique. Mais le visage de Nikita exprimait le plus profond mépris.

— Ils ont tué leur roi, oint par la grâce de Dieu, dit-il, et ces paroles restèrent gravées dans l'esprit d'Andreï. Ils sont pires que les Polonais. Dieu merci, nous savons que nous sommes les esclaves du tsar.

Andreï avait déjà remarqué plusieurs fois cette façon de parler. Le peuple s'appelait « les orphelins du tsar » et les gens des classes moyennes semblaient fiers de se proclamer « ses esclaves ». Jusque-là, il avait supposé qu'il s'agissait d'une simple figure de style ; mais en face de son nouvel ami Nikita, il commença à en douter.

Il aperçut la jeune femme juste après son départ. Il s'était retourné vers la maison, et il distingua nettement son visage à une fenêtre ouverte.

Elle devait avoir à peu près le même âge que lui — un joli minois piqueté de taches de rousseur, aux traits réguliers. Il ne pouvait voir que le haut de son corps, mais elle était manifestement svelte. Oui, une jolie fille.

Elle le regardait. Il lui sourit. Elle lui rendit son sourire, puis détourna rapidement la tête et quitta la fenêtre.

Il fronça les sourcils. Curieux : la jeune servante semblait avoir un œil au beurre noir...

Ce ne fut peut-être pas tout à fait par hasard qu'il passa près du logement de Nikita le lendemain et décida de flâner dans le marché voisin. S'il était poussé par la curiosité de revoir la jeune femme, il fut récompensé, car elle arriva avec sa mère peu de temps après. Il s'aperçut qu'en dépit des dires de Nikita, la mère marchait fort bien.

Elles le virent et le saluèrent poliment. De plus près, son impression de la veille se confirma : la servante avait un œil au beurre noir mais la marque s'estompait.

Il engagea la conversation avec la mère, qui parut enchantée de bavarder, et il observa la jeune à la dérobée. Elle avait une légèreté d'allure et des lèvres rieuses qui lui rappelèrent Anna. Il sentit qu'elle s'intéressait à lui, elle aussi, et essaya de se concentrer sur ce que la mère racontait.

Puis il sursauta : n'avait-elle pas dit qu'elles venaient de la ville de Russka ? Il l'interrogea. Elle décrivit l'endroit. Pas de doute : le domaine de son nouvel ami était l'endroit d'où son grand-père s'était enfui. « Et s'il ne l'avait pas fait, songea-t-il en souriant, je serais sans doute un paysan de Nikita et non un Cosaque qu'il reçoit chez lui. »

Il allait tout révéler, mais son sixième sens le mit en garde. Nikita pourrait lui être utile, et qui savait ce qu'il penserait du petit-fils d'un fugitif ? Il supposa qu'il devait encore avoir de la famille là-bas.

— Peut-être irai-je jusqu'à Russka un jour, dit-il d'un ton léger.

Puis il leur parla de ses compagnons et de leur logement, et ils se séparèrent. Il lui sembla que la jeune femme ne le quittait pas des yeux.

Il ne fut donc pas complètement surpris de la rencontrer dans la rue le lendemain matin, non loin de son propre logement. Malgré la trace autour de son œil, elle paraissait joyeuse, pour ne pas dire rayonnante. Elle s'avança vers lui en souriant, d'un pas désinvolte.

— Eh bien, monsieur le Cosaque, puis-je vous tenir compagnie ?

La plupart des femmes qu'on croisait dans la rue se montraient prudentes ; même si elles portaient une coiffure, elles s'emmitouflaient dans une grande écharpe qu'elles nouaient sous le cou ; elles souriaient rarement. Celle-ci portait aussi une écharpe et un long manteau usé jusqu'à la corde, mais elle avait vraiment la démarche aisée, presque dansante, des jeunes Cosaques du sud.

— Appelez-moi Mariouchka, dit-elle. Comme tout le monde.

— Parlez-moi de vous, Mariouchka. Pourquoi ce bleu autour de votre œil ?

Elle rit. D'un petit rire joyeux teinté par une pointe de mélancolie qui le rendait d'autant plus séduisant.

— Ne posez jamais cette question à une femme mariée, répondit-elle. Il paraît que cela vient d'un défaut de mon caractère, ajouta-t-elle en souriant.

Son histoire était simple, quoique peu commune. Quand elle était plus jeune, elle avait refusé de se marier.

— Il y avait un garçon au village... expliqua-t-elle en riant de plus belle. Il était si beau ! Mince et brun comme vous. Mais il en a épousé une autre. Il ne voulait pas de moi. Et les autres garçons, ma foi...

Elle les élimina d'un geste méprisant.

— Mon père était mort. Ma mère me répétait tous les jours : « Épouse celui-ci, épouse celui-là », et je répondais : « Non, il est trop petit », « Non, il est trop grand ». Elle se plaignait que j'étais une mauvaise fille, qu'il fallait me dresser, que j'allais avoir mauvaise réputation. Alors...

Elle haussa les épaules.

— Alors vous avez épousé le régisseur, l'homme que j'ai vu chez Bobrov.

— Sa femme venait de mourir. Il a dit à ma mère qu'il me dresserait. « Donnez-la-moi », a-t-il demandé.

— Vous n'avez pas refusé ?

— Si. Mais c'est l'intendant. Il pouvait nous rendre la vie très difficile. Il détient le pouvoir. C'est la vie. Je me suis mariée. J'avais déjà passé l'âge, vous comprenez. J'avais presque vingt ans.

— Et il vous bat ?

Elle haussa de nouveau les épaules.

— Ça fait partie du mariage, non ? Il frappe à coups de poing. Parfois j'esquive, mais il est rapide. Oh oui, rapide, répéta-t-elle avec un rire lugubre. Voilà. C'est tout.

Andreï avait toujours entendu dire que les femmes du nord de la Russie étaient battues par leurs maris. Jamais les femmes cosaques ne l'auraient supporté, même si leurs maris les traitaient souvent d'incapables et feignaient de les mépriser.

— Et qu'en dit votre mère ?

— Au début, c'était : « Obéis-lui et ne fais pas ta forte tête, il ne te battra plus. » Ensuite : « Fais des efforts pour qu'il t'aime. Donne-lui des enfants. » A présent, savez-vous ce qu'elle prétend ? « Mariouchka, la vérité, c'est que les hommes sont tous les mêmes. Dis-lui toujours "oui", montre-toi soumise, mais n'en fais qu'à ta tête. Les hommes sont méprisables, mais nous n'y pouvons rien. » Je lui demande : « Pourquoi ne me l'as-tu pas appris plus tôt ? » Elle me répond : « Je voulais que tu te maries. » Et voilà, conclut-elle en riant.

— Et comment avez-vous fait pour venir à Moscou ?

— Ah, je l'ai pris au piège ! Il fallait qu'il apporte les loyers au propriétaire. Je lui ai dit : « Si tu m'emmènes à Moscou, je ferai tout ce que tu voudras. » Quand je suis arrivée, j'ai dit à ma mère : « Il faut que tu me gardes ici. Je ne peux plus le supporter. » Elle a fait semblant d'avoir mal à la jambe et l'intendant a dû repartir à Russka sans moi... Regardez ! s'écria-t-elle soudain. Une église. Entrons faire une prière.

Quelle jeune femme étrange et fantasque ! Mais quelle énergie en elle. Ce jour-là, avant qu'ils ne se séparent, Andreï avait décidé : « Il est temps que je prenne une femme, et ce sera celle-ci. »

Mais il dut la chasser de son esprit pendant deux jours à cause de ses affaires.

Le troisième jour, il fut témoin d'un étrange spectacle. En sortant de la Ville Blanche, il aperçut un chariot arrêté au milieu de la chaussée, attaqué par une petite bande qu'il prit d'abord pour des voleurs. Il allait se précipiter au secours des gens du chariot, mais il remarqua que l'assaut était dirigé par deux prêtres.

— Que se passe-t-il ? demanda-t-il à un badaud.

— Des zélotes, répondit l'homme en souriant. Et ils ont trouvé ce qu'ils cherchaient.

Andreï, stupéfait, les vit qui sortaient du chariot un luth, une balalaïka et d'autres instruments de musique.

— Au feu ! cria un des prêtres. Jetez toutes ces horreurs au feu !

Bien entendu, quelques instants plus tard, le chariot flambait. Et la foule qui s'était rassemblée vociférait son approbation. La veille, dans la rue, un prêtre avait ordonné sèchement à Andreï de ne pas fumer sa pipe cosaque, et il avait vu des gens se saisir d'un ivrogne pour le fouetter. Mais quel était ce genre de pays, où des prêtres faisaient brûler les instruments de musique ? Sans réfléchir, il lança un juron désapprobateur, et une main se posa aussitôt sur ses lèvres.

Une main de femme. Et il reconnut au même instant la voix qui murmurait, près de son épaule :

— Prends garde, Cosaque.

Avant de retirer sa main, Mariouchka lui pinça la joue, puis lui effleura les lèvres du bout des doigts.

— Ne comprenez-vous pas, monsieur le Cosaque, qu'il y a sans doute dans la foule des oreilles qui traînent ? Et si l'on rapporte votre juron aux prêtres...

— Eh bien, quoi ?

— Qui sait ? Peut-être le knout.

Ce fouet russe, dont la lanière est en cuir, était un redoutable instrument.

— Ces zélotes sont tellement stricts qu'ils font brûler les instruments de musique et donnent le knout pour un simple juron ?

— Oh oui ! Le patriarche les soutient. Et il y a même dans l'Église des zélotes encore plus stricts. Ils ont résolu de débarrasser la Russie de nos prostituées et de nos ivrognes. Tous les plaisirs sont interdits, lança-t-elle en riant. Savez-vous pourquoi le jeune seigneur a peur de retourner à Russka ? Parce que le prêtre du Bourbier prêche ce genre de sermons, et je sais que Bobrov a caché dans sa maison un luth d'Allemagne.

Andreï se rembrunit. L'orthodoxie pour laquelle il se battait était-elle une bigoterie de ce genre ? Dans l'État de Moscovie, pourquoi tout était-il si sombre ? L'impression de malaise qu'il avait ressentie au cours de son voyage vers le nord revint avec plus de force.

Mais Mariouchka effleurait de nouveau ses lèvres.

— Y a-t-il quelqu'un chez vous en ce moment ? demanda-t-elle.

Il savait qu'il n'y aurait personne.

Il la regarda.

— Et si nous sommes pris ? Le knout ?

Elle sourit.

— Personne ne nous prendra.

Le lendemain, le ciel était bleu et le soleil annonçait le printemps. A midi, le dégel avait commencé. Le ciel se recouvrit souvent au cours des jours suivants, mais l'hiver touchait manifestement à sa fin.

Mariouchka avait un corps souple et fort ; ses légères taches de rousseur devenaient d'une surprenante pâleur sur ses cuisses et ses seins, qu'elle avait assez petits.

Elle se rendait chez lui dans l'après-midi. Elle aimait se déshabiller dans la pièce surchauffée et s'étirer en l'attendant. Parfois, elle se cambrait d'un mouvement félin et levait une de ses longues jambes pour l'admirer.

— Qu'allons-nous faire aujourd'hui, monsieur le Cosaque ? demandait-elle.

Le premier jour, il avait remarqué une grimace vite réprimée quand il l'avait prise dans ses bras. Il s'en étonna.

— Un souvenir de mon mari, dit-elle sèchement en lui montrant des ecchymoses aux endroits où elle avait reçu des coups. Il est très fort, ajouta-t-elle, en attirant Andreï vers elle.

— Tu es forte, toi aussi, murmura-t-il un peu plus tard. Comme une chatte.

— Oui, Une chatte avec des dents.

Ainsi s'écoulaient les après-midi. Sans autre bruit que des pas assourdis dans la rue, le grondement du poêle et le murmure de la glace en train de fondre sur le toit.

Parfois elle soupirait :

— Tu vas bientôt t'en aller, mon Cosaque.

— N'y pense pas, ma petite chatte.

— C'est facile à dire, pour toi. Tu n'es pas pris au piège.

Difficile de trouver une réponse à ça.

— Parfois, j'aimerais qu'Ivan meure, songeait-elle à haute voix. Mais ensuite... Je n'ai nulle part où aller. Tout endimanchée pour la Saint-Georges, mais il n'y a plus de Saint-Georges, on l'a abolie, ajoutait-elle avec une ironie forcée. Qu'en penses-tu, monsieur le Cosaque ?

Elle retournait souvent à ce sujet au cours de leurs conversations, et cela ne mettait pas Andreï à l'aise.

Car son aventure avec Mariouchka était devenue la source non seulement de plaisir sensuel, mais de renseignement importants — et ce qu'il apprenait n'était nullement agréable.

Andreï s'apercevait qu'avant de connaître Mariouchka, il n'avait pas vraiment compris la nature du puissant État moscovite. Et mieux il comprenait, plus mal il se sentait. Ainsi, le privilège du départ à la Saint-Georges avait été aboli : il n'y avait plus de paysans libres. Au moment où le reste de l'Europe entrait dans les temps modernes, la Moscovie rétrograde s'enfonçait plus que jamais dans un système féodal de petite noblesse terrienne soumise à un tsar de droit divin.

En 1649, le tsar Alexis avait proclamé le célèbre *Oulojenié*, code qui ne se contentait pas d'interdire aux paysans de changer de propriétaire, mais restreignait les libertés des classes inférieures dans les villes. Comme Mariouchka ne cessait de le répéter, les paysans appartenaient désormais aux propriétaires au même titre que l'outillage et le bétail. Pendant plus de deux siècles, la majorité du peuple russe allait naître dans la servitude.

— Comprends-tu ça ? demandait la jeune femme. Ton jeune ami Bobrov a sur moi les mêmes droits que si j'étais esclave. Il peut même probablement me vendre. Si je m'enfuis, aussi longtemps que je vivrai, il a le droit de me pourchasser et d'exiger mon retour... Ah, les Ukrainiens ! lança-t-elle avec un rire amer. Vous vous révoltez contre les Polonais, puis vous demandez de faire partie de la Russie, qui est bien pire que la Pologne. Vous seriez mieux lotis sous le sultan des Turcs.

L'idée avait déjà traversé l'esprit d'Andreï.

— Mais le sultan n'est pas orthodoxe, répondit-il.

Il commençait à se demander si c'était vraiment aussi important qu'il l'avait cru.

Puis, comme pour chasser ses doutes, vint le dimanche des Rameaux. Nikita avait proposé à Andreï de l'accompagner à la cathédrale de la Dormition au Kremlin. Ils partirent donc ensemble vers la citadelle, suivis à distance respectueuse par Mariouchka et sa mère. A leur arrivée sur la place Rouge, la foule était si dense qu'ils durent s'arrêter à quelque distance des murs du Kremlin.

Andreï en profita pour observer la mère de Mariouchka, puis son ami. Étaient-ils au courant de ses relations avec la jeune femme ? Probablement pas.

Ils n'eurent pas longtemps à attendre.

Dans le Saint État de Moscovie, les Rameaux étaient à l'époque l'occasion d'une cérémonie extraordinaire. De la cathédrale Saint-Basile, la longue procession de boyards, de notables et de prêtres se dirigeait vers la petite estrade près du milieu de la place Rouge où une chorale d'enfants chantait des cantiques. Sombres, riches, magnifiques, les plus grands seigneurs portaient de grosses chaînes d'or autour du cou, des toques hautes et des capes d'hermine ou de renard noir. Les boyards étaient revêtus de robes brodées, si lourdes qu'elles auraient sans doute écrasé le commun des mortels. Et comme les prélats moscovites barbus avaient l'air imposant dans leurs habits sacerdotaux rutilants, couverts d'or et de pierreries ! Les mitres des évêques, en forme de bulbe comme les coupoles des églises, reflétaient les lueurs pâles du ciel couvert.

Sur un chariot tiré par quatre chevaux se trouvait un arbre décoré de fruits, pour symboliser la journée ; les *streltsy* alignés tout autour de la place tombèrent à genoux et inclinèrent la tête vers le sol. Enfin, pour faire revivre devant le peuple l'entrée du Christ à Jérusalem ce jour-là, le tsar en personne s'avançait à pied, en tirant à la longe un âne sur lequel se trouvait le patriarche.

La procession s'arrêta devant la petite estrade. Le tsar prononça quelques mots puis repartit, traversa la place Rouge et entra dans le Kremlin par la porte du Sauveur. Il alla ensuite prier dans la cathédrale.

Un pays où l'Église et le monarque étaient si unis ne pouvait être qu'un État idéal, se dit Andreï. Les Russes n'appelaient-ils pas leur souverain « le Très Pieux et Orthodoxe, le Très Clément Tsar » ? N'était-ce pas ce qu'il venait de constater ?

Il pénétra dans le Kremlin avec Nikita. Il y avait trop de monde pour qu'ils puissent entrer dans la cathédrale de la Dormition, mais ils attendirent à l'extérieur, dans l'espoir d'en voir davantage.

Leur patience fut récompensée. A la fin du service, tandis que les cloches sonnaient à toute volée, ils virent non seulement le tsar Alexis, mais la tsarine, qui sortit de la cathédrale le visage découvert.

— Le patriarche tient à ce qu'elle se montre au peuple lors de ces grandes cérémonies, lui chuchota Nikita tandis qu'ils s'inclinaient très bas.

« Oui, se dit Andreï, tout va bien. J'ai vu la Sainte Russie. »

Et ce jour mémorable mit un terme, en tout cas pour quelque temps, à son aventure amoureuse. Un peu plus tard, quand Mariouchka lui proposa d'aller chez lui le lendemain, il secoua la tête.

— Pas pendant la Semaine Sainte.

Pécher était une chose, mais pendant la semaine la plus sacrée de l'année... Il en aurait été incapable. Il s'étonna que la jeune femme, si fantasque et rebelle qu'elle fût, ait pu envisager une chose pareille.

Elle haussa les épaules à son habitude, mais ne dit rien.

La Semaine Sainte se passa dans le calme. Andreï expia ses péchés par un jeûne strict.

Un jour, il alla à cheval avec Burlaï et les autres Cosaques voir la résidence de campagne du tsar à Kolomenskoïé, près de la Moskova. Ses toits en forme de tentes, ses coupoles bulbeuses, ses tours et ses pyramides, laissèrent à Andreï une impression de puissance et de paix.

A la fin de la longue Vigile de Pâques, il se sentit à la fois affaibli et exalté. Le lendemain matin, il vit le tsar remettre en grande cérémonie des œufs de Pâques peints de couleurs vives aux grands hommes et aux soldats qu'il voulait honorer. Puis Andreï se rendit chez Nikita pour le banquet qui marque la fin du Carême.

Ce fut une joyeuse fête. Il y avait des *bliny*, des gâteaux au miel, du pain d'épices et des friandises de toute sorte. Mariouchka et sa mère, un peu pâles toutes les deux à la suite de la Vigile, servirent le groupe d'amis que Nikita avait invités.

Andreï sentit bientôt sa tête s'envoler au parfum du kvas, de l'hydromel et de la vodka, et ses pieuses pensées de la semaine précédente fondirent plus vite que la neige au soleil. Il chercha Mariouchka des yeux...

Le mardi suivant Pâques, les Cosaques furent enfin reçus par le patriarche Nikon dont la présence imposante impressionna Andreï. Il mesurait un mètre quatre-vingt-quinze. Des années de prières et de jeûnes rigoureux avaient laissé des traces révélatrices sur son visage comme sur son corps amaigri. Ses yeux perçants n'étaient cependant pas sans douceur.

Il traita les Cosaques avec amabilité, mais resta sur le plan des affaires.

— Bien que le métropolite de Kiev dépende à strictement parler du patriarcat de Constantinople, la Sainte Russie peut et doit lui accorder sa protection. Je suis d'autant plus déterminé à cet égard que l'Église de Moscou a besoin de réformes et que nous avons besoin sur ce plan de l'aide de nos frères de Kiev. Nous vivons les débuts d'une ère nouvelle : celle d'une Église orthodoxe purifiée et placée sous l'égide de la pieuse Russie. Les Cosaques comme vous peuvent jouer un rôle splendide dans la défense de notre État orthodoxe. Vous pouvez donc compter sur moi pour appuyer la requête que vous avez présentée au tsar, conclut-il, avant d'ajouter en souriant : Je crois pouvoir vous assurer que votre mission ici sera couronnée de succès.

Quand il prit congé de cet homme qui forçait le respect et l'admiration, Andreï ne se sentait plus dans la peau d'un rebelle contre la Pologne. Il se battait maintenant pour une cause plus vaste.

Le mari de Mariouchka arriva le lendemain.

Andreï vit la jeune femme quelques instants chez Nikita, et apprit qu'elle repartirait à Russka trois jours plus tard.

— Je ne pourrai plus te revoir, dit-elle à mi-voix, et elle s'en fut.

Il se sentit alors saisi d'une étrange mélancolie, alors que d'habitude la fin d'une aventure ne lui apportait que soulagement — une impression de liberté, la satisfaction d'avoir achevé une conquête et d'être prêt pour de nouveaux pâturages. Or, cette fois, c'était différent. Mais cette tristesse signifiait-elle que Mariouchka comptait pour lui davantage que les autres ? Non... Il s'aperçut simplement qu'il avait peur pour elle.

Pas seulement à cause de l'intendant et de ses mauvais traitements, à cause d'une chose qui se trouvait en elle. Sans en avoir pleinement conscience, il avait entrevu la tragédie intérieure d'une femme qui ne cessait de protester dans un pays où tout le monde devait se soumettre.

Il ne voulait pas la perdre de vue. C'était absurde.

Il se crut soulagé, le lendemain matin, quand Burlaï, le chef de l'ambassade, annonça que leur mission était presque terminée et qu'ils repartiraient sans doute la semaine suivante.

— J'ai une requête à formuler, dit Andreï.

Dès qu'il en connut la teneur, Burlaï acquiesça.

— Du moment que le propriétaire n'y voit pas d'objection... Vous pourrez nous rejoindre quand il vous plaira.

Et Andreï prit ses dispositions pour accompagner Mariouchka dans le nord de la Russie.

Quand Nikita Bobrov apprit la relation d'Andreï avec son domaine de Russka, il éclata de rire :

— Es-tu sûr que ton grand-père s'est enfui du domaine des Bobrov ?

— J'en suis persuadé, oui.

— Dommage qu'il ne soit pas parti plus tard. J'aurais probablement pu te réclamer, s'il avait fait son coup à une date plus récente.

— Le petit-fils d'un fugitif ?

— Dans la pratique, cela ne se produit jamais, je dois dire. Mais n'as-tu pas vu l'*Oulojenié ?*

Le code dont Mariouchka se plaignait. Andreï avoua son ignorance.

— Je vais te les montrer.

On avait imprimé douze cents exemplaires du grand code de 1649 — un tirage important pour l'époque — et Nikita possédait l'un d'eux. Il n'était pas rédigé dans le jargon des notaires et des chancelleries, mais en russe courant pour que tout le monde puisse le comprendre.

— Voici, lui montra Nikita. Chapitre onze.

Et Andreï comprit enfin le sort des paysans de Russie.

Il y avait trente-quatre articles les concernant. Tous les cas imaginables avaient été prévus. Si un fugitif était marié, le maître pouvait réclamer son épouse ; s'il avait des enfants, le maître pouvait les réclamer, ainsi que leurs conjoints et leurs enfants éventuels. Le seigneur n'avait pas le droit de tuer un paysan, s'il le faisait avec préméditation. Mais si cela se produisait sur un coup de colère, ce n'était pas un délit grave. Si, dans une crise de colère, il tuait un paysan appartenant à un autre seigneur, il devait lui en donner un autre à la place.

Andreï voulut voir d'autres chapitres. Tous les domaines de la vie sociale étaient traités : du blasphème à l'usage de faux, et des terres du clergé aux tavernes illégales. Ce qui le frappa, c'est qu'à toutes les pages, il était question de knout.

— On fouette beaucoup en Moscovie, dit-il.

— Seulement les paysans, lui assura Nikita.

En fait, dans les vingt-cinq chapitres du code, cent quarante et un délits étaient passibles du knout. Les délits plus graves entraînaient la peine de mort. Mais comme presque personne ne survivait de toute manière à cinquante coups de knout, le code était dans la pratique plus sévère qu'il n'y paraissait.

A la lecture de ces textes de lois, Andreï comprit qu'en dépit des nombreuses allusions, il s'était refusé à gratter le vernis de la vie en Moscovie pour voir la réalité toute nue. Plus que jamais, le sentiment d'oppression et de claustrophobie, qu'il avait éprouvé sur la steppe devant l'énorme forteresse de Belgorod, s'empara de lui. Il songea aux plaines ensoleillées de l'Ukraine, aux paysans cosaques indisciplinés, aux villes libres de Kiev et de Pereiaslav qui se gouvernaient elles-mêmes selon des lois occidentales...

— Si le tsar désire prendre l'Ukraine sous son aile, dit-il, il faudra qu'il signe un accord garantissant à notre peuple de meilleures conditions de vie.

— Nous savons que l'Ukraine a d'autres usages, lui assura Nikita, et ils seront respectés. Mais vous comprenez bien que si le tsar, sur votre demande, vous accepte sous sa protection, il ne peut pas signer de traités avec vous. Ce serait déchoir de sa dignité de souverain. Vous devez faire confiance à sa générosité et à sa compréhension.

— Le roi de Pologne a signé des traités avec nous, protesta Andreï.

— Le roi de Pologne n'est qu'un monarque élu, répondit Nikita avec un petit sourire de mépris.

— Les Cosaques ne sont pas des esclaves, avança Andreï, sur la défensive.

— Notre Très Pieux, Orthodoxe et Très Bienveillant Tsar est désigné par Dieu pour faire de nous tous ce qui lui sied, répliqua Nikita d'un ton ferme. N'oublie pas, ajouta-t-il non sans condescendance, que le tsar est l'héritier de saint Vladimir, du Monomaque et d'Ivan le Terrible. Je peux te garantir qu'Ivan savait se faire obéir. Il a fait rôtir un de mes ancêtres dans une poêle à frire.

Curieux que ces Russes se montrent si fiers de la cruauté de leurs souverains, même quand celle-ci est dirigée contre eux-mêmes. Comme les Cosaques étaient différents ! Le guerrier cosaque donnait à son *hetman* pouvoir de vie et mort sur lui pour la durée d'une campagne, mais malheur à celui qui voudrait exercer une autorité absolue en temps de paix.

Cette petite altercation avait créé une certaine tension entre les deux amis. Nikita se mit à rire.

— De toute manière, mon cher Cosaque, tu seras le bienvenu dans mon pauvre domaine. J'ai ordonné à mon intendant de t'installer chez moi et de s'occuper de toi. Je regrette de ne pouvoir t'accompagner.

Il marqua un temps, puis adressa à Andreï un regard appuyé.

— A propos, je compte sur toi pour ne pas contaminer mes paysans avec tes idées cosaques... Ni mes paysannes.

Donc, il était au courant. Andreï, gêné, baissa les yeux vers ses bottes. Au moment où ils se séparèrent, il se dit qu'à Moscou, on ne pouvait jamais savoir ce que les gens savaient et ce qu'ils ne savaient pas.

Russka.

Sans doute était-ce ce à quoi il s'attendait.

Le printemps était arrivé et la glace avait fondu au centre de la rivière ; près des berges, les femmes s'agenouillaient encore devant des trous creusés dans la glace pour laver leur linge, en vue des murs pâles du monastère. De petits bourgeons verts apparaissaient déjà sur les arbres, alors que la neige n'avait pas fini de fondre à leur pied. Juste à côté des murs de Russka, un parc à bestiaux formait déjà une mare de boue.

Le voyage avait été étrange — Mariouchka et l'intendant dans une carriole légère à deux roues, et Andreï à cheval. En dépit de l'humidité, les pistes dans la forêt demeuraient carrossables et ils allaient à belle allure.

L'intendant était morose. De temps en temps, comme pour prouver qu'il était un personnage intéressant, il engageait la conversation avec Andreï. Mais celui-ci le décourageait poliment et gardait ses distances. Il se montrait aussi distant avec Mariouchka, et il entendit l'intendant grommeler à sa femme :

— Il est pas liant ce gars-là.

Andreï partait parfois devant au trot, ou bien restait à la traîne et regardait les deux têtes du couple de l'arrière ; la plupart du temps, il restait à la hauteur de la carriole. Il regardait Mariouchka à la dérobée : elle avait toujours les yeux fixés droit devant elle. Et comme elle était pâle !

Deux fois, pendant que son mari conduisait les chevaux à la rivière pour les faire boire, elle avait rejoint Andreï aussitôt.

— Vite. Prends-moi. Tout de suite.

Dans l'humidité glacée de la forêt, ils avaient fait l'amour à la sauvette avant de reprendre leurs places respectives et leur air distant.

A Russka, Andreï devait loger dans la maison de Nikita près de l'église, alors que l'intendant habitait au Bourbier. En arrivant en ville, Mariouchka lança à son mari :

— Je n'ai pas envie de servir ce maudit Cosaque.

— Tu feras ce qu'on te dira, bougonna-t-il. Le maître m'a ordonné de m'occuper de lui, un point c'est tout. Il repart dans deux jours, ajouta-t-il en guise d'encouragement.

Et elle avait obéi en faisant la moue.

Le Bourbier, où l'intendant conduisit Andreï en premier, n'était guère différent des hameaux ordinaires qu'il avait vus en chemin. Conservait-il des parents ? Personne ne semblait se souvenir de son grand-père, qui s'était enfui quatre-vingts ans plus tôt. Puis une vieille lui confirma qu'effectivement un jeune homme avait disparu quelques années avant sa naissance. Un descendant de la famille vivait encore à l'autre bout du hameau. Bientôt, Andreï se trouva en face d'un paysan râblé au visage avenant couronné d'une épaisse tignasse brune. Il vivait dans une des cabanes avec ses quatre enfants. Ils écoutèrent le Cosaque raconter son histoire, l'accueillirent à bras ouverts, admirèrent ses beaux vêtements et lui apprirent qu'en fait il était parent, plus ou moins lointain, avec la moitié des habitants du village, y compris la mère de Mariouchka.

— Et tu es libre ? Tu possèdes une ferme à toi ? Tu n'es pas serf ? demanda son cousin émerveillé.

Andreï le confirma, et l'expression d'envie qui se peignit sur le visage de l'homme lui serra le cœur.

La visite du monastère lui plut. Les moines et les artisans de

Russka faisaient encore des icônes, mais ne recherchaient plus un style personnel depuis plusieurs générations ; ils se contentaient de copier les œuvres d'autres artistes : Vierge aux couleurs vives à la manière des maîtres de Stroganov, et de grands Christ Maître du Monde, les Pantocrator, à la manière de Moscou. Il remercia les moines de leur gentillesse et fit un don avant de partir.

Les dernières vingt-quatre heures furent difficiles. Ne serait-ce qu'à cause du danger d'être découvert.

Andreï n'avait pas peur pour lui-même — il était cosaque — mais il devinait en Mariouchka un désespoir exacerbé qui lui faisait craindre qu'elle ne se livre à quelque extravagance.

Mais elle était rusée. Elle se plaignit aux voisins et aux gens de la ville d'être obligée de faire le ménage et la cuisine pour le Cosaque. Elle s'affairait en ronchonnant quand il n'était pas là, et dès son retour, elle faisait croire qu'elle avait hâte de s'en aller.

Cependant, les deux jours, elle s'était glissée sans bruit dans son lit aux petites heures du matin, et elle avait réussi à faire l'amour quatre autres fois avec lui, furtivement mais avec passion, quand personne ne pouvait les voir.

Plusieurs fois, elle lui avait chuchoté :

— Emmène-moi. Emmène-moi en Ukraine.

C'était impossible.

— Tu as un mari.

— Je le déteste.

— Et je vais partir en campagne.

L'aimait-elle ou représentait-il seulement un moyen de fuir ? Il n'en savait rien. Et peu lui importait. Car même si s'enfuir avec Mariouchka avait été possible, il ne voulait pas d'elle.

Mais elle ne renonçait nullement : elle posait sa question, attendait quelques heures, puis la posait de nouveau.

— Emmène-moi, mon Cosaque. Emmène-moi. Tu ne m'auras pas sur les bras. Je disparaîtrai et ne te ferai aucun ennui. Je ne te demande que de m'emmener d'ici. Ne me laisse pas à Russka.

C'était cette litanie qu'il commençait à redouter.

Puis, le deuxième après-midi, alors qu'il s'attendait au même refrain, elle s'adressa à lui avec un calme apparent :

— As-tu de l'argent, Cosaque ?

— Un peu. Pourquoi ?

Elle le regarda, puis fit la moue.

— Je crois que je vais avoir un enfant.

— Tu es enceinte ?

— Je n'en suis pas sûre, mais c'est possible... Le sang n'est pas venu.

— Et il est à moi ?

— Bien sûr.

Il baissa les yeux.

— Je sais que tu ne m'emmèneras pas.

Sa voix était monocorde ; jamais il n'avait été témoin de semblable tristesse.

— Un Cosaque peut faire ce qu'il veut, dit-elle, mais tu ne veux pas de moi. De toute façon, ce n'était qu'un rêve.

Il garda le silence.

— Mais si tu as de l'argent, reprit-elle, tu peux au moins me donner ça.

— Tu n'es peut-être pas enceinte, suggéra-t-il avec une lueur d'espoir dans la voix.

— Peut-être.

Était-ce un coup monté ? Non, il ne le croyait pas.

— Mais... Tu veux le garder ?

— Je préfère en avoir un de toi que de lui.

— Ne devinera-t-il pas ?

Elle haussa les épaules.

— On verra bien.

Il avait une somme assez importante, dont une partie en argent polonais et l'autre en monnaie russe. Il lui donna toutes les pièces russes.

— Merci... Mais tu peux encore reprendre l'argent et m'emmener où tu vas, lui dit-elle avec un sourire amer.

— Non.

Ils ne parlèrent ni l'un ni l'autre pendant une longue minute. Andreï remarqua qu'elle pétrissait la petite bourse de cuir entre ses doigts et comprit qu'elle pleurait en silence. Il ne s'approcha pas d'elle, de peur d'aggraver son chagrin.

Quand elle parla, à travers ses larmes, sa voix n'était guère qu'un gémissement étouffé.

— Tu ne sais pas, n'est-ce pas, Cosaque ? Tu ne sais pas ce que c'est d'être seul.

— Je suis souvent seul, répondit-il, non pour se justifier mais pour la consoler.

Elle secoua la tête.

— Tu es seul avec de l'espoir. Tu risques la mort, mais tu vis une aventure. Tu es libre, Cosaque, libre comme l'oiseau sur la steppe. Mais ne vois-tu pas que je suis seule avec rien ? Seulement le ciel... Seulement la terre... Et pas d'issue. C'est tellement horrible de savoir qu'il n'y a aucun moyen d'en sortir. De savoir qu'on sera seule jusqu'à la fin de ses jours.

Il songea à la mère de Mariouchka, au village du Bourbier, à l'enfant qu'elle allait avoir.

— Tu n'es pas seule, dit-il.

Elle ne répondit pas.

— Je m'en vais, murmura-t-elle. Quand partiras-tu ?

— A l'aube.

Elle inclina la tête puis se força à sourire.

— Souviens-toi de moi.

Elle avait à la main une écharpe rouge vif, et comme toutes les femmes de Moscovie, elle s'en enveloppa la tête avant de partir.

Le ciel était dégagé, d'un bleu pâle splendide, quand il prit la route du sud au petit matin. A trois kilomètres de Russka se trouvait une vaste prairie défrichée par le monastère quelques décennies plus tôt. Ce fut là qu'il la vit, à l'orée du bois, avec son écharpe rouge. Pendant un instant, il fut tenté de se diriger vers elle, mais il se ravisa. Mieux valait continuer.

Un peu plus tard, il se retourna.

Elle était encore là, minuscule tache rouge sur l'étendue verte, silhouette solitaire sur la plaine infinie. Elle le suivit des yeux jusqu'à ce qu'il ait disparu.

Le sud : il verrait bientôt la steppe, les fermes au toit de chaume, les champs de blé ondulant au vent.

Quel pays étrange, plein de contradictions, cette Moscovie ! Mais il le quittait et son esprit s'éclairait, comme si une porte venait de s'ouvrir dans une pièce noire.

Il songea à sa jeunesse, à Anna. Puis à son vieil ami Stepan le Bœuf. Il ne le reverrait sans doute plus.

La liberté, voilà ce qui comptait. La vie était belle. Il était beau, à n'en pas douter. Il caressa sa moustache, une vraie moustache de Cosaque.

Le soleil se leva.

Pierre

Ce n'était pas la première fois que l'on croyait venue la fin des temps, mais dans la seconde moitié du XVIIᵉ siècle se produisit un événement de si mauvais augure que le peuple crut l'Apocalypse imminente et y vit l'intervention de l'Antéchrist.

Pour comprendre la Russie, il faut se souvenir que même si la situation évolue vite au centre, où sont introduites les nouvelles idées, le reste de l'immense pays ne change que très lentement. Il existe donc presque toujours un énorme décalage entre ce qui se dit et ce qui se fait. Et la réaction de l'arrière-pays aux événements du centre se produit souvent avec un tel retard qu'elle semble un écho lointain, survenant longtemps après qu'on a oublié le bruit dont il provient.

Les historiens discutent encore des origines du cataclysme qui devait marquer la fin de l'ancienne Moscovie, mais pour les Moscovites de l'époque, tout commença en 1653, avec la réforme de l'Église par le patriarche Nikon. Il s'agissait de la façon dont les Russes faisaient le signe de croix.

L'Église orthodoxe russe, isolée du reste de la chrétienté pendant des siècles, avait instauré des pratiques qui n'allaient pas dans le sens du grand courant de l'orthodoxie. Par exemple, les Russes chantaient deux alléluias au lieu de trois et faisaient plus de génuflexions que les autres. Leurs textes étaient criblés de fautes, et même le nom de Jésus était mal épelé. Mais de toutes ces différences, la plus visible était leur façon de se signer.

Les orthodoxes ne font pas le signe de croix de la gauche vers la droite, comme les catholiques romains, mais de la droite vers la gauche ; en outre, les orthodoxes russes se signaient avec deux doigts, geste qu'ils jugeaient pur et originel. Or Nikon s'était mis en tête d'imposer le signe de croix, à la grecque, avec trois doigts, en même temps qu'il effectuait d'autres corrections textuelles et liturgiques.

L'austère patriarche était pressé — les réformateurs russes l'ont toujours été. Il fit bâtir près de la capitale un grand monastère qu'il appela Jérusalem, et il rebaptisa Jourdain la rivière voisine. Il projetait d'y installer cinq trônes pour réunir les cinq patriarches de l'Église orthodoxe, avec le patriarche russe au milieu.

Sa soif de pouvoir ecclésiastique causa sa chute. Le tsar Alexis, souvent en campagne, lui avait confié le gouvernement en son absence, et lui avait même conféré le titre de Grand Souverain. Bientôt, Nikon se mit à suggérer, comme les papes du Moyen Age, que le patriarche et l'Église avaient autorité sur le tsar et l'État. Ni Alexis ni les boyards ne pouvaient tolérer une idée pareille. Le puissant Nikon fut exilé dans un lointain monastère.

Mais ses réformes demeurèrent.

Dès le début, en 1653, il s'était heurté au clergé conservateur, opposé à tout changement. Le patriarche éloigna dans le grand nord le plus connu d'entre eux, l'archiprêtre Avvakoum, mais l'opposition continua.

En 1666, le grand concile réuni pour régler le débat décida de déposer le patriarche, jugé trop ambitieux, mais maintint ses réformes et notamment le signe de croix à trois doigts au lieu de deux. Ceux qui refusèrent ces pratiques furent traités en hérétiques et excommuniés.

Cette décision marque le début d'un grand schisme dans la société russe, le *Raskol*, et l'apparition sur la scène de l'histoire d'un nouveau groupe important, qui porterait au XIXe siècle le nom de vieux-croyants, mais qu'on désignait à l'époque sous le nom générique de tous les dissidents religieux : les *raskolniki*, les schismatiques.

On a parfois considéré que les réformateurs représentaient le progrès et que les *raskolniki* étaient seulement des prêtres obscurantistes soutenus par des paysans illettrés. Il n'en est pas ainsi. En fait, les nouvelles traductions de Nikon avaient été faites avec une telle hâte qu'elles contenaient de nombreuses incohérences, et la nouvelle liturgie insistait sur des détails que les patriarches des autres Églises orthodoxes jugeaient insignifiants. Quant aux *raskolniki*, ils comptaient dans leurs rangs de nombreux marchands cultivés et des paysans aisés. Dans une Église où la tradition avait toujours compté davantage que l'analyse des textes et les preuves logiques, leurs objections au changement avaient beaucoup de poids.

Telle était la querelle au centre. Mais comment savoir quel écho en renverrait l'arrière-pays ?

Car ce n'était pas le seul problème.

1670

Cet été-là, la petite ville de Russka, normalement calme, était toute en émoi.

Les rebelles arrivaient.

Ne sachant à quel saint se vouer, les moines décidèrent de suivre l'avis de l'abbé, mais celui-ci ne savait pas lui-même s'il valait mieux défendre le monastère ou ouvrir ses portes. En ville et dans le hameau voisin du Bourbier, l'opinion était également partagée. Plus d'un jeune estimait que l'arrivée de Stenka Razine serait une libération.

— Il va donner la liberté aux paysans, disaient-ils. Il pendra les Bobrov et la terre nous appartiendra.

Les gens plus âgés se montraient circonspects.

— Ces Cosaques tomberont sur nous comme une pluie de sauterelles, ronchonna un petit marchand.

Personne ne savait au juste où ils étaient. De l'autre côté de la Volga, pensaient certains ; près de Nijni-Novgorod, prétendaient d'autres ; ils ont déjà traversé l'Oka, annonçaient les alarmistes.

Et qu'en était-il de leur chef, le Cosaque Stenka Razine ? En quelques années, son nom était devenu légendaire.

— Il régnera à Moscou, disait-on. Comme un vrai tsar.

Dans cette atmosphère tendue, les petits enfants du Bourbier inventèrent un nouveau jeu, qui consistait à taquiner une jeune fille calme et sérieuse de seize ans. Elle ne faisait guère attention à eux, bien que leur question, lancée au milieu de gloussements et d'éclats de rire, lui fît plus mal qu'ils ne l'imaginaient. Elle s'appelait Arina et la question était toujours la même :

— Arina, est-ce vrai que Stenka Razine est ton père ? Est-ce qu'il vient pour nous sauver ? Est-ce vraiment ton père qui vient ?

Cela lui faisait mal parce qu'elle ne le savait pas.

Qui était son père ? Personne ne voulait le lui dire.

Jusqu'à l'âge de cinq ans, elle avait supposé que c'était l'intendant : après tout, la vieille Elena et elle vivaient sous son toit. Il était sévère, aigri, et même s'il lui arrivait de prendre Arina sur ses genoux, elle sentait bien qu'il ne l'aimait pas. Mais quand elle eut cinq ans, il mourut, et elles allèrent habiter dans la grande isba de son oncle. Ce fut peu de temps après qu'une fillette lui lança :

— Ton père était un Cosaque.

Elle ne comprit pas, et quand elle en parla à sa grand-mère, la vieille Elena lui répondit simplement :

— Quelle bêtise !

Arina comprit vite qu'il y avait en elle quelque chose d'étrange, d'anormal. On chuchotait dans son dos, on ricanait. Et quand elle eut sept ans, Elena lui avoua carrément :

— L'intendant n'était pas ton père. Ton père était un Cosaque. C'est tout. Et n'en parle à personne.

Elle n'en parla donc plus. Mais elle avait compris ce jour-là que dans l'esprit des gens du village, cet étrange et invisible Cosaque dans son passé demeurait comme un stigmate sur elle.

Un Cosaque... Qu'est-ce que cela signifiait ? Jamais elle n'en avait vu, mais elle savait qu'ils étaient sauvages, terrifiants ; ils ne laissaient sur leur crâne rasé qu'une seule houppe de cheveux et portaient de longues moustaches ; surtout, ils montaient à cheval comme les Tatars. Était-il vraiment possible qu'un de ces diables soit son père ? Une fois, d'une voix hésitante, elle avait demandé à sa grand-mère à quoi il ressemblait.

— A un Cosaque. Brun. N'y pense plus, avait répondu Elena sèchement.

Une année s'était écoulée avant qu'Arina ose demander comment il s'appelait.

— Je ne sais pas. Ça n'a aucune importance, répliqua la vieille Elena, agacée. Qu'est-ce que ça change ? Il est probablement mort, et même s'il ne l'est pas, tu ne le verras jamais de toute manière.

Sensible à la déception d'Arina, elle ajouta cependant :

— T'en fais pas, ma petite colombe, tu as ici toute la famille dont tu as besoin, Dieu merci.

C'était la vérité. Outre son oncle — le frère de sa mère — la moitié du village semblait associée à elle par quelque lien de parenté. Même le prêtre qui desservait la petite église de bois du Bourbier était un cousin éloigné ; ainsi que deux marchands de Russka. Non, Arina estimait qu'elle n'avait aucune raison valable de se sentir seule.

La vie dans le village était souvent dure : un paysan devait s'attendre à souffrir. Les vieux rappelaient aux jeunes les années sombres de la fin du règne d'Ivan le Terrible et le « temps des Troubles » qui avait suivi. Deux fois au cours de la courte vie d'Arina, il n'y avait pas eu de récolte et le village avait failli mourir de faim. Une année, on avait appris que d'énormes meutes de loups — trois mille — avaient envahi la ville de Smolensk, dans l'ouest, et écumaient les rues en quête de nourriture.

Mais le plus grand fléau était la guerre. Elle ne semblait jamais finir. Comme on le craignait, elle avait éclaté avec la Pologne du jour où le tsar avait pris l'Ukraine sous sa protection. Depuis treize ans, pas une saison ne s'était écoulée sans qu'un groupe de jeunes hommes quitte Russka pour entrer dans l'armée du tsar. Et beaucoup ne revenaient pas.

Le village avait eu la malchance que Nikita Bobrov fasse un bon mariage — juste après la naissance d'Arina — car ce qui était bon pour le maître ne l'était certainement pas pour le Bourbier.

— Il possède d'autres domaines, à présent, se plaignait Elena. Peu lui importe que la moitié de ses hommes se fassent tuer. Il les confie à des Allemands et des hérétiques qui les mènent comme du bétail à l'abattoir, et il s'en fiche.

Pour obtenir la faveur du tsar, Nikita fournissait un grand nombre de serfs de ce village — où il ne se rendait jamais — et les jeunes Russes se trouvaient alors sous les ordres des officiers étrangers de l'armée. Pendant toute la jeunesse d'Arina le village n'avait vécu qu'à demi en attendant le retour d'hommes qui ne revenaient jamais.

La famille d'Arina n'avait pas été touchée. Son oncle ne partit pas à la guerre, ni ses trois fils quand ils en eurent l'âge. L'oncle d'Arina était le seul homme du Bourbier qui n'ait jamais emprunté d'argent aux Bobrov pour payer l'impôt, et la famille avait même engagé un journalier pour l'aider dans les champs.

Arina comprit par la suite que son oncle graissait la patte à l'intendant. L'ancien intendant était un paysan comme eux, mais à sa mort, Nikita Bobrov l'avait remplacé par un serf. L'oncle avait pu éviter la conscription de ses fils en lui donnant de l'argent. La fillette en fut choquée.

— N'est-ce pas mal ? demanda-t-elle à Elena.

— Peut-être, répondit la grand-mère. Mais félicite-toi qu'il le fasse.

— Où l'oncle trouve-t-il l'argent ?

— Ne le demande jamais.

— Mais c'est pas juste, insista Arina.

Elena lui lança un sourire amer.

— Souviens-toi du proverbe : « Le loup est tout près, mais par une nuit sombre et froide, le tsar est très loin. » Ne te soucie donc pas tant du bien et du mal, occupe-toi de survivre.

La famille se montrait gentille pour Arina, et elle se rendait utile. Elle préparait la nourriture qui cuirait sur le gros fourneau toute la nuit, et elle salait la viande pour la conserver durant les longs hivers. Quand un de ses cousins fit un beau moule à pain d'épices, elle l'aida à dessiner le paon qu'il y sculpterait. Elle brodait bien.

N'était-il pas étrange, étant donné la beauté de ses parents, qu'elle fût si ordinaire ? D'Andreï, elle avait hérité les cheveux bruns, et de sa mère, une certaine grâce des gestes. Mais c'était tout. Elle avait le teint pâle, un nez trop long, des yeux qui louchaient légèrement et une petite verrue au menton, sur la gauche. Mais cette absence de charme physique était rachetée, quand elle acceptait de le montrer, par un sourire d'une extraordinaire douceur.

Pour compenser sa naissance honteuse, Elena l'avait élevée de façon très stricte. A tous les offices possibles, on voyait la grand-mère et la petite-fille se rendre dans les églises du Bourbier, de Russka ou du monastère. Elles ne levaient même pas les yeux quand elles se signaient, devant la porte, puis à l'intérieur. Devant chaque icône, elles allumaient un cierge et disaient une prière.

Arina aimait par-dessus tout chanter dans la petite église de bois du Bourbier. De sa belle voix de contralto, le prêtre disait :

— C'est notre rossignol. Dieu ne lui a pas donné la beauté du visage, mais celle de la voix et de l'esprit. Qu'Il en soit loué.

Sa grand-mère se félicitait de la voir portée sur la religion :

— Tu ne te marieras jamais, disait-elle.

A cause de la guerre avec la Pologne, il y avait dans la région de Russka cinq jeunes filles pour chaque homme en âge de se marier.

— De toute manière, tu serais choisie en dernier, alors autant te faire tout de suite à cette idée.

Si Arina éprouvait quelque amertume en raison de tel ou tel aspect de sa destinée, elle ne le montrait jamais.

— Dieu merci, disait souvent Elena aux autres en sa présence. Dieu merci, elle n'est pas entêtée comme sa mère.

Sa grand-mère lui avait enseigné que la soumission et l'obéissance constituaient son seul espoir.

La vieille Elena parlait souvent de Mariouchka. Elle l'avait tellement aimée qu'elle ne pouvait pas s'en empêcher. Le souvenir de sa fille continuait de la hanter malgré le passage des années.

— C'était une beauté, personne ne peut dire le contraire.

Le crime de sa mère, découvrit Arina, n'était pas tant son aventure avec le Cosaque. Ce genre de chose n'est pas bien, mais cela peut arriver. Son crime, c'était d'être une forte tête.

— L'intendant, comprends-tu, ne savait pas qu'il n'était pas ton père. Au début, je veux dire, lui expliqua Elena.

Il ne l'aurait jamais su s'il n'avait pas continuellement battu Mariouchka.

— Chaque fois que quelque chose l'énervait, il lui tapait dessus. A coups de poing. Elle aurait dû le supporter sans rien dire, comme toutes les femmes, mais non... Il a fallu qu'elle perde patience, un jour, tu venais à peine d'être sevrée. Elle lui a dit ce qu'elle pensait de lui. Et elle lui a dit qu'il n'était pas ton père.

Elle soupira.

— Ah, Mariouchka, ma pauvre colombe... Elle m'a dit : « Ça y est, je l'ai fait. » Et puis : « Je le connais, il prendra son temps, mais il me tuera. » Je lui ai répondu : « Oui, je crois que tu as raison. » Elle m'a dit : « Tu t'occuperas d'Arina. » Le lendemain matin, sans même me dire au revoir, elle était partie.

L'intendant avait aussitôt décidé que puisque la fille l'avait quitté ainsi, la mère devait tenir son ménage. Elena avait accepté, car il représentait le maître.

— Mais ne vous avisez pas de me battre, hein ? Je ne suis pas votre femme.

Le village avait supposé que Mariouchka s'était enfuie à cause de la cruauté de l'intendant, et personne n'aurait soupçonné l'aventure avec le Cosaque si l'intendant lui-même ne l'avait pas crié sur les toits au cours d'une de ses rages d'ivrogne.

— Que Dieu le maudisse, avait lancé Elena. Peu lui importe de se déshonorer du moment qu'il peut salir Mariouchka. Ma pauvre fille...

— Où est-elle allée ? demandait Arina.

— Comment le saurais-je ? Dans la steppe. Ou de l'autre côté de la Volga.

— Et elle y est en ce moment ?

— Peut-être. Si les loups ne l'ont pas mangée.

— Est-ce qu'elle reviendra ? demandait parfois la fillette, refusant de désespérer.

En fait, Elena était certaine que Mariouchka était morte. Comment une femme partie seule à l'inconnu pouvait-elle survivre ? Au mieux, elle avait été capturée et travaillait avec les serfs d'un autre domaine.

— Non, elle ne reviendra pas, répondait-elle. Pour quelle raison ?

Jamais elle n'avait osé l'avouer, mais Arina avait toujours cru que sa mère reviendrait un jour. Parfois, pendant la moisson, quand elle regardait la longue ligne des femmes courbées dans les champs, la faucille à la main, elle se disait qu'une d'elles allait se relever soudain, s'avancer vers elle et lui dire en souriant :

— Tu vois, ma petite colombe, je suis quand même revenue.

Stenka Razine arrivait.

Il y avait déjà eu des révoltes de ce genre, et il y en aurait d'autres par la suite, mais aucune n'entra dans la légende russe avec autant de panache que celle de Stenka Razine en 1670. Peut-être parce que ce fut le dernier cri authentique de la vieille Russie libre des espaces vides.

Le soulèvement avait débuté très loin, parmi les Cosaques du Don, amoureux de la liberté. Leur système démocratique s'était effondré à l'apparition d'une nouvelle classe de Cosaques riches qui ne se souciaient guère de leurs frères pauvres. Les Cosaques pauvres et les paysans s'étaient ralliés vers 1665 à un chef de bande audacieux connu sous le nom de Stenka Razine, qui opérait dans les terres méridionales entre la Volga et le Don.

Les raids locaux des premières années se transformèrent vite en insurrection organisée. Stenka Razine promit d'établir partout des assemblées du peuple comme en possédaient naguère les Cosaques, et il remonta la vallée de la Volga en s'emparant d'une ville après l'autre. Au début de l'été 1670, l'armée rebelle devenue énorme contrôlait plus de la moitié de la Russie du sud-est et semblait prête à marcher sur Moscou et le cœur du pays.

Le village se souvint aussitôt du père d'Arina.

— Le père d'Arina arrive, crièrent les jeunes gamins.

Les plus âgés, plus malins, ajoutaient :

— Combien de butin possède Stenka Razine, Arina ? Tu vas devenir riche.

Les taquineries durèrent plusieurs semaines, et la jeune fille se referma davantage sur elle-même.

Puis, soudain, ce fut fini. Au début de l'automne, le tsar envoya une armée qui écrasa les rebelles. Le héros de la démocratie s'enfuit vers le Don, où le parti des riches Cosaques s'empara de lui pour le livrer au tsar. Il fut exécuté sur la place Rouge au mois de juin suivant.

— Le tsar a tué le père d'Arina, crièrent les gamins, ravis.

Elle essaya de n'en faire aucun cas. Mais longtemps après que les enfants eurent oublié leurs brimades, Arina demeura triste.. La mort de l'audacieux Razine fut en un sens une perte pour elle, car elle lui rappela qu'un autre Cosaque, son père, avait disparu de sa vie des années plus tôt. Et cela l'incita à poser une nouvelle question à la vieille Elena.

— Le Cosaque, mon père... Savait-il que ma mère allait m'avoir ?

— Peut-être, répondit Elena à regret.

— Alors, pourquoi n'est-il pas venu la revoir ? N'avait-il pas envie de me voir, moi ?

Arina crut d'abord que sa grand-mère n'avait pas entendu sa question, car aucune réponse ne vint. Puis elle dit simplement :

— Non.

Arina n'ajouta rien. Elle se promit de ne plus aborder le sujet. De toute évidence, ni son père ni sa mère ne l'avaient aimée. Elle supposa qu'elle ne méritait pas leur amour.

Il ne lui vint pas à l'esprit que si Elena avait marqué un si long temps de silence avant de répondre, c'était parce qu'elle allait dire un mensonge.

1654

Seize ans auparavant, en 1654, il y avait trois Russies. La première, la Grande Russie, était la Moscovie des tsars. La deuxième, que les Moscovites appelaient la Petite Russie, n'était autre que l'Ukraine. La troisième était constituée par une vaste bande de territoire d'environ trois cents kilomètres de largeur à l'ouest du grand R des fleuves russes, plus précisément, la région à l'ouest de la ville ancienne de Smolensk, jusqu'aux marais de Pologne. Gouvernée jadis par les princes de Rus, elle était tombée depuis longtemps aux mains des Polonais. Les Moscovites appelaient ce territoire russo-polonais de l'ouest : la Russie Blanche.

C'était de Russie Blanche qu'Andreï revenait, en cette journée de la fin de l'été 1654.

Le jeune Cosaque venait de vivre une année riche en événements. Bogdan et son conseil, après des négociations méfiantes, avaient enfin associé l'Ukraine à la Moscovie, aux termes d'un accord qui accordait à la noblesse cosaque des domaines énormes. Inutile de le préciser, les simples paysans d'Ukraine n'avaient rien obtenu.

En mars, Andreï avait repris le chemin de Moscou pour le mariage de Nikita Bobrov avec une riche héritière. Le Russe avait fait à son ami cosaque une grande faveur : il avait obtenu qu'Andreï l'accompagne quand l'armée moscovite était partie en campagne contre les Polonais.

La guerre avec la Pologne, rendue inévitable par l'annexion de l'Ukraine, faisait partie d'un plus vaste et plus long projet, qui justifiait la présence des officiers étrangers qu'Andreï avait vus à Moscou. Il s'agissait de frapper un grand coup.

— Nous allons attaquer la Russie Blanche, confia Nikita à son ami.

La campagne fut un succès. Au sud, les Cosaques de l'Ukraine franchirent le Dniepr, et au nord, l'armée russe avança de Moscou vers Smolensk.

Le tsar aux yeux bleus parla personnellement deux fois au jeune Cosaque valeureux, et à son retour à Moscou, Andreï apprit qu'on lui avait accordé un domaine.

Nikita demanda à son ami de rester dans la capitale, où il habitait avec son épouse une maison beaucoup plus vaste, mais ils apprirent à leur arrivée qu'une épidémie venait de se répandre.

— Le bruit court que l'on va fermer les appartements de la famille du tsar au Kremlin. La tsarine et son entourage quittent la ville. Il faut que je parte, Andreï. Pourquoi ne vas-tu pas voir ton nouveau domaine en Petite Russie ?

Andreï avait suivi son conseil. Et il avait décidé de passer par Russka.

Nikita, qui ne s'était pas rendu sur son domaine depuis plus d'un an, n'avait rien pu lui apprendre sur Mariouchka. Oui, il croyait que la jeune femme de son intendant avait eu un enfant, mais il n'en était pas certain.

Andreï se sentait d'humeur étrange. Tout allait très bien pour lui. Il devenait riche. Mais le mariage de son ami et deux ou trois incidents pendant la campagne, où il avait vu la mort de près, lui avaient rappelé qu'il était encore seul à presque trente ans. « Cet enfant, s'il existe, se disait-il, sera tout ce que je laisserai au monde. Même si je peux pas dire qu'il est à moi, j'aimerais le voir. »

Il décida d'apporter des présents.

Souvent, il se sentait mélancolique. Un jour, à la sortie d'un village sur la Kliasma, il vit un radeau amarré au milieu du courant. A son mât, au bout d'une corde à laquelle était fixé un gros crochet de fer, pendait le cadavre d'un homme. Sans doute un voleur, car ce genre de mort était le châtiment habituel des Moscovites pour les pirates des rivières. Mais en s'avançant, Andreï s'aperçut, au pantalon bouffant et aux moustaches tombantes, qu'il s'agissait d'un Cosaque.

Un Cosaque. Un frère. Mais non, bien sûr. Pas un frère. « Il était pauvre, je suis riche. »

La scène emplit Andreï d'un sentiment de désolation.

Trois jours plus tard, il arriva à Russka.

Il rencontra Elena dans les bois à une verste de la petite ville. Elle le reconnut aussitôt, mais son visage buté ne trahit ni plaisir ni intérêt.

— Mariouchka a eu un enfant ? demanda-t-il après l'avoir saluée.

— Oui.

— Un garçon ?

— Une fille.

— Où sont-elles ?

— Le bébé est au village. Mariouchka, Dieu seul le sait.

Elle expliqua dans quelles circonstances sa fille était partie. Andreï en fut horrifié.

— Elle est partie comme ça, à pied ?

— Dans la forêt. Ou peut-être sur la steppe. A présent, elle doit être morte.

— Peut-être pas, dit-il.

— Peut-être pas.

Il la regarda longuement.

— Il faut que je voie l'enfant.

— Pourquoi ?

C'était difficile à expliquer. Mais il y tenait absolument.

— N'y allez pas, insista la vieille femme. Il est au courant...
L'intendant. S'il vous voit, cela nous rendra la vie plus difficile,
surtout à l'enfant.

A regret, Andreï consentit : elle avait sans doute raison.

Il prit une bourse d'argent qu'il comptait donner à Mariouchka. Il
avait également un bracelet d'or orné d'une grosse améthyste.

— Vous donnerez cela à la petite fille, quand elle se mariera.

Elena prit les cadeaux sans commentaire.

— Adieu, dit-elle d'un ton rogue.

Il baissa les yeux vers elle, gêné.

— Je regrette, murmura-t-il enfin.

Elle le regarda. Il n'y avait dans ses yeux aucune lueur de pardon.
Elle cracha par terre.

— Vous regrettez quoi ?

Il ne répondit pas.

— Allez-vous-en, maintenant, Cosaque, lança-t-elle d'une voix qui
n'était pas chargée de haine mais simplement de mépris.

Andreï lui rendit son regard hostile. Pendant une seconde, le mot
« Cosaque », et surtout le ton sur lequel il était dit, l'agaça. « Est-ce
que je mérite d'être méprisé par une paysanne russe ? » se demanda-
t-il, furieux.

La vieille Elena dut lire dans ses pensées, car elle reprit la parole :

— Connaissez-vous, monsieur le Cosaque, la seule différence entre
vous et un Russe ? C'est que vous pouvez prendre votre cheval et
partir.

De nouveau, elle cracha par terre.

— L'intendant se saoule et bat Mariouchka. Vous, vous la mettez
enceinte et vous filez sur la steppe. Nous, les femmes, nous souffrons.
Et nous restons. Comme la terre. Vous nous piétinez, mais sans
nous, vous n'êtes rien. Dieu nous fait vous désirer ; nos yeux nous
font vous mépriser.

Andreï inclina la tête. Il comprenait. C'était la voix éternelle de la
femme russe.

Il s'en alla sans un mot, n'espérant plus revoir sa fille. Il avait
franchi plusieurs kilomètres quand il s'aperçut qu'il avait oublié de
demander son nom.

Elena ne parla pas à Arina de la visite de son père. Elle cacha
l'argent et le bracelet sous le plancher. « Pourquoi chercher des
ennuis ? se dit-elle. Si l'intendant voit cet argent, il le voudra. Quant
au Cosaque, il vaut mieux qu'Arina ne pense pas à lui. » Les années
passèrent, et quand elle vit qu'Arina ne serait jamais assez jolie pour
trouver un mari, elle donna l'argent à son fils, qui s'en servit pour
graisser la patte à l'intendant.

1677

La vie d'Arina avait été irréprochable. De quoi donc avait-elle
peur ?

A vingt-trois ans, elle n'était pas mariée, n'avait jamais été fiancée et savait qu'elle ne le serait jamais. En devenant femme, elle n'avait pas embelli, au contraire. La verrue de son menton avait grossi. Cela ne la défigurait pas. Elle n'était pas vraiment laide, mais quand on s'approchait d'elle, on ne pouvait pas ne pas voir sa verrue. « Dieu l'a voulu ainsi dans Son infinie sagesse, se disait-elle, pour me rappeler la vertu d'humilité. » Elle priait chaque jour. Elle se rendait utile. Elle n'avait aucun ennemi à Russka, ni au Bourbier. Et pourtant une sorte d'angoisse perpétuelle lui rongeait l'esprit. Elle avait peur qu'on la prive de son Église.

Ce n'était pas une frayeur irrationnelle : elle faisait partie des *raskolniki*.

L'évolution du schisme religieux à Russka avait été aussi lente que dans la plupart des villages de province. Le nouveau livre de prières du patriarche avait mis deux ans à atteindre le monastère. A son arrivée, l'abbé l'avait rangé dans sa cellule et refusé de reconnaître qu'il l'avait reçu. Il n'en parla jamais aux moines.

L'abbé admirait Nikon à bien des égards, mais préférait ne rien changer à ses habitudes. Dans son petit monastère, on continua de faire le signe de la croix avec deux doigts, et comme presque personne ne venait jamais de Moscou, cela passa inaperçu.

Sauf de certains moines, qui apprirent l'existence de la nouvelle liturgie et demandèrent à l'abbé ce qu'ils devaient faire. Il attendit un an avant de montrer le nouveau livre aux frères les plus âgés et les plus dignes de confiance. Ensuite, il leur fit jurer de lui obéir en toute chose. Quand Nikita Bobrov ou un membre important du clergé venaient au monastère, il célébrait le service de la nouvelle manière, mais dès qu'ils étaient repartis, il continuait comme avant. Cela dura ainsi jusqu'au grand concile de 1666.

Ensuite, même dans un petit monastère reculé comme celui de Russka, il fallut suivre les nouvelles règles. Le concile agissait avec le consentement du tsar. Tout le monde devait se soumettre.

Mais pas au Bourbier.

Personne n'était au courant. Si l'abbé le devina, il n'en dit rien. Nikita Bobrov, à qui appartenait le village, n'en avait aucune idée. Les paysans de l'endroit le savaient, mais de toute manière personne ne leur parlait.

Car la petite communauté du Bourbier avait pour prêtre un curieux bonhomme : Silas, l'arrière-petit-fils du prêtre Stepan qui avait été tué par Ivan le Terrible. Il boitait légèrement depuis un accident de son enfance. Il manquait de stature mais sa détermination passionnée lui conférait beaucoup d'autorité parmi les paysans.

Il était entré en contact avec les prêtres qui protestaient contre les réformes au cours de ses études à Nijni-Novgorod. La ville, située au confluent de l'Oka et de la Volga, demeurait une sorte d'avant-poste : au-delà de Nijni-Novgorod s'étendaient les immensités vides des forêts du nord-est, où s'étaient installées toutes sortes de communautés et d'ermites, au milieu de Russes simples qui construisaient leur maison à la hache et frappaient chaque coup au nom du

Seigneur. Près de Nijni-Novgorod vivait également la famille du principal adversaire des réformes, Avvakoum ; Silas avait rencontré une cousine de l'archiprêtre et l'avait épousée.

Il n'était guère cultivé. A Nijni-Novgorod, on lui avait appris à lire, mais ses objections aux réformes n'étaient pas le fruit d'une longue réflexion, seulement instinctives. Il avait l'impression qu'on était en train d'envahir le cœur de la Russie et de pervertir son âme.

A sa petite congrégation du Bourbier, il déclarait :

— Pour nous, les Russes, pour de simples chrétiens, frères et sœurs dans le Christ, une seule chose est importante. Ce n'est pas la science du monde, car où peuvent nous mener la science et les ruses des étrangers sinon à une vie de péché ? Ce n'est pas non plus la logique subtile, car quelle est la portée de la raison comparée à la sagesse de Dieu ? C'est l'amour. C'est la dévotion. L'ardeur de servir Dieu fidèlement, comme nous l'ont enseigné Notre-Seigneur et les saints.

Il continua de dire deux alléluias et de faire le signe de la croix avec deux doigts.

C'était dangereux. Les autorités de Moscou étaient déterminées à se faire obéir. Quand l'abbé du monastère de Solovetski, près de la mer Blanche, avait interdit à ses moines de pratiquer la nouvelle liturgie et de prier pour le tsar, l'armée avait assiégé les rebelles obstinés et les avait massacrés.

Nul ne savait combien de communautés faisaient de même en secret, mais le mouvement semblait se renforcer. Certains protestataires, comme Silas, n'avaient que des objectifs religieux ; d'autres se plaignaient des impôts élevés du tsar et des mauvaises conditions de vie. Moscou allait réagir.

Arina avait de bonnes raisons d'être inquiète.

L'inconnu apparut à Russka par une journée pluvieuse du printemps. Comme un voyageur ordinaire, il se rendit au monastère, où on lui offrit le gîte et le couvert. Il déclara qu'il se nommait Daniel, mais ne précisa rien d'autre sur lui-même. Quand les moines lui demandèrent d'où il venait, il répondit seulement :

— De Iaroslavl.

Lorsque l'abbé l'apprit, il sourit.

— Ça ne m'étonne pas, dit-il. Il y a de vrais Russes là-bas.

Comme les autres villes du nord-est — Vladimir, Rostov, Souzdal — Iaroslavl existait déjà à l'époque kiévienne. Elle se trouvait sur la boucle de la Volga, et plus au nord ne s'étendait que la vaste *taïga* jusqu'à la toundra arctique. Les armes de la ville représentaient un ours armé d'une hache.

Oui, il y avait des costauds par là-bas : des hommes simples et résolus qui n'avaient pas hésité à descendre du nord avec leurs haches et leurs faux pour chasser les Polonais de Moscovie pendant le « temps des Troubles ».

L'inconnu était l'un d'eux. Un colosse à la barbe grisonnante, avec un gros nez qui formait une tache rougeaude au milieu de son visage hirsute. Il était aussi doux dans ses gestes qu'il était fort de ses muscles.

Mais qu'était-il venu faire à Russka ? Personne n'en avait la moindre idée. Il avait un peu d'argent. De toute évidence, ce n'était pas un paysan en fuite. Il avait une petite icône, brunie par le temps, et un petit livre de psaumes qu'il semblait capable de lire. Mais il avait assuré qu'il n'était pas prêtre.

Trois jours après son arrivée au monastère, il tomba malade. La fièvre se saisit de lui et les moines crurent qu'il n'y survivrait pas. Mais il se rétablit et on le vit bientôt se promener dans la campagne environnante.

Une semaine après sa guérison, il eut un entretien privé avec l'abbé, et les moines apprirent deux choses : pendant sa fièvre, une voix lui avait ordonné de rester à Russka ; d'autre part, il savait peindre des icônes. Il avait demandé à l'abbé la permission de prendre un logement dans la ville et de travailler avec les peintres. L'abbé avait accepté.

Daniel était un artiste habile. Il travaillait sur les icônes sous la direction des autres mais ne peignait jamais les visages, prétendant qu'il n'était pas assez adroit. Il s'agissait d'icônes banales qui alimentaient le commerce du monastère et non d'œuvres d'art ; mais sa modestie plaisait aux autres peintres.

Il se tenait à l'écart. Non seulement il savait peindre, mais c'était un excellent menuisier. Il observait les jeûnes de façon stricte et passait plusieurs heures par jour à genoux, en prières. Suivant l'Ancien Testament à la lettre, il ne mangeait aucune des viandes interdites : ni veau, ni lapin, ni lièvre.

On remarqua aussi qu'il allait le dimanche à la petite église du Bourbier où le prêtre Silas célébrait la messe. Mais comme il suivait également les offices au monastère, personne n'y prêta garde.

Au Bourbier, on s'habitua vite à l'étrange colosse silencieux qui venait le dimanche. Les hommes n'avaient rien à lui reprocher et il plaisait aux femmes : il avait la réputation de travailler dur, et elles sentaient une certaine douceur, presque de la déférence, dans son attitude à leur égard. Elles décidèrent que c'était un saint homme. D'ailleurs, Silas ne pensait-il pas de même ?

— C'est un vagabond, remarqua une vieille. Un de ces quatre matins, il aura disparu.

De toute manière, il y avait en lui quelque chose de différent.

Pendant deux années, il se rendit chaque semaine au Bourbier sans dire un mot à quiconque, et personne n'en sut davantage sur lui. Sauf qu'il faisait le signe de la croix avec deux doigts.

1684

Pour Nikita, toute l'affaire avait tourné au désastre.

Cela aurait pu s'arranger malgré tout s'il ne s'était pas querellé avec ce maudit Tolstoï.

— Et maintenant, nous voici tombés en disgrâce, se lamenta-t-il à sa femme.

Que pouvaient-ils y faire ? Elle lui fit alors une proposition curieuse.

C'était d'autant plus agaçant que la famille réussissait fort bien depuis la montée des Romanov sur le trône. Le premier Romanov avait récompensé le grand-père de Nikita en lui redonnant son ancien domaine en pleine propriété héréditaire et lui avait concédé d'autres bonnes terres près du monastère. Par son mariage, Nikita lui-même avait acquis de nouveaux domaines, et il avait acheté plusieurs petites parcelles de terre au sud de l'Oka, dans la province de Riazan, au bord de la steppe, où le sol était riche et où ses intendants pouvaient employer des serfs — des hommes qui n'avaient pas pu payer leurs dettes, et des brigands tatars capturés. Ses revenus étaient excellents.

Jamais le statut de la famille n'avait été aussi élevé. Quand le tsar avait enfin aboli les anciens registres de préséances, Nikita était parvenu à entrer dans les rangs de la noblesse moscovite, statut fort convoité. Il avait même rêvé d'un poste de gouverneur de province. S'il y était parvenu, sa fortune aurait été assurée.

Sa femme et lui avaient eu le malheur trop fréquent en Russie de perdre plusieurs enfants, mais en 1668, grâce à Dieu, leur était né un robuste petit garçon qui ne donnait aucun signe de faiblesse. Ils l'avaient appelé Procope.

A la veille de la cinquantaine, donc, Nikita se trouvait en bonne santé et en bonne position. Il prenait de l'embonpoint mais ne manquait pas d'élégance. Il lui suffisait maintenant de se faire remarquer favorablement par le tsar.

Les choses avaient beaucoup changé dans la capitale. A la cour d'Alexis, devenue plus cosmopolite, plus occidentale, d'éminents personnages comme Matveiev, l'ami du tsar, encourageaient les manières de l'Europe de l'ouest ; dans l'entourage du souverain, certains se rasaient même la barbe.

Ambitieux et cultivé, Nikita était naturellement attiré par les cercles de la cour. Il plaisait au grand Matveiev, qui devint son mentor. Tout en conservant sa saine méfiance à l'égard des étrangers, Nikita remplaçait de temps en temps son caftan par un manteau à la polonaise. Il avait écouté des musiciens allemands chez Matveiev. Il allait parfois dans une église où la chorale chantait à plusieurs voix, à l'occidentale. En 1673, il avait même obligé sa femme à assister à une des nouvelles distractions organisées par le tsar : une pièce de théâtre.

Elle n'avait pas approuvé.

Elle se nommait Eudoxia — Eudoxia Mikhaïlovna Bobrova. Comme toutes les femmes mariées en Russie, elle avait pris la forme féminine du nom de son époux. En général, on l'appelait respectueusement par son prénom et son patronyme : Eudoxia Mikhaïlovna.

Elle était massive, robuste, très brune, avec un visage rond aux traits doux qui démentait son caractère impérieux. Strictement conservatrice, elle tirait vanité de sa fortune et de la haute position de son père dans l'armée. Quand il y avait des invités dans la maison, elle n'apparaissait que pour servir des alcools aux hommes à la fin de leur repas ; aussitôt après, elle les saluait puis se retirait discrètement. Mais en privé, avec les autres femmes ou son mari, elle ne se gênait pas pour exprimer ses opinions. Et en ce qui concernait les nouveautés en faveur à la cour, elles étaient arrêtées. Ces hommes sans barbe ressemblaient à des poulets plumés. La musique et le théâtre d'Occident étaient sacrilèges.

— Je vais à l'église pour entendre la parole de Dieu, disait-elle, pas des refrains polonais.

Fidèle à la mémoire de son père, elle n'éprouvait que mépris pour les officiers étrangers de l'armée du tsar.

— Tout allait bien mieux au temps d'Ivan le Terrible, se plaignait-elle.

Elle n'approuvait pas non plus la politique agressive du tsar. Pour Nikita, l'annexion de l'Ukraine et les territoires acquis à l'ouest relevaient l'honneur de la Russie. Pour sa femme, plus pratique :

— Ces guerres ne font que ruiner nos paysans.

Il devait reconnaître qu'elle avait raison. Il y avait à l'époque cent mille hommes sous les armes. Les affaires militaires absorbaient soixante-deux pour cent du budget de l'État, et comme toujours, c'étaient les paysans qui alimentaient le Trésor.

— Si cela continue, nous aurons une autre rébellion comme celle de Stenka Razine, prédisait Eudoxia.

Elle insista pour qu'ils inspectent leurs villages une fois par an, ce que Nikita trouvait d'un ennui extrême. Elle parlait elle-même aux paysans et leur donnait souvent de l'argent.

— C'est une chance que nous soyons riches, avec tous ces paysans à nourrir, disait-il, sarcastique.

Mais elle n'y prêtait pas garde.

Avec ses idées conservatrices, il était naturel qu'elle eût des sympathies pour les *raskolniki*. Elle n'était pas la seule parmi les dames de la noblesse. Un groupe de femmes éminentes, dont une qui appartenait à la famille des grands boyards Morozov, non seulement avaient soutenu les fidèles d'Avvakoum, mais étaient allées en prison pour hérésie. Cela devenait cependant de moins en moins à la mode tout en restant aussi dangereux, et Nikita avait ordonné à Eudoxia de garder ses idées pour elle.

Les ennuis de Nikita Bobrov commencèrent à la mort subite du tsar Alexis, qui laissa la cour divisée en deux factions.

De sa première épouse, il avait eu plusieurs filles et deux fils : Fiodor, de tempérament maladif, et Ivan, enfant retardé mentalement qui avait de la peau qui poussait sur ses yeux. Sa deuxième épouse, de naissance modeste, lui avait donné deux enfants en bas âge : une fille au berceau et un garçon de trois ans.

Le petit garçon s'appelait Pierre.

La puissante famille de la première épouse, les Miloslavski, n'avaient pas vu d'un bon œil l'arrivée à la cour des humbles

Narychkine, et ils détestaient par-dessus tout Matveiev, l'ami du tsar qui lui avait présenté la jeune femme.

Le jeune Fiodor devint tsar. Pierre et sa mère furent bien traités, mais les Miloslavski tinrent les rênes du pouvoir. Au premier prétexte, ils firent arrêter Matveiev. Ce gentilhomme cultivé s'était montré assez sot pour emporter un traité d'algèbre dans ses bagages : on crut qu'il s'agissait de magie noire.

La perte de ce puissant protecteur n'aurait pas suffi à entraîner la disgrâce de Nikita Bobrov. Il n'était pas assez influent lui-même pour inquiéter les Miloslavski. Avec le temps, il aurait continué son ascension.

Sans ses paroles fatales au jeune Tolstoï.

Nikita avait rencontré Pierre Tolstoï dans les jardins de la résidence d'été des tsars, le palais de Kolomenskoïé. Pourquoi cet homme lui déplaisait-il à ce point ? Il était fort et intelligent. Peut-être trop intelligent, peut-être trop rusé. Il avait dix ans de moins que Nikita, mais en savait plus long que lui, ils en étaient conscients tous les deux.

Quand Tolstoï se mit à marcher à ses côtés, Nikita ne put donc réprimer un certain agacement. Il essaya de faire comme s'il n'était pas là, sans se montrer grossier pour autant. Il ne l'écouta que d'une oreille distraite, et trois ou quatre minutes s'écoulèrent avant qu'il ne s'aperçoive que le bougre était en train de parler d'Eudoxia.

Et que racontait-il ? Schismatiques ?... Danger ?...

Nikita comprit vite qu'Eudoxia avait trop parlé. En secret, entre femmes, Dieu merci. Mais elle avait pris à son habitude la défense des *raskolniki*.

Et très discrètement, en bon courtisan et diplomate qu'il était, Tolstoï mettait Nikita en garde. Bavardages de femmes, bien entendu, mais cela avait été rapporté... Et si cela tombait dans de mauvaises oreilles...

— Nous, les maris, nous sommes toujours les derniers à savoir... avait ajouté Tolstoï, le sourire aux lèvres.

Et Nikita avait été soudain pris de fureur.

Pourquoi Tolstoï lui racontait-il tout ça ? Par pure gentillesse, ou bien s'agissait-il d'une menace ? Essayait-il d'avoir barre sur lui ?

Et en plus, il le tournait en ridicule. Car Tolstoï disait vrai, Nikita ne pouvait en douter. Eudoxia lui avait désobéi et Tolstoï lui faisait remarquer qu'il n'était pas capable de se faire obéir par sa femme.

Il aurait cependant conservé son calme sans la lueur ironique qu'il surprit dans le regard de l'importun. Sans doute Tolstoï songeait-il à l'inconséquence des bavardages de femmes, mais Nikita crut qu'il se moquait ouvertement de lui. Il explosa.

— Le diable vous emporte ! Vous croyez que je ne vois pas clair dans votre jeu ? Si vous vous mettez en tête de répandre des ragots sur ma femme, ces ragots retomberont sur vous, je vous le garantis.

Puis, sur un ton plus calme :

— Prenez garde, ou vous le regretterez.

C'était ridicule, et il le comprit avant même la fin de sa tirade. Mais il prit la réaction de surprise de Tolstoï pour une expression de mépris, et il lui tourna brusquement le dos.

Quant à Tolstoï, qui cherchait seulement à rendre service à une relation utile, il en conclut que Nikita était un ennemi juste assez important pour s'avérer dangereux. Il faudrait le neutraliser un jour.

— Comment ai-je pu me montrer si stupide ? ne cessait de se répéter Nikita.

Car les Tolstoï, quoique de petite noblesse, étaient liés aux Miloslavski par des mariages.

Nikita continua de servir le tsar et d'espérer. Il se fit des amis en haut lieu, et approcha même Basile Golitsyne, grand prince occidentalisé, qu'il aurait aimé avoir comme protecteur. De Tolstoï, aucune réaction, et il chassa donc de son esprit l'incident de Kolomenskoïé. Dans quelques années, avec un peu de chance, il obtiendrait son poste de gouverneur.

Il se trouvait dans un de ses lointains domaines, pendant l'été 1682, quand lui parvint la nouvelle de la catastrophe. Il se hâta de regagner Moscou, mais tout se passa si vite que tout était terminé avant son arrivée.

Le tsar Fiodor était mort sans enfant, et il y avait donc deux héritiers possibles : le malheureux Ivan, second fils d'Alexis avec son épouse Miloslavski ; ou le beau Pierre, âgé de neuf ans seulement, fils de l'épouse Narychkine.

Mais il existait un autre facteur que Nikita n'avait pas envisagé : le pauvre Ivan avait une sœur.

La princesse Sophie, bien en chair et avec une tête trop grosse, avait des poils sur le visage et des furoncles sur les jambes. Comme toute princesse, elle aurait dû vivre en recluse dans le palais. Intelligente et ambitieuse, elle s'y refusa et décida d'empêcher les Narychkine de chasser sa famille Miloslavski.

Au cours d'une stupéfiante série d'événements, à la faveur d'une révolte soudaine des régiments de *streltsy,* Sophie fit massacrer les Narychkine à l'intérieur du Kremlin, sous les yeux du jeune Pierre et de sa mère. On était encore dans l'ancienne Moscovie, les temps d'Ivan le Terrible n'étaient pas si lointains.

Elle fit déclarer tsars, conjointements, son frère retardé et le jeune Pierre, puis se donna le titre de régente.

L'étrange couronnement eut lieu fin juin, et Nikita Bobrov y assista. Les deux enfants, vêtus de robes couvertes d'or et de perles, furent solennellement couronnés tour à tour avec le chapeau du Monomaque. Sophie se tenait derrière eux. Pour la première fois dans l'histoire de la Russie, une femme s'emparait des rênes du pouvoir.

Et Nikita se rappela un détail qui lui fit très peur. Quant Sophie avait lancé son coup d'État, deux hommes avaient déclenché l'insurrection des *streltsy*. L'un était Alexandre Miloslavski. Et l'autre Pierre Tolstoï.

— Mon cher Nikita Mikhaïlovitch, cher ami, il faut que nous parlions.

Personne sur tout le territoire de la Russie ne se montrait plus courtois que le nouveau Premier ministre de Sophie, le grand prince Basile Golitsyne. Certains prétendaient qu'il était aussi son amant. Était-ce possible ? Nikita n'était pas assez haut placé pour le savoir. Mais il se croyait dans les bonnes grâces du prince et en recevant la convocation au Kremlin, il avait naturellement espéré que ce serait pour une bonne nouvelle. Et Golitsyne s'avançait vers lui en souriant.

Au lieu d'un caftan, le prince — qui parlait latin, avait dans son palais des tableaux, des meubles venus d'Occident, des tapisseries des Gobelins et recevait chez lui des étrangers et même des jésuites — portait un manteau polonais ajusté, boutonné sur le devant. Sa barbe était taillée en pointe au lieu de s'étaler sur sa poitrine. Son visage calme, aux traits légèrement turcs, suggérait une intelligence subtile, peut-être un peu sournoise. Il possédait une qualité que Dieu avait accordée à presque tous les membres de sa famille : un charme extraordinaire.

Il prit Nikita par le bras et l'entraîna à l'écart.

— Vous savez, cher ami, que j'espérais vous voir gouverneur de province, commença-t-il à mi-voix.

Le cœur de Nikita s'arrêta de battre pendant plusieurs secondes. Qu'est-ce que cela signifiait ? Une autre promotion ? Devinant son agitation, Golitsyne soupira.

— Restez calme, mon ami. Je vous en prie, pour vous comme pour moi, murmura-t-il. Je viens de vous le dire : j'espérais. Malheureusement, ce ne sera pas possible. Voyez-vous, notre administration locale, en Russie, est loin de la perfection, comme vous le savez.

Malgré sa nervosité, Nikita ne put s'empêcher de sourire à cette litote : l'administration locale n'était que désordre et corruption.

— Nous devons donc choisir des gouverneurs au-dessus de tout soupçon. C'est tout ce que nous pouvons faire. Malheureusement, l'ombre la plus légère sur un candidat, dans certains cercles, rend une nomination impossible.

Il marqua un temps.

— Vous savez aussi qu'une des tâches les plus urgentes des gouverneurs de province en ce moment consiste à aider l'Église à extirper ces hérétiques, les *raskolniki*. La régente Sophie est catégorique à ce sujet.

Il s'interrompit pour laisser à Nikita un instant de réflexion.

— Le bruit court... Qu'il soit fondé ou non importe peu, vous vous en doutez, cher ami. Le bruit court dans certains milieux que si vous aviez à condamner des *raskolniki*, vous vous sentiriez peut-être gêné. Je suis sûr que vous me comprenez à demi-mot, ajouta-t-il en souriant. Ne vous laissez pas abattre, Nikita Mikhaïlovitch. Vous pouvez vous élever demain. Et je peux moi-même tomber. Mais aujourd'hui, je ne puis rien pour vous.

Nikita avala sa salive. Il avait la gorge nouée.

— Que dois-je faire ?

— Rien.

— Je serai toujours prêt à servir, déclara-t-il avec autant de dignité qu'il put en montrer.

Golitsyne garda le silence.

— Vous pouvez bien entendu demeurer à Moscou, dit-il au bout de quelques secondes, mais vous devez vous sentir libre de vous rendre dans vos domaines si vous le désirez.

C'était donc bien fini. Ils ne voulaient pas de lui à Moscou. Il sentit des larmes lui monter aux yeux, mais il parvint à les chasser en plissant les paupières.

— Venez, cher ami, lui dit aimablement Golitsyne. Je vais vous raccompagner.

Pendant qu'ils traversaient la salle, Nikita s'aperçut en levant les yeux qu'une trentaine de personnes le regardaient ; au même instant, il remarqua, dans un angle, le visage calme et sans expression de deux des Miloslavski. Et près d'eux, Pierre Tolstoï.

Il comprit qu'il s'agissait d'une exécution publique.

Et le responsable de cette exécution était l'éminent ancêtre du grand romancier russe.

Naturellement, dans les jours qui suivirent, Nikita en voulut davantage à l'aimable Golitsyne qu'à son véritable ennemi. « Il m'a exécuté pour complaire à Tolstoï et aux Miloslavski, se disait-il. Cet homme ferait n'importe quoi pour le pouvoir. » Et il commença à ruminer les relations supposées entre le prince et la régente, en s'attardant en particulier sur les imperfections qu'on connaissait à Sophie et sur d'autres qu'il avait tout loisir d'imaginer.

Que pouvait-il faire à présent pour améliorer la situation de la famille et préparer l'avenir de son fils ?

Procope était un jeune homme charmant qui ressemblait énormément à son père. Peut-être avait-il un peu trop tendance à s'emballer, mais son enthousiasme était communicatif et faisait partie de son charme. Si l'incident devait lui interdire une belle carrière, ce serait une tragédie.

— Nous n'obtiendrons rien de la princesse Sophie, raisonna Eudoxia. Notre seul espoir consiste donc à parier sur le règne suivant. Que Procope se mette au service du jeune Pierre. C'est notre seule chance.

Mais savait-on seulement si Sophie et les tortueux Miloslavski le laisseraient parvenir au pouvoir ?

Eudoxia s'occupa de tout, et à la vive surprise de Nikita, elle fut convoquée auprès de la mère de l'enfant-tsar. A son retour, elle apportait à Nikita une invitation à se présenter devant le jeune Pierre.

Il ne devait pas se rendre au Kremlin, mais dans un village des environs de la capitale : Preobrajenskoïé.

Deux mois plus tard, au moment de la chute des feuilles, Nikita Bobrov et Eudoxia se rendirent à Russka. Procope faisait partie de l'entourage personnel de Pierre, et comme personne ne désirait que Nikita reste à Moscou, il avait décidé de visiter ses domaines.

Il découvrit que sa maison sur la place du marché avait besoin de réparations, et il chercha aussitôt des ouvriers. Il se rendit au monastère et donna de l'argent aux moines pour des messes à la mémoire de son père. Il inspecta sérieusement le Bourbier. Eudoxia, comme toujours à la campagne, examina tout, et ce fut elle qui découvrit « l'homme qu'il fallait » pour réparer la menuiserie de la maison.

— C'est un peintre d'icônes, mais il est aussi menuisier. Il faut que tu les convoques, Nikita. Il s'appelle Daniel. Et sa femme est un trésor elle aussi.

Nikita les reçut. L'homme était un colosse ; la femme sans intérêt. Mais Eudoxia était toujours en train de leur parler. Deux semaines plus tard, elle déclara que le soleil brillait dans leurs yeux. Personnellement, Nikita ne voyait pas ce qu'elle leur trouvait.

Le silence — pensent certains — confère à l'homme un grand pouvoir. Il semblait en être ainsi pour Daniel. Il parlait peu et, sans réclamer le respect de personne, il l'obtenait de tous. Au bout de sept ans, les gens de Russka ne savaient toujours rien de lui. Mais comme un grand chêne de la forêt, il donnait une impression de permanence, de stabilité réconfortante, issue de la terre même.

Et il ressemblait vraiment à un arbre, ou à un ancien dieu de l'hiver, apportant par sa présence une paix profonde et douce. Sa femme le connaissait aussi bien qu'il est possible de connaître un autre être humain. Elle savait qu'au cœur du grand chêne se trouvait un homme d'une immense sagesse. Quand ils dormaient ensemble, elle avait souvent l'impression qu'à la façon des gens vraiment simples, il possédait une infinie réserve de vie.

Elle ignorait tout de son passé. Sauf que, pour une raison inconnue, il ne s'était jamais marié auparavant, et que, Dieu merci, il avait changé d'avis à Russka.

Elle savait aussi que parfois, en privé, il avait des angoisses.

Il n'avait pas l'intention de se marier quand il était arrivé à Russka. « Je n'en suis pas digne, se disait-il. Comment pourrais-je demander à une femme de partager ma vie, alors que je vis dans la confusion et le péché ? » D'ailleurs, il ne serait sans doute pas resté à Russka sans le prêtre Silas.

Et pas seulement parce que Silas faisait le signe de croix avec deux doigts : le prêtre du Bourbier semblait comprendre instinctivement cette âme troublée.

— N'oublie pas, le mettait-il en garde. Nous sommes tous ici-bas pour souffrir, mais le désespoir nous est interdit. Si le monde t'angoisse, tu dois te réjouir d'autant plus dans le Seigneur ressuscité.

Peu à peu, dans la petite église de bois, au milieu des paysans simples, Daniel éprouva la chaleur intense, émouvante, qui demeure le trait le plus remarquable de la foi russe. Pour la première fois depuis des années, il n'eut pas envie de partir ailleurs. « Où que j'aille, réfléchit-il, ce sera la même chose. » Que pourrait-il trouver de mieux que la chaleur d'une petite communauté de paysans unis, nus devant le Seigneur, sur l'immense plaine russe ?

Un dimanche, deux ans après son arrivée, le vieux Silas lui avait suggéré :

— Je crois qu'il est temps de te marier.

Il vénérait le prêtre, mais n'avait pas hésité à le contredire.

— Je suis trop âgé. J'ai plus de cinquante ans... Et je n'en suis pas digne.

Silas s'était montré ferme.

— Ce n'est pas à toi de décider si tu en es digne ou non.

— Mais... Je n'y ai jamais pensé. Qui épouserais-je ? Qui voudrait de moi ?

Silas avait souri.

— Si, comme je le crois, c'est la volonté du Seigneur, tu le sauras.

Devinant la confusion de Daniel, il poursuivit :

— Tu dois épouser une femme qui est belle, non pas aux yeux des hommes mais aux yeux de Dieu. Dieu te guidera.

Daniel réfléchit aux paroles du prêtre pendant toute la semaine et la semaine suivante. Il conservait des doutes, mais ne pouvait s'empêcher d'espérer. Il songea à toutes les femmes de Russka et du Bourbier, mais sans parvenir à une conclusion.

Le troisième dimanche, dans la petite église de bois du Bourbier, son attention fut attirée par une personne en particulier. Pourquoi avait-il tourné légèrement la tête dans cette direction-là ? Pourquoi ? Parce qu'elle chantait, bien sûr. Elle avait une voix d'une beauté peu commune. Il regarda le pauvre visage banal, la verrue qui le déparait — un visage pâle qui aurait été presque laid sans la ferveur religieuse qui l'animait — et il comprit ce que le prêtre avait voulu dire.

Il parla à l'oncle et à la grand-mère de la jeune femme, à la fin du service.

Et ce fut ainsi qu'à l'étonnement de la vieille Elena, Arina épousa Daniel. Elle avait l'âge incroyable de vingt-cinq ans !

Le jour des noces, Elena donna solennellement à sa petite-fille un bracelet d'or orné d'une grosse améthyste. Sans lui dire d'où il venait. Puis, avec le reste de la famille, elle accompagna Arina jusqu'à la petite maison de Daniel, à Russka.

Les deux époux furent surpris par leur propre bonheur, et leur amour s'épanouit très vite. Comme beaucoup de Russes, ils ne s'appelaient pas par leurs prénoms, mais par leurs patronymes. Au début cela engendra une petite discussion.

— Mon vrai père était un Cosaque, avoua Arina en rougissant, et je ne connais pas son prénom. Mais mon père officiel s'appelait Ivan.

Le père de Daniel se nommait Pierre, et comme la forme complète des patronymes était alors en usage, il fut pour elle Petrovitch, et il l'appela Ivanovna.

Si seulement Daniel avait pu considérer que son bonheur personnel annonçait des temps meilleurs...

Il avait bourlingué pendant tant d'années dans toute la Russie, troublé par son passé de péché, à la poursuite d'une paix qu'il ne trouvait jamais. Il avait recherché des saints hommes, mais n'en avait trouvé qu'à son arrivée à Iaroslavl : les ermites austères d'outre-Volga et leurs disciples. De vrais croyants à la manière russe, qui vivaient dans les forêts et se sentaient aussi proches de Dieu que les anciens Hébreux. Certains étaient prophètes. Ils méprisaient le monde mauvais qu'ils voyaient autour d'eux. Autant qu'Avvakoum et les *raskolniki*, ils étaient choqués par les changements apportés à la liturgie.

— Préparez-vous par la prière et le jeûne, conseillaient-ils, car la fin des temps est proche.

Parfois, dans son nouveau bonheur de Russka, Daniel se demandait si les ermites de la Volga ne se fourvoyaient pas. Le hasard voulut qu'après une série d'hivers très durs, le climat du nord de la Russie s'adoucisse l'année qui suivit son mariage. La meilleure récolte était-elle un signe d'espoir ? Mais quand sa femme ne fut toujours pas enceinte après quatre ans de mariage, il en conclut tristement que le monde devenait un endroit trop pervers pour que Dieu y fasse vivre des enfants.

En 1684, comme pour confirmer la perversité du monde, le couperet tomba.

Un édit de la régente Sophie mit les *raskolniki* hors la loi. Les personnes soupçonnées d'hérésie seraient torturées, et tous ceux qui les hébergeraient verraient leurs biens confisqués. Si le schismatique s'obstinait, le châtiment était la mort. Le jour où la nouvelle de l'édit parvint à Russka, Silas se rendit à la maison de Daniel, près de la place du marché et y resta une heure. Quand il en sortit, il faisait grise mine.

Arina était restée dehors pendant que les deux hommes discutaient, et elle ne se risqua pas tout de suite à l'intérieur. Mais quand elle entra, elle trouva Daniel si profondément en prières, qu'il ne remarqua pas sa présence. Jamais elle ne l'avait vu si agité. Les larmes aux yeux, prosterné devant la petite icône sombre, il frappait le sol de son front en murmurant :

— Seigneur, aie pitié. Ne me désigne pas pour cela.

Se sentant de trop, Arina recula pour quitter la pièce, mais les paroles suivantes de son mari lui parurent si étranges qu'elle se figea.

— Mais qui suis-je, Seigneur, pour implorer ta pitié, moi qui suis un meurtrier, qui l'ai été tant de fois ?

Arina le regarda. Que voulait-il dire ? Il était incapable de faire du mal à une mouche, comment l'imaginer en train de commettre un meurtre ?

Quand ils furent seuls ce soir-là, Daniel lui parla de la visite de Silas. Devant la menace de l'édit, le vieux prêtre ne savait que faire.

— Il m'a fait l'honneur de solliciter mon avis, lui dit gravement Daniel.

— Et que lui as-tu dit, Petrovitch ?

Elle lut de la confusion dans son regard.

— Pour mes péchés, je lui ai conseillé de continuer. Je sais que, si nous continuons, même en secret, cela risque d'attirer sur nous un grand malheur. Sur nous tous, Ivanovna.

Elle inclina la tête. Quelles que soient les souffrances en réserve, elle désirait les partager avec lui.

— Cette foi, c'est tout ce que j'ai, lança soudain Daniel. J'ai erré toute ma vie à la recherche de la vérité, Ivanovna. Je ne peux pas revenir en arrière à présent.

Ce fut alors, jugeant le moment opportun, qu'Arina demanda :

— Ne veux-tu pas parler un peu de ton passé à ta femme, Petrovitch ?

Le conte était étrange : ses errances semblaient l'avoir entraîné dans toute la Russie. Il lui parla des anciens qu'il avait rencontrés à Iaroslavl.

— Auparavant, j'étais frère lai dans un monastère. C'est là que j'ai appris à lire.

Elle lui avoua qu'elle l'avait surpris en prières dans l'après-midi.

— Que voulais-tu dire, Petrovitch, quand tu t'accusais de meurtre ?

— C'est vrai, répondit-il à la stupéfaction d'Arina, j'ai tué.

Après un instant de silence, il reprit :

— Vois-tu, Ivanovna, même dans mon enfance, j'avais la passion de la justice. Tout ce qui semblait injuste à mes yeux d'enfant m'offensait à tel point que je faisais semblant d'être idiot, pour ne pas comprendre ce qui se passait. Souvent, les autres enfants se figuraient que j'étais simple d'esprit... Aujourd'hui, bien entendu, ajouta-t-il avec un sourire de regret, je sais que la justice appartient seulement à Dieu, et qu'on trouve la bonté seulement dans la prière. Mais quand j'étais jeune, je croyais en la justice dans le gouvernement des hommes : quand je ne l'y trouvais pas, je me mettais en colère.

— Qu'as-tu fait ?

— Je me suis battu. Dans les rangs de Stenka Razine.

— Tu as fait partie de la rébellion ?

Il inclina la tête.

— Et nous avons assassiné, Ivanovna. Au nom de la justice, nous avons tué non seulement des soldats et des fonctionnaires indignes, mais Dieu sait combien d'innocents. A l'époque, je croyais que c'était juste. A présent, je ne peux que me jeter aux pieds de Dieu pour implorer sa miséricorde.

— Tu étais cosaque ?

— Oui. Et je me suis battu aussi avec Bogdan. Tuer ne me faisait rien à l'époque. Plus tard, pour rompre avec ce passé, j'ai changé de nom, comme si j'entrais dans les ordres.

— Tu ne t'appelles pas Daniel ?

— Non, Stepan. Mais comme mes frères cosaques me trouvaient gros et simple, ajouta-t-il avec un sourire doux, ils me donnaient un autre nom. Ils m'appelaient le Bœuf.

1698

Procope Bobrov était un enthousiaste. A trente et un ans, il avait encore, aux yeux de sa mère en tout cas, des réactions d'enfant.

— La plus grande erreur de ma vie, disait-elle, fut de l'envoyer à Preobrajenskoïé.

Et quand la charmante et raisonnable épouse qu'elle lui avait choisie se plaignait d'être honteusement négligée, Eudoxia répondait avec un sourire de sympathie :

— Je ferai ce que je peux, ma chère. Mais c'est ce maudit Pierre qui le rend comme ça.

En privé, c'était ainsi qu'elle appelait le tsar.

Preobrajenskoïé, modeste pavillon de chasse avec de vastes écuries à cinq kilomètres des murs de Moscou, du côté du Faubourg Allemand, était un endroit agréable entouré de prairies parsemées de bouleaux. A quelque distance s'élevait une église aux murs blancs dont la coupole bleue se détachait sur le bleu plus pâle du ciel. Et c'était là qu'à seize ans Procope Bobrov s'était lié d'amitié avec un étonnant garçon de douze ans, déjà aussi grand que lui.

Le réseau des femmes de la famille d'Eudoxia n'avait travaillé que trop bien. La mère du jeune tsar avait été enchantée de donner à son fils un ami d'une famille de vieille noblesse comme les Bobrov. Sa situation n'était guère brillante : on ne faisait appel à Pierre que pour les cérémonies ; ils recevaient si peu d'argent qu'ils avaient dû solliciter l'aide financière du patriarche ; enfin elle craignait toujours pour leur sécurité et préférait rester discrètement à Preobrajenskoïé.

— On ne peut rien dire de bien de ce Pierre, s'écriait Eudoxia avec mépris. Absolument rien. Ce n'est qu'un... Ce n'est qu'un rustre allemand.

C'était la faute de la mère : l'enfant, insuffisamment surveillé, était devenu sauvage et se mêlait à toutes sortes de gens. Il mangeait comme un paysan, même Procope en convenait. Et il jouait sans cesse aux soldats de plomb avec ses amis, y compris Procope.

Comme Eudoxia regrettait maintenant de l'avoir envoyé à Preobrajenskoïé ! Le tsar avait donné le nom du village à un des régiments de la garde qu'il avait formés, le Preobrajenski, et Procope y servait comme officier. Elle les méprisait avec leurs uniformes étrangers. Et les éternels jeux d'enfant de Pierre se transformaient à présent en guerres réelles.

Elle qui avait cru qu'il ne pouvait rien y avoir pire que la régente Sophie et son affreux Golitsyne — le Polonais comme elle l'appelait !

C'était la guerre qui avait précipité leur chute. Pour obtenir un traité de paix avec ses amis polonais, le ministre leur avait promis de les aider contre les Turcs et leur vassal le khan de Crimée.

La guerre contre les Tatars de la steppe s'était soldée par un désastre et avait coûté très cher. Les hauts dignitaires de l'État avaient fait appel à Pierre. Sophie s'était retrouvée dans un couvent et son favori en exil.

Pierre avait alors dix-sept ans. Officiellement il régnait avec le malheureux Ivan, mais il était temps qu'il assume réellement le pouvoir.

— Gouverne-t-il ? Se conduit-il comme un homme ? demandait Eudoxia d'un ton rageur. Non. Il s'amuse comme un gamin polisson. Et c'est bien ce qu'il est.

Pendant quelque temps, elle avait eu bon espoir. Après s'être enfin débarrassé de Golitsyne, le patriarche semblait déterminé à libérer la Sainte Russie de toutes ces influences étrangères. Mais il était mort, et l'étrange régime de Pierre avait commencé.

Un petit conseil, comprenant sa mère et certains Narychkine, exerçait en principe la régence, mais le jeune homme refusait absolument de s'intéresser à l'empire. Il restait souvent à Preobrajenskoïé — mais passait de plus en plus de temps dans le quartier des Allemands, au milieu des étrangers. Et son comportement n'avait pas tardé à faire scandale.

Le tsar et ses amis, dont certains avaient l'âge d'être son grand-père, constituaient la « Joyeuse Compagnie », groupe qui pouvait d'un instant à l'autre passer d'une douzaine de personnes à deux cents. Elle comprenait des Russes, mais aussi de nombreux étrangers, notamment un brillant aventurier suisse, Lefort, et un vieux général écossais, Gordon.

Eudoxia ne leur reprochait ni leurs beuveries qui pouvaient se prolonger pendant des jours — elles faisaient partie de la tradition russe — ni le fait qu'ils entrent parfois dans la maison d'un marchand ou d'un noble et cassent tous les meubles. Les Russes se montraient fiers de tsars qui brisaient tout sur leur passage au moindre de leurs caprices, comme Ivan le Terrible. Elle aurait même pardonné au tsar sa fascination pour les arts et métiers des étrangers et son goût pour les mathématiques et les techniques de navigation, bien que ces intérêts fussent manifestement excentriques. Mais comment fallait-il réagir à la façon ironique et insultante dont il traitait ouvertement la religion ?

Il avait constitué ce qu'il appelait son Synode d'Ivrognes — le Synode Toujours Ivre des Fous et des Bouffons. Un de ses compagnons de bamboche — son ancien précepteur — en devint le prince-patriarche, appelé prince-pape. Paré de vêtements sacerdotaux, il présidait au Synode de faux cardinaux, évêques, abbés et prêtres. Singeant la liturgie et adressant à tout venant des bénédictions obscènes, le prince-pape aux ordres de Pierre organisait des virées nocturnes, non seulement dans les tavernes du Faubourg Allemand, à l'abri des regards, mais dans les rues de Moscou, même en plein Carême, pour offenser davantage la sensibilité religieuse du peuple. Les ambassadeurs de l'Occident — habitués aux fredaines de leurs jeunes aristocrates et aux bamboches des étudiants dans leurs villes universitaires — en avaient conclu que le jeune tsar ne s'intéressait pas à son peuple et se complaisait dans la vulgarité sans même être amusant.

Personne, semblait-il, ne pouvait freiner l'ardeur dissipée du jeune homme. Sa mère lui trouva une épouse, mais il lui rendit rarement visite. Puis sa mère mourut. L'étrange adolescence de Pierre ne s'acheva pas pour autant. Quand il n'était pas ivre, il ne semblait s'intéresser qu'à deux choses. La première était la guerre.

— Et l'autre, ses bateaux, se plaignait Eudoxia. Il ne connaît que les bateaux.

Si Procope lui faisait observer en riant que la Russie est un pays de fleuves et de rivières, elle lui répliquait vertement :

— Tu sais très bien ce que je veux dire. Il s'agit de ces maudits bateaux qui vont sur la mer. Aucun Russe n'a jamais eu besoin d'aller sur la mer.

— Erreur. Les marins de l'ancien Pays de Rus ont traversé la mer Noire jusqu'à Constantinople. Et c'est ce que nous ferons bientôt.

— D'abord c'est le khan de Crimée et ses Tatars. Maintenant, vous voulez vous attaquer au sultan de Turquie lui-même ?

— Précisément.

La conduite de Pierre était peut-être étrange, mais il rêvait manifestement de conquêtes. Après tout, quels étaient les héros de la Russie ? Saint Vladimir, Iaroslav le Sage, le Monomaque. Et à leur époque, le Pays de Rus ne commerçait-il pas sans entraves de la Baltique à la mer Noire ? Le Monomaque n'avait-il pas écrasé les tribus de la steppe méridionale et établi un avant-poste à l'embouchure du Don, à Tmoutarakan ? N'y avait-il pas une colonie de marchands de Rus à Constantinople même ? Or, en ce moment, la Russie ne possédait qu'une misérable tête de pont sur la Baltique, dont tous les ports prospères appartenaient aux Suédois et aux Allemands. Au sud, le port turc d'Azov interdisait aux Russes l'accès de l'embouchure du Don et la flotte du sultan contrôlait tout le commerce de la mer Noire. Enfin, des siècles après que Moscou eut secoué le joug des Tatars, le khan tatar de Crimée continuait de lancer sur la steppe des attaques qui faisaient main basse sur des milliers de Slaves des villages d'Ukraine pour les vendre sur les marchés d'esclaves du Proche-Orient. Il avait même eu l'impertinence de réclamer un tribut au tsar. Le gouvernement russe avait ignoré sa requête, mais jugé cependant préférable de lui envoyer de somptueux présents.

N'était-ce pas humiliant ? N'était-il pas naturel que Pierre, comme Ivan le Terrible, veuille désenclaver son empire vers le nord et le sud ?

Le jeune tsar avait découvert les bateaux, les vrais bateaux, grâce aux étrangers du Faubourg Allemand. Il en avait construit un lui-même. Il avait vu, dans le nord, les bateaux étrangers qui faisaient escale à Arkhangelsk et dans les ports de la Baltique.

Il avait besoin d'une flotte pour descendre le Don, briser la résistance d'Azov et déboucher sur la mer Noire. Il était temps de transposer ses jeux belliqueux dans la réalité. Il construirait d'abord des galères pour naviguer sur le Don, puis de vrais bateaux pour la haute mer.

L'aventure n'enflammait pas seulement Procope Bobrov, mais aussi son père. Nikita ne participerait pas à la campagne, mais il avait trouvé à soixante-cinq ans une nouvelle raison de vivre. Le jeune tsar avait besoin de bois pour sa flotte, et notamment de frênes pour les mâts.

— Ils les font venir de Toula, mais nous en avons des quantités sur nos domaines.

Il fit aussitôt présent au jeune tsar d'une coupe de bois. Et en 1696, quand on apprit que le fort turc d'Azov venait de tomber, il fut transporté de joie.

— Ne le sens-tu pas ? lança-t-il à Eudoxia. Moi si : je sens un vent chaud qui souffle sur nos forêts nordiques. Un vent chaud du sud.

Pendant la campagne d'Azov, Ivan, le frère de Pierre, était mort. Quand il revint en triomphe à Moscou, le tsar de vingt-quatre ans était seul sur le trône.

Taillé en athlète, il ne mesurait pas moins d'un mètre quatre-vingt-quinze et portait une moustache de Cosaque. Ses yeux perçants vous regardaient fixement. Détail insensé, il ne portait pas une tenue russe mais un uniforme allemand — capote noire et tricorne orné d'une plume blanche.

Et aucun prêtre n'assistait à la cérémonie.

Aucune icône ne précédait le défilé, aucun prêtre portant bannières. Pas de discours d'accueil du patriarche, pas de carillons de cloches. Un César romain en uniforme allemand, à la tête d'une procession païenne dans la capitale de la Sainte Russie !

— Même les Romains avaient leurs dieux, murmura Nikita. Et même Gengis Khan, tout païen qu'il fût, ne méprisait pas ainsi l'Église.

Mais il suivit des yeux le défilé triomphal comme si l'éclat du nouveau soleil devait effacer toutes les ombres.

Eudoxia était écœurée et furieuse.

— Quand sa mère est morte, il a refusé de rester à son chevet. Moi, je dis que ce n'est pas naturel. Je viens de voir le visage du diable.

Et ce n'était rien comparé à ce qui allait suivre.

En 1698, Pierre entreprit de nouveau une chose qu'aucun souverain de Russie n'avait faite : un voyage à l'étranger. Et il avait emmené Procope.

Pendant leur absence, Eudoxia ne se rendit guère à Moscou. La ville lui semblait de plus en plus détestable. Elle resta la plupart du temps à Russka, où elle passa de longues heures avec le prêtre Silas, Daniel et sa famille.

Mais Pierre revint à Moscou, et l'enfer se déchaîna.

Daniel se rapprochait de la capitale en proie à un mélange de curiosité et de crainte.

Les rumeurs du retour soudain du tsar Pierre étaient-elles fondées ? Daniel ne s'était pas rendu dans la capitale depuis des années, mais il n'avait pas hésité : il était parti avec sa femme et sa fille dès qu'il avait reçu l'appel de la pieuse Eudoxia Mikhaïlovna.

En 1693, après quinze années de mariage, quand Arina et lui avaient depuis longtemps renoncé à tout espoir, Dieu leur avait accordé un enfant. Arina avait alors trente-neuf ans, et lui plus de soixante. Il en avait à présent soixante-dix, et sa fille seulement six ans.

La fillette ne ressemblait ni à son père, ni à sa mère, ce qui les avait surpris, mais la vieille Elena avait résolu le mystère :

— C'est le portrait de ma Mariouchka, trait pour trait. Jamais je n'aurais cru qu'un tel bonheur me serait accordé.

Ils l'avaient donc appelée Mariouchka, et elle éclairait leur vie comme un rayon de soleil en cette période particulièrement sombre. Car le gouvernement avait continué de persécuter les *raskolniki* dans toute la Russie et surtout dans le nord. Certains recherchaient le martyre ; d'autres continuaient en secret de célébrer le culte à leur manière.

— Il n'y a aucun mérite à défier le gouvernement et à susciter sa colère, avait dit Daniel à sa petite famille après avoir consulté des disciples d'Avvakoum. L'édit est injuste, mais il sera peut-être abrogé. Continuons en secret de prier comme on nous l'a enseigné. Ne cherchons pas les ennuis. Mais si nous sommes persécutés, nous accepterons de souffrir, certains de la protection de Dieu.

Des centaines, des milliers de communautés adoptèrent cette attitude dans l'ensemble de la vaste Russie. Nul n'en connut jamais le nombre.

La crainte qu'éprouvait Daniel sur le chemin de Moscou était parfaitement justifiée. La capitale n'était pas seulement la source de la persécution, mais un endroit dangereux. Au cours de l'été, pendant le séjour du jeune tsar à l'étranger, les *streltsy* s'étaient de nouveau révoltés.

Était-ce à l'instigation de Sophie, toujours furieuse et exilée dans son couvent ? Personne ne le savait. Heureusement pour Pierre, ses conseillers étaient parvenus à écraser la rébellion très vite. Mais le tsar était rentré d'urgence, et maintenant, un mois après son retour, toute la Russie attendait sa réaction.

A l'arrivée de Daniel dans les faubourgs, la ville semblait pourtant très calme. Sa petite carriole se fraya lentement un chemin jusqu'au mur d'enceinte, puis entra dans Kitaï Gorod, où les Bobrov avaient leur demeure, vaste maison de bois de deux étages avec un grand escalier extérieur. La cour de terre battue était entourée de communs, dans lesquels on lui donnerait un logement.

Il posa la main sur son cœur et s'inclina très bas devant Nikita, qui vint l'accueillir en personne. Un instant plus tard, Eudoxia sortit du premier étage en souriant, précédée par une servante au visage avenant qui apportait le pain et le sel de la bienvenue.

— Bienvenue, patriarche fidèle, dit-elle.

Le visage de Daniel, presque toujours grave, ébaucha un sourire. Le mot « fidèle » signifiait tant de choses pour eux... En dépit de leurs situations différentes dans la vie, ils étaient amis. Elle comptait sur son soutien moral, et il le savait. Mais il y avait autre chose, dont Eudoxia n'avait jamais parlé à son mari.

— Eudoxia Mikhaïlovna, dit-il avec ferveur en inclinant la tête.

Il ne l'avait vue qu'à Russka, où elle s'habillait simplement. Mais à Moscou elle portait un riche brocart rouge et sa coiffure s'ornait de perles. Le vieux Daniel méprisait cet apparat de la richesse temporelle, mais il ne put s'empêcher de lui trouver fort belle allure dans cette toilette.

Ils étaient au cœur de Moscou, mais il régnait un silence parfait ; comme de vieux amis, les riches propriétaires et l'artisan pauvre bavardèrent aimablement à mi-voix. Même Nikita, qui se faisait vieux, trouvait la présence de ces gens simples de la campagne étrangement réconfortante.

Daniel, au moment de dételer le cheval de la carriole, vit Eudoxia se raidir soudain et Nikita paraître mal à l'aise. Quelqu'un venait d'entrer dans la cour, derrière lui.

— Ah, voilà Procope ! lança Nikita d'un ton faussement enjoué.

Quand Daniel se retourna, il resta bouche bée, saisi d'horreur.

Procope était charmant et intelligent ; Pierre avait toujours apprécié son esprit et l'emmenait souvent avec ses autres amis dans le Faubourg Allemand, ce qui l'avait initié à un autre monde.

Car ce quartier ne ressemblait en rien au reste de Moscou. Ses rues larges étaient bien tracées, ses maisons, souvent de brique rouge hollandaise, s'entouraient de jardins coquets. Les petites églises protestantes semblaient aériennes comparées aux massives cathédrales moscovites. En un mot, c'était une petite oasis d'Europe et d'ordre bourgeois, fait de culture, de propreté et de discipline, juste à côté de l'immense labyrinthe asiatique, sale et exotique, de Moscou.

Parmi les plusieurs milliers de marchands et de soldats qui y vivaient, certains étaient des fils et des petits-fils d'immigrants. Mais pour les Russes, à moins qu'ils ne se convertissent à l'orthodoxie et ne fassent l'effort de se « russifier » entièrement, ce n'étaient que de méprisables et stupides étrangers.

Outre les Allemands, on y trouvait des Anglais connaissant les armements et les tactiques de la guerre moderne, et des Hollandais qui savaient construire des bateaux et les faire naviguer. De ces prodiges, les Russes, dans leur ignorance, n'étaient même pas curieux. En présence de Procope, un général avait offert fièrement au jeune tsar un astrolabe venu de l'étranger. L'instrument, expliqua-t-il, permettait aux rusés étrangers de naviguer en se repérant au soleil et aux étoiles. Pierre en avait été enchanté. Jamais personne n'avait vu un instrument pareil, et nul ne semblait savoir qu'il était en usage depuis deux mille ans.

— Comment ça marche ? avait demandé le tsar.

Le général resta interdit.

— Je n'ai pas pensé à le demander.

Mais ce qui avait le plus marqué Procope dans cet incident, c'était que Pierre avait non seulement trouvé un Hollandais pour le lui expliquer, mais avait passé des heures devant un livre d'exercices jusqu'à ce qu'il ait maîtrisé les mathématiques nécessaires à la compréhension de l'astrolabe.

— Je l'admire en tant que tsar, expliqua Procope à son père, car son côté sauvage cache des qualités exceptionnelles. Mais en tant qu'homme, je l'aime. Sa curiosité dépasse l'imagination, et il fait de tels efforts ! Je l'ai observé avec ses mathématiques. Il a beaucoup de mal, mais il refuse d'abandonner. C'est ça qui me plaît. Il fait des erreurs, mais il refuse de renoncer.

Procope avait fini par très bien connaître le Faubourg Allemand. Il n'était pas, comme le tsar, dévoré par la même passion de s'instruire, mais il comprenait la richesse que cela représentait. Et il se considéra bientôt comme un homme « éclairé », en avance sur son temps.

Puis il participa au grand voyage de Pierre à l'étranger.

Si l'on en croit la légende, le tsar Pierre, assoiffé de civilisation occidentale, se serait rendu en Europe, puis serait revenu civiliser son pays en le faisant ressembler le plus possible au reste du continent. Ce n'est pas exact. La raison de son départ ne laisse aucune place au doute. Il se préparait à attaquer les Turcs, et désirait d'une part persuader les pays occidentaux de se joindre à une alliance contre la Turquie, d'autre part apprendre la construction navale, pour que la Russie puisse disposer d'une marine de haute mer.

Dès 1696, peu après sa victoire d'Azov, Pierre avait envoyé en Europe occidentale, pour apprendre la navigation et la construction navale, cinquante Russes horrifiés. Parmi eux se trouvait Tolstoï, alors âgé de cinquante-deux ans, qui avait réussi à entrer dans les bonnes grâces de Pierre malgré ses liens avec les Miloslavski.

La grande ambassade suivit peu après.

Mais pourquoi Pierre fit-il lui-même le voyage ? Et pourquoi voulut-il rester incognito et se faire passer pour un jeune assistant du groupe dirigé par ses ambassadeurs officiels ?

Nous l'ignorons. Ce fut sans doute pour pouvoir se promener plus librement sur les quais des ports. On sait qu'il travailla plusieurs mois comme charpentier sur un chantier naval et qu'il apprit le métier à fond.

Cela lui permit aussi de mener plus facilement joyeuse vie avec les compagnons de son Synode. A Londres, ils s'installèrent près du port dans une maison qu'ils dévastèrent à tel point que le grand architecte Sir Christopher Wren, inspectant les lieux à leur départ, estima les dégâts à la somme stupéfiante de trois cent cinquante livres. Il fallut refaire les parquets ; les faïences des poêles hollandais avaient été arrachées ; les couettes de plume éventrées ; toutes les pelouses et une haie de buis, de cent vingt mètres de long et trois mètres de haut, complètement détruites.

Telle était la façon dont le tsar Pierre apprenait la civilisation en Europe occidentale, en 1697 et 1698.

La Baltique, le port de Riga, les États allemands de Brandebourg et de Hanovre, la Hollande, l'Angleterre, la Vienne des Habsbourg, la Pologne...

Procope dirait plus tard qu'il n'était pas entré dans d'autres pays, mais dans un autre siècle.

Jamais il ne comprit vraiment à quel point la différence était immense. Ce n'était pas par manque d'intelligence, mais à part une poignée de Russes, qui pouvait comprendre vraiment la fabuleuse tradition occidentale de remise en question philosophique, deux fois millénaire, de Socrate à Descartes ? Les débuts de la science moderne ? Et surtout la complexité et la souplesse des sociétés occidentales, avec leurs institutions anciennes, leurs professions libérales, leur code moral et légal, leur culture brillante ? Aucun membre de l'entourage de Pierre, ni sans doute Pierre lui-même.

Mais si Procope ne comprit pas, cela fit sur lui d'autant plus d'effet. Les bateaux et les ports immenses, les canons dont ils étaient armés, la poudre de qualité supérieure qu'ils utilisaient...

A son retour, quand son père lui demanda quel pays il admirait le plus, il répondit :

— Je crois que c'est la Hollande.

— Pourquoi ? demanda Nikita. Leurs bateaux ? Leur commerce ?

Procope secoua la tête.

— Non. C'est... leur ordre, expliqua-t-il à Nikita, surpris. Ils ont même domestiqué la mer. J'ai vu de grands murs... Pas comme nos fortifications de bois sur la steppe pour contenir les Tatars, des énormes murailles de pierre, qui contiennent la mer elle-même. Ils les appellent des digues. Ils ont volé des champs à la mer, des milliers de carrés et de rectangles bien arrangés entre les digues.

On a peine à croire qu'il s'agit de l'œuvre des hommes. Et ils ont creusé des canaux droits comme des flèches qui s'étendent à perte de vue.

Nikita resta insensible.

— Nous n'avons pas besoin de ce genre de chose en Russie. Nous avons des terres à foison.

— Je sais, répliqua Procope enthousiaste, mais ce n'est pas la question. Ce qui me paraît intéressant, père, c'est qu'ils ont conquis la nature. Ils ont imposé une forme, un ordre à la terre et même à la mer. Et ils ont imposé le même ordre à leur esprit et à leur cœur, ajouta-t-il, dans un éclair d'intuition.

Nikita éclata de rire.

— Je ne nous vois pas, nous les Russes, en train de nous imposer un ordre. Et toi ?

Procope en convint.

— Non. Mais l'ordre peut être imposé d'en haut. C'est le seul moyen d'y parvenir, comme le tsar lui-même ne cesse de le répéter.

Nikita soupira.

— Es-tu en train de me raconter que le tsar et toi êtes revenus avec l'intention d'imposer votre volonté à Mère Nature ? demanda-t-il avec un sourire ironique. Mon pauvre Procope, en Russie la nature est plus forte que n'importe quel tsar. On ne peut rien lui imposer.

Ce fut au tour de Procope de sourire.

— Attends de voir comment Pierre va essayer.

Ces remarques déprimèrent Nikita, parce qu'il croyait les projets du tsar utopiques, mais elles firent sur Eudoxia un effet fort différent.

— C'est Dieu qui a fait la nature, lança-t-elle à Procope. Et vouloir imposer votre ordre à la nature n'est qu'une preuve manifeste d'orgueil. Le tsar et toi représentez le mal.

Au grand chagrin de Procope, elle se détacha de plus en plus de lui.

Curieusement, ces trois attitudes étaient profondément et également russes : le conservatisme religieux d'Eudoxia, le fatalisme de Nikita et surtout l'optimisme de Procope. Inconscient des implications complexes des sociétés qu'il avait visitées, le jeune homme supposait qu'avec un chef fort et un effort titanesque, on pourrait imposer d'en haut un nouvel ordre moderne — un peu comme les gens des villages construisaient une maison en un seul jour. Cette illusion constitue une des tragédies permanentes de la Russie.

Le voyage avait cependant beaucoup apporté. Pierre désirait qu'on étudie la construction navale, c'était chose faite. Il avait besoin de nouvelles armes, de poudre ne faisant pas long feu à tout moment et de méthodes modernes de combat : il avait obtenu tout cela, et ouvert en outre de nouveaux débouchés commerciaux.

Sur le plan de la diplomatie, il avait échoué. Personne n'avait envie de se battre contre le sultan de Turquie pour le moment. Pierre devrait donc sans doute ajourner sa percée vers les mers chaudes du sud ; mais il avait découvert qu'il pouvait conclure d'autres alliances capables de lui offrir un accès à l'autre route commerciale dont il avait besoin, celle de la mer Baltique, au nord.

Le résultat le plus important de cette ambassade de Pierre en Occident fut ses conséquences à long terme. Des hommes comme le rusé Pierre Tolstoï, même s'ils n'apprirent pas grand-chose sur la construction navale comme on le leur avait recommandé, revinrent en Russie avec des trésors de renseignements divers, la connaissance de langues étrangères et au moins un vernis d'éducation et de culture occidentales. Ce furent les premiers Russes occidentalisés, dont le précurseur avait été Golitsyne, le conseiller de la régente Sophie. Ils allaient, à la longue, ouvrir les fenêtres de la Russie vers l'ouest.

Procope Bobrov était-il l'un d'eux ? Pas tout à fait. Il lui manquait le désir de s'éduquer en profondeur. Mais il en avait assez vu pour comprendre que son pays avait des siècles de retard.

Le sentiment religieux avait détaché Eudoxia de son fils ; bientôt, Procope découvrit entre son père et lui une barrière plus subtile, à laquelle il ne pouvait rien changer. Pour Nikita, Procope était devenu un étranger. Moins qu'à son costume et ses voyages, cela tenait au fait qu'il ne s'enthousiasmait plus pour les mêmes choses ; il en savait plus long que ses parents. Nikita reconnut le regard vaguement distant de son fils : il avait vu des officiers allemands et anglais regarder leurs soldats russes ainsi.

« Procope n'est plus vraiment russe », se dit-il. Et aussi, ce qui était plus dur pour un homme qui s'était toujours jugé plus cultivé que ses pairs : « Il me méprise. »

Tel était le jeune homme qui venait d'entrer dans la cour, et que Daniel dévisageait sans en croire ses yeux.

Il portait un élégant uniforme vert bien ajusté, avec des boutons sur le devant à l'allemande. Il avait les jambes serrées dans une culotte et des bas, et à part sa moustache bien taillée, son visage était rasé.

Bien entendu, à l'époque où il se battait avec les Cosaques en Ukraine, Daniel avait vu des hommes sans barbe. Mais ici, dans le nord... Et le fils de Nikita Bobrov...

— Les amis du tsar sont revenus de leur voyage rasés, murmura Nikita, comme pour s'excuser.

— Le tsar en personne a rasé la barbe des boyards à la cour, lui rappela Procope. Il dit qu'il ne tolérera plus près de lui des gens à l'air si primitif. Il me l'a répété aujourd'hui.

Le mot « primitif » choqua Daniel, et il vit Eudoxia tressaillir comme si elle avait été giflée, puis détourner les yeux. C'était une insulte calculée.

Nikita fit pourtant comme s'il n'avait pas entendu cette grossièreté. Il avait apparemment autre chose en tête.

— Tu arrives de Preobrajenskoïé ?

Procope acquiesça.

— Eh bien ?

— C'est décidé. Nous avons obtenu des aveux. Nous commencerons les exécutions demain. Viens...

Il prit son père par le bras et l'entraîna dans la maison.

Eudoxia se retourna vers Daniel et sa famille. Daniel s'aperçut qu'elle avait des larmes dans les yeux.

— Dieu merci, s'écria-t-elle, vous êtes venu !

Daniel ne comprit que peu à peu toute l'étendue de l'horreur, et pourquoi Eudoxia avait tellement souhaité sa présence. Mais il ne savait pas vraiment comment la réconforter.

Comme Procope l'avait annoncé, les exécutions des *streltsy* mutinés avaient débuté le lendemain de l'arrivée de Daniel.

Elles auraient eu lieu plus tôt si les interrogatoires, qui se déroulaient à Preobrajenskoïé, ne s'étaient révélés si difficiles. Presque aucun mutiné n'était disposé à parler, en dépit des efforts déployés pour le persuader.

Dans les cas de ce genre, la procédure normale consistait à donner le knout aux prisonniers pour provoquer des aveux. A l'époque, la torture était régulièrement pratiquée dans la plupart des pays mais la méthode russe mérite quelques mots d'explication.

On pense parfois que le célèbre knout russe n'est qu'une sorte de fouet, ou de martinet comme le chat à neuf queues des Anglais. Mais un marin anglais pouvait recevoir mille coups de chat à neuf queues sans que sa vie soit en danger, alors que cinquante coups de knout l'auraient tué. D'ailleurs, si un seigneur voulait châtier un paysan de ses domaines pour quelque faute, il se servait en général de verges, appelées *batog*, et non du knout.

Le knout, lanière de cuir mesurant plus d'un mètre, était plus gros que les verges, et très lourd. A chaque coup, il faisait dans le dos de la victime une entaille profonde : la peau était complètement déchirée, du sang et des tissus se trouvaient arrachés. Si le « maître du knout » frappait en descendant progressivement le long du dos, à la deuxième passe, les os étaient à nu. Dans les cas les plus graves, avant de donner le knout, on ligotait les mains de la victime dans son dos, puis on la hissait à une poutre par les poignets : non seulement elle était mieux placée pour recevoir les coups, mais ses bras étaient disloqués de ses épaules. A la fin de l'interrogatoire on lui remettait les jointures en place de force.

La mutinerie des *streltsy* inquiétait beaucoup le tsar. Pendant son enfance, il les avait vus massacrer son oncle, et il les savait capables de le renverser pour replacer Sophie sur le trône. L'interrogatoire fut donc « serré ». On déshabilla et passa au knout non seulement des *streltsy*, mais deux servantes de Sophie — comme l'une d'elles était enceinte, Pierre lui accorda charitablement une exécution plus simple.

Outre le knout, Pierre surveilla en personne la mise à la roue de certains prisonniers, et il en fit rôtir certains au feu, sous ses yeux. Mais les *streltsy* se montrèrent si obstinés dans leur silence qu'au moins une fois Pierre essaya de faire parler le mutiné en lui brisant les mâchoires à coups de bâton.

Procope Bobrov assista à plusieurs de ces interrogatoires pour une raison particulière : depuis son retour, il appartenait à un nouveau service du gouvernement, le *Preobrajenski Prikaz* — une police secrète, qui allait se faire craindre dès ses débuts.

— Les *streltsy* ne parlent pas beaucoup, même sous la torture, dit le jeune homme à son père, mais nous savons qu'ils projetaient de remplacer Pierre. Ils auraient également massacré tous les étrangers de Russie. Nous allons nous occuper d'eux.

Les exécutions s'échelonnèrent sur trois semaines, du dernier jour de septembre au 18 octobre.

Le 12 octobre, la neige se mit à tomber et Moscou se trouva soudain plongée dans l'hiver. Mais les exécutions publiques quotidiennes se poursuivirent.

Daniel assista à plusieurs. Les victimes mouraient de diverses manières, en général décapitées ou pendues. Pierre exigea que ses amis et ses boyards prennent part à ces exécutions, et Daniel entendit Procope dire un soir à son père :

— Le tsar aimerait voir quelques décapitations à l'européenne, demain. A l'épée et non à la hache. Pourrais-tu me prêter une bonne épée lourde ?

Le lendemain, Daniel alla voir Procope opérer. Un homme de la foule lui dit qu'il avait vu le tsar lui-même décapiter plusieurs condamnés.

Ces châtiments attristèrent Daniel, mais sans le révolter outre mesure : les *streltsy* s'étaient rebellés et il fallait s'attendre à une punition. L'horreur commença le matin où l'on conduisit sur la place Rouge les prêtres du régiment.

Les hommes de Pierre avaient dressé devant les hauts clochers exotiques de la cathédrale Saint-Basile une potence comme on n'en avait jamais vu : en forme de croix. Et l'on fit avancer les prêtres. L'homme qui s'avança pour effectuer les pendaisons n'était autre que le bouffon de la cour, et il s'était revêtu de vêtements sacerdotaux...

Le même jour, dans les jardins du couvent Novodievitchi, sous les fenêtres de Sophie, furent pendus cent quatre-vingt-quinze *streltsy* de plus.

Et on laissa tous les cadavres pendus aux gibets, pareils à d'étranges spectres glacés, pendant cinq longs mois d'hiver.

Que pensa Daniel de tout ça ? Des mois passèrent avant qu'il ose formuler sa pensée.

Pourquoi Eudoxia l'avait-elle fait venir ? Daniel comprit vite qu'elle ne pouvait se confier à personne d'autre. Son fils était sans Dieu, et son mari, satisfait de la réussite de la famille, ne disait rien.

— Regarde toi-même ce qui se passe, mon bon Daniel, lui avait-elle dit. Aide-moi à décider ce que je dois faire.

Aux yeux de tous, il était venu comme menuisier, et à voir les beaux meubles qu'il fabriqua pour leur maison, Nikita oublia vite son irritation quand sa femme l'avait appelé à Moscou. Il montrait fièrement les meubles neufs à tous les visiteurs, et s'il n'avait pas refusé de travailler pour les autres, Daniel n'aurait pas manqué de commandes.

En outre, la petite Mariouchka enchantait Nikita. Avec son visage piqueté de son et ses yeux brillants, elle semblait trouver naturel que le monde entier l'adore.

— Oui, elle est adorable, s'émerveillait le vieux Nikita. Elle pourrait être danseuse.

Même Procope, que la présence de Daniel semblait souvent agacer, la prenait sur son dos chaque fois qu'il venait. Il était marié et avait deux enfants.

— Tu es donc ma petite amie, lui disait-il.

— Où as-tu mis ta barbe ? demandait-elle sans crainte. Pourquoi n'as-tu pas de barbe ?

Il éclatait de rire.

— Le tsar me l'a arrachée.

Elle vénérait son père. Elle savait qu'il était plus âgé que le père des autres enfants de son âge, mais elle se souvenait surtout du respect avec lequel on le traitait à Russka, et elle supposait donc qu'il était hors du commun. Quand elle était toute petite, elle avait même cru qu'il ne faisait qu'un avec Dieu le Père.

Si Mariouchka distrayait Nikita, Daniel et Arina apportaient à Eudoxia le réconfort dont elle avait besoin. Elle priait avec eux chaque jour. Souvent, quand Daniel travaillait dans la maison, elle l'observait en silence. Daniel comprit vite à quel point sa présence était nécessaire à Eudoxia. Elle lui avoua :

— J'ai été une femme forte toute ma vie, mais j'ai l'impression que l'on m'arrache tout ce que j'ai connu. Ne m'abandonne pas, mon fidèle ami.

Quand elle pouvait se glisser dehors à l'insu de tous, elle enfilait un manteau de paysanne et se rendait avec Daniel et sa famille aux offices secrets de leur église.

— Ils croient que vous êtes ma femme, Arina ma fille et Mariouchka notre petite-fille, lui confia Daniel en souriant.

Il avait suffi d'une semaine à Daniel pour apprendre où des services étaient célébrés en secret pour les *raskolniki*. Il s'agissait presque toujours de maisons particulières appartenant à des artisans pauvres : on sortait les icônes, assombries par la fumée et les années, et on priait ensemble, en faisant le signe de croix avec deux doigts.

Mais si Daniel apportait du réconfort à Eudoxia, il n'en trouvait nullement pour lui-même.

Pendant que les exécutions se poursuivaient dans la journée, Pierre passait encore ses nuits chez ses amis du Faubourg Allemand avec sa maîtresse Anna — sa femme, qui lui avait pourtant donné un fils, ne le voyait presque jamais. Quand les exécutions s'interrompirent, vers la fin octobre, Pierre quitta la capitale pour se rendre sur le Don, où il faisait construire une nouvelle flotte. Les sept semaines de jeûne précédant Noël commencèrent, et Moscou demeura calme pendant un certain temps. Mais le tsar revint pour Noël, et il défila dans Moscou et le Faubourg Allemand avec son Synode de joyeux lurons : deux cents traîneaux dont s'élevaient des cantiques paillards. Par bonheur Daniel, qui était en prières, ne les vit pas.

En janvier et février, avec les fêtes traditionnelles de l'Épiphanie et du carnaval, les exécutions recommencèrent. Le 3 février, Pierre força tous les étrangers de la région de Moscou à assister à l'exécution de trois cents *streltsy* qui projetaient de les tuer.

Vers la même époque, il lança sa campagne pour contraindre la cour à adopter le costume occidental : au cours d'une fête, il coupa les longs caftans des boyards, comme il leur avait coupé la barbe quelques mois plus tôt.

Pour parachever ses innovations politiques et personnelles, Pierre contraignit Sophie à prendre officiellement le voile de religieuse. Quant à sa femme, qui le faisait bâiller d'ennui, il l'envoya dans un couvent de Souzdal sans tenir compte de ses protestations. Il confia leur fils, dont il ne s'était guère occupé jusque-là, à sa propre sœur et lui fit donner un précepteur allemand.

Daniel ne fut témoin des horreurs du Synode d'Ivrognes du tsar que pendant la semaine du carnaval. Les fêtards se rendirent ce soir-là dans la maison somptueuse de Lefort, précédés, comme d'habitude, par l'ancien tuteur de Pierre en costume de patriarche, accompagné par un joyeux drille représentant Bacchus, dieu du vin, mais coiffé d'une mitre d'évêque — c'était d'ailleurs tout ce qu'il portait, car il était entièrement nu. Plusieurs membres de la compagnie fumaient de cette herbe impie appelée « tabac », d'autres brandissaient des encensoirs où brûlait non de l'encens, mais la même drogue exotique. Pendant son séjour en Angleterre, le tsar avait accordé à lord Carmathan le monopole de l'importation de cette plante néfaste en Russie — et maintenant ses compagnons de bamboche mettaient du tabac dans des encensoirs sacrés.

Peu de temps après, Lefort, l'ami du tsar, mourut. Daniel ne put s'empêcher de dire :

— C'est le jugement de Dieu.

En avril, autre signe de la colère divine, le pain manqua à Moscou et les prix augmentèrent en flèche.

Jusque-là, le tsar n'avait accordé son attention qu'à la cour et aux *streltsy*. Dans les mois qui suivirent, il se pencha sur le sort de son peuple, et Daniel passa de la tristesse au désespoir.

Un soir en entrant dans la cour, Procope lança à Daniel :

— Ah ! vous voilà... Il faudra vous raser la barbe demain. Oui, vous m'avez bien entendu, ajouta-t-il en voyant le regard stupéfait du menuisier. Vous allez être exactement comme moi. Le tsar proclamera son oukase demain matin.

Tous les tsars avaient proclamé des oukases, des édits ; mais, sous le règne de Pierre, ce fut un torrent. Et l'oukase de 1699 allait faire des ravages ; tous les hommes, pas seulement les boyards, mais le peuple, les gens simples comme Daniel et même les paysans, devaient se raser la barbe.

— Pas de problème, ajouta Procope en souriant. Vous pouvez payer une amende à la place.

Tous les hommes, sauf les prêtres, devaient se raser. Ceux qui refusaient devaient payer une amende et porter une médaille de bronze autour du cou. Les amendes avaient été soigneusement calculées. Pour les paysans réduits au servage, la somme modique d'un demi-kopeck. Mais pour un homme libre, qu'il soit artisan ou même cocher, c'était carrément trente roubles. Pour un commerçant, le prix devenait exorbitant : soixante roubles. Et un noble comme Bobrov devait en payer cent.

Daniel n'avait absolument aucun moyen de payer.

Le visage glabre de Procope l'avait choqué, mais les personnages de la cour appartenaient toujours à un monde à part.

— Je ne sais pas ce qu'il en est des nobles, déclara-t-il à Arina, mais pour les gens ordinaires, il n'y a aucun doute possible : se raser la barbe est un péché mortel. Je ne peux pas faire une chose pareille.

— Tu ne dois pas, répondit Arina tandis que Mariouchka lançait à son père un regard de stupeur.

Elle ne pouvait l'imaginer sans sa barbe grise.

Dans la famille Bobrov, l'oukase provoqua également une tempête.

— Jamais, cria Eudoxia, c'est impensable !

Et comme Nikita grommelait au sujet des cent roubles, elle ajouta :

— Je préférerais donner tout ce que je possède plutôt que de permettre une chose pareille.

Le lendemain, d'un air à la fois triomphant et penaud, Nikita se présenta à elle avec seulement sa moustache. Elle lui tourna le dos et ne le laissa pas s'approcher d'elle pendant un mois. Quand il s'en plaignit, elle lui répliqua :

— Tu peux me battre, si tu es encore un homme, mais tu n'obtiendras rien d'autre de moi.

En secret, elle alla payer l'amende et acheter un disque de bronze pour Daniel, et elle insista pour qu'il l'accepte.

— Nous aurons ainsi dans la maison quelqu'un qui ressemble à un homme vivant dans la crainte de Dieu.

Procope était satisfait. Mais il avait fort à faire. Depuis que les *streltsy* étaient matés, le pouvoir de Pierre était inattaquable.

Et il était l'ami du tsar.

— Quand il accorde sa confiance, expliqua-t-il à son père, c'est le plus charmant garçon de la terre.

Il fallait reconnaître qu'en dépit de ses violences, Pierre savait se montrer tolérent envers les faiblesses humaines.

— Il pardonne presque tout du moment qu'on ne lui ment jamais.

Un jour, j'étais tellement en retard à la parade que je crus, en voyant sa colère, qu'il allait me faire donner le knout. Je lui ai avoué que je m'étais enivré la veille et que je n'avais pas pu me réveiller à temps. Il a éclaté de rire et m'a conseillé de ne pas recommencer.

Procope était satisfait surtout parce que Pierre allait lancer sa grande aventure : la conquête des ports de la Baltique.

C'était encore un secret. Les Suédois étaient puissants et il faudrait les prendre au dépourvu. Le Brandebourg, le Danemark, la Saxe, désiraient tous attaquer la Suède et se partager les riches pays baltes des Lettons, Estoniens et Lituaniens. Mais Pierre ne pouvait pas frapper au nord avant d'être certain que les Turcs Ottomans ne l'attaqueraient pas au sud. Pendant l'année entière, il ne cessa de faire part de son amitié aux ambassadeurs de Suède à Moscou, tandis que son représentant à Constantinople essayait de conclure un traité satisfaisant avec le sultan.

Cependant, la Russie s'armait.

Les nouveaux fusils à pierre d'origine anglaise constituaient une nette amélioration sur les anciens mousquets des *streltsy*, surtout quand on leur adaptait la baïonnette française.

— Au lieu de placer la baïonnette dans le canon après avoir tiré, expliqua Procope à son père et à Daniel, puis de l'enlever pour tirer de nouveau, ces sacrés Français ont fixé la baïonnette sur le côté du canon, et on peut tirer avec la baïonnette en place.

Daniel, l'ancien Cosaque, dut avouer que l'idée était bonne.

Par-dessus tout, l'État aurait besoin d'argent.

— Nous allons taxer tout ce sur quoi nous pourrons mettre la main, déclara Procope. Même les barbes des gens, ajouta-t-il en riant. Et comme le commerce se développera quand nous aurons nos ports de la Baltique, nous ferons également cracher les marchands.

— Comment cela ? voulut savoir Nikita.

— Simple... Une réforme administrative.

Les marchands locaux ne seraient plus soumis au contrôle des gouverneurs de province et pourraient élire leurs représentants.

— Ils en seront ravis, je pense, observa Nikita.

Il espérait jadis devenir gouverneur lui-même, mais il savait à quel point l'administration était corrompue.

— Et nous doublerons leurs impôts.

La plupart des réformes de Pierre devaient améliorer la situation de la Russie à long terme, mais il n'en est pas moins vrai que sur le moment, elles furent simplement conçues comme un moyen de lever de nouveaux impôts.

Outre l'argent, il fallait des hommes. Procope demanda instamment à son père d'envoyer un contingent nombreux de ses domaines, et en particulier de Russka.

— Et assure-toi qu'ils seront tous rasés, recommanda-t-il.

Son père s'étonna : était-il si important que les paysans recrutés aient le visage glabre ?

— Cela nous permettra de repérer aussitôt les déserteurs, expliqua son fils. Et nous nous assurerons que les paysans libérés par leurs maîtres ne passent pas au travers. Ou bien ils se présenteront à l'officier recruteur, ou bien ils perdront leur liberté.

— Leur liberté sera donc l'armée ?

— Exactement.

C'était d'une efficacité impitoyable, mais quelles en seraient les conséquences à longue échéance ? se demandait Nikita. Il n'était pas choqué, comme Eudoxia et Daniel ; et si les airs supérieurs de Procope le lassaient parfois, il essayait cependant de s'intéresser aux réformes. Il vit des régiments entiers habillés comme des Allemands. Il vit son fils sortir avec sa femme dans une robe allemande qui lui faisait vraiment honte. Il vit l'État se moquer de l'Église et le tsar enlever son fils unique à sa mère pour le confier à des étrangers.

— Ce que j'aimerais savoir, lança-t-il à Procope un jour où ils étaient seuls, avant Noël, ce que j'aimerais que tu m'expliques, c'est où nous allons. Allons-nous cesser complètement d'être russes ? Est-ce cela l'idée ? J'ai même entendu dire que le tsar préférerait que nous parlions hollandais.

A cet égard, son fils le rassura.

— Le tsar serait peut-être ravi que nous parlions hollandais, mais il ne fera rien contre notre langue. Pour comprendre ce qui se passe, père, il ne faut pas regarder la Russie, mais le monde extérieur.

— Et pourquoi ?

— Personne en Russie ne semble s'apercevoir à quel point nous sommes en retard. Si tu allais à Londres ou à Amsterdam, tu t'en rendrais compte aussitôt. De ton temps, le tsar Alexis ne faisait-il pas venir des officiers étrangers, qui appliquaient des méthodes étrangères ? Et n'était-il pas un bon Russe ?

— Il l'était, répondit Nikita avec déférence.

— La Russie doit se servir de tout ce qui lui paraît bon à l'étranger et rejeter le reste, continua Procope.

— Mais pourquoi le tsar déteste-t-il la religion ?

— Ce n'est pas la religion qu'il déteste. Mais l'Église est tellement retardataire, superstitieuse et opposée à tout changement, qu'il ne peut pas travailler avec elle. Le tsar Pierre, ajouta Procope, est comme un géant qui essaie de traîner une grande armée vers le sommet d'une montagne, alors que cette armée est tournée dans le mauvais sens et le tire vers le bas. Il faut donc qu'il se montre fort et ferme. Pour obtenir le moindre résultat, il doit agir... disons comme Ivan le Terrible. C'est le seul moyen de faire de la Russie une grande puissance.

— Nous ne deviendrons pas occidentaux ? Nous resterons russes quand nous aurons rattrapé le retard ?

Procope posa la main sur le bras de son père.

— Bien entendu. Sais-tu ce que m'a dit le tsar la semaine dernière ? Il m'a dit : « Procope Nikitich, nous avons encore besoin de l'Europe pendant vingt ans. Ensuite, nous lui tournerons le dos. »

1700

Ainsi finit l'ancienne Russie.

Pour la majorité de la population, ce fut un cataclysme ; comme si le firmament lui tombait sur la tête. Et Daniel y vit un signe annonciateur de la fin du monde. Il réunit Eudoxia, Arina et la petite Mariouchka.

— L'Apocalypse a commencé, leur dit-il. L'Antéchrist est parmi nous.

C'était effectivement le début d'une ère nouvelle, car en décembre 1699, le tsar Pierre avait décidé de changer le calendrier.

Pour comprendre la portée de l'événement, il faut se souvenir qu'en Russie, on n'était pas en 1699 mais dans l'an 7207 de la Création — système que les Russes appliquaient depuis l'époque de Kiev. Il faut se souvenir aussi que l'année ne commençait pas en janvier mais en septembre.

N'importe quel Russe vous aurait expliqué que c'était parfaitement logique. Ne parle-t-on pas d'une pomme sur un arbre dans le récit de la Genèse ? Le monde avait donc commencé à l'automne.

Le fait que le reste du monde utilisait un calendrier différent montrait seulement à quel point les autres pays étaient dégénérés.

Par son oukase de décembre 1699, Pierre décida que le mois suivant commencerait un nouveau système, une nouvelle année et un nouveau siècle. En janvier, la Russie entra en 1700.

Il ne fit qu'une seule concession aux sensibilités russes. Les pays catholiques d'Europe avaient alors adopté le calendrier grégorien moderne, mais l'Angleterre protestante s'en tenait encore à l'ancien calendrier julien. Chaque siècle, la différence minime entre les deux répartitions de jours solaires dans l'année augmentait et, à l'époque, le calendrier julien avait déjà onze jours de retard sur le calendrier grégorien. Mais mieux valait rester onze jours en retard que donner raison au pape ! Pierre décida donc d'adopter le calendrier julien — si bien qu'en 1918, les Russes auraient encore deux semaines de retard sur l'Occident.

Et pour célébrer l'ère nouvelle Pierre décréta que l'on suspendrait à la porte de chaque maison, pendant la première semaine de janvier, une branche de pin ou de genévrier.

Cela ne fit que confirmer Daniel, et tous ceux qui pensaient comme lui, dans sa vision d'Apocalypse. L'idée que le monde approchait de sa fin n'était pas nouvelle mais, du vivant de Daniel, elle s'était répandue avec un succès croissant, et pas seulement parmi les *raskolniki*. Un recueil de textes ukrainiens annonçant la fin du monde, connu sous le nom de *Livre de Cyrille*, était beaucoup lu longtemps avant le Schisme. Les fidèles de Kapiton, que Daniel avait connus du côté de la Volga, pressaient les paysans de se préparer pour l'Apocalypse depuis que Daniel était jeune homme. Après le Concile de l'Église, lui avait confié un moine, Nikon lui-même croyait que la fin était imminente.

C'était donc une certitude. La seule question était : quand cela se produirait-il exactement ? A Russka, tout à la joie de sa vie familiale, Daniel avait recommencé à espérer. Mais depuis son arrivée à Moscou, tout espoir s'était évaporé.

Curieusement, la personne qui convainquit Daniel fut un ancien moine récemment rallié aux *raskolniki*, un jeune homme plein de flamme qu'il rencontra lors d'une des assemblées secrètes dans une maison privée. Il était peintre d'icônes, ce qui les avait rapprochés au départ, et il possédait une remarquable collection de pamphlets, ainsi que des gravures représentant le tsar Alexis et Nikon avec les cornes de l'Antéchrist, ou bien Nikon sous les traits de la Bête de l'Apocalypse.

Il connaissait l'Apocalypse de saint Jean par cœur et le citait verset après verset en expliquant comment il pouvait s'appliquer aux événements du moment. Daniel, épouvanté par ce qu'il voyait autour de lui à Moscou, prêta de plus en plus foi aux formules et aux citations du moine.

Mais si la fin était venue, l'Antéchrist se trouvait déjà sur terre. Et qui était-il ?

Le tsar Alexis, prétendaient certains. D'autres croyaient qu'il s'agissait de Nikon — ne disait-on pas qu'il était juif ? Le moine avait à ce sujet des renseignements bien meilleurs.

— Dites-moi, qui était le vrai père de Pierre ?

— Le tsar Alexis.

— Peut-être. Mais pourquoi serait-il de si grande taille ? Ne pensez-vous pas naturellement à quelqu'un d'autre ?

Daniel le regarda sans comprendre.

— Ah, mon ami, vous êtes un brave homme : vous ne voyez pas le mal. Je vais vous dire : le père de ce Pierre n'est autre que le pervers Nikon lui-même. Et ce produit illégitime du péché n'est pas un authentique tsar. D'ailleurs, se conduit-il comme un tsar ?

Daniel convint que ce n'était pas le cas.

— L'Antéchrist, c'est Pierre, conclut le moine triomphant. Il est ici pour déclencher l'Apocalypse. Prenez vos précautions.

Dieu sait si chaque mois Pierre donnait à ses sujets l'occasion de penser ainsi ! Et si une preuve définitive était nécessaire, l'infâme changement de calendrier suffisait.

— N'était-il pas écrit que l'Antéchrist changera le temps ? rappela le moine à Daniel. N'est-il pas écrit que les années de Dieu seront abolies et les années de Satan proclamées ?

La fête de l'Épiphanie, qui tombe le 6 janvier, était célébrée en Russie d'une très belle manière.

Dérivée de l'ancienne fête juive des Lumières, l'Éphiphanie, ou Théophanie comme l'appellent les orthodoxes, commémore à la fois l'adoration de Jésus par les Rois mages et son baptême par Jean Baptiste dans les eaux du Jourdain.

En Russie, la coutume voulait qu'on bénisse les eaux, et à Moscou la cérémonie était d'une beauté particulière. La petite Mariouchka fut donc très excitée quand son père annonça ce matin-là qu'ils iraient y assister en famille sur le bord de la Moskova.

Elle sentait bien qu'il y avait de la tension dans l'air depuis trois semaines. Elle avait vu ses parents et Eudoxia Mikhaïlovna se consulter, et elle avait surpris les mots « malin » et « fin du monde ». Elle avait vu les décorations sur les portes et entendu des gens dire que c'était le Nouvel An ; mais comme son père lui avait affirmé fermement le contraire, elle en avait déduit que les autres se trompaient.

Cependant tout semblait aller pour le mieux ce jour-là. Il n'y avait presque pas de vent et les nuages vaporeux laissaient deviner la présence du soleil. Les rues étaient pleines, et quand ils arrivèrent sur les quais, ils se mêlèrent à une foule immense. Mariouchka vit même des gens assis sur le toit des maisons. Ils traversèrent le fleuve glacé et prirent place en face des hautes murailles du Kremlin.

Au milieu du fleuve s'élevait un petit bâtiment de bois, une sorte de sanctuaire garni d'icônes. On avait creusé devant un large trou circulaire, semblable à un puits, et de jeunes prêtres et diacres se tenaient autour.

Mariouchka regarda son père. Elle comprenait déjà ce qu'impliquait l'appartenance aux *raskolniki*, mais elle espérait qu'il n'était pas mal de prendre plaisir aux cérémonies célébrées par l'Église ordinaire. Daniel lui sourit, ce qui la rassura. Elle serra plus fort la main de sa mère. Elle savait qu'elle allait voir bientôt le patriarche et le tsar en personne, sur des trônes jumeaux posés sur la glace, assister à la bénédiction des eaux. Elle était tellement fascinée qu'elle ne regarda plus ses parents.

Le début de la procession arrivait. Mariouchka entrevit une bannière et les reflets des mitres couvertes de pierreries des prêtres. Puis retentit soudain un autre bruit : des flûtes et des tambours, une musique joyeuse, mais martiale. Et des colonnes de soldats se mirent à défiler au pas cadencé sur la glace, vêtus d'uniformes ajustés à l'allemande, rouges, verts ou bleus, portant guêtres et tricorne, armés de fusils à pierre. Tous rasés. Devant chaque compagnie défilait un homme portant le drapeau, et devant le premier régiment se trouvait un colosse en uniforme vert. Au son des tambours et des fifres, douze mille soldats ressemblant à des étrangers défilèrent sur la glace et vinrent former un carré autour de l'endroit où les prêtres devaient bénir les eaux.

Les prêtres ne descendirent sur la glace qu'après la mise en place des soldats.

Mais comme la procession était majestueuse et splendide ! Derrière l'immense croix venait une grande lanterne aux fenêtres de mica, portée sur les épaules de douze prêtres, dans laquelle brûlaient d'énormes cierges. La procession comprenait au moins cinq cents prêtres en robes d'or et en mitres, suivis par un imposant défilé d'archevêques, d'évêques, d'archimandrites et de diacres. Des centaines de chandelles s'allumèrent dans la foule. Sous un dais, un diacre s'avança avec une bannière représentant, en or, l'aigle à deux têtes des tsars de Russie. Et le patriarche était porté sur un trône.

« Mais où est le tsar ? se demanda Mariouchka. Pourquoi le patriarche est-il tout seul ? »

— Où est le tsar Pierre ? murmura-t-elle.

— Là, répondit Arina.

Mariouchka fronça les sourcils. Lequel était-ce ?

Les bénédictions avaient déjà commencé. Un prêtre en mitre agitait l'encensoir au-dessus de l'eau : une fois, deux fois, trois fois. Mariouchka savait qu'en cet instant sacré les eaux du fleuve étaient mystiquement transformées en eaux du Jourdain.

Les troupes étaient restées silencieuses. A chaque moment important de la cérémonie, on avait agité l'étendard de l'aigle à deux têtes et les drapeaux des soldats s'étaient aussitôt agités à l'unisson. A la fin du service, on les apporta pour les faire asperger d'eau bénite.

C'était terminé. Les prêtres commençaient déjà à repartir. Soudain, le ciel parut se déchirer.

Pendant une seconde, Mariouchka crut la fin du monde venue. Le coup de tonnerre, suivi par un rugissement, emplit l'espace entier. Elle sursauta violemment. Puis, tandis que la salve des canons rassemblés sous les murs du Kremlin roulait d'une rive à l'autre, une seconde explosion suivit la première : les douze mille hommes devant elle avaient déchargé leurs fusils vers le ciel.

La fillette, prise complètement au dépourvu, éclata en sanglots.

Ses parents durent lui expliquer par la suite que l'homme de grande taille, en vert, à l'écart du patriarche, était le tsar Pierre, et que les coups de canon étaient un signe de joie.

Quant à Daniel, il lui sembla que pour la première fois, il avait vu le visage de l'Antéchrist. Un visage dur et froid. On n'avait jamais rien vu de pareil dans la Russie d'autrefois. Car cet Antéchrist, ce Pierre qui incarnait l'État, était sans religion. Et il se souvint d'une phrase qu'il avait entendue récemment à Moscou sans en comprendre très bien le sens : « Tout pouvoir est Antéchrist, parce que tous les hommes se soumettent à lui. »

Or Pierre représentait le pouvoir.

Une semaine plus tard, son ami le moine disparut.

Daniel apprit qu'on l'avait amené au *Preobrajenski Prikaz* pour interrogatoire. Dix jours plus tard, la communauté des *raskolniki* reçut la nouvelle de sa mort. Il avait librement avoué qu'il considérait Pierre comme l'Antéchrist. Il avait même dit à ses gardiens qu'ils ne devaient pas obéir au tsar. Mais il avait refusé de dénoncer des complices. Ils l'avaient châtié par la mort qui porte en Russie le nom de *koptchenié* : la victime était lentement fumée à mort comme du jambon.

La semaine suivante, Daniel quitta Moscou pour rentrer à Russka.

1703

Andreï était ravi de retrouver Moscou, d'autant plus qu'il avait appris que son vieil ami Nikita Bobrov était encore en vie.

« Et si je comprends bien, il est riche. Comme moi », se dit-il, le sourire aux lèvres.

La vie s'était montrée généreuse à son égard. Il avait vécu des tragédies : il avait perdu sa première femme et trois enfants. Mais son second mariage avait été heureux et lui avait donné trois enfants de plus, dont la plus grande de toutes ses joies, son fils Pavlo.

Quel brave jeune homme c'était, un vrai Cosaque !

Et ses domaines étaient considérables.

— Raison pour laquelle je suis un bon Russe, disait-il en plaisantant.

Depuis l'époque de Bogdan et de l'union avec la Moscovie, l'Ukraine avait connu des heures sombres : d'abord pendant la guerre de la Pologne et de la Russie dont elle était l'enjeu, puis quand des factions cosaques s'étaient battues entre elles. Mais c'était terminé. La Pologne avait gardé les terres à l'ouest du Dniepr, à l'exception de l'ancienne Kiev, et la Russie obtenu ce qu'on appelait « la Rive Gauche ». Les prélats de Kiev s'étaient alors placés sous l'autorité du patriarche de Moscou à la place de celui de Constantinople. Et la Russie avait désigné un nouvel *hetman* compétent, un noble d'excellente éducation qui avait servi le roi de Pologne dans le passé : Ivan Mazeppa, dont le nom est presque aussi célèbre en Ukraine que celui de Bogdan.

Ses objectifs étaient simples : gouverner le pays pour la Russie ; renforcer la noblesse cosaque ; laisser les Cosaques pauvres et les paysans comme ils étaient ; et bien entendu enrichir sa propre famille. Le peuple le détesta, mais sa politique s'avéra efficace.

Haut fait rarement égalé même aux jours de gloire du féodalisme, Ivan Mazeppa réussit à amasser en trente ans près de vingt mille domaines. Et il donna également des domaines à ses fidèles officiers, dont Andreï et son fils.

— Grâce à Mazeppa, nous possédons dix propriétés, rappelait Andreï au jeune Pavlo. Et vois comment il a su se faire un ami du tsar Pierre...

Beau jeune homme de vingt-cinq ans à la peau brune, Pavlo était légèrement plus petit que son père, mais solidement bâti. Le mois précédent il s'était cassé le bras dans une chute, et il était revenu chez ses parents le temps que l'os se ressoude, furieux de se trouver à l'écart des combats.

Car l'époque était passionnante : la Russie venait de lancer sa grande guerre conte la Suède pour les côtes de la Baltique. Le jeune roi suédois, Charles XII, était tellement certain d'écraser les armées russes mal entraînées qu'il avait également attaqué la Pologne. Pour un bon Cosaque, c'était l'occasion rêvée de se battre et de s'enrichir.

— Le tsar a besoin d'hommes de bonne trempe pour sa campagne du nord, et Mazeppa va demander en échange des terres que la Pologne a conservées sur la rive droite du Dniepr, apprit Pavlo à son père. De toute façon, je suis impatient de participer à l'action.

— Il y a d'autres manières de progresser que se battre, rappela Andreï à son fils. Regarde Mazeppa.

N'était-ce pas une bonne occasion d'aller à Moscou et de se recommander au tsar Pierre ?

Tout s'était passé à merveille : Mazeppa avait remis à Pavlo une lettre pour le tsar ; et Andreï avait découvert que son vieil ami Nikita Bobrov avait un fils dans l'entourage de Pierre. Il avait donc bon espoir quand il prit le chemin de Moscou. Du jeune tsar, il ne connaissait presque rien. Les Cosaques pauvres le détestaient. Ils respectaient ses conquêtes dans le sud, et le fait qu'il avait mis un terme au tribut exigé par le khan de Crimée. Mais ils détestaient les réformes religieuses — beaucoup étaient devenus *raskolniki* — et ne comprenaient pas l'intérêt de la guerre du nord, dans laquelle la fougue désordonnée des Cosaques s'avérait sans effet contre l'infanterie entraînée du roi de Suède.

— Nous sommes de la chair à canon pour les officiers allemands et anglais, disaient-ils, non sans raison.

Mais Andreï ne s'en souciait guère, car il n'y avait presque rien en commun entre un noble cosaque et les paysans pauvres formant le gros de la troupe.

Il quitta Kiev au printemps, par la même route qu'un demi-siècle plus tôt. Il se sentait en excellente santé, mais une petite voix lui disait que ce serait son dernier grand voyage. Il était solide, mais il avait soixante-quatorze ans. C'était donc avec une certaine nostalgie qu'il se préparait à voir Moscou pour la dernière fois.

Et quels souvenirs se bousculaient dans sa tête ! Sa jeunesse, l'ami Bœuf, la belle Mariouchka. « Des visages que je ne reverrai jamais, se disait-il, sur cette rive du fleuve de la vie. »

En 1703, les Bobrov s'installèrent dans une nouvelle maison.

Solide, sur deux niveaux, construite en pierre. De vastes pièces basses de plafond, avec des parquets en bois ciré. Des meubles simples, et, non loin de l'angle où se trouvait l'icône, un grand poêle carré recouvert de faïences hollandaises. Procope avait mis six mois à convaincre son père de les importer, mais à présent le vieux Nikita en était fier.

— Hollandaises, disait-il à ses invités. Oui, elles viennent de Hollande.

Et ce fut donc vers ce poêle que Nikita Bobrov conduisit d'abord son vieil ami Andreï et Pavlo.

— Quel plaisir, après tant d'années ! Et comme tu vois, les choses ont changé.

Sans aucun doute.

Andreï n'aurait pas reconnu son ami sans sa barbe et dans sa redingote allemande ajustée.

— Vraiment, mon cher Nikita, tu ressembles presque à un Cosaque.

— Tout est très occidental à présent. Les jeunes gens ont le droit de se rencontrer avant de se marier, et nos femmes ne restent plus enfermées : il faut même qu'elles accompagnent leur mari à la cour. C'est le progrès.

Mais Andreï remarqua qu'Eudoxia vint le saluer en robe russe longue à l'ancienne mode, et se conduisit à son égard de la manière la plus traditionnelle.

— Ma femme conserve les façons d'autrefois dans la maison, fit observer Nikita, vaguement gêné.

Pour leur part, les deux Ukrainiens trouvèrent cela charmant.

Tout ce que vit et apprit Andreï dans les jours qui suivirent ne manqua pas de le fasciner.

Nikita, manifestement heureux de le revoir, insista pour qu'il s'installe chez lui, et le conduisit partout. Non seulement la ville avait changé, mais les attitudes.

Dans leur jeunesse, Nikita se montrait insultant envers tout ce qui venait de l'étranger ; à présent, il en parlait sur un tout autre ton, comme s'il s'excusait.

— Nous avons des apothicaires à Moscou, maintenant. Et un journal.

Ou bien :

— Il y a une nouvelle école de navigation, et un institut pour l'étude des langues étrangères. Mais vous avez l'habitude de ces choses-là, en Petite Russie.

Une autre fois, il remarqua d'une voix humble :

— Le tsar a autorisé les protestants. Crois-tu que ce soit bien ?

Andreï remarqua que le pouvoir de l'Église avait diminué. Le tsar avait fondé un nouveau service du gouvernement pour régler les affaires religieuses, et Andreï comprit que l'État s'adjugeait certains revenus de l'Église.

— Il a également pris beaucoup de cloches, expliqua Nikita. Pour ses canons.

Le plus choquant était cependant ce que Pierre n'avait pas fait : à la mort de l'ancien patriarche, il ne lui avait pas désigné de successeur. Il n'y avait pour l'instant qu'un intérimaire, et Andreï demanda à Nikita qui, à son avis, occuperait le trône patriarcal.

— Tu ne comprends pas ? Le bruit court qu'il n'y en aura plus. Pierre n'en veut pas.

— Tu plaisantes ? Le tsar ne peut pas abolir le patriarcat. Il n'est pas Dieu.

Nikita secoua la tête.

— Tu ne le connais pas, dit-il à mi-voix.

Ces questions le déprimaient, mais les nouvelles de la guerre étaient encourageantes. Après plusieurs faux départs, Pierre avait réussi à établir une première base sur la Baltique. Il n'était pas encore parvenu à s'emparer d'un des grands ports, comme Revel ou Riga, mais l'année précédente, il avait repris un fort près du lac Ladoga, vers l'embouchure de la Néva, à l'endroit où, des siècles plus tôt, le légendaire Alexandre Nevski avait repoussé les ennemis de la Russie.

— Il n'y a plus qu'un seul fort à prendre pour obtenir l'accès à la mer, expliqua Nikita. Ce n'est qu'un petit fort, mais ce sera pour nous une grande victoire.

Procope apporta la nouvelle la semaine suivante.

— Il a pris le fort. Il y a eu une bataille contre la flotte suédoise sur la Néva, et il l'a également remportée. Le tsar s'est établi solidement dans le nord.

Ce n'était qu'un endroit désolé, marécageux — le mot « néva », en finnois, signifie « marécage » — et il n'y avait rien en dehors du fort. Mais la Néva conduit au lac Ladoga, et l'on peut pénétrer de là tout le système fluvial de la Russie du nord. Comparé à Revel ou à Riga, plus au sud sur la côte balte, ce n'était cependant pas grand-chose.

En 1703, c'était tout ce que Pierre possédait, et il en était enchanté. Il se décora, ainsi que son favori Menchikov, de l'ordre de Saint-André, qu'il venait d'instituer. Il fit savoir qu'il rentrerait en triomphe à Moscou en juin, et se mit aussitôt à construire un fort plus important, avec une maison pour lui sur la rive de la Néva.

— Comment s'appellera le nouveau fort du tsar ? demanda Nikita.

— La forteresse Pierre-et-Paul. Quand je suis parti, il parlait même de construire une ville, là-bas. Tu sais comment les idées lui viennent soudain.

— Une ville ? Dans les marécages ?

— Je sais. Ça n'a guère de sens. Il changera peut-être d'avis.

— Et comment l'appellera-t-il ?

— Saint-Pétersbourg, je crois, répondit Procope en souriant

A peine avaient-ils appris cette idée ridicule qu'un messager leur apporta une nouvelle qui chassa aussitôt de l'esprit de Nikita la petite victoire de Pierre.

Le messager était son intendant de Russka.

Et le village entier semblait pris de folie.

Daniel savait peut-être depuis le début qu'on en arriverait là.

Il le savait au fond de son cœur trois ans plus tôt, quand le vieux prêtre Silas était mort, juste six mois après son retour de Moscou.

La petite commmnauté de *raskolniki* n'aurait pas pu subsister si longtemps sans amis, et notamment l'abbé du monastère, qui avait des sympathies pour eux.

— Il sait ce que nous faisons et ne dit rien. C'est pour cette raison qu'on nous laisse tranquilles, lui avait dit Silas.

L'autre danger aurait été l'intendant des Bobrov, mais il faisait lui-même partie des *raskolniki* et assistait à leurs services secrets.

Leur troisième ami, également important, n'était autre qu'Eudoxia Bobrov. Personne n'était au courant : ni les gens du village ni Nikita Bobrov, qui aurait mis un terme à l'aide apportée par sa femme. Mais si l'on avait besoin d'une icône, d'un livre de prières ou de cierges, Silas ou Daniel trouvaient toujours mystérieusement l'argent nécessaire ou les objets eux-mêmes.

De toute manière, Russka était un coin perdu. Depuis vingt ans, tandis que de nombreux *raskolniki* quittaient le centre de la Russie pour les régions frontalières et qu'il y avait des troubles à Nijni-Novgorod et sur le Don, les autorités avaient supposé que tout était calme à Russka. Quant au Bourbier... Qui en connaissait l'existence ?

Au début du printemps 1703, Silas avait annoncé à Daniel :

— Je vais mourir cet été. Il faut que vous preniez ma place.

— Je suis trop vieux, protesta l'ancien Cosaque.

— Vous êtes le seul capable de les guider.

— Mais comment serai-je ordonné prêtre ? demanda Daniel.

C'était le problème majeur des *raskolniki*.

Ils constituaient une Église, mais à l'extérieur de l'Église. Aucun évêque n'était entré dans leurs rangs, et il n'y avait donc personne ayant autorité pour ordonner des prêtres. Certains *raskolniki* acceptaient des prêtres de l'Église officielle, après certains rites de purification. D'autres adoptaient l'ancienne méthode, abandonnée par l'Église, selon laquelle chaque paroisse élisait son prêtre.

A la mort de Silas, on décida donc officiellement que les gens du Bourbier iraient à l'église à Russka, et qu'un prêtre du monastère viendrait desservir de temps en temps la petite église de bois.

Officieusement, après avoir lavé et purifié l'église chaque fois que venait le prêtre du monastère, les *raskolniki* du Bourbier continuaient leur culte en secret sous la direction de Daniel.

A la fin de l'année, nouvelle crise : l'intendant mourut.

Que se passerait-il si Bobrov nommait un homme ayant d'autres convictions ?

Daniel envoya aussitôt une lettre, et quelques jours plus tard Nikita fut fort surpris quand Eudoxia lui proposa :

— Laisse-moi choisir un nouvel intendant pour le Bourbier. Je connais le domaine bien mieux que toi.

Nikita avait d'autres choses en tête, il accepta et oublia l'incident. A Noël, Daniel avait accueilli à bras ouverts le nouvel intendant dans sa petite église.

Mais la plus redoutable menace demeurait.

On pense parfois que Pierre se montrait libéral en matière de religion, et c'est exact jusqu'à un certain point. L'année précédente, quand il avait autorisé les protestants, il avait proclamé le principe de la tolérance religieuse. Cette année-là, rencontrant dans le nord une région entière peuplée de *raskolniki*, il leur avait dit de célébrer leur culte comme ils voulaient, du moment qu'ils produisaient le fer nécessaire à son effort de guerre. Il fulminait souvent contre leurs attitudes conservatrices, mais il leur accorda, avec mépris, des chartes qui leur permettaient de pratiquer à leur manière à condition de payer des impôts doubles et de porter un insigne jaune sur leur manteau.

C'était la liberté, une petite liberté, mais certains s'en accommodèrent.

Pour de nombreux *raskolniki*, cependant, cela ne signifiait rien. Pierre continuait d'exiger de tous ses sujets une chose qu'aucun des *raskolniki* ne pouvait lui donner : la loyauté et l'obéissance sans réserve au tsar et à son nouvel État sécularisé. Comment pourraient-ils lui obéir alors qu'ils en étaient venus à le considérer comme l'Antéchrist ?

— Nous ne pouvons pas, en toute conscience, prier pour la santé du tsar, déclarait Daniel. C'est impossible. Le faire reviendrait à renier tout ce en quoi nous croyons.

Mariouchka était en train de pêcher avec d'autres enfants sur le bord de la rivière, du côté du monastère, le matin où l'abbé mourut.

Ils comprirent qu'il s'était passé quelque chose de grave quand ils virent les moines courir vers la grille pour appeler les frères lais qui travaillaient dans les champs. Quelques instants plus tard, la cloche se mit à sonner.

Il fallait s'attendre à ce que l'abbé meure un jour. Il était très âgé. Mais il s'était éteint subitement, dans la bibliothèque du monastère, ce qui expliquait la confusion générale. Curieux comme toujours, les enfants s'étaient précipités vers la grille. Au début personne ne fit attention à eux. Puis un des moines leur apprit la nouvelle, et Mariouchka courut prévenir son père.

En voyant le regard que Daniel adressa à Arina, elle comprit que ce décès risquait d'avoir des conséquences très graves.

Au début, le nouvel abbé plut à Mariouchka. C'était un bel homme d'une cinquantaine d'années, au visage rond et aux yeux bleu clair, qui s'arrêtait dans la rue pour parler aux enfants de Russka.

Mais il venait d'ailleurs. Le décès de l'abbé avait provoqué une visite des autorités, et les visiteurs n'avaient pas apprécié ce qu'ils avaient vu. On avait annulé l'élection d'un nouvel abbé par les moines et imposé un inconnu de Vladimir.

Il était arrivé au début de mai. Au bout de deux semaines, il avait soupçonné ce qui se passait au Bourbier. Une semaine plus tard, deux inconnus arrivèrent au monastère et s'enfermèrent avec lui pendant plusieurs heures.

L'église semblait toujours chaude à Mariouchka.

C'était un simple bâtiment de bois avec un clocher octogonal au centre et une petite iconostase de quatre rangées d'icônes — la dernière, celle des prophètes, était si près du plafond qu'elle semblait posée en angle.

En cette fin d'après-midi du début de l'été, tout le village était là. De petites particules de poussière dansaient dans les longs rayons du soleil. Parfois, quand ils priaient ainsi — les hommes avec leurs longues barbes et les femmes en foulard —, Mariouchka avait l'impression qu'ils vivaient hors du temps : comme si le présent appartenait lui-même au souvenir, ou au rêve...

C'était sa famille, les gens avec lesquels, par la volonté de Dieu, elle devait vivre et mourir. Et pour cette raison même, elle ne faisait qu'un avec eux, et eux avec elle, dans l'intimité douce, pleine de chaleur de la petite église.

Son père célébrait le service. Elle le considérait comme un patriarche, aussi intangible et hors du temps que les prophètes de l'iconostase. Elle savait qu'il mourrait, comme Silas. « Mais il ne mourra jamais tout à fait, se disait-elle ; il sera toujours ici, avec moi. » A chaque répons qu'elle chantait, sa belle voix était pourtant triste.

Mariouchka remarqua l'entrée des deux inconnus dans l'église juste après la Litanie. D'autres têtes se tournèrent.

Elle les vit s'incliner et faire le signe de la croix avec deux doigts, puis rester debout à l'arrière, par déférence.

Son père aussi les avait vus. Pendant un instant, au début des prières, elle le vit qui hésitait. Il leva les yeux comme pour demander conseil, puis continua.

La fillette essaya de se concentrer mais ne put s'empêcher de se retourner pour voir ce que faisaient les deux inconnus. Ils ne faisaient rien.

N'y avait-il pas cet après-midi un peu plus de ferveur dans les prières de son père ? Un peu plus de tristesse mais aussi de chaleur dans les chants de sa mère ?

Au moment où Daniel levait la main pour la bénédiction finale, les deux hommes s'avancèrent soudain.

— Arrêtez ! cria l'un d'eux.

— C'est un affront à l'Église et au tsar, annonça l'autre.

Lentement, Daniel alla jusqu'au bout de sa bénédiction, puis baissa les yeux vers eux.

— Vous avez quelque chose à me dire ?

— Vous faites le signe de la croix avec deux doigts, lança le premier.

Daniel garda le silence.

— Pourquoi n'avez-vous pas prié pour le tsar ? demanda l'autre.

Daniel ne répondit pas non plus. « Comme il a l'air beau !

songea Mariouchka. C'est le prophète Élie. » Aucun membre de la congrégation ne bougea.

— Nous allons vous emmener, dit le premier.

— Je resterai ici.

Les deux hommes tournèrent la tête. Une douzaine de visages silencieux leur firent comprendre qu'ils n'emmèneraient pas Daniel.

— Nous verrons si vous oserez discuter avec les soldats du tsar, dirent-ils. Ils vous persuaderont de prier pour votre empereur.

Daniel secoua lentement la tête.

— Le tsar est l'Antéchrist, dit-il simplement.

— Comment osez-vous ?

Daniel les dévisagea. Les mots avaient été prononcés. C'était inévitable. Il n'avait pas le choix.

— Nous pouvons nous occuper d'eux, père, lança un jeune homme dans le fond de l'église. Nous pouvons les noyer.

Daniel se tourna vers lui.

— Que Dieu te pardonne cette pensée née de la colère, dit-il doucement. Laissez-les repartir en paix.

Mariouchka regarda les deux hommes s'en aller, et sentit la petite congrégation trembler de crainte. Tous les yeux se posèrent sur Daniel.

— Mes enfants, dit-il, nous devons continuer de prier ensemble en espérant toujours la délivrance. Mais nous devons également nous préparer. Car le temps de la souffrance est proche.

Une heure plus tard, il écrivit la lettre, et il fut décidé que l'intendant l'apporterait à Moscou.

Nikita Bobrov était hors de lui. Les nouvelles qu'apportait ce maudit bonhomme étaient vraiment mauvaises, mais cette lettre ! Pire que le plus affreux des cauchemars. Il en tremblait de colère.

— Que va-t-il advenir des Bobrov, à présent ? cria-t-il.

Et soudain, pour la première fois depuis des années, le visage ironique de Pierre Tolstoï vint de nouveau le hanter.

— Espèce de démon ! lança Nikita à la pièce vide. Tu espères m'humilier une deuxième fois !

Le jeune intendant avait succombé à la panique. Quoique sympathisant des *raskolniki*, il n'avait pas la force d'âme de Daniel et de ses amis. La venue des deux espions l'avait terrifié. Il avait même songé à se cacher dans la forêt. Il calculait la façon dont il pourrait s'enfuir sans risque quand Daniel était venu lui apporter la lettre.

— Allez l'apporter à Eudoxia Mikhaïlovna, lui ordonna Daniel. Vous êtes l'intendant, personne ne s'étonnera de vous voir partir à l'improviste.

Il ne se fit pas prier. Il était à cheval longtemps avant la tombée de la nuit. Mais que ferait-il à son arrivée dans la capitale ?

Il commença par ouvrir la lettre. Il la décacheta avec soin, la lut lentement et la recacheta. Daniel expliquait à Eudoxia ce qui s'était passé, sollicitait son aide si c'était possible, et terminait par l'expression de leur foi mutuelle.

« Et je suis dans le coup, se dit l'intendant affolé. Ils vont tout découvrir. Eudoxia Mikhaïlovna mourra avec eux, et moi aussi. »

Sa seule chance était de remettre la lettre à Nikita lui-même. Il pourrait peut-être étouffer le scandale. De toute manière, personne d'autre ne serait en position de le protéger.

La colère de Nikita était prévisible.

— Quelle folie vous a possédée ? cria-t-il à sa femme. Pas un seul noble de notre classe ne s'est intéressé à ces maudites gens depuis vingt ans.

— Ce n'est peut-être pas à la mode, mais j'ai fait ce qui était juste, répondit-elle sèchement.

— Ah bon ? Vous trouvez juste de refuser de prier pour le tsar et de le traiter d'Antéchrist ? Ne voyez-vous donc pas que ce n'est pas seulement une question de religion ? Votre menuisier n'est qu'un de ces *raskolniki*. Il s'est rendu coupable de trahison.

— A cause de sa foi.

— Le tsar se moque de sa foi. Mais il s'intéressera à sa trahison, hurla Nikita.

« Justement », songea Eudoxia. C'était pour cela que tant de Russes le considéraient comme l'Antéchrist.

— Et le tsar n'appréciera pas que notre famille soit impliquée, poursuivit Nikita. Si nous n'étions pas au courant, peu importerait que certains de nos paysans soient des traîtres. Mais voici la preuve que nous étions impliqués, lança-t-il en agitant la lettre. Je serai condamné au knout, et vous aussi peut-être. On nous prendra nos domaines. La carrière de Procope est probablement terminée. Quelles que soient vos opinions religieuses, je ne comprends pas que vous puissiez faire une chose pareille à votre famille. Et pour la deuxième fois.

A cette allusion, il crut lire sur les traits de son épouse une expression de gêne.

— Quoi que nous fassions, il faudra agir vite, conclut-il.

Il tint conseil le soir même avec son fils, en présence d'Andreï et de Pavlo. Il savait qu'il pouvait compter sur l'aide du rusé Cosaque.

Et au cours de la nuit, deux groupes de deux hommes quittèrent Moscou à cheval. Le premier composé de Procope et de l'intendant, se dirigeait vers un domaine lointain de Bobrov. Le second, composé d'Andreï et de son fils, avait pris des chevaux de rechange pour arriver plus vite.

Ils allaient à Russka.

L'abbé n'était pas un méchant homme, mais il n'avait nullement l'intention de permettre ce genre de chose dans un village si proche des terres du monastère.

Il serait la risée de tous.

Il se doutait que plusieurs de ses moines avaient des sympathies pour ces gens, comme sans doute son prédécesseur. Ce serait une bonne leçon.

Il n'éprouvait aucune tendresse pour ces *raskolniki*. Quand le Concile les avait condamnés, il n'était âgé que de six ans. Il ne savait d'eux qu'une chose : ils détournaient les fidèles de l'Église officielle.

Quand il reçut le rapport des deux inspecteurs de Vladimir, il poussa un soupir de soulagement.

— Dieu merci, dit-il, ils ont prononcé des paroles de trahison.

Il allait pouvoir faire venir la troupe.

Au Bourbier, les gens semblaient résignés.

Ils avaient défié la loi pendant vingt ans, alors que chaque année ils apprenaient le martyre de telle ou telle communauté lointaine. Leur tour était venu.

Il n'était pas question de grâce. Tous les Russes savaient cela. Les moines rebelles de Solovetski avaient été abattus jusqu'au dernier. Depuis lors, des vingtaines de communautés avaient été massacrées. On savait que les autorités voudraient connaître les meneurs pour les soumettre à la torture.

Et on savait que, depuis vingt ans, de nombreuses communautés menacées, plutôt que de tomber aux mains des autorités, avaient opté pour une autre forme de l'inévitable fin.

Au Bourbier, chacun s'était mis à l'œuvre aussitôt. Le lendemain de l'intervention des deux inconnus, les hommes avaient enduit de poix le toit de leur église. Puis ils avaient rempli de paille l'espace formant crypte entre le sol et le plancher de bois. Parallèlement, sous la direction de Daniel, les artisans avaient fabriqué des portes s'adaptant aux fenêtres de l'église, et détruit l'escalier d'accès au porche. Puis on avait placé des échelles, au nombre de cinq, au-dessous des fenêtres et de la porte principale. A la fin de la journée de travail, tout était prêt.

Ils allaient se brûler vifs.

Cette auto-immolation rituelle fut souvent pratiquée par les *raskolniki*, dans toute la Russie mais surtout dans le nord. On estime que des dizaines de milliers de personnes se sont donné la mort ainsi. Cette pratique, dont les premiers exemples datent de 1660, se poursuivit sporadiquement pendant au moins deux siècles.

Mariouchka assista à ces préparatifs sans ressentir d'émotion particulière. Elle avait neuf ans. Elle savait ce qu'est la mort.

Le savait-elle vraiment ? Mourir... Allait-elle souffrir ? Que signifiait au juste cesser d'être ? Des ténèbres ? Le néant à jamais ? Ces pensées se bousculaient dans sa tête. A quoi ressemblerait ce voyage sans fin sur une plaine immense ?

Ses parents seraient avec elle, c'était l'essentiel. Cette certitude brillait ainsi qu'un rayon de soleil dans les ombres glacées. Sa mère, son père : même à présent, à l'approche de la mort, ce qu'elle désirait de tout son cœur n'était pas échapper aux flammes, mais rester avec eux, ses mains dans les leurs.

L'amour était sans doute plus fort que la mort. Et même s'il ne l'était pas, elle n'avait rien d'autre.

Ils ne quittaient plus le hameau. Le soleil brillait sur la petite église, prête à les recevoir. Ils attendaient et ils priaient.

Andreï et Pavlo ne perdaient pas un instant. Le troisième jour, ils arrivèrent dans les environs.

Andreï était tout émoustillé. C'était une belle aventure. Et il était ravi de pouvoir rendre service à son vieil ami.

— Après tout, fit-il observer à son fils, nous n'avons rien à perdre dans cette affaire. Mais si nous réussissons, les Bobrov nous devront une fière chandelle.

N'était-il pas étrange qu'à la fin de sa vie, à l'improviste et dans des circonstances si particulières, il retourne sur un des lieux de sa jeunesse ? Le destin semblait jouer un étrange jeu avec lui.

Le deuxième jour, il s'était confié à son fils.

— Tu sais, j'ai eu un enfant dans le village où nous allons. Une fille.

— Ah bon ? Que Dieu la bénisse ! Comment s'appelle-t-elle ?

— Je ne le sais pas.

— Qu'est-il advenu d'elle ?

— Dieu seul le sait. Elle est peut-être morte.

— Ou une de ces *raskolniki*.

— Peut-être. Je n'y peux rien.

— Notre mission est claire de toute manière.

— Absolument.

Ils supposaient tous les deux que Procope Bobrov avait déjà supprimé le malheureux intendant qui en savait trop.

— Tuez-le et jetez-le quelque part dans un marécage, avait conseillé Andreï. Personne ne vous posera jamais de questions, mais si on le fait, vous pourrez toujours dire qu'il s'était enfui.

Quant à la mission à Russka, il s'était montré catégorique :

— Aucun Bobrov ne doit se montrer là-bas. Vous n'êtes au courant de rien. Nous nous chargeons de tout.

Si les gens du village, comme ils le pensaient, ignoraient le rôle joué par Eudoxia, le plan réussirait. C'était un plan très simple : il fallait éviter à tout prix les aveux, et donc faire en sorte que les bourreaux ne puissent mettre la main sur Daniel et sa famille.

Ils allaient les tuer.

Il faisait déjà sombre, et les nuits sont courtes dans le nord à cette époque de l'année. Le hameau se préparait à dormir, et la petite Mariouchka ne trouvait pas le sommeil.

Chaque nuit, elle se glissait dehors, près de la rivière, comme pour savourer ce qui serait peut-être ses dernières minutes.

Le temps était à l'orage mais les nuages s'éclaircissaient. Des éclairs silencieux ne cessaient d'éclater près de l'horizon ainsi que de lointains feux follets.

Une heure passa. Elle n'avait toujours pas sommeil. Puis une autre heure. Une autre.

Et un bateau arriva soudain dans le courant. Un gamin de Russka ramait de toutes ses forces.

— Ils arrivent, cria-t-il. Les soldats.

Mariouchka partit en courant.

Andreï et Pavlo s'étaient égarés. Le vieux Cosaque était certain que Russka se trouvait quelque part sur cette petite rivière, mais il y avait si longtemps...

Ils décidèrent de mettre pied à terre pour la nuit.

Une heure avant l'aube, des voix et des bruits de pas les éveillèrent. C'étaient de bons Cosaques : à la seconde suivante, ils étaient tous les deux debout et en armes. Andreï resta près des chevaux pour les calmer et Pavlo se posta aux aguets.

Les bruits venaient de l'autre rive. Des soldats avançaient dans la nuit. Pavlo distingua les reflets des baïonnettes. Deux d'entre eux, sans doute des officiers, chuchotaient mais leurs voix étaient portées par le silence jusqu'à l'autre rive.

— Je l'ai déjà fait, du côté de Iaroslavl. Il faut les coincer à l'aube, c'est le secret. Nous aurons tout le village entre nos mains avant même qu'ils sachent ce qui leur arrive.

Pavlo estima leur nombre à quarante ou cinquante. Il attendit qu'ils soient passés pour bouger.

Il n'y avait pas un instant à perdre. Le village devait être plus près qu'ils ne pensaient. Ils sellèrent leurs chevaux et partirent vers l'aval.

— Restons sur cette rive, nous traverserons quand nous les aurons dépassés.

Il n'était pas facile d'aller vite dans l'obscurité. Quand les deux Cosaques parvinrent à hauteur de Russka, ils remarquèrent qu'un enfant les avait vus et lançait sa petite barque dans le courant.

Daniel alla de maison en maison réveiller les gens du hameau. Ils sortaient dans les ombres qui précèdent la grisaille de l'aube, déconcertés, visiblement effrayés, et certains s'emmitouflaient dans des manteaux pour se protéger de ce qu'ils prenaient pour le froid du matin.

Daniel entrait calmement dans chaque maison, se dirigeait vers le chef de famille et lui disait :

— Il est temps.

Mariouchka, dans leur petite maison, regardait sa mère. La fillette, qui était pourtant restée toute la nuit dehors en simple chemise de toile, s'était mise à frissonner.

Arina paraissait très calme. A la lumière d'une chandelle, elle arrangea rapidement sa robe et mit ses chaussures d'écorce sans forme. Elle drapa un grand châle sur ses épaules, puis noua un foulard sur sa tête. Elle lissa sa robe sur ses cuisses avec ses mains à plat — c'était un geste qu'elle faisait toujours avant d'aller à l'église.

Mais la fillette remarqua ce jour-là un autre geste.

Lentement, d'un air songeur, Arina porta la main à son poignet gauche, où elle portait toujours un bracelet d'or, beau bijou orné d'une seule grosse améthyste auquel elle tenait beaucoup. Elle l'ôta et le posa à côté du poêle.

— Que fais-tu ? murmura l'enfant.

Arina lui adressa un sourire doux.

— Ce sont des choses de ce monde, Mariouchka, dit-elle doucement. Nous allons dans le royaume du ciel.

Arina se dirigea ensuite vers un coin de la pièce, où elle prit un petit récipient.

Mariouchka avait vu sa mère partir dans les bois quelques jours plus tôt avec d'autres femmes du hameau. A leur retour, quelques heures plus tard, elles portaient des baies que la fillette n'avait jamais vues. Elles s'étaient enfermées dans une des maisons pour faire quelque chose avec ces baies, puis Arina était rentrée avec ce même récipient. Elle n'avait pas voulu dire à Mariouchka ce qu'il contenait.

Arina versa un peu du liquide du récipient dans une tasse de bois qu'elle tendit à sa fille.

— Bois.

Le breuvage était sombre.

— Qu'est-ce que c'est ?

— Peu importe. Bois.

Cela avait un goût étrange. Une sorte de jus amer.

— Tu vas cesser de trembler bientôt, dit Arina en la regardant.

— Les autres enfants vont en boire ?

— Oui. Et sans doute plus d'un adulte, je pense.

Parmi les nombreuses baies de la forêt russe, certaines ont des propriétés extraordinaires.

La mère et la fille sortirent. Tout le village commençait à se diriger en silence vers la petite église. Mariouchka chercha les soldats des yeux. Pour l'instant, aucun signe.

A l'église, les hommes mettaient les échelles en place. Elle aperçut son père qui se dirigeait de maison en maison avec trois hommes de son âge pour vérifier que personne ne manquait. A leur retour, elle vit son père faire un signe de tête.

C'était le moment.

En silence, les gens du hameau se mirent à monter dans l'église avec les échelles. Mariouchka s'aperçut que sa mère et elle seraient parmi les derniers. Elle regarda par-dessus son épaule. Toujours aucun signe de l'arrivée des soldats.

Cinq hommes devaient rester à l'extérieur. Quatre d'entre eux, sur un signal, mettraient le feu à la paille de la crypte puis monteraient aux échelles, les tireraient derrière eux et barricaderaient les portes. Le bâtiment, bien préparé, prendrait feu en un instant et les soldats du tsar ne pourraient qu'assister au sacrifice.

Le cinquième homme, posté sur le toit, servait de vigie. C'était lui qui donnerait le signal.

Presque tout le monde était entré. C'était au tour d'Arina et de Mariouchka. La fillette s'aperçut qu'elle avait cessé de frissonner. Elle monta l'échelle d'un pas calme. A son entrée dans l'église, elle éprouvait même une sorte de chaleur agréable.

On avait allumé les cierges, un plus grand nombre qu'à l'accoutumée. Elle regarda autour d'elle les visages qu'elle avait toujours connus, pâles et tendus.

Peu après, Daniel entra et se plaça devant les portes de la petite iconostase.

— Mes frères, mes sœurs, le moment est venu. Que ceux qui se sentent faiblir ne l'oublient pas : cette mort sera beaucoup plus douce que les supplices des soldats. Et à vous tous, je dis : Notre Dieu nous attend dans Son royaume. Il est déjà avec nous en ce moment. Il a ouvert les bras. Il est Notre Père et Il nous accueille enfin au sortir de ce monde mauvais. Préparez-vous à entrer, par la grâce du Christ et Son amour parfait, au royaume de la lumière éternelle.

Puis il se mit à lire les prières.

Comme tout cela semblait familier et étrange à la fois... Sa mère se tenait près d'elle. Sa voix douce qui chantait les répons était si belle, si réconfortante. Les cierges répandaient une lumière extraordinaire. Leurs flammes étaient douces, chaudes. Mariouchka sentit que sa tête se mettait à tourner.

Les baies venaient de faire effet : les hallucinations commençaient.

Ils arrivaient. Dans les premières lueurs pâles de l'aube, l'homme sur le toit vit des ombres traverser la rivière.

Il hésita, puis respira à fond et donna l'alarme.

Il devait descendre aussitôt et rentrer dans l'église. Il le savait. Mais il resta un instant de plus, les yeux rivés sur les silhouettes qui s'avançaient.

Il aurait dû y en avoir davantage. Mais non, ce n'était pas un contingent de soldats qui entrait dans le hameau... Seulement deux cavaliers. Et dans le petit jour, ils ne ressemblaient pas du tout à des hommes du tsar.

C'étaient des Cosaques.

Il vit qu'en bas, trois hommes étaient déjà entrés dans la crypte avec les torches ; le quatrième les suivait.

Les deux Cosaques étaient vraiment seuls.

— Arrêtez ! cria-t-il. Ce ne sont pas les hommes du tsar.

Une fausse alerte ! Des Cosaques... Peut-être même des *raskolniki*.

— Ne mettez pas le feu, lança-t-il. Ce ne sont pas des soldats.

Andreï et Pavlo ne comprirent ce qui se passait qu'au milieu du village.

— Mon Dieu, murmura Andreï, ils sont en train de se brûler vifs.

— Ils font notre travail à notre place.

Andreï acquiesça.

— Du moment que ce Daniel meurt... Mais il faut nous en assurer.

Ils s'avancèrent. Les gens ressortaient déjà de l'église.

C'était la seule chose que Daniel n'avait pas prévue. Une fausse alerte. Et il n'avait pas envisagé l'effet que cela ferait sur la congrégation. C'est une chose de faire face à la mort avec le reste de la communauté, mais hésiter quand s'offre un sursis en est une autre.

Un tiers du village, en entendant les cris de l'homme sur le toit, s'était précipité vers les échelles.

Arina avait été prise au dépourvu elle aussi. Elle essaya de continuer de chanter les répons tandis que les gens se bousculaient autour d'elle. Puis Daniel interrompit les prières. Arina s'aperçut seulement à ce moment-là que Mariouchka ne se trouvait plus à ses côtés.

Autour de l'église régnait la confusion la plus complète.

Les hommes de la crypte s'efforçaient d'éteindre le feu qu'ils venaient d'allumer, mais ce n'était pas si facile, car la paille avait été bien préparée.

Au pied des échelles, une douzaine de personnes regardaient arriver les deux Cosaques.

Personne n'avait remarqué la fillette.

Dans la bousculade près des fenêtres, elle avait été projetée contre un homme qui se précipitait dehors. Il l'avait soulevée machinalement sous son bras et emportée sur l'échelle. En arrivant en bas, il l'avait reposée.

Elle s'était dirigée vers les maisons du hameau, sans même savoir où elle était.

— Où est Daniel ? lança Andreï.

— A l'intérieur, répondirent les gens. Qu'est-ce que vous lui voulez ? Qui êtes-vous ?

Tandis qu'Andreï cherchait sa réponse, un autre cri retentit, venant du toit.

— Les soldats ! Je les vois !

Ils étaient arrivés.

Au même instant, Andreï aperçut la silhouette d'un colosse qui descendait l'échelle d'une autre fenêtre. Ce devait être Daniel — Nikita Bobrov le lui avait décrit. Dès qu'il arriva au sol, il se mit à crier :

— Remontez tout de suite. C'est sans doute un piège.

Et il se précipita vers la crypte en hurlant :

— Allumez le feu. Les soldats sont là. Vite !

Les gens se bousculèrent de nouveau vers les échelles. Après avoir vérifié que la paille avait pris feu, Daniel ordonna aux hommes de la crypte de monter par l'échelle de l'entrée principale.

— Montez et barricadez la porte.

Andreï entendit un cri à l'autre bout du hameau. Les soldats. Il se tourna vers Pavlo.

— Mieux vaut ne courir aucun risque, dit-il.

Il éperonna son cheval et dégaina son sabre.

Les flammes léchaient déjà les côtés de l'église. Des nuages de fumée s'élevaient de la crypte. Les hommes tiraient les échelles et barricadaient les portes. Il n'en restait plus qu'une, celle vers laquelle Daniel se dirigeait.

Daniel se retourna vers le Cosaque qui s'avançait, le sabre levé. Dans son regard, aucune crainte, seulement de la colère et du mépris. Et son expression changea à peine lorsque le Cosaque s'arrêta, bouche bée et s'écria :

— Mon Dieu ! C'est Bœuf !

Et au même instant, une femme au visage livide apparut en haut de l'échelle et poussa un cri. Quand Andreï se retourna pour regarder dans la direction du bras tendu de la femme, son étonnement décupla et il se crut dans un rêve.

Tout tournoyait autour d'elle, mais en voyant les flammes elle comprit où elle devait aller.

Les flammes. Comme un immense cierge... Elle se dirigea vers elles. Les flammes, l'église, ses parents. Mais pourquoi l'église ne cessait-elle pas de bouger ? Elle pressa le pas.

Elle pouvait entendre leur crépitement, sentir leur chaleur. Il ne lui restait plus qu'à atteindre l'échelle.

— Mariouchka !

La voix de sa mère. Elle sourit. N'était-ce pas son père, avec quelqu'un, au pied de l'échelle ? Il allait l'emporter vers la fenêtre. Elle l'appela et se mit à courir.

— Mariouchka !

Une voix d'homme. Mais pas celle de son père. Pourquoi l'inconnu à cheval criait-il son nom ainsi ? Pourquoi l'énorme cheval se dirigeait-il vers elle ?

Elle se sentit soudain enlevée du sol. Elle était sur le grand cheval avec l'inconnu. Mais pourquoi l'emportait-il loin des flammes ?

La destruction du domaine de Nikita Bobrov au Bourbier fut totale.

Son principal capital, les paysans qui lui appartenaient, fut complètement anéanti.

A l'arrivée des soldats, toutes les échelles étaient remontées. Ils n'aperçurent qu'un colosse en train de barricader la dernière fenêtre. Ils ne purent rien faire pour arrêter l'incendie : il était trop tard.

Et la question fut donc réglée. L'abbé fut satisfait et les autorités contentes. Quand Nikita apprit la nouvelle, il feignit l'étonnement et l'horreur.

Andreï avait caché la petite Mariouchka. Personne ne savait qu'elle avait survécu. Mais à son retour à Moscou il l'avait donnée à Nikita.

Il avait eu de la peine à se décider. C'était sa petite-fille. Aucun doute n'était possible. A part sa ressemblance frappante avec sa grand-mère — Andreï avait parfois l'impression que cinquante ans de sa vie ne s'étaient pas écoulés — elle l'avait supplié, le jour de l'incendie, de lui laisser emporter un souvenir de sa mère. Ils étaient revenus dans le hameau désert après le départ des soldats, et l'enfant avait trouvé le bracelet d'Arina à l'endroit où celle-ci l'avait posé. Andreï avait reconnu aussitôt le bijou qu'il avait donné à la vieille Elena. Les soldats, horrifiés par l'incendie, étaient repartis sans songer à piller les masures.

Andreï avait expliqué de son mieux leur lien de parenté à la petite Mariouchka et proposé de l'emmener en Ukraine. Mais l'enfant avait refusé obstinément :

— Laissez-moi avec Eudoxia Mikhaïlovna.

Andreï la comprenait : Eudoxia était le seul lien de la fillette avec sa famille disparue, sa seule amie. Il se garda de lui révéler que Nikita Bobrov et son fils avaient voulu la tuer elle aussi.

Ce fut ainsi qu'en 1703 la petite Mariouchka se retrouva à Moscou dans la maison des Bobrov. Avant de partir, son grand-père cosaque laissa un peu d'argent pour qu'à sa majorité, elle soit libre.

1710

Le dégel survenait tard à Saint-Pétersbourg. La glace de la Néva claquait parfois comme des coups de canon. Et le printemps était souvent si triste qu'on se demandait si cela valait la peine d'en avoir. Ensuite, les jours d'été duraient si longtemps à cette latitude nordique que les trois heures dites « de nuit » n'étaient en vérité qu'un long crépuscule pendant lequel dansaient à l'horizon des aurores boréales.

La ville, née du rêve de Pierre, était construite sur des marais. On avait enfoncé des pilotis de bois dans la boue sur des hectares et des hectares. Puis on avait creusé des canaux. Presque comme si le tsar avait décidé de faire une nouvelle et inutile Amsterdam sur ces terres désolées.

Contrairement à ce qui s'était passé en Hollande, la ville n'était pas entourée de terres riches, mais d'infertiles marécages glacés. A la place de pâturages pour le bétail, un désert hanté par des loups qui n'hésitaient pas à venir en ville chercher leur nourriture.

Ils avaient amené Mariouchka là-bas trois ans plus tôt, et elle détestait l'endroit.

Dès le départ, le tsar avait encouragé ses proches à s'installer dans la ville nouvelle. En 1708, il avait contraint tous les hauts fonctionnaires à vivre à Saint-Pétersbourg. L'année suivante avaient commencé les déplacements forcés de villages entiers.

En dehors de la forteresse Pierre-et-Paul, construite en pierre, et de quelques bâtiments de brique et de pierre qui s'élevaient sur les berges marécageuses — ici une église, là un palais ou un entrepôt — presque toute la ville n'était que cabanes de rondins et de torchis. Il n'y avait ni grande forêt ni carrière suffisante dans les environs, et il fallait tout faire venir d'ailleurs...

Par cette matinée glacée de printemps, Procope Bobrov, une lourde capote de laine sur son uniforme, marchait d'un pas vif sur un sentier boueux des berges de la Néva. Giflées par le vent salé de la mer, ses oreilles devenues écarlates s'étaient mises à tinter.

Il était seul, mais il se retournait de temps à autre pour regarder derrière lui, bien que le vent lui mordît alors le visage. Il plissait les yeux comme un marin sur le gaillard d'avant, et son attitude trahissait une certaine gêne.

Il avait peur que Mariouchka le voie.

Il continua ainsi quelque temps, en vérifiant à intervalles réguliers qu'elle ne le suivait pas.

Vraiment ennuyeux qu'elle lui fasse tous ces embarras juste au moment où il croyait être débarrassé d'elle. Elle s'était adressée à lui d'un ton tellement suppliant...

Pour tout dire, sa conscience lui faisait des reproches.

Les Bobrov s'étaient bien conduits envers elle. Elle n'avait pas à s'en plaindre. Elle avait passé les cinq premières années avec les parents de Procope, jusqu'à la mort de Nikita puis d'Eudoxia. Cinq années de paix, sinon de bonheur.

Après le désastre du Bourbier, Nikita avait régenté sa maisonnée d'une main de fer. Le mot *raskolniki* ne devait jamais être prononcé et la famille ne fréquenta que l'église officielle. Eudoxia, bouleversée, ne parlait jamais du sujet interdit à la fillette, même quand elles étaient seules. Il lui arrivait d'évoquer avec tendresse le souvenir des parents de Mariouchka, mais c'était tout.

A la mort d'Eudoxia, Procope l'avait recueillie.

Il ne voulait pas de Mariouchka et elle le savait très bien. Mais il avait promis à sa mère de veiller sur elle jusqu'à son mariage, et il l'avait donc emmenée dans la ville nouvelle des bords de la Néva.

Comme toute chose à Saint-Pétersbourg, la taille de la maison de Procope avait été fixée par règlement du tsar. Propriétaire de cinq cents paysans, Procope devait habiter une maison à un étage, construite en bois et en plâtre à la manière anglaise. Chaque printemps, pendant la crue de la Néva, l'eau envahissait la cave.

Deux des maisons voisines avaient été détruites par des incendies. Tout le monde en ville — les marchands, les nobles et Pierre lui-même — faisait partie du corps des pompiers. Le tsar en personne avait combattu un de ces incendies à la hache et sauvé des vies. Quand l'autre avait pris feu, le tsar était en campagne et les gens avaient laissé brûler trois autres maisons.

Mariouchka, cependant, ne rêvait que de Russka et du Bourbier. Mais le Bourbier demeurait désert.

Après la perte de tous leurs paysans du hameau, les Bobrov avaient envisagé de repeupler l'endroit avec des paysans de leurs autres domaines.

— Après tout, nous possédons beaucoup d'âmes ailleurs, avait observé Procope.

En fait, à cause des interminables guerres de Pierre, ils n'en avaient jamais assez. En plus de vingt ans, la Russie de Pierre ne connut pas plus de quelques mois de paix. La guerre du nord traînait interminablement et le pays entier, nobles, marchands et paysans, devait se saigner pour en payer le prix.

— Nous ne pouvons pas ruiner nos autres propriétés pour sauver celle-ci.

Mais il y avait une autre raison pour laquelle Mariouchka ne reverrait jamais Russka.

— Les gens de là-bas pourraient la reconnaître, confia Procope à son épouse. Bien que cette affaire avec Daniel et ma mère soit bien finie à présent, ce serait peut-être embarrassant pour nous.

Que faire d'elle ? Andreï le Cosaque avait laissé un peu d'argent. Il fallait que la jeune fille reste libre. Procope espérait la marier à un artisan ou quelqu'un de sa classe, et en attendant elle servait de femme de chambre à son épouse. Elle semblait contente, et de toute manière il l'aimait bien.

Depuis plusieurs années, il était de plus en plus sombre. En partie à cause des années de guerre, mais il y avait autre chose.

— C'est mon pays qui me désole, disait-il.

Pourquoi tout se révélait-il impossible ? Pourquoi ne pouvait-on faire régner l'ordre dans cet immense empire retardataire ?

— Le tsar est un Titan, mais ce pays ressemble à un océan obstiné.

Il se demandait parfois qui suivait vraiment le tsar. Sûrement pas le peuple. Même au sein de l'Église officielle, et à plus forte raison parmi les *raskolniki*, beaucoup le considéraient comme l'Antéchrist. Les riches marchands le détestaient parce que ses impôts les ruinaient. Les nobles et tous ceux que Pierre contraignait à vivre à Saint-Pétersbourg souhaitaient sa mort pour pouvoir retourner à leur confort de Moscou. Ils détestaient la mer, leurs maisons leur coûtaient des fortunes et le prix de la nourriture, qu'il fallait faire venir de loin, était exorbitant.

Dans le sud, les Cosaques s'étaient révoltés deux fois : près de la mer Caspienne à Astrakhan, et dans la région du Don sous l'impulsion de Boulavine.

Qui donc aimait Pierre ? Des hommes comme lui-même, supposait Procope : la nouvelle aristocratie.

Car Pierre instaurait en Russie une nouvelle forme d'État, dans laquelle chacun pouvait s'élever en fonction de ses capacités. On accordait des titres en fonction des services rendus et non de la naissance. Un manant comme Menchikov, l'ancien marchand de petits pains, avait été fait prince.

Procope avait bien servi Pierre et n'avait aucune raison de se plaindre. Il ne craignait que deux choses : perdre les bonnes grâces de Pierre, et perdre Pierre lui-même.

— Il s'expose toujours au danger, se lamentait-il. C'est un miracle qu'il ne soit pas mort déjà vingt fois. Et si Pierre disparaît, que deviendrons-nous ? Je ne fonde guère d'espoirs sur son fils.

Presque personne n'aimait le tsarévitch Alexis, mais c'était l'héritier. Et qui pouvait savoir ce qu'il ferait ?

Il ne parlait pas beaucoup, mais il y avait dans le silence de ce grand jeune homme saturnien une sorte de rancœur effrayante. Après avoir confié son éducation à des précepteurs allemands, puis à Menchikov, Pierre avait essayé de faire de lui un homme de guerre, sans grand succès. Il ne semblait prendre plaisir qu'à une chose : s'enivrer.

Procope ne pouvait pourtant pas lui reprocher sa réserve et sa rancœur : non seulement Pierre se montrait dur envers son héritier, mais il s'était remarié, avec une paysanne lituanienne qui lui avait donné d'autres enfants. Une simple paysanne ! une ancienne prisonnière de guerre ! Elle se faisait maintenant appeler Catherine, et elle était tsarine. Pierre l'adorait. Et la mère d'Alexis était toujours enfermée dans un couvent de Souzdal, où le tsarévitch n'avait pas le droit de se rendre. On comprenait son caractère sombre.

— Le pire, disait Procope à sa femme, c'est que personne ne sait ce qu'il pense des réformes. Il n'ose pas s'opposer à son père, mais il préférerait manifestement aller à Moscou avec la famille de sa mère et ces maudits Miloslavski. Nous ne pouvons pas lui faire confiance.

Pierre comptait envoyer le jeune homme à l'étranger. Il voulait lui trouver une femme allemande.

— Plus tôt il partira, mieux ce sera, assurait Procope. Peut-être le mariage va-t-il l'améliorer.

Il y avait tant de problèmes à résoudre... La guerre du nord était parvenue à une phase importante. Depuis un an, Cheremétev assiégeait Riga avec trente mille soldats. Procope avait envie d'y aller au plus tôt, avant que la ville ne tombe. Pierre n'appréciait pas que l'on se tienne en dehors de l'action.

Mais avant de partir il fallait qu'il règle cette affaire assommante. Il hâta le pas : où avait-elle dit qu'elle avait vu l'homme ?

Mariouchka était tombée amoureuse.

Cela s'était passé le plus simplement, le plus naturellement du monde : elle l'avait vu, et elle avait connu aussitôt une impression de paix et de bonheur, suivie par une extraordinaire légèreté de l'esprit. Si simple, et pourtant miraculeux. Car le jeune homme avait éprouvé la même chose. Ensuite, que dire d'autre ?

C'était un paysan, venu d'un des domaines de Bobrov de la région de Moscou le mois précédent avec six traîneaux chargés de provisions pour la famille.

Quand elle avait annoncé à Procope qu'elle désirait l'épouser, il s'était montré réticent.

— C'est un paysan...

— Peu m'importe, lui répondit-elle. J'ai l'habitude de la vie de village.

Le visage de Procope s'éclaira. Dans son innocence, Mariouchka ne devina pas qu'il craignait seulement qu'elle lui demande d'accorder au jeune homme sa liberté.

— Très bien. Si c'est ce que tu désires, tu pourras aller au village au printemps, quand ma femme aura trouvé quelqu'un pour te remplacer.

Et il lui avait donné le tiers de l'argent qu'Andreï avait laissé pour elle. Il ne garda pas le reste par avarice, mais il estimait qu'avoir davantage d'argent serait mauvais pour une femme de paysan.

Mariouchka était heureuse : elle était amoureuse et elle allait quitter Saint-Pétersbourg à jamais. La veille, en se promenant près de la Néva, elle avait vu des hommes creuser une tranchée. Cela n'avait rien d'exceptionnel. Il y avait ainsi des centaines d'équipes de malheureux — paysans, conscrits, prisonniers de guerre — qui exécutaient les grands travaux que le tsar Pierre avait ordonnés pour sa capitale.

Elle aurait à peine jeté un regard à ces pauvres gens si l'un d'eux ne l'avait dévisagée avec insistance.

L'homme qui levait les yeux vers elle du fond de la tranchée à moitié glacée avait dû être beau. Il avait essayé, mais sans succès, de tailler sa barbe grisonnante. Ses yeux s'étaient enfoncés dans son crâne et il avait perdu plusieurs dents. Mariouchka remarqua qu'il tremblait.

Elle le reconnut : Pavlo, son oncle le Cosaque.

Aucun doute possible. Elle était jeune à l'époque, mais jamais elle n'oublierait le visage des deux hommes qui l'avaient sauvée de l'incendie et conduite à Moscou.

— Pavlo.

— Mariouchka.

— Pourquoi es-tu ici ?

Il essaya de sourire, ses lèvres se tordirent et elle devina qu'il avait du mal à parler. Elle ne comprit pas ce qu'il lui murmura, puis il fut saisi par une quinte de toux.

— Mazeppa, dit-il enfin.

Depuis quelques années, tout avait changé en Ukraine, et pour les Grands Russiens du nord, le nom de Mazeppa était devenu synonyme de trahison.

Les raisons pour lesquelles Pierre entra en conflit avec les Petits Russiens de l'Ukraine étaient aussi inévitables que tragiques. De son point de vue, ils l'avaient mal servi. Les énormes contingents de Cosaques qui étaient venus l'aider contre les Suédois ne faisaient pas le poids en face des troupes européennes bien entraînées. Ils avaient subi des pertes effarantes : souvent plus de cinquante pour cent. Pierre finit par les mépriser. Non seulement il leur imposa des officiers russes et allemands, mais il commença à installer ses propres troupes en Ukraine. Ce fut ce que les Ukrainiens détestèrent le plus. Pourquoi les humiliait-il ainsi ? Et que leur importait de toute manière la guerre lointaine du tsar ?

En 1708, quand tout allait au plus mal pour Pierre et que l'Europe entière se moquait de sa nouvelle capitale des marécages, le roi de Suède victorieux s'allia aux Polonais pour porter un coup décisif à la pauvre Russie. Ils comptaient attaquer Moscou. Ce serait la fin de Pierre. Mais au dernier moment, Charles XII se dirigea vers le sud, vers l'Ukraine, et Mazeppa joignit ses forces aux siennes.

Était-ce trahir ? Sans aucun doute. Mazeppa n'était-il pas un retors qui négociait depuis des années avec les ennemis de Pierre ? Mais Pierre, de son côté, était-il blanc comme neige ?

Certainement pas. Non seulement il avait traité les Petits Russiens de façon très dure, mais au moment de leurs pires difficultés il avait refusé de leur envoyer de l'aide. Il est vrai qu'il se trouvait alors sérieusement menacé lui-même, mais les Ukrainiens estimèrent à bon droit que ce refus constituait une rupture des accords datant de l'époque de Bogdan. Pour sauver son pays, Mazeppa fit ce qu'il jugeait nécessaire.

Ce fut une erreur. En un raid éclair, Menchikov, le favori de Pierre, s'empara de la capitale de Mazeppa et massacra la population entière, soldats ou non.

L'Ukraine hésita. Certains cosaques prirent le parti de Mazeppa. La plupart restèrent dans une prudente expectative.

Au printemps suivant fut livrée la grande bataille de Poltava.

Ce fut sans doute la plus belle heure de gloire de Pierre. Quels que fussent ses défauts par ailleurs, il ne connaissait pas la peur. Une balle de mousquet lui arracha son chapeau, une autre s'enfonça dans sa selle, une autre fut arrêtée par l'icône d'argent qu'il portait autour du cou. A la fin de cette journée mémorable, les Suédois étaient en déroute.

L'Europe en fut suffoquée : le jeune tsar excentrique l'avait emporté, après tout. La donne se trouva modifiée d'un seul coup : une nouvelle puissance était née. Après avoir ri, l'Europe se mit à trembler.

Pour l'Ukraine également, tout changea : Pierre appliqua impitoyablement sa nouvelle politique de russification du sud. Les grands domaines furent attribués à des Russes, dont Menchivov, et l'on plaça des Russes à la tête des districts cosaques. La presse ukrainienne fut censurée de façon que rien ne soit publié à l'encontre des intérêts de la Grande Russie. Bientôt, au lieu de partir dans le nord comme soldats, les Cosaques se trouvèrent recrutés par milliers pour travailler sur les grands projets du tsar.

En un sens, Pavlo avait eu de la chance. S'il n'avait pas été frappé par la fièvre, il aurait pris les armes avec son protecteur Mazeppa.

Et il aurait dû s'exiler en Suède, car si les Russes l'avaient pris, ils l'auraient pendu.

Quand les officiers russes le trouvèrent à Pereiaslav, son cas leur parut douteux et ils en référèrent à Pierre lui-même. La réponse qu'il leur adressa était brève et précise :

Cet officier m'a apporté autrefois une lettre de Mazeppa. Il fait partie de l'entourage du traître et il est impossible de lui faire confiance. Qu'on saisisse ses domaines, puis qu'on l'envoie à Saint-Pétersbourg avec les conscrits.

Et il creusait maintenant des tranchées, tandis que Procope était à sa recherche.

« Mais que ferai-je si je le trouve ? » se demandait-il.

La situation était délicate. Bien entendu, il aurait pu faire la sourde oreille quand Mariouchka lui avait demandé d'aider Pavlo. Mais non... Les deux familles étaient amies et... Oui, Procope aurait eu honte. Mais que pouvait-il faire ? Implorer la clémence du tsar ? Il n'oserait pas. Pierre pouvait tout pardonner sauf la trahison. Et il suffisait de prononcer le nom de Mazeppa pour le faire rougir de colère.

Peut-être Procope pourrait-il soudoyer le garde-chiourme de Pavlo, mais c'était risqué, et le Cosaque en savait trop sur les relations des Bobrov avec les *raskolniki*.

Il ne savait pas ce qu'il ferait, mais il ne voulait pas que la jeune fille en soit témoin.

Ah, c'était l'endroit. Il se pencha vers la tranchée pour examiner les visages. Aucun d'eux ne ressemblait à Pavlo.

Il appela le garde-chiourme et lui décrivit de son mieux le Cosaque.

— Oui, nous avions ce gars-là. Pas plus tard qu'hier, j'ai dû le fouetter.

— Ah bon ?

— Oui, il parlait à une jeune fille.

— Et il n'est pas là aujourd'hui ?

— Non, Votre Noblesse.

— Peut-être demain ?

— Ça m'étonnerait, Votre Noblesse.

Procope le regarda dans les yeux.

— Il était plus faiblard que je ne pensais, grogna le garde-chiourme.

— Tu veux dire qu'il est mort ?

— J'en ai peur, Votre Noblesse. Ce sera tout ?

Oui, ce serait tout.

L'incident ne serait pas remarqué. Nul ne sait exactement combien de ces prisonniers moururent de maladie, d'épuisement et de faim pendant la construction de Saint-Pétersbourg, mais il y en eut des dizaines et peut-être même des centaines de milliers.

Deux jours plus tard. La matinée était moins froide. Une brise légère ridait les eaux de la Néva et soulevait la mer en vagues courtes.

Mariouchka s'en allait enfin. En un sens, la nouvelle de la mort de Pavlo semblait trancher son dernier lien avec le passé. Désormais, elle ne devait regarder que du côté de l'avenir. Mais quel avenir exactement ? Le bonheur avec son mari, mais que signifiait le mot bonheur dans cet immense pays de Russie ?

Son regard suivit les mouettes pendant un instant puis s'attarda sur les berges de la Néva. Pendant un instant, elle sentit soudain la présence en elle de son père. Elle sourit.

Mais son sourire ne dura pas. Le vent glissa sur son visage, et elle eut l'impression qu'il émanait de la géométrie rigide de la ville une autre présence prête à affronter celle du vieux Daniel — une présence effrayante, aussi sinistre qu'un khan mongol d'autrefois.

Puis elle l'eut sous les yeux : un vaste soleil aveuglant, froid comme de la glace. Il s'élevait de la mer nordique dans le ciel russe infini. Ses rayons terrifiants allaient dessécher le sang de son corps.

Elle comprit alors, comme son père l'avait annoncé, que les temps douloureux de l'Apocalypse étaient arrivés.

Et que le nom de l'Antéchrist était Pierre.

En 1718, après avoir conspiré contre son père, le tsarévitch Alexis fut assez naïf pour rentrer de son exil à l'étranger sur une promesse de pardon.

L'homme qui le persuada était un vieux diplomate rusé du nom de Pierre Tolstoï.

Peu de temps après, le tsarévitch Alexis mourut à la suite de tortures dans la forteresse Pierre-et-Paul. Peu importait, car il y avait d'autres héritiers.

En 1721, par le traité de Nystad, les pays baltes, dont la Lettonie et l'Estonie, furent officiellement reconnus comme faisant partie de la Russie. Ils resteraient russes jusqu'en 1918.

A cette occasion, le Sénat russe, créé de fraîche date, décerna à Pierre les titres grandioses de *Pater patriae, Imperator, Maximus* : Père de la patrie, Empereur, Grand.

En 1722, après la mort subite de Procope Bobrov, son fils décida de faire revivre un de ses villages, appelé le Bourbier, aux environs de la petite ville de Russka.

Parmi les nouveaux venus dans le hameau se trouvait une mère de trois beaux enfants, qui répondait au prénom de Mariouchka.

Catherine

1786

Alexandre Bobrov regarda les deux feuilles de papier posées sur son bureau du ministère. L'une était couverte de chiffres griffonnés de sa main ; l'autre était la lettre que lui avait apportée un domestique en livrée une demi-heure plus tôt.

— Que puis-je faire ? murmura-t-il en secouant la tête.

Il faisait déjà sombre, car en décembre il n'y a que cinq heures et demie de jour à Saint-Pétersbourg. La plupart des gens étaient rentrés chez eux : les Russes prennent normalement leur repas à deux heures, mais Bobrov restait souvent dans son bureau du ministère assez tard.

Depuis des mois, Bobrov jouait le jeu le plus difficile et le plus dangereux de sa vie ; et maintenant, alors que la récompense était enfin en vue il avait du mal à croire à ce qui lui arrivait. Car une des feuilles de papier était la liste de ses dettes et l'autre une offre de mariage, en fait un ultimatum.

— Il doit bien exister un moyen d'en sortir.

Il repoussa les deux feuilles et sonna l'antichambre. Un jeune homme respectueux apparut, vêtu d'une redingote bleu clair à boutons jaunes et d'une culotte blanche à la française, l'uniforme du gouvernement de Saint-Pétersbourg.

— Envoyez un laquais chercher mon cocher. Je m'en vais.

— Tout de suite, Votre Haute Noblesse.

Alexandre Prokofievitch Bobrov, bel homme de taille supérieure à la moyenne, avait un visage rond au front large, des yeux marron aux paupières légèrement tombantes et une bouche fine qui aurait passé pour sensuelle si elle ne se déguisait pas derrière un sourire ironique. La mode du temps voulait qu'il eût les cheveux poudrés et apprêtés comme une perruque, avec sur les oreilles une boucle mise en plis au fer chaud chaque matin. Il portait une redingote unie de coupe anglaise, un gilet brodé et une culotte blanche avec une bande bleue. Personne en Europe n'était mieux habillé que lui.

Et dans l'élégante cité de Saint-Pétersbourg, à l'âge d'or de Catherine la Grande, il n'y avait pas de joueur plus accompli que lui. Il ne jouait pas pour de l'argent. Bien qu'on le vît souvent devant les tables de jeu des meilleures maisons, il n'y misait que des petites sommes.

— Seuls les imbéciles ou les filous font fortune aux cartes, assurait-il.

Or il n'était ni l'un ni l'autre. Alexandre le joueur s'intéressait à un jeu plus secret : il jouait pour le pouvoir. Ou peut-être autre chose.

— Alexandre joue aux cartes avec Dieu, avait fait remarquer un de ses partenaires au jugement avisé.

Jusqu'à présent, il avait gagné.

Mais il n'avait pas obtenu ses succès sans effort. Il aurait très bien pu rester une nullité, comme la plupart des nobles de province de l'époque. Dans son enfance, passée dans une des propriétés de la famille près de Toula, son éducation s'était limitée à la lecture du psautier orthodoxe et aux contes et chansons des serfs. La chance avait voulu qu'à l'âge de dix ans un ami de son père l'invite à Moscou, où il avait bénéficié des précepteurs des enfants de la maison.

— A partir de là, j'ai tout fait par moi-même.

Il avait travaillé comme un diable et étonné ses maîtres, qui l'avaient recommandé à l'université de Moscou. On l'avait choisi pour le corps d'élite des pages à la cour de Saint-Pétersbourg. Et alors que la plupart des autres jeunes passaient leur temps à jouer, à boire et à faire l'amour, il avait continué d'étudier pour remporter son plus beau triomphe : on l'avait envoyé avec les meilleurs éléments à la grande université allemande de Leipzig.

— J'ai payé mes succès avec ma jeunesse, disait-il.

Qu'est-ce qui le poussait ainsi ? L'ambition, cette maîtresse cruelle. Mais que désirait-il au juste ? Comme la plupart des ambitieux, Alexandre Bobrov ne le savait pas vraiment. Cela n'avait pas de nom. Le monde entier, peut-être, ou le ciel, plus probablement les deux. Il voulait même être un bienfaiteur de l'humanité un jour...

Il avait eu plus de chance que la plupart, et il était le premier à le reconnaître. Malgré les partages à chaque génération son père lui avait laissé trois domaines : celui des environs de Toula ; un autre sur les terres riches du sud de l'Oka, dans la province de Riazan ; et le troisième à Russka, près de Vladimir. Il avait également des actions dans deux autres. En tout, Alexandre possédait cinq cents âmes. Avec l'accroissement de la population depuis le début du siècle, ce n'était pas une grande fortune... Mais tout de même un bel héritage. Cela n'avait pas suffi.

— La moitié des hommes que je connais ont des dettes, disait-il gaiement.

Ce qui était la vérité. Les autorités se montraient compréhensives : elles avaient même institué une banque spéciale de prêts à intérêt réduit, uniquement pour la noblesse, bien entendu. Et comme on évaluait la fortune d'un noble au nombre de ses serfs, le nantissement de ces prêts n'était pas exprimé en roubles, mais en âmes. Dieu merci, la limite de crédit avait été relevée cette année-là de vingt roubles par âme à quarante, ce qui avait permis à Alexandre de rester à flot ces derniers mois. Mais il avait dû vendre la propriété de Toula où il avait passé son enfance, les trois cents âmes qu'il lui restait étaient hypothéquées, et Dieu seul savait ce qu'il devait à ses fournisseurs.

Il avait reçu le coup final le matin même : quand son majordome lui avait demandé de l'argent pour faire le marché, Bobrov avait découvert qu'il n'en avait plus. Il avait ordonné au domestique de payer de sa poche et, arrivant à son bureau, il s'était forcé à faire ses comptes. Il avait découvert avec horreur que les intérêts de ses emprunts étaient supérieurs à ses revenus. C'était la faillite. Le jeu était terminé.

— Rien ne va plus, soupira-t-il. Je ne peux plus jouer cette donne.

Il posa de nouveau les yeux sur la lettre. Une avenue vers la sécurité : le mariage avec la jeune Allemande. Comment pourrait-il l'éviter ?

Il avait déjà été marié, des années plus tôt. Son épouse était morte en couches au bout d'un an et il avait eu le cœur brisé. Mais c'était le passé, et il ne s'était jamais remarié. A la place, il avait une charmante maîtresse. En fait, la jeune Allemande était une des cours galantes qu'il avait amorcées récemment, sans grand enthousiasme, comme une sorte de police d'assurances. Elle appartenait à la noblesse balte (sa famille descendait des chevaliers teutoniques) qui s'était mise au service de la Russie après l'annexion des pays baltes par Pierre le Grand. Elle avait quinze ans et s'appelait Tatiana. L'ennui, c'est qu'elle était tombée follement amoureuse de lui, ce dont il aurait dû lui être reconnaissant car c'était une riche héritière.

Depuis le début de l'année, la jeune innocente exerçait des pressions sur son père pour que l'affaire soit conclue. Avec le passage des mois, de plus en plus inquiet pour sa situation financière, Bobrov avait été obligé de s'engager de plus en plus. « Car si les choses ne se passent pas comme je l'ai calculé, se disait-il, je ne peux pas me permettre de perdre cette jeune fille. » Il avait toujours peur que le père de Tatiana découvre l'étendue de ses dettes et refuse sans retour. Puis la lettre était arrivée.

Elle était claire et directe. Tatiana lui faisait remarquer qu'il l'évitait depuis trois semaines. Son père avait d'autres partis en tête pour elle. Et elle s'achevait sur une note ferme :

Je demanderai à mon père demain soir s'il a reçu des nouvelles de vous. Sinon, je ne veux plus en entendre moi-même.

Selon les normes de l'époque, la lettre était stupéfiante. Qu'une jeune fille écrive personnellement à un homme une chose pareille contrevenait à toutes les règles de l'étiquette. Alexandre avait du mal à croire qu'elle ait osé le faire. Il en était choqué, sans pouvoir s'empêcher d'admirer en secret cette audace. Mais une chose était certaine : elle ferait ce qu'elle disait.

Il se pencha en arrière et ferma les yeux. Et s'il acceptait ? Serait-ce si terrible ? L'argent de Tatiana lui permettrait de conserver sa belle maison de Saint-Pétersbourg et ses domaines. Il serait riche, en sécurité, respecté. Les gens lui donneraient raison.

— Il est temps de quitter la table de jeu tant qu'il me reste des jetons, murmura-t-il.

En ce cas, pourquoi hésitait-il ? Pourquoi ne s'accrochait-il pas à la bouée de sauvetage que le destin lui lançait ? Il ouvrit les yeux et regarda par la fenêtre les ténèbres de l'hiver. Juste une dernière chance, le dangereux coup de dés de la fin. La vieille femme.

Il soupira. C'était terriblement risqué. Même s'il obtenait ce qu'il désirait, elle pouvait toujours changer d'avis. Et il perdrait alors probablement tout : l'argent, la réputation et même toute chance de se remonter. Il deviendrait un mendiant. Et pourtant...

Alexandre Bobrov le joueur resta quelques minutes de plus devant son bureau à soupeser ses chances. Puis il se redressa, un léger sourire sur ses traits. Sa décision était prise.

Il irait voir la vieille femme le soir même.

Car les enjeux de la partie secrète que jouait Alexandre Bobrov étaient plus élevés que la fortune de Tatiana : il jouait pour Saint-Pétersbourg elle-même.

La ville était un miracle : à la latitude du Groenland et de l'Alaska, deux mille kilomètres plus au nord que Boston, plus proche du cercle arctique que de Londres ou de Berlin, la capitale russe était une deuxième Venise, construite autour du grand bassin où la Néva, proche de son estuaire, est divisée en deux bras par le grand triangle de l'île Vassilievski, dont la base protège la cité des crises de rage de la mer.

Existait-il plus beau site dans toute l'Europe du Nord que l'arrivée à Saint-Pétersbourg par bateau, du golfe de Finlande ? Sur la gauche, formant un îlot, la vieille forteresse Pierre-et-Paul abritait maintenant une belle cathédrale au clocher d'or, fin comme une aiguille, construite par Trezzini et embellie par Rastrelli. Sur la droite, les bâtiments de l'Amirauté et les façades baroques et classiques du Palais d'Hiver et de l'Ermitage.

Saint-Pétersbourg, la ville de Pierre — mais depuis la mort de son fondateur, elle avait été gouvernée presque uniquement par des femmes. D'abord la veuve de Pierre ; puis sa nièce allemande, l'impératrice Anna ; ensuite, pendant vingt ans, par la fille de Pierre, Élisabeth. Tous les héritiers mâles étaient morts ou avaient été déposés au bout de quelques mois.

Alexandre Bobrov était né sous le règne de l'impératrice Élisabeth. Il conservait un souvenir charmant de ces années voluptueuses et extravagantes. On disait que la vieille impératrice avait quinze mille robes et que même sa modiste française avait finalement refusé de lui faire crédit ! Mais elle avait du talent : elle avait fait construire le Palais d'Hiver et elle avait pris des amants remarquables, comme

Chouvalov, le fondateur de l'université de Moscou, ou Razoumovski, l'amateur de grande musique. Sous son règne, Saint-Pétersbourg, de plus en plus cosmopolite, s'était inspirée de l'éblouissante cour des rois de France.

Puis la ville de Pierre, devenue la ville de Catherine, avait connu un nouvel âge d'or.

Qui aurait pu deviner que cette insignifiante jeune princesse d'une cour mineure d'Allemagne deviendrait l'unique souverain de la Russie ? Elle était arrivée comme la charmante et inoffensive petite épouse de l'héritier du trône, Pierre, le neveu d'Élisabeth. Et elle le serait restée si son mari n'avait pas montré des signes de déséquilibre. Quoique descendant de Pierre le Grand, le jeune homme était allemand par sa mère, allemand jusqu'à l'obsession. Son héros était Frédéric de Prusse et il aimait faire faire l'exercice aux soldats. Il détestait la Russie et le déclarait ouvertement. Il ne s'intéressait nullement à sa pauvre malheureuse jeune femme.

Quel étrange contraste entre ce bravache irréfléchi et cette douce jeune femme pensive : un prince héritier qui détestait son héritage et une princesse étrangère qui s'était convertie à l'orthodoxie et apprenait le russe. Ils eurent un enfant, mais Pierre lui tourna le dos et prit une maîtresse. Il l'incita à prendre des amants. Désirait-il inconsciemment se détruire lui-même ? Bobrov en était convaincu. Et quand les gardes du palais, sous la conduite de l'amant de Catherine, déposèrent et tuèrent ce jeune homme sombre et détesté le jour où il succéda à la tsarine, Alexandre Bobrov poussa, comme tout le monde, un soupir de soulagement.

Qui pouvait remplacer le jeune monstre mieux que sa populaire jeune épouse, mère du prince héritier et passionnée par tout ce qui touchait la Russie ? Ainsi avait commencé le règne glorieux de Catherine II la Grande, digne successeur d'Ivan le Terrible et de Pierre le Grand, dont elle poursuivrait l'œuvre. A l'ouest, elle avait déjà repris à la Pologne affaiblie le reste de la Russie Blanche. Au sud, la flotte turque avait été écrasée ; et Catherine avait enfin supprimé la menace des Tatars de la steppe en déposant le khan de Crimée et en annexant tous ses territoires. Vers l'est, la Russie réclamait maintenant toute la plaine eurasiatique jusqu'au Pacifique. De l'autre côté de la mer Caspienne, les troupes russes avaient traversé les déserts jusqu'aux confins de l'ancien royaume de Perse. L'année précédente, Bobrov avait appris qu'une colonie russe avait été établie au-delà des détroits, sur les côtes de l'Alaska.

Dans son audace, Catherine espérait même s'emparer de Constantinople, capitale de l'Empire turc et berceau de l'Église orthodoxe. Elle avait appelé son deuxième petit-fils Constantin, car elle comptait fonder sur les rivages de la mer Noire un empire séparé qu'il gouvernerait.

Comme Pierre, elle voulait que la Russie devienne un empire moderne. Slaves, Turcs, Tatars, Finnois, tribus sans nombre de la steppe, tous seraient russes désormais. Pour coloniser les vastes étendues de la steppe, elle fit même venir des paysans allemands.

Dans l'impériale Saint-Pétersbourg, toutes les religions étaient librement pratiquées, en quatorze langues différentes. Dans les terres enlevées à la Pologne, on tolérait même les juifs. Les domaines de l'Église avaient été saisis et placés sous le contrôle de l'État. Les monastères où les mœurs s'étaient relâchées avaient été fermés. Des vingtaines de villes nouvelles étaient nées, en tout cas sur le papier. Elle avait même essayé de réformer le droit russe, devenu désuet, et d'organiser la noblesse et les marchands en corps représentatifs.

C'était le Siècle des Lumières, la philosophie rationnelle et la politique libérale faisaient des progrès dans l'Europe entière. Dans l'Amérique qui venait de se libérer du joug anglais, un nouvel âge de liberté avait commencé. Et à l'émerveillement du monde entier, l'extraordinaire tsarine des Lumières avait pris le pouvoir dans le vaste empire primitif des forêts et des steppes.

La Grande Catherine : législatrice et éducatrice, champion de la liberté d'expression, protectrice des philosophes qui chantaient ses louanges. Voltaire lui-même, le penseur le plus libéral de France, lui écrivait d'innombrables lettres. Catherine la Sage aux nombreux amants. Saint-Pétersbourg et ses palais somptueux lui appartenaient, et la ville entière semblait calme et sereine...

Personne ne remarqua l'homme en gros manteau qui attendait dans l'ombre près de l'entrée du ministère. Il possédait le talent de ne pas se faire remarqer.

Il aurait pu entrer. Il aurait été accueilli avec respect, sans aucun doute. Mais il n'en avait pas envie. Bien entendu, il aurait également pu charger un domestique d'apporter le message. Il avait préféré l'éviter, il avait ses raisons.

La personne qu'il attendait arriva enfin : le conseiller d'État Bobrov. Son traîneau n'était pas encore prêt et le laquais courait le chercher dans la rue.

Le personnage de l'ombre s'avança d'un pas vif. Bobrov se tourna vers lui et sursauta. L'inconnu lui fit un petit signe, et d'un geste presque imperceptible lui remit le message. Il se retira aussitôt sans qu'un seul mot soit prononcé et disparut à l'angle de la rue.

Bobrov ne bougea pas. L'endroit était désert, personne n'avait vu. Il brisa le cachet et se mit à lire à la lueur de la lampe.

On vous demande d'assister à une réunion spéciale des Frères, à la maison rose, demain à six heures.

Colovion.

Rien d'autre. Dans toute la Russie, il n'existait pas cent personnes qui auraient compris le sens de ce message, mais pour Alexandre Bobrov il était important. Il le détruirait dès qu'il arriverait chez lui, car toutes les communications devaient être brûlées : c'était la règle. Il enfonça la lettre dans sa poche et soupira.

Son traîneau arrivait. Sa soirée serait chargée.

Il y avait plusieurs plats sur la grande table d'acajou : un poulet, acheté gelé au marché le matin même, un saladier de chou aigre, une assiette de pain de seigle, du caviar béluga et un verre de vin d'Allemagne, mais Alexandre Bobrov n'avait touché à presque rien. Il portait maintenant sa tenue de soirée, une redingote de velours bleu. Si nerveux qu'il fût, il affichait l'expression impassible du joueur.

La vaste salle à plafond haut était tapissée de papier vert foncé, avec des scènes bibliques dans le style classique, sur fond sombre. Le ton austère était cependant allégé par le sol : la moitié des carreaux s'ornaient en effet de dessins grivois. On trouvait ce genre de tribut à l'humour russe un peu partout, même dans les salons officiels de palais impériaux. Au fond de la pièce trônait un portrait de son arrière-grand-père Procope, l'ami de Pierre le Grand. Alexandre vénérait le grand homme.

— Mais je me demande si tu as jamais tenté un coup pareil, murmura-t-il à l'adresse de l'ancêtre au regard morose et aux traits orientaux.

Le moment était venu d'affronter la comtesse Tourov.

La hiérarchie de l'empire — les quatorze rangs — était ouverte à tout homme de naissance noble, mais il y avait encore des familles bénéficiant d'un statut spécial en dehors du système officiel. Un nombre modeste d'anciens boyards et membres de la petite noblesse (comme les Bobrov) étaient parvenus à survivre à travers ces siècles agités. Certains continuaient de porter des titres princiers anciens, remontant aux khans tatars ou même à saint Vladimir. D'autres portaient des titres étrangers, en général du Saint Empire romain germanique. Mais la plupart appartenaient à des familles récemment titrées par Pierre et ses successeurs pour récompenser des favoris. C'était le cas du comte Tourov, de son temps un homme fort redoutable. Quant à sa veuve, la comtesse Tourov, même Alexandre devait avouer qu'elle lui faisait peur.

C'était une cousine de son père. Elle avait perdu ses deux enfants et avait hérité à la mort du comte d'une partie de son énorme fortune.

— Elle peut en faire ce qu'il lui plaît, lui avait toujours dit le père d'Alexandre. Peut-être pourras-tu mettre la main sur un morceau. Mais ne compte jamais sur elle, avait-il ajouté. Elle a toujours été excentrique.

Telle était la dangereuse mission d'Alexandre ce soir-là.

Il ne pouvait pas demander de l'argent carrément à la vieille dame : elle lui montrerait la porte s'il s'y risquait. Mais pouvait-il espérer un héritage ? D'autres cousins étaient également candidats, mais un quart de la fortune Tourov suffirait, et même un huitième. Bobrov soupira. Il lui avait fait des politesses pendant des années mais ne savait pas encore sur quel pied danser. Tantôt elle lui donnait des preuves d'affection, tantôt elle semblait prendre plaisir à le faire bisquer.

Et si, ce soir, elle disait oui ? Le calcul d'Alexandre était simple : elle avait soixante-dix ans et l'espérance d'un héritage lui donnerait confiance pour prendre un risque de plus. Il connaissait un ou deux prêteurs privés qui lui avanceraient de quoi tenir un an de plus sur cette promesse d'héritage. Ensuite, il irait voir l'Allemande, couperait les ponts et attendrait les événements.

Mais le risque était énorme. Que se passerait-il si la comtesse changeait d'avis malgré sa promesse ? Ou si elle vivait jusqu'à quatre-vingt-dix ans ?

— La vieille garce ! lança-t-il entre ses dents.

Mas il avait pris sa décision et il s'y tiendrait. La pièce d'argent était tiède dans sa main. Quand il arriverait chez la comtesse Tourov, il la lancerait une fois.

— Pile, j'épouse l'Allemande ; si c'est face et que la vieille me promet un legs, je prends le risque.

Il aimait ce genre de jeu. Il y avait quelque chose de presque sacré dans le fait de jouer sa vie à pile ou face. Il sourit : il connaissait un joueur qui considérait le jeu comme une sorte de prière.

Il sortit la pièce de sa poche et la regarda. Quel coup étonnant ! Tout l'empire russe à pile ou face !

Car tel était en réalité l'enjeu de sa partie secrète, la raison pour laquelle il ne voulait pas se marier, pour laquelle il lui fallait absolument surnager un peu plus longtemps. La récompense était en vue, alléchante : il lui suffirait peut-être de quelques mois. La position la plus brillante de l'État russe.

Alexandre Bobrov espérait devenir l'amant officiel de Catherine la Grande.

Ce n'était pas un rêve sans fondement. Il manœuvrait prudemment vers ce but depuis des années. Et il était enfin le prochain sur la liste. L'homme qui lui avait promis la place était, presque certainement, le mari secret de Catherine.

A la cour de Catherine de Russie, de nombreuses avenues conduisaient au pouvoir ; mais pour un ambitieux, aucune carrière n'offrait d'aussi brillantes perspectives que celles ouvertes à l'homme qui partageait son lit.

Souvent dépeinte comme une monstrueuse dévoreuse d'hommes, Catherine était en fait assez sentimentale. Sa correspondance montre qu'après avoir été humilée au cours de son mariage, elle passa sa vie adulte en quête d'affection et d'un homme idéal. L'histoire ne lui connaît même pas vingt amants.

Mais les possibilités étaient presque infinies pour un amant de Catherine. La plupart venaient de familles comme celle de Bobrov, mais il y en eut de plus obscurs, comme Orlov, le garde qui lui avait obtenu le trône et dont le frère avait tué le tsar. Ou bien Saltykov, le charmant aristocrate qui passait pour le père du seul héritier officiel de Catherine. Ou Poniatowski, qu'elle avait fait roi de Pologne. Et le plus grand de tous, Potemkine, étrange génie ténébreux qui était maintenant proconsul en Crimée, où il bâtissait une nouvelle province impériale, plus vaste que bien des royaumes.

Quand un nouvel amant était choisi, il pouvait en général espérer un présent de cent mille roubles après la première nuit. Ensuite... On disait que Potemkine en avait reçu cinquante millions. L'impératrice l'avait-elle épousé secrètement des années plus tôt ? Personne ne le savait, mais qu'il soit son mari ou non, une chose était certaine :

— C'est Potemkine qui choisit ses nouveaux amants, assurait-on à la cour.

Alexandre n'avait pas eu à se forcer pour se lier d'amitié avec le grand homme, car il l'admirait vraiment. Deux ans plus tôt, à la mort subite du jeune Lanskoï, l'amant en titre — la cour prétendait qu'il s'était ruiné la santé avec des potions aphrodisiaques —, Alexandre avait vu sa chance et s'était directement adressé à Potemkine.

Il avait failli réussir. Un jeune officier de la garde, envoyé juste avant lui, avait obtenu les faveurs de la tsarine. Mais Potemkine tenait Bobrov pour un excellent candidat, car il avait confiance en sa loyauté.

— J'ai des ennemis, avait-il avoué à Alexandre. Ils aimeraient voir dans cette position un homme qu'ils pourraient retourner contre moi.

Ils avaient abordé le sujet ensemble à plusieurs reprises.

— A la première brouille, je vous envoie auprès d'elle. Ensuite...

C'était un an plus tôt. Alexandre attendait avec impatience. Des amis à la cour lui avaient dit que le jeune officier avait fait les yeux doux à une des dames de compagnie, et commençait à se lasser de sa liaison. Il serait sans doute congédié dans les mois à venir. « Et, par Dieu, ce sera mon tour ! » s'était promis Alexandre. Il étonnerait l'impératrice. Elle aimait les hommes audacieux et intelligents ? Il était les deux. Oui, il était certain de la charmer.

Une seule pensée l'inquiétait : pourrait-il la satisfaire ? L'impératrice n'avait jamais été belle. Son visage allemand et son front d'intellectuelle passaient encore, mais elle était petite et franchement grosse. Et on disait qu'à cinquante-sept ans, elle commençait à manquer de souffle.

Mais c'était Catherine, impératrice de toutes les Russies. Pas une seule femme au monde ne lui était comparable. Son pouvoir, sa situation au faîte des honneurs, son esprit extraordinaire, la rendaient extrêmement désirable pour un homme comme Bobrov, qui souhaitait atteindre les sommets. Et de toute manière, s'il avait un problème au lit, il savait comment s'en sortir. Il était fort, en forme et pas trop sensible. « Et après un bon repas, je n'ai jamais de difficultés », se rassurait-il.

Ensuite... Quel destin ! La Mère Russie et tout son puissant empire à ses pieds. Il ferait partie du cercle d'intimes qui gouvernait avec l'impératrice. Il n'existait pas plus haute fonction dans le monde. Si seulement il pouvait tenir le coup un peu plus longtemps.

Pouvait-il renoncer à un rêve pareil ?

Au lieu de jouer à pile ou face, il jeta la pièce d'argent par la fenêtre.

— Cher Alexandre, dit-elle en souriant, je suis si heureuse que tu sois venu.

Il se pencha pour l'embrasser.

— Daria Mikhaïlovna... Vous avez une mine superbe.

La comtesse ne se portait pas trop mal. On se rendait compte qu'elle avait été belle. Son petit visage, toujours trop fardé, rappelait à Alexandre une tête d'oiseau — son nez aquilin semblait s'être allongé avec l'âge. Elle portait une robe longue à l'ancienne mode en tulle mauve, décorée de dentelle blanche et de rubans roses. Elle semblait sortir de la cour de France avec une génération de retard. Ses cheveux fins, relevés très haut au-dessus de sa tête en une coiffure époustouflante, s'ornaient de perles et d'un ruban bleu clair.

Elle recevait ses invités assise sur un fauteuil doré au milieu de son salon, immense et somptueux comme la plupart des salons des palais russes. Le plafond se trouvait à plus de six mètres du parquet, ciré à miroir, où s'associaient au moins dix essences de bois. Le lustre de cristal semblait gigantesque.

Alexandre reconnut la plupart des invités : un professeur allemand, un marchand anglais, deux jeunes écrivains, un éminent général et même un vieux prince. L'un des plaisirs de Saint-Pétersbourg était de pouvoir rencontrer dans les soirées de ce genre des personnes de toutes les nations et de toutes les classes.

La comtesse Tourov, fidèle à la mémoire de son époux qui avait fondé l'université de Moscou avec Chouvalov trente ans plus tôt, ouvrait toujours sa porte aux intellectuels. Ils venaient nombreux, en partie par habitude, en partie attirés par l'excentricité de leur hôtesse.

Elle vénérait son mari, mais à son héros de toujours, le grand Voltaire, elle avait élevé un temple : il était partout. En buste sur un piédestal dans le vestibule de marbre, et encore en buste sur le palier du grand escalier. Un de ses portraits trônait dans la vaste galerie du premier et il y avait un troisième buste dans un angle du salon. Le grand philosophe était son icône. Son nom revenait sans cesse dans sa conversation. Si quelqu'un faisait une remarque juste, la comtesse s'écriait : « Voltaire n'aurait pas dit mieux. » Ou bien : « Je vois que vous avez lu Voltaire », ce qu'elle n'avait sans doute jamais fait elle-même. A l'entendre, on aurait pu croire que le patriarche de Ferney réglait la pluie et le beau temps.

Par déférence envers Voltaire, Diderot, Rousseau et les autres philosophes français du Siècle des Lumières, on ne parlait que leur langue dans la maison de la comtesse Tourov.

Il fallait surveiller ses paroles. La vieille dame entendait tout, savait tout, et aimait prendre les gens en défaut. En dehors de ses invocations du nom sacré de Voltaire, sa phrase préférée était : « Attention, cher monsieur, je dors les yeux ouverts. » On ne savait jamais s'il fallait prendre ces mots pour une figure de style ou au sens littéral.

Elle adressa un sourire rayonnant à son neveu et lui tapa sur le bras.

— Ne t'éloigne pas trop, mon cher Alexandre. j'aurai vraiment besoin de toi ce soir.

Il se demanda ce qu'elle avait en tête.

— En attendant, tu peux me laisser. Je vois quelqu'un qui t'attend.

Alexandre se retourna et sourit.

Les pièces du sous-sol des riches demeures comme celle de la comtesse se trouvaient presque au niveau de la rue, et de nombreux nobles les louaient à des marchands qui y installaient des boutiques élégantes. La comtesse, elle, préférait vivre entièrement seule dans son palais avec ses domestiques.

A une exception près. Elle avait permis à une veuve française, Mme de Ronville, d'occuper plusieurs pièces de l'aile est. Cela faisait fort bien l'affaire de la comtesse, car la Française, sans être une dame de compagnie rétribuée, dépendait cependant de la maîtresse de maison. En contrepartie d'un loyer très bas, il était convenu qu'elle se mettait à la disposition de la comtesse quand celle-ci avait besoin d'une compagne.

— C'est si commode de l'avoir près de moi, disait-elle.

C'était également commode pour Alexandre Bobrov : Mme de Ronville était sa maîtresse.

Existait-il à Saint-Pétersbourg une personne plus charmante ? Comme toujours en sa présence, Alexandre éprouva un élan de joie juvénile, accompagné par un petit frisson au creux des reins. Ils étaient amants depuis dix ans, et jamais il ne s'était lassé d'elle. Elle avait presque cinquante ans.

Adélaïde de Ronville portait une robe de soie rose un peu plus courte que celle de la comtesse, cintrée à la taille puis s'ouvrant en une jupe à cerceaux. Le corsage s'ornait de fleurs de soie et ses cheveux, mis en plis et poudrés, étaient rehaussés par deux petits médaillons de diamants.

Elle se rapprocha de lui, mais sans le toucher, et lui expliqua la situation en quelques mots.

— Les deux vedettes de sa soirée lui ont fait faux bond : Radicht-chev et la princesse Dachkov. Elle a besoin de vous comme vedette, vous serez son « gladiateur ». Bonne chance.

Alexandre en fut enchanté. Tout s'annonçait pour le mieux. Il allait lui faire tellement plaisir qu'elle lui léguerait tout.

Son gladiateur... Alors que dans d'autres salons on encourageait l'art aimable du débat civilisé, la comtesse aimait assister à un massacre. La victime était toujours un innocent nouveau venu aux idées conservatrices, qui se trouvait confronté à un homme des Lumières — le gladiateur de la comtesse — qui s'efforçait de vaincre et d'humilier son adversaire sous les yeux de l'assemblée.

Alexandre vit le cercle se former déjà autour de la comtesse et remarqua à sa gauche un général grisonnant, tiré à quatre épingles, de petite taille mais très droit, la future victime. La comtesse fit signe à son neveu. En s'avançant, il l'entendit qui gourmandait un des jeunes écrivains pour une remarque qu'il avait faite.

— Prenez garde, monsieur, disait-elle en agitant l'index. On ne peut pas me mentir. Je dors avec les yeux ouverts.

Elle ne changerait jamais.

Elle ne se mettait jamais en peine de subtilités, et cela contribuait au charme de ses soirées. Quand elle était prête à lancer la discussion, elle prenait simplement un des coqs de combat, pour ainsi dire, et le lançait vers l'autre. Elle se tourna brusquement vers l'infortuné général.

— J'ai appris que vous vouliez fermer tous nos théâtres, s'écria-t-elle d'un ton accusateur.

Le vieux soldat lui adressa un regard stupéfait.

— Pas du tout, chère comtesse. J'ai simplement dit qu'une des pièces allait trop loin et devrait être retirée de l'affiche. Une pièce séditieuse, ajouta-t-il calmement.

— C'est vous qui le dites. Et qu'en pensez-vous, Alexandre Prokofievitch ?

C'était parti.

Alexandre prenait plaisir à ces débats. D'une part, il y excellait ; mais surtout on abordait toujours dans le salon de la comtesse des sujets importants pour l'avenir de la Russie. Il avait très envie de battre le général, mais il espérait aussi croiser le fer avec un adversaire de valeur.

La comtesse avait donc imposé le sujet : la liberté d'expression — une des revendications de la philosophie des Lumières, que l'impératrice favorisait. Non seulement elle laissait les presses privées fonctionner librement, mais elle avait écrit elle-même pour la scène une satire sociale. Le débat commença.

BOBROV. — Je suis opposé à la censure. Pour une raison simple : si les hommes sont libres de s'exprimer, la voix de la raison finira par s'imposer. A moins, bien entendu, que vous n'ayez aucune foi dans la raison humaine.

LA COMTESSE (hostile). — Avez-vous la foi, général ?

LE GÉNÉRAL (en riant). — Pas vraiment.

BOBROV. — L'histoire vous donne peut-être raison. Mais qui peut préjuger de l'avenir ? Les hommes changent, et la façon dont ils sont gouvernés change aussi. Regardez comment l'impératrice élève ses petits-fils. Vous la désapprouvez ?

Tout le monde savait que Catherine s'occupait personnellement de l'éducation de ses petits-fils, Alexandre et Constantin. Elle les avait confiés à un précepteur suisse aux idées démocratiques, qui les préparait au rôle de monarque éclairé qu'ils devraient jouer dans les empires qu'elle comptait leur léguer.

LE GÉNÉRAL. — J'admire l'impératrice. Mais quand son petit-fils régnera, monarque éclairé ou non, il s'apercevra que son choix au moment de l'action sera limité.

LA COMTESSE (impatiente). — Vous préféreriez sans doute voir régner le grand-duc Paul ?

Bobrov sourit. Le grand-duc Paul, seul fils légitime de Catherine, était la bête noire de la comtesse. C'était un homme bizarre, en proie à des sautes d'humeur — qu'il fût ou non réellement son fils, il modelait son comportement sur celui du tsar Pierre III, le mari que Catherine avait fait assassiner. Il en voulait à l'impératrice de lui avoir pris ses enfants et il paraissait rarement à la cour. Obsédé par la discipline militaire, il ne s'intéressait nullement aux Lumières, et le bruit courait que Catherine n'en ferait jamais son héritier. Il aurait cependant été mal venu qu'un officier raisonnable comme le général dise publiquement du mal d'un homme qui deviendrait peut-être tsar. Sagement, il ne répondit pas.

BOBROV. — Pour en revenir à la censure... Quel mal peut faire une pièce de théâtre dans la pratique ?

LE GÉNÉRAL. — Probablement aucun. Mais c'est au principe de la liberté d'expression que je m'oppose. Pour deux raisons. D'abord, il encourage l'esprit d'opposition pour le plaisir de l'opposition. Mais le danger le plus grave n'est pas son effet sur le peuple, mais sur les souverains.

BOBROV. — Comment cela ?

LE GÉNÉRAL. — Quand un gouvernement dit « éclairé » s'imagine qu'il doit justifier ses actes par la Raison, il finit par croire qu'il est moralement obligé de s'imposer par la discussion. Or, que se passera-t-il si un groupe puissant et résolu — mais ne se souciant nullement de débat et de liberté d'expression — s'oppose à ce gouvernement ? Le pouvoir tombera dans l'impuissance. On ne peut demander à un philosophe de nous défendre contre Gengis Khan. Telle est la leçon que nous donne toute l'histoire de la Russie.

C'était un argument convaincant. La comtesse parut désarçonnée.

BOBROV. — Mais les Tatars ont vaincu la Russie parce qu'elle était désunie. Or je crois qu'aujourd'hui et à l'avenir, seuls les gouvernements qui font confiance à un peuple libre pourront être assez forts et unis.

LE GÉNÉRAL. — Je ne suis pas de votre avis. La liberté affaiblit.

BOBROV. — Vous avez peur du peuple ?

LE GÉNÉRAL. — Oui. Certainement. Souvenez-vous de Pougatchev.

Ah, Pougatchev... L'horrible révolte des paysans sous l'impulsion du Cosaque Pougatchev ne datait que d'une douzaine d'années. Comme toutes les autres, elle était née sur la steppe, près de la Volga, et elle s'était répandue vers Moscou. Comme l'insurrection de Stenka Razine, elle péchait par absence de tactique et d'organisation. Elle avait été écrasée, mais elle avait convaincu une fois de plus la noblesse russe et le gouvernement que le peuple était dangereux — un obstacle et un adversaire à craindre. Il suffisait de dire « Souvenez-vous de Pougatchev » pour mettre fin à tous les débats.

LE GÉNÉRAL. — La Russie est immense et en retard, Alexandre Prokofievtch : c'est un empire de villages. Nous sommes encore au Moyen Age. Elle ne peut se maintenir unie que par la présence d'un monarque absolu et d'une aristocratie puissante. Quant aux marchands et aux paysans, ils n'ont aucun intérêt commun avec la noblesse, et si on les laisse discuter ensemble, ils ne tomberont d'accord sur rien. Notre impératrice éclairée le sait très bien.

Sans aucun doute, Catherine régnait en monarque absolu. Le Sénat et les Collèges instaurés par Pierre se contentaient de ratifier ses décisions. Et quand Catherine, pour moderniser les lois désuètes de la Russie, avait convoqué une Commission législative où toutes les classes étaient représentées, celles-ci avaient refusé de coopérer et il avait fallu dissoudre l'assemblée.

BOBROV. — Ce genre de choses prend du temps.

LE GÉNÉRAL. — Non. La noblesse est la seule classe en Russie capable de gouverner. Elle a acquis des privilèges parce que la Russie a besoin d'elle. Désirons-nous perdre nos privilèges ?

La noblesse instituée par Pierre existait pour servir l'État et en était très fière. Catherine, qui avait besoin du soutien des nobles, les avait comblés de faveurs. Toutes les fonctions du gouvernement local étaient entre leurs mains. Elle avait promulgué l'année précédente une charte qui confirmait tous leurs privilèges. Leurs domaines, y compris les anciennes propriétés de service (pomestié), leur appartenaient désormais en toute propriété. Aucune autre classe ne pouvait acquérir des terres. Ils se mettaient en général au service de l'État, mais n'y étaient plus contraints. Ils ne payaient pas d'impôts. On ne pouvait pas les condamner au knout. Ils avaient même le droit de voyager à l'étranger. Des rangs des serviteurs de la monarchie absolue russe était née une classe privilégiée sans grandes responsabilités, et cependant mieux protégée que la plupart des aristocraties d'Europe. Le général venait de faire appel à l'intérêt personnel de la plupart des gens dans la pièce.

Mais le privilège est une chose, la philosophie une autre. Il était temps de contre-attaquer.

BOBROV. — Vous oubliez la Loi Naturelle.

La comtesse poussa un soupir de soulagement : la Loi Naturelle était l'une des idées-forces du Siècle des Lumières.

BOBROV. — Les paysans sont opprimés et illettrés, mais ils n'en demeurent pas moins aussi humains que moi. Ils sont eux aussi capables de pensée rationnelle. C'est notre espoir pour l'avenir.

LE GÉNÉRAL. — Vous désirez les éduquer ?

BOBROV. — Pourquoi pas ?

L'œil du général se mit à briller. Ce jeune conseiller d'État allait vraiment trop loin.

LE GÉNÉRAL — Voyons, Alexandre Prokofievitch, si les paysans sont aussi rationnels que vous le dites et si vous les éduquez, qui travaillera la terre ? Ils voudront être libres. Ils voudront renverser le gouvernement et l'impératrice. Il vous faudra émanciper vos serfs et votre propre règne de la Raison vous balayera de la société. Nous ne sommes pas en Amérique. Ce serait le chaos. Est-ce ce que vous désirez ? Le chaos et l'émancipation ?

Le vieux soldat se sentait en terrain sûr. Plus de quatre-vingt-quinze pour cent de la population se composait de paysans. Environ la moitié étaient des paysans d'État, avec quelques droits insignifiants, le reste des serfs appartenant à des personnes privées. Leurs droits avaient encore diminué au cours du siècle précédent : on pouvait les vendre et les acheter comme du bétail. Même l'impératrice éclairée n'avait osé que recommander aux nobles de se montrer humains envers eux. La comtesse Tourov possédait elle-même plus de quatre mille âmes, et le général crut avoir remporté le débat.

La comtesse lança à Alexandre un regard inquiet. Il lui sourit. Il était temps de porter le coup fatal.

BOBROV. — Permettez-moi de ne pas être d'accord. Voltaire nous a montré l'erreur de la superstition, qui consiste à croire en une chose alors que la Raison nous prouve le contraire. Or la Raison, général, ne m'oblige pas à considérer mes serfs comme des animaux. Ni ne m'autorise à leur refuser les droits de l'homme. Peut-être mes serfs ne sont-ils pas encore prêts à recevoir la liberté. Mais leurs enfants le deviendront un jour La Raison ne m'oblige pas à penser que des paysans libres refuseront de travailler mes domaines. Comment sont donc cultivées les terres des pays où les paysans sont libres ? Vous prétendez que si les paysans reçoivent de l'éducation, ils refuseront toute autorité et essayeront de renverser l'impératrice. Expliquez-moi pourquoi nous nous mettons fièrement au service de notre monarque alors que nous sommes éduqués. Parce que la Raison nous en montre la nécessité. Et je suis enchanté de voir mon impératrice décider de ce qui est le mieux pour nous tous et permettre aux hommes rationnels que nous sommes d'en discuter sans censure. Bref, je suis ravi de servir mon impératrice et, prenant mon inspiration chez le grand Voltaire, je n'ai rien à craindre.

Et sur ces paroles, il s'inclina avec grâce vers la comtesse.

C'était parfait. Exactement ce que la comtesse Tourov désirait entendre. Comme l'impératrice pour ses sujets, elle déciderait ce qui serait le mieux pour les quatre mille êtres rationnels qui lui appartenaient. Et sans doute seraient-ils reconnaissants à leur propriétaire de se montrer si éclairée, en ce monde réputé le meilleur des mondes possibles.

Le petit cercle applaudit. Alexandre entendit la vieille dame murmurer : « Ah, ce cher Voltaire ! » Le général garda le silence.

Mais Bobrov croyait-il vraiment en ce qu'il venait de dire ? Oui, il était presque sincère. Il voulait le bien de ses serfs. Il leur souhaitait d'être libres un jour. Et en attendant, la vie à Saint-Pétersbourg sous le règne éclairé de Catherine était fort agréable, si l'on était noble.

Le moment était enfin venu. Comme toujours dans ce genre de soirée, après le combat des gladiateurs on s'était consacré aux cartes. Alexandre avait joué une heure, d'ailleurs très mal. Comment aurait-il pu se concentrer ? Toutes les minutes ses regards se tournaient vers la table de la comtesse. Dès qu'il put s'excuser, il quitta la partie et se retira dans le fond du salon. Sous cet angle, de petite taille et le dos voûté, la vieille dame semblait étrangement frêle. Mais quand il la vit se lever et se tourner vers lui, toute sa nervosité revint soudain.

— Daria Mikhaïlovna, puis-je vous parler en privé ?

Elle se rembrunit.

— C'est extrêmement important.

Il avait cru que sa victoire sur le général lui vaudrait un accueil favorable, mais s'était apparemment trompé. Ayant rempli son rôle, il n'était plus d'aucune utilité pour la comtesse ce soir-là. Elle lui lança un regard froid, grogna : « Soit » et se dirigea vers l'antichambre. Il remarqua qu'elle commençait à traîner des pieds en marchant. Elle s'assit sur un petit sofa doré, très droite, mais ne lui offrit pas de siège.

— Eh bien, que désires-tu, Alexandre ?

Il s'était préparé, bien entendu, mais comment diable peut-on demander à une vieille dame si l'on figure sur son testament sans manquer de tact ?

— Vous avez peut-être appris, Daria Mikhaïlovna, que diverses propositions de remariage me sont offertes...

Le visage de la comtesse demeura impassible.

— En préliminaire à ces discussions, on m'a bien entendu demandé ma situation financière.

La comtesse Tourov étendit la main sur son genou, en regarda le dos, puis, apparemment satisfaite, la retourna pour en regarder la paume. Elle la posa sur l'accoudoir doré et se mit à pianoter.

— La question s'est posée de savoir si, outre mes biens actuels, j'aurais des espérances...

Il s'arrêta de nouveau escomptant qu'elle viendrait à son aide. Elle leva vers lui un regard non dénué d'intérêt.

— Je ne savais pas que tu en avais, dit-elle d'une voix suave.

Très bien. Si elle voulait jouer ce jeu avec lui il ne pouvait que se défendre en paraissant sincère.

— Je ne compte pas en avoir, Daria Mikhaïlovna. Mais je me demandais si, étant votre cousin, vous n'aviez pas envisagé de mentionner mon nom dans votre testament. Bien entendu, si ce n'est pas le cas, j'agirai différemment.

La vieille comtesse demeura impassible. Le croyait-elle ? Que pensait-elle ?

— Tu as l'intention de te marier ?

— Je l'espère. Un jour.

Il ne voulait pas trop s'engager. Il vit la comtesse plisser le front.

— Peux-tu me donner le nom d'une des familles auxquelles tu t'intéresses ?

Elle ne l'avait donc pas cru. Il cita le nom de la jeune Allemande.

— Je te félicite. Une excellente famille balte. Tu aurais pu tomber plus mal.

Elle lui sourit.

— Mais à ce que je crois savoir, Alexandre, cette jeune personne héritera une fortune considérable. Je suis certaine que tu n'auras jamais besoin de plus qu'elle ne possède.

Elle regarda de nouveau sa main, comme si elle prenait en pitié ce membre obligé de supporter si longtemps une conversation si ennuyeuse.

— A moins, bien entendu, dit-elle doucement, sans changer d'expression, que ta question n'ait rien à voir avec un projet de mariage. Peut-être te trouves-tu financièrement gêné en ce moment.

— Non, non.

La perfide !

— Peut-être as-tu des dettes ?

— Tout le monde en a.

— C'est ce que j'entends dire. Moi, je n'en ai pas.

Elle régentait ses intendants d'une main de fer. Dieu seul connaissait le montant de ses revenus.

Pendant un instant, l'attention de la comtesse parut se fixer sur un point dans le vide.

— Si tu te maries, je suppose que nous te verrons moins souvent par ici.

Il fit comme s'il n'avait pas compris l'allusion à Mme de Ronville.

— Absolument pas, Daria Mikhaïlovna, répliqua-t-il d'une voix égale. Je vous rendrai de fréquentes visites avec mon épouse.

— Sans doute.

Puis, brusquement, elle lui adressa un sourire éclatant.

— Es-tu entièrement ruiné ?

— Non, mentit-il tandis qu'elle l'observait d'un air songeur.

Il y eut un silence.

— Eh bien, Alexandre, je dois te dire que pour le moment, tu ne figures pas sur mon testament.

Il inclina la tête. Il ne cilla pas mais sentit son visage devenir très pâle. Sachant qu'elle l'observait, il se força à la regarder dans les yeux.

— Toutefois, ton père était de mon sang, et tu te trouves manifestement en difficulté... (Elle prononça ce dernier mot avec une sorte de mépris placide.) Je te ferai un don. Ne compte pas sur une grande fortune. Mais il y aura assez, j'ose le dire.

Dieu soit loué, il restait tout de même un espoir.

— Les cartes m'attendent.

Elle se leva brusquement, sans jeter un regard au bras qu'il lui tendait.

— A la réflexion, Alexandre, j'ajouterai une condition. Oui, je crois qu'il est temps de te marier. Tu recevras donc ton legs, mais seulement si tu épouses cette jeune Balte, lança-t-elle avec un sourire ravi. C'est tout ce que j'ai à te dire, mon cher.

Il la regarda s'éloigner. Comment savait-elle, par quel instinct diabolique avait-elle deviné que c'était la seule réponse au monde qu'il ne désirait pas entendre ?

— Je parie qu'elle dort les yeux ouverts, grommela-t-il d'un ton amer.

La grande maison était silencieuse ; les invités étaient repartis. Alexandre et sa maîtresse s'étaient retirés dans l'appartement de l'aile est et pouvaient enfin se parler librement. Ils discutaient naturellement de son mariage.

En apprenant la décision de la comtesse, Adélaïde de Ronville lui avait pris tendrement le bras en souriant.

— Il faut te marier, Alexandre.

C'était une femme hors du commun. Moitié française moitié polonaise, elle était carrée d'épaules avec une peau d'albâtre. Brune jusqu'à trente-cinq ans, elle avait maintenant des cheveux gris acier. Ses yeux en amande semblaient parfois un peu tristes, mais sa bouche demeurait ironique. Elle était svelte, avec des seins hauts ; quand ils faisaient l'amour, la générosité de ses hanches transportait Alexandre au comble de la passion.

Elle avait remarquablement peu changé au cours des dix années de leur relation. Elle entrait seulement maintenant dans une nouvelle phase de sa vie, mais peu lui importait. Le fait qu'ils trichaient avec le passage du temps lui donnait aux yeux d'Alexandre un côté plus émouvant. Elle était la beauté de l'automne, chaude et dorée.

A sa manière, Bobrov l'aimait. Ses aventures avec des femmes plus jeunes n'avaient jamais compté beaucoup pour lui. L'élégance de la démarche d'Adélaïde, la perfection de ses moindres gestes, lui faisaient oublier toutes les autres. Surtout, il pouvait lui parler. Ils avaient peu de secrets. Elle connaissait tous ses plans, y compris son désir de l'abandonner pour le lit de l'impératrice.

— C'est une carrière, disait-elle.

Et à présent, elle semblait catégorique.

— Il faut que tu mettes la main sur cette jeune Allemande tout de suite.

— Je n'en ai vraiment pas envie, tu le sais.

— Tu devrais te féliciter qu'elle t'aime, cher ami. Et ce sera peut-être mieux pour toi, ajouta-t-elle en souriant.

— Et pour toi ?

Elle haussa légèrement les épaules. Quel lourdaud il était resté ! A quoi s'attendait-il donc ? A un aveu de désespoir qu'il pourrait emporter ainsi qu'un trophée ? A un congé dans les règles ? A ce qu'elle lui pardonne ?

— Il faut savoir se montrer pratique, dit-elle calmement. Cela te plaira. C'est agréable d'avoir une famille.

— Peut-être.

— De toute manière, tu ne viendras plus ici, dit-elle avec un soupçon d'impatience dans la voix.

— Mais si, voyons.

Il essayerait d'être un bon époux, mais n'avait aucun désir d'abandonner Adélaïde.

Elle secoua la tête.

— Tu devras passer le plus de temps possible avec ta femme, tu le sais. C'est très important.

Il soupira.

— Je le sais. Mais tu ne m'interdiras pas de te voir ?

— Oh ! ça... Qui sait ? dit-elle. Nous verrons.

Prendrait-elle un autre amant ? L'idée lui déplaisait, bien qu'en toute conscience il ne pourrait plus rien exiger d'elle.

— Cette jeune fille, demanda-t-elle enfin, comment est-elle ?

Il réfléchit.

— Elle a un visage rond, des yeux bleus, des cheveux blonds. Les joues un peu trop rouges. Elle est entièrement innocente, mais nullement stupide. Je devrais me féliciter, mais je suppose que les années passées auprès de toi m'empêchent d'apprécier toute autre femme.

— Quel galant compliment, monsieur, dit-elle en pinçant les lèvres. Puis-je vous demander si vous comptez l'impératrice au nombre de ces autres femmes ?

Il rit. Il s'était souvent demandé si cette liaison avec une femme mûre l'aiderait à affronter le corps vieillissant de Catherine. Probablement pas.

— Je parlais de femmes, répondit-il. Pas de l'Empire russe.

La chambre se trouvait au premier étage. Il la suivit dans l'escalier.

Il était plus d'une heure du matin quand Alexandre se réveilla. Après l'amour, il s'était endormi soudain, d'un sommeil troublé par une image qui ne cessait de revenir le hanter, si précise et insistante qu'elle ressemblait plus à une vision qu'à un rêve ordinaire : la comtesse, très pâle, debout devant lui, en train d'agiter l'index et de le regarder d'un œil accusateur en disant : « Voltaire, Voltaire. » Le fait que cela n'avait aucun sens ne rendait pas l'image moins inquiétante.

Il s'éveilla en frissonnant, et il lui fallut plusieurs minutes pour retrouver son calme. La présence d'Adélaïde somnolant près de lui le rassura. Elle n'était pas entièrement couverte et il la regarda. Pourrait-il faire encore l'amour ? Il la toucha légèrement. Elle ouvrit lentement les yeux et lui adressa un sourire endormi.

— Encore ?

Il baissa les yeux le long de son corps et ses lèvres s'entrouvrirent.

— Je vois, dit-elle en tendant les bras. Viens.

Et juste au moment où débutait leur deuxième union de la nuit, une image plus pâle vint s'interposer entre ses yeux et le corps pâle de sa maîtresse. De nouveau, la vieille comtesse. Cette fois, elle ne parlait pas. Son visage livide était si immobile qu'elle semblait dormir. Sauf qu'elle avait les yeux ouverts. Il essaya de chasser ce fantasme, mais la vieille femme resta obstinément entre eux, avec son regard de pierre qui disait : « Tu vois, je dors les yeux ouverts. »

C'était absurde. Il essaya de ne pas en tenir compte, mais en vain. Son corps accomplissait lentement l'acte de l'amour, mais son esprit ne parvenait pas à s'arracher de la vision. Était-elle en train de dormir en ce moment, peut-être en pensant à lui, les yeux fixés sur le vide comme ceux d'une statue romaine ? Peut-être à cause de son rêve, peut-être à cause de leur conversation de la soirée, la question lui parut de plus en plus importante à chaque instant qui passait.

Il s'arrêta soudain et se retira de l'étreinte d'Adélaïde.

— Qu'y a-t-il ?

— Il faut que j'y aille.

— Où ?

— Il faut que je la voie. La vieille.

— La comtesse Tourov ? Tu es fou. Elle dort.

— Il faut que je la voie dormir. Il faut que je sache.

— Que tu saches quoi ?

— Si elle dort les yeux ouverts.

Adélaïde s'assit et le dévisagea d'un air curieux.

— Tu plaisantes.

— Non. Pas de problème. Je connais le chemin.

— Tu vas entrer chez elle ? Dans sa chambre ?

Elle secoua la tête, ne sachant trop si elle devait rire ou se mettre en colère de cette excentricité.

— Tu n'as pas choisi un très bon moment pour faire cette expédition, fit-elle observer.

— Je sais. Je suis désolé. Veux-tu m'accompagner ?

Elle se laissa retomber sur le lit en portant la main à son front.

— Sûrement pas !

— Je n'en ai pas pour longtemps.

Il ne s'habilla pas complètement, mais enfila son manteau car les couloirs seraient glacés. En chaussettes, il se dirigea vers la porte qui faisait communiquer l'aile avec le bâtiment principal. Il n'avait pas besoin de lumière, il connaissait bien la maison. Lentement, en ne faisant craquer que deux marches, il monta l'escalier de bois conduisant à la chambre de la comtesse. La porte, légèrement entrebâillée, laissait passer de la lumière, mais aucun bruit. Il se pencha.

Sur une table de bois peint se trouvait un grand chandelier d'argent à trois branches. Les bougies étaient courtes, mais lançaient une lumière vive. Il pouvait voir les tableaux sur le mur et l'angle d'un miroir doré. Mais non le lit. Pendant une minute entière, il hésita. Si elle n'était pas endormie, elle le verrait ouvrir la porte. Elle pousserait un cri et les domestiques se réveilleraient — quelle explication pourrait-il donner ? Il tendit l'oreille, espérant entendre sa respiration, mais en vain·

Elle n'était sûrement pas réveillée à cette heure. Surtout, puisqu'il était venu jusque-là, il n'allait pas renoncer. Il poussa doucement la porte. Elle craqua. Il s'arrêta et attendit, le cœur battant. Toujours aucun bruit. Il poussa de nouveau. La porte s'ouvrit toute grande et il fit un pas dans la chambre.

Le lit se trouvait sur la droite. Un vaste lit à colonnes surmonté d'un dais de soie à festons. La comtesse Tourov en occupait le centre, calée par de nombreux coussins. Ses cheveux défaits tombaient sur ses épaules en mèches retenues par des rubans bleu clair. Son menton reposait sur l'épaisse dentelle qui décorait le col de sa chemise de nuit. Elle avait la bouche entrouverte.

Quand Alexandre se tourna, il se trouva en face de ses yeux grands ouverts.

Il se figea, attendant qu'elle parle. Comment s'expliquerait-il ? Allait-elle hurler ? Se mettre en colère ? Son visage n'exprimait absolument rien. Elle respirait légèrement par la bouche, mais ses yeux restaient fixés sur un point, quelque part juste au-delà de la tête d'Alexandre. Pendant une demi-minute, ils restèrent ainsi. Rien ne bougeait dans la pièce, hormis les coulures de cire des bougies. Puis un bruit sortit des lèvres de la comtesse, comme un ronflement assourdi.

« Mon Dieu, c'est vrai ! Elle dort les yeux ouverts. »

Il fallait qu'il parte au plus vite. Il avait découvert ce qu'il désirait. Mais il fut incapable de bouger. Il y avait dans un angle un autre petit buste de Voltaire ; sur une table plusieurs livres ; à côté, une chaise. Qu'allait-il faire ? Sans raison particulière, il salua respectueusement. Les yeux de la comtesse ne bougèrent pas. Il sourit et la salua de nouveau très bas.

Que ressentait-il pour elle ? De la haine pour le coup qu'elle lui avait fait ? Pas vraiment. Elle s'était toujours montrée capricieuse et excentrique. En fait, il était soulagé : c'était la première fois qu'il se trouvait en sa présence sans la craindre. « C'est une bonne chose, se dit-il, d'être éveillé en face de quelqu'un endormi. Cela vous donne une extraordinaire impression de puissance. »

Il alla regarder les livres sur la table. Des pièces de théâtre françaises, un livre de psaumes, des journaux. L'un d'eux contenait un article de Radichtchev. Il regarda les autres et sourit de surprise : ils contenaient tous des articles dont il était lui-même l'auteur. Des articles anonymes, à la limite de ce que l'on pouvait dire sur la démocratie et les serfs, les articles dont il était le plus fier. Il remarqua que la comtesse avait souligné certaines phrases et griffonné des notes en marge. Elle s'y était donc vraiment intéressée. Tout compte fait, elle devait l'approuver.

Il tourna les pages, en levant les yeux de temps en temps vers elle. Vit-il ses yeux ciller ? Comme c'était étrange : il n'avait plus du tout peur. « Je pourrais m'asseoir et discuter de mes articles avec elle », se dit-il en souriant.

Il se leva enfin, et comme pour célébrer ce curieux interlude que la providence lui avait accordé, il esquissa quelques pas de danse sur le tapis devant elle. Puis il s'inclina solennellement et s'en fut.

Il sortit de la maison sans que personne ne bouge.

Sauf la comtesse Tourov, qui sonna sa femme de chambre dès qu'elle fut certaine qu'il était parti.

Tatiana était amoureuse au point d'en avoir mal. Si Alexandre s'approchait d'elle, elle se mettait à trembler ; s'il lui souriait, elle rougissait ; si elle restait sans nouvelles de lui pendant un seul jour, elle pâlissait et devenait taciturne. Elle avait le visage tiré : elle ne mangeait pour ainsi dire rien depuis deux semaines.

Depuis le matin, elle épiait à la fenêtre. Chaque fois qu'un traîneau arrivait, croyant que ce serait celui de Bobrov, elle collait son visage au carreau.

Le soir venu, quand sa mère parvint enfin à la persuader de s'asseoir, elle entendit soudain des bruits au rez-de-chaussée, puis un grand silence. Son père apparut à la porte.

— Alexandre Prokofievitch est venu te voir. Il a quelque chose à te dire.

Elle se leva, très pâle, tremblant légèrement. Elle remarqua, affolée, que son père avait l'air inquiet.

— Avant que tu ne descendes, Tatiana, je dois te demander : Es-tu sûre, es-tu vraiment certaine de vouloir cet homme ?

Elle le regarda. Donc, Alexandre était venu demander sa main. Elle rougit. Comment son père pouvait-il poser une question pareille ?

— Juste une minute, papa.

Elle se précipita vers sa chambre, suivie par sa mère. Son père n'en fut que plus inquiet. Il avait ses réserves, concernant Bobrov.

En bas, Alexandre attendait. Les minutes passaient et personne ne venait. Que se passerait-il si elle avait changé d'avis ? Il s'écoula un quart d'heure avant que la porte s'ouvre.

L'entrée de Tatiana le prit au dépourvu. Elle portait une robe d'un bleu éblouissant qui mettait en valeur son teint clair et faisait briller ses yeux bleus. Il avait toujours trouvé son visage trop rond, mais depuis qu'elle avait maigri, la forme de ses pommettes se dessinait et sa peau était plus diaphane. Elle s'avança vers lui avec un sourire paisible.

— Mon père m'apprend que vous désirez me parler.

Il regarda cette héritière autoritaire et pensa : « Elle a pris le commandement. » Il comprit soudain comment cette jeune femme forte avait été capable d'écrire la lettre stupéfiante qui l'avait mis au pied du mur. Cela l'impressionna.

Alexandre n'ignorait qu'une seule chose : Tatiana n'avait nullement écrit la lettre. Elle en avait écrit les mots, mais ne l'avait pas composée elle-même. Et pendant qu'elle l'écrivait, elle tremblait, hésitait, et levait souvent de grands yeux pleins de larmes vers la vieille dame qui les lui dictait le plus calmement du monde.

En effet, la mère de Tatiana, ne pouvant supporter plus longtemps le calvaire de sa fille, s'était rendue auprès de la seule personne capable de résoudre le problème : la comtesse Tourov.

C'était la comtesse qui avait donné le ton de la lettre et imposé l'échéance à Bobrov. Mais pourquoi s'était-elle donné ce mal ? Certainement pas par intérêt pour Alexandre ou cette pauvre jeune Allemande. Mais Alexandre était son cousin, et s'il se mariait avec une héritière, cela lui ferait honneur. En outre, c'était une occasion d'exercer un pouvoir, et ces occasions se faisaient de plus en plus rares pour elle.

Elle n'avait rien dit. Quand, le même soir, le naïf Alexandre était venu s'enquérir d'un éventuel héritage, elle avait failli lui éclater de rire au nez. Elle n'avait pu se retenir qu'en se concentrant sur ses mains. N'avait-elle pas joué ses cartes à la perfection ? Et elle avait battu le joueur à son propre jeu.

Quant à la jeune fille...

— Vous savez bien entendu qu'il a une maîtresse ? avait-elle fait remarquer d'un ton léger quand Tatiana eut terminé la lettre.

Tatiana avait rougi. Elle l'ignorait. Sa mère était au courant, mais ne fallait-il pas s'y attendre avec un homme de cet âge ? Cela le rendait plus mystérieux et excitant.

— Je suis sûre qu'avec une jeune épouse comme Tatiana, il n'aura plus besoin de songer à une maîtresse, répondit la mère.

— Pas du tout, assura la comtesse. Jusqu'à un certain âge, plus un homme en a, plus il en veut... Si vous voulez avoir un mari fidèle, lança-t-elle à Tatiana, ne lui donnez pas l'occasion de vous tromper. Il n'y a pas d'autre solution.

Armée de ce conseil et de l'ultimatum, la jeune amoureuse éperdue était rentrée chez elle, et avait attendu.

La souffrance l'avait rendue plus forte. Elle s'était laissée aller au désespoir pendant l'attente, mais en cet instant de triomphe, elle se força à la froideur. Malgré la violence de son amour pour lui, il ne fallait pas qu'elle lui donne une autre occasion de l'humilier. Désormais, elle lui ferait voir que leur mariage était une chance pour lui, non pour elle. Et elle l'arracherait à cette Française. En fait ce fut cette résolution qui l'aida, en ce moment de crise, à le surprendre par son attitude de calme détachement.

Une neige légère tombait, le même soir, quand Alexandre traversa la ville. Les petits feux allumés près des guérites des veilleurs de nuit, au coin des rues, paraissaient orange ; les maisons semblaient s'emmitoufler dans la brume. Alexandre en était enchanté, car il souhaitait passer inaperçu. Arrivé au canal de la Fontanka, il descendit de son traîneau et ordonna à son cocher de l'attendre. Il traversa le petit pont à pied et disparut.

Une seule chose l'étonnait : où diable était passée cette lettre ? La veille, quand l'inconnu la lui avait remise, il comptait la brûler dès son arrivée chez lui. Mais il avait oublié. Et en quittant Tatiana, il s'était aperçu que la poche de son manteau où il l'avait glissée était vide. Peu importait, en réalité. Elle n'aurait aucun sens pour la personne qui la trouverait.

Il se glissa sous un passage voûté qui donnait sur la cour sombre d'un vaste bâtiment couvert de stuc rose — le genre d'immeuble comprenant deux appartements par étage, en général occupés par des marchands assez pauvres. Après un dernier regard par-dessus son épaule, il s'engagea dans l'escalier de pierre mal éclairé conduisant à l'étage. Les lieux étaient déserts, à la seule exception d'un très gros chat noir assis près d'une fenêtre, et que Bobrov évita de regarder.

Il frappa trois coups et la porte s'entrebâilla. Une voix demanda doucement :

— Que cherchez-vous ?

— La Rose-Croix.

La porte s'ouvrit. Car Alexandre Bobrov le joueur, à l'insu même de sa maîtresse, appartenait au cercle le plus élevé de la grande Fraternité secrète des francs-maçons. Et ils avaient une importante réunion ce soir-là.

Dans les années qui suivirent, Tatiana en arriva à la conclusion qu'elle aurait dû s'y attendre, mais elle était si jeune...

Elle l'aimait. Quand elle voyait arriver sa voiture, ou regardait le laquais l'aider à ôter son manteau près de la porte, elle ne pouvait réprimer un frisson d'excitation. Il avait su se faire aimer. Même aux premiers jours de leur mariage, il semblait contrôler tout. Lorsqu'ils faisaient l'amour, une fois satisfait, il continuait de provoquer ses désirs de cent autres manières et la laissait rayonnante mais toujours avide de lui. Elle aimait son allure, sa façon de s'habiller, le fait qu'il sache tant de choses qui la dépassaient. Elle s'accommodait même du léger épaississement de sa taille, qui avait commencé la première année de leur mariage : l'impression de puissance qui émanait de lui en était renforcée.

Il était excité lui aussi par leurs relations physiques. Elle en était certaine : cela se sentait. Et elle apprenait... Elle désirait tellement apprendre pour connaître de nouvelles délices et pour lui plaire davantage ! Elle était heureuse ; elle était enthousiaste, elle souhaitait l'étonner, et elle y parvenait.

Elle ne manquait pas de dons. Elle se montrait généreuse et pratique. Elle aimait donner des ordres aux femmes de la cuisine et faisait même des gâteaux de ses propres mains. Et quand elle les présentait à Alexandre, les joues rouges d'excitation, à l'affût de sa réaction, il paraissait toujours ravi, vraiment charmant.

Quel choc pour elle le soir où, six mois après leurs noces, il ne rentra pas à la maison ! Était-il encore amoureux d'Adélaïde de Ronville ?

Oui. Et comme Alexandre se le répétait à tout instant, ce n'était nullement la faute de Tatiana.

Ce n'était pas sa faute si elle était si jeune. Ce n'était pas sa faute si, comme la plupart des jeunes filles de sa classe, elle avait reçu si peu d'éducation. Elle ne pouvait pas partager un jeu de mots en français comme Mme de Ronville ou même la vieille comtesse. Ce n'était pas sa faute si, quand il l'emmenait chez la comtesse Tourov ou dans d'autres salons, elle se trouvait abandonnée dans un coin pour le reste de la soirée après les salutations d'usage.

Ce n'était pas non plus la faute de Tatiana si, au bout de quelques mois, le sujet de ses pâtisseries avait commencé à faire bâiller Alexandre. Et il allait de plus en plus souvent tout seul chez la comtesse sans rien dire.

Enfin, ce n'était pas la faute de Tatiana si leur façon de faire l'amour le laissait à moitié satisfait. Au début, cela lui avait semblé merveilleux : le jeune corps légèrement enveloppé l'avait pris sous le charme. Une jeune fille pleine d'énergie, enflammée par les premiers élans de l'amour. Ce n'était pas la faute de Tatiana si elle était avide de passion avec une soumission et une violence qui n'avaient rien de commun avec les subtilités toujours variées de Mme de Ronville.

Bref, il trouvait sa jeune femme de plus en plus fade. Et la vie de couple détruisait l'équilibre délicat et le sens du silence intérieur, qui sont le privilège de tout célibataire endurci.

Il se sentait coupable. Il avait su se faire aimer et désirer par sa jeune femme ; mais il se rendait compte qu'il ne pouvait pas se passer d'Adélaïde. Il ne voulait pas que sa femme souffre, mais comment faire ? Il ne trouvait la paix qu'avec la Française.

— Vous êtes la seule, chère amie, avec qui je puisse m'asseoir et simplement écouter le tic-tac de la pendule, lui dit-il.

En fait, loin de diminuer, sa passion pour elle augmenta. Les petites rides sur son visage, si finement dessinées, si expressives de son caractère, ne diminuaient pas sa sensualité : elles la distillaient. Son corps, encore jeune à bien des égards, suscitait de la part d'Alexandre une tendresse nouvelle. C'était étrange, mais l'extrême jeunesse de sa femme lui faisait apprécier davantage sa maîtresse plus âgée. Et il revenait donc voir Adélaïde, discrètement mais souvent.

Une semaine après la première absence nocturne de son mari, comme Alexandre devait se rendre chez la comtesse Tourov, Tatiana prit ses dispositions sans rien dire. Elle le suivit dans une voiture de louage, le vit entrer, et attendit patiemment dehors. Vers onze heures, les invités s'en allèrent et les lumières des salons s'éteignirent. Elle attendit vingt minutes de plus. Toutes les lumières du bâtiment central étaient éteintes, mais on devinait des lueurs de bougies dans l'aile où se trouvait l'appartement de Mme de Ronville. Puis tout s'éteignit. Tatiana rentra chez elle.

Sans doute était-ce inévitable, pensait Tatiana, mais cela ne l'empêchait pas de souffrir. Sagement, elle ne dit rien. Qu'avait-elle à gagner ? Il nierait, et — ce qui serait encore plus douloureux — il y aurait un mensonge entre eux. Ce n'en serait que plus humiliant.

Des semaines passèrent. Elle essaya de chasser la Française de son esprit, avec peu de succès. Alexandre, pour sa part, essayait de se montrer aimable : Tatiana était une bonne épouse qui ne se plaignait jamais malgré le chagrin dont il la devinait atteinte. Il n'avait rien à lui reprocher. Et comme il savait tout cela dans sa tête, il ne se rendait pas compte qu'en secret, au fond de son cœur, il la rendait responsable de tout.

A l'automne 1787, deux événements survinrent dans la vie de la jeune femme. Elle découvrit qu'elle était enceinte, et crut naturellement que cela la rapprocherait d'Alexandre.

Le deuxième événement était une énigme : elle commença à sentir qu'il y avait autre chose dans la vie d'Alexandre, un secret dont elle ne savait rien. Ses absences inexpliquées en étaient le signe.

A plusieurs reprises au cours des mois précédents, il s'était éclipsé pendant la soirée sans raison. Une fois, il était rentré extrêmement tard, alors qu'Adélaïde de Ronville n'était pas à Saint-Pétersbourg. Était-il possible qu'il ait une deuxième maîtresse ?

Puis en septembre — elle venait de lui annoncer sa grossesse —, il partit à Moscou pour deux semaines sous des prétextes particulièrement vagues, et Adelaïde était à Saint-Pétersbourg.

Il devait donc y avoir une autre femme, mais qui ?

La vérité l'aurait fort surprise. La personne qu'Alexandre allait voir était à la fois l'amie et l'ennemie de Tatiana.

L'histoire des francs-maçons de Russie demeure naturellement entourée de mystère. Presque tous les documents ont été cachés ou détruits. On sait cependant qu'ils étaient nombreux à Saint-Pétersbourg, et que les loges anglaises étaient particulièrement prisées. L'Angleterre était à la mode : ses pur-sang, ses chiens et ses clubs. Et la franc-maçonnerie anglaise reflétait l'atmosphère facile de ce pays libéral. Apolitique, pas trop mystique, elle s'occupait surtout de philanthropie.

En 1782, quand des amis anglais avaient suggéré à Bobrov de rejoindre leur loge, il avait accepté d'emblée.

Il ne s'en serait pas soucié davantage sans une rencontre fortuite l'année suivante, à Moscou. Une ancienne relation du temps de ses études lui avait assuré :

— Mais, mon cher, il faut que tu voies certains membres du cercle maçonnique d'ici. Ils sont parmi les plus éminents de notre société.

Et lors d'un autre séjour dans l'ancienne capitale, Alexandre avait fait la connaissance de deux hommes très importants : le prince et le professeur.

Le premier était un aristorate et mécène ; l'autre, Novikov, dirigeait les Presses de l'université de Moscou. Presque chauve, entre deux âges, on aurait pu le trouver quelconque sans l'éclat pétillant de ses yeux bleu clair. Alexandre l'appelait toujours « le professeur ».

C'était avec le professeur qu'il avait rendez-vous à la maison rose près du canal de la Fontanka le soir de la demande en mariage. Et il considérait le professeur comme son mentor, son initiateur aux mondes secrets de la haute maçonnerie, et la voix de sa conscience

Alexandre s'était pris de passion pour ses nouveaux amis de Moscou pour plusieurs raisons. Ils faisaient partie des cercles cultivés et éclairés de l'université ; le prince et ses amis appartenaient à la fleur de la noblesse russe (ce qui flattait la vanité d'Alexandre) ; et la hiérarchie maçonnique lui rappelait celle de la bureaucratie (il était une de ces personnes à qui il suffit de voir une échelle pour avoir envie d'y grimper).

Pendant trois ans, Alexandre avait gravi les échelons sous la direction de son mentor. Il était devenu chevalier écossais, puis frère théorique.

— Nos secrets mystiques remontent à l'aurore même du christianisme, lui expliquait le professeur. Pour les maçons ordinaires, les signes secrets que nous utilisons — les hiéroglyphes — ne sont que des broutilles. Ces hommes font de bonnes œuvres, ce qui est admirable, mais ils comprennent peu. Le sens profond n'est révélé qu'à ceux qui en sont dignes.

Il y avait en Novikov une certaine pureté qui impressionnait beaucoup Alexandre. Au début, il avait hésité à s'engager, car on racontait que les rangs supérieurs de la maçonnerie pratiquaient l'alchimie et les arts magiques. Le professeur l'avait détrompé.

— Le chemin où je vous conduirai ne s'écarte pas de la pure voie chrétienne, lui promit-il. Notre seule aspiration est un désir ardent de servir Dieu et la Sainte Russie.

Outre ses devoirs officiels aux Presses de l'université, le professeur dirigeait les Éditions des Francs-maçons, qui publiaient des livres et des brochures pour les membres de la société secrète.

— Nous répandrons notre évangile, disait Novikov.

A bien des égards, la Fraternité maçonnique ressemblait à une

Église secrète. Depuis que Pierre le Grand avait sécularisé l'État, l'ancien prestige de l'Église orthodoxe avait décliné. Les paysans restaient fidèles à la religion et étaient souvent *raskolniki* (car Catherine tolérait les schismatiques avec un amusement poli), mais la plupart des hommes de la classe de Bobrov ne prenaient plus l'Église au sérieux. L'atmosphère mystique de la Fraternité maçonnique comblait le vide laissé dans leur vie par le manque de foi, apaisait leur conscience et les persuadait qu'ils faisaient le bien.

La piété chrétienne du professeur Novikov attirait Alexandre et il ressentait son influence comme un reproche à ses ambitions matérielles. Peut-être jouait-il également sur ce plan : « Si je ne conquiers pas le monde, je sauverai cependant mon âme. »

Deux années passèrent.

— Je crois le moment venu pour vous de gravir un autre échelon, lui dit le professeur à l'automne 1786 en lui donnant un livre. Lisez ceci, et si vous désirez devenir un de nos membres, il vous suffira de me le demander. Nous nous appelons les fidèles de la Rose-Croix.

Alexandre avait enfin découvert le cercle intérieur : les élus secrets. Ils n'étaient qu'une soixantaine dans toute la Russie et le fait qu'Alexandre ait été choisi constituait un hommage à ses talents. A l'insu des francs-maçons ordinaires, ce cercle intérieur contrôlait la majorité de leurs activités.

— Ils nous connaissent, mais pas sous notre véritable identité, expliqua le professeur, car nous devons protéger notre mission des regards ignorants.

Chacun avait un nom secret, et le soir de décembre 1786 où le professeur avait convoqué Alexandre à sa première réunion des Rose-Croix dans la maison rose près du canal de la Fontaka, il avait signé son message de ce nom rosicrucien : Colovion.

Pour Alexandre, cela avait été une révélation. Le groupe ne comprenait que le prince et le professeur de Moscou, lui-même et une autre personne de Saint-Pétersbourg. Pour la première fois le professeur lui avait révélé le but véritable de la Fraternité.

— Nous cherchons à créer un nouvel ordre moral dans la société. Nous la ferons progresser.

— Vous voulez dire toute la Russie ?

Alexandre connaissait des francs-maçons à des postes élevés du gouvernement.

— Pas seulement la Russie, mon jeune ami. Avec le temps, le monde entier.

Le prince ajouta :

— Je peux également vous dire que nous avons pris contact avec le grand-duc Paul, pour lui demander de nous soutenir en secret. J'ai de bonnes raisons de croire qu'il acceptera.

L'héritier du trône ! Cet homme étrange ne plaisait guère à Alexandre, mais il vit aussitôt les énormes possibilités que représentait son appui.

« Les Rose-Croix gouverneront la Russie », songea Alexandre dans son enthousiasme. N'était-il pas étrange que le jour même où, en épousant Tatiana, il renonçait à son ambition d'entrer dans l'entourage immédiat de Catherine, une nouvelle possibilité se fût offerte à lui ? Peut-être le destin avait-il désigné Bobrov le joueur pour un plus grand dessein.

Il n'y avait qu'un seul problème : le professeur n'était pas content de lui.

— Je trouve que vous manquez de ferveur, se plaignait-il souvent.

Il avait été ravi d'apprendre que Bobrov allait se marier, il s'était dit que cela lui « ouvrirait le cœur ». Mais un an plus tard, il lui avait écrit :

Je ne peux éviter de vous parler, mon cher frère, d'une nouvelle qui vient de me parvenir. On me dit qu'à Saint-Pétersbourg tout le monde sait qu'en dépit de votre récent mariage, vous négligez votre épouse et poursuivez votre liaison avec une certaine personne. Je dois vous signaler que votre appartenance à notre ordre impose des devoirs; cette conduite n'est pas acceptable. Regardez au fond de votre cœur, je vous en supplie, et prenez la décision qui s'impose.

Alexandre avait brûlé la lettre, comme toute correspondance liée à la Rose-Croix, mais il savait que le professeur avait raison. Sa conscience le troublait. Il était cependant incapable de quitter Adélaïde. Quand il alla voir Novikov à Moscou un an plus tard, le professeur était furieux.

— Les membres du cercle intérieur de notre ordre doivent être des hommes à la conscience pure, frère Alexandre. Nous espérons que vous suivrez l'exemple du grand-duc Paul, qui est dévoué à sa femme, et non celui de la cour dissolue et dégénérée de sa mère l'impératrice... Le mariage n'est pas toujours facile, Alexandre, ajouta-t-il plus aimablement, mais nous sommes tous certains que vous allez changer d'attitude.

Ébranlé par la véhémence du professeur, Alexandre lui répondit qu'il essayerait de se réformer. Et sur le moment il en avait vraiment l'intention. « Tatiana ne peut pas le savoir, se dit-il, mais le professeur est son plus grand ami. »

Il existait cependant entre Alexandre et Tatiana une autre cause de friction, à laquelle le professeur ne pouvait rien : le problème d'argent.

Au début, elle lui avait posé des questions sur les domaines ou les dépenses de la maison, et il les avait attribuées à de la simple curiosité. Il avait pourtant bientôt remarqué une certaine insistance.

— Sais-tu combien de domestiques nous avons, Alexandre ? demanda-t-elle au bout de trois mois de mariage.

Il n'en avait aucune idée, ni la moindre envie de le découvrir. Soixante ? Quatre-vingts ?

— Et sais-tu combien ils coûtent ?

— Rien, répondit-il sèchement.

En un sens, c'était vrai. Les marchands et les étrangers devaient payer leurs serviteurs très cher, mais les nobles russes se contentaient de faire venir des serfs de leurs domaines. Cent serfs ne représentaient rien. Les femmes travaillaient dans les cuisines ou ailleurs, hors de la vue ; et les hommes s'habillaient en livrée de laquais. On voyait souvent des valets enfiler leur livrée par-dessus leur tunique de paysan sans prendre la peine de la boutonner. Aucun n'était vraiment présentable, mais c'était la même chose dans toutes les maisons. Alexandre ne savait même pas où ils logeaient. Sans doute au sous-sol.

— Mais ils mangent, lui rappela Tatiana. Qu'est-ce que ça coûte ?

Comment l'aurait-il su ? Les vivres venaient. Ils étaient mangés. La propriété de Russka rapportait un peu d'argent, mais le gros des payements se faisait en nature. Des charretées de provisions arrivaient à la maison de Saint-Pétersbourg et disparaissaient aussitôt. Les paysans du domaine de Riazan le payaient en corvées sur ses terres et son intendant vendait le grain et lui envoyait l'argent. Il savait qu'il dépensait tout, mais il ignorait comment.

Parfois, ces questions de Tatiana l'amusaient, mais au bout d'un certain temps, elles commencèrent à l'agacer. Combien coûtaient les montagnes de bois qu'on brûlait ? Pourquoi avaient-ils un si grand nombre de voitures dont ils ne se servaient jamais ? Ne devraient-ils pas inspecter les domaines ?

Il la rassurait :

— Ton père nous a donné beaucoup d'argent. Nous n'avons aucun souci à nous faire.

Le père de Tatiana avait découvert avec déplaisir, peu de temps après le mariage, les problèmes financiers d'Alexandre. La dot de Tatiana avait largement suffi à couvrir les dettes, mais les relations d'Alexandre avec son beau-père s'étaient refroidies. Il ne put s'empêcher de soupçonner l'influence de celui-ci quand Tatiana lui demanda, juste avant de s'apercevoir qu'elle était enceinte :

— Ne crois-tu pas, Alexandre, que tu devrais me rendre compte de la façon dont tu as dépensé ma dot ?

C'était une insulte calculée ! Son épouse, âgée de dix-sept ans à peine... Quelle impertinence !

— Maudits étrangers ! avait-il explosé. Vous êtes tous les mêmes... Allemands, Hollandais ou Anglais, vous êtes toujours en train de compter jusqu'au dernier kopeck. Mon Dieu... (Il chercha une insulte.) Vous ne valez pas plus que les juifs.

Elle inclina la tête d'un air soumis, mais il sentit qu'elle ne se contenterait pas de pareille réponse.

De toute manière il ne pouvait pas tout lui dire.

Les éditions maçonniques coûtaient très cher. Le programme de publication était ambitieux et il fallait reconnaître que le professeur se montrait plutôt vague dans sa manière de tenir les comptes. Comment Alexandre aurait-il pu refuser de participer aux frais alors que des hommes comme le prince dépensaient des sommes considérables ? Il avait découvert que certains adeptes de rang élevé étaient prêts à consacrer leur fortune entière à la cause.

Quand Alexandre était parti à Moscou, il espérait opérer une réconciliation avec le professeur Novikov, et il emportait une contribution pour les Presses qui s'élevait à environ un cinquième de la dot de Tatiana. Si celle-ci l'avait su, elle aurait sans doute conclu que le professeur n'était pas son allié mais son ennemi.

1789

Par une triste journée de mars de cette année décisive de l'histoire du monde, Alexandre Bobrov le joueur négocia son dernier marché avec Dieu. Ce n'était pas le marché qu'il aurait souhaité ; mais il ne pouvait pas faire mieux dans les circonstances.

Il était assis dans le grand salon, en face de sa femme. Il n'était pas rentré avant l'aube, mais ce n'était pas de cela qu'ils parlaient. Elle se tenait debout devant lui pour soulager ses reins, car elle était de nouveau enceinte, de huit mois.

Quant à lui, il tremblait de rage.

Ne lui faisait-elle pas confiance ? Comment osait-elle le défier ainsi ? Ou bien le provoquait-elle délibérément à cause d'Adélaïde ?

Tatiana s'appuya au dossier d'une chaise pour se soutenir. Pourquoi cet affrontement si près de son terme ?

Est-ce qu'il l'aimait ? Que devait-elle penser de ces disparitions inexpliquées à Moscou et de ses mystérieuses soirées à Saint-Pétersbourg ? L'existence de sa rivale française la tourmentait moins. Elle ne détestait pas Adélaïde de Ronville, qu'elle avait rencontrée chez la comtesse Tourov. « Elle sera vite vieille, se disait-elle. Nous sommes toutes les deux ses maîtresses, mais c'est moi qui ai ses enfants. Cela doit être dur pour elle. »

Elle ne pouvait s'empêcher d'aimer Alexandre malgré tout : peut-être à cause du mélange de force et de faiblesse en lui. Même sa vanité lui plaisait. Et elle le comprenait mieux qu'il ne le pensait. Elle voyait bien que si grands que fussent ses talents, son ambition les dépassait toujours d'une coudée et ne le laissait jamais satisfait, sûr de lui. « Il l'aime, se disait-elle, mais il aura toujours besoin de moi, ne serait-ce que pour m'exploiter. »

Il y avait cependant un sujet sur lequel elle ne céderait jamais.

Alexandre était de nouveau sans argent. Ce n'était pas une crise, il n'était pas ruiné ; mais il avait commencé à contracter des dettes et manquait de liquidités. Il avait donc naturellement demandé à Tatiana de solliciter son père. Après tout, elle devait hériter. Où était passé tout l'argent ? Dans leur style de vie dispendieux, sans doute. Et bien entendu chez les Rose-Croix.

Son admiration pour le professeur n'avait cessé de croître bien que celui-ci critiquât son style de vie. Les francs-maçons avaient rencontré récemment certains obstacles et leurs ennemis les avaient accusés de sacrilège, mais le professeur avait obtenu de l'Église des déclarations favorables. Les dépenses étaient cependant de plus en plus considérables, et les frères sollicitaient Alexandre presque chaque mois. La culpabilité qu'il ressentait en dépensant l'argent de sa femme était tempérée par la conviction qu'un jour les Rose-Croix gouverneraient le monde.

Et ce matin-là, quand il lui avait demandé de parler à son père, il avait été choqué qu'elle refuse : n'était-ce pas son devoir d'épouse ? Malgré l'état de sa femme, sans doute parce qu'au fond de son cœur il se sentait coupable, il se mit à crier :

— Tatiana, je te l'ordonne.

A sa stupéfaction elle se tourna vers lui et le fixa d'un regard qu'il ne lui connaissait pas. Un regard de colère, et — oui — de mépris. Quant à ses paroles, il mit un moment avant de les comprendre.

— Je regrette, Alexandre, mais je ne vois aucune raison pour laquelle mon père et moi devrions te confier davantage de ma fortune alors que tu ne nous as pas encore fourni d'éclaircissements sur l'utilisation de ma dot, qui, je te le rappelle, m'appartient en propre. Si tu ne sais pas ce que tu en as fait, peut-être est-ce moi, et non toi, qui devrais gérer nos affaires.

Il la regarda. Il se sentit devenir livide de colère. D'une voix qu'il reconnut à peine, il lui lança :

— Espèce de juive !

Puis il la gifla avec une telle violence qu'elle s'écroula par terre.

Une heure plus tard, Alexandre était encore enfermé dans son bureau, incapable de se résoudre à sortir. Comment avait-il pu faire une chose pareille ? Il le savait fort bien : parce qu'il était coupable.

« Vais-je détruire ma femme et ma famille ? Pour les Rose-Croix et mon ambition personnelle sans limite ? »

Il venait d'écrire plusieurs lettres. L'une d'elles annulait l'achat d'un splendide cheval anglais ; une autre, la commande d'une magnifique voiture neuve, dont il n'avait nul besoin ; la plus importante était adressée au professeur et se terminait ainsi :

Peut-être pourrai-je bénéficier à une date ultérieure des avantages uniques dispensés par votre Saint Ordre, mais pour le moment, digne supérieur, je ne suis pas en mesure de faire les sacrifices que vous êtes en droit de me demander. Je me retire donc respectueusement jusqu'à ce que je m'avère digne de notre Fraternité.

Il économiserait ainsi chaque année une somme supérieure aux dépenses de son foyer. Il venait de cacheter la lettre quand on lui annonça que Tatiana venait de ressentir les premières douleurs de l'enfantement.

La journée s'écoula, puis la nuit, et une interminable matinée d'angoisse. Tatiana était toujours en travail. La lumière grise de la rue creusait les ombres de la chambre.

La veille, dans l'après-midi, on avait fait venir une sage-femme polonaise ; dans la soirée, un médecin allemand. A midi, ils avaient tous les deux baissé les bras. Depuis midi, il y avait dans la chambre une autre personne : les serfs de Russka qui travaillaient à la maison avaient supplié Alexandre de la laisser entrer pendant toute la matinée. Ils ne faisaient pas confiance à la sage-femme de la ville et ils n'éprouvaient que mépris pour le médecin étranger. Mais la femme était une des leurs, une sage-femme de la campagne, une vraie Russe du hameau du Bourbier. Assise dans un coin de la pièce, elle faisait ce que ces stupides gens de la ville auraient dû lui demander dès le début : elle récitait l'étrange amalgame de prières chrétiennes et de charmes païens sans lequel aucun enfant de la campagne russe ne naissait. Alexandre lui avait lancé un coup d'œil et haussé les épaules. Dieu seul savait si elle pouvait faire du bien, mais il supposait qu'elle ne ferait aucun mal.

Le docteur l'entraîna dans le couloir.

— C'est bloqué, dit-il d'un ton sombre. Le bébé ne peut pas sortir. J'ai peut-être une chance de sauver l'enfant. Mais la mère...

— Je ne comprends pas.

— Elle risque de perdre du sang.

— Au point d'en mourir ?

— Cela se produit. Mais pas toujours.

— Que dois-je faire ?

— Rien. Prier.

Le docteur rentra dans la chambre et referma la porte. Alexandre se rendit dans son bureau et se mit à trier machinalement des papiers. Puis il essaya de réciter des prières, mais se trouva confronté à son propre vide. Il se leva soudain et retourna dans la chambre.

C'était affreux. Le visage rond de Tatiana était décomposé et d'une pâleur de fantôme. La sueur avait collé en mèches ternes ses beaux cheveux blonds et la peur agrandissait ses yeux. Les contractions la soulevaient de spasmes.

— Le vaisseau sanguin peut se rompre à tout moment, murmura le docteur.

Accablé par son sentiment d'impuissance et d'inutilité, Alexandre s'avança vers Tatiana et lui prit la main. Elle leva les yeux et essaya de sourire. Il lui serra la main. La contraction atteignit son paroxysme et son visage se tordit, mais elle ne le quitta pas des yeux. A cet instant, il comprit qu'il constituait son seul lien avec la vie. Il sourit et essaya, à cette heure de la mort, de lui faire comprendre qu'il l'aimait.

— Je vais avoir ton enfant, murmura-t-elle.

Incapable de répondre, il lui serra la main plus fort. Elle allait mourir. Il s'aperçut qu'elle le savait. Et elle avait peur, beaucoup plus peur que jamais dans sa vie. Ses yeux affolés lui disaient : « Même si tu ne peux pas m'aider, dis-moi au moins, pour une fois, que tu m'aimes. »

Et ce fut à cet instant-là, vers trois heures de l'après-midi, qu'Alexandre Bobrov, ne voyant presque plus rien à gagner ici-bas et au-delà, négocia son dernier marché avec Dieu.

« Seigneur miséricordieux, faites qu'elle vive, ainsi que l'enfant, et je renoncerai à Adélaïde de Ronville. »

Il ne lui restait plus que cette carte à jouer.

1792

Vers le solstice d'été, dans ces climats du nord, le crépuscule se prolonge jusqu'aux petites heures et se transforme en aube sans qu'il y ait de véritable nuit. Tout paraît irréel, c'est la période étrange et magique des nuits blanches.

Ce fut sans doute le charme dangereux de cette atmosphère qui poussa Alexandre Bobrov à commettre des actes aussi irrationnels. Aucune autre explication n'est possible.

Le monde entier était en train de changer, comme si un énorme orage électrique se trouvait sur le point d'éclater. Qui savait quelles monarchies allaient tomber, quelles sociétés se décomposeraient en chaos ? Chaque jour Saint-Pétersbourg attendait des nouvelles de l'ouest, de Paris où un cataclysme se déchaînait depuis la prise de la Bastille, trois ans plus tôt.

Le roi de France, la reine Marie-Antoinette et leurs enfants étaient aux mains des révolutionnaires. Qui savait ce que feraient ensuite ces jacobins ? Les monarques d'Europe criaient au scandale. L'Autriche et la Prusse étaient déjà entrées en guerre avec la nouvelle puissance révolutionnaire. La Grande-Bretagne allait suivre. Et aucun souverain n'avait été plus outragé que Catherine de Russie. Les principes de la liberté et la philosophie des Lumières étaient une chose — une splendide théorie —, mais la révolution et le gouvernement du peuple !... Souvenez-vous de Pougatchev... Catherine avait écrasé la révolte désespérée du Cosaque et de ses paysans des années auparavant, elle n'allait pas inciter son peuple à une autre insurrection.

La plupart des partisans de Lumières, à commencer par l'impératrice elle-même, regardaient avec horreur les résultats de leur philosophie et concluaient : « Ils sont allés trop loin, trop vite. » Ils rêvaient de réformes, mais ne voyaient maintenant que chaos, et ils pensaient : « Ces jacobins nous ont trahis. »

En France, les révolutionnaires se croyaient peut-être au printemps du monde, mais à Saint-Pétersbourg, on avait l'impression qu'un âge d'or touchait à sa fin. Le long été de la Grande Catherine s'était prolongé très loin dans l'automne, mais se trouvait soudain exposé aux vents cruels de l'hiver : les feuilles tombaient, révélant une forêt nue.

L'impératrice était solitaire. Les visages autour d'elle changeaient. Surtout elle avait perdu son seul vrai ami, son vieux chevalier servant, le grand Potemkine. Le jeune amant s'était montré infidèle, et les ennemis de Potemkine avaient réussi à placer dans le lit de Catherine un de leurs protégés. Potemkine avait aussitôt compris que la partie était finie pour lui. Il était venu à Saint-Pétersbourg pour offrir à l'impératrice la soirée la plus somptueuse que le monde eût jamais vue, puis il était reparti dans le sud, déprimé. Un an plus tard, il était mort.

Que restait-il à Catherine ? Un jeune amant vain de sa personne — au moins elle avait quelqu'un dans son lit. Un fils qui la détestait et qui ressemblait de plus en plus à son père. Deux petits-fils élevés selon ses principes, et adorés. Et l'empire...

Saint-Pétersbourg avait beaucoup changé. La France était passée de mode. Les journaux imprimaient le moins de choses possible sur ce qui se passait à Paris.

— Dieu merci, disaient les sages, nos paysans ne savent pas lire.

Discuter de la Révolution française en public était interdit, les livres républicains étaient brûlés, les pièces de théâtre interdites. Tristement, l'impératrice ordonna que l'on fasse disparaître de ses appartements le buste de son vieil ami Voltaire.

Et qui pourrait lui reprocher de s'être retournée avec amertume contre ceux qui lui semblaient maintenant menacer l'État ? Quand Radichtchev se montra assez naïf pour publier un livre en faveur de la libération des serfs, il put s'estimer heureux de n'être condamné qu'à l'exil en Sibérie. Et où voulaient donc en venir les francs-maçons avec leurs manigances secrètes ? se demandait souvent la tsarine. Complotaient-ils avec son fils ? Étaient-ils jacobins à leur manière ? Apparemment non, mais elle fit tout de même interroger le professeur.

— La Russie a besoin avant tout de loyauté, proclama-t-elle.

Dans tout Saint-Pétersbourg, personne n'était plus loyal qu'Alexandre Prokofievitch Bobrov.

— Les jacobins sont des traîtres, disait-il, en parfait accord avec l'impératrice. La liberté d'expression et les réformes ne sont possibles que si la situation est stable. Nous devons nous montrer prudents.

Et personne à Saint-Pétersbourg n'était plus prudent que lui. Il vivait dans une maison modeste, dans le Deuxième Quartier de l'amirauté, moins huppé que le Premier où se trouvait l'ancienne demeure familiale. Il ne conservait que trente domestiques et recevait rarement plus d'une douzaine d'invités à la fois. Sa voiture et son équipage étaient modestes. Même ses dettes étaient modestes — en fait, il vivait presque sans dépenser plus que ses revenus.

Il était encore conseiller d'État, mais sa carrière s'était pour ainsi dire figée, et depuis le départ de son protecteur Potemkine, il n'avait aucune chance de monter plus haut. On disait de lui : « Il est bien brave. » Et à moins d'être idiot, celui qui est qualifié ainsi sait qu'il n'ira pas plus loin.

Par bonheur, il avait cessé toute relation avec les Rose-Croix et les francs-maçons depuis sa lettre au professeur. Sa vie était sans doute plus terne, mais moins dangereuse. C'était un bon père de famille.

Car Dieu avait tenu sa part du marché qu'Alexandre lui avait proposé le jour où Tatiana s'était trouvée à deux doigts de la mort. Non seulement Tatiana avait vécu, mais elle lui avait donné un beau garçon, et deux ans plus tard, un autre. Pour sa part, Alexandre continuait de voir Adélaïde de Ronville sur le plan de l'amitié, mais jamais comme amant. C'était un mari modèle : un peu obèse, les pieds sur terre. « Le type même de l'homme marié », disaient ses anciens amis en souriant.

Il avait eu une incroyable déconvenue à la mort de son beau-père : l'héritage du noble balte se réduisait à presque rien. A l'insu de Tatiana, le vieil homme avait spéculé sur les céréales produites par ses domaines du sud, et perdu des sommes énormes. Alexandre et sa famille n'étaient pas ruinés, mais les domaines se trouvaient à moitié hypothéqués.

— Dieu merci, il reste la comtesse, fit-il observer à Tatiana. Sans elle, nous ne pourrions presque rien laisser à nos enfants.

Ils rendaient régulièrement visite à la vieille dame, qui leur avait assuré depuis longtemps qu'ils hériteraient d'elle.

L'époque où Alexandre Bobrov jouait avec le destin était bien révolue.

Les nuits blanches : ce fut au cours de l'une de ces premières soirées magiques qu'Alexandre traversa la Néva pour une de ses habituelles visites à la comtesse.

Elle était devenue frêle depuis quelque temps, mais elle tenait absolument à recevoir comme dans le passé. Ses soirées étaient plus calmes. Seuls quelques vieux fidèles y participaient, mais la vieille excentrique continuait comme avant. Alexandre se demandait parfois si elle s'était aperçue que la Révolution française avait eu lieu.

En entrant, il aperçut aussitôt Adélaïde de Ronville qui bavardait avec un des vieux messieurs. Ils échangèrent un sourire. Elle paraissait un peu plus mince, un peu plus fragile. Dommage qu'elle n'ait plus d'amant... La comtesse, assise au milieu du salon dans son fauteuil doré, en robe longue et couverte de rubans, semblait encore se croire à l'ancienne cour de France. Il se pencha pour l'embrasser, il remarqua qu'elle avait l'air agité. Est-ce qu'elle l'appréciait ? Même après toutes ces années, c'était impossible à dire. Elle lui souriait, puis l'instant suivant, il la surprenait en train de l'observer d'un œil cynique, carrément méchant. Qui savait ce qu'elle pensait ? Elle parut contente de le voir ce soir-là, échangea quelques mots avec lui, puis le laissa partir.

N'ayant pas envie de bavarder, il fit le tour du salon en tendant l'oreille aux divers propos.

— Qui sait encore ce qu'on peut publier aujourd'hui ? lançait un jeune homme qui arrivait de Moscou. Ce n'est pas seulement une question de censure : le vieux professeur Novikov, qui dirigeait les Presses de l'université, a été arrêté. Plus personne n'est en sécurité.

— Il paraît qu'il était franc-maçon, objecta quelqu'un.

— Peut-être, mais tout de même...

Alexandre soupira. Quels souvenirs lui rappelaient ce nom ! Pauvre Novikov ! Il n'avait eu aucune relation avec lui depuis plus de trois ans, mais il éprouva soudain l'envie de lui écrire, ou en tout cas à sa famille. Il interrogea le jeune homme de Moscou. Avait-on précisé un chef d'acusation ? Pas encore, semblait-il.

— Vous connaissiez le professeur ? demanda l'homme.

Et Alexandre s'entendit répondre, après une seconde d'hésitation :

— Pas du tout. Je l'ai simplement rencontré une fois ou deux, il y a des années.

Il n'écrirait pas. Le vieil homme s'était montré stupide : il cherchait les ennuis. Mieux valait prendre garde. Il s'éloigna.

Il régnait dans la pièce une sorte de léthargie, comme souvent chez la comtesse Tourov ces derniers temps. Il échangea quelques mots avec Adélaïde, qui se plaignit de la chaleur. Il regarda la nuit blanche par la fenêtre. C'était assommant.

A peine remarqua-t-il un changement subtil dans l'atmosphère. Un petit groupe s'était formé autour de la comtesse, attiré par un nouveau venu. Puis il s'aperçut que la vieille dame lui faisait signe. Il dissimula son ennui derrière un sourire, mais en reconnaissant la personne à la droite de la comtesse, ce sourire se figea.

C'était le vieux général qu'il avait humilié dans les mêmes circonstances cinq ans auparavant. Sans doute aurait-il oublié son existence s'il n'avait pas appris qu'il exerçait maintenant à la cour une influence surprenante. Il s'inclina poliment, et vit deux choses qui le stupéfièrent : les yeux du vieil homme brillaient de haine — il n'avait manifestement pas oublié sa déroute — et ceux de la comtesse brillaient de plaisir. « Mon Dieu, se dit-il, elle espère que je vais de nouveau l'humilier. »

Ne comprenait-elle donc pas que cinq ans s'étaient écoulés ? Que les Lumières étaient passées de mode et que le général était devenu dangereux ? Non, elle affichait un sourire malicieux.

— Eh bien, général, vous voulez brûler nos livres à présent, après avoir fermé nos théâtres ?

Aucun moyen d'éviter la discussion et le général le savait. Alexandre était pris au piège. Ce qui suivit fut pire qu'il ne pouvait l'imaginer. Le général n'avait plus besoin de se défendre contre les Lumières, il se contenta d'exprimer son opinion point par point en lançant à la fin de chaque déclaration :

— Mais bien entendu, Alexandre Prokofievitch ne sera pas de mon avis.

Et chaque fois qu'il invitait Alexandre à défendre la cause de la comtesse, il ne lui donnait que l'occasion de proclamer son opposition au gouvernement. Il serait ensuite ravi de répéter les réponses d'Alexandre dans les cercles les plus élevés de la cour. Que pouvait faire Alexandre ? Humilié, au supplice, il parvint une fois ou deux à défendre le parti de la comtesse, mais la plupart du temps, il dut se contenter de se défendre lui-même.

— Vous semblez avoir changé de ton, jeune homme, lui lança le général à plusieurs reprises. Je suis ravi de vous voir du même avis que moi.

La vieille comtesse, de plus en plus irritée, lui adressa un regard furieux, puis essaya de l'interrompre et se mit à pianoter sur l'accoudoir de son fauteuil. Puis elle leva sa main et en regarda le dos d'un air de dire : « Je suis désolée de vous avoir contraint à assister à cette débâcle. » Elle ne comprenait manifestement pas le danger que courait Alexandre.

Le général exécuta le coup de grâce avec la confiance d'un joueur qui a tous les atouts en main.

— La philosophie des Lumières, dit-il calmement, a abouti aux jacobins. Mais peut-être Alexandre Prokofievitch désire-t-il faire l'éloge de ces individus ?

— Je n'ai rien de bien à dire sur les jacobins, répliqua aussitôt Alexandre.

— Parfait. Mais ces jacobins se sont donné pour héros Voltaire, qui les a inspirés. L'impératrice, vous le savez, a répudié Voltaire. Et vous ?

Le piège était tendu, et les yeux du général brillaient déjà de triomphe. « Répondez donc, semblaient-ils dire, et donnez-moi l'occasion de vous briser les reins à la cour. » Le silence se prolongea tandis qu'Alexandre cherchait une réponse, puis la voix glaciale de la comtesse l'interrompit.

— Eh bien, Alexandre Prokofievitch, vous ne trouvez rien à dire sur le grand Voltaire ?

— J'admire le grand Voltaire comme l'impératrice, déclara-t-il enfin. Quant aux jacobins, ils sont parfaitement indignes de ce grand homme.

C'était habile. Le général ne pourrait pas utiliser ses paroles contre lui, et cela parut agréer la comtesse, dont le visage se détendit un peu.

— Soit, dit le général. Toutefois, comme ses écrits ont causé tant de mal, ne vaudrait-il pas mieux qu'on les retire de la circulation ?

Il parcourut des yeux le petit groupe, le sourire aux lèvres.

— Vous songez à la censure ? lança la comtesse, outrée.

— Oui.

— Censurer le grand Voltaire ?

— L'impératrice décidera peut-être de faire un feu de joie de tous ses livres, ma chère comtesse. Mais Alexandre Prokofievitch ne sera probablement pas d'accord ?

La comtesse, horrifiée, regarda d'abord le général, puis Alexandre. C'était une chose d'interdire quelques pamphlets séditieux, mais les œuvres complètes du grand Voltaire... Ce serait se couper de la civilisation.

— Impensable, murmura-t-elle.

Mais elle se trompait. Quelques jours plus tôt, un ami qui fréquentait la cour avait appris à Alexandre que les ennemis des Lumières poussaient l'impératrice à prendre cette décision. Le général espérait qu'Alexandre n'était pas au courant ; il pourrait le dénoncer comme ennemi du gouvernement.

— Eh bien, Alexandre Prokofievitch, insista-t-il.

— Je suis le serviteur loyal de l'impératrice, répondit Alexandre.

Le général haussa les épaules. Mais la comtesse poussa un petit cri, et tout le monde se tourna vers elle

— Je suis fort intéressée d'apprendre, Alexandre Prokofievitch, que vous êtes prêt à brûler les œuvres de Voltaire. Je l'ignorais.

Elle baissa les yeux vers ses mains.

— Je suis certaine que votre épouse vous attend avec impatience, dit-elle. Nous vous souhaitons une bonne nuit.

C'était un congé. Il s'inclina et sortit.

Quelques jours plus tard, quand Alexandre retourna chez la comtesse, on lui dit qu'elle ne recevait pas. Le surlendemain, quand Tatiana alla la voir à son heure habituelle, on lui dit que la comtesse était sortie. La troisième fois, le domestique à la porte informa Alexandre d'un ton insolent qu'il n'avait plus besoin de se présenter. Et le même jour, il reçut d'Adélaïde de Ronville un message de mauvais augure :

Je dois te dire, cher ami, que la comtesse refuse catégoriquement de te voir. Elle dit aussi qu'elle a l'intention de te rayer de son testament. Son notaire est en voyage à Moscou, mais il rentrera dans trois jours et si elle ne change pas d'avis d'ici là, elle le fera appeler dès son retour. Je crains le pire.

L'héritage des enfant s'envolait. C'était insensé, mais il ne connaissait que trop bien la vieille comtesse excentrique : elle ne changerait pas d'avis.

— Regarde ce qu'a fait ton idiot de mari, dit-il à Tatiana en lui montrant la lettre.

Mais elle ne lui en tint pas rigueur.

— Elle est devenue folle, c'est tout.

Comme ils étaient unis, à présent...

Le premier jour, il écrivit une lettre. La comtesse la lui renvoya. Le deuxième jour, Tatiana écrivit à son tour. La comtesse renvoya également sa lettre. Le matin du troisième jour un autre message d'Adelaïde arriva.

J'ai de nouveau parlé en ta faveur, mais sans effet. Elle ne veut pas en démordre. Elle a convoqué son notaire et il viendra demain. Si tu veux me parler, si je puis faire quoi que ce soit, je passerai la soirée chez les Ivanov.

Alexandre soupira. A quoi bon ? Il n'y avait rien à faire. La stupidité de toute cette affaire l'écœurait. Il se retira dans son bureau pour réfléchir.

Même en ce moment de crise, il ne se laissa pas aller au désespoir. Le choc, au contraire, lui donna de la force. Puisque l'héritage était perdu, il fallait trouver un autre moyen d'obtenir de l'argent. Ses buts étaient devenus modestes : l'époque de Bobrov le joueur était bien révolue. Simplement de quoi payer ses dettes et mettre un peu de côté. Cela prendrait des années et serait souvent humiliant, mais peu lui importait. Il allait se lancer tout de suite.

A midi, il sortit de son bureau, embrassa sa femme et fit venir sa meilleure voiture.

Il avait décidé de se rendre au Palais d'Été de l'impératrice Catherine.

Au début de l'après-midi, à l'insu d'Alexandre, Tatiana et ses enfants traversèrent la Néva dans une modeste voiture de louage et se firent déposer devant la demeure de la comtesse Tourov. Mais ce ne fut pas à sa porte qu'ils frappèrent.

La décision n'avait pas été facile à prendre, mais Tatiana s'était dit que la Française était la seule personne en mesure de convaincre la comtesse de la recevoir. S'il fallait subir la petite humiliation de demander à l'ancienne maîtresse de son mari de la sauver, tant pis. Quand les enfants voulurent savoir qui ils allaient voir, elle leur répondit :

— Une ancienne amie.

Son plan était simple : quand la comtesse apprendrait qu'elle se trouvait dans la maison, elle accepterait de la voir, et en face des enfants, son humeur ne manquerait pas de s'apaiser. Tatiana lui expliquerait tout.

Et ce fut ainsi qu'Adelaïde de Ronville se trouva en face de trois jeunes enfants et de leur mère, qui la regarda de ses grands yeux bleus et lui dit simplement :

— Nous sommes entre vos mains.

« Mon Dieu*... » Adelaïde regarda les enfants. Les enfants d'Alexandre. Elle ne les avait jamais vus. Puis elle leva les yeux vers cette femme simple et forte qui était leur mère, et comme c'était arrivé si vite, de façon si inattendue, elle éprouva soudain une douloureuse impression de vide, de perte, de solitude. Elle fut incapable de parler.

— Attendez ici, dit-elle dès qu'elle put se ressaisir. Je ne vous promets rien, mais je ferai ce que je pourrai.

Elle resta absente longtemps. En attendant son retour, Tatiana lança autour d'elle des regards curieux. Il y avait dans la décoration discrète du salon de la Française un charme que ne posséderait jamais le sien. Pourquoi cela ? Certaines tentures étaient vieilles et usées ; les couleurs semblaient passées à côté des bleus intenses et des verts foncés de la maison des Bobrov. « Mais c'est cela qu'il aime », se dit-elle. Il ne lui vint pas à l'idée que la séduction d'Adelaïde s'exerçait au niveau de l'esprit ; que le calme reposant de

---

* En français dans le texte.

cette pièce était lié à toute une civilisation qu'elle évoquait : ici, l'imagination pouvait vagabonder...

Elle attendit presque une heure.

— Elle refuse de vous voir, je suis désolée, lui annonça Adélaïde à son retour.

Cela non plus, Tatiana ne le comprit pas.

L'immense parc qui abritait la résidence impériale d'été se trouvait à peu de distance au sud-ouest de Saint-Pétersbourg. Alexandre s'y rendit en deux heures. Il aimait cet endroit qui symbolisait le caractère cosmopolite du XVIIIe siècle russe. Conçu sous le règne de l'impératrice Élisabeth par le grand architecte Rastrelli, comme le Palais d'Hiver, c'était le Versailles de la Russie : l'élégance européenne complétée par le goût du somptueux cher aux Russes.

— Le conseiller d'État Bobrov.

On lui donna les indications et il entra d'un pas assuré, sans pouvoir réprimer toutefois un sentiment de mortification. A chaque pas, une petite voix qu'il croyait éteinte depuis longtemps lui murmurait : « Ceci aurait dû être à toi, non à lui. »

Car il était venu voir le jeune Platon Zoubov, le nouvel amant de l'impératrice.

La position dont il avait si souvent rêvé jadis était occupée par un beau jeune homme d'une vingtaine d'années, vain, superficiel et ambitieux. Personne ne l'aimait. Mais la cour sentait, et sans doute l'impératrice aussi, qu'à l'automne de sa vie, ce jeune amant serait le dernier.

Et c'était de lui qu'Alexandre cherchait depuis quelque temps à obtenir des faveurs. Ce n'était guère agréable. Mais que faire d'autre quand on a une famille ? Il avait rendu plusieurs services au favori, espérant obtenir sa gratitude à l'avenir. En ce moment de crise, ne fallait-il pas essayer de lui faire payer sa dette tout de suite ?

Dans l'antichambre attendait toute une foule : de vénérables courtisans, de riches propriétaires, d'importants généraux. Trois ans plus tôt, ils n'auraient même pas baissé les yeux sur Zoubov ; à présent, ils attendaient humblement que le favori daigne les recevoir. Alexandre donna son nom.

Il n'attendit qu'une heure. Chaque fois que la porte s'ouvrait, on entendait des rires.

La salle était splendide, dans le style romain, avec des meubles sévères. Platon Zoubov, assis au milieu de la foule de ses courtisans, souriait. Il s'était revêtu d'une toge romaine, pour s'amuser, et le costume mettait en valeur son visage aux traits classiques. Il tenait à la main un singe.

— Mon cher Alexandre Prokofievitch, quel bon vent vous amène ?

Ses grands yeux semblaient surpris mais contents de voir le modeste conseiller d'État.

— Je suis naturellement venu vous féliciter de notre triomphe en Pologne.

Zoubov lui adressa un regard rayonnant. Si Potemkine avait donné à Catherine la Crimée, il comptait bien lui offrir la Pologne. Tandis que les puissances européennes se trouvaient immobilisées par la Révolution française, Zoubov avait tiré des plans pour agrandir l'empire russe vers l'ouest.

— Mon cher Alexandre Prokofievitch, déclara-t-il, votre visite ne pouvait pas mieux tomber. J'ai appris ce matin que Vilna est à nous. A la fin de l'année, la Pologne sera partagée en deux : nous en donnerons un bout à la Prusse et nous garderons le reste.

— Je partage votre joie, dit Alexandre d'un ton qui s'efforçait de rappeler qu'une faveur lui était due.

— Oh oui, vous nous avez été très utile ! dit Zoubov en adressant à Alexandre un regard songeur.

Alexandre s'inclina.

— Je n'ai pas oublié, ajouta le jeune homme avec un sourire entendu. Dites-moi ce que vous désirez.

Pas grand-chose : un des nombreux postes existant dans l'administration russe qui bénéficiait d'un excellent salaire pour un minimum d'obligations. Cela ne l'enrichirait pas, mais lui permettrait de survivre jusqu'à ce qu'une meilleure occasion se présente. Il avait toujours méprisé ces sinécures, mais ce n'était pas le moment de faire le difficile. Zoubov le laissa terminer sa phrase, puis se tourna vers son singe.

Alexandre avait entendu parler de cet animal, qui était souvent présent pendant les audiences. On disait que certains courtisans importants avaient été renvoyés de la pièce parce que le singe ne les aimait pas.

— Alexandre Prokofievitch désire un présent, dit Zoubov au petit animal velu. Qu'en penses-tu ?

Alexandre retint son souffle.

Ce qui se passa ensuite fut si rapide qu'Alexandre ne le vit pas vraiment. Le petit animal dut bondir, car il le sentit soudain sur sa poitrine, les bras autour de son cou, contre son visage. Sous la violence du choc, Alexandre bascula en arrière et s'écroula sur les dalles de marbre.

Toute la salle éclata de rire. Le singe se blottissait toujours contre lui en piaillant, sans cesser d'ouvrir et de refermer sa petite bouche comme s'il avait l'intention de le mordre. Alexandre essaya de se relever, dérapa et retomba. Le petit animal s'était mis à lui tirer les oreilles et à frotter son nez contre celui d'Alexandre. Et par-dessus les cris du singe, la voix de Zoubov s'écria :

— Il vous aime bien, Bobrov. Il vous adore.

Puis soudain, le silence absolu. Alexandre tourna la tête : les jambes en bas de soie, les uniformes autour de lui, tout s'était immobilisé. Il leva les yeux. Une femme de petite taille, portant une robe simple de soie claire, se tenait au milieu de la salle.

Catherine.

Rouge d'humiliation, il se releva et s'inclina. Le singe avait disparu soudain. Les vingt courtisans présents avaient les yeux fixés sur lui. Le visage de l'impératrice semblait un masque.

Enfin il se trouvait en face d'elle. Mais dans quelles circonstances ! Il regarda cependant avec curiosité la femme dont il avait espéré partager le lit.

Son visage était encore beau, son front noble. Mais son corps semblait plus gros et mou qu'il ne l'avait imaginé. Et il lui manquait visiblement plusieurs dents. Il cessa soudain d'envier Platon Zoubov.

— Qui est-ce ? lança la voix autoritaire, cassante, de l'impératrice.

— Alexandre Prokofievtch Bobrov, répondit Zoubov, en adressant à Alexandre un sourire d'encouragement. Il est venu me demander une nomination.

Catherine dévisagea Alexandre, cherchant manifestement une référence à Bobrov dans sa vaste mémoire. Elle avait peut-être vieilli et sa santé déclinait, mais ses yeux bleu clair demeuraient inquiétants. Pendant des années, Alexandre s'était promis de l'étonner s'il se trouvait un jour en face d'elle, mais il resta sans voix comme un idiot. Puis il se sentit rougir. Enfin les yeux de la tsarine s'éclairèrent.

— Vous êtes le conseiller d'État Bobrov ?

Il s'inclina. Potemkine avait dû parler de lui, et elle s'était rappelé. Elle ne devait pas ignorer tous les services rendus dans le passé par sa famille. Était-il possible que son heure de chance soit enfin venue ? « Dieu sait que je l'ai mérité », se dit-il. Puis Catherine parla.

— N'êtes-vous pas parent avec cette assommante et ridicule comtesse Tourov ?

Ce n'était pas une question, mais une accusation glaciale et méprisante. A cette expression du déplaisir impérial, il crut sentir l'ensemble de la salle devenir froid à son égard.

— Un parent éloigné. J'avoue qu'elle est assez absurde, dit-il d'un ton mal assuré.

— Absolument. Maintenant, je sais qui vous êtes.

Et sur ces mots, elle lui tourna le dos et se dirigea vers la porte. Juste avant de l'atteindre, sans se retourner, elle lança :

— Suivez-moi, Platon.

Puis elle disparut.

Zoubov s'empressa de lui obéir. Le singe réapparut et se mit à sautiller derrière lui. A la porte, Zoubov se retourna, adressa un petit haussement d'épaules navré à Alexandre, puis il sourit.

— Ma foi, Alexandre Prokofievtch, vous avez tout de même plu à mon singe. Au revoir.

Tout le monde éclata de rire.

C'était terminé. Jamais de sa vie Alexandre n'obtiendrait de faveurs de la cour. Et pourquoi ? Parce que l'impératrice l'associait à la comtesse Tourov et à ses opinions stupides.

« Mon Dieu, se dit-il, j'aurai aussi bien fait de me ranger du côté de la vieille sorcière et de son maudit Voltaire. »

Il s'en alla, la tête basse. Il était brisé. En se rendant à l'endroit où sa voiture attendait, il aperçut le vieux général qui entrait dans le palais, le sourire aux lèvres.

Il rumina sa situation pendant tout le trajet du retour à Saint-Pétersbourg. Ils seraient obligés de déménager dans une maison plus petite. Il n'y aurait presque rien pour les enfants. Même ses espérances les plus modestes avaient été déçues.

Il envisagea d'aller vivre à Russka. Il n'aurait rien à faire, mais les dépenses y seraient limitées.

— Un cul-terreux, murmura-t-il.

Deux fois il posa la tête sur ses genoux en un geste de désespoir.

Il arriva à Saint-Pétersbourg à huit heures du soir. Le crépuscule commençait : il s'assombrirait lentement jusque vers minuit, puis ferait place à l'étrange luminosité électrique des nuits blanches. Il ne pourrait éviter de mettre Tatiana au courant de son échec. Puis une idée lui vint, et il ordonna à son cocher de traverser la Néva. Il le fit attendre à la pointe de l'île Vassilievski et continua à pied. Il allait faire une dernière tentative. Il n'avait plus rien à perdre.

La maison de la comtesse Tourov était aussi silencieuse que si personne ne l'habitait. Alexandre songea à un mausolée, ou à un bâtiment du gouvernement le dimanche. Il s'avança discrètement, en évitant l'entrée principale où un laquais aurait pu l'observer. Il se dirigea vers la porte de l'appartement de Mme de Ronville. Son message précisait qu'elle serait chez les Ivanov ce soir-là. Tant mieux. Il n'avait pas envie de l'impliquer, seulement d'entrer dans la maison. Bien qu'ils ne soient plus amants, il n'avait jamais pu se résoudre à lui rendre la clé. Il entra sans bruit, traversa le salon d'Adélaïde, encore éclairé par les derniers feux du couchant, et passa dans le bâtiment central.

Tout était silencieux. La comtesse avait dû se retirer tôt. Il monta l'escalier et s'arrêta sur le palier. La porte de la pièce occupée par la femme de chambre était fermée ; elle n'était pas encore montée. Mais la porte de la comtesse était ouverte. Il écouta. Était-elle là ?

Puis il l'entendit. Au début, il crut qu'elle parlait à quelqu'un, mais personne ne répondit et il en conclut qu'elle discutait toute seule. Que racontait-elle ? Il se dit qu'elle était en train de devenir folle. Folle ou non, il était temps d'agir. Il entra dans la chambre.

Elle était en train de lire, assise sur son lit, dans la même position que cinq ans auparavant. Elle avait l'air encore plus vieille et frêle. Ses cheveux, toujours retenus par des rubans, étaient nettement moins fournis. On voyait les os à travers la peau de ses épaules nues. Calée dans ses coussins, penchée légèrement en avant, elle suivait le texte de l'article de journal à la loupe, et elle ne cessait de grommeler entre ses dents d'une voix irritée.

Quand elle le vit, elle sursauta et poussa un petit cri. Mais elle se ressaisit aussitôt, fit claquer le journal sur les draps et lança d'un ton rageur :

— Qu'est-ce que tu veux ? Comment as-tu osé venir ici ?

Il essaya de paraître calme.

— Je désirais vous parler, Daria Mikhaïlovna, mais vous ne m'avez pas permis d'entrer.

— Sors.

Il se demanda si quelqu'un pouvait les entendre, mais ne bouga pas. A présent, c'était tout ou rien.

— Daria Mikhaïlovna, permettez-moi tout de même de vous faire respectueusement observer que vous vous montrez injuste à mon égard. Mais même si vous êtes furieuse contre moi, je vous en supplie, ne brisez pas la vie de ma femme et de mes enfants, qui sont innocents.

— Tu les as déjà envoyés m'importuner une fois aujourd'hui, et je les ai congédiés, répliqua-t-elle sèchement. Et maintenant, sors de chez moi.

Sa femme et ses enfants ici ? Que racontait-elle ?

— Jamais je n'ai fait une chose pareille, répondit-il, parfaitement sincère.

La vieille femme se mit à grommeler.

— D'abord les uns, puis l'autre. Et il fait celui qui ne sait rien. Des menteurs ! Ils n'obtiendront rien de moi.

La comtesse devenait-elle vraiment sénile ? Elle lança d'une voix sifflante :

— Ni leurs enfants. Les sales bêtes ! Des serpents !

Ces mots étaient proférés sur un ton tellement insultant qu'Alexandre sentit la moutarde lui monter au nez.

— Vous ne comprenez pas, Daria Mikhaïlovna, expliqua-t-il patiemment. Vous vous êtes mise en colère, mais je vous assure que personne n'admire le grand Voltaire plus que moi. Seulement en ce moment, Daria Mikhaïlovna, ceux d'entre nous qui partagent vos idées ne peuvent pas le proclamer. L'impératrice ne le tolère pas. Je suis conseiller d'État. Vous comprenez bien que je dois me montrer prudent.

Il s'arrêta, se demandant si elle avait compris. Pendant un instant, elle resta sans répondre, les yeux fixés sur le journal devant elle, Puis elle le toisa d'un regard de mépris et lança un seul mot :

— Fourbe !

Quelle vieille femme stupide et méchante... Elle se remit à grommeler, sans qu'Alexandre puisse distinguer si elle parlait à elle-même ou s'adressait à lui.

— Il dit une chose à l'un, une autre chose à l'autre. Il a deux visages. On ne peut pas lui faire confiance.

Et Alexandre en fut d'autant plus blessé que c'était la vérité : il avait modifié ses opinions dès que le vent avait tourné. D'abord son humiliation au Palais d'Été, et maintenant ceci...

— Vous ne comprenez pas, commença-t-il. Je vous assure que..

— Je sais qui tu es, coupa-t-elle. Que crois-tu ? C'est la deuxième fois que tu te glisses ici, serpent.

— Absolument pas, répliqua-t-il en haussant le ton.

— Menteur !

Elle garda le silence, puis se remit à parler à elle-même.

— Oh oui, je l'ai vu ramper ici au milieu de la nuit comme un loup. Voleur ! Il se figure qu'il peut entrer ici comme dans un moulin et se moquer de moi. Canaille ! Il prend mes livres, il se met à danser devant moi comme un dément. Serpent ! Vipère !

Mon Dieu ! Elle ne dormait pas cette nuit-là. Ses yeux étaient ouverts parce qu'elle était éveillée. Jamais Alexandre n'avait imaginé que la vieille dame ruminait en secret depuis cinq ans le souvenir de sa visite nocturne. Et comment l'expliquer, maintenant ?

— Pour qui te prends-tu ? demanda-t-elle soudain, plus furieuse que jamais. Tu crois que tu peux me tromper moi aussi ? Menteur !

— Tout ceci parce que j'ai prononcé quelques mots sur Voltaire, s'écria-t-il, exaspéré. Mais mes enfants, qui sont du même sang que vous ? Vous allez les déshériter ?

— Vous allez les déshériter ? répéta-t-elle en le singeant d'un air méprisant. Je me moque de tes enfants. De la graine de serpents. Qu'ils crèvent de faim ! Et maintenant sors d'ici. Traître !

C'en était trop. D'une cruauté injustifiée. Alexandre sentit monter en lui la rage et la frustration de toute la journée, peut-être de toute sa vie.

— Vieille sorcière ! cria-t-il. Vieille guenon stupide et gâteuse ! Vous ne comprenez rien à rien. Au diable votre Voltaire ! Et allez au diable vous-même !

Il leva ses poings serrés au-dessus de sa tête.

— Mon Dieu, je vais vous tuer !

Il fit un pas vers elle.

C'était un geste de dépit. Peut-être voulait-il lui faire peur. Il ne le savait pas lui-même. Mais, saisi d'horreur, il la vit frissonner. Ses yeux s'ouvrirent tout grands puis se révulsèrent. Elle tomba en arrière sur ses coussins.

Il s'était figé. Tout était silencieux. Il se tourna vers la porte, s'attendant à voir arriver quelqu'un, mais personne n'apparut. Les domestiques n'avaient pas dû les entendre. Il la regarda. Sa bouche s'était ouverte. Les quelques dents jaunes qu'il lui restait semblaient très longues, comme celles d'un rat. Elle semblait ne plus respirer.

Il s'avança vers elle en tremblant. Que devait-il faire ? Il lui prit le pouls et ne sentit rien. Il continua de la regarder, de plus en plus inquiet, sans oser se dire qu'elle était morte.

Obnubilé par la crainte qu'elle lui inspirait, l'idée qu'il puisse terrifier cette vieille femme frêle ne lui avait jamais traversé l'esprit. Elle avait eu une crise cardiaque. A cause de lui. Il se signa.

Un instant plus tard, les conséquences de ce qui venait de se produire lui apparurent clairement.

« Dieu soit loué, je suis sauvé malgré tout. »

Elle était morte sans avoir modifié son testament.

Il se dirigea vers la porte et passa la tête dans le couloir. Pas un bruit. Il lança un dernier coup d'œil à la comtesse. Elle n'avait pas bougé. Il descendit l'escalier et se glissa dans l'appartement de Mme de Ronville.

Quelques instants plus tard, il était dans la rue. Personne ne l'avait vu.

Au moment où sa voiture s'engagea sur le pont de la Néva, la comtesse Tourov battit des paupières et ouvrit lentement les yeux.

Son évanouissement avait duré longtemps — elle n'aurait su dire exactement. Elle resta immobile un moment, pour retrouver ses forces, puis essaya d'appeler sa femme de chambre ; elle devait être en bas. Son visage prit une expression de dégoût et elle se mit à marmonner. Elle pivota lentement et posa les pieds sur le tapis. En se tenant à la table de nuit, elle parvint à se lever et s'assura qu'elle pourrait marcher. Elle se dirigea vers son petit secrétaire. Elle glissa la main dans un des tiroirs et en sortit une feuille de papier, qu'elle regarda d'un air songeur. Elle ne savait pas ce que le message signifiait, mais elle était certaine qu'il avait un sens.

C'était la lettre tombée de la poche du manteau d'Alexandre cinq ans auparavant, tandis qu'il dansait comme un idiot dans la chambre. Elle était signée « Colovion ».

Puis la comtesse se dirigea, sans aide, vers l'escalier.

Cette nuit-là, Alexandre ne dormit pas. Peut-être l'excitation après ce qui s'était produit ; peut-être simplement la saison... Vers minuit il sortit de chez lui.

Il y avait d'autres promeneurs dans la pénombre claire : de jeunes couples et même des enfants marchaient le long des quais de la Néva et des canaux qu'enjambaient de petits ponts. Nul ne pouvait rester insensible au charme de ces heures magiques. Parfois un petit groupe passait en chantant et riant dans la lumière grise.

Lumière irréelle, ville irréelle. Songant aux dix dernières années de sa vie et aux événements étranges de la journée précédente, Alexandre eut soudain l'impression que toute son existence se réduisait en fait au passage d'un figurant sur la scène de Saint-Pétersbourg. Car tout n'était que jeux de scène. La pauvre impératrice Catherine et ses jeunes amants, une lamentable intrigue de mélodrame. Cette ville immense, construite sur des marécages, avec ses façades italiennes donnant sur un désert glacé, un improbable décor en trompe l'œil. « Une ville construite sur des piliers de bois, se dit-il. Le jour où ils pourriront, tout retournera aux marais. » Et le plus énorme de tous les trompe-l'œil, n'était-ce pas cette noblesse russe à laquelle il appartenait, qui parlait de Voltaire, mais exploitait un empire de villages et de serfs, bloqué dans un éternel Moyen Age ?

— Tout cela n'est que façade, murmura-t-il. Et en ce cas, quel est le sens de ma vie, de mes ambitions d'autrefois, de mon goût de l'étalage, de mon désir de récompenses terrestres ou même célestes ? Tout n'est-il vraiment qu'une grande illusion ?

Il leva les yeux. Ici, une plaque de stuc était tombée ; à l'angle d'une maison, des briques s'effritaient.

— Oui, dit-il, tout est vanité.

Alexandre était tellement perdu dans ses réflexions sur la futilité de la vie qu'il ne remarqua pas la petite voiture arrêtée devant chez lui, ni le groupe d'hommes qui attendait son retour. Il tomba des nues quand l'un d'eux s'avança vers lui et lui dit à mi-voix :

— Conseiller d'État Bobrov, je vous prie de m'accompagner. Vous êtes en état d'arrestation.

La cellule était d'un noir de poix. Sans aucune source de lumière.

Il ne savait pas depuis combien de temps il était là, mais la porte s'était ouverte deux fois et une main avait glissé un quignon de pain et une cruche d'eau. Un jour ou deux, donc.

La cellule était minuscule. Debout le dos contre la porte, il pouvait poser les deux mains à plat sur les murs latéraux ; deux pas en avant suffisaient pour qu'il se cogne la tête au mur d'en face. Pendant les premières heures, il crut qu'il y avait un rat dans un coin, mais il n'en était plus sûr ; l'animal avait peut-être trouvé un trou pour s'enfuir.

La redoutable forteresse Pierre-et-Paul... Il se demanda si sa cellule se trouvait au-dessus du niveau de l'eau ou au-dessous. Probablement au-dessous.

Mais pourquoi l'avait-on arrêté ? Pour quel délit ? L'officier ne le lui avait pas dit, sans doute l'ignorait-il. Et depuis qu'on l'avait jeté là, personne ne lui avait adressé la parole. L'important, c'était de garder son calme.

Un autre jour passa. Personne ne vint. Allaient-ils le laisser mourir ici ? A la fin du troisième jour, la porte s'ouvrit et on le tira dehors. Quelques minutes plus tard, il se trouva au milieu d'une grande pièce, debout sur ses jambes flageolantes, ébloui par la lumière, et il se rendit compte qu'il sentait mauvais. Il demanda au garde ce qui se passait.

— Interrogatoire, lui répondit l'homme d'un ton bourru.

— Oh ! Par qui ?

— Tu ne sais pas ? Par Chechkovski en personne.

Le garde sourit, puis ricana.

— Tu parleras.

Malgré sa résolution de garder son calme, Alexandre se mit à trembler. Chechkovski était le policier le plus craint de tout la Russie, l'homme qui avait brisé Radichtchev, l'écrivain libéral. On disait que ses victimes avaient de la chance quand elles survivaient. « Mais j'appartiens à la noblesse, se rappela Alexandre. La loi lui interdit de me torturer. Il ne peut pas me donner le knout. » Il aurait fallu que la cour le dépouille de ses quartiers de noblesse pour qu'on puisse le soumettre à ces indignités.

Des mains le forcèrent à s'asseoir sur un banc. On posa devant lui une table et une lampe. Un instant plus tard, il prit conscience d'une autre présence dans la pièce : un homme dans les ombres, derrière la lampe, une silhouette invisible dont il entendit la voix douce :

— Parlez-moi de Colovion.

Au cours des trois semaines qui suivirent, Alexandre Bobrov renonça à comprendre. Certains jours, on le laissait seul dans sa cellule ; mais en général on attendait qu'il tombe de sommeil, puis on le traînait dans la grande pièce et on l'aveuglait avec une lampe, ou on le forçait à marcher pour qu'il ne puisse pas s'endormir.

Son interrogateur revenait à intervalles réguliers. Au début, Alexandre pensa que c'était calculé, mais il s'aperçut bientôt que Chechkovski avait affaire ailleurs. Alexandre ne devait présenter pour lui qu'un intérêt marginal. Mais chaque fois qu'il demandait pourquoi on le gardait en prison, il n'obtenait qu'une réponse indirecte : « Je crois que vous le savez, conseiller d'État », ou bien : « Peut-être pourriez-vous me le dire, Alexandre Prokofievitch. »

On ne le torturait pas, on ne le menaçait pas du knout. Mais aucune torture ne pouvait être pire que la privation de sommeil. Quant à Chechkovski, Alexandre comprenait maintenant pourquoi il était tellement craint. « Ce n'est pas ce qu'il fait à votre corps, songeait-il. C'est ce qu'il fait à votre âme. »

Jour après jour, séance après séance, l'homme le vidait de son esprit.

Le processus était subtil. Par exemple, quand il avait affirmé qu'il ne connaissait pas de Colovion, son interlocuteur ne l'avait pas contredit. Mais vers la fin de la séance, calmement, imperturbablement, il avait signalé à Alexandre en quelques mots qu'il était au courant du professeur et du cercle des Rose-Croix. Il avait donc sans doute interrogé également le professeur, en déduisit Alexandre. Mais avait-il appris leurs relations ? Il n'existait aucun document écrit. Le professeur avait-il parlé ? Peut-être. Il lui vint à l'esprit que Chechkovski ne cherchait pas à obtenir de lui des renseignements, mais seulement à découvrir jusqu'à quel point il mentirait.

Il en allait de même sur les autres sujets dont ils discutaient. Chechkovski voulait qu'il lui parle des articles qu'il avait écrits autrefois sur l'émancipation des serfs. Mais ces articles étaient anonymes ; personne ne savait qui les avait écrits. Comment se faisait-il qu'à chacune de ses dénégations la voix invisible acquiesçait, puis, avec une précision incroyable, récitait une ou deux phrases qu'il avait écrites dix ans plus tôt ?

La voix douce, sans jamais l'accuser, finissait par le convaincre que, de toute manière il n'était pas possible de lui dissimuler la vérité. Et Alexandre, à sa propre surprise, finit par se sentir coupable.

Le septième jour, Alexandre crut que Chechkovski savait tout sur lui. Le quinzième jour, son cerveau troublé se persuada que Chechkovski en savait sur lui davantage que lui-même. Le vingtième jour il commença à le considérer comme un dieu omniscient. Pour quelle raison cacher quoi que ce soit à cette voix douce qui se contentait de l'aider à ouvrir son cœur — et enfin dormir.

Le vingt et unième jour, il parla.

Par une journée froide et humide d'octobre, Alexandre Bobrov quitta la forteresse Pierre-et-Paul, des menottes aux poignets et aux chevilles, à l'arrière d'une petite voiture découverte. Il y avait un soldat à l'avant, à côté du cocher, et un cavalier à gauche et à droite de la voiture.

Curieusement, il se sentait en paix avec le monde. Malgré ses menottes, il regarda passer la grande ville d'un air calme, presque joyeux. Ses vêtements étaient en lambeaux et il était tête nue, mais cela ne semblait pas le toucher outre mesure. Il entrevit au loin le Palais d'Hiver et l'Ermitage. L'impératrice et son amant Zoubov devaient s'y trouver. Il leur souhaita bonne chance.

C'était étrange : il avait tout perdu mais il se sentait vraiment mieux que depuis des années, absous de tout souci terrestre. Était-ce personnel, ou bien un trait de caractère fréquent en Russie ? Il ne se sentait vraiment lui-même que dans les situations extrêmes de la vie. Jamais il n'avait été heureux quand il n'aspirait qu'à la médiocrité, au cours des années précédentes. « Qu'on me donne un palais, songea-t-il. Ou une cellule de moine. »

Il avait eu de la chance : il n'était condamné qu'à dix ans.

Il l'avait appris la veille. Depuis plusieurs semaines, il était dans une petite cellule avec une fenêtre. Aucune visite n'était autorisée, ni aucune nouvelle du dehors. Il ne savait pas encore de quel délit on l'accusait. Puis, ce matin-là, l'interrogateur était revenu et lui avait signifié la sentence.

— Votre procès s'est bien passé, annonça-t-il.

Tous ces procès étaient vivement expédiés à huis clos et en l'absence des accusés.

— L'impératrice voulait vous donner quinze ans. C'est ce que nous avons infligé à votre ami le professeur. Mais votre femme a écrit à l'impératrice — une très belle lettre, je dois dire — et nous nous sommes montrés cléments. A vrai dire, vous avez même eu plus de chance que ça, mais je laisse à votre femme le soin de vous l'apprendre.

Tatiana vint le voir quelques heures plus tard. Il apprit seulement à ce moment-là que la comtesse n'était pas morte.

— Mais elle a raconté à tout le monde à Saint-Pétersbourg que tu as essayé de l'assassiner. Elle s'est rendue à la police au milieu de la nuit pour te faire arrêter. Ensuite, il y a eu apparemment d'autres chefs d'accusation. Ils ont dit que tu étais franc-maçon, dit-elle en lui lançant un regard inquiet. Je ne comprends pas.

Il soupira. Il commençait enfin à comprendre.

La répression des francs-maçons par Catherine la Grande pendant l'été 1792 avait été soudaine, probablement provoquée par Novikov qui, au cours d'un interrogatoire, avait révélé par inadvertance l'existence de l'ordre secret des Rose-Croix. Les autorités ne surent jamais précisément comment fonctionnait l'ordre ni qui en faisait partie. Les liens avec le grand-duc Paul ne furent jamais démontrés et le caractère international du réseau jamais pleinement compris. Mais l'impératrice se montra intraitable. L'ordre était secret, ses membres probablement des révolutionnaires qui complotaient peut-être en connivence avec son fils. Elle ne faisait plus confiance à personne. Il fallait les éliminer.

La manœuvre fut habilement conçue. On exila discrètement sur leurs domaines tous les hommes ayant des relations haut placées, comme le prince. Le libraire qui diffusait les pamphlets maçonniques fut arrêté, puis remis en liberté après avoir reçu une terrible mise en garde. Du professeur, on décida de faire un exemple.

— Mais je veux également faire un exemple ici, à Saint-Pétersbourg, et pas seulement à Moscou, déclara l'impératrice.

Ce fut par pur hasard que la veille même de la répression, l'interrogateur Chechkovski put venir lui annoncer une surprenante nouvelle :

— Je crois que nous venons de découvrir l'homme qu'il nous fallait. En outre, il semble que ce soit un extrémiste dangereux.

En apprenant son nom, l'impératrice avait été ravie.

Mais comment avaient-ils appris tout cela sur lui ? se demanda Alexandre. Tatiana lui en fournit la réponse.

— Mme de Ronville est venue me voir après ton arrestation. La comtesse avait apparemment en sa possession une lettre du professeur Novikov. Elle ne savait pas ce que c'était, mais elle l'a montrée aux autorités. Elle essayait par tous les moyens de te faire arrêter.

Alexandre l'imaginait aisément.

— Puis un homme du nom de Chechkovski est allé la voir. Tu le connais ?

— Oui, je le connais.

— Il a passé tout un après-midi à lui parler. Elle lui a montré des quantités d'articles que tu avais écrits il y a des années. Il était très intéressé.

— Je n'en doute pas.

Chechkovski avait-il habilement soutiré ces renseignements à la vieille folle, ou bien celle-ci lui avait-elle délibérément montré les articles — qu'elle avait loués et qui représentaient ses propres opinions les plus passionnées — en sachant qu'ils entraîneraient Alexandre à sa perte ? Il ne le saurait jamais.

— Oui, elle a obtenu sa vengeance.

— Mais il y a cependant une bonne nouvelle, lui apprit Tatiana. Tu ne seras pas détenu dans une forteresse comme le professeur. Devine où est ta prison ?

Alexandre la regarda sans comprendre.

— Au monastère de Russka, dit-elle en souriant.

L'impératrice Catherine avait tout de même trouvé une position pour Alexandre Bobrov le joueur.

1796

Comme les années passaient lentement, dans le calme.

Il écoutait la cloche appeler les moines à la prière et savait toujours l'heure. Parfois, cependant, il avait l'impression que le monastère était à moitié vide : un jour peut-être s'éveillerait-il dans le silence — les derniers moines seraient partis, le laissant seul dans sa cellule avec son unique et étrange compagnon.

La cellule était assez spacieuse, peinte en blanc avec une fenêtre à barreaux. En sautant, il pouvait s'accrocher aux barreaux pour regarder le haut du mur du monastère et une des tours d'angle, également peinte en blanc. Il pouvait donc voir le monde extérieur, du moins le ciel.

On lui laissait lire des livres, mais il n'avait pas le droit d'écrire. Un des moines lui avait donné un psautier. Tatiana, qui passait le plus clair de son temps à Russka, était autorisée à lui rendre visite une fois par mois et elle venait en général avec les enfants. Oui, s'il avait eu envie de se faire ermite, il aurait été content.

Les années passaient ainsi sans rien qui puisse le troubler — sauf certaines pensées qui surgissaient pendant la journée ; et pendant la nuit un rêve particulier.

N'était-il pas étrange qu'il soit à la fois si près et si loin de son domaine ? L'endroit était comme dans le passé — mais pas tout à fait. Le monastère n'était plus que l'ombre de lui-même. Dans son enfance, toutes les terres des environs appartenaient aux moines jusqu'au domaine du Bourbier. Mais depuis que Catherine avait annexé les terres de l'Église à la couronne, les paysans qui les travaillaient appartenaient à l'État. Il ne restait aux moines qu'un ramassis de bâtiments religieux en piteux état au milieu des champs communaux. Dans sa jeunesse, la décison lui avait plu : « Que l'Église s'en tienne à la religion », disait-il. Mais il n'en était plus aussi certain. Une partie de la vieille Russie s'en était allée avec la dépossession des moines ; il ne restait plus du monastère qu'une écorce vide.

Auparavant, ce n'était pas une prison, mais vingt ans plus tôt, Catherine avait décidé que le monastère de Russka serait un endroit pratique pour loger les détenus en attente de jugement, et il remplissait cet office depuis lors. En ce moment, cependant, il n'y avait que deux prisonniers, dans la même cellule : Alexandre et son curieux compagnon.

Était-ce le hasard ou un calcul malicieux de Catherine qui avait placé Alexandre dans la même cellule que cet individu ? Probablement pas le hasard.

Il était très grand, maigre, un peu plus âgé qu'Alexandre, avec une longue barbe en broussaille et des yeux noirs profonds qui regardaient du fond de leurs orbites avec une sorte de ferveur intense. Le jour de l'arrivée d'Alexandre, malgré l'absence complète de ressemblance physique, l'homme lui avait déclaré qu'il était le mari de Catherine, le défunt tsar Pierre III.

Il était entièrement inoffensif, mais l'impératrice avait dû le trouver gênant et le faire enfermer. Peut-être l'avait-on oublié... Qui était-il en réalité ? Sans doute un paysan de l'État, venu de quelque part dans le nord. Il ne savait ni lire ni écrire et il restait des heures les yeux fixés sur le mur nu avec la même ferveur. De temps en temps, il parlait gravement de la Sainte Russie et accusait l'impératrice d'athéisme et de putasserie. Chaque fois, Alexandre inclinait la tête.

— Oui, majesté.

Dans sa tête, il l'appelait le Faux Pierre. Ils partageaient la cellule en paix.

Les pensées qui le troublaient pendant la journée n'avaient pris forme qu'au bout de plusieurs mois. Au début, il ne s'en était même pas rendu compte.

Quand Tatiana venait, on le conduisait dans une autre cellule, où ils pouvaient parler librement. Il appréciait ces visites. Tatiana se montrait toujours très calme et même affectueuse. Elle s'asseyait avec les enfants et lui donnait des nouvelles du monde extérieur. Il avait appris ainsi les événements de France : l'exécution du roi et de sa malheureuse reine Marie-Antoinette. Il avait appris que Catherine était en plus mauvais termes que jamais avec son fils Paul et qu'elle essayerait de léguer directement l'empire à ses petits-fils. Il avait appris que la Pologne avait été enfin partagée par ses voisins et que la majeure partie constituait maintenant une province russe.

— On ne peut pas nier que c'est un grand succès pour Catherine, lui déclara Tatiana.

A chacune de ses visites, il ne manquait pas de lui demander :

— Et quelles sont les nouvelles de la grande ville ?

C'était leur plaisanterie favorite : il ne faisait pas allusion à Saint-Pétersbourg, ni à Moscou, ni même à la capitale provinciale de Vladimir, mais à Russka.

Car ce n'était plus officiellement un village mais une ville. Elle n'avait guère plus de mille habitants ; la route qui la desservait n'était qu'une piste de terre aux ornières si profondes qu'on pouvait à peine l'utiliser — le meilleur accès demeurait la rivière, jusqu'aux neiges de l'hiver —, mais quand Catherine avait réformé l'administration locale quinze ans auparavant, le petit bourg perdu avait été élevé sur le papier à la dignité de ville. L'empire russe contenait maintenant des dizaines, peut-être des centaines de ces « villes », petits villages à la dérive portant un titre grandiose en attendant une ère de prospérité qui tardait à venir. Ce contraste entre la désignation officielle et la réalité amusait Alexandre.

Il admirait Tatiana davantage à chaque mois qui passait. Elle avait complètement remis en état la maison que le père d'Alexandre avait fait construire au Bourbier mais jamais utilisée ; elle gérait elle-même le domaine ; les enfants semblaient en bonne santé.

— Mais tu dois t'ennuyer à mourir, ici, disait-il. Ne devrais-tu pas aller à Moscou ou à Saint-Pétersbourg ?

— Pas du tout. La campagne me convient très bien.

Et Alexandre finit par comprendre. Au début de la première année, elle lui annonça :

— J'ai vendu la maison de Saint-Pétersbourg.

Deux mois plus tard :

— J'espère que tu ne m'en voudras pas, Sacha, mais j'ai renvoyé l'intendant.

Un an plus tard, après une bonne récolte :

— Je suis en train d'ajouter deux ailes à l'ancienne maison. Je crois qu'elle te plaira ainsi.

Un jour, il lui déclara qu'après sa libération, il essayerait de rembourser une partie de leurs dettes. Elle lui sourit, l'embrassa et lui chuchota :

— Nous n'en avons plus, mon chéri.

— Mais comment ? Qui t'a donné de l'argent ?

— Personne, Sacha. Les propriétés font des bénéfices. Et à la campagne, nous dépensons peu.

Il ne répondit pas, mais songea : « A la vérité, la meilleure chose que j'ai faite pour la famille Bobrov, c'est d'aller en prison. » C'était une pensée peu réconfortante, et elle fut bientôt suivie par une autre du même genre : « A quoi serai-je bon pour ma famille quand je serai libéré ? L'Allemande a pris tout en main. »

Il aimait sa femme et l'admirait, mais ne cessait de ruminer ces pensées toute la journée.

Le rêve qui le hantait la nuit était si absurde qu'il aurait dû en rire. Il n'était pas fréquent ; il s'écoulait parfois des semaines, et même des mois sans qu'il revienne. Mais il demeurait identique à lui-même.

C'était la comtesse. Elle venait vers lui, le fixait des yeux en agitant l'index et lançait entre ses dents d'une voix sifflante : « Voltaire. Voltaire. »

Pourquoi un rêve aussi ridicule le bouleversait-il à ce point ? Difficile à dire. Chaque fois, il s'éveillait avec une insupportable impression de vide et de désolation. Il poussait un cri qui se répercutait sous les voûtes du monastère, et dans la pénombre de l'aube, trouvait même dans le regard fixe, furieux, du Faux Pierre un certain réconfort.

Au bout de trois ans, la vision apparut comme d'habitude, mais au lieu de parler, la vieille comtesse se contentait de le regarder d'un air satisfait. Puis Alexandre eut l'impression qu'elle lui adressait un clin d'œil, comme s'ils partageaient une plaisanterie obscène d'outre-tombe. Ensuite, le rêve ne revint pas.

En 1795, juste avant Noël, Alexandre entendit un traîneau arriver dans la cour du monastère. Après un long silence, on vint le chercher dans sa cellule et on le conduisit dans celle qui servait de parloir. Une personne en manteau et toque de fourrure entra quelques instants plus tard. Adélaïde de Ronville.

Elle se trouvait de passage chez des amis à Vladimir.

— Et ce n'est pas si loin de Russka en traîneau, expliqua-t-elle avec un léger haussement d'épaules.

Alexandre fut touché qu'elle ait pris cette peine.

— Comment as-tu pu entrer ici ? Tu as soudoyé les moines ?

Elle acquiesça en souriant.

— Et où vas-tu passer la nuit ? Il te faut aller dans notre domaine. Tu ne peux pas retourner à Vladimir ce soir.

— Si. On m'y attend.

Il n'insista pas.

— Laisse-moi te regarder, dit-il.

Il l'aida à ôter son manteau de fourrure.

Elle avait soixante ans. Les rides de son visage, plus marquées, formaient un réseau complexe, mais Alexandre eut l'impression qu'elles ne faisaient que souligner l'ancienne beauté. Elle fit une moue.

— Je vieillis. Il n'y a plus rien de bien merveilleux à voir en moi, à présent.

— Je ne suis pas de cet avis.

Ils bavardèrent. Il s'enquit de la comtesse. Elle était très frêle, mais n'avait nullement changé. Lui avait-elle pardonné ?

— Évidemment pas.

Il interrogea Adélaïde sur sa propre vie. Avait-elle un nouvel amant ?

— Peut-être. Peut-être pas. Ce n'est pas important.

Ils parlèrent paisiblement jusqu'à ce qu'un moine vienne signaler à Adélaïde qu'il était temps de partir. En l'aidant à remettre son manteau de fourrure, Alexandre lui effleura le bras.

Pendant plusieurs heures après son départ, Alexandre s'aperçut qu'il tremblait. Et il comprit plus nettement que jamais dans le passé qu'il serait toujours prisonnier de cette émotion. — C'était dans sa vie ce qui ressemblait le plus à de la passion.

Le dernier jour de l'an 1796, sept semaines après la mort de l'impératrice Catherine la Grande, Alexandre Bobrov fut libéré après seulement quatre ans de détention. Le nouveau tsar, Paul, avait décidé d'amnistier sur-le-champ tous les ennemis de sa mère, qu'il détestait. Alexandre s'installa dans son domaine du Bourbier.

Trois mois plus tard, la comtesse Tourov mourut à son tour. « Vraiment, dit-on à Saint-Pétersbourg, c'est la fin d'une époque. » Elle laissa les trois quarts de son immense fortune à un cousin éloigné d'Alexandre. Et le reste à Adélaïde de Ronville, qui se maria peu après.

Le duel

1802

Les deux paysans sur la berge de la rivière parlaient de rubans de soie. Ils tournaient le dos au petit village d'Alexandre Bobrov, qui s'était bien amélioré ces derniers temps. Une passerelle de bois enjambait la rivière et il y avait des planches pour traverser les endroits les plus bourbeux. Les maisonnettes, presque toutes sur pilotis, semblaient en bon état. Une ou deux, tout en gardant la forme traditionnelle de l'isba paysanne, avaient également un étage, et les volets sculptés indiquaient la richesse des occupants.

Les deux hommes, quoique séparés par deux générations, étaient cousins. Comme quinze autres familles du village, ils descendaient de Mariouchka, l'unique survivante du terrible incendie de l'église, sous le règne de Pierre. Le hasard voulait qu'ils s'appellent tous les deux Ivan.

La ressemblance entre eux s'arrêtait là. Ivan Souvorine était un géant — les gènes du père de Mariouchka, que l'on appelait le Bœuf, semblaient s'être transmis en lui sans dilution. Il avait une tête de plus que les autres hommes du village et des bras si puissants qu'on le disait capable de soulever un cheval. Il abattait un arbre en deux fois moins de temps que le meilleur bûcheron. Quant à son visage, même son immense barbe noire ne parvenait pas à dissimuler le promontoire énorme de son nez.

Son cousin, de taille moyenne, semblait un carré parfait. Il avait des cheveux bruns ondulés et de doux yeux bleus. Quand il le voulait, il chantait fort bien. Il était aimable, quoique sujet à des crises où les rages soudaines alternaient avec des torrents de pleurs. Ces accès passaient aussi vite qu'ils étaient venus, et il ne faisait jamais de mal à personne.

Il s'appelait Ivan Romanov.

Le fait d'avoir le même nom que la famille impériale lui plaisait. En fait, ce n'était pas une distinction exceptionnelle. La dynastie au pouvoir avait choisi au XVIe siècle un des cinquante noms les plus fréquents de Russie. Romanov signifie simplement « fils de Roman » et se prononce avec l'accent tonique sur la deuxième syllabe. Ivan Romanov n'en était pas moins fier.

Ils étaient tous les deux serfs et appartenaient à Alexandre Bobrov, mais sur ce plan aussi la similitude n'allait pas plus loin. Romanov travaillait la terre et faisait des sculptures sur bois pour gagner l'argent qu'il devait verser à son propriétaire, mais Souvorine s'était montré plus entreprenant. Il avait débuté avec un seul métier à tisser dans l'isba familiale, et après avoir vendu ses tissus au marché de Russka, il s'était aperçu qu'il pouvait en tirer un meilleur prix à Vladimir, la métropole régionale.

Il voulait maintenant fabriquer des rubans de soie. Son cousin Romanov voudrait-il se lancer avec lui ?

Un gamin de dix ans accompagnait les deux hommes : le fils de Souvorine, Savva, réplique exacte de son père en plus jeune.

Romanov regarda ses deux cousins et se sentit nerveux. Était-ce à cause des quatre yeux noirs perçants des Souvorine ? Il aurait pu croire à de la ruse s'il n'avait su que Souvorine était d'une scrupuleuse honnêteté. Mais il y avait en eux une sorte de fierté, de volonté inflexible, qui semblait dire : « Nous sommes grands par la taille, mais aussi par l'esprit. » Chaque fois qu'il les voyait, Ivan Romanov se rappelait le proverbe favori de sa mère : « Ce sont les herbes les plus hautes qui sont les premières coupées. »

— On peut gagner beaucoup d'argent avec ces rubans de soie. Associe-toi avec nous et tu en profiteras.

Romanov continua d'hésiter. Il avait besoin d'argent. Il leva les yeux vers eux et quelque chose le frappa soudain.

C'était l'enfant Savva. Il avait dix ans, mais Ivan Romanov ne l'avait jamais vu sourire.

— Non, dit-il. Je crois que je me contenterai de mes sculptures sur bois.

— A ta guise, répondit Souvorine.

Ils se séparèrent, nullement fâchés mais sachant l'un et l'autre que l'offre refusée ne serait pas proposée de nouveau.

Sur le moment, cela ne parut pas important à Romanov.

Le même jour, Alexandre Bobrov devint de nouveau père. Plus ou moins.

Il prit l'enfant dans ses bras, en proie à des émotions mêlées. Il y avait sans doute quelque chose de merveilleux, de sacré en tout nouveau-né. Il baissa les yeux vers Tatiana, qui avait tant fait pour lui au cours des années, et lui adressa un sourire aimable.

— C'est un garçon, dit-il.

Malheureusement, ce n'était pas le sien.

Quel choc, quand il avait appris que Tatiana lui avait été infidèle ! Curieusement, cela s'était passé juste au moment où un nouvel espoir venait d'entrer dans sa vie.

Les cinq années précédentes avaient été décourageantes. Le tsar Paul l'avait libéré de prison, mais n'avait nullement sollicité les services de l'ancien conseiller d'État. Alexandre était donc resté dans son domaine, que sa femme avait géré avec tant de compétence pendant son absence. En un sens, il s'était félicité de ne pas se trouver à Saint-Pétersbourg, car le caractère étrange du tsar était devenu de plus en plus morbide, et il avait sombré dans la folie. Quand un groupe d'officiers patriotes l'avait assassiné en 1801 pour mettre son fils sur le trône, la Russie entière avait poussé un soupir de soulagement.

Bobrov s'était pris d'enthousiasme pour le jeune tsar Alexandre, le petit-fils que Catherine avait formé, l'autocrate de toutes les Russies qui demeurait le fils du Siècle des Lumières. Jeune, beau, aimable, c'était l'antithèse de son père ombrageux. Certains l'appelaient « l'Ange ». La famille Bobrov avait décidé de passer l'hiver à Moscou cette année-là. Au mois de novembre, en un sursaut d'énergie, Bobrov avait laissé Tatiana et les enfants à Moscou pour se rendre seul à Saint-Pétersbourg. Peut-être y aurait-il maintenant un poste pour un homme de son mérite. Il s'attarda deux mois dans la capitale, reçut diverses promesses qui lui donnèrent bon espoir, mais rien de défini. Il était rentré en janvier.

Pendant ce temps, un jeune capitaine de hussards s'était entiché de Tatiana au moment où son régiment allait repartir en Ukraine. L'officier ne manquait pas d'esprit et avait déjà à son crédit une vingtaine de conquêtes du même genre. Il avait vingt-cinq ans, Tatiana trente et un.

Le jeune capitaine s'était montré discret, il fallait lui reconnaître cette qualité. Alexandre n'avait été certain de l'infidélité de Tatiana qu'en en voyant les effets indéniables au printemps suivant. Que devait-il faire ? Il envisagea un duel, mais il apprit que le capitaine venait d'être tué dans une escarmouche de frontière. Pendant une semaine, il songea à donner le bâtard à une de ses familles de serfs — ce serait pour Tatiana une bonne leçon ! Mais il était incapable d'une chose pareille. « Après tout, se dit-il amèrement, un mari qui laisse sa jeune femme seule à Moscou pendant deux mois est un idiot. » Et il n'était pas question de faire un scandale. On ne parle plus de l'incartade ; le bébé serait traité comme s'il était le sien.

Il avait déjà réparé son humiliation en prenant pour maîtresse une jolie servante de la maison. Il se montrait froid envers Tatiana, mais poli. Il se dit que l'enfant était un accident, et qu'il serait indigne de lui d'en faire cas.

Il ne restait qu'à donner un prénom à l'enfant. La coutume était simple : le fils aîné recevait en général le prénom de son grand-père ; les autres le nom du saint le plus proche de leur date de naissance.

— Vous avez de la chance, leur dit le prêtre à son arrivée, il est né le jour de la saint Serge.

Ce fut donc Sergueï. Sergueï Alexandrovitch, puisque Alexandre était le père officiel.

— Bien entendu, dit-il à Tatiana, il n'héritera rien de moi. A ma mort, vous recevrez la part de la veuve et vous pourrez la lui léguer. En attendant, je pourvoirai à son éducation.

Tatiana inclina la tête, et l'on n'aborda plus jamais le sujet.

Six mois plus tard, Alexandre reprit ses relations avec son épouse. En 1803 naquit une fille. Ils l'appelèrent Olga.

Mars 1812

Qui aurait imaginé que des flammes de la Révolution française — le feu de la liberté, de l'égalité et de la fraternité — sortirait un conquérant qui ferait trembler le monde ? Napoléon, héros pour certains, ogre pour les autres. Voulait-il, comme Jules César ou Gengis Khan, régner sur l'ensemble du monde ? Probablement. Le tsar Alexandre avait essayé de préserver la Russie des horreurs de ces guerres européennes, mais en ce début de printemps 1812, la redoutable Grande Armée se préparait à l'envahir de l'ouest.

Toute la Russie tremblait. L'Église orthodoxe déclara que Napoléon était l'Antéchrist. Le tsar appela le pays aux armes. Pour certains, l'âge d'or d'Alexandre n'avait pas tenu ses promesses, les réformes attendues étaient restées peu nombreuses et sans conséquence, mais tout fut oublié soudain, et tout le monde se rallia à « l'Ange ».

La famille Bobrov, dans le salon de sa maison de campagne, attendait des nouvelles

Depuis qu'ils n'habitaient plus à Moscou mais sur leur domaine, une seule chose avait troublé la tranquillité des Bobrov : le nom du village. Alexandre trouvait le Bourbier offensant et absurde. Il avait hésité sur plusieurs noms avant d'en adopter un dérivé du sien : Bobrovo. C'était à présent l'appellation officielle, mais les vieux paysans continuaient de dire le Bourbier.

Dans la région de Moscou, on mobilisait de nouveaux régiments à la hâte et Bobrov avait reçu la veille une lettre personnelle du gouverneur militaire de Vladimir lui demandant de fournir davantage de serfs comme recrues. Les paysans du village avaient tiré au sort le matin même, et Alexandre aprendrait bientôt les noms désignés.

Son deuxième fils, Alexeï, âgé de dix-neuf ans, était officier d'infanterie. Chaque fois que quelqu'un s'avançait vers la maison, Tatiana se précipitait vers la porte, espérant que la personne apportait une lettre de lui.

Il y avait du patriotisme dans l'air, mais ce que craignait le plus Alexandre Bobrov au milieu de ces préparatifs n'était pas la Grande Armée de Napoléon, mais le peuple russe. Les serfs.

En effet, dans ces mois précédant l'invasion napoléonienne, la plupart des propriétaires terriens de Russie craignaient une révolution intérieure bien plus que l'envahisseur. Dans toute l'Europe, Napoléon s'était présenté comme le libérateur des peuples opprimés par leur souverain. La légendaire Grande Armée n'était composée de Français que pour moitié ; et parmi les contingents des autres pays d'Europe, personne ne combattait avec plus d'ardeur que les habitants de l'ancienne Pologne, que Napoléon avait réellement libérés du joug de la Prusse et de l'Autriche. La noblesse russe avait donc de bonnes raisons de craindre que ses propres Polonais asservis et ses serfs opprimés se soulèvent pour se joindre à l'armée libératrice.

— Napoléon réussira là où Pougatchev a échoué, prédisait Bobrov, pessimiste. Il suscitera une vraie révolution.

L'aîné de ses fils encore en vie, Ilia, assis près du feu, lisait un livre. Il avait le visage rond et les cheveux blonds de sa mère. A vingt-deux ans, il aurait dû être en train de se battre, comme son frère. Mais peut-être parce qu'elle avait failli le perdre à sa naissance, en 1789, Tatiana l'avait toujours gardé près d'elle, prétendant qu'il était de santé délicate.

— Il ne me paraît nullement délicat, grommelait Alexandre. Il est seulement gros et paresseux.

Il regrettait d'avoir laissé Tatiana gâter cet enfant, car Ilia était intelligent. Mais que pouvait-il y faire ?

Le petit Sergueï, près de la fenêtre avec son inséparable sœur Olga, dessinait des personnages grotesques pour la faire rire. On aurait étonné Alexandre en lui faisant remarquer que son visage s'éclairait chaque fois qu'il regardait ce malin petit garçon aux cheveux noirs et aux yeux marron rieurs — tous les autres enfants Bobrov avaient les yeux bleus.

Enfin, près des enfants, se trouvait une grosse paysanne d'une quarantaine d'années : Arina, leur nourrice. Quelques minutes plus tôt, elle racontait aux enfants un de ces innombrables contes de l'inépuisable folklore slave.

Sur les genoux de la nourrice se trouvait une petite fille d'un an, une nièce orpheline que les Bobrov l'avaient autorisée à élever dans la maison et à qui elle avait donné son propre nom, Arina.

C'était une scène paisible. Il y avait sur la table au milieu de la pièce, dans des corbeilles de vannerie, du riz, des *pirojki* et des pâtisseries ; sur une assiette, des croissants à la cannelle ; sur une autre, une tarte aux pommes. Dans un bol, un peu de sirop de framboise pour parfumer le thé de Tatiana ; pour les autres, des tranches de citron ; et pour Alexandre, une petite bouteille de rhum. Sur une autre table trônait l'objet le plus important de la maison : le samovar.

Il était splendide. Alexandre l'avait acheté à Moscou et en était très fier. En forme d'urne grecque, il avait soixante centimètres de haut et était en argent massif.

Le petit Sergueï aperçut soudain quelqu'un par la fenêtre et cria :
— Papa, des visiteurs !

Ce qui frappait le plus les gens, c'est qu'à vingt ans, Savva Souvorine était aussi grand que son père. Le village possédait maintenant deux géants. Mais ce n'était pas tout. Alors que la plupart des paysans russes portaient des chaussures de feutre ou d'écorce, les Souvorine avaient tous les deux de solides bottes de cuir. Ensuite, ils portaient chacun un immense chapeau : celui du père en forme de clocher bulbeux, celui du fils haut et arrondi avec un large bord. Quand ils marchaient côte à côte, ils faisaient songer à une haute église de bois avec son clocher séparé.

Ils portaient de lourds manteaux noirs. Un sac d'écus pendait à la ceinture du père. Il ne cachait pas qu'il avait de l'argent. Ce qui était caché, c'était qu'il y avait autant de pièces cousues dans la tunique du fils qu'il y en avait dans la bourse du père.

— Dieu sait que nous en aurons besoin, lança Ivan. On ne sait jamais, le loup a les dents longues.

Car le riche serf allait voir son maître Bobrov, et l'argent était destiné à sauver la vie de son fils.

— T'en fais pas, Savva, ajouta-t-il. Tu as tiré le mauvais numéro, c'est le destin. Mais je peux te sauver. Ce sera sans doute cher, mais il vaut mieux être serf que mort.

Son fils ne répondit rien.

Savva souriait rarement : il n'en voyait pas l'utilité. Il n'avait que vingt ans mais son visage carré laissait entendre que sur ce point, comme sur beaucoup de choses, son opinion était faite depuis longtemps. Avec sa tignasse noire, son grand nez et ses yeux noirs toujours aux aguets, il était déjà aussi redoutable que son père. Sa bouche formait souvent une ligne mince de défi silencieux, et sa démarche ferme, déterminée, suggérait qu'il ne se souciait pas plus de l'endroit où il irait que de celui d'où il venait.

Ils continuèrent d'avancer en silence vers la maison du maître.

Alexandre Bobrov avait du mal à le croire. Une fois de plus, le destin lui souriait. La venue des deux Souvorine ne pouvait signifier qu'une chose : de l'argent. Le tout était de savoir combien.

Bobrov n'était pas cupide. Tout en rêvant de richesses, il avait toujours méprisé l'argent en tant que tel. Mais le temps, les échecs et les enfants à nourrir avaient laissé leur marque, et il se montrait maintenant plutôt avare.

— Donc, Souvorine, ton fils ne veut pas être soldat ? lança-t-il d'un ton plaisant. Tu gagnerais ta liberté ? ajouta-t-il en se tournant vers Savva.

Depuis l'époque de Pierre le Grand, une proportion déterminée de toutes les âmes de Russie était soumise au service militaire. Il était de règle que les serfs choisis, en général par tirage au sort comme à Bobrovo, reçoivent la liberté lors de leur démobilisation. Mais que valait cet espoir de liberté, quand les vingt-cinq ans de service équivalaient le plus souvent à une sentence de mort ? Certains préféraient se mutiler pour éviter l'armée.

Les Souvorine appartenaient à Bobrov, mais ils avaient de l'argent. Leur réussite depuis dix ans était surprenante. Non seulement ils produisaient de grandes quantités de rubans de soie, mais ils écoulaient la production d'un réseau entier de serfs : ils apportaient leurs tissus à Vladimir contre un pourcentage du prix de vente.

Souvorine possédait à présent douze métiers à tisser qui travaillaient pour lui, et il continuait d'en acheter.

Tout cela convenait fort bien à Alexandre. En effet, si les serfs du domaine de Riazan payaient encore leur dû avec trois journées de corvée par semaine, il avait obligé tous ceux de Bobrovo à lui verser l'*obrok* en espèces. Et le propriétaire pouvait fixer le montant de l'*obrok* comme il lui plaisait. Alexandre avait augmenté l'*obrok* de Souvorine deux fois en trois ans ; chaque fois, le bonhomme avait renâclé, mais payé.

— Dieu seul sait ce qu'il me cache, s'était plaint Alexandre.

Il allait enfin le savoir.

Il s'adossa à son fauteuil, baissa les paupières à moitié et demanda aimablement :

— Que puis-je faire pour toi ?

Comme Bobrov s'y attendait, Souvorine s'inclina très bas et annonça :

— Je suis venu vous acheter un serf, Alexandre Prokofievitch.

Alexandre Bobrov sourit. Car il avait des serfs à vendre.

Cela avait pris plusieurs centaines d'années, mais au début du XIXᵉ siècle, la situation juridique du paysan russe se trouvait à son niveau le plus déplorable. Qu'ils appartiennent à un propriétaire privé ou à l'État, qu'ils soient riches comme Souvorine ou qu'ils crèvent de faim, ils étaient tous virtuellement esclaves. Un serf n'avait pour ainsi dire aucun droit. Bobrov connaissait un propriétaire qui passait la première nuit avec chaque jeune serve qui se mariait. Une vieille dame avait envoyé deux serfs en Sibérie parce qu'ils ne s'étaient pas inclinés assez bas au passage de sa voiture. Le maître était l'employeur, le juge et le bourreau. Le seul droit qu'il ne possédait pas sur ses serfs — celui de les condamner à mort — était facile à circonvenir : il suffisait de les faire fouetter jusqu'à ce qu'ils en meurent.

On pouvait les vendre et les acheter désormais comme du cheptel. Une jolie fille ou un homme aux compétences particulières atteignait un bon prix. Dans un cas célèbre, un homme avait vendu un orchestre entier de serfs pour une fortune.

Bien entendu, c'était monstrueux. Pendant sa période libérale, dans les salons de Saint-Pétersbourg à l'époque de Catherine, Alexandre l'aurait reconnu volontiers. Et le tsar lui-même jugeait la pratique du servage particulièrement répugnante.

« Mais il ne peut rien changer pour le moment, la noblesse terrienne ne lui laissera rien faire, raisonnait Alexandre. Et en attendant, je dois pourvoir aux besoins de ma famille. »

En tout cas, à Bobrovo, les serfs étaient rarement fouettés et jamais tués.

Dans cet horrible commerce d'âmes, aucune pratique n'était plus courante que la vente d'hommes comme recrues militaires. Et ce n'étaient pas les maîtres qui les achetaient.

C'étaient d'autres serfs.

L'officier recruteur se souciait comme d'une guigne de l'endroit d'où venait la recrue. Du moment qu'il avait un corps à offrir comme chair à canon, il était satisfait. Les serfs riches ne laissaient donc pas leurs fils partir à la guerre : ils allaient voir leur maître et lui achetaient un remplaçant.

Ce fut par pur hasard que Tatiana et le jeune Sergueï entrèrent à ce moment-là dans la pièce. Tatiana aimait bien les Souvorine ; peut-être à cause de ses ancêtres baltes, leur côté commerçant lui plaisait. Elle lança à son mari un coup d'œil interrogateur.

Pourquoi leur arrivée incita-t-elle Bobrov à changer son prix ? Se rappela-t-il soudain son humiliation à la naissance de Sergueï ? Ou bien les échecs de sa carrière, alors que sa femme avait si bien réussi pendant qu'il était en prison ? Quelle qu'en soit la raison, au lieu des cinq cents roubles qu'il comptait demander, il annonça calmement :

— Ce sera mille roubles.

Les deux serfs restèrent sans voix. Cette fois, il les avait touchés. Il pouvait le voir sur leur visage. Bien entendu, la somme était scandaleusement élevée. Les plus rapaces des maîtres ne demandaient à l'époque pas plus de six cents roubles. Mais certains réclamaient des sommes plus fortes si l'acquéreur avait les moyens de payer.

— Évidemment, je peux décider d'envoyer Savva à l'armée de toute manière, ajouta-t-il froidement.

Il en avait le pouvoir. Il observa les deux serfs qui échangeaient un coup d'œil.

Ils avaient apporté huit cents roubles. Pour en trouver deux cents de plus, il leur faudrait creuser sous le plancher de l'isba. C'était tout ce qu'ils avaient amassé.

— Je pourrai vous apporter la somme demain, Alexandre Prokofie-vitch, dit Souvorine d'un ton sombre.

— Très bien. Je ferai venir un serf de Riazan pour prendre la place de Savva

Alexandre se retint de sourire, mais il se sentait triomphant. Ce n'était pas facile de gérer le domaine mieux que sa femme infidèle, mais il avait découvert que serrer la vis des serfs les plus riches constituait un bon moyen. Il avait certainement obtenu le maximum des Souvorine ce jour-là. Dans son triomphe, il accorda à Savva à peine un regard distrait.

Savva regarda les Bobrov. Tatiana ? Aucune raison de lui en vouloir, elle était juste et pratique, et il comprit qu'elle n'avait rien à voir avec ça. Mais les autres, le père et les fils, il les détestait et les méprisait. Il les aurait peut-être admirés, s'ils avaient été forts. Mais il voyait bien que c'étaient des faibles. Il regarda Sergueï. L'enfant semblait différent avec ses yeux rieurs. Se moquait-il de lui ?

Savva ne savait pas grand-chose du passé. Sa grand-mère lui avait appris que sa propre grand-mère avait échappé à l'incendie quand tout le village s'était brûlé vif dans l'église, puis était revenue plus tard.

— Nous sommes ici depuis aussi longtemps que les Bobrov, disait-elle souvent.

De ses ancêtres précédents, dupés par un Bobrov au temps d'Ivan le Terrible, il ne savait rien. Jamais il n'avait entendu parler de Pierre le Tatar et de sa tête tranchée. Tout était perdu, oublié depuis longtemps, enterré.

Mais Savva savait que ces Bobrov-là étaient ses ennemis : il le savait dans son âme. Et à cet instant, il prit une décision simple, irrévocable. Il se débarrasserait d'eux. Cela lui prendrait sans doute des années ; il faudrait qu'il se montre rusé et fort ; mais il ne manquait ni de force ni d'endurance.

Le serf contre le maître. Ce serait un duel, peut-être un duel à mort.

Octobre 1812

Les premiers réfugiés étaient arrivés, puis les soldats. Les Russes avaient combattu, défendu la patrie ; et les serfs s'étaient battus loyalement. N'était-ce pas naturel quand ils voyaient en face d'eux non seulement les Français, mais leurs ennemis traditionnels du temps d'Alexandre Nevski et d'Ivan le Terrible : les Allemands de Prusse et les Polonais ?

On avait appris qu'une grande bataille sans vainqueur ni vaincu avait été livrée près de la Moskova, à Borodino. Peu après, Napoléon était entré dans Moscou. Ensuite, il y avait eu l'incendie.

On pouvait le voir à cinquante kilomètres de distance : une tour de feu et de fumée s'éleva pendant trois jours dans le ciel de septembre pour annoncer que le puissant conquérant était dépouillé de sa prise. Mais l'empereur des Français restait encore à l'affût dans la ville réduite en cendres. Qu'allait-il faire ensuite ?

Les troupes russes se préparaient à harceler l'ennemi le long de la grande courbe de l'Oka. Quelques jours plus tôt, un régiment d'infanterie en capotes vertes et guêtres blanches était passé à Russka. Puis des escadrons de cavalerie. Les nouvelles affluaient chaque jour

Napoléon essayerait-il d'attaquer Saint-Pétersbourg, dont le tsar fortifiait les abords ? Battrait-il en retraite vers Smolensk ? En ce cas, le vieux général Koutouzov l'attendait avec le gros de l'armée russe. Tenterait-il de passer l'hiver dans Moscou, incendié et vide ?

Le jeune Sergueï était si excité, si impatient de voir Koutouzov ou même les Français qu'Alexandre lui avait lancé en riant :

— Tu ne seras content que le jour où Napoléon rendra visite à Russka.

— S'il vient, nous nous battrons tous, n'est-ce pas ?

Il était prêt à prendre les armes aux côtés de son père pour protéger sa mère et sa sœur jusqu'au bout.

— Et comment ! avait répondu Alexandre Bobrov en lui ébouriffant tendrement les cheveux.

Sergueï était un enfant passionné. Il ne se contentait pas d'aimer sa famille, il l'adorait. Sa mère, à quarante-deux ans, était d'une beauté classique à l'allemande, différente de toutes les autres femmes autour de lui ; pour une raison incompréhensible pour lui, elle le traitait avec une tendresse spéciale qui l'emplissait d'une fierté secrète. Alexeï, grand et sombre comme leur père, était toujours à la guerre. Sergueï avait parfois un peu peur de lui, car il lui arrivait de se montrer froid et distant. Mais n'en avait-il pas le droit ? C'était un officier. Un héros.

A la maison, il y avait Ilia. Certains se moquaient de son grand frère blond, parce qu'il ne faisait rien et était si gros. Mais Sergueï ne riait pas.

— Il lit tellement, disait-il, émerveillé. Il sait tout.

Ensuite son père. Sergueï avait toujours considéré qu'Alexandre Bobrov possédait toutes les qualités d'un vrai gentilhomme. En uniforme, comme Alexeï, il avait une allure splendide. Il était cultivé comme Ilia. Il pouvait se montrer sévère, mais aussi merveilleusement gentil. Il était allé en prison pour ses convictions. Surtout, il possédait aux yeux de l'enfant la plus désirable de toutes les qualités : c'était un homme du monde. Il avait de la chance d'avoir un père comme lui.

Tels étaient ses héros. Restait sa camarade de jeux, la petite Olga, aux longs cheveux bruns et aux yeux pétillants. Il l'appelait « petite », parce qu'elle avait un an de moins et qu'il se sentait le devoir de la protéger. En fait, c'était une extension de lui-même. Chacun savait à tout instant ce que l'autre pensait.

Ils étaient tous les deux assis à côté d'Arina qui, à son habitude, leur contait une histoire. Comme le visage rond de la nourrice était rassurant ! Ses cheveux grisonnaient, elle avait perdu une dent de devant pendant l'été, mais elle était toujours la même.

— Je n'ai jamais été jolie, avouait-elle d'un ton léger.

Quel âge avait-elle ? Les deux enfants essayaient souvent de le deviner, ou lui tendaient des pièges pour le lui faire dire.

— Je suis aussi vieille que ma langue, répondait-elle. Et un peu plus vieille que mes dents.

Peut-être ne le savait-elle pas elle-même.

Elle allait commencer une autre histoire, quand ils entendirent du bruit au rez-de-chaussée, puis la voix de leur mère :

— Alexeï !

Il était vraiment splendide dans son manteau doublé de fourrure, pareil à un guerrier d'un autre âge, à un *bogatyr* du temps de l'ancien Pays de Rus. Sergueï était aux anges. Alexeï lui sourit.

— Tiens, dit-il en lui tendant une balle de fusil. C'est une française. Elle m'a manqué de peu et s'est enfoncée dans mon chariot à bagages.

Sergueï la prit avec ravissement.

— Tu as vu Napoléon ? demanda-t-il.

— Oui. Il est presque aussi gros qu'Ilia.

Autour de la table, il leur donna toutes les nouvelles. Après la bataille de Borodino, le vieux Koutouzo l'avait félicité personnellement. Depuis la chute de Moscou, il avait été choisi pour lancer des attaques-surprises contre les Français.

— Napoléon quitte Moscou, dit-il enfin. Les Français rentrent chez eux. Mais il est bien trop tard. Les réserves de Napoléon sont insuffisantes. Il se figure qu'il pourra gagner rapidement la frontière avant la neige, mais il a oublié une chose : notre boue russe. Il va s'y enliser. Nos Cosaques détruiront tous les détachements qu'il enverra à la recherche de vivres. L'hiver le rattrapera bien avant qu'il atteigne Smolensk

— Et nous l'attaquerons de nouveau ? demanda Tatiana, inquiète.

— Oui. Probablement. Mais s'il y a une autre bataille comme Borodino, nous l'écraserons.

Alexeï avait trop à faire pour passer la nuit à Russka. La famille regarda le père et le fils s'embrasser, puis Alexandre Bobrov donner sa bénédiction au héros. Il s'en alla, et chacun se demanda s'il le reverrait un jour.

Au coucher du soleil, Sergueï aperçut son père sous la véranda. Il avait des larmes dans les yeux et murmurait : « Un vrai Bobrov. Un vrai Bobrov. »

L'enfant se retira sans être vu et il lui vint pour la première fois à l'esprit que son père aimait sans doute Alexeï plus que lui. Il se demanda ce qu'il pourrait faire pour mériter ce plus grand amour.

Trois semaines s'écoulèrent. Les premières neiges tombèrent, et la Grande Armée désemparée se trouva réduite à une masse sombre qui laissait des traînées de cadavres sur son passage. Les Bobrov reçurent une autre visite : celle du jeune Savva Souvorine.

Alexandre Bobrov avait décidé qu'il n'aimait pas les Souvorine. Peut-être se sentait-il un peu coupable pour la façon dont il les avait traités, mais il y avait derrière la déférence apparente des deux serfs quelque chose de sombre et de calculateur qui le mettait mal à l'aise. Un instinct lui disait qu'ils ne le craignaient ni le respectaient. Il n'était pas enclin à les aider, bien que sa femme lui rappelât en riant :

— Ce sont ta meilleure source de revenus.

Or ce serf de vingt ans qui ne riait jamais venait de lui présenter la plus extraordinaire des requêtes.

— Je désirerais obtenir un passeport, *barine*. Pour me rendre à Moscou.

Aucun serf ne pouvait se déplacer sans un passeport de son maître. Savva ne pouvait même pas aller à la ville voisine de Vladimir sans un passeport. Bobrov le regarda d'un œil soupçonneux.

— Et pour quoi faire ? Toute la ville a été détruite par l'incendie.

Savva se permit l'ombre d'un sourire.

— Justement, maître. Les gens auront donc grand besoin de vêtements chauds. Nous devrions obtenir un bon prix de nos tissus.

Bobrov ne cacha pas son dégoût. On était au milieu d'une guerre patriotique, et cet individu ne pensait qu'à l'argent.

— C'est profiter du malheur des autres, dit-il.

— Simplement les affaires, *barine*, répondit calmement le serf.

— Je ne veux pas de ça, lança Alexandre. C'est antipatriotique.

Et il congédia le serf d'un geste.

Pourquoi, se demanda-t-il par la suite, Tatiana avait-elle décidé d'intervenir dans cette affaire banale ? Peut-être par simple instinct ; peut-être avait-elle pitié de Savva. Mais dès qu'Alexandre l'avait mise au courant, elle l'avait supplié de revenir sur sa décision jusqu'à ce qu'il cède. Il avait donc signé un passeport. Cela ne lui paraissait pas très important.

1817

Le plan du jeune Sergueï Bobrov était audacieux, mais si tout se passait dans les temps, il n'y aurait aucun problème. Deux amis s'occuperaient de ses affaires, un troisième répondrait à sa place à l'appel. En soudoyant un des domestiques de l'école, il avait obtenu des chevaux pour chaque étape du voyage.

L'école de la résidence d'été du tsar, à Tsarkoïé-Sélo près de Saint-Pétersbourg, était réservée à l'élite. Non seulement le tsar avait accordé aux élèves le privilège d'utiliser sa bibliothèque, mais la famille impériale assitait aux offices de la chapelle du haut d'une galerie privée. Alexandre Bobrov avait dû faire des pieds et des mains pour obtenir une place pour Sergueï.

Le voyage illicite ne serait pas facile. On était en avril, la neige fondait et le sol était détrempé partout. Les routes se réduisaient à des tas de boue. Et s'il était pris...

Il sortit de sous son lit la boîte où il rangeait ses papiers personnels. Il y avait la lettre adressée à ses parents, qu'il avait commencée la veille, et la lettre de sa petite sœur, arrivée en fraude trois jours plus tôt. D'une grosse écriture enfantine, elle était brève et précise :

Cher Serioja,
Je suis très malheureuse. J'aimerais te voir.

Olga.

Il la relut et sourit. La vie au prestigieux Institut Smolny, de Saint-Pétersbourg, devait être sinistre. Sergueï n'était nullement surpris que sa petite sœur à l'œil vif et au caractère enjoué déteste sa première année de pension. Les risques seraient grands, mais en recevant la lettre il ne s'était posé qu'une seule question : « Qu'aurait fait Pouchkine ? » Pouchkine serait allé la voir. Et Pouchkine était son héros.

Sergueï Bobrov était heureux à Tsarkoïe-Sélo. Vif d'esprit et intelligent, il ne manquait pas de talents. Il dessinait bien et pouvait composer un poème en français ou en russe mieux que n'importe quel élève de sa classe. « Mais si seulement je pouvais faire comme Pouchkine », soupirait-il. Pouchkine : l'écrivain adolescent aux poèmes pleins d'audace ; le caricaturiste aux cheveux bouclés, aux yeux doux mais brillants, à l'humour insolite. Il lui arrivait toujours des histoires, et il avait du succès auprès des femmes. C'était sa dernière année à l'école ; certains maîtres le traitaient de fauteur de troubles, mais pour les élèves c'était déjà une célébrité.

Il n'était donc pas question que Serguëï ne réponde pas à l'appel d'Olga.

Il faisait encore nuit quand il se glissa dehors. Un valet d'écurie l'attendait avec un cheval à huit cents mètres de l'école, et il s'élança aussitôt vers Saint-Pétersbourg. La route était vide. Il passait parfois entre deux longues rangées d'arbres qui semblaient sur le point de se rejoindre et de l'aplatir. Puis la campagne s'ouvrait en un désert marron, désolé, traversé par des traînées grises de neige en train de fondre. Plus d'une fois Alexandre crut entendre le cri d'un loup. L'air glacé lui giflait le visage.

Mais il était heureux. La veille, il avait envoyé un message à Olga pour lui fixer l'endroit du rendez-vous, et il imaginait déjà son visage pâle et sa petite voix disant : « Je savais que tu viendrais. » Cela lui réchauffait le cœur. Quelle chance il avait d'avoir une si belle sœur ! Quelle chance il avait d'être un Bobrov !

Et quelle chance de vivre, et d'être russe, à cette fabuleuse époque ! Jamais le monde n'avait paru aussi passionnant. La grande menace de Napoléon avait été écartée définitivement en 1815 à la bataille de Waterloo. Les Anglais avaient exilé l'agresseur de l'Europe dans l'île lointaine de Sainte-Hélène, au milieu de l'Atlantique-Sud. Et la Russie paraissait plus forte que jamais. Au sud-est, dans le Caucase, l'ancien royaume de Géorgie avait enfin été annexé à l'empire. Au nord, la Finlande, longtemps dominée par la Suède, avait été prise par le tsar. Vers l'est, à l'autre bout de la Terre, la Russie non seulement possédait l'Alaska, mais avait établi un fort en Californie. Surtout, au Congrès de Vienne qui avait remodelé la carte de l'Europe après la chute de Napoléon, la Russie avait reçu la quasi-totalité de son ancienne rivale, la Pologne, y compris sa splendide capitale, Varsovie.

La Russie occupait une nouvelle place dans le monde. Ce n'était plus un royaume asiatique barbare coupé de la civilisation occidentale, ni l'élève retardé d'aventuriers hollandais et allemands, anglais ou français. Au Congrès de Vienne, le tsar Alexandre avait fait figure d'arbitre. Par sa voix, la Russie avait proclamé clairement la mission qu'elle s'était donné :

— Mettons fin une fois pour toutes à ces guerres terribles et à ces révolutions sanglantes, avait déclaré le tsar aux gouvernements de l'Europe. Que les puissances européennes s'unissent en une nouvelle fraternité universelle, fondée seulement sur la charité chrétienne.

C'était la fameuse Sainte-Alliance, à tous égards un document étonnant. La Russie proposait même une armée européenne, la première force internationale de paix, pour servir de police à cet ordre universel.

Ces grandes idées avaient déjà été exprimées à l'époque de l'Empire romain ou de l'Église médiévale. Mais la Sainte-Alliance, avec son langage mystique, était profondément russe. Les diplomates retors de l'ouest la signèrent avec un sourire cynique, et les pragmatiques anglais refusèrent même de la signer — tous les Russes comprirent alors que l'Occident était corrompu. Simple, directe, pleine de chaleur humaine et de ferveur, la Sainte-Alliance représentait les Russes dans ce qu'ils ont de meilleur. Comment le jeune Serguei Bobrov n'en aurait-il pas été exalté ?

Sous le ciel de platine, la ville de Saint-Pétersbourg était déjà en vue quand Serguei arriva au relais de poste où il changea de cheval.

L'Institut Smolny se trouvait à cinq kilomètres du Palais d'Hiver, à l'endroit où la Néva prend la direction du sud. Serguei suivit les quais. On avait dégagé la neige de la plupart des rues, et la vaste étendue glacée de la Néva, au centre de la ville, commençait à fondre. De grandes fissures se creusaient à la surface et l'on entendait de temps en temps un grand craquement, pareil à un coup de pistolet : une autre plaque se détachait.

Il avait précisé à Olga exactement où aller et à quelle heure. Pouchkine lui-même lui avait indiqué la petite fenêtre dans le mur, par laquelle on pouvait entrer sans être vu. Il la trouva tout de suite ; elle était à quatre mètres de haut. Il laissa son cheval dans une auberge, revint discrètement à l'endroit et attendit. Une heure s'écoula. Puis la fenêtre s'ouvrit enfin.

On ne s'apercevrait pas de l'absence de la jeune fille avant deux heures. Assis côte à côte dans la petite pièce blanchie à la chaux, le frère et la sœur parlèrent. Il avait passé le bras autour des épaules d'Olga et appuyait de temps en temps la tête contre sa poitrine.

Il l'aimait. De tous les Bobrov, c'était à Alexeï qu'elle ressemblait le plus. Elle était mince, mais il n'y avait rien de faible dans ses membres longs et ses mains élégantes. Elle possédait les traits légèrement turcs de leur frère aîné, avec un long nez ciselé et une bouche vaguement ironique. Mais alors qu'il y avait une trace de cruauté dans le visage d'Alexeï, celui d'Olga n'était que raffinement. Ses yeux bleu foncé semblaient parfois émerveillés au spectacle du monde, mais étaient toujours prêts à s'éclairer de gaieté. En cet instant, ils se levaient vers Serguei avec gratitude.

Elle n'était pas heureuse et il y avait de quoi. L'éducation à Smolny était remarquable. Outre la broderie, la danse et la cuisine, que toute jeune femme se devait de connaître, on enseignait aux élèves les langues, la géographie, les mathématiques et la physique, programme d'avant-garde qui étonnait même les voyageurs venus d'Amérique. Mais la discipline était sévère.

— Nous chantons des psaumes avant chaque repas, se plaignit Olga. C'est une prison.

Car de l'automne à la fin du printemps, quand s'achevait l'année scolaire, les jeunes filles étaient virtuellement enfermées dans l'enceinte de l'établissement.

— Je les déteste toutes. Même les autres filles.

Il comprit qu'elle souffrait surtout de solitude. Il la serra dans ses bras et la laissa parler pendant près d'une heure ; peu à peu elle s'égaya et se mit même à rire. Puis elle se blottit contre lui et lança :

— Suffit pour ma vie assommante, Serioja. Parle-moi. Parle-moi du monde.

Il était si fier qu'elle l'admire ainsi ! Et comme il avait l'esprit débordant de projets, il se mit à évoquer ses espérances.

— Le tsar va créer une nouvelle Russie. Le servage va disparaître. Il y aura une nouvelle constitution. Regarde ce qu'il a déjà fait dans les États baltes et en Pologne, c'est l'avenir.

Non seulement le tsar Alexandre avait aboli le servage en Lituanie et dans les territoires baltes, mais il venait de surprendre tout le monde en accordant au royaume récemment acquis de Pologne une constitution très libérale : presque pas de censure, une assemblée élue, le droit de vote à une grande partie de la population.

— Et ce n'est que le commencement, lui assura Serguei. Quand la Russie elle-même aura sa constitution, nous serons comme la Grande-Bretagne, ou même l'Amérique.

Son enthousiasme n'était pas aussi aberrant qu'il y paraissait. Le tsar Alexandre avait demandé conseil à des diplomates anglais et au président Jefferson. Son ministre Speranski avait rédigé un projet de constitution qui respectait le principe de la séparation des pouvoirs, avec un parlement élu — la *douma* — et même des juges élus. Une commission était en train de préparer la division de la Russie en douze provinces relativement autonomes. Le tsar n'avait encore rien décidé, et personne ne savait exactement ce qu'il en pensait, mais c'était la Russie, où tout changement est lent et difficile.

— Et quel sera ton rôle, Serioja, dans cette merveilleuse nouvelle Russie ? demanda Olga.

Oh ! il n'avait aucun doute sur ce que serait sa vie !

— Je serai un grand écrivain.

— Comme ton ami Pouchkine ?

— Je l'espère. Te rends-tu compte que jusqu'à l'époque de Catherine, il n'existait pas de littérature russe ? poursuivit-il avec enthousiasme. Il n'y avait que de vieux psaumes moisis et des sermons en slavon, du charabia. Les gens comme nous écrivaient des vers et des pièces de théâtre en français. Personne n'a écrit un seul mot lisible en vrai russe avant Lomonossov, pendant la jeunesse de notre père, et ce cher vieux poète Derjavine, qui vient de nous quitter. C'est donc à nous de commencer. Et nous n'avons aucun modèle. Tu devrais entendre les vers de Pouchkine. Ils sont extraordinaires.

Olga sourit. L'enthousiasme de son frère l'enchantait.

— Ce sera dur, Serioja, lui dit-elle.

— Sans doute. Et toi, que feras-tu à la sortie de ta prison ? demanda-t-il en riant.

— Je me marierai, bien sûr.

— Avec qui ?

— Un bel officier de la garde... Qui écrira des poèmes en russe, ajouta-t-elle.

Curieusement, cela l'attrista. Il aurait aimé être cet homme.

Il était temps de partir. En fin d'après-midi, épuisé mais heureux, Sergueï rendit le cheval et franchit sous le crachin les derniers huit cents mètres qui le séparaient de l'école. Personne en vue. Il se glissa à l'intérieur et se dirigea vers sa chambre, où ses amis devaient l'attendre. Avec un peu de chance, personne ne se serait aperçu de son absence. Il arriva à la porte. Il l'ouvrit. Et il sursauta.

Il n'y avait dans la pièce qu'une personne de grande taille, en uniforme et bottes de cheval, de dos près de la fenêtre.

— Alexeï ! s'écria Sergueï en un élan de joie. Depuis combien de temps es-tu ici ?

Son sourire s'effaça aussitôt.

— Où étais-tu ?

La voix d'Alexeï était glaciale, tranchante comme un rasoir.

— Nulle part.

— Menteur. On te cherche dans toute l'école depuis deux heures.

— Je suis désolé.

Sergueï baissa la tête. Il ne pouvait rien expliquer.

— Désolé ? C'est bien le moment ! lança Alexeï avec une rage froide. Comme je venais ici pour affaires, je suis passé te voir. En t'attendant j'en ai appris de belles sur toi et ton ami Pouchkine. Tu sais que tu risques l'expulsion.

— Oui.

— Je les ai persuadés de te garder. Mais tu recevras le fouet. J'ai proposé de donner le fouet moi-même, pour l'honneur de la famille.

Il se tut, attendant sans doute que sa dernière phrase fasse tout son effet.

Qu'est-ce qui poussa Sergueï, en cet instant, à lancer une chose qu'il ne pensait nullement ? L'irritation provoquée par le ton sermonneur d'Alexeï ? Le choc d'être pris sur le fait ? La crainte du châtiment ? Ou bien l'envie de riposter parce que ce frère qu'il aimait et vénérait semblait se tourner soudain contre lui ? Quelle qu'en soit la raison, il s'écria soudain :

— Au diable l'honneur de la famille !

Alexeï resta un instant sans voix. Il n'était pas allé dans une école comme celle-là. Il était entré dans l'armée dès qu'il en avait eu l'âge. Le service du tsar et l'honneur de la famille étaient ses dieux. Comment ce gamin pouvait-il se montrer aussi déloyal ? Mais est-ce vraiment pour cela qu'Alexeï fit alors une chose impardonnable ? Ou bien à cause de sa querelle de la veille avec un supérieur et de ses craintes pour sa propre carrière ? Ou bien parce que sa maîtresse l'avait repoussé avec mépris la semaine précédente ? Ou bien une certaine cruauté inhérente à sa nature n'attendait-elle qu'un prétexte pour infliger de la douleur depuis qu'il avait appris la vérité, six mois plus tôt à Moscou ? D'une voix pleine de venin, il répliqua :

— C'est bien possible. Mais pour moi, pour le reste d'entre nous, l'honneur de la famille compte beaucoup. Même si tu n'es pas l'un de nous, tu portes notre nom, je te prie de ne pas l'oublier. Nous espérons que tu te conduiras en conséquence. M'as-tu bien compris ?

— « Pas l'un de nous » ? Que veux-tu dire ?

— Je veux dire, petit bâtard aux yeux marron, qu'à la honte de nos parents, tu n'es pas un Bobrov. Mais comme nous faisons cas de l'honneur, nous les Bobrov, nous te traitons comme si tu en étais un.

Puis, comme s'il s'agissait d'un rhume qu'il aurait attrapé un jour pour l'oublier le lendemain, il ajouta :

— En un moment de solitude, notre mère a commis un faux pas à Moscou. C'était il y a longtemps, et cela n'a pas duré. Personne n'est au courant. Tu n'es pas des nôtres, mais nous faisons comme si tu l'étais. Et comme nous t'avons prêté notre nom, tu dois lui faire honneur.

Il marqua un temps.

— Si tu fais à ce sujet la moindre allusion à quiconque, je te tuerai.

Et après avoir sciemment détruit son frère, il partit.

Plus tard dans la soirée, Serguéï termina la lettre à ses parents à travers des larmes glacées qui l'empêchaient de voir les lignes.

Je suis très heureux à l'école, mes chers parents. Aujourd'hui, j'ai eu aussi la joie de voir Alexeï, qui va très bien. Transmettez mon amour à Arina et à sa petite nièce.

Il avait toujours supposé que sa mère était parfaite et que ses parents l'aimaient. Mais s'il n'était pas un Bobrov, s'il était un indésirable, peu importait ce qu'il ferait de sa vie.

Janvier 1822

Tatiana parcourut des yeux la place du marché. Pour la première fois après un mois de temps couvert, le ciel était clair. Tout autour de Russka, la neige brillait. Savva le serf était sur le point de monter dans son traîneau. Il repartait à Moscou. Comme il avait l'air élégant dans son manteau neuf ! Il se retourna et s'inclina profondément. Elle lui sourit.

Car ils partageaient un secret.

Ils s'étaient de plus en plus rapprochés depuis quatre ans. Tatiana se sentait en effet très seule. Alexandre, malade, était devenu taciturne. Serguéï, employé au ministère des Affaires étrangères, était toujours occupé à Saint-Pétersbourg ou à Moscou. Olga venait de se marier à un bel officier de la garde dont le domaine se trouvait du côté de Smolensk. Alexeï, enfin marié, était en garnison dans le grand port d'Odessa sur la mer Noire. Le mois précédent, il avait eu un fils, Mikhaïl, mais des années s'écouleraient sans doute avant que Tatiana puisse voir le premier de ses petits-enfants. « En fait, il n'y a plus qu'Ilia et moi », songeait-elle tristement. Ilia était toujours à la maison, sa grosse tête placide en général plongée dans un livre, mais on ne pouvait lui parler de rien de pratique.

Savva et son père, en revanche, avaient l'esprit pratique, et c'est ce que Tatiana appréciait chez eux. Ils dirigeaient maintenant à Russka deux petites usines, employant chacune une douzaine de personnes. L'une filait, l'autre tissait la laine. Et les deux hommes étaient si bien organisés qu'il leur restait du temps de libre. L'année précédente, Tatiana avait réussi à persuader son mari de confier au père de Savva la gestion du domaine de Riazan : les revenus avaient aussitôt augmenté en flèche. Elle se rendait souvent à Russka pour observer les activités des Souvorine et discuter avec Savva de leurs affaires.

Et ces conversations lui avaient fait prendre conscience des grands changements en train de se produire en Russie, presque à l'insu de la noblesse enfermée dans ses résidences de campagne.

La Russie avait toujours disposé de plusieurs sources de richesse. Les gisements de sel et les fourrures des immenses déserts du nord avaient jadis enrichi les marchands de l'ancienne Novgorod. La terre noire, le tchernoziom, enrichissait l'Ukraine tempérée. Depuis Ivan le Terrible s'étaient ajoutés les minerais de l'Oural, et il existait un embryon de commerce avec les énormes étendues à peine colonisées de la Sibérie.

Mais c'était ici, dans le cœur même de la vieille Russie, autour de Moscou — où le climat était peu propice et la terre pauvre —, que se réalisaient les plus grands progrès. C'était ici que venait de naître l'industrie russe. On y travaillait le cuir et les métaux, on y imprimait les soieries de l'Orient, on y fabriquait du drap, de la toile de lin et, depuis peu, même des cotonnades. Ces industries légères pouvaient s'installer dans un village ou un bourg. Il y avait en outre les vieilles forges de Toula et les grandes manufactures d'armes de Moscou. Le plus grand marché pour le fer et les autres matières premières se trouvait à seulement quelques journées de traîneau vers l'est, à l'ancienne ville frontière de Nijni-Novgorod, située au confluent de la Volga et de l'Oka. Sous le règne de Catherine, une famille de marchands entreprenants avait installé une verrerie dans un village à une trentaine de kilomètres de Russka. La capitale provinciale de Vladimir, avec la nouvelle ville industrielle d'Ivanovo, devenait un grand centre de l'industrie textile.

Cette évolution n'échappait pas à l'esprit avisé et entreprenant de Tatiana.

— Si nos serfs sont capables de fonder de petites manufactures, disait-elle à son mari, nous pourrions en installer de grandes.

La plupart des nobles méprisaient ces activités mercantiles, mais pas tous. A la vérité, les hommes les plus riches étaient également propriétaires des établissements industriels les plus prospères, où ils faisaient travailler leurs serfs. Bobrov aurait très bien pu installer une usine comme la verrerie de la ville voisine sans perdre la face.

Mais cela ne l'intéressait pas.

— Qui la dirigera quand je ne serai plus là ? Alexeï ? C'est un soldat. Ilia ? Il n'en sera jamais capable. Non, il vaut mieux développer les propriétés que nous lancer dans les projets risqués qu'aucun de nous ne maîtrise. N'est-il pas plus simple de laisser les serfs s'occuper de tout ça ? Nous touchons notre part sous la forme de l'*obrok*.

Comme cette réponse ne satisfaisait pas Tatiana, il lança d'un ton las :

— Tu n'es qu'une Allemande.

Tatiana croyait connaître Savva depuis longtemps, mais elle n'avait découvert la passion secrète du serf qu'un an auparavant. Il la lui avait révélée un jour où elle le taquinait à propos de sa vie privée. Les deux Souvorine vivaient sans femme. Le père de Savva était veuf et Savva, à trente-trois ans, n'était pas encore marié. C'était inouï. Le prêtre de Russka lui avait parlé plusieurs fois à ce sujet ; Bobrov l'avait menacé de le forcer à prendre une épouse. Il avait toujours esquivé sans donner de raison. Il n'avait avoué la vérité qu'à Tatiana :

— Jamais je ne me marierai tant que je ne serai pas libre. Je préférerais entrer dans les ordres.

— Qui épouseras-tu ?

— La fille d'un marchand, répondit-il. Mais aucun marchand ne donnera sa fille à un serf, puisque ce serait la réduire à la servitude.

C'était donc ça : il voulait acheter sa liberté. Il avait abordé le sujet avec Bobrov à plusieurs reprises, mais le maître n'avait pas voulu en entendre parler.

— Mais chaque maître a un prix, dit le serf à Tatiana. Et quand je serai libre...

Elle était certaine qu'il ferait de grandes choses.

Et le projet avait germé dans son esprit. Il était très simple, mais assez inhabituel. Et il reposait sur sa parfaite entente avec Savva.

Au début, le souhait de sa femme surprit Alexandre Bobrov : pourquoi voulait-elle qu'il vende leur liberté à Savva et à son père ?

— Qu'est-ce que ça peut te faire ? demandait-il.

Mais elle continua de le harceler pendant des mois.

— Laisse-les partir, Alexandre. Tu dis que tu veux mettre de l'argent de côté. Voilà une bonne occasion. Vends-leur leur liberté.

— Je pense parfois que tu préfères ces serfs à tes propres enfants, grommelait-il.

Mais elle avait insisté, et la semaine précédente, pour obtenir enfin la paix, il avait enfin cédé.

— Très bien. Mais s'ils veulent leur liberté, il faudra qu'ils me versent quinze mille roubles, pas un sou de moins.

Il avait calculé qu'après avoir été saignés à blanc pendant des années, ils ne pourraient jamais verser une somme pareille.

Tatiana sourit. Son accord avec Savva avait prévu cette difficulté.

— Je convaincrai Alexandre Prokofievitch de vous vendre votre liberté, Savva, et je te prêterai sans intérêt l'argent dont tu auras besoin pour tes affaires. Mais un an après avoir reçu ta liberté, tu me rembourseras exactement deux fois ce que je t'aurai donné. D'accord ?

Il s'était incliné.

— Très bien, lui avait-elle dit. Fais-moi confiance. Et ne dis rien à personne.

Sans doute était-il peu orthodoxe qu'une dame de la noblesse s'associe ainsi avec un serf — surtout à l'insu de son mari — mais le projet était parfaitement raisonnable : les Souvorine obtiendraient leur liberté, Bobrov une somme importante, et Tatiana augmenterait discrètement le pécule qu'elle rassemblait pour Sergueï.

La somme réclamée par Bobrov était énorme, mais elle avait confiance en Savva : cela prendrait peut-être du temps mais il la trouverait. Elle lui avait déjà prêté mille roubles, et elle venait de lui en confier mille autres.

— Porte-les à Moscou et fais-en bon usage, lui dit-elle.

Il monta dans le traîneau et s'inclina de nouveau. Elle ne savait pas que Savva avait un autre secret, qu'il lui dissimulait. Il aurait assez d'argent pour acheter sa liberté à la fin de l'année.

Le duel entre le maître et le serf était presque terminé.

Juillet

Olga regarda son mari tendrement. Ils venaient de passer le dernier mois ensemble dans leur domaine des environs de Smolensk et jamais elle n'avait connu un tel bonheur.

Elle lui tendit en riant la lettre de Sergueï.

Il lui écrivait régulièrement depuis l'époque de leurs études, et il joignait souvent à la lettre un poème ou un dessin humoristique. Elle gardait ses lettres, qu'elle aimait relire quand elle n'avait rien à faire. Celle-ci était caractéristique.

Ma chère petite Olga,

Sans doute ton mari te bat-il chaque jour selon les bonnes traditions, je t'envoie donc des nouvelles pour te réjouir le cœur. J'ai trouvé un charmant groupe d'amis. Nous nous réunissons aux Archives des Affaires étrangères, à Moscou, et nous nous appelons les Amants de la Sagesse. (Car cette déesse, comme toutes les femmes, a besoin de nombreux amoureux.) Nous lisons les grands philosophes allemands, surtout Hegel et Schelling. Et nous discutons du sens de la vie et du génie de la Russie. Nous sommes ardents et contents de nous.

Sais-tu que l'univers est en devenir ? Mais oui. Chaque idée a son antithèse. Quand elles se combinent, elles produisent une nouvelle idée, qui est meilleure ; mais celle-ci trouve son antithèse, et ainsi de suite, si bien que de cette merveilleuse manière, l'univers entier atteindra à la perfection. Nous faisons tous évoluer des idées vers le grand ordre cosmique. N'est-ce pas magnifique ?

Sens-tu les vastes forces cosmiques, ma petite Olga, ou bien ton mari te bat-il trop ? Il m'arrive de les sentir. Je vois un arbre et je dis : « C'est le cosmos en évolution. » Mais il m'arrive de ne pas les sentir du tout. Je me suis cogné la tête contre un arbre l'autre jour et ce n'est pas les forces cosmiques que j'ai senties. Peut-être aurait-il fallu que je me cogne plus fort...

Mais je m'arrête. Il faut que j'aille suivre mon destin cosmique et sorte prendre un verre avec les amis. Ensuite, je compte explorer le cosmos avec une jeune personne de ma connaissance.

Je vais cependant te signaler un fait intéressant. Notre estimé ministre de l'Éducation nourrit de tels soupçons à l'égard de la philosophie, qu'il n'a autorisé aucune chaire de cette matière à Saint-Pétersbourg. On m'a dit qu'un homme de la faculté de botanique donnait des cours de philosophie en douce ; un professeur d'agriculture aussi. Il n'y a que dans notre Russie bien-aimée que la nature de l'univers puisse être considérée comme une branche de l'agriculture.

Je suis vraiment désolé que ton mari soit une telle brute. Écris-moi sur-le-champ si tu veux que je me porte à ton secours.

Toujours tendrement,

Serioja.

Septembre

L'été s'était éternisé cette année-là. La voiture cahotait sur la route de terre, à une allure modérée parce que Souvorine s'efforçait d'éviter les ornières et les nombreux nids-de-poule. D'ailleurs, à quoi bon se hâter quand on conduisait Ilia Bobrov ? Ils avaient quitté Riazan trois jours plus tôt. Ils arriveraient à Russka le lendemain.

— Nous aurions pu y arriver ce soir, Ilia Alexandrovitch, si vous vous étiez levé tôt le matin, avait fait observer le serf à la barbe grise.

Avec un sourire et un soupir, Ilia avait répondu :

— Tu as bien raison, Souvorine. Je ne comprends pas pourquoi j'ai tant de mal à me lever.

La forêt céda la place à de vastes champs. A la première isba du village, ils furent accueillis par les aboiements d'un chien et par une grosse femme qui portait un panier de champignons dans ses bras. Peu après ils arrivèrent devant l'auberge.

— Il va falloir s'arrêter ici pour la nuit, grommela Souvorine.

L'aubergiste se plia en salutations obséquieuses dès qu'il aperçut Ilia. Il lui servit du thé pendant que Souvorine s'occupait des chevaux.

Le voyage lui avait donné entière satisfaction. Il se félicitait que Tatiana l'ait enfin persuadé d'acompagner le vieux Souvorine à Riazan. Ils avaient inspecté le domaine (en tout cas, Souvorine l'avait fait), touché les loyers, vendu la récolte et un peu de bois. Ils rentraient à Russka avec une somme considérable. Comme la propriété de Riazan serait à lui un jour — Alexeï hériterait de Russka

— il valait mieux qu'il connaisse un peu l'endroit. Souvorine l'avait même convaincu de se promener dans les champs, et son teint était donc moins blafard que d'habitude.

Ilia Bobrov n'était pas un invalide ; mais couvé par Tatiana, il n'avait jamais vraiment su s'il était en bonne santé ou non. Il n'était pas sot. Souvent alité sans raison pendant son enfance, c'était devenu un lecteur vorace qui avait hérité de son père l'amour de la littérature française et de la philosophie des Lumières. Mais, sans doute parce que son père avait été vaincu par la vie, il avait sans s'en apercevoir acquis la certitude tacite que tout est inutile. L'échec et l'impuissance lui semblaient inévitables et une espèce de torpeur s'était emparée de lui. Il avait souvent l'impression très nette qu'il gâchait sa vie, qu'il devait se secouer, pourtant comme il n'y avait jamais été contraint, il ne le faisait pas. A vingt-huit ans, il était aimable, paresseux, célibataire et définitivement gros.

— Je suis corpulent, disait-il d'un ton navré, mais je ne vois pas ce que je pourrais y faire.

Ce voyage lui avait donné matière à réflexion et, toute la journée, il avait agité quelques idées. Quand Souvorine apparut avec sa malle et l'aubergiste avec un verre de thé fumant, il les remercia d'un signe de tête, posa les pieds sur la malle et ferma à demi les yeux en dégustant son thé. « Oui, pensait-il, il est grand temps que je cesse de végéter. Je vais faire un voyage à l'étranger. J'irai en France. »

Le voyage se serait terminé le lendemain sans incident si l'aubergiste n'avait pas décidé qu'un gentilhomme aussi riche que semblait l'être Ilia ne glisserait pas d'entre ses pattes sans y laisser des plumes. Dès qu'il lui eut servi son thé, il sortit discrètement de l'auberge et ne revint qu'une demi-heure plus tard.

La proposition de l'aubergiste enchanta Ilia. Il avait fait un petit somme et, stimulé par le voyage et le nouveau projet en train d'éclore dans sa tête, il se sentait parfaitement d'attaque.

— Cesse de ronchonner, Souvorine. C'est une idée géniale.

Il se tourna vers l'aubergiste, incliné devant lui avec déférence.

— Va les chercher. Et apporte du vin et de la vodka.

L'aubergiste sourit. C'était une chance que ces Tsiganes soient dans le village. Il s'était mis d'accord avec eux : ils distrairaient le gros gentilhomme et partageraient ce qu'ils recevraient avec l'aubergiste. La salle s'anima soudain. La cuisine sentait bon. Du vin et de la vodka apparurent. Miraculeusement, la salle se remplit de gens. Puis en même temps que le repas, les Tsiganes arrivèrent.

Ils étaient huit, vêtus de couleurs voyantes, noirs de peau et assez beaux. Ils se mirent à chanter, deux des femmes dansèrent. Ilia, souriant, se mit à battre la mesure avec le pied. Il ne s'était pas senti aussi vivant depuis des années. En général, il ne buvait pas beaucoup, mais pour une fois...

— D'autre vin, commanda-t-il à l'aubergiste.

Une des filles se mit à chanter, accompagnée par les hommes à la guitare. Quelle étrange chanson ! D'où venait-elle ? d'Asie ? Ilia n'en avait aucune idée. La jeune fille devait avoir une quinzaine d'années. « Une petite gamine maigrichonne », se dit-il. Et pourtant... Quelque chose remua en lui. Elle s'avança vers lui, presque à le toucher. « Mon Dieu, il faut que je vive, c'est décidé. Il faut que je voyage. »

Quand la soirée s'acheva, il avait offert à tout le monde dans l'auberge une demi-douzaine de verres, il avait dansé, pesamment, avec la Bohémienne de quinze ans, et il était amoureux. Pas précisément de la jeune fille, mais de la vie.

Minuit était passé quand l'aubergiste, après un coup de balai rapide, lui fit un lit sur l'un des bancs de la salle. Ilia s'allongea pour dormir.

— Pour ne rien te cacher, mon cher vieux Souvorine, murmura-t-il, je crois que je suis ivre.

— Oui, *barine*.

Le serf s'installa en silence sur un autre banc et ferma les yeux.

Cinq minutes plus tard, Ilia se rappela soudain que la malle, par terre à côté de lui, n'était pas fermée à clé. C'était sa faute. Il avait égaré la clé à Riazan. Petit malheur, sauf que tout l'argent était à l'intérieur.

Et dans les brumes de l'alcool, l'idée prit une ampleur démesurée. La vague conscience du fait qu'il s'était rendu ridicule avec les Bohémiens devint bientôt : « Ils ont voulu me tourner en ridicule. » Puis : « Un de ces diables, probablement la fille, va se glisser ici pour me voler, sans doute avec la complicité de l'aubergiste. » Il s'assit brusquement.

— Souvorine, réveille-toi ! chuchota-t-il.

Le vieil homme remua.

— Viens ici et ouvre la malle.

Souvorine s'avança.

— Prends l'argent. Le sac et le paquet. C'est ça.

Le sac contenait les roubles d'argent ; le paquet les billets de banque, en usage depuis l'époque de Catherine et portant le nom français d'assignats.

— Garde-les, Souvorine. Jamais ils ne pourront te les voler, j'en suis certain.

Le vieux serf haussa les épaules mais obéit. Puis tous deux se recouchèrent.

— Tu es un homme de tête, Souvorine, dit Ilia.

Puis il s'endormit.

Une heure plus tard, quelque chose le réveilla. Un bruit, ou bien le clair de lune par la fenêtre Dans son demi-sommeil, il prit vaguement conscience d'une chose qu'il aurait dû faire, mais avait oublié. Mais quoi ? Ah, l'argent... Que se passerait-il si les Bohémiens fouillaient le vieux Souvorine et lui prenaient l'argent ? Ils emporteraient tout. Mais il était plus malin qu'eux.

Lentement, non sans mal, il parvint à se lever et à traverser la salle jusqu'au banc de Souvorine, qu'il secoua.

— Le paquet. Donne-moi le paquet.

Sans poser de question, le serf fouilla dans ses vêtements et le lui tendit. Ilia revint à son banc et s'assit lourdement. Où le cacher ? Il ouvrit la malle et contempla le fouillis. Sa tête tomba contre sa poitrine : Bon Dieu, il dormait déjà. Oui, ce serait parfait.

Il y avait au fond de la malle un livre de vers de Derjavine. Malheureusement, la reliure s'était éventrée, et il avait attaché le livre avec une ficelle. Luttant contre le sommeil, il détacha la ficelle, glissa le paquet dans le livre et remit la ficelle en place. Jamais un Bohémien ne songerait à chercher de l'argent dans un livre, se dit-il en refermant la malle. Souvorine ronflait.

— Il faut que je monte la garde, déclara Ilia à mi-voix.

Et il s'endormit sur-le-champ, pour ne se réveiller qu'au matin.

En arrivant à Russka, l'une des premières choses que fit Ilia fut de ranger les poèmes de Derjavine dans sa bibliothèque. Il ne se souvenait plus qu'il s'était réveillé dans la nuit et y avait caché l'argent. Il ne repensa donc jamais à ce livre.

Il fut donc parfaitement surpris de découvrir que la moitié de l'argent manquait quand il alla avec Souvorine rendre compte de son voyage à son père.

— Mais c'est toi qui l'avais, Souvorine, se plaignit-il au vieux serf.

— Vous m'avez repris les billets, Ilia Alexandrovitch, répondit l'autre d'un ton où perçait une certaine impatience.

— Tu es prêt à le jurer ? demanda Alexandre Bobrov sèchement.

— Oui, maître.

Et le pauvre Ilia parut plus déconcerté que jamais.

Tatiana alla fouiller elle-même les vêtements et la malle de son fils, mais revint bredouille et secoua la tête.

— Souvorine, tu l'as volé, déclara Alexandre Bobrov. Je déciderai demain ce que je dois faire de toi.

En un sens, Alexandre Bobrov n'était pas mécontent, car il regrettait d'avoir cédé à sa femme au sujet des Souvorine. Il ne serait pas revenu sur sa parole, mais puisque l'occasion se présentait soudain de croire que le vieux Souvorine était un voleur, il n'allait pas la laisser passer.

— Ou bien il ment, ou ton fils est un menteur, lança-t-il à Tatiana quand elle voulut intervenir.

Elle lui rappela que selon Souvorine, Ilia était ivre.

— Ce n'était donc que plus facile de le dépouiller. Tu vois, ajouta-t-il en guise de justification, quand on offre à un serf la possibilité de racheter sa liberté, il tente de vous voler pour la payer.

Cela n'avait pas de sens, et Tatiana le lui dit. Sans doute le savait-il en son for intérieur. Mais les faits semblaient indéniables, même Tatiana le reconnut. Et il fallait aussi reconnaître que l'incident tournait tout à l'avantage des Bobrov.

Le lendemain, Alexandre Bobrov rendit la justice. Il convoqua Souvorine et, comme il en avait le droit, joua envers son serf les rôles d'accusateur, de juge, de jury et de bourreau. Il estimait Souvorine coupable d'un vol grave, et la sentence fut dure.

— Je t'envoie en Sibérie, annonça-t-il.

Il ne prit pas la peine de préciser ce que sous-entendait cette sentence : tous les biens de la famille Souvorine reviendraient à son maître, Alexandre lui-même. L'argent que les Souvorine lui auraient versé pour leur liberté entrerait de toute façon dans sa poche. Savva, sans le sou, resterait un serf. Tout était donc pour le mieux.

— Mais tu ne peux pas, protesta Tatiana. C'est illégal.

En effet la loi interdisait d'envoyer en Sibérie un serf de plus de quarante-cinq ans, et Souvorine en avait quarante-huit.

Mais la loi n'avait guère de pouvoir, en face de la volonté d'un maître.

— Je vais l'envoyer au gouverneur militaire de Vladimir, répondit Alexandre. C'est un ami.

Tatiana essaya toute la journée de lui faire changer d'avis, mais n'y parvint pas.

Alexandre Bobrov jouit de son triomphe en silence. Il était dans son droit, plus ou moins. Il avait plus habilement manœuvré que ces deux serfs rusés, et augmenté son patrimoine. Plusieurs petits signes lui disaient qu'il n'aurait plus longtemps l'occasion de le faire

Bien entendu, en un sens, il était navré pour Souvorine, tout en le croyant coupable. Mais ces revers de fortune soudains et arbitraires font partie de la vie, et tout homme doit les accepter. N'avait-il pas été jeté en prison par Catherine ? Il en avait toujours été ainsi en Russie.

Le lendemain, chargé de chaînes, Souvorine fut conduit à Vladimir, où de petits détachements prenaient régulièrement la longue route de la Sibérie.

Et le même jour, Tatiana écrivit une lettre.

Savva prit le petit objet sombre et, pour une fois, sourit. Il s'était promis de s'offrir ce trésor depuis longtemps, et il en avait enfin les moyens.

Car ils étaient sortis d'affaire. Deux semaines de plus à Moscou, et il aurait l'argent nécessaire pour acheter sa liberté et celle de son père. « Il ne me reste plus qu'à sortir de ce magasin », se dit-il.

— Un bel objet, lui dit le vendeur à la barbe grise. Très ancien. D'avant Ivan le Terrible, je pense

Savva acquiesça. Il le savait déjà.

C'était une petite icône, rien de bien remarquable. Il y en avait dans le magasin des dizaines de plus grandes et de plus colorées. Comme souvent, la peinture avait noirci avec le temps ; l'icône avait été repeinte et avait noirci de nouveau. Peut-être deux ou trois fois, dans le cas de celle-ci. On distinguait à peine les silhouettes de la Mère de Dieu et de l'Enfant sur le fond couleur d'ambre sombre. Pourquoi Savva lui accordait-il autant de valeur ?

Il savait que l'art de l'icône n'est perceptible qu'à l'œil exercé et ne parle qu'à la spiritualité. Une icône n'est pas seulement une peinture, mais une prière. Seule compte l'intention religieuse de la main du peintre. La plupart des icônes étaient donc fausses, impures : très peu laissaient transparaître le feu invisible de l'esprit. Peintes et repeintes par des mains religieuses, ces icônes devaient être vénérées par ceux qui comprenaient. Comme Savva.

Avec une satisfaction profonde, Savva paya le vieil homme. Il était temps de partir.

Mais, comme d'habitude, ce ne fut pas si facile. Le vieux marchand s'était placé entre lui et la porte. Deux autres hommes, plus jeunes, avec des visages amicaux mais fermes, s'étaient joints à lui.

— Si vous vouliez vous joindre à nous, vous seriez vraiment le bienvenu, lui rappela le vieil homme pour la vingtième fois. Je ne vendrais pas cette icône à tout le monde, ajouta-t-il gravement.

— Je vous remercie, mais... non, répondit Savva comme les fois précédentes.

— Nous pourrions vous aider à acheter votre liberté, lui proposa un des jeunes.

Savva ne réagit pas. Il n'avait aucun désir de se joindre à eux.

C'étaient de vieux-croyants, comme on appelait à présent les membres de la secte qui s'était détachée de l'Église un siècle et demi plus tôt — les *raskolniki* d'autrefois. Il n'y en avait plus à Russka depuis l'incendie de l'église, et la plupart avaient fui dans les provinces extérieures pendant cette période de persécution. Officiellement tolérés sous le règne de Catherine, ils formaient maintenant une communauté assez nombreuse à Moscou, divisée en groupes rivaux — certains avec des prêtres, d'autre non. Aucun groupe n'était plus remarquable que celui des hommes de ce magasin.

La secte des théodosiens, riche et puissante, avait installé ses instances supérieures près de leur cimetière, dans l'ancien village de Preobrajenskoïé, devenu l'un des faubourgs de Moscou. De nombreuses communautés avaient essaimé en ville et ailleurs. Ils étaient propriétaires de bains publics. Ils se lançaient dans des entreprises industrielles et commerciales, et grâce à un monopole que leur avait accordé Catherine, ils vendaient les meilleures icônes. La chose la plus frappante de la secte était sa curieuse organisation économique.

En fait, les théodosiens formaient des coopératives. Les membres de la secte obtenaient des prêts à faible intérêt pour lancer des affaires. Dans toutes les entreprises — entre autres d'importantes manufactures de textiles — la communauté s'occupait des pauvres. Et si certains membres pouvaient devenir très riches de leur vivant, leurs biens revenaient à la communauté à leur mort. Cette étrange association presque monastique de capitalisme industriel et de communauté villageoise constituait une solution exclusivement russe aux défis de la révolution industrielle à ses débuts.

Les théodosiens avaient souvent invité Savva à se joindre à leur secte. Ils l'auraient certainement financé. Mais chaque fois qu'il passait devant les hauts murs de la communauté, il se disait : « Non, je ne veux pas leur donner tout ce que j'ai. Je veux rester libre. »

Son logement à Moscou était une agréable maison de bois dans une rue poussiéreuse. Sur la porte se trouvait un nom : pas le sien car un serf ne pouvait rien posséder légalement, mais celui de son maître Bobrov. Bientôt, se dit-il en rentrant ce jour-là après avoir quitté les théodosiens du magasin, ce sera Souvorine. Il était satisfait.

On lui remit alors la lettre de Tatiana.

Elle lui racontait tout : son père était déjà en route pour la Sibérie ; il avait perdu tout ce qu'il possédait ; Bobrov avait envoyé un homme pour le ramener à Russka, où il redeviendrait un pauvre serf. La lettre s'achevait par une offre généreuse et une suggestion à peine voilée :

Quoi que vous décidiez de faire, l'argent que je vous ai prêté est à vous. Je ne désire pas de remboursement, et serai seulement heureuse d'apprendre que vous allez bien.

La femme de son maître lui conseillait donc de fuir en gardant l'argent. Il savait que cette attitude était rare de la part d'une personne noble à l'égard d'un serf.

Il soupira. « A quoi bon ? Si je garde l'argent et qu'on me prend, on dira que je l'ai volé. Sa lettre n'y changera rien. » Il prépara en billets une somme du même montant que le prêt de Tatiana. Il confierait le paquet à un marchand de confiance qui se rendrait à Russka.

Il n'était pas question qu'il revienne après ce que lui avaient fait les Bobrov. Plutôt mourir. Il s'enfuirait. Il existait des moyens de disparaître. Des hommes halaient les chalands sur la Volga. Un travail éreintant. Plusieurs milliers d'entre eux mouraient chaque année. Mais c'était un bon moyen de fuir : dans le sud-est, personne ne posait de questions. Ou bien se rendre directement dans les lointaines colonies de Sibérie où l'on avait toujours besoin d'hommes, peu importait qui. Peut-être essayerait-il de retrouver son père. « Encore une chance que je sois fort », se dit-il.

Il avait apparemment perdu son duel avec les Borov. Mais il n'était pas question qu'il renonce, dût-il vivre mille ans.

Une chose en tout cas semblait certaine : jamais il ne reverrait le village maudit de Russka.

Le jour même où son père envoya le pauvre Souvorine en Sibérie, Alexeï Brobov fit une découverte. Il se trouvait dans la lointaine province de Novgorod, au nord-est. Les trois jeunes officiers avec qui il chevauchait étaient d'humeur joyeuse.

— Mais je vais détester tout ce qu'a organisé ce rustre, c'est certain, fit remarquer l'un d'eux avec mépris.

Pourtant, dès qu'ils franchirent les grilles, Alexeï s'abandonna à la curiosité.

Le rustre en question était le célèbre général Araktcheïev.

L'un des traits les plus étranges du règne du tsar éclairé Alexandre fut son choix du général Araktcheïev comme conseiller intime. Peut-être l'attraction des contraires. A moitié inculte, brutal, le général avait des traits grossiers, les cheveux taillés en brosse et les épaules voûtées sous le poids des tâches qu'il s'imposait. Alexeï l'admirait pour la façon dont il avait commandé l'artillerie pendant la grande campagne de 1812.

— Il paraît peut-être ordinaire, disait-il à son entourage, mais il est loyal au tsar et il obtient que les choses se fassent.

Comme beaucoup de bons soldats, et Alexeï se considérait comme un bon soldat, il avait été enchanté que le tsar le prenne pour conseiller.

Or c'était dans cette province de Novgorod que le général, sur l'ordre du tsar, venait de lancer une des plus grandes expériences sociales de l'histoire de Russie.

Dès leur entrée sur le vaste domaine, Alexeï perçut une certaine étrangeté. Les paysans avaient l'air bizarre, la route n'avait pas d'ornières... Et à leur entrée dans le village, les cavaliers restèrent bouche bée. Ce n'était pas du tout un village russe. Le ramassis désordonné d'isbas avait été rasé et remplacé par des rangées de petites maisons impeccables, toutes identiques, peintes en bleu avec un porche rouge et une clôture blanche.

— Bon Dieu, murmura Alexeï, on dirait une caserne.

Puis il remarqua les enfants, des petits garçons qui devaient avoir tout juste six ans. Ils s'avançaient au pas cadencé en chantant, sous les ordres d'un sergent. Ils étaient en uniforme. Alexeï comprit alors ce qu'il avait trouvé bizarre depuis son arrivée : tout le monde était habillé de façon semblable et aucun paysan ne portait de barbe.

— Oui, vous trouverez tout en ordre parfait, expliqua le jeune officier chargé de leur faire visiter l'endroit. Nous avons trois tailles d'uniforme pour les enfants — c'est suffisant. Ils portent l'uniforme en permanence. Les hommes sont glabres, c'est plus net. Discipline de fer, ajouta-t-il en souriant. Nous battons le tambour quand il est l'heure de travailler dans les champs.

Quelques minutes plus tard, il leur montra l'intérieur des maisons et Alexeï s'étonna davantage. Elles étaient toutes d'une propreté irréprochable.

— Comment faites-vous ? demanda-t-il.

— Les inspections. Regardez, expliqua le jeune homme en montrant une liste accrochée au mur. C'est un inventaire de tout ce qui se trouve dans la maison. Tout doit être à sa place et briqué.

— Comment maintenez-vous la discipline ? demanda l'un des autres officiers.

— La canne suffit. Au moindre manquement, la canne.

Alexeï remarqua aussi qu'à la différence des villages ordinaires, il y avait autant d'hommes que de femmes dans chaque groupe d'âge.

— Tout le monde doit se marier, expliqua leur guide en riant. Qu'ils le veuillent ou non. Les femmes devraient être reconnaissantes : plus de veuves ni de vieilles filles. Nous leur trouvons des maris.

— Vous devez avoir beaucoup d'enfants, fit observer Alexeï.

— Absolument. Si une femme n'en produit pas régulièrement, nous la mettons à l'amende. L'empire a besoin d'hommes et de femmes pour le servir.

— Sont-ils heureux ? demanda un des autres.

— Naturellement. Certaines vieilles femmes pleurent, avoua le jeune homme, mais le système est parfait, comme vous pouvez voir. Tout le monde travaille, tout le monde obéit et tout le monde est pris en charge.

Telle était la colonie militaire du général Araktcheïev. Elle occupait une immense superficie dans la province, contrôlée par l'armée, qui avait converti de force les anciens paysans en réservistes et travailleurs d'État militarisés. D'autres colonies étaient en train de voir le jour en Ukraine.

— Dans trois ans, un tiers de l'armée russe sera installé de cette manière.

C'était incontestablement impressionnant. Mais pourquoi le tsar des Lumières avait-il encouragé son homme de main à établir ces districts totalitaires ? Par commodité ? C'était effectivement une façon économique de maintenir une armée occupée et nourrie en temps de paix. Ou bien cherchait-il en lançant ces expériences un moyen d'affaiblir la mainmise de la noblesse sur l'armée et les terres ? A moins que découragé par la nature chaotique, réfractaire de la Russie, il ait résolu de lui imposer un ordre à tout prix, comme la plupart des réformateurs russes avant et après lui.

Pour Alexeï Bobrov, ce fut une révélation. Il n'avait jamais rien vu d'aussi parfait. Rien de commun avec le désordre qui régnait à Russka et dans des milliers de domaines. De même que l'armée l'avait libéré de l'ineptie de sa famille, cet endroit constituait la réponse à tout ce qui l'irritait en Russie. Il n'y vit en réalité que ce qu'il avait envie de voir : les gens étaient industrieux et bien nourris. De même que certains sont fascinés par le pouvoir, il était fasciné par l'ordre.

De ce jour-là, une idée fixe s'installa dans son esprit : imposer l'ordre était servir le tsar. Et de ce principe, il en déduisit un second : tout ce qui engendre l'ordre est juste et bien.

L'été de l'année suivante, alors qu'Ilia était déjà parti en voyage à l'étranger avec un ami de la famille, Alexeï, de passage à Russka, consulta par hasard le vieux volume des poèmes de Derjavine. Quand il découvrit les billets, il devina aussitôt ce qui s'était produit. Mais il n'y avait plus rien à faire. Souvorine était en Sibérie. Son fils s'était enfui Dieu savait où. Alexandre Bobrov était malade.

D'autre part, suggérer que la sentence de Souvorine était une erreur n'aurait fait de bien à personne : ni à sa famille, ni à sa classe sociale, ni à l'ordre.

Il mit l'argent en lieu sûr et ne dit rien.

1825

Si l'on demande à un Russe quel est l'événement le plus mémorable de l'histoire avant le XXᵉ siècle, il répond : décembre 1825.

C'est la date de la première tentative de révolution : la conspiration décabriste, tentative de la part d'une poignée de nobles animés des meilleures intentions d'obtenir la liberté pour le peuple.

Malgré le choc de la Révolution française et la crainte de Napoléon, les idées de réforme n'avaient cessé de se répandre sous le tsar Alexandre. En fait, personne ne savait par où commencer. On lançait des projets, mais ils sombraient très vite dans la grande mer russe d'obstruction et d'inefficacité. La noblesse se montrait loyale, sans vouloir pour autant entendre parler de liberté pour ses paysans : le tsar avait même rétabli en 1822 le droit des maîtres d'envoyer les serfs en Sibérie. Tout le monde craignait une insurrection du genre Pougatchev. Dans la pratique, le gouvernement ne pouvait guère que tenter des expériences limitées comme les colonies militaires et essayer de maintenir l'ordre, non introduire des réformes capables de tirer le pays de la stagnation sociale.

Avec le passage des années, certains jeunes nobles libéraux commencèrent à juger que leur tsar angélique les avait trahis. La Sainte-Alliance d'Alexandre les satisfaisait sur le plan de la politique extérieure, mais à l'intérieur, la Russie semblait de plus en plus dominée par l'autoritarisme sévère du général Araktcheïev. Dans les années qui suivirent le Congrès de Vienne, il se forma un petit groupe uni, décidé à obtenir des changements, même au prix d'une révolution.

Ces hommes étaient très isolés. Une faible minorité idéaliste au sein de leur classe. La classe moyenne des marchands, conservatrice, n'était nullement intéressée. Et les paysans demeuraient complètement ignorants.

Ils n'avaient pas de plan défini. Certains voulaient instaurer une monarchie constitutionnelle à l'anglaise ; d'autres, sous l'impulsion d'un officier du nom de Pestel, en garnison dans le sud, désiraient tuer le tsar et fonder une république. Ils complotaient en secret, mais ne faisaient rien.

Puis, subitement, en novembre 1825, le tsar Alexandre mourut, emporté par une fièvre soudaine. Il n'avait pas de fils. La succession revenait à ses deux frères : Constantin, que sa grand-mère Catherine rêvait de placer sur le trône de Constantinople, et Nicolas, plus jeune, bien intentionné mais sans imagination.

Tandis que les conspirateurs se demandaient ce qu'ils devaient faire, il se produisit une série d'événements bizarres. Le grand-duc Constantin, qui commandait l'armée en Pologne, avait déjà épousé une Polonaise et renoncé à ses prétentions au trône. Le tsar Alexandre avait accepté sa décision et désigné Nicolas comme seul héritier. Mais tout cela était resté si secret que le pauvre Nicolas ne l'avait pas appris. A la mort d'Alexandre, Constantin jura immédiatement allégeance à Nicolas, tandis que Nicolas et l'armée russe juraient naturellement allégeance à Constantin. On tira les choses au clair, et on convint que les serments d'allégeance seraient de nouveau prononcés en décembre 1825, cette fois en faveur de Nicolas, plus déconcerté que jamais.

Ce fut alors que les conspirateurs, dans la confusion, décidèrent de tenter un coup d'État. Ils n'étaient qu'une poignée : la plupart des conspirateurs, pris de panique à l'idée d'agir, s'étaient récusés. Ils décidèrent de provoquer une mutinerie en incitant les troupes à soutenir Constantin contre le nouveau tsar. Ensuite... Personne ne savait ce qui se passerait. Le groupe de Saint-Pétersbourg et celui que dirigeait Pestel en Ukraine, mal coordonnés, se donnaient des buts différents.

Le matin du 14 décembre, au moment où l'armée et le Sénat devaient prononcer le nouveau serment, un groupe d'officiers conduisit trois mille soldats déconcertés sur la place du Sénat. Ils arrivèrent en retard, les sénateurs avaient déjà prêté serment. Sur l'ordre des conspirateurs, ils se mirent à crier : « Constantin et Constitution. » On crut que les soldats prenaient ce mot étrange, « Constitution », pour le nom de la femme du grand-duc.

Nicolas, qui voulait éviter de verser le sang, les fit encercler. Mais au crépuscule, comme ils refusaient de bouger, on tira quelques rafales ; quelques dizaines d'hommes furent tués. Et ce fut terminé. Peu après, la révolte de Pestel en Ukraine fut étouffée dans l'œuf. On n'exécuta que cinq meneurs.

Telle fut l'insurrection décabriste : aristocratique et absurde, du travail d'amateurs. Mais malgré la folie héroïque des nobles — ou peut-être à cause d'elle — ils servirent d'inspiration, comme les martyrs chrétiens d'autrefois, à tous les révolutionnaires qui suivirent.

1827

Tatiana était contente : soudain la maison silencieuse et triste s'emplissait de voix joyeuses. Elle se faisait une joie de ces mois d'été. « Mes enfants sont revenus », se disait-elle en souriant.

Depuis la mort d'Alexandre Bobrov, dix-huit mois plus tôt, elle vivait seule avec Ilia, qui se rendait rarement dans son domaine de Riazan. Et la famille avait subi deux autres tragédies. Un an auparavant, Olga avait perdu son bel époux, tué en service commandé — elle restait avec un jeune enfant et enceinte d'un second. Dieu merci, le domaine de Smolensk était vaste et elle n'avait pas de problèmes d'argent. Puis, à l'automne, une épidémie de choléra avait emporté la femme d'Alexeï. Un matin d'hiver, un traîneau avait conduit à Bobrovo leur fils Mikhaïl, âgé de cinq ans — amaigri, frigorifié, malheureux.

— Jusqu'à ce qu'Alexeï se remarie, avait dit Tatiana à Ilia.

On avait rappelé la vieille Arina comme gouvernante, avec sa nièce pour l'aider, et grâce à leurs soins, le petit Mikhaïl, qu'elles appelaient

Micha, devint une réplique aimable et souriante de son père. Arina lui trouva un camarade de jeu parmi les enfants du même âge dans le village — le plus jeune fils d'Ivan Romanov, Timofeï — et en les voyant s'amuser ensemble chaque jour, la vieille Arina décida :

— Il s'en sortira.

Au printemps, Olga avait annoncé qu'elle viendrait passer l'été avec ses deux enfants. Une semaine plus tard, une lettre d'Alexeï arriva : on lancerait une campagne contre les Turcs à l'automne, et il avait obtenu trois mois de permission. « J'ai l'intention de les passer avec vous et mon fils », précisait la lettre.

Seul Sergueï ne serait pas là.

« Et ce sera sans doute aussi bien », reconnut Tatiana.

Au début, Olga ne vit pas le danger. Elle n'avait certainement aucune mauvaise intention.

Elle était si heureuse d'être de retour dans cette maison qui représentait son enfance, sa famille. Et elle était rassurée de voir ses deux filles entre les mains des deux Arina. Sa vieille gouvernante n'avait plus que trois dents et il lui poussait un peu de poil au menton, mais sa nièce, la jeune Arina, âgée maintenant de seize ans, apprenait vite tout ce que savait sa tante. Olga passait avec elles des heures joyeuses sous la véranda, accompagnée par le petit Micha, que captivaient les contes de la vieille nourrice.

La douleur d'avoir perdu son mari, si terrible qu'elle fût, commençait à passer. L'atmosphère de la maison contribuait à l'en guérir. Alexeï avait subi lui aussi une perte, et son caractère s'était adouci.

— J'avais toujours supposé que si j'étais tué au cours d'une action, Micha aurait au moins sa mère, avoua-t-il à Olga. A présent, je laisserai un orphelin.

Ses relations avec Sergueï, toujours tendues, avaient atteint le point de rupture dix-huit mois auparavant, lors des obsèques de son père. Le coup d'État manqué des décabristes ne datait alors que de deux mois, et quand la famille en deuil s'était réunie dans le salon, Alexeï avait fait observer que, Dieu merci, les conspirateurs avaient été facilement arrêtés. Pourquoi Sergueï n'avait-il pas retenu sa langue ? se demandait Olga. Il avait répondu d'un ton léger :

— Je connais plusieurs de ces hommes. Si seulement ils m'avaient prévenu de ce qu'ils manigançaient, je me serais joint à eux... Je ne vois pas pourquoi personne ne m'a rien dit, ajouta-t-il presque avec regret.

Malgré les circonstances, Olga avait eu du mal à ne pas éclater de rire. Elle comprenait très bien pourquoi les conspirateurs n'avaient pas mis son frère trop bavard au courant de leur secret.

Mais cela avait fait sur Alexeï un effet désastreux. Son visage, déjà pâle, avait blêmi de colère, et après une seconde de silence, il avait lancé d'une voix qui aurait tremblé si elle ne s'était pas réduite à un murmure :

— Je ne sais vraiment pas pourquoi tu es ici, Sergueï. Et je regrette ta présence.

Malgré tout son amour pour Sergueï, Olga se félicitait qu'il ne soit pas venu : il aurait troublé la paix de ce précieux été.

Et peut-être parce que tout était si tranquille, elle ne vit pas venir le danger.

Il s'appelait Fedor Petrovitch Pinéguine, et c'était un ami d'Alexeï — plutôt une relation —, un garçon tranquille qui n'avait pas trente ans, avec un visage fin et dur, des cheveux couleur sable et des yeux bleu pâle sans expression particulière.

— C'est un brave type, lui avait dit Alexeï, il se sent un peu seul. Il s'est bien battu mais n'en parle jamais.

Il gardait le silence pendant que les autres parlaient, tirait sur sa pipe courte et n'exprimait presque jamais d'opinions. Signe particulier, il portait toujours un pantalon et une tunique militaires de couleur blanche. Était-ce par goût ou parce qu'il n'avait aucun autre vêtement ? Olga l'ignorait. Quand on lui demandait ce qu'il aimait le mieux, il répondait doucement :

— La chasse.

Comme Alexeï était occupé par la gestion du domaine et qu'Ilia quittait rarement son fauteuil, Olga se trouva souvent en compagnie de Pinéguine quand elle voulait se promener. Quel agréable compagnon c'était... Il parlait peu, écoutait bien, et il y avait en lui une force paisible qu'elle trouvait assez séduisante.

Olga savait qu'elle était belle, parfaitement épanouie à vingt-quatre ans. Elle sentit qu'elle plaisait à Pinéguine, mais ne s'attarda pas à cette pensée.

Il y avait à Bobrovo des promenades splendides. Près de la maison, une allée ombragée dans un bosquet de bouleaux argentés. Ou bien on pouvait descendre le long de la rivière où les pins répandaient une bonne odeur de résine. Olga préférait souvent traverser les bois vers le monastère, qu'elle adorait.

Depuis la fin du règne de Catherine, inspirés comme dans le passé par le centre religieux traditionnel du mont Athos, de nombreux monastères russes avaient connu un renouveau spirituel. Le mouvement avait atteint Russka dix ans plus tôt. Quelques moines avaient même redonné vie à l'ermitage — le *skit* — qui se trouvait près des sources, sur l'autre rive.

Olga se rendit deux fois au monastère avec Pinéguine et lui montra fièrement la petite icône de Roublev que les Bobrov avaient offerte autrefois. Il ne dit presque rien, mais elle eut l'impression que cela lui faisait un certain effet.

La seconde fois, elle avait emmené le petit Micha. Caprice d'enfant, il semblait avoir peur de Pinéguine et refusait de marcher à ses côtés. Mais sur le chemin du retour, quand Micha fut fatigué, le soldat le prit par surprise, le posa sur ses épaules et le porta jusqu'à la maison. Olga le remercia d'un sourire.

— Un jour, si vous voulez, nous pourrons aller voir les sources et l'ermitage des moines sur l'autre rive, proposa-t-elle.

Pinéguine accepta d'emblée.

Ainsi passaient les jours. Le matin, Pinéguine sortait parfois avec un fusil ; Ilia lisait ; l'après-midi, promenades ; le soir, on jouait aux cartes. En général, Tatiana gagnait, suivie de près par Pinéguine. Olga eut l'impression que s'il l'avait voulu, l'officier silencieux aurait gagné plus souvent.

En fait, elle n'avait qu'une seule raison de s'inquiéter, et cela ne concernait nullement Pinéguine. Seulement le domaine.

Rien n'allait vraiment mal. Mais Olga avait remarqué une série de petites choses qu'il aurait été facile d'améliorer. Le problème, c'était qu'Alexeï s'y refusait. S'il fallait une charrette ou une pompe neuve, il ordonnait au serf d'un ton brusque de se débrouiller avec la vieille. Et il coupait davantage de bois qu'il n'en replantait.

— Ce n'est pas l'argent qui compte, disait-il, c'est la discipline.

Tatiana expliqua à sa fille qu'en l'absence d'Alexeï, elle s'occupait du domaine, mais qu'il ne lui laissait faire aucune amélioration.

— Et depuis que les Souvorine ne sont plus là, confia-t-elle à sa fille, le revenu des deux propriétés a baissé.

On avait appris deux ans plus tôt la mort d'Ivan Souvorine en Sibérie. Quant à Savva, il n'avait donné aucune nouvelle.

Un dimanche, en sortant de l'église de Russka à la fin du long office, Alexeï se tourna brusquement vers Olga avant de monter dans leur voiture.

— Bien entendu, il n'a pas de fortune, dit-il. Mais si tu désires épouser Pinéguine, je n'ai aucune objection.

L'épouser ? Elle regarda son frère avec des yeux ronds.

— Qu'est-ce qui t'a mis cette idée dans la tête ?

— Tu sembles passer beaucoup de temps avec lui. Je suis sûr qu'il croit que telles sont tes intentions.

— Il te l'a dit ?

— Non, mais j'en suis certain.

L'avait-elle encouragé à se faire des idées ? Elle ne le croyait pas.

— Je n'y ai jamais songé, répondit-elle en toute sincérité.

Il hocha la tête.

— Tu es veuve et tu es riche. Tu peux faire ce qu'il te plaît. Mais prends garde.

Et il ajouta une chose qui la surprit encore plus :

— Ne te moque pas de Pinéguine. C'est un homme très dangereux.

Elle se demanda ce qu'il voulait dire, et il n'ajouta pas un mot.

La semaine suivante, elle fut donc très prudente. Elle n'essaya pas de se montrer distante, car cela aurait paru grossier, mais elle sortit plusieurs fois seule ou, s'il était avec elle, demanda à sa mère ou à Alexeï de les accompagner. Et chaque fois qu'elle le regardait, elle se disait : « Qu'a-t-il donc de si dangereux ? »

Un après-midi de juin, toute la famille qui prenait le thé sous la véranda aperçut sur l'allée, venant dans la direction de la maison, une petite tornade de poussière.

— Bon Dieu, s'écria Ilia, c'est une troïka !

Il n'existait pas en Russie de moyen de locomotion plus noble. Nul ne savait au juste où avait commencé cette mode — certains disaient en Hongrie — mais quand un jeune noble voulait faire de l'effet sur le monde, il engageait le plus malin des cochers et lui confiait une troïka.

L'équipage se composait de trois chevaux attelés de front. Au centre, entre les brancards, trottait le cheval de pointe ; de chaque côté, les chevaux de flanc galopaient. La voiture, difficile à conduire, constituait le dernier cri du style et de l'élégance.

Quand le tourbillon de poussière s'arrêta, ils virent qu'il y avait deux personnes dans la troïka. Mais ce fut le cocher, en vêtements splendides, qui sauta à terre le premier en poussant un cri de joie.

C'était Sergueï. Il embrassa chacun trois fois à la manière russe et lança tout joyeux :

— Bonjour à tous ! On m'a exilé.

Il fallait s'attendre à ce qu'il ait des ennuis. Et comme Olga le rappela à Alexeï, on n'avait pas besoin de faire grand-chose, à présent, pour se retrouver en prison.

Pour assurer l'ordre politique de l'empire, Nicolas avait créé un nouveau service de police — la Troisième Section — et placé à sa tête un de ses hommes de confiance, le redoutable comte Alexandre Benckendorff. Le tsar, dont les intentions étaient louables, envisagerait des réformes le moment venu ; mais en attendant, il ne fallait plus de décabristes. Benckendorff fit le nécessaire. Ses gendarmes en uniforme bleu clair semblaient partout à la fois. Et la Troisième Section surveillait de près les jeunes gens enthousiastes ayant trop peu de respect pour l'autorité, comme Sergueï Bobrov.

Tout avait commencé à cause du héros de la jeunesse de Sergueï, Pouchkine. Ses premiers ouvrages venaient de paraître. L'*Ode à la Liberté* lui avait déjà valu des ennuis. Le tsar avait demandé personnellement à Benckendorff de censurer les œuvres du jeune poète. Et Sergueï, désireux de se mettre en avant avec son héros, avait aussitôt écrit un poème engagé.

L'*Oiseau de feu*, de Sergueï Bobrov, avait été imprimé à compte d'auteur — un gros sacrifice pour un jeune fonctionnaire au salaire modeste de sept cents roubles par an. Pouckine, qui avait aussitôt reçu un exemplaire, lui avait adressé une généreuse lettre d'encouragement. A dire vrai, pour un premier effort, ce n'était pas si mal. L'oiseau de feu du poème était évidemment le symbole de la liberté, et deux jours plus tard, avant que l'encre soit sèche, Benckendorff avait fait saisir le tirage.

L'auteur était si peu connu et la Troisième Section si diligente, qu'une semaine plus tard, au lieu de se retrouver célèbre, Sergueï avait reçu l'ordre de se rendre immédiatement dans le domaine de sa famille et de n'en plus bouger jusqu'à nouvel ordre.

— Et voici une lettre pour toi, Alexeï, lança Sergueï en fouillant dans sa redingote de cocher. Très importante.

Elle venait de Benckendorff en personne. Alexeï la prit sans un mot.

Au début, tout parut bien se passer. Outre son valet, Sergueï avait amené un jeune Ukrainien charmant, appelé Karpenko, dont il avait fait la connaissance à Saint-Pétersbourg ; entre elle-même, Pinéguine et ce Karpenko, Olga espérait tenir à distance les deux frères ennemis.

Elle remarqua qu'Alexeï s'efforçait d'être agréable. La lettre de Benckendorff avait émoussé sa rancœur.

Nous considérons, lui avait écrit le comte policier, *que ce jeune homme n'est qu'un inoffensif vaurien ; mais cela ne lui fera pas de mal de se calmer les esprits à la campagne pendant quelque temps. Et je sais, mon cher Alexeï, que je peux compter sur vous pour le surveiller d'un œil sage et paternel.*

— Je n'y manquerai pas, avait dit Alexeï à Olga.

Mais il ne pouvait rien faire contre la bonne humeur de Sergueï.

Ce cher Sergueï faisait un jeu de tout, et personne ne pouvait résister longemps à son humour. Comme Benckendorff appartenait à la même noblesse balte que sa mère, il apportait ses vers à Tatiana pour qu'elle les censure. Un jour, il lui demanda de censurer le Notre Père.

— Selon le règlement de la Troisième Section, expliqua-t-il, le Notre Père ne serait jamais publié.

Il entreprit de le démontrer, et même Alexeï ne put s'empêcher de sourire.

Il ne cessait jamais de taquiner la vieille Arina.

— Ma chère vieille nourrice, ma tourterelle, nous ne pouvons pas laisser une vieille bécasse avec la tête pleine de contes de fées s'occuper du petit Micha. Il a besoin d'une gouvernante anglaise. C'est ce qui se fait aujourd'hui. Je vais en faire venir une sur-le-champ.

Quant au gamin, il fut immédiatement conquis par cet oncle merveilleux qui faisait des vers et des dessins amusants.

— Micha, tu es mon petit ours, disait Sergueï.

Et le petit bonhomme le suivait partout.

Son ami Karpenko était aussi drôle que lui. Petit, brun, avec des traits fins, cet étudiant de vingt ans, très timide, semblait tout dévoué à Sergueï, qui le traitait aimablement. Sur l'invitation de Sergueï, les yeux doux de l'Ukrainien se mettaient à briller, et il faisait des imitations de n'importe qui, d'un paysan d'Ukraine ou du tsar lui-même. Il apprit à Micha une danse d'ours. Et un jour où le prêtre de Russka était venu dîner, il fit à son départ une si remarquable imitation du gros bonhomme se préparant à dévorer le repas tout en essayant d'arranger sa barbe rousse sur son énorme bedaine, qu'Alexeï éclata de rire.

Le petit Micha eut l'impression, après l'hiver et la mort de sa mère, d'avoir découvert un nouveau monde étrange, fait de soleil et d'ombres magiques, dont il ne parvenait pas toujours à déchiffrer les signes.

Il régnait dans la maison des Bobrov une sorte de sensualité contenue.

Micha trouvait belle la jeune Arina, aux formes généreuses et aux cheveux d'or roux. Ses yeux bleus luisaient davantage dès qu'elle apercevait l'oncle Serioja ou Karpenko. Mais elle se montrait timide avec Sergueï, alors qu'elle laissait le brun Karpenko lui prendre la taille.

L'oncle Serioja était merveilleux, pas de doute. Tout le monde l'aimait. Il parlait avec l'oncle Ilia, qui était si cultivé, pendant des heures et souvent en français. Il était toujours content de s'asseoir près de la vieille Arina, et il déclarait :

— J'ai lu tous les contes populaires de Krylov, mais il ne les raconte jamais aussi bien que toi, ma colombe.

Micha fut donc étonné de voir que son père lançait des regards noirs à l'oncle Serioja quand celui-ci avait le dos tourné. Il demanda à tante Olga :

— Est-ce que papa n'aime pas oncle Serioja ?

— Bien sûr, il l'aime.

Plus tard, quand il posa la même question, timidement, à son père, Alexeï lui fit la même réponse.

Il remarqua que s'ils allaient tous se promener dans l'allée de bouleaux derrière la maison, Karpenko essayait de se trouver à côté de tante Olga. Un jour, il entendit tante Olga dire à l'oncle Serioja :

— Ton ami est amoureux de moi.

Et elle éclata aussitôt de rire. « Mais, se demanda l'enfant, Karpenko peut-il être amoureux de deux femmes ? » Et puis il y avait Pinéguine, avec sa pipe, ses yeux bleu pâle et sa tunique blanche. Il était toujours là, à observer en silence, en lançant de temps en temps un vague sourire. Il y avait en lui une réserve, une dureté qui effrayaient l'enfant. Un après-midi où tous étaient assis sous la véranda, Micha lui demanda :

— Etes-vous un soldat ?

Pinéguine acquiesça.

— Et les soldats tuent les gens ?

Pinéguine tira sur sa pipe et acquiesça de nouveau.

— Il tue les gens, annonça l'enfant à la ronde.

Et tout le monde éclata de rire. Ne voyant pas pourquoi ils riaient, Micha renonça à comprendre les adultes et partit jouer avec Timofeï Romanov.

Au grand soulagement d'Olga, plus d'une semaine s'écoula sans incident. Chacun savait qu'il fallait séparer Alexeï et Sergueï. Chacun y veillait.

Elle avait oublié à quel point il était drôle. Il semblait connaître tout le monde et avoir tout vu. Il lui racontait les scandales, les duels et les adultères de Moscou et de Saint-Pétersbourg avec de si invraisemblables détails qu'elle éclatait de rire et devait s'accrocher à son bras.

Un soir, après avoir écouté ses histoires, elle l'interrogea par curiosité sur sa propre vie amoureuse. Avait-il connu beaucoup de femmes ? Elle s'attendait à tout sauf à ce qui se passa ensuite. Il l'entraîna à l'écart, sortit un petit livre de sa poche et le lui tendit. Il y avait sur chaque page des colonnes de noms, suivis d'un petit commentaire.

— Mes conquêtes, expliqua-t-il. Sur les pages de gauche, les amitiés platoniques. Sur celles de droite, les maîtresses.

C'était scandaleux. Et certains noms la surprirent.

— La vertueuse Maria Ivanovna ? Avec toi, libertin ?

— Je le jure.

Il lui donna une description imagée qui la fit se tordre de rire.

— Je ne sais pas ce que nous pourrons faire de toi, Serioja, dit-elle.

Les jours passèrent. Deux choses seulement inquiétaient Sergueï Bobrov. Et il ne pouvait en parler à personne.

La première était un infime incident qui s'était produit la veille de son départ de Moscou, alors qu'il marchait dans la rue avec son domestique, un jeune serf du domaine de Russka. Il avait été si surpris que des paroles imprudentes lui avaient échappé, des paroles qui pouvaient avoir de graves conséquences si elles tombaient dans d'autres oreilles. Il ne savait trop ce que le jeune serf avait compris, mais immédiatement après, il lui avait dit sévèrement :

— Quoi que tu puisses croire que j'aie dit, tu n'as rien entendu, à moins que tu ne désires le fouet, vu ?

Et il lui avait donné quelques roubles.

Il avait tenu l'homme à l'œil depuis leur arrivé à Russka, et autant qu'il puisse en juger tout allait bien. Au bout d'une semaine, il chassa l'incident de son esprit.

Mais il ne pouvait en faire autant de son autre préoccupation. Elle envahissait ses pensées chaque jour et, pour une fois, il ne savait que faire.

Cela semblait une idée inoffensive. Même Alexeï avait accepté quand, la deuxième semaine, Sergueï avait proposé qu'on fasse du théâtre. Il avait trouvé une adaptation française des pièces de Shakespeare dans la bibliothèque.

— Ilia et moi traduirons quelques scènes en russe, annonça-t-il. Et nous pourrons les jouer.

C'était une distraction comme une autre. Pourquoi Olga eut-elle un pressentiment ? Dès le début, cette activité lui avait valu deux surprises agréables.

La première concernait Ilia. Elle n'avait jamais eu un grand respect pour son frère aîné. Cinq ans auparavant, tout le monde avait espéré que son tour d'Europe améliorerait sa santé et lui inspirerait de faire quelque chose. A son retour de France, d'Allemagne et d'Italie, il paraissait effectivement plus mince et plus actif. Il avait obtenu un bon poste à Saint-Pétersbourg et semblait en passe de faire carrière. Puis, au bout d'un an, ce fut terminé : il démissionna, quitta la capitale et vint à Russka. Il avait essayé de participer aux affaires de la province, mais l'absence de progrès et le manque de culture de la noblesse provinciale l'avaient vite découragé. Il s'était remis à vivre sous l'aile de sa mère comme pendant l'enfance d'Olga : il lisait toute la journée et ne sortait guère du lit avant midi.

Le projet de Sergueï l'emplit d'un enthousiasme qu'Olga ne lui avait jamais vu. Il travaillait avec son frère pendant des heures. Il lui arrivait même d'aller et venir en gesticulant pendant que son cadet copiait ce qu'il dictait.

— Il traduit, je polis, expliqua Sergueï. Il est excellent.

Pour la première fois, Olga entrevit qu'Ilia aurait pu mener une autre vie.

Le théâtre commença dans la bonne humeur. Chaque soir, sous le tilleul, ils répétaient quelques scènes de *Hamlet*, avec Sergueï dans le rôle principal, et Olga qui jouait Ophélie. Tatiana accepta le rôle de la reine et Alexeï fit le nouveau roi. Pinéguine et Karpenko se partagèrent les autres rôles, le soldat toujours précis et juste, l'Ukrainien désopilant en fantôme.

— Et qu'est-ce que je serai ? demanda le petit Micha.

— Toi, tu es l'ours, lui répondit Sergueï.

Olga lui fit remarquer qu'il n'y avait pas d'ours dans *Hamlet*.

— Mais Micha ne le sait pas... Ni d'ailleurs Alexeï, ajouta-t-il après avoir marqué un temps

Et Olga éclata de rire.

La deuxième découverte d'Olga la surprit davantage. Ilia avait fait les traductions, mais Sergueï les avait transformées en vers russes. Et c'était si brillant, si léger, si plein de sentiment qu'elle en fut conquise. La voix même de Sergueï, quand il déclamait ces vers splendides, devenait musicale.

Elle se rappelait le jeune écervelé de son enfance, elle venait de connaître le séducteur libertin qui la faisait rire. Mais sous cette façade frivole, il y avait manifestement un autre homme, au tempérament poétique, peut-être même profond.

— Tu dois continuer d'écrire, lui dit-elle avec un nouveau respect. Tu as vraiment du talent.

L'ennui, c'était Alexeï.

Ce n'était pas sa faute. Quoiqu'un peu raide, il ne jouait pas si mal. C'était sa voix. Ilia et Sergueï parlaient le français et le russe avec élégance. Le pauvre Alexeï, qui était entré dans l'armée très jeune, avait appris le français avec des précepteurs de cinquième ordre et le russe auprès des paysans de Russka.

— Il parle français comme un provincial et russe comme un valet, disait Sergueï.

Cela ne se remarquait pas trop dans la conversation courante, mais le malheureux Alexeï ne cessait de massacrer les beaux vers de son frère, et lorsque celui-ci le reprenait en souriant, il grommelait :

— Je parle assez bien pour un simple soldat.

Mais Olga le sentait humilié.

Hamlet fut cependant un succès et ils décidèrent de s'attaquer ensuite à des scènes de *Roméo et Juliette*.

— Où il y a, bien entendu, un ours, ajouta Serguéï.

Un après-midi où Serguéï et Ilia étaient occupés à la traduction, Olga alla se promener avec Karpenko et Pinéguine sur la colline derrière la maison. Karpenko la couvait de ses regards adorateurs mais était trop timide pour parler beaucoup. Comme d'habitude, Pinéguine portait sa tunique blanche et tirait sur sa pipe. Après deux semaines de conversation animée avec Serguéï, Olga trouvait les silences du soldat apaisants.

Elle avait jugé Karpenko inoffensif. Il était si timide qu'elle n'hésitait pas à lui demander de l'accompagner. Elle avait appris qu'il venait de la province de Poltava, au sud-est de Kiev, et descendait d'une vieille famille cosaque.

— Mes frères sont des colosses. Je suis le seul gringalet de la famille, dit-il d'un ton navré.

Quand elle insista, il lui avoua qu'il espérait lui aussi faire une carrière littéraire.

Encouragé par Olga, le jeune Cosaque se mit à parler de son Ukraine bien-aimée : maisons au toit de chaume blanchies à la chaux, immenses champs de blé sur la terre noire, vignes et citronniers près de la mer Noire, melons énormes qui poussaient dans son propre village.

— Le sud est un autre monde. La vie y est plus facile. Même maintenant, si nous avons besoin de davantage de terres, il nous suffit de défricher la steppe, qui est sans fin.

Ses descriptions étaient si justes que Pinéguine hocha gravement la tête et remarqua :

— C'est vrai. J'y suis allé, et c'est comme ça.

Sur quoi Olga se tourna vers lui et essaya de le sortir de sa réserve. Il semblait en savoir long sur tout, mais ne disait jamais rien.

— C'est votre tour, Fedor Petrovitch. Que pouvez-vous nous dire du sud ?

— Je n'ai fait que traverser l'Ukraine, répondit-il, mais je suis resté plus longtemps dans le Caucase. Cela vous intéresse ?

— Absolument.

Il ne parla pas tout de suite. Quand il le fit, son visage dur prit un air lointain. Il n'éleva pas la voix. Les mots dont il se servit étaient simples, des mots de soldat, mais toujours bien choisis. Olga fut captivée.

Il lui parla des cols de Géorgie, qui faisaient maintenant partie de la Russie, et des tribus peu civilisées qui vivaient au-delà. Il décrivit les chèvres de montagne ; les ravins de plus de trois cents mètres, où l'on apercevait à peine les bergers au fond de la gorge ; les brumes tourbillonnantes au-dessus desquelles se dressaient les pics neigeux, rose et blanc sur un ciel de cristal. Il évoqua les gens des tribus, avec leurs tuniques colorées et leurs amples peaux de mouton : les Géorgiens, les Circassiens, et les fiers Ossètes, lointains descendants des Alains. Ils pouvaient surgir de nulle part à tout instant.

— Un jour ils sont aimables, le lendemain ils vous envoient une balle dans la tête.

Il lui parla de la steppe orientale, des petites forteresses entre la mer Noire et la mer Caspienne, des Tatars et des Turcs qui rendaient cette frontière si dangereuse.

Et tout en l'écoutant, Olga découvrit en cet homme quelque chose de distant, d'impossible à atteindre, comme s'il avait acquis le caractère de ces régions sauvages et solitaires où il avait vécu. Était-il vraiment dangereux comme le lui avait dit Alexeï ? Peut-être, mais elle trouvait cela étrangement séduisant.

Au même instant, Sergueï apparut sur le sentier.

— Nous avons terminé, cria-t-il. Je suis Roméo, et tu es Juliette.

Puis, dans un murmure qu'elle espéra que Pinéguine n'entendrait pas, il ajouta :

— Ne t'a-t-il pas trop assommée ?

Si Pinéguine entendit, il ne répondit pas. Ils rentrèrent tous les quatre ensemble.

Micha Bobrov regardait les adultes, la jeune Arina assise près de lui. Il avait fait très chaud et tout le monde semblait léthargique. Ils répétaient une scène de *Roméo et Juliette*.

Il avait vu son père faire deux erreurs, et l'oncle Serioja avait dû le corriger. Ce ne devait pas être important, puisque l'oncle Serioja riait. Son père avait l'air tout rouge.

— C'est très beau, Serioja, dit tante Olga, mais suffit pour aujourd'hui. Il faut que je m'assoie.

— Le thé, lança Sergueï à la jeune Arina. Nous avons besoin de thé.

La jeune fille se dirigea vers la maison et Micha s'avança vers l'oncle Serioja. Il avait très chaud lui aussi. « Si tous s'assoient, se dit-il, peut-être me racontera-t-il une histoire. »

— Eh bien, mon petit ours ? lui dit son oncle en lui ébouriffant les cheveux. Que puis-je faire pour toi ?

A cet instant son père se tourna vers lui.

Ce fut un petit incident, mais Olga aurait dû en comprendre aussitôt le sens. Alexeï annonça brusquement qu'il allait faire un tour, et Olga ne s'étonna pas que personne ne lui propose de l'accompagner. Mais cela l'incita à demander à son fils debout près de son oncle :

— Eh bien, Micha, tu viens ?

Ce fut un très petit geste, presque rien ; mais l'enfant leva les yeux vers Sergueï et hésita. Ce fut tout. Mais c'était assez. Olga vit Alexeï frémir pendant une seconde, puis se raidir.

— Tu aimes mieux être avec ton oncle Sergueï qu'avec moi ? dit-il à mi-voix, non sans amertume.

L'enfant, comprenant son erreur, parut troublé, puis rougit.

— Oh, non, dit-il gravement. Tu es mon papa.

Et il se dirigea vers Alexeï.

Alexeï se retourna et l'enfant le suivit. Olga remarqua que son frère ne donnait pas la main à l'enfant. Elle songea qu'il allait bientôt partir combattre les Turcs, et ne put s'empêcher d'avoir pitié de tous les deux.

Sergueï avait organisé un bal avec des musiciens pour le lendemain soir, et Olga s'en félicita, espérant que cela romprait la tension. Quelle occasion splendide ! Comme si elle était en ville, Olga remonterait ses cheveux, mettrait une robe de tulle à manches bouffantes et des chaussures de danse à rubans roses. Les hommes seraient en uniforme, et danseraient tour à tour avec elle et Tatiana, à la lumière de mille bougies, sous les regards souriants des deux Arina et des domestiques.

La vedette de la soirée fut le jeune Karpenko. Il emprunta une balalaïka et joua avec l'orchestre des mélodies ukrainiennes lancinantes. Puis il dansa. Des danses cosaques sauvages : accroupi au ras du sol, il lançait ses jambes en criant, puis bondissait au rythme frénétique des musiciens. Une grande toque de mouton sur la tête, les reins cambrés et dressé sur la pointe des pieds, il exécuta même une danse géorgienne.

— Il est excellent, reconnut Pinéguine. Je suis allé là-bas, et je peux en juger. Il parvient même à paraître trente centimètres plus grand, ajouta-t-il avec un sourire ironique.

Olga remarqua, amusée, que quelques minutes plus tard, le Cosaque disparut sous la véranda avec la jeune Arina, et ne revint pas avant un certain temps.

Vers la fin de la soirée, tout le monde voulut prendre l'air et Olga se retrouva un instant seule avec Pinéguine. Ils dansaient. Il portait comme toujours son uniforme blanc, mais elle trouva qu'il lui allait bien. Elle s'aperçut aussi que c'était un excellent danseur.

Puis tous rentrèrent en même temps et Sergueï cria aux musiciens :

— Une mazurka.

Sans même demander à Pinéguine, il entraîna Olga dans une danse folle, tout autour de la pièce, en tapant du pied. Pinéguine, à l'écart, regardait.

— J'ai eu de la chance, expliqua Sergueï. J'ai reçu des leçons du maître de ballet Didelot en personne.

Mais Olga découvrit, à sa propre surprise, qu'elle aurait préféré que son frère n'interrompe pas sa danse avec Pinéguine.

Comme tous les Russes, de la famille impériale jusqu'au plus
misérable des serfs, Sergueï ne pouvait imaginer la vie sans le
traditionnel bain russe, comparable au sauna scandinave. Après le
bain de vapeur, il allait plonger dans la rivière en été, et se rouler
dans la neige en hiver. Ce jour-là, au moment où il sortait de l'eau,
ébouriffé et haletant, le petit Micha courut vers lui en criant :

— Oncle Serioja, tu ne devineras jamais. Ils sont venus arrêter le
prêtre de Russka.

C'était la vérité. Deux heures plus tôt, le gros prêtre rouquin avait
reçu la visite de trois gendarmes en uniforme bleu de la Troisième
Section, qui avaient mis son logement à sac. La nouvelle se répandit
comme une traînée de poudre. Qu'est-ce que cela signifiait ?

Olga devina aussitôt. Et elle s'inquiéta.

— Oh ! Serioja ! lança-t-elle à son frère. Qu'as-tu fait ?

— Presque rien, avoua-t-il, le sourire aux lèvres.

Il avait envoyé à la Troisième Section une lettre anonyme assurant
que le prêtre dirigeait une imprimerie maçonnique illégale et distribuait des pamphlets. Elle protesta qu'une telle accusation était
invraisemblable.

— Oui, incroyable, répondit-il. Mais les gendarmes l'ont tout de
même cru, non ?

— Oh, Serioja !

Elle ne savait pas si elle devait en rire ou en pleurer.

— Que Dieu te protège, quand Alexeï le découvrira.

Comme Olga, Alexeï devina le fin mot de l'histoire. Il lança à
Sergueï un regard de mépris et, sans solliciter d'explication, l'avertit :

— Tu le regretteras amèrement, je te le promets.

Pour les serfs de Bobrov, la position de Sergueï avait toujours été
surprenante. A la mort d'Alexandre, il n'avait rien reçu. Placés en
face d'un choix entre le maître Alexeï et le jeune libertin, ils n'avaient
aucune raison d'hésiter. Ils avaient bien entendu remarqué aussitôt
l'hostilité qui régnait entre les deux frères. Et le soir même, songeant
à son avenir, le jeune serf qui servait de valet à Sergueï sollicita un
entretien discret avec Alexeï. Quand il eut terminé son récit, le
propriétaire de Russka parut enchanté.

— Tu as très bien fait de me mettre au courant, dit-il au jeune
homme. N'en parle à personne. Si tout se passe bien, je ferai grâce
à ta famille d'une année d'*obrok*.

Par la suite, Olga se fit des reproches. Mais elle avait voulu bien
faire.

Le jour suivant, la tension dans la maison fut extrême. Ils dînèrent
presque en silence. Dans la soirée, elle essaya d'entraîner Sergueï
dehors pour une promenade, mais il refusa et s'assit obstinément
dans un coin du salon, tandis qu'Alexeï, dans l'angle opposé, faisait
comme s'il n'existait pas. Tout le monde parlait à voix basse. Un

seul mot de travers, et les deux frères se seraient querellés. Sergueï, en particulier, semblait prêt à provoquer un éclat. Que pouvait-elle imaginer pour sauver la paix ?

— Racontez-nous donc une histoire cosaque, proposa-t-elle en se tournant vers Karpenko.

Il rougit de plaisir, comprenant très bien où elle voulait en venir. Il était ravi de pouvoir rendre service à Olga et à Sergueï, qu'il aimait.

Il était extrêmement fier de ses ancêtres, et il évoqua aussitôt l'époque où les Cosaques chevauchaient librement sur la steppe et lançaient leurs redoutables attaques à partir du campement des Zaporogues, sur les rives du Dniepr. Tatiana écoutait bouché bée ; Ilia posa son livre ; Pinéguine hochait de temps en temps la tête ; Alexeï ne remarqua pas que Sergueï avait rapproché son siège pour ne rien perdre du récit.

— Mon Dieu, s'écria Ilia soudain. Vous racontez si bien ces histoires, que si vous voulez faire une carrière littéraire, il vous suffira de les écrire. Vous y avez songé ?

Tout partit de là. Karpenko, rouge de plaisir, reconnut qu'il en avait l'intention ; puis il ajouta une phrase innocente, mais tout à fait inattendue :

— En fait, ce que je veux, c'est les écrire dans la langue ukrainienne. Elles sont plus belles.

— En ukrainien ? s'étonna Ilia. Vous croyez vraiment ?

Car l'ukrainien, langue proche du russe, n'avait aucune tradition littéraire, à part quelques poèmes comiques. Même Sergueï, toujours prêt à soutenir son ami, ne trouva rien à dire en faveur de cette idée étrange.

Ce fut Alexeï qui parla.

Il avait apprécié les récits de Karpenko, mais Olga l'avait vu froncer les sourcils une ou deux fois quand le jeune Ukrainien avait parlé de la Russie.

— Pardonnez-moi, lui dit-il d'un ton aimable mais ferme, mais l'Ukraine fait partie de la Russie. Vous devriez donc écrire en russe. D'ailleurs, ajouta-t-il avec un haussement d'épaules méprisant, l'ukrainien n'est parlé que par des paysans.

Dans le silence qui suivit, Olga lança à Karpenko des regards inquiets.

— Quelle grossièreté ! dit Sergueï.

Et Olga trembla. Était-ce le début de la querelle qu'elle redoutait ? Le jeune Cosaque leva les yeux vers elle et comprit aussitôt.

— C'est exact, s'empressa-t-il de dire. L'ukrainien est la langue des paysans. Mais c'est pour cette raison même que je désire l'utiliser. Je veux décrire la vie des villages, vous comprenez.

S'il crut un instant avoir sauvé la situation, il se trompait.

— Absolument, dit Sergueï, déterminé à défendre son ami. Après tout, notre littérature russe n'existe que depuis un siècle. Pourquoi les Ukrainiens ne commenceraient-ils pas maintenant ? A moins que faire étouffer leur littérature dans l'œuf par un Russe illettré fasse partie des avantages du régime du tsar ? ajouta-t-il avec un sourire dédaigneux.

Olga retint son souffle. C'était une insulte gratuite. Alexeï pâlit, mais se domina et fit comme s'il n'avait pas entendu les paroles de son frère. Il posa cependant à Karpenko une question dangereuse :

— Est-ce que le peuple de l'Ukraine n'aime pas le régime du tsar ?

Le Cosaque lui sourit aimablement. Il aurait pu lui répondre que les paysans d'Ukraine ne portaient pas la Russie dans leur cœur. Il aurait pu faire remarquer que le programme de russification avait fait perdre aux villes leurs libertés traditionnelles. Il aurait pu évoquer le souvenir de son ancêtre que Pierre le Grand avait dépouillé, enchaîné et envoyé dans les tranchées de sa capitale du nord. Sa réponse fut pleine de tact.

— Au moment de l'invasion napoléonienne, rappela-t-il à Alexeï, le tsar n'a pas eu de soldats plus loyaux que les Cosaques. Et sur la rive orientale du Dniepr, d'où je viens, les propriétaires se sont félicités de la protection de la Russie depuis l'époque de Bogdan. A l'ouest, où l'influence polonaise est plus vive, la souveraineté russe est acceptée, mais peu populaire.

C'était exact. Même si Alexeï aurait préféré une autre réponse, il ne pouvait pas discuter celle-là.

Et, désireux de détourner la conversation au plus vite vers un sujet plus léger, Karpenko enchaîna :

— Savez-vous qu'à quelques dizaines de kilomètres de chez moi, il y a un endroit où ma famille possédait autrefois une ferme, qui s'appelait Russka jusqu'au règne de Pierre le Grand ?

Personne n'en avait entendu parler, mais Ilia fit observer :

— De nombreux noms de lieux du nord dérivent du sud. Les Bobrov sont venus ici de la région de Kiev. Le village dont vous parlez nous a peut-être appartenu.

Ils ignoraient l'un et l'autre qu'un ancêtre du Cosaque avait fui le Russka du nord et redécouvert le Russka du sud.

— Je me demande comment est cet endroit, dit Olga.

Et Karpenko répondit :

— C'est devenu une colonie militaire.

Il comprit son erreur avant d'avoir terminé sa phrase. Alexeï se redressa. Sergueï fit la grimace.

Puis Alexeï sourit : il avait enfin l'occasion de remettre tout le monde à sa place.

— Une colonie militaire ? Mais c'est magnifique.

Le jeune Cosaque ne put dissimuler son mépris, et se mordit la lèvre. De tous les changements apportés en Ukraine par le régime du tsar, les colonies militaires étaient les plus universellement détestées.

— Si Alexeï pouvait en faire à sa tête, lança Sergueï d'une voix calme, bien qu'on le sentît bouillir intérieurement, toute la Russie ne serait qu'une colonie militaire. Comme Ivan le Terrible et son *opritchnina*. Pas vrai, Alexeï ?

Le visage d'Alexeï se fit de pierre.

— Les jeunes gens ne devraient parler que de ce qu'ils comprennent, répondit-il avec mépris. Comme la poésie.

Et il fit pivoter son siège de façon à tourner le dos à Sergueï. Cherchant des yeux quelqu'un de son avis, il remarqua Pinéguine.

— Si tout l'empire était gouverné comme une colonie militaire, ce serait beaucoup plus efficace.

Et Pinéguine inclina la tête en silence.

Il était temps de mettre fin à la discussion. Olga fit signe à sa mère, qui hocha la tête

— Ma foi, la soirée a été fort intéressante... commença-t-elle en se levant.

Sergueï ne lui en laissa pas le temps.

— Tu ne suggères tout de même pas, Alexeï, que les militaires sont efficaces ?

Pourquoi ne pouvait-il pas se taire ? Olga vit les mâchoires d'Alexeï se crisper, mais il ne se retourna pas. Il avait décidé de faire la sourde oreille. Olga se leva.

— Alexeï, dit Sergueï d'une voix égale qui montrait qu'il était vraiment en colère. J'ai dit : Crois-tu que les militaires sont si efficaces ?

Dans le silence qui suivit, on aurait pu croire qu'Alexeï n'avait pas entendu. Puis il se tourna de nouveau vers Pinéguine et lui dit :

— Mon ami, je crois avoir entendu japper un jeune chien.

Sergueï devint écarlate. Olga comprit qu'elle ne pourrait plus l'arrêter.

— Savez-vous comment on apprend à tirer à nos soldats ? Je vais vous le dire : à tirer tous ensemble. Leur synchronisme est parfait. Il n'y a qu'un seul problème, on ne leur apprend pas à viser quoi que ce soit. C'est un fait. Je l'ai vu. Personne ne se soucie de là où va la balle du moment qu'ils tirent tous en même temps. Les chances qu'une salve russe atteigne l'ennemi sont pour ainsi dire nulles. Voilà ce qu'est l'efficacité militaire de mon frère.

Alexeï ne pouvait manifestement plus se contenir. Il semblait sur le point de se retourner et d'en venir aux coups. Mais Pinéguine prit la parole. Olga ne l'avait jamais vu ainsi. Il était très calme mais ses yeux brillaient, et il y avait dans sa voix quelque chose d'étrangement menaçant.

— Est-ce que vous insultez l'armée russe ?

— Pas seulement, répliqua Sergueï. Je critique l'ensemble de l'empire russe, qui croit qu'on peut parvenir à quelque chose en imposant à l'esprit humain un ordre, si absurde ou cruel qu'il soit. Je critique le tsar et son chien de garde Benckendorff, avec ses gendarmes idiots et sa censure. Je méprise vos colonies militaires, où vous esayez de transformer des enfants en machines, ainsi que l'institution de servage, qui fait d'un homme la propriété d'un autre homme. Et, oui, absolument, j'insulte l'armée, qui est dirigée par les mêmes incompétents que les responsables de cette vaste marée de stupidité et de pourriture qu'on appelle le gouvernement russe.

Il se tourna vers Alexeï.

— Dis-moi, mon frère efficace, combien donne-t-on de cartouches chaque année aux soldats russes pour qu'ils s'entraînent à tirer au but ? Combien ?

Et comme Alexeï, trop furieux pour parler, ne répondait pas :

— Je vais te le dire. Trois cartouches. Trois par an. Voilà comme tes hommes sont entraînés pour aller combattre les Turcs, lança-t-il avec un rire sauvage. Et quant à l'organisation militaire, ses principes sont sans doute ceux que tu utilises pour amener si efficacement cette propriété à la ruine, depuis que les Souvorine ne sont plus là pour la faire valoir.

Olga en eut le souffle coupé. Alexeï allait se jeter sur Sergueï. Elle lança à Pinéguine un regard désespéré.

Le soldat en tunique blanche sourit.

— Ma foi, Bobrov, remarqua-t-il avec un petit rire sec, si votre frère m'avait dit cela dans notre régiment, je suppose que c'est sur sa tête que j'aurais dû m'entraîner à tirer au but. Mais ici, que nous importe ? Faisons une partie de cartes.

Sans laisser à Alexeï le temps de parler, il l'entraîna d'une main ferme.

Que Dieu bénisse Pinéguine ! pensa Olga.

Le lendemain matin, Alexeï annonça qu'il partait à Vladimir voir le gouverneur. Il s'absenterait une semaine.

— Veux-tu rester, ici, cher ami, pour tenir mon frère à l'œil ? demanda-t-il à Pinéguine.

Il s'en fut à midi, avec une lettre qu'il avait écrite la nuit précédente. Elle était adressée au comte Benckendorff.

Aimait-elle encore Sergueï ? Pouvait-on aimer un homme si tranchant, si vindicatif ? Sa querelle avec Alexeï était parfaitement gratuite et ses insultes impardonnables. Le matin suivant, quand il emmena Micha à la pêche, elle ne les accompagna pas.

Olga s'occupa de ses deux enfants toute la matinée. La vieille Arina était souffrante, mais la jeune l'aida.

Au début de l'après-midi, pendant que la jeune Arina préparait les enfants pour la sieste, elle aperçut l'uniforme blanc de Pinéguine dans le bosquet de bouleaux. Estimant qu'elle devait lui parler, elle alla le rejoindre.

— Je tiens absolument à vous remercier, Fedor Petrovitch.

Il la regarda à la dérobée. Dans la pénombre de l'allée, ses yeux semblaient d'un bleu plus foncé que d'habitude.

— Je suis toujours à votre service, répondit-il, puis il tira sur sa pipe.

Une légère brise s'était levée.

— Je suis furieuse contre Sergueï, soupira-t-elle.

Il ne dit rien pendant un moment, puis retira sa pipe de sa bouche.

— Pardonnez-moi, murmura-t-il, mais ce n'est qu'un enfant.

— Oui, je suppose que vous avez raison.

Il la regarda de nouveau.

— Cependant, même les enfants peuvent se révéler dangereux, Olga Alexandrovna.

Sergueï ? Dangereux ? Mais c'était ce qu'Alexeï avait dit de cet homme...

Que devait-elle penser de lui ? Si l'on doit juger un homme à ses actes, elle ne pouvait penser de lui que du bien. Sa présence silencieuse était certainement apaisante. Elle regarda son visage dur, impassible, et se souvint de la façon dont il avait dansé avec elle. Elle sourit. Une parfaite maîtrise de soi. Ce devait être un chasseur patient, qui sait prendre son temps.

Mais il y avait cependant en lui quelque chose de distant, qu'elle ne parvenait pas à cerner. Elle se tourna brusquement vers lui :

— Vous m'avez parlé de votre vie, un jour, Fedor Petrovitch. Mais puis-je vous demander en quoi vous croyez ? Croyez-vous en Dieu, par exemple ? Et qu'est-ce qui vous guide quand vous êtes en danger ?

Elle se tut, craignant de l'avoir offensé. Il tira sur sa pipe un peu plus vite pendant un instant, puis haussa les épaules.

— Le destin, dit-il enfin. Quand on ne sait jamais si un indigène ne va pas vous tirer une balle dans le dos, on se met à croire au destin. C'est reposant, ajouta-t-il en souriant.

— Vous n'êtes pas comme mes frères, n'est-ce pas ?

— Non. C'est vrai. Vos frères sont toujours en train d'espérer quelque chose. S'ils cessent d'espérer, ils se mettent en colère... Ou ils abandonnent, comme Ilia.

— Vous n'espérez jamais rien ?

Il se tourna vers elle.

— Je vous l'ai dit : je crois au destin. Les choses se produisent comme elles le doivent. Il nous suffit de reconnaître notre destin.

Elle sentit qu'il l'observait de ses yeux bleu pâle. Elle éprouvait en sa présence une étrange sensation de sécurité, mais aussi de danger, et elle trouvait cela fascinant.

— Je crois que je comprends un peu, dit-elle.

— Oui, Olga Alexandrovna, répondit-il à mi-voix, nous nous comprenons.

Sentant qu'il s'agissait d'un compliment et ne sachant que répondre, elle posa la main un instant sur son bras.

Puis ils rebroussèrent chemin.

Pinéguine était assis sur une pierre bordant le chemin qui menait au monastère.

« Pourquoi pas, après tout ? » Il était gentilhomme. Et cette femme n'était pas comme les autres.

Il en avait connu plus d'une. La jeune juive, pendant son séjour en Ukraine, et la Circassienne dans les montagnes. Une vraie beauté. C'était loin de la pourriture de la civilisation. Et bien d'autres. Mais parce qu'il était pauvre, il s'était toujours senti gauche avec les jeunes filles de la noblesse. Il les trouvait superficielles, futiles et sans intérêt. Olga était différente. « Elle a souffert, se dit-il. Elle peut me comprendre. » Et peut-être n'en rencontrerait-il jamais une autre comme elle.

Il était sans le sou, certes, mais il avait remarqué que les gens pensaient du bien des hommes pauvres qui épousaient des femmes riches. Ils les admiraient. Et il avait autre chose que l'argent à offrir. Il n'était pas un de ces jeunes sots qui ne peuvent se targuer que de posséder quelques milliers de serfs. Il avait vécu. Et il n'avait jamais connu la peur, secret dont il était étrangement fier.

Il tira sur sa pipe. « Après tout, pourquoi pas ? »

Alexeï rentrerait dans quelques jours. S'il n'avait pas changé d'avis d'ici là, il présenterait sa demande.

Le jeune Karpenko lança un regard intrigué à Sergueï : son ami était en proie à quelque chose de curieux. Il savait qu'une âme de poète se dissimulait derrière ses pitreries et ses protestations furieuses contre les abus en Russie. C'était le Sergueï qu'il aimait. Et il sentait que pour une raison mystérieuse, cette partie la plus intime de son être se trouvait soudain dans un état d'exaltation nerveuse.

Et maintenant, cette étrange requête. Qu'est-ce que son ami avait donc en tête ? Pourquoi insistait-il tant ?

— Je ferai ce que je pourrai, dit le Cosaque. Mais je ne suis pas sûr que ça marchera. Je ne comprends vraiment pas...

Sergueï soupira. Qui aurait pu le comprendre ?

— Ne t'en fais pas, rassura-t-il son ami. C'est très facile. Fais ce que je t'ai dit, c'est tout.

Il comprenait à peine lui-même. Mais une chose lui semblait certaine.

— Ça ira, murmura-t-il. Il le faut

Il avait tout calculé.

C'était la Saint-Jean. La semaine précédente, depuis sa querelle avec Alexeï et le départ de celui-ci, la vie n'avait pas été facile. Chacun s'était renfermé sur soi-même et il s'était senti exclu. Ilia ne levait pas le nez de ses livres ; Pinéguine allait à la chasse tout seul ; sa mère lui adressait à peine la parole ; même le petit Micha semblait le fuir. Quant à Olga, elle lui avait dit d'une voix attristée :

— J'ai fait tellement d'efforts pour maintenir la paix, Serioja. Et tu as tout gâché. Tu m'as blessée.

La fête imminente avait cependant allégé l'atmosphère. Quand Sergueï avait fait sa proposition, deux jours plus tôt, elle avait été accueillie avec chaleur.

— Je vous avais promis de vous y emmener un jour, avait annoncé Olga à Pinéguine.

Et Tatiana avait lancé :

— Je viendrai aussi, avec Ilia. Je n'y suis pas allée depuis des années.

Ils se rendraient donc aux anciennes sources sacrées.

— Nous emmènerons les deux Arina, proposa Serguéï. La vieille Arina nous racontera des contes de fée.

La coutume voulait que pour la Saint-Jean, on aille dans les bois.

C'était une curieuse fête, à moitié chrétienne, à moitié païenne. A Bobrovo, les gens faisaient encore de petites effigies de Iarillo, l'ancien dieu de la fertilité, et de sa compagne appelée Koupala. Après les avoir fait défiler autour du village, ils allaient les noyer dans la rivière, en une cérémonie intermédiaire entre un baptême et un meurtre rituel — rappel dans les deux cas d'un ancien rite de renaissance.

Après un repas de fête, les femmes parées de leurs plus belles robes chantaient les plus adorables de toutes les mélodies russes : les anciens chants Koupala.

Tout était parfait, se dit Serguéï. Les ombres de l'après-midi s'allongèrent. Il attendait...

On coucha Micha et les deux jeunes enfants, puis Tatiana et Ilia montèrent dans la petite carriole, conduite par un des serfs. Tous les autres préféraient marcher. Après la traversée de la rivière, Tatiana et Ilia durent descendre et continuer à pied eux aussi sur le petit sentier conduisant aux sources.

Tout était silencieux. L'air tiède était à peine troublé par un filet de brise. Une ou deux fois, Serguéï perçut le parfum délicat des fraises des bois, cachées dans l'ombre. Dans une clairière, la lune leur montra un parterre de ces fleurs bleu et jaune que les Russes appellent fleurs de Jean et de Marie.

Serguéï remarqua la façon dont Pinéguine, toujours en blanc, marchait à côté d'Olga : jamais trop près, jamais trop loin. Il observa le pas aisé, dansant d'Olga. Il surprit Karpenko en train de glisser furtivement le bras autour de la taille de la jeune Arina. Il vit Ilia trébucher sur une racine que sa mère avait instinctivement évitée. « Chacun a ses pensées, ce soir... supposa-t-il. Chacun a ses espoirs secrets. » Mais personne, sans doute, avec la même intensité que lui.

Jamais il n'avait connu ce sentiment. Sauf qu'il en avait peut-être toujours été ainsi sans qu'il s'en rende compte...

Dans son enfance, elle avait toujours été son amie, sa confidente, son âme sœur. Comme il avait aimé son visage, sa pâleur, son animation, ses longs cheveux châtains, son rire clair et doux ! Elle faisait partie de lui, et lui d'elle. Chacun connaissait les pensées de l'autre, sans avoir besoin de les exprimer. Puis, comme il fallait s'y attendre, la vie les avait séparés.

La vie s'était montrée dure envers Serguéï. Sa carrière littéraire n'avançait pas ; l'argent manquait. Il se sentait souvent seul. « Mais elle est là », se disait-il souvent ; et ses lettres pleines d'humour ne racontaient que la moitié de l'histoire.

Chaque nuit, il essayait d'écrire. Les vers venaient lentement, et il renonçait souvent. Ses espoirs de gloire semblaient de plus en plus lointains.

Il avait cependant inventé une méthode pour composer : Olga était son auditoire. Il projetait toujours son image devant lui, et elle était devenue la compagne permanente de ses pensées. Souvent, seul dans son logement, il s'écriait :

— Mon Olga, toi au moins, tu me comprendrais.

Il s'était demandé si se retrouver avec elle dans la maison de famille n'allait pas le décevoir. Mariée, puis veuve avec deux enfants, elle avait dû beaucoup changer. Rien ne l'avait donc préparé pour ce qui lui était arrivé en juin.

Il avait fait sa découverte le premier jour. C'était si accablant, si absolu qu'il en tremblait parfois. Parfois aussi, il ne pouvait s'empêcher d'en rire. C'était si naturel, si inévitable : sans doute le destin, modelé par les dieux depuis l'origine des temps. Elle emplissait ses pensées. Il ne vivait que sous le regard doux de ses yeux bleus. Tout était pour elle. Les traductions de Shakespeare qu'elle aimait avaient été écrites pour elle seule. Et tout le reste, ses blagues ridicules et sa querelle avec Alexeï, n'était qu'un jeu insensé, joué par un homme contraint à porter un masque parce que son seul amour lui était interdit.

Jamais auparavant il n'avait connu la passion. Et il ne pouvait plus continuer ainsi. « Cette nuit », s'était-il juré. Ce serait résolu cette nuit.

Les siècles n'avaient pas changé les sources. Elles jaillissaient toujours de la colline en cascatelles d'argent qui glissaient entre les arbres vers la rivière.

— Allons Arina, mon canard, lança Sergueï à la vieille nourrice. Raconte une histoire à tes enfants.

Et de sa voix musicale, la vieille Arina leur parla des sources sacrées et des esprits qui les habitaient. Elle leur parla des fleurs et des fougères magiques de la forêt. Et des âmes des jeunes vierges mal aimées, les *roussalki*, qui vivaient dans la rivière. Elle leur raconta l'histoire de l'oiseau de feu, celle d'Ilia de Mourom et plusieurs autres. Tous furent enchantés et reconnaissants de partager ainsi la nuit la plus magique de l'année russe.

Quand elle se tut, le jeune Cosaque demanda :

— Sergueï, récite-nous un de tes poèmes. Il en a écrit d'excellents, ces jours-ci.

Et comme Sergueï faisait mine de refuser, Olga insista gentiment, d'un ton prouvant qu'elle lui avait pardonné.

— Oui, Serioja. Ne te fais pas prier.

Il s'était bien préparé. Et le petit groupe était exactement dans l'ambiance qu'il avait espéré créer. Le premier poème était un vieux conte populaire sur Baba Iaga la sorcière, qui fit rire tout le monde.

Le deuxième était une ode à l'automne. Mais le troisième était un poème d'amour.

Il n'était pas très long — cinq quatrains — mais Sergueï savait que c'était la meilleure chose qu'il avait écrite. Le poète rencontrait une amie chère après une longue absence et découvait que sa tendresse s'était muée en passion. Pendant les années malheureuses de leur séparation, c'était le souvenir de l'amie qui l'avait soutenu. Et à leur réunion, la passion qu'elle avait éveillée était pour lui une nouvelle naissance.

Personne ne se tourna vers Olga. Ils n'avaient pas compris. Après un silence, Tatiana lui demanda qui était cette dame.

— Une femme que j'ai connue à Saint-Pétersbourg, répondit-il.

Dans le silence, il entendit Ilia qui murmurait :

— Très beau, mon cher Serioja. Ravissant. Tu as un cœur.

Personne ne songea à regarder Olga.

Elle était assise un peu en retrait, derrière Tatiana, et il lui avait suffi de reculer son visage de quelques centimètres pour le plonger dans l'ombre. Mais Sergueï avait eu le temps de la voir rougir, tandis que des larmes coulaient sur sa joue. « Dieu, se dit-il, elle sait. Elle a enfin compris. »

Au bout d'un moment, Sergueï proposa :

— Il est encore tôt. Nous pourrions aller au *skit* où vivaient les moines.

Le petit ermitage se trouvait au bout du chemin. Karpenko adopta l'idée avec enthousiasme ; Pinéguine parut enchanté. Ilia et Tatiana refusèrent.

— Nous allons revenir à la voiture et rentrer avec la vieille Arina. Que les jeunes continuent jusque là-bas s'ils y tiennent.

Sergueï prit la tête du groupe, la jeune Arina et Pinéguine le suivirent. Olga, perdue dans ses pensées, marchait à quelques pas avec Karpenko. Sergueï hâta le pas et entraîna Pinéguine en lui racontant l'histoire de l'ermitage. Il parut soudain surpris quand, à un détour du chemin, il s'aperçut que le Cosaque et Olga ne les suivaient plus.

— Continuez, dit-il à Pinéguine. Je vais les bousculer un peu.

Quelques minutes plus tard, Karpenko rejoignit Pinéguine, regarda par-dessus son épaule comme si les autres se trouvaient à deux pas et lança :

— Olga parle à son frère. Ils nous rattraperont. Par ici.

Et il entraîna Pinéguine et Arina. Deux cents mètres plus loin, ils tombèrent sur un embranchement.

— Sergueï m'a dit de prendre à gauche, assura le Cosaque.

Huit cents mètres plus loin, la piste se perdit dans le bois.

— Que le diable m'emporte, lança Karpenko. J'ai dû me tromper.

Ils s'étaient écartés du chemin, vers la berge de la rivière ; la lune et les étoiles se reflétaient sur l'eau calme. Comme elle paraissait pâle avec sa robe blanche d'été !

— Ce poème était pour moi ? demanda Olga au bout d'un instant.

— Bien sûr.

Elle regarda l'eau.

— Je... Je n'en avais aucune idée.

Elle se tut, puis ébaucha un sourire.

— Cher Serioja... C'était très beau.

Nouveau silence.

— Mais ces mots... ne s'adressaient pas à une sœur.

— Non.

Elle soupira. Puis elle secoua lentement la tête.

— Serioja... Ton poème parlait d'une forme d'amour qui...

— De passion.

Elle lui prit la main, leva les yeux vers lui pendant un instant, puis les baissa vers l'eau.

— Je suis ta sœur.

Il ne répondit pas aussitôt.

— Sans doute ne reparlerons-nous jamais de cela de toute notre vie. Mais il faut que je sache : pourrais-tu m'aimer comme je t'aime ?

Elle resta si longtemps sans répondre qu'il crut voir la lune bouger sur l'eau. Puis elle haussa les épaules.

— Et si je pouvais ?... Je t'aime comme un frère.

Elle lui serra doucement la main et se tourna vers lui.

— Qu'est-ce que tu veux, Serioja, mon poète de frère ? Oui, qu'est-ce que tu veux ?

Il lui adressa un sourire triste.

— Je le sais à peine. Tout. L'univers. Toi.

— Moi ?

— L'univers, toi : pour moi, c'est pareil.

— Mon cher Serioja, m'aurais-tu entraînée ici pour me séduire ? lança-t-elle d'un air rieur.

— Tu le sais très bien.

Elle rougit.

— Tu viens de me l'apprendre. Impossible, même si j'en avais envie. Pas avec mon frère.

— Sais-tu que je suis seulement ton demi-frère ? demanda-t-il à mi-voix.

— Oui.

Elle eut un rire bref, qui flotta jusqu'à l'autre rive.

— Est-ce que la faute en est réduite de moitié ?

— Je ne sais pas. Peut-être. C'est plus fort que moi. Une impulsion.

— Nous pouvons résister à nos impulsions.

— Est-ce vraiment possible ? demanda-t-il, sincèrement surpris.

Elle ne bougea pas. Il la prit par la taille et ils regardèrent les reflets sur la rivière. Le temps passa, puis il la sentit frissonner. Il murmura :

— Une seule fois dans ma vie. Laisse-moi t'embrasser. Une seule fois.

Elle baissa les yeux et secoua lentement la tête. Elle soupira, puis releva la tête avec un étrange sourire triste. Elle se tourna vers lui et passa les bras autour de son cou.

Le temps qu'ils reviennent à l'embranchement, Pinéguine était devenu irritable.

— Il vaut mieux aller vers l'ermitage, dit Karpenko. Ils ont dû nous dépasser.

Mais Pinéguine n'était pas de cet avis.

— Je retourne, dit-il.

— Il vaudrait mieux continuer par là, lança le Cosaque, inquiet.

Mais Pinéguine fit la sourde oreille et s'éloigna d'un bon pas. Après une ou deux minutes d'hésitation, Karpenko dit à Arina :

— Je suppose qu'il faut le suivre.

Il ne les aurait pas aperçus à travers le rideau d'arbres s'ils n'avaient pas bougé. Mais Pinéguine devina soudain la forme claire : ils étaient enlacés. Pendant un instant, ils s'écartèrent l'un de l'autre et il distingua clairement les deux visages au clair de lune. L'instant suivant, il ne put plus les voir.

Il resta figé sur place pendant une bonne minute. Olga, dont il était sur le point de demander la main, était avec un autre homme — son maudit frère. Une colère froide s'empara de lui. Après tout, n'était-elle pas presque à lui ? Pourquoi laisserait-il se produire une chose pareille ? Il fit un pas vers eux.

Puis il se ravisa. A quoi bon ? Cette femme, qu'il avait aimée, était morte pour lui à présent.

— Pinéguine ! lança Karpenko de façon que sa voix porte jusqu'à la rivière. Que faites-vous là ?

— Rien.

— Allons les attendre à la source, proposa-t-il assez fort pour que les amants l'entendent.

Pinéguine, très calme, le suivit. En comptant les minutes. Un certain nombre de minutes, et Sergueï l'aurait eue. Moins, et il ne l'aurait peut-être pas eue.

Ce fut juste au moment où il allait décider que l'horreur s'était produite que le frère et la sœur apparurent sur le chemin. Olga semblait très pâle, Sergueï un peu circonspect.

— Nous vous avons cherchés partout, dit-il.

Pinéguine inclina la tête.

— Il est tard, murmura Olga. Rentrons.

Elle s'avança vers Pinéguine.

— Arina, ordonna-t-elle, viens avec nous. Les deux jeunes gens nous suivront.

Ils parlèrent peu. Pinéguine alluma sa pipe. Sergueï et son ami se laissèrent distancer. Quand ils aperçurent enfin la maison de Bobrovo, le jour allait se lever, et Pinéguine sentait des traces de rosée sur son visage.

Plusieurs pensées lui avaient traversé l'esprit pendant le long trajet. Il avait même envisagé un instant d'oublier l'incident. Ce n'était peut-être qu'un moment de folie. Puis il avait réfléchi. « Si je devais épouser Olga maintenant, pendant toute ma vie, chaque fois que ce jeune homme me regarderait, il penserait... Il penserait quoi ? Que cette pauvre nullité de Pinéguine sert de mari à sa sœur et amante. » Quelle que fût la faute d'Olga — toutes les femmes, supposait-il, étaient faibles — c'était Serguéï qui l'avait rendu ridicule.

Le plus simple serait de le provoquer en duel. Mais les langues iraient bon train et Olga se trouverait complètement déshonorée. De toute manière, un duel avec Serguéï serait indigne d'un homme comme lui, Pinéguine. Il faudrait trouver autre chose. Il s'aperçut qu'il avait fermement décidé de se venger.

Au point du jour, la jeune Arina attendait.

Après avoir accompagné Olga dans la maison, elle était ressortie seule, incapable de dormir. Quelle nuit magique ! Tous ses sens étaient en éveil. Elle sentait encore les bras du jeune Cosaque autour de sa taille. Elle se rappelait son baiser, sous la véranda, pendant le bal. Elle n'avait pas compris ce qui s'était passé dans les bois cette nuit-là. Tout ce qu'elle savait, c'est qu'il faisait chaud, qu'elle avait seize ans, et qu'Olga était la plus belle femme du monde. Quant aux deux jeunes gens, ils la fascinaient depuis leur arrivée : ils avaient été créés au ciel, pas sur terre.

Elle les vit arriver sur le sentier. Ils s'arrêtèrent en bas de la pente, puis se séparèrent. Serguéï resta au bord de l'eau pendant que le Cosaque montait vers la maison.

La jeune fille sourit. Cela ne pouvait pas mieux tomber. Celui dont elle était amoureuse... Tout seul.

Quand Serguéï leva les yeux un instant plus tard, il vit la jeune fille qui se dirigeait vers lui le long de la berge. Les premiers feux de l'aurore effleuraient ses cheveux. Il ne lui fallut pas longtemps pour deviner ce qu'elle désirait. Et un peu plus tard, dans une clairière voisine, bien qu'elle ne fût pas Olga, il parvint presque à se persuader qu'elle l'était.

La vieille Arina était furieuse. Elle les avait vus, au petit matin, sortir des bois et se faufiler dans la maison. Elle n'avait pas eu besoin d'interroger sa nièce pour savoir.

Il était midi, et elle se trouvait seule avec Serguéï sous la véranda. Elle était peut-être serve, mais elle demeurait sa nourrice. Elle n'avait pas peur de lui. Et il n'était pas question qu'elle mâche ses mots.

— C'est une honte. Vous écrivez des jolis poèmes, mais vous n'êtes qu'un monstre d'égoïsme. Et Dieu vous punira, Serguéï Alexandrovitch. je vous jure qu'il vous punira. C'est forcé.

— Je suis désolé, ma tourterelle, répondit-il avec un sourire confus, mais je suis sûr qu'il n'y aura aucune conséquence.

— Je vais la marier tout de suite à un garçon du village, on ne sait jamais. J'obtiendrai la permission de votre mère, et soyez content que je ne dise rien à votre frère Alexeï. J'espère seulement que nous trouverons un bon jeune homme. Ils ne se bousculent pas pour devenir le père de vos bâtards, vous savez...

S'apercevant soudain que l'attention de Serguéï était fixée ailleurs, elle se retourna.

Une grosse voiture venait d'arriver devant les écuries. Serguéï et la vieille femme virent descendre les voyageurs. D'abord Alexeï avec un sourire de triomphe sur le visage, puis un soldat à l'air sévère.

Serguéï devint livide.

La troisième personne portait des chaînes ; quand elle se redressa, elle dominait les autres de la tête.

Ils avaient capturé Savva Souvorine.

Et Serguéï savait que c'était de sa faute.

Un simple instant d'inattention dans une rue de Moscou.

Il avait été si surpris de voir la haute silhouette de Savva Souvorine qu'il l'avait appelé machinalement par son nom. Et quand Savva avait fait la sourde oreille, Serguéï s'était sottement précipité vers lui et lui avait pris le bras. Sentant Souvorine se raidir, les risques qu'il lui faisait courir lui étaient apparus.

— Ne t'en fais pas, je ne te dénoncerai pas, lui avait-il dit.

Il avait toujours été écœuré par la façon dont les Bobrov avaient traité les Souvorine.

Mais Savva n'avait pris aucun risque.

— C'est une erreur, grommela-t-il. Je ne m'appelle pas Savva.

Il avait disparu aussitôt sous un porche.

Serguéï ne le suivit pas. Il resta un instant planté dans la rue, puis s'aperçut qu'il se trouvait devant une maison qui appartenait à la secte théodosienne.

— Les théodosiens, murmura-t-il. Bien sûr...

On disait que les vieux-croyants recueillaient parfois des fugitifs et leur donnaient des faux noms et de faux papiers. « Tant mieux pour lui », se dit Serguéï, et il se retourna.

Son valet se trouvait à ses côtés, et c'était un des serfs de Russka. Qu'avait-il entendu ? Il l'avait aussitôt menacé du fouet s'il répétait quoi que ce soit.

Cela n'avait manifestement pas suffi.

Il y avait également dans la voiture une femme au visage rond. Sans doute la femme de Souvorine. Et un petit garçon de deux ans... Puis Savva vit Serguéï. Son visage n'exprima rien : il le regarda simplement dans les yeux. Serguéï eut envie de se précipiter vers lui pour lui expliquer qu'il ne l'avait pas dénoncé, mais à quoi bon ?

C'était de toute manière le résultat de sa désinvolture et de sa stupidité.

— Nous te donnerons le fouet demain, Souvorine, lança Alexeï.

Puis il se retourna et aperçut Sergueï. Son sourire aurait dû mettre le jeune homme sur ses gardes.

— Ah, Sergueï... j'ai des nouvelles pour toi. Entrons.

Sergueï le suivit, morose.

— Comme tu vois, nous avons retrouvé un serf fugitif. Il paraît que tu l'avais vu à Moscou, mais tu n'as pas jugé bon de m'en informer. Cela fait de toi son complice, il me semble. Mais passons... Le vrai problème, Sergueï, c'est que le comte Benckendorff m'avait demandé de te tenir à l'œil, comme tu le sais. Malheureusement, je n'ai pas pu lui faire un rapport favorable.

Il parlait d'un ton distant, mais parvenait mal à dissimuler sa satisfaction.

— Le comte Benckendorff, je te montrerai sa lettre, a donc décidé qu'il valait mieux que tu ailles autre part pendant quelque temps. Je t'enverrai demain au gouverneur militaire de Vladimir. Il prendra des dispositions pour que tu partes dans l'est. Pas en Sibérie, simplement dans l'Oural. Tu y resteras trois ans, si je me souviens bien.

L'exil. Trois ans dans l'Oural, à des centaines de kilomètres au-delà de la Volga.

— Peut-être pourras-tu profiter de ton séjour pour faire une étude sur l'exploitation minière.

Le petit Micha ne comprit pas. Quand il passa près de lui, son oncle Serioja, le visage livide, le vit à peine. Karpenko faisait les cent pas en parlant tout seul. Sa tante Olga pleurait. Même Pinéguine, dans sa tunique blanche, tirait sur sa pipe d'un air sombre. L'oncle Serioja était obligé de partir, et l'enfant ne comprenait pas pourquoi.

Pesonne ne le remarqua quand il entra dans le salon. Il s'arrêta soudain, caché par le dossier d'un fauteuil.

— Un loup, voilà ce que tu es.

C'était sa grand-mère qui parlait. Et elle s'adressait au père de Micha, debout au milieu de la pièce.

— C'est toi qui es responsable de tout ça. Je le sais très bien. Mon propre fils... Une vipère ! Je n'ai plus rien à te dire. Je te prie de me laisser.

L'enfant vit le visage de son père se contracter et se tapit contre le fauteuil. Quand Alexeï fut sorti, il se glissa dehors à son tour.

Qu'est-ce que cela signifiait ? Son père était-il méchant ?

1844

Le duel entre Savva Souvorine et la famille Bobrov entra dans sa phase finale en 1844. Savva n'avait jamais renoncé. Le jour où il s'était enfui de Moscou quand il avait reçu la lettre de Tatiana le prévenant du sort de son père, il n'avait emporté qu'un peu d'argent cousu dans ses vêtements et la petite icône noircie. Pendant deux années de souffrance, pour rester invisible, il avait tiré des chalands sur la Volga. Il s'était rendu ensuite à la grande foire de Nijni-Novgorod, mais sans papiers en règle il ne pouvait faire que des besognes serviles. Il décida donc de revenir à Moscou et d'entrer dans la communauté théodosienne, qui l'accueillit à bras ouverts et lui donna une nouvelle identité.

Il avait été heureux. La communauté veillait sur ses membres les plus démunis, mais elle comprenait de nombreux hommes d'affaires prospères, qui remarquèrent bientôt Savva. Il épousa la fille de l'un d'eux : jeune femme placide au visage de lune et au nez retroussé, dotée d'un sens pratique étonnant. Ils avaient eu un fils, Ivan.

Puis Serguéï l'avait reconnu...

Le lendemain de son retour à Russka, Alexeï Bobrov l'avait fait fouetter. A chaque coup qui tombait sur son dos, il concentrait son esprit sur une seule pensée : « Je survivrai et je serai libre un jour. » Et — Dieu en soit loué — au vingtième coup de fouet, une silhouette était apparue et une voix furieuse avait crié :

— Assez ! Arrêtez tout de suite !

La colère de Tatiana était si intense que même Alexeï n'avait pas osé continuer.

Le conflit entre Savva et son maître était implacable. Seule Tatiana avait empêché que le serf soit détruit. Quand Alexeï avait voulu le reléguer à des travaux d'écurie — « Il a besoin d'une leçon, et cela lui apprendra les bonnes manières » — Tatiana s'était de nouveau interposée.

— Le simple bon sens devrait te convaincre qu'il te sera plus utile en faisant ce qu'il fait de mieux.

Et elle avait prêté de l'argent à Savva pour lui permettre de recommencer.

Savva ne perdit pas de temps. Frustré deux fois de ses espérances de liberté, il se remit au travail avec plus d'acharnement que jamais. Quand son vieux cousin Ivan Romanov proposa de l'aider — « A présent, j'ai trois fils adultes et un petit dernier » — il refusa. Il ne voulait aucun associé, aucune collaboration, personne qui puisse le ralentir.

En 1830, pendant qu'Alexeï écrasait un autre soulèvement polonais, Savva créa un petit atelier pour imprimer des cotonnades. Les bénéfices furent extraordinaires. Mais à son retour, Alexeï voulut lui faire payer un *obrok* si élevé que le serf aurait presque été obligé de fermer son entreprise.

— Cet imbécile ne veut pas exploiter mon travail, dit-il à sa femme, il veut me ruiner

Seule Tatiana, qui gérait le domaine en l'absence d'Alexeï, put convaincre son fils de faire preuve de plus de raison — et Savva fut libre de continuer. Grâce à elle, il parvint, en dix ans, à fonder une manufacture de textiles qui employait les habitants de Russka et devenir plus riche qu'il ne l'avait jamais été.

Cependant Alexeï était chaque année de plus en plus pauvre. Pour une raison simple : Tatiana arrivait à le convaincre de mieux gérer son domaine, mais ne pouvait rien faire au sujet de ses dépenses personnelles. Et si sévère qu'il fût, Alexeï aimait la belle vie. Quand Micha grandit et envisagea d'entrer dans la garde, rien ne fut trop beau pour lui. « Pour l'honneur de la famille », disait Alexeï. Et au lieu de l'enrichir, l'*obrok* énorme que lui versait Souvorine l'incitait à dépenser davantage.

Savva, en revanche, menait son fils Ivan à la dure. Il ne possédait pas la stature impressionnante de son père, mais était malin et chantait d'une belle voix. Savva aimait bien la musique, mais quand l'enfant, à l'âge de treize ans, rentra un jour chez lui avec un violon qu'il venait d'acheter, Savva le lui prit des mains, l'examina, puis le lui cassa sur la tête, au risque de l'assommer

— Tu n'as pas de temps pour ça, lança-t-il en guise d'explication.

En 1837, il demanda à Alexeï Bobrov quel serait le prix de la liberté de sa famille.

— Rien, répondit le maître, parce que je ne te l'accorderai pas.

L'année suivante, il posa la même question et obtint la même réponse.

— Puis-je savoir pourquoi, maître ? demanda-t-il.

— Certainement, dit Alexeï d'un ton léger. Parce que je préfère que tu restes comme tu es.

Le soir venu, Savva posa la main sur la tête de son fils et fit remarquer à sa femme Maria :

— Il est comme j'étais à son âge : serf et fils de serf.

Elle essaya de le réconforter en lui assurant qu'il se produirait quelque chose. Il secoua la tête.

— Je me demande quoi.

Puis, en 1839, ce fut la famine.

Il n'y avait pas eu de mauvaises récoltes depuis longtemps. Puis deux années de suite furent désastreuses. Alexeï se trouvait en Ukraine. Le fardeau tomba sur les épaules de Tatiana, presque septuagénaire.

— Le domaine de Riazan est complètement ruiné, se plaignit Ilia. L'intendant m'écrit qu'il est obligé d'abattre le bétail parce qu'il n'a pas de quoi le nourrir cet hiver.

Tatiana essaya de faire venir des céréales d'autres régions.

— J'en ai trouvé. Mais on me les a volées pendant le transport.

Au cours de l'hiver 1840, la situation à Russka devint tragique. Tatiana se rendait chaque jour dans le village, de maison en maison. Les Bobrov avaient à peine assez de réserves pour aider les cas les plus désespérés. Elle passait d'abord chez les Romanov, parce que le jeune Timofeï avait été le compagnon de jeux de Micha, puis chez la jeune Arina, qui vivait avec son mari et ses enfants — elle devait bien cela à la vieille Arina, morte cinq ans plus tôt. Mis à part l'aînée, une jolie fille appelée Varia, les enfants étaient souffreteux.

Trois d'entre eux moururent en l'espace de quelques semaines. Et Tatiana ne pouvait pas convaincre Arina de manger : tout ce qu'elle lui apportait était dévoré par Varia. Dans son désir de maintenir en vie au moins un de ses enfants, la mère se sacrifiait.

Tout cela accabla Tatiana, et au milieu de l'été 1841, quand la récolte s'annonça bonne, elle avoua à Ilia :

— Il s'est produit quelque chose en moi. Je crois que je ne ferai pas de vieux os.

Elle fit venir Savva Souvorine.

— Nous ne pouvons pas continuer de compter seulement sur nos céréales, dit-elle à cet homme pratique. Il nous faut une autre récolte. Voulez-vous faire des recherches ?

Quand il revint la voir, il portait un petit sac de toile, dont il retira un étrange objet de couleur marron.

— Voici la réponse, dit-il. Les Allemands en font pousser depuis longtemps dans le sud, mais personne n'en a encore vu par ici.

— Qu'est-ce que c'est ? demanda-t-elle.

— Une pomme de terre.

Ce fut ainsi que grâce à la famine de 1839-1840, l'une des ressources agricoles les plus importantes de la Russie moderne fut introduite à Russka.

Quant à Savva lui-même, la famine représentait sa grande chance :

— Ce maudit Alexeï Bobrov ne pourra plus tenir longtemps. Il a perdu deux ans de revenus. Il est temps que je lui fasse une offre qu'il ne pourra pas refuser.

Le printemps venu, il demanda à Tatiana de lui accorder un passeport pour Moscou.

Ce fut en mai 1844 que Savva Souvorine fit à Alexeï Bobrov son offre stupéfiante.

— Cinquante mille roubles.

Alexeï resta sans voix. C'était une fortune. Comment diable Savva l'avait-il trouvée ?

— Je reviendrai demain, *barine*, pour vous laisser le temps de réfléchir.

Il se retira sous le regard ébahi d'Alexeï. « Cette fois, se dit le serf, je le tiens. »

Le plan de Savva Souvorine était extrêmement ambitieux. Il reposait sur le prêt énorme, sans intérêt pendant cinq ans, qu'il avait négocié avec les théodosiens. L'argent lui permettrait de racheter sa liberté et de mettre toutes ses entreprises à son nom.

Rien ne rapportait davantage à l'époque que la manufacture de cotonnades à partir de matières premières importées. Savva envisageait d'acheter en Angleterre un des nouveaux métiers mécaniques, fonctionnant à la vapeur. D'autres entrepreneurs russes l'avaient déjà fait, avec des résultats spectaculaires.

— Je ne me lancerai que si je suis libre, avait-il dit à sa femme et à son fils. Je ne vais pas fonder une grosse affaire comme celle-là pour que les Bobrov me la volent sous un prétexte ou un autre, comme dans le passé.

Cinquante mille roubles... De quoi faire réfléchir le maître.

Alexeï Bobrov paraissait plus vieux que son âge — cinquante et un ans. Il s'alourdissait ; ses cheveux coupés court grisonnaient ; son visage allongé s'était rempli, et semblait presque carré. Le bout de son nez avait grossi et se recourbait vers sa bouche. Avec sa moustache tombante grise, il ressemblait à un pacha turc imbu de son autorité. Son uniforme s'ornait de nombreuses médailles, dont celle de l'ordre d'Alexandre Nevski.

Veuf pour la deuxième fois, il souffrait d'une ancienne blessure datant d'un soulèvement en Pologne et boitait légèrement. Il avait pris une retraite honorable cette année-là, et avait décidé de vivre en permanence sur son domaine de Bobrovo.

Quand il parla à sa mère et à son frère Ilia de la proposition ·de Souvorine, ils se montrèrent catégoriques : il devait l'accepter. Tatiana estimait que la somme permettrait de rembourser les dettes contractées pendant la famine et mettrait la famille à l'abri du besoin pour une génération. L'argument d'Ilia était différent. Il n'avait jamais pris conscience de son erreur au sujet de l'argent, mais s'était toujours senti vaguement coupable de la façon dont sa famille avait traité les Souvorine.

— Pardonne-moi de te parler ainsi, mon cher frère, mais le fait est que tous les hommes civilisés de Russie trouvent le servage répugnant. Même notre tsar, que la plupart des gens jugent réactionnaire, estime que le servage devrait être aboli. Une commission a été nommée, et tous les trois mois le bruit court qu'il va se passer quelque chose. Un jour, ces bruits seront confirmés. Des propositions seront faites. Et quelle offre te fera Souvorine, s'il croit obtenir sa liberté de toute manière deux ou trois ans plus tard ? Mis à part mes sentiments personnels sur le servage, je t'assure que tu as tout intérêt à accepter son argent.

Cet argument ne persuada pas Alexeï.

— J'ai entendu parler de la libération des serfs depuis que j'ai l'âge de raison, dit-il, mais il ne s'est jamais rien passé. Et il ne se passera jamais rien. La noblesse s'y opposera. Non. Ce ne sera pas de mon vivant. Ni même peut-être du vivant de Micha.

Il trouvait toute l'affaire offensante, d'autant plus qu'il avait aussitôt deviné l'origine de l'argent : ces maudits théodosiens. « Partout où ils installent leurs usines, lui avait dit le vieux prêtre roux, ils détournent les paysans qu'ils engagent de la vraie foi orthodoxe. » Enfin, il était secrètement convaincu que sa présence permanente à Russka aurait pour conséquence un accroissement spectaculaire des revenus. Il mettrait « un peu de discipline ». Et quand sa mère ne serait plus là, il comptait bien presser le citron Souvorine jusqu'à ce que les pépins éclatent. « Qu'il gagne donc de l'argent ; je ferai en sorte qu'il meure pauvre ! »

Quand Savva se présenta le lendemain, Alexeï Bobrov le dévisagea froidement et déclara :

— Je te remercie de ta proposition, Souvorine, mais la réponse est non.

Le serf, abasourdi de le voir agir ainsi contre son intérêt, lui demanda aussitôt quand ils pourraient rediscuter de la question.

— Jamais, répliqua Alexeï en souriant.

Quand Savva rendit compte de sa visite à sa femme, il lui dit :

— Ce vieil idiot têtu est insensible à la raison.

Elle lui assura qu'il changerait d'avis.

— Jamais il ne cédera. Sauf le jour de sa ruine.

Et il se demanda quand cela se produirait.

Ce fut vers cette époque qu'Ilia commença à se conduire bizarrement. Personne ne comprit ce qui lui arrivait. En général, quand venaient les beaux jours, on le trouvait assis en train de lire près de la fenêtre du salon ou sous la véranda. Il sortait rarement de la maison avant le plein été. Mais sa vie avait soudain changé : il passait des heures dans sa chambre, dont il sortait avec le front plissé, en grommelant, après avoir fermé la porte à clé, si bien que les domestiques ne pouvaient pas en faire le ménage. Il arpentait alors l'allée derrière la demeure pendant plus d'une heure, et si Alexeï ou Tatiana lui demandaient ce qu'il manigançait, il leur lançait une phrase dénuée de sens : « Aha ! » ou : « Rien du tout, voyons. » Chacun se demandait quel était son secret.

Ilia était en train d'arpenter l'allée d'un pas enthousiaste au moment où Tatiana éprouva le premier signe. Presque rien : un étourdissement soudain. Mais quelques heures plus tard, alors qu'elle était assise dans le salon, elle perdit conscience pendant une demi-minute.

Elle ne dit rien à personne. Qu'aurait-elle pu dire ? Elle vaqua à ses occupations habituelles. Mais dès cet instant, elle ne cessa de penser : « Mes jours sont comptés, et le nombre n'est pas élevé. » Une semaine plus tard, elle eut une autre perte de conscience.

Ces signes n'avaient rien d'exceptionnel à son âge, mais Tatiana prit peur. Elle s'aperçut qu'elle aimait aller à l'église chaque jour. Comme le prêtre aux cheveux roux de Russka ne lui apportait guère de réconfort, elle se rendit au monastère pour parler avec les moines, ce qui lui parut un peu mieux. Puis un dimanche matin, après la distribution du pain bénit à la fin du service, une paysanne qu'elle connaissait à peine s'avança vers elle et lui dit en souriant :

— Vous devriez aller voir le vieil ermite.

Elle avait entendu parler de ce père Vassili, qui avait quitté deux ans auparavant le petit ermitage près des sources pour s'enfoncer davantage dans les bois. On louait sa sainteté, mais sans plus ; on ne faisait allusion à aucun miracle. En fait il fuyait les gens, et on ne savait presque rien de lui.

Tatiana repoussa l'idée pendant une semaine. C'était loin et elle n'osait pas y aller. Puis elle eut un autre malaise, accompagné d'une douleur dans la poitrine qui l'effraya. Deux jours plus tard, elle demanda au cocher d'atteler la voiture, sans préciser où elle se rendrait.

Cela leur prit toute la matinée. Et elle dut descendre de voiture pour terminer le chemin à pied.

L'endroit n'était pas du tout comme elle s'y attendait : une vaste clairière, avec une cabane modeste mais bien bâtie et un petit potager. Près des arbres, trois ruches creusées dans des troncs. Devant la porte, une table avec des livres et des papiers. Un moine était assis à la table. Elle vit la bêche dans le jardin : il venait de bêcher, et il était maintenant en train d'écrire. En l'apercevant, il leva les yeux et sourit. On le disait ascétique et âgé de soixante-quinze ans, et elle s'étonna d'avoir en face d'elle un homme mince mais vigoureux, à la barbe presque noire, avec un visage de cinquante ans.

Il s'inclina quand elle se présenta et lui offrit un siège :

— Voulez-vous vous asseoir jusqu'à mon retour ?

Il disparut dans la cabane, sans doute pour prier. Vingt minutes passèrent. Qu'allait-elle demander au saint homme ? Comment allait-elle le formuler ?

Quand elle vit l'ours, elle faillit hurler. Surgi de nulle part, il traversa la clairière en se dirigeant droit sur elle. Elle se leva brusquement. L'ermite apparut.

— Ah, Micha, dit-il d'un ton léger, déjà revenu ?... Il vient mendier du miel, expliqua-t-il à Tatiana, parce qu'il sait qu'il ne doit pas toucher aux ruches.

Il caressa affectueusement la tête de l'ours.

— File d'ici, vaurien.

L'ours partit de son pas chaloupé.

Ils s'assirent et, sans poser de questions, l'ermite se mit à parler.

— Sur le sujet de notre vie après la mort, la foi orthodoxe est très claire et explicite. Vous ne devez pas penser que vous souffrirez à la mort d'une perte de concience, car ce n'est pas le cas. Bien au contraire. Nous ne cessons pas d'exister un seul instant. Vous verrez le monde autour de vous comme avant, mais sans pouvoir communiquer avec lui. Et vous rencontrerez les esprits des disparus, probablement ceux que vous avez connus et aimés. Votre âme, détachée de son enveloppe matérielle, sera plus vivante que jamais ; mais vous ne serez nullement libérée des tentations : vous rencontre-rez des esprits bons et mauvais, et serez attirés vers eux selon votre tempérament.

Tatiana regarda l'ermite, plus troublée qu'à son arrivée.

— Pendant deux jours, en termes de notre existence terrestre, vous serez libre de sillonner le monde. Mais le troisième jour vous serez soumise à un procès effrayant — nous savons que la Mère de Dieu elle-même a tremblé à la pensée de ce jour, où l'âme passe le poste de douane. Vous devez redouter ce moment. Vous rencontrerez une succession d'esprits mauvais ; et l'intensité de votre lutte contre ces esprits vous donnera, ou ne vous donnera pas, la force de passer.

Ceux qui ne passent pas subissent la Géhenne. Ce jour-là, les prières de ceux qui sont restés sur terre sont d'un grand secours.

Ce n'était pas le réconfort qu'elle avait espéré trouver. Qui prierait pour elle ce jour-là ? Ses enfants ? L'austère Alexeï ?

L'ermite lui adressa un sourire apaisant.

— Je prierai pour vous si vous voulez.

Tatiana inclina la tête.

— Peut-être n'apprendrez-vous pas mon décès...

L'ermitage était si isolé !

— Je le saurai, murmura-t-il, puis il continua : Pendant trente-sept jours après le troisième, vous visiterez les régions du ciel et de l'enfer, mais sans connaître votre propre destin. Puis on vous attribuera la place où vous attendrez le Jugement Dernier et le Retour du Christ.

Il se pencha vers elle.

— Votre âme, je vous le rappelle, ne souffrira aucune perte à la mort ; elle passera dans un autre état. Votre vie n'est qu'une préparation de l'esprit à ce dernier voyage. Préparez-vous donc sans crainte. Repentez-vous de vos péchés, qui sont contre vous. Implorez le pardon. Assurez-vous de l'humilité de votre esprit à la veille de ce voyage.

Il se leva. Tatiana se leva aussi.

— Est-ce que ce sera bientôt ? demanda-t-elle.

— Cela survient à son heure, répondit-il doucement. Vous devez vous préparer. C'est tout.

Il lui accorda sa bénédiction et lui donna une petite croix de bois. Puis au moment où elle se retournait, il l'arrêta d'un geste.

— Je vois que vous subirez encore une épreuve avant votre départ de ce monde. Priez, et préparez-vous à recevoir une visite.

Elle regagna lentement sa voiture, en se demandant à quoi il faisait allusion.

Une semaine plus tard, une voiture modeste, conduite par un cocher assez mal habillé et grincheux, s'arrêta devant la maison de Sergueï et son épouse.

A quarante-deux ans, Sergueï Bobrov avait l'air de ce qu'il était : un homme dont le talent lui avait valu une réputation limitée, et qui espérait davantage. Les deux génies littéraires de sa génération — son vieil ami Pouchkine et le jeune Lermontov — étaient apparus comme des météores dans le ciel, puis avaient perdu la vie à la fleur de l'âge. Le public avait vu en Sergueï un poète capable de continuer le mouvement qu'ils avaient lancé. Les rides prématurées sur son front indiquaient qu'il n'avait pas réussi à justifier ces espoirs. Ses cheveux s'étaient éclaircis, ses favoris grisonnaient. Il avait des poches sous les yeux et un air irascible. Il venait rarement à Russka. Tatiana savait qu'il avait constamment des problèmes d'argent, mais il ne s'en plaignait jamais.

Dès son arrivée, après les civilités d'usage, il prit sa mère à part :

— Je suis venu vous demander un service.

Son vieil ami Karpenko, qui vivait à Kiev, l'avait invité à visiter l'Ukraine. Le voyage serait pénible, la plupart du temps à cheval, impensable pour une femme.

— Pour faire du bon travail, expliqua-t-il, j'ai besoin d'un change-ment de décor, de sortir de ma routine.

Il comptait rentrer au bout de deux mois. Il voulait savoir s'il pouvait laisser sa femme à Russka.

Tatiana n'avait aucune raison de refuser.

Le dîner fut agréable et Tatiana se réjouit de voir Alexeï et Sergueï réunis.

Au cours des années, ils étaient parvenus à un certain degré de réconciliation. Ils avaient adopté une règle inviolable pour éviter les querelles : ils ne discutaient jamais de sujets comme l'armée ou Savva Souvorine. Tatiana savait qu'ils agissaient ainsi surtout pour elle, mais c'était cependant un progrès.

Alexeï faisait de son mieux pour se montrer aimable, mais Ilia rayonnait vraiment de plaisir. Il avait du mal à partager ses pensées avec sa mère qui manquait de culture, et surtout avec Alexeï. Depuis l'arrivée de son frère, il n'avait cessé d'aller et venir dans sa chambre en classant des livres et des papiers.

— Serioja, s'était-il écrié, nous avons tant de choses à discuter.

Si quelqu'un découvrait le secret d'Ilia, ce serait Sergueï.

Le seul personnage mystérieux autour de la table était Nadia, la jeune femme que Sergueï avait épousée trois ans plus tôt. Elle était de bonne naissance, fille de général, jolie blonde que l'on avait qualifiée dans les bals, pendant une saison, de « beauté éthérée ». Il se trouvait que cette année-là, Sergueï avait été à la mode. La belle et le libertin semblaient s'être épris l'un de l'autre au cours de leur célébrité fugitive. Puis la saison avait passé.

— Elle est certainement blonde, avait remarqué Ilia, mais je ne lui ai rien trouvé d'éthéré.

La famille ne l'avait pas vue souvent. Elle avait eu un enfant qui n'avait pas vécu, et aucune nouvelle de grossesse ensuite. Elle avait l'air de s'ennuyer mais parlait volontiers à Alexeï avec qui elle semblait plus à l'aise qu'avec Ilia.

A la fin du repas, Tatiana et Nadia se retirèrent et les hommes sortirent fumer sous la véranda. Alexeï, de bonne humeur après sa conversation avec Nadia, écouta en souriant Sergueï raconter les derniers ragots de la capitale, puis se tourna vers Ilia :

— Maintenant que Sergueï est arrivé, vas-tu enfin nous dire ce que tu mijotes depuis quelques semaines ?

Et Ilia, avec un sourire placide, révéla son secret.

— Je quitte Russka. Je pars à l'étranger écrire un livre. Il s'appellera : *La Russie et l'Occident*. Ce sera l'œuvre de ma vie.

Peut-être était-ce une inspiration soudaine ; peut-être le point culminant d'années d'études. Européen et progressiste, il se devait d'écrire le livre qui guiderait sa chère Russie vers son destin. La génération suivante pourrait dire de lui : « Ilia Bobrov nous a montré le chemin. »

— Ma thèse, expliqua-t-il est très simple. Pendant toute son histoire, la Russie n'a jamais été capable de se gouverner elle-même. Ce sont toujours des gens de l'extérieur qui ont implanté dans notre pays l'ordre et la culture. Au moment de l'apogée de Kiev, nos souverains étaient des Vikings et notre religion venait de Grèce. Pendant des siècles, nous avons vécu sous le joug des Tatars. Et quand nous nous en sommes libérés, qui nous a fait entrer dans le monde moderne ? Les savants et techniciens anglais, hollandais et allemands importés par Pierre le Grand. De qui tenons-nous notre culture ? Catherine la Grande a fait venir de France la philosophie des Lumières. Et quels penseurs nous inspirent aujourd'hui, toi et moi, Sergueï ? Les idéalistes allemands.

Il se tournait tantôt vers un de ses frères, tantôt vers l'autre.

— C'est inévitable. Parce que la Russie n'a pas grand-chose à offrir par elle-même. Et ce que nous avons appartient au Moyen Age. Regardez nos lois... Il y a quelques années Speranski a enfin terminé sa grande codification du droit russe, et que révèle son travail ? Une conception de la justice qui aurait paru barbare dans l'Europe de l'Ouest il y a mille ans. L'individu n'a aucun droit ; les juges ne sont pas indépendants ; il n'existe pas de jury. Tout le monde dépend, même des nobles comme nous, des caprices du tsar. Et les Russes se soumettent joyeusement à ça comme des esclaves orientaux. Comment imaginer un progrès dans ces conditions ?

Il leur adressa un sourire triomphant.

— Mon plan est simple. J'irai en Angleterre, en France et en Allemagne pour réunir les éléments nécessaires à la formation d'une Russie nouvelle, une Russie modelée sur l'ouest. J'envisage une restructuration complète de la société.

— Mais mon cher frère, lui lança Sergueï en riant, si tu écris des choses pareilles, tout le monde te prendra pour un fou.

Effectivement, quelques années plus tôt, un penseur russe qui avait exprimé des idées semblables avait été déclaré officiellement fou par les autorités en fureur. Ilia n'en fut nullement déconcerté.

— Il avait commis l'erreur de ne pas aller assez loin. Je montrerai, moi, que la clé de notre salut spirituel ne se trouve ni dans la religion, ni dans la politique, ni même dans la justice, mais dans l'économie. J'ai pour cela ma bible et mon prophète, ajouta-t-il avec un sourire satisfait. Je fais évidemment allusion au grand Écossais Adam Smith, et à son œuvre *La Richesse des nations*.

Les œuvres d'Adam Smith, le père de l'économie capitaliste et du libre-échange, traduites en russe depuis 1803, étaient bien connues des intellectuels russes de l'époque. Ilia exposa avec enthousiasme à ses frères la doctrine de l'efficacité générale fondée sur l'intérêt personnel de chacun.

— Tout en découle, conclut-il. Même la libération des serfs.

Alexeï, qui avait paru déconcerté depuis le début, n'en crut pas ses oreilles.

— Libérer les serfs ? Pourquoi ?

— Mon cher frère, répondit Ilia, de nombreux économistes russes ont prouvé depuis vingt ans que, toute autre considération mise à part, si tu libérais tes serfs, tu serais toi-même plus riche. Réfléchis. Un paysan libre, payé pour ce qu'il produit, est stimulé à travailler davantage. Ton serf, contraint à travailler sans récompense, a tendance à en faire le moins possible. C'est aussi simple que ça. Je t'assure, ajouta-t-il, cette opinion est partagée même dans les cercles officiels. Seule notre inertie russe nous retient.

Alexeï réfléchit à la question en silence. Quand il parla, ce fut sans colère, mais avec le plus grand désarroi.

— Tu penses donc vraiment que chaque individu de la société devrait agir pour lui-même, en ne considérant que son intérêt personnel ? Tu crois que les paysans s'efforceraient de devenir le plus riche possible en comptant seulement sur leur travail ?

— Oui, en gros.

— Et si son voisin, qui est plus faible ou moins malin, reste à la traîne, on le laissera souffrir

— On pourra l'aider... Mais oui, c'est ça.

— Et des familles comme nous ? Notre rôle dans l'histoire a été de servir le tsar et le pays. Devrais-je rester chez moi à accumuler des bénéfices comme un marchand ?

Il secoua la tête, sincèrement affligé.

— Nous avons tous envie de servir une cause, Alexeï, expliqua Ilia. Mais je parle d'argent et de marchés.

— Non, répliqua ton frère. Tu parles d'hommes et de leurs actes. Et si tous les hommes n'agissent que dans leur intérêt personnel, comme tu le suggères, qu'en sera-t-il de la religion, de la discipline, de l'obéissance, de l'humilité ? Je ne vois que chaos et convoitise.

Alexeï ne se lançait pas souvent dans ce genre de tirade. Mais ses paroles sortaient vraiment du cœur.

— Je regrette, Ilia, poursuivit-il, mais si c'est là ton idée du progrès, je ne la partage pas. Cet égoïsme de l'Occident est détestable, car tu as raison, il vient de l'ouest. La Russie le combat depuis des siècles. Je m'y opposerai jusqu'à mon dernier souffle. Notre Église s'y opposera, et même nos serfs, j'en suis persuadé.

Il se leva, souhaita bonne nuit à ses deux frères et s'en fut.

Sergueï et Ilia continuèrent de parler longtemps : du voyage d'Ilia, prévu pour l'automne, de littérature, de philosophie et de bien d'autres sujets.

Il était très tard dans la nuit lorsque Sergueï se tourna finalement vers son aîné et lui dit :

— Tu sais, mon cher frère, Alexeï n'avait pas entièrement tort. Tes idées insultent notre pauvre vieille Russie, mais tu te trompes également à son sujet.

— Comment ça ?

Sergueï soupira.

— Tout d'abord, tu veux faire régner l'efficacité en Russie. Franchement, ce n'est pas possible. Le pays est trop vaste et le climat difficile. C'est un désert que les Romains n'ont jamais conquis. A l'ouest, les villes sont reliées par des routes. Ici, nous n'en avons qu'une : entre Moscou et Saint-Pétersbourg, ordonnée par Pierre le Grand, mais construite seulement en 1830, cent ans après sa mort. L'Europe possède des chemins de fer. Où sont les nôtres ? La Russie restera lente et inefficace jusqu'au Jugement Dernier. Et veux-tu que je te dise le fond de ma pensée ? Peu importe.

— Tu ne t'en soucies pas ?

— Mon cher, tes prescriptions pour guérir la Russie viennent de la tête. Elles sont logiques, rationnelles, précises. Et c'est pour cette raison même qu'elles n'ont rien à voir avc la maladie. Jamais les Russes ne seront touchés par ce genre d'arguments. Et l'ouest ne comprendra jamais. A mes yeux, la grande faiblesse de l'ouest, c'est de ne pas comprendre que pour faire bouger la Russie, il faut s'adresser à son cœur. Au cœur, Ilia, pas à l'esprit. Notre inspiration, notre compréhension, nos désirs, notre énergie, tout nous vient du cœur. Notre sens du sacré, de la vraie justice, de la communauté ne saurait être codifié. Nous ne sommes ni allemands, ni français, ni anglais. Nous appartenons à la Sainte Russie, qui est supérieure au reste du monde. C'est moi, un intellectuel européanisé comme toi, qui te le dis.

— Tu appartiens à ce nouveau groupe qui revendique pour la Russie une destinée spéciale, en dehors de l'Europe ? Tu es un de ces slavophiles ?

Il avait lu plusieurs articles à leur sujet.

— Oui, et je t'assure, Ilia, que c'est la seule voie.

Et les deux frères s'embrassèrent affectueusement avant de s'endormir, la tête bourdonnante de grandes idées.

Le lendemain à onze heures, Sergueï partit vers l'Ukraine.

Par un beau matin d'août, Alexeï se rendit à Vladimir. Il était d'excellente humeur. Il venait de recevoir de Micha une lettre lui annonçant son arrivée à Russka pour dix jours de permission. L'été s'était bien passé. Ce maudit Savva Souvorine s'était tenu tranquille. La récolte serait assez bonne. Il y avait eu un mariage au village : Varia, la fille d'Arina, avait épousé le jeune Timofeï Romanov, l'ancien camarade de jeux de Micha. Il aimait bien les deux jeunes gens et les Romanov se montraient toujours respectueux. Il leur avait fait grâce d'une année d'*obrok*. En outre, il était devenu l'adjoint du maréchal de la noblesse, dont la principale tâche consistait à tenir les registres de l'aristocratie locale. Enfin, l'épouse de Sergueï l'avait agréablement surpris. « Étonnant, pensait-il, qu'une jeune femme aussi sensée ait épousé mon frère. » Ils étaient d'accord sur la plupart des sujets, et bien qu'elle fût trop bien élevée pour le reconnaître ouvertement, il avait senti qu'elle avait également un jugement sain sur ce que Sergueï écrivait. Elle lui avait avoué la semaine précédente :

— Je ne m'étais pas rendu compte avant le mariage qu'il passait tout son temps à scribouiller. Je supposais qu'il faisait aussi autre chose.

Ce devait être pénible pour elle. « Dommage, pensait-il, que Tatiana et Olga ne s'entendent pas très bien avec elle. » Mais elle s'était vraiment montrée agréable avec lui.

— Je pense vraiment que Sergueï se conduit mal en me laissant ainsi à la campagne où l'on n'a rien à quoi penser de toute la journée. Je suis tellement contente de votre compagnie, avait-elle ajouté avec un sourire charmant...

Alexeï venait de rendre visite au gouverneur de Vladimir et se proposait de passer à la cathédrale avant d'aller pour quelques jours chez un ami de la région. Il écarta soudain les bras et s'écria :

— Mon cher camarade ! Qu'est-ce qui t'amène par ici ? Tu es venu nous voir ?

C'était Pinéguine.

La soirée fut charmante. Micha était si heureux de se retrouver chez lui. Et la présence de Nadia, la femme de Sergueï, l'enchantait. Elle n'avait que quelques années de plus que lui, et il la trouvait très belle.

Il avait beaucoup de succès dans son régiment, et on comprenait facilement pourquoi. Il ressemblait à son père, avec de petites différences. Physiquement, il mesurait quelques centimètres de moins et semblait plus râblé. Intellectuellement, il était beaucoup plus éclairé. Il aimait discuter sans fin avec son oncle Ilia des choses de la vie. Enfin, il avait un tempérament facile et optimiste. Même les humeurs moroses d'Alexeï se dissolvaient à la vue de son fils.

Micha passa sa première journée à Bobrovo en visites aux personnes qu'il aimait. Il resta une heure avec sa grand-mère et s'attarda jusqu'au repas avec Ilia. Il attribua l'état d'excitation étrange de son oncle au grand livre qu'il écrivait. Il se rendit aussi au village, embrassa Arina, et félicita son ami d'enfance Timofeï pour son mariage avec Varia.

Il trouva curieux ce Pinéguine, dont il conservait un vague souvenir — un homme vêtu de blanc qui fumait sans cesse la pipe. Il avait maintenant la quarantaine mais restait le même, à part quelques rides autour des yeux et le fait que ses cheveux couleur sable tournaient au gris. « Un de ces officiers solitaires des forts de la frontière », se dit-il. Il fut ravi de voir que l'homme se montrait courtois avec la femme de son oncle Sergueï. Il s'asseyait auprès d'elle et de Tatiana sous la véranda pour raconter des anecdotes, ou bien il l'accompagnait quand elle désirait se promener dans l'allée. Un invité charmant.

L'après-midi du deuxième jour, les voyant par la fenêtre s'éloigner dans le bois, il décida de se joindre à eux. Il tomba vraiment de haut quand, au bout de l'allée, il les aperçut, arrêtés dans la clairière : Nadia était dans les bras de Pinéguine.

Il se figea, incrédule. Et Nadia et Pinéguine continuèrent de s'embrasser.

Il n'avait eu aucun mal. Il aurait préféré que la jeune femme aime, au moins un peu, son mari. Mais elle ne l'aimait pas, et d'ailleurs pourquoi s'en soucier ?

Pinéguine trouvait étrange ce retour à Russka.

— Il faut que tu y ailles, avait insisté Alexeï. Je t'y rejoindrai dans quelques jours. Occupe-toi des dames en attendant mon retour.

Étrange qu'il l'ait rencontré ainsi par hasard dans la rue, alors qu'il se rendait en permission à Moscou. Mais pour un homme qui croyait au destin, était-ce surprenant ?

Dix-sept années s'étaient écoulées. S'il avait été riche, s'il avait épousé Olga, il aurait obtenu de l'avancement au cours de dix-sept longues années de campagnes lointaines et d'affectations dans des forteresses aux confins de l'empire. Il était encore capitaine, avec l'espoir de devenir commandant un jour. Après la campagne de Turquie de 1827, il avait perdu le contact avec Alexeï, mais avait reçu cependant des nouvelles. Il avait appris le remariage d'Olga et le retour d'exil de Sergueï. Il avait lu ses livres. Il savait même qu'il s'était marié avec la fille d'un général et qu'ils avaient perdu un enfant. Tous ces petits détails sur la famille qui l'avait insulté étaient soigneusement classés dans sa mémoire comme des armes dans une armurerie — sous clé, mais bien astiquées en vue d'un usage éventuel.

Car pour Pinéguine, qui croyait au destin, il n'y avait qu'une chose à faire : attendre que les dieux lui fassent signe. Il serait prêt. Ils lui avaient manifestement fait signe, et Pinéguine, froidement, s'était mis à l'œuvre. C'était très simple, inévitable. Œil pour œil : la même humiliation. Il séduirait la femme de Sergueï.

Tout le reste de l'après-midi, Micha se demanda que faire. Il adorait son oncle Sergueï. Il ne pouvait pas laisser cette aventure continuer. Pinéguine n'était à Bobrovo que depuis quelques jours, les choses ne devaient pas être allées trop loin.

Le soir, pendant que les autres jouaient aux cartes sous la véranda, il trouva un prétexte pour sortir avec Pinéguine et l'entraîna vers le bois. Il se montra très poli et courtois, mais quand ils arrivèrent à la hauteur de l'endroit où Pinéguine avait embrassé Nadia, il dit :

— J'étais ici cet après-midi, vous savez.

Pinéguine ne répondit pas. Il l'observa à la dérobée tout en tirant sur sa pipe.

— Je connais à peine ma tante, continua Micha. Elle est restée seule ici tout l'été, bien entendu. Et je me suis probablement mépris sur ce que j'ai vu. Mais vous comprendrez, capitaine Pinéguine, qu'en l'absence de mon père et de mon oncle, je suis obligé de vous demander de veiller à ce qu'il ne se passe rien qui puisse déshonorer ma famille.

Pinéguine continua de tirer sur sa pipe sans rien dire.

Il n'avait pas tenu compte de ce jeune homme. L'acte lui-même était ce qui importait. Il avait laissé au destin le soin de régler si Sergueï apprendrait ou non qu'il avait pris sa revanche. S'il l'apprenait, tant mieux. Pinéguine n'avait aucune peur des conséquences. Mais les dieux avaient ajouté le jeune Micha à la scène. Bien entendu, il n'y avait rien à redire à son discours. Que faire ?

— Je n'ai rien à vous reprocher, Mikhaïl Alexeïevitch, dit-il. Et vous avez parlé sagement. Je ne dirai pas s'il s'agit ou non d'un malentendu, mais je crois que vous ne devriez plus vous préoccuper de cette question. Laissez votre esprit en repos.

Prenant ces paroles pour une assurance, Micha fut satisfait.

Quelle fut sa stupéfaction, le lendemain à l'aurore, quand il vit Pinéguine sortir discrètement de la chambre de Nadia.

Une heure plus tard, il le provoqua en duel.

— Je crains de ne pouvoir accepter votre défi.

Micha le toisa du regard.

— Je vous demande pardon ?

— Je refuse de me battre contre vous, lui répondit calmement Pinéguine.

— Vous niez que vous avez passé la nuit dernière avec la femme de mon oncle ?

— Non.

— Puis-je vous demander pourquoi vous refusez mon défi ?

— Je n'ai aucune envie de me battre contre vous.

Micha fut complètement désemparé.

— Alors, je suis obligé de vous traiter de lâche.

Pinéguine s'inclina.

— Pour cette insulte, Mikhaïl Alexeïevitch, je me battrai. Acceptez-vous que ce soit à un moment de mon choix ?

— Selon vos désirs. Le plus tôt sera le mieux.

— Je vous préviendrai quand je serai prêt. L'an prochain, peut-être. Mais je vous promets que nous nous battrons.

Et sur ces mots, il s'éloigna, ce qui laissa Micha plus désemparé que jamais.

Ce matin-là à dix heures, il se produisit à Bobrovo un petit événement qui passa presque inaperçu : Ilia Bobrov descendit au rez-de-chaussée, enfonça un chapeau à larges bords sur sa tête, prit une canne de marche et sortit sans rien dire à personne. Il prit le chemin à travers bois qui conduisait au monastère. Lui qui regardait toujours le monde avec des yeux placides semblait étrangement exalté, le regard fixe comme un pèlerin à la recherche du Saint-Graal...

Vers midi, Sergueï arriva d'Ukraine, accompagné de Karpenko. Rencontrant Micha dans le vestibule, il lança à son ami :

— Regarde ce qu'est devenu le petit ours Micha.

Karpenko n'était plus le jeune homme timide qui couvait Olga de ses regards adorateurs. Il approchait de la quarantaine et avait une solide réputation de séducteur. Il avait de bonnes raisons d'être satisfait : la plupart de ses espoirs s'étaient réalisés. Il avait écrit trois pièces de théâtre et il dirigeait avec succès un journal de Kiev. Surtout, il avait vu son Ukraine bien-aimée accéder à la gloire littéraire. L'Ukrainien Gogol était illustre dans toute la Russie et la langue ukrainienne avait trouvé dans le poète Chevtchenko un écrivain de première grandeur.

Micha regarda les deux amis, visiblement heureux, et ne sut quoi dire.

— Nous partons à Moscou demain, annonça Sergueï en riant. Puis à Saint-Pétersbourg. Nous avons des tas d'idées, Karpenko et moi. Nous allons prendre d'assaut la capitale. Où diable sont les autres ? Où diable est Ilia ? Nous avons tous les deux très envie de le voir.

Puis il courut au premier étage voir sa femme.

A son retour, quelques minutes plus tard, il paraissait fort surpris.

— Vraiment étrange, confia-t-il à Micha. Je croyais qu'elle détestait la campagne. Maintenant, elle me dit qu'elle veut rester ici pendant que nous allons à Moscou...

Il remarqua alors l'expression gênée de son neveu.

— Qu'y a-t-il, Micha ?

Micha jugea de son devoir de tout lui dire.

On prit tous les arrangements discrètement dans l'après-midi. L'endroit choisi fut la petite clairière près des anciennes tombes, sur le chemin conduisant au monastère. A l'aube, l'endroit serait désert. Pinéguine ne connaissant personne pouvant lui servir de second, Karpenko avait accepté à regret de remplir cet office, sur la demande de Sergueï.

Le dîner se passa calmement. Sergueï, Pinéguine et Karpenko entretinrent une conversation polie, et Micha essaya, non sans mal, de les imiter. D'un commun accord, ni Tatiana ni Nadia n'avaient été mises au courant.

On ne s'étonna que d'une chose : Ilia n'était pas encore rentré.

Après dîner, Karpenko tint compagnie aux dames tandis que Sergueï montait dans sa chambre pour faire ses préparatifs. Il avait un certain nombre de lettres à écrire. Une à Olga ; une autre à sa mère ; une autre à sa femme. Il les rédigea calmement, avec soin. La lettre à sa femme ne contenait aucun reproche. Curieusement, la lettre qui lui donna le plus de mal fut celle qu'il écrivit à Alexeï.

Puis, dans la nuit tombante, Ilia rentra. Il semblait épuisé et il traînait la jambe, mais il n'avait plus du tout le même regard : il semblait en proie à une extase religieuse.

Il avait découvert ce qu'il cherchait.

Et il voulut partager sa découverte avec Sergueï, dans sa chambre.

Celui-ci, fatigué et troublé, n'avait qu'une envie : rester seul avec ses pensées jusqu'à l'aube. Ilia, inconscient de ce qui se passait, rouge d'excitation, ne songeait qu'à partager son illumination.

— Vraiment, Serioja, tu ne pouvais pas mieux tomber.

Il avait traversé une crise après le départ de son frère en Ukraine. Au cours des mois précédents, il avait mis au point son grand projet pour une Russie nouvelle, dotée de lois et d'institutions à l'occidentale et jouissant d'une économie vigoureuse — « un peu comme la république des marchands et des paysans libres d'Amérique ». Il n'y avait rien à redire à son plan : il était intelligent, pratique, logique.

— Et c'est précisément le problème, Serioja. Plus mon plan me semblait rationnel, plus mon instinct profond me soufflait à l'oreille : « Ridicule. Ça ne marchera jamais. » Ce fut terrible, je t'assure : sentir que mon plan n'avait aucune chance de réussite justement parce qu'il était rationnel. Je perdais la foi dans mon pays que j'adore.

Mais il avait continué de travailler à son livre.

— L'œuvre de ma vie, tu comprends. Je ne pouvais pas l'abandonner comme ça. Je ne pouvais pas accepter que ce soit une tentative futile. C'est tout ce que j'avais.

Puis, après une nuit sans sommeil, le matin même, la crise avait éclaté.

Pourquoi était-il allé vers le monastère ? Peut-être un souvenir d'enfance ; peut-être un recours instinctif à la religion quand tout le reste semblait condamné à l'échec.

Il avait erré plusieurs heures dans le monastère sans recevoir la moindre illumination. Puis il avait eu l'idée d'aller voir la petite icône de Roublev que sa famille avait offerte aux moines des siècles plus tôt.

— Au début, je n'ai rien ressenti. Ce n'était qu'un objet noirci.

Ensuite, il avait eu l'impression que la petite icône avait lentement agi sur lui. Il était resté devant elle une heure, puis une autre.

— Et j'ai enfin compris, Serioja, dit-il en tirant le bras de son frère. J'ai compris ce qui n'allait pas dans mon projet de société. C'était exactement ce que tu m'avais dit toi-même. J'essayais de résoudre les problèmes de la Russie par la tête, par la logique. J'aurais dû me servir de mon cœur. Tu m'as converti, conclut-il en souriant. Je suis devenu slavophile.

— Et ton livre ? demanda Sergueï.

— Je n'ai plus besoin d'aller à l'étranger. La réponse aux problèmes russes se trouve ici, en Russie. La clé de tout, c'est l'Église. Si la force régulatrice de la Russie ne reste pas la religion, le peuple se soulèvera. Nous pourrons avoir des lois occidentales, des juges indépendants et peut-être même des parlements, mais seulement si ces améliorations naissent progressivement d'un renouveau spirituel. Ce renouveau doit se produire d'abord.

— Et Adam Smith ?

— Les lois de l'économie continueront d'opérer, mais il nous faudra organiser nos fermes et nos ateliers sur une base communautaire. Pour le bien de la communauté et non de l'individu.

— Ce ne sera donc pas comme l'Occident.

— La Russie ne sera jamais comme l'Occident.

Sergueï sourit. Il ne savait pas si son frère avait tort ou raison, mais il était heureux que la crise soit passée — en tout cas pour Ilia, car le débat entre les partisans du modèle occidental et ceux de la spécificité russe continuerait sans doute longtemps et ne serait peut-être jamais résolu.

— Il est très tard, fit-il observer. J'aimerais me reposer un peu.

Il persuada enfin Ilia de se retirer.

Il restait encore quelques heures avant l'aurore. Il pensa presque continuellement à Olga.

La petite clairière était silencieuse. Des perles de rosée luisaient sous les premières lueurs du petit jour. La cloche du monastère venait de cesser de sonner. Les deux hommes étaient en bras de chemise. Un petit vent frais fit frissonner Sergueï.

Karpenko et Micha, très pâles, avaient chargé les pistolets. Ils les tendirent aux deux hommes. Et tout le temps Micha songeait : « Il le faut, je le sais. C'est la seule manière honorable de se conduire. Et pourtant cela n'a aucun sens. C'est fou. C'est irréel. »

Aucun bruit. On n'entendit que le bruit des pas dans l'herbe humide.

Puis deux coups de feu.

Les deux seconds poussèrent un cri et se précipitèrent vers Sergueï.

La balle l'avait touché au cœur. Cela n'avait rien d'étonnant : de toute sa carrière, Pinéguine n'avait jamais manqué une cible.

Quand Alexeï apprit la nouvelle à son retour à Russka, dans l'après-midi, il fut accablé et pleura. A sa requête, Pinéguine partit sur-le-champ.

Et il se produisit le soir même le plus inattendu des événements.

La lettre de Sergueï à Alexeï était très simple, mais émouvante. Il commençait par demander à son frère de lui pardonner la peine qu'il avait pu faire à la famille. Puis il avouait franchement qu'il avait eu beaucoup de mal à pardonner l'exil dans l'Oural qu'il avait manigancé, mais il le remerciait de sa courtoisie depuis son retour. La lettre s'achevait par une seule requête :

Car j'ai commis dans ma vie une très grande faute. Tu ne seras peut-être pas de cet avis, puisque tu appliques à la lettre les lois sur le servage. Mais pour moi, en révélant bêtement le nom de Savva

Souvorine, ce qui a entraîné sa capture, je lui ai porté un coup terrible. Je sais que ta conscience ne te fait aucun reproche à ce sujet. Moi, si. Et je ne peux rien faire pour réparer.

J'ai appris par notre mère qu'il t'a offert une somme énorme pour obtenir sa liberté. Si tu as le moindre amour pour moi, Alexeï, je te supplie de l'accepter et de laisser le pauvre homme partir libre.

Alexis lut ces lignes deux fois. Deux fois, il buta sur la petite phrase : *Je sais que ta conscience ne te fait aucun reproche à ce sujet.* Et deux fois il secoua tristement la tête en songeant aux billets qu'il avait retrouvés dans le livre et dont il n'avait rien dit.

Et ce fut ainsi que ce soir-là, après une lutte inefficace de plusieurs décennies, Savva Souvorine fut fort surpris d'être convoqué à la grande demeure des Bobrov et de s'entendre dire par Alexeï, sans raison apparente :

— J'ai décidé d'accepter ta proposition, Souvorine. Tu es un homme libre.

1855

Sébastopol. Parfois, Micha Bobrov avait l'impression que personne ne s'en tirerait vivant. « Nous sommes comme des naufragés sur une île déserte », pensait-il chaque jour.

Et quel homme parmi ceux qui défendaient la place, parmi ceux qui se battaient dans cette folle guerre de Crimée, se trouvait dans une position plus étrange que lui ? Alors qu'il défendait Sébastopol investie de toute son énergie, si le siège était levé il se retrouverait presque certainement menacé d'une condamnation à mort. L'ironie absurde de la situation semblait l'amuser. « En tout cas, grâce à Dieu, je laisserai un fils. » C'était sa seule consolation : Nikolaï était né l'année précédente.

Le grand port fortifié de Sébastopol se trouvait au pied de collines jaunâtres, à la pointe méridionale de la péninsule de Crimée, non loin de l'ancienne capitale tatare de Bakhtchisaraï. Et les armées de trois grandes puissances — la France, la Grande-Bretagne et la Turquie — campaient au pied de ses murailles. Leur artillerie, supérieure à tous égards aux canons des Russes, pilonnait la ville depuis dix mois. Les belles places et les vastes boulevards n'étaient plus que des tas de gravois. Seuls l'obstination et l'héroïsme des simples soldats russes avaient empêché l'ennemi de prendre la place vingt fois.

Les défenseurs avaient sabordé leur flotte, de toute façon inférieure, à l'entrée de la rade pour en interdire l'accès aux vaisseaux modernes des Anglais et des Français. Mais au-delà de la ligne des coques submergées, la flotte des Alliés assurait un blocus efficace.

Quelle folie, cette guerre ! En un sens, se disait Micha, elle était inévitable. L'Empire ottoman s'affaiblissait depuis plusieurs générations et la Russie en avait profité pour étendre son influence dans la région de la mer Noire. La Grande Catherine avait rêvé de conquérir Constantinople. Mais il suffisait à la Russie de prendre pied dans les provinces balkaniques de l'Empire turc pour lancer librement sa flotte, à travers le Bosphore et les Dardanelles, dans la Méditerranée. Et, bien entendu, les puissances européennes jetaient des regards envieux et soupçonneux chaque fois que la Russie se tournait vers la Turquie.

Le prétexte de la guerre n'avait rien à voir avec ces rivalités : le sultan avait retiré certains privilèges de l'Église orthodoxe au sein de son empire, et le tsar Nicolas, défenseur de l'orthodoxie, avait envoyé des troupes dans la province turque de Moldavie, sur les rives du Danube. C'était un simple avertissement. La Turquie déclara la guerre. Les puissances européennes, croyant le tsar prêt à jouer gros jeu, suivirent.

Il y avait en fait trois fronts : l'un près du Danube, où l'Autriche avait arrêté les Russes ; un autre dans le Caucase, où les Russes s'étaient emparés d'une importante place forte turque ; et la péninsule de Crimée, que les Alliés avaient attaquée parce qu'elle servait de base à la marine russe.

C'était une vraie boucherie. Il y avait eu des moments héroïques, comme la charge de la brigade légère à Balaklava, mais les deux camps semblaient de force égale. Retranchés dans leurs positions, ils laissaient le typhus faire la guerre à leur place.

De toute manière, gagnée ou perdue, la guerre serait une humiliation pour la Russie. Elle avait démontré que les armes et les techniques des Russes étaient lamentablement en retard. Sa marine en bois aurait pu battre les Turcs, mais semblait ridicule en face des unités françaises ou anglaises. Le prestige du tsar à l'étranger descendit en flèche. L'autorité du despote à l'intérieur s'en ressentit aussitôt.

— Rien ne marche dans notre pays, se plaignaient les officiers. Les Alliés reçoivent des vivres et des munitions de leurs pays lointains plus vite que nous n'en recevons de Moscou.

Au bout d'un an de guerre, plus personne, même les paysans sous les armes, n'avait foi en la Sainte Russie du tsar.

« Si je m'en sors, décida Micha, je démissionnerai de l'armée et j'irai vivre à Russka. » Son père et son oncle Ilia étaient morts. Le domaine avait besoin d'un maître. « De toute façon, conclut-il, j'en ai assez. »

Une semaine après son arrivée à Sébastopol, il avait rencontré Pinéguine.

Il l'avait presque oublié. Il avait surgi soudain devant lui, à peine changé : toujours capitaine, ses cheveux gris à peine plus clairsemés, son visage tanné aussi impassible, la pipe aux lèvres.

— Ah, Mikhaïl Alexeïevitch, dit-il comme s'il s'était attendu à cette rencontre. Nous avons une question à régler, je crois...

« Est-il vraiment possible, se demandait parfois Micha, que Pinéguine songe sérieusement à un duel après tant d'années ? Au début, il avait été enclin à traiter sa remarque comme une sorte de plaisanterie macabre.

Mais il comprit bientôt que pour Pinéguine, avec son code d'honneur très strict, il n'y avait pas d'autre possibilité. Micha l'avait traité de lâche, ils devaient donc se battre. Le fait que dix années s'étaient écoulées depuis l'offense n'était qu'un détail sans importance. Il était cependant hors de question, et contre toutes les règles de l'honneur, de se livrer à un duel au cours d'une opération militaire.

— Quand ce sera fini, si nous survivons, nous réglerons notre différend, avait déclaré courtoisement Pinéguine.

Et Micha n'avait rien trouvé à répondre. « A moins d'un miracle, se dit-il, il va me tuer. »

Ils eurent souvent affaire ensemble au cours du terrible siège, toujours en des termes courtois, presque amicaux. Un jour, après un bombardement, ils se retrouvèrent tous les deux en train d'évacuer des cadavres d'un bâtiment en feu. Parfois, Micha voyait Pinéguine soigner les nombreux malades sans tenir compte des risques de contagion. Il écrivait les lettres qu'ils lui dictaient, ou leur tenait compagnie, la pipe à la bouche, pendant des heures. « Un parfait officier, jugea Micha, et un homme sans peur. »

C'était pourtant l'homme qui avait tué Serguéï et qui allait probablement le tuer aussi.

Les mois passèrent. En mars, le tsar Nicolas mourut et son fils Alexandre II monta sur le trône. Le bruit courut que la guerre allait s'achever, mais les négociations échouèrent et l'épouvantable siège se poursuivit. En août, une armée russe venue porter secours aux assiégés fut repoussée par les Alliés. Trois semaines plus tard, les Français prirent une redoute et on ne put les en déloger.

La nouvelle se répandit le 11 septembre, d'abord comme un murmure, puis en un douloureux gémissement : ils allaient battre en retraite. On prépara les chevaux de trait ; on chargea les blessés dans des chariots. En un dernier effort surhumain, l'armée épuisée essayait de se retirer en bon ordre de la scène du conflit.

Les unités spéciales entrèrent en action au milieu de la matinée. Leur objectif était de faire sauter toutes les défenses de Sébastopol qui restaient encore debout.

— L'ennemi veut cette place, mais nous ne lui laisserons que des ruines, déclara le colonel de Micha. On m'a demandé de fournir des officiers et des hommes. Allez vous mettre sous les ordres du capitaine de la neuvième compagnie.

C'était Pinéguine.

Comme ils traversaient une petite place, un obus siffla au-dessus de leur tête et explosa sur une maison à quelques dizaines de mètres d'eux. La terre en trembla. Dans la rue étroite où ils se faufilèrent, il y avait deux obus non explosés au milieu des gravats. Ils arrivèrent enfin près de leur objectif : un emplacement de canon. Pour l'atteindre, il fallait traverser un espace mal protégé, balayé par le feu de tireurs français embusqués. Deux fois, Pinéguine fit baisser Micha tandis que des balles sifflaient autour d'eux.

La mission n'était pas complexe. Les hommes avaient apporté des barils de poudre. Micha et Pinéguine les disposèrent au meilleur endroit, installèrent une mèche lente le long d'un mur qui les abritait et renvoyèrent les hommes.

Tout devint soudain silencieux. Le bombardement s'était interrompu, les tireurs embusqués attendaient sans doute qu'ils ressortent. Il y avait une faible brise, le soleil était tiède, le ciel bleu pâle.

Et Micha Bobrov se rendit compte soudain qu'il pouvait commettre un meurtre.

Ils se trouvaient seuls, leurs hommes hors de vue à plusieurs centaines de mètres, et Pinéguine était sans arme. A genoux, le dos tourné à Micha, il s'occupait de la mèche, accroupi près du mur pour éviter le tir des Français.

Qui pourrait savoir ? Ce serait si facile. Il lui suffirait de relever la tête un instant au-dessus du mur pour attirer les coups de feu de l'ennemi. Une seule balle : les hommes l'entendraient. Aussitôt après... Il posa la main sur son pistolet. Une seule balle, n'importe où. Derrière la tête. Ensuite, il ferait sauter l'objectif et dirait aux hommes qu'une balle ennemie avait tué le capitaine. Personne ne le soupçonnerait jamais.

Et il découvrit qu'il était capable de commettre un meurtre. Peut-être les mois qu'il venait de passer dans cet enfer l'avaient-ils rendu plus insensible. Non, reconnut-il franchement, c'était son instinct naturel de conservation. Pinéguine se proposait de le tuer de sang-froid, il allait faire de même.

Qu'est-ce qui pouvait le retenir ? La morale ? Mais quelle morale y avait-il dans un duel ? Les deux adversaires ne sont-ils pas prêts à commettre un meurtre ? La vie de Pinéguine était-elle plus précieuse que la sienne ? N'avait-il pas femme et enfant à la maison, alors que cet individu n'avait rien, hormis son cœur de pierre et son orgueil étrange ? « Non, décida Micha, rien ne peut m'empêcher de tuer cet homme... sauf une chose. »

La convention. Simplement ça. La simple convention était-elle assez forte pour qu'il accepte de mourir pour elle ? La convention — un code d'honneur qui, à tous égards, était insensé.

Il laissa la main sur son pistolet, mais ne le sortit pas de l'étui.

Puis Pinéguine se retourna et le regarda. Micha vit ses yeux pâles deviner tout ce qui venait de se passer en lui.

Pinéguine sourit et lui tourna de nouveau le dos pour allumer la mèche.

Ils regardèrent la petite flamme s'éloigner le long du mur en sifflant. Juste avant qu'elle ne parvienne aux barils de poudre, ils baissèrent la tête et retinrent leur souffle. Mais rien ne se produisit.

— Maudits magasiniers, grommela Pinéguine. Attendez ici. Je vais voir.

Il courut le long du mur, tête baissée. Juste avant qu'il atteigne les barils, un des ennemis embusqués tira une balle, qui siffla au-dessus de sa tête.

Puis la poudre explosa.

1857

Quand Micha Bobrov revint à Russka à la fin de cette année-là, une seule chose le surprit : les relations de Savva Souvorine et du prêtre aux cheveux roux.

Bien entendu, il avait d'autres soucis. Le règne d'Alexandre II promettait de nombreux changements. La guerre de Crimée s'était soldée par une humiliation de la Russie, qui avait perdu son droit à une flotte dans la mer Noire, mais personne n'avait le courage de songer à une revanche.

— Le tsar doit d'abord mettre de l'ordre à l'intérieur, estimait Micha. Cette guerre nous a presque ruinés.

Tout le monde s'attendait donc à des réformes, et aucune n'était plus importante, pour Micha comme pour toute la Russie, que l'émancipation des serfs.

Micha, personnellement partisan de l'émancipation, n'y croyait cependant qu'à moitié en dépit des rumeurs.

— Les gens se trompent sur notre tsar, confia-t-il à sa femme. Ils le prennent pour un réformateur, et c'est vrai qu'il fera peut-être des réformes. Mais au fond, il est aussi conservateur que son père. Ce qui le sauvera, c'est son pragmatisme. Il fera ce qu'il faudra pour maintenir l'ordre. Si cela implique la libération des serfs, il les libérera. Sinon, il ne les libérera pas.

Il avait hérité non seulement de Bobrovo mais du domaine de Riazan, que lui avait légué son oncle Ilia.

— Je me consacrerai à l'agriculture et à l'étude.

Il avait découvert à la mort de son oncle, cinq ans auparavant, le manuscrit inachevé de la grande œuvre d'Ilia, et il se proposait de le terminer.

Il avait donc de quoi s'occuper l'esprit, mais la question de Souvorine et du prêtre ne l'en intriguait pas moins.

— La seule chose que je regrette depuis que j'ai vendu sa liberté à Souvorine, disait souvent son père, c'est qu'il attire ici des vieux-croyants et fait des conversions. J'avais promis au prêtre de l'en empêcher.

Micha avait oublié ce problème pendant ses années à l'armée, mais pendant son absence, la mutation s'était produite.

L'entreprise de Souvorine avait pris de l'ampleur. Le métier à tisser à vapeur importé d'Angleterre avait assuré sa réussite financière et Savva employait maintenant la moitié des habitants de Russka, tandis que son fils Ivan gérait les intérêts de la famille à Moscou. Tous les employés de l'usine n'étaient pas de vieux-croyants, mais il en existait un groupe nombreux et actif. Le fait que des décrets récents avaient dispersé certains groupes de vieux-croyants — dont les remarquables théodosiens — ne les empêchait pas de se plier à leurs observances presque ouvertement.

Or le prêtre de Russka ne protestait pas, ce qui intrigua Micha.

Quand il l'avait interrogé à ce sujet, le prêtre avait simplement nié.

— La paroisse de Russka est loyale, Mikhaïl Alexeïevitch. Vous n'avez nul souci à vous faire à ce sujet.

Sa barbe rousse grisonnait et il était plus gros que jamais. « Que sa paroisse soit loyale ou non, il est certainement bien nourri », se dit le jeune homme.

Par curiosité, il interrogea Savva Souvorine lui-même. Mais celui-ci le toisa de toute sa hauteur avec mépris et haussa les épaules.

— Des vieux-croyants ? Je ne suis pas au courant.

Puis, un dimanche matin à la fin du service, d'ailleurs peu fréquenté, Micha assista à une petite scène qui l'éclaira sur la situation. Le prêtre sortit de l'église et se dirigea d'un pas digne vers sa maison, accompagné par son fils, Pavel Popov, employé à Moscou, disait-on. Au même moment, Savva Souvorine, qui traversait la place du marché, passa près d'eux. Il adressa au prêtre un bref salut de la tête. Le prêtre et Pavel Popov se retournèrent et s'inclinèrent très bas. Impossible de se méprendre sur le sens de leur geste. Rien de commun avec le salut de politesse que le prêtre échangeait avec Micha : il trahissait la soumission du serviteur au maître, de l'employé à celui qui le paie. Et le père et le fils avaient salué ainsi l'ancien serf.

Micha comprit.

Ce prêtre rouquin ne lui avait jamais plu. L'occasion était parfaite. Il traversa la place et l'accosta.

— Dites-moi, lança-t-il, combien Souvorine et ses vieux-croyants vous ont-ils payé pour que vous leur abandonniez vos fidèles ?

Mais il n'obtint jamais de réponse, car le traîneau de Vladimir venait d'arriver avec les journaux de la semaine, et toute la ville était en émoi.

— C'est officiel. Le tsar l'a décrété. Les serfs vont être libérés.

Micha en oublia le prêtre et se hâta vers le traîneau.

Pères et fils

1874

Le train se rapprochait en haletant de la vieille ville de Vladimir, et les deux visiteurs regardèrent à travers la vitre avec curiosité.

C'était le printemps. La neige avait presque fondu, il n'en restait que de longues traînées grises dans les replis du terrain. L'espace entier, des murs blancs des églises aux champs qui entouraient les hameaux et au ciel lui-même, semblait sale et souillé. Partout, d'immenses mares aux reflets gris. Les rivières débordaient et les routes transformées en bourbiers étaient presque inutilisables.

Le voyage avait été long, mais les deux voyageurs étaient de bonne humeur. Le contrôleur du train, grand et mince, avec les épaules arrondies, de longues oreilles, les pieds plats et l'agaçante habitude de faire craquer ses phalanges, avait attiré leur attention, et long-temps avant leur arrivée, à Vladimir, le jeune Nikolaï Bobrov avait mis au point une imitation parfaite du personnage.

Nikolaï, à vingt ans, possédait les traits légèrement turcs des Bobrov. Mince et beau garçon, il portait une petite moustache fine et une barbe taillée en pointe. Ses cheveux bouclés formaient une masse brune.

Son compagnon n'avait que vingt et un ans mais semblait plus âgé. Plus grand que Nikolaï de cinq centimètres, il avait le visage rasé, des lèvres minces et des dents petites, presque jaunes et de travers. Ses yeux paraissaient verts sous ses mèches de cheveux roux. Mais ce qu'on remarquait le plus au premier regard était le tour de ses yeux, légèrement bouffi, comme s'il avait reçu des coups de poing à la naissance et ne s'en était jamais remis.

Quand le train arriva à Vladimir, les deux hommes descendirent et Nikolaï se mit en quête d'un moyen de transport. Des chevaux n'auraient pas suffi, car ils avaient une quantité de lourds bagages; il ne revint qu'au bout d'une heure avec un paysan grincheux conduisant une voiture si délabrée qu'elle ne valait guère mieux qu'une charrette.

— Désolé, lança le jeune homme d'un ton joyeux, je n'ai pu trouver mieux.

Quelques minutes plus tard, ils prirent la route.

Partout où leurs yeux se posaient, tout n'était que boue. La boue brune des champs labourés qui s'étendaient jusqu'à l'horizon ; le ruban de boue de la route qui aspirait les roues de la voiture comme un esprit du mal essaie d'entraîner sa victime dans un étang ; la boue qui éclaboussait leurs vêtements comme pour leur dire sans crainte d'être contredite : « C'est ma saison. Que personne ne bouge, je ne le permettrai pas. Ni cheval ni homme, ni riche ni pauvre, ni fort ni faible, ni l'armée ni le tsar n'ont le moindre pouvoir sur moi. Pendant ma saison, je suis la reine. »

Ce n'était pas la neige qui avait vaincu Napoléon au cours de sa retraite, se rappela Nikolaï. C'était avant tout la boue.

Malgré la lenteur de leur équipage Nikolaï était ravi, car il lui semblait que toute sa vie, ou du moins les deux dernières années de sa vie, n'avaient été qu'une préparation à ce voyage et à ce printemps.

Il s'était ardemment préparé. Comme tous les autres étudiants de la maison qu'ils partageaient, il avait étudié, lu, et discuté pendant des semaines et des semaines. Il avait subi des mortifications comme un moine. Pendant un mois, il avait dormi sur une planche nue, couverte de clous. Il portait presque toujours un sous-vêtement de crin.

— Je ne suis pas aussi fort et discipliné que je le devrais, avouait-il à ses amis.

Enfin l'heure approchait où lui-même et le monde allaient renaître.

« Quelle chance, se dit-il en lançant un coup d'œil à son compagnon, quelle chance incroyable de pouvoir entreprendre ma mission avec cet homme... Il en sait tellement plus que moi ! » Jamais il n'avait rencontré un homme comme lui.

Une seule pensée le troublait en secret : ses parents, qui ne soupçonnaient rien. Qu'adviendrait-il d'eux ? Bien entendu, ils souffriraient : c'était inévitable. « Mais du moins, je serai là. Je leur éviterai le pire. »

Et la voiture continua d'avancer lentement vers Russka.

Timofeï Romanov, près de la fenêtre de l'isba, regarda son fils Boris sans en croire ses yeux.

— Je te l'interdis ! cria-t-il enfin.

— J'ai vingt ans et je suis marié. Tu ne peux pas m'en empêcher.

Le jeune Boris Romanov parcourut sa famille du regard. Le visage de ses parents était couleur de cendre. Sa grand-mère Arina semblait pétrifiée. Natalia, sa sœur de quinze ans, avait le même air rebelle et buté que d'habitude.

— Tu n'es qu'un loup ! rugit Timofeï.

Puis d'un ton presque suppliant :

— Pense au moins à ta pauvre mère.

Mais Boris ne répondit pas, et Timofeï ne put que se détourner vers les oiseaux qui tournoyaient au-dessus des arbres, en se demandant pourquoi Dieu avait envoyé à sa famille tous ces ennuis en même temps.

La famille Romanov était peu nombreuse. Au cours des années, Timofeï et Varia avaient perdu quatre enfants, de maladie et de malnutrition. Mais il fallait s'attendre à ces tragédies. Dieu merci, au moins Natalia et Boris étaient en bonne santé. Arina aussi, bien qu'elle ne se fût jamais complètement remise de la grande famine de 1839. Elle était pour tous une source de force : petite, ratatinée, parfois amère, mais indomptable. Avec l'épouse de Boris, ils vivaient dans une solide isba de deux étages au centre du village. Et Timofeï, à cinquante-deux ans, avait espéré couler des jours plus tranquilles.

Jusqu'au mois précédent, où Varia lui avait annoncé qu'elle était de nouveau enceinte.

— Au début, je n'arrivais pas à le croire, lui dit-elle. Mais à présent, j'en suis sûre.

Et en remarquant le regard vaguement craintif de sa femme, il s'était forcé à sourire.

— C'est une bénédiction de Dieu, avait-il dit.

Une malédiction, pensait-il maintenant.

Car Boris venait d'annoncer qu'il allait les ruiner.

L'émancipation des serfs avait changé la vie de Timofeï et de sa famille, mais pas pour le mieux. Les paysans qui se trouvaient sur les terres de l'État avaient été relativement bien traités, mais pas ceux qui appartenaient à des propriétaires privés. Tout d'abord, on n'avait réparti entre les serfs privés qu'un tiers des terres ; les propriétaires avaient conservé le reste. Ensuite, il avait fallu que les serfs payent pour obtenir ces terres : un cinquième en argent ou en corvées, les quatre cinquièmes par l'intermédiaire d'un prêt de l'État, consenti sous forme d'obligations payables sur cinquante-neuf ans. Les serfs de Russie se trouvèrent donc contraints d'hypothéquer leurs biens. Et pour couronner le tout, les propriétaires parvinrent à fixer le prix des terres à un niveau artificiellement élevé.

— En plus des remboursements, se plaignait Timofeï, c'est toujours nous, les paysans, qui payons les impôts. Nous sommes exploités plus que jamais.

C'était la vérité. Les paysans payaient la capitation, dont les nobles étaient exemptés, ainsi qu'une quantité d'impôts indirects sur la nourriture et l'alcool, qui représentaient une plus grosse charge pour les pauvres que pour les riches. Le paysan libre Timofeï versait en fait dix fois plus d'argent à l'État par arpent de terre en sa possession que le noble Bobrov. On l'entendait donc souvent grommeler :

— Un jour, nous chasserons ces nobles et nous leur prendrons leurs terres.

Il n'avait aucune haine personnelle contre le propriétaire. N'avait-il pas joué avec Micha pendant toute son enfance ? Mais ces nobles étaient manifestement des parasites.

— Ils racontent que le tsar leur a donné leurs terres en échange de leurs services, expliquait-il à ses enfants. Mais le tsar n'a plus besoin d'eux. Il leur reprendra donc bientôt leurs terres pour nous les donner.

Dans toute la Russie, les paysans partageaient cette illusion simpliste : « Patientons, le tsar nous donnera. » Cela leur permettait d'espérer en des jours meilleurs.

Le jeune Boris Romanov, solide et carré comme son père, ne manquait pas d'allure avec ses cheveux d'un brun légèrement plus clair. Ses yeux bleus, quoique pleins de défi, étaient doux.

Il détestait la perspective de faire souffrir sa famille, mais au cours des derniers mois, depuis son mariage, la vie était devenue impossible. L'arrivée de sa femme, une blonde à l'esprit vif, avait provoqué des remous. Arina et Varia avaient tendance à vouloir exercer sur elle la même autorité que sur Natalia.

— Elles croient que je leur appartiens, se plaignait la jeune femme furieuse.

Mais c'était la grossesse inattendue de Varia qui avait provoqué la crise.

— Nous allons avoir des enfants nous aussi, avait protesté la jeune femme à Boris. Quelle sera leur place ? L'enfant qu'elle va avoir passera toujours en premier.

En outre, Timofeï, de plus en plus irritable en raison de la nouvelle situation, n'avait cessé de crier sur le dos de Boris au moindre prétexte :

— Est-ce une façon d'empiler le bois, espèce de Mordve ?

Et il avait promis à sa jeune épouse :

— J'ai peut-être raté mon fils, mais je ferai entrer un peu de plomb dans la tête de mon petit-fils quand vous m'en donnerez un. A coups de fouet s'il le faut.

Au printemps, Boris avait décidé qu'il ne supporterait pas la situation plus longtemps.

Et ce matin-là, il avait annoncé qu'il partait.

Plusieurs amis avaient fait de même, ces dernières années, et ils l'avaient mis en garde :

— C'est dur, quand tu démarres dans ton isba. Puis cela devient de plus en plus facile. Et c'est mieux, parce qu'il n'y a plus toutes ces querelles avec ta famille.

L'idée était bonne, il n'en doutait pas. Il serait même parti plus tôt sans le problème de sa sœur Natalia. Qu'adviendrait-il d'elle ? Que ferait la famille de cette jeune fille de quinze ans aux lèvres boudeuses, qui semblait toujours vous défier ?

— Ils vont la briser, avait-il confié à sa femme. Ils la crèveront au travail pour compenser notre départ.

Il avait proposé d'emmener Natalia dans leur maison, mais sa femme avait refusé. Et Natalia s'était montrée aussi catégorique :

— Pars, Boris. Ne te soucie pas de moi. Je me débrouillerai, tu verras. J'ai un plan, avait-elle ajouté en souriant.

Quel plan ?

Une heure plus tard, Timofeï Romanov, très pâle, était debout au milieu d'un champ avec l'homme qui allait décider de son destin : l'ancien du village, le *staroste*, petit paysan grisonnant à la voix forte et aux gestes secs, à qui Timofeï s'adressait respectueusement à l'ancienne mode, en n'utilisant que son patronyme, Ilitch.

— Eh bien, suis-je ruiné ? demanda-t-il brusquement après avoir expliqué sa situation.

Quoi que dirait l'ancien, Timofeï savait que ce serait sans appel. Il ne pourrait rien y changer.

Timofeï Romanov était libre, sans l'être. Comme la plupart des anciens serfs de Russie. Quand les conseillers du tsar avaient accordé aux serfs le droit de posséder des terres, ils s'étaient heurtés à un autre problème, plus délicat : que se passerait-il si ces paysans, n'appartenant plus à personne, se mettaient à errer où bon leur semblait ?

— Comment les contrôlerons-nous ? Comment pourrons-nous nous assurer que les terres seront labourées et les impôts payés ?

La liberté, soit. Mais pas le chaos. Et dans leur sagesse, les autorités avaient conçu une solution simple : le paysan, quoique libre, resterait lié à son domicile. La terre prise au propriétaire ne serait pas donnée aux paysans individuellement mais à la commune du village, qui serait responsable des impôts et de tout le reste. Si Timofeï voulait se rendre à Moscou, il devait demander un passeport à l'ancien du village, exactement comme autrefois à Bobrov. La commune réglait même les questions ordinaires de justice. Enfin, c'était l'ancien du village qui redistribuait périodiquement les parcelles dispersées : pour chaque famille, tant de bonne terre, tant de mauvaise. Bref, Timofeï Romanov était à présent membre d'une commune médiévale sans seigneur féodal, ou, pour utiliser un terme moderne, participant obligatoire à une coopérative agricole. Peu importent les termes, il s'agit de la même chose.

Et de là venait le problème : si Boris quittait la maison et fondait un nouveau foyer, les terres seraient redistribuées. La part de Timofeï serait probablement réduite. Les champs qu'il cultivait en ce moment suffisaient à peine à subvenir aux besoins de sa famille et à ses charges. Comment s'en sortirait-il ?

— Je serai obligé de diminuer ta part, dit Ilitch d'un ton brusque.

— De combien ?

Le *staroste* réfléchit.

— De moitié.

C'était pire que ce que Timofeï avait craint.

— Je suis désolé, poursuivit l'ancien, mais il y a davantage de jeunes dans le village, à présent. Et dans la situation actuelle, ils n'ont pas assez de terres pour survivre.

Il haussa les épaules, irrité, et s'en fut.

Mais quels que fussent ses ennuis ce matin-là, Timofeï Romanov aurait été encore plus accablé s'il avait su ce que sa belle-mère avait en tête.

Arina avait soixante-trois ans. C'était la doyenne de la famille et elle ne permettait à personne de l'oublier. Elle aimait sa fille Varia par-dessus tout.

— J'ai failli me laisser mourir pour elle en 1839, disait-elle, ce n'est pas pour la voir souffrir maintenant.

Jamais les marques laissées par cette année terrible ne s'efface-raient.

— J'ai survécu un mois, cette année-là, avec un seul navet, et mon estomac n'a plus jamais été le même. C'est pour ça que je suis plus vieille que je ne devrais.

Au premier regard, elle n'était qu'une *babouchka* toute ronde, mais il y avait en elle une dureté, un instinct de survie qui la rendait fort redoutable.

Et maintenant sa fille allait avoir un autre enfant. Elle avait regardé en silence se dérouler le petit drame de famille. La pauvre Varia lui avait plusieurs fois confié :

— Quelle bénédiction si je pouvais perdre ce bébé avant la naissance !

Voyant comment la situation se présentait, Arina en avait tiré ses conclusions personnelles.

« Si les choses ne s'arrangent pas, décida-t-elle, il faudra que cet enfant meure. » Cela se faisait assez souvent. Elle avait connu une femme qui avait noyé son nouveau-né. Les « exposer » était plus facile et moins voyant. « S'il le faut, je le ferai, décida-t-elle. C'est à ça que servent les grand-mères. »

Mais elle ne parla de sa décision à personne. Et au retour de sa conversation avec le *staroste*, Timofeï ne soupçonna nullement ce que signifiait le regard buté de sa belle-mère. Il dit à sa femme :

— Nous pourrions peut-être envoyer Natalia à l'usine. Va la chercher.

Piotr Souvorine suivait son grand-père Savva dans son sillage et une nouvelle idée lui vint à l'esprit : « Je pourrais peut-être me tuer. »

La pensée ne manquait pas de beauté, mais comment procéderait-il ? De toute manière, il fallait qu'il échappe à ce terrible piège.

Si seulement son père n'était pas mort... Se rappelant la dure jeunesse que lui avait imposée Savva, et aussi parce que Piotr avait perdu sa mère à l'âge de dix ans, Ivan Souvorine avait été un père tendre, et assez sage pour laisser ses deux fils s'épanouir librement. Vladimir, l'aîné de cinq ans, homme d'affaires-né, dirigeait l'une des usines de Moscou depuis l'âge de dix-sept ans. Mais Piotr avait des penchants intellectuels, et son père — au grand déplaisir du vieux Savva — l'avait laissé aller à l'université.

Puis, six mois plus tôt, Ivan avait été emporté par une crise cardiaque, et le monde ensoleillé de Piotr s'était écroulé soudain.

« Je suis entièrement sous son pouvoir », songeait-il. Car le vieux Savva avait réaffirmé son autorité avec une force extraordinaire. En une semaine, il avait repris la direction de tout. Les études de Piotr avaient été interrompues du jour au lendemain ; et tandis que le jeune Vladimir restait à Moscou pour diriger les usines, Savva avait ordonné sèchement à Pierre de l'accompagner à Russka.

— Il est grand temps que nous prenions celui-ci en main, avait dit le vieux lutteur à sa femme.

Pendant son enfance dans la confortable maison de Moscou, ses grands-parents avaient été des personnages lointains, dont les visites occasionnelles étaient traitées avec une sorte de respect religieux. Son grand-père était l'homme le plus grand qu'il avait jamais vu. Avec son immense barbe grise et ses yeux noirs perçants, il était vraiment terrifiant et Piotr l'évitait autant que possible. Depuis qu'il était contraint de vivre avec lui, ses sentiments avaient changé : la crainte de son enfance était restée, mais elle s'accompagnait maintenant d'admiration.

Savva Souvorine n'était pas un simple mortel. Il était la Loi : fixe, immuable et sans merci. A quatre-vingt-deux ans, il se tenait aussi raide qu'à trente. La communauté de théodosiens à laquelle il appartenait avait été dissoute vers 1850, et il avait estimé nécessaire, comme beaucoup d'autres marchands, de rentrer dans le giron de l'Église orthodoxe. Mais il restait vieux-croyant en privé, et continuait de manger dans une écuelle de bois avec une petite cuillère de cèdre portant une croix. Et depuis la dispersion des théodosiens, les entreprises Souvorine appartenaient entièrement à la famille. Elles représentaient une fortune énorme.

Piotr connaissait les établissements de Moscou : la teinturerie près de la rivière ; la manufacture pour imprimer le calicot ; l'usine de colle ; l'usine d'amidon ; et la petite imprimerie fondée par son frère Vladimir. Mais il n'avait jamais compris auparavant ce qui se passait à Russka.

Russka n'avait jamais été beau. A présent, il était hideux. Du côté de la rivière, les cabanes entassées, les appentis et les clôtures semblaient prêts à basculer dans l'eau, rejetés par la ville comme des déchets. Dans le centre, le bâtiment de briques de l'usine qui fabriquait les cotonnades écrasait l'église de sa taille énorme, et sa cheminée octogonale dépassait même l'ancienne tour de guet, près de la poterne. L'usine qui fabriquait le drap était presque aussi grande, et celle de la toile de lin se trouvait dans de longs bâtiments bas ressemblant à des granges. Les gens venaient de loin pour y travailler, et Savva Souvorine régentait tout.

Au début, la vie de Piotr n'avait pas été trop désagréable. Ses grands-parents habitaient une maison simple de pierre de taille, dix fois plus petite que celle de Moscou, aux meubles lourds et laids, massifs et cirés à miroir. Mais qu'attendait-on de lui ? Quand Savva lui fit faire le tour des usines, il ne lui en dit rien. Au bout de quelques semaines, Piotr supposa que le vieil homme, lassé de sa présence, ne tarderait pas à le renvoyer à Moscou. Ce fut sa grand-mère qui, juste après Noël, lui ouvrit les yeux :

— Nous avons décidé que tu commencerais à travailler dans l'usine de toile, lui annonça-t-elle. Cela te permettra de connaître le village.

Le visage de Maria Souvorine était aussi rond que jamais, et son nez encore plus retroussé. En dépit de son immense richesse, sa bouche mince ne souriait jamais. Le seul luxe qu'elle se permettait était ses robes de brocart de soie, qui tombaient jusqu'au sol en forme de cloche. Avec son grand châle étendu sur les épaules et épinglé sous le menton, elle ressemblait à une de ces petites poupées russes peintes de couleurs vives, image rassurante, que démentait son caractère impitoyable.

— Je ne suis pas du tout fait pour ce genre de travail, protesta Piotr.

— Nous pensons que ce sera le mieux, répondit-elle calmement.

— Mais... Mes études ?

— C'est fini, tout ça, dit-elle sans sourciller ; et elle ajouta sans la moindre acrimonie : Tu ne comptes tout de même pas qu'à quatre-vingts ans, ton grand-père fera le travail à ta place ?

Par cette matinée de printemps, Piotr n'y tenait plus. Il avait essayé de s'intéresser, de trouver quelque chose qui excite son imagination. Quand Savva lui avait appris : « La guerre de Sécession limite nos importations des États-Unis, nous devons nous approvisionner en Asie », il avait conjuré des images de bateaux naviguant le long des côtes du Nouveau Monde et de caravanes dans le désert, pour se convaincre que les entreprises Souvorine faisaient partie d'une aventure plus vaste, capable de susciter sa passion. Mais il se retrouvait chaque jour en face des mêmes cheminées sinistres, devant les immenses rangées de machines, accablé par le caractère répétitif du travail. Oui, Russka était une prison.

Ils faisaient justement ce matin-là ce que Piotr détestait le plus : l'inspection des logements des ouvriers. Dans les villages, les paysans qui faisaient pousser le lin et tissaient leur toile de manière artisanale n'étaient pas si mal lotis, dans leurs isbas. A Russka, il en allait autrement : les familles des ouvriers logeaient dans trois rangées de maisons de bois, qui n'auraient pas manqué de confort si trois à cinq familles n'avaient pas été contraintes de vivre sous le même toit.

— Nous formons tous une seule famille, rappelait Savva à ces gens tout en avançant au milieu d'eux comme un austère patriarche de l'Ancien Testament. Nous vivons ensemble.

Il y avait également des dortoirs. Pourquoi Piotr sentait-il son cœur se briser chaque fois qu'il entrait dans l'un d'eux ? Les lieux n'avaient rien de sordide. Les dortoirs, vastes pièces peintes en blanc avec une rangée de piliers de bois au milieu et des lits de chaque côté, étaient tous d'une propreté exemplaire, clairs, aérés et bien chauffés. Les lits consistaient en une planche large, divisée en deux de sorte que chaque moitié avait assez de place pour un matelas étroit et quelques autres affaires. Deux personnes dormaient donc sur chaque lit, séparées par une cloison basse ; et il y avait trente lits de chaque côté du dortoir. Sous le lit se trouvait un coffre de bois fermant à clé, et au-dessus, fixé au plafond bas, une sorte de râtelier permettait à l'ouvrier de ranger d'autres vêtements. Les hommes dormaient dans un dortoir, les femmes dans un autre. Tout était en ordre parfait.

Mais déprimant. Et Piotr savait exactement pourquoi. A cause des gens.

Il n'y avait encore aucune classe ouvrière urbaine en dehors de Moscou et de Saint-Pétersbourg — et encore... Les gens des dortoirs de Russka appartenaient à deux types. C'étaient soit des jeunes venus de villages lointains, qui retournaient périodiquement dans leur famille pour donner leurs modestes salaires : soit d'anciens serfs employés jadis comme domestiques dans la maison de leurs maîtres — ayant obtenu leur liberté sans avoir droit à des terres, ils étaient à la dérive, sans foyer. Chaque fois que Piotr passait avec son grand-père, il les voyait trembler de peur. « Des paysans perdus », se disait-il. L'ordre et la propreté rendaient l'endroit encore plus inhumain.

« Et je suis censé rester ici pour perpétuer ce système affreux, songeait-il. Ces pauvres gens et ces usines affreuses nourriront ma famille... » Il ne savait pas très bien ce qu'il escomptait de la vie, mais le désespoir lui nouait la gorge et il se répétait sans cesse : « Tout, mais pas ça. N'importe quoi. J'irai haler les chalands sur la Volga s'il le faut. »

Juste au moment où ils sortaient du dortoir, Piotr se retourna par hasard et aperçut une chose qu'il n'aurait pas dû voir : au fond du dortoir, un jeune homme d'à peu près son âge faisait pour le bénéfice de ses camarades une imitation de Savva Souvorine. Vu qu'il était petit et chétif, son numéro n'était pas si mal. Remarquant le regard de Piotr, ses amis lui firent signe ; le jeune homme s'interrompit brusquement et lui fit face.

Pour Piotr, ce fut un choc. Il avait déjà vu toute sorte d'expression sur le visage humain, mais jamais la haine à l'état pur. Le jeune homme ne savait sans doute pas que c'était de la haine qu'il exprimait, ou bien il ne se souciait nullement de la cacher. Dans un cas comme dans l'autre, c'était troublant.

« Mon Dieu, se dit-il, ce garçon croit que je suis comme grand-père. S'il savait la vérité... » Puis il se rendit compte que c'était pire : « Pourquoi m'accorderait-il de la sympathie, alors que je suis un Souvorine ? » Il sortit brusquement.

Il connaissait vaguement ce jeune homme, qui semblait inoffensif. Il s'appelait Grigori.

Natalia marchait d'un pas vif sur le chemin de Russka. Elle s'était esquivée dès qu'elle avait aperçu le visage sombre de son père, qui

revenait de son entretien avec l'ancien du village. En ce moment
même, il devait la chercher.

Elle savait exactement ce qui l'attendait. On l'enverrait à l'usine
Souvorine, et elle y travaillerait tant que la famille aurait besoin de
son salaire pour joindre les deux bouts. Cela lui faisait peur : « Je
resterai vieille fille et esclave toute ma vie », songeait-elle.

Elle n'avait pas l'intention de s'y résigner. Dans son enfance,
comme Micha Bobrov s'était toujours montré amical envers son
père, Boris et elle avaient fréquenté pendant trois ans la petite école
de Russka, où ils avaient appris à lire. Si pauvre qu'elle fût, ce
talent exceptionnel l'emplissait d'une fierté secrète : elle arriverait à
quelque chose. A quoi et comment, elle n'en avait pas la moindre
idée.

Elle avait encouragé Boris à partir, en dépit des conséquences de
son départ pour elle, parce qu'elle l'aimait. Il fallait qu'il s'en aille.
C'était la condition de son bonheur. Quant à son propre plan, le plan
dont elle avait parlé à Boris...

Il n'y avait pas de plan. Elle ne savait absolument pas quoi faire.

Elle resserra le foulard autour de sa tête. L'air frais embellissait
ses traits. Elle ne voyait qu'une seule issue.

Elle allait voir Grigori.

Micha Bobrov et sa femme Anna rayonnaient de plaisir.

La petite voiture arriva à Bobrovo ce soir-là juste au coucher du
soleil. Nikolaï courut les embrasser et annonça :

— J'ai eu la permission de quitter l'université plus tôt et me voici.

Quand il ajouta qu'il avait invité un ami, Micha lui répondit en
plaisantant :

— Plus on est de fous, plus on rit.

Il prit son fils par le bras en un geste typique des Bobrov, et
l'entraîna dans la maison.

Micha Bobrov s'était toujours estimé heureux de s'entendre si bien
avec son fils. Il se rappelait l'atmosphère pesante qui entourait
toujours son vieux père Alexeï et s'était juré de ne jamais permettre
ce genre de morosité à Bobrobo de son vivant.

Il était toujours ravi que Nikolaï discute avec lui.

— Comme ce cher Serioja et le vieil oncle Ilia, disait-il à sa femme,
et il ajoutait : Nous devons écouter les jeunes, Anna, et essayer de
les comprendre. Car ils sont l'avenir.

Les deux jeunes gens, fatigués de leur voyage, exprimèrent le désir
de se retirer à la fin du dîner.

— Mais je prévois de splendides discussions avec eux, confia
Micha à Anna quand ils furent seuls. On peut ne pas toujours
apprécier ce qui se passe dans ces universités, mais nos jeunes gens
en reviennent toujours pleins d'idées. Je suis sur des charbons
ardents, ajouta-t-il en riant.

Une seule chose l'intriguait. C'était absurde, vraiment, mais à l'instant où il avait posé les yeux sur l'ami de Nikolaï, il avait eu la curieuse impression de l'avoir déjà vu.

Evgueni Pavlovitch Popov. C'était ainsi que s'était présenté le rouquin. Un nom assez commun.

— Je vous ai déjà rencontré ? avait demandé Micha.

— Non.

Il n'avait pas insisté. Pourtant il en était certain : il y avait chez ce jeune homme quelque chose qui... Et ce soir-là, trop excité pour s'endormir, cette petite énigme fut une des nombreuses questions que Micha Bobrov, propriétaire terrien, retourna dans sa tête.

L'arrivée de son fils incitait toujours Micha à penser à l'avenir. Quel domaine pourrait-il léguer à Nikolaï ? Quel genre de vie mènerait-il ? Que pensait le jeune homme sur tel ou tel sujet ? Approuverait-il ses projets ?

Il était dans son caractère de se convaincre que tout allait pour le mieux, bien que le sort lui ait été peu favorable.

— Je suis optimiste pour l'avenir, disait-il.

C'était un des rares points sur lesquels sa femme n'était pas de son avis.

En fait, tout allait mal dans le domaine Bobrov, car si l'émancipation n'avait pas répondu aux espoirs des paysans, elle n'avait pas satisfait non plus les propriétaires.

Le premier problème ne datait pas de la veille : en 1861, comme presque tous les propriétaires de sa connaissance, Micha Bobrov avait été obligé de donner soixante-dix pour cent de ses serfs en nantissement de ses emprunts à la banque d'État. Dans la décennie qui avait suivi l'émancipation, la moitié des sommes reçues en compensation de la libération de ses serfs était allée directement dans les caisses de la banque pour rembourser ces dettes. En outre, les bons du Trésor qu'il recevait pour une partie du paiement — ces bons que les paysans avaient tellement de mal à payer — perdaient constamment de leur valeur car la Russie traversait une période d'inflation.

Endetté et sans liquidités, Micha Bobrov avait du mal à payer la main-d'œuvre nécessaire à l'exploitation des terres jadis cultivées par ses serfs. Il avait dû en louer une partie à des paysans, une partie à des marchands. Il serait bientôt obligé d'en vendre. La plupart de ses amis l'avaient déjà fait.

Il devenait un peu plus pauvre chaque année. Pourquoi se montrait-il optimiste ?

Il y avait plusieurs raisons. L'Empire russe était incontestablement mieux gouverné et plus fort que dans sa jeunesse. Après des siècles de conflit, il semblait avoir enfin atteint ses frontières naturelles. Sans doute avait-on vendu aux États-Unis, en 1867, le vaste territoire de l'Alaska — « C'était beaucoup trop loin », disait Bobrov —, mais la Russie consolidait sa mainmise sur les côtes du Pacifique au bout de la plaine d'Eurasie, où le port de Vladivostok, en face du Japon, permettrait de développer un commerce fructueux avec l'Extrême-Orient. Au sud, après la débâcle de la guerre de Crimée, la Russie avait de nouveau obtenu le droit de lancer ses bateaux sur les eaux tièdes de la mer Noire. Au sud-est, elle absorbait progressivement les peuples du désert au-delà de la mer Caspienne, avec leurs princes farouches et leurs riches caravanes. A l'ouest, le dernier soulèvement des Polonais avait été écrasé et la Russie, assurée d'une alliance solide avec la Prusse, se trouvait en paix avec ses voisins. Certains pensaient que le royaume de Prusse, sous l'impulsion de son brillant chancelier Bismarck, avait les dents trop longues, mais qu'en était-il de l'empire du tsar, qui couvrait maintenant le sixième des terres du globe ?

La vraie raison de l'optimisme de Bobrov était cependant ce qu'il voyait à l'intérieur même de la Russie.

— Nous avons été témoins, au cours des quinze dernières années, de plus de réformes que depuis l'époque de Pierre le Grand, disait-il.

Pour la première fois en huit cents ans d'histoire, la Russie possédait des tribunaux indépendants, avec des juges indépendants, des avocats de métier et des audiences publiques. Il y avait même des jurés. Quant à l'armée, tous les hommes, nobles et paysans, pouvaient être incorporés par tirage au sort, mais pour six ans seulement au lieu de vingt-cinq. Sauf dans les régiments d'élite, n'importe qui pouvait devenir officier. Enfin le tsar avait institué des assemblées locales, les *zemtsva* dans les campagnes et la *douma* dans les villes, élues par tous les contribuables, qu'ils soient nobles, marchands ou paysans. Ces institutions ne détenaient que des pouvoirs modestes, et les postes clés comme ceux de gouverneur et de chef de la police continuaient d'être pourvus par le gouvernement central. D'autre part, dans les villes, les votes étaient pondérés en fonction des impôts payés : la grande majorité du peuple, qui payait seulement un tiers des impôts, ne pouvait élire que le tiers des membres du conseil. Dans les campagnes, le système de pondération et une série d'élections indirectes assuraient que soixante-dix pour cent des membres des *zemtsva* provinciales appartenaient à la noblesse.

— Mais c'est le principe qui compte, déclarait Micha Bobrov. La Russie est entrée dans le monde moderne de la démocratie. Toutes les classes peuvent dire leur mot.

En fait, ce qui plaisait le plus à Bobrov dans ce système, c'était que les *zemtsva* donnaient à des gens comme lui l'illusion de tenir un rôle dans la société...

Puis, juste avant qu'il ne s'endorme, une idée lui traversa l'esprit au sujet de cette ressemblance qui l'intriguait : « Le patronyme de ce jeune homme n'est-il pas Pavlovitch ? Et l'horrible vieux prêtre rouquin de Russka n'avait-il pas un fils appelé Pavel Popov, employé ou fonctionnaire à Moscou ? Ce jeune rouquin serait-il le petit-fils du prêtre ? »

Ce serait une coïncidence amusante. Il décida de poser la question le lendemain matin.

Mais le lendemain matin, quand Micha descendit dans la salle à manger, où il s'attendait à trouver les deux jeunes gens attablés, il fut accueilli par son valet qui lui fit part d'une curieuse nouvelle :

— Nikolaï Mikhaïlovitch est sorti avec son ami juste avant l'aube, monsieur.

— Avant l'aube ? Et pour aller où ?

— Vers le village, Mikhaïl Alexeïevitch. Et ils étaient habillés comme des paysans, ajouta-t-il en prenant un air désapprobateur.

Micha regarda son valet. Celui-ci n'avait pas l'habitude de lui raconter des histoires.

— Et pourquoi diable ? demanda-t-il.

— Je ne l'ai pas compris, monsieur. Ils ont dit... Ils ont dit, monsieur... Ils ont dit qu'ils allaient chercher du travail.

Et Micha Bobrov se demanda lui aussi ce que cela pouvait bien signifier.

Grigori, âgé de dix-neuf ans, avait un visage en lame de couteau et de longs cheveux noirs huileux séparés par une raie au milieu. Il n'avait guère de force physique et Dieu l'avait maudit en lui donnant des dents qui le faisaient souffrir presque chaque jour. Mais sous ses dehors tranquilles, il avait de la volonté. Il était déterminé à survivre.

Il voyait bien que Natalia Romanov était amoureuse de lui, et cela lui faisait peur.

Il appartenait à une famille de huit enfants. Le père, ancien serf de Vladimir sans emploi régulier, mettait ses enfants au travail dès qu'ils avaient dix ans. Environ une fois par mois, il attachait Grigori à un banc de bois pour le fouetter avec des verges de bouleau qu'il prenait d'abord la peine de mouiller. Mais Grigori ne l'en aimait pas moins.

Quand, à treize ans, Grigori avait annoncé qu'il quittait la maison, son père ne s'en était pas froissé. Grigori avait même eu l'impression que ses parents étaient ravis de se débarrasser de lui. Avant son départ, cependant, son père lui avait donné un conseil en guise de viatique :

— Prends ce que tu pourras des femmes, Grigori, mais méfie-toi d'elles. Parfois elles ont l'air gentilles, mais au fond elles ne cherchent qu'à te faire souffrir. Ne l'oublie pas.

Il ne l'avait jamais oublié.

Et à présent, cette fille... Qu'est-ce qu'elle lui trouvait ? Elle était jolie, vive d'esprit, et son père avait des terres à lui. Selon les normes de Grigori, les Romanov étaient riches. Il la faisait rire, soit... Mais avec son humour acide, presque cruel, il faisait rire presque tout le monde. Il pouvait faire rire des gens qui le détestaient, et qu'il détestait.

Que lui voulait donc Natalia ?

Et pourquoi, pour l'amour de Dieu, lui avait-elle demandé de l'épouser la veille au soir ? Il l'avait dévisagée d'un air étonné et soupçonneux avant de répondre :

— Il faut que j'y réfléchisse.

Quand les deux jeunes gens habillés en paysans firent leur apparition dans le village ce matin-là, personne ne les reconnut jusqu'à ce que la vieille Arina, sur le pas de la porte, s'écrie :

— Parbleu, mon jeune monsieur, comme vous avez grandi !

Un instant plus tard, sur l'insistance de la vieille dame, ils étaient dans l'isba en train de manger des friandises devant le grand poêle chaud.

Quand la famille apprit que Nikolaï et son ami désiraient travailler dans le village, ils n'en crurent pas leurs oreilles. Mais qui pouvait sonder l'esprit d'un noble ? Timofeï demanda d'une voix hésitante s'ils comptaient être payés, et quand ils lui répondirent que non, ses yeux s'ouvrirent tout grands : c'était son coup de chance !

— N'allez pas plus loin, Nikolaï Mikhaïlovitch. Je peux vous donner autant de travail que vous voudrez.

Et ce fut ainsi que deux heures plus tard, un Micha Bobrov complètement abasourdi rencontra son fils et le jeune Popov en train d'aider le paysan, sur le bord d'un grand champ. Assez sage pour ne pas intervenir, Micha hocha la tête, amusé par les invraisemblables excentricités des jeunes, et rentra tranquillement chez lui.

— Ils auront faim ce soir, dit-il à sa femme, puis il prit un livre.

Natalia observa elle aussi avec curiosité les deux visiteurs. Elle était très jeune quand Nikolaï Bobrov avait quitté Bobrovo pour faire ses études, et le fils du propriétaire n'était guère pour elle qu'un nom. Elle le trouva beau garçon avec sa moustache et sa barbe bien taillées et ses yeux bleus qui brillaient. Très beau garçon. Quant à son ami le rouquin, elle ne savait qu'en penser. Il n'avait pas beaucoup parlé à Natalia et à la famille : il laissait bavarder Nikolaï, et Natalia s'était dit qu'elle n'avait encore jamais vu quelqu'un comme lui. De toute manière, elle avait d'autres choses en tête.

Notamment Grigori.

Natalia adorait sa famille. Elle ne voulait faire de peine à personne. Mais quand Boris avait annoncé son départ, quelque chose s'était brisé en elle. Elle s'était sentie soudain très seule. Elle savait que son père et sa mère avaient besoin d'elle ; mais la veille au soir, lorsque Timofeï lui avait annoncé, comme elle le craignait, qu'elle irait à l'usine, elle n'avait pas pu s'empêcher de lui en vouloir. « Si je fais ça pour eux, je veux un peu de bonheur en échange. » Et curieusement, « un peu de bonheur » signifiait Grigori.

Pourquoi lui ? Dans le village même, qui pouvait s'intéresser à elle ? Les Romanov étaient pauvres : avec l'enfant qui allait naître, son père ne pourrait pas lui donner de dot. Et elle n'était pas d'une beauté fracassante. Mais de toute manière, le jeune homme de l'usine, avec son esprit malin, l'avait fascinée. Elle sentait en lui une personnalité que ne possédait aucun gars du village. Quand ils avaient fait connaissance, elle avait commencé à lui apprendre à lire, et la vivacité du jeune homme l'avait étonnée. Il ne semblait pas étudier les choses comme les autres : il attaquait chaque sujet et le dévorait avec avidité jusqu'à ce qu'il l'ait maîtrisé. « Comme un tigre », se disait-elle, intriguée. Mais il était également vulnérable : il avait besoin de quelqu'un pour veiller sur lui. Et elle trouvait cette combinaison séduisante. Au début du printemps, elle avait conclu : « Il n'est peut-être pas parfait, mais il n'y a personne comme lui sur terre. »

Ce qu'elle envisageait était assez simple. S'il venait vivre avec eux au village, deux salaires rentreraient au logis ; si ses parents ne voulaient pas de lui, elle irait vivre avec lui à Russka, et ses parents n'auraient rien. De toute manière, elle obtiendrait son indépendance.

Toute la journée, pendant que Nikolaï et Popov travaillaient avec son père, elle pensa à Grigori.

Et elle entendit avec surprise, à la tombée du jour, Nikolaï annoncer qu'il reviendrait le lendemain avec son ami.

Nikolaï était ravi. La première journée s'était bien passée. Evgueni semblait satisfait lui aussi.

— Nous obtiendrons leur confiance, dit-il. Mais n'oublie pas, ajouta-t-il d'un ton sévère, nous ne devons rien dire pour l'instant. Il faut suivre le plan.

— Bien entendu, répondit Nikolaï.

Le plan était tout.

Il avait de la chance d'être avec Popov, se dit-il. Evgueni se montrait parfois assez mystérieux et donnait l'impression de ne pas tout vous dire, mais il semblait tellement sûr de son fait, tellement précis. Et ils étaient maintenant associés dans cette affaire d'une importance extrême. Il supposait qu'un jour, leurs deux noms seraient même cités avec les autres dans les livres d'histoire.

Au demeurant, il attendait la soirée avec impatience. Il avait vu plusieurs fois Evgueni en action, et il se demandait, en souriant, ce que son ami allait faire à ses parents.

Micha Bobrov essayait de dissimuler son excitation. Non seulement il avait envie de savoir ce que manigançaient les deux amis, mais il espérait leur faire beaucoup d'effet au cours de la discussion.

Le salon était meublé de façon conventionnelle, mais les périodiques qui se trouvaient sur la table témoignaient du caractère hors du commun du maître de maison. Ces « gros journaux », comme on les appelait, jouaient un rôle de premier plan dans la vie intellectuelle de la Russie. Ils publiaient sous forme de feuilletons les dernières œuvres des grands romanciers de l'époque : Tolstoï, Dostoïevski et Tourguéniev. Mais on y trouvait également des essais et des commentaires politiques d'avant-garde. Par leur simple présence ils affirmaient que Micha Bobrov était un esprit éclairé.

Il accueillit les deux jeunes gens comme si rien d'exceptionnel ne s'était passé, et ils se mirent à bavarder de la pluie et du beau temps. Puis au bout de quelques minutes, affectant une nonchalance qui faillit faire éclater de rire Nikolaï, il lança soudain :

— J'espère que vous vous êtes bien amusés dans les champs toute la journée. Mais puis-je savoir ce que vous faisiez au juste ?

Les jeunes gens lui firent la réponse dont ils étaient convenus.

Micha eut l'impression que le dîner se passait bien. Le vin rouge était excellent. A la lumière chaude des bougies, sous le regard de ses ancêtres accrochés aux murs, il présidait à la conversation, visiblement ravi. Anna trônait à l'autre bout de la table. Moins cultivée que Micha, elle semblait compenser son manque de vivacité d'esprit par la fermeté de ses opinions.

Donc, les jeunes gens voulaient étudier les conditions de vie au village. C'était une idée originale de travailler avec les paysans comme ça ; et quand le jeune Popov ajouta qu'il réunissait des légendes populaires, Micha fut enchanté.

Micha parla des problèmes d'éducation, qu'il croyait susceptibles d'intéresser des étudiants, puis de littérature et émit l'idée qu'outre les *zemtsva* locaux, il devrait y avoir une Assemblée nationale, librement élue par le peuple, pour conseiller le tsar. Bref, il fit un tel étalage de ses opinions avancées, qu'il était certain d'avoir fait une forte impression sur les deux jeunes gens, bien que ceux-ci n'eussent pas dit grand-chose.

Ce fut vers la fin du repas qu'il reçut le premier choc.

Il avait observé Evgueni Popov avec intérêt pendant ces conversations. De son temps, presque tous les étudiants d'université apparte-naient à sa propre classe, la noblesse ; mais depuis le milieu du siècle, une nouvelle génération intellectuelle était apparue : des fils de prêtres, de petits fonctionnaires et de marchands, des hommes comme le jeune Popov. Micha était partisan de cette ouverture. Les médecins, les professeurs, les ingénieurs agronomes qu'employaient les *zemtsva* étaient issus de cette classe moyenne. Popov, cependant, semblait plus intellectuel que la plupart. Quel genre de garçon était-ce ? Micha remarqua aussi que si le jeune homme prenait la parole, il se montrait brusque, comme s'il méprisait les habituelles civilités. « Tant mieux, se dit Micha. Il est direct. » Et il veilla à se montrer direct lui-même quand il s'adressait à lui.

Ne pouvant contenir sa curiosité, il demanda courtoisement :

— J'ai remarqué que votre patronyme était Pavlovitch. Seriez-vous par hasard le fils de ce Pavel Popov dont le père était autrefois le prêtre de Russka ?

C'était une question polie, mais Popov ne se soucia pas de lever la tête de son assiette.

— Oui, répondit-il.

— Un homme éminent, mentit Micha par politesse, craignant d'avoir offensé l'ami de son fils.

— Ah bon ? Je n'en avais aucune idée.

Légèrement surpris, toujours curieux et sentant vaguement qu'après avoir lancé la conversation sur la famille du jeune homme, il serait grossier de s'en tenir là, Micha continua :

— J'espère que votre père va bien.

Popov ne prit toujours pas la peine de lever les yeux.

— Il est mort.

— Je suis désolée, dit Anna Bobrov spontanément.

Ce n'était de sa part que courtoisie banale. Mais à sa stupéfaction, Popov leva calmement les yeux vers elle.

— Non, vous ne l'êtes pas.

— Je vous demande pardon ?

— Vous n'êtes pas désolée. Comment pourriez-vous être désolée alors que vous ne l'avez jamais rencontré ?

Anna parut déconcertée, Micha se rembrunit et Nikolaï sourit, amusé.

— Evgueni déteste les faux-semblants, dit-il. Il croit qu'on ne devrait dire que la vérité.

— Très juste, dit Micha, espérant chasser le petit malaise.

Mais à sa surprise, le jeune Popov lui adressa un regard où l'on sentait du mépris.

— En ce cas, pourquoi avez-vous dit que l'idiot corrompu que j'ai eu pour grand-père était un homme éminent ?

C'était une impertinence grossière, mais Micha sentit le rouge lui monter aux joues.

— Vous êtes mon invité, balbutia-t-il. Puis, sur un ton irrité : Il faut montrer du respect pour sa famille.

— Je ne vois pas pourquoi quand elle n'a rien de respectable.

Il y eut un silence gêné. Alors Anna parla. Elle n'était pas sûre d'avoir très bien compris, mais elle était en tout cas certaine de ce qu'elle pensait :

— Les sentiments familiaux sont la chose la plus importante du monde, dit-elle avec fermeté.

— Balivernes. Pas si le sentiment n'est pas sincère.

Anna, stupéfaite, resta bouche bée. Mais Nikolaï lui sourit, ainsi qu'à son père, et expliqua :

— Popov est l'homme le plus sincère du monde. Il croit que nous devons nous dépouiller de toute fausseté.

Anna essaya de comprendre.

— Vous voulez détruire les bonnes matières, la gentillesse à l'égard des autres ? Que resterait-il sur terre si tout le monde agissait ainsi ?

Et, pour la première fois depuis son arrivée, Popov sourit.

— La vérité, dit-il simplement.

Micha sourit lui aussi : il comprenait enfin le jeune homme.

— Vous êtes ce qu'on appelle un nihiliste, dit-il.

Tout Russe cultivé connaissait ces extrémistes depuis que Tourguéniev les avait mis en scène dans son célèbre roman *Pères et Fils*.
Disciples du philosophe Bakounine, ils prétendaient que l'élimination
de tous les faux-semblants de la société et de ses idées périmées, si
pénible qu'elle fût, serait créatrice.

— Je suis absolument de votre avis, mon cher, déclara-t-il. Je
comprends.

Et il se sentit vraiment content de lui.

— Non, vous ne comprenez pas, répondit Popov en le dévisageant
d'un air dédaigneux, sans se départir de son calme. Vous êtes
seulement typique de votre génération. Vous parlez sans fin, vous
concoctez des réformes qui sont des demi-mesures, et en réalité vous
ne faites rien.

Il haussa les épaules.

Micha Bobrov sentit son poing se crisper. Il ne dit rien pendant
un instant, et se força à vider son verre de vin. Il remarqua que sa
main tremblait. C'était scandaleux : une telle grossièreté sous son
toit... Mais n'y avait-il pas une part de vérité dans ce que le jeune
homme venait de dire ? Micha songea soudain au cher vieil oncle
Ilia, dans son fauteuil : il lisait et parlait ; les semaines, les mois et
les années passaient, et il ne faisait rien, comme Popov venait de le
dire.

— Les réformes de ce règne ont été réelles, dit-il en se mettant
sur la défensive. N'avons-nous pas aboli le servage avant que les
Américains n'abolissent l'esclavage ?

— En principe, mais non dans les faits.

— Ce genre de chose prend du temps... Vous croyez vraiment que
tout est pourri en Russie ?

— Bien sûr. Ne le voyez-vous pas ?

En toute sincérité, Micha Bobrov ne pouvait le nier. La Russie
était encore lamentablement rétrograde et sa bureaucratie célèbre
pour sa corruption. Les assemblées élues, les *zemtsva* dont il était si
fier, n'exerçaient aucune influence sur le gouvernement central de
l'empire et le régime était en réalité aussi despotique qu'à l'époque
de Pierre le Grand et même d'Ivan le Terrible. Oui, oui, sa Russie
bien-aimée était pourrie. Mais ne s'améliorerait-elle pas ? Les hommes comme lui, éclairés, libéraux, n'étaient-ils pas un facteur de
progrès ? Ou bien ce jeune homme grossier et franchement déplaisant
avait-il raison sur toute la ligne ?

Anna Bobrov intervint. Elle avait suivi la conversation sans
comprendre un mot du contenu philosophique, mais elle avait
parfaitement saisi une phrase :

— Vous dites que la Russie est pourrie, monsieur, déclara-t-elle,
et vous avez absolument raison. C'est une honte.

Nikolaï, surpris, se tourna vers sa mère.

— Et que faut-il faire à ce sujet, mère ? lui demanda-t-il.

Elle parut tomber des nues.

— Faire ? Est-ce que je sais, moi ?

Puis, parlant inconsciemment pour la vaste majorité du peuple russe, et d'un ton qui proclamait qu'il s'agissait d'une évidence, elle ajouta :

— C'est au gouvernement de décider.

— Madame, répondit Popov avec un sourire ironique, vous venez de résoudre tout le problème.

Elle en était manifestement persuadée.

La discussion s'arrêta là. Les paroles de Popov avaient blessé Micha, mais ce qui l'attrista le plus, ce fut d'avoir senti qu'un gouffre s'était ouvert entre lui et son fils : il y avait en Nikolaï et son ami quelque chose qu'il ne comprenait pas.

Pendant les jours qui suivirent le temps se réchauffa. Dans la maison des Bobrov, tout semblait très calme. Les deux jeunes gens partaient travailler chaque matin avec les paysans du village et rentraient fatigués le soir. Tout le monde évitait les discussions, et quand Micha leur demandait si leurs recherches progressaient, ils répondaient par l'affirmative.

— Les jeunes ont parfois d'étranges enthousiasmes, dit-il à sa femme. Je suppose qu'il n'y pas de mal à ça.

— La vie en plein air fait beaucoup de bien à Nikolaï, répondit-elle.

Pour sa part, Nikolaï était ravi. Il aimait le travail physique et la compagnie des paysans, qui s'habituaient à lui tout en sachant qu'il ne serait jamais l'un d'eux. Il avait passé sa jeunesse au milieu des gens du village, mais il se rendait compte qu'il n'avait jamais vraiment compris ce qu'était leur vie : le poids de leurs dettes, le manque de terres qui les chassait vers les usines. « Et c'est de notre faute s'ils sont contraints de vivre ainsi, pensait-il. Nous sommes des parasites accablant ces gens, qui n'ont rien à gagner de la façon dont la Russie est gouvernée. »

Pour avoir étudié dans divers traités d'agronomie les méthodes appliquées dans d'autres pays, il trouva celles de Russka vraiment médiévales. Les charrues étaient encore en bois, et la redistribution constante des terres entraînait indirectement un appauvrissement des sols.

— Mais le problème le plus grave, expliqua Micha à son fils, c'est Savva Souvorine et son usine textile.

— Pourquoi ?

— Il encourage les paysans à cultiver du lin pour faire de la toile, alors que le lin épuise le sol beaucoup plus vite que l'avoine ou l'orge de printemps. Les paysans font pousser des luzernes, qui pourraient engraisser la terre, mais ils les sèment dans d'autres champs au lieu de les cultiver en rotation, et il n'en résulte aucun bien. Enfin, pour compenser les rendements faibles, ils défrichent de plus en plus de prairies, sont contraints de diminuer leurs troupeaux, et obtiennent donc moins de fumier pour bonifier leurs terres épuisées.

— Mais c'est un cercle vicieux, s'écria Nikolaï.

— Oui.

— Et que fait-on à ce sujet ?

— Rien. Les communes de paysans refusent de changer leurs méthodes, tu l'as constaté.

— Et les *zemtsva* ?

— Ah ! soupira son père. C'est trop complexe.

Nikolaï avait aussi de bons moments. Dans l'isba des Romanov, Arina lui racontait les mêmes histoires qu'à son père pendant son enfance. En général, Popov se tenait à l'écart — il ne s'était pas lié avec la famille — mais Nikolaï s'asseyait à côté de la vieille paysanne et l'encourageait à relater non seulement des contes, mais des événements de sa propre vie. Elle lui parla plusieurs fois de la famine de 1839 et de sa vie de jeune serve dans la maison des Bobrov.

— Vous avez le même geste de la main que votre père, remarqua-t-elle un jour. Ilia Alexandrovitch l'avait aussi. Ainsi que votre arrière-grand-père Alexandre Prokofievitch.

— Ah bon ? s'étonna Nicolas, qui n'était pas au courant de ce trait de famille. Et l'oncle Serioja ? Ne l'avait-il pas ?

Il ne comprit pas pourquoi sa question déclencha un éclat de rire chez la vieille femme.

— Oh, non ! Il avait autre chose, Sergueï Alexandrovitch.

Et elle continua de rire sans que personne sache pourquoi.

Un jour, en l'absence de Popov, Arina interrompit brutalement sa conversation avec Nikolaï. Elle semblait anormalement agitée.

— Nikolaï Mikhaïlovitch, pardonnez une pauvre vieille, mais je vous supplie de ne pas trop vous frotter à ce Popov.

— Popov ? C'est un type formidable.

Elle secoua la tête.

— Tenez-le au large, mon jeune monsieur.

— Qu'a-t-il fait ?

— C'est ce que je ne sais pas, vous comprenez ? Mais je vous en prie, il est... Il y a du mal en lui.

— Chère Arina...

Il l'embrassa en riant. Il supposa que Popov devait lui paraître bizarre.

Popov suivait le chemin en sous-bois conduisant à Russka. Il avait plus d'une chose en tête, et notamment la question de la cachette. Il avait besoin d'un endroit petit, mais bien clos. Une grange ferait l'affaire, s'il pouvait la fermer à clé pour que personne n'y entre. Il n'y avait rien de ce genre à Bobrovo.

L'objet en question, démonté avec soin, se trouvait en pièces détachées dans une caisse fermée à clé, à l'intérieur de sa chambre. Il avait dit à son hôte qu'il s'agissait de livres. Il serait bientôt temps de l'utiliser.

Dans l'ensemble, il était satisfait. Il conservait des doutes quant au jeune Bobrov, mais jugeait Nikolaï très utile. Et il avait songé à d'autres éléments. A Boris Romanov, par exemple : c'était un violent. Popov lui avait parlé plusieurs fois de choses et d'autres, mais sans donner aucune indication au jeune paysan sur ce qui se préparait. Il fallait se montrer prudent.

Une seule chose l'avait surpris à son arrivée à Russka : l'influence des usines et des Souvorine, qui les possédaient. Ils étaient importants, et il voulait donc en savoir davantage sur eux. Laissant Nikolaï dans les champs, il se rendait à la petite ville.

Il erra quelque temps autour de la sinistre filature, près des grands entrepôts et entre les rangées de logements ouvriers. Il commençait à se lasser quand il aperçut un homme seul, qui marchait le long des étals de la place, l'air visiblement accablé.

Il s'avança vers lui.

Natalia avait l'impression de faire des progrès.

Grigori s'était laissé embrasser.

Le baiser n'avait pas été très agréable. Un peu salé ; et elle l'avait senti de plus en plus tendu, ne sachant trop que faire de ses lèvres ; elle avait compris qu'il n'avait jamais donné de baisers. Mais c'était tout de même un début.

Elle n'était pas encore allée à l'usine, mais elle s'y attendait d'un jour à l'autre. Boris n'avait pas changé d'avis, et comme la famille n'y pouvait rien, elle l'aiderait à construire une isba au bout du village. Après le départ de son frère, son propre sort semblait inéluctable. Elle n'avait encore rien dit à son père de Grigori et de son projet de mariage, mais elle voyait le jeune homme presque tous les jours.

Elle lui parlait souvent de la vie au village. Elle lui parla donc aussi des deux étranges étudiants.

Grigori ne pouvait qu'en rire : il n'imaginait pas que quelqu'un aille travailler dans les champs s'il n'y était pas obligé.

Ce fut donc avec curiosité qu'il se retourna, ce soir-là, quand Natalia lui prit soudain le bras en lançant :

— Tiens, voilà l'un d'eux. Le rouquin. Je me demande ce qu'il fabrique ici.

Grigori se le demanda aussi. Car l'étrange inconnu était en grande conversation avec le jeune Piotr Souvorine.

Un mois s'était écoulé. Le sol était sec, le printemps cédait la place à l'été et tout était calme à Bobrovo.

Pourquoi, dans ce cas, Micha Bobrov était-il si inquiet ?

A cause de Nikolaï. Au début, tout allait bien, il revenait des champs fatigué, mais détendu et hâlé. Micha n'avait noté la différence qu'au bout de la deuxième semaine. Au début, une légère pâleur, puis son visage avait paru de plus en plus fermé et soucieux, comme s'il y avait une barrière entre eux. Nikolaï avait parfois défié l'autorité de son père, mais ne s'était jamais montré froid et distant à son égard. Il semblait maintenant déterminé à devenir un inconnu pour ses deux parents. Que lui arrivait-il ? Micha en toucha deux mots à Timofeï Romanov, mais le paysan lui déclara que Nikolaï était toujours gai dans les champs.

« Ce doit être cet ami, conclut Micha. J'aimerais en savoir plus long sur lui. » En fait il aurait bien voulu découvrir ce que les deux jeunes gens avaient derrière la tête.

L'occasion se présenta au moment où il s'y attendait le moins. Un dimanche. Et à cause d'Anna Bobrov.

Micha ne se rendait à l'église que pour les grandes fêtes, mais son épouse assistait à l'office chaque dimanche, parfois même deux fois. Et quand Nikolaï venait à Bobrovo, il l'avait toujours accompagnée. Elle avait été donc très déçue qu'il trouve de nouveaux prétextes chaque semaine pour ne pas le faire.

— Vas-tu encore me laisser aller toute seule à Russka ? lui demanda-t-elle ce matin-là.

Il se retourna brusquement, irrité, et, en présence de Popov, lança d'un ton cruel :

— J'ai mieux à faire que de perdre mon temps avec toi et ton Bon Dieu.

Elle en avait été si choquée, que Micha avait enfilé sa pelisse et l'avait accompagnée à l'église. L'après-midi, il décida de crever l'abcès.

La nuit tombait. Les deux jeunes gens étaient dans le salon. Nikolaï, qui faisait un dessin de son ami près de la fenêtre, referma son carnet d'esquisses quand Micha entra en silence dans la pièce, alluma la lampe sur la table ronde, prit un journal et s'assit dans un fauteuil. Il adressa un signe de tête à Popov, qui regardait le parc d'un air songeur, puis lança à Nikolaï d'un ton léger :

— Pardonne-moi de te le faire remarquer, mais ta mère a été blessée par tes paroles, ce matin.

La réprimande était méritée, mais au lieu de reconnaître sa faute, Nikolaï se tourna soudain vers son père, le regarda fixement, puis partit d'un éclat de rire grinçant.

— Parce que je ne suis pas allé à l'église ? lança-t-il en secouant la tête. L'église n'est qu'une taverne où les gens s'enivrent de religion. Si j'ai besoin d'ivresse, je préfère la vodka.

Micha soupira. Il n'était pas choqué. Rares étaient les personnes cultivées qui n'avaient pas été traversées de doutes sur Dieu et la religion. Mais pourquoi Nikolaï se montrait-il si agressif ?

— Tu peux douter de Dieu sans insulter ta mère, répliqua-t-il, irrité. Et tant que tu resteras sous ce toit, je te prierai de lui témoigner de la courtoisie. J'espère que tu as compris.

Et il baissa les yeux vers son journal, supposant la conversation terminée.

Il fut donc surpris que Nikolaï veuille la continuer.

— Tu n'as jamais entendu parler de la philosophie de Feuerbach, je présume ?

Micha connaissait de nom ce penseur, qui avait du succès parmi les radicaux, mais dut avouer qu'il ne l'avait jamais lu.

— Si tu l'avais lu, répondit Nikolaï, tu saurais que ton Dieu n'est qu'une projection des désirs humains. Ni plus ni moins. Tu as besoin de Dieu et de l'Église, ajouta-t-il en regardant son père d'un air de pitié, parce qu'ils appartiennent à la société du passé. Dans la société de l'avenir, nous n'aurons plus besoin de Dieu. Dieu est mort.

Micha baissa son journal et dévisagea son fils avec intérêt.

— Si Dieu est mort, demanda-t-il, par quoi Le remplaceras-tu ?

— Par la science, bien entendu. La science a démontré que l'univers est matière. Ne comprends-tu pas que tout peut être expliqué par des lois physiques ? Il n'y a pas de Dieu pour tirer les ficelles, c'est de la superstition pure et simple. Comme croire que la Terre est plate. C'est la science, et seulement la science, qui libérera les hommes.

— La science libérera les hommes ? s'étonna Micha.

— Oui. En Russie, une Église superstitieuse soutient le régime despotique du tsar et le peuple vit dans les ténèbres, comme des esclaves. Mais la science balayera tout ça, et un monde nouveau sera instauré.

— Quel genre de monde ? demanda Micha.

— Très différent du tien, un monde de vérité et de justice. Un monde où les hommes partageront les fruits de la Terre ensemble et où personne ne sera placé au-dessus de ses semblables. Un monde sans exploitation de l'homme par l'homme.

Micha hocha la tête. Il ne pouvait nier que c'étaient là de nobles sentiments, mais il ne put s'empêcher de remarquer :

— Je trouve que ton monde nouveau ressemble un peu au Paradis chrétien.

— Pas du tout, se hâta de répondre Nikolaï. Ton paradis chrétien est une invention. Il n'existe que dans un imaginaire au-delà. C'est une illusion, une duperie. Mais le monde nouveau, le monde de la science, sera sur terre et les hommes y vivront.

— Donc tu méprises mes espoirs de Paradis et tu prends ma religion pour une supercherie ?

— Exactement.

Micha réfléchit. Il n'avait rien à objecter au désir de son fils de construire un paradis sur terre, même s'il ne parvenait pas lui-même à le croire. Il avait cependant l'impression qu'il y avait une faille dans l'argument de Nikolaï.

— Tu parles d'un monde nouveau où personne ne serait exploité et tu dis aussi qu'il n'y a pas de Dieu. Mais dis-moi : si l'univers est matériel, si aucun enfer ne me menace, si aucun paradis ne me récompensera dans une vie future, pourquoi me donnerais-je la peine d'être aimable avec mon voisin et de partager les fruits de la Terre avec lui ? Pourquoi ne l'exploiterais-je pas, puisque je n'aurais rien à y perdre ?

Nikolaï regarda Popov, puis se mit à rire avec mépris.

— Tu ne comprends vraiment rien, dit-il à son père. J'ai bien peur de plus rien avoir à te dire.

Micha en fut attristé, car le ton de la dernière réplique impliquait entre eux une divergence profonde. Il se tourna vers Popov.

— Peut-être pourrez-vous m'éclairer ? demanda-t-il calmement.

Popov haussa les épaules.

— Peut-être. C'est très simple. Vous ne pouvez pas comprendre parce que vous êtes le produit de l'ancien monde. Votre pensée est tellement conditionnée par votre société que vous ne parvenez pas à imaginer un monde moral sans un Dieu. Dans le monde nouveau où la société sera organisée de façon différente, les gens seront différents.

Il adressa à Micha un regard froid de ses yeux verts.

— C'est comme la théorie de l'évolution de Darwin : certaines espèces ne s'adaptent pas et meurent.

— Donc, il n'existera plus de personnes qui pensent comme moi ? avança Micha.

Popov ébaucha un de ses rares sourires.

— Vous êtes déjà mort, dit-il simplement.

Mais pourquoi, se demanda Micha, pourquoi Nikolaï bondit-il soudain, le visage très pâle, et s'élança-t-il hors de la pièce ?

Jamais Micha Bobrov n'avait senti, dans le passé, la même impression d'incommunicabilité. Cette conversation le troubla tellement qu'il chercha systématiquement une occasion de parler à son fils seul à seul. Elle ne se présenta que deux jours plus tard, en début de soirée.

Popov s'était rendu à Russka, et Micha vit que son fils, au retour du village, se dirigeait vers les bois. Il se hâta de le rejoindre. Nikolaï lui adressa un regard de surprise mais ne dit rien, et les deux hommes se mirent à marcher côte à côte en silence.

— Te rappelles-tu que que je te portais souvent sur mes épaules dans cette allée quand tu étais petit ? demanda Micha doucement.

— Je m'en souviens.

Cent mètres plus loin, Micha ajouta :

— Juste ici, en regardant vers le nord, on aperçoit Russka et le monastère.

Ils s'arrêtèrent un instant, puis reprirent leur promenade.

— Je suis désolé que tu ne puisses plus me parler, dit Micha au moment où l'allée obliquait vers le sud. Quand ce genre de chose se produit, c'est triste pour un père.

Nikolaï ne répondit pas, mais Micha le sentit s'émouvoir. Il décida de ne rien ajouter, en tout cas pas avant d'avoir fait demi-tour en haut de la colline. Et il continua de marcher près de son fils, espérant encore regagner son affection.

Nikolaï semblait perdu dans ses pensées et ses émotions. La promenade avait effectivement avivé en lui des souvenirs d'enfance — la dévotion sans réserve de sa mère, la gentillesse de son père.

Car Micha était un bon père. Au cours des semaines précédentes, malgré tous ses efforts pour le haïr, Nikolaï n'avait éprouvé pour lui que de la pitié. Mais que devait-il faire ? Une réconciliation était-elle possible ? Pouvait-il encore, à la onzième heure, sauver son père de l'orage imminent ?

Puis ils arrivèrent sur la crête et virent ce qu'il était advenu des bois.

L'endroit avait toujours été charmant, avec une belle vue sur la forêt et le fleuve en contrebas. Mais le décor avait été complètement transformé, et les deux hommes ne purent que regarder avec stupéfaction. A cent mètres au-dessous de la crête, les bois cédaient soudain la place à une vaste étendue de terre nue, jonchée de souches en train de pourrir. En bas de la pente, vers la rivière, les pluies avaient raviné le sol et provoqué un glissement de terrain.

— C'est toi qui as fait ça, père ? demanda Nikolaï d'une voix très calme.

— On dirait... Ce maudit marchand...

Comme la plupart des propriétaires, Micha Bobrov n'avait gardé au moment de l'émancipation des serfs que très peu de terres labourables : surtout des prairies et des bois. A court d'argent, pour éviter de vendre une partie du domaine, il avait loué une partie de la forêt à un marchand. En échange d'une somme fixe dont la moitié était payable d'avance, le marchand obtenait le droit de faire sur les terres louées à peu près ce qu'il voulait pendant dix ans. Pour récupérer de l'argent, le marchand coupait le bois aussi vite que possible, mais n'ayant qu'un bail à court terme, il n'avait aucun intérêt à replanter : il mettait du bétail à paître sur la parcelle déboisée. A la fin du bail, non seulement toute possibilité de reforestation naturelle avait disparu, mais le sol dénudé se trouvait raviné et détruit par l'érosion.

Micha avait loué les forêts du domaine de Riazan des années plus tôt, et elles étaient maintenant complètement détruites. Il avait commencé à louer les bois de Russka... Devant le désastre, il se sentit vraiment honteux.

En un sens, ce fut une chance qu'il ne puisse pas lire à ce moment-là les pensées de son fils. Car en face de la forêt détruite, les derniers doutes qui le hantaient disparurent. « Popov a raison, se dit-il. On ne peut rien faire avec ces propriétaires, même avec mon propre père. Ce sont des parasites. » Et il décida de se consacrer sans réserve à sa grande tâche, devenue imminente.

Ils ne prononcèrent pas un mot sur le chemin du retour.

En revenant de Russka ce soir-là, Evgueni Popov conclut que dans l'ensemble, tout se passait de façon satisfaisante.

Le jeune Bobrov était un peu émotif, mais peu importait. Il remplirait son rôle.

Piotr Souvorine serait utile lui aussi. Un artiste, un idéaliste, jugeait Popov. Très brouillon, mais malléable. Surtout, le jeune

industriel, comme Nikolaï Bobrov, se sentait coupable. Il est tellement facile de manipuler les gens qui se sentent coupables ! Et ces
jeunes dont les familles avaient argent et influence méritaient d'être
ménagés : on ne savait jamais quand leurs ressources pourraient
devenir utiles.

Il n'avait encore presque rien dit à Piotr Souvorine. C'était
préférable. Un atout en réserve. Mais le jeune homme lui avait
permis de trouver l'endroit qu'il cherchait : un magasin dans l'un
des entrepôts, où l'on rangeait les pelles et le matériel utilisé pour
dégager la neige en hiver. Personne n'y entrait en été. La pièce avait
une serrure et Piotr Souvorine lui avait remis la clé.

Sa petite presse à main était suffisante pour ce qu'il comptait
faire. En quelques jours, il tira tous les tracts dont il avait besoin
pour le moment. Il redémonta la presse, et la dissimula sous le
parquet.

Il était temps de commencer.

Natalia, fascinée, regardait le jeune Bobrov, debout sur un tabouret
de bois devant l'isba de ses parents où s'étaient réunis un groupe de
paysans. Le soleil couchant lançait des reflets d'or dans sa barbe.
Comme il était beau !

Elle travaillait à Russka depuis deux semaines : de longues heures
fastidieuses à la filature de coton, dix à douze heures d'affilée.
Souvent, avant de rentrer, elle voyait Grigori, qui n'avait encore rien
décidé, mais elle était en général si épuisée qu'elle ne se souciait
parfois même plus de savoir s'il l'épouserait ou non.

Si elle ne quittait pas des yeux Nikolaï Bobrov en ce moment, ce
n'était pas seulement pour sa belle allure, mais à cause de ce qu'il
disait. Elle n'en croyait pas ses oreilles.

Nikolaï avait commencé quelques minutes plus tôt. Il ne serait
pas monté sur le tabouret, où il se sentait ridicule et mal à l'aise, si
Popov n'avait pas insisté. Il s'était préparé, mais il avait un tel trac
qu'il aurait volontiers laissé parler son ami.

— Non, tu es plus proche d'eux que moi, lui avait répondu Popov.
Ce qui était vrai.

Un petit groupe — cinq ou six maisonnées — s'était formé dès
qu'il s'était levé pour prendre la parole. D'autres paysans ne cessaient
d'arriver. Il avait répété son discours cent fois dans sa tête,
mais n'avait jamais décidé comment il commencerait. Il retomba
inconsciemment sur la formule biblique que son auditoire comprendrait le mieux :

— Mes amis, je vous apporte une bonne nouvelle.

Ils l'écoutèrent attentivement énumérer les nombreuses difficultés
de leur vie. A l'évocation des lourds remboursements d'hypothèques,
il y eut des murmures d'assentiment. Quand il parla de la nécessité
d'améliorer les rendements des terres et d'arrêter le pillage destruc-
teur des forêts, ils acquiescèrent. Il s'excusa enfin du rôle que sa
propre famille avait joué dans leur vie misérable : il y eut des regards

surpris, plusieurs sourires ironiques, et un éclat de rire général quand une voix amicale lança :

— Nous vous pardonnerions tout, Nikolaï Mikhaïlovitch, si vous nous laissez pendre le cadavre de votre vieux grand-père.

Une autre voix renchérit :

— Si vous voulez récupérer vos serfs, nous vous laisserons avec plaisir Savva Souvorine.

Et les rires redoublèrent.

Quand Nikolaï annonça calmement qu'ils devaient avoir toutes les terres, y compris celles que son père continuait de posséder, il s'éleva des rugissements d'approbation.

— Quand va-t-il nous les donner ? demanda une femme.

Nikolaï lança alors son message extraordinaire :

— Mon père ne vous aidera pas, mes amis, déclara-t-il. Aucun propriétaire ne vous aidera. Ce sont des parasites, un fardeau inutile, datant d'un autre âge.

Emporté par son élan, il se laissait entraîner.

— Mes chers amis, cria-t-il, nous entrons dans une nouvelle époque. L'âge de la liberté. Et nous pouvons, aujourd'hui, faire de ce nouvel âge une réalité. Cela ne dépend que de nous. La terre appartient au peuple. Prenez donc ce qui vous revient de droit. Nous ne sommes pas seuls. Je peux vous dire que dans toute la Russie, en ce moment même, le peuple des villages se soulève contre ses oppresseurs. Le moment est venu. Suivez-moi... Nous allons nous emparer du domaine Bobrov. Prenez tout. C'est à vous.

Peu d'événements de l'histoire de Russie ont été aussi curieux que ceux de l'été 1874.

Nikolaï et son ami n'étaient pas les seuls : d'un bout à l'autre de la Russie, des jeunes qui étaient presque tous des étudiants accomplissaient la même mission auprès des paysans des villages. Certains faisaient leurs études à l'étranger ; la moitié étaient des fils de propriétaires ou de notables ; le reste venait de familles de marchands, de prêtres ou de petits fonctionnaires. Inspirés par les idées de Fourier, ils cherchaient à instaurer un socialisme naturel à partir de communes paysannes.

— Le retard de la Russie sera son salut, prétendaient certains. N'étant pas encore complètement corrompue par les maux du capitalisme bourgeois, elle pourra passer directement du féodalisme au socialisme, par le truchement de la vie communale des villages.

Peu d'entre eux connaissaient le monde rural, mais ils croyaient qu'après avoir travaillé à la terre pour obtenir la confiance des paysans, il suffirait de leur apporter la bonne parole pour qu'une révolution se produise.

— Les paysans se soulèveront et institueront un ordre nouveau, simple, dans lequel tout l'Empire russe sera librement partagé entre les membres de la fraternité paysanne.

Que Nikolaï eût été attiré par ce mouvement n'avait rien d'étonnant : tous ses amis idéalistes en faisaient partie. Ce qui surprend, en revanche, c'est que les autorités ne se soient pas aperçues de ce qui se passait. Deux mille cinq cents étudiants se dispersèrent discrètement dans des centaines de villages cet été-là ; certains dans leurs domaines ou dans des domaines voisins ; d'autres au-delà de la Volga et dans l'ancien pays cosaque des rives du Don.

— Le temps de Pougatchev et de Stenka Razine est revenu, disaient-ils.

Et ils espéraient faire naître un monde nouveau.

Nikolaï parcourut des yeux les visages devant lui. Les dés étaient jetés.

Pour lui, la décision n'avait pas été facile. Peu lui importait de sacrifier son propre héritage — il ne s'en souciait pas — mais ses parents seraient dépossédés. « Cela les détruira », pensait-il. Or, en dépit de leurs défauts, il continuait de les aimer. Pendant la promenade avec son père sur la colline, il avait été à deux doigts de tout lui expliquer. C'était seulement en voyant la destruction des bois qu'il avait jugé Micha « irrécupérable ». Il avait préféré garder le silence : son père n'aurait jamais compris. « De toute manière, s'était-il dit, dans peu de temps, personne ne possédera plus de domaines. » La façon de vivre de ses parents était périmée. « Et après la révolution, je serai là pour leur montrer la voie. »

Oui, les dés étaient jetés : il avait lancé l'appel, impossible de reculer. C'était la révolution. Rouge d'exaltation, il attendit la réaction des paysans.

— Eh bien, demanda-t-il, êtes-vous avec moi ?

Personne ne bougea. Silence absolu. Tous le regardaient fixement. Les avait-il convaincus ? Difficile à dire.

Au bout d'un long moment, un petit bonhomme à la barbe noire s'avança enfin, dévisagea Nikolaï d'un air soupçonneux et posa sa question :

— Êtes-vous en train de nous dire, jeune homme, que le tsar nous a donné le reste des terres ?

Nikolaï le regarda. Le tsar ?

— Non, répondit-il en toute sincérité. C'est à vous de les prendre.

— Ah, dit l'homme.

Il hocha la tête : ses soupçons étaient confirmés.

— Donc, dit-il en reprenant sa place, le tsar n'a rien donné.

Lui fit écho un murmure qui signifiait plus clairement que des mots : « Ce jeunot ne sait pas de quoi il parle. »

Nikolaï se sentit pâlir. Était-ce cela la révolution, le soulèvement spontané de la commune ? Qu'est-ce qui avait déraillé ? Avait-il mal présenté ses arguments ? Il chercha un signe sur leurs visages, mais ils continuaient de l'observer placidement, curieux de ce qu'allait faire à présent ce jeune excentrique. Nikolaï lança à Popov un coup d'œil interrogateur. Presque une minute s'écoula, puis plusieurs paysans s'en allèrent.

— Je parlerai de nouveau demain, annonça Nikolaï d'une voix qu'il espérait calme, en se forçant à sourire.

Il descendit du tabouret et se trouva au milieu d'un groupe de dix personnes, dont les Romanov. Ses paroles semblaient avoir fait un certain effet sur Timofeï, car le paysan semblait agité, manifestement impatient de parler.

— Ai-je bien compris, Nikolaï Mikhaïlovitch ? demanda-t-il, les sourcils froncés. Vous voudriez que votre père perde ses terres ?

— Oui.

Le paysan secoua la tête.

— C'est bien ce que je me disais. Les jeunes d'aujourd'hui, je ne sais pas ce qui leur prend. Mon fils me fait le même coup. Pourquoi ça ?

— Ne comprenez-vous pas ? protesta Nikolaï. La terre reviendrait à la commune et il y en aurait assez pour tout le monde. C'est ce que vous avez toujours désiré.

— Et cela se produira dans toute la Russie ?

— Oui. En ce moment même.

Timofeï secoua de nouveau la tête.

— C'est horrible, dit-il. Il y aura du sang versé.

Voyant Nikolaï troublé par cette remarque, le paysan le prit par le bras.

— Je suis persuadé que vos intentions sont bonnes, Nikolaï Mikhaïlovitch, expliqua-t-il aimablement. Et un jour, quand Dieu le décidera, on nous donnera toutes les terres, exactement comme vous dites. Oui, ajouta-t-il en souriant, ce serait tellement normal. Le tsar s'apercevra que nous en avons besoin et nous les donnera. Peut-être même de mon vivant. Il me dira : « Timofeï, la terre est à toi. » Je répondrai : « Merci, Votre Majesté. » Et ce sera fait.

Il reprit un ton grave :

— Mais nous devons nous montrer patients, Nikolaï Mikhaïlovitch. Telle est la volonté de Dieu et la manière russe de voir les choses. Nous devons souffrir en patience jusqu'à ce que le tsar décide que le moment est venu.

Certain d'avoir dit tout ce qu'il y avait à dire, il laissa partir le jeune homme avec une claque amicale sur l'épaule.

Nikolaï soupira. Son discours n'avait pas réussi à convaincre le paysan de l'âge de son père, mais peut-être avait-il eu plus de succès avec sa propre génération. Il se tourna vers Boris.

— Eh bien, qu'en penses-tu ?

Le jeune homme avait l'air songeur. Les motivations du jeune noble étaient pour lui un mystère. D'ailleurs, pour aller volontairement travailler dans les champs au lieu de se prélasser au manoir, ne fallait-il pas être un peu fou ? Boris connaissait l'étendue du domaine des Bobrov et savait calculer.

— Si nous partagions les terres de votre père, dit-il, il m'en reviendrait assez pour que j'engage deux journaliers et peut-être trois. En quelques années de bonnes récoltes, je pourrais même devenir riche. Oui. Si c'est ça la révolution, Nikolaï Mikhaïlovitch, j'en suis partisan sans réserve, si vos amis et vous réussissez à la mettre en marche.

Nikolaï le dévisagea, stupéfait. Qu'est-ce que ce jeune homme avait en tête ? Le profit personnel et l'exploitation des autres...

— Tu n'as pas compris mes paroles, dit-il, navré.

Nikolaï et Popov reprirent le chemin du domaine, perdus dans leurs pensées. « C'est sans doute une question de temps, se disait Nikolaï. Quelques discours de plus et ils comprendront. Avec un peu de patience... » Ce fut Popov qui rompit le silence.

— Nous aurions dû leur dire que le tsar leur donnait les terres, murmura-t-il d'un ton sombre. J'aurais même pu imprimer un faux décret.

— Mais ce serait contraire à tous nos idéaux, protesta Nikolaï.

Popov haussa les épaules.

— Ça aurait peut-être marché.

Si Nikolaï croyait n'avoir converti personne, il se trompait. Et s'il avait pu lire dans l'esprit d'un des membres de la famille Romanov le lendemain matin, il aurait été fort surpris. La tête de Natalia était en ébullition. Personne n'avait songé à lui demander son opinion sur le discours de la veille, mais elle était profondément troublée. Ses expressions résonnaient encore en elle tandis qu'elle traversait le village : un « âge nouveau », la « fin de l'oppression ». Jusqu'ici, elle avait cru son père et fait confiance au tsar comme tout le monde. Mais pendant qu'elle écoutait Nikolaï, de nouvelles perspectives s'étaient ouvertes.

Il était si beau : en dépit de ses habits de paysan ! Un noble venu d'un autre monde. Et il était cultivé, il savait tant des choses que le pauvre père de Natalia ne pourrait jamais comprendre. Ce qu'il avait dit à propos de la terre était vrai. Mais Natalia subissait depuis peu une autre forme d'oppression, aussi écrasante qu'à l'époque du servage : celle de Souvorine et de ses usines. C'était dans les manufactures que les paysans étaient maintenant réduits à l'esclavage. Elle détestait l'industrie. Et quant à Grigori, elle savait que sa haine pour Souvorine était devenue presque une obsession. « Sommes-nous vraiment à l'aube d'un nouvel âge où nous serons tous libres ? se demandait-elle. Si c'est le cas, les paysans des usines profiteront-ils eux aussi de la révolution ? » Si seulement elle pouvait poser la question à Nikolaï Mikhaïlovitch...

Comme elle prenait le chemin de Russka, elle aperçut Popov. Normalement, elle ne lui aurait pas parlé ; elle n'avait rien contre l'ami de Nikolaï, mais elle ne s'était jamais sentie à l'aise en sa présence. Il la salua en souriant. Encouragée par ce sourire, elle se risqua :

— Cette révolution et l'âge nouveau dont parlait Nikolaï Mikhaïlovitch... Est-ce que les choses changeront aussi dans les usines ?

— Mais... Certainement.

— Que se passera-t-il ?

— Toutes les usines seront données aux ouvriers, se hâta de répondre Popov.

— Nous n'aurons plus à travailler pendant d'aussi longues heures ? Et Souvorine serait chassé ?

— Exactement.

Elle hésita un instant.

— J'ai un ami qui aimerait sans doute entendre ça. Mais il est à l'usine.

Popov la regarda.

— Si votre ami désire que je lui parle, je serai à Russka cet après-midi. Je connais un endroit discret, ajouta-t-il pour dissiper les craintes de la jeune fille.

Nikolaï n'alla pas travailler dans les champs ce jour-là. Mais en fin d'après-midi, quand il descendit au village et monta sur le tabouret devant l'isba des Romanov, il remarqua que la foule rassemblée était beaucoup plus nombreuse que la veille, et tout excitée. Cela lui fit plaisir. Il aurait préféré ne pas reprendre la parole si tôt. Popov l'avait quitté pour se rendre à Russka, et Nikolaï aurait sans doute attendu une autre occasion si son ami n'avait pas tellement insisté.

— Courage. Ils ont eu le temps de réfléchir à tes paroles d'hier. Tu as peut-être fait plus de convertis que tu ne l'imagines.

Plusieurs hommes d'âge et d'expérience étaient venus, et le *staroste* se tenait à l'arrière. Ils attendaient Nikolaï.

Il ne vint pas à l'esprit de ce dernier que les paysans du village se proposaient de l'arrêter. Certains avaient envisagé de prévenir la police locale de Russka, mais l'ancien, considérant qu'il s'agissait du fils du propriétaire, s'y était opposé. Il voulait l'entendre avant de décider d'une action.

— Mes amis, je reviens devant vous pour vous apporter la bonne nouvelle. Nous sommes à l'aube d'une nouvelle ère. Car en ce moment, dans toute notre Russie bien-aimée, de grands événements se préparent. Je ne parle pas de quelques protestations, même pas d'un immense soulèvement comme nous en avons connu dans le passé. Je parle de quelque chose de plus joyeux et de plus profond. Je parle de la révolution.

Nikolaï vit l'ancien tressaillir. Il ne remarqua pas qu'Arina sortait du village à grands pas.

Evgueni Popov regardait calmement le visage agité de Piotr Souvorine. Un visage doux et sensible, en dépit d'un nez trop gros. Étonnant que le petit-fils du sinistre Savva Souvorine soit un jeune homme si poétique. Car le document qu'il avait donné à lire à Popov était presque un poème, sans que le pauvre Piotr Souvorine s'en soit aperçu, bien entendu : il croyait avoir écrit un appel à la révolution.

Leur relation était étrange. Popov avait vite découvert la haine de

Piotr pour l'usine Souvorine, la culpabilité qu'il ressentait à l'égard des ouvriers et ses vagues aspirations idéalistes à un monde meilleur : il était devenu son mentor, lui avait donné des pamphlets et lui avait confié qu'il appartenait à une vaste organisation dirigée par un Comité central. Piotr avait été visiblement intrigué. Popov avait laissé entendre des possibilités d'action future et parlé à mots couverts de sa petite presse. Piotr constituait une recrue importante, plus importante même que Nikolaï Bobrov en un sens, mais il était si désemparé et si idéaliste que Popov ne savait trop comment l'utiliser.

Le texte de Souvorine était un appel passionné en faveur de la justice sociale et de la liberté individuelle. Il avait passé des heures à le rédiger, et il attendait à présent le verdict de Popov.

— Vous pensez, demanda celui-ci, que le peuple pourra s'emparer du pouvoir de façon pacifique, sans verser de sang ? Que les oppresseurs renonceront sans se battre quand le peuple refusera de coopérer ?

— Exactement.

Popov, incrédule, lui adressa un regard songeur.

— Je vais garder ce texte, dit-il. Il peut devenir important. J'en rendrai compte au Comité central. En attendant, tenez-vous prêt.

Souvorine rougit de plaisir. Popov mit les feuilles dans sa poche et s'en fut à son rendez-vous avec Natalia et son ami.

Le temps d'arriver au village, Micha Bobrov était écarlate. Arina avait tellement insisté pour qu'il vienne sur-le-champ, et presque au trot ! S'il n'avait pas connu Arina depuis toujours, il n'aurait pas cru ce qu'elle lui racontait. Il arriva juste à temps pour entendre les dernières paroles de Nikolaï. Des paroles terribles... Et dans la bouche de son propre fils !

— Soulevez-vous. Emparez-vous des terres des Bobrov et des autres propriétaires. C'est la révolution.

Arina n'avait donc pas menti. Même après l'avoir entendu, Micha avait du mal à le croire. Son fils unique, un traître ! « Il veut me ruiner, ainsi que sa mère. Il n'a donc aucun égard pour nous. » Pendant une seconde, il en eut l'esprit paralysé. Puis Arina le tira par la manche.

— Regardez.

Les paysans, silencieux, s'étaient détournés de Nikolaï et suivaient des yeux l'ancien du village, qui s'avançait vers le jeune homme accompagné de deux paysans.

— Ils vont le conduire à la police, chuchota Arina. Il sera arrêté. Faites quelque chose, Mikhaïl Alexandrovitch.

Il fallait réfléchir vite, et Micha Bobrov n'en avait pas l'habitude.

— Nikolaï ! cria-t-il.

La foule se retourna, surprise.

— Nikolaï, mon pauvre enfant...

Il s'avança suivi de près par Arina. Il savait en imposer quand il le fallait. La foule s'écarta devant lui. Le *staroste* hésita. Et quand Micha arriva près de son fils stupéfait, il se retourna vers les paysans et lança d'une voix furieuse :

— Pourquoi personne ne m'a prévenu plus tôt ?

Puis, avec un signe de tête péremptoire, il ordonna à l'ancien :

— Aidez-moi, vite. Le pauvre enfant.

Nikolaï, complètement abasourdi, se laissa saisir et déposer à terre sans même comprendre ce qui se passait. Et il fut encore plus surpris quand son père, après lui avoir adressé un sourire empreint de pitié, monta sur le tabouret et s'adressa à la foule.

— Mes amis, c'est de ma faute. J'aurais dû vous prévenir, commença-t-il en prenant un air gêné. Mon pauvre fils a souffert de troubles nerveux. Les médecins de Moscou lui ont recommandé la campagne et les exercices physiques. C'est pour cela qu'il est venu travailler dans les champs.

Il secoua la tête.

— J'ai l'impression que le traitement a échoué et que les crises le reprennent.

Il leva la main, puis la laissa retomber en un geste d'impuissance.

— Une tragédie de famille. Nous ne pouvons que prier. Le temps, peut-être, le guérira. Voulez-vous m'aider à le ramener chez nous ? demanda-t-il poliment à l'ancien.

Il y eut un silence.

— Nous allions l'arrêter, monsieur, commença l'ancien, d'une voix hésitante.

— Voyons, brave homme, répliqua Micha sèchement. Ce n'est pas d'un policier qu'il a besoin, c'est d'un médecin.

L'ancien ne savait que faire. La foule semblait troublée. Puis Micha entendit la voix cassée d'Arina, juste derrière lui :

— Il avait souvent de ces crises quand il était petit. Je croyais que ça s'améliorerait avec l'âge.

La foule s'anima. Tout s'expliquait. Voilà pourquoi le comportement du jeune homme leur avait paru tellement extravagant. On entendit un ou deux ricanements au milieu des murmures.

Mais le *staroste* semblait songeur. Il se rapprocha de Micha Bobrov et lui dit à mix-voix :

— Il faudra quand même que je rende compte de l'incident à la police, monsieur.

Micha le dévisagea.

— Ce ne sera pas nécessaire. Ce garçon a besoin de repos. Il est parfaitement inoffensif et je ne veux pas qu'on le perturbe davantage. Venez donc me voir demain, nous en discuterons, ajouta-t-il avec un regard appuyé.

L'ancien acquiesça. Ils se comprenaient à demi-mot : un peu d'argent changerait de mains. Quelques instants plus tard les deux fils de l'ancien aidèrent Bobrov et Timoféï à emmener le pauvre Nikolaï.

Il se laissa faire sans protester. La veille, l'indifférence des paysans lui avait fait un choc ; mais leur décision de le faire arrêter... Il avait du mal à le croire. Et maintenant, en plus, ils le croyaient fou ! Il baissa la tête. « Je suis peut-être fou », se dit-il. Il n'avait pas pris conscience de la tension qui montait en lui au cours de ces derniers jours. Il se sentit soudain étrangement vidé, incapable de réagir.

A mi-chemin de la maison, une idée traversa l'esprit de Timofeï Romanov :

— Cet autre jeune homme, monsieur, celui qui ne dit rien. Serait-ce un docteur ?

Bobrov eut un sourire amer.

— Une sorte de docteur, oui, grogna-t-il. Je suppose qu'on peut le dire.

Une heure plus tard, chez lui, Micha Bobrov se laissa aller à sa colère. Les deux jeunes gens, en face de lui, ne semblaient même pas songer qu'ils lui devaient des excuses.

— Vous, monsieur, lança-t-il à Popov, je vous tiens pour également responsable. Quelles que soient vos opinions, vous avez abusé de mon hospitalité. Quant à toi, dit-il à Nikolaï, tu as incité les paysans à attaquer tes propres parents. Vous n'avez rien à dire ?

Nikolaï, très pâle, semblait épuisé. Et comment savoir ce que pensait Popov ? L'insolent jeune homme semblait s'ennuyer.

— Vous m'avez menti tous les deux, poursuivit Micha, avec vos histoires de contes folkloriques. Et vous osiez me prêcher la sincérité et me faire la morale ! Eh bien ?

Quelle que fût la réponse qu'il espérait, ce ne fut pas celle-là qu'il obtint : Popov se mit à rire d'un air de mépris.

— Mon pauvre Mikhaïl Alexeïevitch, quel imbécile vous faites, dit-il d'une voix calme et tranchante, en ponctuant sa phrase d'un soupir. Vous êtes tous les mêmes, les libéraux. Vous parlez de liberté et de réformes. Vous couvrez d'éloges vos ridicules zemtsva. Mais tout n'est que mensonge. Un sale petit compromis pour pouvoir conserver votre pouvoir et votre fortune. Et vous ne vous rendez même pas compte que nous vous perçons à jour. Nous savons exactement à quoi nous en tenir : vous êtes pires que les conservateurs, parce que vous cherchez à corrompre le peuple en lui faisant croire à des lendemains meilleurs. Vous serez complètement détruits, et vous ne pourrez rien y faire. La marche de l'histoire est inexorable. Vous n'avez donc aucune raison de vous mettre dans tous vos états.

Pendant un instant, Micha Bobrov crut qu'il allait gifler ce méprisable individu ; mais il se contint. Il voulait sonder jusqu'au fond les opinions de ce jeune homme qui exerçait une telle influence sur son fils.

— La vraie raison de votre présence ici est de fomenter une révolution qui engendrerait un âge nouveau, votre paradis sur la Terre et sans Dieu. C'est bien ça ?

— Oui.

— Une révolution qui détruirait tout, le tsar et les propriétaires, pour le bien des paysans ?

— Pour le bien de tous.

— Les paysans tueront-ils les propriétaires ?

— Si c'est nécessaire, certainement.

— Mais les paysans ne vous suivront pas. Ils voulaient arrêter Nikolaï. Que vous reste-t-il ?

— Les paysans n'ont pas encore accédé à la conscience politique. Ils ne comprennent pas encore l'intérêt général.

— C'est-à-dire le monde nouveau d'égalité parfaite ?

— Oui. Les paysans ont besoin d'être éduqués.

— Par vous ?

— Par les hommes nouveaux.

— Qui comprennent mieux qu'eux ce qui est vraiment bon pour eux. Et pour arriver à leurs fins, au bien de tous, les hommes nouveaux comme vous sont naturellement prêts à utiliser n'importe quel moyen ?

— C'est possible. Pourquoi pas ?

— Cela implique que ces hommes nouveaux se jugent supérieurs à nous tous. Ils se mettent au-dessus des règles en raison de leur mission élevée et de leur compréhension supérieure. Est-ce cela l'égalité ? Vous vous prenez pour un surhomme.

Popov ébaucha un sourire.

— Peut-être.

Micha inclina la tête. Il comprenait tout, maintenant.

— Vous quitterez ma maison demain matin, dit-il sèchement. A l'aurore. Quant à toi, dit-il en se tournant vers Nikolaï, tu resteras ici pour le moment. Ta prétendue maladie nerveuse est la seule chose qui te protège de la police. C'est compris ?

Micha croyait l'affaire réglée, mais c'était compter sans Evgueni Popov. La réponse impertinente du rouquin le stupéfia.

— En fait, je resterai ici encore quelque temps.

— Vous ferez ce que je vous dis. Vous partirez à l'aurore.

Popov le dévisagea, toujours aussi imperturbable.

— Je ne crois pas.

Micha devint écarlate, mais le jeune homme continua sur le même ton.

— Réfléchissez à la situation dans laquelle vous vous trouvez, Mikhaïl Alexeïevitch. Votre fils a incité les paysans à la révolution. Moi, non. Aux yeux des autorités, le délinquant, c'est Nikolaï. Donc, votre position est très faible. Quant à moi, je ne me soucie nullement des autorités, ni de ce qu'elles peuvent me faire. Mais si vous m'y forcez, je pourrai rendre la situation franchement désagréable pour vous et pour votre fils. Par conséquent, si je dis que je désire rester ici encore un certain temps, il serait sans doute plus sage de me le permettre.

Et il sourit.

Micha resta sans voix. Son regard passa d'un jeune homme à l'autre.

— Et tu appelles cet individu ton ami ? dit-il à Nikolaï avec dégoût.

Il se tourna vers Popov, furieux.

— Vous croyez pouvoir vous en tirer comme ça ?

— Oui.

Micha garda le silence. Oui, ce jeune fauteur de troubles pouvait mettre Nikolaï en danger. « Si seulement j'en savais plus long sur ce Popov », se dit-il. Si désireux qu'il fût de ne pas faire preuve de faiblesse, il opta pour la prudence.

— Vous pourrez peut-être vous rendre utile en confirmant aux gens la maladie de Nikolaï, dit-il enfin. Vous pouvez rester mais à la condition de ne vous livrer à aucune activité politique. Si vous faites des remous ou si vous impliquez Nikolaï dans vos activités, vous découvrirez que j'ai auprès des autorités locales beaucoup plus d'influence que vous ne l'imaginez. C'est compris ?

— Cela me convient à merveille, répondit Popov.

Et il quitta la pièce.

Nikolaï alla le voir dans sa chambre une heure plus tard. Il trouva son ami calme mais songeur.

— Quel beau coup de dire à mon père que tu me dénoncerais, s'écria Nikolaï. Il ne savait plus où se mettre.

Jamais il n'avait autant admiré son ami.

— Oui. Excellent, n'est-ce pas ?

— Mais que vais-je faire à présent ? demanda Nikolaï. Je ne peux pas abandonner comme ça. Ne crois-tu pas que je devrais aller dans un autre village pour essayer de soulever les paysans là-bas ?

Il fut déçu de voir Popov secouer la tête.

— Pour le moment, Nikolaï, je veux que tu restes à la maison et fasses ce que te dira ton père.

Nikolaï voulut protester mais Popov coupa court.

— Le fait est, cher ami, que j'ai des affaires à régler à Russka et que ta présence ici me fournit la couverture dont j'ai besoin. Donc, soit gentil, rends-moi ce service.

— Si tu crois qu'il vaut mieux... répondit Nikolaï à regret.

Puis il demanda :

— Qu'est-ce que tu as derrière la tête ?

Popov ne répondit pas sur-le-champ. Il semblait perdu dans ses pensées.

— De toute évidence, dit-il enfin, ton père a raison.

— Ah bon ? A quel sujet ?

— Les paysans. Ils ne nous suivront pas.

— Peut-être qu'avec le temps... suggéra Nikolaï.

Il y eut un silence.

— Bon Dieu, comme je les méprise ! murmura Popov.

Ce qui acheva de déconcerter Nikolaï.

Deux semaines après la tentative révolutionnaire du jeune Bobrov, tout était calme dans le village de Bobrovo. Personne n'avait revu le jeune homme. Il se promenait parfois dans les bois autour du manoir et passait le reste du temps dans les livres.

Quant à Popov, il allait et venait partout avec un carnet de notes et un carnet d'esquisses. Il avait trouvé dans la maison un vieux chapeau à larges bords ayant appartenu à Ilia, qui lui donnait l'air d'un artiste. Il dessinait le village vu du pont sur la rivière, ou il se rendait à Russka pour faire des croquis du monastère ou de la ville. Quand on l'interrogeait sur l'état de santé de son ami, il répondait :

— Le pauvre garçon. Espérons qu'il se rétablira vite.

Le village s'était donc laissé prendre, sauf Arina. Elle ne disait rien, mais savait fort bien que Nikolaï n'était pas malade. Et elle se demandait ce que pouvait bien manigancer ce mauvais bougre de Popov.

— Ça va tourner mal, Varia, dit-elle plusieurs fois à sa fille.

Mais elle aurait été bien en peine d'expliquer ce qu'elle craignait.

Tout allait déjà mal pour les Romanov. Le départ de Boris et de sa femme avait accablé Timoféï. L'argent que Natalia rapportait de l'usine les aidait, mais la jeune fille avait un drôle d'air depuis quelque temps. « Elle va s'enfuir ou faire une bêtise », pensait Arina. Et la grossesse épuisait Varia. Un jour, en allant dans les bois ramasser des champignons, elle avait trébuché sur une souche et s'était étalée. Au lieu de se relever aussitôt, elle avait gémi :

— Ce bébé va me tuer, mère. Je le sais.

Réfléchissant à tout ça, Arina se convainquit plus que jamais de la nécessité de se débarrasser de cet enfant à sa naissance. « Il est plus facile d'être dur quand on vieillit, se dit-elle. On voit les choses comme elles sont. » Et la scène qui se produisit un soir entre Natalia et la famille ne fit que la confirmer dans sa décision.

Natalia était assez fière d'elle quand elle annonça la nouvelle. En un sens, c'était naturel : sa cour à Grigori avait été couronnée de succès. Il lui avait demandé de l'épouser.

Ce fut donc un choc quand, au lieu de sourire, son père avait pâli, puis rugi :

— Jamais !

— Mais pourquoi ? balbutia-t-elle, abasourdie.

— Pourquoi ? Parce que c'est un ouvrier d'usine sans le sou, voilà pourquoi. Il ne possède pas un seul champ. Même pas un cheval. Rien en dehors des vêtements qu'il a sur le dos. Comment oses-tu me demander d'accepter un gendre pareil ?

Il donna un coup de poing sur la table, puis se tourna vers sa femme.

— Varia, Varia. D'abord le bébé ; puis mon fils me quitte ; et maintenant ça. Qu'est-ce je vais faire ?

Il enfouit son visage entre ses mains.

Natalia regarda sa mère. Elle était très pâle et secouait la tête.

— Mais il pourrait nous aider, expliqua la jeune fille. Il viendrait vivre avec nous et nous aurions aussi son salaire.

Son père releva la tête.

— Ensuite tu feras de la marmaille à ton tour, et qu'adviendra-t-il de nous ? geignit-il.

— Un jeune du village t'épousera, Natalia, lui dit gentiment Varia. Il vaut mieux que tu aies ton propre foyer. Tu t'en rendras compte très vite.

— Tu vas d'abord cesser de fréquenter ce garçon, trancha Timofeï. Je devrais te faire quitter cette maudite usine. Sauf que...

Sauf qu'il n'en avait pas les moyens. C'était là le vrai problème. Et Natalia, ulcérée, décida qu'il était temps de dire ce qu'elle avait sur le cœur.

— La vérité, commença-t-elle d'une voix calme, c'est que vous ne voulez pas que je me marie du tout, parce que vous avez besoin de moi pour survivre. Vous parlez de me marier à un paysan, mais qui voudra de moi ? Vous n'avez aucune dot à me donner. Les gars du village ont l'embarras du choix, ce ne sont pas les filles qui manquent. Mais je me marierai, que cela vous plaise ou non. Et Grigori est ma meilleure chance.

C'était humiliant mais vrai. Elle se retourna pour sortir.

— Tu n'as que quinze ans. Je peux refuser mon consentement, lui cria Timofeï. Je t'interdis de le voir.

Elle claqua la porte et se dirigea vers le village. Ce fut seulement sur la berge de la rivière qu'elle se mit à pleurer.

C'était facile. Avec son carnet de croquis, son chapeau et ses allusions à la maladie de Nikolaï, nul ne semblait soupçonner Popov. Sa présence au marché ou près des filatures n'attirait l'attention de personne. Et il faisait pendant ce temps des progrès remarquables.

Le jeune Grigori était une splendide découverte. Qui aurait dit qu'il rencontrerait une si bonne recrue par hasard ? Il ne manquait ni d'intelligence ni de vivacité d'esprit ; mais surtout, il était amer. Il avait du jugement ; il ne suivrait pas ses impulsions comme Bobrov ou Souvorine. Et il suffisait de l'écouter parler de Savva Souvorine et de ses usines pour comprendre que, si besoin était, il n'hésiterait pas à tuer. Oui, Popov estimait qu'un grand avenir attendait Grigori.

La jeune fille valait également la peine. Elle ne possédait pas le même mélange de froideur et de feu que son petit ami, mais c'était une rebelle, elle aussi, et elle avait la tête bien faite. Elle détestait l'ordre ancien, et semblait résolue à épouser Grigori. Ils feraient une bonne équipe. Popov se voyait très bien travailler avec eux pendant longtemps.

Il sentait que Grigori mettrait joyeusement le feu aux usines et trancherait la gorge de Souvorine s'il croyait pouvoir s'en tirer impunément, mais il préférait se montrer prudent pour l'instant. Il restait toujours dans le vague et laissait entendre que Bobrov assurait les relations avec un mystérieux Comité central.

Le lendemain de la querelle de Natalia avec ses parents, ils se réunirent tous les trois dans le petit local où la presse était cachée.

— J'ai un message de Bobrov pour vous. Ce que je lui ai dit de vous a fait bon effet et il désire vous confier une mission.

Il marqua un temps puis, les sentant intéressés, poursuivit en baissant la voix.

— Il y a à Russka une autre personne en relation avec le Comité central. Il vous remettra demain des tracts que vous devrez distribuer sélectivement, c'est-à-dire seulement aux personnes en qui vous avez confiance, à l'usine et dans le village.

Il les regarda dans les yeux.

— Mais il y a une condition essentielle. Vous ne devez pas parler à cette personne, ni révéler son identité à quiconque.

Et il ajouta, en prenant un air grave :

— Le Comité sait s'occuper des traîtres.

Il vit qu'il les avait impressionnés.

— Ne vous en faites pas, ce sera fait, dit Grigori en souriant.

Le lendemain, Piotr Souvorine se rendit à l'endroit indiqué par Popov. Grigori et Natalia l'y attendaient, et il leur remit un paquet enveloppé de papier blanc. Il suivit ses instructions à la lettre. Il n'avait aucune idée de ce que le paquet contenait. Il ne dit pas un mot aux deux jeunes gens, et ils ne lui parlèrent pas non plus. Mais quand il quitta le jeune couple, il avait le cœur en fête.

C'était bien normal. Popov ne lui avait-il pas dit que ce Grigori était en relation avec le Comité central ? Et ces deux jeunes gens, qui avaient toute raison de le mépriser, n'étaient-ils pas maintenant ses camarades ? Il était accepté. Il se libérait enfin de son terrible héritage. Pour la première fois depuis des semaines, il sourit.

Boris regarda sa sœur avec affection, et se sentit coupable. Ils étaient seuls près de la rivière, à l'abri des regards, et quand ils s'assirent, il se rendit compte soudain qu'ils ne s'étaient pas parlé depuis des semaines.

Était-ce de sa faute ? Il ne lui avait pas demandé de venir vivre dans son nouveau foyer, mais il n'avait pas pour autant l'intention de l'abandonner. Seulement, il avait été débordé. Elle avait dû se sentir seule. Était-ce pour cette raison qu'elle courait après ce Grigori ?

— Je ne les laisserai pas m'en empêcher. Je l'épouserai. Grigori ne leur plaît peut-être pas, mais quand je serai enceinte de lui, ils n'auront pas le choix.

Le cœur de Boris se serra.

— Est-ce que tu l'aimes ? demanda-t-il.

— Bien sûr.

Si seulement ils avaient davantage d'argent ! Sa sœur n'aurait pas à travailler à l'usine et pourrait avoir un mari du village. Et qui lui avait rendu la vie infernale ? Lui-même, en s'en allant. Que lui dire, à présent ?

Il la prit par l'épaule.

— Ne fais rien tant que tu n'es pas sûre.

Soudain, Natalia glissa la main dans son corsage et en sortit un tract.

— Lis ça, dit-elle avec un sourire vague.

En quelques phrases semblables à celles de Nikolaï Bobrov, le texte incitait les paysans à se préparer pour le jour prochain où une révolution instaurerait un monde nouveau. Il attaquait bien entendu les propriétaires, mais se montrait particulièrement violent à l'égard de la nouvelle classe d'expoiteurs, les patrons d'usines comme Souvorine, « qui vous utilisent comme des bêtes de somme ». Il fallait les détruire, disait le tract. « Organisez-vous. Soyez prêts. »

— Où as-tu trouvé ça ?

— Peu importe.

— Mais c'est dangereux, Natalia.

— Je te croyais partisan de la révolution. C'est ce que tu as dit à Nikolaï Bobrov.

— Je voudrais davantage de terres. Mais ça, dit-il en hochant la tête, c'est différent. Ne te mêle pas de ça, Natalia. Tu vas t'attirer des ennuis.

Elle haussa les épaules.

— C'est Nikolaï Bobrov qui t'a donné ce tract ?

— Non.

— Alors qui ?

— Tu ne devinerais pas en un million d'années.

— Promets-moi de laisser tomber tout ça, insista son frère.

— Je ne te promets rien. Mais toi, pas un mot. Ne parle à personne de ce que je t'ai montré.

— Je m'en garderai bien... Ce Grigori est dans le coup avec toi ? demanda-t-il soudain.

— Peut-être. Peut-être pas. Peut-être est-ce moi qui l'ai entraîné.

Il lui rendit le tract.

— Je n'ai jamais vu ce bout de papier, Natalia. Et si tu en as d'autres, je te conseille de les mettre au feu.

Il se leva.

C'était de sa faute, il le savait. De sa faute si sa sœur travaillait dans cette maudite usine, si elle avait décidé d'épouser Grigori, et si elle se mêlait de ces histoires de révolution qui la mettaient en danger. Il fallait qu'il fasse quelque chose. Mais quoi ?

Rien n'échappait à l'œil de Savva Souvorine quand il faisait le tour quotidien de ses ateliers ; il n'avait pas recours aux mouchards et il en était très fier. Ses contremaîtres lui disaient tout ce qu'il se passait : « Ils craignent que je ne le découvre de toute manière. » Selon la même logique, il savait tout ce qui se produisait à Bobrovo.

Il était de bonne humeur. Deux semaines plus tôt l'attitude de son petit-fils l'inquiétait. Le jeune homme était devenu si morose et taciturne qu'il avait craint pour sa santé. Mais Piotr avait changé brusquement en quelques jours. Son visage s'était éclairé, il semblait s'intéresser de nouveau à la vie, il était presque gai. « Il lui a fallu du temps pour s'habituer ici, en venant de la ville », dit-il à Maria.

Un matin, trois jours après le changement survenu en Piotr, il aperçut le jeune Grigori en train de remettre une feuille de papier à un camarade. Quelques minutes plus tard, il remarqua que l'homme cachait la feuille sous sa machine, mais il n'imagina pas que ce puisse être important. Ce fut par curiosité pure que, le soir venu, il glissa sa canne sous la machine et en retira la feuille. C'était un des tracts de Popov.

Dans sa fureur, il cassa sa canne sur son genou. Pendant un instant, il songea à briser les reins de ce Grigori comme il venait de briser sa canne. Mais la vie lui avait enseigné à refréner ses impulsions. Où Grigori avait-il pu trouver ce tract ? se demanda-t-il. Il était improbable qu'un jeune paysan pauvre comme lui soit à l'origine de cette affaire.

Il rangea le tract dans sa poche.

Au même moment, au coin d'un champ d'orge, Boris Romanov faisait à son père une suggestion qui prit le vieux Timofeï complètement au dépourvu.

— Que j'aille réclamer à Bobrov l'argent d'une dot pour Natalia ?

— Oui, et pour payer tes dettes, ajouta Boris.

— Sous quel prétexte ?

— Disons : son amitié pour toi. N'avez-vous pas joué souvent ensemble, dans votre enfance ? Ne t'a-t-il pas déjà aidé ?

— Il a lui aussi des difficultés financières en ce moment, objecta Timofeï. Je n'ai pas envie de demander, et il refusera, c'est certain.

— Peut-être ne peut-il pas refuser.

— Que veux-tu dire ?

— Je crois qu'il est vulnérable. Nikolaï a failli être arrêté.

— Il est malade.

— C'est ce qu'on raconte, et je n'en crois rien. En réalité, ils préparent une révolution, j'en suis certain.

— Comment le sais-tu ?

— Je le crois, c'est tout. Mais si j'ai raison, Bobrov a simplement inventé la maladie de Nikolaï. Et s'il pense que nous savons le fin mot de l'histoire, il décidera sans doute de nous aider, tu comprends ?

— Ce serait le faire chanter...

— Plus ou moins, répondit Boris en souriant.

Timofeï secoua la tête. C'était contre sa nature.

— Je ne pourrai pas, dit-il. Je ne pourrai pas.

— Je viendrai avec toi, suggéra Boris. Tu n'as pas besoin d'étaler tout sur la table. Il te suffira de le tâter. Tu verras vite s'il se montre nerveux...

Le lendemain vers midi, les paysans de Bobrovo tremblèrent en voyant la haute silhouette de Savva Souvorine, en haut-de-forme et cape noire, une canne neuve à la main, se diriger à grands pas vers eux. Mais il traversa le village sans un regard à gauche ni à droite : il se rendait au manoir.

Les propriétaires qui l'avaient jadis traité comme un chien avaient maintenant peur de lui. Sa fortune lui aurait permis d'acheter le domaine des Bobrov plus de vingt fois, plus de cent fois. Et aujourd'hui, ils lui avaient donné eux-mêmes le moyen de les détruire.

Car, tout bien réfléchi, il ne conservait aucun doute sur ce qui avait dû se produire. Il était évidemment au courant des incidents concernant le fils Bobrov, devant la maison des Romanov. Il jugeait invraisemblable l'histoire de la maladie nerveuse. Il avait également observé les allées et venues du rouquin ; il l'avait même aperçu en compagnie de ce Grigori, l'amoureux de la fille Romanov. Et Grigori distribuait maintenant des tracts... Les coïncidences étaient trop nombreuses. La police n'aurait aucun mal à découvrir le lien. Le jeune Bobrov et son ami étaient des révolutionnaires, et il les ferait jeter en prison. Ce serait la fin des Bobrov. Une vengeance définitive et terrible.

Micha Bobrov fut fort surpris de voir apparaître l'ancien serf à sa porte. Nikolaï était alité avec une migraine et Anna se trouvait chez une amie de Vladimir. Micha fit entrer son visiteur dans le salon et lui offrit un siège. Souvorine le refusa. Bobrov resta un moment debout, gêné, puis décida de s'asseoir.

— Votre fils, dit Savva, c'est un révolutionnaire.

Micha voulut protester, mais Savva lui tendit le tract.

— J'ai trouvé ça dans mon usine. Lisez-le. Cela vient de votre fils et de son ami.

Micha Bobrov pâlit. Il avait sous les yeux les phrases mêmes qu'il avait entendu prononcer par son fils. Mot pour mot, avec une seule différence : elles se terminaient par un appel à la violence. Tuer Souvorine... Mettre le feu au manoir...

— Oh, mon Dieu ! Vous en êtes certain ?... Je veux dire : je n'avais aucune idée...

Son expression désespérée suffit à confirmer Savva dans ses conjectures.

— Qu'allez-vous faire ? demanda Bobrov.

Pendant cinquante-deux ans de sa vie, Savva avait lutté pour échapper à la tyrannie des Bobrov, et pendant trente ans de plus, il leur en avait tenu rancune. Il avait enfin l'occasion de les détruire, mais il n'en ferait rien. En tout cas pour l'instant. Car Savva comprenait mieux que personne la nature du pouvoir : il détestait et méprisait les Bobrov, mais savait que s'il les détruisait, ils ne pourraient plus lui servir à rien. Micha était peut-être un idiot, mais il exerçait une certaine influence au *zemtsvo*. Savva pourrait désormais le manipuler à sa guise. « Un Souvorine ne se venge pas sur des hommes sans envergure, se dit-il fièrement. Il les utilise. »

Il donna donc ses instructions à Bobrov.

— Tout d'abord, vous direz à ce Popov de partir de Russka sans retour. Il doit rester chez vous, ne communiquer avec personne et avoir disparu demain matin. Vous pouvez vous en assurer ?

Micha inclina la tête.

— Vous parlerez également à Timofeï Romanov. Sa fille est toujours fourrée avec ce Grigori que j'ai surpris en train de distribuer des tracts. Vous pouvez être sûr qu'elle est dans le coup, elle aussi... N'avez-vous pas envoyé cette fille vous-même dans votre maudite école ? Vous voyez à présent où ça mène.

Il secoua la tête, ulcéré par l'idée folle d'éduquer les paysans.

— Vous ordonnerez à votre ami Romanov de garder sa fille chez lui jusqu'à nouvel ordre. Sans lui dire pourquoi. Et elle ne devra avoir avec Grigori aucun contact d'aucun sorte. Je vais le faire observer pendant quelques jours pour savoir ce qui se mijote. Ensuite, je m'occuperai de lui.

Il dévisagea Micha, satisfait de voir que les rôles étaient enfin inversés : il était le maître et Bobrov le valet.

— Si vous ne suivez pas mes instructions à la lettre, je révélerai ce que je sais à la police et elle prouvera l'existence d'un complot impliquant votre fils, Popov et les Romanov. Ce sera pour tous la Sibérie, ou pire.

Il tourna le dos à Micha et sourit.

Malgré l'insistance de son fils, Timofeï Romanov avait refusé de réclamer de l'argent à Micha Bobrov. Il fut donc surpris, au milieu de l'après-midi, d'être convoqué d'urgence au manoir. Boris annonça aussitôt :

— Je t'accompagne.

A leur arrivée, ils trouvèrent Micha encore inquiet, mais de plus en plus perplexe. Il venait de passer une demi-heure avec son fils, et celui-ci ne semblait pas au courant des récentes activités de Popov à Russka. Oui, il savait que son ami avait une presse pour imprimer des tracts — cela suffirait pour l'envoyer en Sibérie.

Avec les deux Romanov, Micha se montra prudent.

— Dis-moi, Timofeï, demanda-t-il, ta fille fréquente-t-elle un nommé Grigori ?

— Ah, Mikhaïl Alexeïevitch, si seulement elle ne l'avait jamais rencontré...

Il se serait lancé dans la litanie de ses malheurs, mais Micha coupa court.

— Voici ce que ce Grigori distribue, dit-il en montrant le tract, dont il lut quelques phrases au paysan illettré.

Il remarqua que le pauvre Timofeï paraissait d'abord surpris, puis terrifié et perdu ; le jeune Boris, en revanche, était devenu livide dès qu'il avait aperçu le tract.

Souvorine ne s'était donc pas trompé.

Il leur signifia les instructions de Souvorine, mais sans faire allusion au rôle joué par son fils dans le complot.

— La personne qui se trouve à l'origine de tout ceci est Popov. Il a abusé de mon hospitalité et nous a tous dupés. Il partira à l'aube et ne reviendra jamais.

Il se tourna vers Boris pour préciser :

— Vous vous engagez à obtenir de Natalia qu'elle fasse ce que Souvorine demande ?

Le jeune homme, les yeux baissés, s'y engagea.

Et à cet instant-là, Evgueni Popov entra en souriant dans la pièce.

En fait, Popov avait eu une journée décourageante. Le matin, il avait reçu une lettre qui lui faisait part à mots couverts de l'échec complet de la révolution. Les paysans avaient réagi partout comme à Bobrovo. Certains villages avaient fait intervenir la police, les autorités provinciales étaient au courant, plusieurs jeunes idéalistes se trouvaient déjà sous les verrous. On s'attendait à une répression générale.

Il était donc inquiet, mais habitué à dissimuler ses sentiments, il sourit aux trois hommes.

— C'est terminé. Souvorine a trouvé vos tracts, lança Micha sans voiler son mépris, et il relata sa conversation avec Souvorine. Ne prenez pas la peine de vous défendre, je sais que vous mentiriez. Mais vous partirez d'ici demain à l'aube, et je vous conseille donc de préparer votre voyage.

Le jeune homme ne bougea pas et continua de sourire.

— Pas du tout, répliqua-t-il. Je vous l'ai déjà dit : je partirai quand il me plaira.

— Vous partirez demain.

— Je ne crois pas.

— Vous n'avez pas le choix. Souvorine vous fera arrêter.

— Peut-être. Je vois que vous avez tous peur. Mais ne vous inquiétez donc pas. Il ne se passera rien.

Il bâilla.

— Je suis trop fatigué pour prendre le thé. Et j'ai des lettres à écrire. J'aurai meilleur appétit demain. Oui, je compte rester ici encore quelques jours, dit-il à Bobrov.

Il monta dans sa chambre.

Pendant plusieurs secondes, les trois hommes demeurèrent sans voix. C'était incompréhensible. Puis Timofeï Romanov se tourna vers Micha et lui demanda :

— Qu'allons-nous faire ?

Evgueni Popov s'assit sur son lit et réfléchit. Son refus de partir était en partie du bluff. Après la lettre du matin et la menace de Souvorine, il était grand temps de filer ailleurs. Mais il ne laisserait pas croire à ce stupide propriétaire et à ces maudits paysans, ni même à Savva Souvorine, qu'ils pouvaient dicter sa conduite à un révolutionnaire...

Que pouvait-il faire ? Il ouvrit son coffre et en sortit un document manuscrit. Il s'assit à la petite table près de la fenêtre et se mit à copier des lettres et des mots en les comparant constamment à l'écriture du document. Quand il fut satisfait de son imitation, il prit une feuille blanche.

Il écrivait depuis plusieurs minutes quand il entendit des pas feutrés dans le couloir, puis un silence, et enfin le grincement d'une clé dans la serrure de sa chambre. Il haussa les épaules. Ils croyaient le faire prisonnier ! Il continua d'écrire.

En vingt minutes, il écrivit deux lettres et une note brève.

Ensuite, il enfila les vêtements de paysan avec lesquels il travaillait dans les champs, et dissimula ses cheveux roux sous un chapeau. Il se dirigea vers la fenêtre. Il ne pouvait passer par l'ouverture que la tête et un bras ; il lui aurait fallu arracher la fenêtre du montant, puis faire un saut de cinq mètres sur le sol dur. La fenêtre de Nikolaï n'était pas loin. Il prit une petite pièce dans sa poche et la lança contre la vitre. A la quatrième pièce, la tête ébouriffée de son ami apparut.

— Salut. Ils m'ont enfermé. Il faut que tu me fasses sortir.

Pour Micha tout semblait clair. Et tout le serait resté, sans la présence de Boris. Quelques mots chuchotés par le jeune homme avaient vite fait comprendre à Timofeï le danger que les tracts faisaient courir à Natalia, et il était prêt à tout. Ils avaient manifestement intérêt à régler la question entre eux.

— Je veux qu'il ne parle à personne, même pas à mon cocher, avoua Micha. Nous ne pouvons pas savoir ce que ce maudit Popov est capable de dire de nous.

Les deux paysans viendraient donc à l'aube avec leur charrette et conduiraient le rouquin à Vladimir.

— J'ai une matraque, signala Timofeï. Et s'il le faut, nous le ligoterons à la charrette.

— A Vladimir, vous le mettrez dans le train de Moscou, et vous le surveillerez jusqu'au départ.

Micha eut alors l'idée d'enfermer Popov à clé. Il ne s'absenta que quelques minutes, et fut surpris à son retour de découvrir que les Romanov semblaient avoir changé d'avis.

Ce fut Boris qui prit la parole. Il avait l'esprit plus vif que les deux autres et n'avait pas renoncé à l'espoir de tirer quelque argent du propriétaire. Surtout il jugeait que leur plan n'était pas sans danger.

— Après tout, Mikhaïl Alexeïevitch, nous avons tous vu ce dont Popov est capable. Même sous la menace de la loi et de Savva Souvorine, il a refusé de partir. A quoi bon le mettre dans le train de Moscou s'il descend à la gare suivante et revient ici dans un jour ou deux ?

Micha ne pouvait le nier.

— Je suis très inquiet au sujet de ma sœur, reprit Boris. Elle s'est

mise à fréquenter ce Grigori parce qu'elle n'a pas de dot. Et à cause
des dettes de mon père.

Il regarda Bobrov, poliment mais fermement.

— Vous vous êtes toujours montré très bon pour notre famille,
monsieur. C'est grâce à vous que Natalia et moi sommes allés à
l'école. Ne pensez-vous pas que vous pourriez nous aider encore un
peu ?

Micha se rembrunit.

— Qu'avez-vous en tête ?

— Je pourrais peut-être m'arranger pour que ce Popov fasse un
long voyage, et ne revienne jamais nous ennuyer.

— Un long voyage ?

— Oui, monsieur. Très long.

Micha s'aperçut qu'il tremblait. C'était impensable, mais il devait
avouer qu'il était tenté. Il ne désirait rien au monde davantage que
se débarrasser à tout jamais de Popov.

— Jamais je ne pourrai envisager... commença-t-il.

— Bien entendu, monsieur, nous ferons ce que vous nous direz.
Pendant le trajet à Vladimir. Personne ne l'attend à Moscou, n'est-ce
pas ?

Il y eut un long silence, puis Micha secoua la tête.

— Mettez-le dans le train, dit-il. Revenez avant l'aurore.

Boris conservait manifestement ses doutes, mais Micha congédia
les deux paysans.

Après leur départ, il resta dans le salon, perdu dans ses pensées.
L'argument de Boris l'avait ébranlé. Si Popov disparaissait sans
laisser de traces, des mois s'écouleraient sans que personne ne
s'inquiète de son absence, et ensuite... Micha secoua la tête : « Les
gens normaux comme moi sont impuissants devant le mal, se dit-il.
A ma place, Popov n'aurait pas hésité une seconde... »

A cet instant Boris Romanov réapparut soudain.

— Popov s'est enfui, monsieur. Des gens l'ont vu traverser le
village en direction de Russka.

Micha bondit.

— Impossible.

Il monta au premier, trouva la porte encore fermée à clé, mais la
chambre vide. Et Souvorine qui lui avait ordonné de garder Popov
dans la maison. Il était allé prévenir ses complices ou lancer d'autres
appels à la violence. Comment réagirait Savva ?

— Il faut l'arrêter, cria-t-il à Boris. Et le plus vite possible.

Mais Boris ne bougea pas.

— Si nous l'attrapons ce soir, il reviendra demain. A quoi bon,
Mikhaïl Alexeïevitch ?

— Empêchez-le de continuer, supplia Micha Bobrov.

Boris ne bougea toujours pas.

— Au sujet de ma sœur, monsieur, dit-il doucement. Et de mon
père...

Les deux hommes se dévisagèrent en silence, puis Bobrov baissa
les yeux et murmura :

— Je donnerai une dot à ta sœur. Et ton père... je l'aiderai. Ça ira ?

— Oui, monsieur. Merci, monsieur.

— Et...

— Ne vous en faites pas, monsieur. Nous conduirons le jeune monsieur à Vladimir et il ne vous fera plus d'ennuis.

Avant de partir, il ajouta :

— Il lui faudra des bagages s'il s'en va en voyage. Vous devriez faire ses valises, monsieur. Nous viendrons les chercher avant l'aube.

Malgré leur hâte, les deux Romanov arrivèrent trop tard. Quand ils sortirent du bois en face du monastère, Popov avait disparu. Le chemin conduisant au pont de la ville à travers les champs était vide.

— Dieu sait où il est, murmura Timofeï. Mais nous l'attraperons au retour.

Timofeï avait une matraque, Boris un couteau. Leur plan était simple.

— Quand nous l'aurons tué, avait expliqué Boris, tu le cacheras dans les bois pendant que j'irais chercher ses bagages avec la charrette. Nous le mettrons à l'arrière comme s'il dormait et nous prendrons la route de Vladimir. Nous trouverons bien un endroit où l'enterrer avec ses valises.

— Des tas d'endroits, avait répondu Timofeï.

Ils se postèrent dans une clairière près des anciennes tombes et attendirent patiemment.

Evgueni Popov attendait patiemment lui aussi, près des sources, sur le sentier de l'ermitage. Il n'avait aucune envie de se montrer dans Russka avant la tombée de la nuit, et il avait rencontré près du monastère un gamin à qui il avait donné quelques kopecks pour qu'il remette le message. Au bout d'une heure, le jeune homme qu'il avait convoqué ainsi apparut.

Piotr Souvorine était tout excité : que pouvait signifier cet appel urgent ? Mais quand Popov le mit au courant, il ne put s'empêcher de trembler.

— Le message du Comité central est arrivé. Nous n'avons plus que quelques heures. Êtes-vous prêt à souffrir pour la cause ?

— Oh, oui !

— Très bien.

Ils étudièrent les détails ensemble. Souvorine avait de l'argent. Il mit un plan au point très vite. Popov découvrit qu'en situation de crise, le jeune idéaliste ne manquait pas d'esprit pratique.

— Comment partirez-vous ? demanda-t-il.

— Mon grand-père a une barque pour aller à la pêche. Je la prendrai.

— Excellent. Partez au crépuscule. Nous nous reverrons, promit-il au jeune homme en l'embrassant.

Le soir tombait. Evgueni Popov reprit lentement le chemin de Russka. Il s'arrêta en vue de la rivière et s'assit dans les ombres tièdes. Le ciel, devenu couleur turquoise, passa à l'indigo. Il n'y avait personne.

Puis il vit la barque, le long de la berge, entraînée par le courant. Au petit matin, elle arriverait à l'Oka. Il sourit. Il avait bien jugé Souvorine. Le jeune homme avait avalé sans broncher la nouvelle que la police allait tous les arrêter le lendemain ; et il avait sincèrement cru que le prétendu Comité central désirait le sauver à tout prix. Il avait accepté sur-le-champ de se cacher pendant plusieurs mois. Mais il y avait sans doute un autre motif, dont Piotr n'était peut-être pas pleinement conscient : « Je lui ai simplement donné un prétexte d'échapper à son grand-père », se dit Popov. Il se trompait rarement sur les gens.

Et maintenant que Souvorine était hors d'atteinte, il était temps de passer à l'action.

Il enfonça le chapeau sur sa tête et contourna la ville pour entrer du côté opposé à la rivière. Il y avait peu de monde, et personne ne fit particulièrement attention à lui.

La rue étroite donnant sur l'entrepôt était déserte. Il ouvrit la porte du petit magasin où il avait dissimulé la presse, puis entra dans l'entrepôt proprement dit. Au bout d'un moment, il trouva ce qu'il cherchait : des ballots de paille entassés contre un mur. Dans un coin, des sacs vides. Sur des étagères, une dizaine de lampes contenant encore du pétrole. Sans hâte, il prit les ballots de paille et les disposa tout autour du bâtiment. Puis il tordit les sacs pour en faire des torches et versa le pétrole dans deux récipients. Cela ne lui prit qu'une demi-heure. Il prit enfin un ou deux ballots et les apporta dans le petit magasin.

Ensuite, il sortit de leur cachette la petite presse en pièces détachées et le paquet de tracts. Il vérifia que la ruelle était vide et sortit.

Il se dirigea vers la place du marché et entra dans l'avenue conduisant au petit parc et à l'esplanade. Il y avait trois maisons sur la droite, derrière des clôtures. La première était celle de Savva Souvorine.

Aucune lumière aux fenêtres. Les Souvorine se couchaient tôt. Popov ouvrit la porte du jardin et se glissa à l'intérieur. Un escalier extérieur en bois donnait accès au premier étage. Popov déposa ce qu'il avait apporté sous les marches.

Il dut faire deux voyages. La seconde fois, outre les tracts et le reste des pièces détachées de la presse, il apporta une truelle trouvée dans l'entrepôt.

A quatre pattes sous l'escalier de Souvorine, il se mit au travail.

Tout se passait comme il l'avait prévu. En fait, il n'avait commis qu'une seule erreur ce soir-là : en sortant du petit magasin la seconde fois, il avait tiré la porte sans se rendre compte qu'elle n'était pas bien fermée. Quelques instants après son départ, la porte s'était ouverte.

Ce qui lui plaisait dans son plan, c'était sa parfaite symétrie : quand il aurait terminé, Savva Souvorine et Micha Bobrov se neutraliseraient mutuellement, et il serait innocenté. La presse et les tracts révolutionnaires, sous l'escalier de Souvorine, auraient apparemment été enterrés par Piotr, qui passerait pour responsable de tout. Il pensa : « Je les ai parfaitement manœuvrés. »

Il restait quelques questions en suspens. Grigori et Natalia, par exemple. Il n'avait rien prévu à leur sujet. Mais ils étaient inoffensifs. Ils ne pourraient dire qu'une chose : c'était Piotr Souvorine qui leur avait remis les tracts.

Non, son plan marcherait à la perfection. Il se sentit infiniment supérieur à tous ces imbéciles.

Il creusa un trou d'une cinquantaine de centimètres de profondeur, puis rencontra quelque chose de dur. Il gratta la terre autour : c'était un crâne. Ses connaissances médicales étaient suffisantes pour lui permettre de reconnaître aussitôt qu'il n'avait pas appartenu à un Slave mais à un Mongol. Que faisait-il là, sous la maison de Souvorine ?

Il enterra la presse et les tracts et tassa la terre, puis il s'en alla en emportant le crâne. Sur le chemin de l'entrepôt il vit un puits, et il y lança le crâne en passant.

Ce fut ainsi que le crâne de Pierre le Tatar, fondateur inconnu du monastère, trouva une nouvelle demeure dans les eaux souterraines de la ville.

Natalia et Grigori avaient discuté dans le dortoir jusqu'à la nuit. Elle l'avait mis au courant de la réaction de son père, mais lui avait dit : « Je trouverai un moyen. » En fait, le jeune homme ne se souciait guère de l'opinion du père de Natalia. La cour qu'elle lui avait faite avait si bien réussi qu'il ne songeait plus qu'à une chose : profiter de son corps. Quand elle lui proposa d'aller dans un endroit où ils pourraient être seuls, il ne souleva aucune objection.

Pendant les mois d'été, les jeunes couples en quête d'intimité fréquentaient les bois des environs de la ville. Ils en prirent donc le chemin, mais en passant devant l'entrepôt, ils remarquèrent que la porte du petit magasin était ouverte. Ils jetèrent un coup d'œil à l'intérieur, virent les ballots de paille, et Natalia jugea aussitôt que l'endroit serait parfait. Ils firent un lit de paille dans un coin en quelques secondes, puis elle alla refermer la porte. Elle serait bientôt enceinte et ils pourraient se marier.

Quand Popov revint à l'entrepôt, il versa aussitôt le pétrole sur les torches qu'il avait préparées avec les sacs, en alluma une et la plaça contre le principal tas de paille. Puis il alluma les autres et les lança sur les ballots disposés le long des murs. Il se dirigea ensuite vers le petit magasin, ses deux dernières torches à la main. Il avait mis de la paille dans le magasin uniquement parce qu'une fois la porte fermée à clé, personne ne pourrait éteindre le feu avant que l'incendie ne se répande. Il n'imaginait pas que l'entrepôt prendrait feu si vite. Il ouvrit la porte, lança ses deux torches à l'intérieur du côté de la paille, repoussa la porte et ferma à clé. Il ne vit pas le jeune couple qui s'était endormi quelques minutes plus tôt.

Il s'éloigna rapidement dans l'ombre. Il était temps de retourner à Bobrovo.

Micha Bobrov venait de passer des heures affreuses. Il avait rangé les affaires de Popov comme l'avait suggéré Boris Romanov, les avait descendues lui-même et déposées dans la cour. Nikolaï dormait dans sa chambre.

« Qu'ai-je fait ? se demanda-t-il. Rien. » Les Romanov allaient simplement s'emparer de Popov et l'escorter à Vladimir. Pendant une demi-heure, Micha s'accrocha à ce mensonge absurde, puis il y renonça, écœuré. La vérité ? Il leur avait promis de l'argent pour qu'ils le tuent. Et il était sans doute déjà mort.

Un meurtre. Il se rappela le jour où il avait été tenté de tuer Pinéguine, à Sébastopol. Sans doute avait-il commis un meurtre dans son cœur, mais il ne l'avait pas exécuté. Son attitude était-elle moins morale aujourd'hui ? Ou bien était-ce seulement parce que d'autres allaient commettre le meurtre à sa place ? Saisi de crainte et de dégoût pour lui-même, il enfouit sa tête entre ses mains et murmura :

— Seigneur, Seigneur, qu'ai-je fait ?

Ce fut avec un mélange de stupeur, de soulagement et de frayeur que vers minuit, entendant un bruit, il leva les yeux et vit apparaître Popov.

Popov était revenu de Russka sans encombre. Le temps qu'il arrive à la rivière, il pouvait voir la lueur des flammes au-dessus des toits et entendre des cris. Au lieu de traverser par le pont principal, et le terrain découvert près du monastère, il décida de suivre le chemin des sources puis d'aller à Bobrovo par la passerelle de bois. C'était beaucoup plus long, mais il ne rencontrerait personne.

Il se sentait vraiment léger, et même rayonnant. Tout était en place. Et il avait les deux lettres dans la poche.

Il n'avait eu aucun mal à imiter l'écriture de Piotr Souvorine, mais c'était du ton des deux lettres dont il était le plus fier. Il avait emprunté au pamphlet révolutionnaire de Souvorine, non seulement les tours de phrase, mais la forme d'esprit. Oui, ces lettres sembleraient d'une merveilleuse authenticité.

L'une s'adressait à Nikolaï, son complice supposé, Piotr lui annonçait son départ, après avoir incendié l'entrepôt de son grand-père. Il précisait que la presse à imprimer et les tracts étaient enterrés en toute sécurité sous l'escalier de Savva Souvorine, où personne ne les trouverait.

Il lui suffirait de donner cette lettre à Micha Bobrov. Celui-ci menacerait l'industriel de la publier, et Souvorine serait neutralisé : s'il menaçait Bobrov de faire arrêter Nikolaï, son petit-fils serait dans les mêmes draps.

L'autre lettre n'était qu'une assurance supplémentaire pour lui-même. Souvorine lui annonçait son départ et le remerciait de sa gentillesse, puis innocentait Popov en ces termes :

Vous avez été pour Nikolaï et moi un excellent ami, et je reconnais que vous nous avez suppliés tous les deux de rester dans la voie des réformes et d'abandonner nos idées de révolution. Mais vous ne comprenez pas ces choses-là, mon ami, ni toutes leurs ramifications et je ne peux rien vous dire. J'espère seulement qu'un jour, à l'aube de la nouvelle ère, nous nous rencontrerons de nouveau en amis. Vous verrez alors que tout ce qui s'est passé s'est vraiment passé pour le mieux.
Adieu.

N'avait-il pas splendidement manœuvré ? Ne s'était-il pas montré supérieur à tous ? Il resterait probablement quelques jours de plus à Russka, tirerait un peu d'argent des Bobrov, puis prendrait le large.

Deux choses le surprirent. En entrant dans la cour du manoir, il avait trouvé ses bagages devant la porte. Pourquoi Bobrov était-il si certain qu'il partirait cette nuit ? Et maintenant, Bobrov levait les yeux vers lui, bouche bée, comme s'il voyait un fantôme.

— Étonné de me voir ? lança-t-il.

— Étonné ? balbutia Micha, pas du tout, cher ami. Pourquoi serais-je étonné ?

— Oui, pourquoi ?

Et pourquoi Bobrov le traitait-il soudain de « cher ami » ?

Micha se ressaisit vite. Si les Romanov avaient manqué Popov, ils ne tarderaient pas à arriver. Que se passerait-il ? Ils l'emmèneraient dans leur charrette pour le massacrer ? Non. Il n'en était plus question. Machinalement, il lança un coup d'œil à la porte.

Popov comprit aussitôt. Quelqu'un allait venir le tuer et Bobrov était terrifié. Très bien : il prendrait les devants.

— Si je pouvais complètement neutraliser Souvorine pour vous, combien me donneriez-vous ?

Il lui expliqua l'existence de la lettre de Piotr Souvorine à Nikolaï, ainsi que son contenu.

— Vous avez cette lettre ?

— Elle est cachée, mais je peux la trouver, pour un certain prix.

— Combien ?

— Deux mille roubles.

— Deux mille ? répéta Micha, stupéfait. Je ne les ai pas.

Il était si nerveux que Popov jugea qu'il disait la vérité.

— Combien avez-vous ?

— Environ quinze cents, je crois.

— Très bien. Ça ira.

Micha parut soulagé, puis de nouveau angoissé.

— Il y a autre chose, dit-il. Si je vous donne l'argent, il vous faudra partir tout de suite.

— Que voulez-vous dire ? Au milieu de la nuit ?

— Oui. Maintenant. C'est essentiel.

Popov sourit. Il ne s'était donc pas trompé. Ce minable avait eu l'intention de le faire tuer, et maintenant il était pris de panique.

— Il faudra me donner un cheval, dit-il. Un bon.

— Bien entendu.

Étonnant, le pouvoir que vous donne sur quelqu'un le fait qu'il se sente coupable à votre égard.

— Allez chercher l'argent, ordonna-t-il.

Un quart d'heure plus tard il était prêt à partir, sur le meilleur cheval de Bobrov et avec quinze cents roubles dans sa poche. En échange, Micha avait la précieuse lettre. Avant de s'en aller, Popov avait songé à réveiller Nikolaï pour lui faire ses adieux, mais il s'était ravisé. Son ami avait rempli sa fonction ; il n'avait plus rien à lui dire.

— Bonne continuation jusqu'à la révolution, lança-t-il en riant à Micha.

Et il disparut.

Une heure plus tard, les deux Romanov se présentèrent au manoir pour voir si Popov n'était pas rentré. Pour s'assurer qu'ils ne tenteraient pas de le poursuivre, Micha Bobrov leur assura qu'il ne l'avait pas revu.

L'incendie détruisit l'entrepôt, un atelier voisin et quatre petites maisons d'ouvriers. Personne ne s'aperçut de l'absence de Grigori et de Natalia avant le matin. On trouva leurs restes carbonisés quelques heures plus tard.

A la suite d'un entretien entre Savva Souvorine et Mikhaïl Bobrov en début de matinée, aucune enquête de police ne chercha à déterminer les causes de l'incendie. C'était un simple accident. La raison pour laquelle Natalia et Grigori avaient été bloqués à l'intérieur ne fut jamais élucidée. On remarqua cependant que le chef de la police et toute sa famille avaient des vêtements neufs quelques semaines plus tard.

Varia Romanov eut son enfant à la fin de l'année : une fille qu'on décida d'appeler Arina. Varia était tellement attachée au bébé, qui remplaçait sa seule fille, que l'enfant passa l'hiver sans encombre, et sans se rendre compte que sa grand-mère, dont elle portait le prénom, s'était penchée plus d'une fois sur le berceau en murmurant :

— Je sais bien que je ne devrais pas te laisser ici, mais je n'en ai pas le cœur.

L'enfant ne s'aperçut pas non plus d'un autre événement mineur qui se produisit juste une semaine après la fin de l'hiver.

Micha Bobrov classait ses papiers chaque année au début du printemps : lettres, factures, notes personnelles et mémorandums aux membres du *zemtsvo*. Quand il tomba sur la lettre de Piotr Souvorine que Popov lui avait donnée, il la rangea dans une chemise à part qu'il appela « Incendie Souvorine » et la monta au grenier avec les autres lettres.

Le lendemain, il reçut une visite inattendue : Boris Romanov. Il le fit entrer dans son bureau.

Le discours que le jeune paysan avait préparé était si lent et embrouillé que pendant un moment, Micha ne comprit pas où il voulait en venir. Mais la gêne visible du jeune paysan, associée à son air buté, le mit mal à l'aise. Boris lui rappela la pauvreté de sa famille, le besoin qu'ils avaient d'autres terres, et leur loyauté aux Bobrov.

— J'ai réfléchi à ce qui s'est passé l'été dernier, dit-il enfin.

C'était donc ça... Micha se mit sur la défensive.

— Eh bien ?

— Nous avions conclu un accord, monsieur. Au sujet d'aider mon père et de donner une dot à ma sœur.

Micha ne répondit pas.

— Ma sœur est morte à présent, monsieur.

— Dieu ait son âme !

— Mais nous avons une autre fille dans la famille, dit Boris en regardant ses pieds. Et je me demandais si vous songiez à nous aider comme vous l'avez dit, monsieur. La dot de Natalia pourrait revenir à la petite Arina, vous comprenez ?

Micha le regarda. Le jeune paysan avait touché un nerf à vif. Depuis la nuit de l'incendie, pas un mot n'avait été prononcé sur le marché qu'il avait conclu avec les Romanov. Après tout, le meurtre n'avait pas eu lieu, la pauvre Natalia était morte, et Micha avait essayé de chasser l'épisode entier de son esprit. Micha n'avait pas jugé nécessaire de donner une somme importante à Timoféï, mais il s'était souvent dit qu'il ferait un geste à un moment ou un autre. L'idée de Boris de faire un cadeau à l'enfant lui plaisait. Et comme il retournait le problème dans son esprit, il ne se donna pas la peine de répondre au paysan.

Ce fut alors que Boris commit sa grande erreur. Prenant l'hésitation du propriétaire pour un refus, il leva brusquement les yeux et lança :

— Après tout, monsieur, ma sœur a été tuée dans cet incendie, et nous ne voudrions pas vous créer des ennuis.

Micha le dévisagea, stupéfait, puis rougit. Que pouvait bien savoir le jeune homme ?

En fait, Boris ne savait rien. Mais Micha aurait tremblé s'il avait su ce que le jeune paysan soupçonnait.

Il n'avait jamais cru que l'incendie de Russka était accidentel. Le souvenir de sa sœur Natalia le hantait et il était certain que toute l'affaire était louche.

— Si c'était un accident, pourquoi Natalia et Grigori étaient-ils enfermés à l'intérieur ? répétait-il à son père.

Pourquoi quelqu'un aurait-il cherché à les supprimer ?

— Parce qu'ils en savaient trop.

L'identité du tueur ?

— Le rouquin. Popov. C'est forcé.

Timofeï devait concéder que c'était possible, mais il refusait de suivre son fils jusqu'au bout de son raisonnement :

— Rien n'est clair. Réfléchis : Bobrov nous charge d'attraper ce Popov, mais il réussit à nous échapper. Qui l'a mis au courant ? Bobrov lui-même. Qui d'autre ? Il a dû envoyer un valet, ou même Nikolaï, pour le prévenir. Et comment Popov a-t-il filé ? Escamoté ! Ensuite, jamais un mot sur l'incendie ou sur Nikolaï Bobrov. Il s'est passé des choses que nous ignorons. Bobrov nous les cache. Il sait qui a allumé l'incendie, il sait qui a tué ma sœur, et tout le reste, que nous ne soupçonnons même pas.

Timofeï l'écoutait, secouait la tête et répondait :

— Je n'en crois rien. Mais même si c'était vrai, que pourrais-tu y faire ?

Car Boris n'avait aucune preuve. Les autorités refuseraient de le croire ; il ne ferait que s'attirer des ennuis. Mais il continua de ruminer ses soupçons pendant tout l'hiver, et sa conviction devint une obsession. Il ne pouvait pas se taire plus longtemps. A la fonte des neiges, il décida : « Je vais secouer un peu ce maudit propriétaire. Je verrai bien ce qu'il en tombera. »

Micha avait rougi, mais s'était ressaisi sur-le-champ. L'instant suivant, il paraissait parfaitement calme.

L'incendie... Le paysan insinuait quelque chose au sujet de l'incendie. Mais Micha avait toujours gardé par-devers lui la lettre que lui avait donnée Popov, qui révélait l'identité du coupable. Comment le paysan pouvait-il le savoir ? C'était improbable. Le visage serein, du moins, il l'espérait, il regarda Boris et déclara :

— Je ne vous suis pas du tout.

— Je veux dire, monsieur, lança hardiment Boris, que nous savons tous les deux qui a fait ça.

— Ah bon ? Et qui est-ce donc ? demanda Micha.

Il essaya de sourire, mais son cœur battait trop fort.

— Le rouquin. Ce Popov, répondit Boris, sûr de son fait.

« Dieu merci, il ne sait rien, se dit Micha. L'insolent ne faisait que bluffer. »

— En ce cas, vous en savez plus long que moi, répondit Micha sans sourciller. Et comme vous vous montrez de plus en plus impertinent, vous ferez bien de prendre la porte. Un mot de plus à ce sujet, et je préviens la police.

Il lui tourna le dos. Boris, écarlate et furieux, s'en alla sans un mot.

Cet entretien marqua le début d'un froid permanent entre les Bobrov et les Romanov. Plus jamais Micha n'aida Timofeï, et Timofeï avoua à son fils :

— Après ce que tu as fait, je n'ose plus le regarder dans les yeux.

Boris avait été humilié, mais ses soupçons restaient intacts. Le fait que Bobrov avait rougi à son allusion confirmait qu'il cachait quelque chose. Il ne pouvait en deviner les détails, mais il était certain qu'il y avait eu un complot. Le rouquin, les maudits Bobrov et même sans doute les Souvorine étaient de connivence. Et ils avaient tué Natalia.

Dans sa rage, il prit deux décisions qui resteraient immuables le reste de sa vie. La première, qu'il partageait avec son père, était très simple : « Je retrouverai ce Popov un jour, et je le tuerai. » Il garda la seconde pour lui, bien qu'il ne fût pas moins déterminé à la réaliser : « Je ruinerai ce propriétaire qui garde des terres qui devraient nous appartenir. Avant ma mort, je chasserai ces maudits Bobrov. Je le ferai pour Natalia. »

La famille Bobrov s'était fait dans le village, à deux pas de sa demeure, un ennemi mortel.

Mais tous ces courants ne provoquaient aucun remous sur la surface paisible de la vie du village. L'année suivante, les événements de 1874 glissèrent apparemment dans les ombres. Popov, l'étudiant aux cheveux roux, semblait oublié, et dans la petite ville de Russka il était rare que quelqu'un se demande : « Mais qu'est-il donc advenu du jeune Piotr Souvorine ? »

Révolution

Septembre 1881

Le tsar était mort, assassiné. Même à présent, des mois plus tard, la fillette de dix ans avait du mal à le croire.

Pourquoi y avait-il des gens si méchants dans le monde ? Depuis trois ans, les meurtres se succédaient : des gendarmes, des fonctionnaires, même un gouverneur. Et ils venaient de tuer avec une de leurs bombes le meilleur des hommes, Alexandre II, le tsar réformateur. Rosa ne comprenait pas.

Le groupe qui revendiquait l'attentat s'appelait Volonté du Peuple. Personne ne savait qui ils étaient, ni combien — vingt ou vingt mille. Que voulaient-ils ? La révolution : la destruction de l'appareil d'État russe, qui gouvernait le peuple d'en haut. Ils avaient supposé qu'à la mort du tsar, le peuple se soulèverait.

Mais il ne s'était rien passé. Pas un village, pas une usine ne s'était insurgé. Le silence. Et le fils du tsar, Alexandre III, avait pris la succession et imposé l'ordre. De nombreux révolutionnaires avaient été arrêtés et presque tout l'Empire russe était soumis à la loi martiale. Dieu soit loué, Volonté du Peuple avait échoué. La Russie restait calme et en paix.

A ce qu'il semblait. Jusqu'à cette nouvelle affaire horrible — tellement inexplicable pour Rosa, et tellement terrifiante. De nouveau elle s'était demandé pourquoi il y avait des gens si méchants dans le monde.

— Ils ne viendront pas ici, lui avait promis son père.

Mais s'il se trompait ?

En ce début d'après-midi, tout était tranquille dans ce paisible village du sud, à la limite de la forêt et de la steppe. Presque personne ne bougeait. Les parents de Rosa faisaient la sieste à l'étage supérieur de la solide maison au toit de chaume. C'était déjà l'automne, mais en Ukraine le temps demeurait chaud. Le parfum du chèvrefeuille montait par la fenêtre.

Rosa était jolie. Avec sa peau pâle, son long cou et la grâce naturelle de ses gestes, elle méritait le surnom de Petit Cygne que les gens du village lui donnaient parfois. Elle tressait ses cheveux aile-de-corbeau dans son dos. Elle avait le nez long et les lèvres pleines, mais ce qui frappait le plus était son regard : sous l'arche noire de ses sourcils, des yeux immenses et d'un bleu-gris lumineux, qui regardaient le monde aussi gravement que les personnages des mosaïques anciennes.

Assise près du piano, elle ne jouait pas mais le morceau de Tchaïkovski qu'elle avait répété dans la matinée hantait encore son esprit. Son piano était le seul du village. Jamais elle n'oublierait le jour merveilleux où il était arrivé, sur un petit chaland. Son père avait économisé pendant un an pour l'acheter et le faire venir de Kiev. Les voisins étaient accourus autour de son père et de ses deux frères pour voir hisser la merveille dans la maison. L'année de ses sept ans, un cousin musicien, de passage dans le village, avait découvert qu'elle était un prodige. L'année suivante, elle était allée vivre quelques mois chez lui dans la grande ville d'Odessa, sur la mer Noire, où il y avait d'excellents professeurs de musique. Elle avait déjà joué en public, et les gens disaient qu'elle serait musicienne professionnelle.

— Si sa santé le permet, répondait sa mère.

Car le point faible de Rosa était sa poitrine. Il fallait souvent qu'elle prenne plusieurs jours de repos, malgré son désir d'aller à l'école.

— Ça passera avec l'âge, assurait son père.

Elle avait tellement envie de vivre pour la musique... La musique était tout pour elle : aussi absolue que les mathématiques, aussi infinie que l'univers lui-même. La musique était dans les fleurs et dans les steppes sans fin ; elle emplissait le ciel.

Mais pourquoi, si Dieu avait fait ce monde splendide et lui avait donné la musique, pourquoi y avait-il des hommes malveillants qui avaient envie de tuer ?

Les maisons du village, confortables derrière leurs murs blanchis à la chaux, s'étendaient sur plus d'un kilomètre et demi de part et d'autre de la route de terre. Plusieurs avaient des vergers à l'arrière, comme celle des parents de Rosa. La place du marché se trouvait près de la rivière, et il y avait en aval une distillerie.

La prospérité de la bourgade était liée aux immenses champs de blé, sur la riche terre noire de la steppe, mais on avait introduit récemment deux nouvelles cultures importantes : la betterave à sucre et la pomme de terre. Des marchands venaient les acheter pour les exporter par les ports de la mer Noire. Les paysans vivaient bien.

Le grand-père de Rosa, qui était venu s'installer dans la région, était mort cinq ans auparavant, et le père de Rosa avait pris sa succession. De caractère entreprenant, en plus de l'agriculture, il s'était lancé dans le commerce de blé et il servait d'agent à une manufacture de matériel agricole d'Odessa. Ils comptaient maintenant parmi les familles les plus aisées de l'endroit.

Rosa ignorait évidemment que jadis, ce village du sud s'appelait Russka. Il avait porté deux autres noms depuis, et il restait peu de vestiges du passé. Du petit fort sur la rive occidentale, quelques traces dans le gazon ; de l'église incendiée par les Mongols, rien du tout. Le paysage même s'était modifié à mesure que les hommes abattaient les arbres pour élargir leurs champs. Il n'y avait plus aucun bois à l'est de la rivière. L'étang et les esprits qui le hantaient avaient également disparu, ainsi que la forêt aux abeilles. Le seul vestige permettant de reconnaître l'endroit était le monticule de l'ancien *kourgane*, que l'on apercevait à mi-distance.

Rosa sortit se promener jusqu'à l'autre bout du village, et s'arrêta pour regarder la steppe aux herbes jaunies qui s'étendait à perte de vue jusqu'à l'horizon violet. Une charrette apparut : un colosse aux moustaches noires conduisait les chevaux ; l'enfant à ses côtés, brun lui aussi, avait à peine un an de plus que Rosa. C'étaient Tarass Karpenko, un paysan cosaque, et son fils Ivan.

Rosa sourit. Elle avait joué depuis toujours aux cosaques et aux voleurs avec les fils Karpenko et les autres gamins du village ; le jeune Ivan était son camarade de jeux préféré. Et depuis que le gros Cosaque avait acheté du matériel agricole au père de Rosa, il traitait bien la famille.

En fait, le père de Rosa avait obtenu la faveur de Tarass Karpenko pour une autre raison.

Si étrange que cela paraisse, le paysan aux épaules larges était le neveu du célèbre poète Karpenko, aux traits délicats, dont des gravures ornaient encore les murs de quelques maisons du village. Tarass en était immensément fier, et prononçait le nom de son oncle avec la même vénération que celui du plus illustre des poètes ukrainiens, Chevtchenko. Quand il avait découvert que le père de Rosa, non seulement possédait un exemplaire des poèmes de son oncle, mais les aimait et en savait plusieurs par cœur, il lui avait donné une claque amicale dans le dos. Par la suite, chaque fois que le nom de la famille de Rosa était prononcé devant lui, il déclarait :

— Ce ne sont pas de mauvaises gens, ceux-là.

Ils avaient donc une bonne réputation dans le village, et la mère de Rosa lui répétait souvent :

— Ton père est un sage.

C'était la vérité, car le savoir qui lui avait permis d'établir un lien entre lui et le Cosaque devenait de plus en plus rare.

A chaque décennie qui passait, le pouvoir exercé par les tsars sur l'Ukraine était devenu plus pesant. Les tsars aimaient l'uniformité. Jamais elle ne pourrait être réalisée dans l'ensemble de l'immense empire. En Pologne et dans les régions occidentales de l'Ukraine, ils avaient dû accepter les catholiques ; en Asie, ils avaient affaire à un nombre croissant de musulmans. Mais dans la mesure du possible, tout devait être russifié : despotisme russe, orthodoxie russe, nationalisme russe. En 1863, avec l'aveuglement caractéristique de la bureaucratie, le gouvernement russe avait promulgué que la langue ukrainienne, parlée par la majorité de la population du sud, n'existait pas. Les livres, les journaux, les pièces de théâtre en ukrainien avaient été interdits, même la musique ukrainienne. Les intellectuels ne devaient plus parler et écrire que le russe. Quant au peuple, alors que l'éducation se répandait dans le nord, elle déclina brusquement dans le sud. A la fin du XIXᵉ siècle, quatre-vingts pour cent des Ukrainiens étaient illettrés. Les tsars furent ravis : aucune voix discordante ne troublait le climat politique de l'Ukraine. Il était donc normal que le fier Cosaque Karpenko fasse observer au père de Rosa :

— En tout cas, cher ami, nous savons encore, vous et moi, apprécier les belles choses.

Les deux Cosaques saluèrent donc Rosa aimablement : le jeune Ivan avec un large sourire, son père en inclinant courtoisement la tête. Et Rosa se sentit un peu plus rassurée.

« Ils ne viendront pas ici », se dit-elle. Elle n'avait aucune raison d'avoir peur.

Car Rosa Abramovitch était juive.

Un siècle plus tôt, avant que Catherine la Grande ne s'empare de la majeure partie de la Pologne, il n'y avait pour ainsi dire aucun juif dans l'Empire russe. En ajoutant ces terres occidentales, la Russie avait absorbé une importante communauté juive, d'origine obscure et diverse : certains semblaient venir d'Allemagne, d'autres des ports de la Méditerranée et de la mer Noire. Peut-être s'y mêlait-il quelques descendants des Khazars. Ils croyaient tous dans le Dieu unique d'Israël.

Que fallait-il faire d'eux ? Certains les jugeaient fourbes, comme les catholiques ; d'autres les accusaient d'obstination injustifiée, comme les vieux-croyants. Deux choses étaient certaines : ils n'étaient pas slaves, et ils n'étaient pas chrétiens. Deux bonnes raisons de les trouver suspects. Comme tous les autres éléments non conformistes de l'empire des tsars, il fallait d'abord les isoler, puis les russifier. En 1833, le tsar avait décrété que les juifs seraient confinés dans un endroit délimité : la zone d'établissement des juifs.

Ce n'était nullement un ghetto, mais un vaste territoire comprenant la Pologne, la Lituanie, les provinces occidentales de Russie Blanche et une grande partie de l'Ukraine, dont les ports de la mer Noire — en un mot, les endroits où les juifs résidaient déjà, et même un peu plus. Le but du décret n'était essentiellement que de limiter l'immigration des juifs dans les territoires orthodoxes de la traditionnelle Russie, au nord, et il fut d'ailleurs souvent appliqué de façon très souple, car il se forma des communautés juives assez nombreuses à Moscou et à Saint-Pétersbourg.

La plupart des juifs vivaient dans les villes ou dans leurs propres villages, la traditionnelle communauté très soudée du *schtetl*. En général, ils parlaient entre eux le yiddish. Certains étaient artisans ou commerçants ; parmi eux, beaucoup de pauvres, qu'assistaient leurs voisins. D'autres, comme le grand-père de Rosa, allaient vivre dans des villages ordinaires et cultivaient la terre.

Ils n'en devenaient pas conformistes pour autant. Et les gouvernements successifs avaient appliqué à leur égard la même politique :

— Qu'ils se convertissent.

Le régime exerçait des pressions constantes : ils étaient frappés d'impôts spéciaux ; leur système de justice, le *kahal*, avait été déclaré illégal ; leur représentation dans les assemblées locales était réduite à un quota injuste. On les poussait à fréquenter les écoles, où les enfants étaient incités à se convertir ; on les recrutait dans l'armée, où on les battait s'ils ne se convertissaient pas. La conversion suffisait. Certaines personnes continuaient à se méfier des nouveaux convertis d'origine juive, mais aux yeux de l'État, un bon orthodoxe était un bon Russe.

De nombreux juifs se convertirent, et un processus d'assimilation s'amorça, en partie sous l'influence d'un nouveau mouvement libéral juif, la *Haskalah*, partisan d'une plus grande participation des juifs à la société des gentils. Le frère aîné de Rosa, marié et installé à Kiev, lui en avait parlé :

— Si les juifs veulent aboutir à quoi que ce soit dans l'Empire russe, ils doivent fréquenter les écoles et les universités russes. Il faut participer. Cela ne nous empêche nullement de rester juifs.

Son père demeurait sceptique.

— La *Haskalah* est le premier pas sur la pente savonneuse, disait-il. On commence par placer l'enseignement séculier sur le même plan que l'éducation religieuse. Aussitôt après, le monde passe en premier, la religion en second. On oublie ensuite la religion et il ne reste plus rien.

Rosa lui donnait raison : elle avait vu plusieurs de ces libéraux devenir plus ou moins athées. La famille de Rosa, tout en entretenant d'excellentes relations avec ses voisins ukrainiens, observait sa religion de façon très stricte, avec les autres familles juives de l'endroit.

Son père n'avait fait qu'une exception, et Rosa lui en savait infiniment gré :

— Étudier la musique dans les écoles russes n'est pas du tout la même chose.

Cela ne compromettait en rien la foi israélite. Et c'était pour un juif le meilleur moyen de réussir en Russie.

« Ils ne viendront pas ici », se répéta Rosa. Pourquoi viendraient-ils ? C'était un village si reculé... Et ils n'avaient jamais rien fait de mal.

Elle n'ignorait évidemment pas qu'il y avait toujours eu mésentente entre les Ukrainiens et les juifs. En Ukraine, on se rappelait que les juifs avaient servi d'agents des seigneurs polonais. C'était de toute manière des hérétiques étrangers, venus des villes. Pour les juifs, d'autre part, les Ukrainiens n'étaient pas seulement des gentils — de méprisables *goyim* — mais des paysans illettrés. Ils auraient cependant vécu en assez bonne entente sans un problème particulier : leur nombre.

Était-ce par tradition que les juifs élevaient de nombreux enfants ? Ou bien leur système communal d'entraide sauvait-il davantage de vies ? Leur respect de l'éducation les incitait sans doute à se préoccuper davantage d'hygiène et à faire plus souvent appel aux médecins. Toujours est-il que le nombre des juifs en Ukraine s'était multiplié par huit au cours des soixante années précédentes, alors que l'ensemble de la population n'avait même pas triplé.

— Ces juifs nous prennent notre travail et vont tous nous ruiner, entendait-on de toute part.

Et cette année-là, les troubles avaient commencé. Nul ne savait ce qui avait mis le feu aux poudres.

— Quand le peuple est en colère, un rien suffit à tout déclencher, avait dit le père de Rosa.

Mais quelles que fussent les causes, le tsar avait été assassiné, et dans tout le sud s'étaient produits une série d'événements qui avaient appris au monde le sens d'un des mots les plus odieux de la langue russe : *pogrom*.

« Sûrement pas ici. Pas dans ce village calme à la limite de la forêt et de la steppe. » Cette certitude à l'esprit, Rosa reprit le chemin de la maison.

Il y avait du monde dans les rues, mais tout était comme de coutume. Ce fut à mi-chemin qu'elle remarqua le petit groupe : seulement deux femmes, des voisines, et trois hommes qui ne semblaient pas du village, debout dans la rue devant chez elle. De loin, ils avaient l'air de discuter. Deux hommes du village se joignirent à eux. Un instant plus tard, elle vit son père sortir de la maison.

Il portait un long manteau noir et son chapeau rond noir. Les mèches qui pendaient devant ses oreilles étaient noires, mais il avait déjà la barbe grise. Elle le vit agiter l'index sévèrement vers le groupe. « Il leur dit de partir », songea-t-elle, et elle sourit.

Puis elle entendit le cri. Un seul mot qui retentit dans toute la rue, et elle eut soudain froid dans le dos.

— Youpin !

Elle se mit à courir.

Quand elle arriva près de son père, ils étaient déjà en train de le bousculer. Un des inconnus fit tomber son chapeau ; un autre cracha par terre. Les deux hommes du village essayèrent de le défendre, mais sans conviction, puis se reculèrent. Pourquoi avaient-ils peur de trois inconnus ? se demanda Rosa. Puis elle remarqua au bout de la rue six charrettes qui venaient de traverser le petit pont de la rivière. Sur les charrettes ou à côté, une cinquantaine d'hommes. Certains avaient des massues ; quelques-uns semblaient ivres.

Rosa regarda son père. Il ramassait son chapeau, avec toute la dignité possible, sous le regard des trois hommes. Il avait cinquante ans et il était de constitution délicate, avec un beau visage fin et de grands yeux comme elle. Machinalement, elle voulut lui donner la main pour calmer sa peur, puis elle s'aperçut que le pauvre homme était aussi effrayé qu'elle. Que devaient-ils faire ? Battre en retraite dans la maison ? Deux des hommes leur bloquaient maintenant le passage. Les gens des charrettes se rapprochaient. Rosa vit sa mère sortir pour se joindre à eux ; son mari lui fit signe de rentrer, mais elle ne le remarqua pas. Si seulement ses frères avaient été là, pensa Rosa, mais ils se trouvaient tous les deux à Kiev.

Quand les hommes arrivèrent, ils formèrent un cercle. Certains avaient un visage buté, d'autres arboraient un air de triomphe.

— Qu'est-ce que vous voulez ? demanda le père de Rosa.

La bande ne semblait pas avoir de chef, puis un colosse à la barbe brune lança :

— Pas grand-chose, juif. On va seulement mettre le feu à ta baraque.

— Et lui foutre une volée, cria un autre.

— L'un n'empêche pas l'autre, confirma le premier.

Tous rirent. Rosa vit que son père tremblait mais s'efforçait de paraître calme.

— Qu'est-ce que je vous ai fait ? demanda-t-il.

Ils répondirent tous à la fois.

— Ce que tu as fait à la Russie, youpin ? Voleurs ! Usuriers ! Parasites ! Profiteurs !

Puis un cri venu de l'arrière de la foule fit pâlir Rosa :

— Vous buvez le sang des enfants !

Elle avait entendu parler de cette accusation étrange. Son père lui avait expliqué qu'au Moyen Age, on avait parfois accusé les juifs de tuer des enfants chrétiens pour boire leur sang, une invention odieuse qui avait servi de prétexte à les persécuter.

Puis un petit vieux complètement chauve à la barbe blanche joua des coudes jusqu'au premier rang et braqua l'index vers le père de Rosa :

— Tu n'y couperas pas, juif. Nous savons qui tu es. Un traître étranger, un assassin du tsar. Un révolutionnaire !

Et à la stupéfaction de Rosa, toute la bande acquiesça. C'était l'accusation la plus invraisemblable que l'on puisse lancer à son père.

Il y avait des juifs révolutionnaires, mais c'étaient ceux qui cherchaient le plus à s'assimiler à la vie séculière russe, et la plupart s'étaient convertis à l'orthodoxie. Les juifs traditionalistes comme le père de Rosa les détestaient. Avant l'attentat, le tsar réformateur avait adouci dans l'empire certaines mesures restrictives à l'égard des juifs, si bien que pour une très large majorité, ils étaient conservateurs et tsaristes. Mais peut-on discuter avec une meute en colère ?

La même bande avait déjà mis le feu à plusieurs maisons de juifs la semaine précédente à Pereiaslav, et ils allaient de village en village se donner un peu de bon temps.

— Ne perdons pas de temps, lança une voix.

Le colosse à la barbe brune et le petit vieux s'avancèrent.

La grosse charrette des Karpenko apparut alors au coin de la rue, et les deux Cosaques se rendirent compte de ce qui se passait.

— Merci, mon Dieu, murmura la mère de Rosa. Il va nous sauver.

Le gros Cosaque, sans se presser, fit avancer sa charrette et la bande s'écarta. Il lança un regard interrogateur au gros barbu.

— Salut ? Que se passe-t-il, ici ?

Le colosse regarda le Cosaque et haussa les épaules.

— Pas grand-chose. On donne une petite leçon à ce juif.

Tarass Karpenko hocha la tête.

— Ce n'est pas un mauvais bougre, dit-il de sa voix placide.

Rosa lui adressa un regard de gratitude. Il allait chasser ces gens. Elle fut soudain si soulagée qu'elle ne suivit pas très bien le reste de la conversation.

— Mais c'est tout de même un juif, objecta le petit vieux.

— Exact.

Le Cosaque parcourut des yeux les hommes de la bande.

— Et que comptez-vous faire ? demanda-t-il.

— Mettre le feu à sa maison et lui donner la correction qu'il mérite.

Karpenko hocha de nouveau la tête et lança au père de Rosa un regard navré.

— Mon ami, vous allez passer un mauvais moment, je le crains, dit-il.

Rosa le regarda. Avait-elle bien entendu ? L'ami de son père ? L'homme dont les enfants avaient joué aux cosaques et aux voleurs avec elle ? Il n'allait pas les aider ?

Elle le vit tirer sur les rênes pour faire repartir les chevaux. Il les abandonnait.

Un brouillard se forma soudain devant ses yeux et elle eut la nausée.

Il était du côté de ces hommes.

— Père !

C'était la voix du jeune Ivan. Rosa le regarda à travers ses larmes. L'enfant, debout sur la charrette, le visage blême, tremblait. Il était frêle, presque maladif, mais une force extraordinaire irradiait de lui.

— Père, nous ne pouvons pas faire ça.

Tarass Karpenko arrêta sa charrette.

Lentement, comme à regret, le Cosaque se tourna vers le gros paysan à la barbe brune.

— Ils viennent avec nous, dit-il d'un ton bourru.

— Nous sommes cinquante, lança le petit vieux. Tu ne peux rien.

Tarass Karpenko parcourut la foule du regard et secoua la tête. Il se tourna vers le barbu et lui expliqua, comme s'il en avait honte :

— Je dois à ce juif une faveur personnelle.

Il fit signe à Rosa et à ses parents de monter dans la charrette.

— Et tu te prétends cosaque, lèche-cul de juifs ? cria le petit vieux. Nous irons mettre le feu à ta ferme.

Mais personne n'empêcha les Abramovitch de monter dans la charrette.

— Votre maison va y passer, dit Karpenko au père de Rosa en faisant claquer les rênes. Mais je vous ai épargné les coups.

Ils s'éloignèrent. Déjà les hommes cassaient les vitres de la maison. Rosa vit le petit vieux entrer avec une torche. « Ils vont brûler mon piano », pensa-t-elle, le piano pour lequel son père s'était privé pendant un an. Elle se tourna vers lui. Assis sur le banc de la charrette, il tremblait. Il y avait des larmes dans ses yeux et la mère de Rosa le tenait par l'épaule. Rosa n'avait jamais vu son père pleurer. Elle l'aimait tant. Il n'était pas possible d'aimer plus qu'elle ne l'aimait en cet instant.

Puis elle regarda les Karpenko. Ivan les avait sauvés, et elle ne l'oublierait jamais. Mais elle se souviendrait aussi que Tarass, leur ami, avait bien failli les abandonner. « Rappelle-toi, Rosa, lui avait dit son père un jour. Quand on est juif, on ne peut faire pleinement confiance à personne. »

Elle se rappellerait.

Décembre 1891

Nikolaï Bobrov se persuada de ne pas s'inquiéter outre mesure. Le message de son père était troublant, à n'en pas douter ; et il se sentait vraiment coupable. Mais il se disait qu'à son arrivée tout s'arrangerait.

Il soupira. C'était un long voyage à faire seul. Le traîneau couvert l'emportait vers la gare à travers les larges rues de Saint-Pétersbourg, la ville qu'il aimait...

Comme tout homme bien né du monde occidental, il portait une redingote un peu plus courte que la mode de dix ans plus tôt, avec une seule fente à l'arrière et deux boutons recouverts de tissu au creux des reins. Son pantalon étroit n'avait pas de pli marqué ; ses chaussures vernies brillaient ; sur son gilet pendait la chaîne d'une montre de gousset. Sa chemise blanche avait un col dur détachable, et il nouait sa cravate de soie à pois d'une façon lâche qui lui donnait un petit air d'artiste. Les seules parties de son costume typiquement russes étaient sa grande houppelande à col de fourrure, qu'il avait déboutonnée en entrant dans le traîneau, et la toque de fourrure posée près de lui sur le siège.

Nikolaï Bobrov avait trente-sept ans. Il grisonnait prématurément et son nez semblait s'être allongé, ce qui accentuait le côté vaguement turc de son visage. Mais il n'avait presque aucune ride, et on lui voyait souvent le même air ouvert et passionné qu'au temps où il essayait de persuader les paysans de son père d'instaurer une nouvelle ère.

Comme ce temps-là semblait lointain ! Nikolaï était devenu un père de famille. Il avait une fille, un fils aîné qui portait comme son grand-père le prénom de Mikhaïl et un fils cadet encore au berceau, baptisé Alexandre. Si on l'avait interrogé sur ses opinions politiques, il aurait certainement répondu : « Je suis un libéral. »

Sa ferveur révolutionnaire n'avait pas duré, et c'était bien normal : jamais il n'avait oublié l'humiliation de 1874. Les paysans n'avaient fait preuve d'aucun intérêt, et il sentait bien que Popov l'avait dupé.

— Un opportuniste qui s'est joué de moi, avait-il avoué à ses parents.

Quelques années plus tard, au moment de l'attentat terroriste contre le tsar, il avait déclaré en hochant la tête :

— Mieux vaut un tsar que le chaos. La Russie sera une démocratie libre un jour, ajoutait-il souvent, mais à vrai dire, nous ne sommes pas encore prêts. Il faut attendre encore une ou deux générations.

En attendant, la Russie était calme. Le nouveau tsar Alexandre III avait rappelé au ministère de l'Intérieur le comte Dimitri Tolstoï, et une force de police spéciale de cent mille gendarmes avait été créée. La loi martiale temporaire se prolongeait maintenant depuis dix ans.

— Quand nos souverains font quelque chose de bien, assurait Nikolaï, ils disent que c'est permanent mais s'empressent d'y mettre fin. Quand ils font quelque chose de mal, ils disent que c'est provisoire mais l'adoptent pour des années.

Il y avait une censure stricte et des passeports obligatoires pour se déplacer à l'intérieur du pays. Dans les universités, les associations d'étudiants étaient interdites. Dans les campagnes, le gouvernement avait nommé des fonctionnaires qui rendaient la justice sans que les paysans bénéficient de tribunaux indépendants. Quand on avait demandé au procurateur du Saint Synode quel était le rôle de l'éducation, il avait répondu : « Empêcher les gens d'inventer des choses. »

Donc un État policier, mais n'était-ce pas pour le mieux ? se demandait Nikolaï. L'ordre régnait. Il y avait bien eu quelques grèves, et des pogroms contre les juifs dans le sud... On ne pouvait pas approuver des choses pareilles. Mais plus de bombes.

A vrai dire, c'était comme si l'Empire russe était resté depuis dix ans sous la neige. « Un long hiver glacé mais le printemps viendra à son heure, se disait Nikolaï, et le printemps russe est toujours très beau. » Cette image lui plaisait.

Nikolaï vivait à Saint-Pétersbourg depuis plus de dix ans. Il n'était pas riche, mais la sinécure qu'il avait obtenue dans un des ministères, où il faisait acte de présence une fois par semaine, lui assurait des revenus suffisants. Il était membre du Yacht Club, où il y avait un excellent cuisinier français, et il emmenait souvent sa femme dans un des quatre opéras de la ville, où l'on pouvait entendre non seulement les chefs-d'œuvre de l'Europe, mais la musique des génies russes : Tchaïkovski, Moussorgski, Borodine, Rimski-Korsakov. Ou bien ils allaient au Théâtre Marie voir les plus beaux ballets du monde. En été, ils louaient une villa sur le golfe de Finlande. Et il offrait à sa femme une fois par an un bijou du maître joaillier Fabergé.

A Saint-Pétersbourg en 1891, un homme à l'esprit libéral comme Nikolaï Bobrov n'avait aucune raison apparente de se préoccuper de l'avenir.

L'appel de son père n'en était pas moins inquiétant.

La récolte précédente avait été mauvaise dans toute la Russie. Rien ne manquait à Saint-Pétersbourg, mais on parlait de disettes graves dans les provinces centrales.

— Ne vous inquiétez donc pas, lui avait assuré un ami du ministère concerné, nous organisons des secours. Nous tenons tout en main.

La lettre de son père s'inscrivait en faux :

Franchement, mon cher fils, la situation est désespérée dans nos villages, et elle ne fait qu'empirer. Nous faisons ce que nous pouvons, mais ma santé n'est plus ce qu'elle était. J'ai du mal. Si tu en as la possibilité, je te conjure de venir.

Cela faisait bien deux ans qu'il n'avait pas vu ses parents. Sans doute son père exagérait-il, mais Nikolaï avait cependant décidé de partir au plus tôt.

L'express de Saint-Pétersbourg à Moscou s'élança vers les étendues enneigées. Pour Nikolaï Bobrov, le chemin de fer était l'avenir. Si réactionnaire qu'il fût, le gouvernement du tsar avait lancé cette année-là une fabuleuse entreprise : une voie ferrée qui relierait Moscou au port de Vladivostok, sur le Pacifique, à travers l'immense plaine d'Eurasie. Le Transsibérien, unique au monde.

C'était la nouvelle Russie. Le paysan russe — le moujik dans son isba — était peut-être pauvre et illettré comme au Moyen Age ; les nouvelles tribus conquises dans les déserts de l'Asie vivaient sans doute encore comme au temps de Gengis Khan et de Tamerlan, mais sur la surface de cet énorme empire primitif, le monde moderne allait dérouler des bandes d'acier. On extrayait déjà du charbon dans les immenses gisements des montagnes dominant la Mongolie, et il y avait de l'or dans les déserts de Sibérie orientale. Des capitaux allemands et français affluaient pour financer les fantastiques projets du gouvernement : les vastes ressources de l'empire commençaient à peine d'être exploitées.

Plus personne ne doutait de la puissance militaire russe. L'humiliation de la guerre de Crimée était bien oubliée. L'Empire turc tremblait maintenant devant la Russie ; l'Empire britannique observait avec une méfiance prudente ses avancées en Asie ; en Extrême-Orient, l'Empire chinois, en plein effondrement, lui donnerait ce qu'elle exigerait ; le Japon se montrait impatient de collaborer et d'amorcer des échanges. Il ne restait qu'à faire entrer le peuple dans le monde moderne grâce à l'exploitation de ces vastes ressources. Tel était le grand espoir de Nikolaï Bobrov.

Il était seul à une table du wagon-restaurant. On venait de lui apporter du caviar, des *bliny* et un verre de vodka. Quel ennui de n'avoir personne à qui parler ! Quand le garçon lui demanda s'il pouvait faire asseoir deux autres messieurs à la table, Nikolaï ne fit aucune objection.

Les deux voyageurs s'assirent en silence en face de lui. L'un d'eux était un homme à l'air étrange, qu'il n'avait jamais vu.

L'autre était Evgueni Popov.

Impossible de se méprendre : les mêmes mèches rousses, les mêmes yeux presque verts. Il n'avait pas beaucoup changé, sauf que son visage exprimait à présent une certaine maturité, une maîtrise de soi trahissant qu'il avait dû souffrir. Remarquant le regard posé sur lui, il leva les yeux, puis, sans sourire, il déclara calmement :

— Ma foi, Nikolaï Mikhaïlovitch, cela fait bien longtemps.

Comme c'était étrange ! Ils ne s'étaient pas rencontrés depuis dix-sept ans, et Nikolaï s'attendait à ce que son ancien ami paraisse gêné. Après tout, Popov avait abusé de lui de façon cynique et extorqué de l'argent à son père. Mais le visage de Popov n'exprimait ni culpabilité ni défi. Il le dévisagea d'un air placide et lui demanda de ses nouvelles.

— Ah oui, dit-il, Russka.

Il se tourna vers son compagnon.

— C'est là que se trouve la grande usine des Souvorine.

Nikolaï se tourna vers l'autre homme. Il ne devait avoir guère plus de vingt ans, mais son front commençait à se dégarnir. Petit, rougeaud, avec une barbiche taillée en pointe. Ses vêtements et son attitude indiquaient qu'il appartenait à la petite noblesse provinciale et ferait sans doute une carrière de fonctionnaire modeste.

Mais quel visage particulier !

— Vladimir Ilitch Oulianov, dit Popov. Il vient de terminer ses examens de droit à Saint-Pétersbourg et il va être procureur.

Le procureur salua poliment Nikolaï et lui adressa un mince sourire.

Oulianov ? Où donc Nikolaï avait-il déjà entendu ce nom ? Ses cheveux étaient clairs, mais il avait des traits typiquement asiatiques : le crâne en forme de dôme, des pommettes hautes, le nez et la bouche larges, des yeux franchement mongols. Il n'avait pas du tout l'air russe. Mais ce nom...

Bien sûr ! Alexandre Oulianov. Quatre ans plus tôt, un jeune étudiant de ce nom avait été impliqué dans un complot avorté contre le tsar. Le malheureux jeune homme avait payé son imprudence de sa vie. Nikolaï songea à ses expériences révolutionnaires d'étudiant et frissonna. Aurait-il agi comme cet Oulianov dans les mêmes circonstances ? Une famille respectable, se rappela-t-il. Le père était un inspecteur des écoles primaires d'origine modeste, mais il avait fait accéder sa famille à la noblesse. Ce jeune homme de loi était-il lié à eux ?

Pendant quelques minutes la conversation resta hésitante, puis Nikolaï ne put contenir sa curiosité.

— Dis-moi, Evgueni Pavlovitch, travailles-tu toujours pour la révolution ? Quand va-t-elle survenir ?

Il remarqua qu'Oulianov lançait à Popov un regard interrogateur, et il vit Popov répondre par un léger haussement d'épaules. Mais ni l'un ni l'autre ne parlèrent. Un moment plus tard, Oulianov se leva.

— Un homme curieux, fit observer Nikolaï après son départ. D'où vient-il ?

— Rien d'important : une petite ville de province dans l'est, sur la Volga. Il y possède des terres, une propriété minuscule avec quelques pauvres paysans. C'est donc un noble et un propriétaire terrien. Tu n'as pas reconnu son nom ?

Nikolaï cita l'étudiant exécuté.

— Exactement. C'était son frère. Toute la famille a été bouleversée, à l'époque. Et Vladimir, très secoué.

— Il ne se serait tout de même pas mêlé à un complot pareil lui-même ?

Popov sourit.

— Vladimir Ilitch est beaucoup plus prudent.

Nikolaï évoqua le physique asiatique du jeune procureur et Popov acquiesça.

— Tu as raison. En fait, du côté de sa mère, je crois qu'il est en partie allemand et en partie suédois. Mais la famille du père était certainement asiatique. D'une tribu tchouvache.

— Il n'a pas l'air russe, en tout cas.

— Il n'a peut-être pas une goutte de sang russe dans les veines.

— Et tu t'intéresses à lui ?

Pendant un instant, Popov le regarda dans les yeux sans rien dire. Puis il murmura :

— Je vais te dire une chose, Nikolaï. Jamais je n'ai rencontré un homme comme lui.

Oulianov revenait près d'eux et la conversation s'interrompit, au plus grand regret de Nikolaï, dont la curiosité s'était avivée. Sa déception ne fut pas de longue durée, car Popov lui lança aussitôt :

— Et que voulais-tu savoir de la révolution, Nikolaï Mikhaïlovitch ?

Dans les années qui suivirent, Nikolaï eut souvent l'impression que l'heure suivante avait été le moment le plus passionnant de toute sa vie.

Popov parlait calmement, et bien. Nikolaï reconnaissait de temps en temps des traits de l'homme froid et calculateur qu'il avait connu quand il fréquentait l'université, mais il s'aperçut vite que Popov avait fortement évolué et épousé des vues beaucoup plus larges. Il avait été marié, mais sa femme était morte. On l'avait envoyé en Sibérie pendant trois ans, et il avait également passé un an en prison. Il avait voyagé dans de nombreux pays d'Europe, notamment en Angleterre.

Nikolaï n'ignorait pas qu'un certain nombre de radicaux russes avaient dû s'expatrier. Il s'imaginait leur vie : jamais au même endroit, avec de faux papiers et sous de faux noms, participant à des complots et des conférences révolutionnaires, écrivant des articles pour des journaux illégaux qui seraient distribués en fraude en Russie, gagnant une maigre pitance en donnant des leçons particulières ou en faisant des traductions, empruntant de l'argent à des sympathisants, se livrant à des vols. La vie de ces malheureux déracinés faisait vraiment pitié. Ils semblaient pris au piège dans un petit cercle de conspirateurs, entraînés par la seule force de l'habitude dans le sillage d'une révolution idéalisée qui ne se produirait sans doute jamais.

Nikolaï, cependant, s'aperçut vite en écoutant Popov que son ancien ami connaissait davantage le monde que lui. Il esquissa la situation des principaux mouvements radicaux d'Europe occidentale, des syndicats ouvriers aux partis politiques révolutionnaires. Et ce qui frappa aussitôt Nikolaï, ce fut la différence de ton : il ne parlait plus de la révolution et du nouvel ordre mondial comme d'un article de foi, mais comme si tout ce qui survenait faisait partie d'un processus historique concret qu'il comprenait parfaitement. Quand Nikolaï le lui fit observer, Popov sourit.

— Bien entendu. Tu n'as pas lu Karl Marx ?

Nikolaï avait entendu parler de Marx, et il essaya de se souvenir de ce qu'il savait de lui : un juif allemand qui avait vécu longtemps en Angleterre ; un économiste et un révolutionnaire, mort quelques années plus tôt. Un de ses disciples, Engels, était toujours en activité. Mais les œuvres de ces deux hommes étonnants commençaient seulement de paraître en Russie, et Nikolaï dut avouer qu'il n'en avait rien lu.

La pensée de Marx, lui expliqua Popov, dérivait de la dialectique hégélienne qu'ils avaient étudiée ensemble à l'université. Le monde évoluait vers la perfection grâce à la confrontation permanente d'idées contradictoires, intégrées à chaque phase : thèse, antithèse, synthèse.

— Karl Marx a expliqué toute l'histoire du monde par la dialectique, déclara Popov. Et l'avenir de l'humanité. Seule la matière existe, c'est la grande vérité à la base de tout. Nous appelons donc le système de Marx : matérialisme dialectique. Tout est déterminé par les moyens matériels de production. La façon dont nous mangeons, dont nous nous habillons, dont nous extrayons les minerais de la terre et fabriquons des produits. La société de l'homme, ses lois, sa conscience même dépendent de cette structure économique. Et dans toute société, jusqu'à cette date, il y a fondamentalement deux classes : les exploiteurs et les exploités. Ceux qui possèdent les moyens de production et ceux qui vendent leur travail.

— Et la dialectique ?

— La dialectique ? Mais c'est la lutte des classes. Réfléchis : dans l'Europe féodale, qui détenait la terre ? Les nobles. Et les paysans exploités la travaillaient. Cette structure s'est progressivement dégradée. Un monde nouveau est apparu : le monde bourgeois, qui a abouti au capitalisme tel que nous le connaissons. A présent, les exploiteurs sont les propriétaires des usines ; et les exploités, les ouvriers — le prolétariat. Thèse et antithèse.

— Et la synthèse ?

— C'est la révolution. Le prolétariat s'empare des moyens de production, le capitalisme s'écroule sous ses contradictions internes et nous entrons dans une nouvelle ère. C'est inévitable.

— Que sera cette nouvelle ère ?

— D'abord le socialisme : l'État des ouvriers prendra possession des moyens de production. Nous évoluerons ensuite vers le communisme, où l'État tel que nous le connaissons ne sera plus nécessaire.

— Nous avançons donc vers le monde nouveau dont nous rêvions quand nous étions étudiants ?

— Oui, acquiesça Popov. Notre erreur, en 1874, fut de vouloir faire la révolution avec les paysans. La révolution ne peut venir que du prolétariat. La grande différence, c'est qu'aujourd'hui, grâce à Marx, nous savons ce que nous faisons. Nous avons un cadre de pensée et d'action. La révolution est devenue scientifique.

Nikolaï hocha la tête, impressionné.

— Y a-t-il beaucoup de marxistes en Russie ? demanda-t-il.

Popov secoua la tête.

— Seulement une poignée. Le chef de file du marxisme russe est Plékhanov, et il vit la plupart du temps en Suisse.

Il cita quelques noms, que Nikolaï n'avait jamais entendus.

— Mais dans ces conditions, comment la révolution pourra-t-elle survenir en Russie ? Et quand ? demanda-t-il.

Popov lui adressa un sourire amer.

— Parfois, Nikolaï Mikhaïlovitch, j'ai l'impression qu'il y a autant d'opinions différentes qu'il y a de révolutionnaires. Mais en fait, deux tendances s'opposent. Le marxisme affirme en principe que tout se produit à son heure. D'abord l'économie agricole féodale, puis l'État bourgeois. Le capitalisme qui se développe à partir de cette situation devient de plus en plus centralisé et oppressif, puis s'écroule. Les ouvriers brisent leurs chaînes, la révolution socialiste a lieu. La succession des faits est claire et logique.

Nikolaï en convint.

— La Russie, poursuit Popov, est encore primitive. Elle vient tout juste d'entrer dans la phase de l'État bourgeois. Son prolétariat ouvrier est peu nombreux. Si nous faisions une révolution, elle s'achèverait sans doute comme la Révolution française : elle renverserait la monarchie, mais la bourgeoisie récupérerait le pouvoir. Seule l'Europe occidentale peut réaliser la révolution socialiste. Ensuite, peut-être la Russie sera-t-elle absorbée par l'ordre nouveau créé en Europe.

— Donc il est impossible que la révolution démarre en Russie ?

— Selon le marxisme classique, certainement. Mais je t'ai dit qu'il y avait un autre courant d'opinion, et Marx lui-même a reconnu sa validité. La Russie est un cas unique.

— Qu'a-t-elle de si spécial ?

— Réfléchis, Nikolaï ! Un régime despotique pourri ; une classe noble dépendant complètement du tsar et dépourvue de tout pouvoir économique ; une classe bourgeoise réduite, à peine développée ; et une paysannerie traditionnellement organisée en communes. Un système désuet et prêt à craquer. Rien de commun avec l'Angleterre ou l'Allemagne. Il est donc fort possible qu'une révolution soudaine instaure en Russie une espèce de socialisme primitif. Qui peut savoir ?

— Mais toi, qu'en penses-tu ?

Popov haussa les épaules.

— Tu le sais : je ne fais guère confiance aux paysans. Je crois en la doctrine centrale de Marx : la Russie doit d'abord passer par la phase de l'État bourgeois capitaliste. La révolution prolétarienne ne pourra se produire qu'après.

— Tu ne crois donc pas que la révolution débutera ici ?

— J'en suis certain.

Pendant tout ce temps, Oulianov n'avait pas ouvert la bouche, se contentant d'acquiescer une ou deux fois en écoutant Evgueni Popov. Il prit la parole, à mi-voix.

— Le marxisme ne se trompe pas. Cependant, n'oublions pas que Marx n'était pas seulement philosophe, mais révolutionnaire. Et la révolution n'est pas seulement affaire de théorie, mais aussi de pratique. Alors que la Russie paraît extrêmement arriérée à certains égards, son industrie se développe vite. La classe prolétarienne se trouve en pleine expansion. Il se peut que les conditions d'une révolution marxiste fondamentale se produisent en Russie de notre vivant. Il faut donc éduquer et encadrer le prolétariat : c'est la clé de tout. Sans un cadre, rien ne marchera.

Il parlait d'un ton assuré ; on sentit qu'il était parvenu à cette opinion après mûre réflexion et n'escomptait aucune remise en question. Nikolaï le regarda. Un cadre révolutionnaire ? Des dirigeants, des « hommes nouveaux », comme Popov et lui disaient jadis ? Se rappelant soudain ses conversations avec son père, il demanda à l'étrange inconnu :

— Dites-moi : votre cadre... Tous les moyens lui seront-ils bons pour promouvoir la révolution ?

Le petit procureur, pensif, se caressa la barbe.

— Je dirais oui.

— Y compris le terrorisme ?

— Si c'est utile, répondit calmement Oulianov, pourquoi pas ?

— Je me posais la question, c'est tout, dit Nikolaï.

La conversation dériva vers d'autres sujets. Nikolaï renonça à découvrir ce que faisait Popov, et Oulianov annonça bientôt qu'il était fatigué et désirait regagner son compartiment.

Juste avant qu'ils ne se séparent, un fragment de la conversation frappa Nikolaï, au point qu'il ne l'oublia jamais par la suite. Ils parlaient de la famine et Nikolaï venait de citer la lettre de son père.

— C'est vrai, confirma Popov. La situation est lamentable dans les provinces centrales.

Puis Oulianov parla.

— Une grande erreur, fit-il observer.

— Pardon ?

— Ces tentatives de soulager la famine. Nous ne devrions rien faire. Laisser mourir les paysans. Plus la situation est mauvaise, plus le gouvernement du tsar s'affaiblit.

Il parlait calmement, sans colère ni méchanceté, d'une voix naturelle et détachée.

— Il répète ça depuis une semaine, lança Popov en riant.

— C'est la vérité, répondit Oulianov sur le même ton.

Et Nikolaï songea que cette absence même d'émotions rendait l'étrange Tchouvache vraiment redoutable.

Ils se quittèrent bons amis, et Nikolaï persuadé qu'il ne reverrait jamais ni l'un ni l'autre. Il n'avait nullement pressenti que le petit procureur à la barbe rousse et à la calvitie naissante se hisserait un jour à la tête de la révolution.

Chaque historien de la révolution russe choisit une année particulière et essaie de prouver que tout a commencé à ce moment-là. Pour Nikolaï Bobrov, la révolution débuta en fait un jour très précis, cinq mois après sa conversation dans le train : le jour où se produisit une petite scène domestique dont il fut témoin. Il participerait ensuite aux grands événements joués sur la scène du monde, mais son esprit retournerait toujours à ce petit incident et il se dirait : « C'est vraiment ce jour-là que la révolution a commencé. »

A son arrivée à Russka, il n'avait trouvé que désespoir. Après une mauvaise récolte en 1890, Micha Bobrov et ses collègues des *zemtsva* avaient essayé de sauver la situation en encourageant les paysans à diversifier les cultures.

— Davantage de pommes de terre, disait Micha. S'il n'y a pas de blé, cela permet en tout cas de survivre.

Mais rien n'avait bien marché. La récolte entière de pommes de terre avait été perdue et aucune autre culture n'avait pu compenser la perte. On n'avait rien vu de pareil depuis 1839. Dès l'automne, il était clair que des gens mourraient de faim.

Nikolaï comprit vite que, pour son père, la famine serait aussi une crise personnelle. Malgré son âge et sa mauvaise santé, il s'activait avec une ferveur presque frénétique. Son drame, c'était que tous ses efforts, en tant que membre du *zemtsvo*, n'aboutissaient en fait qu'à très peu de chose. Ce n'était nullement de sa faute, mais les réserves de céréales étaient insuffisantes.

— Dans huit semaines, tout sera fini, avoua-t-il à son fils. Ensuite... Dieu seul sait ce qui se passera. Nous avons essayé d'acheter du blé dans des provinces moins touchées que la nôtre... Impossible.

Il était effondré, son optimisme habituel s'était épuisé. Anna, son épouse, d'ordinaire si affirmative, ne savait plus que penser.

— Nikolaï, tu dois prendre la relève, lui dit-elle. Ton père ne peut plus continuer.

Le village n'avait guère changé. Arina était toujours en vie : une vieille *babouchka* aux yeux plus vifs que jamais. Timofeï Romanov et sa femme l'accueillirent avec chaleur, leur dernière fille, Arina, était devenue une belle adolescente de dix-sept ans, au visage carré. Seul Boris se montra froid envers lui, mais Nikolaï n'y prêta pas garde. Il régnait partout une résignation calme. Le *staroste* veillait à ce que chaque famille ait un peu de pain. Il y avait encore des salaisons dans certaines isbas. La plupart des familles allaient pêcher tous les jours en creusant des trous dans la glace de la rivière. Timofeï lui fit cependant remarquer :

— Je crois que vous allez nous enterrer tous, Nikolaï Mikhaïlovitch.
Le monastère distribuait aussi de la farine aux paysans.

— Il nous en reste pour neuf semaines, lui confièrent les moines.

— En fait, lui expliqua son père, tout à Russka dépend maintenant
d'un seul homme : Vladimir Souvorine.

Vladimir, l'aîné des petits-fils de Savva Souvorine, le frère de
Piotr. Micha Bobrov n'avait rien dit à son fils de la lettre incriminant
Piotr qu'il avait utilisée pour faire chanter le vieux Savva. Nikolaï
savait donc seulement que Piotr avait disparu quelque temps.

— Je crois qu'il est professeur à Moscou, lui avait appris Micha.
Il ne vient jamais ici.

Quant à Vladimir, Nikolaï savait qu'il dirigeait ses usines de
Moscou et de Russka d'une main ferme mais juste. Ses ouvriers ne
travaillaient jamais plus de dix heures par jour ; il n'employait pas
d'enfants ; il faisait appliquer de nombreuses mesures de sécurité ;
les lieux de travail et les logements étaient propres ; il n'imposait
pas de lourdes amendes pour des infractions mineures. A la différence
des grands industriels de Moscou, il n'avait jamais subi de grève. Il
possédait une très belle maison à Moscou, mais venait souvent à
Russka.

Deux jours après l'arrivée de Nikolaï, il se présenta chez les
Bobrov. Il mesurait plus d'un mètre quatre-vingts et avait une
carrure d'ours. Mais toute ressemblance avec le règne animal
s'arrêtait là. Le petit-fils de serf portait une cravate grise fixée par
une épingle d'or ornée d'un gros diamant et il émanait de sa personne
une vague senteur d'eau de Cologne. Il parlait le russe avec élégance,
maîtrisait parfaitement le français et conversait à l'aise en anglais
et en allemand. Mais ce qui frappa surtout Nikolaï, ce fut sa présence
extraordinaire. « C'est vraiment un monarque, ou un potentat oriental », songea-t-il. Ses yeux noirs exprimaient une intelligence hors
du commun. A Saint-Pétersbourg, dans la meilleure société, Nikolaï
avait rencontré les aristocrates cosmopolites de la cour impériale.
C'était la première fois qu'il avait en face de lui un membre du
groupe spécial des cosmopolites extrêmement riches. Vladimir n'avait
que quarante et un ans, mais il était habitué depuis l'enfance à l'idée
qu'il n'existait pour ainsi dire rien qu'il ne puisse acheter. Cette
certitude, combinée à l'intelligence et à la culture, suffisait à changer
un petit-fils de serf en prince.

Il traita immédiatement Nikolaï comme un collègue à qui il pouvait
accorder sa confiance, et envers le vieux Micha, il se montra à la
fois courtois et protecteur. Deux minutes plus tard, Nikolaï se sentit
fier d'être entraîné dans son orbite.

— Le gouvernement va nous envoyer des céréales d'Ukraine d'ici
un mois. Comme nous n'avons plus que huit semaines de réserves,
je vais parler au gouverneur pour éviter tout retard.

Il s'assit avec eux, parfaitement à l'aise, et accepta le verre de
cordial que lui proposait Mme Bobrov.

Nikolaï en apprit davantage sur lui. Il avait perdu sa première
femme, s'était remarié et avait un fils. Il aimait voyager deux mois

par an, et connaissait Paris aussi bien que Moscou. Il avait fréquenté des peintres comme Renoir et Monet et avait été invité dans la propriété de Léon Tolstoï à Iasnaïa Poliana. Il connaissait également Tchaïkovski. Et c'était bien entendu un homme d'affaires étonnant. Après son départ, Micha Bobrov remarqua :

— Heureusement que nous l'avons. Les choses avancent grâce à lui. Les autorités n'osent pas le contrarier.

Bien qu'il eût remarqué une certaine froideur de la part de Boris Romanov, Nikolaï aurait été surpris d'entendre la dispute qui faisait rage presque au même moment, dans la petite isba de Timofeï, entre la vieille Arina et Boris. Timofeï et sa femme ne disaient presque rien, et quant au sujet même de la querelle, la jeune Arina, personne ne se souciait de lui demander son avis.

— On ne peut pas faire ça. Ces gens sont nos ennemis, cria Boris. Seulement vous êtes trop stupides pour vous en rendre compte.

A ces mots, le vieux Timofeï parut mal à l'aise, et la vieille Arina haussa les épaules avec mépris.

— Et elle serait aussi bien ici pour aider ses parents, ajouta Boris.

Mais la vieille Arina s'entêta.

— Ce serait une bouche de moins à nourrir, murmura la femme de Timofeï.

— Plutôt crever de faim, grogna Boris.

Les années qui s'étaient écoulées depuis l'incendie où Natalia avait trouvé la mort n'avaient nullement calmé le ressentiment de Boris à l'égard des Bobrov et de toute la classe des propriétaires. Quand, au début de la famine, Timofeï lui avait fait remarquer le bon travail que faisait Micha Bobrov, il avait répliqué avec mépris :

— Si ce vieux bandit peut faire ça, un paysan honnête aurait fait mieux.

La décision de sa grand-mère d'envoyer la jeune Arina comme servante chez les Bobrov l'avait mis en fureur. Mais comme son père était le chef de famille et qu'il n'oserait jamais contredire la vieille femme à la volonté de fer, il ne pouvait rien changer.

— Je crois que ce serait mieux, déclara Timofeï. S'ils veulent bien la prendre.

La vieille femme restait intraitable. Étonnant qu'une volonté aussi acharnée se loge dans une si petite carcasse ! Surprenant aussi que dans sa détermination à assurer la survie de sa famille, son attention se soit détournée de sa fille bien-aimée pour se porter sur la génération suivante.

— Je leur parlerai, décida-t-elle. Ils la prendront.

La vieille femme n'eut pas grand-chose à dire. Anna Bobrov comprit aussitôt.

— Mon mari est fatigué, répondit-elle. Je suis sûre qu'il sera heureux d'avoir un peu d'aide.

La jeune fille s'installa au manoir dans l'après-midi.

— Maintenant, tu ne risques plus rien, lui chuchota sa grand-mère avant de la quitter.

Mais un autre message resta également gravé dans l'esprit d'Arina, celui que son frère Boris lui avait murmuré au moment de son départ du village :

— Va chez ces maudits Bobrov si tu veux, mais souviens-toi que si tu deviens leur amie, tu ne seras plus la mienne.

Les six semaines suivantes, Nikolaï fut très pris. Micha tomba soudain malade et dut s'aliter. La présence d'Arina à son chevet lui fut d'un grand secours. « Sans ses soins, pensait Nikolaï, nous l'aurions sûrement perdu. »

Car la jeune fille était un trésor. Elle n'était peut-être pas vraiment jolie, mais le calme et la simplicité de son visage carré de paysanne ne manquaient pas d'attraits. Il émanait d'elle, comme d'une nonne, une sorte de sérénité qui éclairait l'endroit où elle se trouvait. Elle était très pieuse. Elle accompagnait souvent Anna au monastère, et avec leur foulard noué sur leur tête, personne n'aurait pu dire de loin qui était la dame et qui était la servante. Elle avait appris de sa grand-mère tout un vieux fonds de contes populaires et quand elle les racontait, ses yeux s'éclairaient de plaisir et de malice.

— Raconte-moi l'histoire du renard et du chat, petite Arina, lui demandait Micha. Cela me rappelle mon enfance. N'est-ce pas drôle ? Nous appelions alors ta grand-mère « la jeune Arina », et les contes que tu sais viennent de l'autre « vieille Arina » — sa tante, je suppose — qui était encore en vie dans ma jeunesse.

Et à Nikolaï, il disait :

— Cette jeune Arina, tu sais, c'est la vraie Russie, le cœur du pays, qui reste immuable. Ne l'oublie pas.

Parfois, en la regardant, il se mettait à somnoler et rêvait de l'époque ensoleillée où Pouchkine était encore en vie et où l'oncle Serioja montait des pièces de théâtre à Bobrovo.

Au bout de trois semaines, Nikolaï partit à Saint-Pétersbourg voir sa femme et ses enfants, puis revint.

Cependant le problème des secours restait entier : les céréales promises n'arrivaient pas, en dépit des messages envoyés au gouverneur par le *zemtsvo* et par Souvorine. Nikolaï proposa de retourner à Saint-Pétersbourg pour essayer de faire pression sur certains hauts fonctionnaires. Tous les trois ou quatre jours, on leur annonçait une livraison imminente et tout le monde se préparait. Il ne resta plus bientôt qu'un mois de réserves, puis trois semaines, puis deux.

Le message arriva au *zemtsvo* au milieu du mois de février. Il était très simple. On regrettait qu'en raison de problèmes d'entreposage et de transport, la livraison promise ne puisse être effectuée.

Point final.

— Est-ce qu'ils comprennent ce que cela signifie ? lança le vieux Micha de son lit. Cela signifie que les gens vont mourir. Plus personne n'a attrapé un seul poisson dans la rivière depuis deux semaines. Les deux tiers du bétail ont été abattus. Jamais je n'aurais cru que ces imbéciles de bureaucrates feraient une chose pareille.

La nouvelle fit aussitôt le tour du village, et Nikolaï ne fut pas surpris quand Boris Romanov lui cria :

— Alors, les gens de Saint-Pétersbourg ont décidé de nous tuer, c'est ça ? Ils veulent manger nos carcasses ?

Et les autres paysans du village l'approuvèrent.

Une semaine s'écoula. Puis une autre. Le village devint étrangement silencieux.

Puis, un matin, du blé arriva.

Une caravane de traîneaux, venus d'on ne savait où : une douzaine, deux douzaines, trois douzaines. Comme le train des équipages d'une petite armée. Les hommes de Souvorine étaient prêts à les recevoir à l'entrée d'un des entrepôts. Une douzaine de traîneaux continua cependant vers Bobrovo et se dirigea vers la maison. Vladimir Souvorine lui-même se tenait sur le traîneau de tête. Il se dirigea ausitôt vers Micha Bobrov, tellement excité par la nouvelle qu'il avait quitté le lit, enveloppé dans des couvertures, et lui donna l'accolade.

— Nous vous apportons un peu de blé pour le village, Mikhaïl Alexeïevitch. Nous ne voulons pas que mon vieil ami ait faim.

— Je vous avais dit qu'il réussirait, lança Micha à son fils et à sa femme. Mais comment avez-vous pu obtenir cette livraison alors que le gouverneur nous a écrit qu'il ne lui restait rien ?

— Vous ne comprenez pas, cher ami. Les autorités n'ont vraiment plus rien. Elles ne nous ont rien envoyé.

— Mais alors...

— Je l'ai acheté. Mes agents l'ont trouvé dans le sud. Cela n'a rien à voir avec le gouvernement.

Pendant plusieurs secondes Micha fut incapable de parler, et Nikolaï s'aperçut que les larmes lui montaient aux yeux. Il posa la main sur la manche de Souvorine et murmura :

— Comment pourrais-je vous remercier, Vladimir Ivanovitch ? Que pourrais-je vous dire ?

Puis, après un instant de silence, Micha Bobrov explosa soudain. Il lança la tête en arrière, et cria, au paroxysme de la frustration, de la honte et du mépris :

— Qu'ils soient maudits ! Maudits ! Le gouverneur et le gouvernement de Saint-Pétersbourg ! Je vous le dis : ils ne servent à rien. Qu'ils laissent le pouvoir aux *zemtsva* locaux, puisqu'ils sont incompétents pour nous gouverner.

Il cria cela en présence des domestiques, des conducteurs de traîneaux et des paysans du village. Sans se soucier de leur présence. Cela venait du fond de son cœur. Micha Bobrov, propriétaire terrien, noble, libéral mais loyal à la monarchie jusque-là, lançait l'anathème à son gouvernement. Il n'était certainement pas le seul, en cet hiver de famine.

Et bien plus tard, quand Nikolaï Bobrov songerait à ce jour-là, il se dirait souvent : « Ce fut le commencement de la révolution. »

Cela se déclara au début du printemps, dans le groupe de masures des bords de la rivière. Pourquoi dans ce quartier de Russka, nul ne le saurait jamais. Peut-être à cause de la proximité du dépotoir, peut-être pas.

Au début, plusieurs personnes souffrirent de diarrhée, mais nul n'y prit garde. Au bout de deux jours, un homme eut soudain de violentes contractions intestinales et des selles blanchâtres et jaunâtres, semblables à du petit-lait. Peu après il vomit à peu près la même chose, se plaignit de brûlures à l'estomac et demanda de l'eau. Le lendemain, il fut saisi de violentes crampes dans les jambes et son corps devint bleu. Ses yeux se creusèrent tellement qu'il ressemblait à un squelette et sa voix se changea en un murmure rauque. Son pouls devint imperceptible, et le lendemain avant l'aube, il mourut.

Curieusement, son corps resta chaud un certain temps après sa mort. Sa femme constata qu'il devenait même plus chaud. Elle remarqua aussi que le cadavre avait des spasmes musculaires assez longtemps après la mort, ce qui l'effraya.

Et tout Russka apprit en quelques heures que le choléra s'était déclaré. La famine avait affaibli la population, et l'épidémie se répandit comme une traînée de poudre en dépit des efforts des Bobrov et de Souvorine pour imposer une sorte de quarantaine. Il y eut plusieurs dizaines de cas dans la ville, quelques-uns au monastère et dans les villages voisins, mais le village de Bobrovo fut pour le moment épargné.

Un jeune médecin employé par le *zemtsvo* essaya d'enrayer le mal, mais avoua bientôt son impuissance.

— Au début, je prescris de l'opium et du nitrate d'argent; et pour les crampes, des cataplasmes de moutarde et du chloroforme. Si je vois un espoir de rétablissement, je donne un peu d'eau-de-vie ou d'ammoniaque pour stimuler le corps. A vrai dire, c'est sans effet.

Bientôt, le courageux docteur manqua de tout. Le gouvernement central avait promis des médicaments, mais rien n'arriva.

— Toute mon eau-de-vie est partie la première semaine, se plaignit Micha.

Nikolaï se rendit à Vladimir, la capitale provinciale, mais ne trouva rien. De Moscou, Souvorine ramena un peu de nitrate d'argent.

— Comment faites-vous pour ne pas l'attraper ? demanda Nikolaï au jeune médecin.

— Certains croient que la maladie est transportée par l'air, mais je pense que l'alimentation est la principale cause de l'infection. Ne mangez ou ne buvez jamais une chose touchée par une personne atteinte du choléra. Si vous recevez sur vos vêtements des vomissures d'un malade, changez-vous et lavez-vous soigneusement avant de manger quoi que ce soit. Je ne dis pas que cela suffit pour éviter la contamination, mais, grâce à cela, j'ai tenu bon jusqu'à ce jour.

Une semaine s'écoula, puis une deuxième et une troisième. Le choléra continua d'épargner Bobrovo. Curieusement, alors que le reste du monde tremblait devant le choléra, Micha Bobrov retrouva ses forces. Il reprit ses promenades dans le bois et ses discussions avec son fils.

— Savez-vous, dit Nikolaï au jeune médecin, qu'en vieillissant mon père est devenu beaucoup plus radical que moi ? C'est le monde renversé.

Progressivement, la maladie fit moins de morts et les nouveaux cas devinrent moins nombreux.

— Vous avez eu de la chance, leur dit le médecin, et il partit à Mourom, où l'épidémie était la plus virulente.

Au milieu de mai, Nikolaï décida de rentrer à Saint-Pétersbourg.

— Je reviendrai en juillet, promit-il à ses parents, et si le choléra a vraiment cessé, j'amènerai toute la famille.

Il ne partit pas seul : les Bobrov découvrirent que la jeune Arina avait envie de voir la capitale. Comme Micha était rétabli et que l'épouse de Nikolaï avait besoin d'une bonne pour les enfants, on proposa à la jeune Arina d'accompagner Nikolaï. Elle parut enchantée.

Elle eut avant son départ une conversation désagréable avec son frère Boris, mais n'en parla à personne.

Trois jours plus tard, le vieux Timofeï Romanov fut pris de vomissements en milieu d'après-midi. A la tombée de la nuit, il souffrait le martyre. Le lendemain matin, il n'était plus qu'une ombre. Ses selles étaient devenues violettes, sa peau avait une pâleur de cadavre. Une fois, au prix d'un effort, il parvint à sourire, comme pour dire à tous qu'il était résigné.

Micha Bobrov fut surpris, ce matin-là, de voir Boris Romanov frapper à sa porte. C'était la première fois qu'il venait au manoir depuis des années. Il semblait poli, presque aimable.

— Une mauvaise nouvelle, Mikhaïl Alexeïevitch, dit-il. Mon père. Le choléra.

Juste au moment où le village se croyait épargné. Micha donna aussitôt des ordres pour qu'on fasse venir un docteur et qu'on prévienne la population de Russka. Mais Boris n'était pas reparti.

— Mon père vous demande, expliqua-t-il. Il veut vous dire au revoir.

Pendant un instant, Micha vit des larmes se former dans les yeux suppliants du jeune homme, qui ajouta :

— Il passera avant ce soir.

Micha hésita. Il n'avait aucune envie d'entrer dans une maison contaminée. Mais il en eut honte aussitôt. Ne demandait-il pas au médecin de le faire ? Et il connaissait Timofeï depuis l'enfance.

— Bien entendu, dit-il, et il enfila son manteau.

Quand il arriva dans l'isba des Romanov, il faisait une chaleur anormale, et l'odeur qui régnait était suffocante bien que la fenêtre fût ouverte.

Il se pencha vers son ancien compagnon de jeux, ou du moins devant ce qu'il restait de lui. Le pauvre diable semblait avoir cent ans ; il regarda Micha d'un air surpris, mais nul ne pouvait savoir ce qu'il pensait, car il ne pouvait déjà plus parler.

La vieille Arina et sa fille avaient maintenu l'isba d'une propreté exemplaire, malgré la situation, et Timofeï était allongé près du poêle dans des vêtements propres. Boris proposa à Micha d'enlever son manteau, la chaleur était oppressante. Il lui offrit un siège, mais Micha préféra rester debout, à quelque distance du malade, qui s'efforçait maintenant de lui sourire.

Les mots lui vinrent aisément : il parla du passé, des gens qu'ils avaient connus, et le paysan sembla en tirer quelque réconfort. Boris lui adressa un sourire de reconnaissance et quitta la pièce pendant une minute. N'est-il pas étrange qu'en présence de la mort, les antagonismes s'effacent soudain ?

Boris ne perdit pas une seconde. Tout s'était passé si facilement. Il n'en revenait pas. Au regard de surprise de son père, il avait craint pendant une seconde que Bobrov devine la vérité : Timofeï ne l'avait pas envoyé. Mais non. Il traversa le couloir et entra dans la réserve.

Les draps de lit et trois chemises de son père se trouvaient en tas dans un coin. La vieille Arina lui avait ordonné de les brûler, mais il n'avait pas encore eu le temps de le faire. Il ouvrit le manteau de Micha et le frotta sur le tas de linge.

« Pour Natalia », murmura-t-il pour lui-même.

Et il retourna près de son père, avec un sourire de gratitude sur les lèvres.

« Quelle chaleur il faisait », se dit Micha Bobrov quelques instants plus tard en remontant vers le manoir. Dieu merci, il n'avait touché à rien. Il était fier de lui. Il avait fait son devoir et le vieux paysan était heureux de le voir, c'était manifeste. Mais il avait transpiré dans cette étuve. Et il transpirait encore. Il s'essuya le front et la moustache avec la manche de son manteau. oui, un moment peu agréable, et il était content que ce soit terminé.

Une semaine plus tard, Nikolaï, à Saint-Pétersbourg, apprit que son père avait le choléra.

Été 1892

La salle bourdonnait de conversations à mi-voix. L'éminent conférencier allait arriver, et Rosa Abramovitch était sur des charbons ardents. C'était la première fois qu'elle se rendait à une réunion de ce genre. Ils étaient une trentaine, presque tous âgés d'à peine vingt ans.

Elle habitait Vilna, capitale de la Lituanie, depuis exactement dix ans. Après les pogroms de 1881 de nombreuses familles juives étaient parties en Amérique, mais sa famille avait simplement décidé de se fixer à Vilna.

— Il n'y a rien eu jusqu'ici en Lituanie, avait dit son père. Si les pogroms viennent jusqu'à Vilna, nous quitterons la Russie.

Rosa s'était plu aussitôt. La région faisait maintenant partie de l'empire du tsar, mais n'avait rien de russe. Les paysans de ces terres prospères n'avaient jamais oublié la grandeur passée de leur pays, et leur caractère indépendant rappela à Rosa les Cosaques d'Ukraine. Vilna elle-même était une agréable vieille ville européenne où se côtoyaient tous les styles, sauf le style russe. Et la communauté juive était florissante.

Le père de Rosa ne faisait qu'un seul reproche à leur nouveau domicile : beaucoup trop de jeunes juifs à l'esprit libéral tournaient le dos à leur religion. Malgré ses efforts, il n'était pas parvenu à mettre ses deux fils à l'abri de ce mouvement, mais il avait veillé particulièrement sur la petite Rosa, jusqu'à sa mort subite l'année précédente.

Or c'était en cette dangereuse compagnie qu'elle se trouvait ce soir-là, invitée par des amis de ses frères. La moitié de la salle se composait de jeunes gens et de jeunes filles de la classe moyenne juive « assimilée » : des étudiants, un médecin, un avocat. Les autres étaient des ouvriers juifs, dont trois jeunes couturières. Un groupe souriant et animé, mais Rosa ne connaissait encore personne. Pourquoi était-elle venue ? Elle l'ignorait. Peut-être simplement parce qu'elle n'avait rien de mieux à faire.

Elle n'avait que vingt ans, mais la vie lui avait déjà porté des coups douloureux. A son arrivée à Vilna, tout était allé pour le mieux. Elle avait fait des pas de géant dans sa carrière musicale : à seize ans, elle avait donné plusieurs récitals de piano et fait une tournée ; un an plus tard, on lui avait promis une grande tournée avec un chef d'orchestre en renom. Ses parents étaient ravis, ses frères fiers, un peu envieux. Elle avait tout ce qu'elle pouvait désirer. Et à présent, plus rien.

Pourquoi, se demandait-elle souvent, Dieu lui avait-il accordé un don seulement pour le lui reprendre ? Sans doute un de ces inexplicables mystères de la vie. Les trois dernières années n'avaient été qu'un cauchemar. La maladie pesait parfois sur sa poitrine et elle se mettait à tousser au point d'en perdre le souffle. Il lui arrivait de rester prostrée, incapable d'un geste, pendant des journées entières. Il lui avait fallu renoncer à la tournée et presque abandonner la musique.

— Si je ne peux pas jouer bien, je ne veux pas jouer du tout, avait-elle dit à son père affligé.

Et elle avait sombré lentement dans la dépression, au grand désespoir de sa famille.

— Si seulement elle avait des amis pour l'aider, se lamentait sa mère.

Mais presque tous ses amis de Vilna étaient des musiciens, et elle refusait de les voir. Il ne lui restait qu'un seul véritable ami : Ivan Karpenko, en Ukraine. Elle continuait de lui écrire de longues lettres pendant cette période d'épreuves, et elle recevait de lui de chaleureux encouragements.

Le décès soudain de son père, l'année précédente, avait contraint la jeune fille à sortir de sa léthargie. La famille avait perdu sa principale source de revenus et ses deux frères devaient s'occuper de leur mère. Qu'allait faire Rosa ? Une carrière musicale étant hors de question, que restait-il ? Enseigner le piano ? Les revenus seraient maigres. Ses frères lui conseillèrent d'entrer à l'École normale, qui formait des institutrices pour les écoles de l'État. Elle avait suivi leur conseil.

Et elle s'était rendue à cette réunion ce soir-là. Il y en avait tellement... Des groupes d'études, des groupes de discussion, des groupes plus ou moins politiques. La réunion de ce soir-là sortait cependant de l'ordinaire : un professeur de Moscou parlerait du mouvement ouvrier en Russie et dans le monde.

— Je pense qu'il débordera du sujet, lui chuchota sa voisine. C'est un marxiste.

Et comme Rosa semblait ne pas comprendre, elle ajouta :

— Un révolutionnaire.

Un révolutionnaire ? De quoi aurait-il l'air ? Seraient-ils tous arrêtés ? Rosa se tourna vers l'estrade, le professeur venait d'entrer.

Piotr Souvorine parlait bien. Au début, avec son air distrait, son regard doux et ses lunettes cerclées d'or, on le prenait pour un aimable maître d'école. Mais cette douceur même, cette simplicité, associées à la merveilleuse clarté de ses exposés, faisaient énormément d'effet.

A trente-sept ans, il n'avait guère changé. Il était une de ces âmes pures qui découvrent une grande idée et en font leur destin. L'idée de Piotr, le thème de sa vie, était très simple : l'humanité pouvait et devait atteindre un état où tous les hommes seraient libres et où personne ne serait opprimé. Il le croyait en 1874, et il le croyait encore.

Il avait vécu une vie étrange. En 1874, après son départ précipité de Russka, il avait erré pendant des mois en Ukraine, et les Souvorine s'étaient demandé s'il n'était pas mort. Puis, ayant besoin d'argent, il s'était adressé à son frère Vladimir, à Moscou. Vladimir avait cru de son devoir d'apprendre au vieux Savva que son autre petit-fils avait réapparu.

Étant donné ce qu'il croyait savoir des événements, Savva avait fait preuve d'une certaine clémence. Il avait reconnu l'écriture de Piotr, et le savoir responsable de l'incendie l'avait accablé. « S'attaquer à sa propre famille », ne cessait-il de répéter. Il était aussi choqué par cette traîtrise que par le décès accidentel des deux jeunes gens. Il n'en avait jamais parlé à personne, même pas à Vladimir. Et quand Piotr avait refait surface, il lui avait envoyé une lettre sévère, lui ordonnant de revenir à Russka sur-le-champ faire amende honorable pour sa conduite horrible, sinon il serait banni à jamais de la famille. Il fut encore plus scandalisé quand il apprit qu'après avoir lu sa lettre, Piotr avait carrément refusé de revenir.

— Son cœur s'est endurci dans le péché, conclut le vieux lutteur.

Et il ne parla plus jamais du jeune homme. Six mois plus tard, il mourut.

Son testament était clair : le dangereux révolutionnaire Piotr devait n'avoir aucun droit de regard sur les entreprises Souvorine, et ne recevait qu'une modeste pension.

— Tu pourrais le contester, lui dit franchement Vladimir. Ou bien je te céderai volontiers une partie de la fortune.

Mais Piotr était jeune et fier.

— Je n'en veux aucune part, répondit-il.

Et il retourna à ses études. Il tomba amoureux et fut repoussé. Il se découvrit un talent pour la physique, s'y consacra et écrivit même un petit manuel qui fut publié avec succès. Il se trouvait heureux ainsi. Et il continuait d'aspirer à un monde meilleur.

Il adopta le marxisme dans la décennie 1880. Depuis sa rencontre avec Popov, il avait étudié la pensée révolutionnaire, et restait en rapport avec certains groupes extrémistes. Mais tous le considéraient comme un aimable rêveur. Dans le marxisme, cependant, il avait trouvé un système d'une certaine stature : l'utopie qu'il avait toujours souhaitée, mais réalisée de façon scientifique, par un processus historique progressif et naturel, non à la suite d'un grand chambardement violent.

— Tu traites ma vision d'utopie, disait-il à Vladimir. Pour moi, c'est simplement le progrès de l'humanité.

Il croyait en secret que les usines Souvorine passeraient un jour entre les mains des ouvriers sans qu'un seul coup de feu soit tiré.

Les deux frères — le riche industriel père de famille et le professeur pauvre et célibataire — entretenaient une relation étrange. Ils s'aimaient beaucoup, mais les tensions étaient inévitables. D'autant plus que la belle et jeune seconde épouse de Vladimir, qui adorait recevoir dans sa grande maison de Moscou, ne pouvait dissimuler la pitié condescendante qu'elle ressentait pour cet homme doux qu'elle considérait comme un pauvre minable. Piotr le sentait et son orgueil s'en offensait. Il n'allait pas souvent chez son frère.

L'assistance était peu nombreuse ce soir-là, mais Piotr jugeait la réunion importante et se souciait que tout se passe bien. Tout en parlant, il essayait donc de jauger la réaction de son public.

Il décrivit d'abord avec précision l'évolution du mouvement socialiste en Europe. Trois ans auparavant, un congrès important, la Deuxième Internationale, avait réuni les délégués de nombreux pays. L'année précédente, pour la première fois en Russie, des groupes d'ouvriers avaient fêté le 1er Mai par solidarité envers le mouvement ouvrier international. Quand il fut certain d'avoir retenu leur attention, il aborda le vrai sujet de son allocution, et la raison de son désir de s'adresser à eux en particulier : ils étaient juifs.

Il fit allusion aux persécutions dont ils étaient victimes : depuis plusieurs années, le gouvernement tsariste s'était en effet retourné contre la communauté juive. Ils avaient perdu le droit d'acquérir des terres et étaient contraints de vivre dans les villes. On limitait leur accès à l'éducation par des quotas ridiculement bas, même dans les grandes villes de leur zone de résidence, et l'on se mit à appliquer les lois de ségrégation avec une telle rigueur que l'année précédente dix-sept mille juifs avaient été expulsés de Moscou. Les explosions de violence n'avaient fait que se répéter depuis les pogroms de 1881, et le gouvernement n'avait pour ainsi dire rien tenté pour y mettre un terme.

Il n'était donc pas surprenant que les travailleurs juifs aient envisagé de former des comités d'ouvriers indépendants des autres. Sans leur en vouloir, Piotr désirait combattre cette tendance.

Ils l'écoutèrent poliment, mais à la fin de la conférence, un jeune homme du premier rang, aux cheveux en broussaille, révéla ses doutes.

— Vous dites que nous devons rester au sein d'une fraternité plus vaste. Très bien. Mais que devons-nous faire si les ouvriers non juifs refusent de nous défendre ?

Piotr n'essaya pas d'esquiver le problème. Les travailleurs russes n'avaient guère de sympathie pour leurs frères juifs, et certains socialistes ne s'étaient pas opposés aux pogroms de peur de s'aliéner les sympathies des ouvriers qu'ils essayaient de rallier à leur cause.

— Nous n'en sommes qu'au début du mouvement, répondit-il au jeune homme. De nombreux travailleurs devront être éduqués ; mais quand la grande fraternité se développera, ce problème cessera d'exister. Vous hâterez le processus en restant à l'intérieur du mouvement, pas en vous séparant de lui.

Il y eut un long silence. Les avait-il convaincus ? Puis d'autres questions suivirent.

Au moment où la réunion allait s'achever, la jeune fille se leva. Elle était assise dans le fond, derrière un grand gaillard, et il avait à peine entrevu la masse de ses cheveux sombres. Et elle le regardait soudain avec de grands yeux intrigués. Car Rosa Abramovitch était réellement intriguée. Elle avait écouté attentivement, et les paroles du professeur, et sa vision d'un monde plus humain, l'avaient profondément touchée. Mais en songeant à sa propre vie, à ce dont elle avait été le témoin en Ukraine, il y avait une chose qu'elle ne parvenait pas à comprendre.

— Quand le monde nouveau sera instauré, quand l'État socialiste sera achevé, cela signifiera-t-il que les juifs ne seront plus persécutés ? Que les hommes auront changé ?

Piotr la dévisagea. C'était une question d'une si éblouissante stupidité que pendant un instant il ne sut que répondre. Se moquait-elle de lui ? Non, elle semblait manifestement sincère. Quelle réaction surprenante ! Il lui sourit.

— Je crains que vous n'ayez pas compris, dit-il aimablement. Dans un État socialiste ouvrier, tous les hommes seront égaux. La persécution de minorités est inconcevable. Venez me voir à la fin de la conférence, je vous recommanderai quelques livres.

Rosa se rassit. Quelqu'un posait une autre question, mais elle ne l'entendit pas. Croyait-elle le professeur ? Elle n'en avait aucune idée. Mais elle était certaine d'une chose : c'était le plus bel homme qu'elle avait rencontré de sa vie.

Les premiers pas entre Piotr Souvorine et Rosa Abramovitch furent vite franchis. Il leur semblait qu'ils se connaissaient depuis toujours.

— Il a presque deux fois ton âge, dirent les frères de Rosa.

— C'est un révolutionnaire et il n'est pas juif, protesta sa mère. Avant de faire quoi que ce soit, Rosa, souviens-toi de ton père...

Rosa avait aimé trois hommes dans sa vie. Le premier était Ivan Karpenko le Cosaque. Ce n'était certes qu'une affection enfantine suivie par une amitié entretenue par leurs échanges de lettres, mais cet amour d'enfance lui avait paru de plus en plus important avec le passage du temps. La deuxième était un chef d'orchestre qu'elle avait admiré de loin à l'âge de quinze ans et à qui elle n'avait jamais parlé. Et à présent Piotr Souvorine. Aucun d'eux n'était juif.

Qu'est-ce qui l'avait séduite en Piotr Souvorine ? Son intelligence ? Sa maîtrise de la théorie économique fascinait Rosa, et il semblait pouvoir expliquer tous les problèmes complexes du monde. Mais ce qu'elle aimait surtout, c'était sa pureté, son idéalisme passionné. Il avait une âme de pèlerin, d'exclu, de souffrant. Et en toutes ces années il n'avait pas encore trouvé une femme digne de lui.

Quant à Piotr, il était pétrifié devant la créature magique, poétique qui venait de tomber du ciel dans sa vie. Certes, elle était juive, mais elle appartenait en fait à une espèce à part. « Et d'ailleurs, se disait-il, je n'ai de comptes à rendre à personne. »

Il avait l'impression de recommencer sa vie, et Rosa voyait du même coup sa propre existence prendre un sens. Elle avait désormais un but. Sa santé s'améliora de façon spectaculaire. Elle aimait sa mère et vénérait la mémoire de son père, mais elle ne pouvait plus partager leurs vues. Elle appartenait à une autre génération, celle des amis de ses frères, dont la plupart ne fréquentaient presque plus la synagogue.

— Pourquoi gâcherais-je ma vie, qui a été malheureuse, au nom d'une religion qui ne m'a apporté aucun réconfort ? déclara-t-elle à sa mère qui lui faisait la morale. Je ne me soucie plus de tout ça. Je veux vivre.

— Tu m'abandonnes, lui reprocha sa mère amèrement.

En septembre, elle partit rejoindre Piotr à Moscou. Peu de temps après, juste avant leur mariage, elle se convertit à la foi orthodoxe. « Vous savez que cela n'a aucun sens pour moi, écrivit-elle à ses frères, mais cela facilitera les choses à Moscou, surtout plus tard, pour les enfants. Je suppose qu'il faudra le dire à maman... »

Un mois plus tard, quand elle l'apprit, la mère de Rosa invita ses amis discrètement à la traditionnelle veillée funèbre.

— Elle est morte pour moi, à présent, annonça-t-elle.

Ses fils refusèrent de participer mais essayèrent de la réconforter. Ses amis la comprenaient mieux : un vieux couple dont le fils était devenu athée et socialiste avait fait de même la semaine précédente.

Juillet 1905

Le jeune Ivan vénérait l'oncle Boris. L'oncle Boris savait tout.

C'était le chef de famille. Timofeï et sa femme étaient morts l'année du choléra et la vieille Arina l'année suivante. Il avait de nombreux enfants, certains déjà adultes ; il ajoutait à leur nombre sa petite sœur Arina dont le mari était mort jeune, et son neveu de six ans Ivan.

La nouvelle de l'oncle Boris était vraiment passionnante :

— Cette année, petit Ivan, est la plus importante de toute l'histoire de la Russie. Sais-tu pourquoi ? Parce que la révolution a commencé.

La révolution ? Un mot fascinant, mais l'enfant ne savait pas très bien ce qu'il signifiait.

— Ça veut dire, expliqua son oncle, que nous allons chasser les Bobrov à coups de pied au cul et prendre toutes les terres. Qu'en penses-tu ?

Le petit Ivan dut avouer que c'était vraiment merveilleux. Il savait que sa mère Arina aimait bien les Bobrov, et que dans le village tout le monde ne disait pas du mal d'eux. Mais l'oncle Boris avait toujours raison.

— Vive la révolution ! cria l'enfant.

Les événements extraordinaires de 1905 couvaient depuis long-temps. Le règne d'Alexandre III avait été particulièrement réactionnaire, et les onze années précédentes, sous le médiocre Nicolas II et son épouse allemande, n'avaient fait qu'aggraver le caractère oppressif du régime. Depuis un siècle la Finlande constituait un duché autonome dans l'empire, mais le gouvernement décida soudain de la russifier, comme l'Ukraine. Des émeutes éclatèrent. En Ukraine, justement, les paysans s'étaient révoltés, et il y avait eu un horrible pogrom en 1903. Les étudiants avaient protesté, on les avait traités comme des agitateurs politiques, et on leur avait envoyé l'armée. Enfin, en limitant les pouvoirs de la petite noblesse libérale dans les *zemtsva*, le gouvernement s'était aliéné ses derniers alliés.

Les espions de la police étaient partout. Mais des partis politiques illégaux se formaient.

Tout n'était pas sombre. Sous l'impulsion du ministre des Finances Serge Witte, les chemins de fer et l'industrie lourde avaient fait des pas de géant. Le Transsibérien avait atteint les côtes du Pacifique. Les capitaux étrangers affluaient, notamment de France. Mais ces progrès n'avaient encore aucune conséquence directe sur la vie du peuple, et depuis plusieurs années l'économie russe dans son ensemble souffrait de dépression.

Mais la cause réelle du cataclysme, ce fut la guerre.

Cela se produisit exactement comme pour la malheureuse affaire de Crimée, mais cette fois en Extrême-Orient, où le Transsibérien permettait à la Russie d'élargir son influence en imposant sa volonté à la Chine, contre les intérêts du Japon dans la région. Confiant dans la puissance de son armée et de sa marine, le vaste empire continental s'était laissé entraîner dans un conflit armé avec la petite nation insulaire. Et il venait d'être honteusement battu.

Quelle humiliation ! Le coût de la guerre avait engendré le chaos économique. Ce fut la famine, et le gouvernement n'avait pas un seul ami. La noblesse libérale des *zemtsva* supplia le tsar d'accorder au peuple une Assemblée, mais en vain.

Puis, en janvier de cette année-là, la Russie avait été secouée par le Dimanche Rouge.

L'incident, étincelle qui allait allumer la grande conflagration russe, fut étrange et assez confus. Une manifestation, avec à sa tête un prêtre ukrainien, ne demandait que la suppression de quelques abus, mais elle engendra une certaine confusion dans les rues de Saint-Pétersbourg. Le massacre, comme on croit souvent, ne se produisit pas devant le Palais d'Hiver — et de toute manière, le tsar ne se trouvait pas dans la capitale ce jour-là. Mais à la suite de plusieurs incidents, des soldats affolés de peur tirèrent sur la foule, et il y eut un certain nombre de morts près de la porte de Narva.

Aussitôt l'enfer se déchaîna. Les *zemtsva* libéraux protestèrent. Des grèves éclatèrent. Comble de la stupidité, le gouvernement ferma les universités, poussant ainsi dans la rue les étudiants inoccupés. Tous les groupes insatisfaits de l'empire, sentant la crise imminente, saisirent aussitôt cette occasion de protester. Des émeutes éclatèrent en Finlande, dans les pays baltes et en Pologne, ainsi qu'en Russie même. En début d'été, la police avait enregistré quatre cent quatre-vingt-douze foyers de troubles. Les immenses manufactures de textile d'Ivanovo, au nord de Vladimir, se soulevèrent. Dans les journaux et les pamphlets diffusés dans les villes commencèrent à paraître des articles révolutionnaires signés du pseudonyme d'un homme connu jusque-là seulement dans les milieux marxistes : V. I. Lénine. En mai et juin, une nouvelle accablante arriva d'Extrême-Orient : la flotte russe du Pacifique venait d'être coulée. Peu après, dans le port d'Odessa, l'équipage du cuirassé *Potemkine* se mutina.

Qu'allait faire le gouvernement ? La police était débordée ; le plus gros de l'armée se trouvait en Orient, vaincu et paralysé. Toute la Russie attendait.

Le petit Ivan était tout excité. Mais que se passait-il à Russka ?

Jusqu'à ce jour, la ville et les usines Souvorine étaient restées calmes. Mais juste avant midi, un homme revint au village et annonça qu'il s'était produit quelque chose dans les ateliers de tissage. Au milieu de l'après-midi, on comprit qu'il s'agissait d'une grève. Peu après, trois jeunes filles de Bobrovo qui travaillaient à la filature revinrent. On leur avait dit de rentrer chez elles. Le petit Ivan en conclut que la révolution venait d'arriver à Russka.

Et en fin d'après-midi, il remarqua que son oncle Boris commençait à se conduire bizarrement.

Alexandre Bobrov ruminait encore sa colère quand il entra sur la place du marché ce jour-là.

C'était un beau garçon blond de quatorze ans, avec l'ombre d'une future moustache sur la lèvre. Il s'était précipité en ville dès qu'il avait appris la nouvelle. Mais pas avant d'avoir échangé quelques mots avec son père, des mots qui devaient être dits. Mais pourquoi était-il encore si irrité ? Pourquoi ne pouvait-il pas se dominer ?

Le père et le fils formaient un étrange duo : si semblables physiquement, et si différents pour le reste. « Je suppose que certains naissent conservateurs », s'était dit Nikolaï ce matin-là en regardant son fils.

Au décès prématuré du fils aîné de Nikolaï, quelques années plus tôt, Alexandre était resté seul héritier, et le jeune homme prenait ce rôle très au sérieux. Très pieux, il aimait aller à l'église avec sa grand-mère Anna, et il se montrait extrêmement fier des liens ancestraux de sa famille avec la monarchie. Surtout, il comptait gérer le domaine un jour et c'était depuis quelque temps une source de tension entre le père et le fils.

Nikolaï se souvenait d'avoir été profondément irrité par la façon dont son père s'occupait de ses terres. Avait-il fait mieux que lui ? Non. La propriété de Riazan, parcelle par parcelle, s'était envolée. Il avait reçu de nombreuses propositions pour les forêts et les pâturages qu'il lui restait à Russka, une qui émanait de la commune, les deux autres, pour de petites superficies, de Boris Romanov. Il avait refusé chaque fois, à cause des protestations de sa mère Anna et de son fils Alexandre. Mais il ne pourrait plus refuser longtemps.

— Le fait est, disait-il, que depuis l'émancipation des serfs, il n'y a pas eu assez de terres. Ni pour les paysans ni pour moi.

La moitié des propriétaires qu'il connaissait avaient vendu leurs domaines au cours des années précédentes : la noblesse russe entrait dans la phase finale de son déclin. Mais Alexandre ne semblait pas le comprendre.

Cependant tout ceci n'était rien comparé au dernier crime de Nikolaï.

— Pourquoi les ouvriers revendiquent-ils de façon si perverse ? avait accusé Alexandre. A cause des *zemtsva*, père. A cause de toi.

Nikolaï aurait dû punir l'adolescent pour cette impertinence, mais il ne put s'y résoudre. Car l'accusation était parfaitement justifiée. L'année précédente, avant le début des troubles, il s'était réuni à Saint-Pétersbourg avec les autres libéraux des *zemtsva* pour réclamer au tsar un Parlement élu qui participerait au gouvernement du pays. Quelles réunions passionnantes ! Certains les avaient comparées aux États généraux au début de la Révolution française. Nikolaï avait vécu des journées exaltées qui lui avaient rappelé sa jeunesse à l'université. « Mon fils est conservateur de naissance, mais je suis né radical », pensait-il. Et après le Dimanche Rouge, les ouvriers et les révolutionnaires, faute d'autre plan politique, avaient simplement repris les revendications des *zemtsva*. « Le fait que le gouvernement considère comme une trahison ces revendications démocratiques modestes en dit long sur le caractère rétrograde de notre pauvre Russie », estimait Nikolaï.

Pour le jeune Alexandre, c'était vraiment une trahison. Au bord des larmes, il sortit de la pièce en traitant son père de félon.

Au milieu de la place du marché, il aperçut une silhouette familière et sourit aussitôt. C'était Vladimir Souvorine.

Leurs relations étaient très simples : aux yeux d'Alexandre, l'industriel passait pour un héros, non seulement en raison de son charme extraordinaire et de sa vaste culture, dont Alexandre était à peine conscient, mais parce qu'en homme d'affaires pratique, il était évidemment conservateur. C'était presque inévitable, bien que son intérêt pour les questions politiques fût limité. Il disait souvent à l'adolescent :

— Tu m'accordes trop de crédit, mon jeune ami. Je n'apprécie le tsar que par intérêt personnel.

Il expliquait alors la situation au jeune homme :

— Les tsars ont toujours considéré les grands marchands comme des rouages essentiels de l'État, qui assurent la puissance de la Russie. Pierre le Grand se contentait de les accabler d'impôts au risque de les acculer à la faillite, mais nos récentes administrations se sont montrées plus intelligentes : elles nous donnent des contrats et nous protègent de la concurrence étrangère par des droits de douane. La prospérité de la Russie, Alexandre, repose sur l'exportation de matières premières brutes vers l'ouest, et sur la vente de produits fabriqués, généralement de qualité inférieure, dans notre immense empire et dans les pays pauvres de l'est. Donc le tsar et son empire me sont favorables. C'est tout.

Mais Alexandre continuait de vénérer son héros tout autant.

Quand il le rencontra, Souvorine se dirigeait vers la filature. Il lui emboîta le pas après un bref salut.

— Est-ce vraiment une grève ? demanda le jeune Bobrov.

— Oui.

L'industriel semblait très calme.

— Qu'allez-vous faire ? Appeler les Cosaques ?

Plusieurs grèves avaient été brisées cette année-là par les escadrons de la cavalerie cosaque.

— Je ne commettrai pas cette sottise, répondit Souvorine, à la surprise du jeune homme.

Pendant une demi-heure, ils firent le tour des ateliers et des dortoirs. Aucune machine ne tournait, mais il n'y avait aucun autre signe de trouble.

— Comprends-tu, expliqua Souvorine, la grève n'est ni contre moi ni contre les conditions de travail. C'est différent. Des gens de l'extérieur sont venus convaincre mes ouvriers de se mettre en grève par sympathie pour les autres grévistes. Ils ne revendiquent que des réformes politiques. Appeler les Cosaques ne ferait qu'envenimer la situation.

— Ce sont les hommes des *zemtsva* comme mon père, n'est-ce pas, qui ont provoqué ces troubles ? murmura Alexandre.

Souvorine secoua la tête.

— Ne reproche rien à ton père, dit-il. Attends une minute...

Il ne parla qu'une fois dans la rue.

— Tu ne comprends pas ce qui se passe. Connais-tu l'histoire de l'empereur qui n'avait pas d'habits ? C'est ce qui arrive au tsar en ce moment. Réfléchis : la Russie est immense, retardataire, mal organisée. Un vaste pays de paysans où un tsar despotique maintient un semblant d'ordre avec son armée, sa police et une minorité de privilégiés comme moi, qui ont peu de liens avec le peuple. Mais l'État tout entier n'est qu'une mascarade, ne vois-tu pas ? *Parce qu'en réalité, personne ne détient de pouvoir réel.* Le tsar n'en a aucun parce que son armée est en Orient et qu'il n'a aucune relation avec le peuple. Le gouvernement n'est pas pour le peuple mais contre lui. Ton père et toi n'avez aucun pouvoir : vos privilèges dépendent entièrement du tsar. Je n'ai aucun pouvoir : je dépends du tsar pour le maintien de l'ordre et la protection de mon entreprise. Le peuple n'a aucun pouvoir : parce qu'il n'est pas organisé et ne sait pas de toute façon ce qu'il veut.

Il haussa les épaules.

— La crise actuelle montre que le tsar n'est pas capable de gouverner notre société. L'empereur n'a pas d'habits. Et cet immense merdier que nous appelons l'Empire russe peut prendre feu à la moindre étincelle. Nous aurons des soulèvement auprès desquels l'insurrection de Pougatchev passera pour une garden-party. Le chaos total... Voilà pourquoi je me montre prudent.

— Mais que pourra faire le tsar ?

— Décapiter le mouvement. En fait, il n'y a que deux forces organisées. Les syndicats, encore en formation — en dehors des cheminots, ils ne regroupent que des membres des professions libérales, pas d'ouvriers — et les hommes des *zemtsva* comme ton père. Les autres n'ont aucun programme. Le tsar doit négocier avec eux et espérer que le peuple se calmera. Plus il tardera, plus ce sera terrible.

— Mais le tsar et la Sainte Russie ? s'écria Alexandre. Les paysans y croient, non ?

— Le dimanche et les jours de fête, répondit Souvorine en souriant. Il n'y a plus que deux personnes dans l'empire qui croient encore à la Sainte Russie tous les jours de l'année.

— Ah bon ?

— Le tsar lui-même, et toi, mon jeune ami.

Il adorait taquiner Alexandre.

Tandis qu'ils traversaient la ville, Alexandre remarqua que Souvorine semblait chercher quelque chose des yeux. Quand il lui posa la question, l'industriel sourit.

— Pas quelque chose, quelqu'un. Nous n'avons vu jusqu'ici que des visages connus, aucun signe des gens du dehors qui ont provoqué les troubles. Mais je sais de qui il s'agit. Un homme qui se fait appeler Ivanov.

— Vous allez l'arrêter.

— Non. J'aimerais, mais cela ne ferait qu'engendrer d'autres troubles.

— Vous allez lui parler ?

— Je voudrais bien, mais il m'évite. J'aimerais cependant voir son visage, pour pouvoir le reconnaître plus tard.

Ils continuèrent leur promenade jusqu'à l'esplanade dominant la campagne et la rivière, puis rebroussèrent chemin. Sur la place du marché, près de l'église, ils le virent.

Il était en train de parler à un groupe d'hommes, à une centaine de mètres d'eux, et il ne remarqua pas tout de suite que Souvorine et l'adolescent l'observaient. Personne n'aurait soupçonné qu'il approchait de la cinquantaine. Il était rasé, et deux rides profondes soulignaient le dessin de ses joues. Ses cheveux roux étaient coupés en brosse.

— Quelle allure étrange, murmura Souvorine.

L'homme les aperçut et s'esquiva. Alexandre essaya de mémoriser son visage : le visage de l'Ennemi, pensait-il.

Le petit Ivan observait son oncle Boris, fasciné. Son oncle ne l'avait pas vu entrer dans le couloir et ignorait sa présence.

Quelques minutes plus tôt, Boris avait parlé avec un homme de l'usine Souvorine, devant la porte, et il semblait comme d'habitude.

— Un rouquin, hein ? Jamais. A peu près de mon âge. Comment dis-tu qu'il s'appelle ? Ivanov ? Et où loge-t-il ? Hors d'atteinte de Souvorine, je suppose. Ah oui. Juste en dehors de la ville. Très bien. Je lui souhaite bonne chance. Ainsi qu'à vous tous.

Mais l'oncle Boris avait soudain perdu son calme. Jamais le petit Ivan ne l'avait vu si excité. Il s'était mis à arpenter la réserve en grommelant avec une telle véhémence que l'enfant prit peur.

— Assassin... Pauvre Natalia... Cette fois, je ne te manquerai pas...

Puis il ressortit brusquement.

Après le dîner, il annonça qu'il irait à la chasse. Cela n'avait rien d'exceptionnel.

— J'irai prendre l'affût du côté des marais, et nous verrons bien ce que l'aurore m'apportera, dit-il en préparant son fusil.

Ivan le vit glisser un couteau de chasse dans sa ceinture avant de partir.

— Je peux venir avec toi ?

— La prochaine fois.

Il prit sa barque et rama vers le sud. La nuit tombait.

Un peu plus tard, quand sa mère Arina le mit au lit, il ne put s'empêcher de lui parler du comportement étrange de l'oncle Boris.

— Qui était Natalia ? demanda-t-il.

Mais comme tout le monde était bizarre ! Pourquoi sa mère était-elle devenue très pâle, puis avait essayé de le cacher ? Pourquoi avait-elle quitté le village un peu plus tard, alors qu'elle lui avait dit qu'elle allait veiller chez la voisine avec le reste de la famille ?

Il l'avait épiée par la fenêtre. Elle avait gravi la colline vers le manoir des Bobrov.

Tout ceci avait intrigué le petit Ivan, mais la scène du lendemain l'effraya.

Il s'était éveillé juste avant l'aube, et il était sorti écouter les premiers chants des oiseaux. Boris apparut, visiblement furieux, mais d'une fureur qui ne s'adressait pas à l'enfant, car il lui sourit et s'arrêta pour échanger quelques mots.

— Quelqu'un est monté chez les Bobrov, hier soir ? demanda-t-il d'un ton si naturel que l'enfant répondit machinalement :

— Seulement maman.

Et maintenant, en face de toute la famille dans l'isba, l'oncle Boris tremblait de rage.

— Tu l'as prévenu, hein ?

Arina recula, mais releva la tête d'un air de défi.

— Et après ?

— Et après, je vais te dire quoi.

Il se jeta sur elle et la gifla deux fois.

— Espèce de garce stupide ! Espèce de Mordve !

— Non ! Non ! cria l'enfant en s'élançant pour protéger sa mère.

Mais Boris le souleva d'une main et le lança à l'autre bout de la pièce, où il s'écroula contre un banc, à moitié assommé.

Maudite Arina ! Maudite sorcière !

Au bout de quelques centaines de mètres sur la rivière, Boris avait dissimulé sa barque dans les joncs de la rive opposée, puis avait rebroussé chemin dans le noir vers Russka. Au cœur de la nuit, armé de son long couteau de chasse, il s'était glissé jusqu'à la maison des environs de la ville où logeait le maudit diable roux. La nuit était chaude, deux hommes bavardaient devant la porte de la maison d'en face. Il attendit patiemment qu'ils rentrent. Enfin ils se levèrent. Une porte se ferma, puis une autre. Boris laissa s'écouler une minute. Il souriait en lui-même : il poserait la main sur la bouche de Popov et lui trancherait la gorge en disant : « Souviens-toi de Natalia. » Et ce serait fini. Mais avant de sombrer dans l'inconnu, il fallait que le rouquin sache qui le tuait. Avec un peu de chance, on supposerait que le coupable était un homme de Souvorine. La vengeance, même s'il fallait attendre trente ans, avait un goût délicieux.

Puis soudain, deux chevaux apparurent au galop au bout de la rue : un cavalier et une monture sellée à la longe. Le cavalier s'arrêta devant la maison même où habitait Popov, sauta à terre et frappa à la porte à toute volée.

— Evgueni Pavlovitch ! Popov, nom de Dieu ! Je sais que tu es là. Sors tout de suite. C'est Nikolaï Mikhaïlovitch. Dépêche-toi !

Bobrov. Comment avait-il su ? Qui l'avait informé ? Et pourquoi voulait-il sauver la peau de ce bonhomme ? Étaient-ils donc tous ligués contre lui ? Quand aurait-il une nouvelle occasion de se venger ?...

Il se tourna vers sa sœur.

— Tu m'as trahi. Sais-tu ce que tu as fait ?

— Oui, cria-t-elle avec une rage égale. J'ai demandé à Bobrov de t'en empêcher. Tu n'as pas le droit d'aller tuer les gens comme ça.

— L'homme qui a tué ma propre sœur !

— Non.

Il lui lança un regard meurtrier.

— Je vois que tu es du côté de Bobrov et du rouquin, dit-il d'une voix soudain très calme. Mais je te promets une chose : je ne l'oublierai jamais.

Arina et le petit Ivan terrifié n'en doutèrent pas un instant.

Deux jours plus tard, un incendie se déclara dans les bois de Nikolaï Bobrov. Les gens considérèrent l'événement comme un signe de plus : la révolution se rapprochait vraiment.

Mai 1906

Dans la grande maison de Moscou en cette fin d'après-midi, les préparatifs allaient bon train. On attendait des invités particuliers. Mais, se disaient les domestiques, après les événements de l'année précédente il fallait s'attendre à tout.

Dans le salon confortable du premier, tout était pourtant calme. Mme Souvorine, en déshabillé de soie mauve, écrivait des lettres sur son petit secrétaire. Sa fille Nadejda brodait, assise dans un fauteuil Second Empire. « Elle est belle, se disait-elle en regardant sa mère, mais j'aurais fait une meilleure épouse pour papa », étrange pensée pour une fillette de huit ans.

La première chose que les gens remarquaient en Nadejda était ses cheveux auburn, dont la masse lustrée tombait sur ses épaules jusqu'à ses coudes. Ensuite, on regardait ses yeux : très beaux, marron foncé. Ils savaient tout. Oui, tout : son père avait pris l'intelligente petite fille pour confidente. Il l'emmenait partout et lui montrait son monde.

Une seule chose surprenait Nadejda : la froideur de sa mère envers son père. Aux yeux des gens, ils semblaient unis, mais le regard vif de l'enfant n'était pas dupe. C'était elle, et non sa mère, que Vladimir emmenait, et quand son père s'avançait vers elle en privé, Nadejda avait remarqué que sa mère s'écartait.

Ayant fini sa lettre, Mme Souvorine se leva. Avec sa haute taille et son regard hautain, elle semblait appartenir à une des familles princières. Dans l'épanouissement de l'âge mûr il émanait d'elle une sensualité que son élégance ne se souciait pas de cacher. Remarquant les yeux de sa fille fixés sur elle, elle devina ce qu'elle était en train de penser. Elle en était consciente depuis longtemps et en avait honte. Mais sous le regard accusateur de l'enfant, elle ne put que soupirer en se disant qu'il y avait dans sa vie des choses qu'elle ne pouvait pas expliquer à Nadejda. Peut-être quand elle serait plus âgée. Peut-être jamais. « En tout cas, se rassura-t-elle, quels que soient mes défauts, je suis discrète. »

— Il faut que je m'habille, dit-elle.

La soirée s'annonçait pleine d'intérêt. Car on vivait une époque étonnante.

Le jeune Alexandre Bobrov en était bouche bée. Il savait depuis toujours que son héros Souvorine était riche, mais à ce point...

— Il est directeur de la Société des Marchands et de la Banque Commerciale, lui avait expliqué son père. Il fait partie de l'élite.

Sa demeure correspondait à sa situation : c'était un des cinq ou six palais princiers tombés entre les mains des nouveaux magnats des affaires, qui supplantaient désormais les princes.

Ils étaient arrivés avant les autres invités parce qu'ils avaient une affaire particulière à traiter : Nikolaï vendait son domaine au marchand.

Ce n'était vraiment pas de sa faute, et il n'était pas le seul propriétaire dans la même situation. Depuis le début des troubles, l'année précédente, tout le monde vendait. Et Souvorine lui avait offert un prix excellent.

— Plus que ça ne vaut, avait rappelé Nikolaï à son fils furieux.

Vladimir Souvorine ne les fit pas attendre longtemps. Il entra dans la pièce avec son notaire, donna l'accolade à Nikolaï et salua Alexandre d'une tape amicale sur l'épaule. Un instant plus tard, les documents étaient sur la table.

Souvorine était d'excellente humeur. Il envisageait depuis long-temps d'acheter un domaine près de ses usines de Russka.

— Je vais installer des ateliers de sculpture sur bois et de poterie sur la propriété, dit-il. Ainsi qu'un petit musée d'art populaire.

Il comprenait très bien ce qui se passait dans l'esprit du père et du fils.

— Ton père a pris une décision sage, Alexandre. En ce moment, tous les gens sages vendent et seuls des imbéciles comme moi achètent... Je vous envie, cher ami, vous voici libre comme un oiseau, ajouta-t-il en se tournant vers Nikolaï. Vous devriez faire le tour de l'Europe. Tous les Russes le font, et les nobles comme vous sont traités avec grand respect à Paris et à Monte-Carlo. Vous devriez montrer le monde à votre fils.

Mais ces paroles aimables ne réussirent pas à faire sourire Alexandre. Il n'en voulait nullement à l'industriel, au contraire. Il ne savait qu'une chose : les Bobrov possédaient des terres depuis aussi longtemps que la Russie existait, et son père, avec ses idées libérales, les avait perdues. Son père avait failli à son devoir. Il regarda Souvorine avec admiration et regretta une fois de plus de ne pas l'avoir pour père.

Mais Vladimir les entraînait déjà vers ses autres invités.

Les soirées de Mme Souvorine étaient justement célèbres. Elles attiraient tout Moscou. Les peintres, les musiciens et les écrivains y étaient bien accueillis et l'aristocratie ne dédaignait nullement l'hospitalité du marchand. Chaque soirée avait un thème particulier.

— Ce soir, nous parlerons politique, murmura Vladimir à Nikolaï Bobrov quand ils entrèrent dans l'immense salon.

C'était bien naturel après les neuf mois qu'ils venaient de vivre. L'été précédent, la situation n'avait cessé d'empirer, mais le tsar avait encore tergiversé. En octobre, l'impensable s'était produit : la grève générale. Pendant dix jours entiers, rien n'avait bougé dans l'immense Empire russe. Le gouvernement s'était trouvé réduit à l'impuissance. Enfin le tsar avait cédé : il avait accordé au peuple un Parlement, la *douma*.

— Nous avons enfin une monarchie constitutionnelle, comme dans l'Ouest, s'était réjoui Nikolaï Bobrov.

Sauf que c'était la Russie.

Presque tous les Russes possédaient désormais le droit de vote, mais la population était divisée en classes, et le nombre de représentants que chaque classe pouvait élire était fixé de telle manière que le vote d'un noble comme Bobrov valait celui de trois marchands, de quinze paysans et de quarante-cinq ouvriers des villes. En outre, la *douma* élue était doublée par une seconde assemblée dont les membres étaient choisis par le tsar. Au demeurant, même si les deux assemblées étaient parvenues à se mettre d'accord, elles n'auraient pu exercer aucun pouvoir réel sur la bureaucratie qui gouvernait l'empire. Enfin, le tsar s'était réservé le droit de dissoudre la *douma* et de gouverner par décrets s'il le jugeait nécessaire.

— Vraiment très russe, avait remarqué Nikolaï Bobrov. Nous avons un parlement qui n'est pas un parlement : il peut donner son avis, mais non agir. Ce que donne le tsar d'une main, il le reprend de l'autre.

Il était cependant enchanté de la façon dont les choses s'étaient passées. D'une part, les socialistes avaient boycotté l'élection et présenté très peu de candidats. Et surtout, en supposant que la noblesse et les paysans voteraient pour des candidats conservateurs, le tsar s'était lourdement trompé. Une majorité accablante vota contre le régime et élut en grand nombre des libéraux progressistes.

— Presque tous les partis politiques, bien qu'ils soient illégaux, seront représentés ici ce soir, lui dit Mme Souvorine en souriant.

Effectivement, Nikolaï reconnut des hommes d'extrême droite, partisans de l'abolition de la *douma* comme son fils ; des libéraux conservateurs qui désiraient voir la *douma* collaborer avec le tsar, et des hommes comme lui-même, du parti constitutionnel-démocrate, les cadets, déterminés à entraîner le tsar vers la démocratie.

— Et les partis de gauche ? demanda-t-il à Mme Souvorine.

— Je manque de socialistes révolutionnaires, lui répondit son hôtesse, quoique, si une bombe explose, nous saurons qu'il y en avait tout de même un. Mais les sociaux-démocrates, le parti des ouvriers, sont ici en force. Venez, je vais vous présenter mon beau-frère, le professeur Piotr Ivanovitch Souvorine.

Piotr Ivanovitch et Rosa Souvorine fréquentaient peu l'immense maison de Vladimir. Les deux frères avaient suivi des voies divergentes depuis si longtemps... Quant à Rosa et à Mme Souvorine, elles avaient peu de choses à se dire. En fait, ils se seraient encore moins vus si leurs enfants ne s'étaient pas liés d'amitié.

Rosa avait eu trois enfants, mais un seul avait survécu : Dimitri, qui avait trois ans de plus que Nadejda. Ils s'étaient bien entendus dès leur première rencontre, et Dimitri était souvent invité bien que Mme Souvorine n'ait jamais laissé sa fille se rendre dans l'appartement modeste de son cousin.

Ce soir-là en tout cas, elle était ravie de la présence du professeur marxiste. De ces sociaux-démocrates elle ne savait qu'une chose : ils étaient divisés en deux factions. Détail typiquement russe, le groupe majoritaire s'appelait les mencheviks — « partisans de la minorité » —, et la minorité extrémiste, les bolcheviks — « partisans de la majorité ». Elle avait évidemment supposé que le doux Piotr appartenait au premier groupe, mais elle lui avait demandé d'inviter un de ces bolcheviks.

— J'en connais un qui se trouve à Moscou en ce moment, lui avait-il répondu, mais je ne sais pas s'il acceptera.

Nikolaï Bobrov ne se souvenait que très vaguement de Piotr Souvorine, mais ils s'entendirent à merveille.

— Nous nous opposerons au tsar jusqu'à ce qu'il nous donne une véritable démocratie, dit-il, exprimant la ligne générale des cadets.

— Nous aussi, répondit Piotr en souriant, mais nous désirons la démocratie pour promouvoir la révolution, et non pour l'éviter, comme vous. Désormais, les organisations ouvrières seront la clé de tout, et les marxistes s'attachent à les politiser pour les préparer à la révolution socialiste quand la situation sera favorable.

— Quelles organisations ouvrières ? s'étonna Bobrov.

— Dans les provinces de l'ouest, le Bund des ouvriers juifs est très actif. Et dans le reste de la Russie, les comités d'ouvriers qui existent depuis l'an passé sont très efficaces. Chaque ville possède sa cellule politique.

— Ah bon ?

— Nous l'appelons *soviet*.

Nikolaï songea à part lui que si la *douma* remplissait son rôle, ces soviets seraient vite oubliés. Et il se mit à observer le maître et la maîtresse de maison. Mme Souvorine se déplaçait avec grâce d'un groupe à l'autre, souriant à toutes les femmes et attirant le regard de tous les hommes. Quant à Vladimir, Nikolaï remarqua que les hommes l'aimaient et le respectaient, mais que les femmes rougissaient de plaisir quand il leur parlait. « Il comprend leur façon de penser, se dit-il. Est-il infidèle à son épouse ? » Sans aucun doute, plus d'une femme présente ce soir-là aurait encouragé l'intérêt qu'il lui témoignait.

Puis il le vit parler à sa belle-sœur Rosa. Son sourire affable avait disparu. Son visage exprimait de l'inquiétude et il parlait gravement. Que pouvait-il bien dire ? Piotr se tourna lui aussi vers eux, surpris : Rosa paraissait soudain très pâle et fatiguée ; elle secouait la tête, comme si elle résistait à Vladimir. Puis celui-ci s'éloigna et Rosa se dirigea vers une fenêtre. Nikolaï Bobrov était intrigué. Piotr Souvorine aussi, sans doute, mais leur attention fut attirée par un nouvel arrivant.

Evgueni Popov.

Le jeune Alexandre Borov se trouvait avec Vladimir Souvorine, et il entendit l'industriel, d'ordinaire si maître de lui, s'écrier à mi-voix :

— Nom de Dieu ! Le type que nous avons vu pendant la grève.

Alexandre le reconnut aussitôt : le rouquin qui se faisait appeler Ivanov.

— Vous allez le jeter dehors ? demanda-t-il.

— Pas du tout. Souviens-toi : je désirais lui parler, et le voici. Le hasard fait bien les choses.

Il s'avança vers le révolutionnaire, la main tendue pour lui souhaiter la bienvenue.

Alexandre en resta sans voix, mais quelle fut son horreur, un instant plus tard, quand il vit le rouquin se diriger vers son père et l'embrasser avec chaleur.

— Vous vous connaissez ? demanda Mme Souvorine, surprise.

— Oh oui ! répondit Popov doucement. Depuis fort longtemps.

Son père était donc l'ami de ce monstre. Alexandre jugea son père d'une sottise et d'une déloyauté sans limite.

— Vous vouliez un bolchevik, dit Piotr à Mme Souvorine, le voici.

Elle compara mentalement cet homme à son charmant beau-frère, et en conclut aussitôt qu'il appartenait à une autre race. « Rien ne l'arrête. »

— Soyez le bienvenu, lui dit-elle.

Popov, de son côté, fit tout pour se rendre agréable. Il était manifestement bien informé. Il revenait du dernier congrès des socialistes, tenu à Stockholm, et il répondait volontiers à toutes les questions.

— La différence entre les bolcheviks et les autres démocrates — que nous appelons mencheviks — n'est pas si importante. Nous voulons tous une société socialiste ; nous suivons tous Marx. La divergence est uniquement tactique. Avec parfois des problèmes de personnalités, dit-il en souriant à Piotr Souvorine.

Il cita parmi les leaders le jeune Trotski et Rosa Luxemburg en Pologne.

— En fait, c'est le leader bolchevik qui a proposé la scission : mon ami Lénine. Il refuse tout compromis.

— Lénine ? Qui est-ce ? demanda Nikolaï Bobrov.

— Tu le connais. Souviens-toi : il y a quinze ans, dans le train de Moscou.

— Le petit procureur ? Le Tchouvache qui avait des terres du côté de la Volga ?

— Lui-même. Il a vécu presque tout le temps en exil. En ce moment, il se cache, parce que les autorités ne l'aiment pas beaucoup. Mais c'est lui qui est derrière les bolcheviks.

— Qu'est-ce qu'il veut ? En quoi est-il si différent ?

— La clé de Lénine, c'est son manifeste : *Que faire*. Le marxisme nous apprend que l'ordre ancien s'écroulera ; Lénine nous dit comment précipiter sa chute. C'est devenu la Bible des révolutionnaires. En gros, ajouta-t-il, nos amis mencheviks veulent attendre que les masses soient prêtes pour créer l'ordre socialiste d'une société juste, mais les bolcheviks comme nous sont sceptiques. Nous pensons qu'un petit cadre bien organisé suffira à provoquer ce grand chambardement social. Question de simple tactique : nous pensons que les masses doivent être guidées.

— Certains d'entre nous, remarqua Piotr Souvorine, estiment que Lénine considère les ouvriers seulement comme de la chair à canon.

A sa surprise, Popov acquiesça.

— C'est sans doute vrai... Mais, ajouta-t-il, cela fait partie de sa grandeur.

Le groupe garda le silence un instant, puis Nikolaï Bobrov prit la parole.

— Je comprends fort bien que les masses aient besoin d'être guidées par des leaders, mais si les leaders deviennent trop puissants, le régime ne risque-t-il pas de tomber dans la dictature ?

De nouveau, Popov se montra très franc.

— Oui. Ce risque existe en théorie. Mais n'oublie pas, Nikolaï Mikhaïlovitch, que notre objectif politique n'est pas si différent du tien. La seule voie vers le socialisme en Russie, c'est la démocratie, le peuple. N'oublie pas que tous les socialistes, y compris les bolcheviks, se donnent le même but : l'instauration d'une assemblée démocratiquement élue au suffrage universel et dotée du pouvoir souverain. Nous n'avons nulle envie de renverser le tsar pour mettre un autre tyran à sa place.

Il avait prononcé ces paroles avec une grande conviction, et tout ceux qui l'entendirent le crurent sincère.

Puis le jeune Alexandre Bobrov rompit le silence. Le rouquin en face de lui était l'ennemi — il le sentait dans sa peau — et il brûlait du désir de l'humilier.

— J'ai entendu dire que tous les meneurs révolutionnaires étaient des youpins, dit-il doucement mais distinctement. Est-ce exact ?

C'était une grossièreté calculée, une insulte classique de la droite pour blesser les juifs en les traitant de révolutionnaires et offenser les révolutionnaires en les traitant de juifs. Il y eut un silence gêné.

Popov regarda l'adolescent, qui rougit aussitôt.

— Ma foi, Trotski et Rosa Luxemburg sont juifs tous les deux, et j'en connais quelques autres, répondit-il en souriant. Mais ils ne constituent qu'une faible minorité dans notre parti. Et n'oubliez pas, jeune homme, ajouta-t-il après avoir adressé un clin d'œil à Piotr Souvorine, que Lénine, qui n'est ni juif ni slave, a toujours dit que les seuls Russes intelligents sont les juifs. Il faudra vous en accommoder.

Tout le monde rit. Alexandre sentit la main de Vladimir Souvorine se poser doucement sur son épaule, mais il n'en tint aucun compte.

— Et le terrorisme ? lança-t-il. Les bolcheviks ont organisé des attentats à la bombe et commis des vols.

Ces accusations étaient justifiées : Lénine encourageait ces méthodes à l'époque, pour augmenter le désordre et trouver des fonds.

— J'ai entendu parler de ces incidents et de ces expropriations moi aussi, répondit Popov. Mais je ne sais rien de concret à leur sujet.

Alexandre entendit Vladimir lui murmurer : « Ça suffit », mais il n'en avait pas terminé.

— Savez-vous que je vous ai déjà vu ? dit-il en haussant le ton. Quand vous incitiez à la grève les ouvriers de l'homme dont vous avez le front d'accepter aujourd'hui l'hospitalité. Vous l'évitiez, à ce moment-là. Vous vous cachiez sous un autre nom, Ivanov, et vous vous êtes enfui comme un chien. Combien de noms avez-vous, monsieur Popov ?

Popov le regarda fixement de ses yeux verts, et pendant un instant le jeune Alexandre crut avoir en face de lui un serpent. Puis, très calme, le bolchevik répondit :

— Depuis longtemps, depuis que toute opposition au régime est sous surveillance, il est exact que de nombreuses personnes ont dû utiliser des faux noms, et c'est bien triste. Lénine, autant que je sache, en a utilisé plus de cent.

Mais il avait pâli.

— Vous niez donc que vous êtes un voleur et un lâche ? continua Alexandre dans le silence complet.

Popov le regarda en souriant, sans répondre. Mme Souvorine le prit par le bras et l'entraîna avec un éclat de rire argentin.

— Tu t'es fait un ennemi dangereux, dit Nikolaï Bobrov à son fils quelques minutes plus tard.

— Je préfère l'avoir pour ennemi que pour ami, répliqua Alexandre.

En sortant de la maison de son frère, Piotr Souvorine demanda à sa femme :

— De quoi Vladimir t'a-t-il parlé ?

— Oh ! de rien.

Il attendit, mais elle garda le silence.

— Ce devait être important, insista-t-il, car tu avais l'air bouleversé.

— Ah bon ? Sûrement pas.

Mais pourquoi son épouse, à cette innocente allusion à la conversation avec Vladimir, semblait-elle soudain au bord des larmes ? Il
était impossible que Vladimir lui ait dit une chose blessante.

— Mon frère est pourtant gentil, dit-il, pour voir si cela provoquerait une réaction.

Et sans raison particulière, il ajouta :

— Les gens le jugent sage.

Il se souviendrait toujours de la réponse de Rosa, mais ne la
comprendrait jamais :

— Il sait tout. C'est ça l'ennui. Ne parle plus de lui, je t'en prie.

C'était curieux. Cela n'avait aucun sens.

L'événement qui changea la vie d'Alexandre Bobrov se produisit
juste au moment où il sortait du vestibule, derrière son père. Il leva
les yeux par hasard vers le balcon de marbre du premier étage, et
s'aperçut qu'il ne pouvait plus bouger. La petite Nadejda aimait
regarder le départ des invités. Elle restait éveillée pendant les
réceptions de ses parents, puis se glissait sur le balcon en chemise
de nuit pour regarder entre les pilastres de marbre ce qui se passait
au rez-de-chaussée. La plupart des invités étant partis, elle venait de
se redresser, et ses cheveux auburn tombaient en cascade sur ses
épaules.

Un adolescent, presque un jeune homme, et une fillette de huit
ans.

Il ne l'avait jamais vue auparavant. Un visage d'ange. Une chevelure
merveilleuse. Et c'était la fille de Vladimir, son héros. Dans l'instant,
tout se décida.

— Un jour, lui murmura-t-il bien qu'elle ne pût pas l'entendre, tu
seras à moi.

Juillet 1906

Nikolaï Bobrov regarda tristement le manoir qui avait toujours
été sa demeure. Il n'arrivait pas à croire qu'il ne reverrait jamais
Russka.

Le reste de la famille était parti un mois plus tôt : sa vieille mère
Anna, sa femme et Alexandre. Ils étaient à Moscou. Nikolaï était
revenu seul recueillir les derniers vestiges. Les paysans en avaient
garni trois charrettes. Il ne restait plus que quelques vieux coffres
de paperasses dans le grenier. Dès qu'ils seraient chargés, il serait
temps de partir.

Nikolaï laissait tout en ordre et en était fier. Il avait fait réparer
une fuite du toit et demandé à Arina et à son fils de s'installer dans
les communs pour assurer l'entretien. Souvorine n'aurait rien à lui
reprocher. Il fit une dernière promenade sur l'allée bordée de
bouleaux argentés, jusqu'à la rivière, et il dut essuyer une larme.

Voyant qu'Arina et son fils l'observaient du pas de la porte, il respira à fond et bomba le torse. Il était un Bobrov. Ils le verraient partir dans la dignité.

« Vers une nouvelle vie », se dit-il.

A cinquante-deux ans. Ses cheveux grisonnaient mais il gardait l'œil vif, et à l'inverse de son père et de son grand-père au même âge, sa silhouette ne s'était pas alourdie. Il venait de perdre le domaine, mais il avait tout de même un avenir.

Quel avenir ? Les trois derniers mois ne permettaient pas d'espérer beaucoup. La réunion de la *douma* avait été catastrophique. Nikolaï s'était rendu à Saint-Pétersbourg, et avait trouvé tout le monde en train de se quereller. Les élus des paysans ne savaient pas quoi faire. Certains s'étaient enivrés et avaient provoqué des bagarres dans des tavernes. Un autre avait été arrêté pour le vol d'un cochon. Le comportement de son propre parti, les cadets, l'avait encore plus choqué. Ils avaient demandé une répartition générale des terres aux paysans, et comme le tsar avait refusé, ils s'abstenaient de toute coopération avec le gouvernement. Les terroristes continuaient leur campagne dans toute la Russie, mais les cadets refusaient même de condamner la violence tant que le tsar ne se soumettait pas à leurs exigences.

— Je suis un cadet, se plaignit Nikolaï à Souvorine. Les libéraux sont des gens responsables. Mais des milliers de personnes sont tuées. Je ne comprends pas.

— C'est la Russie, lui répondit Vladimir, philosophe. Nous n'avons jamais connu que deux formes politiques : le despotisme et la rébellion. Ces questions de démocratie et de parlement, qui fonctionnent seulement par le compromis, sont nouvelles pour nous. Nous désirons sincèrement la démocratie, mais nous ne la comprenons pas vraiment. Cela prendra du temps.

Après deux mois seulement d'existence, la *douma* avait été dissoute, et on s'attendait à de nouvelles élections dans l'année. Cette fois, les partis socialistes participeraient. L'avenir semblait vraiment incertain...

Il ne restait plus que les derniers coffres à descendre du grenier. On n'était qu'en milieu de matinée ; s'il ne traînait pas, Nikolaï arriverait à Vladimir avant la tombée de la nuit. Ce fut alors qu'il remarqua un homme qui montait la colline vers lui : Boris Romanov.

Il ne s'attendait pas à le voir. La veille, quand il avait fait ses adieux au village, il avait remarqué que Boris l'avait évité. Il savait depuis longtemps que Boris, pour une raison quelconque, en voulait à sa famille. « Tiens-le à l'œil, lui avait conseillé son père, j'ai eu des ennuis avec lui. » Mais Micha n'avait pas précisé lesquels. Nikolaï, pour sa part, n'avait rien contre Boris. « Je suis un cadet qui essaie d'obtenir des terres pour les paysans, songeait-il, il devrait apprécier ce que je fais. »

Ils se rencontrèrent au coin de la maison. Boris s'arrêta à quelques pas de Nikolaï. Il grisonnait, lui aussi, mais paraissait fort et en excellente santé. Les deux hommes formaient un contraste saisissant : le noble en panama, gilet de linon, redingote, chaîne de montre et cravate, avait l'air si occidental qu'il n'aurait pas paru déplacé sur un champ de courses parisien ; le paysan, en revanche, était un vrai moujik, en pantalon large, sandales d'écorce, tunique rouge et ceinture large, comme au temps où Kiev était capitale de l'ancien Pays de Rus. Deux cultures, en fait, qui se prétendaient également russes, mais qui avaient en commun seulement le pays, la langue, et une Église dont ni l'un ni l'autre ne se souciaient en réalité. Ils avaient vécu côte à côte pendant des siècles, et maintenant ils se disaient adieu.

— Alors, vous partez, dit le paysan, les bras ballants.

Son visage semblait si contracté que ses yeux n'étaient plus que des fentes.

— Comme tu vois, Boris Timofeïevitch, répondit le noble poliment.

Boris regarda les charrettes en silence, puis la façade du manoir où se trouvaient sa sœur Arina et le petit Ivan.

— Nous aurions dû vous enfumer il y a longtemps, dit-il d'un ton neutre mais nullement amical.

Il faisait allusion au fait que les actes de vandalisme et les incendies criminels avaient depuis quelques années incité les nobles à vendre leurs terres aux paysans. Nikolaï se rappela l'incendie de ses bois l'année précédente, et regarda Boris d'un air songeur.

— Mais c'est Souvorine qui possède les terres à présent, pas nous, ajouta Boris d'un ton amer.

— Les cadets réclament une nouvelle répartition des terres. Il y a dans la région des terres de l'État qui vous rendraient bien meilleur service que mes pauvres bois, rappela Nikolaï au paysan.

Mais Boris ne l'écoutait pas ; il suivait le cheminement de sa propre pensée.

— La révolution a commencé, mais elle n'est pas finie. Nous aurons bientôt toutes les terres.

— Peut-être. Il faut que je m'en aille, répondit Nikolaï, que la grossièreté du paysan commençait à agacer.

— Oui, dit Boris avec un sourire mauvais. Les Bobrov s'en vont enfin. Alors adieu, Nikolaï Mikhaïlovitch.

Il s'avança d'un pas.

Les adieux seraient donc amicaux malgré tout. Nikolaï tendit la main. Boris fit la grimace, puis cracha.

Nikolaï ne savait pas ce que ressent un homme à qui l'on crache au visage. C'est pire, plus insultant, plus violent qu'une gifle. Il recula. Et le paysan lança entre ses dents serrées :

— Bon débarras, maudit Bobrov. Et ne reviens jamais, sinon nous te tuerons.

Il lui tourna le dos et s'en fut à grands pas.

Nikolaï était si horrifié, si révolté que pendant une seconde ou deux, il ne put rien faire. Aussitôt après, il songea à frapper le paysan qui s'en allait, ou à le faire arrêter. Très vite, il fut envahi par un sentiment de dégoût et de futilité. Il se retourna. Arina et l'enfant le regardaient. Les paysans près des charrettes le regardaient aussi, impassibles. Le détestaient-ils tous autant que Boris ?

— Partons, lança-t-il avec toute la dignité qu'il put rassembler.

Rouge et tremblant de rage impuissante, il monta à côté du conducteur de la première charrette. Ce fut seulement à la hauteur du monastère qu'il se souvint des coffres dans le grenier. Tant pis, se dit-il. Qu'ils restent où ils sont. C'était terminé.

1907

Pour Dimitri Souvorine, en sa douzième année, le monde semblait un endroit merveilleux. Mais il y avait encore des choses qu'il ne comprenait pas.

En particulier, qu'arrivait-il à sa mère ?

C'était un enfant étrange, au corps frêle. Son visage fin rappelait à Rosa celui de son propre père. Mais Dimitri était myope comme Piotr et portait des lunettes. Son apparente fragilité semblait toutefois démentie par l'intensité extraordinaire de son visage pâlot sous les mèches brunes indisciplinées, et par ses fréquents éclats de rire spontanés.

C'était un enfant heureux. Ses parents s'adoraient et la famille était très unie, mais sans que l'atmosphère devienne oppressante. Ils habitaient un appartement agréable à plafonds hauts, toujours en désordre, près du centre de la ville, à deux pas d'un petit marché aux fleurs. Il aimait se promener dans les rues du quartier.

A quatre ans, les premiers signes de son talent pour la musique s'étaient manifestés, et sa mère les avait remarqués aussitôt. A six ans, il avait commencé les leçons de piano et de violon. A sept ans, son père pensa qu'il serait pianiste de concert, mais à huit ans, Rosa le détrompa : Dimitri jouait bien, mais aimait mieux composer de petits airs que passer des heures à répéter pour atteindre la perfection de l'interprétation. Maintenant, il suivait les cours du lycée proche de la place de l'Arbat et étudiait la musique avec voracité pendant ses heures de liberté.

Et il se préparait pour la révolution. Cela allait de soi chez le professeur Souvorine. Depuis deux ans, Rosa veillait parfois toute la nuit pour dactylographier des articles révolutionnaires, et Dimitri allait les apporter ici ou là. C'était passionnant de travailler pour une grande cause.

Puis un événement encore plus passionnant s'était produit : son père avait été élu à la *douma*. Il était parti à Saint-Pétersbourg.

— Avec un nombre suffisant de députés socialistes, avait expliqué Piotr, nous pourrons contrer le tsar et mettre fin à cette mascarade une fois pour toutes. Nous nous servirons de la *douma* du tsar pour le renverser.

— Ensuite ?

— Une assemblée constituante élue pour tout le peuple. Un gouvernement démocratique. Tous les socialistes s'accordent sur ce programme.

La liberté. La démocratie. Le monde nouveau allait débuter et son père, l'éminent professeur Souvorine, en faisait partie. La vie était magnifique.

Il y avait cependant des choses troublantes. Pourquoi, par exemple, son oncle Vladimir était-il si riche, alors qu'eux-mêmes vivaient de façon si modeste ?

— Ton père ne s'intéresse pas à ces choses-là, lui avait répondu sa mère, écartant la question d'un geste.

Mais Dimitri jugea que cela n'expliquait rien. Nadejda et lui étaient comme frère et sœur, mais il sentait bien que ses parents n'étaient pas proches de ceux de la fillette.

— Maman dit que si on laissait faire ton père, nous serions à la rue, lui avait un jour confié Nadejda en toute innocence. Si cela se produit, je pourrai venir vivre chez toi ?

Il le lui avait promis, mais il lui semblait étrange que son oncle Vladimir ne comprenne pas la nécessité de la révolution.

Et pourquoi sa mère était-elle si angoissée ? Était-il possible que des êtres humains s'aiment trop ? se demandait Dimitri. Quand son père était parti à Saint-Pétersbourg, oncle Vladimir avait proposé de prendre Dimitri chez lui pour que Rosa puisse acompagner Piotr. Elle avait refusé, mais elle ne cessait de s'inquiéter à son sujet. Elle en perdait le sommeil.

L'incident se produisit fin mars. Dimitri rentrait du lycée. Alors qu'il suivait paisiblement une rue déserte, il entendit des pas précipités derrière lui, mais ne s'inquiéta pas. Une bande de vauriens : quatre plus âgés que lui et deux de son âge. Ils étaient sortis d'une cour, et ils marchèrent un moment à sa hauteur sans prononcer un mot.

— Je crois que c'en est un, dit enfin l'un d'eux.

Ils continuèrent de marcher.

— Tu crois ? Comment tu t'appelles, morveux ?

— Dimitri Petrovitch. Souvorine, ajouta-t-il le plus fermement qu'il put.

Il ne comprenait pas ce que tout cela signifiait.

— Des noms bien russes, Souvorine. On lui fout la paix ?

— Peut-être. Mais regarde sa gueule.

— Très juste. Ta gueule ne nous plaît pas, Dimitri Petrovitch. Pourquoi sa gueule ne nous plaît-elle pas, les mecs ?

— Il a l'air youpin.

— Ouais, Dimitri Petrovitch. C'est un problème. T'es bien sûr que tu n'es pas juif ? Pas du tout ?

— Tout à fait sûr, répondit Dimitri en toute sincérité.

— Comment s'appelle ta mère, petit ?

— Rosa Abramovitch, répondit-il.

— Aha. Et elle sort d'où ?

— De Vilna, dit-il en toute innocence.

— Rosa Abramovitch de Vilna. Ta mère est juive, morveux.

— Absolument pas, répliqua-t-il en haussant la voix.

Mais ils s'étaient arrêtés et ils l'entouraient.

— Elle est chrétienne, cria-t-il d'un ton furieux.

Il n'avait rien contre les juifs, mais leur accusation était un mensonge. Sentant que le garçon était sincère, la bande hésita.

Et Dimitri commit la pire des erreurs.

— Ne me touchez pas, cria-t-il. Mon père est député à la *douma* et vous aurez des ennuis.

— Quel parti ?

— Les sociaux-démocrates, lança-t-il fièrement.

— Juif ! Socialiste ! Traître !

Ils lui tombèrent dessus à bras raccourcis.

Un œil au beurre noir, des coups de pied dans les côtes, puis une voiture passa dans la rue et la bande se dispersa. Une demi-heure plus tard, il était en sécurité chez lui.

Ce qui l'étonna le plus fut la réponse de sa mère.

— Ils ont dit que tu étais juive.

Elle avoua que c'était vrai.

— Je me suis convertie au moment de mon mariage.

Ils ne le lui avaient jamais dit.

Et depuis ce jour-là, les angoisses de Rosa avaient empiré. Mais curieusement, l'incident marqua beaucoup moins Dimitri : tout ce qu'il éprouvait, ses joies comme ses peines, se transformait en musique au-dedans de lui.

Deux événements de cet été-là le touchèrent davantage. En juin, le tsar révoqua la *douma* et annonça le lendemain un nouveau système électoral.

— Le tsar ne pouvait encaisser les socialistes, déclara Piotr à son retour. La nouvelle loi électorale est stupéfiante : le vote d'un seul propriétaire comptera autant que celui de cinq cent quarante ouvriers. La petite noblesse conservatrice obtiendra la majorité, c'est certain. Je ne serai pas réélu.

— Est-ce légal ? demanda Dimitri. Le tsar ne peut pas se moquer des principes de cette façon.

— C'est illégal selon la constitution de l'an dernier. Mais comme le tsar en avait établi les principes, il se donne le pouvoir de les changer. Il croit sincèrement qu'il a le devoir de gouverner en despote, tu comprends. Il considère la Russie comme un domaine de famille qu'il doit léguer à son fils tel que son père le lui a laissé. C'est tellement stupide que cela devient presque drôle, ajouta-t-il en hochant la tête.

En fait, Souvorine était écœuré. Le nouveau ministre du tsar, Stolypine, était sans doute très capable et désireux de réformer l'empire, mais il tenait d'abord à assurer la pacification, et sa pacification avait été radicale. Pas moins de mille personnes soupçonnées de terrorisme avaient été exécutées l'année précédente : on appelait « cravate à Stolypine » la corde du bourreau. Les espions de la police étaient partout. Popov et bien d'autres avaient sagement disparu, peut-être à l'étranger, et Rosa ne cessait de s'inquiéter pour son mari.

— Je n'ai rien fait qui puisse offenser Stolypine, lui assurait-il.

— Mais tu connais des gens qui l'ont offensé.

Pour la première fois, Dimitri commença à voir la révolution non point comme un joyeux événement prévisible des jours à venir, mais une lutte âpre et dangereuse entre son père et le tsar.

Le deuxième événement de cet été-là fut l'arrivée d'une lettre d'Ukraine. Elle venait de l'ancien ami d'enfance de Rosa, Ivan Karpenko, et contenait une requête inattendue. Son fils, âgé de deux ans de plus que Dimitri, désirait poursuivre ses études à Moscou. « Je me demandais si vous pourriez le recevoir. Je payerai bien entendu tous vos frais. »

— Nous n'avons aucun endroit où le mettre, fit observer Piotr.

Mais Rosa ne voulut pas entendre parler d'objections, elle répondit aussitôt à Karpenko d'envoyer son fils.

— Nous nous débrouillerons, dit-elle. Et ce sera pour Dimitri un compagnon.

Le père et le fils comprirent qu'elle pensait « un protecteur ».

Il arriva au début de septembre. Il s'appelait Mikhaïl, et presque dès son arrivée, Dimitri déclara :

— C'est un génie.

Mikhaïl Karpenko, beau garçon aux yeux noirs, venait d'entrer dans la puberté. Les Souvorine découvrirent vite qu'il était extrêmement fier de sa culture ukrainienne et de son ancêtre le poète. En fait, tout ce qui touchait à la culture et aux arts semblait le fasciner et il absorbait les nouvelles idées à une vitesse étonnante. Quand Dimitri l'emmena chez sa cousine Nadejda, Karpenko parut aussitôt dans son élément et fut accepté sur-le-champ. Même Vladimir fut séduit.

— Tu as l'air de savoir une quantité surprenante de choses, mon petit Cosaque, disait-il en riant.

Il s'asseyait souvent avec Dimitri et sa fille d'un côté, Karpenko de l'autre, pour leur donner les dernières nouvelles du monde des arts.

Cette année-là, Vladimir avait décidé de se faire construire une nouvelle maison, entièrement conçue dans le style Art Nouveau, et il en montra les plans aux adolescents. Chaque fenêtre, chaque colonne, chaque plafond épousait les courbes souples caractéristiques du style. L'effet était magique.

— On dirait une fabuleuse orchidée, remarqua Karpenko, et le riche industriel en fut ravi.

— Je ferai installer les dernières commodités, expliqua-t-il. L'électricité et même le téléphone.

Des décorateurs viendraient de France surveiller les travaux.

Peu après, Karpenko murmura à Dimitri :

— Ton oncle est comme un prince de la Renaissance.

Karpenko était si gai !... Les trois adolescents se lièrent vite d'une solide amitié. La fillette écoutait, fascinée, le beau jeune homme aux yeux noirs et aux enthousiasmes communicatifs. Il se passionnait pour les jeunes poètes russes de l'école symboliste, et citait sans cesse des vers d'Alexandre Blok, qui les transportaient dans un royaume de déesses mystérieuses ou annonçaient la fin du monde et la venue d'un messie sans nom.

La joyeuse intimité de leurs après-midi était parfois assombrie par la présence d'un garçon de seize ans qui prenait tout au sérieux : Alexandre Bobrov.

Son père était devenu en septembre député de Moscou à la nouvelle *douma* du tsar, dans le parti libéral des cadets. Après la perte du domaine, c'était pour la famille une consolation. Mais comme le père de Dimitri venait d'être chassé de la *douma*, cela n'encouragea pas l'amitié entre eux. Nadejda se montrait polie envers le jeune homme austère parce que c'était un ami de son père, mais Karpenko, plus jeune de seulement deux ans, ne dissimulait guère son mépris.

Alexandre ne parlait pas beaucoup. Il échangeait quelques mots polis avec Nadejda et restait avec eux un moment, à écouter leur conversation. Karpenko lui avait vite trouvé un surnom, qui reflétait bien sa mentalité conservatrice : « le Calendrier russe ». Car en ce début du xxᵉ siècle, le calendrier russe avait encore treize jours de retard sur le reste du monde.

Et chaque fois que Bobrov apparaissait, le jeune Ukrainien évoquait avec enthousiasme la venue d'un âge nouveau et la folie du tsar, ou bien déclamait les vers d'Alexandre Blok sur les années de stagnation de la Russie :

> *Que les corbeaux volent et pleurent,*
> *Sur nous qui mourons chaque jour.*
> *Dieu, ô Dieu, que de meilleurs hommes*
> *Voient Ton Royaume advenir.*

Et le pauvre Bobrov écoutait, morose.

A Pâques de l'année suivante, 1908, un petit incident révéla ce que le jeune Bobrov avait en tête.

Ni Vladimir ni Piotr Souvorine n'étaient religieux, mais il ne leur serait jamais venu à l'esprit de ne pas célébrer la traditionnelle veillée de Pâques. Le lendemain, la porte de la maison Souvorine était ouverte à un flot constant de visiteurs. Dans l'immense salle à manger s'étalaient les plats riches enfin autorisés à la fin du Carême et, bien entendu, il y avait des œufs partout, certains simplement peints en rouge, d'autres ornés de motifs élaborés, à la manière ukrainienne. Les visiteurs en apportaient et on leur en offrait. Chez les Souvorine, plusieurs milliers d'œufs seraient consommés, arrosés à la vodka glacée.

Les Bobrov arrivèrent en milieu de journée, peu après Piotr Souvorine et sa famille, si bien que Dimitri et son ami Karpenko furent témoins de la petite scène. Nadejda et sa mère portaient la robe de fête russe traditionnelle, et Mme Souvorine avait choisi parmi ses bijoux un diadème d'or et de nacre qui accentuait son port de reine. Selon la coutume, chaque nouveau venu ne fait que passer d'une personne à l'autre et l'embrasse trois fois en échangeant le salut de Pâques : « Christ est ressuscité. » Mais devant Nadejda, Alexandre Bobrov, au lieu de passer, s'arrêta. Il fouilla dans sa poche et en sortit un écrin.

— Un cadeau pour toi, dit-il d'un ton grave.

L'adolescente, surprise, ouvrit aussitôt l'écrin. Il contenait un splendide petit œuf de Pâques en argent, rehaussé de pierres de couleur. Et signé Fabergé.

— C'est adorable, murmura-t-elle, tellement surprise que pour une fois les mots lui manquaient. C'est pour moi ?

Il sourit.

— Bien sûr.

Dimitri et Karpenko regardaient, aussi stupéfaits que Nadejda. C'était une des plus petites pièces de Fabergé, mais cependant un cadeau étonnant de la part d'un jeune étudiant. Étonnant et vraiment déplacé. Ils ne furent pas les seuls à le penser, car la petite scène avait attiré l'attention de Mme Souvorine.

— Quel présent charmant, dit-elle en entraînant le jeune homme et son œuf dans la pièce voisine avant même qu'Alexandre ne comprenne ce qu'il lui arrivait. Mais, mon cher Alexandre, je ne peux pas vous permettre d'offrir un cadeau de ce genre à Nadejda. Elle est vraiment trop jeune, vous savez.

Alexandre devint écarlate.

— Si vous ne voulez pas...

— Je suis très touchée que vous ayez eu cette pensée. Mais elle n'a pas l'habitude de ce genre de présents. Si vous le souhaitez, vous pouvez me le donner et je le lui remettrai quand elle sera plus âgée, dit-elle gentiment.

Sentant qu'il ne pouvait pas insister davantage sans se montrer impoli, il accepta.

La situation était claire : il avait essayé de faire une déclaration, et Mme Souvorine ne le lui avait pas permis. Il se sentit gêné et humilié. Vladimir le prit par l'épaule et l'entraîna sous la galerie, mais cela ne le réconforta guère.

Quant à Dimitri et à Karpenko, ils étaient transportés de joie.

— Pauvre petit Bobrov, railla l'Ukrainien. Fabergé lui a vendu un œuf pourri.

Et Nadejda, privée de son œuf, ne savait vraiment plus que penser de tout ça.

Juin 1908

Au cours de l'été 1908, la Russie sembla avoir enfin retrouvé la paix. La vague de terrorisme était calmée et la récolte s'annonçait excellente. La campagne était calme et Vladimir décida d'emmener sa famille à Russka. On convint que Dimitri et son ami les accompagneraient — Karpenko resterait le mois de juin et repartirait en Ukraine pour le reste des vacances. Rosa essayerait de venir avec Piotr en juillet.

Dimitri trouva l'endroit merveilleux. Il y avait une excellente bibliothèque et un piano. Mme Souvorine, que la campagne ennuyait, passait ses journées à lire sous la véranda, mais la maison était efficacement tenue par Arina, dont le fils Ivan était toujours à l'affût d'une occasion de jouer. Il avait presque le même âge que Nadejda, et il était plaisant de voir la fillette sophistiquée de Moscou jouer au cerceau ou à cache-cache avec le fils de paysan.

L'après-midi, Vladimir emmenait souvent les jeunes à la rivière, et en sortant de l'eau, il discutait avec eux comme s'ils étaient adultes, évidemment de l'avenir de la Russie.

— C'est une course contre la montre : si Stolypine réussit à moderniser le pays tout en tenant les forces révolutionnaires en échec, le tsar gardera son trône. Sinon... le chaos. L'insurrection paysanne et urbaine. Souvenez-vous de Pougatchev, comme on disait autrefois.

— Que doit faire Stolypine ? demanda Karpenko.

— Trois choses : développer l'industrie, éduquer les masses, et réformer les campagnes, ce qui sera le plus difficile.

Le système des communes, avec les redistributions périodiques de terres, n'avait pour ainsi dire pas changé depuis le Moyen Age. Les rendements céréaliers en Russie n'étaient que le tiers de ceux de l'Occident. Le gouvernement essayait d'encourager les paysans à se retirer des communes pour cultiver des terres leur appartenant en propre, et la Banque Agricole accordait des crédits spéciaux, mais l'évolution demeurait beaucoup trop lente.

— Dans ton Ukraine et dans les provinces occidentales de la Biélorussie, expliqua Vladimir à Karpenko, il existe une tradition d'agriculture indépendante. Mais ici, en Russie proprement dite, le système des communes reste solide, et la plupart des paysans sont comme le *staroste* de ce village, Boris Romanov. Il se figure qu'annexer ce domaine à la commune résoudra tous les problèmes. Mais dans de nombreuses provinces, il n'y a pas assez de terres, et déposséder tous les propriétaires n'améliorerait guère le sort des paysans. La seule solution serait leur ·départ vers des régions moins peuplées. Mais en attendant, les paysans soutiennent les révolutionnaires, et même les terroristes, parce qu'ils leur promettent le partage de toutes les terres.

Dimitri, né dans une famille socialiste, savait que la politique de son oncle était erronée, mais il respectait son intelligence et reconnaissait dans ses propos une part de vérité.

— Ne croyez-vous pas que Stolypine échouera et que le tsar perdra son trône ?

— Je n'en sais rien, répondit franchement Vladimir. Mais en 1905, la révolution a été provoquée en réalité par la guerre et la disette.

Je pense donc que pour gagner sa course, Stolypine a besoin de deux choses : la paix et de bonnes récoltes. C'est en fait de cela que dépendra le sort de la Russie.

En cet été paisible, il était difficile de parler bien longtemps de choses sérieuses. Le matin, Karpenko partait souvent dans la campagne, dessinait ou inventait des jeux fantastiques pour amuser Nadejda et le petit Ivan, qui semblaient le considérer tous les deux comme un dieu. Pendant ce temps, Dimitri se consacrait au piano. Il n'avait pas la virtuosité technique d'un pianiste professionnel, mais ses interprétations ne manquaient pas de personnalité.

Un jour, Vladimir leur fit visiter les usines Souvorine de Russka. Dimitri avait surtout observé les travailleurs, mais Karpenko avait été fasciné par les machines.

— Quelle puissance ! avoua-t-il à Dimitri par la suite. As-tu remarqué la beauté sauvage des ateliers ? Et ton oncle... Je l'admire de plus en plus.

Ils se rendirent plusieurs fois au monastère, et pendant la deuxième semaine de juin, Arina les conduisit aux sources, de l'autre côté de la rivière. Le décor enchanta Karpenko.

— Comme c'est slave ! s'écria-t-il. Vraiment païen...

Le soir, pendant que les autres discutaient dans la bibliothèque, Dimitri se mettait au piano et essayait ses propres compositions. Ce fut pour lui l'occasion de découvrir un trait particulier du caractère de son oncle. Parfois, quand il jouait, Vladimir entrait dans la pièce et écoutait sans mot dire. Mais parfois, quand Dimitri s'interrompait, il lui faisait une suggestion, et Dimitri découvrait toujours que l'observation de son oncle allait dans le sens de ce qu'il voulait exprimer.

— Comment peux-tu savoir si bien ce que j'ai dans l'esprit ? demanda-t-il.

Et avec un soupçon de tristesse dans la voix, Vladimir répondit :

— Certains ont le don de créer. D'autres, seulement celui de comprendre l'acte de création.

Dimitri n'en apprécia que davantage cet homme avec qui il tissait des liens de plus en plus forts.

La veille de son départ, Karpenko prit Dimitri à part.

— Allons faire un tour. Tous les deux seuls.

— Où donc ?

— Dans un lieu enchanté, répondit-il en souriant. Aux sources.

Karpenko était dans un de ses meilleurs jours, et en entendant son rire contagieux, Dimitri se félicita de l'avoir pour ami. Ils s'assirent un moment sur la mousse près de l'eau, et le jeune Ukrainien, soudain sérieux, demanda :

— As-tu entendu parler de ce qu'on appelle l'Argument des Extra-Terrestres ?

Dimitri secoua la tête.

— Voici, expliqua Karpenko. Imagine que des êtres arrivent d'une autre planète et observent notre façon de vivre — toutes les injustices qui existent dans notre monde... S'ils te demandaient : « Que fais-tu à ce sujet ? » tu devrais répondre : « Pas grand-chose. » Et que répliqueraient-ils, Dimitri ? Ils ne comprendraient pas une telle folie. Ils diraient : « Tout être doué de raison considérerait comme son premier devoir de mettre fin à cette situation. » Tu n'es pas d'accord ? ajouta-t-il en regardant sérieusement son ami.

— Si.

— Alors je voulais te dire, avant de partir, que nous devrions nous engager tous les deux à faire quelque chose un jour pour rendre le monde meilleur.

— Absolument.

— Je savais que tu serais d'accord.

En un geste presque solennel, il sortit de sa poche une épingle. Puis il se piqua le bout du doigt, et quand le sang perla, tendit l'épingle à Dimitri.

— Faisons un pacte. Soyons frères de sang.

Le jeune Dimitri rougit de fierté. La vieille coutume des frères de sang était à la mode à l'époque, surtout dans les cercles révolutionnaires. Mais il ne s'attendait guère à ce que Karpenko lui fasse cet honneur. Il se piqua le doigt, puis ils mêlèrent leurs sangs.

Quatre jours après le départ de Karpenko, Mme Souvorine, apprenant que sa sœur, à Saint-Pétersbourg, venait de tomber malade, fut obligée de partir. Dimitri et Nadejda restèrent seuls avec Vladimir et Arina.

Tous les jours les jeunes palefreniers conduisaient les chevaux à la rivière. Si un des maîtres était là, ils le faisaient en bon ordre, mais s'il n'y avait personne, ils sautaient sur le dos des chevaux et dévalaient la colline en poussant des cris de joie. Chaque fois qu'il parvenait à échapper à Arina, le petit Ivan se joignait à eux.

Si Nadejda n'avait pas été présente, Dimitri ne l'aurait sans doute pas fait ; mais en voyant Ivan, à neuf ans, enfourcher une grande jument dans l'écurie, il décida soudain : « S'il peut le faire, pourquoi pas moi ? » Un instant plus tard, sans selle, il trottinait sur la colline. Excité par les cris et le galop des autres bêtes, le cheval se joignit à leur galop et Dimitri s'accrocha à la crinière. Partout de la poussière, l'odeur de la sueur. Il éclata de rire. Puis il sentit qu'il perdait l'équilibre. Ridicule. Il se rattrapa. Et soudain le sol se précipita vers lui et il entendit sa jambe se briser. Il l'entendit très distinctement, au milieu d'un étrange silence, juste avant que la douleur déchirante n'explose. Il perdait déjà conscience quand Nadejda arriva en courant près de lui.

Pendant plusieurs semaines, Dimitri ne se rendit pas compte que pour lui plus rien ne serait comme avant.

On avait installé son lit au rez-de-chaussée, dans la grande pièce aérée où se trouvait le piano. Il ne s'ennuyait pas. Il y avait des quantités de livres. Arina venait souvent et Nadejda s'asseyait à ses côtés et bavardait gaiement. Chaque jour Vladimir lui consacrait une heure, et c'était pour lui le meilleur moment de la journée. Il ne regrettait en fait qu'une chose : il ne pouvait pas jouer du piano.

Puis sa mère vint. Et une des conséquences de son accident fut qu'il découvrit un aspect de la personnalité de Rosa qu'il ne soupçonnait pas.

— Vous devez profiter de votre séjour pour vous reposer, Rosa, lui avait dit Vladimir. Et vous devez jouer. Nous ne pouvons pas laisser ce jeune homme sans musique.

Jamais il ne l'avait entendue jouer. Il savait qu'elle avait joué dans sa jeunesse, et elle l'avait parfois aidé quand il rencontrait des difficultés, mais elle n'avait jamais vraiment joué devant lui. Les deux premiers jours, elle choisit des morceaux faciles. Puis elle passa à des sonates de Beethoven, et bientôt à Tchaïkovski, Rimski-Korsakov et d'autres compositeurs russes. Elle jouait une heure de suite, puis deux. En cinq jours il se produisit en elle une métamorphose étonnante : elle s'était débarrassée de sa tristesse et de ses angoisses comme on jette un masque dont on ne veut plus. L'air pur et plusieurs nuits de sommeil paisible avaient détendu ses traits.

— Je ne savais pas que tu jouais si bien, lui avoua Dimitri. Ni que tu étais si belle.

— Il y a tant de choses que tu ne sais pas, lui répondit-elle gaiement.

Et elle s'en alla en riant rejoindre Nadejda et Vladimir sous la véranda.

Puis, aussi brusquement, cela cessa. Par un après-midi ensoleillé. Rosa n'était là que depuis dix jours. Vladimir lui avait apporté des partitions de Scriabine, et elle s'était mise à les déchiffrer. Dimitri somnolait, puis il s'endormit.

Quand il s'éveilla, Rosa avait cessé de jouer et Vladimir était debout à côté du piano. Ils parlaient à mi-voix, mais il entendit clairement leurs paroles.

— Vous ne pouvez pas continuer. Je vous le répète depuis trois ans, disait son oncle de sa voix douce, convaincante. Je ne peux pas supporter de voir ça.

— Il n'y a rien à faire. Mais, Volodia, j'ai tellement peur...

C'était la première fois que Dimitri entendait quelqu'un appeler Vladimir par son diminutif.

— Vous avez besoin de sommeil. Cessez de vous tourmenter. Restez au moins encore un peu de temps avec moi... Au printemps prochain, ajouta-t-il après un instant de réflexion, je dois aller à Berlin et à Paris. Venez avec moi. Nous nous rendrons dans une de ces stations thermales. Vous savez qu'avec moi vous n'avez rien à craindre.

Dimitri ouvrit de grands yeux. Sa mère posa la main sur celle de Vladimir en un geste d'affection.

— Je sais.

Dimitri se redressa brusquement et fit une grimace de douleur. Il vit les deux visages se tourner vers lui : celui de son oncle, irrité ;

celui de sa mère, angoissé. Puis Vladimir dit, aussi calmement que si rien ne s'était passé :

— Ah, mon ami, te voici réveillé. Prenons le thé.

Et Dimitri ne sut que penser de ce qu'il venait d'entendre.

Le lendemain matin, Rosa annonça qu'elle devait rentrer à Moscou.

— Je suis restée loin de ton père trop longtemps, lui dit-elle. Je m'inquiète tant à son sujet.

Son visage tiré révélait qu'elle venait encore de passer une nuit blanche.

Les jours suivants auraient pu être tristes pour Dimitri. Non seulement sa mère n'était plus là, mais Mme Souvorine avait rappelé Nadejda à Moscou. Il restait presque seul à Russka, encore immobilisé. Et Vladimir, sans contrainte mais fermement, orienta alors sa vie.

Deux jours après le départ de Rosa, l'industriel posa sur la table de chevet plusieurs livres et des partitions.

— Tu joues bien, mon ami, et tu as fait quelques petites compositions charmantes. Mais puisque te voici cloué au lit, tu devrais tirer un meilleur parti de ta réclusion. Il est temps que tu comprennes ce que tu fais. Ces livres traitent de théorie musicale et de composition. Étudie-les.

Au début, ce fut difficile et même ennuyeux. Mais chaque soir, son oncle corrigeait avec lui ses exercices d'harmonie et de contrepoint. Vladimir avait des connaissances musicales approfondies pour un amateur et c'était un maître exigeant.

— Je comprends maintenant pourquoi vos usines rapportent, lui lança Dimitri en riant.

En six semaines, il fit des progrès étonnants, et une découverte qui le surprit : plus il comprenait la technique, plus il brûlait du désir d'appliquer son nouveau savoir et de composer. En septembre, quand le docteur lui permit enfin de repartir à Moscou, il confia à Vladimir :

— Vous savez, je crois que je serai compositeur.

— C'est évident, lui répondit son oncle en souriant.

Plus tard, quand il serait célèbre, Dimitri Souvorine dirait souvent : « C'est une chute de cheval qui m'a fait ce que je suis. »

La chute de cheval eut cependant un autre effet. Peut-être à cause de la maladresse des palefreniers qui l'avaient porté jusqu'au manoir, peut-être parce qu'il s'agissait d'une fracture multiple et que le médecin de Russka n'était pas une lumière, la jambe gauche de Dimitri Souvorine se ressouda légèrement de travers. Le reste de sa vie il dut marcher avec une canne.

Septembre 1908

Chaque fois qu'il trouvait un prétexte, Alexandre Bobrov se rendait chez Vladimir Souvorine, et il passait souvent devant la grande demeure dans l'espoir d'apercevoir Nadejda. L'incident embarassant de Pâques ne l'avait nullement incité à renoncer. Il annonça carrément à son père :

— Je l'épouserai.

Il avait appris lors de sa précédente visite que Vladimir ne rentrerait pas à Moscou avant la fin du mois.

Ce soir-là, il sortit tard. Les rideaux et les volets étaient fermés partout et il ne passa devant la maison de sa bien-aimée que par habitude. Un léger brouillard tombait, les réverbères formaient des taches jaunes floues. Il n'aurait peut-être même pas regardé la maison s'il n'avait pas entendu des pas s'arrêter à la hauteur de la porte.

Non sans mal, il distingua dans l'ombre une silhouette coiffée d'un chapeau à larges bords. Un instant plus tard, la porte s'ouvrit et la silhouette se glissa à l'intérieur. Mais au moment où la porte se referma, Alexandre sursauta : le visiteur enlevait son chapeau et le jeune homme le reconnut à ses cheveux roux : Evgueni Popov.

« Que veut-elle donc de moi ? » s'était souvent demandé Popov. Elle avait tout : un mari brillant, une fortune immense, tout ce que le monde bourgeois peut offrir. Bien entendu, n'ayant aucun but valable dans la vie, la haute bourgeoisie s'ennuie parfois. S'ennuyait-elle ? Il ne le croyait pas.

Il se rappela une conversation avec Lénine. « N'espère pas trop de choses d'une femme, lui avait confié son ami. En dehors de la mienne, je n'en ai jamais rencontré une seule qui joue aux échecs correctement et sache lire un indicateur des chemins de fer. » Il regarda Mme Souvorine en souriant et lui demanda :

— Vous jouez aux échecs ?

— Oui, répondit-elle, mais ça m'ennuie.

On ne pouvait cependant douter de son intelligence. Malgré la menace d'arrestation qui pesait sur lui, Popov lui avait rendu plusieurs visites au cours des deux années précédentes. Elle s'intéressait manifestement à ses idées. Et elle s'intéressait de plus en plus à lui.

Mais pourquoi ? Peut-être Souvorine lui était-il infidèle et voulait-elle se venger. Mais n'avait-elle pas l'embarras du choix dans son milieu ? A moins qu'elle désire justement Popov parce qu'il représentait la révolution qui détruirait le monde de son mari... Une forme spéciale d'insulte.

La maison était silencieuse, les domestiques renvoyés depuis longtemps. Elle était assise devant le feu, en peignoir bleu pâle, penchée en avant, les coudes sur les genoux.

— Dites-moi pourquoi vous venez ici, dit-elle lentement.

Popov hésita un instant. Il avait de bonnes raisons. Tout d'abord, le parti bolchevik manquait de fonds. Il ne savait pas s'il pourrait en obtenir de cette femme riche, mais cela valait la peine d'essayer. Surtout, l'intérêt que lui portait cette grande bourgeoise intelligente et fière le flattait. En toute sincérité, elle l'attirait. Au début, il n'avait songé qu'à l'humilier ; à présent, il aurait aimé la sauver.

— Je vous trouve intéressante, dit-il.

Elle sourit.

— Simple curiosité ?

— Pourquoi pas ?

Oui, il était curieux. Souvorine n'était pas un faiblard facile à écarter, comme Bobrov. Il était intelligent et puissant, un des grands capitalistes à renverser pour lancer la révolution.

— Dites-moi, demanda-t-elle soudain. Si vous teniez pour certain que la situation actuelle va se poursuivre et qu'il n'y aura pas de révolution pendant au moins cent ans, que feriez-vous ?

— En fait, avoua-t-il, je suis persuadé que Stolypine va réussir. Lénine le croit aussi. Seulement... J'ai consacré toute ma vie à la révolution et je ne saurais rien faire d'autre. C'est une vocation, vous savez, comme n'importe quelle autre.

— Mais vous pensez qu'à long terme, tout ça doit disparaître ? dit-elle en montrant la pièce richement meublée et décorée.

— Absolument. Ce genre de privilège n'a aucune raison d'être. Tous les hommes seront égaux.

— Et la révolution détruira sans merci les capitalistes et leurs partisans ?

— Oui.

— Alors dites-moi, continua-t-elle en souriant, si la révolution se produit bientôt et si je décide de lui resister, vous me tuerez aussi ?

Il ne répondit pas tout de suite, mais se rembrunit et prit le temps de réfléchir.

C'était justement ce qu'elle appréciait en lui : sa surprenante sincérité. Et une certaine pureté. Il était incontestablement dangereux, et l'excitation particulière des amours interdites contribuait à la fascination qu'elle éprouvait pour lui. Songer qu'en cet instant, plutôt que de mentir, il se demandait calmement s'il la tuerait ou la laisserait en vie...

— Eh bien ?

— Je crois que ce ne serait pas nécessaire. En fait, ajouta-t-il, j'estime que vous pourriez être sauvée.

« Elle se trouve prise au piège de cette maison et de son monde bourgeois comme un oiseau en cage, pensait-il, mais elle a un esprit libre, capable de renoncer à tout ça au nom d'un idéal plus élevé. »

— Je suppose que c'est un compliment, dit-elle.

— C'en est un.

Le feu dans l'âtre se mit à grésiller et à lancer des étincelles. Un fragment de braise tomba sur le bord du peignoir de Mme Souvorine, et une petite flamme jallit. Un petit cri, un mouvement brusque. Ce n'était rien, mais Popov se précipita, saisit la braise entre ses doigts, la relança dans la cheminée, puis prit un coussin pour étouffer les petites flammes du peignoir.

Mme Souvorine, surprise, lut de la tendresse sur son visage tout proche.

— Ne bougez pas, dit-elle.

Le jeune Bobrov, dans le brouillard glacé, attendit deux heures de plus avant de renoncer à sa veille solitaire devant la maison. Il ne comprenait pas. Popov, le diable roux, se trouvait avec elle, et il ne pouvait y avoir qu'une seule raison.

Mais que devait-il faire ?

1910

En 1909 et 1910, une parfaite harmonie semblait régner dans la maison du professeur Piotr Ivanovitch Souvorine.

Tout le monde était très occupé. Dimitri avait deux professeurs de musique et faisait des progrès rapides. Karpenko, aux Beaux-Arts, avait acquis la réputation d'un jeune homme débordant d'idées. Piotr rédigeait le Manuel de Physique qui le ferait connaître à toute une génération d'étudiants.

La Russie également était calme tandis que Stolypine et la *douma* continuaient leur œuvre de réforme lente. A en croire les journaux, le grand ministre avait cependant peu d'amis : « Les libéraux le détestent parce qu'il va trop lentement, et les réactionnaires parce qu'il affaiblit l'autorité du tsar, disait Vladimir. En fait, il gagne sur les deux tableaux. »

Pour Dimitri, le meilleur moment de la journée était l'heure où la famille discutait des événements autour de la table.

— Pendant des siècles, s'écriait Karpenko, l'homme a été enchaîné à un rocher de superstition, comme Prométhée. Mais il s'est enfin libéré, Dimitri. Le peuple est dieu. Le peuple sera immortel. N'est-ce pas, professeur ? Le peuple créera la révolution et se libérera définitivement ; puis nous conquerrons d'autres planètes et l'univers.

Un autre jour, il arriva avec un recueil de vers de poètes dont Dimitri n'avait pas encore entendu parler.

— C'est une nouvelle école qui écrit de façon directe, sur l'expérience vécue, au lieu de faire appel à des symboles et à des idées abstraites. On a l'impression qu'ils parlent de cette rue, de cet appartement, de cette famille.

Ils découvrirent ainsi deux des plus grands poètes russes du XXᵉ siècle : Ossip Mandelstam et Anna Akhmatova.

Piotr Souvorine ne parlait jamais beaucoup. Ses lunettes cerclées d'or posées sur le bout de son nez, il lisait un journal ou corrigeait un chapitre de son manuscrit. A part un petit triangle de barbe au menton, il avait le visage rasé. Ses cheveux grisonnaient et des rides commençaient à marquer ses traits tirés, mais il ne paraissait pas ses quarante-cinq ans. Son aimable sérénité lui donnait un air de pasteur suédois. A sa manière douce, il présidait à tout.

— Sais-tu qui il me rappelle ? lança un jour Karpenko à Dimitri. Un vieil ermite. Les jeunes moines comme nous s'agitent, célèbrent le culte, affirment leur foi. Mais lui, dans son ermitage, reste calme et serein. Parce qu'à l'inverse du reste d'entre nous, il sait. Voilà ce qu'il en est de ton père et de la révolution.

— Le nouvel âge se rapproche, se plaisait-il à dire. Il ne se réalisera pas par ta volonté, Karpenko, ni par les manœuvres d'hommes comme Popov. Il ne faut pas se soucier du quand et du comment : nous ne pouvons connaître ni l'heure ni la manière. L'essentiel, c'est de savoir que le processus est inévitable.

Rien ne semblait jamais troubler le professeur : il enseignait, il écrivait, il recevait ses élèves. Sa vie était aussi calme et ordonnée que son esprit. Envers et contre tout, les activités de Piotr Souvorine imposaient à la maison un rythme et un sens. C'était réconfortant.

Et en cet été 1910, Dimitri avait certainement besoin de réconfort.

Car il était de plus en plus manifeste que Rosa Souvorine devenait folle.

Pendant plusieurs mois après l'accident de Dimitri, les angoisses habituelles de Rosa semblaient avoir diminué. Puis, vers le moment où Piotr avait commencé son livre, elle avait changé.

Pourquoi tenait-elle tant à le dactylographier elle-même ? Un geste de dévotion passionnée ? Chaque soir, après le dîner, elle installait la machine à écrire dans la petite salle à manger et se mettait au travail. Elle retapait chaque page jusqu'à ce qu'elle soit parfaite. Cela lui prenait parfois à peine une heure, mais le plus souvent elle ne déposait son offrande sur la table du vestibule que bien après minuit, et le lendemain matin le manque de sommeil cernait ses yeux.

Et ses angoisses s'étaient réveillées, plus violentes que jamais.

Elles prenaient des formes étranges : au moindre courant d'air, il fallait que Piotr mette un manteau et une toque de fourrure. S'il faisait soleil, elle craignait une insolation. Quand le sol était verglacé, elle craignait qu'il ne dérape et se blesse. Et Dimitri n'était pas épargné. Il fallait que Karpenko l'accompagne à ses cours au cas où il lui arriverait malheur en chemin. Elle ne se détendait en fait que le soir, quand son mari et son fils se trouvaient en sécurité au foyer.

Ensuite, elle se mit à les suivre. Au début, ils ne s'en aperçurent pas : elle leur donnait toujours un prétexte valable pour les accompagner : une amie à voir dans le même quartier, des courses à faire. Mais les prétextes devinrent vite transparents : elle voulait seulement les garder sous ses yeux. Piotr, qui se rendait à l'université seulement deux fois par semaine, la laissa faire. Mais Dimitri la suppliait de le laisser tout de même un peu — la plupart du temps, quand il se retournait, il apercevait son visage tourmenté à une cinquantaine de mètres derrière lui.

Plus gênants étaient ses soupçons.

Ils ne se fondaient sur rien, mais ne la torturaient pas moins. Elle se persuadait soudain qu'un collègue de Piotr à l'université voulait le tuer ; ou qu'un voisin avec qui elle était en bons termes l'espionnait pour le compte de la police. Elle mettait Dimitri en garde contre un complot d'étudiants en vue de détruire tous les juifs et tous les socialistes.

Au début de 1910, le bruit courut que le gouvernement, inquiet d'une résurgence du sentiment nationaliste en Ukraine, allait fermer toutes les sociétés culturelles de la région. Karpenko s'enflamma :

— S'ils font ça, les Cosaques se soulèveront comme au temps de Bogdan, et nous reprendrons l'Ukraine.

C'était une phrase en l'air, mais le visage de Rosa s'assombrit.

— Que veux-tu dire ? voulut-elle savoir. Quel genre d'insurrection ?

Elle interrogea le jeune homme pendant dix bonnes minutes. Un peu plus tard, Dimitri lui demanda la raison de son insistance.

— Ne sais-tu pas, expliqua-t-elle, bouleversée, que l'insurrection des Cosaques a été le plus grand massacre de juifs que la Russie ait jamais connu ?

— Mais enfin, tu ne penses tout de même pas que...

— On ne sait jamais, Dimitri. On ne peut. se fier à personne.

Qu'aurait-il pu répondre ?

Une semaine plus tard, elle le fit asseoir à la table de la cuisine et lui dit sérieusement :

— Dimitri, il faut que tu me promettes une chose.

— Si je peux.

— Promets-moi d'être musicien. De ne jamais devenir révolutionnaire comme ton père, mais de t'en tenir à la musique.

Telle était bien son intention.

— D'accord, dit-il.

— Ta parole ?

— Oui.

Il sourit, à moitié agacé, à moitié ému par l'amour de Rosa. Elle avait le visage hagard, et il la prit en pitié. Ses yeux immenses semblaient plonger au-delà du présent, dans un futur de malheurs ; il songea aux devineresses de l'Antiquité, à la Cassandre des tragédies grecques.

— Pourquoi ? demanda-t-il.

— Tu ne comprends pas ? s'étonna-t-elle. Les seuls juifs en sécurité seront les musiciens. Les musiciens.

Au printemps 1910, Piotr essaya plusieurs fois de la persuader de consulter un docteur, mais elle ne voulut rien entendre. Il en discuta avec son frère, et Vladimir se rendit deux fois à leur appartement pour convaincre Rosa d'aller se reposer à Russka.

— Je pars en Allemagne en mai. J'ai entendu parler d'un médecin qui pourrait l'aider, dit-il à Piotr, qui accepta d'emblée la proposition.

Mais Rosa refusa même d'y songer.

Puis au début de mai, Dimitri surprit une étrange conversation, à laquelle il ne put donner aucun sens.

Il passait la soirée avec Karpenko et Nadejda. Ils lui demandèrent de jouer les *Saisons* de Vivaldi, mais la partition ne se trouvait pas dans la grande maison de Vladimir Souvorine, et Dimitri fit un saut à l'appartement pour aller la chercher.

Il savait que sa mère serait seule, car Piotr donnait une conférence.

Il fut donc surpris, en ouvrant la porte, d'entendre des voix venant du petit salon. Il se figea. Il reconnut aussitôt la voix chaude de Vladimir. Celle de sa mère n'était qu'un murmure.

— Je m'inquiète davantage pour vous que pour lui. Ça ne peut plus durer. Pour l'amour de Dieu, venez avec moi en Allemagne.

La réponse de sa mère était trop basse pour qu'il la comprenne.

— Il n'arrivera rien à personne.

De nouveau, un murmure.

— Sincèrement, ce garçon est bien mieux ici en ce moment. Nous avons en Russie les meilleurs professeurs de musique du monde.

Il y eut un long silence, puis il entendit sa mère parler d'une lettre.

— Oui, oui. Je vous en donne ma parole, dit son oncle. Je peux arranger ça, bien sûr. S'il se produit quoi que ce soit, je le ferai partir. Oui, Dimitri ira en Amérique, si c'est vraiment ce que vous désirez.

Il y eut un long silence, puis il crut entendre sa mère sangloter. Au lieu d'aller chercher la partition, il referma la porte sans bruit, et déclara à son retour qu'il ne l'avait pas trouvée.

Mais que voulait-elle donc qu'il aille faire en Amérique ?

Au milieu de juin, Mme Souvorine connut un des plus grands triomphes de sa carrière de maîtresse de maison : elle reçut chez elle le moine Raspoutine.

Il avait accepté de prendre le thé, et elle avait organisé une réception dans l'intimité : la famille, quelques amis importants et quelques dames du monde qui l'avaient offensée, volontairement ou non, et qu'elle comptait éblouir par la présence de ce visiteur connu pour ses liens intimes avec la famille impériale.

Vladimir était encore à l'étranger, mais elle avait invité Piotr et Rosa. Naturellement, Dimitri et Karpenko les accompagnaient. En tout, une quarantaine de personnes attendaient l'arrivée de cet homme étrange.

Il se trouvait à la cour du tsar depuis cinq ans, mais sa personnalité restait encore mystérieuse. On le traitait de saint homme, bien qu'en vérité il n'eût jamais été moine. Il se donnait rarement la peine d'aller les voir, mais il avait une femme et des enfants dans l'Oural. Certains critiquaient ouvertement sa lubricité, mais un plus grand nombre lui attribuaient des pouvoirs surnaturels.

— C'est un véritable ermite des forêts russes, avait déclaré Karpenko à Dimitri. Il paraît qu'il est venu de Sibérie à pied. Il a le don de double vue, ajouta-t-il en riant. Attention à son regard.

Quoi qu'il en fût, il était à la mode auprès des dames de la haute société, et il comptait parmi ses ferventes admiratrices l'impératrice elle-même.

Que lui trouvait-elle ? Nul ne le savait. La maison impériale était un petit monde à part, coupé du reste de la société par une phalange de nobles courtisans qui se faisaient un devoir d'isoler la monarchie du peuple barbare de Russie. Le tsar, son épouse allemande, ses filles et l'héritier du trône, le jeune tsarévitch, étaient aussi invisibles pour leurs sujets que la famille d'un despote oriental.

Même une dame en vue dans la société ignorait que l'héritier du trône avait une maladie du sang qui mettait sa vie en danger à la moindre coupure, et que cet étrange paysan sibérien qui se faisait appeler Raspoutine se prétendait capable de le guérir.

Il arriva extrêmement en retard. Les conversations cessèrent et le personnage vêtu de noir entra. Tout le monde le regarda avec de grands yeux.

— Je l'aurais cru plus grand, murmura Karpenko, manifestement déçu.

Il était assez frêle et voûté, avec des cheveux longs divisés par une raie au milieu et une barbe clairsemée. Son nez épaté déviait nettement vers la gauche. Il portait un manteau noir tout simple tombant au-dessous du genou, comme n'importe quel prêtre de village. Ses vêtements étaient propres et sa barbe peignée, mais il émanait de son corps une légère odeur âcre, laissant supposer qu'il se lavait peu souvent.

Il s'inclina poliment devant tout le monde dans la pièce et parut reconnaissant à Mme Souvorine quand celle-ci le conduisit à une bergère et lui offrit du thé. Lorsqu'on lui présenta Nadejda, il murmura à sa mère qu'elle possédait une belle nature. A Piotr Souvorine, il dit :

— Vous étudiez les merveilles de l'univers de Dieu.

— Je ne vois rien de bien remarquable en lui, confia Dimitri à Karpenko.

Il devait réviser son opinion quelques minutes plus tard, quand Mme Souvorine lui fit signe de s'avancer. Pendant qu'il l'observait de loin, il lui avait trouvé des yeux de renard : curieux, méfiants, mobiles et sans doute rusés. A l'instant où ils se braquèrent directement sur lui, il ressentit tout leur effet. Ils brûlaient — il n'existait pas d'autre mot. C'étaient deux phares inquisiteurs qui perçaient les ténèbres. On oubliait tout le reste et sentait leur étonnante force brute. Le jeune homme se rapprocha d'un pas, et le regard hypnotique parut s'adoucir ; les yeux devinrent aimables, quoique légèrement injectés de sang.

— Un musicien. Ah oui.

Ce fut tout ce que Raspoutine lui dit. Il ne sembla pas s'intéresser particulièrement à Dimitri, mais quand celui-ci retourna à sa place, il sentit un étrange picotement dans son dos.

Le reste de la soirée se passa sans encombre, et Dimitri n'en aurait gardé qu'un vague souvenir s'il ne s'était produit deux petits incidents peu de temps avant le départ du moine.

Rosa avait été présentée en même temps que Piotr, mais à part un signe de tête poli, Raspoutine avait à peine remarqué sa présence. En fait il ne regardait même pas dans la direction de Rosa quand, soudain, comme mû par une force extérieure à lui-même, il s'était levé de la bergère, puis s'était dirigé vers l'endroit où elle se trouvait et lui avait pris l'avant-bras. Il était resté ainsi, comme un docteur prenant le pouls d'un malade, sans un mot, pendant presque une minute. Puis il avait calmement lâché le bras et il était revenu à sa place pour continuer sa conversation avec Mme Souvorine comme si rien ne s'était passé. Quant à Rosa, bien que tout le monde parût gêné, elle ne rougit pas, ni ne sembla surprise ; jamais elle ne fit allusion à la scène, ni sur le moment, ni plus tard.

L'autre incident, plus inquiétant, se produisit quand Raspoutine prit congé.

Après avoir observé Raspoutine pendant un moment, Karpenko avait décidé soudain qu'il n'avait pas envie de lui être présenté. Voyant Mme Souvorine prête à lui faire signe de s'avancer, il s'était esquivé dans un coin du salon. Lorsque le visiteur se dirigea vers la porte, il l'observa discrètement, à l'abri derrière deux dames âgées.

Raspoutine était déjà à mi-chemin quand il s'arrêta brusquement, fit demi-tour et se dirigea droit vers le jeune Ukrainien.

Les deux dames rougirent et s'écartèrent. Raspoutine s'arrêta à deux mètres de Karpenko. Les yeux hypnotiques le dévisagèrent et Karpenko, privé de sa protection, parut fléchir devant eux. Pendant quinze secondes, Raspoutine le regarda ainsi, puis sourit.

— Oui, oui, dit-il à mi-voix. J'en ai connu d'autres comme vous, en Sibérie et à Saint-Pétersbourg.

Et à Mme Souvorine il ajouta :

— Quel malin petit Cosaque à avoir chez soi !

Que voulait-il dire ? Mme Souvorine parut le comprendre, mais eut l'air un peu gênée.

Sur Karpenko, l'effet fut spectaculaire. Le temps que Raspoutine sorte et que Dimitri se dirige vers lui, il était livide et tremblait de tous ses membres. Dimitri le prit par l'épaule et lui demanda ce qu'il avait.

— Il a vu en moi, balbutia Karpenko. Il a tout vu. C'est le diable en personne.

Et comme Dimitri le dévisageait sans comprendre, il fit la grimace, lança un regard gêné vers Mme Souvorine et murmura :

— Tu ne comprends pas. Tu ne sais rien.

Pendant plusieurs semaines, le jeune Cosaque afficha une humeur morose et rechercha la solitude, sans que Dimitri puisse en découvrir la raison.

Septembre 1911

Rosa remarqua que ses seins étaient froids. Pourquoi ? Du brouillard de la rue émanait une légère odeur de fumée. La nuit était tombée une heure plus tôt.

Elle s'arrêta à l'angle et se retourna. La chambre qu'elle occupait avec Piotr était la seule pièce de l'appartement donnant sur la rue et, sans savoir exactement pourquoi, elle avait posé une bougie allumée sur l'appui de la fenêtre. Elle pouvait la voir, petite flamme vacillante sur la masse noire de l'immeuble, petite sentinelle insolite et intime. Peut-être un message d'amour et d'espoir. A part un mot indiquant qu'elle sortait faire un tour, elle n'en avait pas laissé d'autre.

Elle repartit. Ses pas lui parurent légers.

Personne ne le saurait : c'était l'essentiel. Le fait qu'ils ne sauraient jamais était en fait le vrai don d'amour qu'elle leur faisait. Seul Vladimir comprendrait, or il était en ce moment à Paris et ne rentrerait pas avant un mois. Elle ne lui avait pas écrit, elle ne laissait aucun message, mais il devinerait, et il garderait son secret.

Un escadron de cavaliers cosaques rentrait à sa caserne, les capes serrées pour se protéger de la fraîcheur automnale.

Quand cela avait-il commencé ? Dès le début, peut-être ; quand elle avait épousé Piotr Souvorine, elle était encore déprimée. Tout était de sa propre faute. Mais elle l'avait aimé passionnément. Non, non : elle pouvait déterminer le vrai début. C'était en 1900, quand le petit Dimitri avait cinq ans et que la lettre était arrivée d'Amérique.

Depuis son mariage, Rosa avait eu peu de rapports avec sa famille de Vilna. Quatre ans plus tard, sa mère était morte subitement et son frère aîné avait émigré en Amérique avec sa famille. Le cadet l'avait rejoint en 1899. Leur départ n'avait pas surpris Rosa. Des dizaines, des centaines de milliers de juifs s'en allaient, à la grande satisfaction du gouvernement tsariste. Rosa se réjouissait que ses frères aient trouvé le bonheur aux États-Unis, mais leur vie semblait maintenant très éloignée de la sienne.

Puis la lettre était arrivée. Une lettre de son plus jeune frère, qui détestait écrire et dont elle n'avait aucune nouvelle depuis des mois. Il lui décrivait la traversée en détail, lui donnait des nouvelles de la famille, et terminait par les lignes suivantes :

Nous sommes arrivés à Ellis Island. Pendant un moment, ce fut affolant. Un long bâtiment sinistre et une interminable queue d'émigrants attendant l'inspection. Je me suis dit : « Mon Dieu, ça va être comme la Russie en pire. C'est une prison. » Mais ce fut vite fini.

Et ensuite... C'est pour ça que je t'écris, ma chère Rosa. Ensuite, nous avons été libres. Peux-tu imaginer ce qu'on ressent ? C'est difficile à décrire. On sait qu'on est libre. Pas de gendarmes qui te surveillent pour le ministère de l'Intérieur, pas d'espions de la police à la recherchs d'ennemis du régime. Tu peux aller où il te plaît. Tout le monde peut voter. Et les juifs ont les mêmes droits que les autres.

Les Américains sont comme les Russes. Simples et directs. Ils laissent parler leur cœur. Mais ils sont également différents des Russes, parce qu'ils sont libres, savent qu'ils le sont.

Et c'est pour cela que je t'écris, ma chère Rosa. Je ne peux m'empêcher de penser à toi. Évidemment, tu t'es convertie et tu vis à Moscou. Mais es-tu sûre, es-tu vraiment sûre que cela suffit à garantir ta sécurité ? Et le petit Dimitri ? Conversion mise à part, et je sais que tu t'es convertie seulement pour des raisons de convenance, aux yeux des juifs, le fils d'une mère juive est un juif. Personnellement, je ne suis pas religieux, tu le sais. Mais ce que je veux dire, c'est que si les choses tournent mal en Russie, pour l'amour de Dieu, viens en Amérique. Légalement ou illégalement, on peut toujours arranger quelque chose. Je te supplie de venir nous rejoindre, pour assurer la sécurité de ta famille.

La lettre avait beaucoup marqué Rosa. Elle en avait ruminé le contenu pendant un mois avant de la montrer à Piotr.

— Qu'en penses-tu ?

Elle ne s'attendait nullement à la réponse qu'elle reçut :

— C'est affreux de songer à quitter la Russie.

Quand elle voulut lui suggérer qu'il vaudrait peut-être mieux qu'ils aillent en Amérique, il la regarda sans comprendre et lui demanda si elle ne voulait pas s'allonger. Elle jugea qu'il valait mieux ne plus aborder cette question. Elle s'était aperçue qu'en dépit de sa douceur et de sa gentillesse, Piotr possédait une obstination farouche qui le rendait aveugle à tout ce qui ne s'accordait pas avec sa conception de l'univers. Jamais ils n'iraient en Amérique : il n'y avait rien à ajouter.

Lui en avait-elle voulu ? Sur le moment, elle n'en avait pas eu l'impression. Elle l'aimait. Il était si bon et si simple. Au début, il était comme un père pour elle, mais avec le passage du temps, il se reposait de plus en plus sur elle avec une confiance touchante.

— Je ne sais pas comment je pourrais vivre sans toi, disait-il souvent. Ce sont les anges qui t'ont envoyée à moi.

Une fois, il avait même avoué :

— Le jour où tu m'as parlé de l'Amérique fut le plus sombre de ma vie. Pendant un instant, j'ai eu l'impression que tu voulais tourner le dos à tout ce que j'aime. Dieu merci, cette folie t'a passé.

Il avait besoin d'elle. Il l'adorait. Comment aurait-elle pu lui dire ce qu'il lui arrivait ?

Les rêves avaient commencé en 1905. Brusquement. Et leur sujet était toujours le même : le progrom.

Souvent, elle voyait le visage de son père au milieu de la meute. Ensuite, elle avait devant elle le gros Cosaque assis sur sa charrette, aimable mais prêt à les laisser à leur sort. Il lui semblait alors que les hommes se saisissaient de son père et l'entraînaient. Le rêve devenait alors plus complexe. Le temps se resserrait. Elle se trouvait dans son village d'Ukraine, mais déjà adulte, et son père était Piotr, puis sous un ciel gris de plomb devenait Dimitri.

Et elle s'éveillait chaque fois avec la conviction de plus en plus vive qu'un malheur allait arriver à son mari et à son fils.

L'autre problème était apparu plusieurs mois après les rêves, et Rosa n'aurait su dire s'il leur était lié ou non. Elle ne pouvait plus supporter que son mari la touche.

Cinq années s'étaient écoulées, et elle était fière d'une chose : jamais il ne s'en était aperçu. Elle l'aimait. Elle savait qu'il ne comprendrait jamais. Elle faisait parfois l'amour avec lui, bien entendu, et elle avait réussi par un acte suprême de volonté à dissimuler sa répulsion secrète. Mais de plus en plus souvent, elle cherchait des prétextes qui lui permettaient d'éviter les relations sexuelles la nuit, alors qu'elle comblait Piotr d'affection pendant la journée. Et son pressentiment de l'imminence d'un malheur ne la quitta plus.

Seul Vladimir avait deviné son secret. Ce cher Vladimir...

Une voiture la croisa. Le vent soulevait les feuilles et les emportait vers l'est. Elle s'aperçut qu'elle avait atteint le grand boulevard entourant le centre-ville.

Avait-elle songé parfois à Vladimir comme à un amant ? Elle sourit. Un amour impossible. Mais même un amour platonique comme le leur contenait ses plaisirs et ses peines. Qu'est-ce que signifie pour une femme le fait que ce ne soit pas son mari qui la comprenne vraiment, mais son beau-frère ? Elle aimait sa compagnie. Il la rendait heureuse. Mais elle le craignait. Car il la ramenait à elle-même. Il l'incitait à rejouer du piano. Il lui montrait trop clairement ce qu'elle essayait de se cacher sur elle-même : le gouffre qui la séparait de son mari. Elle fuyait donc Vladimir pour retrouver sa prison. « Vous devriez vous éloigner, ne serait-ce que pour dormir », insistait-il, et elle savait qu'il avait raison. Mais elle en était incapable. « Vous vous détruisez, ma colombe. » Qu'il en soit ainsi.

Vladimir lui avait promis d'envoyer Dimitri en Amérique. C'était tout ce qui comptait pour elle désormais.

Elle passa devant un magasin de journaux et regarda l'affichette près de la porte. Stolypine avait été victime d'un attentat à Kiev au début du mois. On découvrait maintenant que l'assassin était un agent double : un espion de la police qui avait commis cette atrocité parce que le groupe révolutionnaire qu'il avait infiltré commençait à le soupçonner. « L'Empire russe entier est-il en proie à de mauvais rêves ? » se demanda-t-elle. Peut-être.

Un rêve duquel il était temps qu'elle s'échappe.

Une ligne de tramways suivait la rue dans laquelle elle marchait. Depuis le début du siècle, Moscou avait un réseau de tramways à impériale, tirés par deux chevaux. On était en train de les remplacer par des véhicules électrifiés à un seul niveau, beaucoup plus rapides. Rosa se dirigea vers un carrefour où deux lignes se croisaient.

Dimitri serait musicien et irait en Amérique. Son père le lui avait toujours dit : « Ils n'attaquent pas les juifs, s'ils sont musiciens. »

Il y avait un petit groupe d'hommes près du carrefour, et ils regardèrent la femme s'avancer. L'un d'eux remarqua qu'elle avait l'air joyeux. « Elle semblait tout à fait normale, dit-il plus tard. Rien d'inhabituel. »

Le livre de Piotr, la dactylographie pendant les heures nocturnes, avait été son refuge depuis dix-huit mois. Un acte de dévotion qui lui permettait d'éviter le lit sans avoir rien à expliquer. Mais il était terminé depuis une semaine. Il allait être imprimé. Il allait rendre Piotr célèbre et elle n'aurait plus rien pour se protéger.

Ce ne fut pas difficile. Comme un ami n'attendant que son arrivée, le tram électrique s'élança vers elle juste au moment où elle parvenait au carrefour. Elle s'arrêta. Elle avait ôté ses gants comme pour fouiller dans ses poches, et, sans hâte, elle les remit, sans se rendre compte qu'elle enfilait celui de gauche sur la main droite. Le tram se rapprocha. « Enfin, semblait-il dire. Viens avec moi. » Deux pas, trois.

Tous virent ce qui s'était passé. Il n'y avait aucune place pour le doute. La femme en train de fouiller dans ses poches au bord du trottoir avait levé les yeux vers le tram, s'était détournée et avait dérapé. Elle avait poussé un petit cri. Son pied, qui cherchait une prise sur la pierre mouillée, s'était soudain bizarrement dressé vers le haut. Elle avait tendu les bras, en quête d'un appui et elle s'était effondrée à la renverse dans la rue. Le tram était presque sur elle. Tellement absurde.

Juste à l'instant où le tram lui passa dessus, Rosa vit son père.

On savait qu'elle avait des crises de mélancolie, mais c'était un accident — personne en tout cas n'en douta.

Deux mois plus tard, Dimitri Souvorine termina les trois *Études* dédiées au souvenir de sa mère, dans le style de Scriabine, que l'on a toujours considérées comme les premières compositions sérieuses de sa carrière.

1913

Alexandre Bobrov envisageait l'avenir avec confiance. Il restait des obstacles à surmonter, mais il avait préparé sa campagne avec soin, et il était plein de confiance. La jeune fille avait maintenant quinze ans : une jeune femme éblouissante. Il faudrait attaquer bientôt.

A vingt-deux ans, de grande taille et large d'épaules, il avait la belle allure austère, saturnienne, de son arrière-grand-père Alexeï, mais bien entendu, il ne portait pas la barbe.

Il se savait bel homme, mais ce n'était pas exactement de la vanité. En tant que dernier représentant d'une famille noble et défenseur de l'ordre établi par le tsar (en dépit des idées libérales de son père), il estimait qu'il avait le devoir d'être beau. Il avait du maintien, de la tenue, et il se montrait dans les meilleurs lieux. Il ne désirait que deux choses : un poste à la cour, et la main de l'héritière Nadejda Souvorine. Il se préparait scrupuleusement à ces deux éventualités.

Cela incluait une certaine expérience sexuelle.

— Je serai fidèle à ma femme, confia-t-il à un ami, jeune officier de la garde impériale. Mais je tiens à avoir d'abord quelques expériences. J'ai prévu que j'aurai dix maîtresses. Qu'en penses-tu ?

— Mon cher ami, pourquoi pas vingt ?

— Non, avait répondu Alexandre sérieusement. Je crois que dix suffiront.

Il s'y était appliqué avec ordre et méthode. D'abord, l'épouse d'un médecin militaire, charmante jeune femme de vingt-cinq ans amusée par la détermination manifeste de coucher avec elle dont faisait preuve ce jeune homme pompeux de dix-huit ans. Cela avait duré trois mois. Ensuite, une charmante danseuse du corps de ballet de Saint-Pétersbourg — tout homme du monde se devait d'avoir eu une aventure avec une danseuse. Pour en finir avec le spectacle, il s'était lancé dans une liaison sans lendemain avec une chanteuse tsigane. Était-elle vraiment tsigane, il ne le saurait jamais. Pendant un mois, il avait fréquenté régulièrement certaine jeune personne dans un des bordels les plus sélects de la ville, dont la clientèle était triée sur le volet. Malgré l'excellente réputation de la maison de plaisir, il avait vécu ce mois dans l'angoisse constante de conséquences douloureuses pour sa santé, et trouvé la note extrêmement salée. Sa sixième expérience était en cours : une veuve blonde très amusante n'ayant pas trente ans, à moitié allemande, à moitié lettone, qui ne voyait pas pourquoi un jeune homme de son âge aurait besoin de dormir. Il en était ravi.

Il l'était également quand il songeait à l'avenir de la Rusie. Le tsar avait réussi à renforcer les éléments conservateurs de la *douma* et la situation générale du pays semblait excellente. A l'intérieur, les campagnes étaient calmes. A l'extérieur, la Triple-Entente semblait jouer en faveur de la Russie, associée à la France et à l'Angleterre, ce qui équilibrait la Triple-Alliance de l'Allemagne, de l'Autriche et de l'Italie.

Le seul signe de danger était la situation dans la région des Balkans, au nord de la Grèce, où l'Autriche, par suite de l'effondrement progressif de l'Empire ottoman, avait annexé les deux provinces de Bosnie et d'Herzégovine, habitées en grande partie par des Serbes slaves. Les autres Serbes de la région s'étaient sentis menacés. Mais comme l'avait déclaré le député Nikolaï Bobrov à son fils :

— Tout ça va se calmer. Personne en Europe n'a intérêt à se lancer dans une guerre.

Peu d'hommes d'État européens l'auraient contredit.

En fait, depuis cinq ans, une seule question avait troublé la sérénité du petit monde d'Alexandre : Evgueni Popov — que devait-il faire à son sujet ?

En un sens, les aventures de Mme Souvorine ne le regardaient pas. Mais il détestait tellement Popov et admirait tellement Vladimir, que la pensée d'une liaison entre le bolchevik et l'épouse de l'industriel lui rongeait l'esprit. Depuis la nuit de brouillard où il avait vu Popov se glisser dans la maison, il s'était senti personnellement offensé. Au début, il avait refusé de le croire, mais il avait dû se rendre à l'évidence : Popov était revenu deux fois au cours du même mois. La maison de sa future épouse et la personne de sa future belle-mère étaient contaminées par le socialiste aux cheveux roux.

Mais que pouvait-il faire ? Vladimir était son ami, ne devait-il pas le prévenir ? Et il ne s'agissait pas seulement de déshonneur. On ne savait jamais dans quelle situation un homme comme Popov pouvait placer une famille respectable. Parler serait donc protéger Nadejda. Mais révéler ce qu'il savait directement à Vladimir serait extrêmement gênant. Et si Mme Souvorine l'apprenait, elle lui garderait une haine éternelle — situation peu souhaitable étant donné son espoir de devenir son gendre.

S'il avait pu simplement supprimer Popov du décor... La police arrêterait le révolutionnaire si elle le trouvait, mais il n'était pas question qu'Alexandre indique à la police qu'il se rendait chez les Souvorine. Deux fois, il attendit jusqu'aux petites heures que Popov ressorte et essaya de le filer. Les deux fois, le rouquin réussit à s'évaporer au bout de quelques minutes.

Il décida donc d'envoyer à Vladimir une lettre anonyme : il découpa des syllabes dans des vieux journaux et parsema le texte de fautes d'orthographe. Il ne cita pas le nom de Popov, mais fit allusion à « un certain révolutionnaire aux cheveux roux ». Pendant un mois ou deux, il cessa de voir Popov et en conclut que sa lettre avait fait effet. Mais quelques mois plus tard, il l'aperçut de nouveau.

Pendant les années qui suivirent, il lui arrivait de demander innocemment à Vladimir : « Qu'est-il advenu de ce maudit Popov, le bolchevik qui est venu ici une fois ? » Ou bien : « Ont-ils arrêté ce diable de rouquin que nous avons vu un jour près de vos usines ? Je me demande ce qu'il trame. » Mais Vladimir ne témoignait jamais du moindre intérêt. « Un jour je réglerai le compte de ce sale type », se promit Alexandre en secret.

Ses études à l'université lui laissaient du temps libre, et il s'était intéressé à la peinture et aux nouveaux courants de l'art moderne, toujours à sa manière méthodique, en notant les prix relatifs, si bien que Vladimir lui avait fait observer un jour : « Vraiment curieux, mon jeune ami : tu es un noble russe, mais tu as l'étoffe d'un grand marchand de tableaux. »

Ces connaissances dans le domaine de l'art et l'intérêt que lui portait Vladimir lui valurent le respect de Nadejda. Elle quittait souvent Dimitri et Karpenko qui discutaient sans fin près du piano pour accompagner Alexandre dans les pièces contenant la collection de tableaux de son père, et elle l'écoutait parler avec de grands yeux sérieux.

Il ne lui restait plus qu'un problème à surmonter, et il espérait que cela ne prendrait pas longtemps.

Nadejda était amoureuse de Karpenko.

Pour Dimitri Souvorine, 1913 fut une année exaltante : jamais la culture russe n'avait atteint de pareils sommets. Comme si les grands courants du siècle précédent convergeaient soudain.

— Ce n'est pas un épanouissement, se plaisait à dire Karpenko. C'est une explosion.

Toute l'Europe vibrait aux accords de la musique russe et applaudissait Chaliapine et sa légendaire voix de basse. Les Ballets russes de Diaghilev venaient de prendre d'assaut Paris, Monte-Carlo et Londres. Deux ans plus tôt, l'étonnant Nijinski avait incarné le *Petrouchka* de Stravinski ; l'année précédente, il avait créé l'extraordinaire *Après-midi d'un faune*, païenne et érotique. Cette année même, il avait composé la chorégraphie d'une œuvre qui allait révolutionner l'histoire de la musique : *Le Sacre du printemps*, de Stravinski.

Vladimir avait rapporté de Paris la partition du *Sacre*, et Dimitri l'avait étudiée pendant des jours, fasciné par l'énergie primitive, titanesque qui en émanait, par ses dissonances nouvelles et ses rythmes insolites.

— C'est comme une nouvelle galaxie sortant de la main de Dieu. Une musique nouvelle avec de nouvelles règles.

— La Russie n'est plus à la traîne de l'Europe, s'exclama Karpenko. Nous sommes passés à l'avant-garde.

Et Karpenko vivait au milieu de cette avant-garde. Chaque fois qu'il apparaissait à l'appartement, il annonçait à Dimitri et à son père la dernière nouvelle : la toile abstraite que venait d'exposer Kandinski ou le décor de théâtre que venait de peindre Chagall.

— Et quel est le nouvel *isme* du jour, Karpenko ? demandait Piotr.

En 1913, c'était le futurisme.

Avec à sa tête de brillants artistes comme Malevitch, Tatline et Maïakovski, le futurisme russe associait peinture et poésie avec une audace esthétique sans précédent.

— Le cubisme de Picasso et de Braque a été une révolution, prétendait Karpenko, mais le futurisme va plus loin. Aux formes géométriques du cubisme, il ajoute l'explosion du mouvement. C'est l'art de l'âge de la machine. L'art transformera le monde, professeur, s'écriait-il. L'art et l'électricité.

Il écrivait des poèmes pour les nouvelles revues futuristes.

C'était devenu un jeune homme d'une beauté étonnante. Dimitri avait remarqué que des dames respectables se retournaient dans la rue sur son passage. On le voyait souvent en compagnie de charmantes jeunes artistes manifestement éprises de lui, mais Dimitri ne savait jamais rien de précis, car le beau Cosaque gardait pour lui le secret de sa vie amoureuse.

Quand ils se rendaient en visite chez Vladimir, Nadejda l'écoutait parler en le couvant des yeux.

Parfois, Alexandre Bobrov faisait une apparition, et si le petit groupe venait de condamner sévèrement le poète Ivanov, par exemple, Karpenko lui demandait aussitôt :

— Que penses-tu d'Ivanov, Alexandre Nikolaïevitch ?

Comme toujours quand on lui demandait une opinion personnelle, Alexandre faisait une réponse évasive.

— Pas mal.

Et tout le monde se mettait à hurler en se moquant de lui.

— Pauvre Alexandre, chuchotait Karpenko dans son dos, il sait tout et ne comprend rien.

Un jour, il lui lança carrément :

— Continue d'étudier, Alexandre, tu es toujours en retard d'un mouvement artistique.

Mais pourquoi Karpenko détestait-il tellement Bobrov ?

— Il représente tous les Russes à tête de mule qui ont jamais vécu, prétendait-il.

Puis un jour il avoua :

— Je ne peux pas supporter son intérêt pour Nadejda. J'essaie de souligner sa nullité à chaque occasion.

Mais qu'espérait-il lui-même de la jeune fille ? Il devenait de plus en plus manifeste qu'elle était amoureuse de lui, et il ne faisait rien pour décourager ses sentiments.

— Est-ce que tu tiens vraiment à elle ? lui demanda Dimitri un soir pendant qu'ils revenaient à l'appartement.

— J'ai envie de la protéger, répondit franchement Karpenko. Je ne supporte pas l'idée qu'elle gaspille sa vie avec un crétin comme Bobrov.

— Mais avec toi-même ?

Karpenko eut un rire bref.

— Ne sois pas stupide. Je suis un pauvre Ukrainien.

— Tu plais à mon oncle.

— Pas à ta tante.

Dimitri l'avait remarqué : les manières de Karpenko, qui enchantaient en général les femmes d'un certain âge, provoquaient chez Mme Souvorine une réaction de dédain.

— Tu te méprends à son sujet, répondit-il ; et il ajouta au bout d'un instant : Tu ne laisses tout de même pas Nadejda s'amouracher de toi simplement pour embêter Bobrov, n'est-ce pas ?

Et à sa vive surprise, Karpenko poussa un petit gémissement.

— Ne comprends-tu pas ? Elle n'a pas sa pareille au monde.

— Donc tu l'aimes ?

— Si je l'aime !

— Alors il y a de l'espoir.

Mais Karpenko secoua la tête, accablé comme Dimitri ne l'avait jamais vu.

— Non, dit-il. Aucun espoir pour moi.

Ce fut un soir de décembre 1913 que l'hostilité qui couvait depuis un certain temps entre Nadejda Souvorine et sa mère explosa soudain.

L'étincelle qui mit le feu aux poudres fut une mise en garde de Mme Souvorine concernant Karpenko. La jeune fille voulut savoir ce que sa mère reprochait au jeune homme. Était-il trop pauvre ? Avait-on pour elle des ambitions sociales ? Mme Souvorine nia ces accusations.

— Franchement, c'est son caractère. Pour tout te dire, je crois qu'il se joue de toi. Il n'est pas sérieux. Ne gaspille donc pas ton cœur.

Elle refusa d'en dire davantage.

Et Nadejda décida qu'elle la détestait.

Elle était amoureuse de Karpenko. Y avait-il au monde un jeune homme plus brillant et plus beau ? Quand elle était encore fillette, elle l'admirait ; dans le plein élan de son adolescence, elle souffrait de tous les désirs d'un premier amour. Elle aurait cependant pardonné l'attaque de sa mère, sans une circonstance particulière.

Un an plus tôt, elle avait découvert les visites de Popov.

Un léger bruit l'avait éveillée dans la nuit, et elle avait vu sa mère se glisser dans le vestibule et faire entrer un homme. Elle les avait vus ensuite monter l'escalier ensemble : sa mère et le bolchevik.

Elle avait eu du mal à le croire. Elle en avait été écœurée. Comment sa mère pouvait-elle faire une chose pareille à son pauvre papa ? Et pourtant il tolérait sa présence. C'était un saint. De cet instant-là, elle avait considéré sa mère comme une ennemie.

Un hasard malheureux voulut que Popov rende de nouveau visite à Mme Souvorine le soir où elle avait mis Nadejda en garde au sujet de Karpenko.

Et si Nadejda avait connu la mission de Popov ce soir-là, elle aurait été fort étonnée. Encore plus que sa mère quand elle l'apprit :

— Voulez-vous quitter ce pays ? demanda-t-il simplement.

Comme c'était étrange... Quand il était plus jeune, il ne l'aurait jamais envisagé. Maintenant, il songeait à abandonner la lutte.

Quelques années plus tôt, il avait espéré soutirer de l'argent aux Souvorine pour la cause des bolcheviks. Étant donné tout ce qu'il savait, il aurait pu les faire chanter. Il y avait renoncé.

Le Parti avait pourtant besoin de fonds. Un nouveau journal bolchevik, la *Pravda*, venait de paraître et publiait régulièrement des articles d'un jeune Géorgien étrange qui se faisait appeler Staline, l'homme d'acier. Popov avait cherché toute l'année des fonds pour la *Pravda*, mais n'avait jamais demandé un sou à Mme Souvorine.

Elle était devenue une personne à part. Il supposait qu'il l'aimait. Il lui demanderait de l'argent ce soir-là, mais seulement pour assurer leur fuite.

En fait il était las de tout. Il n'espérait plus de révolution. La tentative de rassemblement des forces socialistes par Lénine ne rencontrait qu'un succès limité. Il y avait eu une nouvelle vague d'arrestations. Même le jeune Staline avait été exilé en Sibérie. Popov avait l'impression d'avoir vraiment fait tout ce qui était en son pouvoir.

— Nous pourrions partir à l'étranger, proposa-t-il.

Et, à la surprise de Popov, Mme Souvorine réfléchit longuement.

L'homme en face d'elle était un être hors du commun. Il lui avait appris beaucoup de choses. Il l'avait amenée à réfléchir sur sa propre existence, et ses convictions politiques en avaient été modifiées.

— Je pense que nous devrions avoir une démocratie, avait-elle avoué enfin. Aucun autre système ne saurait être juste. Personnellement, j'aimerais garder le tsar, mais une Assemblée constituante est nécessaire.

Elle continuait pourtant de le trouver inquiétant. Quand on lui parlait de la révolution, on avait l'impression qu'il possédait une épaisse carapace qui étouffait tout sentiment humain susceptible de gêner la Cause. Elle pensait parfois : « Il est capable de tuer sans remords. »

Et voici qu'il renonçait à la révolution pour elle... Elle eut envie de le prendre dans ses bras.

La porte s'ouvrit à la volée et Nadejda apparut, en robe de chambre et les cheveux défaits. Elle tremblait un peu, mais ses lèvres souriaient.

— Ah oui, dit-elle calmement. Ma mère s'inquiète au sujet de mes amis. Peut-être les apprécierait-elle davantage s'ils étaient bolcheviks.

Popov la regarda mais ne dit rien.

— N'est-ce pas, maman ? demanda-t-elle d'un ton insolent, avant d'exploser soudain. Je tenais à vous montrer que je sais comment vous traitez papa. Et vous, vous devriez être en prison, lança-t-elle en se tournant vers Popov. Ça ne tardera sûrement pas.

— Nadejda, rentre dans ta chambre, ordonna Mme Souvorine.

Et à Popov, elle murmura :

— Il vaut mieux que vous partiez.

Comme il lui adressait un regard interrogateur, elle secoua tristement la tête.

— Impossible.

Jamais la mère et la fille ne feraient à l'avenir la moindre allusion à l'incident.

Août 1914

Lente et solennelle malgré la poussière et la chaleur de l'été, la procession s'avançait dans les rues. En tête, des prêtres en surplis richement ornés, coiffés de lourdes mitres. Certains portaient des icônes, d'autres des bannières. Un chœur chantait. A leur passage, comme des vagues déferlant sur une grève, des mains se levaient pour faire le signe de la croix, tandis que les têtes et les dos se courbaient. Car c'était encore la Sainte Russie, et la Sainte Russie était en guerre.

Alexandre Bobrov les regarda s'avancer avec des larmes d'émotion dans les yeux. Quel été ! Une sécheresse exceptionnelle et une éclipse de soleil. Dans chaque village, les paysans avaient compris qu'un désastre s'annonçait. Mais maintenant qu'il s'était produit, il semblait engendrer dans les rues de Moscou une merveilleuse transformation religieuse. Leurs divergences soudain oubliées, tous les Russes redevenaient des frères, unis pour la défense de la patrie.

Derrière les icônes, un homme portait un énorme portrait du tsar.

N'était-il pas étrange que ce souverain n'ayant même pas dans les veines une seule goutte de sang russe, et ressemblant à son cousin George V d'Angleterre comme deux gouttes d'eau, fût le personnage central de ce défilé presque entièrement asiatique ? Il semblait lui-même surpris, prince allemand de bonne volonté pris au piège du destin dans un empire oriental qui lui était étranger. Il n'en était pas moins le « petit père » de tous les Russes, et au passage de son portrait le peuple s'inclinait.

Alexandre s'inclina à son tour. Il était en uniforme. Le lendemain, il partirait se battre.

Le conflit déchaîné par l'assassinat de l'archiduc d'Autriche François-Ferdinand à Sarajevo par un Bosniaque resterait-il régional ? Les Balkans formaient un champ de bataille intermittent depuis des siècles. Les diplomates anglais croyaient encore à une solution diplomatique. Ils allaient échouer. L'Autriche avait exigé des excuses de la Serbie, celle-ci avait refusé. Menacée d'invasion, elle avait fait appel à la Russie, qui lui avait envoyé des troupes. Aussitôt, l'Allemagne avait déclaré la guerre à la Russie. La France venait de déclarer la guerre à l'Allemagne et l'Angleterre suivait. Toute l'Europe se trouvait soudain impliquée.

En tout cas, ce serait une guerre brève. Tout le monde en était convaincu. Le matin même, Alexandre Bobrov avait reçu de son père, toujours député à la *douma*, une lettre qui se terminait par ces mots :

Jamais l'Allemagne ne pourra se battre sur deux fronts en même temps, elle devra capituler. Dans les milieux gouvernementaux et dans les ambassades, on s'accorde à dire que tout sera fini avant Noël.

Alexandre s'était engagé aussitôt. Seul fils de la famille, il était en principe exempté de service, mais il tenait à participer. Étant donné sa position sociale, il serait naturellement officier, mais on l'avait prévenu : « Le temps que vous fassiez vos classes, ce sera terminé. N'espérez pas vous battre. » Il portait déjà l'uniforme et en était fier.

Une seule pensée l'inquiétait. Il fallait qu'il aille faire ses adieux à Nadejda, et après ce qui s'était passé deux jours plus tôt, accepterait-elle de le recevoir ?

Comment avait-il pu se montrer aussi stupide ? Il était allé chez les Souvorine pour annoncer à Nadejda qu'il s'engageait. D'autant plus fier de lui qu'un uniforme d'officier donnait toujours à un jeune homme un certain prestige.

Karpenko se trouvait avec la jeune fille.

Alexandre soupira. Indéniablement, Nadejda était encore sous le charme de l'Ukrainien. « Ce n'est encore qu'une enfant, se dit-il, bien qu'elle ait maintenant seize ans. En devenant adulte, ses yeux s'ouvriront. »

Quand il entra ils étaient côte à côte près de la fenêtre. Karpenko venait sans doute de dire quelque chose de drôle, car elle riait. Comme ils semblaient à l'aise ensemble ! Puis Karpenko se retourna et parla.

— Tiens, voici notre guerrier, Bobrov le *bogatyr*.

C'était innocent, d'un ton à peine moqueur. Mais Alexandre avait perdu son sang-froid.

— Vous êtes ukrainien, je préfère ne pas savoir ce que vous pensez de cette guerre, avait-il lancé sèchement.

Ils savaient tous les deux que des Ukrainiens vivant dans l'Empire d'Autriche et un petit groupe de nationalistes d'Ukraine considéraient la guerre comme une occasion de libérer l'Ukraine du joug russe. Mais il y avait également des centaines de milliers d'Ukrainiens mobilisés dans l'armée russe. Karpenko devint blême.

— Les Ukrainiens ne sont pas des traîtres, dit-il calmement. Nous nous battrons pour le tsar.

Mais, encore amer et ravi d'avoir pour une fois mis son rival sur la défensive, Alexandre poursuivit.

— Ah bon ? Est-ce que nous vous verrons en uniforme ? Peut-être ne désirez-vous pas courir ce risque ?

La question était injuste. La plupart des étudiants étaient exemptés et les jeunes gens possédant des amis puissants obtenaient facilement des sursis. Karpenko ne répondit pas, et Alexandre le vit rougir. Mais quelle stupidité de sa part !

— Je pense que vous tenez des propos insultants, Alexandre Nikolaïevitch, dit Nadejda, dont les yeux lançaient des flammes. Et je pense que vous devriez quitter cette maison sur-le-champ.

Quelle idiotie ! Oserait-il se présenter de nouveau ? Il le fallait. Il ne pouvait pas partir en laissant les choses ainsi.

Alexandre Bobrov aurait été surpris s'il avait été au courant d'une brève conversation qui s'était déroulée à peine une heure plus tôt.

Elle avait été provoquée par Mme Souvorine, qui avait fait venir Karpenko ce matin-là et lui avait déclaré sans ambages :

— Ma fille est amoureuse de vous, et cela va trop loin. Vous savez aussi bien que moi ce que vous devez faire.

Il resta debout, gêné, à côté d'un grand fauteuil. Comment faisait-on dans ces circonstances ? La jeune fille s'avança vers lui sans rien soupçonner.

— Vous savez, Nadejda, que je vous aime beaucoup, commença-t-il.

Pas trop mal. Il l'aimait et voulait la protéger. Il lui expliqua doucement tout ce que leur amitié signifiait pour lui, et la prépara progressivement à l'essentiel de son message :

— Au cas où je vous aurais involontairement induite en erreur, je tiens à vous préciser que notre amitié doit rester ce qu'elle est : une amitié.

Elle était devenue pâle, mais avait continué de le dévisager calmement. Au bout d'un instant, elle s'était rembrunie.

— Vous voulez dire qu'il y a quelqu'un d'autre ?

— Oui.

— Je ne le savais pas. Depuis longtemps ?

— Oui.

Elle plissa le front.

— Vous n'êtes cependant pas marié ?

— Non.

— Peut-être changerez-vous ?

Il baissa tristement les yeux vers le tapis de Turquie, puis secoua la tête.

— Mon cœur est pris ailleurs, dit-il.

Il se sentit aussitôt gêné par cette expression ridicule, mais elle ne parut pas le remarquer.

— Merci de m'avoir mise au courant, dit-elle simplement. Je crois que j'aimerais être seule, à présent.

Pour Dimitri Souvorine cet après-midi d'août, sur le moment et par la suite, fut une sorte de rêve.

Il se trouvait non loin de la maison de son oncle au moment où la procession allait passer, et il entra, s'attendant à trouver Karpenko. Nadejda était seule dans le petit salon, près de la fenêtre. Elle avait le visage très pâle et elle semblait anormalement silencieuse. Au passage des prêtres et des icônes, ils se signèrent en même temps.

— C'est étrange, dit-elle enfin. La dernière guerre, contre les Japonais, ne m'a jamais paru réelle. Je devais être trop jeune.

— Et c'était très loin.

— Les gens étaient-ils aussi patriotes qu'en ce moment ?

— Je ne crois pas.

— La Sainte Russie...

Elle laissa ces mots en suspens, comme si elle n'avait pas l'intention de poursuivre, puis elle ajouta :

— On a du mal à s'imaginer que des gens qu'on connaît vont mourir.

Dimitri hocha la tête. Avec sa jambe tordue, il serait automatiquement réformé. Cela ne lui faisait ni chaud ni froid.

— Qui va se battre parmi nos connaissances ? demanda-t-il.

— Alexandre Nikolaïevitch.

— C'est vrai. A propos, as-tu vu Karpenko ?

— Il vient de partir.

— Sais-tu où ?

— Non.

Elle marqua un temps, puis remarqua :

— C'est un engagement, n'est-ce pas ? On dit : « Je suis prêt à donner ma vie », et on risque de la perdre.

— Je suppose, oui.

Elle regarda pendant un moment la longue procession, constituée en majeure partie par des paysans, puis soupira.

— Je suis fatiguée, Dimitri. Reviens me voir bientôt.

Une fois dans la rue, sans raison particulière, Dimitri décida d'aller faire un tour du côté de la nouvelle maison Art Nouveau de son oncle Vladimir, presque terminée. Les rues latérales étaient désertes, tout le monde semblait à la procession. Il sonna à la porte, pas de réponse. L'intérieur n'était pas encore complètement meublé et il n'y avait qu'un personnel limité. Le gardien avait dû aller voir passer le défilé. La porte n'était pas fermée à clé. Alexandre décida d'entrer. Il connaissait déjà les pièces du rez-de-chaussée mais n'était monté qu'une fois au premier. Il se souvenait d'un salon et d'un bureau. Il s'engagea dans l'escalier. Il trouva aussitôt le salon et une chambre, mais non le bureau. Il ouvrit la porte voisine.

C'était une belle pièce bleue. Sur le mur en face de la porte il vit un tableau de Gauguin : des Tahitiennes éclairées à contre-jour par le soleil couchant.

Ce n'était pas le bureau. Il y avait un secrétaire sur la gauche et une méridienne près de la cheminée, mais le fond de la pièce était occupé par un grand lit.

Sur lequel se trouvaient Vladimir et Karpenko.

Nus tous les deux. Vladimir tournait le dos à la porte, mais il était impossible de se méprendre. Karpenko regarda fixement Dimitri.

Dimitri se figea. Puis Karpenko lui adressa un étrange sourire, vaguement coupable, d'un air de dire : « Eh bien, maintenant, tu sais. »

Dimitri recula et ferma la porte.

Il retourna chez lui comme un somnambule, sans pouvoir préciser ce qu'il ressentait. Pour son ami, sans doute un désir nouveau de le protéger. Envers son oncle Vladimir, le pincement de cœur que l'on ressent quand on vient d'être trahi. « En tout cas, décida-t-il, Nadejda ne doit jamais savoir. »

Alexandre Bobrov ne parvint à se décider qu'en fin d'après-midi. A sa vive surprise, Nadejda le reçut. Plus étonnant encore, quand il voulut balbutier des excuses, elle posa l'index sur ses lèvres et lança :

— Peu importe.

Puis elle lui prit le bras et lui proposa d'aller faire un tour dans la galerie.

Alexandre la dévisagea et eut l'impression qu'elle avait pleuré. Mais quelle qu'en fût la raison, jamais elle ne s'était montrée aussi aimable et tendre.

Comble de la surprise et de la joie, au moment où il prenait congé, elle se tourna vers lui et dit :

— Vous partez à la guerre, Alexandre, mais n'oubliez pas de revenir. Pour moi.

Elle releva le visage et lui sourit.

— Vous aimeriez peut-être m'embrasser ? murmura-t-elle.

Et elle lui tendit les bras.

1915

Il y avait eu une averse. Du sol trempé émanait une sorte de brume sous les rayons du soleil. Alexandre attendait avec ses hommes. Un immense champ polonais s'étendait devant eux ; derrière eux, une ligne d'arbres.

L'action allait commencer.

Alexandre Bobrov observa ses hommes. Trente-trois, tous sauf un des recrues de l'hiver précédent n'ayant fait que quatre semaines de classes. L'unique soldat ayant vu le feu, réserviste de vingt-sept ans, lui servait de sergent.

Leur tranchée n'était pas profonde. Quand ils étaient arrivés à un mètre quatre-vingts, le capitaine qui inspectait la ligne avait déclaré :

— Ça suffira. Nous sommes ici pour nous battre, pas pour creuser des trous.

C'était un officier de la vieille école, bedonnant, avec des favoris gris et le visage rougeaud, qui considérait la guerre comme une interruption exaspérante de ses activités militaires normales, qui consistaient à paraître chaque jour à son club.

— Il n'y en a plus pour longtemps, leur avait-il dit une heure plus tôt.

Puis il avait disparu.

A huit cents mètres de leur position, le champ boueux descendait en pente douce et l'on apercevait une colline boisée au-delà. Des casques allemands allaient-ils apparaître soudain ? Ou de petites boules de fumée ? Alexandre n'en savait rien. Pour lui aussi, c'était le baptême du feu.

Le haut commandement russe avait réussi sa première campagne. Ses attaques éclair de l'été 1914 avaient pris l'ennemi au dépourvu. Dans le nord, les armées russes avaient traversé rapidement la Pologne pour se jeter sur les Allemands de Prusse-Orientale, provoquant une retraite précipitée. Au sud, une armée était passée d'Ukraine en Autriche et avait failli traverser la Silésie pour se diriger vers Berlin.

Mais ces premiers succès coûtaient maintenant très cher. L'offensive du nord n'avait pas été suffisamment soutenue, et quand les Allemands avaient contre-attaqué, les Russes avaient subi des pertes horribles. L'offensive d'août avait coûté un quart de million d'hommes. A la fin de l'année 1914, les pertes russes, en comptant les prisonniers de guerre, s'élevaient au chiffre effarant d'un million deux cent mille.

Mais l'Allemagne devait se battre sur deux fronts, et en 1915, elle dirigeait le gros de son effort contre l'Empire russe. La France et l'Angleterre jugeaient le rôle de la Russie tellement important qu'elles avaient accepté de lui concéder, après la victoire, rien de moins que la ville de Constantinople, réalisant ainsi le vieux rêve de la Grande Catherine.

Sauf qu'en 1915, les Allemands contre-attaquaient... La victoire semblait de plus en plus lointaine.

Alexandre Bobrov aimait bien ses hommes, et il était convaincu que ses hommes l'aimaient aussi. Mais il regrettait qu'ils ne soient pas mieux préparés.

Car si la grande offensive de 1914 avait été spectaculaire, il n'en était plus de même en 1915. Le jour où on leur avait distribué les armes, seulement vingt de ses hommes avaient reçu un fusil.

— Et les autres ? avait protesté Alexandre.

— Ils en auront au front.

— Il y a des magasins d'armes au front ?

L'officier lui avait adressé un regard de pitié.

— Ils prendront ceux des morts.

Alexandre avait réussi à obtenir un fusil pour chacun de ses soldats, mais il connaissait une unité où la moitié des hommes étaient armés de fourches, et on parlait d'une compagnie qui s'était battue dans le sud sans une seule arme, à main nue. L'artillerie de soutien n'avait que deux obus par canon, mais Alexandre ne l'avait pas dit à ses hommes.

Il y avait eu ensuite l'incident de la radio.

Il se trouvait deux jours plut tôt au P.C. de la compagnie, équipé d'une radio, et le capitaine était en train de signaler au colonel les positions qu'il occupait et ses intentions de manœuvre. Il avait l'air très satisfait de l'appareil.

— Est-ce que nous transmettons tout comme ça ? demanda Alexandre quand le capitaine eut terminé.

— Que voulez-vous dire ?

— En langage clair. Sans utiliser de code.

Le capitaine parut surpris.

— Et pourquoi pas ? lança-t-il.

— Je me disais... L'ennemi peut intercepter nos messages et connaître tout notre dispositif.

Le visage du capitaine s'éclaira.

— Ne soyez pas ridicule, Bobrov. Nous parlons russe, vieux. Les Allemands ne comprennent pas un mot de ce que nous disons.

Le haut commandement allemand reconnut plus tard que cette naïveté lui avait grandement simplifié les problèmes sur le front de l'Est.

Pourquoi tout était-il si mal organisé ? En partie parce que les états-majors étaient dominés par des hommes du passé qui méprisaient les armes et les méthodes modernes. Mais surtout, comme l'avoua le capitaine à Alexandre :

— Nous avions assez de munitions pour une guerre courte, pas pour une guerre longue. Et nos usines ne peuvent pas produire les quantités qu'il faudrait.

Que pensaient les simples soldats de tout ça ? Aucun n'avait envie d'être dans l'armée, mais tous semblaient comprendre que la Russie devait être défendue. Tous sauf un, un paysan de la province de Riazan, pas très vif d'esprit mais que Bobrov aimait bien. Il bavardait souvent avec lui le soir, mais ne put jamais lui faire comprendre la nécessité de la guerre.

— Ils n'ont pas attaqué Riazan, pas vrai, lieutenant ? Alors qu'est-ce que l'armée veut de moi ?

— Si nous ne les battons pas ici, en Pologne, ils risquent d'attaquer Riazan plus tard, avait avancé Alexandre.

Le jeune homme n'avait pas été convaincu pour autant. Il avait regardé son officier d'un air grave, puis avait souri comme un enfant.

— Oui, peut-être. Mais peut-être pas, avait-il répondu.

Et Alexandre s'était demandé combien il y avait d'hommes comme ce garçon simple de Riazan au sein de l'armée russe.

Cela commença brusquement, et ce fut très différent de ce à quoi il s'attendait.

Pas de casques allemands, pas d'escadrons de cavalerie ni de sabre au clair, pas de ligne de soldts avançant baïonnette au canon. Seulement un coup de tonnerre lointain.

Puis les explosions. Les premiers obus allemands tombèrent dans les bois derrière eux. Plusieurs autres firent jaillir des gerbes de boue dans le champ devant eux. L'ennemi connaissait parfaitement leur position. Et tandis que ses hommes, surpris et affolés, se blottissaient dans leur tranchée mal creusée, les roulements de tonnerre continuèrent.

Deux heures plus tard, le capitaine apparut, couvert de boue. La tranchée n'avait reçu qu'un obus. Elle était étrangement propre. Le jeune paysan de Riazan avait simplement disparu.

— Venez, Bobrov. Sortez, cria le capitaine. Nous nous replions.

Ils le suivirent derrière la ligne d'arbres, où les obus ne tombaient pas. Une estafette signala que le poste de commandement avait été complètement détruit.

— Maudits Allemands, grommela le capitaine. Il faut avouer qu'ils savent tirer juste.

« Ce n'est pas un mauvais bougre, se dit Alexandre. Un peu vieux jeu, c'est tout. » Il se retourna pour voir si tous ses hommes étaient bien groupés.

Un obus siffla au-dessus d'eux, puis un autre.

Puis il y eut une explosion violente et tout devint blanc.

Juillet 1915

Il s'éveilla très lentement, comme dans du brouillard, et au son d'un piano.

Étrange, se dit-il. Il devait être mort. Sinon, comment pouvait-il se trouver là, dans sa propre chambre de la maison de son enfance, à Russka ? Il regarda autour de lui : les anges avaient changé les meubles, mais il reconnut les arbres par la fenêtre. Le son du piano était absolument céleste. Il referma les yeux.

Quand il les ouvrit de nouveau, plus étrange encore, Nadejda le regardait en souriant. Il la contempla, émerveillé, puis se rembrunit. Était-elle morte elle aussi ? Il en était navré.

Et au même instant il entendit la voix de la jeune fille :

— Dimitri... Dimitri... Il a repris conscience.

Et la musique céleste s'arrêta.

C'était Vladimir qui en avait eu l'idée quand on avait ramené Alexandre à Moscou, encore en proie au délire. Il se trouvait à Russka depuis trois semaines, soigné par un médecin et une infirmière.

Il apprit peu à peu ce qui s'était passé. L'obus dont l'explosion avait failli le tuer avait été tiré lors de l'offensive colossale qui avait repoussé les armées russes au-delà de la Pologne.

— Un désastre, lui avoua Nadejda. La Lituanie est quasiment perdue. L'ennemi avance en Lettonie, et nos hommes continuent de battre en retraite. Le vieux général Soukhomlinov a été limogé. Il était grand temps. Tout le monde dit que le gouvernement est incompétent. On n'espère plus qu'en un miracle de saint Nicolas.

Le tsar avait renvoyé la *douma* au début de l'année et gouvernait par décrets, mais les revers militaires étaient si cuisants qu'il avait dû rappeler l'assemblée en session. Nikolaï Bobrov se trouvait donc de nouveau dans la capitale, dont on venait de changer le nom en Petrograd, car Saint-Pétersbourg faisait vraiment trop allemand pour des oreilles russes. La lettre qu'il envoya à son fils lui donnait des précisions sur les événements récents et lui présentait les personnages importants du Parlement : Rodzianko, le sage président, et Kerenski, le leader des socialistes — « Bon orateur, mais sans programme précis en dehors du renversement du tsar. » Alexandre apprit aussi que Raspoutine, l'ami de la tsarine, avait été renvoyé dans sa famille en Sibérie à cause de ses débordements sexuels. Quant à l'issue de la guerre, son père se montrait incroyablement optimiste :

Les Allemands ne peuvent pas vaincre la Russie pour une simple raison : nous continuerons de battre en retraite et nous aurons toujours des réserves. Napoléon l'a découvert à ses dépens. Même s'il nous faut abandonner la capitale, nous les aurons à l'usure.

En attendant, la crise actuelle est notre première occasion de réformer
le gouvernement, et la meilleure. Le tsar n'avait aucune envie de rappeler
la douma, mais il y a été contraint. Nous lui imposerons une certaine
mesure de démocratie, et nous sauverons la Russie.
De la défaite naîtra la victoire.

Alexandre demeurait très faible, on lui aménagea au rez-de-
chaussée une pièce de laquelle il pouvait sortir sous la véranda avec
son fauteuil roulant.

— Vous êtes jeune, lui disait le médecin. Tout rentrera dans
l'ordre.

La maison était animée. Arina, la gouvernante, régentait tout
avec une merveilleuse efficacité ; elle s'occupait personnellement du
samovar et préparait les gâteaux délicieux servis chaque jour à
l'heure du thé. Malgré la guerre, le petit musée et l'atelier d'artisanat
créés par Vladimir fonctionnaient, et le jeune Ivan, âgé maintenant
de seize ans, y faisait son apprentissage de sculpteur sur bois.

Piotr Souvorine et Karpenko étaient restés à Moscou, mais le reste
de la famille s'était installé à la campagne, et Alexandre remarqua
que chacun avait une tâche assignée. Mme Souvorine aidait la
nouvelle organisation du *zemstvo* à héberger le flot des réfugiés
venant du front.

— Nous avons même deux familles juives dans le village, leur
apprit-elle.

Vladimir avait transformé les ateliers de filature et de tissage en
un petit arsenal qui fabriquait des cartouches et des grenades.
Dimitri jouait du piano et composait chaque jour. Il avait déjà écrit
une douzaine de suites pour piano et les deux premiers mouvements
de sa première symphonie. Les partitions étaient rangées dans une
armoire fermée que toute la famille traitait avec autant de respect
qu'une icône.

Quant à Nadejda, elle se rendait tous les jours à la petite infirmerie
créée par son père pour les soldats blessés en convalescence.
Alexandre remarqua qu'à part une certaine froideur à l'égard de sa
mère, la jeune fille se montrait de plus en plus douce et aimable
envers tout le monde, et en particulier envers lui.

Juillet et août s'écoulèrent paisiblement, et le docteur permit à
Alexandre une promenade en voiture jusqu'au monastère. Il fut
enchanté de retrouver, inchangé, le décor de son enfance.

Inchangé sauf pour une chose : le village.

— C'est extraordinaire, fit-il observer à Vladimir. Que s'est-il
passé ? Je n'ai jamais vu l'endroit aussi prospère.

Les grandes villes avaient souffert de la guerre, mais les immenses
campagnes russes semblaient connaître une ère d'abondance. Comment était-ce possible ?

— En fait, c'est assez simple, lui expliqua Vladimir. Comme la
plupart des gouvernements en temps de guerre, le nôtre paie ses
factures en imprimant du papier-monnaie. Il se produit donc une
inflation. Et la seule chose dont tout le monde a besoin, ce sont les
paysans qui la possèdent : le blé. Les prix des céréales sont élevés et

nous avons eu une récolte fantastique. Les gens du village ont tous les poches pleines. Sais-tu, ajouta-t-il en souriant, que ce croquant de Boris Romanov s'est même offert un phonographe ? Il écoute Tchaïkovski, je crois.

La semaine suivante, Alexandre se rendit chez les Romanov pour admirer la merveille, et il se demanda si l'optimisme de son père n'était pas justifiée : cette guerre allait peut-être sauver la Russie.

Fin août, tout espoir s'effondra. Le tsar renvoya la *douma* et décida de prendre en personne le commandement des armées russes. Il se rendrait au front.

La longue lettre qu'Alexandre reçut de son père début septembre n'était plus optimiste :

Tout le monde a supplié le tsar, mais il s'obstine. Et il croit qu'il a le devoir de gouverner en despote. L'espoir que le tsar préside à un gouvernement démocratique est bien mort, j'en suis certain. Quant à ses tentatives de redresser la situation militaire, elles sont vouées à l'échec. Je ne prévois que le chaos. Raspoutine a refait son apparition à Petrograd. On dit qu'il a l'oreille du tsar. Que Dieu nous protège.

Mars 1917

C'était difficile à croire, même à ce moment-là.

Le règne du tsar était terminé. La Russie était libre.

Nikolaï Bobrov, retenu à la maison par un rhume, épiait par la fenêtre le retour de son fils parti trois heures plus tôt au Palais de Tauride où siégeait la *douma*.

D'un instant à l'autre il apporterait la grande nouvelle : l'abdication du tsar. C'était certain.

— Le tsar ne peut plus continuer de régner, murmura-t-il.

Car Bobrov et ses amis avaient pris le pouvoir.

En fin de compte, c'était la *douma* qui avait déposé le tsar.

Cela s'était passé de curieuse façon, quoique sans surprise. Le tsar était souvent sur le front et l'armée ne s'était pas mal comportée. A l'ouest, elle avait regagné un peu de terrain ; au sud-est, vers le Caucase, elle était entrée en Turquie ; mais au sud-ouest, l'Allemagne et l'Autriche avaient envahi la Roumanie et occupaient les côtes de la mer Noire. Les Anglais avaient dû abandonner les Dardanelles, et la Russie se trouvait bloquée, incapable d'exporter ses céréales.

A l'intérieur, la situation s'était dégradée en un vaste cauchemar. Le pouvoir était tombé entre les mains de l'impératrice, qui se prenait pour la Grande Catherine mais n'était qu'une Allemande stupide, ignare et superstitieuse. Derrière elle, tantôt visible, tantôt invisible, Raspoutine. Souvent, Bobrov avait eu l'impression que toute personne possédant le moindre talent était automatiquement congédiée. Seule comptait la loyauté au tsar. Toute confiance dans le gouvernement s'était évaporée. Les bruits qui couraient sur les relations de Raspoutine et de l'impératrice s'étaient répandus sur le front : on prétendait qu'ils complotaient en secret avec les Allemands. En décembre 1916, deux aristocrates patriotes avaient assassiné Raspoutine, mais le mal était déjà fait.

Tous les partis de la *douma*, même les conservateurs, s'étaient retournés contre le tsar. L'armée tenait bon sur tous les fronts, mais il y avait plus d'un million de déserteurs. Au cours de l'hiver, la capitale s'était trouvée sans vivres et sans combustible.

Cela ne pouvait plus durer. Depuis des semaines, la *douma* était en ébullition. Les proches du tsar disaient qu'il présentait des signes de dépression. Même les membres de sa famille directe suggéraient qu'il se retire pour sauver la monarchie. On parlait de régence.

— Mais je crois que ce qui a vraiment réglé le sort du tsar, déclara Nikolaï Bobrov par la suite, ce fut le beau temps.

Car en février 1917, après un hiver rigoureux, le temps s'était soudain adouci, et à Petrograd tout le monde était descendu dans les rues.

Les manifestations étaient vraiment spontanées. Les gens en avaient assez. Non seulement des grèves éclatèrent, mais d'impressionnants soulèvements urbains. La police et les Cosaques furent aussitôt débordés par le nombre des insurgés. Puis les autorités commirent une erreur fatale : elles firent intervenir la garnison militaire.

Ce n'étaient pas des soldats de métier, mais de jeunes conscrits venus directement de leurs villages et enfermés dans les casernes depuis plusieurs mois. Pourquoi auraient-ils tiré sur le peuple ? Ils se mutinèrent et se joignirent à l'insurrection.

Le 28 février, tout fut terminé. Le tsar, incapable de rentrer dans la capitale au retour de sa visite au front, ordonna à la *douma* d'interrompre sa session jusqu'en avril.

— Et nous avons refusé de nous séparer, disait Bobrov en souriant. Nous avons refusé et nous nous sommes rendus compte que nous étions devenus le gouvernement.

Les députés le déclarèrent. Les masses dans les rues parurent l'accepter. En dehors de la *douma*, il n'y avait rien d'autre. Le lendemain, la *douma* demanda au tsar d'abdiquer, et le monarque russe s'aperçut qu'il n'avait pas un seul ami au monde.

Que faisait donc le jeune homme ? Nikolaï était très fier de son fils. Alexandre pouvait marcher à présent. Il était toujours officier, mais inapte au service actif. Il avait passé les semaines précédentes dans la capitale avec son père. Quoique toujours monarchiste, il tolérait de plus en plus les idées libérales de son père, et le comportement du gouvernement au cours des mois précédents l'avait choqué. « Trois heures qu'il est parti, se dit Nikolaï, il devrait être là avec la nouvelle. »

Il sourit. Quelle étrange situation ! Il était veuf, âgé de soixante-deux ans, il avait perdu son domaine, son pays était bloqué dans une guerre horrible dont on n'imaginait pas la fin, son souverain venait de tomber, mais il avait l'impression que sa vie entière recommençait.

Personnellement, il était désolé pour le tsar. Il ne le tenait pas pour un monstre : ce n'était qu'un incompétent placé dans une situation impossible. Bobrov s'était efforcé pendant des années de promouvoir un compromis libéral avec le despote entêté, mais le départ du tsar le soulageait vraiment : la démocratie pourrait enfin prendre forme.

Mais qu'est-ce que son fils lui avait dit l'autre jour, avec une telle passion ?

— Ne vois-tu pas ce que tu es en train de faire, père ? L'ensemble de l'empire tourne autour de la personne du tsar. Tout est relié à lui. C'est comme une énorme machine qui fonctionne autour d'un seul axe. Si tu enlèves cet axe, l'ensemble s'écroule.

La Russie s'écroulerait-elle ? Nikolaï n'en voyait aucune raison.

— Il y a la *douma*, avait-il répondu. Elle est composée de gens raisonnables.

— Oh, vous, les libéraux ! s'était écrié Alexandre d'un ton affectueux où se mêlait une certaine tristesse. Vous croyez toujours que les gens vont se conduire de façon raisonnable.

Nikolaï Bobrov était persuadé que la *douma* gouvernerait très bien. Et c'était en Russie le seul corps constitué ressemblant à une institution démocratique. Elle avait déjà désigné un groupe qui formerait un Gouvernement provisoire, et presque tous les partis s'étaient accordés à le soutenir. Il avait appris que, la veille, certains dirigeants des mouvements syndicaux et des mencheviks de Petrograd avaient formé une sorte de conseil d'ouvriers, qu'ils appelaient « soviet ». Il connaissait personnellement un ou deux de ces hommes. Ils contribueraient sans nul doute à rétablir l'ordre dans les usines.

Et tout progresserait. Le programme du Gouvernement provisoire était clair : continuer la guerre. Tous les partis sauf les bolcheviks étaient d'accord sur ce point, et les bolcheviks n'exerçaient aucune influence. Ensuite, le plus tôt possible, des élections pour rétablir une nouvelle Assemblée constituante qui remplacerait la *douma*. Un corps vraiment démocratique, élu au suffrage universel. Tout le monde, de la droite à la gauche, en avait accepté le principe.

Puis il vit Alexandre.

Il se hâtait. Il tenait une feuille de papier à la main et paraissait tout excité. Sans aucun doute l'abdication officielle. Nikolaï se prépara à l'accueillir, le sourire aux lèvres.

Mais pourquoi le jeune homme avait-il l'air si sombre ? Le tsar avait-il commis quelque sottise de plus ?

— Alors, l'abdication ? lança-t-il.

— Non. Le tsar n'a pas pu se résoudre à la signer. Mais il le fera, il n'a plus le choix. Les chefs militaires lui conseillent également de quitter le pays.

— Alors qu'est-ce que tu apportes ? demanda Nikolaï en montrant la feuille.

Alexandre la lui tendit sans un mot.

Le texte n'était pas long. Il était adressé à la garnison militaire de Petrograd et contenait sept clauses brèves.

Il demandait à chaque compagnie d'élire des comités qui relèveraient les officiers du contrôle des armes et du matériel. Les officiers ne seraient plus salués ni ne recevraient plus leur titre en dehors du service. Les comités devaient également élire des représentants au soviet de Petrograd, qui se posait comme instance suprême pour toutes les questions militaires, sans tenir compte du Gouvernement provisoire.

Le texte était signé par le Comité du soviet de Petrograd, et daté de la veille. Il était intitulé, sans autre explication : « Ordre n° 1. »

Nikolaï le regarda, incrédule. Puis il éclata de rire.

— C'est absurde ! Le soviet de Petrograd n'est qu'un groupement d'ouvriers sans existence légale. Il n'a été élu par personne et ne détient aucun pouvoir. Personne ne tiendra compte de ça.

— Tu te trompes. Je me suis rendu dans plusieurs casernes. Tous les soldats vont suivre cet ordre. Certains m'ont ri au nez parce que je portais un uniforme d'officier.

— Mais les troupes régulières, nos soldats sur le front...

— Ils vont recevoir le même ordre. Et la plupart le suivront.

Nikolaï demeura pétrifié.

— Mais alors, qui commande ? s'écria-t-il.

Alexandre haussa les épaules.

— Dieu seul le sait.

Juillet 1917

Boris Romanov poussa un grognement de satisfaction en passant de la véranda dans le salon. Le seul bruit était le tic-tac de la pendule sur son socle de marbre.

La maison lui plaisait. Il s'y rendait tous les après-midi et s'asseyait sous la véranda. Elle avait appartenu aux Bobrov, puis à Vladimir Souvorine. A présent, à tous égards, elle était à lui. Il sourit. La révolution — sa révolution — s'était enfin produite.

Les derniers mois à Russka avaient été étranges. Les nouvelles de l'abdication du tsar et du nouveau Gouvernement provisoire n'avaient filtré que lentement dans les provinces. Boris n'en avait été certain qu'avec dix jours de retard, et un mois après, il avait rencontré un paysan de Riazan qui refusait encore d'y croire.

Mais que signifiaient les événements de Petrograd ? Le gouvernement provisoire avait promis une Assemblée constituante. Très bien. La liberté d'expression et de réunion était déjà accordée sans réserve.

Pas de mal à ça. Mais surtout, la chute du tsar ne pouvait avoir qu'une conséquence :

— A présent, dit Boris à sa famille, toutes les terres seront à nous.

Tout le monde le savait. Le Gouvernement provisoire discutait des modalités. Pendant tout le printemps, les soldats désertaient du front pour ne pas manquer la répartition. Deux d'entre eux étaient revenus au village.

Pourtant, rien ne s'était encore produit. Le Gouvernement provisoire, pour la loi agraire comme pour le reste, agissait lentement, se perdait dans des arguties juridiques, tergiversait.

A la fin du mois d'avril, à la tête des paysans, Boris s'était emparé du domaine. Sans difficulté : il n'y avait personne pour les arrêter. Quand il était entré dans la maison, seule Arina avait protesté :

— De quel droit fais-tu ça ?

Il avait souri.

— Le droit du peuple.

Comme elle essayait de lui barrer le passage, il l'avait écartée en riant.

— C'est la révolution.

Quelle situation ! Officiellement, le domaine et les usines de Russka appartenaient encore à Vladimir Souvorine. Mais Vladimir était à Moscou. Arina vivait encore dans la maison, avec son fils Ivan qui continuait de sculpter. En attendant, les paysans coupaient une partie des bois et faisaient paître leur bétail sur la colline devant la maison. Qui protesterait ? Cela deviendrait de toute façon légal un jour. Ce n'était plus qu'une question de temps.

Pour Boris Romanov, c'était cela la révolution.

Pour d'autres, cela impliquait davantage. Au début du mois, le Gouvernement provisoire de Petrograd avait failli être renversé. Un soulèvement armé orchestré par les bolcheviks. Boris connaissait les bolcheviks : des gars comme Popov, le maudit rouquin. Leur nombre ne cessait d'augmenter grâce à leur slogan « Tout le pouvoir aux soviets » et aux éditoriaux enflammés de leur journal, la *Pravda*. Mais leur révolte avait été écrasée. Un de leurs dirigeants, Trotski, était en prison. Un autre, Lénine, s'était enfui à l'étranger.

— Et espérons qu'il y restera, avait dit Boris.

Un homme nouveau se trouvait à la tête du gouvernement, un socialiste appelé Kerenski. Il avait chargé le général Kornilov de rétablir l'ordre. Peut-être verrait-on enfin l'élection de l'Assemblée constituante et le partage des terres...

Boris monta lentement l'escalier. Au cours de ces trois mois, il avait souvent examiné la maison avec intérêt. Elle contenait des livres et des tableaux vraiment étonnants. Mais il admirait surtout le piano à queue ; un de ses fils avait joué un air sur les touches. Il n'avait pas encore eu l'idée de se rendre au grenier.

Il y entra. Souvorine ne s'en était pas servi. La longue pièce basse sous le toit était presque vide. Il ne trouva que quelques vieux coffres, sous un œil-de-bœuf. Déçu, il les ouvrit : de vieilles lettres, des factures, datant du temps des Bobrov. Il fit la grimace. Il allait les refermer lorsque le titre d'une chemise le frappa : « Incendie Souvorine. »

Il l'ouvrit. Elle ne contenait qu'une lettre. Signée Piotr Souvorine.

Novembre 1917

Il était une heure du matin et ils étaient seuls.

Les jours précédents, le Kremlin de Moscou résistait encore et on se battait dans les rues ; mais à présent la ville avait retrouvé son calme. A Petrograd et à Moscou, Lénine et ses bolcheviks se trouvaient désormais au pouvoir.

Était-ce bien certain ?

Popov sourit à Mme Souvorine, et malgré les événements, elle lui rendit son sourire. Elle le trouva rajeuni.

— Dites-moi ce qui s'est vraiment passé, dit-elle.

Il éclata de rire.

L'événement qui fit trembler le monde, et qu'on appelle la Révolution d'Octobre, ne fut à strictement parler que le coup d'État d'une minorité dont la majorité de la population n'apprit même pas l'existence.

Depuis l'abdication du tsar, la Russie avait vécu tant bien que mal, partagée entre un Gouvernement provisoire aux pouvoirs limités et un Congrès des Soviets représentant un réseau en expansion d'antennes locales, dans les usines, les villes et les villages, mais sans légitimité réelle. Il aurait fallu des élections pour former une Assemblée constituante démocratique ; mais le gouvernement, même depuis que Kerenski se trouvait à sa tête, s'avérait extrêmement lent. En attendant, l'économie s'effondrait, on manquait de vivres, les membres du gouvernement eux-mêmes commençaient à se lasser.

Ce fut pendant ces atermoiements du gouvernement que le parti bolchevik fit le plus de progrès dans les soviets. L'écrasement de leur insurrection prématurée de juillet ne gêna nullement leur percée politique. Au début de septembre, Trotski et ses bolcheviks contrôlaient la majorité du soviet de Petrograd. Quelques jours plus tard, les bolcheviks se trouvèrent en majorité au soviet de Moscou. Dans l'ensemble du pays, toutefois, ils restaient une minorité. Avec le temps, les bolcheviks avaient des chances de devenir le parti dominant de la gauche, mais peut-être pas. Ce fut dans ces circonstances qu'au mois d'octobre, non sans difficulté, Lénine persuada ses camarades bolcheviks de tenter de nouveau une prise du pouvoir.

Cela débuta le soir du 24 octobre, et ce fut orchestré principalement par Trotski à partir de l'Institut Smolny, l'ancien couvent et lycée de jeunes filles où siégeait le soviet de Petrograd.

— Le plus surprenant, ce fut la facilité. Nous avons fait presque tout en douce, expliqua Popov, ravi.

Ils s'étaient simplement rendus d'un point stratégique à l'autre et avaient placé leurs hommes aux commandes. Les ouvriers qu'ils remplaçaient n'avaient soulevé aucune opposition. Ils avaient auparavant essayé de gagner les garnisons militaires à leur cause, mais de toute manière, les militaires n'étaient guère enclins à agir, et le pauvre Kerenski n'avait aucun plan pour la défense du Gouvernement. Au matin, presque tous les points clés de la ville avaient été pris sans coup férir.

— Kerenski est parti chercher des appuis militaires en dehors de la ville, lui dit Popov. Et les ministres du Gouvernement provisoire sont restés au Palais d'Hiver avec pour les défendre une poignée de Cosaques et, s'il vous plaît, le Bataillon des Femmes. Plus une quarantaine d'invalides de guerre.

— Et vous avez pris d'assaut le Palais d'Hiver ?

— Plus ou moins. En fait certaines femmes du Bataillon savaient tirer, et nos hommes n'ont pas pu s'approcher du Palais. Ensuite, nous avons eu le soutien de cinq mille marins. Mais quand ils ont vu qu'il y avait des coups de feu, ils sont partis eux aussi.

— On m'a dit que le Palais d'Hiver avait été bombardé.

— Exact. Le croiseur *Aurora* a tiré sur le Palais. Malheureusement les marins n'avaient pas de munitions, ils ont tiré un coup à blanc. Puis ils ont essayé de tirer sur la forteresse Pierre-et-Paul, mais ils l'ont manquée.

— C'est impossible, la forteresse est juste en face du Palais.

— J'y étais. Ils l'ont manquée.

— Et alors ?

— Les soldats du Palais ont fini par renoncer, et nos hommes sont entrés et ont mis tout à sac. Mais je crois qu'on racontera une autre histoire à l'avenir, ajouta-t-il en riant.

Mme Souvorine le regarda d'un air songeur. Ils s'étaient peu vus au cours de l'année, mais étaient toujours attirés l'un par l'autre. Elle comprenait pourquoi, en ce jour de triomphe, il lui avait annoncé qu'il passerait la voir.

Que signifiait ce changement sur le plan politique ? se demanda-t-elle. Certains criaient au scandale. Les fonctionnaires, les employés de banque et un petit nombre de syndicats avaient protesté contre cette usurpation de la *douma* en se mettant en grève. Il était possible que l'on utilise les forces armées contre les bolcheviks. Mais d'autres gens prenaient la situation avec calme. La Bourse de Petrograd n'avait pas réagi du tout : les valeurs restaient fermes. Un homme d'affaires avait fait remarquer :

— Ces bolcheviks ne sont qu'un parti au sein des soviets ouvriers. De toute manière, ce sont les soviets et non Kerenski qui détiennent le pouvoir depuis des mois. Cela ne changera pas grand-chose.

La première mesure prise par les nouveaux dirigeants avait été la distribution des terres aux paysans, mais c'était déjà inévitable, et Mme Souvorine savait que de toute manière les paysans occupaient déjà le domaine de Russka. Elle s'était habituée à cette idée.

Qui étaient ces hommes nouveaux ? Elle avait vu la liste des ministres. Elle croyait connaître Lénine, ainsi que Trotski. Et elle les redoutait. Elle avait rencontré Lounatcharski, le ministre de la Culture, et elle l'avait jugé cultivé et sympathique. Les autres noms signifiaient peu de chose pour elle. Celui du chargé des minorités nationales, Joseph Staline, rien du tout.

Elle leva les yeux vers Popov et lui posa la question qui la troublait le plus :

— Et maintenant, qu'allez-vous faire pour l'Assemblée Constituante ?

Tous les partis, y compris les bolcheviks, avaient réclamé des élections. Le Gouvernement provisoire de Kerenski en avait fixé la date : novembre. Mais après ce coup d'État, qu'allait-il se produire ?

Popov parut surpris.

— Mais... la date des élections est fixée.

— Auront-elles lieu ?

— Certainement.

— Rien n'est certain. Comment savoir si votre Lénine n'est pas un dictateur ?

— Je vous en donne ma parole, lui répondit Popov gravement. Je vous assure que l'Assemblée constituante siégera. Cela fait partie de notre programme. Non seulement ça, mais toutes les décisions de ce gouvernement — la distribution des terres, tout — sont seulement provisoires et sujettes à ratification par l'Assemblée.

Il la regardait dans les yeux. Elle supposa qu'elle devait le croire.

Janvier 1918

Le 5 janvier 1918, l'Assemblée constituante se réunit à Petrograd. Comme les élections avaient eu lieu longtemps après le coup d'État bolchevik, il serait difficile de nier que les résultats reflétaient la volonté du peuple dans les circonstances du moment. Sur les sept cent sept membres, le groupe le plus important était le parti des paysans, les socialistes révolutionnaires, avec trois cent soixante-dix sièges. Les bolcheviks en avaient cent soixante-dix, et les mencheviks une centaine. Les bolcheviks au pouvoir représentaient donc une minorité d'à peine vingt-quatre pour cent des élus.

L'Assemblée constituante ne siégea qu'un seul jour. Lénine assista à la séance dans une galerie. L'Assemblée refusa de reconnaître que le gouvernement bolchevik était le pouvoir suprême, et refusa de s'incliner devant les décisions des soviets. Le soir même, faisant appel à la force armée, Lénine dispersa l'Assemblée.

Ainsi, après des siècles de gouvernement tsariste et après ses révolutions de février et d'octobre, la Russie avait enfin joui d'une journée de démocratie.

— C'est dommage, fit remarquer un des marins qui faisait évacuer l'Assemblée, mais ça ne plaît pas au Petit Père.

De nombreux soldats donnaient déjà à Lénine le même surnom affectueux qu'au tsar.

Le lendemain, Mme Souvorine envoya une note à Evgueni Popov :

Vous m'avez menti. Tout était calculé. Ne revenez plus me voir.

Février 1918

Le destin d'Alexandre Bobrov se décida dans une rue glacée de Moscou. Quelle sottise de n'être pas resté sur ses gardes — surtout à la veille de son départ.

Car pour les deux Bobrov, il était vraiment temps de partir.

— Le nouvel âge n'aura pas besoin de nous, avait-il déclaré à son père d'un ton ironique.

Or le nouvel âge venait de commencer. Officiellement le 31 janvier, date à laquelle, par décret du gouvernement, la Russie avait adopté le calendrier grégorien et cessé d'avoir treize jours de retard sur le reste du monde. Mais quelle que fût la date, la Russie qu'avait connue Alexandre se dissolvait sous ses yeux d'une incroyable manière.

Le pays n'était ni en guerre ni en paix. Un armistice venait d'être signé avec l'Allemagne, mais les conditions de la paix, négociées par Trotski, n'étaient pas encore définies. La révolution générale en Europe, espérée par certains — dont Lénine —, ne s'était pas produite. A l'intérieur, le vieil Empire russe semblait sur le point d'éclater. Au nord, la Finlande, la Lituanie et la Lettonie avaient déjà déclaré leur indépendance. A l'ouest, la Pologne serait manifestement perdue. Au sud, l'Ukraine était divisée entre bolcheviks partisans du pouvoir central, et nationalistes ukrainiens qui avaient proclamé un État indépendant.

En Russie proprement dite, tout évoluait vite. La terre appartenait désormais au peuple. Le programme de nationalisation des industries avait commencé. L'Église orthodoxe avait perdu tous ses biens et son statut privilégié. En fait, elle se trouvait mise hors la loi.

— En six mois, nous bâtirons un État socialiste, avait déclaré Lénine.

Et il semblait sur le point de réussir.

Les bolcheviks n'étaient peut-être qu'une minorité, mais c'était une minorité déterminée. Les forces d'opposition se trouvaient en plein désarroi. Habilement, Lénine avait admis dans son gouvernement certains extrémistes du parti paysan, pour museler leur opposition. Il y avait des gardes rouges et d'autres unités socialistes partout. Dans les usines, les cellules bolcheviks proliféraient. Et, plus inquiétant aux yeux des Bobrov, un homme énergique du nom de Dzerjinski venait de fonder une nouvelle police politique : la Tchéka — Commission Extraordinaire pour combattre la contre-révolution, le sabotage et la spéculation. Apparemment, de nombreux opposants politiques des bolcheviks, dont de nombreux cadets libéraux, s'étaient rendus coupables de sédition : ils furent déclarés ennemis du peuple. Nikolaï Bobrov venait d'apprendre qu'il était du nombre.

Alexandre Bobrov, perdu dans ses pensées, marchait lentement. Il portait un vieux manteau, une casquette d'ouvrier et des grosses bottes. Il avait relevé son col de fourrure contre le froid et son visage était à peine visible. Depuis un mois, il s'habillait toujours en ouvrier. Son père se cachait.

Leur fuite avait été organisée par Souvorine. Mme Souvorine se rendrait en Finlande, puis gagnerait Paris. Les deux Bobrov l'accompagneraient, déguisés en paysans. Dans la confusion qui régnait partout, ce ne serait pas un voyage risqué.

La position personnelle de Souvorine était curieuse. Les bolcheviks désiraient nationaliser toute l'industrie, mais ne savaient que faire d'hommes comme Vladimir. S'ils coopéraient, ils feraient profiter le pays de leurs compétences et de leurs relations.

— Ils savent que l'industrie et la finance doivent continuer de tourner, avait expliqué Vladimir à Alexandre. Et j'ai un ami au ministère de la Culture, Lounatcharski. Je serai peut-être tout de même forcé de vous rejoindre avant longtemps.

Nadejda avait absolument tenu à rester avec son père, et Alexandre venait justement de lui faire ses adieux.

Depuis sa convalescence à Russka, ils étaient très proches. Il l'avait demandée en mariage deux fois. Mais en cette période troublée, elle l'avait supplié d'attendre.

— Pas tout de suite.

Mais Alexandre était certain qu'elle le rejoindrait à Paris avec son père avant un an. Ce serait le moment. Ils ne seraient alors rien ni l'un ni l'autre : deux simples émigrés. Mais peu lui importait.

— Prends bien soin de toi, Sachenka, lui avait-elle dit et elle lui avait donné un long baiser.

Ce furent ces pensées qui lui firent stupidement commettre un impair.

— Tu n'as pas une sèche ?

Le soldat s'était campé devant lui.

Alexandre le regarda, décontenancé. Il y avait six ou sept autres soldats qui le dévisageaient, des soldats de l'Armée rouge. Celui qui s'était mis sur son passage avait une tête de voyou. Si Alexandre avait encore été dans l'armée, il l'aurait envoyé se laver.

— Tu désires une cigarette, dit-il sur un ton irrité. Eh bien, je ne fume pas.

Et il reprit sa marche.

Mais que voulait donc cet individu ? Il le retenait par le manteau. Son air patelin s'était transformé en ricanement. Il appela ses camarades, qui s'avancèrent, et l'un d'eux dégagea le fusil qu'il portait à l'épaule.

Alexandre comprit aussitôt son erreur.

Il avait parlé naturellement, comme il aurait fait un an plus tôt. Il avait oublié de déguiser sa voix pour lui faire perdre ses intonations aristocratiques. Il s'était adressé à l'homme avec un certain mépris, et il l'avait tutoyé familièrement, comme les officiers quand ils s'adressaient à la troupe.

— C'est un officier. Ton nom ?

— Ivanov. Je ne suis pas officier, répondit Alexandre.

— Mais tu l'as été, pas vrai ? Nous avons trouvé un ennemi, les gars. Quels beaux vêtements vous avez là, monseigneur. Le joli manteau. Vous vous prenez pour un moujik ou quoi ?

Alexandre s'écroula soudain. La crosse du fusil l'avait frappé dans le bas-ventre.

— Qu'est-ce qu'on fait de lui ?

— On le conduit au tribunal.

— Il vaut mieux le fouiller d'abord, non ?

— Il va adorer un rendez-vous intime avec la Tchéka, ma parole, lança un autre en éclatant de rire. Relevez-vous, baron. Veuillez me suivre, Excellence. Quel bel officier, cet homme-là !

Alexandre se releva. Dieu merci, il n'avait aucun papier d'identité sur lui.

— Je m'appelle Ivanov, protesta-t-il faiblement.

Puis l'un des soldats s'écria :

— Voici l'homme qu'il nous faut. Il appartient au Comité. Demandons-lui ce qu'il faut faire.

Alexandre leva les yeux. Evgueni Popov le regardait, vaguement surpris. Les soldats lui expliquèrent ce qui s'était passé.

— Il prétend qu'il s'appelle Ivanov.

Popov sourit. Pendant plusieurs secondes, il ne dit rien. Ses yeux verts étaient posés sur Alexandre mais il semblait penser à autre chose.

— Camarades, cet homme est un bon bolchevik, dit-il enfin. Il est l'un de nous.

Le soldat qui avait découvert Alexandre n'en crut rien.

— Mais il parle comme un noble, protesta-t-il. Je jurerais qu'il a été officier.

Popov sourit.

— Avez-vous entendu parler Vladimir Ilitch ?

Tout le monde savait que Lénine prononçait ses diatribes contre les classes capitalistes avec un accent qui trahissait ses origines bourgeoises.

— Et vous savez aussi que certains officiers de l'armée impériale sont devenus de loyaux bolcheviks.

Il sourit de nouveau à Alexandre.

— Explique-toi donc.

— Je m'appelle Alexandre Pavlovitch Ivanov, balbutia-t-il, ne sachant quelle histoire inventer.

Il leur expliqua qu'il avait été blessé sur le champ de bataille et rapatrié. Écœuré par l'ancien régime, il avait offert ses services aux bolcheviks.

— Je suis sans argent. Et encore malade.

Il proposa de leur montrer ses blessures.

— Vive la révolution, dit Popov.

— Vive la révolution, répéta Alexandre.

Popov se tourna vers les soldats :

— Vous l'avez entendu. Je me porte garant pour lui.

— Si t'es avec nous, d'accord, lança le soldat en donnant à Alexandre une claque dans le dos. Dommage que tu n'aies pas de sèches.

Les soldats s'en furent et Alexandre, en face de Popov, eut soudain la nausée. Ce n'était pas seulement le coup de crosse dans le ventre, ni la peur, mais l'humiliation d'avoir prononcé ces mensonges lamentables devant l'homme qu'il détestait le plus au monde. Il croisa son regard et lui demanda :

— Pourquoi ?

Pendant un instant, Popov ne répondit pas. Il semblait réfléchir lui aussi.

— Vous vous rappelez qu'un jour vous m'avez traité de menteur ? J'utilisais un faux nom et ça vous écœurait, n'est-ce pas ?... Vous m'avez également traité de lâche, je m'en souviens... Et pourquoi venez-vous de mentir avec un tel empressement, Alexandre Nikolaïevitch ? Je vais vous le dire. Vous ne l'avez pas fait pour une cause. Vous n'avez pas de cause. Vous avez menti pour sauver votre peau.

Alexandre ne pouvait le nier.

— Je voulais seulement voir, dit Popov doucement. C'était intéressant à observer. Demain ou après-demain, vous serez pris. Et je ne vous sauverai pas. Vous serez livré à vous-même. Si l'on me pose la question, je dirai exactement qui vous êtes.

Il marqua un temps.

— Mais en attendant, voyez-vous, vous saurez que vous n'êtes pas meilleur que moi. En fait, vous êtes pire. Vous n'êtes rien du tout. Adieu.

Il s'en alla.

Le lendemain, les Bobrov gagnèrent la Finlande.

Juillet 1918

Un changement inattendu s'était produit en Vladimir Souvorine, peut-être à cause des événements, peut-être à cause des modifications physiques qui surviennent parfois avec l'âge. Il faut dire que les événements du printemps auraient brisé un homme de moindre envergure.

Une semaine après le départ de sa femme, la Tchéka le convoqua pour lui demander où elle était. Il répondit en toute sincérité qu'elle était partie en Finlande.

— Nous estimons votre fortune à vingt-cinq millions de roubles, remarqua l'un des hommes.

— Je ne me savais pas si riche, dit-il simplement.

— Vous ne le resterez pas longtemps, lui promirent-ils.

En mars, on lui annonça que sa maison Art Nouveau appartenait à l'État ; deux jours plus tard, sa résidence principale devint un musée. En avril, ses usines de Russka furent nationalisées. Fin mai, on lui demanda de passer plusieurs jours à expliquer les divers aspects du fonctionnement de ses manufactures de Moscou, puis on l'en dépouilla. Au mois de juin, Vladimir ne possédait plus rien.

Jamais il ne s'était beaucoup intéressé aux affaires en dehors de la Russie, seulement à l'art. Il n'avait pas d'investissements à l'étranger. Ses comptes bancaires à Londres et à Paris ne lui servaient que pour l'achat de tableaux. Ils permettraient à peine à sa femme de survivre quelque temps. Il était pauvre.

On ne le persécuta nullement. Quand sa maison devint un musée, le ministre Lounatcharski, qui ressemblait davantage à un professeur qu'à un révolutionnaire avec son crâne chauve et son pince-nez, lui rendit visite en personne.

— Cher ami, lui dit-il carrément, le musée a besoin d'un conservateur. Pourquoi pas vous ? Nadejda pourrait être votre assistante.

On leur permit d'habiter, à l'arrière de la maison, le petit pavillon qu'occupait naguère le gardien.

Chaque jour, Vladimir faisait donc visiter le musée aux groupes d'ouvriers enthousiastes que Lounatcharski envoyait à pleins camions, pendant que Nadejda expliquait l'art de Picasso à des paysannes éberluées, ou balayait les parquets après leur départ.

Le changement qui se produisit en Vladimir fut double. D'abord, il perdit du poids, de sorte qu'il eut l'air de nager dans ses vêtements. Du même coup, la structure osseuse de son visage devint visible et sa physionomie se modifia. Sa mâchoire parut plus forte, ses yeux plus enfoncés, son nez plus long et moins régulier. Fin juin, ce fut frappant : quoique de plus petite taille, il était devenu le portrait vivant de son grand-père, Savva Souvorine.

Peut-être avait-il acquis également le caractère de Savva, car en toute chose, il se montrait maintenant très prudent. Et déterminé.

Il observait les événements de près. Depuis le printemps, deux mesures importantes avaient été prises : la capitale avait été transférée de Petrograd à Moscou ; et sur les instructions directes de Lénine, la paix venait d'être signée avec l'Allemagne à Brest-Litovsk. Toutes les exigences de l'Allemagne avaient été satisfaites. La Finlande, la Pologne, la Lituanie, l'Estonie et la Lettonie devenaient indépendantes. Ainsi que l'Ukraine, sous le contrôle des Allemands. Les pertes étaient immenses sur le plan de l'agriculture et des ressources minières. Mais la Russie n'était plus en mesure de combattre, et c'était sans doute le seul moyen de sauver le gouvernement bolchevik. Cependant, comme la Russie n'était plus leur alliée active, la France et l'Angleterre regardèrent d'un œil soupçonneux son gouvernement socialiste, dont les dirigeants avaient épousé depuis longtemps la cause de la révolution mondiale. En été, l'Angleterre établit une tête de pont dans le grand nord, officiellement pour protéger des dépôts de munitions des Alliés. Puis des troupes japonaises, à l'instigation des États-Unis, débarquèrent près de Vladivostok. D'autres forces se mobilisaient également. Dans le sud, les Cosaques du Don se préparaient à résister aux bolcheviks ; d'autres opposants au nouveau régime se rasemblaient au-delà de la Volga. Lénine, manifestement inquiet, se hâtait de recruter et de former une nouvelle Armée rouge. Trotski s'en occupait personnellement. A Moscou, ils avaient offert aux recrues des soldes de plus en plus élevées.

— Il va y avoir la guerre civile, dit Vladimir à Nadejda. Et Dieu seul sait qui l'emportera.

Juin passa, puis juillet. Vers la fin de juillet, il prit sa décision.

Il venait d'apprendre qu'ils avaient assassiné le tsar.

Dimitri, indécis, regarda son oncle Vladimir, puis son père. C'était la première fois qu'il était témoin d'une tension entre eux. Encore plus étrange, son père, debout dans la salle à manger, venait de dire d'un ton presque cassant :

— Je suis vraiment surpris que tu aies songé à me demander de déserter mon pays.

Ils parlaient depuis une demi-heure, mais n'avaient abouti qu'à une impasse. Vladimir avait présenté ses arguments patiemment : la terreur croissante de la Tchéka, la menace de l'étranger.

— Quand un régime se trouve dans cette position, ou bien il tombe, ou il impose une dictature. Or je suis sûr que les bolcheviks s'accrocheront au pouvoir. Le meurtre du tsar indique clairement leurs intentions. Ils résisteront les armes à la main. Et je serai certainement tué.

— Voyons, objecta Piotr Souvorine, le tsar a été abattu par un soviet local de Sibérie.

— Je n'en crois rien.

Mais le professeur Souvorine ne s'intéressait guère au tsar. Pour Vladimir, habitué à évaluer les situations et à prendre des décisions, l'intelligence abstraite de son frère paraissait superficielle. Il l'avait interrogé sur les événements récents, notamment l'éviction par les bolcheviks des socialistes modérés comme lui. Piotr en avait été effectivement troublé.

— Mais avec le recul du temps, Vladimir, tu verras que cette étape était inévitable. Nous avons la révolution. C'est l'essentiel. La révolution.

Il adressa à son frère un de ses regards purs et doux. Vladimir secoua la tête et répondit d'un ton grincheux :

— Il se peut que je me trompe, mais je crois que tu fermes les yeux devant tout ce que tu ne veux pas voir.

« Et pourquoi, se demanda Dimitri, mon oncle insiste-t-il tellement pour que je parte avec lui, alors que je n'en ai aucune envie ?... »

Les mois précédents avaient été particulièrement passionnants. Dans le sillage de la révolution, les artistes d'avant-garde étaient descendus dans les rues. Un poète comme Maïakovski avait fait des affiches et des proclamations. « Tout artiste est un révolutionnaire, et tout révolutionnaire est un artiste », disait-on. D'immenses fresques apparaissaient. Au-dessus d'un immeuble près de leur appartement, une sculpture de poutrelles métalliques se dressait vers le ciel comme pour proclamer le début du nouvel âge. Chaque jour, il arpentait les rues, émerveillé. Karpenko peignait sans relâche et Dimitri se promettait d'étonner le monde avec sa nouvelle symphonie — un hymne à la révolution. Comment aurait-il eu envie de partir ?

Puis Piotr sortit de la pièce pendant un instant, et Vladimir lui avoua la vérité :

— Je te supplie de venir, Dimitri, parce que je l'ai promis à ta mère. Tu sais, ajouta-t-il, c'était sa dernière volonté.

— Mais pourquoi ? s'écria Dimitri. Pourquoi voulait-elle à toute force que je parte ?

Vladimir soupira.

— Elle avait des rêves.

— Des rêves ?

— Elle rêvait qu'il t'arriverait quelque chose si tu restais. Des rêves horribles, très réels pour elle, juste avant la fin.

— Avant l'accident ?

— C'est cela.

Mais le jeune homme secoua la tête.

— Je ne peux pas abandonner mon père. Et je n'ai pas envie de partir. Ma mère m'a toujours dit qu'un musicien ne risquait jamais rien. Et je suis musicien, ajouta-t-il en riant.

A regret, Vladimir renonça. La seule personne de l'appartement qui accepta de quitter Moscou fut Karpenko.

— Je vous accompagnerai jusqu'à Kiev, dit-il. Je veux rentrer chez moi.

Le lendemain, Dimitri demanda un service à son père. Sa *Symphonie à la Révolution* avançait bien, mais il voulait incorporer au mouvement lent des thèmes qu'il avait composés deux ans plus tôt pendant son séjour à la campagne.

— J'ai dû laisser les partitions à Russka, chez l'oncle Vladimir. Elles y sont sans doute encore, mais je n'ai pas le temps de faire le voyage.

Piotr Souvorine promit d'aller les chercher à sa place.

Nadejda s'était habituée à sa nouvelle vie. Elle aimait les ouvriers et les gens simples à qui elle faisait visiter le musée. Elle s'était habituée à balayer le parquet sous leurs yeux. Elle s'habillait maintenant comme une simple paysanne, avait un foulard sur la tête, parce que c'était plus pratique. Et elle était heureuse de rester auprès de son père au moment où celui-ci traversait la plus grande crise de sa vie.

La seule chose qui la contrariait était la présence d'Evgueni Popov.

— Pourquoi vient-il ici, grommelait-elle entre ses dents. Pour me narguer ? Pour se rengorger ?

Deux ou trois fois par semaine, en effet, il venait inspecter la maison, passait la tête dans leur pavillon, la saluait d'un signe de tête, puis s'en allait.

— J'aimerais lui claquer la porte au nez, lança-t-elle amèrement à son père.

Il la mit aussitôt en garde :

— Ne contrarie jamais un homme comme lui. Il est dangereux, à présent.

Son père était-il au courant des relations de Popov avec sa mère ? Elle l'avait toujours supposé, mais sans le demander. Comment cet homme avait-il le front de tourner ainsi autour de son pauvre père en ce moment ?

Elle était ravie de partir, ne serait-ce que pour se débarrasser de cet importun.

Le plan de fuite de Vladimir était simple. Il avait remarqué que la plus grande confusion régnait dans la gare d'où partaient les trains à destination de l'Ukraine. Obtenir des faux papiers s'avéra assez facile. L'essentiel était que personne ne reconnaisse Vladimir. Le plan resterait secret, ils n'en parleraient ni à Dimitri ni à Piotr.

L'après-midi précédant la date prévue, quand Popov se rendit à l'ancienne maison Souvorine, tout lui parut normal. Il fit son inspection habituelle puis passa au pavillon, où il trouva Nadejda seule. Il serait sans doute reparti aussitôt si la jeune fille ne lui avait pas lancé :

— Alors, vous venez faire le fier, comme d'habitude ? Personne n'a rien volé, ajouta-t-elle, à moins que vous n'ayez pris quelque chose, bien entendu.

Il la dévisagea d'un air curieux.

— Vous devriez vous montrer plus polie envers un commissaire du peuple. Mais c'est vrai que vous ne m'aimez pas.

Elle haussa les épaules. Elle avait déjà trop parlé, rajouter un seul mot serait de la folie. Mais sachant qu'elle allait partir, elle lança ce qu'elle avait sur le cœur.

— Je suis sûre que vous êtes un voleur. Et je vous imagine très bien dans la peau d'un assassin. Vous avez essayé de voler ma mère à mon père, qui est un ange. J'ai toutes les raisons du monde de vous mépriser.

Pendant près d'une demi-minute, Popov ne dit rien. « Pourquoi, se demandait-il, tous ces bourgeois vivent-ils si souvent dans le mensonge ? Pourquoi cette petite impertinente, qui a déjà l'âge de devenir la femme de quelqu'un, vit-elle encore dans l'ignorance de la plus simple des vérités ? »

Il lui révéla ce qu'était en réalité Vladimir.

Après tout, ce n'était rien de bien important. Puis il s'en alla.

Sous le choc, Nadejda devint livide et resta complètement figée, comme morte. Ce ne pouvait être vrai. Elle avait entendu parler de ce genre de chose. Elle avait même appris l'année précédente que

Tchaïkovski... Mais son père ! L'ange qu'elle avait adoré toute sa vie ! Le choc était trop brutal pour qu'elle pleure.

Au fond d'elle-même elle refusa de le croire. Mais le soir même, quand Dimitri passa la voir, elle lui demanda d'un ton insouciant :

— Dis-moi, tu es au courant depuis longtemps, pour mon père et Karpenko ?

Le pauvre Dimitri, pris au dépourvu, ne put que rougir jusqu'aux oreilles et balbutier :

— Comment diable l'as-tu appris ?

C'était le soir. Pour éviter d'être reconnus, ils n'entrèrent pas dans la gare en même temps.

Sur le quai, avec sa chemise et sa ceinture de paysan, sa grosse main tenant un sac sur son épaule, Vladimir ressemblait vraiment au moujik russe qu'avait été son grand-père Savva. Quelques instants plus tard, un jeune couple de paysans timides — le mari brun et beau, sa compagne ravissante sous son foulard — monta dans un autre wagon. Personne ne se souviendrait d'eux.

Karpenko était aux anges : quelle aventure ! En plus il allait revoir ses parents et retrouver son Ukraine bien-aimée. Il n'était que temps. C'était très bien, la révolution, et il l'avait soutenue comme les autres, mais...

— Qui sait ? avait-il avoué à Dimitri. Si j'étais russe, je serais sans doute encore bolchevik.

Mais pouvait-il tolérer la façon dont ils traitaient son pays ? Les bolcheviks n'éprouvaient aucun respect pour la nation ukrainienne et sa langue. Le chef de la Tchéka à Kiev avait fait tirer sur des gens dans la rue parce qu'ils parlaient ukrainien. Un Karpenko ne pouvait admettre une chose pareille. Depuis l'arrivée des Allemands, les Ukrainiens avaient eu le droit d'élire un *hetman* cosaque, comme autrefois. Et Karpenko avait appris que des livres en ukrainien avaient fait leur réapparition dans les écoles. Le poète Karpenko y occupait une place d'honneur. Oui, cette révolution russe était passionnante, mais il était temps de rentrer chez soi.

Il remarqua que Nadejda semblait tendue, soucieuse, mais n'en fit guère de cas. Quand il voulut aller dans le wagon de tête voir si Vladimir était bien installé, il ne s'étonna pas qu'elle lui demande de rester là-bas avec son père.

— J'ai envie d'être seule, ce soir, dit-elle.

Pourquoi pas ?

Il ne s'aperçut donc pas que peu de temps avant le départ du train, Nadejda redescendit sur le quai.

Popov était pressé. Il avait réquisitionné un véhicule militaire pour se rendre chez les Souvorine.

Comment avait-il pu se montrer si stupide ? Il aurait dû deviner. Pourquoi Nadejda aurait-elle pris le risque de l'insulter si elle n'était pas certaine de ne plus le revoir ? Les Souvorine n'avaient en principe que deux moyens de quitter la ville. Il en choisit un au hasard.

Sur le quai, Nadejda ne pouvait plus rien voir à travers ses larmes.

Depuis la veille, elle s'était parfaitement maîtrisée. Au retour de son père, elle l'avait embrassé comme à l'accoutumée et avait préparé son dîner. Au matin, elle avait fait visiter le musée à des ouvriers, et dans la soirée, elle avait tout fermé à clé comme prévu avant d'aller rejoindre Karpenko, habillée en paysanne.

Mais elle n'avait pas l'intention de partir avec eux — son père et l'amant de son père. Elle ne partagerait pas la honte secrète qui s'ouvrait devant elle comme un abîme sans fond.

C'était une horreur, bien plus douloureuse que la perte de tous leurs biens. Tout ce en quoi elle avait cru s'était brisé.

Si Karpenko restait dans le wagon de son père, ils ne s'apercevraient de son absence que le lendemain matin, à la frontière de l'Ukraine. Et ce serait trop tard.

Qu'allait-il advenir d'elle ? On la laisserait au musée. Ou bien oncle Piotr et Dimitri l'aideraient. Ou Popov la ferait fusiller... Peu lui importait.

Elle arriva au bout du quai. Ce fut à peine si elle entendit le sifflet du chef de train. Puis quelqu'un la bouscula et la saisit par les épaules. Elle leva les yeux.

C'était Popov.

Dans les années qui suivirent, elle ne comprit jamais ce qui se passa ensuite. Popov, le haineux Popov, la tenait dans ses bras. Et avec une douceur surprenante, il la forçait à se retourner et à parcourir le quai de la gare en sens inverse.

— Tu étais en train de les fuir, ma jolie ? disait la voix dans son oreille. A cause de ce que je t'ai appris hier, hein ? C'est bien ça ? J'en suis sûr. Ne dis rien. Quelle autre raison ?

Il lui serra un peu plus le bras.

— Crois-moi... Je t'en supplie, crois-moi. Il y a bien pire que ça. Ce n'est pas un méchant homme, ton père. Pas du tout.

Il avançait d'un pas vif en regardant par les fenêtres du train. Il ne pouvait manquer de les découvrir. « Mon Dieu, qu'ai-je fait ? » songea Nadejda. Elle se débattit pour lui échapper. Il n'eut aucun mal à la retenir.

— Ne t'envole pas, mon petit oiseau. Ne t'envole pas. Ah, les voici.

Il ouvrait déjà la portière du compartiment. Elle vit, comme dans un brouillard, son père et Karpenko. Et Popov disait quelque chose. Il parlait de sa mère. Il disait qu'il... Comment ? Qu'il l'aimait ?

Puis elle se sentit soudain poussée à l'intérieur du compartiment, dans les bras de son père, et la portière claqua. Pendant une seconde, tout lui parut étrangement en suspens, puis le train s'ébranla.

Et Popov la regardait avec un sourire triste...

Depuis des mois, il se rendait au musée pour s'assurer que la jeune fille allait bien. Il avait eu tort de se mettre en colère contre elle. Quand il avait compris que les Souvorine allaient tenter d'émigrer, il s'était lancé à leur poursuite dans l'intention ferme de les arrêter. Et même à son entrée dans la gare, il comptait bien arrêter Vladimir.

Mais il avait changé d'avis. Pourquoi ne pas l'avouer ? C'était en voyant la jeune fille en larmes. Moscou n'était plus un endroit pour elle. Qu'elle s'en aille. Que son père l'emmène là où elle serait heureuse : près de Mme Souvorine.

Mme Souvorine — l'île solitaire de l'amour, du seul amour qu'il ait connu au cours de tant d'années sur le grand courant inexorable qui l'emportait.

Popov s'accordait rarement le droit d'être faible. Peut-être était-ce là sa dernière faille. Il se retourna. Mme Souvorine et le dernier lien qu'il avait encore avec elle n'existaient plus. Il n'y aurait plus dorénavant que la révolution. N'était-ce pas pour la révolution qu'il vivait depuis toujours ?

Ce fut une affaire étrange que personne ne put jamais élucider.

Le dernier jour de juillet, Piotr Souvorine se trouvait à Russka. De là, il se rendit au village de Bobrovo et demanda à l'ancien l'autorisation de se rendre dans le manoir.

Plusieurs personnes qui assistaient à la scène remarquèrent qu'en apprenant le nom du visiteur, l'ancien du village, Boris Romanov, le dévisagea d'un air abasourdi. Mais sans doute était-il surprenant de découvrir que ce professeur maigrichon était le frère du colosse Vladimir.

L'ancien se montra vraiment obligeant. Il accompagna Piotr au manoir et trouva le paquet qu'il cherchait : des partitions de musique enfermées dans un placard. Puis, il l'escorta en personne à travers les bois sur le chemin de Russka.

Personne ne savait ce qui était arrivé ensuite au professeur. On n'avait jamais trouvé la moindre trace. C'était un de ces mystères...

Dimitri Souvorine termina de mémoire le splendide mouvement lent de sa *Symphonie à la Révolution*, qu'il dédia naturellement à la mémoire de son père.

Août 1918

Le jeune Ivan observait les soldats qui se rapprochaient. L'Armée rouge. Ils s'étaient occupés de la ville de Russka dans la matinée. Un commissaire du peuple les accompagnait, un homme important. Et Ivan venait d'apprendre que le commissaire se rendrait dans le village en personne.

Le commissaire et son oncle Boris. Qui l'emporterait ?

Le village s'était bien préparé. Une semaine plus tôt, par une nuit sans lune, la population entière, hommes et femmes, s'était rassemblée pour transporter les céréales dans de nouvelles cachettes. Comme sa mère et lui vivaient au manoir et que son oncle Boris détestait Arina, on ne leur avait pas demandé de participer. Mais Ivan les avait épiés. Il y avait deux dépôts souterrains à l'orée du bois et une cinquantaine de fûts étanches immergés dans la rivière, en amont. Il restait cependant un peu de blé dans le grenier principal du village.

— Laissons ces voleurs nous prendre ça, avait dit l'oncle Boris. Même quand mon père était serf, personne ne venait jamais lui prendre son blé, avait-il ajouté d'un ton de mépris.

Dans la Russie entière, la révolte couvait. Dans le sud, une semaine plus tôt, les gens d'un hameau avaient chassé deux bolcheviks à coups de fourche et tué l'un d'eux.

Le problème avait commencé quand le Gouvernement provisoire avait ordonné la vente à l'État de tous les surplus de céréales à un prix déterminé, bien entendu très bas. La plupart des paysans avaient gardé leur récolte. Comme ils avaient l'habitude de vendre leurs produits au marché, ils avaient continué. Maintenant, les bolcheviks prétendaient que c'était de la spéculation, et les officiers de la Tchéka faisaient fusiller les gens qu'ils prenaient sur le fait.

— Savez-vous combien ils donnent d'un boisseau d'orge ? s'était exclamé Boris Romanov. Seize roubles. Et savez-vous combien j'en obtiendrais si je pouvais vendre le même boisseau à Moscou ? Presque trois cents roubles. Alors, qu'ils viennent. Nous verrons ce qu'ils sauront trouver.

Ils arrivaient. Une trentaine d'hommes en uniformes sales. A leur tête, deux hommes en manteau de cuir. Le plus âgé devait approcher de la soixantaine, mais ses cheveux grisonnants conservaient encore des reflets roux.

— Bon Dieu, murmura Boris. Ce maudit rouquin.

Popov s'avançait vers le village sans émotion particulière. Il n'était venu dans cette région que sur l'ordre personnel de Lénine.

Jamais il n'avait vu Vladimir Ilitch si furieux. Un membre du Comité central avait même suggéré de rétablir provisoirement le marché libre pour les céréales.

— Mais nous sommes communistes. Si nous autorisons un marché libre, que faisons-nous au gouvernement ? avait répliqué Lénine.

En attendant, la disette était telle dans les villes que les gens les désertaient.

L'objectif de la campagne de Popov était double : obtenir des céréales et mettre au pas les paysans. Lénine n'avait pas mâché ses mots :

— L'obstacle, Evgueni Pavlovitch, c'est la classe capitaliste au sein de la paysannerie : les *koulaki*. Ce sont des profiteurs, des sangsues. Si nécessaire, il faudra liquider toute cette classe. Il faut apporter la révolution dans les campagnes. Trouver le prolétariat rural.

Popov avait souri. Il se rappelait ses tentatives dans les campagnes.

Qui était un *koulak* ? Un paysan égoïste ? Un paysan qui avait réussi ? A ses yeux, tous les paysans étaient des petits bourgeois, il ne les avait jamais aimés. Il était temps de faire le tri.

Le commissaire et le *staroste*, s'ils se reconnurent, n'en laissèrent rien paraître.

— Où sont les céréales ? demanda Popov.

— Par ici, camarade commissaire.

Il l'entraîna vers le grenier. Popov ne prit pas la peine de regarder à l'intérieur.

— Fouillez le village, ordonna-t-il.

Jamais le jeune Ivan n'avait vu son oncle jouer la comédie ainsi. Il s'inclinait et s'aplatissait devant le commissaire comme un vulgaire aubergiste et l'appelait « Camarade commissaire ». Une fois, apparemment distrait, il lui donna même le titre d'« Excellence » réservé jadis aux hauts fonctionnaires tsaristes.

Mais le visage de Popov restait un masque.

— Rien, commissaire, signala le sergent.

— Je ne m'attendais pas à trouver quoi que ce soit, répondit Popov. Et au manoir, que se passe-t-il ? demanda-t-il soudain à Boris.

— Pas grand-chose, estimé commissaire. Seulement sa mère, dit l'ancien en montrant Ivan.

— Allons voir.

Popov visita la maison de fond en comble et voulut voir les communs et les ateliers. Puis il sortit sous la véranda et ordonna de rassembler la population.

Quand ce fut fait, il se tourna vers Boris.

— Tu es l'ancien du village. Tu jures que vous n'avez pas d'autres céréales ?

— Je le jure, camarade commissaire, répondit Boris avec la dernière énergie.

— Très bien.

Il fit signe aux soldats de coucher Arina en joue, puis se tourna vers le jeune Ivan.

— Maintenant, tu vas me dire où se trouvent les cachettes, dit-il doucement.

Quand le dernier fût de blé fut retiré de la rivière, un soldat de l'Armée rouge abattit Boris sur la berge.

Puis le détachement se rendit au monastère, entièrement vide, et Popov nota que les bâtiments pourraient éventuellement servir de prison. Le soir tombait, les soldats allumèrent un feu de joie avec les meubles de l'église. L'un d'eux apporta une brassée d'icônes.

Ainsi disparut l'ancien don de la famille Bobrov aux moines, le chef-d'œuvre du grand Roublev.

Le même soir, longtemps après que le feu de joie fut éteint, une silhouette sortit des bois, en aval du village, à l'endroit où Arina attendait avec une barque.

Ivan se cachait depuis le départ des soldats. Jamais les fils de

Boris Romanov ne lui pardonneraient ce qui s'était passé. Jamais les gens du village n'oublieraient que par sa faute ils avaient perdu leur récolte. Quant au poste que les bolcheviks lui avaient proposé dans leur nouveau comité, il savait que ce serait son arrêt de mort.

Sa mère l'aida à monter dans la barque.

— Où iras-tu ?

— Je vais descendre jusqu'à l'Oka et je continuerai vers Mourom.

— Que feras-tu ?

Il haussa les épaules.

— Je ne sais pas. Je m'engagerai peut-être dans l'armée. J'ai l'impression que c'est l'endroit le plus sûr, ajouta-t-il en souriant.

— Voici de l'argent, dit Arina en l'embrassant. Tu es mon fils unique. Si tu meurs, je veux le savoir. Sinon, je me dirai que tu es en vie.

— Je vivrai.

Il prit les rames.

Octobre 1920

Il faisait de plus en plus froid, mais le travail était presque terminé : une simple opération de nettoyage. Le camion et la pièce d'artillerie devant eux n'étaient plus qu'un tas de ferraille. Il y avait une demi-douzaine de cadavres et un homme apparemment encore en vie. Un officier.

Ivan s'avança avec précaution. Autour d'eux, la steppe russe s'étendait jusqu'à l'horizon.

La guerre était presque terminée. Les Blancs et leurs alliés de l'étranger avaient failli réussir une ou deux fois. A un moment, on avait même cru que Petrograd tomberait. Mais les Blancs avaient toujours manqué de coordination, comparés aux Rouges. Et sans doute de détermination. Le front des Blancs était maintenant en déroute, et leurs alliés capitalistes — l'Angleterre, l'Amérique, le Japon, l'Italie — avaient tous renoncé.

Ivan regarda l'officier cosaque qui vivait encore. Dommage, c'était un beau gars.

Karpenko regarda Ivan se rapprocher. Oui, quel dommage de mourir. Deux ans plus tôt, jamais il ne se serait cru capable de se battre comme il l'avait fait, et c'était réconfortant. Et la douleur dans son ventre était comme du feu.

Il eut l'impression d'avoir déjà vu ce jeune soldat rouge, mais peu importait.

— Camarade, lui dit-il d'un ton léger, mets fin à mes souffrances.

Ivan le fit. Ce fut le dernier coup de feu qu'il tira.

La révolution avait triomphé.

Le silence régna cette nuit-là sur la steppe. Et dans la forêt, doucement le vent glissait sur les terres.

Coda

1937

Doucement, très doucement, la musique s'imposa et bien que la nuit fût avancée, onze heures du soir, il se sentait plein d'allant et d'assurance.

Pourvu qu'il ait encore assez de temps devant lui.

La plume de Dimitri Souvorine courait sur le papier.

C'était un morceau bref, cette *Suite*. Un petit morceau de musique descriptive inspirée du folklore russe. Les enfants comme les adultes l'aimeraient, pensa-t-il. Elle était entièrement écrite maintenant, à l'exception de la coda.

Dans la pièce voisine, sa femme et ses enfants dormaient. Il avait un seul garçon, Piotr, comme son grand-père, et une fille, Mariouchka. Le petit garçon, d'après ce qu'on disait, lui ressemblait beaucoup. Tout en écrivant, Dimitri sourit intérieurement. La *Suite* était destinée à sa famille entière mais surtout au petit Piotr. Il la lui avait dédiée ce soir même et il savait que c'était important de l'avoir fait car maintenant, quand le garçonnet l'entendrait, peut-être comprendrait-il.

C'était la réponse au terrible secret qu'ils partageaient.

La *Suite* avait un thème charmant. Elle racontait l'histoire de chasseurs qui s'enfoncent dans la forêt à la recherche d'un ours. Naturellement, ils en ont peur mais ils le capturent et ramènent avec eux l'énorme bête enchaînée. En revenant à travers la forêt, ils aperçoivent l'oiseau de feu magique. Un des chasseurs, connaissant ses qualités prodigieuses, s'élance à la suite de l'oiseau, pour tenter de saisir une de ses plumes, mais il échoue. L'oiseau étincelant, selon son habitude, s'envole hors de portée, provocant, insaisissable.

Dimitri était satisfait des thèmes musicaux : l'ours avait un air lent, fortement accentué, représentant sa nature simple et sa démarche lourde ; l'oiseau de feu avait une petite mélodie envoûtante qui éclatait soudain en notes détachées, un brillant staccato marquant que ses plumes scintillaient et s'enflammaient.

Quand les hommes ramènent l'ours à la ville, ils le dressent pour le cirque, et la musique illustrait les encouragements et les coups, la souffrance de l'ours et ses pas maladroits tandis qu'il commence à tourner autour de la piste du cirque, obéissant à leur volonté. C'était touchant et vibrant d'humour.

Mais serait-ce approuvé ?

Pendant un instant, Dimitri suspendit son travail. Au-dehors, il pouvait voir par-dessus les toits des immeubles voisins. Une lune presque ronde planait dans le ciel automnal. Et à moins de cinq kilomètres, il le savait, dans son bureau au cœur du Kremlin, un autre personnage était certainement en train de travailler à cette heure-là.

Ce que Staline avait réalisé était remarquable : aucun doute là-dessus. Au début des années vingt, après la ruine causée par la guerre civile, le cours de la révolution avait paru bien incertain. La direction du Parti avait même dû tolérer pendant quelque temps un petit retour au capitalisme avec la N.E.P. C'est alors que Staline avait imposé sa volonté : ce que Lénine avait commencé, il le finirait. Et la métamorphose avait été stupéfiante : le pays entier transformé en fermes d'État et en collectivités ; les paysans indépendants de l'Ukraine déportés en masse. L'extraordinaire premier Plan quinquennal pour l'industrie réalisé en à peine plus de quatre années. La Russie était maintenant, pour de bon, une puissance industrielle mondiale. Mais à quel prix ? Combien avaient péri ? Il préférait ne pas songer au nombre de morts.

L'Union soviétique s'était dressée comme un ours majestueux. Il n'y avait rien, semble-t-il, que le grand ours ne puisse accomplir avec sa force gigantesque, si cette force était bien dirigée.

Pourtant, il regrettait la période précédente. La vie avait plus de piquant. Des écrivains comme Boulgakov et Pasternak étaient libres de dire ce qui leur plaisait. Eisenstein avait révélé au monde son étonnante œuvre cinématographique. Peindre était encore du domaine de l'avant-garde, jusqu'à ce que l'actuelle doctrine du réalisme socialiste condamne toute la peinture à n'être qu'une morne idéalisation de la vie prolétarienne.

A l'heure actuelle, il fallait montrer plus de prudence. Un de ses amis, qui avait sans réfléchir récité un poème satirique datant de 1932 sur Staline — et cela uniquement dans l'intimité d'un appartement privé —, avait disparu dans la semaine. Les films d'Eisenstein étaient maintenant soumis à la censure personnelle de Staline ; tous les livres d'histoire étaient en train d'être récrits.

— Je ne peux que remercier Dieu que personne n'ait encore découvert un moyen de contrôler la musique, disait Dimitri à son épouse.

Les autorités ne s'occupaient guère de ses œuvres ou de celles de Prokofiev et de Chostakovitch.

Pendant plusieurs minutes encore, Dimitri écrivit avec concentration : la coda prenait forme. L'appartement était silencieux, sa petite famille dormait. Dimitri termina la première partie de l'entrée finale de l'ours.

Il y avait une loi récente et démente qui l'avait réellement indigné.

Éduquer les enfants pour qu'ils s'adaptent à un monde socialiste est une chose. Dimitri souriait parfois de la vénération que portait Staline à Pierre le Grand. Pierre aussi n'avait vu dans les hommes que des créatures dont la destinée était de servir l'État. Mais même Pierre le Grand n'avait pas imaginé une législation comme celle de Staline. Transformer n'importe quel enfant en un ennemi de ses propres parents — Dimitri en était profondément révolté. La nouvelle loi sur les enfants était néanmoins très claire. Tout enfant qui découvrait chez l'un ou l'autre de ses parents des tendances contre-révolutionnaires devait le dénoncer. Il avait souri gaiement à l'époque.

— Ta mère est une scientifique et ton père un musicien, avait-il dit au jeune Piotr, alors je ne crois pas que tu aies à te tracasser pour ça.

Et le petit garçon avait ri. Il n'était âgé que de neuf ans, mais Dimitri avait souvent été frappé par son regard pensif.

— Peut-être seras-tu un érudit, ou un artiste, Dimitri, se plaisait-il à lui dire.

Dans la seconde partie de la *Suite*, l'un des chasseurs parvient à approcher l'oiseau de feu juste assez pour lui arracher une plume, et il la rapporte au cirque. La plume étincelle et crépite de lumière. C'est comme si le bonhomme venait de découvrir le pouvoir et les merveilles de l'électricité, et la musique se chargea d'énergie chromatique au moment où apparaît la plume prodigieuse.

Quelle stupidité de sa part, évidemment, d'avoir fait ce genre de réflexion, même en privé. Pourtant, comment ne pas s'irriter ? L'année précédente, le régime avait déclaré qu'un certain nombre de disciplines scientifiques devaient être supprimées : la pédiatrie, la génétique, la sociologie, la psychanalyse. La raison ? La grande Constitution de Staline venait d'être promulguée et elle déclarait que l'Union soviétique était un État démocratique parfait. Comment pouvaient donc exister des sciences qui parlaient d'enfants malheureux, de tares, de problèmes sociaux ou de personnes à l'esprit malade ?

Et un soir, chez lui où il se trouvait avec quelques amis, Dimitri s'était tourné vers le petit Piotr pour lui faire remarquer : « Tu te rends compte, hein, que cette Constitution est un mensonge flagrant ? » Il n'en avait pas dit davantage ; mais cela avait suffi.

Il s'en était rendu compte une semaine plus tard. C'est une expression dans les yeux du garçonnet qui l'avait édifié. Un après-midi où il était en train de travailler sur la table de la cuisine, il avait soudain aperçu le petit Piotr qui le dévisageait fixement d'un air accusateur. Puis, quand il avait instinctivement attiré le garçonnet contre lui en l'entourant de son bras, il avait senti Piotr reculer d'un mouvement brusque, puis l'enfant l'avait regardé d'un air coupable avec une honte manifeste. Il avait su aussitôt, et compris. Et le garçonnet avait deviné qu'il savait. Aucun d'eux n'en avait parlé.

Dommage, néanmoins.

Laisserait-on jouer la *Suite* ? Elle semblait assez anodine — juste quelques scènes de cirque, basées sur des contes de fées. Il supposa que oui, mais peut-être devrait-il cacher la partition quelque part, la donner à quelqu'un. Juste au cas où.

Il continuait à travailler rapidement.

La coda dépeignait une scène remarquable. L'oiseau de feu sort de la forêt — ce qui ne s'était jamais produit auparavant — et se précipite à l'intérieur du cirque. Plongeant en piqué et tournoyant, l'oiseau de feu terrifie tout le monde — le public, les chasseurs, le montreur d'ours. Des étincelles emplissent l'air. Les éclairages électriques clignotent follement. Et, dans ce désordre indescriptible, l'ours, depuis si longtemps asservi, rompt sa chaîne et commence sa lourde danse tragi-comique.

La jouerait-on ? Lui laisserait-on le temps de la finir ? A moins de cinq kilomètres de là, au centre du grand cœur de pierre du Kremlin, Staline travaillait à présent. C'est précisément à cette heure de la nuit, disait-on, qu'étaient placées devant lui les listes des purges. Tant d'hommes avaient disparu déjà ! Des noms, des noms sans nombre, des noms sans visage. Disparaissaient-ils de l'univers ou seulement de la surface de la Terre ?

La coda se formait lentement, ses rythmes syncopés s'unissaient puis se séparaient tandis que la foule criait et que l'oiseau de feu et l'ours, combinant leur folle danse de joie et de liberté, fonçaient hors du cirque dans la nuit en direction de la forêt.

Minuit passa. Une heure.

Un coup à la porte.

L'oiseau de feu volait toujours plus haut, effleurant le sommet du chapiteau dont les lumières jetaient des éclairs. L'ours étreignait son dresseur non avec fureur mais avec affection cependant que le pauvre diable hurlait de peur.

Les coups à la porte résonnèrent plus fort.

Sa femme était dans la cuisine maintenant, une lueur de peur, d'incompréhension dans les yeux. « Le NKVD. Qu'avons-nous fait ? » Sa petite fille réveillée et en larmes. Son fils, pâle comme un spectre, derrière elles.

L'oiseau de feu plongeait à présent vers l'ours en l'appelant. Il tenait dans ses serres la plume volée. L'ours s'en allait lourdement vers la sortie. Une minute encore et ils seraient libres.

Les hommes s'étaient mis à marteler la porte à coups de poing. Leurs voix résonnaient avec colère. Le petit Piotr s'engageait dans le couloir. Dans un instant, il les ferait entrer.

Les pans du chapiteau se soulevèrent et se séparèrent, avec un dernier battement formidable des instruments à percussion, ils s'élancèrent, l'ours et l'oiseau, vers l'immense liberté accueillante de la forêt où, pour une seconde ou deux encore, on entendit retentir les joyeuses mélodies intemporelles.

Dimitri se retourna. Ils étaient trois. Ils le laissèrent embrasser sa femme et sa petite fille. La musique resta sur la table. Ils s'apprêtèrent à partir.

Le garçonnet était là, dans le couloir. En cet instant, voyant qu'on emmenait son père, il avait soudain craqué.

Dimitri le souleva et le prit dans ses bras. Il le serra étroitement contre lui. Il chuchota :

— Ça ne fait rien. Tu comprends ? Je savais, mais cela n'a pas d'importance. La musique est pour toi.

Puis, lui aussi, il s'enfonça dans une nuit froide et plus sombre.

Janvier 1938

Cette année-là, Ivanov était le délégué du Parti à Russka. Pas un mauvais bougre. Il avait un adjoint nommé Smirnov.

Ils examinaient ensemble la liste. On avait requis d'eux vingt-cinq noms. Ils étaient arrivés à vingt-trois ; ils finirent par en dénicher un vingt-quatrième ; mais un homme leur manquait encore.

Il devait être trouvé, bien entendu. Vingt-cinq noms d'ennemis du peuple. Voilà le drôle de côté d'une purge. Les gens importants, naturellement, étaient sélectionnés avec soin. Par contre ici, dans ce trou, on avait juste un quota à remplir.

— Il doit y avoir quelqu'un, dit-il.

C'est alors qu'il se rappela Evgueni Popov.

Un personnage original, peu bavard, qui vivait de sa retraite dans une petite maison à la lisière de la ville. Il cultivait des choux et des radis dans son jardin et maintenait sa forme en faisant à pied le trajet aller et retour jusqu'au village voisin. A la réflexion, Ivanov ne l'avait pas vu, ces derniers temps.

— Est-ce que Popov vit toujours ?

Son adjoint dit que oui.

— Il pourrait convenir, alors, suggéra Ivanov.

— Mais il a plus de quatre-vingts ans, protesta Smirnov. C'est un des vrais vieux bolcheviks. Un homme loyal.

Le chef médita.

— S'il est aussi vieux, remarqua-t-il pensivement, il doit avoir connu des quantités de gens.

— Il connaissait Lénine.

— Possible. Peut-être connaissait-il aussi Trotski.

— Je n'y avais pas pensé.

Ivanov s'avisa soudain que la petite maison où demeurait Popov était exactement ce qu'il fallait à un cousin de sa femme.

« Numéro vingt-cinq : Evgueni Pavlovitch Popov, suspect de collaboration avec Trotski », écrivit-il.

C'est ainsi qu'à l'âge de quatre-vingt-quatre ans, Evgueni Popov eut la stupeur de se voir envoyé au goulag.

Août 1945

L'après-midi était chaud quand Ivan dépassa Russka et prit le chemin du village. Le ciel était clair. Quelques nuages arrivaient lentement du sud. Une odeur agréable montait des champs et la poussière régnait partout, comme toujours à l'époque des moissons.

Il rentrait chez lui. Elle était terminée, la Grande Guerre patriotique.

Il s'était battu avec courage et avait failli à plusieurs reprises perdre la vie mais, comme l'ensemble des soldats du front, il avait été soutenu par deux articles de foi : il luttait pour la mère patrie — et le camarade Staline commandait tout. On savait bien, maintenant, qu'il n'existait presque rien dont le grand chef ne fût capable. La guerre, Dieu merci, était presque finie à présent. Le moment était venu de rester chez soi et de construire un avenir prometteur.

Souriant à cette pensée, il sortit du bois et vit devant lui le grand champ du village où les femmes, le dos courbé, maniaient lentement la faucille comme elles le faisaient depuis le commencement des temps.

A cet instant, sa mère Arina leva la tête et l'aperçut. Oubliant son âge, elle courut à lui à travers le champ, les bras grands ouverts.

Épilogue

Avril 1992

Le grand jour était donc arrivé. Paul Bobrov se leva tôt : dès six heures, il était prêt.

L'*Aurora* n'était pas mal comme hôtel. Il y en avait de plus confortables et même un ou deux de classe internationale, pour recevoir l'afflux d'hommes d'affaires occidentaux en quête de profit dans cet immense pays aux perspectives alléchantes encore qu'incertaines. Et, naturellement, il y en avait de pires — les vieux immeubles de l'époque stalinienne avec des halls vastes comme des cathédrales et des couloirs interminables où s'alignaient des chambres sinistres qui semblaient figées dans on ne sait quelle atmosphère grisâtre des années cinquante.

L'*Aurora*, lui, se situait dans une catégorie intermédiaire — relativement moderne et situé à proximité de la place Rouge. C'était un bâtiment de huit étages conçu et aménagé par une entreprise finlandaise. Les lits et la commode formaient un seul bloc en bois clair, qui courait le long d'un des murs comme un banc. Les lits n'étaient pas inconfortables mais durs et étroits, et Paul songea que les hôtels russes n'étaient visiblement pas prévus pour les rencontres galantes, en dépit de la vingtaine de jolies filles qui s'introduisaient tous les soirs à l'insu du portier dans le hall et les bars.

Un soleil pâle luisait à travers les fenêtres. Bobrov se dirigea vers les ascenseurs et jeta un coup d'œil à sa montre. Dans un quart d'heure, il prendrait la route de l'ancienne propriété familiale.

Agé de trente-trois ans, Paul Bobrov était le deuxième des dix petits-enfants d'Alexandre et de Nadejda. Il était de taille moyenne et, s'il avait conservé de ses ancêtres quelque chose de turc, ces traits étaient atténués. De temps à autre, à la manière des nombreux Bobrov qui l'avaient précédé, son bras esquissait machinalement un geste doux, presque caressant.

Comme le vieil Alexandre aurait été content de savoir qu'il allait là-bas, songea-t-il. Sa grand-mère, encore belle à quatre-vingt-quatorze ans bien qu'assez frêle, lui avait fait une description vivante des lieux et lui avait assuré :

— Ce qu'il y a de sûr, c'est que je ne mourrai pas avant que tu reviennes tout me raconter.

L'ancien domaine : un témoignage éclatant de ce qui avait été. Et, assurément, nul ne l'avait chassé de sa mémoire.

La petite communauté russe à laquelle Paul Bobrov appartenait résidait dans une banlieue du nord de New York. Une parmi d'autres installées dans la région : on en trouvait de similaires à Londres, à Paris ou ailleurs. A ne pas confondre, il vous l'aurait dit, avec la multitude de juifs russes qui avaient déferlé au début du siècle ; ni avec la vague plus tardive de ceux qui fuyaient la Russie à l'époque de la Seconde Guerre mondiale ; ni, à Dieu ne plaise, avec la vague récente de Soviétiques qui s'entassaient maintenant dans des zones comme Brighton Beach au-dessous de New York. Non, la communauté de Paul Bobrov était celle des émigrés russes, cette noblesse à laquelle, à vrai dire, même Nadejda n'appartenait que par alliance.

Ils formaient un groupe étroitement uni. Quelques-uns avaient de la fortune, mais la plupart menaient la vie modeste des classes moyennes dans des rues ombreuses bordées d'arbres ; ils se mariaient généralement entre eux, parlaient dans leur foyer aussi bien le russe que l'anglais et — attitude rare dans d'autres communautés d'émigrés — conservaient une vie privée sincèrement inspirée de leur pays natal.

Le pivot de cette société était l'église. Pour le vieil Alexandre, qu'attirait le cérémonial de la religion, c'était naturel ; pour les autres qui ne s'étaient pas souciés de religion en Russie, l'Église orthodoxe était maintenant le seul bastion qui préservait leur identité grâce à son intégrité morale. L'Église orthodoxe en exil était scindée en deux courants mais aucun ne reconnaissait la légitimité — pour le moment — du patriarcat de Moscou qui était resté pendant de longues années sous le contrôle du KGB.

Chaque samedi, de partout, des membres de la communauté éloignés de la Russie depuis deux générations déjà, comme Paul, amenaient leurs enfants à la salle paroissiale pour une demi-heure de leçons d'histoire et de langue russes. N'importe quel dimanche, on pouvait voir le porteur de quelque ancien nom russe illustre distribuant des cierges dans l'église ou chantant d'une belle voix de basse dans les chœurs. La vieille femme à la tête recouverte d'une écharpe priant devant une icône comme n'importe quelle *babouchka* était parfois une princesse russe. Les enfants étaient baptisés comme il se devait — immergés complètement à trois reprises dans les fonts baptismaux.

Et, une fois par an, Paul emmenait sa femme soit au bal de la Noblesse russe — une réunion un peu guindée où des messieurs âgés arboraient leurs décorations impériales — ou au bal Petrouchka, plus animé. C'étaient des soirées élégantes, organisées dans de grandes salles de bal new-yorkaises et qui attiraient nombre d'émigrés et de leurs descendants.

C'est ainsi qu'avec une remarquable ténacité la communauté russe avait tenu bon et attendu.

Mais attendu quoi ? La fin du régime soviétique ? La restauration du tsar ? C'étaient des rêves de vieillards... jusqu'à l'année dernière.

Personne, songea Paul, n'aurait pu prévoir le cataclysme d'août 1991 — le coup d'État, la chute de Gorbatchev, la sécession de l'Ukraine, l'effondrement de tout le système. Quelles journées exaltantes ! Dangereuses aussi. « La totalité de l'Europe de l'Est revient aux structures que j'ai connues dans mon enfance, avant la Première Guerre mondiale », avait commenté Nadejda. Et de toutes les nombreuses possibilités s'offrant dans ce monde étrange à la fois nouveau et ancien, nulle n'était plus chère au cœur de certains émigrés que ce rêve magique : la restauration.

La famille du tsar Nicolas avait été assassinée mais les branches survivantes de la dynastie des Romanov avaient laissé des héritiers. Quand le prétendant légitime, le grand-duc Vladimir, âgé de soixante-quatorze ans, s'était rendu en visite dans la ville nouvellement rebaptisée Saint-Pétersbourg, n'avait-il pas été accueilli en héros ? Et maintenant que le grand-duc venait de mourir, Boris Eltsine n'avait-il pas permis que ses funérailles et son inhumation aient lieu en Russie, dans la capitale même de ses ancêtres ? C'était étonnant. L'histoire était-elle vraiment un éternel recommencement ?

« Une monarchie constitutionnelle comme il en existe une en Angleterre, peut-être que cela stabiliserait la situation », disait-on. Mais, le grand-duc mort, la ligne de succession était plus délicate à déterminer. En suivant tous les soirs avec passion les informations télévisées où il voyait Boris Eltsine et la nouvelle démocratie se débattre dans la confusion pour survivre, Paul trouvait difficile d'imaginer le rôle qu'aurait à jouer un tsar. Toutefois, on n'était jamais sûr de rien en Russie.

Quant aux raisons de sa propre présence ici, Paul Bobrov devait bien admettre qu'il avait du mal à les définir. En surface, c'était assez simple. Comme beaucoup d'autres émigrés, il allait poser le pied sur la terre des ancêtres et faire un pèlerinage au domaine familial : Voilà tout, n'est-ce pas ?

La petite conversation troublante avait eu lieu un mois auparavant. La question posée par un collègue de bureau avait paru des plus banales : « Est-ce que tu retournerais un jour en Russie, Paul ? »

Il avait parlé de son projet de voyage, mais son collègue avait secoué la tête.

— Non, Paul, je veux dire : est-ce que tu retournerais y vivre ?

Il se rappelait avoir souri. Y vivre ? Renoncer à son emploi bien rémunéré et à son existence confortable en Amérique ? Quels que fussent ses sentiments envers la Russie, il n'en était pas moins maintenant un Américain de la troisième génération.

— Si la situation change, si des perspectives s'ouvrent réellement, alors ce ne serait pas mal de voir s'il y a quelque chose à faire, je pense, s'était-il entendu murmurer.

Mais était-ce l'entière vérité ? Ou y avait-il d'autres émotions plus profondes qu'il ne tenait pas à admettre ?

Sa rencontre avec Sergueï Romanov avait été un vrai coup de chance. Ils avaient fait connaissance l'année précédente à New York à l'occasion d'une foire commerciale. Le Soviétique était un universitaire, mais il était venu s'enquérir des possibilités d'importer à Moscou des logiciels sous licence de sociétés occidentales. Il avait une bonne équipe mais peu d'idées sur le plan commercial et Paul, qui cherchait des débouchés pour des ordinateurs de bureau, avait été heureux de l'aider un peu en lui procurant des contacts et en corrigeant son anglais défectueux. C'est seulement le deuxième jour que Bobrov avait mentionné son espoir d'aller en Union soviétique visiter l'ancienne propriété de sa famille. La difficulté, expliqua-t-il, c'était de s'y rendre parce qu'elle ne se trouvait sur aucun itinéraire touristique.

— Un petit village qui s'appelle Russka, avait-il dit.

— Mais, Paul Mikhaïlovitch, s'était exclamé Romanov, c'est de ce coin-là que vient mon grand-père. Moi-même, je n'y suis jamais allé. Venez à Moscou, mon ami, avait-il ajouté avec chaleur, et nous ferons la route ensemble.

Ils étaient convenus de se retrouver devant l'hôtel à six heures et quart. Trop tôt pour se faire servir un petit déjeuner dans la salle à manger vaste comme une caverne mais, la veille, Paul avait remarqué au quatrième étage un petit bar qui ouvrait à six heures.

C'était une pièce de dimensions modestes, typique de ce genre de lieu. Sous une vitrine étaient alignés des plats de fromage coupé en tranches, de rondelles de salami, de *pirojki*, d'œufs durs et, naturellement, du pain noir et du pain blanc. Il y avait de grands brocs de jus de pomme et de raisin, un percolateur et un samovar. A côté était installé un comptoir où l'on pouvait manger debout et quatre petites tables étaient disposées le long du mur.

Il était six heures cinq quand Paul y arriva. Il vit à l'intérieur une jeune fille blonde d'environ vingt ans, jolie mais avec un air de morne ennui, en train de mettre en place les plats. Derrière elle, une grosse femme à la mine renfrognée, frisant la cinquantaine, examinait sévèrement le pain. Paul essaya d'ouvrir la porte de verre.

Fermée.

La jeune fille lui jeta un coup d'œil et dit quelque chose à son aînée qui ne daigna pas le regarder. Paul consulta sa montre, tapota la vitre et désigna du doigt les heures d'ouverture affichées. La jeune femme se contenta de le regarder fixement. Puis la grosse femme se retourna et lui cria : « *Zarkryt !* » le mot le plus connu de tous les touristes en Russie. « *Zarkryt* » : Fermé.

Et alors la jeune fille sourit.

« *Mnié skoutchno* » : je m'ennuie.

« *Mnié skoutchno, skoutchno...* »

Elle avait l'habitude de murmurer sans arrêt ces mots pour elle-même, tous les jours, presque comme les moines psalmodient leurs oraisons. « *Mnié skoutchno* ». C'était une litanie.

Ludmilla Souvorine était intelligente : son père Piotr l'avait été aussi, jusqu'à ce qu'il se laisse aller à boire ; et le père de Piotr était le compositeur Souvorine. Seulement, jusqu'à ces quelques dernières années, on n'était pas censé mentionner son nom, parce qu'il avait été envoyé au goulag. Et bien que son œuvre, y compris la dernière *Suite*, ait de nouveau aujourd'hui le droit d'être jouée, ce fait ne lui avait pas servi à grand-chose. Piotr était mort quand Ludmilla avait cinq ans ; sa mère s'était remariée avec un employé des chemins de fer, et ils avaient vécu dans un appartement miteux de quatre pièces qu'ils partageaient avec une autre famille, dans un grand bloc de ciment tout effrité au milieu d'un terrain vague de banlieue. Quatre de ces blocs étaient alignés le long de cette rue, et, en haut de chacun, en grosses lettres de métal peintes en rouge, s'étalait le slogan : LE COMMUNISME CONSTRUIT UN MONDE MEILLEUR. L'immeuble de Ludmilla portait le mot MONDE.

Ludmilla était paresseuse, aussi. Elle aurait pu trouver mieux que ce qu'elle faisait, mais elle ne voulait pas s'en donner la peine. Elle aimait la danse. Elle avait la silhouette appropriée, svelte et solide. De temps à autre, elle avait songé à vendre son corps comme les jeunes femmes aux longues jambes qui hantaient le hall de l'hôtel. Plusieurs étaient étudiantes. L'une était mariée et économisait pour acheter une datcha à la campagne. Bien des années auparavant, ces femmes avaient souvent rêvé de mettre la main sur des Occidentaux qui seraient tombés amoureux d'elles, les auraient épousées et fait quitter la Russie. Maintenant, elles étaient plus raisonnables : cela ne se produisait jamais. Elles prenaient l'argent — en devises fortes — et s'en satisfaisaient.

Toutefois, Ludmilla ne l'avait jamais fait. Elle se trouvait donc là, avec Varia.

Et maintenant elle observait l'Américain avec un léger amusement sur son visage boudeur. L'Américain qui gesticulait avec impatience de l'autre côté de la vitre ne comprenait pas à quoi il se heurtait. Comment l'aurait-il pu, d'ailleurs ?

Varia avait en effet des idées bien arrêtées sur la manière de tenir le bar. Sur deux points en particulier, elle était inflexible, le premier étant les heures d'ouverture.

Si le bar devait ouvrir à six heures, dans son estimation, c'est l'heure à laquelle elle devait arriver. « On ne vous paie pas pour venir à l'avance, hein ? disait-elle. Et après que nous avons ouvert, nous devons tout préparer. » Pendant ce laps de temps, tandis qu'elle disposait les aliments dans les plats et préparait le café, elle n'admettait naturellement pas de clients, car ils n'auraient pu que la déranger. Par conséquent, pendant un quart d'heure ou vingt minutes, tous les matins, il y avait un intervalle pendant lequel elle expliquait : « Le bar est ouvert mais il est fermé. »

Et de même, le soir, comme le bar fermait à neuf heures, les clients n'obtenaient plus d'être servis quelque vingt minutes avant. « Sinon, déclarait-elle sévèrement à Ludmilla, nous fermerions après l'heure. »

Par conséquent, elle cria : « *Zrakryt !* », tandis que Paul attendait avec humeur.

Et c'est seulement à six heures treize que Varia se laissa fléchir et dit à Ludmilla d'ouvrir la porte.

L'Américain parlait un russe extraordinaire. Merveilleux à entendre. Même Varia avait maintenant l'air gênée et semblait désireuse de se faire pardonner de l'avoir laissé dehors. Elles lui donnèrent une tasse de café, du salami, un œuf. Et du pain, naturellement.

— Vous êtes russe ?

— Oui. — Il sourit. — Américain.

— Alors vous êtes revenu voir ? — Elle avait déjà rencontré à l'hôtel un ou deux de ces émigrés. Ils parlaient tous cette langue magnifique : rien que de les écouter vous mettait à deux doigts de pleurer. — Il ne reste plus beaucoup de votre Russie, à ce qu'on me raconte, ajouta-t-elle.

Elle ne trouva rien d'autre à dire pour le retenir là.

Il se dirigea vers la table et s'assit. Il but du café, mangea un morceau de pain. Puis se rembrunit.

Ludmilla sourit.

— Quelque chose qui ne va pas ?

Il esquissa une légère grimace.

— Oh, pas grand-chose. C'est que le pain est un peu rassis. — Il lui jeta un coup d'œil. — Vous n'avez vraiment rien de meilleur ?

Et Ludmilla tourna la tête vers Varia. En effet, c'était la seconde lubie de Varia.

Depuis quand ? Il y avait six mois seulement que Ludmilla travaillait au bar, elle l'ignorait donc. Le fait est qu'un soir il était resté trop de pain au moment de la fermeture. N'importe qui d'autre aurait emporté le pain ou l'aurait jeté mais, pour une raison connue d'elle seule, Varia avait tenu absolument à servir le vieux pain le lendemain, jusqu'à ce qu'il n'y en ait plus — ce qui, par hasard, ne se produisit pas avant la fermeture. Du coup, le pain frais, apporté tranché, demeura dans la cuisine. Et en peu de temps cette curieuse manière de procéder était devenue systématique.

Personne n'était autorisé à toucher au pain. Si on le faisait, Varia le saurait. Et personne ne pouvait dire aux gens du rez-de-chaussée de sauter un jour de livraison pour rétablir le rythme. « Alors on commencerait à poser des questions. » Et on ne pouvait pas non plus prendre le pain frais si ce jour-là le rassis venait à manquer. « Nous en utilisons tant par jour, ni plus, ni moins », déclarait Varia énergiquement.

Le gouvernement et la communauté financière internationale pouvaient parler de réformes et de changements, mais le régime de fer instauré par Varia ne serait pas modifié par ces fantaisies passagères. Et voilà pourquoi, au bar du quatrième, le pain servi était toujours de la veille.

Paul ne resta que deux minutes encore. Puis, après une inclinaison de tête à l'adresse de Ludmilla, il sortit vivement. Ni l'un ni l'autre ne s'avisa qu'ils pouvaient avoir des liens de parenté.

Le voyage fut agréable. Serguei avait amené avec lui son épouse, Olga — une femme silencieuse d'une trentaine d'années, avec un sweater marron d'un ton assorti à celui de ses cheveux et dont la coupe ample donnait l'impression de masquer le début d'une certaine rondeur de formes que Paul, sans savoir dire pourquoi, trouvait assez séduisante. Elle était assise sur la banquette arrière, tandis que les deux hommes étaient installés sur les sièges avant. Serguei était d'excellente humeur.

Ils passèrent devant la place Rouge où commençaient les préparatifs des fêtes du 1er Mai, quelques jours plus tard.

— Vous savez que c'est complètement transformé, cette année ? annonça Serguei. Plus rien de militaire. Un 1er Mai russe traditionnel pour saluer l'arrivée du printemps. Pas de tanks, de la musique et de la danse.

Il rit.

Paul en avait entendu parler — ainsi que du projet stupéfiant de vendre pour la journée des emplacements publicitaires sur les murs du Kremlin, y compris à des sociétés occidentales.

— Vous vous rendez compte, pas de militaires, répéta Serguei, partagé entre la fierté et la stupéfaction.

— Mais les militaires surveilleront, lui rappela gravement Olga. Nous serons libres quand les militaires ne surveilleront plus.

La vaste, l'énorme avenue par laquelle on sortait de Moscou céda bientôt la place à deux modestes artères à deux voies ; au bout d'une heure, les deux se fondirent en une seule route, juste assez large pour que deux voitures se croisent mais sans marquage au sol d'aucune sorte.

— Nous n'avons pas vos autoroutes, commenta Serguei d'un ton d'excuse.

— Vous n'en avez pas besoin, répliqua Paul.

Et, à franchement parler, pour une grande route, il y avait peu d'automobiles.

Comme la plupart des Russes, Serguei conduisait sa petite voiture à tombeau ouvert, roulant sur n'importe quelle portion de la chaussée selon sa fantaisie. Une ou deux fois, de façon assez inattendue, le revêtement de cette route, pourtant à grande circulation, se trouvait brusquement désintégré et l'on roulait toujours à la même allure rapide sur une surface de boue desséchée ou de gravillons pendant un kilomètre environ, après quoi on retrouvait une situation normale.

Le temps était idéal. Le ciel était d'un bleu pâle transparent, sans un nuage, avec juste un léger voile de brume à l'horizon vers l'est.

De chaque côté de la route se dressaient des bouleaux, miroitant de leur tronc argenté et de leur feuillage d'un brillant vert émeraude.

Sergueï Romanov avait un visage rond et une chevelure blonde en train de se clairsemer. Il était allé deux fois en Occident et espérait y retourner. Comme bien des Russes de son âge — la quarantaine selon Paul — Sergueï se montrait réticent quand il parlait de lui-même mais extrêmement curieux d'en savoir davantage sur Bobrov. Au début, toutefois, comme Paul l'avait souvent constaté chez d'autres intellectuels soviétiques, cela dénotait une certaine timidité. Quand il parlait de Nikolaï Bobrov, par exemple, il disait : « Votre arrière-grand-père, feu le membre estimé de la dernière *douma* », avec un ton badin qui masquait, Paul s'en rendait compte, un certain respect pour le passé de sa famille.

Olga aussi était une intellectuelle, spécialiste d'histoire médiévale russe. Toutefois, Paul ne fut pas long à remarquer que, s'ils étaient visiblement unis par une affection solide, Sergueï et Olga avaient des caractères très différents. Sergueï était enclin à de brusques accès d'enthousiasme suivis de moments de réflexion et, Paul le soupçonnait, de dépression profonde. Par contre, bien que chaleureuse et amicale, Olga semblait envisager l'existence avec une sorte de tristesse sceptique, lançant de temps à autre depuis le siège arrière une remarque qui résonnait comme un glas.

Paul bavardait avec aisance en leur compagnie, parlant de sa famille, de son éducation à la russe, des chansons de nourrice et des contes qu'ils connaissaient tous ; et ils lui racontèrent leur vie.

Apparemment, ils avaient une fille de santé fragile.

— Elle était toujours si lasse, si pâle. Et après Tchernobyl et les radiations... on ne sait jamais ce qu'on mange... Nous avions terriblement peur. — Olga marqua un temps, puis reprit : — Mais Sergueï a fait ici la connaissance d'un médecin occidental il y a deux ans, un pédiatre. Et il l'a amené pour examiner notre fille. Savez-vous ce qu'il a dit ? Qu'elle était non pas malade mais sous-alimentée. Notre régime alimentaire est très mauvais. Puis le médecin a ajouté : « C'est très courant, vous savez, dans les pays du Tiers Monde comme le vôtre. » — Elle secoua la tête. — Le Tiers Monde... notre grande Russie. J'ai été horriblement choquée.

— Ce n'est pas tellement grave, commenta Sergueï.

— Si. C'est vrai. C'est terrible.

Quelques minutes plus tard, Olga ajouta :

— Vous savez, je passe tellement de temps tous les jours à tenter de trouver de la nourriture pour notre fille — des heures entières — que cela me rend ennuyeuse comme la pluie. Je suis une intellectuelle mais tout ce dont je suis capable, c'est de parler de mangeaille du matin au soir. — Elle secoua la tête avec une expression de dégoût. — Comme une paysanne.

Ils discutèrent de questions plus brûlantes — l'accession à l'indépendance de l'Ukraine, la querelle à propos de la Crimée, la chance qu'avait l'ancien royaume de Géorgie de redevenir un état souverain heureux. Et, bien sûr, toujours présent, le danger que tout s'effondre encore et que les militaires s'emparent du pouvoir en Russie.

— Car ne vous y trompez pas, dit Sergueï, ils ne se mêlent pas de politique, mais les hommes qui ont l'armée en main sont très, très en colère.

— Il y aura une guerre civile, prédit Olga de sa place à l'arrière, c'est certain.

Paul fronça les sourcils.

— On le dit, mais ce que je voudrais comprendre c'est dans l'éventualité d'une guerre civile, qui se battrait contre qui et pour quoi ?

Alors Sergueï éclata de rire. Il répliqua gaiement :

— Vous avez vécu trop longtemps à l'Ouest. Nous sommes en Russie, ici. Nous ne savons pas qui combattra qui ni pour quelle raison. Nous savons seulement qu'on se battra !

Ils roulèrent en silence pendant plusieurs minutes avant que Sergueï remarque à l'adresse de Paul :

— En ce qui nous concerne, évidemment, nous ne pouvons pas retenir notre curiosité à votre sujet parce que, lorsque la Russie a perdu tous ces gens comme vous, nous avons perdu la meilleure part de notre ancienne culture et à présent nous sommes bien en peine de savoir comment la retrouver.

— Cela dépend de ce que vous souhaitez, il me semble, répliqua Paul. Que voulez-vous ?

Sergueï demeura pensif un moment.

— Vous agissiez selon les règles du capitalisme avant la révolution, n'est-ce pas ? Des marchés libres ?

— Oui. C'est à peu près ça.

— Et la libre expression ? En littérature ? En philosophie ?

— Certes.

— Savez-vous que dans les écoles russes la philosophie se borne à Hegel, Feuerbach et Marx ? Platon, Socrate, Descartes, Kant... c'est à peine s'ils sont mentionnés.

Il secoua la tête, puis reprit :

— Nous voulons par-dessus tout notre histoire. Staline l'a tellement récrite que nous n'avons aucune idée de la vérité. Vous rendez-vous compte de ce que cela représente pour nous ? De comprendre qu'on ignore ce qui s'est réellement passé ? Ce qui a fait de nous ce que nous sommes ? Nous avons l'impression d'être une génération perdue. Et nous voulons tout récupérer.

Soudain, dans un accès de colère inattendu qui expédia la voiture au milieu de la route et la ramena sur sa droite, il frappa violemment le volant.

— Nous voulons tout retrouver !

— Et l'Église ?

— Je suis athée, répliqua Sergueï d'un ton ferme. Mais si d'autres en ont envie, ils devraient être libres de pratiquer. Olga est croyante, ajouta-t-il.

Et comme il disait cela, Paul remarqua le regard ardent qu'Olga posait sur son mari. Puis Serguëi sourit.

— Ma mère était croyante. Elle avait l'habitude d'assister à des messes célébrées secrètement dans des maisons particulières. Saviez-vous cela ?

Paul avait entendu parler de cette activité religieuse clandestine. Personne ne savait exactement comment elle était organisée : on l'appelait l'Église des Catacombes, en mémoire des premiers chrétiens, mais il n'ignorait pas que, dès l'instauration du régime soviétique, un vaste réseau de prêtres, se déplaçant souvent d'une région à l'autre, célébrait en secret des offices pour les fidèles dans des bars, des granges ou des cachettes au fond des bois, d'un bout de la Russie à l'autre.

— Avec le retour de la culture russe, vous deviendrez peut-être un croyant pratiquant, dit-il en souriant.

— J'en doute.

Ils roulèrent un bout de chemin en direction de la ville de Vladimir avant de tourner en direction du sud. A plusieurs reprises, Serguëi eut l'air perdu, mais il finit par trouver la route étroite qui conduisait apparemment vers Russka.

Soulagé d'avoir exprimé ses sentiments à propos de sa culture, Serguëi paraissait désireux de changer de sujet. Il parla de ce qu'il avait vu à l'Ouest et interrogea Bobrov sur son métier.

— Vous vendez des ordinateurs, n'est-ce pas ? Dites-moi exactement comment cela se passe.

Ce n'était pas facile, mais Paul fit de son mieux. Il esquissa l'ensemble du plan de commercialisation pour un nouveau produit depuis l'étude de marché jusqu'à la publicité et aux présentoirs des modèles.

— Ensuite, dit-il avec un grand sourire, il faut que je les vende aux représentants.

La démarche était la même, pratiquement, pour n'importe quel produit, expliqua-t-il.

Et pendant tout ce temps, Serguëi Romanov hochait la tête et disait :

— Ah, oui ! C'est ce qu'il nous faudrait.

Ils atteignirent la petite ville de Russka à la fin de la matinée.

La déception fut terrible.

Grâce aux renseignements donnés par sa grand-mère, c'était maintenant Paul Bobrov qui guidait Romanov. La ville était assez délabrée. La grande tour avec son haut toit en forme de tente se dressait toujours là. Comme la plupart des maisons de la ville, néanmoins, Paul remarqua que les habitations les plus importantes et les maisons de commerce près du petit parc avaient été divisées en appartements et que leurs jardins avaient été abandonnés aux broussailles et aux ronces. Quant à l'église de pierre à côté de la